Das Buch

Der ehemalige Polizist John Corey, für seine flapsigen Sprüche ebenso bekannt wie für sein kriminalistisches Können, will noch einmal ran. Obwohl er sonst nur beißenden Spott für das FBI übrig hat, lässt er sich von einer Sondereinheit engagieren, die gegen Terroristen aus dem nahen Osten vorgeht. Mit Kate Mayfield hat er dabei eine attraktive jüngere Vorgesetzte, die seiner nassforschen Art und seinen ständigen Extratouren sehr wohl gewachsen ist.
Eines Tages wartete das Team am New Yorker JFK-Flughafen auf einen Passagier aus Paris: den Terroristen Assad Khalil, genannt »Der Löwe«, der zu den Amerikanern überlaufen will. Mit Hunderten von Fluggästen sitzt Khalil, bewacht von FBI und CIA, an Bord eines Jumbojets. Der Flug verläuft planmäßig, doch als Stunden vor der Landung der Funkkontakt zur Maschine abbricht, wird binnen kurzem offensichtlich, dass an Bord Schreckliches vorgeht. Was für Corey und sein Team als routinehafter Auftrag begann, wird bald zu einer alptraumhaften Herausforderung ...

Der Autor

Nelson DeMille, Jahrgang 1943, wurde in New York geboren. Er ist berühmt für seine atemberaubend spannenden Thriller, die lebensechte Figuren mit viel Humor durch die Abgründe der Zeitgeschichte führen. Zu seinen internationalen Bestsellern zählen u. a. die Romane *Goldküste*, *An den Wassern von Babylon* und *Die Tochter des Generals* (mit John Travolta in der Hauptrolle verfilmt).

In unserem Hause sind von Nelson DeMille bereits erschienen:
Die Kathedrale

Nelson DeMille

Das Spiel des Löwen

Roman

Aus dem Amerikanischen
von Jochen Schwarzer

Ullstein

Ullstein Taschenbuchverlag
Der Ullstein Taschenbuchverlag ist ein Unternehmen der Econ Ullstein List
Verlag GmbH & Co. KG, München
1. Auflage 2001
© 2000 für die deutsche Ausgabe by Econ Ullstein List
Verlag GmbH & Co. KG, München / Ullstein Verlag
© 2000 by Nelson DeMille
Titel der amerikanischen Originalausgabe: *The Lion's Game*
(Warner Books, Inc., New York)
Übersetzung: Jochen Schwarzer
Umschlagkonzept: Lohmüller Werbeagentur GmbH & Co. KG, Berlin
Umschlaggestaltung: Büro Jorge Schmidt für KommunikationsDesign, München
Titalabbildung: Imagebank, München
Druck und Bindearbeiten: Clausen & Bosse, Leck
Printed in Germany
ISBN 3-548-25248-6

Zum Gedenken an meine Mutter,
die der großartigen Kriegsgeneration angehörte

Vorbemerkung des Verfassers

Die fiktive Antiterror-Task Force (ATTF), die in diesem Roman dargestellt wird, basiert auf der realen Joint Terrorist Task Force (JTTF), nur habe ich mir, wo nötig, einige künstlerische Freiheiten erlaubt.

Die Joint Terrorist Task Force ist eine Gruppe engagierter, hart arbeitender und gut ausgebildeter Männer und Frauen, die im Kampf gegen den Terrorismus in Amerika in vorderster Front stehen.

Die handelnden Figuren sind frei erfunden, aber die Arbeitsweise der dargestellten Polizeieinheiten entspricht in mancher Hinsicht ebenso den Tatsachen wie der amerikanische Luftangriff auf Libyen im Jahre 1986.

ERSTES BUCH

Amerika, 15. April
Die Gegenwart

Der Tod fürchtet ihn,
denn er hat das Herz eines Löwen.

Arabisches Sprichwort

Kapitel 1

Man sollte ja meinen, dass jemand, der dreimal angeschossen wurde und es fast zum Organspender gebracht hätte, gefährlichen Situationen künftig aus dem Weg geht. Aber nichts da. Ich muss wohl den unbewussten Wunsch haben, mich aus dem Genpool zu verabschieden oder so.

Wie auch immer – ich heiße John Corey, war früher bei der Mordkommission der New Yorker Polizei und arbeite jetzt als Special Contract Agent bei der Antiterror-Task Force der Bundespolizei. Ich saß hinten in einem gelben Taxi, unterwegs von der Federal Plaza 26 in Manhattan zum Flughafen John F. Kennedy, am Steuer ein pakistanischer Kamikaze-Fahrer.

Es war ein schöner Frühlingstag, ein Samstag, und auf dem Shore Parkway, der manchmal auch Belt Parkway genannt wird und kürzlich, um Verwechslungen zu vermeiden, in POW/MIA Parkway umbenannt worden war, herrschte nur mäßiger Verkehr. Es war spät am Nachmittag, und die Möwen von einer nahe gelegenen Deponie – was man früher Müllkippe nannte – schissen auf die Windschutzscheibe des Taxis. Ich liebe den Frühling.

Ich brach nicht etwa in den Urlaub auf oder so – nein, ich meldete mich bei der oben erwähnten Antiterror-Task Force zum Dienst. Das ist eine recht unbekannte Organisation, und das ist auch gut so. Die ATTF besteht aus mehreren Abteilungen, die sich jeweils mit bestimmten Gruppen von Chaoten und Bombenlegern beschäftigen: der IRA, der Puertoricanischen Unabhängigkeitsbewegung, radikalen Schwarzen und anderen, die hier ungenannt bleiben sollen. Ich gehöre der Abteilung Naher Osten an, der größten und vielleicht auch wichtigsten, nur habe ich, ehrlich gesagt, keine große Ahnung von Terroristen aus dieser Region. Aber die sollte ich mir ja auch bei der Arbeit erst aneignen.

Um schon mal zu üben, fing ich ein Gespräch mit dem Pakistani an, der Fasid hieß und bestimmt ein Terrorist war, auch wenn er wie ein netter Typ aussah und sich so anhörte. Ich fragte ihn: »Woher kommen Sie denn aus Pakistan?«

»Aus Islamabad. Der Hauptstadt.«

»Ach, wirklich? Und wie lange sind Sie schon hier?«

»Zehn Jahre.«

»Gefällt's Ihnen hier?«

»Klar. Wem gefällt's hier nicht?«

»Na, zum Beispiel meinem Ex-Schwager Gary. Der zieht immer über Amerika her und will nach Neuseeland auswandern.«

»In Neuseeland habe ich einen Onkel.«

»Echt? Wohnt denn überhaupt noch jemand in Islamabad?«

Er lachte und fragte mich dann: »Holen Sie jemanden vom Flughafen ab?«

»Weshalb fragen Sie?«

»Sie haben kein Gepäck.«

»Hey, gut beobachtet.«

»Holen Sie also jemanden ab? Ich warte gern und fahr Sie dann zurück in die Stadt.«

Fasids Englisch war ausgezeichnet. »Ich werde schon mitgenommen«, sagte ich.

»Bestimmt? Ich warte gern.«

Ich sollte einen mutmaßlichen Terroristen abholen, der sich bei der US-Botschaft in Paris gestellt hatte, aber das musste ich Fasid ja nicht auf die Nase binden. Ich fragte: »Sind Sie Yankee-Fan?«

»Nicht mehr.« Worauf er mit einer Tirade gegen das Yankee-Stadion, den Besitzer Steinbrenner, die Eintrittspreise, Spielergehälter und so weiter loslegte. Diese Terroristen sind echt gerissen und hören sich wirklich wie loyale Staatsbürger an.

Ich blendete den Typ aus und dachte daran, was mich hierher verschlagen hatte. Wie schon erwähnt, war ich früher Detective bei der Mordkommission und noch dazu einer der Besten der Stadt, wenn ich das mal so sagen darf. Ein Jahr zuvor hatte ich oben in der 102. Straße West mit zwei Latino-Gentlemen eine Runde Kugelnausweichen gespielt. Entweder hatte es sich um eine Verwechslung gehandelt oder ich war in ein Übungsschießen hineingeraten, denn für diesen Mordanschlag schien es keinen Grund zu geben. Wie das Leben so spielt ... Die Täter waren jedenfalls noch auf freiem Fuß, und ich hielt natürlich die Augen nach ihnen offen.

Nach dieser Beinahe-Todeserfahrung und der Entlassung aus dem Krankenhaus nahm ich das Angebot meines Onkels Harry an, mich in seinem Sommerhaus auf Long Island zu erholen. Das Haus ist gut hundert Meilen von der 102. Straße West entfernt, und das war mir nur recht so. Während ich dort draußen wohnte, bekam ich mit dem Doppelmord an einem Ehepaar zu tun, verliebte mich zweimal und wäre um ein Haar ermordet worden. Und Beth Penrose, eine der beiden Frauen, in die ich mich damals verliebte, spielt in meinem Leben irgendwie immer noch eine Rolle.

Während sich all dies im östlichen Long Island zutrug, wurde meine Ehe geschieden. Und als wäre meine Kur dort am Strand nicht schon übel genug verlaufen, lernte ich bei diesem Doppelmordfall auch noch ein CIA-Arschloch namens Ted Nash kennen, gegen den ich eine mächtige Abneigung entwickelte, der mich im Gegenzug bis aufs Blut hasste und jetzt, siehe da, zu meinem ATTF-Team gehörte. Die Welt ist zwar klein, so klein aber auch wieder nicht, und ich glaube nicht an Zufälle.

Und in dieser Sache ermittelte noch ein anderer Typ: George Foster, ein FBI-Agent, der zwar ganz in Ordnung, aber auch nicht so ganz mein Fall war.

Es stellte sich jedenfalls heraus, dass dieser Doppelmord kein Fall für die Bundesbehörden war, und Nash und Foster machten sich vom Acker, um dann vor gut vier Wochen wieder in meinem Leben aufzutauchen, als ich in dieses ATTF-Nahost-Team berufen wurde. Aber keine Sorge, ich habe mich schon um eine Versetzung in die IRA-Abteilung der ATTF beworben, und das kommt wahrscheinlich durch. Die IRA ist mir zwar auch ziemlich schnuppe, aber bei denen kriegt man wenigstens mal Mädels zu sehen, die Typen machen weniger Stunk als der arabische Durchschnittsterrorist, und irische Pubs sind prima. Bei der Anti-IRA-Abteilung könnte ich richtig gute Arbeit leisten. Doch, wirklich!

Nach diesem ganzen Schlamassel auf Long Island stand ich also vor der fabelhaften Wahl, entweder wegen Schwarzarbeit oder was vor die Disziplinarkommission der New Yorker Polizei gezerrt zu werden, oder mich zu 75 Prozent berufsunfähig schreiben zu lassen und den Abgang zu machen. Ich entschied mich für Letzteres, handelte aber noch eine Stelle am John Jay College for Criminal Justice in Manhattan raus, wo ich wohne. Ehe ich angeschossen wurde, war ich Dozent am John Jay. Ich verlangte nicht viel, und das bekam ich dann auch.

Seit Januar gab ich am JJ zwei Abendkurse und einen normalen und langweilte mich dabei zu Tode. Mein Ex-Partner Dom Fanelli hört also von diesem Special-Contract-Agent-Programm des FBI, das ehemalige Polizisten für die ATTF engagiert. Ich bewerbe mich, werde angenommen, wahrscheinlich aus den gänzlich falschen Gründen, und hier bin ich jetzt.

Das Gehalt ist gut, die Vergünstigungen sind ganz in Ordnung und die Bundesbullen größtenteils Vollidioten. Wie den meisten Polizisten gehen mir diese Typen vom FBI auf den Zeiger. Da würde auch ein Sensibilitätstraining nichts ausrichten.

Aber die Arbeit reizt mich. Die ATTF ist (trotz der Vollidioten) eine in ihrer Art einmalige Eliteeinheit, die es nur in New York gibt. Sie besteht größtenteils aus Detectives des NYPD – des New York Police Department –, die große Klasse sind, aus FBI-Leuten und einigen Quasi-Zivilisten wie mir, die engagiert wurden, um die Sache gewissermaßen abzurunden. Zu einigen Teams gehören, wenn nötig, CIA-Primadonnen und ein paar Leute von der Drogenfahndung DEA, die ihre Sache verstehen und sich mit den Verbindungen zwischen Drogenhandel und Terrorismus auskennen.

Weitere Mitspieler sind Leute vom Bureau of Alcohol, Tobacco & Firearms, das sich ja schon in Waco, Texas, Ruhm erworben hat, und Polizisten aus den New Yorker Vororten und von der New York State Police. Dann sind da noch andere Leute von Dienststellen, die ich nicht nennen darf, und nicht zuletzt haben wir in einigen Teams ein paar Detectives von der Port Authority Police. Diese PA-Jungs sind auf Flughäfen und Busbahnhöfen, auf Bahnhöfen und in Häfen, auf Brücken und in Tunneln, die sie kontrollieren, eine Hilfe. Ihr kleines Reich erstreckt sich sogar bis zum World Trade Center. Wir haben das alles soweit abgedeckt, aber auch wenn wir's nicht hätten, klingt es doch wirklich beeindruckend.

Die ATTF zählte zu den Hauptermittlern nach dem Bombenanschlag auf das World Trade Center und der Explosion der TWA-Maschine vor Long Island. Bei Bedarf gehen wir auch auf Tournee. So haben wir beispielsweise ein Team losgeschickt, um nach den Bombenanschlägen auf die Botschaften in Afrika zu helfen. Der Name ATTF wurde in den Medien allerdings kaum erwähnt, aber so haben sie das gern. Das war alles vor meiner Zeit, und seit ich dabei bin, ist es ziemlich ruhig gewesen, und so habe *ich* das gern.

Der Grund, warum die allmächtigen Bundesbullen, auch Feds genannt (von Federals), beschlossen hatten, sich mit der New Yorker Polizei zusammenzutun und die ATTF zu bilden, besteht übrigens darin, dass die wenigsten FBIler aus New York stammen und die meisten kaum ein Pastrami-Sandwich von der U-Bahn-Linie Lexington Avenue unterscheiden können. Die Typen von der CIA sind da schon gewiefter, reden über Cafés in Prag und den Nachtzug nach Istanbul und solchen Mist, aber New York ist nicht unbedingt ihre Lieblingsstadt. Die New Yorker Polizei hat Leute, die sich auf den Straßen auskennen, und die braucht man, um Abdul Salamaleikum, Paddy O'Bad, Pedro Viva Puerto Rico und so weiter im Auge zu behalten.

Der Durchschnitts-Fed ist ein weißer Mittelschichtsbubi, wohingegen das NYPD muchos Latinos hat, jede Menge Schwarze, eine Million Irischstämmige und mittlerweile sogar ein paar Moslems. Diese kulturelle Vielfalt ist nicht nur politisch cool und korrekt, sondern auch sehr hilfreich. Und wenn die ATTF keine aktiven NYPD-Polizisten wegschnappen kann, dann heuern sie Ex-Bullen wie mich an. Trotz meiner so genannten Berufsunfähigkeit bin ich bewaffnet, gefährlich und fies drauf. Das wär's also.

Wir näherten uns dem Flughafen, und ich fragte Fasid: »Na, was haben Sie denn an Ostern gemacht?«

»Ostern? Ostern ist für mich kein Feiertag. Ich bin Moslem.«

Sehen Sie, wie gerissen ich bin? Das FBI hätte den Typ eine Stunde lang in die Mangel genommen, bis er gestanden hätte, Moslem zu sein. Und ich habe ihm das im Handumdrehen entlockt. War nur 'n Scherz. Aber wissen Sie, ich muss echt raus aus der Nahost-Abteilung und rein in die IRA-Gruppe. Ich bin einerseits irisch- und andererseits englischstämmig und könnte auf beiden Seiten der Front arbeiten.

Fasid bog vom Shore-Belt-POW/MIA-Parkway auf den Van Wyck Expressway ein, der in südliche Richtung zum JFK führt. Diese riesigen Flugzeuge schwebten da oben rum und heulten so komisch, und Fasid rief mir zu: »Wohin wollen Sie?«

»Auslandsankunft.«

»Welche Fluggesellschaft?«

»Gibt's da mehrere?«

»Ja, zwanzig, dreißig, vierzig ...«

»Echt? Fahren Sie einfach zu.«

Fasid zuckte mit den Achseln wie ein israelischer Taxifahrer. Allmählich glaubte ich, dass er ein als Pakistani getarnter Mossad-Agent war. Aber vielleicht stieg mir dieser Job auch bloß zu Kopf.

Am Expressway gibt es diese ganzen bunten Schilder mit den Nummern drauf, und ich ließ den Typ zur Auslandsankunft fahren, einem riesigen Gebäude mit den Firmenlogos der Fluggesellschaften, und er fragte wieder: »Welche Fluggesellschaft?«

»Die gefallen mir alle nicht. Fahren Sie weiter.«

Wiederum zuckte er mit den Achseln.

Ich leitete ihn auf eine andere Straße, und wir fuhren zum anderen Ende des riesigen Flughafens. Das ist ein guter Trick, wenn man sehen will, ob man verfolgt wird. Ich habe das aus einem Spionageroman oder vielleicht auch aus einem James-Bond-Film. Ich gab mir Mühe, mich in diese Antiterror-Sache reinzufuchsen.

Schließlich hatte ich Fasid so weit, dass er in die richtige Richtung fuhr. Ich ließ ihn vor einem großen Bürogebäude an der Westseite des JFK halten, das für dies und jenes genutzt wurde. Da in der Gegend stehen jede Menge unscheinbare Flughafengebäude und Lagerhäuser rum, und keiner achtet drauf, wer kommt und geht, und außerdem findet man immer einen Parkplatz. Ich zahlte, gab ihm ein Trinkgeld und bat um eine Quittung über den genauen Betrag. Ehrlichkeit ist eine meiner wenigen Schwächen.

Fasid gab mir ein paar Blankoquittungen und fragte noch mal: »Soll ich auf Sie warten?«

»Das würde ich an Ihrer Stelle nicht tun.«

Ich betrat die Eingangshalle des Gebäudes, eines hässlichen Sechzigerjahrekastens, und statt eines Wachmanns mit einer Uzi, wie man das sonst überall auf der Welt hat, gibt es dort nur ein Schild mit der Aufschrift SPERRGEBIET – ZUTRITT NUR FÜR BEFUGTE. Wenn man lesen kann, weiß man also, ob man willkommen ist oder nicht.

Ich ging eine Treppe hinauf und einen langen Korridor mit grauen Stahltüren entlang, manche mit einem Schild oder einer Nummer und manche ohne. Am Ende des Korridors befand sich eine Tür mit einem hübschen blauweißen Schild mit der Aufschrift: CONQUISTADOR CLUB – PRIVAT – ZUTRITT NUR FÜR MITGLIEDER.

Neben der Tür hing ein Chipkartenleser, aber wie alles andere im Conquistador Club war auch der nicht echt. Vielmehr musste ich jetzt meinen rechten Daumen auf die durchsichtige Oberfläche des Lesegeräts drücken, und das tat ich denn auch. Gut zwei Sekunden später sagte sich der biometrische Zaubergeist: »Hey, das ist ja der Daumen von John Corey! Na, dann machen wir John doch mal die Tür auf.«

Und *schwang* die Tür nun etwa auf? Nein, sie *glitt* samt der Türknaufattrappe in die Wand. Brauche ich solchen Schwachsinn?

Über der Tür ist auch noch eine Überwachungskamera angebracht. Wenn man sich also den Daumenabdruck mit einem Schokoriegel oder so versaut hat und sie dein Gesicht erkennen, machen sie einem auch die Tür auf, nur dass sie in meinem Fall da vielleicht eine Ausnahme machen würden.

Ich ging also hinein, und die Tür glitt hinter mir automatisch ins Schloss. Ich befand mich nun in einem Raum, der wie der Empfangsbereich einer Flughafenlounge aussah. Weshalb es eine solche Lounge in einem Gebäude weit abseits des Passagierterminals gab – diese Frage hatte ich natürlich auch gestellt, und auf die Antwort warte ich bis heute. Aber ich weiß schon Bescheid: Wenn die CIA mit von der Partie ist, kriegt man diesen ganzen Murks mit Rauchglas und Spiegeln. Diese Spinner verschwenden Geld und Zeit auf Blendwerk, wie damals, als sie damit den KGB beeindrucken wollten. Ein schlichtes Schild mit der Aufschrift KEIN ZUTRITT hätte es schließlich auch getan.

Hinter dem Pult saß jedenfalls Nancy Tate, die Empfangsdame, ein Miss-Moneypenny-Verschnitt, ein Muster an Effizienz, unterdrückter Sexualität und so. Aus irgendeinem Grund mochte sie mich und begrüßte mich freudig: »Guten Tag, Mr. Corey.«

»Guten Tag, Miss Tate.«

»Die anderen sind schon da.«

»Der Verkehr hat mich aufgehalten.«

»Sie sind zehn Minuten zu früh.«

»Ach ...«

»Hübsche Krawatte.«

»Die habe ich einem toten Bulgaren im Nachtzug nach Istanbul abgenommen.«

Sie kicherte.

Der Empfangsbereich bestand komplett aus Leder, Wurzelholz, flauschiger blauer Auslegware und so weiter, und an der Wand hinter Nancy prangte ein weiteres Emblem des fiktiven Conquistador Club. Und soweit ich wusste, war Miss Tate ein Hologramm.

Links neben Miss Tate befand sich ein Durchgang mit der Aufschrift KONFERENZ- UND GESCHÄFTSBEREICH, der in Wirklichkeit zu den Verhörräumen und Arrestzellen führte, die man in gewissem Sinne wohl tatsächlich als Konferenz- und Geschäftsbereich bezeichnen konnte. Rechts kündigte ein Schild BAR UND LOUNGE an. Schön wär's. Das war nämlich der Durchgang zur Kommunikations- und Einsatzzentrale.

Miss Tate sagte: »Einsatzzentrale. Mit Ihnen sind es fünf Personen.«

»Danke.« Ich ging einen kurzen Flur entlang, der in einen schummrigen, höhlenartigen, fensterlosen Raum mündete. Hier standen überall Schreibtische, Computer, Bürokabinen und so weiter. An der Wand gegenüber leuchtete eine große, computergesteuerte Weltkarte, die sich so programmieren ließ, dass sie zu einer detaillierten Karte jedes beliebigen Gebiets wurde, zum Beispiel der Innenstadt von Islamabad. Wie bei allen Einrichtungen der Bundespolizei gab es hier den kompletten Schnickschnack. Geld spielt keine Rolle, wenn die Bundesregierung zahlt.

Das war aber nicht mein richtiger Arbeitsplatz; der befand sich, wie bereits erwähnt, in der Federal Plaza 26 in Manhattan. Dies war nur der Ort, an den man mich an diesem Samstagnachmittag beordert hatte, um einen Araber abzuholen, der die Seite gewechselt hatte und sicher in die Innenstadt gebracht werden musste, damit er sich ein paar Jahre lang mal so richtig aussprechen konnte.

Ich schaute nicht zu meinen Kollegen hinüber und ging schnurstracks zum Küchentresen, der, im Gegensatz zu dem in meinem alten Büro bei der Kripo, aufgeräumt, sauber und gut bestückt war, mit den besten Empfehlungen der Steuerzahler der Vereinigten Staaten.

Ich machte mich eine Weile mit dem Kaffee zu schaffen, was meine Methode war, meinen Kollegen noch für ein paar Minuten aus dem Weg zu gehen.

Ich bekam die korrekte Kaffeefarbe hin und sah eine Platte Donuts mit der Aufschrift NYPD, eine Platte Croissants und Brioches, auf der CIA stand, und eine Platte Haferkekse mit dem Vermerk FBI. Irgendwer hatte hier echt Humor.

Der Küchentresen befand sich im Saal jedenfalls auf der Seite der Einsatzzentrale, und die Kommunikationszentrale war gegenüber auf einem Podium untergebracht. Dort oben wachte eine Agentin vom Dienst über die ganzen Geräte und Apparaturen.

Mein Team saß in der Einsatzzentrale um einen freien Schreibtisch und war ins Gespräch vertieft. Das Team bestand aus den bereits erwähnten Ted Nash von der CIA und George Foster vom FBI, dazu Nick Monti vom NYPD und Kate Mayfield vom FBI. Alle englischstämmig, bis auf den Itaker Monti.

Kate Mayfield kam an den Küchentresen und brühte sich einen Tee auf. Sie ist als meine Mentorin vorgesehen, was immer das bedeuten soll. Hauptsache, es bedeutet nicht Partnerin.

Sie sagte: »Hübsche Krawatte.«

»Ja, damit habe ich mal einen Ninja-Krieger erdrosselt. Das ist meine Lieblingskrawatte.«

»Wirklich? Wie kommen Sie denn hier klar?«

»Das müssen Sie mir sagen.«

»Na, dafür ist es noch zu früh. Warum haben Sie sich eigentlich für die IRA-Abteilung beworben?«

»Na ja, Moslems trinken nicht, ich kann ihre blöden Namen in meinen Berichten nicht richtig schreiben, und die Frauen lassen sich nicht verführen.«

»Das ist die sexistischste und rassistischste Bemerkung, die ich seit Jahren gehört habe.«

»Dann kommen Sie aber nicht viel rum.«

»Wir sind hier nicht bei der New Yorker Polizei, Mr. Corey.«

»Aber ich bin von der New Yorker Polizei. Gewöhnen Sie sich dran.«

»Sind Sie jetzt fertig mit Ihren Einschüchterungsversuchen?«

»Schon gut. Schaun Sie, Kate, ich danke Ihnen, dass Sie

sich ewig einmi... äh, dass Sie mich einweisen, wollte ich sagen, aber in gut einer Woche bin ich entweder in der IRA-Abteilung oder weg hier.«

Sie erwiderte nichts.

Ich sah sie mir an, während sie mit einer Zitrone hantierte. Sie war ungefähr dreißig, blond, hatte blaue Augen, einen zarten Teint, war athletisch gebaut, hatte perlweiße Zähne, trug keinen Schmuck, war sehr dezent geschminkt und so weiter. Ein Mittelschichtstöchterchen aus dem Mittelwesten. Ich konnte keinen einzigen Makel an ihr entdecken, nicht einen Pickel im Gesicht und keine einzige Schuppe auf ihrem dunkelblauen Blazer. Sie sah wirklich aus wie aus dem Ei gepellt. Auf der High School hatte sie vermutlich drei Sportarten gleichzeitig ausgeübt, immer kalt geduscht und der Landjugend angehört und auf dem College war sie garantiert Vorsitzende des Fanclubs der Baseballmannschaft gewesen. Ich hasste sie. Nein, ich hasste sie nicht, aber so ziemlich das einzige, was wir gemein hatten, waren ein paar innere Organe – und nicht mal die alle.

Ihr Akzent war schwer einzuordnen, und mir fiel ein, dass Nick Monti erzählt hatte, ihr Vater sei beim FBI und sie hätte in verschiedenen Orten im ganzen Land gelebt.

Sie drehte sich um und sah mich an, und ich sah ihr in die Augen. Sie hatte durchdringend blaue Augen, in genau dem Farbton wie früher mein Lieblings-Eis am Stiel.

Sie sagte: »Man hat Sie uns sehr empfohlen.«

»Wer?«

»Einige Ihrer ehemaligen Kollegen von der Mordkommission.«

Ich sagte nichts.

»Und«, sagte sie, »Ted und George auch.« Sie nickte zu Dussel und Blödmann hinüber.

Fast hätte ich mich an meinem Kaffee verschluckt. Warum diese beiden auch nur ein nettes Wort über mich hätten verlieren sollen, war mir ein völliges Rätsel.

»Die beiden mögen Sie nicht, aber bei dem Plum-Island-Fall haben Sie sie beeindruckt.«

»Ja, da habe ich mich sogar selbst beeindruckt.«

»Weshalb versuchen Sie es nicht mal in der Nahost-Abteilung? Wenn Ted und George das Problem sein sollten, können wir Sie in ein anderes Team versetzen.«

»Ich *liebe* Ted und George, aber die Anti-IRA-Abteilung ist mir wirklich eine Herzensangelegenheit.«

»Schade. Hier ist doch richtig was los. Das ist hier ein Karrieresprungbrett.« Sie fügte hinzu: »Und die IRA hält sich hierzulande ziemlich bedeckt.«

»Ist doch prima. Meine Karriere ist mir sowieso egal.«

»Wohingegen die Palästinenser und die islamischen Gruppen möglicherweise die nationale Sicherheit gefährden.«

»Nicht ›möglicherweise‹«, entgegnete ich. »Ich sage nur: World Trade Center.«

Sie erwiderte nichts.

Ich hatte mitbekommen, dass diese Worte bei der ATTF wie »Denk an Pearl Harbour« klangen. Die Geheimdienste hatte es kalt erwischt, aber sie hatten den Fall gelöst und waren insofern aus dem Schneider.

Sie fuhr fort: »Das ganze Land hat panische Angst vor einem A-, B- oder C-Waffen-Anschlag arabischer Terroristen. Das haben Sie doch bei dem Plum-Island-Fall mitbekommen, oder?«

»Stimmt.«

»Also? Alle anderen ATTF-Abteilungen sind kalter Kaffee. Richtig was los ist nur in der Nahost-Abteilung, und Sie sehen mir doch wie ein Mann der Tat aus.« Sie lächelte.

Ich lächelte zurück. Ich fragte: »Und was kümmert Sie das?«

»Sie gefallen mir.«

Ich hob die Augenbrauen.

»Ich mag New Yorker Neandertaler.«

»Mir fehlen die Worte.«

»Denken Sie darüber nach.«

»Das werde ich.« Ich schaute auf einen Monitor in der Nähe und sah, dass der Flug, auf den wir warteten, Trans-Continental 175 aus Paris, keine Verspätung hatte. Ich fragte Miss Mayfield: »Wie lange wird das hier wohl dauern?«

»Zwei oder drei Stunden vielleicht. Eine Stunde Schreibarbeit hier, dann mit unserem mutmaßlichen Überläufer zurück zur Federal Plaza und dann schaun wir mal.«

»Was schaun wir?«

»Müssen Sie anschließend dringend weg?«

»Könnte man so sagen.«

»Tut mir Leid, dass die nationale Sicherheit Ihr Privatleben stört.«

Darauf hatte ich keine passende Entgegnung parat, also sagte ich: »Ich bin ein großer Fan der nationalen Sicherheit. Bis achtzehn Uhr gehöre ich Ihnen.«

»Sie können jederzeit gehen.« Sie nahm ihren Tee und ging zurück zu ihren Kollegen.

Da stand ich nun mit meinem Kaffee und überlegte, ob ich dieses Angebot, die Biege zu machen, annehmen sollte. Im Nachhinein betrachtet, ähnelte ich einem, der im Treibsand steht und zusieht, wie seine Schuhe darin versinken, gespannt darauf, wie lange es dauern wird, bis ihm der Sand bis zu den Knöcheln geht, und in dem Wissen, jederzeit weggehen zu können. Dummerweise steckte ich, als ich das nächste Mal runtersah, schon bis zu den Knien drin.

Kapitel 2

Sam Walters beugte sich auf seinem Stuhl vor, richtete sein Kopfhörermikro und starrte auf den grünen Radarschirm, den er vor sich hatte. Draußen war es ein schöner Apriltag, aber hier in dem schummrig beleuchteten, fensterlosen Raum des New York Air Traffic Control Center in Islip, Long Island, fünfzig Meilen östlich des Kennedy-Flughafens, bekam man das nicht mit.

Bob Esching, Walters' Supervisor, stand neben ihm und fragte: »Probleme?«

Walters antwortete: »Wir haben da einen NO-RAD, Bob. Trans-Continental-Flug 175 aus Paris.«

Bob Esching nickte. »Wie lange ist der schon NO-RAD?«

»Seit er bei Gander von der Nordatlantikroute runter ist, hat ihn niemand mehr erreichen können.« Walters sah auf seine Uhr. »Das ist gut zwei Stunden her.«

Esching fragte: »Sonst irgendwelche Anzeichen für ein Problem?«

»Nein.« Er sah auf den Radarschirm. »Er ist an der Sardi-Kreuzung nach Südwesten abgedreht, und dann auf Jetway 37, genau nach Fluplan.«

»Der meldet sich in ein paar Minuten, weil er sich wundert, dass wir nicht mit ihm gesprochen haben«, sagte Esching.

Walters nickte. NO-RAD, fehlender Funkkontakt, war nicht sehr ungewöhnlich – das kam zwischen der Flugleitung und den Maschinen häufig vor. Walters hatte Tage erlebt, an denen es zwei- oder dreimal vorgekommen war. Nach ein paar Minuten wiederholter Funksprüche meldeten sich die Piloten dann meist mit »Oh, Entschuldigung ...« und erklärten, sie hätten leise gestellt oder die falsche Frequenz gewählt – oder auch, weniger harmlos, die komplette Crew sei eingeschlafen, nur dass sie das nie zugeben würden.

Esching sagte: »Vielleicht haben die beiden Piloten ja jeder 'ne Stewardess auf dem Schoß.«

Walters lächelte. »Die beste Erklärung für einen NO-RAD habe ich mal von einem Piloten bekommen, der sagte, er hätte sein Essenstablett auf dem Sockel zwischen den Pilotensitzen abgestellt. Das Tablett hat auf einen Schalter gedrückt und sie aus der Frequenz rausgenommen.«

Esching lachte. »Lowtech-Erklärung für ein Hightech-Problem.«

»Stimmt.« Walters schaute wieder auf den Schirm. »Genau auf Kurs.«

»Ja.«

Erst wenn der Leuchtpunkt verschwand, dachte Walters, hatte man ein ernsthaftes Problem. Er hatte in jener Märznacht 1998 Dienst gehabt, als die Air Force One mit dem Präsidenten an Bord für vierundzwanzig lange Sekunden vom Radarschirm verschwunden war und alle Fluglotsen im Raum wie vom Blitz gerührt dagesessen hatten. Das Flugzeug tauchte nach der Behebung eines Computerfehlers wieder auf, und alle atmeten weiter. Doch dann war da die Nacht des 17. Juli 1996 gewesen, als TWA-Flug 800 für immer vom Radarschirm verschwunden war ... Nie im Leben würde Walters diese Nacht vergessen. *Aber hier*, dachte er, *haben wir einen simplen NO-RAD* ... und doch störte ihn etwas daran. Zunächst mal dauerte dieser NO-RAD schon ausgesprochen lange an.

Sam Walters drückte auf ein paar Knöpfe und sagte dann über die Gegensprechanlage: »Sektor 19, hier ist 23. Der NO-RAD, TC 175, kommt bei dir rein, und du übernimmst in etwa vier Minuten. Ich wollte dich nur vorwarnen.«

Walters lauschte auf die Antwort aus seinem Kopfhörer und sagte dann: »Ja, der Typ ist die totale Niete. Die ganze Atlantikküste ruft ihn seit zwei Stunden über UKW, Kurzwelle und wahrscheinlich auch mit CB-Funk und Rauchzeichen.« Walters kicherte und fügte hinzu: »Nach der Landung wird er so viel Schreibarbeit zu erledigen haben, dass er denkt, er wäre Shakespeare. Genau. Wir sprechen uns später.« Er drehte den Kopf und sah Esching an. »Okay?«

»Ja ... Ich sag dir was ... Sag allen Bescheid, dass der erste Sektor, der eine Verbindung bekommt, dem Kapitän mitteilen soll, dass er mich nach der Landung im Center anrufen soll. Ich will diesem Spinner persönlich erzählen, für was für ein Theater er an der ganzen Küste gesorgt hat.«

»In Kanada auch.«

»Eben.« Esching hörte zu, wie Walters die Nachricht an die Fluglotsen weitergab, die als nächste für Trans-Continental-Flug 175 zuständig waren.

Ein paar andere Fluglotsen, die Pause hatten, waren zu Walters' Arbeitsplatz gekommen. Walters wusste, dass alle sehen wollten, warum der Supervisor Bob Esching sich so weit von seinem Schreibtisch entfernt hatte. Esching lief gerade – wie seine Untergebenen gesagt hätten – Gefahr, tatsächlich zu arbeiten.

Sam Walters gefiel es nicht, dass die ganzen Leute um ihn herumstanden, aber wenn Esching sie nicht verscheuchte, konnte er nichts dagegen tun. Und er glaubte nicht, dass Esching jemanden wegschicken würde. Dem NO-RAD der Trans-Continental galt nun im Kontrollzentrum die Hauptaufmerksamkeit, und dieses kleine Drama war schließlich ein guter Anschauungsunterricht für die jungen Fluglotsen, die Samstagsdienst hatten.

Man sprach nicht viel, aber Walters spürte eine Mischung aus Neugierde, Verwirrung und auch ein wenig Besorgnis.

Walters ging ans Funkgerät und versuchte es noch mal. »Trans-Continental-Flug 175, hier ist New York Center. Hören Sie mich?«

Keine Antwort.

Walters wiederholte seinen Funkspruch.

Keine Antwort.

Im Raum hörte man jetzt nur das Summen der elektronischen Geräte. Keiner der Umstehenden wagte den Mund aufzumachen. In solchen Situationen war es unklug, etwas zu sagen, das anschließend auf einen zurückfallen konnte.

Schließlich meinte einer der Fluglotsen zu Esching: »Mach dem Typ die Hölle heiß. Wegen dem musste ich meine Kaffeepause verschieben.«

Ein paar Fluglotsen lachten, aber das Gelächter erstarb bald.

Esching räusperte sich und sagte: »Okay, alle Mann zurück an die Arbeit. Abmarsch!«

Die Fluglotsen gingen zurück an ihre Plätze und ließen Walters und Esching allein. Esching sagte leise: »Das gefällt mir nicht.«

»Mir auch nicht.«

Esching nahm sich einen Drehstuhl und schob ihn neben Walters'. Esching betrachtete den Radarschirm und konzentrierte sich dann auf das fragliche Flugzeug. Das Label auf dem Schirm zeigte an, dass es sich um eine Boeing 747 handelte, eine Maschine der neuen 700er-Serie, den größten und modernsten Jumbojet. Er hielt sich genau an seinen Flugplan und flog direkt auf den JFK zu. Esching fragte: »Wie, zum Teufel, können denn die ganzen Funkgeräte ausfallen?«

Sam Walters überlegte und sagte dann: »Die können nicht alle ausgefallen sein. Entweder sind sie leise gestellt, oder die Frequenzwahlschalter sind defekt oder die Antennen sind abgefallen.«

»Ja?«

»Ja ...«

»Aber ... wenn es am Lautstärkeregler oder den Frequenzwahlschaltern läge, dann hätte die Crew das doch längst bemerkt.«

Walters nickte und erwiderte: »Ja ... Also ist es vielleicht ein Komplettausfall der Antennen ... Oder, tja, das ist ein neues Modell, und vielleicht hat irgendein Fehler in der Elektronik die komplette Funkanlage stillgelegt. Durchaus möglich.«

Esching nickte. »Möglich.« Aber kaum wahrscheinlich. Flug 175 war gänzlich ohne Funkkontakt, seitdem er die Ozeanroute verlassen und in Nordamerika angelangt war. Das Notfallhandbuch erwähnte diesen unwahrscheinlichen Fall, aber soweit er sich erinnerte, hielt es sich bedeckt, was dann zu tun sei. Im Grunde konnte man da nichts machen.

Walters sagte: »Wenn seine Funkgeräte in Ordnung sind, dann merkt er beim Landeanflug, dass er die falsche Frequenz eingestellt oder leise gestellt hat.«

»Stimmt. Glaubst du, die schlafen alle?«

Walters zögerte und erwiderte dann: »Tja ... so was kommt schon mal vor, aber mittlerweile wäre doch ein Flugbegleiter ins Cockpit gekommen.«

»Ja. Das ist zu lange für einen NO-RAD, nicht wahr?«

»Allmählich dauert es ein bisschen zu lange ... Aber wie ich schon sagte: beim Landeanflug ... Aber selbst wenn er einen vollständigen Funkausfall hätte, könnte er über die Data Link eine Nachricht an seine Fluggesellschaft durchgeben, und die hätten uns längst angerufen.«

Daran hatte Esching auch schon gedacht. Er erwiderte: »Deshalb glaube ich allmählich, dass es ein Ausfall der Antennen ist, wie du schon sagtest.« Er überlegte kurz und fragte dann: »Wie viele Antennen hat dieses Flugzeug denn?«

»Weiß ich nicht so genau. Jede Menge.«

»Könnten die alle ausfallen?«

»Vielleicht.«

Esching dachte darüber nach und sagte dann: »Okay, sagen wir mal, er weiß, dass er einen völligen Funkausfall hat ... Dann könnte er doch trotzdem von einem der Bordtelefone im Oberdeck aus jemanden anrufen, der uns mittlerweile Bescheid gesagt hätte. So was ist schon vorgekommen ... Man könnte eines dieser Funktelefone verwenden.«

Walters nickte.

Beide Männer betrachteten den weißen Leuchtpunkt mit dem weißen, alphanumerischen Label dahinter, der langsam von links nach rechts über den Schirm kroch.

Schließlich sagte Bob Esching, was er nicht hatte sagen wollen: »Das könnte eine Entführung sein.«

Sam Walters erwiderte nichts.

»Sam?«

»Tja ... Schau mal, das Flugzeug folgt dem Flugplan, Kurs und Höhe sind korrekt, und an der Kreuzung haben sie noch den Transpondercode gesendet. Wäre er entführt worden, dann hätte er einen Hijacking-Transpondercode senden müssen, um uns Bescheid zu geben.«

»Ja ...« Esching wurde klar, dass diese Situation nicht zu einer Flugzeugentführung passte. Sie hatten es hier lediglich mit dem unheimlichen Schweigen einer Crew zu tun, die sich sonst normal verhielt. Doch trotzdem war es denkbar, dass ein sehr cleverer Entführer von dem Transpondercode wusste und den Piloten befahl, die Hände vom entsprechenden Schalter zu lassen.

Esching wusste, dass er jetzt gefordert war. Er verfluchte sich, weil er sich freiwillig für diese Samstagsschicht gemeldet hatte. Seine Frau war zu Besuch bei ihren Eltern in Florida, seine Kinder waren auf dem College, und er hatte sich gedacht, es wäre besser, zur Arbeit zu gehen, als alleine zu Hause herumzuhocken. Falsch. Er brauchte dringend ein Hobby.

Walters fragte: »Was können wir sonst noch tun?«

»Du machst weiter wie bisher. Ich rufe den Diensthabenden im Kennedy-Tower an und dann die Zentrale der Trans-Continental.«

»Gute Idee.«

Esching stand auf und sagte pro forma: »Sam, ich glaube nicht, dass wir es hier mit einem ernsten Problem zu tun haben, aber es wäre fahrlässig, das nicht zu melden.«

»Stimmt«, erwiderte Walters und dolmetschte insgeheim Eschings Worte: *Es soll sich nicht so anhören, als wären wir unerfahren und überängstlich oder unfähig, mit der Lage fertig zu werden. Wir wollen uns bloß absichern.*

Esching sagte: »Mach weiter und übergib dann an Sektor 19.«

»Ja.«

»Und ruf mich, wenn sich was tut.«

»Mache ich.«

Esching machte kehrt und ging zurück in sein verglastes Büro an der Rückseite des Raums.

Er setzte sich an seinen Schreibtisch und ließ ein paar Minuten verstreichen, in der Hoffnung, Sam Walters würde ihn rufen, um ihm zu sagen, man habe Funkkontakt hergestellt. Er dachte über das Problem nach und legte sich zurecht, was er dem Diensthabenden im Kennedy-Tower sagen wollte. Sein Anruf beim Kennedy, das beschloss er, würde rein informativ gehalten sein, keine Spur von Verärgerung und Besorgnis, keine Meinungen, keine Spekulationen – nur die Tatsachen. Sein Anruf bei Trans-Continental, das wusste er, musste genau die richtige Mischung aus Verärgerung und Besorgnis ausdrücken.

Er nahm den Hörer ab und drückte zunächst auf den Knopf für die Verbindung zum Kennedy-Tower. Als das Telefon klingelte, fragte er sich, ob er ihnen nicht einfach erzählen sollte, was ihm schwante: *Irgendetwas läuft hier völlig schief.*

Kapitel 3

Da saß ich nun mit meinen Kollegen: Ted Nash, dem Superspion von der CIA, George Foster, dem Pfadfinder vom FBI, Nick Monti, dem Guten vom NYPD, und Kate Mayfield, dem Golden Girl vom FBI. Wir hatten uns alle von freien Schreibtischen Drehstühle geholt und hielten alle einen Kaffeebecher in der Hand. Ich hätte wirklich gerne einen Donut gegessen, einen Donut mit Zucker, aber aus irgendeinem Grund finden die Leute es lustig, wenn Polizisten Donuts essen, und deshalb ließ ich es bleiben.

Wir hatten alle das Jackett ausgezogen und konnten also

unsere Holster sehen. Auch nach zwanzig Jahren bei der Polizei finde ich, dass dadurch alle Stimmen ein paar Oktaven tiefer klingen, auch bei Frauen.

Wir blätterten also unsere Aktenmappen über diesen mutmaßlichen Überläufer durch, der Assad Khalil hieß. Was Bullen Aktenmappe nennen, nennen meine neuen Freunde übrigens Dossier. Bullen hocken sich auf ihren Arsch und blättern ihre Akten durch. Feds sitzen auf ihrem Allerwertesten und studieren ihre Dossiers.

Jedenfalls war nicht viel in meiner Mappe bzw. ihrem Dossier drin, nur ein Farbfoto, das die Pariser Botschaft geschickt hatte, ein knapper Lebenslauf und ein kurzer Bericht so à la »das führt dieses Schwein vermutlich im Schilde«, zusammengestellt von der CIA, Interpol, dem britischen MI-6, der französischen Sûreté und einer Reihe weiterer Bullen- und Agentenschuppen aus ganz Europa. Im Lebenslauf stand, dass der mutmaßliche Überläufer Libyer war, etwa dreißig Jahre alt, Familie nicht bekannt, keine weiteren Einzelheiten, nur dass er Englisch, Französisch, ein wenig Italienisch, kaum Deutsch und natürlich Arabisch sprach.

Ich schaute auf meine Armbanduhr, streckte mich, gähnte und sah mich um. Der Conquistador Club war nicht nur eine ATTF-Einrichtung, sondern diente auch als FBI-Außenstelle, CIA-Treff und was weiß ich nicht noch alles, aber an diesem Samstagnachmittag waren nur wir fünf vom ATTF-Team dort, dazu Meg, Officer vom Dienst, und am Empfang Nancy Tate. Die Wände sind übrigens mit Blei beschichtet, so dass man uns von draußen nicht mit Mikrowellen abhören und nicht mal Superman uns sehen kann.

Ted Nash meinte zu mir: »Ich habe gehört, dass Sie uns vielleicht verlassen.«

Ich antwortete nicht, sondern sah Nash nur an. Er war immer schick gekleidet, und man konnte davon ausgehen, dass alles an ihm Maßanfertigung war, auch die Schuhe und das Holster. Er sah nicht schlecht aus, war gebräunt und hatte grau meliertes Haar, und ich erinnerte mich noch sehr deutlich, dass Beth Penrose ein wenig für ihn geschwärmt hatte. Ich war mir natürlich sicher, ihn nicht deswegen nicht ausstehen zu können, aber es goss sicherlich Öl ins Feuer meiner glühenden Verachtung oder so.

George Foster sagte zu mir: »Wenn Sie sich für drei Monate auf diesen Auftrag einlassen, wird man jede Ihrer Entscheidungen ernsthaft in Betracht ziehen.«

»Echt?«

Foster war, als ältester anwesender Fed, so eine Art Gruppenleiter, was Nash nicht störte, der eigentlich nicht Mitglied des Teams war, sondern nur vorbeischaute, wenn die Lage jemanden von der CIA erforderlich machte, so wie heute eben.

Foster, der seinen scheußlichen blauen Hallo-ich-bin-beim-FBI-Flanellanzug trug, fügte ziemlich unverblümt hinzu: »Ted übernimmt in ein paar Wochen einen Auftrag in Übersee, und dann sind wir nur noch zu viert.«

»Wieso kann er denn nicht sofort abhauen?«, meinte ich scharfsinnig.

Nash lachte.

Mr. Ted Nash hatte sich übrigens nicht nur an Beth Penrose rangemacht, nein, zu seinem Sündenregister zählte doch tatsächlich, dass er mich während der Sache auf Plum Island bedroht hatte – und ich bin nachtragend.

George Foster sagte zu mir: »Wir ermitteln da in einem interessanten und wichtigen Fall, der Ermordung eines politisch gemäßigten Palästinensers durch eine extremistische Gruppe hier in New York. Dafür brauchen wir Sie.«

»Echt?« Meine Gosseninstinkte verrieten mir, dass sie mir Sand in die Augen streuten. Foster und Nash brauchten also jemanden, dem sie anschließend die Schuld für irgendwas in die Schuhe schieben konnten, was immer es auch war: Sie bauten mich auf, um mich abzuschießen. Ich hatte Lust, noch etwas dabeizubleiben und zu sehen, was sie vorhatten, aber ehrlich gesagt, war ich hier nicht in meinem Element, und auch Blödmänner können einen zu Fall bringen, wenn man nicht aufpasst.

Mal ehrlich: Was für ein Zufall, dass ich ausgerechnet in diesem Team gelandet bin. Die ATTF ist nicht groß, aber doch groß genug, um dieses Arrangement ein wenig verdächtig wirken zu lassen. Anhaltspunkt Nr. 2 war, dass mich Dussel und Blödmann wegen meiner Erfahrungen als Mordermittler in dieses Team berufen hatten. Ich nahm mir vor, Dom Fanelli zu fragen, wie er von dieser Special-Contract-Agent-Sache erfahren hatte. Ich würde Dom mein Leben anvertrauen und habe das auch schon getan, also war er da sauber, und ich musste davon ausgehen, dass auch Nick Monti nichts damit zu tun hatte. Bullen verarschen einander nicht, nicht mal für die Bundesregierung – *schon gar nicht* für die Bundesregierung.

Ich schaute Kate Mayfield an. Es hätte mir wirklich mein kaltes, hartes Herz gebrochen, wenn sie mit Nash und Foster unter einer Decke steckte.

Sie lächelte mir zu.

Ich lächelte zurück. Wenn ich Foster oder Nash wäre und mir John Corey angeln wollte, dann würde ich ihn mit Kate Mayfield ködern.

Nick Monti meinte zu mir: »An diesen Kram muss man sich erst gewöhnen. Weißt du, gut die Hälfte der Bullen und Ex-Bullen, die hier anfangen, hauen bald wieder ab. Angeblich sind wir ja alle eine große, glückliche Familie, aber die Bullen sind wie die Kinder, die zu dumm fürs College waren, immer noch bei den Eltern wohnen, miese Jobs haben und sich ständig das Auto borgen wollen.«

Kate sagte: »Das stimmt doch nicht, Nick.«

Monti lachte. »Ja, okay.« Er sah mich an und sagte: »Wir können das alles ja mal bei 'nem Bier besprechen.«

Ich sagte zu den Versammelten: »Ich lasse das mal auf mich zukommen«, was besagen sollte: Leckt mich am Arsch.

Aber das würde man nie sagen, denn man wird ja gerne weiter geködert. Das ist so reizvoll. Ein weiterer Grund für meine schlechten Manieren bestand darin, dass mir die New Yorker Polizei fehlte – der Job, wie wir es nannten –, und ich tat mir wohl selbst ein wenig Leid und dachte schwermütig an die alten Zeiten.

Ich schaute Nick Monti in die Augen. Ich kannte ihn nicht vom Job, wusste aber, dass er Detective bei der Geheimdienstabteilung gewesen war, was ideal für diese Arbeit war. Mich brauchten sie angeblich für diesen Mordfall mit dem Palästinenser und vermutlich noch andere Mordfälle, die mit Terrorismus in Zusammenhang standen, und als Mordermittler war ich recht angesehen. Und nun hatten sie es auf mich abgesehen. Ich fragte Nick: »Weißt du, warum Italiener keine Zeugen Jehovas mögen?«

»Nein ... Warum?«

»Italiener mögen gar keine Zeugen.«

Nick brüllte vor Lachen, und die anderen drei guckten, als hätte ich einen Hirnfurz gelassen. Die Feds, das muss man wissen, sind unglaublich politisch korrekt und analfixiert und haben eine Höllenangst vor der Washingtoner Gedankenpolizei. Sie lassen sich von den bescheuerten Anordnungen, die wie ein nie endender Dünnpfiff aus Washington kommen, vollkommen einschüchtern. Wir sind natürlich alle in den letzten Jahren ein bisschen sensibler geworden und achten darauf, was wir sagen, und das ist auch gut so, aber diese Bundesbullen haben eine wahnhafte Angst davor, irgendjemanden zu beleidigen, und das führt dann zu so was wie: »Hallo, Mr. Terrorist, mein Name ist George Foster. Dürfte ich Sie bitte verhaften?«

Nick Monti meinte zu mir: »Drei Minuspunkte, Detective Corey. Ethnische Verunglimpfung.«

Nash, Foster und Mayfield waren eindeutig gereizt bis verlegen, weil ich mich indirekt über sie lustig gemacht hatte. In einem empfindsamen Augenblick wurde mir klar, dass die Feds selbst so ihre Probleme mit New Yorker Polizisten hatten, aber von denen hörte man zu diesem Thema kein Sterbenswörtchen.

Was Nick Monti anging, so war er etwa Mitte fünfzig, verheiratet, Kinder, Haarausfall, Bauchansatz und sah irgendwie väterlich und harmlos aus und überhaupt nicht wie ein Typ vom Geheimdienst. Er musste schon sehr fähig sein, sonst hätten ihn die Feds nicht dem NYPD weggeschnappt.

Ich studierte das Dossier über Mr. Assad Khalil. Der arabische Gentleman hatte sich offenbar viel in Westeuropa umgetan und überall, wo er gewesen war, waren amerikanischen oder britischen Staatsbürgern oder Einrichtungen Missgeschicke widerfahren: eine Bombe in der Britischen Botschaft in Rom, eine Bombe in der American Cathedral in Paris, eine Bombe in der amerikanischen Lutheranerkirche in Frankfurt/Main, der Axtmord an einem amerikanischen Luftwaffenoffizier unweit der Lakenheath Airbase in England und das Erschießen dreier Schulkinder in Brüssel, deren Väter NATO-Offiziere waren. Letzteres fand ich besonders fies, und ich fragte mich, was dieser Kerl wohl für ein Problem hatte.

Keines dieser Verbrechen ließ sich aber direkt mit diesem Khalil in Verbindung bringen, also hatte man ihn beschattet, um zu sehen, wer seine Komplizen waren, und um ihn auf frischer Tat zu ertappen. Doch das mutmaßliche Arschloch schien keine Komplizen zu haben, an nichts und niemanden gebunden zu sein und keiner terroristischen Vereinigung anzugehören – höchstens dem Rotary Club. War nur 'n Scherz.

Ich überflog einen Absatz des Dossiers, den ein ungenannter Agent eines ungenannten Nachrichtendienstes geschrieben hatte. Dort stand: »Assad Khalil reist offiziell und legal in ein bestimmtes Land ein, verwendet dabei seinen libyschen Pass und gibt sich als Tourist aus. Die Behörden sind alarmiert, und er wird beschattet, um zu sehen, mit wem er in Verbindung tritt. Jedes Mal gelingt es ihm zu verschwinden und das Land offenbar unerkannt zu verlassen, denn über seine Ausreise gibt es nie einen Vermerk. Ich rate dringend zu Festnahme und Verhör, wenn er das nächste Mal einzureisen versucht.«

Ich nickte. Bombenidee, Sherlock. Genau das werden wir tun.

Mich störte bloß, dass mir dieser Assad Khalil kein Typ zu sein schien, der einfach in die Pariser US-Botschaft spazierte, um sich zu stellen – wo er doch nach Punkten weit führte.

Ich las die letzte Seite des Dossiers. Offenbar hatten wir es hier mit einem Einzelgänger zu tun, der auf die westliche Zivilisation in ihrem gegenwärtigen Zustand schlecht zu sprechen war. Na gut, wir würden ja bald erfahren, was dieser Kerl vorhatte.

Ich betrachtete das farbkopierte Foto aus Paris. Mr. Khalil sah zwar fies aus, aber nicht hässlich fies. Er war so ein dunkler, attraktiver Typ mit Hakennase, nach hinten pomadisiertem Haar und dunklen, tiefen Augen. Er hatte im Leben bestimmt schon 'ne Menge Mädels abgekriegt. Oder Jungs. Je nach dem.

Meine Kollegen plauderten noch eine Weile über den vorliegenden Fall. Offenbar sollten wir Mr. Khalil heute in Schutzhaft nehmen und zu einem kurzen einleitenden Verhör hierher bringen – ein paar Fotos, Fingerabdrücke und so weiter. Ein Officer der Einwanderungsbehörde würde auch noch ein paar Fragen stellen und Formulare ausfüllen. In das Behördensystem der Bundesregierung sind eine Menge überflüssige Instanzen eingebaut, damit sich mindestens fünfhundert Personen gegenseitig den schwarzen Peter zuschieben können, wenn etwas schief geht.

Ein oder zwei Stunden später sollten wir ihn dann zur Federal Plaza fahren, wo ihn vermutlich die entsprechenden Leute übernehmen würden, die, gemeinsam mit meinem

Team, die Aufrichtigkeit seines Übertritts zur Christenheit und so weiter beurteilen würden. Irgendwann, einen Tag, eine Woche oder Monate später, würde sich Mr. Khalil in einem CIA-Ort außerhalb von Washington wieder finden, wo er dann ein Jahr lang aus dem Nähkästchen plaudern durfte, um anschließend etwas Geld und eine neue Identität zu bekommen, und wenn die CIA ganze Arbeit leistete, sah der arme Kerl dann vermutlich aus wie Pat Boone. Ich fragte meine Kollegen: »Wer hat blondes Haar, blaue Augen, dicke Titten und wohnt in Südfrankreich?«

Offenbar wusste es keiner, also sagte ich es ihnen: »Salman Rushdie.«

Nick bepisste sich fast vor Lachen und schlug sich aufs Knie. »Noch zwei Minuspunkte!«

Die beiden anderen Kerle lächelten gequält. Kate verdrehte die Augen.

Ja, schon gut, ich übertrieb es ein bisschen, aber hatte ich mir das hier etwa ausgesucht? Ich hatte jetzt aber auch nur noch einen schlechten Witz und zwei weitere widerwärtige Bemerkungen auf Lager.

Kate Mayfield sagte: »Wie Sie ja sicherlich in Ihrem Einsatzmemo von Zach Weber gelesen haben, wird Assad Khalil von Phil Hundry vom FBI und Peter Gorman von der CIA begleitet. Sie haben Khalil in Paris übernommen und fliegen Business Class im Oberdeck der 747. Mr. Khalil ist eventuell ein Zeuge der Regierung, und bis das geklärt ist, trägt er Handschellen.«

»Und wer kriegt die Vielfliegermeilen?«, erkundigte ich mich.

Miss Mayfield beachtete mich nicht und fuhr fort: »Die beiden Agenten und Mr. Khalil gehen als erste von Bord, und wir holen sie in der Fluggastbrücke, an der Flugzeugtür ab.« Sie schaute auf ihre Armbanduhr, stand dann auf, sah auf den Monitor und sagte: »Immer noch pünktlich. In etwa zehn Minuten sollten wir zum Gate aufbrechen.«

Ted Nash sagte: »Wir erwarten keine Probleme, sollten aber auf alles vorbereitet sein. Wenn jemand diesen Mann umbringen will, bieten sich dafür nur wenige Gelegenheiten: in der Fluggastbrücke, auf der Rückfahrt hierher im Transporter und während der Fahrt nach Manhattan. Anschließend verschwindet Khalil im Innern des Systems, und niemand wird je wieder von ihm hören.«

Nick sagte: »Ich habe dafür gesorgt, dass ein paar Port-Authority-Polizisten und Uniformierte vom NYPD auf dem Rollfeld neben dem Transporter postiert sind, und zur Federal Plaza haben wir eine Polizeieskorte.« Er fügte hinzu: »Wenn jemand diesen Typ umlegen will, dann höchstens mit einem Selbstmordkommando.«

»Was«, warf Foster ein, »nicht undenkbar wäre.«

Kate sagte: »Wir haben ihm in Paris eine kugelsichere Weste angelegt. Wir haben alle Vorsichtsmaßnahmen getroffen. Es dürfte eigentlich keine Probleme geben.«

Eigentlich nicht. Nicht hier auf amerikanischem Boden. Und mir fiel tatsächlich kein Fall ein, in dem das FBI oder die New Yorker Polizei jemals einen Häftling oder Zeugen während des Transits verloren hatten, also sah das Ganze nach einem Spaziergang aus. Aber trotz meiner Scherze musste man jeden dieser Routineeinsätze angehen, als könnte er auch nach hinten losgehen. Es ging hier schließlich um Terroristen, um hoch motivierte Leute, die bewiesen hatten, dass es ihnen scheißegal war, ob sie auch nur einen Tag älter wurden.

Wir sprachen den Gang durchs Terminal und zum Flugsteig durch, dann die Personaltreppe der Fluggastbrücke hinunter zur Parkposition des Flugzeugs. Wir würden Khalil, Gorman und Hundry in einen nicht gekennzeichneten Transporter setzen, der mit Kevlar ausgekleidet war, und würden dann, mit einem Wagen der Port Authority Police vorneweg und einem hinterher, zurück zu unserem Privatclub hier fahren. Die Wagen der Port Authority Police verfügten über Funkkontakt zur Bodenkontrolle, den wir, laut Vorschrift, auf den Parkpositionen und dem ganzen Flugfeld brauchten.

Wieder im Conquistador Club, würden wir einen Typ von der Einwanderungsbehörde rufen, der Khalil abfertigen würde. Die einzige Behörde, die heute offenbar fehlte, war die Strafzettelstelle. Aber Vorschrift ist nun mal Vorschrift, und jeder klammert sich an seine Kompetenzen.

Irgendwann würden wir dann wieder in dem Transporter sitzen und mit unserer Eskorte auf Umwegen nach Manhattan fahren, wobei wir einen großen Bogen um moslemische Gegenden in Brooklyn machen würden. Währenddessen würden ein Streifenwagen und ein nicht gekennzeichnetes Fahrzeug Ablenkungsmanöver fahren. Mit etwas Glück würde ich um achtzehn Uhr Feierabend haben, in meinem Wagen sitzen und raus nach Long Island zu einem Rendezvous mit Beth Penrose fahren.

Im Conquistador Club steckte Nancy den Kopf zur Tür herein und sagte: »Der Transporter ist da.«

Foster erhob sich und verkündete: »Auf geht's.«

Im letzten Moment fragte Foster Nick und mich: »Warum bleibt nicht einer von Ihnen hier, falls ein dienstlicher Anruf kommt?«

»Ich bleibe«, sagte Nick.

Foster krakelte seine Handynummer auf einen Zettel und gab ihn Nick. »Wir bleiben in Verbindung. Rufen Sie mich an, wenn hier ein Anruf eingeht.«

»Mach ich.«

Beim Hinausgehen warf ich einen Blick auf den Monitor. Noch zwanzig Minuten bis zur planmäßigen Landung.

Ich habe mich oft gefragt, was passiert wäre, wenn ich an Nicks Stelle dort geblieben wäre.

Kapitel 4

Ed Stavros, der Supervisor des Kontrollturms im Kennedy-Flughafen, hielt sich den Telefonhörer ans Ohr und hörte Bob Esching zu, dem Supervisor der zentralen New Yorker Flugleitung. Stavros wusste nicht recht, ob sich Esching Sorgen machte oder nicht, aber dass er überhaupt anrief, war schon etwas ungewöhnlich.

Stavros schaute unwillkürlich zu den getönten Panoramafenstern des Kontrollraums hinüber und sah einen großen A-340 der Lufthansa landen. Er bemerkte, dass Esching verstummt war. Stavros überlegte krampfhaft, was er sagen sollte, damit es auch richtig klang, sollte diese Aufnahme jemals in einem Raum voller verbiestert dreinschauender Besserwisser abgespielt werden. Er räusperte sich und fragte: »Haben Sie schon bei Trans-Continental angerufen?«

»Das mache ich als Nächstes.«

»Okay ... gut ... Ich alarmiere den Rettungsdienst der Port Authority Police ... Eine Maschine der 700er-Serie?«

»Genau«, antwortete Esching.

Stavros nickte. Die Jungs vom Notdienst kannten theoretisch jeden bekannten Flugzeugtyp hinsichtlich der Türen, Notluken, Sitzanordnungen und so weiter auswendig. »Gut ... Okay ...«

Esching fügte hinzu: »Ich rufe keinen Notfall aus. Ich will bloß ...«

»Ja, schon verstanden. Aber wir werden uns hier an die Vorschriften halten, und ich werde Alarmstufe 3-2 ausrufen. Verstehen Sie? Das bedeutet: potenzielle Probleme. Okay?«

»Ja ... Ich meine, es könnte ...«

»Was?«

»Na ja, ich will nicht spekulieren, Mr. Stavros.«

»Ich erwarte von Ihnen keine Spekulationen, Mr. Esching. Soll ich 3-3 ausrufen?«

»Das ist Ihre Entscheidung, nicht meine.« Er fügte hinzu: »Wir haben seit über zwei Stunden keinen Funkkontakt mehr zu dem Flugzeug, sonst aber keine Anzeichen für ein Problem. In ein, zwei Minuten müssten Sie es auf Ihrem Schirm haben. Schauen Sie sich das mal genau an.«

»Okay. Sonst noch was?«

»Das wär's«, sagte Bob Esching.

»Danke«, sagte Ed Stavros und legte auf.

Stavros griff zum Hörer des schwarzen Telefons, das ihn direkt mit der Leitstelle der Port Authority Police verband, und nach dreimaligem Klingeln sagte jemand: »Guns and Hoses. Was kann ich für Sie tun?«

Knarren und Schläuche. Stavros hatte nichts für den Humor der Polizisten von der Port Authority übrig, die auch als Feuerwehr und Rettungsdienst fungierten. Er sagte: »Ich habe hier einen ankommenden NO-RAD. Trans-Continental-Flug 175, Boeing 747, Serie 700.«

»Roger, Tower. Welche Landebahn?«

»Bisher immer noch Vier-Rechts, aber woher soll ich wissen, wo er landet, wenn ich nicht mit ihm sprechen kann?«

»Da haben Sie Recht. Voraussichtliche Ankunft?«

»Sechzehn dreiundzwanzig.«

»Roger. Wollen Sie Alarmstufe 3-2 oder 3-3?«

»Na ja, fangen wir mal mit der üblichen 3-2 an, dann können wir die Alarmstufe immer noch wechseln, je nach dem, wie sich die Lage entwickelt.«

»Wir können auch dabei bleiben.«

Stavros ging die großspurige Art dieser Kerle gewaltig auf die Nerven – und es waren alles Kerle, auch die Frauen. Wer immer die fabelhafte Idee gehabt hatte, drei Machoberufe – Rettungsdienst, Feuerwehr und Polizei – zu kombinieren, konnte nicht ganz dicht gewesen sein. Stavros fragte: »Mit wem spreche ich? Mit Bruce Willis?«

»Sergeant Tintle, stets zu Diensten. Und mit wem spreche ich?«

»Mr. Stavros.«

»Also, Mr. Stavros, kommen Sie runter in die Feuerwache, dann stecken wir Sie in einen hübschen feuerfesten Anzug und geben Ihnen ein Beil, und wenn der Flieger abstürzt, können Sie als einer der Ersten an Bord gehen.«

»Das Flugzeug ist ein NO-RAD. Von einem mechanischen Defekt war keine Rede, Sergeant. Freuen Sie sich nicht zu früh.«

»Ich liebe es, wenn Sie sich aufregen.«

Stavros sagte zu Tintle: »Also gut, dann eben dienstlich. Ich nehme das rote Telefon.« Stavros legte auf, griff zum Hörer des roten Telefons und drückte einen Knopf, was ihn wiederum mit Sergeant Tintle verband, der sich diesmal mit »Port Authority, Notdienst« meldete. Dieser Anruf war dienstlich, und jedes Wort wurde aufgezeichnet, also hielt sich Stavros an die Vorschriften und sagte: »Hier ist Tower Control. Ich melde Alarmstufe 3-2 für einen Flug der Trans-Continental, eine 747-700, die auf Landebahn Vier-Rechts landen wird, voraussichtliche Ankunft in zwanzig Minuten. Der Wind kommt aus null drei null bei zehn Knoten. 310 Seelen an Bord.« Stavros fragte sich immer, warum Passagiere und Besatzung als »Seelen« bezeichnet wurden. Das hörte sich an, als wären sie tot.

Sergeant Tintle wiederholte alles und fügte hinzu: »Ich lasse ausrücken.«

»Danke, Sergeant.«

»Danke für den Anruf, Sir. Wir bedanken uns für diesen Auftrag.«

Stavros legte auf und rieb sich die Schläfen. »Idioten.«

Er stand auf und sah sich in dem riesigen Kontrollraum um. Männer und Frauen saßen konzentriert vor ihren Schirmen, sprachen in die Mikrofone ihrer Headsets und schauten hin und wieder aus dem Fenster. Der Job hier oben war nicht ganz so anstrengend wie der der eigentlichen Fluglotsen, die in dem fensterlosen Radarraum darunter saßen, kam dem aber schon sehr nahe. Er erinnerte sich daran, wie zwei seiner Männer einmal die Kollision zweier Flugzeuge auf dem Flugfeld verursacht hatten. Das war an einem seiner freien Tage passiert, und nur deshalb hatte er seinen Job damals nicht verloren.

Stavros trat an das Panoramafenster. Aus dieser Höhe von über hundert Metern – das entsprach einem dreißigstöckigen Gebäude – war der Blick auf den gesamten Flughafen, die Bucht und den Atlantik einfach überwältigend, zumal bei wolkenlosem Himmel und am Spätnachmittag, mit der Sonne im Rücken. Er schaute auf seine Armbanduhr und sah, dass es fast 16.00 Uhr war. Eigentlich hatte er in ein paar Minuten Feierabend, aber das sollte wohl nicht sein.

Seine Frau erwartete ihn um sieben zum Abendessen mit einem befreundeten Ehepaar. Er war sich ziemlich sicher, dass er das schaffen konnte oder zumindest nur unwesentlich zu spät kommen würde. Und auch wenn er zu spät kam, war es in Ordnung, wenn er eine gute Story dazu parat hatte, was ihn aufgehalten hatte. Die Leute meinten immer, er hätte einen glamourösen Beruf, und nach ein paar Cocktails gab er gern ein wenig damit an.

Er nahm sich vor, nach der Landung der Trans-Continental zu Hause anzurufen. Dann musste er mit dem Kapitän des Flugzeugs telefonieren und einen vorläufigen Bericht über den Zwischenfall schreiben. Wenn es sich nur um ein Kommunikationsproblem handelte, müsste er eigentlich um sechs Feierabend machen können, nach zwei bezahlten Überstunden. Also gut.

Er ließ sich das Gespräch mit Esching noch einmal durch den Kopf gehen. Nur zu gern hätte er Zugang zu dem Tonband gehabt, das seine Worte aufgezeichnet hatte, aber so dumm, das zuzulassen, war die FAA nicht.

Wieder dachte er an Eschings Anruf – nicht an den Wortlaut, sondern an den Tonfall. Esching machte sich eindeutig Sorgen und konnte das nicht verhehlen. Aber ein zweistündiger NO-RAD war nicht automatisch gefährlich, sondern nur ungewöhnlich. Stavros spekulierte kurz, an Bord von Trans-Continental-Flug 175 sei ein Brand ausgebrochen. Das wäre ein mehr als hinreichender Grund, die Alarmstufe von der üblichen 3-2 auf 3-3 anzuheben. Alarmstufe 3-4 war ein unmittelbar bevorstehender oder bereits erfolgter Unfall, und das war eine einfache Entscheidung. Diese unbekannte Situation machte es ausgesprochen schwierig.

Und dann bestand ja auch noch die entfernte Möglichkeit, dass eine Entführung stattfand. Nur hatte Esching gesagt, dass kein Hijacking-Transpondercode gesendet worden sei.

Stavros spielte die beiden Möglichkeiten durch: 3-2 oder 3-3? Alarmstufe 3-3 würde ganz bestimmt mehr Schreibarbeit erfordern, sollte sie sich als überflüssig erweisen. Er beschloss, es bei 3-2 zu belassen, und ging zum Kaffeetresen.

»Chef!«

Stavros sah zu Roberto Hernandez, einem seiner Towerlotsen, hinüber. »Was?«

Hernandez nahm seinen Kopfhörer ab und sagte zu seinem Vorgesetzten: »Chef, die Radarkontrolle hat sich gerade wegen eines Trans-Continental NO-RAD bei mir gemeldet.«

Stavros setzte seinen Kaffee ab. »Und?«

»Na ja, das Flugzeug hat früher als geplant zum Landeanflug angesetzt und wäre fast mit einem US-Airways-Flug nach Philadelphia kollidiert.«

»Scheiße ...« Stavros schaute wieder aus dem Fenster. Es war ihm unbegreiflich, wie der Pilot der Trans-Continental an diesem heiteren, wolkenlosen Tag ein anderes Flugzeug hatte übersehen können. Da wäre doch schon das Kollisionsschutzsystem losgegangen, ehe man überhaupt Sichtkontakt hatte. Das war das erste Anzeichen dafür, dass wirklich etwas überhaupt nicht stimmte. *Was, zum Teufel, geht hier vor?*

Hernandez schaute wieder auf den Radarschirm und sagte: »Ich habe ihn, Chef.«

Stavros trat an Hernandez' Pult und starrte auf den weißen Leuchtpunkt. Das Flugzeug folgte zweifellos dem Instrumentenlandekurs für eine der nordöstlichen Landebahnen des Kennedy-Flughafens.

Stavros erinnerte sich noch an die Zeiten, als die Arbeit im Kontrollturm eines Flughafens darin bestand, aus dem Fenster zu gucken. Heutzutage schauten die Leute im Kontrollraum größtenteils auf die gleichen elektronischen Anzeigen wie die Fluglotsen unten im dunklen Radarraum. Aber wenigstens hatte man hier oben die Möglichkeit hinauszuschauen, wenn man wollte.

Stavros nahm Hernandez' Hochleistungsfernglas und ging zum Südfenster. Vor der Rundumverglasung waren im rechten Winkel vier Kommunikationsstehpulte angebracht, damit die Mitarbeiter alle Kommunikationsmittel verfügbar hatten, während sie dort standen und mit eigenen Augen sahen, was sich in den Anflugsektoren, auf den Start- und Landebahnen, den Rollbahnen und an den Flugsteigen abspielte. Normalerweise war das nicht nötig, aber Stavros wollte sozusagen am Ruder sein, wenn das Flugzeug in Sicht kam. Er rief zu Hernandez hinüber: »Geschwindigkeit?«

»Zweihundert Knoten«, antwortete Hernandez. »Sinkflug auf 5800 Fuß.«

»Okay.«

Stavros griff wieder zum roten Telefon. Er schaltete den Notfalllautsprecher im Kontrollturm ein und sagte: »Notdienst, hier ist Tower, over.«

Eine Stimme erscholl aus dem Lautsprecher im stillen Kontrollraum. »Tower, hier Notdienst.«

Stavros erkannte Tintles Stimme.

Tintle fragte: »Was gibt's?«

»Eine neue Alarmstufe. Wir haben jetzt 3-3.«

Es herrschte Schweigen, und dann fragte Tintle: »Warum das?«

Stavros fand, dass Tintle nicht mehr ganz so großspurig klang. Stavros erwiderte: »Wegen eines Beinahezusammenstoßes mit einem anderen Flugzeug.«

»Mist.« Wiederum Schweigen, dann: »Was glauben Sie, ist das Problem?«

»Keine Ahnung.«

»Eine Entführung?«

»Wegen einer Entführung fliegt der Pilot nicht wie der letzte Penner.«

»Tja ... nun –«

»Wir haben keine Zeit für Spekulationen. Die Maschine befindet sich noch fünfzehn Meilen entfernt im Endanflug auf Landebahn Vier-Rechts. Verstanden?«

»Fünfzehn Meilen Endanflug auf Landebahn Vier-Rechts.«

»Bestätige«, sagte Stavros.

»Ich lasse den Rest der Einheit ausrücken.«

»Gut.«

»Bestätigen Sie den Flugzeugtyp«, sagte Tintle.

»Immer noch eine 747-700, soweit ich weiß. Ich rufe Sie, wenn wir Sichtkontakt haben.«

»Roger.«

Stavros legte auf und hob das Fernglas. Er schaute zum Anfang der Startbahn und von dort nach oben, aber in Gedanken war er immer noch bei dem Funkgespräch, das er eben geführt hatte. Er erinnerte sich, dass er Tintle ein paar Mal bei Meetings begegnet war. Tintles Stil gefiel ihm nicht besonders, aber er hatte so das Gefühl, dass der Kerl was von seiner Sache verstand. Diese Cowboys, die sich Guns and Hoses nannten, hockten die meiste Zeit in ihrer Feuerwache herum, spielten Karten, sahen fern und schwadronierten über Frauen. Und sie putzten ständig ihre Wagen – sie waren ganz vernarrt in blitzblanke Fahrzeuge.

Aber Stavros hatte sie auch ein paar Mal im Einsatz gesehen, und er war sich ziemlich sicher, dass sie mit allem klarkamen, sei es nun ein Absturz, ein Brand an Bord oder sogar eine Entführung. Aber sobald das Flugzeug zum Stillstand kam, war er ja schließlich auch nicht mehr für sie und die Lage verantwortlich. Es bereitete ihm Genugtuung zu wissen, dass dieser 3-3-Sondereinsatz aus dem Budget der Port Authority und nicht aus dem der Flugleitung bezahlt wurde.

Stavros senkte das Fernglas, rieb sich die Augen, hob das Fernglas wieder und konzentrierte sich auf die Landebahn Vier-Rechts.

Beide Rettungsdiensteinheiten waren ausgerückt, und Stavros sah an den Rändern der Landebahn ein beeindruckendes Aufgebot von Notdienstfahrzeugen. Ihre roten Leuchtfeuer blinkten und rotierten. Sie standen weit auseinander, damit ein so riesiges Flugzeug wie ein Jumbojet bei einer Bruchlandung sie nicht alle auslöschen konnte.

Stavros zählte zwei SEF – Schnell-Eingreif-Fahrzeuge – und vier große Löschfahrzeuge vom Typ T-2900. Dann standen dort noch ein schwerer Rettungswagen, zwei Krankenwagen, sechs Streifenwagen der Port Authority Police und der Einsatzleitwagen, der über sämtliche Frequenzen mit allen angeschlossenen Dienststellen in New York in Verbindung stand und über eine vollständige Telefonzentrale verfügte. Dann entdeckte er noch den GSG, den Gerätewagen gefährliche Stoffe und Güter, dessen Besatzung von der US-Armee ausgebildet war. Etwas abseits standen die Gangways und das mobile Hospital. Jetzt fehlte nur noch die mobile Leichenhalle. Die rückte nur aus, wenn es nötig war, und auch dann war keine Eile geboten.

Ed Stavros betrachtete die Szene, die er einfach so ins Leben gerufen hatte, indem er zu seinem roten Telefon gegriffen hatte. Einerseits hoffte er, es würde mit dem Flugzeug keine Probleme geben. Doch andererseits ... Alarmstufe 3-3 hatte er seit zwei Jahren nicht mehr ausgerufen und machte sich Sorgen, überreagiert zu haben. Aber lieber überreagieren als unterreagieren.

»Noch sieben Meilen«, rief Hernandez.

»Okay.« Stavros suchte noch einmal den Horizont ab, wo der Atlantische Ozean auf die Dunstglocke von New York traf.

»Sechs Meilen.«

»Ich hab ihn.« Selbst mit diesem Hochleistungsfernglas war die 747 kaum mehr als ein glitzernder Punkt im blauen Himmel. Aber mit jeder Sekunde wurde das Flugzeug größer.

»Fünf Meilen.«

Stavros schaute weiter zu dem näher kommenden Flugzeug hoch. Er hatte tausenden Jumbojets beim Landeanflug zugesehen, und an diesem Landeanflug hier kam ihm nichts ungewöhnlich vor, nur dass die Funkgeräte des Flugzeugs auf unheimliche Weise schwiegen.

»Vier.«

Stavros beschloss, direkt mit dem Leiter der Rettungsmannschaft zu sprechen. Er nahm ein Funkgerät, das auf die Frequenz der Bodenkontrolle eingestellt war, und sagte: »Rescue 1, hier ist Tower.«

Eine Stimme meldete sich. »Tower, hier ist Rescue 1. Was kann ich für Sie tun?«

O Gott, dachte Stavros, *noch so ein Scherzkeks*. Das war offenbar die Qualifikation für diesen Job. Stavros sagte: »Hier ist Mr. Stavros, der Diensthabende vom Tower. Mit wem spreche ich?«

»Hier ist Sergeant Andy McGill, Leadgitarre, Guns and Hoses. Was darf ich für Sie spielen?«

Stavros beschloss, das Spielchen dieses Idioten nicht mitzumachen. Stavros sagte: »Es ist dienstlich.«

»Verstanden.«

»Okay ... Das betreffende Flugzeug ist in Sicht, McGill.«

»Ja, wir sehen es auch.«

Stavros fügte hinzu: »Es ist auf Kurs.«

»Gut, ich hasse es, wenn sie auf uns draufknallen.«

»Aber seien Sie auf alles vorbereitet.«

»Immer noch kein Funkkontakt?«

»Korrekt.«

»Zwei Meilen«, sagte Hernandez. »Auf Kurs, Höhe achthundert Fuß.«

Stavros gab das an McGill weiter, und der bestätigte.

»Noch eine Meile«, sagte Hernandez. »Auf Kurs, Höhe fünfhundert Fuß.«

Stavros konnte das riesige Passagierflugzeug nun deutlich sehen. Er sagte zu McGill: »Bestätigung: eine 747-700. Fahrwerk ausgefahren, Landeklappen sehen normal aus.«

»Roger. Ich sehe ihn klar und deutlich«, erwiderte McGill.

»Gut. Jetzt sind Sie dran.« Stavros beendete die Übertragung und legte das Funkgerät beiseite.

Hernandez verließ sein Pult und stellte sich neben Stavros. Auch ein paar andere Männer und Frauen, die nichts Dringendes zu tun hatten, stellten sich an den Fenstern auf.

Stavros beobachtete die 747, gebannt von dem riesigen Flugzeug, das eben den Beginn der Landebahn passiert hatte und nun auf den Beton herniederschwebte. Das Flugzeug sah nicht anders aus und verhielt sich nicht anders als eine gewöhnliche 747, die eben aufsetzte. Doch plötzlich war sich Ed Stavros sicher, dass er nicht pünktlich zum Abendessen kommen würde.

Kapitel 5

Der Transporter setzte uns bei der Auslandsankunft vor dem Logo der Air India ab, und von dort gingen wir zum Bereich der Trans-Continental.

Ted Nash und George Foster gingen zusammen, Kate Mayfield und ich folgten ihnen. Es sollte nicht nach vier Feds im Einsatz aussehen, falls jemand zusah. Seine handwerklichen Kniffe muss man üben, auch wenn man von seinen Gegnern nicht sonderlich beeindruckt ist.

Ich sah auf der großen Ankunftsanzeige nach und dort stand, dass Trans-Continental-Flug 175 pünktlich war. Das bedeutete, dass die Maschine in etwa zehn Minuten landen würde und die Passagiere an Flugsteig 23 erwartet wurden.

Während wir zum Ankunftsbereich gingen, schauten wir uns unter den Leuten um. Normalerweise sieht man keine Schurken ihre Pistolen laden oder so was, aber es ist schon erstaunlich, wie man nach zwanzig Jahren bei der Polizei Ärger förmlich wittern kann.

Im Terminal war jedenfalls an diesem Aprilsamstag nicht allzu viel los, und alle sahen mehr oder weniger normal aus – bis auf die New Yorker, die ja immer aussehen wie am Rande des Nervenzusammenbruchs.

Kate sagte zu mir: »Ich möchte, dass Sie höflich zu Ted sind.«

»Okay.«

»Das ist mein Ernst.«

»Ja, Ma'am.«

Sie sagte, recht verständnisvoll: »Er genießt es doch förmlich, dass Sie ihn aufziehen.«

Da hatte sie natürlich Recht. Aber Ted Nash hat eben etwas an sich, das ich nicht ausstehen kann. Zum Beispiel seine Selbstgefälligkeit und sein Überlegenheitskomplex. Aber hauptsächlich traue ich ihm nicht über den Weg.

Auf einen Auslandsflug wartet man vor dem Zollbereich im Erdgeschoss, also gingen wir dorthin und schauten uns dabei in der Menge nach Leuten um, die sich verdächtig verhielten, was immer das bedeuten mochte.

Ich gehe mal davon aus, dass der durchschnittliche terroristische Attentäter weiß, dass sein Opfer nicht durch den Zoll geht, wenn es beschützt wird. Aber die Qualität der Terroristen ist in diesem Lande im allgemeinen gering, ich weiß auch nicht, warum, und die Dummheiten, die hier begangen wurden, sind legendär. Nick Monti behauptet, dass die ATTF-Typen in der Kneipe gern Anekdoten über die dummen Terroristen zum Besten geben – und der Presse dann Räuberpistolen darüber auftischen, wie gefährlich diese Schurken doch seien. Sie stellen durchaus eine Gefahr dar, aber größtenteils doch für sich selbst. Aber andererseits: Denken Sie an das World Trade Center. Die beiden Bombenanschläge auf die Botschaften in Afrika gar nicht zu erwähnen.

Kate sagte zu mir: »Wir bleiben noch zwei Minuten hier und gehen dann zum Gate.«

»Soll ich mein ›Herzlich willkommen, Assad Khalil‹-Schild schon hochhalten?«

»Später. Am Gate.« Sie fügte hinzu: »Das muss wohl die Jahreszeit für Überläufer sein.«

»Wie meinen Sie das?«

»Im Februar hatten wir schon einen.«

»Erzählen Sie mir mehr.«

»Die gleiche Geschichte. Ein Libyer, der um Asyl bat.«

»Wo hat er sich gestellt?«

»Auch in Paris«, sagte sie.

»Was ist mit ihm geschehen?«

»Wir haben ihn ein paar Tage lang behalten und dann nach Washington gebracht.«

»Und wo ist er jetzt?«

»Weshalb fragen Sie?«

»Na, da ist doch was faul.«

»Ja, nicht wahr? Was glauben Sie?«

»Klingt wie 'ne Trockenübung, um zu sehen, was passiert, wenn man zur Amerikanischen Botschaft in Paris geht und sich stellt.«

»Sie sind schlauer, als Sie aussehen. Hatten Sie mal eine Antiterrorschulung?«

»So was in der Richtung. Ich war verheiratet.« Ich fügte

hinzu: »Früher habe ich viele Romane über den Kalten Krieg gelesen.«

»Ich wusste doch, dass es eine gute Idee war, Sie zu engagieren.«

»Genau. Ist dieser andere Überläufer interniert oder kann er seine Kumpels in Libyen anrufen?«

»Er war interniert, hatte aber Freigang. Er hat sich aus dem Staub gemacht.«

»Weshalb der Freigang?«

»Na ja, er war ein kooperativer Zeuge«, antwortete sie.

»Jetzt nicht mehr«, bemerkte ich.

Sie erwiderte nichts, und ich stellte keine weiteren Fragen. Meiner Meinung nach behandelt das FBI seine so genannten Überläufer und Terroristen, die sich stellen, viel netter als die Polizei kooperative Verbrecher. Aber das ist ja nur meine Privatmeinung.

Wir gingen zu unserem Treffpunkt in der Nähe der Zolltür und trafen dort den Detective von der Port Authority, der Frank hieß.

Frank fragte: »Kennen Sie den Weg, oder soll ich Sie begleiten?«

»Ich kenne den Weg«, antwortete Foster.

»Okay«, sagte Frank. »Ich bringe Sie durch.« Wir gingen durch den Zolleingang, und Frank meinte zu ein paar Zöllnertypen: »Das sind FBI-Agenten. Lasst sie durch.«

Denen schien das schnurz zu sein, und Frank wünschte uns viel Glück und war froh, nicht den langen Weg zum Flugsteig 23 mitgehen zu müssen.

Kate, Foster, Nash und ich gingen durch den riesigen Zollbereich mit der Gepäckausgabe und dann einen Flur entlang zu den Schaltern der Passkontrolle, wo uns nicht mal jemand fragte, was wir dort zu suchen hatten.

Mal ehrlich, man hätte diesen Pennern seinen Videotheksausweis vorzeigen können und wäre dann mit einer Panzerfaust auf der Schulter da durchmarschiert.

Kurz gesagt: Der JFK ist ein Sicherheitsalbtraum, ein einziger wimmelnder Hexenkessel, den pro Jahr dreißig Millionen Fluggäste passieren.

Wir gingen nun alle zusammen einen dieser langen, surrealen Korridore entlang, die den Zoll und die Passkontrolle mit den Flugsteigen verbinden. Letztendlich machten wir genau das Gegenteil dessen, was eintreffende Passagiere machten, und ich schlug vor, rückwärts zu gehen, um keine Aufmerksamkeit zu erregen, aber das fand keiner nötig oder auch nur witzig.

Kate Mayfield und ich gingen vor Nash und Foster, und sie fragte mich: »Haben Sie das psychologische Gutachten über Assad Khalil gelesen?«

Ich konnte mich nicht erinnern, im Dossier ein psychologisches Gutachten gesehen zu haben, und das sagte ich ihr.

Sie erwiderte: »Ja, aber da war eines. Es deutet darauf hin, dass ein Mann wie Assad Khalil – Assad bedeutet im Arabischen übrigens ›Löwe‹ –, dass ein solcher Mann unter einem geringen Selbstwertgefühl leidet und aus seiner Kindheit ein Gefühl der Unzulänglichkeit zurückbehalten hat, das er erst noch aufarbeiten muss.«

»Wie bitte?«

»Dieser Typ Mann braucht dringend eine Bestätigung seines Selbstwerts.«

»Sie meinen, ich darf ihm nicht die Nase brechen?«

»Nein, das dürfen Sie nicht. Sie müssen ihn in seinem Persönlichkeitsempfinden bestärken.«

Ich schaute sie an und sah, dass sie lächelte. Geistesgegenwärtig, wie ich bin, war mir klar, dass sie mich verarscht. Ich lachte, und sie stupste mich schelmisch am Arm, was mir irgendwie gefiel.

Am Flugsteig stand eine Frau in einer himmelblauen Uniform, in der Hand ein Klemmbrett und ein Walkie-Talkie. Wir sahen wohl irgendwie gefährlich aus, denn als sie uns kommen sah, fing sie an, in ihr Funkgerät zu schnattern.

Kate ging vor, zeigte ihren FBI-Dienstausweis vor und sprach mit der Frau, die sich beruhigte. Heutzutage leiden echt alle unter Verfolgungswahn, zumal auf internationalen Flughäfen. Als ich klein war, gingen wir noch direkt zum Flugsteig, um Leute in Empfang zu nehmen. Damals war ein Metalldetektor etwas, das man an den Strand mitnahm, um Münzen zu finden, und damals wurden höchstens LKW entführt. Der internationale Terrorismus hat das alles geändert. Doch leider führt Verfolgungswahn nicht automatisch zu mehr Sicherheit.

Nash, Foster und ich gingen jedenfalls hin und plauderten mit der Dame, die sich als Gate Agent der Trans-Continental entpuppte. Sie hieß Debra Del Vecchio, was hübsch klang. Sie sagte uns, soweit sie wüsste, sei der Flug pünktlich, und deshalb stünde sie dort. So weit, so gut.

Die Vorschriften für die Flugbeförderung von Häftlingen mit Eskorte sehen vor, dass Häftlinge und ihre Eskorte als Letzte an Bord und als Erste von Bord gehen. Auch VIPs, wie etwa Politiker, müssen warten, bis Häftlinge von Bord gegangen sind, da aber viele Politiker irgendwann in Handschellen enden, können sie dann auch als Erste von Bord gehen.

Kate sagte zu Miss Del Vecchio: »Wenn Sie die Fluggastbrücke an das Flugzeug andocken, gehen wir zur Flugzeugtür und warten dort. Die Leute, die wir abholen, gehen als Erste von Bord, und wir begleiten sie über die Personaltreppe der Fluggastbrücke aufs Rollfeld, wo ein Fahrzeug auf uns wartet. Sie werden uns nicht wieder sehen. Wir werden Ihren Passagieren keine Unannehmlichkeiten bereiten.«

Miss Del Vecchio fragte: »Wen holen Sie denn ab?«

»Elvis Presley«, antwortete ich.

»Einen VIP«, erläuterte Kate.

Foster fragte sie: »Hat sich sonst jemand nach diesem Flug erkundigt?«

Sie schüttelte den Kopf.

Nash betrachtete das Foto auf ihrem Dienstausweis, der an ihrer Bluse befestigt war.

Ich dachte, ich sollte irgendwas Cleveres tun oder sagen, damit sich die Fünfzig-Dollar-Taxifahrt aus Manhattan auch gelohnt hätte, und konnte mich gerade noch zurückhalten, sie zu fragen, ob sie mit einem Araber liiert sei. Sonst fiel mir nichts ein.

Wir fünf standen also da, gaben uns Mühe, vergnügt dreinzuschauen, sahen immer mal wieder auf unsere Armbanduhren und betrachteten die bescheuerten Tourismusplakate an den Wänden des Korridors.

Foster fiel offenbar plötzlich ein, dass er ja ein Handy dabei hatte. Erleichtert, etwas zu tun zu haben, holte er es hervor, wählte eine gespeicherte Nummer, wartete und sagte dann: »Nick, hier ist George. Wir sind am Gate. Gibt's was Neues?«

Foster hörte Nick Monti zu und sagte dann: »Okay... ja... genau... okay... gut.«

Als auch dieser Routineanruf langweilig wurde, verabschiedete er sich und verkündete: »Der Transporter steht auf dem Rollfeld neben diesem Flugsteig. Port Authority und New Yorker Polizei sind auch schon da: fünf Wagen mit zehn Mann und dazu der Streifenwagen zur Ablenkung.«

Ich fragte: »Hat Nick gesagt, wie es bei den Yankees steht?«

»Nein.«

»Die haben heute ein Heimspiel gegen Detroit. Müsste mittlerweile das fünfte Inning sein.«

Debra Del Vecchio sagte: »Am Ende des vierten lagen sie eins zu drei zurück.«

»Das wird eine schwere Saison«, meinte ich.

Wir redeten also eine Weile Blödsinn, und ich fragte Kate: »Haben Sie Ihre Einkommenssteuererklärung schon gemacht?«

»Klar. Ich bin doch Steuerberaterin.«

»Das habe ich mir schon gedacht.« Ich fragte Foster: »Sind Sie auch Steuerberater?«

»Nein, ich bin Anwalt.«

»Wieso wundert mich das eigentlich nicht?«, meinte ich.

»Ich dachte, Sie sind vom FBI?«, meinte Debra.

»Die meisten Agenten sind Steuerberater oder Anwälte«, erläuterte Kate.

»Seltsam«, meinte Miss Del Vecchio.

Ted Nash stand einfach nur an die Wand gelehnt da, mit den Händen in den Jacketttaschen, schaute in die Ferne und dachte vermutlich an die guten alten Zeiten der Weltmeisterschaft CIA gegen KGB. Er hätte sich nie träumen lassen, dass sein Siegerteam anschließend nur noch gegen Dorfmannschaften spielen konnte. Ich meinte zu Kate: »Ich dachte, Sie wären Anwältin.«

»Das auch.«

»Ich bin beeindruckt. Können Sie kochen?«

»Natürlich kann ich kochen. Und ich habe einen schwarzen Gürtel in Karate.«

»Können Sie tippen?«

»Siebzig Wörter die Minute. Und ich bin an fünf unterschiedlichen Pistolen und drei Gewehren zur Scharfschützin ausgebildet.«

»Browning neun Millimeter?«

»Kein Problem«, sagte sie.

»Treten Sie mal gegen mich an?«

»Gern. Jederzeit.«

»Fünf Dollar pro Punkt.«

»Zehn und Sie sind dabei.«

Wir schüttelten uns die Hände.

Ich verliebte mich nicht oder so was, aber ich musste zugeben, dass ich durchaus fasziniert war.

Die Minuten vergingen. Ich sagte: »Kommt ein Mann in die Kneipe und sagt zum Barkeeper: ›Wissen Sie, Rechtsanwälte sind doch alle Arschlöcher.‹ Und ein Typ am Ende des Tresens meint: ›Hey, das hab ich gehört. Das nehme ich Ihnen übel.‹ Fragt der erste Typ: ›Wieso? Sind Sie Rechtsanwalt?‹ Sagt der andere Typ: ›Nein, ich bin ein Arschloch.‹«

Miss Del Vecchio lachte. Dann schaute sie auf ihre Armbanduhr und dann auf ihr Funkgerät.

Wir warteten.

Manchmal hat man einfach das Gefühl, dass etwas nicht stimmt. Genau dieses Gefühl hatte ich.

Kapitel 6

Crew Chief Sergeant Andy McGill vom Rettungsdienst, alias Guns and Hoses, stand auf dem Trittbrett seines Schnell-Eingreif-Fahrzeugs. Er trug seinen silberfarbenen Schutzanzug und fing unter dem feuerfesten Stoff schon an zu schwitzen. Er richtete sein Fernglas auf die landende Boeing 747. Soweit er das beurteilen konnte, sah das Flugzeug intakt aus und befand sich im normalen Landeanflug.

Er steckte den Kopf durch das offene Fenster und meinte zu seinem Feuerwehrmann Tony Sorentino: »Keine sichtbaren Anzeichen für ein Problem. Gib das weiter.«

Sorentino, der ebenfalls einen feuerfesten Anzug trug, nahm das Mikrofon, das ihn über Funk mit den anderen Rettungsdienstfahrzeugen verband, und gab McGills Lagebericht an die übrigen Fahrzeuge weiter. Alle antworteten mit »Roger« und ihrem jeweiligen Rufzeichen.

McGill gab Sorentino weitere Instruktionen: »Sag ihnen, sie sollen sich an die normale Aufstellung halten und dem Flugzeug folgen, bis es die Landebahn verlassen hat.«

Sorentino gab McGills Anweisungen über Funk weiter, und alle bestätigten.

Der andere Crew Chief, Ron Ramos, fragte McGill über Funk: »Brauchst du uns, Andy?«

McGill antwortete: »Nein, aber haltet euch bereit. Wir haben immer noch Alarmstufe 3-3.«

»Sieht aber eher wie 3-Garnichts aus.«

»Ja, aber wir können nicht mit dem Piloten sprechen, also haltet euch bereit.«

McGill richtete sein Fernglas auf den Kontrollturm in der Ferne. Trotz der Spiegelungen auf dem Fensterglas konnte er erkennen, dass sich zahlreiche Personen am Panoramafenster eingefunden hatten. Die Leute im Kontrollturm machten sich offensichtlich Sorgen.

McGill öffnete die rechte Tür und setzte sich neben Sorentino, der in der Mitte der großen Fahrerkabine hinter dem Lenkrad saß. »Was denkst du?«

»Ich denke, dass ich fürs Denken nicht bezahlt werde«, erwiderte Sorentino.

»Aber wenn du nun denken müsstest?«

»Ich würde gerne denken, dass es, außer mit den Funkgeräten, keine Probleme gibt. Ich will heute kein brennendes Flugzeug löschen oder mir eine Schießerei mit Entführern liefern.«

McGill erwiderte nichts.

Sie saßen ein paar Sekunden lang schweigend da. Es war fürchterlich heiß in diesen feuerfesten Anzügen, und McGill schaltete die Lüftung an.

Sorentino betrachtete die Lämpchen und Anzeigen vor ihm. Das Einsatzfahrzeug SEF war mit 400 Kilo Spezialpulver zum Löschen elektrischer Brände ausgestattet, dazu mit 28 Hektolitern Wasser und vier Hektolitern leichtem Wasser. Sorentino sagte zu McGill: »Alles klar.«

McGill dachte daran, dass dies sein sechster Einsatz in dieser Woche war und bisher nur einer davon nötig gewesen war: ein Bremsenbrand bei einer 737 der Delta. Es war fünf Jahre her, dass er einen richtigen Flugzeugbrand bekämpft hatte: das brennende Triebwerk eines Airbus 300, das fast außer Kontrolle geraten wäre. McGill selbst hatte nie eine Entführung miterlebt, und bei Guns and Hoses arbeitete nur noch ein Mann, der das von sich behaupten konnte, und der war heute nicht im Dienst.

McGill sagte zu Sorentino: »Wenn das Flugzeug von der Landebahn runter ist, folgen wir ihm zum Gate.«

»Okay. Soll noch jemand mitkommen?«

»Ja ... wir nehmen zwei Streifenwagen mit ... für den Fall, dass die Lage an Bord das erfordert.«

»Gut.«

McGill wusste, dass er über eine gute Mannschaft verfügte. Bei Guns and Hoses liebten alle ihre Arbeit und waren über die Ochsentour hier gelandet, hatten an schäbigen Orten wie dem Port-Authority-Busbahnhof in Manhattan angefangen, beim Brücken- oder Tunneldienst oder dem Streifendienst der Flughafenpolizei. Sie hatten ihre Arbeitstage damit verbracht, Prostituierte, Zuhälter, Dealer und Junkies hoppzunehmen, hatten an vielen Orten im großen Reich der Port Authority Penner vertrieben, waren auf Brücken und in Tunneln Mautsündern und Betrunkenen nachgejagt, hatten am Busbahnhof weggelaufene Kinder aus dem Mittelwesten eingesammelt und so weiter.

Der Polizeidienst bei der Port Authority war eine eigenartige Mischung aus diesem und jenem, aber Guns and Hoses war der Bombenjob. Alle in dieser Einheit waren bestens ausgebildete Freiwillige und theoretisch jederzeit bereit, einen Kerosingroßbrand zu löschen, sich mit Amok laufenden Terroristen eine Schießerei zu liefern oder bei einem Herzinfarktopfer eine Wiederbelebung durchzuführen. Sie alle waren potenzielle Helden, aber während des vergangenen Jahrzehnts war nicht viel passiert, und McGill fragte sich, ob die Jungs nicht ein bisschen verweichlicht seien.

Sorentino studierte einen Grundriss der 747-700, den er auf dem Schoß hatte. Er sagte: »Das ist wirklich ein Riesenbrummer.«

»Ja.« McGill hoffte, dass wenn es sich um ein mechanisches Problem handelte, der Pilot so klug gewesen war, den verbliebenen Treibstoff über dem Meer abzulassen. McGill war der festen Überzeugung, dass Passagierflugzeuge kaum etwas anderes als fliegende Bomben waren: herumschwappender Treibstoff, überhitzte Triebwerke, elektrische Kabel und was sonst noch in den Laderäumen – und das alles segelte durch die Luft und konnte ganze Straßenzüge zerstören. Andy McGill hatte nie jemandem erzählt, dass er tatsächlich Flugangst hatte, nie geflogen war und nie fliegen würde. Sich mit diesen Biestern am Boden auseinanderzusetzen, war das eine, aber im Bauch eines solchen Biests durch die Luft zu fliegen, das kam nicht in Frage.

Andy McGill und Tony Sorentino schauten durch die Windschutzscheibe hinaus in den schönen Aprilhimmel. Die 747 war größer geworden, und nun konnte man Umrisse und Farben erkennen. Alle paar Sekunden schien das Flugzeug schon wieder doppelt so groß.

Sorentino meinte: »Sieht okay aus.«

»Ja.« McGill hob seinen Feldstecher und richtete ihn auf das näher kommende Flugzeug. Dem Riesenvogel waren vier Fahrwerke gewachsen, zwei unter den Tragflächen und zwei unter dem Rumpf, dazu das Bugfahrwerk. Insgesamt vierundzwanzig Reifen. Er sagte: »Die Reifen scheinen in Ordnung zu sein.«

»Gut.«

McGill schaute weiter zu dem Flugzeug hoch, das nun gut hundert Meter über und jenseits der zwei Meilen langen nordöstlichen Landebahn des Kennedy-Flughafens zu schweben schien. McGill war trotz seiner Flugangst von diesen prächtigen Ungetümen fasziniert. Starts und Landungen kamen ihm beinahe magisch vor. Einige Male war er im Laufe seiner Karriere zu diesen mythischen Monstern gekommen, als sich ihre Magie in Rauch und Flammen auflöste. Dann waren diese Flugzeuge nur ein normaler Großbrand, nicht anders als ein Laster oder ein Gebäude, das die Flammen verzehrten. McGills Aufgabe bestand darin, das zu verhindern. Doch bis dahin kam es ihm vor, als tauchten diese fliegenden Ungetüme, die schauerliche Geräusche von sich gaben und die irdischen Gesetze der Schwerkraft zu missachten schienen, aus einer anderen Dimension auf.

»Fast gelandet ...«, sagte Sorrentino.

McGill hörte ihn kaum und schaute weiter durch seinen Feldstecher. Die Fahrwerke hingen mit einer herausfordernden Geste da, als wollten sie der Landebahn befehlen, sich zu ihnen hochzuwölben. Das Flugzeug hob den Bug, und die beiden Reifen des Bugfahrwerks hoben sich über das Hauptfahrwerk. Die Landeklappen waren ausgefahren und Geschwindigkeit, Höhe und Winkel stimmten. Wabernde Hitzewellen folgten den vier riesigen Triebwerken. Das Flugzeug schien gesund und munter, dachte Mc Gill, wirkte anmutig und zielstrebig.

Sorrentino fragte: »Siehst du irgendein Problem?«

»Nein.«

Die 747 überflog die Schwellenmarkierungen am Beginn der Landebahn und senkte sich auf die Aufsetzzone einige hundert Meter weiter herab. Der Bug hob sich leicht, kurz bevor die ersten Reifen des Hauptfahrwerks aufsetzten und sich das ganze Fahrwerk aus seiner schrägen Ausgangsposition in die Horizontale bewegte. Silbergraue Dampfwolken stoben hinter den einzelnen Fahrwerken auf, als sie auf dem Beton aufsetzten und binnen einer Sekunde von null auf dreihundert Stundenkilometer beschleunigten. Vom Aufsetzen des Hauptfahrwerks bis zu dem Moment, in dem die Reifen des Bugfahrwerks Kontakt mit der Landebahn bekamen, dauerte es vielleicht vier oder fünf Sekunden, aber die Anmut des Vorgangs ließ es viel länger wirken, wie bei einem makellosen Football-Pass in die Endzone. Touchdown.

Aus dem Lautsprecher des Rettungsdienstfahrzeugs verkündete eine Stimme: »Rescue 4 fährt los.«

Eine weitere Stimme sagte: »Rescue 3. Ich bin links von dir.«

Alle vierzehn Fahrzeuge hatten sich in Bewegung gesetzt und standen in Funkkontakt miteinander. Nacheinander fuhren sie auf die Landebahn, und das riesige Flugzeug brauste an ihnen vorüber.

Die 747 befand sich nun auf der Höhe von McGills Fahrzeug, und ihm kam die Landerollgeschwindigkeit zu hoch vor.

Sorentino gab Gas, und der V8-Dieselmotor des SEF brüllte auf, als das Fahrzeug auf die Landebahn raste und dem langsamer werdenden Jet hinterherjagte.

Sorentino bemerkte: »Hey, Andy – kein Umkehrschub.«

»Was ...?«

Als das SEF das Flugzeug allmählich einholte, konnte McGill erkennen, dass sich die Abgasleitschaufeln hinter den vier Triebwerken immer noch waagerecht in der Reiseposition befanden. Diese schwenkbaren Metallplatten – groß wie Scheunentore – waren nicht auf die Position eingestellt, den Düsenstrahl während des Rollouts nach vorn umzulenken, und deshalb war das Flugzeug zu schnell.

Sorentino sah auf den Tacho und sagte: »Hundertachtzig.«

»Zu schnell. Er ist zu schnell.« McGill wusste, dass die Boeing 747 dafür ausgelegt und zugelassen war, nur mittels der Fahrwerksbremsen zum Stillstand zu kommen, und dass die Landebahn lang genug dafür war, aber das war das erste sichtbare Anzeichen, dass etwas nicht in Ordnung war.

Die 747 rollte weiter und bremste langsamer als üblich ab, wurde aber eindeutig langsamer. McGills Fahrzeug fuhr voran, fünf weitere Rettungsdienstfahrzeuge und sechs Streifenwagen folgten, und hintendrein fuhren zwei Krankenwagen.

McGill nahm sein Mikrofon und gab jedem der Fahrzeuge Anweisungen. Sie näherten sich dem riesigen, schwerfälligen Flugzeug und nahmen ihre Positionen ein: ein SEF am

Heck, zwei T-2900-Löschfahrzeuge seitlich und die Streifenwagen und Krankenwagen fächerförmig hinter dem Heck. Sorentino und McGill fuhren unter der riesenhaften Tragfläche des Flugzeugs durch und hielten sich auf Höhe des Bugs, während das Flugzeug immer langsamer wurde. McGill schaute aus dem Seitenfenster zu dem riesigen Flugzeug hoch. Im Gebrüll der Düsentriebwerke rief er Sorentino zu: »Ich sehe kein Problem.«

Sorentino konzentrierte sich auf das Tempo und den Abstand und meinte: »Weshalb schaltet er nicht auf Schubumkehr?«

»Keine Ahnung. Musst du ihn fragen.«

Die Boeing 747 kam schließlich zum Stillstand, eine Viertelmeile vor dem Ende der Landebahn, und vom letzten Schwung wippte der Bug noch zweimal auf und ab.

Die vier T-2900-Löschfahrzeuge hatten sich in vierzig Meter Abstand vom Flugzeug postiert, zwei zu jeder Seite, und hinten und vorne standen die beiden SEF. Die Krankenwagen hielten hinter dem Flugzeug, und die sechs Streifenwagen folgten je einem der Rettungsdienstfahrzeuge, hielten aber weiter vom Flugzeug entfernt als die Löschfahrzeuge. Die sechs Männer in den Streifenwagen stiegen aus, wie es die Vorschrift verlangte, und gingen hinter ihren Fahrzeugen in Deckung. Sie waren mit Flinten und automatischen Gewehren des Typs AR-15 bewaffnet.

Die übrigen Männer blieben in ihren Fahrzeugen. McGill nahm sein Mikrofon und fragte die fünf anderen Rettungsdienstfahrzeuge: »Habt ihr was entdeckt?«

Niemand antwortete, was auch gut war, denn laut Vorschrift mussten die anderen Rettungsdienstfahrzeuge Funkstille halten, wenn es nichts Sachdienliches zu sagen gab.

McGill überlegte, was er tun sollte. Der Pilot hatte keinen Umkehrschub eingesetzt und musste mächtig in die Eisen gestiegen sein. McGill sagte zu Sorentino: »Fahr zu den Reifen.«

Sorentino fuhr das Fahrzeug vorsichtig näher an das Hauptfahrwerk an der rechten Seite des Flugzeugs heran. Das Löschen von Bremsenbränden war in diesem Beruf tägliches Einerlei. Es war keine Heldentat, aber wenn man überhitzte Bremsen nicht ziemlich schnell unter Wasser setzte, stand nicht selten plötzlich das ganze Fahrwerk in Flammen. Das war nicht nur schlecht für die Reifen, sondern auch schlecht für jeden, der sich im Umkreis von hundert Metern um das Flugzeug aufhielt, da sich die Treibstofftanks über den Bremsen befanden.

Sorentino hielt zehn Meter vor dem Fahrwerk.

McGill hob seinen Feldstecher und schaute sich die freiliegenden Bremsscheiben ganz genau an. Wenn sie rot glühten, hieß es Wasser marsch, aber die hier sahen nur mattschwarz aus, wie es sein sollte. Er griff zum Mikrofon und befahl den T-2900-Löschfahrzeugen, die übrigen drei Fahrwerke zu überprüfen.

Die Fahrzeuge meldeten, die Bremsen seien nicht überhitzt.

McGill funkte: »Okay ... Rückzug.«

Die vier T-2900-Löschfahrzeuge zogen sich von der 747 zurück. McGill wusste, dass der Flieger ohne Funkkontakt gelandet war, deshalb waren sie ja schließlich hier, er wollte aber trotzdem versuchen, den Piloten über Funk zu erreichen. Auf der Bodenfrequenz sendete er: »Trans-Continental 175, hier ist Rescue 1. Hören Sie mich? Over.«

Keine Antwort.

McGill wartete und wiederholte dann den Funkspruch. Er sah zu Sorentino hinüber, der mit den Achseln zuckte.

Die Rettungsdienstfahrzeuge, Streifenwagen, Krankenwagen und die Boeing 747 standen reglos da. Die vier Triebwerke der Boeing liefen noch, aber das Flugzeug stand still. McGill sagte zu Sorentino: »Fahr nach vorn, wo der Pilot uns sehen kann.«

Sorentino legte den ersten Gang ein und fuhr zum Bug des hoch aufragenden Flugzeugs. McGill stieg aus, winkte zur

Windschutzscheibe hoch und wies dann mit Hand- und Armsignalen der Bodenkontrolle den Piloten an, auf die Rollbahn zu fahren.

Die 747 regte sich nicht.

McGill versuchte, ins Cockpit zu spähen, aber der Sonnenschein auf der Windschutzscheibe blendete ihn und das Cockpit befand sich in erheblicher Höhe. Dann fielen ihm fast gleichzeitig zwei Dinge auf. Erstens wusste er nicht, was er jetzt tun sollte. Zweitens stimmte hier etwas nicht. Das Problem sprang nicht ins Auge; es lag eher im Verborgenen; und das waren die schlimmsten Probleme.

Kapitel 7

Also warteten wir dort am Flugsteig: ich, Kate Mayfield, George Foster, Ted Nash und Debra Del Vecchio, die Gate Agent der Trans-Continental. Ich bin ein Mann der Tat und warte nicht gern, aber bei der Polizei lernt man zu warten. Ich habe mal drei Tage als Hotdoghändler getarnt auf einem Überwachungsposten verbracht und dabei so viele Hotdogs gegessen, dass ich ein Pfund Abführmittel brauchte, um wieder auf mein Normalgewicht zu kommen.

Schließlich fragte ich Miss Del Vecchio: »Gibt's ein Problem?«

Sie schaute auf das Display ihres kleinen Walkie-Talkies und hielt es mir dann hin. Dort stand immer noch GELANDET.

Kate sagte zu ihr: »Rufen Sie bitte jemanden.«

Sie zuckte die Achseln und sagte in ihr Funkgerät: »Hier ist Debbie am Gate 23. Bitte mal den Status von Flug 175.«

Sie lauschte, verabschiedete sich und sagte dann: »Sie überprüfen das.«

»Weshalb wissen sie es nicht?«, fragte ich.

Sie antwortete geduldig: »Das Flugzeug steht unter Kontrolle des Towers – der FAA, der Behörden – und nicht der Trans-Continental. Die Fluggesellschaft wird nur gerufen, wenn es ein Problem gibt. Kein Anruf, kein Problem.«

»Das Flugzeug kommt aber zu spät an den Flugsteig«, beharrte ich.

»Das ist kein Problem«, teilte sie mir mit. »Es ist pünktlich. Wir sind für unsere Pünktlichkeit bekannt.«

»Und was ist, wenn das Flugzeug eine Woche lang auf der Landebahn steht? Ist es dann immer noch pünktlich?«

»Ja.«

Ich sah zu Ted Nash hinüber, der immer noch an der Wand lehnte und unergründlich dreinschaute. Wie die meisten CIA-Typen ließ er gern durchblicken, dass er mehr wusste, als er sagte. Nur war meistens das, was wie stille Selbstsicherheit und Durchblick wirkte, nichts weiter als ratlose Dummheit. Warum hasse ich diesen Mann denn wohl?

Doch das musste der Neid ihm lassen: Nash zückte sein Handy, tippte eine lange Nummer ein und verkündete: »Ich habe die Durchwahl des Kontrollturms.«

Da fiel mir auf, dass Mr. Nash tatsächlich mehr wusste, als er sagte, und dass er lange vor der Landung des Flugzeugs gewusst hatte, dass es Probleme geben könnte.

Im Kontrollturm beobachtete Supervisor Ed Stavros mit seinem Fernglas weiter die Szene, die sich unten auf der Landebahn Vier-Rechts abspielte. »Sie sprühen keinen Schaum«, berichtete er den Fluglotsen, die bei ihm standen. »Sie ziehen sich von dem Flugzeug zurück ... Einer vom Rettungsdienst gibt dem Piloten Handsignale ...«

Der Fluglotse Roberto Hernandez telefonierte und sagte dann zu Stavros: »Chef, der Radarraum will wissen, wann sie Vier-Links wieder nutzen können und wann ihnen Vier-Rechts wieder zur Verfügung steht. Sie haben ein paar Ankünfte, die nicht mehr viel Treibstoff für die Warteposition haben.«

Stavros spürte, wie sich sein Magen zusammenkrampfte. Er atmete tief durch und sagte: »Ich weiß es nicht. Sagen Sie dem Radarraum ... dass ich mich melde.«

Hernandez erwiderte nichts und gab auch die Nicht-Antwort seines Vorgesetzten nicht weiter.

Stavros nahm Hernandez den Hörer aus der Hand und sagte: »Hier ist Stavros. Wir haben hier ... einen NO-RAD – ja, ich weiß, dass Sie das wissen, aber mehr weiß ich auch nicht. Schauen Sie, wenn es ein Brand wäre, müssten Sie ja auch umleiten und würden mir nicht damit auf die Nerven gehen ...« Er lauschte und raunzte dann zurück: »Dann erzählen Sie denen, dass sich der Präsident gerade auf Vier-Rechts die Haare schneiden lässt und dass sie nach Philadelphia ausweichen müssen.« Er legte auf und bereute sofort, was er gesagt hatte, trotz des beifälligen Gelächters um ihn her. Eine halbe Sekunde lang ging es ihm besser, doch dann krampfte sich sein Magen wieder zusammen. Er sagte zu Hernandez: »Rufen Sie das Flugzeug noch mal. Nehmen Sie die Frequenzen des Towers und der Bodenkontrolle. Wenn sie sich nicht melden, gehen wir davon aus, dass sie ihre Funkprobleme nicht beigelegt haben.«

Hernandez nahm ein Mikrofon von seinem Pult und versuchte das Flugzeug über beide Frequenzen zu erreichen.

Stavros richtete sein Fernglas aus und beobachtete weiter die Szene. Die riesige Boeing stand stoisch da, und hinter den Triebwerken sah er Abwärme und Abgase. Die diversen Rettungsdienstfahrzeuge und Polizeiwagen hielten ihre Stellung. In der Ferne, weit abseits der Landebahn, stand ein ähnlich zusammengesetztes Team bereit und machte, was alle anderen auch machten: nichts. Wer immer da versucht hatte, die Aufmerksamkeit des Piloten zu erlangen – McGill wahrscheinlich –, hatte es aufgegeben, stand nun die Hände in die Hüften gestemmt da, als wäre er stinksauer auf die

747, und machte eine ausgesprochen lächerliche Figur, dachte Stavros.

Die Untätigkeit des Piloten ergab für Stavros keinerlei Sinn. Woran auch immer es hapern mochte – jeder Pilot würde sofort versuchen, eine aktive Landebahn freizumachen. Doch die Boeing 747 stand einfach nur da.

Hernandez gab das Funken auf und sagte zu Stavros: »Soll ich jemanden anrufen?«

»Wir haben schon alle angerufen, Roberto. Wen sollen wir denn jetzt noch anrufen? Die Leute, die das beschissene Flugzeug da wegbewegen sollen, stehen da rum und drehen Däumchen. Wen soll ich jetzt denn noch anrufen? Meine Mutter? Die wollte immer, dass ich Rechtsanwalt werde.« Stavros merkte, dass er außer sich geriet, und riss sich zusammen. Er atmete noch einmal tief durch und sagte dann zu Hernandez: »Rufen Sie diese Clowns da draußen.« Er wies mit der Hand auf die Szene auf Landebahn Vier-Rechts. »Rufen Sie Guns and Hoses. McGill.«

»Jawohl, Sir.«

Hernandez nahm das Funkgerät und rief Einheit 1, das leitende Rettungsdienstfahrzeug. Sorentino ging ran und Hernandez sagte: »Lagebericht.« Er drückte auf den Lautsprecherknopf, und Sorentinos Stimme drang in den stillen Raum. Sorentino sagte: »Ich weiß nicht, was hier vorgeht.«

Stavros schnappte sich das Funkgerät, bemüht, seine Anspannung und Verärgerung zu dämpfen, und sagte: »Wenn Sie es nicht wissen, woher soll ich es dann wissen? Sie sind vor Ort. Ich bin hier ab vom Schuss. Was läuft da? Erzählen Sie's mir.«

Ein paar Sekunden lang herrschte Schweigen, und dann sagte Sorentino: »Es gibt keine Anzeichen für ein technisches Problem, nur dass ...«

»Nur was?«

»Der Pilot ist ohne Schubumkehr gelandet. Verstehen Sie?«

»Ja, ich weiß verdammt gut, was Schubumkehr ist.«

»Ja, also ... McGill versucht, die Crew auf sich aufmerksam zu machen.«

»Auf die Crew sind schon alle aufmerksam geworden. Wieso werden die nicht mal auf uns aufmerksam?«

»Keine Ahnung«, erwiderte Sorentino. »Sollen wir an Bord gehen?«

Stavros dachte über die Frage nach und fragte sich, ob er berechtigt war, sie zu beantworten. Normalerweise traf der Rettungsdienst diese Entscheidung allein, aber da keine sichtbaren Probleme vorhanden waren, wussten diese Spitzenfachkräfte da unten nicht, ob sie an Bord gehen sollten oder nicht. Stavros wusste, dass es möglicherweise gefährlich für das Flugzeug und die Rettungsdienstmänner war, an Bord eines Flugzeugs zu gehen, dass sich auf der Landebahn befand und dessen Triebwerke noch liefen, zumal, wenn niemand die Absichten des Piloten kannte. Was war, wenn sich das Flugzeug plötzlich bewegte? Andererseits mochte es an Bord wirklich ein Problem geben. Stavros hatte nicht die Absicht, die Frage zu beantworten, und sagte zu Sorentino: »Das müssen Sie entscheiden.«

»Okay, danke für den Hinweis«, erwiderte Sorentino.

Stavros ignorierte den Sarkasmus und sagte: »Schauen Sie, es ist nicht mein Job – Warten Sie mal.« Hernandez hielt ihm einen Telefonhörer hin. »Wer ist dran?«

»Jemand, der Sie namentlich verlangt hat. Er sagt, er wäre vom Justizministerium. Angeblich befindet sich ein Häftling in Polizeigewahrsam an Bord von Flug 175. Der Jemand will wissen, was hier vorgeht.«

»Scheiße ...« Stavros nahm den Hörer und sagte: »Hier ist Mr. Stavros.« Er lauschte und bekam große Augen. Schließlich sagte Stavros: »Ich verstehe. Ja, Sir. Das Flugzeug ist ohne Funkkontakt gelandet und steht immer noch am Ende der Landebahn Vier-Rechts. Es ist von Port Authority Police und Rettungsdienst umstellt. Die Lage ist statisch.«

Er hörte zu und erwiderte dann: »Nein, es gibt keine Anzei-

chen für ein richtiges Problem. Ein Hijacking-Transpondercode wurde nicht gesendet, aber das Flugzeug hätte fast ...«
Er hörte wieder zu und fragte sich, ob er die Sache mit der Schubumkehr – ein relativ kleines technisches Problem oder auch nur Versehen des Piloten – jemandem gegenüber, der deswegen überreagieren könnte, überhaupt erwähnen sollte. Stavros war sich nicht ganz klar, mit wem er da eigentlich sprach, aber wie er sich anhörte, war er sehr einflussreich. Stavros wartete, bis der Mann ausgesprochen hatte, und sagte dann: »Okay, ich verstehe. Ich kümmere mich drum.« Er sah den Hörer an, aus dem es nur noch tutete, und reichte ihn schließlich an Hernandez zurück. Ihm war eben die Entscheidung abgenommen worden, und nun fühlte er sich besser.

Stavros hielt sich das Funkgerät an den Mund und sagte: »Okay, Sorentino, Sie gehen an Bord des Flugzeugs. An Bord befindet sich ein Häftling. Business Class im Oberdeck. Er ist in Handschellen und wird eskortiert, also ziehen Sie keine Waffen und jagen Sie den Passagieren keine Angst ein. Holen Sie den Kerl und seine beiden Begleiter aus dem Flugzeug und lassen Sie sie mit einem der Streifenwagen zu Gate 23 fahren. Dort werden sie abgeholt. Verstanden?«

»Roger. Aber dazu muss ich erst meinen Commander anrufen ...«

»Es ist mir scheißegal, wen Sie anrufen, solange Sie tun, was ich sage. Und wenn Sie an Bord sind, finden Sie raus, worin das Problem besteht, und wenn es kein Problem gibt, dann sagen Sie dem Piloten, er soll von der verdammten Landebahn runter und weiter zu Gate 23. Weisen Sie ihn ein.«

»Roger.«

»Rufen Sie mich, wenn Sie an Bord sind.«

»Roger.«

Stavros wandte sich an Hernandez und sagte: »Zu allem Überfluss sagt mir dieser Typ vom Justizministerium auch noch, dass ich Gate 23 erst wieder einem anderen Flugzeug zuweisen soll, wenn er mir das gestattet hat. Ich weise keine

Gates zu. Das macht die Port Authority. Roberto, rufen Sie die Port Authority an und sagen Sie denen, sie sollen Gate 23 keinem anderen Flugzeug zuweisen. Jetzt fehlt uns ein Gate.«

Hernandez meinte: »Wenn Vier-Rechts und -Links geschlossen sind, brauchen wir ja auch nicht so viele Gates.«

Stavros stieß einen obszönen Fluch aus und brauste in sein Büro, um ein Aspirin zu nehmen.

Ted Nash ließ das Handy in seine Tasche gleiten und verkündete: »Das Flugzeug ist ohne Funkkontakt gelandet und steht am Ende der Landebahn. Es wurde zwar kein Notsignal gesendet, aber der Tower weiß nicht, woran es hapert. Der Rettungsdienst ist schon im Einsatz. Wie Sie gehört haben, habe ich den Tower angewiesen, an Bord zu gehen, unsere Leute herzubringen und den Flugsteig freizuhalten.«

Ich sagte zu meinen Kollegen: »Los, gehen wir zum Flugzeug.«

George Foster, unser furchtloser Anführer, meinte: »Das Flugzeug ist vom Rettungsdienst umstellt. Außerdem haben wir zwei Mann an Bord. Die brauchen uns da nicht. Und je weniger sich das ändert, desto besser.«

Ted Nash gab sich wie üblich unnahbar und widerstand der Versuchung, mir zu widersprechen.

Kate war mit George einer Meinung, also stand ich wie üblich im Abseits. Aber weshalb sollte man denn an Punkt A herumstehen, wenn sich an Punkt B etwas tut?

Foster nahm sein Handy und rief einen der FBI-Typen auf dem Rollfeld an. Er sagte: »Jim, hier ist George. Kleine Programmänderung. Das Flugzeug hat auf der Landebahn ein Problem, und die Port Authority bringt Phil, Peter und das Objekt jetzt zu diesem Flugsteig. Rufen Sie mich an, wenn sie da sind, dann kommen wir runter. Okay. Genau.«

Ich sagte zu George: »Rufen Sie Nancy an und fragen Sie sie, ob sie irgendwas von Phil oder Peter gehört hat.«

»Das wollte ich gerade tun. Danke, John.« Foster wählte

die Nummer des Conquistador Club und hatte Nancy Tate am Apparat. »Haben Sie etwas von Phil oder Peter gehört?« Er hörte zu und sagte dann: »Nein, das Flugzeug befindet sich noch auf der Landebahn. Geben Sie mir Phils und Peters Nummern.« Er lauschte, legte auf und wählte eine weitere Nummer. Er hielt uns das Telefon hin, und wir hörten die Ansage, dass der Teilnehmer nicht erreichbar sei. George wählte die zweite Nummer und erhielt die gleiche Nachricht. »Wahrscheinlich haben sie ihre Telefone abgeschaltet«, mutmaßte er.

Das versetzte niemanden in Begeisterung, daher fügte George hinzu: »Während des Flugs muss man Handys abschalten. Auch nach der Landung noch. Aber vielleicht verstößt ja einer der beiden gegen diese Regeln und ruft im Conquistador Club an. Nancy sagt uns dann Bescheid.«

Ich dachte darüber nach. Wenn ich mich jedes Mal aufregen würde, wenn ich jemanden per Handy nicht erreiche, hätte ich längst ein Magengeschwür. Mobiltelefone und Pieper sind doch sowieso Scheiße.

Ich dachte die Lage wie ein theoretisches Problem durch, das mir ein Ausbilder stellte. Auf der Polizeischule bringen sie einem bei, solange auf seinem Posten und bei seinem Plan zu bleiben, bis ein Vorgesetzter etwas anderes befiehlt. Sie sagen einem aber auch, dass man seinen gesunden Menschenverstand einsetzen und persönliche Initiative zeigen solle, wenn sich die Lage ändert. Die Kunst besteht darin zu wissen, wann man sich an Vorgaben halten und wann man davon abweichen soll. Allen objektiven Gesichtspunkten nach war dies eine Situation, in der man sich an die Vorgaben hielt. Meine Instinkte rieten mir jedoch, mich nicht daran zu halten. Ich vertraue normalerweise eher meinen Instinkten, aber ich war hier nicht in meinem Element, sondern in einem neuen Job und musste davon ausgehen, dass diese Leute schon wussten, was taten – nichts. Und manchmal ist Nichtstun genau das Richtige.

Debra Del Vecchios Walkie-Talkie gackerte, sie hielt es sich ans Ohr und sagte dann: »Gut, danke.« Zu uns sagte sie: »Jetzt erzählen die mir, dass die Flugleitung schon vor einer ganzen Weile bei Trans-Continental angerufen und mitgeteilt hat, Flug 175 wäre NO-RAD.«

»NO-RAD?«

»No Radio Contact. Ohne Funkkontakt.«

»Das wissen wir bereits. Kommt so was öfter vor? So ein NO-RAD?«

»Keine Ahnung ...«

»Weshalb steht das Flugzeug am Ende der Landebahn?«

Sie zuckte die Achseln. »Vielleicht braucht der Pilot jemanden, der ihm Anweisungen gibt, auf welche Rollbahn er soll.« Sie fügte hinzu: »Sie hatten doch gesagt, da wäre ein VIP an Bord. Nicht ein Häftling.«

»Er ist ein VIP-Häftling.«

Also standen wir da und warteten darauf, dass die Polizisten von der Port Authority Hundry, Gorman und Khalil abholten und zu den Begleitfahrzeugen der New Yorker Polizei und der Port Authority an diesem Flugsteig brachten, woraufhin Agent Jim Soundso uns anrufen würde, wir runter aufs Rollfeld gehen, in die Fahrzeuge einsteigen und zum Conquistador Club fahren würden. Ich sah auf meine Armbanduhr. Eine Viertelstunde würde ich mich noch gedulden. Na gut, zehn Minuten.

Kapitel 8

Andy McGill hörte die Hupe seines Wagens, lief zurück und sprang aufs Trittbrett. Sorentino rief ihm zu: »Stavros hat sich gemeldet. Wir sollen an Bord gehen. Irgendwelche Bundestypen haben ihn angerufen, und da ist ein Häftling im

Flieger, im Oberdeck. Der Typ ist in Handschellen und hat eine Polizeieskorte. Du sollst ihn mit seinen beiden Begleitern rausholen und an einen der Streifenwagen übergeben. Die müssen alle zum Gate 23, wo ein paar Wagen von uns und der New Yorker Polizei warten.« Sorentino fragte noch: »Lassen wir uns von dem was befehlen?«

Eine flüchtige Sekunde lang überlegte McGill, ob zwischen dem Häftling und dem Problem ein Zusammenhang bestand, aber es schien da keine Verbindung zu geben, höchstens ein zufälliges Zusammentreffen. Viele Flüge kamen hier mit eskortierten Verbrechern, VIPs, Zeugen und wem nicht alles an – viel mehr, als man gemeinhin ahnte. Doch da war noch etwas in seinem Hinterkopf, das ihn einfach nicht losließ, aber er konnte sich nicht erinnern, was es war; er wusste nur, dass es etwas mit dieser Situation zu tun hatte. Er schob den Gedanken beiseite und sagte zu Sorentino: »Nein, wir lassen uns von Stavros oder den Bundesbehörden nichts befehlen ... Aber vielleicht wird's wirklich Zeit, an Bord zu gehen. Sag dem Commander Bescheid.«

»Mach ich.« Sorentino ging ans Funkgerät.

McGill überlegte, die Gangway zu rufen, aber die stand ziemlich weit abseits, und eigentlich brauchte er sie auch nicht, um in das Flugzeug zu gelangen. Er sagte zu Sorentino: »Okay, fahr zur rechten Vordertür.«

Sorentino manövrierte den großen Wagen unter die rechte Vordertür des hoch aufragenden Flugzeugs. Das Funkgerät knisterte, und aus dem Lautsprecher sagte eine Stimme: »Hey, Andy! Mir ist gerade das Saudi-Szenario eingefallen. Sei vorsichtig.«

Sorentino zischte: »Verdammte Scheiße ...!«

Andy McGill stand wie vom Blitz gerührt auf dem Trittbrett. Jetzt fiel ihm alles wieder ein. Ein Lehrfilm. Gut zwanzig Jahre zuvor war eine saudiarabische Lockheed L-1011 Tristar vom Flughafen Riad gestartet, hatte Rauch in Kabine und Cockpit gemeldet, war zum Flughafen zurückgekehrt und sicher gelandet. Offenbar brannte es in der Kabine. Das Flugzeug war von Feuerwehrwagen umgeben, und die saudischen Rettungsdienstler standen da und warteten, dass die Türen aufsprangen und die Rutschen herabgelassen wurden. Aber wie ein dummer Zufall wollte, hatten die Piloten den Luftdruck in der Kabine nicht herabgesetzt, und die Türen klemmten wegen des fehlenden Druckausgleichs. Die Flugbegleiter bekamen die Türen nicht auf, und niemand kam auf die Idee, mit einem Feuerwehrbeil ein Fenster einzuschlagen. Das Ende vom Lied: Alle dreihundert Menschen an Bord starben dort auf der Landebahn an Rauchvergiftung oder verbrannten.

Das berüchtigte Saudi-Szenario. Sie waren ausgebildet, es zu erkennen, und das hier sah ganz danach aus, und sie hatten komplett versagt. »Ach du Scheiße ...«

Sorentino lenkte mit einer Hand und reichte McGill mit der anderen sein Atemschutzgerät, das aus einer tragbaren Druckluftflasche und einer Gesichtsmaske bestand, und dann sein Feuerwehrbeil.

Als das SEF unter der Flugzeugtür angelangt war, kletterte McGill die Sprossen an der Wand des Feuerwehrwagens hoch und stieg aufs Dach, wo die Schaumkanone montiert war.

Rescue 4 war dazugekommen, und einer der Männer stand auf dem Dach des zweiten Wagens an der Schaumkanone. McGill sah auch, dass einer der Männer aus den Streifenwagen seinen Schutzanzug angezogen hatte und einen angeschlossenen Hochdruck-Wasserschlauch ausrollte. Die übrigen vier Löschfahrzeuge und die Krankenwagen hatten sich für den Fall einer Explosion zurückgezogen. McGill stellte befriedigt fest, dass alle wussten, was sie zu tun hatten, sobald jemand das Saudi-Szenario erwähnte. Leider hatten sie zu lange abgewartet, genau wie die saudischen Feuerwehrleute in dem Lehrfilm, über die sie sich lustig gemacht hatten.

Auf dem Dach war eine kurze, ausfahrbare Leiter angebracht, und McGill schob sie bis auf zwei Meter Länge aus und schwenkte sie zur Tür. Sie war eben lang genug, dass er den Türgriff der 747 erreichen konnte. McGill setzte sich die Maske auf, holte tief Luft und stieg die Leiter hinauf.

Ed Stavros sah durch sein Fernglas zu. Er fragte sich, warum die Leute vom Rettungsdienst in den Feuerwehrmodus gewechselt waren. Vom Saudi-Szenario hatte er nie gehört, aber er erkannte einen Feuerwehreinsatz, wenn er einen sah. Er nahm sein Funkgerät und rief McGills Fahrzeug. »Hier ist Stavros. Was ist los?«

Sorentino antwortete nicht.

Stavros wiederholte den Funkspruch.

Sorentino hatte nicht die Absicht, über Funk weiterzugeben, dass man die mögliche Ursache des Problems verspätet erkannt hatte. Die Chancen standen immer noch fünfzig-fünfzig, dass es sich nicht um ein Saudi-Szenario handelte, und in ein paar Sekunden würden sie es wissen.

Stavros wiederholte den Funkspruch, diesmal nachdrücklicher.

Sorentino war klar, dass er antworten musste. Er sendete: »Wir treffen nur die nötigen Vorsichtsmaßnahmen.«

Stavros ließ sich die Antwort durch den Kopf gehen und fragte dann: »Keine Anzeichen für einen Brand an Bord?«

»Nein ... kein Rauch.«

Stavros atmete tief durch und sagte: »Okay ... halten Sie mich auf dem Laufenden. Und beantworten Sie meine Funksprüche.«

Sorentino schnauzte zurück: »Wir sind im Einsatz. Halten Sie sich aus der Frequenz raus! Out!«

Stavros schaute zu Hernandez hinüber, um zu sehen, ob sein Untergebener mitbekommen hatte, dass dieser Idiot von den Guns and Hoses frech zu ihm gewesen war. Hernandez ließ sich nichts anmerken, und Stavros nahm sich vor, Roberto in seiner nächsten dienstlichen Beurteilung zu loben.

Als Nächstes überlegte Stavros, ob er wegen dieses Feuerwehreinsatzes jemanden anrufen sollte. Er sagte zu Hernandez: »Sagen Sie der Flugleitung, dass die Landebahnen Vier-Links und Vier-Rechts noch mindestens eine Viertelstunde gesperrt sind.«

Stavros richtete sein Fernglas aus und beobachtete die Szene am Ende der Landebahn. Die rechte Vordertür, die sich auf der ihm abgewandten Seite befand, konnte er nicht sehen, aber er sah die Aufstellung der Fahrzeuge. Wenn das Flugzeug explodierte und noch viel Treibstoff an Bord hatte, würden die Fahrzeuge, die sich hundert Meter zurückgezogen hatten, eine neue Lackierung brauchen. Und die beiden Feuerwehrwagen neben dem Flugzeug wären nur noch Schrott.

Er musste zugeben, dass die Leute vom Rettungsdienst gelegentlich ihr Geld wert waren. Aber seine Arbeit war während jeder Minute der siebenstündigen Schicht stressig, und diese Typen da kamen höchstens einmal im Monat richtig ins Schwitzen.

Stavros fiel wieder ein, was der freche Rettungsdienstler zu ihm gesagt hatte: *Wir sind im Einsatz.* Das erinnerte ihn wieder daran, dass sein Part in dem Drama offiziell beendet gewesen war, als die 747 zum Stillstand gekommen war. Ihm blieb nur noch, die Flugleitung über den Zustand der Landebahnen zu unterrichten. Später musste er dann einen Bericht schreiben, der mit seinen aufgezeichneten Funksprüchen und dem Schicksal des Flugzeugs übereinstimmte. Er wusste, dass sein Telefonat mit dem Mann vom Justizministerium ebenfalls aufgezeichnet worden war, und auch das erleichterte ihn.

Stavros verließ das Panoramafenster und ging zum Kaffeetresen. Wenn das Flugzeug explodierte, würde er es hören und spüren, auch hier oben im Tower noch. Aber sehen wollte er das nicht.

Andy McGill schulterte mit der linken Hand das Feuerwehrbeil und berührte mit dem rechten Handschuhrücken die Flugzeugtür. Die Rückseite des feuerfesten Handschuhs war dünn, und theoretisch konnte er dadurch Hitze wahrnehmen. Er wartete ein paar Sekunden, spürte aber nichts.

Er packte den Nottürgriff und zerrte daran. Der Griff ließ sich aus seiner Nische ziehen, und McGill schob ihn hoch, um die automatische Notrutsche zu deaktivieren.

Er schaute sich um und sah, dass der Mann aus dem Streifenwagen rechts von ihm auf dem Boden stand. Er hielt das Strahlrohr direkt auf die geschlossene Flugzeugtür gerichtet. Der andere Feuerwehrwagen, Rescue 4, stand fünfzehn Meter hinter seinem eigenen, und der Mann auf dem Dach richtete die Schaumkanone auf ihn. Alle trugen Schutzkleidung und Atemschutzgeräte, und McGill konnte nicht erkennen, wer darunter steckte, aber das war auch egal, denn er vertraute ihnen allen. Der Mann an der Schaumkanone hob einen Daumen, und McGill erwiderte die Geste.

Andy McGill hielt den Griff gepackt und drückte. Wenn kein Druckausgleich stattgefunden hatte, würde sich die Tür nicht rühren, und er musste das kleine Fenster der Tür mit seinem Beil einschlagen, um den Druckausgleich herzustellen und eventuelle Dämpfe herauszulassen.

Er drückte weiter, und plötzlich gab die Tür nach. Er ließ den Griff los, und die Tür hob sich automatisch und rastete unter der Decke ein.

McGill duckte sich unter die Türschwelle, um Rauch, Hitze oder Dämpfen auszuweichen. Aber es kam nichts.

Ohne eine weitere Sekunde zu verlieren, bestieg McGill das Flugzeug. Er schaute sich schnell um und sah, dass er sich im vorderen Galleybereich befand, genau wie auf dem Grundriss angegeben. Er überprüfte seine Gesichtsmaske und die Luftzufuhr, schaute auf die Anzeige, um sicherzugehen, dass seine Druckluftflasche gefüllt war, und stellte sein Feuerwehrbeil dann an der Schottwand ab.

Er stand dort in der Galley und schaute durch den geräumigen Rumpf zur Tür gegenüber. Es gab hier eindeutig keinen Rauch, aber was Dämpfe anging, konnte er nicht sicher sein. Er drehte sich zur offenen Tür um und signalisierte den Männern am Strahlrohr und der Kanone, dass mit ihm alles in Ordnung war.

McGill drehte sich wieder um und ging aus der Galley in einen offenen Bereich. Rechts im Bug befand sich die Erster-Klasse-Kabine und links die riesige Economy-Kabine. Direkt vor ihm führte die Wendeltreppe ins Oberdeck zur Business Class und ins Cockpit.

Er stand dort einen Moment lang und spürte durch den Flugzeugrumpf das Vibrieren der Triebwerke. Bis auf zwei Umstände wirkte alles normal: Erstens war es hier zu still, und zweitens waren die Vorhänge vor der Ersten Klasse und der Touristenklasse zugezogen. Nach den Richtlinien der FAA mussten sie während des Starts und der Landung geöffnet sein. Und hätte er weiter über diese Situation nachgedacht, dann hätte er sich gefragt, warum sich keiner der Flugbegleiter blicken ließ. Doch das bereitete ihm noch das geringste Kopfzerbrechen, und er schob den Gedanken beiseite.

Sein Instinkt riet ihm, eine oder beide der hinter den Vorhängen befindlichen Kabinen zu überprüfen, aber seine Ausbilder hatten ihm eingeschärft, direkt ins Cockpit zu gehen. Er nahm sein Feuerwehrbeil und ging zur Wendeltreppe. Unter der Sauerstoffmaske konnte er sich selbst atmen hören.

Langsam stieg er die Treppe hinauf, immer zwei Stufen auf einmal nehmend. Als ihm das Oberdeck bis zur Brust reichte, blieb er stehen und sah sich in der großen Business-Class-Kabine der 747 um. Zu beiden Seiten standen Sitzreihen, acht Reihen und insgesamt 32 Plätze. Über den großen, plüschigen Sesseln konnte er keine Köpfe entdecken, aber auf den Armlehnen am Mittelgang sah er Arme. Reglose Arme. »Was, zum Teufel …?«

Er stieg die letzten Treppenstufen hinauf und stand schließlich an der hinteren Schottwand des Oberdecks. In der Mitte des Decks befand sich ein Pult, auf dem Zeitschriften und Zeitungen lagen und Körbchen mit Süßigkeiten standen. Der spätnachmittägliche Sonnenschein drang durch die Fenster ins Oberdeck, und Staubkörnchen flirrten durch die Sonnenstrahlen. Es war ein hübscher Anblick, dachte er, aber instinktiv wusste er, dass er sich in der Gegenwart des Todes befand.

Er betrat den Mittelgang und schaute sich rechts und links die Passagiere auf ihren Sitzen an. Nur etwa die Hälfte der Plätze war besetzt, größtenteils von Frauen und Männern mittleren Alters, wie man sie in der Business Class erwarten würde. Manche lehnten nach hinten und hatten Lesestoff auf dem Schoß, manche hatten ihr Tablett heruntergeklappt und darauf Getränke abgestellt, und McGill sah, dass einige Gläser bei der Landung umgekippt und die Getränke verschüttet waren.

Einige Passagiere hatten Kopfhörer auf und schienen die kleinen Fernsehbildschirme zu betrachten, die sich aus den Armlehnen hochklappen ließen. Die Fernseher liefen noch, und der ihm am nächsten befindliche zeigte einen Werbefilm über glückliche Menschen in Manhattan.

McGill ging nach vorne und drehte sich zu den Passagieren um. Er hatte keinen Zweifel, dass sie alle tot waren. Er holte tief Luft und versuchte einen klaren Kopf zu bekommen und professionell vorzugehen. Er zog seinen rechten Handschuh aus und berührte das Gesicht einer Frau in der ersten Reihe. Ihre Haut war zwar nicht eiskalt, aber auch nicht lebendig warm. Er schätzte, dass sie seit einigen Stunden tot war, und der Zustand der Kabine bestätigte, dass sich das, was hier geschehen war, lange vor den Landevorbereitungen ereignet hatte.

McGill bückte sich und betrachtete das Gesicht eines Mannes in der nächsten Reihe. Der Gesichtsausdruck war friedlich: kein Speichel, kein Schleim, kein Erbrochenes, keine Tränen, keine verzerrte Miene ... McGill hatte so etwas noch nie gesehen. Giftige Dämpfe oder Rauch lösten Panik aus und führten zu einem schrecklichen Ersticken, einem fürchterlichen Tod, den man den Gesichtern und verrenkten Körpern der Opfer ansehen konnte. Was er hier sah, so schloss er, war eine friedliche, schlafähnliche Bewusstlosigkeit, auf die der Tod gefolgt war.

Er suchte nach dem Häftling in Handschellen und seinen beiden Begleitern und entdeckte den gefesselten Mann in der vorletzten Reihe auf dem Fensterplatz der Steuerbordseite. Der Mann trug einen dunkelgrauen Anzug, und obwohl sein Gesicht teilweise von einer Schlafmaske verdeckt war, sah er für McGill nach einem Lateinamerikaner oder jemandem aus dem Nahen Osten oder Indien aus. McGill konnte Südländer nie so recht auseinander halten. Aber der Mann daneben war höchstwahrscheinlich Polizist. Seine eigenen Leute erkannte McGill normalerweise auf Anhieb. Er tastete den Mann ab und spürte das Holster an seiner linken Hüfte. Dann betrachtete er den Mann, der allein in der letzten Reihe hinter den beiden saß, und schloss, dass er der andere Begleiter sein musste. Aber das spielte keine Rolle mehr, und er musste sie nicht mehr aus dem Flugzeug holen und zu einem Wagen bringen; sie fuhren nicht zu Gate 23. Die alle hier fuhren höchstens noch in die mobile Leichenhalle.

McGill bedachte die Lage. Hier im Oberdeck waren alle tot, und da im ganzen Flugzeug dieselben Luft- und Druckverhältnisse herrschten, wusste er, dass auch in der Ersten Klasse und in der Economy-Klasse alle tot waren. Das erklärte, was er unten gesehen und nicht gesehen hatte. Es erklärte die Stille. Er überlegte, ob er über Funk ärztliche Hilfe rufen sollte, war sich aber ziemlich sicher, dass hier niemand mehr Hilfe brauchte. Trotzdem nahm er sein Funkgerät und wollte einen Funkspruch absetzen, doch da fiel ihm ein, dass er nicht wusste, was er sagen sollte und wie er sich anhörte, wenn er durch die Sauerstoffmaske brüllte. Stattdessen morste er mit der Sprechtaste, dass mit ihm alles in Ordnung sei.

Sorentinos Stimme erklang im Funkgerät: »Roger, Andy.«

McGill ging zur Toilette hinter der Wendeltreppe. Das Schild zeigte FREI an, und McGill öffnete die Tür und vergewisserte sich, dass niemand darin war.

Gegenüber der Toilette befand sich die Bordküche und als er sich umdrehte, sah er in der Küche jemanden auf dem Boden liegen. Er ging zu der Leiche und bückte sich. Es war eine Stewardess, die auf der Seite lag, als würde sie ein Nickerchen machen. Er tastete an ihrem Handgelenk nach ihrem Puls, konnte aber keinen feststellen.

Da er nun sicher war, dass keiner der Passagiere mehr Hilfe benötigte, ging er zur Cockpittür und zog an der Klinke. Die Tür war, den Vorschriften entsprechend, verriegelt. Er pochte an die Tür und schrie durch seine Gesichtsmaske: »Aufmachen! Rettungsdienst! Aufmachen!« Es kam keine Antwort. Er hatte auch keine erwartet.

McGill nahm sein Feuerwehrbeil und hieb auf das Türschloss ein. Die Tür sprang auf und hing schräg in den Angeln. McGill zögerte und betrat dann das Cockpit.

Pilot und Kopilot saßen auf ihren Plätzen und waren nach vorn gesunken, als wären sie eingenickt.

McGill stand ein paar Sekunden lang da. Er wollte die Piloten nicht anrühren. Dann sagte er: »Hey! Hallo! Hören Sie mich?« Er kam sich ziemlich blöde vor, wie er da zu Leichen sprach.

Mittlerweile schwitzte Andy McGill, und ihm schlotterten die Knie. Eigentlich wurde ihm nicht so leicht übel, und er hatte im Laufe der Jahre schon einige verschmorte Leichen geborgen, aber nie war er mit so vielen Toten allein gewesen. Er berührte mit bloßer Hand das Gesicht des Piloten. Seit einigen Stunden tot. Wer hatte dann das Flugzeug gelandet?

Sein Blick wanderte über die Instrumententafeln. Er hatte einen einstündigen Kurs über Boeing-Cockpits absolviert und konzentrierte sich auf eine kleine Anzeige, auf der AUTOLAND3 stand. Man hatte ihm beigebracht, dass ein computerprogrammierter Autopilot diese modernen Maschinen ohne menschliche Mitwirkung landen konnte. Damals hatte er das nicht geglaubt, aber jetzt glaubte er es.

Es gab keine andere Erklärung dafür, wie dieser Todesvogel hier gelandet war. Eine Landung per Autopilot würde auch die Beinahe-Kollision mit dem Jet der US Airways erklären und wahrscheinlich auch den fehlenden Umkehrschub. Und mit Sicherheit, dachte McGill, erklärte es die stundenlange Funkstille und dass das Flugzeug mit laufenden Triebwerken und zwei längst toten Piloten am Ende der Landebahn stand. *Maria, Mutter Gottes* ... Ihm war speiübel, und er wollte schreien oder kotzen oder weglaufen, aber er stand seinen Mann und atmete noch einmal tief durch. *Beruhig dich, McGill.*

Was jetzt?

Lüften.

Er langte nach oben zur Notluke und legte den Hebel um. Die Luke sprang auf und zeigte ein Rechteck blauen Himmels.

Er stand noch einen Moment lang da und lauschte dem nun lauteren Lärm der Triebwerke. Er wusste, dass er sie hätte abschalten sollen, aber da offenbar keine Explosionsgefahr bestand, ließ er sie laufen, damit sich das bordeigene Luftaustauschsystem von dem unsichtbaren Giftgas befreien konnte, das diesen Albtraum verursacht hatte. Das einzige Gute, das ihm einfiel, war die Erkenntnis, dass es nichts gebracht hätte, früher einzugreifen. Das hier ähnelte dem Saudi-Szenario, aber es hatte sich zugetragen, als das Flugzeug noch weit entfernt in der Luft gewesen war. Es hatte keinen Brand gegeben, und deshalb war die 747 nicht wie damals die Swissair-Maschine vor Neuschottland abgestürzt. Das Phänomen hatte nur Auswirkungen auf das menschliche Leben gehabt, nicht auf mechanische Systeme oder die Elektronik. Der Autopilot hatte getan, wozu er programmiert war, und McGill ertappte sich bei dem Wunsch, er hätte es nicht getan.

McGill schaute aus der Windschutzscheibe hinaus in den Sonnenschein. Er wollte dort draußen bei den Lebenden sein, nicht hier. Aber er wartete, dass die Klimaanlage ihre Aufgabe erledigte, und versuchte sich daran zu erinnern, wie lange es dauerte, eine 747 vollständig durchzulüften. Er musste so etwas eigentlich wissen, hatte aber Schwierigkeiten, sich zu konzentrieren.

Beruhig dich.

Nach einem Zeitraum, der ihm wie eine Ewigkeit erschien, vermutlich aber nur zwei oder drei Minuten währte, langte McGill zwischen die Pilotensitze und schaltete die vier Brennstoffventile ab. Fast alle Lämpchen des Steuerpults erloschen, bis auf diejenigen, die von den Batterien des Flugzeugs betrieben wurden, und das Heulen der Düsentriebwerke erstarb augenblicklich und wich einer unheimlichen Stille.

McGill wusste, dass außerhalb des Flugzeugs nun alle aufatmeten, weil die Triebwerke abgeschaltet waren. Nun wussten sie, dass mit Andy McGill alles in Ordnung war. Aber sie wussten nicht, dass er, und nicht die Piloten die Triebwerke abgeschaltet hatte.

McGill hörte etwas in der Oberdeckkabine, drehte sich zur Cockpittür um und lauschte. Er rief durch seine Sauerstoffmaske: »Ist da jemand?« Stille. Gespenstische Stille. Tödliche Stille. Aber er hatte doch etwas gehört. Vielleicht das Ticken der abkühlenden Triebwerke. Oder ein Stück Handgepäck war in den Gepäckfächern verrutscht.

Er atmete tief durch und beruhigte sich. Ihm fiel wieder ein, was ihm ein Rechtsmediziner einmal in einer Leichenhalle gesagt hatte: »Die Toten können einem nichts anhaben. Niemand ist je von einem Toten getötet worden.«

Er schaute in die Oberdeck-Kabine, und die Toten schauten zurück. Der Rechtsmediziner hatte sich geirrt. Die Toten können einem etwas anhaben, sie können die Seele töten.

Andy McGill sprach ein Ave Maria und bekreuzigte sich.

Kapitel 9

Ich wurde allmählich kribbelig, aber George Foster stand ja in Verbindung mit Agent Jim Lindley unten auf dem Rollfeld, der wiederum direkt mit einem der Polizisten von der Port Authority dort sprach, der wiederum in Funkkontakt mit seiner Leitstelle stand, die wiederum Verbindung zum Tower und Rettungsdienst hatte, der auf der Landebahn im Einsatz war.

Ich fragte George: »Was hat Lindley gesagt?«

»Er hat gesagt, dass jemand vom Rettungsdienst an Bord gegangen ist und dass die Triebwerke abgeschaltet sind.«

»Hat der Typ vom Rettungsdienst einen Lagebericht gefunkt?«

»Noch nicht, aber er hat Morsezeichen gefunkt, um zu signalisieren, dass alles in Ordnung ist.«

»Morsezeichen? Haben die hier keinen Sprechfunk?«

George sog gereizt Luft ein und informierte mich: »Der Mann hat eine Sauerstoffmaske auf, und es ist einfacher, mit der Sprechtaste Morsezeichen zu senden als zu sprechen ...«

»Ich weiß«, unterbrach ich ihn. »War nur ein Scherz.« Man hat selten einen so fabelhaften Stichwortgeber wie George Foster. Schon gar nicht bei der New Yorker Polizei, wo sie alle Scherzkekse sind und sich gegenseitig zu überbieten versuchen.

Mir ging also hier an der Stahltür von Flugsteig 23 allmählich die Geduld aus, und ich schlug George vor: »Lassen Sie mich rausgehen und persönlich mit Lindley reden.«

»Warum?«

»Warum nicht?«

George konnte sich nicht entscheiden, ob er mich lieber im Blick behalten oder sich meinen Anblick und meine Sprüche ersparen wollte. So wirke ich nun mal auf Vorgesetzte.

Er sagte in die Runde: »Sobald der Mann vom Rettungsdienst unsere Leute aus dem Flugzeug geholt und in den Wagen der Port Authority gesetzt hat, ruft Lindley mich an, und dann gehen wir die Treppe runter aufs Rollfeld. Das dauert nur dreißig Sekunden, also gedulden Sie sich bitte. Okay?«

Ich wollte mich nicht mit ihm streiten. Der Ordnung halber sagte ich: »Sie sind der Boss.«

Debra Del Vecchios Funkgerät knisterte. Sie lauschte und teilte uns dann mit: »Die Yankees haben im fünften Inning aufgeholt.«

Also warteten wir dort am Flugsteig, während Umstände, die wir nicht beeinflussen konnten, zu einer leichten Verzögerung unserer Pläne führten. Auf einem Plakat an der Wand sah man die nächtlich beleuchtete Freiheitsstatue. Unter dem Bild standen in etwa einem Dutzend Sprachen Emma Lazarus' Worte: »Schickt mir, die arm sind und geschlagen, / bedrückte Massen, die's zur Freiheit drängt, / der Länder Abfall, elend, eingeengt, / die Heimatlosen schickt, vom Sturm getragen / zum goldnen Tor, dahin mein Licht sie lenkt!«

Das hatte ich in der Grundschule auswendig gelernt, und ich bekam dabei immer noch eine Gänsehaut.

Ich schaute Kate an, und wir sahen einander in die Augen. Sie lächelte, und ich lächelte zurück. Alles in allem war das hier doch besser, als im Columbia Presbyterian Hospital auf der Intensivstation zu liegen. Einer der Ärzte hatte mir hinterher gesagt, hätte ich nicht so einen fabelhaften Krankenwagenfahrer und einen so fähigen Rettungssanitäter gehabt, dann hätte man mir wahrscheinlich ziemlich bald ein Schildchen an den großen Zeh gebunden. So knapp war das.

So etwas verändert das Leben durchaus. Nicht äußerlich, aber innerlich. Wie Freunde von mir, die im Vietnamkrieg gewesen waren, kam ich mir manchmal vor, als würde meine Zeit allmählich ablaufen und als hätte mein Lebensmietvertrag mit Gott nur noch eine einmonatige Kündigungsfrist.

Mir fiel ein, dass ich ungefähr zu dieser Tageszeit in der 102. Straße West drei Kugeln abbekommen hatte und dass der erste Jahrestag erst drei Tage zurücklag. Ich hätte diesen Tag nicht weiter begangen, aber mein Ex-Partner Dom Fanelli hatte darauf bestanden, mit mir einen trinken zu gehen. Um in die angemessene Stimmung zu kommen, führte er mich in eine Bar in der 102. Straße West aus, gleich um die Ecke von der Stelle, an der sich das freudige Ereignis zugetragen hatte. Ein Dutzend meiner alten Kumpels waren auch gekommen, und sie hatten eine große, menschenförmige Schießscheibe mit der Aufschrift JOHN COREY und drei Einschusslöchern dabei. Die spinnen, die Bullen.

Andy McGill wusste, dass alles, was er tat und unterließ, in den folgenden Wochen und Monaten minutiös überprüft werden würde. Die nächsten ein, zwei Monate würde er wahrscheinlich damit verbringen, vor einem Dutzend staatlicher Dienststellen und natürlich seinen eigenen Vorgesetzten als Zeuge auszusagen. Diese Katastrophe würde in der Feuerwache legendären Status annehmen, und er wollte sicherstellen, dass er der Held dieser Legende war.

Seine Gedanken schweiften von der unbekannten Zukunft zurück in die problematische Gegenwart. Was tun?

Er wusste, dass sich die Triebwerke, einmal abgeschaltet, nur mit der bordeigenen Hilfsturbine wieder in Betrieb nehmen ließen, wofür er nicht ausgebildet war, oder indem man ein Bodenstromgerät nutzte, das man zum Flugzeug fahren musste. Doch ohne Piloten, die das Flugzeug starten und auf die Rollbahn fahren konnten, brauchte er im Grunde einen Schlepper der Trans-Continental, um das Flugzeug von der

Landebahn in den Sicherheitsbereich zu bewegen, wo die Öffentlichkeit und die Medien es nicht sehen konnten. McGill hielt sich das Funkgerät an die Gesichtsmaske und rief Sorentino: »Rescue 1, hier ist Rescue 81.«

McGill konnte durch seine Maske kaum Sorentinos »Roger« verstehen. McGill sagte: »Besorg mir so schnell wie möglich einen Schlepper. Verstanden?«

»Verstanden. Trans-Continental-Schlepper. Was ist los?«

»Mach einfach. Out.«

McGill verließ das Cockpit, ging schnell durchs Oberdeck, die Wendeltreppe hinunter ins untere Deck und öffnete die Tür auf der anderen Rumpfseite, gegenüber der Tür, durch die er an Bord gegangen war.

Dann zog er den Vorhang vor der Economy-Kabine beiseite und schaute in den langen und breiten Bauch der 747. Vor ihm befanden sich hunderte Menschen, aufrecht sitzend und zurückgelehnt, mucksmäuschenstill, wie auf einem Foto. Er schaute und wartete, dass sich jemand regte oder einen Laut von sich gab. Doch hier regte sich nichts, und niemand bemerkte die Anwesenheit dieses Fremden in dem silbrigen Raumanzug und mit der Gesichtsmaske auf.

Er machte kehrt, ging durch den offenen Bereich, zog den Vorhang vor der Erste-Klasse-Kabine beiseite und ging schnell hindurch, berührte einige Gesichter und ohrfeigte sogar ein paar Leute, um sie zu einer Regung zu provozieren. Diesen Menschen war absolut kein Lebenszeichen zu entlocken. Ihm kam der völlig absurde Gedanke in den Sinn, dass ein Erste-Klasse-Ticket hin und zurück von Paris nach New York etwa zehntausend Dollar kostete. Was machte das schon für einen Unterschied? Sie atmeten alle die gleiche Luft und waren nun genauso tot wie die Leute in der Touristenklasse.

McGill verließ die Erste Klasse und ging zurück in den offenen Bereich, in dem sich die Bordküche, die Wendeltreppe und die beiden geöffneten Türen befanden. Er ging zur Steuerbordtür und zog sich die Gesichtsmaske vom Kopf.

Sorentino stand auf dem Trittbrett ihres SEF und rief zu McGill hinüber: »Was ist los?«

McGill atmete tief durch und brüllte zurück: »Schlimm. Ganz schlimm.«

So hatte Sorentino seinen Chef noch nie erlebt. Wenn er »ganz schlimm« sagte, konnte es vermutlich nicht mehr schlimmer kommen.

McGill sagte: »Ruf die Leitstelle ... Sag ihnen, dass an Bord von Flug 175 alle tot sind. Verdacht auf Giftgas ...«

»Großer Gott.«

»Ja. Ein Commander soll sich melden. Und jemand von der Fluggesellschaft soll in den Sicherheitsbereich kommen.« Er fügte hinzu: »Die sollen alle in den Sicherheitsbereich kommen: Zoll, Gepäck, alle von A bis Z.«

»Wird erledigt.« Sorentino verschwand im Führerhaus des SEF.

McGill ging in die Touristenklasse. Er war sich ziemlich sicher, dass er sein Atemschutzgerät nicht mehr brauchte, nahm es aber mit. Das Beil ließ er an die Schottwand gelehnt zurück. Er roch nichts, was ätzend oder gefährlich gewirkt hätte, nahm aber einen schwachen Geruch wahr. Es roch vertraut, und dann konnte er es einordnen: Mandeln.

Er zog den Vorhang beiseite und ging den rechten Gang entlang, wobei er sich Mühe gab, die Menschen nicht anzusehen. Er öffnete die beiden Mitteltüren, durchquerte das Flugzeug und machte auch die beiden hinteren Türen auf. Auf seinem schweißnassen Gesicht spürte er den Durchzug.

Sein Funkgerät krächzte, und eine Stimme sagte: »Einheit 1, hier ist Lieutenant Pierce. Lagebericht.«

McGill nahm sein Mikro und antwortete seinem Tour Commander: »Einheit 1. Ich bin an Bord des Flugzeugs. Passagiere und Besatzung sind tot.«

Eine ganze Weile herrschte Schweigen, und dann fragte Pierce: »Sind Sie sicher?«

»Ja.«

Wiederum Schweigen. Dann: »Dämpfe? Rauch?«

»Rauch negativ. Giftige Dämpfe. Herkunft unbekannt. Maschine ist durchgelüftet. Ich trage keine Sauerstoffmaske.«

»Roger.«

Wiederum längeres Schweigen.

McGill war übel, aber das lag wohl eher an dem Schock als an irgendwelchen verbliebenen Dämpfen. Er hatte nicht die Absicht, irgendetwas vorzuschlagen, und wartete ab. Er malte sich aus, wie die Leute in der Leitstelle panisch tuschelten.

Schließlich war Lieutenant Pierce wieder dran und sagte: »Okay ... Sie haben einen Schlepper der Fluggesellschaft angefordert.«

»Richtig.«

»Brauchen wir ... das mobile Hospital?«

»Negativ. Und die mobile Leichenhalle reicht hierfür nicht aus.«

»Roger. Okay ... Bringen wir die ganze Sache in den Sicherheitsbereich. Machen wir die Landebahn frei und bringen wir die Maschine weg.«

»Roger. Ich warte auf den Schlepper.«

»Ja ... okay ... äh ... Bleiben Sie an Bord.«

»Ich gehe nirgendwohin.«

»Soll noch jemand an Bord kommen? Notarzt?«

McGill seufzte. Diese Idioten in der Leitstelle begriffen anscheinend nicht, dass alle tot waren. McGill sagte: »Negativ.«

»Okay, dann ... dann gehe ich davon aus, dass der Autopilot die Maschine gelandet hat.«

»Vermutlich. Der Autopilot oder der Herrgott. Ich war es nicht, und Pilot und Kopilot waren es auch nicht.«

»Roger. Dann war ... also, dann war der Autopilot wahrscheinlich programmiert ...«

»Nicht ›wahrscheinlich‹, Lieutenant. Die Piloten sind kalt.«

»Roger ... Keine Anzeichen für einen Brand?«

»Negativ.«

»Dekompression?«

»Negativ. Keine herabhängenden Sauerstoffmasken. *Dämpfe.* Giftige, beschissene Dämpfe.«

»Okay, beruhigen Sie sich.«

»Ja.«

»Wir treffen uns im Sicherheitsbereich.«

»Roger.« McGill hängte sein Mikro wieder ein.

Da ihm nichts mehr zu tun blieb, untersuchte er einige Passagiere und vergewisserte sich noch einmal, dass es an Bord keine Anzeichen für Leben gab. »Ein Albtraum.«

In der voll besetzten Touristenklasse bekam er Platzangst, und es war ihm unheimlich mit den vielen Toten. Lieber wollte er im relativ hellen und luftigen Oberdeck sein, wo er besser sehen konnte, was sich um das Flugzeug herum tat.

Er verließ die Touristenklasse, ging die Wendeltreppe hoch und betrat das Oberdeck. Durch die Backbordfenster sah er einen Schlepper heranfahren. Auf der Steuerbordseite rollte eine Reihe von Rettungsdienstfahrzeugen zurück zur Feuerwache. Etliche weitere fuhren zum Sicherheitsbereich.

Er gab sich Mühe, nicht auf die Leichen um ihn her zu achten. Hier oben waren es zum Glück nicht so viele, und es waren keine Kinder und Babys darunter. Doch wo immer er sich auch in der Maschine aufhielt, so dachte er, war er der einzige lebende Mensch an Bord.

Das stimmte nicht ganz, aber Andy McGill wusste nicht, dass er Gesellschaft hatte.

Tony Sorentino sah zu, wie der Schlepper der Trans-Continental zum Bugfahrwerk fuhr. Das Fahrzeug bestand aus einer großen Plattform mit Führerkabinen vorn und hinten, sodass der Fahrer direkt an das Bugfahrwerk fahren konnte, ohne zurücksetzen zu müssen und dabei möglicherweise Schäden anzurichten. Wenn das Flugzeug angekoppelt war, wechselte der Fahrer die Kabine und fuhr los.

Sorentino fand das clever und war fasziniert von dem Fahrzeug. Er fragte sich, warum man bei Guns and Hoses nicht auch so etwas hatte, und erinnerte sich, dass ihm jemand gesagt hatte, das hätte versicherungstechnische Gründe. Jede Fluglinie hatte ihre eigenen Schlepper, und wenn sie einem hundertfünfzig Millionen Dollar teuren Flugzeug das Bugfahrwerk abrissen, dann war das ihr Problem. Klang vernünftig. Doch wenigstens einen Schlepper hätte Guns and Hoses anschaffen sollen. Je mehr Spielzeug, desto besser.

Er sah zu, wie der Fahrer der Trans-Continental eine gabelförmige Abschleppstange am Bugfahrwerk anbrachte. Sorentino ging zu ihm hinüber und fragte: »Soll ich helfen?«

»Nein. Fassen Sie nichts an.«

»Hey, ich bin versichert.«

»Aber nicht für das hier.«

Als der Haken saß, fragte der Fahrer: »Wo geht's hin?«

»In den Entführunsgbereich«, sagte Sorentino. Das war die dramatischer klingende, gleichwohl korrekte Bezeichnung des Sicherheitsbereichs.

Wie Sorentino beabsichtigt hatte, starrte ihn der Fahrer bestürzt an. Der Fahrer sah zu dem riesigen Flugzeug hoch, das vor ihnen aufragte, und dann wieder zu Sorentino. »Was ist los?«

»Ihre Versicherungsgebühren werden mächtig steigen, mein Lieber.«

»Hä?«

»Sie haben hier einen riesigen, teuren Leichenwagen, Mann. Die sind alle tot. Giftgas.«

»Allmächtiger.«

»Genau. Fahren wir. So schnell Sie können. Ich fahre vor und Sie hinterher. Halten Sie erst im Sicherheitsbereich.«

Der Fahrer ging wie benommen zur vorderen Führerkabine, stieg ein, ließ den großen Dieselmotor an und fuhr los.

Sorentino stieg ins Führerhaus seines SEF und fuhr vor dem Schlepper her. Er dirigierte ihn auf eine Rollbahn, die zum Sicherheitsbereich führte, der nicht allzu weit von der Landebahn Vier-Rechts entfernt war.

Sorentino hörte viel Geschwätz auf seiner Funkfrequenz. Niemand klang sonderlich froh. Er funkte: »Einheit 1 fährt los, Schlepper und Flugzeug im Schlepptau, Einheit 4 folgt.«

Sorentino fuhr zwanzig. Mehr schaffte der Schlepper mit dem 340 Tonnen schweren Flugzeug nicht. Er sah in den Seitenspiegeln nach, dass er den richtigen Abstand zum Schlepper einhielt. Das war schon ein komischer Anblick da im Spiegel, dachte er. Ihm folgte ein merkwürdiges Fahrzeug, bei dem man vorn und hinten nicht unterscheiden konnte, und hinter diesem Fahrzeug befand sich das silbrige Ungetüm von einem Flugzeug und wurde wie ein Spielzeug an einer Schnur gezogen. *Du lieber Gott, was für ein Tag.*

Untätigkeit ist nicht eben mein zweiter Vorname, und so sagte ich zu George Foster: »Ich bitte noch mal um Erlaubnis, aufs Rollfeld gehen zu dürfen.«

Foster schien wie üblich unschlüssig, also sagte Kate: »Okay, John, Sie haben die Erlaubnis, auf das Rollfeld zu gehen. Aber nicht weiter.«

»Versprochen«, sagte ich.

Miss Del Vecchio drehte sich um und tippte an dem Tastenfeld an der Tür einen Code ein. Die Tür öffnete sich, ich ging hindurch, die lange Fluggastbrücke entlang und dann die Personaltreppe hinunter aufs Rollfeld.

Der Konvoi, der uns zur Federal Plaza bringen sollte, stand vor dem Terminal. Ich lief zu einem Streifenwagen der Port Authority, zeigte meinen Dienstausweis vor und sagte zu dem uniformierten Officer: »Das Flugzeug steht am Ende der Landebahn. Ich muss sofort da hin.« Ich stieg auf der Beifahrerseite ein und bereute bitterlich, dass ich Kate angelogen hatte.

Der junge PA-Bulle meinte: »Ich dachte, die Leute vom Rettungsdienst bringen unseren Passagier her.«

»Nein, nicht mehr.«

»Na gut ...« Er fuhr langsam los und erbat vom Tower die Erlaubnis, die Landebahnen zu überqueren.

Ich bekam mit, dass jemand neben dem Wagen herlief, und dem Aussehen nach musste das der FBI-Agent Jim Lindley sein. Er rief: »Halt!«

Der Port-Authority-Bulle hielt den Wagen an.

Lindley wies sich aus und fragte mich: »Wer sind Sie?«

»Corey.«

»Aha. Wo wollen Sie hin?«

»Zum Flugzeug.«

»Warum?«

»Warum nicht?«

»Wer hat das gestattet?«

Plötzlich stand Kate neben dem Wagen und sagte: »Ist schon gut, Jim. Wir schauen nur mal nach.« Sie stieg hinten ein.

Ich sagte zum Fahrer: »Los geht's.«

Der Fahrer zögerte: »Ich warte auf die Erlaubnis, die Landebahn ...«

Eine Stimme aus dem Lautsprecher fragte: »Wer erbittet da die Erlaubnis, Landebahnen zu überqueren und warum?«

Ich schnappte mir das Mikrofon und sagte: »Hier ist ...« Tja, wer war ich denn? »Hier ist das FBI. Wir müssen zu dem Flugzeug. Mit wem spreche ich?«

»Hier ist Mr. Stavros, Tower Control Supervisor. Schauen Sie, Sie können doch nicht einfach ...«

»Es ist ein Notfall.«

»Ich weiß, dass es ein Notfall ist, aber warum müssen Sie denn die ...«

Ich sagte: »Danke.« Zu dem PA-Bullen sagte ich: »Starterlaubnis.«

Der protestierte: »Er hat nicht ...«

»Mit Blaulicht und Sirene. Das müssen Sie unbedingt für mich tun.«

Der Bulle zuckte die Achseln, und der Wagen fuhr über das Rollfeld zu den Rollbahnen, mit Blaulicht und Sirene.

Der Typ aus dem Kontrollturm, Stavros, meldete sich wieder, und ich stellte das Funkgerät leise.

Kate meldete sich zum ersten Mal zu Wort und sagte zu mir: »Sie haben mich angelogen.«

»Tschuldigung.«

Der PA-Bulle wies mit dem Daumen nach hinten und fragte mich: »Wer ist das?«

»Das ist Kate. Ich bin John. Und wer sind Sie?«

»Al. Al Simpson.« Er bog auf die Grasfläche ein und fuhr in östliche Richtung neben der Rollbahn her. Der Wagen rumpelte. Er sagte: »Wir halten uns besser von den Pisten fern.«

»Sie sind der Boss«, erwiderte ich.

»Was ist es denn für ein Notfall?«

»Das darf ich Ihnen leider nicht sagen.« Ich hatte ja selbst keine Ahnung.

Nach einer Minute sahen wir vor dem Horizont den Umriss einer riesigen 747.

Simpson bog ab, überquerte eine Rollbahn, fuhr dann wieder über Gras, wich allen möglichen Schildern und Leuchten aus und hielt auf eine große Landebahn zu. Er sagte zu mir: »Ich muss wirklich den Tower rufen.«

»Nein, müssen Sie nicht.«

»FAA-Vorschriften. Man darf eine Landebahn ...«

»Machen Sie sich deshalb keine Sorgen. Ich passe schon auf Flugzeuge auf.«

Simpson überquerte die breite Landebahn.

Kate sagte zu mir: »Wenn Sie unbedingt gefeuert werden wollen, machen Sie das sehr gut.«

Die 747 schien nicht allzu weit entfernt zu sein, aber das war eine optische Täuschung, denn die Flugzeugsilhouette wurde nicht nennenswert größer, während wir querfeldein darauf zu fuhren. »Geben Sie Gas«, sagte ich.

Der Streifenwagen rumpelte über holpriges Gelände.

Kate fragte mich: »Haben Sie eine Theorie, von der Sie mir erzählen wollen?«

»Nein.«

»Haben Sie keine, oder Sie wollen mir nicht davon erzählen?«

»Beides.«

»Weshalb machen wir das?«

»Ich hatte Foster und Nash satt.«

»Ich glaube, Sie bluffen bloß.«

»Das werden wir ja sehen, wenn wir beim Flugzeug sind.«

»Sie lassen es gerne drauf ankommen, oder?«

»Nein, ich lasse es nicht gerne drauf ankommen. Mir bleibt bloß nichts anderes übrig.«

Officer Simpson hörte Kate und mir zu, hielt sich aber mit Bemerkungen zurück und ergriff nicht Partei.

Wir fuhren schweigend weiter, und die 747 schien immer noch nicht näher zu kommen, wie eine Fata Morgana.

Schließlich sagte Kate: »Vielleicht werde ich versuchen, Ihnen Rückendeckung zu geben.«

»Danke, Partner.« Das verstanden sie beim FBI offenbar unter bedingungsloser Loyalität.

Ich schaute wieder zu der 747 hinüber, und diesmal war sie eindeutig nicht größer geworden. Ich sagte: »Ich glaube, die bewegt sich.«

Simpson spähte aus dem Fenster. »Ja ... aber ... ich glaube, die wird abgeschleppt.«

»Weshalb sollten sie sie abschleppen?«

»Tja ... ich weiß, dass sie die Triebwerke abgeschaltet haben, und manchmal ist es einfacher, ein Flugzeug abzuschleppen, als die Triebwerke wieder anzuwerfen.«

»Dreht man da nicht einfach den Zündschlüssel um?«

Simpson lachte.

Wir waren schneller als die 747 und holten sie allmählich ein. Ich fragte Simpson: »Und wieso schleppen sie die Maschine nicht in diese Richtung? Nicht zum Terminal?«

»Tja ... anscheinend sind sie unterwegs zum Entführungsbereich.«

»Was?«

»Zum Sicherheitsbereich, meine ich. Läuft aufs Gleiche raus.«

Ich sah mich zu Kate um, und sie wirkte besorgt.

Simpson stellte das Funkgerät lauter, und wir lauschten dem Funkverkehr. Wir hörten größtenteils Anordnungen, Berichte über Fahrzeugbewegungen, eine Menge Port-Authority-Kauderwelsch, aus dem ich nicht schlau wurde, aber keinen Lagebericht. Von uns abgesehen, waren offenbar alle mit der Lage vertraut. Ich fragte Simpson: »Verstehen Sie, was da vorgeht?«

»Nicht so richtig ... Aber eine Entführung ist es nicht. Und ein technischer Notfall wohl auch nicht. Viele Rettungsfahrzeuge fahren zurück zur Feuerwache.«

»Und ein medizinischer Notfall?«

»Glaube ich nicht ... An den Rufzeichen erkenne ich, dass sie keinen Notarzt rufen ...« Er hielt inne und sagte dann: »O Gott.«

»Was: o Gott?«

Kate beugte sich zu uns vor.

»Simpson? Was ist?«

»Sie fordern die mobile Leichenhalle und den Rechtsmediziner an.«

Ich befahl Simpson: »Geben Sie Gas.«

Kapitel 10

Andy McGill zog den warmen Schutzanzug aus und warf ihn auf den freien Sitz neben einer toten Frau. Er wischte sich den Schweiß aus dem Nacken und zupfte sich das dunkelblaue Polizeihemd von der feuchten Haut.

Sein Funkgerät knisterte, und er hörte sein Rufzeichen. Er sagte ins Mikrofon: »Einheit 81. Sprechen Sie.«

Lieutenant Pierce war wieder dran, und McGill zuckte zusammen. Pierce sagte mit gönnerhaftem Ton: »Wir wollen Ihnen nicht auf die Nerven gehen, Andy, aber wir müssen der Ordnung halber sicherstellen, dass wir keine Gelegenheit versäumt haben, den Passagieren ärztliche Hilfe zu leisten.«

McGill schaute durch die offene Cockpittür hinaus durch die Windschutzscheibe. Das offene Tor des Sicherheitsbereichs war nur noch gut dreißig Meter entfernt, und Sorentino war schon fast am Eingang.

»Andy?«

»Schauen Sie, ich habe persönlich etwa hundert Passagiere in allen drei Kabinen überprüft – stichprobenmäßig. Sie sind alle kalt und werden kälter. Ich bin jetzt im Oberdeck, und hier fängt es schon an zu stinken.«

»Okay ... Ich wollte nur sichergehen.« Lieutenant Pierce fuhr fort: »Ich bin jetzt im Sicherheitsbereich, und Sie sind ja schon fast da.«

»Roger. Sonst noch was?«

»Negativ. Out.«

McGill hängte sich das Funkgerät wieder an den Gürtel.

Sein Blick wanderte zu den drei Männern, die er aus dem Flugzeug hätte holen sollen. Er ging zu den beiden, die nebeneinander saßen – dem FBI-Agenten und seinem Gefangenen in Handschellen.

McGill, der zuallererst Polizist und dann erst Feuerwehrmann war, dachte, er sollte ihnen die Pistolen abnehmen, damit es keine Scherereien gab, falls sie später abhanden kamen. Er schlug das Jackett des Agenten beiseite und fand das Gürtelholster, aber es war leer. »Was, zum Teufel ...?«

Er ging zu dem Agenten in der Sitzreihe dahinter und fand auch bei ihm nur ein leeres Pistolenholster. Seltsam. Ein weiteres Rätsel.

McGill merkte, dass er sehr durstig war, und ging in die Bordküche. Er wusste, dass er sich nichts nehmen durfte, aber er hatte furchtbaren Durst. Er sah sich um und versuchte, dabei nicht auf die am Boden liegende Stewardess zu achten. Im Getränkeschrank fand er eine kleine Dose Limonade. Er kämpfte eine halbe Sekunde lang gegen seine Gewissensbisse an, riss dann die Dose auf und nahm einen tiefen Schluck. Er brauchte noch etwas Stärkeres und schraubte den Deckel einer Miniflasche Scotch auf. Er leerte die Flasche in einem Zug, spülte den Scotch mit Limo hinunter und warf Dose und Fläschchen in den Mülleimer. Er rülpste. Jetzt ging es ihm schon besser.

Das Flugzeug wurde langsamer, und ihm war klar, dass es in den Kabinen von Leuten wimmeln würde, sobald es zum Stillstand kam. Ehe es soweit war und er mit seinen Vorgesetzten sprechen musste, musste er noch pinkeln.

Er verließ die Bordküche, ging zur Toilette und wollte die Tür öffnen, aber sie war verschlossen. Auf dem kleinen roten Schild stand BESETZT.

Eine Sekunde lang stand er verwirrt da. Er hatte die Toilette doch überprüft, als er ins Oberdeck gekommen war. Das ergab keinen Sinn. Er zog noch einmal an der Tür, und diesmal ging sie auf.

Vor ihm in der Toilette stand ein großer, dunkler Mann, der einen blauen Overall mit dem Emblem der Trans-Continental auf der Brusttasche trug.

McGill war ein paar Sekunden lang sprachlos. Dann presste er hervor: »Wie sind Sie ...?«

Er schaute dem Mann ins Gesicht und sah zwei tiefschwarze Augen, deren Blicke ihn durchbohrten.

Der Mann hob die rechte Hand, und McGill sah, dass er sich eine Wolldecke um die Hand und den Arm gewickelt hatte, was ihm seltsam vorkam. »Wer, zum Teufel, sind Sie?«

»Ich bin Assad Khalil.«

McGill hörte den gedämpften Knall kaum noch und spürte die 40er Kugel schon nicht mehr, die seine Stirn durchschlug.

»Und Sie sind tot«, sagte Assad Khalil.

Tony Sorentino fuhr in den Sicherheits- oder Entführungsbereich.

Er sah sich um. Es war ein großer, hufeisenförmig eingezäunter Bereich mit Natriumdampflampen an hohen Masten. Es erinnerte ihn an ein Baseballstadion, nur dass der Boden komplett betoniert war.

Er war seit Jahren nicht mehr im Sicherheitsbereich gewesen und schaute sich neugierig um. Der Schutzzaun war gut vier Meter hoch, und alle zehn Meter befand sich dahinter eine Scharfschützenplattform. Vor den Plattformen waren Schutzschilde mit Schießscharten angebracht, aber soweit er das mitbekam, ging dort niemand in Stellung.

Er überprüfte im Seitenspiegel, dass der Schlepperfahrer am Eingang nicht in Panik geraten war und angehalten hatte. Der Zaun war beiderseits der Einfahrt niedrig genug für die Tragflächen so ziemlich jedes Passagierflugzeugs, aber manchmal wussten die Schlepperfahrer das eben nicht.

Der Schlepper folgte Sorentino immer noch, und die Tragflächen der 747 schwebten über den Zaun. »Schön weiterfahren, du Blödmann. Immer hinter Tony her.«

Er betrachtete die Szene, die sich ihm hier auf der Betonpiste bot. Fast alle waren schon da. Er sah den Einsatzleitwagen, einen Laster voller Funkgeräte, Telefone und Bosse.

Sie standen direkt mit der halben Welt in Verbindung und hatten mittlerweile die New Yorker Polizei gerufen, das FBI, die FAA und vielleicht auch die Küstenwache, die manchmal mit Hubschraubern aushalf. Und ganz bestimmt hatten sie die Leute vom Zoll und der Passkontrolle gerufen. Auch wenn die Passagiere alle tot waren, dachte Sorentino, würde niemand in die USA gelangen, ohne vorher den Zoll und die Passkontrolle passiert zu haben. Das heutige Vorgehen wich nur in zweierlei Hinsicht vom Üblichen ab: Erstens wurde alles hier und nicht im Terminal erledigt, und zweitens mussten die Passagiere keine Fragen beantworten.

Sorentino bremste sein SEF ab und überprüfte seine Position und die der 747. Noch ein paar Meter und sie waren da.

Sorentino entdeckte auch die mobile Leichenhalle und daneben einen noch größeren Kühlwagen, umgeben von vielen Leuten in Weiß: die Mannschaft, die die Passagiere identifizieren und abtransportieren würde.

An der Umfriedung standen insgesamt sechs Gangways. Daneben standen seine Kollegen, Polizisten der Port Authority und Rettungssanitäter, und warteten darauf, an Bord zu gehen und mit der Drecksarbeit zu beginnen, die Leichen zu entladen.

Er sah auch zahlreiche Fahrzeuge der Trans-Continental: Laster, Gepäckförderer, Schlepper, Gepäckanhänger und ein hydraulisches Ladegerät für die Container im Laderaum. Gut zwanzig Gepäckmänner der Trans-Continental standen in ihren Blaumännern bereit, die Arbeitshandschuhe in der Hand. Diese Jungs mussten sich normalerweise höllisch beeilen, sonst rückte ihnen ein Aufseher auf den Pelz, aber beim Entladen von Flug 175 würde niemand mit der Stoppuhr daneben stehen.

Sorentino entdeckte auch einen Röntgenwagen der Port Authority, der das Gepäck untersuchen sollte. Dann sah er noch vier Küchenwagen, die aber, das wusste er, keine Lebensmittel an Bord bringen würden. Die Küchenwagen, deren Laderaum sich hydraulisch bis zu den Türen der 747 heben ließ, waren einfach am besten dazu geeignet, die Leichen zu entladen.

Alle waren sie da, dachte er. Alle und alles, was normalerweise im Terminal erledigt wurde. Alle, bis auf die Leute, die darauf warteten, dass Flug 175 am Flugsteig ankam. Die armen Schweine, dachte Sorentino, würden bald von Angestellten der Trans-Continental in einen separaten Raum gebeten werden.

Sorentino versuchte sich vorzustellen, wie die Trans-Continental die ganzen Todesnachrichten herausgab und sich mühte, nicht den Überblick darüber zu verlieren, welche Leichen in welcher Leichenhalle waren. Und wie man dann den Angehörigen das Gepäck und die persönlichen Dinge aushändigte. Jesses.

Und dann, in ein paar Tagen oder Wochen, wenn die 747 durchgecheckt und das Problem behoben war, würde sie wieder fliegen und der Fluglinie Geld einbringen. Sorentino fragte sich, ob die Familien der Opfer verbilligte Flugtickets erhalten würden.

Jetzt stand ein Polizist der Port Authority vor Sorentinos SEF und wies ihn ein. Dann hielt er die Hände hoch, und Sorentino stoppte. Er überprüfte im Seitenspiegel, dass der Idiot im Schlepper ebenfalls angehalten hatte. Er hatte gestoppt. Sorentino langte nach oben und schaltete sein Blaulicht ab. Er atmete tief durch, legte sich dann die Hände vors Gesicht und spürte Tränen seine Wangen hinunterlaufen, was ihn erstaunte, denn er hatte gar nicht gemerkt, dass er weinte.

Kapitel 11

Kate, Officer Simpson und ich sprachen nicht viel und hörten dem Funkgerät des Streifenwagens zu. Simpson wechselte die Frequenz und rief eines der Rettungsdienstfahrzeuge. Er identifizierte sich und fragte: »Worin besteht das Problem bei Trans-Continental 175?«

Eine Stimme sagte aus dem Lautsprecher: »Anscheinend giftige Dämpfe. Kein Brand. Alle Mann tot.«

Im Streifenwagen herrschte Stille.

Aus dem Lautsprecher klang es: »Verstanden?«

Simpson räusperte sich und erwiderte: »Verstanden. Alle Mann tot. Out.«

Kate sagte: »Mein Gott ... Kann das sein?«

Tja, was sollte ich da sagen? Nichts. Und das sagte ich dann auch: nichts.

Officer Simpson fand die Rollbahn, die zum Sicherheitsbereich führte. Jetzt herrschte keine Eile mehr, Simpson bremste auf das Tempolimit von zwanzig ab, und ich sagte nichts dazu.

Der Anblick vor uns war beinahe surreal: Das riesige Flugzeug walzte über die Rollbahn auf eine merkwürdig aussehende Stahlwand zu, die eine große Öffnung in der Mitte hatte.

Die 747 fuhr durch die Öffnung in der Wand, und die Tragflächen schwebten über die Wand.

Binnen einer Minute waren wir am Eingang angelangt, doch vor uns waren andere Laster und Autos, die die 747 vorbeigelassen hatten. Die anderen Fahrzeuge – eine Ansammlung von allem, was ich je auf Rädern gesehen hatte – folgten der 747 und lösten einen kleinen Verkehrsstau aus.

Ich sagte zu Simpson: »Wir treffen uns drinnen.« Ich sprang aus dem Streifenwagen und lief los. Ich hörte, wie hinter mir eine Autotür zuschlug und Kate mich einholte.

Ich wusste nicht, weshalb ich lief. Etwas in meinem Kopf sagte: »Lauf!« Also lief ich und spürte, wie mir die kleine, stiftförmige Narbe in meiner Lunge zu schaffen machte.

Kate und ich liefen im Zickzackkurs zwischen den Fahrzeugen hindurch, und eine Minute später waren wir in der riesigen Umfriedung voller Fahrzeuge und Menschen, in der die 747 stand. Es sah aus wie eine Szene aus *Unheimliche Begegnung der dritten Art* oder *Akte X*.

Wer rennt, fällt auf, und wir wurden von einem uniformierten Polizisten der Port Authority angehalten, zu dem sich bald ein Sergeant gesellte. Der Sergeant fragte: »Wo brennt's denn?«

Ich rang nach Luft und wollte »FBI« sagen, aber meine angeschlagene Lunge brachte nur ein Krächzen hervor.

Kate zeigte ihren Dienstausweis vor und sagte, ganz ohne Schnaufen und Keuchen: »FBI. Wir haben einen Häftling mit Begleitern an Bord des Flugzeugs.«

Ich zog meinen Dienstausweis hervor und steckte mir die Hülle auf die Brusttasche. Ich rang immer noch nach Luft.

Der Sergeant der Port Authority sagte: »Tja, das eilt nicht. Die sind alle tot.«

Kate sagte: »Wir müssen an Bord gehen, um … die Leichen zu übernehmen.«

»Wir haben Leute, die das erledigen, Miss.«

»Sergeant, unsere Kollegen sind bewaffnet und tragen vertrauliche Unterlagen bei sich. Es ist eine Frage der nationalen Sicherheit.«

»Warten Sie mal.« Er streckte die Hand aus, und der Polizist reichte ihm ein Funkgerät. Der Sergeant sprach hinein und wartete dann. »Viel Funkverkehr«, sagte er.

Ich wollte schon frech werden, wartete aber lieber ab.

Während wir warteten, sagte der Sergeant: »Dieser Flieger ist völlig NO-RAD …«

»Das wissen wir bereits«, sagte ich und war froh, erst kürzlich etwas von diesem Jargon aufgeschnappt zu haben.

Ich schaute zur 747 hinüber, die in der Mitte der Einfriedung gehalten hatte. Man fuhr Gangways an die Türen, und bald würden Leute an Bord gehen.

Der Sergeant bekam keine Antwort auf seinen Funkspruch und sagte zu uns: »Sehen Sie den Einsatzleitwagen da drüben? Wenden Sie sich da an jemanden. Die stehen direkt mit dem FBI und meinen Vorgesetzten in Verbindung.«

Ehe er es sich anders überlegen konnte, liefen wir in Richtung Leitwagen los.

Ich schnaufte immer noch, und Kate fragte mich: »Alles in Ordnung mit Ihnen?«

»Mir geht's gut.«

Wir schauten uns um und sahen, dass der Sergeant abgelenkt war. Wir änderten die Richtung und liefen zum Flugzeug.

Eine Gangway stand nun hinten am Flugzeug, und ein paar Rettungsdienstler gingen hoch, gefolgt von Männern und Frauen in Weiß, ein paar Typen im Blaumann und einem Mann im Straßenanzug.

Ein Gentleman geht zwar nie hinter einer Dame im kurzen Rock die Treppe hoch, aber ich probierte es mal und ließ Kate mit einer Handbewegung den Vortritt. »Nach Ihnen«, sagte sie.

Wir stiegen die Treppe hinauf und betraten die riesige Passagierkabine. Licht kam nur von der Notbeleuchtung, die wahrscheinlich batteriebetrieben war. Durch die Backbordfenster drang noch etwas spätnachmittäglicher Sonnenschein. Aber man brauchte nicht viel Licht, um zu sehen, dass die Kabine zu etwa drei Viertel besetzt war und sich niemand auf den Sitzen regte.

Die Leute, die mit uns an Bord gegangen waren, standen reglos und schweigend da, und nur von draußen kam Lärm.

Der Typ im Straßenanzug sah Kate und mich an, und ich bemerkte, dass er an der Brusttasche einen Dienstausweis mit Foto hatte. Es war ein Dienstausweis der Trans-Continental, und der Mann sah schrecklich aus. Er stammelte: »Das ist ja furchtbar ... O mein Gott ...«

Ich dachte schon, er würde anfangen zu weinen, aber dann riss er sich zusammen und sagte: »Ich bin Joe Hurley ... der Baggage Supervisor der Trans-Continental ...«

Ich sagte nur: »FBI. Halten Sie bitte die Leute aus dem Flugzeug fern, Joe. Das ist hier möglicherweise ein Tatort.«

Er bekam große Augen.

Ich glaubte zu diesem Zeitpunkt wirklich nicht, dass es sich hier um einen Tatort handelte, aber an einen Unfall mit giftigen Dämpfen glaubte ich auch nicht. So eine Lage bekommt man am besten in den Griff, indem man »Tatort« sagt. Dann müssen alle nach deiner Pfeife tanzen.

Einer vom Rettungsdienst der Port Authority kam an und fragte: »Tatort?«

»Genau. Sie postieren sich an den Türen und riegeln das Flugzeug ab, solange wir uns hier umsehen. Alles klar? Es eilt nicht, das Handgepäck und die Leichen auszuladen.«

Der Rettungssanitäter nickte, und Kate und ich gingen schnell den linken Gang entlang.

Durch die übrigen offenen Türen strömten Menschen an Bord, und Kate und ich hielten unsere Dienstausweise hoch und riefen: »FBI! Bleiben Sie bitte stehen! Nicht das Flugzeug betreten! Gehen Sie bitte zurück auf die Gangway!« Und so weiter.

Das bremste den Auflauf, und die Leute sammelten sich an den Türen. Ein Polizist der Port Authority war an Bord und half uns, den Durchgang zu sperren, während wir zum Bug des Flugzeugs gingen.

Ab und an sah ich mich um und sah in diese Gesichter, die ins Nirgendwo starrten. Manche hatten die Augen geschlossen und manche nicht. *Giftige Dämpfe.* Aber was für giftige Dämpfe?

Wir kamen in diesen offenen Bereich mit zwei Türen, einer Bordküche, zwei Toiletten und einer Wendeltreppe. Eine

Menge Leute strömten herein, und wir zogen wieder unsere Routinenummer ab, aber es ist schwer, die Leute am Schauplatz einer Katastrophe zurückzuhalten, zumal, wenn sie glauben, dort etwas zu tun zu haben. Ich sagte: »Das ist hier möglicherweise ein Tatort. Verlassen Sie das Flugzeug! Sie können auf der Gangway warten.«

Ein Typ im Blaumann war schon auf der Wendeltreppe, und ich rief ihm zu: »Hey! Kommen Sie da runter!«

Die Leute wichen zu den Türen zurück, und der Mann kam wieder die Treppe hinunter. Kate und ich zwängten uns an ihm vorbei und gingen die Wendeltreppe hoch, ich voran.

Ich nahm zwei Treppenstufen auf einmal und blieb stehen, sobald ich ins Oberdeck sehen konnte. Ich glaubte nicht, dass ich eine Waffe brauchte, aber man kann ja nie wissen. Ich zog meine Glock und steckte sie mir vorn in den Hosenbund.

Ich stand im Oberdeck, wo es heller war als unten. Ich fragte mich, ob sich der Rettungsdienstler, der an Bord gegangen war und das hier entdeckt hatte, immer noch hier aufhielt. Ich rief: »Hey! Jemand zu Hause?«

Ich trat beiseite und ließ Kate vorbei. Sie kam hoch und stellte sich neben mich. Sie hatte ihre Waffe nicht gezogen. Es gab eigentlich keinen Grund für die Vermutung, dass hier an Bord eine Gefahr bestünde. Der Rettungsdienstmann der Port Authority hatte berichtet, dass alle tot seien. Aber wo steckte der Typ?

Wir standen da und überblickten die Szene. Immer schön eins nach dem anderen. Zunächst mussten wir sicherstellen, dass für uns keine Gefahr bestand. Dazu mussten wir die verschlossenen Türen überprüfen. Eine Menge kluge Polizisten haben sich schon ihre cleveren Schlussfolgerungen aus der Birne blasen lassen, als sie in Gedanken versunken an einem Tatort herumstöberten.

Im hinteren Oberdeck befanden sich links eine Toilette und rechts die Bordküche. Ich gab Kate einen Wink, und sie zog ihre Pistole unter dem Blazer hervor. Ich ging zur Toilette. Das Schildchen zeigte FREI an, und ich schob die Falttür auf und ging in Stellung.

Sie sagte: »Niemand drin.«

In der Bordküche lag eine Stewardess seitlich auf dem Boden. Aus alter Gewohnheit kniete ich mich hin und tastete an ihrem Handgelenk nach ihrem Puls. Sie hatte nicht nur keinen Puls, nein, sie war auch bereits kalt.

Zwischen Bordküche und Toilette befand sich ein Wandschrank. Ich gab Kate Deckung, und sie öffnete die Schranktür. Im Schrank hingen Mäntel, Jacken und Kleidersäcke der Passagiere, und auf dem Boden lag Krimskrams. Wie schön es doch ist, Business Class zu fliegen. Kate durchsuchte kurz den Schrank – und beinahe hätten wir es übersehen. Auf dem Boden, unter einem Regenmantel, entdeckten wir zwei grüne Sauerstoffflaschen, die an einem kleinen zweirädrigen Wagen festgeschnallt waren. Ich überprüfte die Ventile, und sie waren beide geöffnet. Ich brauchte ungefähr drei Sekunden, um zu mutmaßen, dass die eine Flasche Sauerstoff und die andere etwas weniger Gesundes enthalten hatte. Allmählich kamen wir der Sache näher.

Kate sagte: »Das sind medizinische Sauerstoffflaschen.«

»Genau.« Ich sah ihr an, dass sie sich das zusammenreimte, aber keiner von uns sagte etwas.

Kate und ich gingen schnell den Gang entlang und blieben an der Cockpittür stehen, deren Schloss aufgebrochen war. Ich zog an der Tür, und sie ging auf. Ich betrat das Cockpit und sah, dass beide Piloten auf ihren Plätzen zusammengesunken waren. Ich tastete bei beiden am Hals nach einem Puls, fühlte aber nur kalte, feuchte Haut.

Mir fiel auf, dass die Notluke offen stand. Vermutlich hatte der Rettungsdienstler, der an Bord gegangen war, sie aufgemacht, um das Cockpit zu lüften. Ich ging zurück in die Oberdeckkabine.

Kate stand neben den Sitzen im hinteren Bereich der Kabine. Ich ging zu ihr, und sie sagte: »Das ist Phil Hundry …«

Ich sah mir den Mann neben Hundry an. Er trug einen schwarzen Anzug, war in Handschellen und hatte eine schwarze Schlafmaske auf dem Gesicht. Ich zog die Maske weg. Kate und ich betrachteten den Mann, und schließlich sagte Kate: »Ist das ...? Der sieht nicht wie Khalil aus.«

Das fand ich auch, aber ich konnte mich nur vage an Khalils Bild erinnern. Außerdem verändern sich Gesichter auf aberwitzige Weise nach dem Tod. Ich sagte: »Tja ... Er sieht aus wie ein Araber ... Ich weiß es nicht.«

Kate riss dem Mann das Hemd auf. »Keine kugelsichere Weste.«

»Keine kugelsichere Weste«, pflichtete ich bei. Milde gesagt, stimmte hier irgendwas überhaupt nicht.

Kate beugte sich über den Mann auf dem Sitz hinter Phil Hundry und sagte: »Das ist Peter Gorman.«

Das war doch mal beruhigend. Zwei von dreien war doch schon gar nicht mal schlecht. Aber wo war Assad Khalil? Und wer war der Tote, der dort an seiner Stelle saß?

Kate starrte den Araber an und fragte: »Wer ist das? Ein Komplize? Ein Opfer?«

»Vielleicht beides zusammen.«

Ich versuchte irgendwie schlau daraus zu werden. Mit Sicherheit wusste ich nur, dass alle tot waren – bis auf eine Person vielleicht, die sich nur totstellte. Ich sah mich in der Kabine um und sagte zu Kate: »Behalten Sie diese Leute im Blick. Einer von denen ist vielleicht nicht so tot, wie er aussieht.«

Sie nickte und hob ihre Pistole.

»Geben Sie mir Ihr Telefon«, sagte ich.

Sie nahm das Handy aus ihrem Blazer und reichte es mir. »Wie ist die Nummer von George?«

Sie nannte sie mir, und ich wählte. Foster ging ran, und ich sagte: »George, hier ist Corey. Hören Sie mir bitte einfach nur zu. Wir sind im Flugzeug. Im Oberdeck. Alle sind tot. Hundry und Gorman sind tot – ja, freut mich, dass Lindley Sie auf dem Laufenden hält. Ja, wir sind im Oberdeck, und das Oberdeck ist im Flugzeug und das Flugzeug ist im Sicherheitsbereich. Hören Sie zu: Der Typ neben Phil und Peter sieht nicht wie Khalil aus – das habe ich doch gesagt. Der Typ trägt Handschellen, aber keine kugelsichere Weste. Nein, ich bin mir nicht sicher, dass es nicht Khalil ist. Ich habe kein Foto dabei. Kate ist sich auch nicht sicher, und das Foto, das wir gesehen haben, war scheiße. Hören Sie ...« Ich überlegte krampfhaft, was zu tun war, ohne eigentlich zu wissen, was hier gespielt wurde. Ich sagte: »Wenn der Typ neben Phil nicht Khalil ist, dann ist Khalil eventuell noch an Bord. Ja. Aber er könnte auch schon aus dem Flugzeug entwischt sein. Ja. Lindley soll den Typen von der Port Authority sagen, dass sie sofort ihre Vorgesetzten anrufen und den Sicherheitsbereich abriegeln sollen. Lassen Sie niemanden hier raus.«

Foster unterbrach mich nicht, aber ich hörte ihn Schmalz murmeln wie: »Ach du lieber Himmel ... mein Gott ... wie konnte das passieren ... einfach schrecklich ...«

Ich fuhr fort: »Khalil hat offenbar zwei unserer Kollegen umgebracht, George, und das Spiel Löwe gegen FBI steht ein paar hundert zu null. Alarmieren Sie den ganzen Flughafen. Machen Sie, was Sie können. Was soll ich Ihnen sagen? Ein Araber. Sehen Sie auch zu, dass Sie den kompletten Flughafen abriegeln. Wenn der hier rauskommt, haben wir ein Problem. Ja. Rufen Sie die Federal Plaza an. Wir werden im Conquistador Club einen Kommandostab einrichten. Leiten Sie das alles schellstmöglich in die Wege. Und sagen Sie Miss Del Vecchio, dass das Flugzeug nicht zum Gate kommt.« Ich legte auf und sagte zu Kate: »Gehen Sie runter und sagen Sie den Jungs von der Port Authority, dass sie den Sicherheitsbereich abriegeln sollen. Hier dürfen nur noch Leute rein, aber keine mehr raus. Operation Mausefalle.«

Sie eilte die Treppe hinunter, und ich stand da und betrachtete die Gesichter um mich her. Wenn das neben Hundry nicht

Khalil war – und ich war mir zu neunzig Prozent sicher, dass er es nicht war –, dann war Khalil möglicherweise noch an Bord. Wenn er flink war, dann war er bereits unter etwa zweihundert anderen Leuten draußen im Sicherheitsbereich – unter Leuten, die alles Mögliche anhatten, auch Straßenanzüge, wie der Supervisor der Trans-Continental. Und wenn Khalil sehr flink und entschlossen vorgegangen war, saß er bereits in einem Fahrzeug auf dem Weg nach draußen. Die Umzäunung des Flughafens war nicht weit entfernt, und auch zu den Terminals waren es höchstens zwei Meilen. »Scheiße!«

Kate kam wieder die Treppe rauf und sagte: »Ist erledigt. Die kümmern sich drum.«

»Gut. Überprüfen wir mal diese Leute hier.«

Wir gingen den Gang entlang und überprüften das knappe Dutzend männlicher Leichen im Oberdeck. Einer hatte, der Situation angemessen, einen Roman von Stephen King auf dem Schoß. Ich kam zu einem Mann, der in zwei Wolldecken gehüllt war. Er hatte eine schwarze Schlafmaske auf der Stirn. Ich zog sie beiseite und sah, dass ihm mitten auf der Stirn eine dritte Augenhöhle gewachsen war. »Kommen Sie her!«

Kate kam herbei, und ich zog die Wolldecken von der Leiche. Der Mann trug ein marineblaues Polizeihemd und eine Uniformhose. Auf dem Hemd prangte ein Polizeiabzeichen der Port Authority. Ich ließ die Decken zu Boden fallen und sagte zu Kate: »Das muss der Rettungsdienstler sein, der zuerst an Bord gegangen ist.«

Sie nickte und fragte: »Was ist hier passiert?«

»Nichts Gutes.«

An einem Tatort soll man nichts anrühren, es sei denn, man kann noch Leben retten, oder man vermutet, dass der Täter noch vor Ort ist. Doch selbst dann soll man Gummihandschuhe tragen, und ich hatte nicht mal ein Kondom dabei. Trotzdem überprüften wir die restlichen Passagiere, aber sie waren alle tot, und keiner von ihnen war Assad Khalil.

Wir suchten nach einer Patronenhülse, fanden aber keine. Wir öffneten auch die Gepäckfächer, und in einem entdeckte Kate einen silberfarbenen Feuerwehranzug, ein Feuerwehrbeil und eine Sauerstoffflasche mit Gesichtsmaske, die offenbar dem toten Rettungsdienstler gehört hatten.

Kate ging zurück zu Phil Hundry. Sie zog Phils Jackett beiseite und legte sein Holster frei, aber es war leer. Am Futter seines Jacketts war ein FBI-Dienstabzeichen befestigt. Sie nahm es ihm ab und nahm auch die Brieftasche und den Pass aus der Innentasche an sich.

Ich ging zu Peter Gorman, öffnete sein Jackett und sagte zu Kate: »Gormans Waffe ist auch verschwunden.« Ich nahm Gormans CIA-Dienstausweis, seinen Pass, seine Brieftasche und auch die Schlüssel der Handschellen an mich, die man ihm offenbar wieder in die Tasche gesteckt hatte, nachdem man damit Khalils Handschellen geöffnet hatte. Nur die Reservemagazine für die Glock fand ich nicht.

Ich sah im Gepäckfach nach und fand einen Aktenkoffer. Er war nicht verschlossen. Ich öffnete ihn und sah, dass er Peter Gorman gehörte.

Kate nahm Hundrys Aktenkoffer und machte ihn ebenfalls auf.

Wir durchwühlten die Aktenkoffer, in denen sich ihre Mobiltelefone, Papiere und einige persönliche Gegenstände befanden – Zahnbürsten, Kämme, Taschentücher und so weiter –, aber keine Reservemagazine. Sie hatten keine Reisetaschen dabei, da Agenten unterwegs die Hände frei haben mussten. Dem richtigen Khalil hatten sie nur die Kleidung gelassen, die er am Leib trug, und dementsprechend war auch sein totes Double clean.

Kate überlegte laut: »Khalil hat Phil und Peter nichts Persönliches abgenommen. Weder Pässe noch Dienstausweise noch Brieftaschen.«

Ich öffnete Gormans Brieftasche und fand etwa zweihundert Dollar in bar und ein paar französische Francs. Ich sagte: »Gormans Geld hat er auch nicht geklaut. Damit will er uns sagen, dass er in Amerika über beträchtliche Mittel verfügt und wir das Geld behalten können. Er hat die entsprechenden Papiere und so viel Geld, wie er braucht. Und außerdem ist er mittlerweile blond und eine Frau.«

»Aber man sollte doch meinen, dass er das alles als Trophäe mitgenommen hätte. So machen die das doch immer. Die zeigen es dann ihren Freunden. Oder ihren Bossen.«

»Der Mann ist ein Profi, Kate. Er will sich nicht mit Beweismittel erwischen lassen.«

»Aber er hat die Waffen mitgenommen.«

»Die braucht er auch«, sagte ich.

Kate nickte, stopfte alles in einen der Aktenkoffer und sagte: »Das waren fähige Männer.«

Es ging ihr nahe, das merkte ich. Ihre Oberlippe zitterte.

Ich nahm wieder das Telefon und rief Foster an. Ich sagte: »Phils und Peters Waffen und Magazine sind verschwunden – ja. Ihre Dienstausweise sind noch da. Und der Rettungsdienstler, der zuerst an Bord gegangen ist, ist tot – Kopfschuss. Genau. Die Mordwaffe ist wahrscheinlich eine der fehlenden Glocks.« Ich brachte ihn kurz auf den neuesten Stand und sagte: »Der Täter ist bewaffnet und sehr gefährlich.« Ich legte auf.

In der Kabine wurde es allmählich warm, und ein unangenehmer Geruch breitete sich aus. Ich hörte, wie etlichen Leichen Gase entwichen.

Kate stand wieder bei dem Mann in Handschellen und tastete sein Gesicht und seinen Hals ab. »Der ist eindeutig wärmer. Er ist seit höchstens einer Stunde tot.«

Ich versuchte mir das zusammenzureimen. Einige Anhaltspunkte hatte ich, andere lagen im Flugzeug verstreut, und manche hätte ich in Libyen suchen müssen.

Kate fragte: »Wenn er nicht mit allen anderen umgekommen ist, wie ist er dann gestorben?« Sie öffnete sein Jackett, aber es war kein Blut zu sehen. Sie schob seinen Kopf und seine Schultern vor und suchte nach Wunden. Der Kopf, der entspannt an der Rückenlehne gelehnt hatte, neigte sich auf völlig widernatürliche Weise zur Seite. Sie drehte den Kopf des Mannes zurück und sagte: »Sein Genick ist gebrochen.«

Zwei Polizisten vom Rettungsdienst der Port Authority kamen die Wendeltreppe hoch ins Oberdeck. Sie sahen sich um und entdeckten Kate und mich. »Wer sind Sie?«, fragte einer der beiden.

»FBI«, antwortete Kate.

Ich winkte den Typ herbei und sagte: »Dieser Mann hier und der hinter ihm sind Bundespolizisten, und der Typ in Handschellen ist ihr ... war ihr Gefangener. Alles klar?«

Er nickte.

Ich fuhr fort: »Die Spurensicherung des FBI wird Fotos machen wollen und die ganze Chose, also rühren wir hier nichts an.«

Einer der beiden schaute über meine Schulter. »Wo ist McGill?« Er sah mich an. »Wir haben den Funkkontakt verloren. Haben Sie hier oben jemanden vom Rettungsdienst gesehen?«

»Nein«, log ich. »Nur tote Menschen. Vielleicht ist er nach unten gegangen. Also los, alle raus hier.«

Kate und ich nahmen die beiden Aktenkoffer, und wir gingen alle die Treppe hinunter. Ich fragte einen der Polizisten: »Kann dieses Flugzeug von alleine landen? Mit Autopilot?«

»Ja ... der Autopilot bringt es runter ... aber ... Himmel Herrgott ... Und die waren wirklich alle schon tot? ... Ja ... der NO-RAD.«

Die beiden Polizisten vom Rettungsdienst plapperten los. Ich bekam die Wörter NO-RAD, Umkehrschub, giftige Dämpfe, ein so genanntes Saudi-Szenario und den Namen Andy mit. Das musste wohl McGill sein.

Wir standen alle unten im offenen Bereich, und ich sagte zu einem der PA-Polizisten: »Stellen Sie sich bitte auf die

Treppe und lassen Sie niemanden ins Oberdeck, bis die Spurensicherung des FBI kommt.«

»Ich weiß, was ich zu tun habe.«

Die Vorhänge zur Ersten und zur Touristenklasse waren aufgezogen, und in den Kabinen sah ich nur die Leichen, aber die Leute sammelten sich immer noch an den Türen, auf den Gangways.

Unter meinen Füßen hörte und spürte ich Gepolter und da wusste ich, dass die Gepäckmänner den Frachtraum entluden. Ich sagte zu einem der Port-Authority-Polizisten: »Stoppen Sie das Entladen des Gepäcks und sorgen Sie bitte dafür, dass die Leute das Flugzeug frei machen.«

Wir betraten das Erste-Klasse-Abteil, wo es nur zwanzig Sitze gab, die nur zur Hälfte besetzt waren. Wir verschafften uns schnell einen Überblick. Ich wollte zwar los und raus aus dem Flugzeug, aber wir waren die einzigen FBIler am Tatort – die einzigen lebenden zumindest – und mussten so viele Informationen sammeln wie möglich. Als wir uns umsahen, sagte Kate: »Ich glaube, Khalil hat das gesamte Flugzeug unter Gas gesetzt.«

»Sieht so aus.«

»Er muss einen Komplizen gehabt haben, der die beiden Sauerstoffflaschen mitgebracht hat, die wir in dem Schrank gefunden haben.«

»Eine mit Sauerstoff, eine ohne.«

»Ja, das ist mir klar.« Sie sah mich an und sagte: »Ich kann nicht fassen, dass Phil und Peter tot sind ... Und Khalil ... Unser Gefangener ist uns entwischt.«

»Unser Überläufer«, berichtigte ich sie.

Sie warf mir einen gereizten Blick zu, entgegnete aber nichts.

Es kam mir in den Sinn, dass es für einen Verbrecher hundert einfachere Möglichkeiten gab, in unser Land zu gelangen. Aber dieser Kerl, dieser Assad Khalil hatte sich so ziemlich die provokanteste ›Euch zeig ich's‹-Methode dafür ausgesucht, die ich mir vorstellen konnte. Ein richtig übles Schwein. Und er lief frei in Amerika herum. Der Löwe war los. Ich mochte mir nicht ausmalen, was er als Nächstes anstellen würde, um das hier noch zu überbieten.

Kate dachte ähnlich und sagte: »Genau vor unseren Augen. Er hat über dreihundert Menschen umgebracht, bevor er auch nur gelandet ist.«

Wir gingen aus der Ersten Klasse in den offenen Bereich vor der Wendeltreppe. Ich fragte den Polizisten der Port Authority, den ich gebeten hatte, die Treppe zu bewachen: »Was ist denn eigentlich das Saudi-Szenario?«

Er erklärte es Kate und mir und fügte dann hinzu: »Das hier ist was anderes. Das ist was Neues.«

Wir gingen weiter, und ich sagte zu Kate: »Wie wär's mit dem Dracula-Szenario?«

»Wie meinen Sie das?«

»Sie wissen doch: Graf Dracula liegt in seinem Sarg auf einem Schiff von Transsylvanien nach England. Sein Komplize öffnet den Sarg, und Dracula steigt raus und saugt allen Menschen an Bord das Blut aus. Das Schiff kommt, wie durch ein Wunder, ganz von alleine an, während die gesamte Besatzung und alle Passagiere tot sind, und Dracula geht im friedlichen England von Bord und begeht weitere Gräueltaten.« Wäre ich ein guter Katholik, hätte ich mich auf der Stelle bekreuzigt.

Kate starrte mich an und fragte sich vermutlich, ob ich durchgeknallt war oder unter Schock stand. Durchgeknallt bin ich ganz bestimmt, und ein wenig stand ich auch unter Schock. Ich hatte gedacht, ich hätte schon alles gesehen. Aber nur wenige Menschen auf Erden haben so etwas schon einmal gesehen. Höchstens im Krieg. Im Grunde *war* das hier Krieg.

Ich schaute in die große Economy-Kabine und sah, dass sich die Sanitäter an Bord geschwatzt hatten. Sie gingen die Gänge ab, erklärten die Passagiere für tot und hefteten jeder Leiche die entsprechende Sitznummer an. Anschließend würden sie die Leichen in Säcke verpacken. Etikettieren und verpacken. Was für eine Scheiße.

Ich stand an der Steuerbordtür und schnappte ein wenig frische Luft. Ich hatte das Gefühl, dass uns etwas entgangen war, etwas sehr Wichtiges, und ich fragte Kate: »Sollen wir das Oberdeck noch einmal untersuchen?«

Sie überlegte und erwiderte dann: »Ich glaube, wir haben das gründlich durchsucht. Küche, Toilette, Cockpit, Schrank, Kabine, Gepäckfächer ... Die Spurensicherung wird froh sein, dass wir am Tatort nicht allzu viel durcheinander gebracht haben.«

»Ja ...« Aber trotzdem hatte ich da etwas vergessen oder übersehen ... Ich dachte an die Dienstausweise, Brieftaschen und Pässe, die Khalil nicht mitgenommen hatte, und obwohl ich das Kate und mir erklärt hatte, fragte ich mich allmählich, warum Khalil das zurückgelassen hatte. Vorausgesetzt, alle seine Taten dienten einem bestimmten Zweck: Welchen Zweck hatte es dann, das Gegenteil dessen zu tun, was wir erwarteten?

Ich zermarterte mir das Hirn, schnallte es aber einfach nicht.

Kate durchsuchte einen der Aktenkoffer und sagte: »Hier fehlt anscheinend auch nichts, nicht mal das Dossier über Khalil, die verschlüsselten Dokumente und unser Einsatzmemo von Zach Weber ...«

»Warten Sie mal.«

»Was ist?«

Jetzt fügte es sich allmählich zusammen. »Er will uns suggerieren, dass er mit uns fertig ist. Auftrag erledigt. Wir sollen glauben, er wäre zum Auslandsterminal gegangen und hätte nichts Belastendes bei sich. Wir sollen glauben, dass er irgendwohin fliegt und diese Sachen nicht dabei haben will, falls er stichprobenmäßig kontrolliert wird.«

»Da komme ich nicht mir. Will er jetzt wegfliegen oder nicht?«

»Wir sollen das glauben, aber es stimmt nicht.«

»Also gut ... Er bleibt also hier. Wahrscheinlich hat er den Flughafen schon verlassen.«

Ich versuchte immer noch, mir das zusammmenzureimen. »Wenn er die Papiere nicht mitgenommen hat, weil er clean sein will, weshalb hat er dann die Pistolen mitgenommen? Die Waffen würde er nicht ins Terminal mitnehmen und wenn er aus dem Flughafen entwischt, gäbe es da einen Komplizen, der eine Waffe für ihn hat. Also ... Wozu braucht er innerhalb des Flughafens zwei Pistolen ...?«

»Er ist bereit, sich den Weg freizuschießen«, sagte Kate. »Er hat die kugelsichere Weste anbehalten. Was denken Sie?«

»Ich denke ...« Ganz plötzlich fiel mir der Überläufer vom Februar ein, und ein absolut unglaublicher Gedanke kam mir in den Sinn. »Ach du Scheiße!« Ich lief zur Wendeltreppe, hastete an dem Mann vorbei, den ich dort postiert hatte, nahm drei Stufen auf einmal und rannte ins Oberdeck zu Phil Hundry. Ich packte seinen rechten Arm. Jetzt erst fiel mir auf, dass er eng am Körper gelegen hatte und die Hand zwischen Oberschenkel und Armlehne gestopft war. Ich zog seinen Arm hoch und sah mir seine Hand an. Der Daumen fehlte, war mit einem scharfen Schneidewerkzeug sauber abgetrennt worden. »Mist!«

Ich packte Peter Gormans rechten Arm, zog ihn hoch und sah die gleiche Verstümmelung.

Kate stand jetzt neben mir, und ich hielt ihr Gormans leblosen Arm hin.

Sie wirkte eine halbe Sekunde lang schockiert und verwirrt und sagte dann: »O nein!«

Wir rannten die Wendeltreppe hinunter, aus der Tür und die Gangway hinab und stießen dabei ein paar Leute beiseite. Wir fanden den Streifenwagen der Port Authority, mit dem wir gekommen waren, und ich sprang vorne rein und Kate hinten. Ich sagte zu Simpson: »Mit Blaulicht und Sirene! Fahren Sie!«

Ich zog Kates Handy aus meiner Tasche und rief im Conquistador Club an. Ich wartete darauf, dass sich Nancy Tate meldete, aber es nahm niemand ab. Ich sagte zu Kate: »Der Conquistador Club meldet sich nicht.«

»O Gott ...«

Simpson fuhr zur Einfahrt des Sicherheitsbereichs und schlängelte sich dabei durch ein Dutzend geparkte Fahrzeuge, aber als wir an den Eingang kamen, wurden wir von der Port-Authority-Polizei aufgehalten, die uns mitteilte, das Gelände sei abgeriegelt. »Ich weiß«, sagte ich. »Ich habe es ja schließlich selbst abriegeln lassen.« Das war den Bullen scheißegal.

Kate machte es richtig, zeigte ihren FBI-Dienstausweis vor und setzte ein wenig Logik, ein wenig Bitten, ein wenig Drohen und etwas gesunden Menschenverstand ein. Officer Simpson half ebenfalls. Ich hielt den Mund. Schließlich winkten uns die PA-Polizisten durch.

Ich sagte zu Simpson: »Hören Sie zu. Wir müssen zur Westseite des Flughafens, wo die ganzen Dienstgebäude stehen. Auf dem schnellsten und direktesten Weg.«

»Tja, die Umgehungsstraße ...«

»Nein. Schnell und direkt. Über die Pisten. Fahren Sie!«

Officer Simpson zauderte und sagte: »Wenn ich über die Landebahnen fahren soll, muss ich erst den Tower rufen. Stavros ist schon stinksauer ...«

»Das hier ist ein 10-13«, teilte ich ihm mit, was bedeutete: Polizisten in Gefahr.

Simpson trat aufs Gaspedal, wie jeder Polizist das bei einem 10-13 getan hätte.

Kate fragte mich: »Was ist ein 10-13?«

»Kaffeepause.«

Nachdem wir jede Menge Fahrzeuge umkurvt hatten, sagte ich zu Simpson: »Jetzt tun Sie mal so, als wäre das hier ein Flugzeug und als müssten wir die Startgeschwindigkeit erreichen. Geben Sie Gas, Mann!«

Er trat das Gaspedal durch, und der große Chevy Caprice beschleunigte auf der ebenen Betonpiste, als hätte er den Nachbrenner eingeschaltet. Simpson ging ans Funkgerät und erklärte dem Tower, was er da tat. Der Typ im Tower hörte sich an, als stünde er kurz vor einem Herzinfarkt.

Währenddessen nahm ich das Handy und rief noch mal im Conquistador Club an. Wiederum meldete sich niemand. »Scheiße!« Ich wählte Fosters Handynummer, und er ging ran. »George, ich versuche Nick zu erreichen ... Ja. Okay, wir sind unterwegs. Seien Sie vorsichtig, wenn Sie vor uns eintreffen sollten. Ich glaube, Khalil ist dorthin unterwegs. Das habe ich doch gesagt. Khalil hat Peter und Phil die Daumen abgeschnitten – Ja. Sie haben mich richtig verstanden.«

Ich steckte mir das Telefon in die Tasche und sagte zu Kate: »George ist auch nicht durchgekommen.«

Sie sagte leise: »O Gott, hoffentlich sind wir nicht zu spät.«

Der Wagen fuhr jetzt hundertsechzig und fraß förmlich die Landebahn.

In der Ferne sah ich das alte Gebäude, das den Conquistador Club beherbergte. Ich wollte Simpson schon sagen, dass wir es nun nicht mehr eilig hätten, aber ich brachte es nicht übers Herz, und jetzt fuhren wir schon hundertachtzig. Der Wagen fing an zu vibrieren, aber Simpson schien das nicht zu kümmern. Er schaute mich an, und ich sagte: »Augen auf die Straße.«

»Landebahn.«

»Was auch immer. Sehen Sie das lang gestreckte Glasgebäude? Wenn wir näher kommen, finden Sie eine Zufahrtsstraße oder Rollpiste. Fahren Sie dorthin.«

»Wird gemacht.«

Als wir näher kamen, sah ich ein umgekehrtes ›31R‹ auf die Piste gemalt, ein Stück weiter endete die Landebahn, und ein hoher Maschendrahtzaun trennte uns von dem Gebäude. Wir brausten an einer Zufahrtsstraße vorbei, die offenbar zu einem Tor in dem Zaun führte, das sich aber hundert Meter rechts von unserem Ziel befand. Simpson bog plötzlich von der Piste ab, der Wagen fuhr kurz auf zwei Rädern und schlug dann mit viel Gerumpel wieder auf.

Simpson nahm den Fuß vom Gas, bremste aber nicht. Wir segelten buchstäblich über das Gras, direkt auf das Gebäude hinter dem Zaun zu. Der Caprice raste durch den Maschendrahtzaun, als wäre er nicht vorhanden.

Der Wagen landete auf dem Asphalt, Simpson stieg in die Eisen, und ich spürte das Antiblockiersystem stotternd bremsen, während sich Simpson am Lenkrad mühte, den Wagen unter Kontrolle zu behalten. Das Auto kam ins Schleudern, brach hinten aus und kam dann mit kreischenden Bremsen ein paar Meter vor dem Gebäudeeingang zum Stehen. Ich war schon halb aus dem Wagen, als ich Simpson noch zurief: »Halten Sie jeden auf, der hier rauskommt. Der Täter ist bewaffnet.«

Ich zog meine Pistole und rannte zum Eingang. Unsere Begleitfahrzeuge vom Flugsteig 23 kamen vom anderen Ende des Parkplatzes aus auf uns zu. Neben dem Gebäude stand auch ein Gepäckfahrzeug der Trans-Continental. Das gehörte nicht hierher, aber ich wusste schon, wie es hierher gekommen war.

Kate lief mit gezogener Pistole an mir vorbei ins Gebäude. Ich lief ihr nach und sagte: »Übernehmen Sie die Fahrstühle.« Ich lief die Treppe hinauf.

Ich blieb kurz vor dem Flur stehen, spähte in beide Richtungen um die Ecke und ging dann neben der Tür zum Conquistador Club in Stellung, mit dem Rücken zur Wand, außerhalb der Sichtweite der Überwachungskamera, an die überall in den Büros drinnen Monitore angeschlossen waren.

Ich streckte die Hand aus und drückte den rechten Daumen auf den durchsichtigen Scanner, und die Schiebetür ging auf. Ich wusste, dass sie sich in drei Sekunden wieder schließen würde und sich dann sicherheitshalber drei lange Minuten nur noch von innen öffnen ließ. Ich wirbelte durch die Tür, eben als sie sich schloss, hockte mich mit ausgestreckter Pistole hin und schwenkte mit der Waffe den Empfangsbereich ab.

Nancy Tate saß nicht an ihrem Pult, aber ihr Stuhl stand an der Rückwand, und ihr Telefon klingelte unablässig. Mit dem Rücken an der Wand ging ich um den langen Empfangstresen herum und sah Nancy Tate am Boden liegen, eine Schusswunde in der Stirn und eine Blutlache auf der Fußmatte, feucht und schimmernd auch auf ihrem Gesicht und in ihrem Haar. Das überraschte mich nicht, aber es machte mich wütend. Ich betete, dass Assad Khalil noch hier war.

Ich wusste, dass ich hier bleiben und die beiden Türen im Empfangsbereich bewachen musste, und nur ein paar Sekunden später sah ich Kate auf dem Monitor auf Nancys Pult. Hinter ihr standen George Foster und Ted Nash. Ich streckte den Arm aus, drückte auf den Türöffner und schrie: »Hier ist er nicht!«

Die drei stürmten mit gezogenen Waffen in den Empfangsbereich. Ich sagte leise: »Nancy liegt hier auf dem Boden. Kopfschuss. Kate und ich gehen in die Einsatzzentrale, und Sie übernehmen die andere Seite.«

Sie taten, was ich gesagt hatte, und verschwanden in dem Flur, der zu den Zellen und Verhörräumen führte.

Kate und ich liefen in die große Einsatzzentrale und trafen dabei nur minimale Vorsichtsmaßnahmen. Wir wussten wohl beide, dass Assad Khalil längst fort war.

Ich ging zu dem Schreibtisch, an dem wir alle vor gar nicht langer Zeit gesessen hatten. Alle Stühle waren frei, alle Kaffeebecher waren leer, und Nick Monti lag am Boden und schaute mit großen Augen zur Decke. Unter ihm sammelte sich eine Blutpfütze. Sein weißes Hemd zeigte an der Brust mindestens zwei Einschüsse. Er hatte keine Zeit gehabt, seine Waffe zu ziehen, denn die steckte noch im Holster. Ich beugte mich über ihn und fühlte seinen Puls, aber er hatte keinen.

Kate sprang die drei Stufen zur Kommunikationsplattform hinauf, und ich folgte ihr. Der weibliche Duty Officer hatte anscheinend noch kurz Zeit gehabt zu reagieren, denn sie saß nicht auf ihrem Stuhl, sondern zusammengesunken an der Wand unter der riesigen elektronischen Weltkarte. An der Wand und auf ihrer weißen Bluse waren Blutspritzer. Ihr Holster hing mit ihrem blauen Blazer und ihrer Handtasche über der Rückenlehne ihres Stuhls. Auch bei ihr suchte ich nach einem Lebenszeichen, aber auch sie war tot.

Im Raum rumorten die elektronischen Geräte, und aus den Lautsprechern hörte man leise Stimmen. Ein Fernschreiber ratterte, und ein Faxgerät sprang an. Auf der Konsole stand ein Teller mit Sushi und zwei Essstäbchen. Ich schaute noch einmal zu der toten Diensthabenden an der Wand hinüber. Das war nun wirklich das Letzte, womit sie hier, in einer der sichersten und geheimsten Einrichtungen dieses Landes, gerechnet hatte.

Foster und Nash waren nun auch hier und sahen nach Nick Monti. Zwei uniformierte Polizisten der Port Authority kamen herein, betrachteten Monti ebenfalls und glotzten mit großen Augen die ganze Einrichtung an. Ich schrie: »Rufen Sie einen Krankenwagen!« Den brauchten wir nun wirklich nicht, aber das ist nun mal Vorschrift.

Kate und ich verließen die Kommunikationsplattform, und wir vier sammelten uns in einer Ecke. George Foster war so blass im Gesicht, als hätte er gerade seine dienstliche Beurteilung gelesen. Ted Nash hatte seinen üblichen unergründlichen Gesichtsausdruck aufgesetzt, doch auch bei ihm bemerkte ich einen besorgten Blick.

Niemand sagte etwas. Was gab es da schon zu sagen? Wir standen alle wie die Dummköpfe da, die wir wahrscheinlich auch waren. Jenseits unserer bescheidenen Karriereprobleme waren Hunderte von Menschen tot und der Mann, der dieses Massaker angerichtet hatte, verschwand gerade in einer Stadt mit sechzehn Millionen Einwohnern – und morgen um diese Uhrzeit mochte sich deren Anzahl halbiert haben, wenn er Zugang zu ABC-Waffen hatte.

Wir hatten da eindeutig ein erhebliches Problem. Aber mit ziemlicher Sicherheit mussten sich weder Ted Nash noch George Foster, Kate Mayfield oder John Corey darüber weiter den Kopf zerbrechen, denn wenn es bei der ATTF so lief wie bei der New Yorker Polizei, dann würden sie uns höchstens noch als Schülerlotsen einsetzen.

Wenigstens Nick Monti würde die Beerdigung eines Inspectors und eine posthume Ehrenmedaille bekommen. Wie schon gesagt, fragte ich mich, was dabei herausgekommen wäre, wäre ich an Nicks Stelle zurückgeblieben. Wahrscheinlich hätte ich nun dort gelegen, und dann hätten sie die Umrisse *meines* Körpers mit Kreide markiert.

Ich starrte den Schreibtisch an, an dem wir alle gesessen hatten, und versuchte mir vorzustellen, wie Khalil in den Raum gerannt kam, nach links und rechts schaute, Monti sah und Monti ihn sah ... Der Angreifer ist immer im Vorteil. Und Nick hatte nicht mal gewusst, dass er mitspielte. Er hatte gedacht, er säße auf der Ersatzbank.

Alle bemerkten, dass ich zu dem Schreibtisch und zu Nick hinübersah, und dann waren sie doch nicht so dumm und unsensibel, wie sie einem vorkamen, und stellten sich vor, was in meinem Kopf vorging. George nahm mich bei der Schulter und schob mich beiseite. Kate sagte: »Gehen wir.«

Dem widersprach niemand. Nash sammelte die Dossiers vom Schreibtisch ein, und wo zuvor fünf gelegen hatten – eins für jeden von uns –, lagen jetzt nur noch vier. Mr. Khalil hatte sich offenbar bedient und wusste nun, was wir über ihn wussten. Unfassbar.

Wir gingen zurück in den Empfangsbereich, der sich allmählich mit New Yorker und Port-Authority-Polizisten füllte. Jemand hatte die Sicherheitstechnik abgeschaltet, und die Tür stand offen.

Ich nahm Khalils Foto aus einem der Dossiers, ging zu einem uniformierten Lieutenant der Port Authority Police und gab ihm das Bild. Ich sagte: »Das ist der Verdächtige. Geben Sie das an alle Dienst habenden Polizisten weiter. Sagen Sie ihnen, sie sollen jedes Fahrzeug anhalten und durchsuchen, das den Flughafen verlässt. Suchen Sie die Parkplätze, die Taxis, die Laster und alle Dienstfahrzeuge ab.«

»Das wird bereits gemacht. Ich habe auch die ganze Stadt alarmiert.«

Kate fügte hinzu: »Suchen Sie auch an den Abflugterminals nach diesem Mann.«

»Machen wir.«

Ich sagte zu dem Lieutenant: »Da draußen steht ein Fahrzeug der Trans-Continental. So ein Gepäckwagen. Ich glaube, darin ist der Täter gekommen. Lassen Sie den Wagen irgendwohin abschleppen, wo die Spurensicherung ihn untersuchen kann. Und sagen Sie uns Bescheid, wenn Sie irgendwo eine Uniform oder einen Overall der Trans-Continental finden.«

Der PA-Lieutenant nahm sein Funkgerät und rief seine Leitstelle.

Die Fahndung lief an, aber Assad Khalil war schneller gewesen und die Gelegenheit, ihn hier auf dem Flughafen einzukesseln, war zehn oder fünfzehn Minuten zuvor verstrichen.

Foster regte sich darüber auf, dass die ganzen Polizisten hier herumliefen, und er befahl: »Okay, jetzt alle Mann bitte raus hier. Das ist ein Tatort, und wir wollen für die Spurensicherung alles lassen, wie es ist. Postieren Sie jemanden an der Tür. Danke.«

Alle gingen, bis auf einen Sergeant der Port Authority, der uns zu Nancy Tates Pult winkte. Er wies auf eine leere Teetasse, und wir schauten hinein. Darin lagen in einem Rest Tee zwei Daumen.

Der Sergeant fragte: »Was zum Henker ist das denn?«

George Foster erwiderte: »Ich habe keine Ahnung«, obwohl er natürlich wusste, woher die Daumen kamen und warum sie nicht mehr an den entsprechenden Händen hingen. Aber am besten fängt man sofort mit der Vertuschung an und macht damit weiter, bis man irgendwann unter Eid aussagen muss. Und selbst dann sind ein paar Gedächtnislücken ganz in Ordnung. Nationale Sicherheit und so.

Was also als Routineeinsatz begonnen hatte, endete als Verbrechen des Jahrhunderts. Dumm gelaufen. Und das an einem so schönen Frühlingstag.

Kapitel 12

Wir traten aus dem Conquistador Club hinaus ans Sonnenlicht und sahen weitere Fahrzeuge vorfahren. Unser Teamleiter, Mr. George Foster, sagte zu uns: »Ich rufe das Hauptquartier an und lasse die Überwachungsposten alarmieren und verstärken.«

Die ATTF überwacht die Häuser bekannter und mutmaßlicher Terroristen und Bombenleger, ihrer Freunde, Familien und Sympathisanten. Das erledigen die für die ATTF tätigen New Yorker Polizisten. Das FBI zahlt der Stadt New York für diesen Job mehr Geld, als er wert ist, und so sind alle froh und glücklich.

Foster fuhr fort: »Wir werden vermehrt abhören, einige Informanten vernehmen und Khalils Bild an sämtliche Polizeidienststellen im Land weitergeben.«

George Foster laberte noch ein wenig weiter, damit auch ja alle merkten, dass er die Lage im Griff hatte. Er stärkte jedermanns Selbstvertrauen und Moral und nicht zuletzt auch seine eigene Glaubwürdigkeit für den bald kommenden Moment, da er so richtig zu Kreuze kriechen musste.

Und da wir schon davon sprachen: Irgendwann würde sich hier jemand blicken lassen, dem wir nicht einen vom Pferd erzählen konnten, und deshalb schlug ich vor: »Vielleicht sollten wir zurück zur Federal Plaza fahren und unterwegs über die Sache sprechen.«

Das hielten alle für eine gute Idee. Unheil schweißt zusammen.

Wir mussten jedoch einen Sündenbock zurücklassen, und Foster wusste, dass er jetzt dran war. Er sagte: »Sie drei fahren los. Ich muss hier bleiben und ... alle briefen, die kommen. Dann muss ich noch den Alarm rausgeben und die Spurensicherung rufen.« Wohl um sich selbst davon zu überzeugen, fügte er noch hinzu: »Ich kann hier nicht weg. Das ist eine gesicherte FBI-Einrichtung, und ...«

»Und jetzt ist niemand mehr da, der sie sichern könnte«, sprang ich ihm bei.

Zum ersten Mal, seit ich ihn kennen gelernt hatte, wirkte er verärgert. »Das hier ist Sperrgebiet mit geheimen Daten und ...« Er wischte sich den Schweiß von der Oberlippe und sah zu Boden.

George Foster musste sich jetzt natürlich eingestehen, dass Mr. Assad Khalil von diesem Allerheiligsten gewusst hatte, darin eingedrungen war und dort buchstäblich auf den Boden gekackt hatte. Und Foster wusste, dass erst der Pseudo-Überläufer vom Februar dies ermöglicht hatte. Sie würden George Foster mit Vorwürfen nur so zuscheißen, und auch das wusste er. Man musste ihm zugute halten, dass er eingestand: »Dafür bin ich verantwortlich, und ich ... ich ...« Er machte kehrt und ging davon.

Mr. Ted Nash gehörte natürlich einer Organisation an, die darauf spezialisiert war, einer Diarrhöe von Vorwürfen auszuweichen, und sein Maßanzug würde bestimmt nichts abbekommen. Er drehte sich um und ging zu Simpsons Streifenwagen.

Was mich anging, so war ich ja erst kürzlich in dieses Spitzenteam berufen worden und war insofern ziemlich aus dem Schneider und würde es wohl auch bleiben, falls Nash nicht eine Möglichkeit einfiel, mir irgendwas in die Schuhe zu schieben. Vielleicht hatte er mich deshalb dabei haben wollen. Kate Mayfield stand, wie George Foster, ziemlich schutzlos da, aber sie hatte einiges wettgemacht, indem sie mit mir zum Flugzeug gefahren war. Ich sagte zu ihr: »Ich habe hier nichts zu verlieren, und ich werde versuchen, Sie zu decken.«

Sie lächelte gezwungen und entgegnete: »Danke, aber wir werden einfach erzählen, was passiert ist, und dann kann Washington entscheiden, ob jemand von uns im Unrecht war.«

Ich verdrehte die Augen, und sie tat, als bemerkte sie es nicht. Sie fügte hinzu: »Ich habe vor, an diesem Fall dranzubleiben.«

»Sie können froh sein, wenn Sie nicht wieder als Steuerberaterin arbeiten müssen.«

Sie informierte mich kühl: »So arbeiten wir nicht. Solange man aufrichtig zu ihnen ist und sie nicht anlügt, behält ein Agent oder eine Agentin grundsätzlich einen Fall, den er oder sie vermasselt hat.«

»Echt? Die Pfadfinder haben, glaube ich, ähnliche Grundsätze.«

Sie erwiderte nichts.

Eine Autohupe erklang, und es war Ted Nash, der ungeduldig auf dem Beifahrersitz von Officer Simpsons Wagen auf uns wartete. Wir gingen zum Wagen und stiegen hinten ein, wo auch die Aktenkoffer lagen. Nash sagte: »Officer Simpson hat die Erlaubnis erhalten, uns nach Manhattan zu bringen.«

Simpson raunzte: »Wegen euch stecke ich dermaßen in der Scheiße, dass es jetzt auch schon egal ist, was ich mache.«

Kate sagte: »Darum kümmere ich mich. Sie haben Ihre Sache gut gemacht.«

»Hurra!«, rief Officer Simpson.

Wir fuhren einige Minuten lang schweigend zu einer Ausfahrt in der Nähe der Lagerhäuser.

Schließlich sagte Nash zu mir: »Das haben Sie gut gemacht, Detective.«

Das überraschte mich nun wirklich, und auch, dass er meinen ehemaligen Titel verwendete. Mir fehlten die Worte, und allmählich glaubte ich, ich hätte mich in dem guten, alten Ted vielleicht getäuscht. Vielleicht konnten wir Freunde werden, und vielleicht hätte ich ihm das Haar zausen und sagen sollen: »Du Nichtskönner – ich liebe dich!«

Als wir zu der Ausfahrt kamen, winkte uns ein Polizist der Port Authority durch und sah uns dabei kaum an. Es hatte sich anscheinend noch nicht bei allen herumgesprochen. Ich ließ Simpson halten.

Ich stieg aus, zeigte meinen Dienstausweis vor und sagte zu dem Typ: »Officer, haben Sie nicht Anweisung, alle Fahrzeuge anzuhalten und zu durchsuchen?«

»Doch ... aber keine Polizeifahrzeuge.«

Das war frustrierend, und ich war sauer. Ich langte in den Wagen und nahm ein Dossier. Ich nahm das Foto heraus und zeigte es ihm. »Haben Sie diesen Mann gesehen?«

»Nein ... An das Gesicht würde ich mich erinnern.«

»Wie viele Fahrzeuge sind hier durchgekommen, seit Sie alarmiert wurden?«

»Nicht viele. Es ist Samstag. Vielleicht ein Dutzend.«

»Haben Sie sie angehalten und durchsucht?«

»Ja ... Aber das waren alles große Laster voller Kisten und Kartons. Ich kann nicht jede Kiste aufmachen, es sei denn, es sieht so aus, als hätte sich da einer an der Zollversiegelung zu schaffen gemacht. Alle Fahrer hatten ihre Zollpapiere in Ordnung.«

»Sie haben also keine Kisten geöffnet?«

Allmählich ging ich ihm ein wenig auf die Nerven, und er sagte: »Dafür bräuchte ich Verstärkung. Das kann den ganzen Tag dauern.«

»Wie viele Fahrzeuge sind hier durchgekommen, kurz bevor Sie alarmiert wurden?«

»Vielleicht … zwei oder drei.«

»Und was für Fahrzeuge?«

»Ein paar Laster und ein Taxi.«

»Saß ein Fahrgast in dem Taxi?«

»Habe ich nicht drauf geachtet«, sagte er. »Das war vor dem Alarm.«

»Also gut …« Ich gab ihm das Foto und sagte: »Der Typ ist bewaffnet und gefährlich und hat heute schon zu viele Polizisten umgebracht.«

»Jesses.«

Ich stieg wieder ein, und wir fuhren weiter. Ich fand es bemerkenswert, dass sich der PA-Bulle nicht mit uns anlegte und sich auch nicht den Kofferraum öffnen ließ, was ich getan hätte, wenn mir irgendein Wichtigtuer auf den Sack gegangen wäre. Doch Amerika war eben auf so etwas nicht vorbereitet. Nicht im Mindesten.

Wir bogen auf den Parkway und fuhren zurück nach Manhattan.

Wir schwiegen eine ganze Weile. Auf dem Belt Parkway herrschte, was der Idiot im Hubschrauber der Verkehrswacht mäßiger bis dichter Verkehr genannt hätte. In Wirklichkeit war der Verkehr katastrophal, aber das war mir egal. Am rechten Fenster sah ich Brooklyn vorbeiziehen. Ich sagte zu meinen Freunden von der Bundespolizei: »Sechzehn Millionen Menschen leben im Stadtgebiet, davon acht Millionen in New York City. Darunter sind etwa zweihunderttausend neue Einwanderer aus moslemischen Ländern, und gut die Hälfte von denen wohnt hier in Brooklyn.

Weder Kate noch Nash sagten etwas dazu.

Wenn Khalil nun wirklich unter diesen Millionen und

Abermillionen Menschen verschwunden war, konnte die ATTF ihn dann aufspüren? Vielleicht schon. Die Bevölkerungsgruppe aus dem Nahen Osten gab sich ziemlich verschlossen, aber wir hatten auch Informanten darunter, von den loyalen Amerikanern unter ihnen ganz zu schweigen. Das terroristische Untergrund-Netzwerk hatte keinen großen Rückhalt in der Bevölkerung, und das FBI hatte das alles ziemlich gut im Griff – Ehre, wem Ehre gebührt.

Deshalb würde Assad Khalil nicht mit den üblichen Verdächtigen in Verbindung treten. Wer klug genug war, das durchzuziehen, was er eben durchgezogen hatte, wäre nicht so dumm, sich mit weniger intelligenten Leuten einzulassen.

Ich bedachte Mr. Khalils Unverfrorenheit, die seine Sympathisanten als Kühnheit bezeichnen würden. Dieser Mann würde eine Herausforderung darstellen – um es mal vorsichtig auszudrücken.

Schließlich sagte Nash: »Pro Jahr reisen etwa eine Million Menschen illegal in dieses Land ein. So schwierig ist das nicht. Deshalb glaube ich nicht, dass sein Auftrag darin besteht, in unser Land zu gelangen und hier einen terroristischen Anschlag zu verüben. Sein Auftrag bestand darin, das zu tun, was er im Flugzeug und im Conquistador Club getan hat, und dann wieder auszureisen. Er hat den Flughafen zu Land überhaupt nicht verlassen und wenn ihn die Port Authority Police nicht gefasst hat, sitzt er jetzt in einem Flugzeug. Auftrag erledigt.«

Ich sagte zu Ted Nash: »Diese Theorie habe ich bereits verworfen. Sie sind nicht auf dem Laufenden.«

Er entgegnete knapp: »Und *ich* habe die anderen Möglichkeiten verworfen. Ich sage: Er befindet sich in der Luft.«

Ich erinnerte mich an den Plum-Island-Fall und an Mr. Nashs unlogische Gedankengänge und abwegige Verschwörungstheorien. Dem Mann hatten sie während seiner Ausbildung offenbar so viel Schwachsinn eingetrichtert, dass er nicht mal mehr wusste, wie man gesunden Menschenverstand schrieb. Ich sagte zu ihm: »Ich wette zehn Dollar, dass wir sehr bald und ganz aus der Nähe von unserem Mann hören.«

Nash erwiderte: »Abgemacht.« Er drehte sich auf seinem Sitz um und erklärte: »Sie haben damit keine Erfahrung, Corey. Ein ausgebildeter Terrorist ist was anderes als ein dummer Verbrecher. Die schlagen zu und verschwinden und schlagen dann manchmal erst Jahre später wieder zu. Sie kehren nicht an den Tatort zurück, und sie verstecken sich nicht mit einer heißen Waffe und einer Tasche voller Beute im Haus ihrer Freundin, und sie gehen nicht in die Kneipe und geben mit ihren Verbrechen an. Er befindet sich in der Luft.«

»Danke, Mr. Nash.« Ich überlegte, ob ich ihn erwürgen oder ihm doch lieber mit dem Griff meiner Pistole den Schädel einschlagen sollte.

Kate sagte: »Das ist eine interessante Theorie, Ted, aber solange wir das nicht mit Sicherheit wissen, setzen wir die gesamte Nahostabteilung der ATTF darauf an, die Häuser der uns bekannten Sympathisanten und Verdächtigen zu überwachen.«

Nash entgegnete: »Folgen Sie nur den Vorschriften. Aber ich sage Ihnen: Wenn dieser Kerl noch im Land ist, dann werden Sie ihn garantiert nicht dort finden, wo Sie ihn vermuten. Der Typ vom Februar ist nach seiner Flucht nicht mehr aufgetaucht und wird auch nicht mehr auftauchen. Wenn die beiden miteinander in Verbindung stehen, stellen sie etwas Neues, Unbekanntes dar. Eine Gruppe, von der wir nichts wissen.«

So weit war ich auch schon. Und einerseits hoffte ich, dass er Recht damit hatte, dass Khalil ausgeflogen war. Es wäre mir egal gewesen, die zehn Dollar zu verlieren, sogar an diesen Volltrottel, und so gern ich Assad Khalil auch in die Finger bekommen und ihn dermaßen verdroschen hätte, dass nicht mal seine Mutter ihn wiedererkannt hätte, wollte ich ihn doch lieber irgendwo anders wissen, wo er den guten alten USA keinen weiteren Schaden zufügen konnte. Wer eine ganze Flugzeugladung voller unschuldiger Menschen umbrachte, hatte ja zweifellos auch eine Atombombe, Milzbrandbazillen oder Giftgas in petto.

Simpson fragte: »Äh, reden Sie über einen arabischen Terroristen?«

Ich antwortete freimütig: »Wir reden über den Terroristen schlechthin.«

Nash sagte zu Simpson: »Vergessen Sie alles, was Sie gehört haben.«

»Ich habe nichts gehört«, erwiderte Simpson.

Als wir uns der Brooklyn Bridge näherten, sagte Kate zu mir: »Ich glaube, Sie werden zu spät zu Ihrer Verabredung auf Long Island kommen.«

»Wie viel zu spät?«

»Ungefähr einen Monat.«

Ich entgegnete nichts.

Sie fügte hinzu: »Wir fliegen wahrscheinlich gleich morgen früh nach Washington.«

Das entsprach beim FBI vermutlich der Situation, wenn ich damals zur One Police Plaza zitiert wurde und die Hose runterlassen musste. Ich fragte mich, ob mein Vertrag eine Rücktrittsklausel enthielt. Ich hatte ihn auf meinem Schreibtisch in der Federal Plaza liegen und musste ihn mir dringend mal anschauen.

Wir fuhren über die Brücke und hinab in die Cañons von Downtown Manhattan. Keiner sagte groß was, aber man roch förmlich die grauen Zellen köcheln.

Polizeiautos haben kein Autoradio, aber Officer Simpson hatte ein Kofferradio dabei und stellte die Nachrichten auf 1010 WINS an. Ein Reporter sagte: »Das Flugzeug steht immer noch in dem eingezäunten Sicherheitsbereich am Ende einer Landebahn, und wir können nicht sehen, was dort vorgeht. Wir haben nur gesehen, wie Fahrzeuge hineingefahren und herausgekommen sind. Vor wenigen Minuten hat ein großer Kühlwagen den Bereich verlassen, und es wird spekuliert, dass der Wagen Leichen geladen hatte.«

Der Reporter legte eine Kunstpause ein und fuhr dann fort: »Die Behörden haben noch keine offizielle Verlautbarung herausgegeben, aber ein Sprecher des National Transportation Security Board hat Reportern gesagt, Passagiere und Besatzung seien von giftigen Dämpfen bewusstlos geworden, und offenbar gab es Todesopfer. Das Flugzeug ist allerdings sicher gelandet, und wir können nur hoffen und beten, dass es nur zu einigen wenigen Todesfällen gekommen ist.«

Die Moderatorin unterbrach: »Larry, wir haben gerüchteweise gehört, das Flugzeug sei vor der Landung stundenlang ohne Funkkontakt gewesen. Wissen Sie mehr darüber?«

Larry, der Reporter vor Ort, sagte: »Die FAA hat das noch nicht bestätigt, aber eine Sprecherin der FAA hat gesagt, der Pilot habe über Funk Dämpfe und Rauch an Bord gemeldet. Angeblich glaubte er an ein chemisches Problem oder einen Kabelbrand.«

Das war mir neu, Ted Nash aber nicht, denn er bemerkte geheimnisvoll: »Freut mich, dass die sich an die Tatsachen halten.«

Tatsachen? Da es an Bord des Flugzeugs nicht eine Spur von Rauch gegeben hatte, hatte sich das jemand ausgedacht und verarschte nun alle Welt damit.

Der Radioreporter und die Moderatorin sprachen noch über das Swissair-Unglück, und jemand erinnerte sich an das Saudi-Szenario. Nash schaltete das Radio ab.

Ich merkte, dass Kate mich ansah. Sie sagte leise: »Wir wissen nicht, was passiert ist, John, und deshalb werden wir keine Mutmaßungen anstellen. Und wir reden nicht mit der Presse.«

»Ja, das habe ich mir schon gedacht.« Mir wurde klar, dass ich aufpassen musste, was ich sagte.

Und dann dachte ich noch, dass die Bundespolizei und die Nachrichtendienste so eine Art Kombination aus der Gestapo und den Pfadfindern seien: die Stählerne Faust im Samthandschuh und so. Wir werden keine Mutmaßungen anstellen, bedeutete: Halt die Schnauze. Da ich keinen Bock auf ein Jahr Schutzhaft oder Schlimmeres hatte, sagte ich ganz aufrichtig: »Ich werde alles Nötige tun, um diesen Kerl vor Gericht zu bringen. Lassen Sie mich bloß an dem Fall dran.«

Keiner meiner Mannschaftskameraden entgegnete etwas darauf. Sie hätten mich natürlich daran erinnern können, dass ich mich nicht allzu lange zuvor noch hatte wegversetzen lassen wollen.

Ted Nash, der Superspion, nannte Officer Simpson eine Adresse, die eine Querstraße von der Federal Plaza entfernt war. Also mal ehrlich: Der Mann war schließlich Polizist, und auch wenn er dumm war, konnte er sich denken, dass wir entweder zur Federal Plaza 26 oder zum Broadway 290 wollten, dem neuen FBI-Gebäude gegenüber der Federal Plaza. Simpson fragte auch prompt: »Wollen Sie zu Fuß zur Federal Plaza gehen?«

Ich lachte.

Nash sagte: »Halten Sie einfach da drüben.«

Officer Simpson hielt in der Chambers Street, in der Nähe des berüchtigten Tweed Courthouse, und wir stiegen aus. Ich dankte ihm fürs Bringen, und er erinnerte mich: »Der Kühler meines Streifenwagens ist beschädigt.«

»Stellen Sie das dem FBI in Rechnung«, sagte ich. »Die müssen heute sowieso schon 'ne Billion Dollar zahlen.«

Wir gingen den Broadway hinauf. Es wurde schon dunkel, aber sonderlich hell ist es hier unten in den Wolkenkratzerschluchten von Downtown Manhattan ja ohnehin nie. Es ist keine Wohn- oder Einkaufsgegend, sondern eine Behördengegend, und deshalb war es an einem Samstag auf den Straßen verhältnismäßig ruhig.

Während wir so gingen, sagte ich zu Mr. Nash: »Ich habe

irgendwie den Eindruck, ihr habt gewusst, dass wir heute Probleme kriegen könnten.«

Er antwortete nicht sofort und sagte schließlich: »Heute ist der fünfzehnte April.«

»Stimmt. Ich habe gestern meine Steuererklärung abgegeben. Mir können sie nichts.«

»Moslemische Extremisten legen sehr viel Wert auf Jahrestage. Wir haben viele kritische Tage in unserem Kalender.«

»Ach ja? Und was ist heute?«

»Heute«, sagte Ted Nash, »ist der Jahrestag unseres Bombenangriffs auf Libyen von 1986.«

»Im Ernst?« Ich fragte Kate: »Wussten Sie das?«

»Ja, aber ehrlich gesagt, habe ich dem wenig Bedeutung beigemessen.«

Nash fügte hinzu: »Wir hatten an diesem Tag nie einen Zwischenfall, aber Muammar al Gaddafi hält an diesem Tag jedes Jahr eine antiamerikanische Rede. Heute Morgen auch.«

Ich ließ mir das durch den Kopf gehen und überlegte, ob ich anders gehandelt hätte, hätte ich davon gewusst. Solche Indizien hatte ich nicht in meiner Tipp-Tasche, aber hätte ich sie gehabt, dann hätte ich sie vermutlich in mein Paranoia-Päckchen gepackt. Wie man sich denken kann, lebe ich liebend gern wie ein Pilz – man belässt mich im Dunkeln und wirft mir viel Mist hin –, und ich fragte meine Mannschaftskameraden: »Habt ihr vergessen, mir das zu erzählen?«

Nash erwiderte: »Es kam mir nicht so fürchterlich wichtig vor. Ich meine, wichtig, dass Sie es wissen.«

»Aha.« Was natürlich bedeuten sollte: »Leck mich doch am Arsch.« Ich hatte den Sprachgebrauch allmählich drauf. Ich fragte: »Und woher wusste Khalil, dass er heute fliegen würde?«

Nash erwiderte: »Nun, so genau wusste er das nicht. Aber unsere Pariser Botschaft kann und will einen solchen Mann nicht länger als vierundzwanzig Stunden festhalten. Das wusste er wahrscheinlich. Und wenn sie ihn länger in Paris festgehalten hätten, wäre es auch nicht groß anders gekommen, und er hätte nur das symbolische Datum verpasst.«

»Klar, aber Sie haben mitgespielt und ihn am fünfzehnten April ausgeflogen.«

»Das stimmt«, erwiderte Mr. Nash. »Wir haben mitgespielt und wollten ihn hier am fünfzehnten verhaften.«

»Ich fürchte, das schaffen Sie nicht mehr.«

Er ging nicht darauf ein, sondern teilte mir mit: »Wir haben in Paris, am Flughafen und im Flugzeug außergewöhnlich umfangreiche Sicherheitsvorkehrungen getroffen. An Bord waren auch noch zwei Federal Air Marshals, undercover.«

»Toll. Dann konnte ja nichts schief gehen.«

Er ignorierte meinen Sarkasmus und sagte: »Es gibt da ein hebräisches Sprichwort, das die Araber auch kennen. Es lautet: ›Der Mensch plant, und Gott lacht‹.«

»Da ist was dran.«

Wir waren vor dem 28-stöckigen Wolkenkratzer angelangt, der den Namen Federal Plaza 26 trug, und Nash sagte zu mir: »Kate und ich übernehmen das Reden. Sie sagen nur etwas, wenn Sie angesprochen werden.«

»Darf ich Ihnen widersprechen?«

»Dazu werden Sie keinen Anlass haben«, sagte er. »Dies ist der einzige Ort, an dem ausschließlich die Wahrheit gesprochen wird.«

Und mit diesem Orwell'schen Spruch betraten wir das große Wahrheits- und Gerechtigkeitsministerium.

Der 15. April, dachte ich, war jetzt schon aus zwei Gründen ein Scheißtag.

ZWEITES BUCH

Libyen, 15. April 1986

Der Luftangriff wird nicht nur Oberst Gaddafis Fähigkeit vermindern, Terror zu exportieren, sondern wird ihm auch ein Anreiz sein, sein kriminelles Verhalten zu ändern.

Präsident Ronald Reagan

Es ist Zeit für die Konfrontation – für den Krieg.

Oberst Muammar al Gaddafi

Kapitel 13

Lieutenant Chip Wiggins, Waffensystemoffizier der United States Air Force, saß schweigend und reglos auf dem rechten Sitz des F-111F-Kampfjets mit dem Codenamen Karma 57. Die Maschine flog mit Treibstoff sparenden 350 Knoten. Wiggins schaute zu seinem Piloten Lieutenant Bill Satherwaite hinüber, der links neben ihm saß.

Seit ihrem Start von der Royal Air Force Station Lakenheath in Suffolk in England vor gut zwei Stunden hatten sie nicht viel miteinander gesprochen. Satherwaite war ohnehin mehr der stille Typ, dachte Wiggins, und gab nichts auf überflüssiges Geplauder. Doch Wiggins wollte eine menschliche Stimme hören, irgendeine, und deshalb sagte er: »Querab liegt jetzt Portugal.«

Satherwaite erwiderte: »Ich weiß.«

»Okay.« Ihre Stimmen klangen etwas metallisch, da sie aus der Gegensprechanlage des Cockpits kamen, die die eigentliche Sprechverbindung zwischen den beiden Männern bildete. Wiggins holte unter seinem Helm tief Luft und gähnte dabei; das Zischen des Sauerstoffstroms hallte in der Gegensprechverbindung wieder. Wiggins gähnte noch einmal.

Satherwaite sagte: »Würdest du bitte aufhören zu atmen?«

»Wie du möchtest, Skipper.«

Wiggins rutschte ein wenig auf seinem Sitz hin und her. Nach so langer Zeit eingezwängt in dem berüchtigt unbequemen Sitz der F-111 verkrampfte er allmählich. Der schwarze Himmel wirkte bedrückend, doch an der fernen Küste Portugals entdeckte er Lichter, und das beruhigte ihn irgendwie.

Sie waren unterwegs nach Libyen, dachte Wiggins – unterwegs, um Tod und Zerstörung auf Muammar al Gaddafis beschissenes Land regnen zu lassen. Als Vergeltung für den libyschen Terroranschlag ein paar Wochen zuvor auf eine Diskothek in Westberlin, in der amerikanische Militärs verkehrten. Wiggins erinnerte sich, dass der Einsatzoffizier dafür gesorgt hatte, dass sie wussten, weshalb sie bei diesem gefährlichen Einsatz ihr Leben aufs Spiel setzten. Ohne groß drumherum zu reden, hatte er ihnen erzählt, der libysche Bombenanschlag auf die Diskothek La Belle, bei dem ein amerikanischer Militärangehöriger umgekommen und Dutzende verletzt worden waren, sei nur der jüngste einer Reihe offen feindseliger Akte, denen man mit Entschlossenheit und aller Macht begegnen müsse. »Und deshalb«, hatte der Einsatzoffizier gesagt, »werdet ihr den Libyern die Hölle heiß machen.«

Bei der Einsatzbesprechung klang das gut, aber nicht alle Verbündeten der USA hielten das für eine gute Idee. Das Kampfflugzeug musste von England aus diesen Umweg nach Libyen fliegen, weil Franzosen und Spanier die Überfluggenehmigung verweigert hatten. Das hatte Wiggins geärgert, aber Satherwaite scherte sich offenbar nicht darum. Wiggins wusste, dass Satherwaite nicht über die mindesten weltpolitischen Kenntnisse verfügte – Bill Satherwaites Leben war das Fliegen, und das Fliegen war sein Leben. Wiggins dachte, wenn man Satherwaite befohlen hätte, Paris zu bombardieren, dann hätte er es getan, ohne auch nur einen Gedanken daran zu verschwenden, warum er einen NATO-Verbündeten angriff. Das Unheimliche daran war, fand Wiggins, dass Satherwaite das auch mit Washington DC getan hätte, ohne Fragen zu stellen.

Wiggins verfolgte diesen Gedanken weiter, indem er fragte: »Bill, hast du das Gerücht gehört, dass eine unserer Maschinen eine Fuck-you-Bombe in den Hof der Französischen Botschaft in Tripolis werfen soll?«

Satherwaite antwortete nicht.

Wiggins fuhr fort: »Ich habe auch gehört, dass einer von uns eine Bombe über Gaddafis Residenz in Al Azziziyah abwerfen soll. Sie gehen davon aus, dass er heute da übernachtet.«

Wiederum erwiderte Satherwaite nichts.

Schließlich fragte Wiggins genervt: »Hey, Bill, bist du wach?«

Satherwaite erwiderte: »Chip, je weniger wir wissen, desto besser für uns.«

Chip Wiggins verfiel wieder in grüblerisches Schweigen. Er mochte Bill Satherwaite und fand es gut, dass sein Pilot den gleichen Dienstgrad hatte wie er und ihm nicht den Mund verbieten konnte. Aber in der Luft konnte Satherwaite wirklich ein kaltherziger, wortkarger Scheißkerl sein. Am Boden war er umgänglicher. Ja, wenn Bill ein paar Drinks intus hatte, wirkte er beinahe menschlich.

Wiggins überlegte, ob Satherwaite vielleicht nervös war. Das wäre verständlich. Schließlich war das hier, laut Einsatzbesprechung, der längste je unternommene Luftangriff. Die Operation El Dorado Canyon würde auf jeden Fall Geschichte machen, nur wusste Wiggins nicht, in welcher Hinsicht. Irgendwo in ihrer Umgebung befanden sich sechzig weitere Flugzeuge, und ihre Einheit, das 48. Taktische Kampfgeschwader, stellte bei diesem Einsatz 24 Schwenkflügelkampfflugzeuge vom Typ F-111. Die Tankerflotte, die sie auf dem Hin- und Rückflug begleitete, bestand aus den riesigen KC-10 und den kleineren KC-135: die 10er betankten die Kampfflugzeuge und die 135er betankten die 10er. Während des Dreitausend-Meilen-Flugs nach Libyen würden drei Luftbetankungen stattfinden. Der Flug von England bis zur libyschen Küste dauerte sechs Stunden, der Flug nach Tripolis eine halbe Stunde, und dann würden sie sich lange, sehr lange zehn Minuten über ihrem Zielgebiet befinden. Anschließend würden sie nach Hause fliegen. Nicht alle, aber die meisten von ihnen schon. »Geschichte«, sagte Wiggins. »Wir fliegen in die Geschichte.«

Satherwaite erwiderte nichts.

Chip Wiggins sagte zu Bill Satherwaite: »Heute ist Stichtag für die Einkommenssteuer. Hast du pünktlich abgegeben?«

»Nein. Ich hab 'ne Verlängerung beantragt.«

»Solche Leute nimmt das Finanzamt besonders gründlich unter die Lupe.«

Satherwaite grunzte zur Antwort.

Wiggins sagte: »Wenn sie bei dir 'ne Steuerprüfung machen, bombardierst du das Finanzministerium einfach mit Napalm. Dann werden sie es sich zweimal überlegen, ob sie bei Bill Satherwaite noch mal Revision machen.« Wiggins lachte.

Satherwaite starrte auf seine Instrumente.

Da es ihm nicht gelang, den Piloten in ein Gespräch zu verwickeln, überließ sich Wiggins wieder seinen Gedanken. Er dachte über den Umstand nach, dass dies für die Besatzungen und die Ausrüstung ein Ausdauertest war und sie einen solchen Einsatz nie geübt hatten. Doch bisher lief alles glatt. Die F-111 schlug sich fabelhaft. Er schaute seitlich aus der Kanzel. Die Schwenkflügel waren auf 35 Grad gestellt, um der Maschine für den langen Formationsflug die besten Flugeigenschaften zu verleihen. Später würden sie die Tragflächen hydraulisch nach hinten schwenken, um für den Angriff eine stromlinienförmigere Stellung zu erreichen, und das würde den Beginn der Kampfphase bedeuten. *Kampf.* Wiggins konnte es nicht fassen, dass er tatsächlich zu einem Kampfeinsatz unterwegs war.

Es war der Zielpunkt all dessen, wofür sie ausgebildet waren. Weder er noch Satherwaite waren in Vietnam gewesen, und nun flogen sie in unbekanntes, feindliches Territorium und kämpften gegen einen Feind, dessen Flugabwehrfähigkeiten kaum bekannt waren. Der Einsatzoffizier hatte ihnen gesagt, die libysche Flugabwehr würde normalerweise um Mitternacht Feierabend machen, aber Wiggins konnte nicht glauben, dass die Libyer tatsächlich so dumm waren. Er war davon überzeugt, dass libyscher Radar ihre Maschine erfassen würde, dass die libysche Luftwaffe alles daran setzten würde, sie abzufangen, dass Boden-Luft-Raketen aufsteigen würden, um sie vom Himmel zu fegen, und dass Flakfeuer sie empfangen würde. »Mark Aurel.«

»Was?«

»Das einzige römische Monument, das in Tripolis noch steht. Der Triumphbogen des Mark Aurel. Zweites Jahrhundert nach Christi.«

Satherwaite kämpfte gegen das Gähnen an.

»Wenn einer den zufällig trifft, kriegt er Stunk. Der gehört zum Weltkulturerbe der UNESCO. Hast du bei der Einsatzbesprechung nicht aufgepasst?«

»Chip, wieso kaust du nicht Kaugummi oder machst sonst was?«

»Wir starten unseren Angriff gleich westlich des Bogens. Hoffentlich bekomme ich ihn zu sehen. Solche Sache interessieren mich.«

Satherwaite schloss die Augen und seufzte genervt.

Chip Wiggins widmete sich wieder seinen Kampfgedanken. Er wusste, dass bei diesem Einsatz einige wenige Vietnamveteranen dabei waren, die meisten Jungs aber keine Kampferfahrung hatten. Und dann sah auch noch die ganze Befehlskette bis rauf zum Präsidenten zu – sie warteten und hielten den Atem an. Nach Vietnam, dem Aufbringen der U.S.S. Pueblo, nach Carters verpfuschtem Rettungseinsatz im Iran und einem ganzen Jahrzehnt militärischer Fehlschläge brauchte die Heimmannschaft einen strahlenden Sieg.

Im Pentagon und im Weißen Haus brannte Licht. Dort

gingen sie auf und ab und beteten. *Siegt diesmal für Ronnie, Jungs.* Chip Wiggins würde sie nicht enttäuschen. Und hoffentlich enttäuschten sie ihn nicht. Man hatte ihm gesagt, der Einsatz könne jederzeit abgebrochen werden, und er fürchtete, per Funk würde knisternd das Codewort für den Abbruch durchgegeben: *Green Grass.* Wie in *The green, green grass of home.*

Klammheimlich hätte er sich über diese Worte gefreut. Er fragte sich, was sie in Libyen mit ihm machen würden, wenn er abspringen musste. *Wie komme ich denn jetzt darauf?* Er gab sich schon wieder bösen Gedanken hin. Er schaute zu Satherwaite hinüber, der etwas in sein Logbuch eintrug. Satherwaite gähnte wieder.

»Müde?«, fragte Wiggins.

»Nein.«

»Angst?«

»Noch nicht.«

»Hungrig?«

»Halt die Schnauze, Chip.«

»Durst?«

Satherwaite sagte: »Warum schläfst du nicht weiter? Oder wie wär's, wenn ich schlafe, und du fliegst?«

Wiggins wusste, dass Satherwaite ihn auf seine nicht allzu subtile Art daran erinnern wollte, dass ein Waffensystem-Offizier kein Pilot war.

Sie saßen wieder schweigend da. Wiggins überlegte tatsächlich, ein Nickerchen zu machen, wollte Satherwaite aber nicht die Chance bieten, daheim in Lakenheath allen zu erzählen, er hätte den ganzen Flug nach Libyen verschlafen. Gut eine halbe Stunde später schaute Chip Wiggins auf seine Navigationskarte und seine Instrumente. Er war nicht nur der Waffensystem-Offizier, sondern auch der Navigator. Er sagte zu Satherwaite: »Südsüdöstlich liegt Cabo de São Vicente – das Kap São Vicente.«

»Gut. Da gehört es auch hin.«

»Dort hat Prinz Heinrich der Seefahrer die erste Seenavigationsschule der Welt gegründet. Daher hatte er den Namen.«
»Heinrich?«
»Nein: der Seefahrer.«
»Ach so.«
»Die Portugiesen waren fantastische Seefahrer.«
»Muss ich das wissen?«
»Klar. Spielst du nicht gerne Trivial Pursuit?«
»Nein. Sag mir einfach, wann wir den Kurs ändern.«
»In sieben Minuten schwenken wir auf null-neun-vier.«
»Okay. Guck auf die Uhr.«
Sie flogen schweigend weiter.

Ihre F-111 befand sich auf der ihr zugewiesenen Position innerhalb der Transitformation, und wegen der Funkstille hielt jedes Flugzeug mittels Radar seine Position. Sie konnten die übrigen drei Maschinen ihrer Schwarmformation – deren Codenamen Elton 38, Remit 22 und Remit 61 lauteten – nicht immer mit bloßem Auge sehen, aber sie sahen sie auf dem Radar und konnten den Formationsführer, Terry Waycliff in der Remit 22, notfalls über Funksignale erreichen. Trotzdem musste Wiggins den Flugplan in mancher Hinsicht vorwegnehmen und wissen, wann er auf den Radarschirm schauen musste, um zu sehen, was der Schwarmführer machte. »Mir gefällt bei so einem schwierigen Einsatz vor allem die Herausforderung. Dir doch hoffentlich auch, Bill.«

»Du machst das alles nur noch schwieriger, Chip.«

Wiggins lachte in sich hinein.

Der Schwarm der vier F-111 schwenkte unisono nach Backbord. Sie flogen um das Cabo de São Vicente und dann weiter nach Südosten, direkt auf die Meerenge von Gibraltar zu.

Eine Stunde später überflogen sie an Backbord den Felsen von Gibraltar und an Steuerbord, an der afrikanischen Küste, den Djebel Musa. Wiggins informierte seinen Piloten: »Gibraltar war eine der antiken Säulen des Herkules. Der

Berg Musa ist die andere. Diese Wahrzeichen bildeten für die Zivilisationen des Mittelmeerraums die westliche Grenze der Navigation. Wusstest du das?«

»Sag mir lieber, wie viel Treibstoff wir noch haben.«

»Gern.« Wiggins las die Ziffern der Treibstoffanzeigen ab und meinte: »Verbleibende Flugdauer etwa zwei Stunden.«

Satherwaite sah auf die Uhr in seinem Instrumentenfeld und meinte: »Treffen mit der KC-10 in etwa 45 Minuten.«

»Hoffentlich«, sagte Wiggins und dachte: *Wenn wir das Nachtanken aus irgendeinem Grund verpassen, haben wir gerade noch genug Treibstoff, um damit nach Sizilien zu kommen, und dann sind wir raus aus dem Einsatz.* Sie waren nie außer Reichweite des Festlands gewesen, und falls nötig, konnten sie ihre Bomben ins Meer werfen, auf irgendeinem Flugplatz in Frankreich oder Spanien landen und ganz locker erzählen, sie wären auf einem Ausbildungsflug gewesen und ihnen wäre der Sprit ausgegangen. Wie der Einsatzoffizier gesagt hatte: »Sprechen Sie das Wort ›Libyen‹ nicht aus.« Das hatte ihm viele Lacher eingebracht.

Eine halbe Stunde später war von den Tankerflugzeugen immer noch nichts zu sehen. Wiggins fragte: »Wo, zum Teufel, bleiben unsere fliegenden Tankstellen?«

Satherwaite las die Einsatzbefehle und antwortete nicht.

Wiggins lauschte weiter auf das Funksignal, das die Ankunft der Tankerflugzeuge melden würde. Nach dem langen Flug und den ausführlichen Vorbereitungen wollte er jetzt nicht in Sizilien notlanden müssen.

Sie flogen schweigend weiter. Im Cockpit summte die Elektronik, und die Flugzeugzelle vibrierte von der Kraft der beiden Düsentriebwerke von Pratt & Whitney, die die F-111F in die schwarze Nacht vorantrieben.

Schließlich teilte ihnen das Funkgerät mit einer Folge von Klick-Geräuschen mit, dass sich die KC-10 näherte. Zehn Minuten später sah Wiggins sie auf dem Radarschirm und teilte das Satherwaite mit, der bestätigte.

Satherwaite nahm Schub weg und löste sich aus der Formation. In solchen Situationen, dachte Wiggins, war er wirklich sein Geld wert.

Ein paar Minuten später füllte das riesige Tankflugzeug den Himmel über ihnen aus. Satherwaite konnte über den abhörsicheren, verschlüsselten Sprechfunkkanal KY-28, der für den Nahbereich genutzt werden konnte, mit dem Tanker reden. »Kilo 10, hier ist Karma 57. Wir haben Sichtkontakt.«

»Roger, Karma 57. Hier kommt Dickey.«

»Roger.«

Der Boom Operator der KC-10 bugsierte vorsichtig den Luftbetankungsausleger in den Tankstutzen der F-111, der sich gleich hinter dem Cockpit befand. In wenigen Minuten war die Verbindung hergestellt, und der Treibstoff floss vom Tankerflugzeug in den Jäger.

Wiggins sah zu, wie Satherwaite mit der rechten Hand den Steuerknüppel und mit der linken die Schubhebel feinjustierte, um den Düsenjäger genau auf Position zu halten, so dass der Betankungsausleger angeschlossen blieb. Wiggins wusste, dass er dabei zu schweigen hatte.

Nach einer ganzen Weile erlosch das grüne Licht neben dem Ausleger des Tankerflugzeugs; daneben leuchtete ein gelbes auf, das die automatische Trennung anzeigte. Satherwaite funkte dem Tankerflugzeug: »Karma 57 Clearing«, löste sein Flugzeug von der KC-10 und glitt zurück auf seinen Platz in der Formation.

Der Tankerpilot, der wusste, dass es das letzte Auftanken vor dem Angriff war, funkte: »Hey, viel Glück! Gebt's ihnen! Gott segne euch. Wir sehn uns später.«

Satherwaite erwiderte ein »Roger« und sagte dann zu Wiggins: »Glück und Gott haben damit nichts zu tun.«

Wiggins war etwas verärgert über Satherwaites zu coole Himmelhundattitüde und fragte ihn: »Glaubst du etwa nicht an Gott?«

»Doch, natürlich, Chip. Bete du. Ich fliege.«

Satherwaite nahm wieder seinen Platz in der Formation ein, und ein anderer Düsenjäger löste sich für die Luftbetankung.

Wiggins musste zugeben, dass Bill Satherwaite ein fabelhafter Pilot war, aber ein fabelhafter Kerl war er nicht.

Satherwaite, dem bewusst war, dass er Wiggins dumm gekommen war, sagte: »Hey, Wizo«, was der liebevolle Slangausdruck für die Waffensystemoffiziere war, »hinterher lade ich dich ins beste Restaurant von London ein.«

Wiggins lächelte. »Und ich zahle.«

»Nein, ich zahle. Wird nicht teurer als zehn Pfund.«

»Schon klar.«

Satherwaite ließ ein paar Minuten verstreichen und sagte dann: »Es wird schon gut gehen. Du wirst sie genau über dem Ziel abwerfen, und wenn du das gut machst, fliege ich für dich über den Triumphbogen des Augustus.«

»Aurel. Mark Aurel.«

»Sag ich doch.«

Wiggins lehnte sich zurück und schloss die Augen. Er wusste, dass er Satherwaite ungewöhnlich viele nicht-dienstliche Worte entlockt hatte, und hielt das für einen bescheidenen Triumph.

Er dachte an die Zukunft. Obwohl sich sein leerer Magen etwas zusammenkrampfte, freute er sich darauf, seinen ersten Kampfeinsatz zu fliegen. Wenn er irgendwelche Skrupel hatte, die Bomben abzuwerfen, würde er sich daran erinnern, dass alle Ziele, auch seine, ausschließlich militärischer Art waren. Der Einsatzoffizier in Lakenheath hatte das Lager Al Azziziyah sogar als »Djihad-Universität« bezeichnet, da es ein Ausbildungslager für Terroristen war. Er hatte aber noch hinzugefügt: »Es ist möglich, dass sich einige Zivilisten im Militärlager Al Azziziyah aufhalten.«

Daran musste Wiggins denken, aber dann schob er den Gedanken beiseite.

Kapitel 14

Assad Khalil rang mit zwei Trieben: Sex und Selbsterhaltung.

Khalil ging ungeduldig auf dem Flachdach auf und ab. Sein Vater hatte ihn Assad genannt, der Löwe, und bewusst oder unbewusst hatte er sich offenbar Wesenszüge dieses Raubtiers angeeignet, darunter auch die Angewohnheit, im Kreis zu gehen. Unvermittelt blieb er stehen und schaute hinaus in die Nacht.

Der Ghabli, der heiße, kräftige Südwind aus der unermesslich großen Sahara, blies über das nördliche Libyen zum Mittelmeer hin. Der Nachthimmel wirkte neblig, aber in Wirklichkeit waren es aufgewirbelte Sandkörner, die den Blick auf Mond und Sterne trübten.

Khalil schaute auf die Leuchtanzeige seiner Armbanduhr und sah, dass es 1.46 Uhr war. Bahira, die Tochter von Hauptmann Habib Nadir, sollte um Punkt zwei kommen. Er fragte sich, ob sie wohl kommen würde oder ob sie erwischt worden war. Und wenn man sie erwischt hatte, würde sie dann gestehen, wohin sie wollte und mit wem sie verabredet war? Diese letzte Möglichkeit bereitete Assad Khalil große Sorge. Mit sechzehn Jahren stand er nun vielleicht nur eine halbe Stunde vor seinem ersten sexuellen Erlebnis – oder ein paar Stunden davor, geköpft zu werden. Unwillkürlich stellte er sich vor, wie er sich hinkniete und den Kopf neigte, während der massige Scharfrichter, den alle nur Sulaman nannten, mit dem großen Krummschwert ausholte und auf Khalils Nacken zielte. Khalil spürte, wie er sich verkrampfte, und auf seiner Stirn bildete sich Schweiß, den der Nachtwind trocknete.

Khalil ging zu der kleinen Wellblechhütte auf dem Flachdach. Die Hütte hatte keine Tür, und Khalil spähte ins Treppenhaus hinunter. Er erwartete entweder Bahira oder ihren

Vater zu sehen, der mit bewaffneten Wächtern kam, ihn zu holen. Das war Wahnsinn, dachte er, der reine Wahnsinn.

Khalil ging zum Nordende des Dachs. Der Betonboden des Dachs war in Schulterhöhe von einer mit Zinnen versehenen Brüstung aus Stein und Putz umgeben. Das Gebäude selbst war zweigeschossig und stammte aus der italienischen Besatzungszeit. Damals, wie auch heute noch, diente es als Munitionslager und deshalb stand es in einem Sicherheitsabstand vom Mittelpunkt des Militärlagers Al Azziziyah. Das ehemals italienische Lager war nun das militärische Hauptquartier und der zeitweilige Wohnsitz des Großen Führers, Oberst Muammar al Gaddafi, der eben an diesem Abend in Al Azziziyah eingetroffen war. Wie jedermann in Libyen wusste Khalil, dass der Große Führer oft den Wohnort wechselte und dass diese unvorhersehbaren Umzüge ein Schutz vor Anschlägen und amerikanischen Militäraktionen waren. Nur wäre es dumm gewesen, über so etwas zu sprechen.

Gaddafis unerwartete Anwesenheit hatte an diesem Abend seine Elitegarde in höchste Alarmbereitschaft versetzt, und Khalil machte sich Sorgen, da offenbar Allah selbst dafür sorgte, dass dieses Rendezvous schwierig und gefährlich wurde.

Khalil hatte nicht den mindesten Zweifel, dass ihm der Teufel das sündige Verlangen nach Bahira eingeflößt hatte und dass der Teufel ihn dazu gebracht hatte, von ihr zu träumen, wie sie nackt über den mondbeschienenen Wüstensand spazierte. Assad Khalil hatte noch nie eine nackte Frau gesehen, aber er hatte eine Zeitschrift aus Deutschland gesehen und wusste, wie Bahira ohne Schleier und Kleider aussehen würde. Er stellte sich jede Kurve ihres Leibes vor, sah ihr langes Haar auf ihren nackten Schultern ruhen, erinnerte sich an ihre Nase und ihren Mund, wie er sie gesehen hatte, als sie noch Kinder gewesen waren und ehe sie einen Schleier trug. Ihm war klar, dass sie mittlerweile anders aussah, aber merkwürdigerweise saß nun ihr Kleinmädchengesicht auf dem wundervoll erträumten Frauenleib. Er stellte sich die Kurven ihrer Hüften vor, die behaarte Scham, ihre nackten Schenkel ... Das Herz schlug ihm bis zum Halse, und er bekam einen trockenen Mund.

Khalil schaute angestrengt nach Norden. Die Lichter des zwanzig Kilometer entfernten Tripolis waren hell genug, um auch durch den Ghabli sichtbar zu sein. Jenseits von Tripolis lag die Schwärze des Mittelmeers. Rund um Al Azziziyah lag hügeliges, trockenes Land – Olivenhaine, Dattelpalmen, ein paar Ziegenställe und hin und wieder eine Wasserstelle.

Assad Khalil spähte über die Brüstung hinab ins Lager. Unten war alles still; um diese Uhrzeit waren keine Wachen oder Fahrzeuge mehr zu sehen. Nur bei der Residenz von Oberst Gaddafi und den Gebäuden des Hauptquartiers sah man geschäftiges Treiben. Heute Abend herrschte kein besonderer Alarmzustand, aber Khalil hatte die dunkle Ahnung, dass etwas nicht in Ordnung war.

Assad Khalil schaute wieder auf seine Armbanduhr. Es war Punkt zwei, und Bahira war noch nicht erschienen. Khalil kniete sich in die Ecke der Brüstung, wo ihn von unten niemand sehen konnte. Dort hatte er seine Sajjada, seinen Gebetsteppich, ausgerollt und einen Koran darauf gelegt. Wenn sie ihn holen kamen, würden sie ihn vorfinden, wie er betete und den Koran las. Das konnte seine Rettung sein. Doch wahrscheinlich würden sie erraten, dass der Koran eine List und der Gebetsteppich für die nackte Bahira bestimmt war. Wenn sie das vermuteten, würde diese Gotteslästerung auf eine Weise geahndet, bei der er sich nach einer Enthauptung sehnen würde. Und Bahira ... Die würden sie wahrscheinlich zu Tode steinigen.

Trotzdem lief er nicht zurück zum Haus seiner Mutter. Er war entschlossen, sich seinem Schicksal zu stellen, wer auch immer die Treppe heraufkommen mochte.

Er dachte daran, wie Bahira ihm im Haus ihres Vaters zum ersten Mal aufgefallen war. Hauptmann Habib Nadir war, wie auch Khalils Vater, ein Günstling Oberst Gaddafis. Die drei Familien standen sich nahe. Khalils Vater war, wie auch Bahiras Vater, im Widerstand gegen die italienische Besatzung aktiv gewesen. Khalils Vater hatte während des Zweiten Weltkriegs für die Briten gearbeitet, Bahiras Vater für die Deutschen. Aber welche Rolle spielte das schon? Italiener, Deutsche, Briten – alle waren sie Ungläubige, und man schuldete ihnen keine Loyalität. Sein Vater und Bahiras Vater hatten oft darüber gescherzt, wie sie den Christen dabei geholfen hatten, sich gegenseitig umzubringen.

Khalil dachte kurz an seinen Vater, Hauptmann Karim Khalil. Er war fünf Jahre zuvor gestorben, war in Paris auf offener Straße von Agenten des israelischen Mossad ermordet worden. Die westlichen Nachrichtensendungen hatten berichtet, den Mord hätten vermutlich Mitglieder einer rivalisierenden islamischen Splittergruppe oder vielleicht sogar libysche Landsleute im Zuge eines politischen Machtkampfes begangen. Niemand war verhaftet worden. Doch Oberst Gaddafi, der weit klüger war als alle seine Feinde, hatte seinem Volk erklärt, Hauptmann Karim Khalil sei von den Israelis ermordet worden, und alles andere seien Lügen.

Assad Khalil glaubte daran. Er musste es glauben. Sein Vater fehlte ihm, aber es tröstete ihn, dass er einen Märtyrertod von Händen der Zionisten gestorben war. Natürlich beschlichen ihn Zweifel, aber der Große Mann persönlich hatte gesprochen, und damit war das Thema erledigt.

Khalil nickte vor sich hin, als er dort in der Ecke des Dachs kniete. Er schaute auf seine Armbanduhr und dann zum Eingang des Schuppens hinüber, der zehn Meter entfernt war. Sie hatte sich verspätet, oder sie hatte nicht aus dem Haus entwischen können. Oder sie hatte verschlafen oder beschlossen, ihr Leben nicht aufs Spiel zu setzen, nur um bei ihm zu sein. Schlimmstenfalls war sie ertappt worden und verriet ihn in eben diesem Augenblick an die Militärpolizei.

Khalil dachte über sein besonderes Verhältnis zum Großen Führer nach. Zweifellos hatte Oberst Gaddafi ihn und seine Brüder und Schwestern gern. Der Oberst ließ sie privilegiert in ihrem Haus im Lager Al Azziziyah wohnen und hatte dafür gesorgt, dass seine Mutter eine Pension erhielt und er und seine Geschwister eine Ausbildung bekamen.

Und ein halbes Jahr zuvor hatte der Oberst zu ihm gesagt: »Du bist vorausbestimmt, den Tod deines Vaters zu rächen.«

Assad Khalil war überglücklich und stolz gewesen und hatte seinem Ersatzvater erwidert: »Ich bin bereit, dir und Allah zu dienen.«

Der Oberst hatte gelächelt und gesagt: »Noch ist es nicht so weit, Assad. Noch ein oder zwei Jahre und dann bilden wir dich zum Freiheitskämpfer aus.«

Und nun setzte Assad alles aufs Spiel: sein Leben, seine Ehre, seine Familie. Und wofür das alles? Für eine Frau. Das ergab keinen Sinn, aber ... Da war noch das andere ... Das, was er wusste, woran er aber nicht denken mochte ... Die Sache mit seiner Mutter und Muammar al Gaddafi ... Ja, da war etwas, und er wusste auch, was es war, und es war das Gleiche, dessentwegen er hier auf dem Dach auf Bahira wartete.

Wenn das Verhältnis seiner Mutter mit dem Großen Führer keine Sünde war, dann konnte unehelicher Sex nicht zwingend sündhaft sein. Muammar al Gaddafi würde nichts Sündiges tun, nichts, das nicht der Scharia, dem Religionsgesetz, entsprach. Deshalb würde Assad Khalil, wenn er erwischt würde, seinen Fall direkt vor den Großen Führer bringen und ihm seine Verwirrung in dieser Angelegenheit erläutern. Er würde erklären, dass es Bahiras Vater gewesen sei, der die Zeitschrift aus Deutschland mitgebracht hatte, in der nackte Männer und Frauen abgebildet waren, und dass ihn dieser Schmutz aus dem Westen verdorben habe.

Bahira hatte die Zeitschrift hinter Reissäcken bei sich zu Hause entdeckt, hatte sie stibitzt und Khalil gezeigt. Sie hatten die Fotos gemeinsam betrachtet – eine Sünde, für die man sie ausgepeitscht hätte, wenn man sie dabei erwischt hätte. Doch statt dass die Bilder sie mit Ekel und Scham erfüllt hatten, hatten eben diese Bilder sie dazu getrieben, das Unaussprechliche auszusprechen. Sie hatte zu ihm gesagt: »Ich will mich dir wie diese Frauen zeigen. Ich will dir alles zeigen, was ich habe. Ich will dich sehen, Assad, und deine Haut spüren.«

Und so hatte der Teufel Besitz von ihr ergriffen. Und durch sie hatte er auch von ihm Besitz ergriffen. Er hatte in der hebräischen Genesis die Geschichte von Adam und Eva gelesen, und sein Mousyed, sein geistlicher Lehrer, hatte ihm gesagt, die Frauen seien schwach und lüstern, hätten die Erbsünde begangen und würde Männer zur Sünde verführen, wenn sie nicht standhaft blieben.

Und doch ... dachte er, selbst so große Männer wie der Oberst ließen sich von Frauen verderben. Das würde er dem Oberst erklären, wenn er erwischt wurde. Vielleicht würden sie Bahira dann doch nicht zu Tode steinigen und es mit Auspeitschen bewenden lassen.

Die Nacht war kühl und Khalil zitterte. Er kniete weiter auf dem Gebetsteppich, den Koran in Händen. Um zehn nach zwei hörte er ein Geräusch im Treppenhaus, und als er hochschaute, sah er eine dunkle Gestalt im Eingang des Schuppens stehen. Er flüsterte: »Allah, sei mir gnädig!«

Kapitel 15

Lieutenant Chip Wiggins sagte zu Lieutenant Bill Satherwaite: »Wir haben starken Seitenwind. Das ist dieser Südwind aus der Wüste. Wie heißt der noch?«

»Der heißt: der Südwind aus der Wüste.«

»Genau. Das wird jedenfalls ein guter Rückenwind, wenn wir hier abhauen. Und außerdem sind wir dann ja um vier Bomben leichter.«

Satherwaite murmelte eine Erwiderung.

Wiggins starrte aus der Windschutzscheibe in die dunkle Nacht. Er hatte keine Ahnung, ob er heute den Sonnenaufgang erleben würde. Aber er wusste, wenn sie ihren Auftrag erfolgreich erledigten, waren sie Helden – bloß namenlose Helden. Denn dies war kein gewöhnlicher Krieg – es war ein Krieg gegen internationale Terroristen, deren Einflussbereich weit über den Nahen Osten hinausreichte, und deshalb würden die Namen der Piloten nie der Öffentlichkeit und den Medien genannt werden und für alle Zeit streng geheim bleiben. Etwas daran ging Wiggins gegen den Strich; es war das Eingeständnis, dass der Gegner zurückschlagen konnte, und zwar bis ins Herz Amerikas, und sich an den Piloten, Mannschaften oder ihren Familien rächen konnte. Es würde keine Paraden oder öffentlichen Auszeichnungen geben, aber diese Anonymität sorgte dafür, dass ihm bei der Sache etwas wohler war. Lieber ein nicht genannter Held als ein namentlich bekanntes Ziel für Terroranschläge.

Sie flogen weiter in östliche Richtung über das Mittelmeer. Wiggins dachte daran, wie viele Kriege um diese uralte See und zumal an den Küsten Nordafrikas geführt worden waren – die Phönizier, die Ägypter, die Griechen, die Karthager, die Römer, die Araber und so tausende Jahre weiter bis zum Zweiten Weltkrieg: die Italiener, das deutsche Afrikakorps, die Briten, die Amerikaner ... Die See und der Sand Nordafrikas waren ein Massengrab für Soldaten, Seeleute und Flieger. *To the shores of Tripoli*, sagte er zu sich und war sich bewusst, in dieser Nacht vielleicht nicht der einzige Flieger zu sein, dem diese Worte einfielen. *We will fight our country's battles ...*

Satherwaite fragte: »Zeit bis zur Kursänderung?«

Wiggins erwachte aus seinen Träumereien und überprüfte die Position. »Zwölf Minuten.«

»Behalt die Uhr im Auge.«

»Roger.«

Zwölf Minuten später schwenkte die Formation im rechten Winkel nach Süden. Die gesamte Luftstreitmacht, die Tankerflugzeuge ausgenommen, war jetzt unterwegs zur libyschen Küste. Satherwaite drückte die Schubhebel durch und die F-111 beschleunigte.

Bill Satherwaite sah auf die Uhr und die Instrumente. Sie näherten sich dem Endanflugspunkt, an dem die Angriffsvorbereitungen beginnen würden. Er notierte seine Geschwindigkeit mit 480 Knoten über Grund und seine Flughöhe mit 25 000 Fuß. Sie waren keine zweihundert Meilen mehr von der Küste entfernt und flogen direkt auf Tripolis zu. Aus dem Funkgerät kam eine Reihe von Klick-Geräuschen. Er bestätigte und ging mit dem Rest seiner Staffel in den Sinkflug über.

Satherwaite hatte Lust, schon mit den letzten Prüflisten anzufangen, gestand sich dann aber ein, dass es ein wenig zu früh dafür war. Es war unklug, einen Kampfeinsatz damit zu beginnen, dass man sich zu früh aufputschte. Er wartete ab.

Wiggins räusperte sich, was über die Gegensprechanlage wie Gebrüll klang, und beide zuckten sie zusammen. Wiggins sagte: »Noch hundert Meilen bis trocken Land.«

»Roger.«

Beide schauten sie auf den Radarschirm, doch aus Libyen stieg nichts auf, um sie in Empfang zu nehmen. Sie sanken bis auf hundert Meter über dem Meeresspiegel.

»Achtzig Meilen.«

»Okay, fangen wir mit dem Angriffsvorbereitungen an.«

»Bereit.«

Satherwaite und Wiggins begannen die Litanei der Prüflisten. Als sie eben fertig waren, schaute Wiggins hoch und sah die Lichter von Tripolis direkt vor sich. »Halali.« Satherwaite schaute ebenfalls hoch und nickte. Er drückte auf einen Hebel, und die ausgestreckten Flügel der F-111 schwenkten nach hinten, wie die Schwingen eines Falken, der am Boden Beute entdeckt hat.

Wiggins bemerkte, dass sein Herz ein wenig schneller schlug und dass er sehr durstig war.

Als sich die Formation der Küste näherte, beschleunigte Satherwaite. Ihre Angriffshöhe blieb bei 300 Fuß. Man hatte ihnen gesagt, in dieser Höhe gäbe es keine Funktürme oder Hochhäuser, auf die sie hätten achten müssen. Ihre Angriffsgeschwindigkeit lag nun bei 500 Knoten. Es war 1.50 Uhr. In wenigen Minuten würde sich die Formation auflösen, und dann würden die einzelnen Maschinen zu ihren jeweiligen Zielen in und um Tripolis fliegen.

Wiggins lauschte der Stille in seinem Kopfhörer und hörte dann einen trällernden Ton, der die Erfassung durch feindliches Radar anzeigte. *Ach du Scheiße.* Er schaute schnell auf seinen Radarwarnempfänger und verkündete so teilnahmslos wie möglich: »SAM-Alarm auf ein Uhr.«

Satherwaite nickte. »Jetzt sind sie wohl aufgewacht.«

»Ich könnte diesem Einsatzoffizier in den Arsch treten.«

»Der ist nicht das Problem und diese Raketen auch nicht.«

»Stimmt ...« Die F-111 flog zu tief und zu schnell, um von den Raketen getroffen zu werden, aber auf 300 Fuß waren sie nun in Reichweite der Flugabwehrgeschütze.

Wiggins sah auf seinem Radarschirm zwei Raketen aufsteigen und hoffte, dass diese in der Sowjetunion gebauten Schrottdinger sie in dieser Höhe und bei dieser Geschwindigkeit wirklich nicht treffen konnten. Wenige Sekunden später sah Wiggins mit eigenen Augen die beiden Raketen an Steuerbord in den Nachthimmel aufsteigen. Rot und orangefarben glühten ihre Schweife.

Satherwaite meinte trocken: »Eine Verschwendung von teurem Raketentreibstoff.«

Nun war Wiggins an der Reihe, nicht darauf zu antworten. Er war tatsächlich vollkommen sprachlos. Satherwaite hingegen war nun in Plauderlaune und erging sich über die Form der Küstenlinie, über Tripolis und andere Belanglosigkeiten. Wiggins hätte ihn am liebsten angeschrien, die Klappe zu halten und einfach nur zu fliegen.

Sie überflogen die Küste, und unter ihnen lag Tripolis. Satherwaite sah, dass trotz des Luftangriffs die Straßenbeleuchtung angeschaltet blieb. »Idioten.« Er erhaschte einen Blick auf den Triumphbogen des Mark Aurel und sagte zu Wiggins: »Da ist dein Bogen. Neun Uhr.«

Doch Wiggins hatte das Interesse an der Geschichte verloren und konzentrierte sich auf die Gegenwart. »Wende.«

Satherwaite löste sich aus der Formation und begann den Anflug auf Al Azziziyah. »Wie heißt das noch?«

»Was?«

»Wo wir hinfliegen.«

Wiggins spürte, dass er im Nacken schwitzte. Er konzentrierte sich auf seine Instrumente, auf den Radarschirm und den Ausblick. »Verdammte Scheiße! Flak!«

»Bist du sicher? Ich dachte, es wäre Al-Soundso.«

Wiggins konnte Satherwaites plötzlichem Anflug von Fliegerhumor nichts abgewinnen. Er schnauzte ihn an: »Al Azziziyah! Was macht das schon?«

»Stimmt«, erwiderte Satherwaite. »Morgen werden sie's nur noch Schutt nennen.« Er lachte.

Wiggins lachte mit, obwohl er eine Höllenangst hatte. Leuchtspurgeschosse der Flugabwehr schnitten viel zu nah durch die schwarze Nacht. Er konnte es nicht fassen, dass er tatsächlich beschossen wurde. Mann, war das ein Scheißgefühl. Aber es hatte auch etwas von einem Rausch.

Satherwaite meldete: »Al Azziziyah direkt voraus. Ready.«

»Schutt«, erwiderte Wiggins. »Schutt und Asche. Fertig zum Abwurf. Fick dich ins Knie, Muammar!«

Kapitel 16

»Assad?«

Assad Khalil wäre fast das Herz stehen geblieben. »Ja ... Ja, hier drüben.« Er fragte leise: »Bist du allein?«

»Natürlich.« Bahira ging in Richtung seiner Stimme und sah ihn auf dem Gebetsteppich knien.

»Duck dich«, flüsterte er mit heiserer Stimme.

Sie duckte sich unter die Brüstung, ging zu ihm und kniete sich dann vor ihm auf den Gebetsteppich. »Ist alles in Ordnung?«

»Ja, aber du kommst spät.«

»Ich musste den Wachen ausweichen. Der Große Führer ...«

»Ja, ich weiß.« Assad Khalil betrachtete Bahira im Mondschein. Sie trug ein fließendes weißes Gewand, die übliche Abendgarderobe junger Frauen, und dazu Kopftuch und Schleier. Sie war drei Jahre älter als er und hatte ein Alter erreicht, in dem die meisten Libyerinnen schon verheiratet oder verlobt waren. Doch ihr Vater hatte viele Freier abgewiesen, und die glühendsten Verehrer waren sogar aus Tripolis ausgewiesen worden. Assad Khalil wusste, dass sich die beiden Familien, wäre sein Vater noch am Leben gewesen, sicherlich auf eine Heirat von Assad und Bahira geeinigt hätten. Sein Vater war zwar ein Held und Märtyrer, aber er war nun einmal tot, und die Familie Khalil genoss lediglich den Status einer begünstigten Pensionsempfängerin des Großen Führers. Andererseits war da natürlich das Verhältnis des Großen Führers mit Assads Mutter, doch das war eine verborgene Sünde und nützte nichts.

Sie knieten einander gegenüber und sagten nichts. Bahiras Blick wanderte zu dem Koran, der auf dem Teppichrand lag, und dann erst schien sie den Gebetsteppich selbst zu bemerken. Sie starrte Assad an, und sein Blick schien zu besagen:

»Wenn wir schon die Sünde der Unzucht begehen, was macht es da noch, dass wir auch Gotteslästerung begehen?«

Bahira nickte zum schweigenden Einverständnis.

Bahira Nadir übernahm die Initiative und zog den Schleier beiseite, der ihr Gesicht verbarg. Sie lächelte, aber Khalil vermutete, dass sie eher aus Verlegenheit lächelte, weil sie ohne Schleier direkt einem Mann gegenüber saß.

Sie nahm ihr Kopftuch ab und löste ihr Haar, das ihr in langen, lockigen Strähnen über die Schultern fiel.

Assad Khalil atmete tief durch und schaute Bahira in die Augen. Sie war schön, fand er, obwohl er wenig Vergleichsmöglichkeiten hatte. Er räusperte sich und sagte: »Du bist sehr schön.«

Sie lächelte und umfasste seine Hände.

Khalil hatte nie die Hände einer Frau gehalten und staunte, wie klein und weich Bahiras Hände waren. Ihre Haut war warm, wärmer als seine, was vermutlich von der Anstrengung kam, die dreihundert Meter von ihrem Zuhause hierher zurückzulegen. Ihm fiel auch auf, dass ihre Hände trocken waren, wohingegen er feuchte Hände hatte. Er rutschte auf Knien näher zu ihr hin und roch nun den blumigen Duft, den sie verströmte. Als er sich bewegte, spürte er, wie erregt er war.

Keiner der beiden schien zu wissen, was sie als Nächstes tun sollten. Schließlich ließ Bahira seine Hände los und begann sein Gesicht zu streicheln. Er tat das Gleiche mit ihrem Gesicht. Sie rückte näher, und ihre Körper berührten einander. Dann umarmten sie sich, und er spürte ihre Brüste unter ihrem Gewand. Assad Khalil empfand unbändiges Verlangen, war aber mit den Gedanken nicht ganz bei der Sache. Ein primitiver Instinkt riet ihm, auf der Hut zu sein.

Ehe er wusste, was vor sich ging, hatte sich Bahira von ihm gelöst und zog ihr Gewand aus.

Khalil sah ihr zu und lauschte auf Anzeichen von Gefahr. Wenn sie jetzt ertappt würden, waren sie tot. Er hörte sie sagen: »Assad. Worauf wartest du?«

Er schaute sie an, wie sie vor ihm kniete. Sie war jetzt splitternackt, und er starrte auf ihre Brüste, dann auf ihr Schamhaar, dann auf ihre Schenkel und schließlich wieder auf ihr Gesicht.

»Assad.«

Er zog sich den kurzen Kittel über den Kopf, schob sich Hose und Unterhose hinunter und stieß die Sachen mit dem Fuß beiseite.

Sie sah ihm ins Gesicht und bemühte sich, nicht zu seinem erigierten Penis hinunterzuschauen, doch schließlich betrachtete sie ihn.

Assad wusste nicht, was er jetzt tun sollte. Eigentlich glaubte er es zu wissen – er kannte die Stellung, die sie schließlich einnehmen würden, wusste aber nicht so recht, wie er dahin gelangen sollte.

Bahira übernahm wiederum die Initiative, legte sich rücklings auf den Gebetsteppich und schob sich ihre Kleider unter den Kopf.

Assad stürzte sich förmlich auf sie und fand sich auf ihr wieder. Er spürte ihre festen Brüste und ihre warme Haut an der seinen. Er merkte, dass sie die Beine spreizte, und die Spitze seines Penis berührte warmes, feuchtes Fleisch. Sofort drang er halb in sie ein. Sie gab einen gedämpften Schmerzensschrei von sich. Er stieß weiter, vorbei an dem Hemmnis, und drang ganz in sie ein. Ehe er sich regen konnte, hob und senkte sie das Becken, hob und senkte es, und zwei Herzschläge später hatte er sich in sie ergossen.

Er lag reglos da und schnappte nach Luft, und sie hob und senkte weiter das Becken. Assad verstand nicht, weshalb sie weitermachte, wo er doch schon befriedigt war. Sie begann zu stöhnen und schwer zu atmen und sprach dann seinen Namen aus: »Assad, Assad, Assad ...«

Er rollte von ihr hinunter, lag rücklings da und betrachtete den Nachthimmel. Im Westen ging der Halbmond unter, und die Sterne schimmerten nur matt über dem beleuchteten

Lager, eine armselige, blasse Nachahmung der funkelnden Sterne über der Wüste.

»Assad.«

Er antwortete nicht. Er konnte noch nicht begreifen, was er eben getan hatte.

Sie rückte näher an ihn heran, so dass sich ihre Schultern und Beine berührten, aber ihm war alles Verlangen vergangen.

Sie fragte: »Bist du wütend?«

»Nein.« Er setzte sich auf. »Wir sollten uns anziehen.«

Sie setzte sich ebenfalls auf und lehnte den Kopf an seine Schulter.

Er wollte fort von ihr, regte sich aber nicht. Traurige Gedanken kamen ihm. Was, wenn sie schwanger würde? Was, wenn sie das wieder tun wollte? Beim nächsten Mal würden sie mit Sicherheit erwischt oder sie würde schwanger. In jedem Fall würde einer von ihnen oder sie beide sterben. Das Gesetz war in einigen Punkten nicht eindeutig, und normalerweise entschieden die Familien, wie der Schande zu begegnen war. Er kannte ihren Vater und konnte sich vorstellen, dass er von ihm keine Gnade zu erwarten hatte. Aus irgendeinem Grund, den er nicht verstand, platzte er heraus: »Meine Mutter hat was mit dem Großen Führer.«

Bahira schwieg.

Khalil war auf sich selbst wütend, dass er dieses Geheimnis offenbart hatte. Er wusste nicht, warum er das getan hatte, und wusste nicht, was er für diese Frau empfand. Er war sich vage bewusst, dass sein Verlangen nach ihr zurückkehren konnte, und deshalb blieb er höflich. Doch er wäre gerne irgendwo anders gewesen, nur nicht hier. Er schaute zu seinen Kleidern am Ende des Gebetsteppichs hinüber. Er bemerkte auch einen dunklen Fleck auf dem Teppich, wo sie gelegen hatte.

Bahira legte einen Arm um ihn und streichelte ihm mit der

anderen Hand die Beine. Sie fragte: »Was meinst du, ob wir wohl heiraten dürfen?«

»Vielleicht.« Aber er glaubte nicht daran. Er betrachtete ihre Hand auf seinem Schenkel und bemerkte dann das Blut an seinem Penis. Ihm wurde klar, dass er Wasser zum Waschen hätte mitbringen sollen.

Sie fragte: »Wirst du mit meinem Vater sprechen?«

»Ja«, antwortete er, war sich dessen aber nicht sicher. Eine Heirat mit Bahira Nadir, der Tochter von Hauptmann Habib Nadir, wäre schon eine gute Sache gewesen, aber es war gefährlich, um ihre Hand anzuhalten. Er überlegte, ob die alten Frauen sie untersuchen und feststellen würden, dass sie ihre Jungfräulichkeit verloren hatte. Er fragte sich, ob sie wohl schwanger sei. Er fragte sich vieles und nicht zuletzt, ob diese Sünde ungestraft bleiben würde. Er sagte: »Wir sollten jetzt gehen.«

Aber sie machte keine Anstalten, von seiner Seite zu weichen.

Also blieben sie beisammen sitzen. Khalil wurde allmählich unruhig.

Sie wollte etwas sagen, aber er sagte: »Sei still.« Er hatte das beunruhigende Gefühl, dass etwas vor sich ging, vor dem er auf der Hut sein musste.

Seine Mutter hatte ihm einmal erzählt, dass er, wie auch sein Namenspatron, der Löwe, mit einem sechsten Sinn oder dem zweiten Gesicht, wie es die alten Frauen nannten, gesegnet sei. Er war davon ausgegangen, dass alle Menschen Gefahren witterten und, ohne etwas zu sehen oder zu hören, einfach spürten, wenn ein Feind in der Nähe war. Doch er hatte einsehen müssen, dass dieses Gespür eine besondere Gabe war, und nun wurde ihm klar, dass das, was er schon die ganze Nacht empfunden hatte, nichts mit Bahira, der Militärpolizei oder der Gefahr zu tun hatte, bei der Unzucht ertappt zu werden; es hatte mit etwas anderem zu tun, nur wusste er noch nicht, womit. Er war sich lediglich absolut sicher, das irgendetwas hier draußen überhaupt nicht stimmte.

Chip Wiggins gab sich Mühe, die Leuchtspurgeschosse nicht zu beachten, die an der Kanzel vorbeijagten. Er fand in seinem bisherigen Leben und seiner Ausbildung keinen Bezugspunkt für das, was geschah. Die ganze Szene um ihn her war dermaßen surreal, dass er die Lebensgefahr nicht empfand, in der er schwebte. Er konzentrierte sich auf die Anzeigen auf dem Instrumentenbrett vor ihm. Er räusperte sich und sagte: »Wir sind genau auf Kurs.«

Satherwaite bestätigte in neutralem Tonfall.

Wiggins sagte: »Keine zwei Minuten mehr bis zum Ziel.«

»Roger.«

Satherwaite wusste, dass er jetzt die Nachbrenner anwerfen musste, um zu beschleunigen, aber das würde einen sehr langen und deutlich sichtbaren Kondensstreifen hinter dem Flugzeug erzeugen, der dafür sorgen würde, dass sich die Mündung jeder Waffe in der ganzen Gegend auf ihn richtete. Man hatte nicht mit viel Flakfeuer gerechnet, aber nun war es anders gekommen, und er musste sich entscheiden.

Wiggins sagte: »Nachbrenner, Bill.«

Satherwaite zögerte. Der Angriffsplan sah das zusätzliche Tempo durch die Nachbrenner vor, andernfalls musste er damit rechnen, dass ihm sein Schwarmkamerad Remit 22, der mit nur dreißig Sekunden Abstand folgte, gleich im Nacken saß.

»Bill.«

»Stimmt.« Satherwaite warf die Nachbrenner an, und die F-111 schoss voran. Er zog den Steuerknüppel zurück, und die Nase hob sich. Satherwaite schaute für eine kurze Sekunde von seinem Instrumentenbrett auf und sah an Backbord ein feinmaschiges Netz tödlicher Geschossflugbahnen vorbeiziehen. »Die Arschlöcher können ja nicht mal schießen.«

Wiggins war sich da nicht so sicher. »Auf Kurs, noch dreißig Sekunden bis zum Abwurf.«

Bahira hielt ihren Geliebten am Arm. »Was ist denn, Assad?«

»Sei still.« Er lauschte angestrengt und meinte, in der Ferne einen Schrei zu hören. In der Nähe sprang ein Automotor an. Er kroch zu seinen Kleidern, zog sich seinen Kittel über, stand auf und spähte über die Brüstung. Er ließ seinen Blick über das Lager schweifen, und dann erspähte er etwas am Horizont und sah in nordöstliche Richtung nach Tripolis.

Bahira stand jetzt neben ihm und hielt sich ihre Kleider vor die Brust. »Was ist denn?«, fragte sie mit Nachdruck.

»Ich weiß es nicht. Sei still.« Etwas Fürchterliches ging hier vor, aber man konnte es noch nicht sehen oder hören. Er spürte es nur ganz deutlich. Er starrte in die Nacht und lauschte.

Bahira spähte ebenfalls über die Brüstung. »Wachen?«

»Nein ... Irgendwas ... da draußen.« Dann sah er es: weißglühende Leuchtspuren, die sich von der Dunstglocke über Tripolis in den dunklen Himmel über dem Mittelmeer schraubten.

Bahira sah es auch und fragte: »Was ist das?«

»Raketen.« *Im Namen Allahs, des Barmherzigen ...* »Raketen und Flakfeuer.«

Bahira packte seinen Arm. »Assad ... was geht da vor?«

»Ein Luftangriff.«

»Nein! Nein! O bitte ...« Sie sank zu Boden und zog sich an. »Wir müssen in den Luftschutzraum.«

»Ja.« Er zog sich seine Hose und die Schuhe an und vergaß die Unterhose.

Plötzlich erfüllte das ohrenbetäubende Heulen einer Luftschutzsirene die Nachtluft. Männer liefen brüllend aus den umliegenden Gebäuden, Motoren sprangen an, und auf den Straßen herrschte Lärm.

Bahira lief barfuß zum Treppenhaus, aber Khalil holte sie ein und zog sie zu Boden. »Warte! Es darf keiner sehen, dass du aus diesem Gebäude kommst. Lass erst die anderen in den Bunker gehen.«

Sie sah ihn an. Sie vertraute ihm und nickte.

Froh darüber, dass sie blieb, wo sie war, lief Khalil zurück zur Brüstung und schaute hinüber zur Stadt. »Im Namen Allahs ...« Flammen loderten in Tripolis auf, und jetzt hörte und spürte er die fernen Detonationen wie Donnergrollen in der Wüste.

Dann sprang ihm etwas anderes ins Auge, und er sah verschwommen und schattenhaft etwas auf sich zu rasen, von hinten beleuchtet durch die Lichter und Brände in Tripolis. Das nur verschwommen sichtbare Objekt zog eine ellenlange, rotweiße Rauchfahne hinter sich her, und Khalil wusste, dass er die heißen Abgase eines Düsenjägers sah, der genau auf ihn zusteuerte. Starr vor Schreck stand er da und bekam nicht einmal einen Schrei heraus.

Bill Satherwaite löste den Blick erneut von den elektronischen Anzeigen und schaute kurz aus der Windschutzscheibe. In der Finsternis vor ihnen erkannte er die Luftansicht von Al Azziziyah, wie er sie hunderte Male auf Satellitenbildern gesehen hatte.

Wiggins sagte: »Stand by.«

Satherwaite konzentrierte sich wieder auf die Anzeigen, auf das Fliegen und das Bombenabwurfsmanöver, das er in wenigen Sekunden ausführen musste.

Wiggins sagte: »Drei, zwei, eins, Abwurf.«

Satherwaite spürte sofort, wie das Flugzeug leichter wurde, und versuchte das abzufangen, während er die schnellen Ausweichmanöver flog, die sie hier wegbringen würden.

Wiggins betätigte nun die Regler, welche die lasergesteuerten 900-Kilo-Bomben in ihr vorgesehenes Ziel leiteten. Er sagte: »Genau auf Kurs ... sieht gut aus ... Hab ich ... leichte Korrektur ... Korrektur ... Einschlag! Eins, zwei, drei, vier. Wunderbar.«

Sie konnten die vier Bomben nicht im Lager Al Azziziyah detonieren hören, aber sie konnten sich den Knall und die Blitze der Explosionen vorstellen. Satherwaite sagte: »Wir hau'n ab.«

Wiggins fügte hinzu: »Und tschüs ...«

Assad starrte wie gebannt das unglaubliche Ding an, das auf ihn zuraste und hinten Feuer spuckte.

Plötzlich zog der Düsenjäger in den Nachthimmel hoch, und sein Dröhnen übertönte alles, bis auf Bahira Nadirs Schreie.

Das Flugzeug verschwand, und das Dröhnen verklang, aber Bahira schrie weiter.

Khalil brüllte sie an: »Sei still!« Er schaute hinab auf die Straße und sah, dass zwei Soldaten zu ihnen hochschauten. Er ging hinter der Brüstung in Deckung. Nun schluchzte Bahira.

Während Khalil noch überlegte, was jetzt zu tun sei, machte das Dach unter seinen Füßen einen Satz und warf ihn zu Boden. Dann hörte er ganz in der Nähe eine enorme Detonation. Dann gab es eine weitere Explosion, dann noch eine und noch eine. Er hielt sich die Ohren zu. Die Erde bebte, und er spürte, wie sich der Luftdruck änderte, und in seinen Ohren krachte es und zu einem stillen Schrei riss er den Mund auf. Eine Hitzewelle brandete über ihn hinweg, der Himmel färbte sich blutrot, und Steinbrocken, Schutt und Erdboden prasselten herab. *Allah, sei mir gnädig. Verschone mich* ... Um ihn her ging die Welt in Stücke. Er hatte keine Luft in der Lunge und rang um Atem. Plötzlich war es merkwürdig still um ihn her, und dann wurde ihm klar, dass er taub war. Und er merkte, dass er sich eingenässt hatte.

Nach und nach kehrte sein Hörvermögen zurück, und er konnte Bahira wieder schreien hören, ein Ausbruch blanken

Entsetzens. Sie kam mühsam auf die Beine, wankte zur Brüstung und schrie in den Hof hinab.

»Sei still!« Er lief zu ihr und packte sie bei den Armen, aber sie machte sich frei, lief über das mit Schutt übersäte Flachdach und schrie aus voller Kehle.

Vier weitere Explosionen dröhnten am Ostende des Lagers.

Khalil sah Männer auf dem Nachbardach eine Flak aufbauen. Bahira sah sie auch, winkte ihnen zu und schrie: »Hilfe! Hilfe!«

Sie sahen sie, bauten aber weiter ihr Maschinengewehr auf.

»Helft mir! Hilfe!«

Khalil packte sie von hinten und zerrte sie zu Boden. »Halt die Schnauze!«

Sie wehrte sich, und er staunte über ihre Kraft. Sie schrie weiter, machte sich aus seinen Armen frei und zerkratzte ihm das Gesicht, hinterließ Wunden auf Wangen und Hals.

Plötzlich eröffnete das Maschinengewehr auf dem Nachbardach das Feuer, und das Geratter mischte sich mit dem Sirenengeheul und fernen Detonationen. Leuchtspurgeschosse jagten rot aus dem Maschinengewehr in den Himmel empor, und Bahira schrie wieder.

Khalil hielt ihr den Mund zu, aber sie biss ihm in die Finger und stieß ihm dann ein Knie in den Unterleib. Er taumelte rückwärts.

Sie war vollkommen hysterisch, und er sah keine Möglichkeit, sie zu beruhigen.

Doch da gab es eine Möglichkeit.

Er umfasste ihren Hals und drückte zu.

Die F-111 raste in südliche Richtung über die Wüste, und Satherwaite ging hart nach Steuerbord in Querlage und flog eine 150-Grad-Wende, die sie hundert Kilometer von Tripolis entfernt wieder zur Küste bringen würde.

Wiggins sagte: »Gut geflogen, Skipper.«

Satherwaite ging nicht darauf ein, sondern sagte: »Halt die Augen nach der libyschen Luftwaffe offen, Chip.«

Wiggins justierte die Regler an seinem Radarschirm. »Klare Sicht. Gaddafis Piloten waschen sich gerade die Unterhosen aus.«

»Na hoffentlich.« Die F-111 verfügte über keine Luft-Luft-Raketen, und die Idioten, die das Flugzeug entworfen hatten, hatten nicht mal eine Bordkanone einbauen lassen, daher konnten sie sich gegen andere Flugzeuge nur mit Tempo und Wendigkeit zur Wehr setzen. »Hoffentlich«, wiederholte er. Satherwaite setzte ein Funksignal ab, das anzeigte, dass Karma 57 unter den Lebenden weilte.

Sie saßen schweigend da und warteten auf die übrigen Signale. Schließlich kamen die Funksignale rein: Remit 22, mit Terry Waycliff als Pilot und Bill Hambrecht als Wizo, Remit 61, mit Bob Callum als Pilot und Steve Cox als Wizo, und Elton 38, mit Paul Grey als Pilot und Jim McCoy als Wizo.

Ihr ganzer Schwarm hatte es geschafft.

Wiggins sagte: »Hoffentlich haben die anderen Jungs es auch überstanden.«

Satherwaite nickte. Bisher war der Einsatz reibungslos verlaufen, und das machte ihn zuversichtlich. Er hatte es gern, wenn alles planmäßig lief. Von den Raketen und dem Flakfeuer abgesehen, das ihm und seinen Kameraden nichts hatten anhaben können, hätte es auch eine Übung mit scharfen Bomben über der Mojavewüste sein können. Satherwaite trug etwas in sein Logbuch ein. »Das war ja 'ne Kleinigkeit.«

»Kinderkram«, pflichtete Wiggins bei.

Assad Khalil presste Bahira den Hals zu, und das hatte die beabsichtigte Wirkung – sie hörte auf zu schreien. Sie starrte ihn mit großen Augen an. Er drückte kräftiger zu, und sie fing an, um sich zu schlagen. Er presste noch kräftiger, und die Schläge gingen in Muskelzuckungen über, dann hörte auch das auf. Er drückte Bahira weiter den Hals zu und sah ihr dabei in die reglosen, weit aufgerissenen Augen.

Er zählte bis sechzig und ließ dann ihren Hals los. Er hatte das gegenwärtige und alle künftigen Probleme mit einer vergleichsweise einfachen Handlung gelöst.

Er stand auf, legte den Koran auf den Gebetsteppich, rollte ihn zusammen, schnürte ihn zu, warf ihn sich über die Schulter und ging die Treppe hinab und auf die Straße.

Im Lager waren alle Lichter erloschen, und er tastete sich durch die Dunkelheit nach Hause. Mit jedem Schritt, mit dem er sich von dem Gebäude entfernte, auf dessen Dach die tote Bahira lag, löste er sich körperlich und geistig auch von jedem Verhältnis zu dem toten Mädchen.

Vor ihm lag ein Gebäude in Trümmern, und im Licht der Brände sah er überall tote Soldaten liegen. Das Gesicht eines Mannes starrte zu ihm hoch, die weiße Haut rot gefärbt von den Flammen. Dem Mann waren die Augen aus dem Kopf geplatzt, und Blut lief ihm aus den Augenhöhlen, aus der Nase, den Ohren und dem Mund. Khalil sträubte sich gegen die Übelkeit, sein Magen revoltierte und als er verbranntes Fleisch roch, übergab er sich.

Er rastete für einen Moment und ging dann weiter, immer noch den Gebetsteppich auf der Schulter.

Er wollte beten, doch der Koran verbot ausdrücklich, nach dem Geschlechtsverkehr zu beten, ohne sich vorher gewaschen zu haben, auch das Gesicht und die Hände.

Er entdeckte seitlich an einem Gebäude eine geplatzte Zisterne, aus der Wasser lief. Er blieb stehen, wusch sich das Gesicht, die Hände und Füße und wusch sich dann auch das Blut und den Urin von den Geschlechtsteilen.

Er ging weiter, rezitierte lange Koranpassagen und betete für die Unversehrtheit seiner Mutter, seiner Schwestern und Brüder.

Aus der Richtung, in die er ging, sah er Brände lodern und da lief er los.

Diese Nacht, dachte er, hatte in Sünde begonnen und endete in der Hölle. Lust führte zu Sünde und Sünde in den Tod. Höllenfeuer prasselten um ihn her. Der Große Satan selbst hatte ihn und Bahira gestraft. Doch Allah, der Gnädige, hatte sein Leben verschont und während er lief, betete er, dass Allah auch seine Familie verschont hatte.

Anschließend betete er noch für Bahiras Familie und für den Großen Führer.

Als Assad Khalil mit sechzehn Jahren durch die Ruinen von Al Azziziyah lief, verstand er, dass Satan und Allah ihn auf die Probe gestellt hatten und dass er aus dieser Nacht der Sünde, des Todes und des Feuers als Mann hervorgehen würde.

Kapitel 17

Assad Khalil lief weiter nach Hause. In diesem Viertel des Lagers waren mehr Menschen unterwegs: Soldaten, Frauen, auch ein paar Kinder, und alle liefen sie oder gingen langsam, wie benommen, und einige sah er knien und beten.

Khalil bog um eine Ecke und blieb wie angewurzelt stehen. Die mit Stuckatur verzierte Häuserzeile sah merkwürdig verändert aus. Dann sah er, dass die Fenster keine Fensterläden mehr hatten und dass der Platz vor den Häusern von Schutt übersät war. Doch seltsamer noch wirkte es, dass das Mondlicht durch die offenen Fenster und Türen schien. Ihm wurde plötzlich klar, dass die Dächer eingestürzt waren und dabei Türen, Fenster und Fensterläden aus den Angeln gerissen hatten. *Allah, ich flehe dich an, bitte nicht ...*

Ihm war, als würde er gleich ohnmächtig, dann atmete er tief durch und lief zu seinem Haus, stolperte über Betonbrocken, ließ seinen Gebetsteppich fallen und erreichte schließlich den Hauseingang. Er zögerte und lief dann dorthin, wo der vordere Raum gewesen war.

Das gesamte Flachdach war eingestürzt und bedeckte den Kachelboden, die Teppiche und Möbel mit Betonbrocken, Balkensplittern und Stuck. Khalil schaute hoch zum offenen Himmel. *Im Namen des Gnadenreichsten ...*

Er atmete noch einmal tief durch und versuchte sich zu beruhigen. An der Wand gegenüber stand der gekachelte Holzschrank, den sein Vater gebaut hatte. Khalil ging über den Schutt zu dem Schrank, dessen Türen offen standen. Er fand darin die Taschenlampe und knipste sie an.

Er schwenkte den kräftigen, schmalen Lichtstrahl durch den Raum und erkannte nun das ganze Ausmaß der Verwüstungen. Ein gerahmtes Foto des Großen Führers hing noch an der Wand, und das beruhigte Khalil ein wenig.

Ihm war bewusst, dass er in die Schlaf- und Kinderzimmer gehen musste, doch er brachte es nicht übers Herz, sich dem zu stellen, was ihn dort erwarten mochte.

Schließlich sagte er zu sich: *Sei ein Mann. Du musst nachsehen, ob sie noch am Leben sind.*

Er ging zu einem gewölbten Durchgang, der weiter ins Haus hinein führte. Die Küche und das Esszimmer hatten die gleichen Schäden erlitten wie der vordere Raum. Khalil sah, dass das Geschirr und die Keramikschalen seiner Mutter aus dem Schrank gefallen waren.

Er schritt durch die Verwüstungen in einen kleinen Innenhof, von dem drei Türen zu den Schlafzimmern abgingen. Khalil versuchte die Tür des Zimmers aufzuschieben, das er sich mit seinen Brüdern Esam und Qadir teilte. Der fünfjährige Esam war der nachgeborene Sohn seines Vaters, kränkelte stets und wurde von seinen Schwestern und seiner Mutter verhätschelt. Der Große Führer persönlich hatte einmal für ihn einen Arzt aus Europa kommen lassen. Qadir, der nur zwei Jahre jünger als Assad war, war groß für sein Alter, und manchmal wurden die beiden für Zwillinge gehalten. Assad Khalil hoffte und erträumte sich, dass sie gemeinsam der Armee beitreten und große Krieger werden würden und schließlich Kommandeure und Berater des Großen Führers.

Assad Khalil hielt sich an diesem Wunschtraum fest, als er versuchte, die Tür aufzuschieben. Etwas blockierte sie auf der anderen Seite, und sie ging nicht auf. Er drückte fester, und es gelang ihm, sich durch den schmalen Spalt zu zwängen.

In dem kleinen Zimmer standen drei Betten: sein eigenes, das unter einem Betonbrocken eingebrochen war, Qadirs, das ebenfalls unter Beton begraben lag, und Esams, auf dem ein großer Dachsparren lag.

Khalil stieg über den Schutt zu Esams Bett und kniete sich davor hin. Der schwere Holzsparren war längs auf dem Bett gelandet, und unter dem Sparren und der Decke lag der leblose, zerquetschte Esam. Khalil hielt sich die Hände vors Gesicht und weinte.

Er bekam sich wieder in den Griff und wandte sich Qadirs Bett zu. Das ganze Bett lag unter einem Dachbrocken aus Beton und Stuck begraben. Der Lichtschein aus Khalils Taschenlampe fuhr über den Schutthaufen, und unter den Betonbrocken sah er einen Arm und eine Hand hervorragen. Er streckte den Arm aus und berührte die Hand, ließ das tote Fleisch aber schnell wieder los.

Er stieß einen langen Klageschrei aus und warf sich auf den Schutthaufen auf Qadirs Bett. Er weinte ein, zwei Minuten lang und machte sich dann bewusst, dass er die anderen finden musste. Er strauchelte auf die Beine.

Ehe er das Zimmer verließ, drehte er sich noch einmal um, leuchtete mit der Taschenlampe auf sein Bett und stand wie angewurzelt da und starrte den großen Betonbrocken an, der das Bett, in dem er noch Stunden zuvor gelegen hatte, unter sich begraben hatte.

Khalil ging über den Innenhof und drückte gegen die zersplitterte Tür zum Zimmer seiner Schwestern. Die Tür hatte sich aus den Angeln gelöst und kippte in den Raum.

Seine Schwestern Adara und Lina teilten sich ein Doppelbett. Die neunjährige Adara war ein fröhliches Kind und Khalils Lieblingsschwester, und er war zu ihr eher wie ein Vater als wie ein großer Bruder. Die elfjährige Lina war stets ernst und fleißig, eine Freude ihrer Lehrer.

Khalil brachte es nicht übers Herz, mit der Taschenlampe auf das Bett zu leuchten oder auch nur in das Zimmer zu schauen. Er stand mit geschlossenen Augen da und betete, schlug dann die Augen auf und richtete den Strahl der Taschenlampe auf das Doppelbett. Er ächzte. Das Bett war umgestürzt, und das ganze Zimmer sah aus wie von einem Riesen durchgeschüttelt. Nun sah Khalil, dass die hintere Außenmauer eingestürzt war. Er nahm säuerlichen Sprengstoffgeruch wahr. Die Bombe musste ganz in der Nähe detoniert sein, und die Explosion hatte die Mauer herausgeschlagen und den Raum mit Feuer und Rauch erfüllt. Alles war verkohlt und umgestürzt und in nicht wieder zu erkennende Stücke geschlagen.

Er stieg über einen Schutthaufen hinter der Tür, ging ein paar Schritte weiter und blieb dann wie angewurzelt stehen, ein Bein vor dem anderen. Im Lichtstrahl der Taschenlampe entdeckte er einen abgetrennten Kopf, das Gesicht verkohlt, das Haar beinahe vollständig versengt. Khalil konnte nicht erkennen, ob es Lina oder Adara war.

Er machte kehrt, lief zur Tür, stolperte, fiel hin, kroch auf allen vieren über den Schutthaufen und spürte Knochen und Fleisch an den Händen.

Er fand sich zusammengekrümmt liegend auf dem kleinen Innenhof wieder, unfähig und nicht willens, sich zu regen.

In der Ferne hörte er Sirenen, Fahrzeuge, Schreie, und irgendwo in der Nähe weinten Frauen. Khalil wusste, dass es in den nächsten Tagen viele Beerdigungen geben würde, dass viele Gräber ausgehoben, Gebete gesprochen und Überlebende getröstet werden mussten.

So lag er dort, benommen vor Trauer um seine beiden Brüder und seine beiden Schwestern. Schließlich versuchte er aufzustehen, aber es gelang ihm nur, zur Zimmertür seiner Mutter zu kriechen. Die Tür, das sah er nun, war fort, restlos fortgesprengt.

Khalil kam auf die Beine und betrat das Zimmer. Der Boden war relativ frei von Schutt, und das Dach hatte gehalten, aber im Zimmer sah alles, auch das Bett, aus, als wäre es an die Rückwand geschoben worden. Khalil sah, dass die Vorhänge und Fensterläden aus den beiden schmalen Fenstern gesprengt worden waren, und ihm wurde bewusst, dass die Druckwelle mit voller Wucht durch die Fenster gedrungen war.

Er eilte zum Bett seiner Mutter, das an die Wand geschoben war. Er sah sie dort liegen, Decke und Kissen waren verschwunden, und ihr Nachthemd und das Laken waren mit grauem Staub bedeckt.

Zunächst dachte er, sie schliefe oder sei bewusstlos vom Aufprall an der Wand. Doch dann bemerkte er das Blut um ihren Mund und sah, dass sie aus den Ohren geblutet hatte. Er erinnerte sich daran, wie seine Trommelfelle und Lungenflügel von der Erschütterung durch die Bomben beinahe geplatzt waren, und da wusste er, was mit seiner Mutter geschehen war.

Er schüttelte sie. »Mutter! Mutter!« Er schüttelte sie weiter. »Mutter!«

Faridah Khalil schlug die Augen auf und versuchte den Blick auf ihren ältesten Sohn zu richten. Sie wollte etwas sagen, hustete aber nur blutigen Schaum hervor.

»Mutter! Ich bin's! Assad!«

Sie nickte matt.

»Mutter, ich hole Hilfe …«

Sie packte ihn mit erstaunlicher Kraft am Arm und schüttelte den Kopf. Sie zog ihn am Arm, und er verstand, dass er näher kommen sollte.

Assad beugte sich über sie, so dass ihre Gesichter nur Zentimeter voneinander entfernt waren.

Sie versuchte wieder zu sprechen, spuckte aber nur Blut, das Khalil nun auch riechen konnte. Sie hielt seinen Arm gepackt, und er sagte: »Mutter, du wirst wieder gesund. Ich hole einen Arzt.«

»Nein!«

Er war verblüfft, ihre Stimme zu hören, die sich überhaupt nicht wie die Stimme seiner Mutter anhörte. Vermutlich hatte sie innere Verletzungen und innere Blutungen. Er hoffte, sie vielleicht retten zu können, wenn er sie ins Lazarett brachte. Aber sie ließ ihn nicht gehen. Sie wusste, dass sie starb, und wollte ihn bei sich haben, wenn sie ihren letzten Atemzug tat.

Sie flüsterte ihm ins Ohr: »Qadir ... Esam ... Lina ... Adara ...?«

»Ja ... Es geht ihnen gut. Sie sind ... Sie ... Sie werden ...« Er schluchzte so heftig, dass er nicht weitersprechen konnte.

Faridah flüsterte: »Meine armen Kinder ... Meine arme Familie ...«

Khalil stieß einen langen Seufzer aus und schrie dann: »Allah, warum hast du uns verlassen?« Khalil weinte an der Brust seiner Mutter, spürte ihren Herzschlag an seiner Wange und hörte sie flüstern: »Meine arme Familie ...« Dann blieb ihr Herz stehen, und Assad Khalil blieb ganz still und lauschte und wartete, dass sich ihre Brust wieder hob und senkte. Er wartete.

Er lag lange an ihrer Brust, erhob sich dann und verließ den Raum. Er wanderte wie in Trance durch die Verwüstungen in seinem Heim und fand sich schließlich auf der Straße vor dem Haus wieder. Er blieb stehen und sah sich das Chaos an, das sich ihm bot. In der Nähe rief jemand: »Die ganze Familie Atijeh ist tot!«

Männer fluchten, Frauen weinten, Kinder schrien, Krankenwagen trafen ein, Menschen wurden auf Bahren davongetragen, ein Laster fuhr vorbei, beladen mit in weiße Tücher gehüllten Leichen.

Er hörte einen Mann sagen, das Haus des Großen Führers nebenan sei von einer Bombe getroffen worden. Der Große Führer sei entkommen, aber Familienmitglieder seien dabei ums Leben gekommen.

Assad Khalil stand da, hörte sich an, was gesagt wurde, und nahm einiges von dem wahr, was vor sich ging, aber das alles kam ihm sehr fern vor.

Er ging ziellos weiter und wäre beinahe von einem vorbeirasenden Löschwagen überfahren worden. Er wanderte weiter und fand sich bald wieder in der Nähe des Munitionslagers, auf dessen Dach die tote Bahira lag. Er fragte sich, ob ihre Familie überlebt hatte. Wer auch immer nach ihr suchen würde, würde dies im Schutt des Wohngebiets tun. Es würde Tage oder gar Wochen dauern, ehe man sie dort auf dem Dach entdeckte, und mittlerweile würde ihre Leiche ... Man würde annehmen, sie wäre an Gehirnerschütterung gestorben.

Assad Khalil bemerkte zu seinem Erstaunen, dass er trotz seiner Trauer über manche Dinge noch klar nachdenken konnte.

Er ließ das Munitionslager schnell hinter sich, wollte nicht mehr mit diesem Gebäude in Verbindung gebracht werden.

Er ging weiter, allein mit seinen Gedanken, ganz allein auf der Welt. Er sagte sich: »Meine ganze Familie besteht aus Märtyrern für den Islam. Ich bin einer Versuchung außerhalb der Scharia erlegen und lag deshalb nicht im Bett, und mir ist das Schicksal meiner Familie erspart geblieben. Aber Bahira ist der gleichen Versuchung erlegen, und sie hat ein anderes Schicksal ereilt.« Er versuchte, einen Sinn darin zu entdecken, und bat Allah, ihm zu helfen, die Bedeutung dieser Nacht zu verstehen.

Der Ghabli blies durchs Lager, wirbelte Staub und Sand

auf. Die Nacht war kälter geworden, der Mond war untergegangen, und das Lager lag in völliger Finsternis. Er hatte sich nie so einsam, so ängstlich, so hilflos gefühlt. »Allah, bitte, hilf mir zu verstehen ...« Er legte sich mit dem Gesicht nach unten gen Mekka auf die schwarze Straße. Er betete, er bat um ein Omen, er bat um Anleitung, er versuchte einen klaren Kopf zu bekommen.

Er hatte keinen Zweifel daran, wer ihnen diese Zerstörungen beschert hatte. Seit Monaten hatte man gemunkelt, Reagan, der Wahnsinnige, würde sie angreifen, und nun war es geschehen. Er hatte das Bild vor Augen, wie seine Mutter zu ihm sprach. *Meine arme Familie muss gerächt werden.* Ja, das hatte sie gesagt oder sagen wollen.

Mit einem Mal, in einem Blitz der Erkenntnis, wurde ihm klar, dass er nicht nur erwählt war, seine Familie zu rächen, sondern seine ganze Nation, seinen Glauben und den Großen Führer. Er würde Allahs Werkzeug der Vergeltung sein. Er, Assad Khalil, hatte nichts mehr zu verlieren und nichts mehr, für das es zu leben lohnte, wenn er nicht den Djihad aufnahm und den heiligen Krieg an die Küsten des Feindes trug.

Assad Khalils sechzehnjähriger Geist war nun nur noch auf Rache und Vergeltung aus. Er würde nach Amerika reisen und allen die Kehle aufschlitzen, die an diesem feigen Angriff teilgenommen hatten. Auge um Auge, Zahn um Zahn. Das war die arabische Blutfehde, älter noch als der Koran und der Djihad, so alt wie der Ghabli. Er sagte laut: »Ich schwöre bei Allah, dass ich Rache nehmen werde für diese Nacht.«

Lieutenant Bill Satherwaite fragte seinen Waffensystemoffizier: »Alle ins Schwarze getroffen?«

»Ja«, antwortete Chip Wiggins. »Na ja, eine ist vielleicht übers Ziel hinausgeschossen ...«, fügte er hinzu. »Hat aber getroffen. Eine Reihe, äh, kleinerer Gebäude.«

»Gut. Hauptsache, sie hat nicht den Bogen des Mario getroffen.«

»Mark.«

»Sag ich doch. Du schuldest mir ein Abendessen, Chip.«

»Nein, du schuldest mir eins.«

»Du hast ein Ziel verfehlt. Du zahlst.«

»Okay, ich zahle, wenn du zurück über den Triumphbogen des Mark Aurel fliegst.«

»Ich bin schon über den Bogen geflogen. Das hast du verpasst. Schau ihn dir an, wenn du als Tourist wiederkommst.«

Chip Wiggins hatte nicht die Absicht, jemals wieder nach Libyen zu kommen, es sei denn an Bord eines Kampfflugzeugs.

Sie flogen weiter über die Wüste, und plötzlich erstreckte sich vor ihnen die Küste, und sie waren über dem Mittelmeer. Nun mussten sie keine Funkstille mehr halten, und Satherwaite funkte: »Über Wasser.« Sie flogen mit dem Rest ihres Schwarms zum Treffpunkt.

Wiggins meinte: »Von Muammar werden wir erst mal 'ne Weile nichts hören. Vielleicht gar nichts mehr.«

Satherwaite zuckte mit den Achseln. Er war sich durchaus bewusst, dass diese chirurgischen Luftschläge nicht nur seine Flugfähigkeiten auf die Probe stellen sollten. Er sah ein, dass es nun politische und diplomatische Probleme geben würde. Aber ihn interessierte eher der Schwatz in der Umkleide daheim in Lakenheath. Er freute sich auf die Nachflugbesprechungen. Flüchtig dachte er an die vier lasergesteuerten 900-Kilo-Bomben, die sie abgeworfen hatten, und er hoffte, dort unten sei jedermann rechtzeitig gewarnt worden, um in die Luftschutzräume zu kommen. Er wollte wirklich niemandem etwas tun.

Wiggins unterbrach seine Gedanken und sagte: »Morgen früh berichtet Radio Libyen, wir hätten sechs Krankenhäuser, sieben Waisenhäuser und zehn Moscheen getroffen.«

Satherwaite erwiderte nichts.

»Zweitausend tote Zivilisten und alles Kinder und Frauen.«

»Wie sieht's mit Treibstoff aus?«

»Etwa zwei Stunden.«

»Gut. Hat's dir Spaß gemacht?«

»Ja, bis auf das Flakfeuer.«

Satherwaite erwiderte: »Du wolltest doch kein wehrloses Ziel bombardieren, oder?«

Wiggins lachte und sagte dann: »Hey, jetzt sind wir Kriegsveteranen.«

»Ja, das sind wir.«

Wiggins schwieg eine Weile und fragte dann: »Ob die wohl zurückschlagen?« Er fügte hinzu: »Erst arschen sie uns, dann arschen wir sie, dann arschen sie uns, dann arschen wir sie ... Wie soll das jemals enden?«

DRITTES BUCH

Amerika, 15. April
Die Gegenwart

Der Schreckliche, er ritt allein,
Das Krummschwert zu schwingen.
Schmuck und Zierrat trug es kein',
Nur Scharten an der Klingen.

»Die Blutfehde«
Arabisches Kriegslied

Kapitel 18

Assad Khalil, kürzlich aus Paris eingetroffen und einziger Überlebender des Trans-Continental-Flugs 175, saß bequem im Fond eines New Yorker Taxis. Er schaute aus dem Seitenfenster zu den hohen Gebäuden jenseits des Highways hinüber. Ihm fiel auf, dass viele Autos hier in Amerika größer waren als in Europa und Libyen. Das Wetter war angenehm, aber wie in Europa war die Luftfeuchtigkeit zu hoch für jemanden, der an das trockene Klima Nordafrikas gewöhnt war. Und wie in Europa gab es hier viel Grün. Der Koran versprach ein Paradies mit viel Grün, fließenden Strömen, ewigem Schatten, Früchten, Wein und Frauen. Schon merkwürdig, dachte er, dass die Länder der Ungläubigen dem Paradies so ähnlich sahen. Doch diese Ähnlichkeit, das wusste er, war nur oberflächlich. Oder vielleicht waren Europa und Amerika tatsächlich das im Koran versprochene Paradies, das nur noch das Kommen des Islam erwartete.

Assad Khalil wandte seine Aufmerksamkeit dem Taxifahrer Gamal Jabbar zu, seinem Landsmann, dessen Foto und Name auf der Zulassung auf dem Armaturenbrett deutlich sichtbar waren.

Der libysche Geheimdienst hatte Khalil in Tripolis gesagt, als Fahrer für ihn kämen fünf Männer in Frage. In New York City gab es viele moslemische Taxifahrer, und viele von ihnen ließen sich zu einem kleinen Gefallen überreden, auch wenn sie keine erwählten Freiheitskämpfer waren. Khalils Ausbilder in Tripolis, den er unter dem Namen Malik kannte – der König oder Meister –, hatte lächelnd gesagt: »Viele Fahrer haben Verwandte in Libyen.«

Khalil fragte Gamal Jabbar: »Wie heißt diese Straße?«

Jabbar antwortete auf Arabisch mit libyschem Akzent: »Die heißt Belt Parkway. Sehen Sie, da drüben ist der Atlantik. Dieser Stadtteil wird Brooklyn genannt. Viele unserer Glaubensbrüder wohnen hier.«

»Ich weiß. Warum sind Sie hier?«

Jabbar gefielen der Ton und die Implikationen der Frage nicht, aber er hatte sich eine Antwort darauf zurechtgelegt und erwiderte: »Nur um Geld in diesem verwünschten Land zu verdienen. In einem halben Jahr kehre ich zu meiner Familie in Libyen zurück.«

Khalil wusste, dass das nicht stimmte – nicht weil er Jabbar für einen Lügner hielt, sondern weil Jabbar binnen einer Stunde tot sein würde.

Khalil schaute nach links hinaus auf den Ozean, dann nach rechts zu den hohen Wohngebäuden und dann auf die ferne Skyline von Manhattan vor ihnen. Er hatte lange genug in Europa gelebt, um nicht allzu beeindruckt von dem zu sein, was er sah. Die Länder der Ungläubigen waren dicht besiedelt und wohlhabend, aber die Menschen hatten sich von ihrem Gott abgewandt und waren schwach. Menschen, die kein anderes Lebensziel besaßen, als sich den Wanst und die Brieftasche zu füllen, konnten sich mit einem islamischen Krieger nicht messen.

Khalil fragte: »Halten Sie hier an Ihrem Glauben fest, Jabbar?«

»Ja, natürlich. In der Nähe meiner Wohnung gibt es eine Moschee. Ich habe meinen Glauben behalten.«

»Gut. Und für das, was Sie heute tun, ist Ihnen ein Platz im Paradies sicher.«

Jabbar erwiderte nichts.

Khalil lehnte sich in seinem Sitz zurück und dachte an die vergangene Stunde dieses wichtigen Tages.

Aus dem Lagerhausbereich hinaus und in dieses Taxi und auf diesen Highway zu gelangen, war sehr einfach gewesen, doch Khalil wusste, dass es zehn oder fünfzehn Minuten später vermutlich nicht mehr so einfach gewesen wäre. Es hatte ihn an Bord des Flugzeugs überrascht, dass der große Mann im Anzug »Tatort« gesagt, ihn dann angesehen und ihm befohlen hatte, von der Wendeltreppe herunterzukommen. Khalil fragte sich, woher die Polizei so schnell wusste, dass ein Verbrechen verübt worden war. Vielleicht, dachte er, hatte der Feuerwehrmann, der an Bord war, über Funk etwas gesagt. Doch Khalil und sein Komplize Yusef Haddad hatten sorgfältig darauf geachtet, keine offensichtlichen Indizien für ein Verbrechen zu hinterlassen. Khalil hatte sich sogar die Mühe gemacht, Haddad das Genick zu brechen, um keine Schuss- oder Stichwunden zu hinterlassen.

Es gab aber noch andere Möglichkeiten, dachte Khalil. Vielleicht hatte der Feuerwehrmann die fehlenden Daumen der beiden Agenten bemerkt. Oder vielleicht war die Polizei misstrauisch geworden, als der Funkkontakt zu dem Feuerwehrmann abgebrochen war.

Khalil hatte den Feuerwehrmann nicht umbringen wollen, aber er hatte keine andere Wahl gehabt, als der Mann versuchte, die Toilettentür zu öffnen. An dem Mord an dem Feuerwehrmann bereute er lediglich, dass er zu einem kritischen Zeitpunkt seiner Pläne ein weiteres Beweismittel hinterlassen hatte.

Die Situation hatte sich aber schlagartig geändert, als der Mann im Anzug an Bord kam, und da musste Khalil schnell reagieren. Er lächelte bei dem Gedanken daran, dass ihm der Mann befohlen hatte, von der Treppe herunterzukommen, was er ja ohnehin vorgehabt hatte. Es war nicht nur einfach gewesen, das Flugzeug zu verlassen – nein, sie hatten ihn sogar rausgeschmissen.

In den Gepäckschlepper zu gelangen, dessen Motor lief, und in dem allgemeinen Aufruhr darin wegzufahren, war sogar noch einfacher gewesen. Er konnte doch tatsächlich unter Dutzenden freien Fahrzeugen wählen, genau wie es ihm der libysche Geheimdienst vorhergesagt hatte, der einen Spitzel unter den Gepäckleuten der Trans-Continental besaß.

Khalils Plan des Flughafens stammte aus dem Internet, und die Lage des so genannten Conquistador Club hatte Boutros, sein Vorgänger vom Februar, genau identifiziert. Der libysche Geheimdienst hatte mit Khalil die Fahrt aus der Sicherheitszone zum Conquistador Club geprobt, und nach hundert Proben auf Pisten außerhalb von Tripolis hätte Khalil den Weg blind gefunden.

Er dachte an Boutros, dem er nur einmal begegnet war – nicht an den Mann selbst, sondern daran, wie einfach Boutros die Amerikaner in Paris, New York und dann in Washington getäuscht hatte. Die amerikanischen Geheimdienstler waren nicht dumm, aber sie waren arrogant, und Arroganz führte zu übersteigertem Selbstvertrauen und letztlich zu Sorglosigkeit.

Khalil fragte Jabbar: »Sind Sie sich der Bedeutung dieses Tages bewusst?«

»Natürlich. Ich bin aus Tripolis. Ich war ein kleiner Junge, als die amerikanischen Bomber kamen. Verflucht sollen sie sein.«

»Haben Sie persönlich unter dem Angriff gelitten?«

»Ich habe in Bengasi einen Onkel verloren. Der Bruder meines Vaters. Sein Tod betrübt mich noch heute.«

Khalil war verblüfft, wie viele Libyer bei dem Bombardement Freunde oder Verwandte verloren hatten, obwohl weniger als hundert Menschen dabei umgekommen waren. Er vermutete seit langem, dass sie alle logen. Und nun hatte er es wahrscheinlich wieder mit so einem Lügner zu tun.

Khalil sprach nicht oft über das Leid, das ihm der Luftangriff gebracht hatte, und außerhalb Libyens hätte er sich normalerweise nie dazu bekannt, doch da Jabbar bald kein Sicherheitsrisiko mehr darstellen würde, sagte Khalil: »Meine ganze Familie wurde in Al Azziziyah getötet.«

Jabbar saß für einen Moment schweigend da und sagte dann: »Ich trauere mit Ihnen, mein Freund.«

»Meine Mutter, meine beiden Schwestern, meine beiden Brüder.«

Wiederum Schweigen. Dann sagte Jabbar: »Ja, ja, ich erinnere mich. Die Familie ...«

»Khalil.«

»Ja, genau. Sie starben alle in Al Azziziyah den Märtyrertod.« Jabbar drehte den Kopf und sah seinen nicht zahlenden Fahrgast an. »Möge Allah Ihr Leid rächen. Möge Gott Ihnen Frieden und Kraft geben, bis Sie Ihre Familie im Paradies wieder sehen.«

Jabbar redete weiter und häufte Lob, Segen und Mitgefühl auf Assad Khalil.

Khalil dachte wieder an den Nachmittag und an den großen Mann im Anzug und die Frau in der blauen Jacke, die offenbar seine Komplizin war. Die Amerikaner, wie auch die Europäer, verwandelten Männer in Frauen und Frauen in Männer. Das war eine Verhöhnung Gottes und der Schöpfung. Die Frau war der Rippe Adams entsprungen, um seine Gehilfin zu sein, nicht seine Gleichgestellte.

Als der Mann und die Frau an Bord kamen, hatte sich die Lage schlagartig geändert. Er hatte tatsächlich überlegt, den Conquistador Club – das geheime Hauptquartier der Bundesagenten – auszulassen, aber es war ein Ziel gewesen, dem er einfach nicht widerstehen konnte, ein Genuss, auf den er sich schon seit Februar gefreut hatte, als Boutros Malik davon berichtet hatte. Malik hatte zu Khalil gesagt: »Das ist ein verlockendes Mahl, das sich dir bei deiner Ankunft bietet. Aber es wird nicht so sättigend sein wie später die kalten Gerichte. Entscheide dich weise. Töte nur, was du auch essen oder für später horten kannst.«

Khalil hatte an diese Worte gedacht, hatte aber beschlossen, das Risiko einzugehen und diejenigen umzubringen, die sich für seine Gefängniswärter hielten.

Khalil fand es relativ bedeutungslos, was im Flugzeug passiert war. Das Einsetzen von Gas war eine recht feige Mordmethode, aber es war nun einmal Bestandteil des Plans. Die Bomben, die Khalil in Europa gezündet hatte, hatten ihm wenig Befriedigung verschafft, aber er hatte sich an der Symbolik ergötzt, diese Menschen auf ähnliche Weise umzubringen, wie es die feigen amerikanischen Piloten mit seiner Familie getan hatten.

Der Axtmord an dem amerikanischen Luftwaffenoffizier in England hatte ihm die größte Befriedigung verschafft. Er sah es immer noch vor sich, wie der Mann auf dem dunklen Parkplatz zu seinem Wagen ging und dabei bemerkte, dass ihm jemand folgte. Er erinnerte sich, wie sich der Offizier umgedreht und gefragt hatte: »Kann ich Ihnen helfen?«

Khalil lächelte. *Ja, Sie können mir helfen, Colonel Hambrecht*. Dann hatte Khalil zu dem Mann gesagt: »Al Azziziyah«, und den Gesichtsausdruck des Mannes würde er nie vergessen. Dann hatte Khalil die Axt unterm Regenmantel hervorgeholt und dem Mann damit fast einen Arm abgetrennt. Khalil ließ sich Zeit, hackte auf die Gliedmaßen, Rippen und Genitalien des Mannes ein und sparte sich den tödlichen Hieb ins Herz auf, bis er sicher sein konnte, dass der Mann äußerste Todesqualen litt, aber noch bei Bewusstsein war. Dann schlug er ihm mit der Axt das Brustbein ein und zerschnitt mit der Klinge das Herz. Der amerikanische Colonel hatte noch genug Blut im Leib, um eine kleine Fontäne zu erzeugen, und Khalil hoffte, der Mann hatte es gesehen und gespürt, ehe er starb.

Khalil hatte Colonel Hambrecht Brieftasche und Armbanduhr abgenommen, um es, trotz der Tatwaffe, nach einem Raubüberfall aussehen zu lassen. Doch die Polizei war argwöhnisch und stufte die Tat als entweder politisch motiviert oder als Raubmord ein.

Dann dachte Khalil an die amerikanischen Schulkinder, die in Brüssel auf ihren Bus gewartet hatten. Es hätten vier sein sollen – eins für jeden seiner Brüder und jede seiner Schwestern –, aber an jenem Morgen waren es nur drei. Eine Frau war bei ihnen, wahrscheinlich die Mutter von einem oder zweien der Kinder. Khalil hielt mit dem Wagen, stieg aus, tötete die Kinder mit je einem Brust- und Kopfschuss, lächelte der Frau zu, stieg wieder in seinen Wagen und fuhr davon.

Malik war wütend auf ihn gewesen, weil er eine Zeugin am Leben gelassen hatte, die sein Gesicht gesehen hatte, aber Khalil hatte nicht den mindesten Zweifel daran, dass diese Frau für den Rest ihres Lebens nur noch eines sehen würde: die drei Kinder, die in ihren Armen starben. So hatte er für den Tod seiner Mutter Vergeltung geübt.

Khalil dachte kurz an Malik, seinen Mentor, seinen Meister, fast so eine Art Vater. Maliks Vater Numair, der Panther, war ein Held des Unabhängigkeitskriegs gegen die Italiener gewesen. Numair war von der italienischen Armee gefangen genommen und gehenkt worden, als Malik noch ein kleiner Junge war. Malik und Khalil teilten den Verlust ihrer Väter an die Ungläubigen; das schweißte sie zusammen, und beide hatten sie Rache geschworen.

Malik, dessen wahrer Name unbekannt war, hatte den Briten nach dem Tod seines Vaters angeboten, gegen die Italiener und Deutschen zu spionieren, während die Armeen dieser drei Länder sich in Libyen gegenseitig umbrachten. Malik hatte auch für die Deutschen gegen die Briten spioniert, und diese Doppelspionage für beide Seiten hatte einen erheblichen Blutzoll gefordert. Als die Amerikaner landeten, fand Malik einen weiteren Auftraggeber, der ihm vertraute. Khalil erinnerte sich, dass Malik ihm einmal davon erzählt hatte, wie er eine amerikanische Patrouille in einen Hinterhalt der Deutschen geführt hatte, dann hinter die amerikanischen Linien zurückgekehrt war und den Amerikanern den Standort des deutschen Hinterhalts verraten hatte.

Khalil hegte große Ehrfurcht vor Maliks Doppelspiel und der Zahl der Todesopfer, die auf sein Konto gingen, ohne dass er einen einzigen Schuss abgefeuert hatte.

Assad Khalil war von vielen fähigen Männern in der Kunst des Tötens geschult worden, und Malik hatte ihn in die Denkweise des Abendlands eingeführt, hatte ihm beigebracht, wie ein Westler zu denken und zu handeln, sie damit zu täuschen und diese Kenntnisse zu nutzen, um alle zu rächen, die an Allah glaubten und im Laufe der Jahrhunderte von den christlichen Heiden umgebracht worden waren.

Malik hatte zu Assad Khalil gesagt: »Du bist stark und tapfer wie ein Löwe. Man hat dich gelehrt, behände und wild wie ein Löwe zu töten. Ich werde dir beibringen, auch so gerissen wie ein Löwe zu sein. Denn ohne diese Gerissenheit, Assad, wirst du schnell zum Märtyrer.«

Malik war alt, wandelte schon fast siebzig Jahre auf Erden und hatte in seinem langen Leben viele Triumphe des Islam über den Westen erlebt. Am Tag vor der Abreise nach Paris hatte er zu Khalil gesagt: »So Gott will, wirst du in Amerika landen und die Feinde des Islam und unseres Großen Führers schlagen. Deine Mission ist gottgewollt, und Gott wird dir bis zu deiner Heimkehr beistehen. Aber du musst Gott ein wenig helfen, indem du alles im Gedächtnis behältst, was man dir beigebracht hat. Gott selbst hat dir die Namen unserer Feinde an die Hand gegeben, und er hat es getan, damit du sie alle erschlägst. Lass dich von der Rache leiten, aber lass dich nicht blenden von Hass. Der Löwe hasst nicht. Der Löwe tötet jeden, der ihn bedroht oder peinigt. Und der Löwe tötet, wenn er hungrig ist. Deine Seele hungert seit der Nacht, in der dir deine Familie genommen wurde. Das Blut deiner Mutter ruft nach dir, Assad. Das unschuldig vergossene Blut von Esam, Qadir, Adara und Lina ruft nach dir. Und dein Vater Karim, der mein Freund war, wird dir vom Himmel aus zusehen. Gehe hin, mein Sohn, und kehre ruhmbedeckt heim. Ich werde auf dich warten.«

Khalil war den Tränen nah, als er an Maliks Worte dachte. Er saß eine Weile schweigend da, während sich das Taxi durch den Verkehr schlängelte. Er dachte nach und betete und dankte Gott für das bisherige gute Gelingen. Er zweifelte nicht, dass er sich auf der letzten Etappe seiner langen Reise befand, die vor all jenen Jahren an eben diesem Tag auf dem Dach in Al Azziziyah begonnen hatte.

Der Gedanke an das Dach brachte eine unangenehme Erinnerung zurück: die Erinnerung an Bahira. Er versuchte nicht an sie zu denken, aber ihr Gesicht wich nicht von seinem inneren Auge. Man hatte ihre Leiche zwei Wochen später entdeckt, so verwest, dass nicht mehr zu ermitteln war, woran sie gestorben war, und niemand hatte eine Ahnung, warum sie auf diesem Dach, so weit entfernt von ihrem Heim, gelegen hatte.

Assad Khalil hatte sich in seiner Naivität ausgemalt, dass ihn die Behörden mit Bahiras Tod in Verbindung bringen würden, und er hatte in Todesangst gelebt, er würde der Unzucht, der Gotteslästerung und des Mordes beschuldigt werden. Doch seine Mitmenschen hielten seine Erregung für Trauer um seine Familie. Er trauerte tatsächlich, aber mehr noch fürchtete er, geköpft zu werden. Vor dem Tod selbst hatte er keine Angst – das sagte er sich immer wieder. Er hatte Angst vor einem schmachvollen Tod, einem frühen Tod, der seine Mission der Vergeltung vereiteln würde.

Sie holten ihn nicht ab, um ihn hinzurichten, nein, sie brachten ihm Mitleid und Respekt entgegen. Der Große Führer persönlich hatte der Beerdigung der Familie Khalil beigewohnt, und Assad war beim Begräbnis von Hana gewesen, der anderthalbjährigen Adoptivtochter der Gaddafis, die ebenfalls bei dem Luftangriff umgekommen war. Khalil hatte auch Safia, die Frau des Großen Führers, die verletzt worden war, im Krankenhaus besucht, ebenso wie zwei Söhne der Gaddafis, und alle waren sie genesen. Gelobt sei Allah.

Zwei Wochen später hatte Assad der Trauerfeier für Bahira beigewohnt, doch nach so vielen Beerdigungen war er zu abgestumpft, um Trauer und Reue zu empfinden.

Ein Arzt hatte erklärt, Bahira Nadir könne durch eine Gehirnerschütterung oder einfach auch vor Angst gestorben sein, und daher gesellte sie sich zu den übrigen Märtyrern im Paradies. Assad Khalil sah keinen Anlass, etwas zu gestehen, das ihr Gedenken oder ihre Familie besudelt hätte.

Was die Nadirs anbelangte, so hatte der Umstand, dass die restliche Familie das Bombardement überlebt hatte, dazu geführt, dass Khalil in gewisser Hinsicht wütend auf sie war. Vielleicht war es auch Neid. Allerdings konnten sie durch Bahiras Tod zumindest teilweise nachfühlen, was er empfand. Er, der alle verloren hatte, die er liebte. Die Familie Nadir war nach der gemeinsamen Tragödie sogar sehr gut zu ihm gewesen, und er hatte eine Zeit lang bei ihnen gewohnt. Während dieser Zeit bei den Nadirs – während sie Tisch und Bett mit ihm teilten – lernte er, seine Reue darüber zu besiegen, dass er ihre Tochter geschändet und getötet hatte. Was dort auf dem Dach geschehen war, war allein Bahiras Schuld gewesen. Sie hatte Glück gehabt, dass sie für ihr schamloses, unzüchtiges Verhalten nun sogar als Märtyrerin geehrt wurde.

Khalil schaute aus dem Fenster und sah vor ihnen eine riesige graue Brücke. Er fragte Jabbar: »Was ist das?«

Jabbar antwortete: »Das ist die Verrazano Bridge. Die bringt uns nach Staten Island. Dann überqueren wir noch eine Brücke nach New Jersey.« Jabbar fügte hinzu: »Hier gibt es viel Wasser und viele Brücken.« Er hatte im Laufe der Jahre einige Landsleute gefahren – Einwanderer, Geschäftsleute und auch einige Touristen –, Leute also, die in anderen Dingen unterwegs waren als dieser Mann, Assad Khalil, dort auf der Rückbank. Fast alle Libyer, die er gefahren hatte, hatten die riesigen Gebäude bestaunt, die Brücken, die Highways und die Grünflächen. Dieser Mann hingegen wirkte nicht erstaunt oder beeindruckt, nur neugierig. Er fragte Khalil: »Sind Sie zum ersten Mal in Amerika?«

»Ja, und zum letzten Mal.«

Sie fuhren über die lange Brücke, und in der Mitte der Brücke sagte Jabbar: »Wenn Sie nach rechts schauen, Sir, sehen Sie Downtown Manhattan, den so genannten Financial District. Beachten Sie die beiden sehr großen Zwillingstürme.«

Khalil schaute zu den Hochhäusern von Manhattan hinüber, die sich aus dem Wasser zu erheben schienen. Er sah die beiden Türme des World Trade Center und war dankbar, dass Jabbar ihn darauf aufmerksam gemacht hatte. Khalil sagte: »Vielleicht beim nächsten Mal.«

Jabbar lächelte und sagte: »So Gott will.«

In Wirklichkeit fand Gamal Jabbar den Bombenanschlag auf einen der Türme entsetzlich, aber er wusste, wann er besser den Mund hielt. Und außerdem machte ihn der Mann dort auf der Rückbank unruhig. Er wusste nicht, warum. Vielleicht lag es an seinem Blick. Er schaute sich zu aufmerksam um. Und er sagte nur gelegentlich etwas und verfiel dann wieder in Schweigen. Mit fast jedem anderen Araber hätte es im Taxi ein herzliches, ununterbrochenes Gespräch gegeben. Doch dieser Mann war nicht sonderlich gesprächig. Christen und Juden redeten mehr als dieser Landsmann.

Jabbar bremste ab, als er sich auf der Staten-Island-Seite der Brücke der Mautstelle näherte. Jabbar sagte schnell zu Khalil: »Das ist keine Polizei- oder Zollkontrolle. Ich muss hier für die Nutzung der Brücke bezahlen.«

Khalil lachte und sagte: »Ich weiß. Ich habe in Europa gelebt. Halten Sie mich für einen ungebildeten Kameltreiber?«

»Nein, Sir. Aber unsere Landsleute macht das manchmal nervös.«

»Das einzige, was mich nervös macht, ist Ihr katastrophaler Fahrstil.«

Sie lachten beide.

Jabbar erklärte seinem Fahrgast: »Ich habe einen elektronischen Pass, mit dem ich an der Mautstelle vorbeikomme, ohne anzuhalten und beim Wärter zu bezahlen. Wenn Sie aber nicht möchten, dass die Überquerung verzeichnet wird, dann muss ich anhalten und bar bezahlen.«

Khalil wollte weder einen Eintrag, noch wollte er an einer Kabine mit einer Person darin halten. Der Eintrag, das wusste er, ließ sich nicht wieder löschen und konnte dabei helfen, seine Fahrt nach New Jersey zu rekonstruieren, denn wenn sie Jabbar tot in seinem Taxi fanden, brachten sie ihn vielleicht mit Assad Khalil in Verbindung. Khalil sagte zu Jabbar: »Zahlen Sie bar.«

Khalil hielt sich eine englischsprachige Zeitung vors Gesicht, und Jabbar bremste und fuhr in der kürzesten Schlange auf die Mautkabine zu.

Jabbar hielt an der Kabine, zahlte die Maut in bar, ohne auch nur ein Wort mit dem Wärter zu wechseln, und beschleunigte dann auf dem breiten Highway.

Khalil ließ die Zeitung sinken. Sie suchten ihn noch nicht, oder falls doch, dann hatten sie so weit vom Flughafen entfernt noch keinen Alarm ausgelöst. Er fragte sich, ob sie schon bemerkt hatten, dass die Leiche von Yussef Haddad nicht die Leiche von Assad Khalil war. Haddad war als Komplize ausgewählt worden, weil er Khalil entfernt ähnlich sah, und Khalil fragte sich auch, ob Haddad etwas von seinem Schicksal geahnt hatte.

Die Sonne stand nun tief über dem Horizont, und in zwei Stunden würde es dunkel sein. Khalil wollte den nächsten Abschnitt seiner Reise lieber in der Dunkelheit unternehmen.

Man hatte ihm gesagt, in Amerika gebe es zahlreiche gut ausgerüstete Polizisten, die eine halbe Stunde, nachdem er den Flughafen verlassen hatte, über ein Foto und eine Personenbeschreibung von ihm verfügen würden. Und man hatte ihm gesagt, ein Auto sei das beste Fluchtvehikel. Es gab zu viele davon, um sie alle anzuhalten und zu durchsuchen, anders als in Libyen. Khalil sollte dem ausweichen, was sie Flaschenhälse nannten: Flughäfen, Bushaltestellen, Bahnhöfe, Hotels, Wohnungen von Landsleuten und bestimmte Straßen, Brücken und Tunnel, bei denen die Mautstellen eventuell ein Foto von ihm hatten. Diese Brücke zählte auch dazu, aber er war sich sicher, dass ihn seine schnelle Flucht durch das Netz hatte schlüpfen lassen, das noch nicht lückenlos geknüpft war. Und auch wenn sie das Netz um New York City zusammenzogen, spielte das keine Rolle, denn diesen Bereich hatte er schon fast hinter sich gelassen und würde nie dorthin zurückkehren. Wenn sie das Netz anschließend ausweiteten, würde es auch weitmaschiger, und er konnte an irgendeinem Punkt seiner Reise leicht hindurchschlüpfen. Es gab viel Polizei, das schon, aber es waren auch viele Leute unterwegs.

Malik hatte ihm gesagt: »Vor zwanzig Jahren wäre ein Araber in einer amerikanischen Stadt vermutlich noch aufgefallen, aber heute wird man dich wahrscheinlich nicht mal in einer Kleinstadt mehr bemerken. Das Einzige, was amerikanischen Männern auffällt, ist eine schöne Frau.« Darüber hatten sie beide gelacht. Malik hatte hinzugefügt: »Und die amerikanischen Frauen achten nur darauf, wie andere Frauen angezogen sind und was für Kleider in den Schaufenstern gezeigt werden.«

Sie fuhren von diesem Highway auf einen anderen, der nach Süden führte. Das Taxi hielt sich an das Tempolimit, und bald sah Khalil eine weitere Brücke vor ihnen aufragen.

Jabbar sagte: »In dieser Richtung muss man an dieser Brücke keine Maut zahlen. Auf der anderen Seite liegt der Bundesstaat New Jersey.«

Khalil erwiderte nichts. Er dachte wieder an seine Flucht. »Behändigkeit«, hatten sie ihm beim Geheimdienst in Tripolis eingeschärft. »Es kommt nur auf die Behändigkeit an. Flüchtige bewegen sich oft langsam und vorsichtig fort, und deshalb werden sie auch geschnappt. Schnelligkeit, keine Umwege, Kühnheit. Steig in das Taxi und fahr einfach immer weiter. Niemand wird dich anhalten, solange der Taxifahrer nicht zu schnell oder zu langsam fährt. Der Fahrer soll darauf achten, dass die Bremslichter und Blinker in Ordnung sind. Wegen so etwas hält die amerikanische Polizei einen an. Setz dich auf die Rückbank des Taxis. Dort wird eine englischsprachige Zeitung liegen. Alle unsere Fahrer sind mit dem amerikanischen Straßenverkehr und den Gesetzen vertraut. Es sind alles zugelassene Taxifahrer.«

Malik hatte ihn weiterhin instruiert: »Wenn du aus irgendeinem Grund von der Polizei angehalten wirst, dann geh davon aus, dass es nichts mit dir zu tun hat. Bleib im Taxi sitzen und lass den Fahrer reden. Die meisten amerikanischen Polizisten sind alleine unterwegs. Wenn dich ein Polizist anspricht, antwortest du auf Englisch und respektvoll, aber nicht ängstlich. Ohne rechtsgültigen Anlass darf der Polizist weder dich noch den Fahrer noch den Wagen durchsuchen. Das ist in Amerika so Gesetz. Und auch wenn er das Taxi durchsucht, wird er dich nicht durchsuchen, es sei denn, er weiß mit Sicherheit, dass nach dir gefahndet wird. Wenn er dich auffordert auszusteigen, will er dich durchsuchen. Steig aus dem Taxi, zieh deine Pistole und erschieße ihn. Solange er sich nicht wirklich sicher ist, dass du Assad Khalil bist, wird er seine Waffe nicht gezogen haben. Sollte das eintreffen, dann möge Allah dir beistehen. Und behalte auf jeden Fall die kugelsichere Weste an. Sie werden sie dir in Paris geben, um dich vor einem Anschlag zu schützen. Setze sie gegen sie ein. Richte die Waffe der Agenten gegen sie selbst.«

Khalil nickte vor sich hin. In Libyen waren sie sehr gewissenhaft. Der Geheimdienst des Großen Führers war klein, aber gut finanziert und vom alten KGB bestens ausgebildet.

Die gottlosen Russen waren sehr bewandert, glaubten aber an nichts, und deshalb war ihr Staat auch so schnell und so vollkommen zusammengebrochen. Der Große Führer setzte die ehemaligen KGB-Männer immer noch ein, heuerte sie wie Huren an, damit sie den islamischen Kämpfern dienten. Auch Khalil war teilweise von Russen ausgebildet worden, dazu von Bulgaren und sogar einigen Afghanen, welche die amerikanische CIA für den Kampf gegen die Russen geschult hatte. Es war wie in dem Krieg, den Malik einmal auf Seiten der Deutschen und Italiener und dann wieder auf Seiten der Briten und Amerikaner ausgefochten hatte. Die Ungläubigen bekämpften und töteten einander und bildeten zu ihrer Unterstützung islamische Kämpfer aus – nicht einsehend, dass sie damit den Keim zu ihrer eigenen Vernichtung legten.

Jabbar fuhr über die Brücke und bog vom Highway in eine Wohnstraße ein, an der, wie Khalil fand, armselige Häuser standen. »Wo sind wir hier?«

»In Perth Amboy.«

»Wie weit noch?«

»Zehn Minuten, Sir.«

»Und es gibt keine Probleme, dass dieses Auto in einem anderen Bundesstaat auffällt?«

»Nein. Man darf frei von einem Bundesstaat in den nächsten fahren. Nur wenn ich mich zu weit von New York entferne, fällt jemandem vielleicht ein Taxi so weit außerhalb der Stadt auf. So lange Taxifahrten können teuer werden.« Jabbar fügte hinzu: »Aber Sie brauchen natürlich nicht auf das Taxameter zu achten. Das lasse ich bloß laufen, weil es Vorschrift ist.«

»Es gibt hier viele Vorschriften.«

»Ja, und man muss die Vorschriften befolgen, damit man die Gesetze einfacher brechen kann.«

Darüber lachten sie beide.

Khalil zog die Brieftasche aus der Innentasche des Jacketts, das Gamal Jabbar ihm mitgebracht hatte. Er überprüfte seinen Pass. Auf dem Foto trug er eine Brille und einen kurzen Schnauzbart. Es war ein cleveres Bild, aber er machte sich Sorgen wegen des Schnauzers. In Tripolis, wo das Foto aufgenommen worden war, hatte man ihm gesagt: »Yusef Haddad wird dir einen falschen Schnurrbart und eine Brille geben. Das ist zur Tarnung nötig, aber wenn die Polizei dich durchsucht, werden sie an deinem Schnurrbart ziehen, und wenn sie sehen, dass der Schnurrbart falsch ist, wissen sie, dass auch sonst etwas nicht stimmen kann.«

Khalil berührte seinen Schnurrbart und zupfte daran. Er saß fest, aber, doch, ja, man konnte entdecken, dass er falsch war. Er hatte aber nicht die Absicht, einen Polizisten so nah an sich herankommen zu lassen, dass er an seinem Schnurrbart ziehen konnte.

Er hatte die Brille, die Haddad ihm gegeben hatte, in der Brusttasche. Er brauchte keine Brille, aber es war eine Zweistärkenbrille, so dass er gut sehen konnte, wenn er sie trug, und sie gleichzeitig als legitime Lesebrille durchgehen konnte.

Er schaute noch einmal in seinen Pass. Sein Name war Hefni Badr, und er war Ägypter, was gut war, denn wenn er von einem Amerikaner arabischer Abstammung befragt wurde, der für die Polizei arbeitete, konnte ein Libyer als Ägypter durchgehen. Khalil hatte viele Monate lang in Ägypten gelebt und war sich sicher, dass er selbst einen ägyptischstämmigen Amerikaner davon überzeugen konnte, ein Landsmann zu sein.

Der Pass gab seine Konfession als moslemisch und seinen Beruf als Lehrer an, eine Rolle, in die er ohne Schwierigkeiten schlüpfen konnte. Sein Wohnort war mit El Minya angegeben, einer Stadt am Nil, die nur wenige Westler und auch nur wenige Ägypter näher kannten. An eben diesem Ort hatte er einen Monat lang mit der ausdrücklichen Absicht gelebt, das zu festigen, was sie seine Legende nannten – seine falsche Identität.

Khalil schaute in der Brieftasche nach und fand fünfhundert US-Dollar – nicht genug, um Aufmerksamkeit zu erregen, aber ausreichend für seine Bedürfnisse. Des weiteren fand er einige ägyptische Pfund, einen ägyptischen Personalausweis, eine ägyptische Bankkarte, ausgestellt auf seinen Decknamen, und eine American-Express-Karte, ebenfalls auf seinen Decknamen ausgestellt, die, wie der libysche Geheimdienst ihm versichert hatte, mit jedem amerikanischen Lesegerät funktionierte.

In seiner Brusttasche steckte außerdem ein internationaler Führerschein auf den Namen Hefni Badr, mit dem gleichen Foto wie in seinem Pass.

Jabbar schaute in den Rückspiegel und fragte: »Alles zu Ihrer Zufriedenheit, Sir?«

Khalil erwiderte: »Das muss ich hoffentlich nie auf die Probe stellen.«

Wieder lachten sie beide.

Khalil steckte sich alles wieder in die Brusttasche. Wenn er zu diesem Zeitpunkt angehalten wurde, konnte er einen normalen Polizisten wahrscheinlich in die Irre führen. Nur warum sollte er sich die Mühe machen zu schauspielern, nur weil er getarnt war? Entgegen dem, was man ihm in Libyen gesagt hatte, würde seine erste – und nicht seine letzte – Reaktion darin bestehen, seine beiden Pistolen zu ziehen und jeden umzubringen, der eine Gefahr für ihn darstellte.

Khalil machte die schwarze Reisetasche auf, die ihm Jabbar auf die Rückbank gestellt hatte. Er durchwühlte die große Tasche, entdeckte Toilettenartikel, Unterwäsche, einige Krawatten, ein Sporthemd, einen Füllfederhalter und ein leeres Notizbuch, amerikanische Münzen, eine billige Kamera, wie sie ein Tourist dabeihaben mochte, zwei Plastikflaschen Mineralwasser und einen kleinen Koran, gedruckt in Kairo.

In der Tasche befand sich nichts, das ihn hätte verraten können – keine Schriftstücke mit unsichtbarer Tinte, keine Mikrobilder, nicht einmal eine neue Pistole. Alles, was er wissen musste, wusste er auswendig. Und alles, was er brauchen würde, würde er unterwegs erhalten oder sich beschaffen. Das einzige, was ihn, Hefni Badr, mit Assad Khalil in Verbindung bringen konnte, waren die beiden Glock-Pistolen der Agenten. In Tripolis hatten sie ihm gesagt, er solle die Pistolen so bald als möglich los werden, und sein Taxifahrer würde ihm eine neue Pistole geben. Doch er hatte entgegnet: »Wenn ich angehalten werden, was macht es dann schon, was für eine Pistole ich dabei habe? Ich möchte die Waffen des Feindes nutzen, bis ich meinen Auftrag erfüllt habe oder sterbe.« Sie hatten sich dem nicht widersetzt, und in der schwarzen Tasche befand sich keine Pistole.

Zwei Gegenstände jedoch waren darin, die ihn möglicherweise verraten konnten: erstens eine Tube Zahnpasta, die in Wirklichkeit Haftcreme für seinen Schnurrbart enthielt, und zweitens eine Dose Fußpuder einer ägyptischen Marke, das mit grauer Farbe versetzt war. Khalil schraubte den Deckel auf, streute sich das Puder aufs Haar, kämmte es durch und betrachtete sich dabei in einem kleinen Handspiegel. Das Ergebnis war verblüffend: sein pechschwarzes Haar war plötzlich grau meliert. Er kämmte sich links einen Seitenscheitel, setzte die Brille auf und fragte Jabbar: »Na, was meinen Sie?«

Jabbar schaute in den Rückspiegel und sagte: »Was ist denn aus dem Fahrgast geworden, den ich am Flughafen mitgenommen habe? Was haben Sie mit ihm gemacht, Mr. Badr?«

Sie lachten beide, aber dann wurde Jabbar bewusst, dass er sich nicht hätte anmerken lassen sollen, dass er den Decknamen seines Fahrgasts kannte, und er verfiel in Schweigen. Jabbar schaute in den Rückspiegel und sah die schwarzen Augen des Mannes ihn anstarren.

Khalil wandte den Blick ab und schaute wieder aus dem Fenster. Sie waren immer noch in einer Gegend, die ihm weniger wohlhabend vorkam als alles, was er in Europa gesehen hatte, doch auf den Straßen standen viele teure Autos geparkt, und das erstaunte ihn.

Jabbar sagte: »Schauen Sie dort, Sir. Das ist der Highway, den Sie nehmen müssen. Er heißt New Jersey Turnpike. Das da drüben ist die Auffahrt zum Highway. Sie müssen am Automaten eine Marke ziehen und die Maut bezahlen, wenn Sie abfahren. Der Highway geht nach Norden und Süden, Sie müssen also auf die richtige Spur achten.«

Khalil fiel auf, dass Jabbar ihn nicht fragte, in welche Himmelsrichtung er fahren wollte. Jabbar war sich klar, dass es besser für alle Beteiligten war, wenn er so wenig wie möglich wusste. Doch Jabbar wusste bereits zu viel.

Khalil fragte Jabbar: »Wissen Sie, was heute am Flughafen passiert ist?«

»An welchem Flughafen, Sir?«

»An dem wir losgefahren sind.«

»Nein, weiß ich nicht.«

»Na, dann werden Sie's im Radio hören.«

Jabbar erwiderte nichts.

Khalil öffnete eine Flasche Mineralwasser, trank sie zur Hälfte aus und goss den Rest Wasser auf den Boden.

Sie fuhren auf einen großen Parkplatz mit einem Schild, auf dem PARK AND RIDE stand. Jabbar erläuterte: »Die Leute parken hier und fahren dann mit dem Bus nach Manhattan – in die Stadt. Aber heute ist ja Samstag, und deshalb ist hier nicht viel los.«

Khalil sah sich auf der riesigen, bröckeligen Asphaltfläche um, die von einem Maschendrahtzaun umgeben war. In den weiß aufgemalten Begrenzungen standen gut fünfzig Autos geparkt. Auf dem Parkplatz hätten noch hundert weitere Platz gefunden. Er sah keine Menschenseele.

Jabbar hielt in einer Parkbucht und sagte: »Sehen Sie direkt da vorne den schwarzen Wagen, Sir?«

Khalil folgte Jabbars Blick und sah ein großes schwarzes Auto, das ein paar Reihen vor ihnen stand. »Ja.«

»Hier sind die Schlüssel.« Ohne sich zu Khalil umzusehen, reichte Jabbar die Schlüssel über den Sitz. Jabbar sagte: »Die

Mietwagenpapiere liegen im Handschuhfach. Der Wagen ist für eine Woche auf den Namen in Ihrem Pass gemietet und wenn diese Zeit um ist, macht sich die Agentur möglicherweise Sorgen. Der Wagen wurde am Newark Airport in New Jersey gemietet, hat aber ein New Yorker Kennzeichen. Aber das spielt keine Rolle. Das ist alles, was ich Ihnen sagen soll, Sir. Aber wenn Sie möchten, kann ich Sie noch zurück auf den Highway geleiten.«

»Das wird nicht nötig sein.«

»Möge Allah Ihren Besuch segnen, Sir. Mögen Sie sicher in unser Heimatland zurückkehren.«

Khalil hielt die Glock Kaliber 40 bereits in der Hand. Er schob die Mündung der Glock durch den Hals der leeren Plastikflasche und drückte den Flaschenboden gegen die Rückseite des Fahrersitzes. Er feuerte durch den Sitz einen Schuss auf Jabbars oberes Rückgrat ab, so dass er, falls er die Wirbelsäule verfehlte, das Herz treffen würde. Die Plastikflasche dämpfte den Knall.

Jabbar sackte nach vorn, aber der Sicherheitsgurt hielt ihn aufrecht.

Rauch stieg aus dem Flaschenhals und dem Einschussloch im Boden. Khalil liebte den Geruch von abgebranntem Kordit und sog ihn tief ein. Er sagte: »Danke für das Wasser.«

Khalil überlegte, ein zweites Mal zu schießen, aber dann sah er Jabbar auf eine Weise zucken, die man nicht vorspielen konnte. Khalil wartete eine halbe Minute lang und hörte sich Jabbars Glucksen an.

Während er abwartete, bis Jabbar gestorben war, fand er die leere Hülse Kaliber 40 und steckte sie sich in die Tasche. Die Flasche packte er in seine Reisetasche.

Schließlich hörte Gamal Jabbar auf zu zucken, zu glucksen und zu atmen und saß reglos da.

Khalil sah sich um, um sicher zu gehen, dass er allein auf dem Parkplatz war, langte dann über den Sitz, zog Jabbar das Portemonnaie aus der Tasche, löste den Sicherheitsgurt des Fahrers und stieß den Mann auf den Boden. Er drehte den Zündschlüssel um und zog ihn ab.

Assad Khalil nahm seine schwarze Reisetasche, stieg aus dem Taxi aus, schloss alle Türen ab und ging zu dem schwarzen Wagen, einem Mercury Marquis. Der Schlüssel passte, er setzte sich in den Wagen, ließ den Motor an und vergaß nicht, sich anzuschnallen. Er bog von dem stillen Parkplatz auf die Straße ein. Ihm fiel ein Vers aus der hebräischen Schrift ein: *Es ist ein Löwe auf dem Wege, ein Löwe auf der Gasse.* Er lächelte.

Kapitel 19

Ein FBI-Typ namens Hal Roberts holte Kate, Ted und mich in der Eingangshalle der Federal Plaza 26 ab.

Wenn man am eigenen Arbeitsplatz von jemandem in der Eingangshalle abgeholt wird, ist das entweder eine Ehre, oder man steckt in Schwierigkeiten. Mr. Roberts lächelte nicht, und das fasste ich als erstes Anzeichen dafür auf, dass wir keine Belobigungsschreiben erhalten würden.

Wir betraten den Fahrstuhl, und Roberts schob seinen Schlüssel für den 26. Stock ein. Schweigend fuhren wir hinauf.

Federal Plaza 26 beherbergt diverse Behörden, größtenteils harmlose Steuergeldfresser. Doch die 22. bis 28. Etage ist alles andere als harmlos und nur mit Schlüssel zu erreichen. Ich hatte einen Schlüssel bekommen, als ich hier angefangen hatte, und der Typ, der ihn mir aushändigte, sagte: »Ich hätte hier gern einen Daumenabdruck-Scanner. Seinen Schlüssel kann man vergessen oder verlieren, aber man wird ja wohl kaum seinen Daumen verlieren.« Da hatte er sich getäuscht.

Mein Stockwerk war das 26., wo ich mir mit anderen ehemaligen und aktiven New Yorker Polizisten ein Großraumbüro mit Trennwänden teilte. Im 26. Stock waren auch ein paar Anzüge untergebracht, wie wir Bullen die Leute vom FBI nannten. Der Spitzname war ein wenig unzutreffend, da bei der New Yorker Polizei auch viele Anzug trugen und beim FBI inzwischen schon ein Drittel Frauen waren, die natürlich *keine* Anzüge trugen. Aber ich habe vor langer Zeit gelernt, nie den Jargon in einem Unternehmen zu hinterfragen, denn aus dem Jargon lässt sich auf die Einstellung der Leute schließen, die dort arbeiten.

Wir fuhren also ins Obergeschoss, wo die himmlischen Wesen weilten, und wurden in ein Eckbüro geleitet, das nach Südosten hinausging. Auf dem Namensschild an der Tür stand JACK KOENIG. Mr. Koenig – oder King Jack, wie ihn alle nannten – trug den Titel Verantwortlicher Special Agent und verantwortlich war er für die ganze Antiterror-Task Force. Sein Herrschaftsgebiet umfasste die fünf Stadtbezirke von New York City, die umliegenden Counties in New Jersey und Connecticut, das Hinterland im Bundesstaat New York und die beiden Counties von Long Island – Nassau und Suffolk. In diesem County, am Ostende von Long Island, war ich Sir Ted und Sir George zum ersten Mal begegnet, den, um im Bilde zu bleiben, fahrenden Rittern, die sich als Narren erwiesen. Und zweifellos mochte König Jack es gar nicht, wenn in seinem Reich etwas schief ging.

Seine Hoheit hatte ein großes Büro mit einem großen Schreibtisch. Dann standen da noch ein Sofa und drei Clubsessel um einen Couchtisch. Es gab in die Wand eingelassene Bücherregale und eine Tafelrunde samt Stühlen, aber keinen Thron.

Seine Majestät war nicht da, und Mr. Roberts sagte: »Fühlen Sie sich wie zu Hause. Legen Sie die Füße auf den Tisch oder machen Sie es sich auf dem Sofa bequem.« Das sagte Mr. Roberts natürlich nicht. Mr. Roberts sagte »Warten Sie hier« und ging.

Ich überlegte, ob ich noch genug Zeit hatte, um zu meinem Schreibtisch zu gehen und meinen Arbeitsvertrag querzulesen.

Ich sollte erwähnen, dass sich – da es sich um eine gemeinsame Task Force handelt – ein Captain der New Yorker Polizei das Kommando mit Jack Koenig teilt. Der Captain heißt David Stein und ist ein jüdischer Gentleman mit einem Abschluss in Jura und, nach Ansicht des Polizeipräsidenten, schlau genug, um sich gegen die übermäßig gebildeten Feds durchzusetzen. Captain Stein hat einen harten Job, aber er ist gewieft und klug und eben diplomatisch genug, um das FBI bei Laune zu halten und dabei noch die Interessen der Frauen und Männer vom NYPD zu wahren, die ihm unterstehen. Leute wie ich, Contract Agents, die früher bei der New Yorker Polizei waren, befinden sich gewissermaßen in einer Grauzone und niemand kümmert sich um unsere Interessen. Dafür habe ich aber auch nicht die Sorgen eines fest angestellten Officers, also was soll's.

Was jedenfalls Captain Stein angeht, so war er früher bei der Geheimdienstabteilung und hat in vielen Fällen ermittelt, die mit islamischen Terroristen zu tun hatten, darunter auch im Mordfall Rabbi Meir Kahane. Er ist von daher wie geschaffen für den Job. Ich will sein Judentum ja nicht überbetonen, aber er hat natürlich ein persönliches Problem mit islamischen Extremisten. Die Antiterror-Task Force befasst sich natürlich mit sämtlichen terroristischen Vereinigungen, aber man muss kein Genie sein, um sich denken zu können, wo der Schwerpunkt liegt.

Ich fragte mich jedenfalls, ob ich Captain Stein heute Abend noch sehen würde. Hoffentlich. Wir brauchten noch einen zweiten Bullen hier.

Kate und Ted legten wortlos Phils und Peters Aktenkoffer auf den Tisch. Ich erinnerte mich daran, wie ich hin und wieder einem Mann, den ich kannte, Dienstmarke, Dienstwaffe und Dienstausweis hatte abnehmen und auf dem Revier abliefern müssen, so wie antike Krieger Schwert und Schild ihrer gefallenen Kameraden nach Hause brachten. Bloß dass in diesem Fall die Waffen fehlten. Ich machte die Aktenkoffer auf und stellte sicher, dass die Mobiltelefone abgeschaltet waren. Es ist immer unheimlich, wenn das Telefon eines Toten klingelt.

Was Jack Koenig angeht, so war ich ihm nur einmal begegnet, als ich engagiert wurde. Ich fand ihn ziemlich intelligent, still und nachdenklich. Er war als scharfer Hund verschrien und hatte einen Sarkasmus an sich, den ich sehr bewunderte. Ich erinnerte mich, dass er hinsichtlich meiner Lehrtätigkeit am John Jay zu mir gesagt hatte: »Wer was kann, der macht es auch. Wer nichts kann, wird Lehrer.« Worauf ich erwidert hatte: »Wer im Dienst dreimal angeschossen wurde, muss anschließend seine Berufswahl nicht rechtfertigen.« Nach einem Moment frostigen Schweigens lächelte er und sagte: »Willkommen bei der ATTF.«

Trotz des Lächelns und der freundlichen Worte hatte ich den Eindruck, dass er ein klein wenig stinkig auf mich war. Aber vielleicht hatte er die Begebenheit ja schon vergessen.

Wir standen in seinem Büro, auf der flauschigen blauen Auslegeware, und ich schaute zu Kate hinüber, die ein wenig besorgt wirkte. Ich sah Ted Nash an, für den Jack natürlich nicht der Verantwortliche Special Agent war. Mr. CIA hatte seine eigenen Bosse, die gegenüber am Broadway 290 saßen, und ich hätte ein Monatsgehalt dafür gegeben, mitansehen zu dürfen, wie sie ihn dort drüben zur Schnecke machten. Doch dazu würde es nicht kommen.

Ein Teil der ATTF ist übrigens auch am Broadway 290 untergebracht, einem neueren und angenehmeren Gebäude als Federal Plaza 26, und gerüchteweise hieß es, diese Aufteilung hätte nichts mit behördlichen Platzproblemen zu tun, sondern entspräche einer bewussten Strategie für den Fall, dass jemand seine Chemiekenntnisse an einem der Gebäude erproben wollte. Ich persönlich glaube eher, dass es ein Planungsfehler war und am bürokratischen Gerangel lag, aber bei solchen Organisationen gibt es eben auch für schlichte Dummheit Pseudo-Top-Security-Erklärungen.

Wenn Sie sich fragen, warum sich Ted, Kate und John nicht unterhielten, dann kann ich Ihnen sagen, dass es daran lag, dass wir dachten, das Büro wäre verwanzt. Wenn zwei oder mehr Personen im Büro eines anderen allein gelassen werden, sollte man einfach davon ausgehen, dass man auf Sendung ist. Eins, zwei, drei, *Testing*. Pro forma sagte ich: »Schönes Büro. Mr. Koenig hat wirklich Geschmack.«

Ted und Kate ignorierten mich.

Ich sah auf meine Armbanduhr. Es war fast 19 Uhr, und vermutlich war Mr. Koenig gar nicht froh darüber, an einem Samstagabend noch einmal ins Büro zu müssen. Ich war von der Idee auch nicht sonderlich begeistert, aber Terrorismusabwehr ist nun mal ein Fulltimejob. Wie wir bei der Mordkommission immer so schön sagten: »Wenn die Mörder Feierabend machen, fängt unsere Arbeit erst an.«

Ich ging ans Fenster und schaute nach Osten. Dieser Teil von Downtown Manhattan steht gerammelt voll mit Gerichtsgebäuden, und weiter östlich befand sich One Police Plaza, mein ehemaliges Hauptquartier, mit dem ich schöne und böse Erinnerungen verband. Jenseits der Police Plaza überspannte die Brooklyn Bridge, über die wir gekommen waren, den East River, der Manhattan von Long Island trennte.

Den Kennedy-Flughafen selbst konnte ich von hier nicht sehen, aber ich sah in der Ferne seine Lichter und über dem Atlantik etwas, das wie eine Reihe funkelnder Sterne aussah, wie ein neues Sternbild, was in Wirklichkeit aber Flugzeuge im Landeanflug waren. Die Landebahnen waren anscheinend wieder freigegeben.

Draußen im Hafen, weiter südlich, lag Ellis Island, das Millionen Einwanderer passiert hatten, darunter auch meine irischen Vorfahren. Und südlich von Ellis Island, mitten in der Bucht, reckte die hell beleuchtete Freiheitsstatue ihre Fackel in die Höhe und begrüßte die ganze Welt. Sie befand sich auf der Abschussliste so ziemlich jedes Terroristen, aber bis jetzt stand sie noch.

Insgesamt bot sich von hier oben ein atemberaubendes Abendpanorama – die Stadt, die beleuchteten Brücken, der Fluss, der klare Aprilhimmel und ein großer Halbmond, der im Osten über den niedrigen Häuserzeilen von Brooklyn aufging.

Ich drehte mich um und schaute aus dem großen Fenster dieses Eckbüros nach Südwesten. Den Ausblick beherrschten die Zwillingstürme des World Trade Center, die 420 Meter hoch in den Himmel ragten, hundertzehn Stockwerke aus Glas, Beton und Stahl.

Die Türme waren etwa eine halbe Meile entfernt, aber sie waren so gewaltig, dass es aussah, als stünden sie gleich gegenüber. Die beiden Wolkenkratzer wurden als Nord- und Südturm bezeichnet, doch am Freitag, dem 26. Februar 1993, um 12.17 Uhr und 36 Sekunden hätte man den Südturm beinahe auch in Fehlenden Turm umbenennen können.

Mr. Koenigs Schreibtisch war so aufgestellt, dass er die Türme sah, wenn er aus dem Fenster schaute, und darüber nachdenken konnte, worum einige arabische Gentlemen gebetet hatten, als sie einen mit Sprengstoff beladenen Kleinlaster in die Tiefgarage gefahren hatten – nämlich um den Einsturz des Südturms und den Tod von über 50 000 Menschen in dem Gebäude und am Boden.

Und wenn der Südturm im richtigen Winkel eingestürzt wäre und den Nordturm getroffen hätte, dann hätte es weitere vierzig- oder fünfzigtausend Tote gegeben.

Wie sich herausstellte, hielt das Gebäude, und es kamen nur sechs Menschen um, und über tausend wurden verwundet. Die unterirdische Explosion löschte das Polizeirevier aus, dass sich im Keller befand, und hinterließ ein riesiges

Loch, wo zuvor die mehrstöckige Tiefgarage gewesen war. Was leicht zu den größten amerikanischen Verlusten seit dem Zweiten Weltkrieg hätte führen können, erwies sich als deutlich vernehmbarer Weckruf. Amerika war zur Front erklärt.

Mir fiel ein, dass Mr. Koenig seine Möbel hätte umstellen oder Jalousien vor den Fenstern hätte anbringen können, und es besagte einiges über diesen Mann, dass er sich diese Gebäude lieber an jedem Arbeitstag anschaute. Ich weiß nicht, ob er die Sicherheitsspannen verfluchte, die zu dem Unglück geführt hatten, oder ob er Gott allmorgendlich dankte, dass einhunderttausend Menschenleben verschont geblieben waren. Wahrscheinlich tat er beides, und wahrscheinlich verfolgte ihn nicht nur das World Trade Center, sondern auch die Freiheitsstatue, die Wallstreet und alles andere, was Jack Koenig von hier oben überblickte, allnächtlich bis in den Schlaf.

King Jack leitete die ATTF nicht, als die Bombe 1993 hochging, aber er leitete sie jetzt, und am Montagmorgen würde er sich wahrscheinlich überlegen, ob er seinen Schreibtisch so umstellen sollte, dass er von hier aus zum Kennedy-Flughafen sehen konnte. Es war wirklich einsam hier oben an der Spitze, aber dafür hatte man ja auch einen guten Ausblick. Doch für King Jack gab es von hier oben keine guten Ausblicke.

Das Thema meiner Gedanken betrat in diesem Moment den Raum und erwischte mich dabei, wie ich zum World Trade Center hinüberschaute. Er fragte mich: »Steht es noch, Professor?«

Offenbar hatte er ein gutes Gedächtnis für rotznäsige Untergebene. Ich antwortete: »Ja, Sir.«

»Na, das sind doch mal gute Nachrichten.« Er schaute zu Kate und Nash hinüber und bat uns alle mit einer Handbewegung zur Sitzecke. Nash und Kate setzten sich auf das Sofa, ich nahm auf einem der drei Clubsessel Platz, und Mr. Koenig blieb stehen.

Jack Koenig war ein groß gewachsener Mann von etwa fünfzig Jahren. Er hatte kurzes, stahlgraues Haar, stahlgraue Augen, einen stahlgrauen Samstagsstoppelbart, einen stählern-kantigen Unterkiefer und stand da, als hätte er eine Stahlstange verschluckt und würde gleich mit stahlharter Faust zuschlagen, sozusagen. Alles in allem war er nicht eben ein onkelhafter Typ und schien verständlicherweise in düsterer Stimmung zu sein.

Mr. Koenig trug eine legere Hose, ein sportives, blaues Hemd und bequeme Halbschuhe, aber trotzdem wirkte an ihm nichts leger, sportiv oder bequem.

Hal Roberts betrat das Büro und setzte sich auf den zweiten Clubsessel mir gegenüber. Jack Koenig schien nicht geneigt, sich zu setzen und zu entspannen.

Mr. Roberts hatte einen großen, gelben Notizblock und einen Bleistift dabei. Ich dachte erst, er würde Getränkebestellungen aufnehmen, aber da hatte ich mich zu früh gefreut.

Mr. Koenig begann ohne große Vorrede und fragte uns: »Kann mir jemand von Ihnen mal erklären, wie es einem gefesselten und bewachten mutmaßlichen Terroristen gelingen konnte, an Bord eines amerikanischen Flugzeugs dreihundert Männer, Frauen und Kinder umzubringen, darunter seine beiden bewaffneten Begleiter, zwei Federal Air Marshals und einen Mann vom Rettungsdienst der Port Authority, und wie er dann zu einer geheimen, abgesicherten Einrichtung der Bundespolizei gelangen konnte, wo er eine Sekretärin der ATTF, den Duty Officer des FBI und ein Mitglied unseres Teams ermordet hat?« Er schaute uns nacheinander an. »Könnte bitte mal jemand versuchen, mir das auch nur ansatzweise zu erklären?«

Wäre ich in der Police Plaza und nicht in der Federal Plaza gewesen, dann hätte ich eine sarkastische Frage wie diese mit dem Spruch beantwortet: »Können Sie sich vorstellen, wie viel schlimmer es gekommen wäre, hätte der Täter keine Handschellen getragen?« Aber dies hier war weder der richtige Ort noch der richtige Zeitpunkt noch die passende Gelegenheit für Schnoddrigkeiten. Viele unschuldige Menschen waren tot, und die Überlebenden mussten das aufklären. Und King Jack ging mit seinen Untergebenen hart ins Gericht.

Natürlich beantwortete niemand die Frage, die ja auch eher rhetorisch gemeint war. Es ist immer eine gute Idee, dem Boss die Gelegenheit zu geben, sich ein wenig abzureagieren. Es ehrte ihn, dass er seine Wut nur etwa eine Minute lang an uns ausließ, sich dann setzte und aus dem Fenster starrte. Sein Blick war auf den Financial District gerichtet, und dieser Anblick durfte eigentlich keine unangenehmen Assoziationen bei ihm wecken, es sei denn, er hielt Aktien der Trans-Continental.

Jack Koenig war übrigens vom FBI, und ich bin mir sicher, dass es Ted Nash nicht gefiel, so von einem FBIler angeredet zu werden. Mir als Quasi-Zivilist gefiel es auch nicht, aber Koenig war nun mal der Boss, und wir waren alle Mitglieder der Task Force, des Teams. Kate, die beim FBI war, musste um ihre Karriere bangen, ebenso wie George Foster. Aber George hatte sich den einfacheren Job ausgesucht und war bei den Leichen geblieben.

King Jack bemühte sich offenbar um Contenance. Schließlich schaute er Ted Nash an und sagte: »Es tut mir Leid um Peter Gorman. Kannten Sie ihn?«

Nash nickte.

Koenig sah Kate an und sagte: »Sie waren mit Phil Hundry befreundet.«

»Ja.«

Koenig sah mich an und sagte: »Sie haben ja bestimmt auch schon Freunde im Dienst verloren und wissen, wie schwer das ist.«

»Ja. Nick Monti war mein Freund.«

Jack Koenig starrte wieder in die Ferne und dachte bestimmt über vieles nach. Es war der passende Moment für eine Schweigeminute, also schwiegen wir, aber alle wussten, dass wir schnell wieder zum Geschäftlichen kommen mussten.

Ich fragte, vielleicht etwas undiplomatisch: »Kommt Captain Stein noch dazu?«

Koenig sah mich an und sagte schließlich: »Er hat persönlich die Leitung der Überwachungsteams übernommen und hat keine Zeit für Meetings.«

Man wusste nie so ganz, was die Bosse nun wirklich vorhatten und was für Palastintrigen gerade liefen, und am besten scherte man sich einen Dreck darum. Ich gähnte, um anzudeuten, dass ich sowohl an meiner Frage als auch an Koenigs Antwort das Interesse verloren hatte.

Koenig wandte sich an Kate und sagte: »Also gut, erzählen Sie mir, was passiert ist. Von Anfang an.«

Kate war anscheinend auf diese Bitte vorbereitet und ging die Ereignisse des Tages durch – chronologisch, objektiv und schnell, aber ohne übertriebene Eile.

Koenig hörte zu und unterbrach sie nicht. Roberts machte Notizen. Irgendwo lief ein Tonbandgerät.

Kate erwähnte, dass ich darauf bestanden hatte, zum Flugzeug zu gehen, und dass weder Foster noch sie das für nötig gehalten hatten.

Koenigs Gesichtsausdruck blieb während der ganzen Erzählung teilnahmslos, er schaute weder beifällig noch abfällig. Er hob keine Augenbraue, runzelte nicht die Stirn, zuckte nicht zusammen, schüttelte nicht den Kopf, nickte nicht und lächelte schon gleich gar nicht. Er war ein fachmännischer Zuhörer, und nichts an seinem Verhalten er- oder entmutigte seine Zeugin.

Kate kam zu jenem Punkt, als ich noch einmal ins Oberdeck der 747 gegangen war und entdeckt hatte, dass Hundry und Gorman die Daumen fehlten. Sie hielt inne und sammelte sich. Koenig warf mir einen Blick zu und obwohl ich darin keinerlei Anerkennung erkennen konnte, wusste ich, dass ich an dem Fall dranbleiben würde.

Kate fuhr mit der Abfolge der Ereignisse fort, referierte nur die Tatsachen und hob sich Spekulationen und Theorien für später auf, falls Koenig danach fragen sollte. Kate Mayfield hatte ein phänomenales Erinnerungsvermögen für Einzelheiten und die erstaunliche Fähigkeit, Tatsachen nicht zu färben oder hinzubiegen. Also, wenn ich in einem solchen Fall von meinen Vorgesetzten zur Sau gemacht würde, würde ich auch nicht versuchen, die Tatsachen zu färben oder hinzubiegen, es sei denn, ich wollte einen Kumpel decken, aber ich bin für meine Gedächtnislücken bekannt.

Kate schloss mit den Worten: »George ist dort geblieben und überwacht den Tatort. Wir haben dem alle zugestimmt und dann Officer Simpson gebeten, uns hierher zu fahren.«

Ich schaute auf meine Armbanduhr. Kate hatte für ihre Geschichte gut vierzig Minuten gebraucht. Es war schon fast acht, und um diese Uhrzeit sehnt sich mein Hirn normalerweise nach Alkohol.

Jack Koenig lehnte sich auf seinem Sessel zurück, und man sah ihm an, dass er die Tatsachen verarbeitete. Er sagte: »Offenbar war uns Khalil ein oder zwei Schritte voraus.«

Ich raffte mich zu einer Erwiderung auf und sagte: »Mehr braucht es bei einem Wettrennen nicht. Der Zweite ist der erste Verlierer.«

Mr. Koening sah mich für einen Moment an und wiederholte dann: »Der Zweite ist der erste Verlierer. Wo haben Sie denn das her?«

»Ich glaube, aus der Bibel.«

Koenig sagte zu Roberts: »Machen Sie mal Pause.« Roberts legte den Bleistift nieder.

Koenig sagte zu mir: »Ich habe gehört, dass Sie sich um eine Versetzung in die IRA-Abteilung beworben haben.«

Ich räusperte mich und antwortete: »Nun, das habe ich, aber ...«

»Hegen Sie persönliche Vorbehalte gegen die Irisch-Republikanische Armee?«

»Nein, das nicht. Ich ...«

Kate meldete sich zu Wort: »John und ich haben heute schon darüber gesprochen, und er hat seine Bewerbung zurückgezogen.«

Das entsprach nicht so ganz dem, was ich ihr gesagt hatte, aber es hörte sich besser an als meine rassistischen und sexistischen Bemerkungen über die Moslems. Ich schaute zu Kate hinüber, und unsere Blicke begegneten sich.

Koenig teilte mir mit: »Ich habe vergangenen Herbst den Fall Plum Island noch einmal überprüft.«

Ich erwiderte nichts.

»Ich habe den Fallbericht gelesen, den Ted Nash und George Foster geschrieben haben, und dann habe ich den Bericht gelesen, den Detective Beth Penrose von der Mordkommission der Polizei von Suffolk County geschrieben hat. Hinsichtlich der Einschätzung der Fakten schien es zwischen den Berichten der ATTF und der Suffolk County Police Unstimmigkeiten zu geben. Die meisten dieser Unstimmigkeiten betrafen Ihre Rolle bei diesem Fall.«

»Ich habe in diesem Fall offiziell keine Rolle gespielt.«

»Und trotzdem haben Sie den Fall gelöst.«

»Ich hatte viel Zeit und nichts zu tun. Vielleicht sollte ich mir ein Hobby zulegen.«

Er lächelte nicht. Er sagte: »Detective Penroses Bericht war vielleicht durch Ihre Beziehung zu ihr beeinflusst.«

»Zu diesem Zeitpunkt hatte ich keine Beziehung zu ihr.«

»Das hatten Sie aber, als sie den abschließenden Bericht schrieb.«

»Entschuldigen Sie, Mr. Koenig, das habe ich alles mit der Abteilung für interne Affären des NYPD schon durchgekaut ...«

»Oh, die haben Mitarbeiter, die Affären erforschen?«

Das sollte offenbar ein Scherz sein, und ich kicherte kurz, ein oder zwei Sekunden zu spät.

»Und«, fuhr er fort, »der Bericht von Ted und George

könnte vielleicht davon beeinflusst sein, dass Sie ihnen auf die Nerven gegangen sind.«

Ich schaute zu Nash hinüber, der, wie üblich, völlig distanziert wirkte, als redete Koenig über einen anderen Ted Nash.

Koenig sagte: »Mich hat es fasziniert, wie Sie in der Lage waren, einem sehr komplexen Fall auf den Grund zu gehen und etwas zu entdecken, was alle anderen übersehen hatten.«

»Das war ganz normale Ermittlungsarbeit«, sagte ich ganz bescheiden, in der Hoffnung, Mr. Koenig würde entgegnen: »Nein, mein Junge, Sie sind brillant.«

Doch den Gefallen tat er mir nicht. Er sagte stattdessen: »Deshalb engagieren wir Detectives vom NYPD. Sie steuern etwas anderes bei.«

»Donuts zum Beispiel.«

Mr. Koenig wirkte weder belustigt noch verärgert. Er sagte: »Sie steuern einen gewissen gesunden Menschenverstand bei, gute Instinkte und ein Verständnis der Verbrecherseele, das etwas anders gelagert ist als bei CIA oder FBI. Stimmen Sie mir da zu?«

»Absolut.«

»Bei der ATTF ist es ein Credo, dass das Ganze mehr ist als die Summe der Teile. Synergie. Nicht wahr?«

»Stimmt.«

»Das wird nur durch gegenseitigen Respekt und Zusammenarbeit möglich.«

»Das wollte ich gerade sagen.«

Er schaute mich kurz an und fragte dann: »Wollen Sie an dem Fall dranbleiben?«

»Ja, das will ich.«

Er beugte sich zu mir vor und sah mir in die Augen. Er sagte: »Ich will keine Extrawürste mehr, ich will keine dummen Sprüche mehr hören, und ich erwarte bedingungslose Loyalität von Ihnen, Mr. Corey, andernfalls schwöre ich Ihnen, dass ich Ihren Kopf ausstopfen lasse und ihn mir auf den Schreibtisch stelle. Einverstanden?«

Meine Güte. Der Kerl hörte sich ja an wie meine ehemaligen Vorgesetzten. Ich habe offenbar irgendwas an mir, das die Leute dazu bringt, sich mir von ihrer abscheulichsten Seite zu zeigen. Ich grübelte über diesen Vertragszusatz nach. Konnte ich ein loyaler und kooperativer Mitspieler sein? Nein, aber ich wollte den Job haben. Mir fiel ein, dass Mr. Koenig nicht verlangt hatte, dass ich mir meinen Sarkasmus schenken oder meine Schlagfertigkeit mindern sollte, und ich verstand das als Einverständnis oder als ein Versehen seinerseits. Ich kreuzte die Finger und sagte: »Einverstanden.«

»Gut.« Er streckte die Hand aus, und ich schlug ein. »Sie sind dabei«, sagte er.

Ich wollte schon sagen: »Sie werden es nicht bereuen, Sir«, aber vielleicht würde er das ja durchaus, deshalb beließ ich es bei: »Ich werde mein Bestes geben.«

Koenig ließ sich von Roberts einen Aktenordner reichen und blätterte ihn durch. Ich schaute Jack Koenig an und beschloss, ihn besser nicht zu unterschätzen. Dieses Eckbüro hatte er nicht erhalten, weil Onkel Sam der Bruder seiner Mutter war. Er hatte es aus den üblichen Gründen bis hierher geschafft: harte Arbeit, Überstunden, Intelligenz, eine gute Ausbildung, Glaube an den Auftrag, gute Führungsqualitäten und wahrscheinlich Patriotismus. Aber viele Leute beim FBI verfügten über die gleichen Fähigkeiten und Qualifikationen.

Was Jack Koenig von den anderen begabten Männern und Frauen unterschied, war seine Bereitschaft, Verantwortung für Katastrophen zu übernehmen, zu deren Verhinderung er eigentlich engagiert war. Was an diesem Nachmittag geschehen war, war schon schlimm genug, aber irgendwo da draußen lauerte irgend so ein Schwein – Assad Khalil oder jemand von seinem Format – und wollte Manhattan mit einer Atombombe in Schutt und Asche legen, die Wasserversorgung vergiften oder die Bevölkerung mit Mikroorganismen ausrotten. Jack Koenig wusste das; wir wussten es alle. Doch

Koenig war bereit, diese Bürde auf sich zu nehmen und den Kopf hinzuhalten, sollte es dann wirklich soweit kommen. Wie heute zum Beispiel.

Koenig schaute Ted, Kate und mich an und nickte dann Roberts zu, der wieder seinen Bleistift nahm. Er hatte mich engagiert und mir den Kopf gewaschen, und nun begann Teil zwei der JFK-Katastrophe.

Koenig sagte zu Kate: »Ich kann kaum glauben, dass zu Flug 175 über zwei Stunden lang kein Funkkontakt bestand, ohne dass jemand von Ihnen davon erfahren hat.«

Kate sagte: »Wir standen nur über die Gate Agent mit der Fluggesellschaft in Verbindung, und die wusste nicht viel. Wir müssen dieses Vorgehen neu evaluieren.«

»Das ist eine gute Idee.« Er fügte hinzu: »Sie sollten auch in direkter Verbindung mit der Flugleitung, dem Tower und der Leitstelle der Port Authority Police stehen.«

»Ja, Sir.«

»Wäre dieser Flug entführt worden, dann wäre er in Kuba oder Libyen gelandet, ehe wir etwas davon erfahren hätten.«

»Ja, Sir.« Sie fügte hinzu: »Ted hatte den Weitblick, den Namen und die Telefonnummer des Tower Supervisors parat zu haben.«

Koenig schaute zu Nash hinüber und sagte: »Ja. Gut mitgedacht. Aber Sie hätten ihn früher anrufen sollen.«

Nash erwiderte nichts. Ich hatte so das Gefühl, dass Nash nichts sagen würde, was Roberts auf seinem Block notieren konnte.

Koenig fuhr fort: »Es scheint, als sei das mit dem Überläufer vom Februar eine Trockenübung gewesen, bei der man herausfinden wollte, wie unsere Abläufe funktionieren. Das haben wir wohl alle vermutet, nachdem er geflohen ist, und deshalb die besonderen Sicherheitsvorkehrungen bei diesem Mal.« Er fügte hinzu: »Hätte man dem Überläufer vom Februar die Augen verbunden, dann hätte er den Conquistador Club und seinen Standort nicht gesehen und auch nicht ... wie man die Tür öffnet. Vielleicht sollten wir also ab jetzt allen unbefugten Personen die Augen verbinden, auch so genannten Überläufern und Informanten. Und dann werden Sie sich erinnern, dass der Überläufer vom Februar an einem Samstag kam und gesehen hat, wie wenige Leute sich am Wochenende im Conquistador Club aufhalten.«

Teil zwei bestand offenbar aus einer Überprüfung der Vorgehensweise – den Käfig wieder zu schließen, nachdem der Löwe entkommen war. Mr. Koenig fuhr in dieser Art noch eine Weile fort und wandte sich dabei hauptsächlich an Kate, die für George Foster, unseren furchtlosen Anführer, eingesprungen war.

»Also gut«, sagte Mr. Koenig. »Das erste Indiz dafür, dass nicht alles wie geplant lief, erhielten Sie, als Ted den Tower Supervisor anrief, einen gewissen Mr. Stavros.«

Kate nickte. »An diesem Punkt wollte John zum Flugzeug gehen, aber Ted, George und ich ...«

»Das habe ich bereits notiert«, sagte Mr. Koenig. Ich hätte es gern noch einmal gehört, aber Koenig fuhr fort und stellte Ted Nash eine direkte und interessante Frage. Er schaute ihn an und fragte: »Haben Sie bei diesem Einsatz mit Schwierigkeiten gerechnet?«

»Nein«, antwortete Nash.

Da war ich anderer Meinung, trotz Teds blödem Spruch, hier würde nur die Wahrheit gesagt. Diese Typen von der CIA stehen dermaßen auf Täuschung, Betrug, Doppel- und Dreifachspiele, Verschwörungstheorien und Lügen, dass man nie wusste, was sie wussten, wann sie was wussten und was sie sich ausdachten. Das macht sie nicht unbedingt zu Schurken, und tatsächlich musste man sie einfach dafür bewundern, dass sie Weltmeister im Bärenaufbinden waren. Jemand von der CIA würde selbst noch bei der Beichte lügen. Aber ungeachtet dieser Bewunderung ist es nicht einfach, mit ihnen zusammenzuarbeiten, wenn man keiner von ihnen ist.

Jack Koenig hatte also die Frage gestellt und das Thema aufgebracht, aber er beließ es dabei und sagte zu mir: »Übrigens, ich bewundere es, wie Sie die Initiative ergriffen haben, aber als Sie in den Wagen der Port Authority stiegen und die Landebahnen überquerten, haben Sie Ihre Vorgesetzten belogen und gegen so ziemlich sämtliche Dienstanweisungen verstoßen. Ich lasse Ihnen das durchgehen, aber noch mal will ich das nicht erleben.«

Das ging mir jetzt wirklich gegen den Strich und ich sagte: »Wenn wir zehn Minuten früher eingegriffen hätten, säße Khalil jetzt vielleicht in U-Haft und würde des Mordes angeklagt. Wenn Sie Hundry und Gorman angewiesen hätten, mit ihren Handys oder über das Bordtelefon anzurufen und Bericht zu erstatten, hätten wir gewusst, dass es ein Problem gibt, als sie sich nicht meldeten. Wenn wir in direkter Verbindung mit der Flugleitung gestanden hätten, hätten die uns gesagt, dass zu dem Flugzeug schon seit Stunden kein Funkkontakt mehr bestand. Und wenn Sie diesen Typ im Februar nicht mit offenen Armen empfangen hätten, dann wäre heute nichts von dem passiert.« Ich stand auf und verkündete: »Wenn Sie mich für nichts Wichtiges mehr brauchen, gehe ich jetzt nach Hause.«

Wenn ich diese Nummer früher mit meinen Chefs abzog, sagte immer einer: »Wenn Sie jetzt gehen, brauchen Sie nicht wiederzukommen.« Mr. Koenig aber sagte milde: »Wir brauchen Sie für etwas Wichtiges. Setzen Sie sich bitte wieder hin.«

Also setzte ich mich wieder. Bei der Mordkommission wäre jetzt der Zeitpunkt gekommen, an dem einer der Bosse die Mineralwasserflasche mit Wodka aus seinem Schreibtisch geholt und rumgereicht hätte, damit alle ihr Mütchen kühlten. Aber hier, an diesem Ort, wo Plakate auf den Fluren vor Trinken, Rauchen, sexueller Belästigung und Gedankenverbrechen warnten, rechnete ich nicht damit, dass sie mal eine Ausnahme machten.

Wir saßen also alle für einen Augenblick da, gaben uns so

einer Art Zen-Meditation hin und beruhigten unsere Nerven ohne verwerflichen Alkohol.

Mr. Koenig kehrte zur Tagesordnung zurück und fragte mich: »Sie haben George Foster mit Kates Mobiltelefon angerufen und angewiesen, in der ganzen Stadt Alarm auszulösen.«

»Das ist korrekt.«

Er ging die Reihenfolge und den Inhalt meiner Telefonate mit George Foster durch und sagte dann: »Sie gingen also zurück ins Oberdeck und sahen, dass Phil und Peter die Daumen abgetrennt worden waren. Und Sie wussten, was das bedeutete.«

»Was sollte es sonst bedeuten?«

»Stimmt. Ich gratuliere Ihnen zu dieser Glanzleistung von Schlussfolgerung. Aber ... zurück ins Oberdeck zu gehen und ... nach ihren Daumen zu sehen ...« Er sah mich an und fragte: »Wie sind Sie denn auf diese Idee gekommen, Mr. Corey?«

»Ich habe nicht die mindeste Ahnung. Manchmal kommen mir solche Sachen einfach so in den Sinn.«

»Tatsächlich? Halten Sie sich immer an die Dinge, die Ihnen einfach so in den Sinn kommen?«

»Nur, wenn sie abgedreht genug sind. Wie zum Beispiel abgeschnittene Daumen. Dem muss man einfach nachgehen.«

»Aha. Und Sie haben dann im Conquistador Club angerufen, und Nancy Tate hat sich nicht gemeldet.«

»Das hatten wir doch schon«, sagte ich.

Koenig ignorierte das und sagte: »Zu diesem Zeitpunkt war sie bereits tot.«

»Ja. Deshalb ist sie ja nicht rangegangen.«

»Und Nick Monti war zu diesem Zeitpunkt ebenfalls bereits tot.«

»Er starb wahrscheinlich gerade. Bei Schusswunden in der Brust dauert es etwas länger.«

Aus heiterem Himmel fragte mich Koenig: »Wo sind Sie verwundet worden?«

»In der 102. Straße West.«

»Nein, ich meine: wo?«

Ich wusste, was er meinte, wollte aber in Anwesenheit einer Dame nicht über meine Anatomie diskutieren. Ich erwiderte: »Einen großen Hirnschaden habe ich nicht davongetragen.«

Er schaute argwöhnisch, ließ das Thema aber fallen und sah Ted an. »Haben Sie dem irgendetwas hinzuzufügen?«

»Nein, habe ich nicht.«

»Sind Sie der Ansicht, dass John und Kate eine Gelegenheit verpasst haben?«

Ted Nash dachte über diese Fangfrage nach und erwiderte: »Ich glaube, wir haben Assad Khalil wohl alle unterschätzt.«

Koenig nickte. »Das glaube ich auch. Aber so was passiert uns nicht noch mal.«

Nash fügte hinzu: »Wir sollten alle damit aufhören, diese Leute für Idioten zu halten. Das würde uns eine Menge Ärger ersparen.«

Darauf sagte Koenig nichts.

Nash fuhr fort: »Wenn ich so sagen darf, gibt es bei den Geheimdienstabteilungen von FBI und NYPD ein Problem mit der Einstellung gegenüber islamischen Extremisten. Das rührt zum Teil von rassistischen Vorurteilen her. Die Araber und andere ethnische Gruppen der islamischen Welt sind nicht dumm oder feige. Ihre Armeen und Luftwaffen mögen uns nicht beeindrucken, aber terroristische Vereinigungen aus dem Nahen Osten haben auf der ganzen Welt verheerende Anschläge verübt, auch in Israel und den USA. Ich habe mit dem Mossad zusammengearbeitet und die haben einen gesünderen Respekt vor islamischen Terroristen. Diese Extremisten sind vielleicht nicht alle die Hellsten, aber auch ein blindes Huhn findet mal ein Korn. Und manchmal bekommt man es eben mit jemandem wie Assad Khalil zu tun.«

King Jack war natürlich über diesen Vortrag nicht erfreut, wusste Teds Meinung aber zu schätzen. Und deshalb war Jack Koenig klüger als die meisten Bosse. Kate und ich hatten ebenfalls gehört, was Nash gesagt hatte. Die CIA hatte, trotz meiner Vorbehalte gegen ihren Mitarbeiter, viele Stärken. Eine dieser Stärken hätte eigentlich die Einschätzung der Fähigkeiten des Gegners betreffen sollen, aber sie neigten dazu, den Gegner zu überschätzen, was wiederum dem CIA-Etat gut tat. Vom Zusammenbruch der Sowjetunion hatte die CIA ja schließlich auch erst aus der Zeitung erfahren.

Andererseits traf einiges von dem zu, was Ted Nash gesagt hatte. Es ist nie sonderlich klug, jemanden, der anders aussieht, sich anders verhält und anders spricht als man selbst, für einen Trottel zu halten. Schon gar nicht, wenn dieser Jemand einen umbringen will.

Jack Koenig sagte zu Nash: »Ich glaube, die allgemeine Einstellung ändert sich da allmählich, aber ich stimme Ihnen zu, dass wir in diesem Bereich immer noch Probleme haben. Nach dem heutigen Tag werden wir erleben, dass wir unsere Gegner besser einzuschätzen lernen.«

Da Mr. Nash nun seinen philosophischen Standpunkt losgeworden war, kehrte er zum eigentlichen Thema zurück und sagte: »Wie Kate schon sagte, bin ich der Ansicht, dass Khalil das Land bereits verlassen hat. Khalil fliegt gerade mit einer nahöstlichen Linie in ein Land des Vorderen Orients. Schließlich wird er wieder in Libyen auftauchen, man wird den Einsatz auswerten und ihn ehren. Vielleicht sehen wir ihn nie wieder, oder vielleicht schlägt er nächstes Jahr wieder zu. Währenddessen überlässt man diese Angelegenheit am besten der internationalen Diplomatie und internationalen Nachrichtendiensten.«

Koenig schaute Nash eine Zeit lang an. Ich hatte das deutliche Gefühl, dass sie einander nicht mochten. Koenig sagte: »Aber Sie haben doch nichts dagegen, Ted, wenn wir hier weiter Spuren verfolgen?«

»Natürlich nicht.«

Meine Güte. Die Lefzen waren hochgezogen und die Zähne kurz gebleckt. Und ich hatte gedacht, wir wären ein Team.

Mr. Koenig schlug Mr. Nash vor: »Sie kennen diesen Fall ja nun aus erster Hand. Warum beantragen Sie nicht eine Rückversetzung zu Ihrer Dienststelle? Sie könnten ihnen bei diesem Fall unschätzbare Dienste leisten. Vielleicht ein Auslandseinsatz.«

Nash verstand, worauf Koenig hinauswollte, und erwiderte: »Wenn Sie mich hier entbehren können, würde ich gern heute Abend oder morgen früh nach Langley fliegen und das dort vorschlagen. Ich halte das für eine ausgezeichnete Idee.«

»Ich auch«, sagte Jack Koenig.

Es sah ganz so aus, als würde Ted Nash aus meinem Leben verschwinden, und das machte mich ausgesprochen froh. Andererseits würde der gute alte Ted mir vielleicht fehlen. Wohl kaum. Leute wie Nash haben die Angewohnheit, genau dann wieder aufzutauchen, wenn man am wenigsten mit ihnen rechnet oder sie überhaupt nicht sehen will.

Der höfliche, dabei aber auch ganz schön giftige Meinungsaustausch zwischen Ted Nash und Jack Koenig schien beendet.

Ich steckte mir im Geiste eine Zigarre an, trank einen Scotch und erzählte mir selbst einen schmutzigen Witz, während Kate sich mit Jack unterhielt. Wie halten diese Menschen es bloß ohne Alkohol aus? Wie können sie reden, ohne zu fluchen? Wenigstens Koenig ließ ab und zu ein paar lästerliche Töne ab. Für ihn bestand noch Hoffnung. Ja, Jack Koenig hätte ein guter Bulle sein können, was so ziemlich das größte Lob ist, das ich zu vergeben habe.

Es klopfte an der Tür, und dann wurde sie geöffnet. Ein

junger Mann schaute herein und sagte: »Mr. Koenig, da ist ein Anruf für Sie, den Sie vielleicht woanders entgegennehmen möchten.«

Koenig stand auf, entschuldigte sich und ging zur Tür. Mir fiel auf, dass es draußen, wo es bei unserer Ankunft dunkel und verlassen gewesen war, nun hell erleuchtet war, und ich sah Männer und Frauen an ihren Schreibtischen sitzen und herumlaufen. In einem Polizeirevier ist es nie dunkel und ruhig, aber die Feds versuchen sich an die normalen Bürozeiten zu halten und wenn die Kacke am Dampfen ist, verlassen sie sich auf die wenigen Duty Officers, die die Truppen anpiepen und ausrücken lassen.

Jack verschwand also, und ich schlug Hal Roberts vor: »Wieso holen Sie uns nicht mal einen Kaffee?«

Mr. Roberts gefiel es gar nicht, dass er den Laufburschen spielen sollte, aber Kate und Ted pflichteten meinem Vorschlag bei, und Roberts stand auf und ging.

Ich sah mir Kate kurz an. Trotz der Ereignisse des Tages wirkte sie so frisch und aufmerksam, als wäre es neun Uhr morgens und nicht neun Uhr abends. Ich hingegen kroch so ziemlich auf dem Zahnfleisch. Ich bin gut zehn Jahre älter als Miss Mayfield und hatte mich noch nicht vollständig von meiner Beinah-Todeserfahrung erholt, das könnte vielleicht unser unterschiedliches Energie-Niveau erklären. Aber es erklärte nicht, warum ihre Kleidung und ihre Frisur noch so adrett waren und warum sie so gut roch. Ich fühlte mich ziemlich verknittert und verknautscht, sah wohl auch so aus und musste dringend unter die Dusche.

Nash sah gepflegt und aufmerksam aus, aber so sahen Mannequins ja immer aus. Und er hatte schließlich körperlich auch nichts geleistet. Er war ganz sicher nicht über den Flughafen gebraust oder durch ein Flugzeug voller Leichen geklettert.

Doch zurück zu Kate. Sie hatte die Beine übereinander geschlagen, und mir fiel zum ersten Mal auf, was für tolle

Beine das waren. Das hätte mir natürlich auch schon einen Monat zuvor in der ersten Nanosekunde unserer ersten Begegnung auffallen können, aber ich versuchte ja, meine NYPD-Machoallüren abzulegen. Ich habe bei der ATTF noch keine einzige allein stehende – oder verheiratete – Frau angemacht. Ich erwarb mir wirklich mittlerweile den Ruf eines Mannes, der entweder ganz seiner Arbeit ergeben war oder irgendeiner unbekannten Freundin, der entweder schwul war oder eine schwache Libido hatte oder den vielleicht eine dieser Kugeln unterhalb der Gürtellinie getroffen hatte.

Dadurch eröffnete sich mir eine ganz neue Welt. Die Frauen im Büro unterhielten sich mit mir über ihre Ehemänner und Freunde, fragten mich, ob mir ihre neuen Frisuren gefielen und behandelten mich allgemein geschlechtsneutral. Die Mädels haben mich noch nicht auf einen Einkaufsbummel mitgenommen und wollten noch keine Kochrezepte mit mir austauschen, aber vielleicht laden sie mich ja mal ein, mir ihre Neugeborenen anzusehen. Der alte John Corey ist tot und liegt unter einem Berg politisch korrekter Memos aus Washington begraben. John Corey, Mordkommission, NYPD – das war einmal. Jetzt bin ich Special Contract Agent John Corey, ATTF. Ich fühle mich wie neu geboren, getauft in den heiligen Wassern des Potomac und aufgenommen in die Reihen der himmlischen Heerscharen, mit denen ich zusammenarbeite.

Doch zurück zu Kate. Ihr Rock war übers Knie hochgerutscht, und mir bot sich dieses unglaubliche linke Bein dar. Ich merkte, dass sie mich ansah, und ich riss meinen Blick von ihren Beinen los und sah ihr ins Gesicht. Ihre Lippen waren voller, als ich sie in Erinnerung hatte, sinnlich und ausdrucksvoll. Diese eisblauen Augen schauten mir bis auf den Grund der Seele.

Kate sagte zu mir: »Sie sehen wirklich aus, als bräuchten Sie einen Kaffee.«

Ich räusperte mich, riss mich zusammen und erwiderte: »Eigentlich hätte ich lieber einen Drink.«

Sie sagte: »Ich gebe Ihnen nachher einen aus.«

Ich schaute auf meine Armbanduhr und meinte: »Normalerweise bin ich um zehn im Bett.«

Sie lächelte, sagte aber nichts darauf. Mein Herz pochte.

Währenddessen war Nash ganz Nash, völlig losgelöst, so unergründlich blickend wie ein tibetanischer Mönch auf Beruhigungspillen. Ich dachte: vielleicht steht der Typ gar nicht über den Dingen. Vielleicht ist er einfach nur dumm. Vielleicht hat er nur den IQ eines Toasters, aber zumindest ist er schlau genug, sich das nicht anmerken zu lassen.

Mr. Roberts kam mit einem Tablett mit einer Kanne Kaffee und vier Bechern wieder. Er stellte es wortlos auf den Tisch und machte keine Anstalten einzuschenken. Ich nahm die Kanne und goss drei Becher heißen Kaffee ein. Kate, Ted und ich nahmen unsere Becher und nippten daran.

Wir standen alle auf und gingen ans Fenster, jeder in seine eigenen Gedanken versunken, und schauten hinaus über die Stadt.

Ich schaute nach Osten, in Richtung Long Island. Dort draußen stand ein nettes Cottage, neunzig Meilen und eine Welt von hier entfernt, und in dem Cottage saß Beth Penrose vor dem brennenden Kamin und trank Tee oder vielleicht auch Brandy. Es war unklug, sich diesen Gedanken hinzugeben, und dann fiel mir ein, dass meine Ex-Frau mal zu mir gesagt hatte: »Ein Mann wie du, John, macht nur, was er will. Du willst Polizist sein, also beklag dich nicht über die Arbeit. Wenn du soweit bist, wirst du es an den Nagel hängen. Aber du bist noch nicht soweit.«

Allerdings. Aber bei solchen Gelegenheiten kamen einem die blöden Studenten am John Jay vergleichsweise angenehm vor.

Ich schaute zu Kate hinüber, und sie sah mich an. Ich lächelte. Sie lächelte. Wir widmeten uns wieder dem Ausblick.

Während meines Berufslebens hatte ich meistens Arbeit geleistet, die für wichtig galt. Alle hier im Raum kannten dieses Gefühl. Aber das zehrt eben auch geistig und seelisch und, in meinem Fall, auch körperlich an einem.

Doch irgendwas trieb mich weiter voran. Meine Ex hatte noch gesagt: »Du wirst nie an Langeweile sterben, John, aber du wirst im Dienst sterben. Zur Hälfte bist du schon tot.«

Nein. Das stimmte einfach nicht. Ich war bloß süchtig nach dem Adrenalinstoß.

Und ich fühlte mich gut dabei, die Gesellschaft zu schützen. Das hätte ich unter Kollegen nie gesagt, aber es stimmte und spielte auch eine Rolle.

Wenn dieser Fall abgeschlossen war, würde ich über all das vielleicht mal nachdenken. Vielleicht war es Zeit, Waffe und Dienstmarke abzugeben und der Gefahr aus dem Weg zu gehen, Zeit für einen Abgang.

Kapitel 20

Assad Khalil fuhr weiter durch eine Wohngegend. Der Mercury Marquis war groß, größer als alles, was er je gefahren hatte, ließ sich aber gut steuern.

Khalil fuhr nicht auf den gebührenpflichtigen Highway, den New Jersey Turnpike. Er hatte nicht die Absicht, irgendwelche Mautstellen zu passieren. Wie er es in Tripolis verlangt hatte, verfügte der Mietwagen über ein Global-Positioning-System, wie er es auch in Europa genutzt hatte. Dieses hier hieß Satellite Navigator und war etwas anders als die, die er schon kannte, aber es hatte das gesamte Straßennetz der USA in seiner Datenbank gespeichert und während er langsam die Straßen entlang fuhr, folgte er der Wegbeschreibung zum Highway 1.

Wenige Minuten später war er auf dem Highway und fuhr in südliche Richtung. Es war eine viel befahrene Straße mit zahlreichen Gewerbebetrieben auf beiden Seiten.

Ihm fiel auf, dass einige entgegenkommende Fahrzeuge die Scheinwerfer angeschaltet hatten, und so schaltete er seine ebenfalls ein.

Nach gut einer Meile warf er Jabbars Schlüssel aus dem Fenster, nahm das Bargeld aus Jabbars Brieftasche und zählte 87 Dollar. Während der Fahrt ging er Jabbars Brieftasche durch, zerriss alles, was sich zerreissen ließ, und warf die kleinen Fetzen aus dem Fenster. Die Kreditkarten und der eingeschweißte Führerschein stellten ein Problem dar, aber es gelang Khalil, sie zu verbiegen und durchzubrechen, und er warf alles aus dem Fenster. Die Brieftasche enthielt nun nur noch ein Farbfoto der Familie Jabbar. Gamal Jabbar, seine Frau, zwei Söhne, eine Tochter und eine ältere Frau. Khalil betrachtete das Foto. Es war ihm gelungen, einige wenige Fotos aus den Trümmern seines Elternhauses in Al Azziziyah zu retten, darunter auch ein paar Bilder seines Vaters in Uniform. Diese Bilder waren ihm teuer, und weitere Familienfotos der Khalils würde es nicht geben.

Assad Khalil riss das Familienfoto der Jabbars in vier Stücke und ließ sie aus dem Fenster flattern. Dann flogen nacheinander die Brieftasche selbst, die Plastikflasche und schließlich die Patronenhülsen hinterher. Alle Beweismittel lagen nun meilenweit über den Highway verstreut und würden keine Aufmerksamkeit erregen.

Khalil öffnete das Handschuhfach und nahm einen Stapel Papiere heraus: Mietverträge, Landkarten, Werbeprospekte und andere unwichtige Sachen. Die Amerikaner, das sah er, liebten wie auch die Europäer nutzlose Papiere.

Er sah den Automietvertrag kurz durch und vergewisserte sich, dass der eingetragene Name dem in seinem Pass entsprach.

Er konzentrierte sich wieder auf die Straße. Es waren viele

lausige Autofahrer unterwegs. Er sah sehr junge Leute und auch sehr alte Leute am Steuer und auch viele Frauen. Niemand fuhr gut. In Europa fuhren sie besser, außer in Italien. Die Autofahrer in Tripolis fuhren wie die Italiener. Khalil stellte fest, dass er hier schlecht fahren konnte, ohne deshalb aufzufallen.

Er schaute auf die Kraftstoffanzeige, und dort stand FULL.

Ein Polizeiauto kam im Seitenspiegel in Sicht und hielt sich eine ganze Weile hinter ihm. Khalil behielt sein Tempo bei und wechselte nicht die Spur. Er schaute nicht zu oft in den Seiten- oder Rückspiegel. Das wäre den Polizisten verdächtig vorkommen. Er setzte seine Zweistärkenbrille auf.

Geschlagene fünf Minuten später wechselte der Streifenwagen auf die äußere Spur und fuhr neben ihm her. Khalil sah, dass der Polizist nicht einmal kurz zu ihm hinüberschaute. Bald hatte der Streifenwagen ihn überholt.

Khalil lehnte sich zurück und achtete auf den Verkehr. In Tripolis hatte man ihm gesagt, am Samstagabend sei viel Verkehr, viele Leute besuchten jemanden, fuhren zu Restaurants, ins Kino oder zu Einkaufszentren. Von den Einkaufszentren abgesehen, war das nicht viel anders als in Europa.

In Tripolis hatte man ihm auch gesagt, dass die Polizei in ländlicheren Gegenden Ausschau nach Autos hielte, wie Drogenhändler sie fuhren. Das könnte ein Problem darstellen, hatte man ihn gewarnt, denn die Polizei habe es besonders auf Schwarze und Fahrer spanischer Abstammung abgesehen und würde einen arabischen Fahrer aus Versehen oder ganz bewusst anhalten. Doch nachts konnte man schwierig erkennen, wer am Steuer saß, und die Sonne ging bereits unter.

Assad Khalil dachte kurz an Gamal Jabbar. Es hatte ihm keine Freude bereitet, einen Glaubensbruder zu töten, aber von jedem Gläubigen des Islam wurde erwartet zu kämpfen, sich zu opfern oder im heiligen Krieg gegen den Westen den Märtyrertod zu sterben. Viel zu viele Moslems taten, wie

Gamal Jabbar, weiter nichts, als Geld in ihr Heimatland zu schicken. Jabbar hatte den Tod eigentlich nicht verdient, dachte Khalil, aber es hatte keine andere Möglichkeit gegeben. Assad Khalil war in einer heiligen Mission unterwegs, und andere mussten geopfert werden, damit er tun konnte, wozu sie nicht in der Lage waren: die Ungläubigen zu töten. Was Gamal Jabbar anging, so kam ihm lediglich noch die flüchtige Sorge, er könne die Kugel überlebt haben. Aber Khalil hatte dieses Zucken schon einmal gesehen und das Glucksen gehört. Der Mann war tot. »Möge Allah ihn noch heute Abend ins Paradies aufnehmen.«

Die Sonne ging unter, aber es wäre nicht sehr geschickt gewesen, anzuhalten und die Salat, das islamische Pflichtgebet, zu verrichten. Der Mullah hatte ihm für die Dauer seines Djihad Dispens gewährt. Aber er würde es nicht versäumen, seine Gebete zu sprechen. In Gedanken ließ er sich gen Mekka auf seinem Gebetsteppich nieder. Er rezitierte: »Gott ist größer! Ich bezeuge, dass es keinen Gott gibt außer Ihm. Ich bezeuge, dass Muhammad der Gesandte Gottes ist. Kommt herbei zum Gebet! Kommt herbei zum Erfolg! Gott ist größer. Es gibt keinen Gott außer Ihm!«

Er rezitierte Koranpassagen, wie sie ihm in den Sinn kamen: »Und tötet sie, wo immer ihr auf sie stoßt, und vertreibt sie, von wo sie euch vertrieben ... Und kämpfe wider sie, bis es keine Unterdrückung mehr gibt und nur noch Allah verehrt wird ... Und bekämpfet auf Allahs Pfad, wer euch bekämpft ... Erlaubnis zur Verteidigung ist denen gegeben, die bekämpft werden – weil ihnen Unrecht angetan wurde –, und Allah hat gewiss die Macht, ihnen beizustehen ... O die ihr glaubt! Fürchtet Allah geziemend und sterbt nicht anders denn als Muslime ... Wenn ihr verwundet worden seid, so sind gleichartige Wunden auch euren Feinden zugefügt worden. Und solche Tage des Sieges und der Niederlage lassen Wir unter den Menschen abwechseln, damit Allah die Gläubigen erkennt und sich aus ihnen Märtyrer auserwählt; – und Allah liebt die Übeltäter nicht ... Und Er ist der Hohe, der Erhabene.«

Froh, dass er seinen Verpflichtungen nachgekommen war, verspürte er einen inneren Frieden, während er durch dieses fremde Land fuhr, umgeben von Ungläubigen und Feinden.

Dann fiel ihm das alte arabische Kriegslied *Die Blutfehde* ein, und er sang es: »Der Schreckliche, er ritt allein, das Krummschwert zu schwingen. Schmuck und Zierrat trug es kein', nur Scharten an der Klingen.«

Kapitel 21

Jack Koenig kam mit einigen Papieren wieder, die wie Faxe aussahen. Wir setzten uns und er sagte: »Ich habe mit unserem Laborchef am JFK gesprochen. Die haben einen vorläufigen Bericht ...«, er klopfte mit den Papieren auf den Couchtisch, »über die Tatorte Flugzeug und Conquistador Club. Ich habe auch mit George gesprochen, und er hat angeboten, sich aus der ATTF und aus New York wegversetzen zu lassen.«

Er ließ das ein paar Sekunden lang im Raum stehen und fragte dann Kate: »Ja oder nein?«

»Nein.«

Koenig wandte sich an Kate und mich. »Können Sie beide darüber spekulieren, was vor der Landung im Flugzeug vorgegangen ist?«

Kate sagte: »John ist der Detective.«

Koenig sagte zu mir: »Ihr Einsatz, Detective.«

Ich sollte wohl erwähnen, dass man beim FBI den Begriff »Ermittler« für das verwendet, was andernorts Detective heißt. Daher wusste ich nicht, ob ich mich geehrt oder von oben herab behandelt fühlen sollte. Aber dafür hatten sie mich ja schließlich engagiert, und solche Sachen beherrsche ich nun wirklich. Doch Koenig ließ durchblicken, dass er bereits Antworten auf die Fragen erhalten hatte, die er nun stellen würde. Statt mich lächerlich zu machen, fragte ich Koenig: »Ich nehme doch mal an, dass man die beiden Sauerstoffflaschen in der Garderobe des Oberdecks gefunden hat?«

»Ja, das haben sie. Aber als Sie sie entdeckt haben, waren beide Ventile geöffnet, und wir wissen nicht, was sie enthielten. Wir können aber davon ausgehen, dass die eine Sauerstoff enthielt und die andere nicht.« Er sagte zu mir: »Fahren Sie fort.«

»Also gut ... Etwa zwei Stunden vor New York verlor die Flugleitung den Funkkontakt zu Trans-Continental 175. Zu diesem Zeitpunkt hat also der Typ mit den medizinischen Sauerstoffflaschen, der wahrscheinlich in der Business Class im Oberdeck saß ...«

»Korrekt«, sagte Mr. Koenig. »Sein Name war Yusef Haddad. Sitz 2A.«

»Also dieser Typ ... Wie war der Name?«

»Yusef Haddad. Heißt so viel wie Joe Smith. Laut Passagierliste hatte er einen jordanischen Pass und medizinischen Sauerstoff dabei, den er wegen eines Emphysems brauchte. Der Pass ist wahrscheinlich ebenso ein Fake wie die Sache mit dem Emphysem und die zweite Sauerstoffflasche.«

»Klar. Also gut: Joe Smith, der Jordanier auf Sitz 2A in der Business Class. Er atmet den Sauerstoff ein, langt nach unten und schraubt das Ventil der zweiten Flasche auf. Ein Gas entweicht und gelangt in das geschlossene Klimaanlagensystem des Flugzeugs.«

»Richtig. Was für ein Gas?«

»Tja, irgendwas Fieses wie Zyanid.«

»Ausgezeichnet. Es war höchstwahrscheinlich ein Hämotoxin, vielleicht eine militärische Variante von Zyanid. Die Opfer sind einfach erstickt. Das Labor wird heute Nacht Blut- und Gewebeproben analysieren und versuchen, es zu identifizieren. Nicht dass das noch eine Rolle spielte. Aber so arbeiten die nun mal. Binnen zehn Minuten war also die gesamte Luft an Bord einmal umgewälzt. Alle bekamen eine tödliche Dosis von diesem Gas ab, bis auf Yusef Haddad, der immer noch reinen Sauerstoff atmete.« Er sah mich an und sagte: »Sagen Sie mir, wie Khalil dem Tod entging.«

»Tja, hinsichtlich der Reihenfolge der Ereignisse bin ich mir nicht sicher ... Ich glaube, dass Khalil auf der Toilette war, als das Gas entwich. Auf der Toilette war die Luft vielleicht weniger giftig als in der Kabine.«

»Das«, sagte Koenig, »trifft nicht zu. Aber die Abluft der Toilette wird direkt aus dem Flugzeug geleitet, weshalb auch niemand in der Kabine riechen kann, wenn da jemand auf dem Topf sitzt.«

Interessant. Ich bin mal mit AeroMexico nach Cancun geflogen, und das Essen an Bord bestand aus zweiundzwanzig unterschiedlichen Bohnengerichten, und ich habe mich gewundert, dass die Maschine nicht mitten im Fluge explodiert ist. Ich sagte: »Die Toilette ist also auch vergiftet, und Khalil hält die Luft an oder hält sich ein feuchtes Papiertaschentuch vor Mund und Nase. Haddad muss ganz schnell zu Khalil, entweder mit seinem eigenen Sauerstoff oder mit einer dieser kleinen Sauerstoffflaschen, die sie für medizinische Notfälle an Bord haben.«

Koenig nickte, sagte aber nichts.

Kate sagte: »Ich verstehe bloß nicht, woher Haddad und Assad Khalil wussten, dass das Flugzeug so programmiert war, von ganz allein zu landen.«

Koenig antwortete: »Das weiß ich auch nicht. Wir überprüfen das.« Er sah mich an und sagte: »Fahren Sie fort.«

»Okay. Binnen zehn Minuten sind an Bord nur noch zwei Menschen am Leben: Assad Khalil und sein Komplize Yusef Haddad. Haddad findet bei Peter Gorman die Schlüssel und schließt Khalil auf der Toilette die Handschellen auf. Das Flugzeug wird durchgelüftet und als sie, vielleicht eine Viertelstunde später, sicher sind, dass man die Luft wieder atmen kann, nehmen sie die Sauerstoffmasken ab. Kate und ich haben die Sauerstoffflasche für den Notfall nicht herumliegen sehen, also haben Haddad und Khalil sie vermutlich dorthin zurückgetan, wo sie normalerweise aufbewahrt wird. Dann haben sie Haddads Sauerstoffflaschen in die Garderobe im Oberdeck gelegt, wo wir sie gefunden haben.«

»Ja«, sagte Koenig. »Alles sollte so normal wie möglich aussehen, wenn jemand auf dem JFK an Bord geht. Wenn Phil und Peter in der Nähe der Toilette gestorben sind, dann haben sie die Leichen zurück auf ihre Plätze gebracht. Fahren Sie fort, Mr. Corey.«

Ich sagte: »Khalil hat Haddad wahrscheinlich nicht sofort umgebracht, denn Haddads Leichnam war wärmer als die anderen. Die beiden räumen also auf, durchsuchen vielleicht Phils und Peters Sachen, nehmen ihnen die Waffen ab und gehen dann wahrscheinlich runter in die Erste und die Touristenklasse, um nachzusehen, ob auch alle tot sind. Irgendwann braucht Khalil dann keine Gesellschaft mehr und bricht Haddad das Genick, wie Kate entdeckt hat. Er setzt Haddad neben Phil, legt ihm die Handschellen an und setzt ihm die Schlafmaske auf. Und irgendwann hat Khalil dann auch die Daumen abgeschnitten.«

»Genau«, sagte Koenig. »Die Spurensicherung hat in der Bordküche des Oberdecks ein Messer mit verwischten Blutspuren gefunden, und die Serviette, mit dem das Blut abgewischt wurde, haben sie im Küchenmüll entdeckt. Wenn derjenige, der als erster an Bord ging, ein blutiges Messer gesehen hätte, dann wäre ihm das komisch vorgekommen. Hätten Sie oder Kate es gesehen, dann wären Sie noch früher zu Ihrer Schlussfolgerung gelangt.«

»Genau.« An einem Tatort sieht man zunächst meist nur, was der Täter möchte, das man sieht. Erst durch weitere Ermittlungen entdeckt man dann die Strippen hinter der Kulisse.

Koenig schaute uns an und sagte: »Während das Flugzeug dann abgeschleppt wurde, hat Sergeant Andy McGill vom Rettungsdienst der Port Authority einen letzten Funkspruch an seine Kollegen abgesetzt.«

Wir nickten alle. Ich sagte: »McGill und Khalil sind vermutlich zufällig aufeinander gestoßen.«

Koenig sah seine Faxe durch und sagte: »Vorläufige Beweismittel – Blut, Hirn- und Knochengewebe – deuten darauf hin, dass McGill zwischen Bordküche und Toilette umgebracht wurde, mit dem Gesicht zur Toilette. Körpergewebe ist in die Bordküche gespritzt, und etwas davon hat die tote Flugbegleiterin abbekommen, aber jemand hat versucht, das abzuwischen, und deshalb ist es Ihnen vermutlich nicht aufgefallen«, sagte Koenig spitz. »McGill hat also vielleicht die Toilettentür aufgemacht und Assad Khalil entdeckt. Die Spurensicherung hat auch eine Wolldecke gefunden, mit einem Loch drin und Schmauchspuren, was darauf hindeutet, dass die Decke genutzt wurde, um den Schusslärm zu dämpfen.«

Ich nickte. Es ist immer erstaunlich, was einem die Spurensicherung schon sehr bald sagen kann und wie schnell ein Detective zu Schlussfolgerungen gelangen und ein Verbrechen rekonstruieren kann. Dabei spielte es keine Rolle, dass dies ein Terroranschlag war – Tatort ist Tatort. Ein Mord ist ein Mord. Fehlte nur noch der Mörder.

Koenig fuhr fort: »Was Khalils Entkommen aus dem Flugzeug angeht, so können wir voraussetzen, dass er die Abläufe am JFK kannte. Da die Piloten tot waren, würde jemand vom Rettungsdienst an Bord gehen und die Triebwerke abschalten. Dann würde man einen Schlepper rufen und das Flugzeug in den Sicherheitsbereich schleppen. Den Rest kennen Sie.«

Und ob.

Koenig sagte noch: »Ferner haben wir den Kleidersack von Yusef Haddad gefunden. Unter einem Anzug steckte darin der blaue Overall eines Gepäckmanns der Trans-Continental, der für Mr. Haddad bestimmt war. In dem Kleidersack war zweifellos noch ein zweiter Blaumann für Assad Khalil, und den hat er irgendwann auch getragen, da er wusste, dass die Gepäckmänner an Bord gehen würden, um das Handgepäck zu entladen.«

Er schaute erst Kate und dann mich an und fragte: »Ist Ihnen jemand Verdächtiges aufgefallen? Sie wussten, dass dort etwas nicht stimmte, und trotzdem ist Khalil entkommen.«

Ich sagte: »Ich glaube, er war bei unserer Ankunft schon weg.«

»Das könnte sein. Aber vielleicht auch nicht. Vielleicht sind Sie ihm begegnet.«

Kate sagte: »Ich glaube, wir hätten ihn erkannt.«

»Meinen Sie? Aber nicht, wenn er den Overall eines Gepäckmanns, eine andere Frisur, eine Brille und einen falschen Schnauzbart getragen hat. Aber vielleicht hat er ja *Sie* gesehen. Vielleicht hat er irgendwann mitbekommen, dass FBI-Agenten oder Polizisten an Bord waren. Denken Sie darüber nach. Versuchen Sie sich zu erinnern, was geschehen ist und wen Sie im Flugzeug und im Sicherheitsbereich gesehen haben.«

Okay, Jack, ich werde darüber nachdenken. Danke für den Tipp.

Koenig fuhr fort: »Dann ist Khalil zu einem unbesetzten Gepäckwagen gelangt und damit davongefahren. An diesem Punkt wären die meisten anderen, wenn sie eben gerade einen der tollkühnsten – entschuldigen Sie den Ausdruck –, einen der dreistesten Anschläge in der Geschichte des Terrorismus verübt hätten, zum internationalen Terminal gegangen, hätten sich den Blaumann ausgezogen, unter dem sie Straßenkleidung getragen hätten, und wären in ein Flugzeug nach Sandland gestiegen – verzeihen Sie diese Umschreibung des Nahen Ostens. Aber nein, Assad Khalil fliegt nicht nach Hause. Noch nicht. Er muss erst noch beim Conquistador Club vorbeischauen. Und der Rest ist, wie man so sagt, Geschichte.«

Eine geschlagene Minute lang herrschte Schweigen, und dann meinte Koenig: »Wir haben es mit einem ausgesprochen einfallsreichen, intelligenten und mutigen Menschen zu tun. Er nutzt jede Situation blitzschnell aus, ohne zu zögern oder Angst zu haben, erwischt zu werden. Er verlässt sich darauf, dass die anderen Leute entweder mit etwas anderem beschäftigt sind oder nicht merken, dass sich mitten unter ihnen ein psychopathischer Mörder aufhält. Schnelligkeit, brutale Härte, Schock. Entschlossenheit, Wagemut, perfekte Tarnung. Verstanden?«

Das hatten wir alle verstanden. Wäre mir danach gewesen, dann hätte ich Jack Koenig zehn oder fünfzehn solcher Mörder nennen können, denen ich im Laufe der Jahre begegnet war. Richtig gute psychopathische Mörder waren genau so, wie Koenig sie eben beschrieben hatte. Man fasste es nicht, womit die durchkamen. Und man fasste es nicht, wie dumm und vertrauensselig ihre Opfer waren.

Mr. Koenig fuhr fort: »Es hätte auch andere Szenarien geben können, wie sich Khalils Pläne entwickelt hätten. Das schlimmste Szenario für ihn wäre gewesen, wenn das Flugzeug einfach abgestürzt wäre und alle an Bord umgekommen wären, auch Khalil. Er hätte das wohl hingenommen und als Sieg verstanden.«

Wir nickten alle. Der Boss hatte das Wort.

»Eine weitere Möglichkeit«, fuhr Koenig fort, »hätte darin bestanden, dass er nach der Landung festgenommen und als der Mörder identifiziert worden wäre. Das wäre ihm ebenfalls recht gewesen. In Tripolis wäre er trotzdem ein Held.«

Wiederum nickten wir und bekamen allmählich Erfurcht, nicht nur vor Koenig, sondern auch vor Khalil.

Koenig sagte: »Eine weitere Möglichkeit hätte darin bestanden, dass er aus dem Flugzeug entwischt wäre, seinen

Auftrag im Conquistador Club aber nicht hätte ausführen können. In jedem Fall konnte Assad Khalil nicht verlieren, solange Yusef Haddad mit seinem medizinischen Sauerstoff und dem Giftgas an Bord war. Und auch wenn man Yusef Haddad aufgehalten hätte, ehe er in Paris an Bord ging, wäre Assad Khalil schließlich doch in den Conquistador Club gelangt, wenn auch bewacht und in Handschellen. Aber wer weiß, was sich daraus noch ergeben hätte?«

Wie beabsichtigt, stellten wir uns alle Assad Khalil im Conquistador Club vor. An welchem Punkt wäre der Typ ausgerastet?

Mr. Koenig schloss mit den Worten: »Lässt man die anderen Szenarien beiseite, dann hat Assad Khalil heute einen fabelhaften Homerun hingelegt. Er hat alle Bases umrundet und ist jetzt unterwegs zur Home Plate – ob das nun eine konspirative Wohnung in den USA oder daheim in Libyen ist, wissen wir noch nicht. Aber wir gehen weiter so vor, als wäre er ganz in der Nähe und wartete darauf, wieder loszuschlagen.«

Da uns die Tatsachen ausgegangen waren und wir ins Spekulieren gerieten, spekulierte ich: »Ich glaube, der Typ ist ein Einzelgänger und wird sich nicht in den üblichen observierten Wohnungen, den üblichen Moscheen und bei den üblichen Verdächtigen blicken lassen.«

Kate pflichtete dem bei und fügte hinzu: »Vielleicht hat er hier einen Kontaktmann, entweder den Mann vom Februar oder sonst jemanden. Wenn er nach dem ersten Kontakt keine weitere Hilfe benötigt, können wir damit rechnen, bald irgendwo die Leiche eines weiteren Komplizen zu finden. Ich gehe auch davon aus, dass ihm jemand dabei geholfen hat, aus dem JFK herauszukommen, und das könnte derjenige sein, den wir tot auffinden werden. Wir sollten der New Yorker Polizei in dieser Sache Bescheid sagen.«

Koenig nickte. Er fragte Nash: »Weshalb glauben Sie, dass er ausgereist ist?«

Nash ließ sich ein, zwei Sekunden Zeit mit der Antwort und vermittelte den Eindruck, er sei es leid, Perlen vor die Säue zu werfen. Schließlich beugte er sich vor und sah uns nacheinander an. Er sagte: »Wir haben Khalils Einreise in dieses Land als ausgesprochen dramatisch charakterisiert. Und Mr. Koenig hat insofern Recht, als Khalil stets der Sieger geblieben wäre, welches Szenario sich auch abgespielt hätte. Er war bereit, sein Leben im Dienste Allahs zu opfern und sich dann seinen Brüdern im Paradies anzuschließen. Das war eine höllisch riskante Methode, in Feindesland zu gelangen.«

»Das ist uns bewusst«, sagte Koenig.

»Lassen Sie mich bitte ausreden, Mr. Koenig. Das hier ist wichtig, und ich habe gute Neuigkeiten für Sie. Also gut, gehen wir noch mal auf Anfang und nehmen wir an, dass Assad Khalil in die USA gekommen ist, um dieses Gebäude hier in die Luft zu jagen – oder das gegenüber oder ganz New York City oder Washington. Gehen wir von einer irgendwo versteckten Kernwaffe oder wahrscheinlicher noch von einer Tonne Giftgas oder zehn Hektolitern Anthrax aus. Wenn Assad Khalil nun der Mann gewesen wäre, der eine dieser Massenvernichtungswaffen hätte einsetzen sollen, dann wäre er mit einem gefälschten Pass ganz normal über Mexiko oder Kanada eingereist, um seinen wichtigen Auftrag auszuführen. Er wäre nicht auf diese Weise eingereist, mit dem erheblichen Risiko, gefasst oder getötet zu werden. Was wir heute gesehen haben, war ein klassischer Fall von Möweneinsatz ...« Er sah sich um und erläuterte dann: »Sie wissen doch: Jemand kommt angeflogen, macht eine Menge Radau, scheißt sozusagen alles voll und fliegt wieder weg. Mr. Khalil war in einem Möweneinsatz unterwegs. Er hat seinen Auftrag erledigt. Und nun ist er weg.«

Also dachten wir alle über Möweneinsätze nach. Der gute alte Ted hatte gesprochen und durchblicken lassen, dass er zumindest über den IQ eines Videorecorders verfügte. Das war alles unbestreitbar logisch. Das Schweigen im Raum verriet mir, dass nun alle von Nashs Brillanz geblendet waren.

Koenig nickte und sagte: »Klingt schlüssig.«

Kate nickte ebenfalls und sagte: »Ich glaube, Ted hat Recht. Khalil hat erledigt, wozu er hergeschickt wurde. Einen zweiten Akt wird es nicht geben. Sein Einsatz war am JFK beendet, und dort konnte er sich unter Dutzenden Flügen einen für die Heimreise aussuchen.«

Koenig sah mich an. »Mr. Corey?«

Ich nickte ebenfalls. »Klingt schlüssig. Ted hat überzeugende Argumente für seine Theorie.«

Koenig dachte kurz nach und sagte dann: »Trotzdem müssen wir so vorgehen, als wäre Khalil noch im Land. Wir haben sämtliche Polizeidienststellen in den USA und in Kanada benachrichtigt. Wir haben sämtliche ATTF-Agenten gerufen, die wir heute Abend erreichen konnten, und wir observieren jeden Ort, an dem sich ein Terrorist aus dem Vorderen Orient blicken lassen könnte. Außerdem haben wir die Port Authority Police alarmiert, die New Yorker Polizei, die von New Jersey, Connecticut, der umliegenden Counties und so weiter. Je mehr Zeit vergeht, desto größer wird der Fahndungsbereich. Wenn er sich versteckt und darauf wartet, das Land zu verlassen, schnappen wir ihn vielleicht ganz in der Nähe. Abriegelung hat absolute Priorität.«

Nash teilte uns mit: »Ich habe vom JFK aus in Langley angerufen, und sie lassen sämtliche internationalen Flughäfen überwachen, an denen wir über Posten verfügen.« Er schaute mich an. »Also Leute von uns oder solche, die mit uns zusammenarbeiten.«

»Danke. Ich lese Spionageromane.«

Das war es also. Assad Khalil hatte das Land entweder bereits verlassen oder versteckte sich und wartete darauf, das Land zu verlassen. Das war die triftigste Schlussfolgerung, wenn man bedachte, was heute passiert war und wie es passiert war.

Es gab da jedoch einige Kleinigkeiten, die mich störten, ein, zwei Details, die nicht ins Bild passten. Zunächst natürlich die Frage, warum sich Assad Khalil beim CIA-Verbindungsmann der Pariser Botschaft gestellt hatte. Es wäre für ihn viel einfacher gewesen, mit einem gefälschten Pass an Bord von Flug 175 der Trans-Continental zu gelangen, wie sein Komplize Joe Smith das gemacht hatte. Der Giftgasplan wäre leichter zu verwirklichen gewesen, wenn Khalil keine Handschellen getragen hätte und nicht von zwei bewaffneten Agenten bewacht worden wäre.

Nash übersah bei der Sache den menschlichen Faktor – und das wunderte mich nicht. Man musste sich in Assad Khalil hineinversetzen, um zu durchschauen, was er vorhatte. Er wollte nicht einfach ein weiterer namenloser Terrorist sein. Er wollte in die Pariser Botschaft gehen, sich Handschellen anlegen und sich bewachen lassen, um dann wie Houdini wieder zu entschlüpfen. Es war ein Ihr-könnt-mich-mal-Einsatz – kein Möweneinsatz. Er wollte lesen, was wir über ihn wussten, er wollte Daumen abschneiden, in den Conquistador Club gehen und alle anwesenden Menschen ermorden. Das war eindeutig ein höchst riskantes Unterfangen, aber das Einmalige daran war der persönliche Charakter des Ganzen. Es war tatsächlich eine Beleidigung, eine Demütigung, wie ein antiker Krieger, der ganz allein ins Lager des Feindes ritt und die Frau des Häuptlings vergewaltigte.

Mich beschäftigte einzig und allein die Frage, ob Assad Khalil nun damit fertig war, die Amerikaner vorzuführen oder nicht. Ich ging nicht davon aus – schließlich hatte der Kerl eine Glückssträhne –, aber ich stimmte nun mit Nash darin überein, dass Khalil keine Atombombe zünden oder Giftgas oder Viren versprühen wollte. Ich hatte so das Gefühl, dass Assad Khalil, der Löwe, in Amerika war, um es uns mal so richtig zu zeigen, und zwar von Mann zu Mann. Es hätte mich überhaupt nicht überrascht, wenn er hier oben in der 28. Etage aufgetaucht wäre und ein paar

Leuten die Kehle aufgeschlitzt oder das Genick gebrochen hätte.

Es war also an der Zeit, meinen Mannschaftskameraden diese Ansicht mitzuteilen und dem König Jack mein Ass zu zeigen, wenn Sie die Metapher entschuldigen wollen, oder was zum Henker das jetzt war.

Aber meine Kollegen plauderten über etwas anderes, und während ich auf eine Gelegenheit wartete, das Wort zu ergreifen, überkamen mich doch Zweifel hinsichtlich der Aspekte, die mich störten, und dieses Gefühls, dass Assad Khalil eben in diesem Augenblick versuchte, das Schloss unseres Fahrstuhls zu knacken. Und deshalb hielt ich mich vorläufig damit zurück und beteiligte mich wieder am Gespräch.

Kate sagte eben zu Jack Koenig: »Offensichtlich hat Khalil alles gelesen, was Phil und Peter in ihren Aktenkoffern hatten.«

Koenig entgegnete, zu sachlich, wie ich fand: »Sie hatten nicht viel dabei.«

Kate sagte: »Assad Khalil hat jetzt unser Dossier über Assad Khalil.«

»So viel stand da nicht drin«, sagte Koenig. »Und das meiste davon wusste er ohnehin.«

Kate beharrte: »Aber er weiß jetzt, wie wenig wir über ihn wissen.«

»Also gut. Ich habe verstanden. Sonst noch was?«

»Ja ... das Dossier enthielt ein Memo von Zach Weber. Es war nur ein Einsatzmemo, aber es war adressiert an George Foster, Kate Mayfield, Ted Nash, Nick Monti und John Corey.«

Verdammte Scheiße! Das hatte ich gar nicht bedacht.

Jack Koenig sagte auf seine sachliche Art: »Ja, dann passen Sie mal gut auf sich auf.«

Danke, Jack.

Er fügte hinzu: »Aber ich bezweifle, dass Khalil ...« Er dachte darüber nach und teilte uns dann mit: »Wir wissen, wozu dieser Mann fähig ist. Wir kennen jedoch seine Pläne nicht. Aber ich glaube nicht, dass Sie in seinen Plänen vorkommen.«

Kate fiel noch etwas ein und sie sagte: »Wir sind uns doch einig, dass wir diesen Mann nicht unterschätzen sollten.«

»Wir sollten ihn aber auch nicht überschätzen«, entgegnete Koenig knapp.

Das war ja mal ganz was Neues – das FBI überschätzt, wie auch die CIA, normalerweise absolut alles. Das ist gut für ihren Etat und ihr Image. Aber diesen Gedanken behielt ich für mich.

Kate fuhr fort: »Wir haben selten einen Terroranschlag wie den hier erlebt. Die meisten terroristischen Straftaten sind entweder Willkürakte oder werden aus der Ferne verübt, wie zum Beispiel Bombenanschläge. Dieser Mann wird verdächtigt, in Europa persönlich Menschen ermordet zu haben, und ich muss Ihnen ja nicht erzählen, was er gerade getan hat. Etwas an diesem Typ stört mich, vom Offensichtlichen mal ganz abgesehen.«

»Und das wäre?«, fragte Mr. Koenig.

»Ich weiß es nicht«, sagte Kate. »Aber im Gegensatz zu den meisten anderen Terroristen hat Khalil eine Menge Klugheit und Mut bewiesen.«

»Wie ein Löwe«, meinte Koenig.

»Ja, wie ein Löwe. Aber wir sollten das nicht zu bildlich auffassen. Er ist ein Mensch und ein Mörder und insofern gefährlicher als jeder Löwe.«

Kate Mayfield kam dem Kern der Sache und einem Verständnis von Assad Khalil näher. Aber weiter sagte sie nichts, und niemand verfolgte ihre Gedanken weiter.

Wir diskutierten ein oder zwei Minuten lang über die Persönlichkeitstypen von Mördern, und bei diesen psychologischen Profilen sind die Leute vom FBI wirklich gut. Vieles davon hörte sich wie Psychogewäsch an, aber einiges traf auch zu. Ich bot meine Einschätzung an: »Ich habe so das Gefühl, dass Khalil uns Amerikaner auf der Latte hat.«

»Wie bitte?«, sagte Mr. Koenig. »Was hat er?«

Ich bereute, dass ich wieder in den alten Revierjargon verfallen war, und erläuterte: »Ihn treiben mehr als nur philosophische oder politische Ziele an. Er hegt einen brennenden Hass gegen das amerikanische Volk.« Ich fügte hinzu: »Angesichts der heutigen Ereignisse können wir ja wohl davon ausgehen, dass einige oder alle der in Khalils Dossier enthaltenen Mutmaßungen und Anschuldigungen zutreffen. Wenn dem so ist, dann hat er einen amerikanischen Luftwaffenoffizier mit einer Axt ermordet. In Brüssel hat er drei unschuldige amerikanische Schulkinder erschossen. Wenn wir herausfinden könnten, warum er das getan hat, könnten wir vielleicht auch herausfinden, was diesem Typ denn nun so mächtig gegen den Strich geht, und vielleicht auch, wer oder was als Nächstes dran ist.«

Nash meldete sich zu Wort: »Er hat es auch auf Briten abgesehen. Wir glauben, er hat in der Britischen Botschaft in Rom eine Bombe hochgehen lassen. Deshalb ist Ihre Theorie, er hätte – er sei davon besessen, nur Amerikaner umzubringen, nicht schlüssig.«

Ich entgegnete: »Wenn er in der Britischen Botschaft eine Bombe gezündet hat, dann gibt es da einen Zusammenhang. Er mag weder Briten noch Amerikaner. Solche Zusammenhänge sind immer aufschlussreich.«

Nash hätte mich fast ausgelacht. So etwas kann ich auf den Tod nicht ausstehen.

Koenig wandte sich an Nash: »Sie stimmen nicht mit Mr. Corey überein?«

Nash erwiderte: »Mr. Corey vermengt Polizeiarbeit mit nachrichtendienstlicher Arbeit. Was beim einen zutreffend ist, lässt sich nicht unbedingt auf das andere anwenden.«

»Nicht unbedingt«, sagte Koenig. »Aber manchmal schon.«

Nash zuckte die Achseln und sagte dann: »Auch wenn Assad Khalil es nur auf Amerikaner abgesehen hätte, wäre das nichts Besonderes. Eher im Gegenteil. Die meisten Terroristen haben es auf Amerika und die Amerikaner abgesehen. Das ist unsere Belohnung dafür, dass wir die Nummer eins sind, dass wir Israel unterstützen, den Golfkrieg geführt haben und in der ganzen Welt Antiterroreinsätze durchführen.«

Koenig nickte, sagte aber: »Bleibt aber immer noch Khalils ganz ungewöhnlicher Stil – sein persönlicher, beleidigender und demütigender Modus operandi.«

Nash zuckte wieder die Achseln. »Na und? Das ist eben sein Stil, und selbst wenn wir daraus auf seine künftigen Pläne schließen könnten, könnten wir ihm doch nicht zuvorkommen. Auf frischer Tat werden wir ihn nicht ertappen. Er hat Millionen mögliche Ziele, und er allein sucht sich das Ziel, den Ort und den Zeitpunkt aus. Möweneinsätze.«

Niemand entgegnete etwas.

Ted Nash schloss: »Sie wissen ja, dass ich davon überzeugt bin, dass es sich bei dem, was heute passiert ist, bereits um den Auftrag gehandelt hat und dass Khalil ausgereist ist. Beim nächsten Mal schlägt er vielleicht in Europa zu, wo er offenbar schon mal zugeschlagen hat und das Terrain kennt und wo die Sicherheitsmaßnahmen nicht immer so strikt sind. Und: ja – eines Tages kommt er vielleicht wieder. Aber jetzt ist der Löwe satt, um im Bild zu bleiben. Er ist unterwegs zu seiner Höhle in Libyen, und da kommt er erst wieder raus, wenn er wieder Hunger hat.«

Ich überlegte, meinen Dracula-Vergleich ins Spiel zu bringen: das Schiff, das wie von Zauberhand gesteuert mit toter Mannschaft und toten Passagieren im Hafen ankommt, und Dracula entweicht in ein absolut ahnungsloses Land voller fetter Leute mit prallen Adern voll leckeren Blutes und so weiter. Doch Mr. Koenig schien mich für einen logisch denkenden Typ mit guten Instinkten und ohne Schimären im

Kopf zu halten. Deshalb ließ ich die Dracula-Geschichte stecken und sagte: »Ich will Ihnen ja nicht widersprechen, aber aufgrund dessen, was wir heute erlebt haben, glaube ich immer noch, dass Khalil keine fünfzig Meilen von hier entfernt ist. Ich habe mit Ted um zehn Dollar gewettet, dass wir bald von ihm hören.«

Mr. Koenig rang sich ein Lächeln ab. »Haben Sie, ja? Dann sollten Sie mir besser das Geld übergeben. Ted reist bald nach Übersee.«

Koenig meinte das ernst und hielt eine Hand hin. Nash und ich gaben ihm je zehn Dollar, und er steckte das Geld ein.

Kate verdrehte ein wenig die Augen. Das Kind im Manne.

Jack Koenig schaute mich an und sagte: »Khalil ist also irgendwo da draußen und kennt Ihren Namen, Mr. Corey. Meinen Sie, dass er jetzt Appetit auf Sie hätte?«

Anscheinend waren wir wieder bei dem Löwenvergleich angelangt. Ich verstand, worauf er hinaus wollte, und es gefiel mir nicht.

Koenig teilte mir mit: »Manchmal wird der Jäger zum Gejagten.« Er sah zu Nash hinüber. »So hat zum Beispiel ein Terrorist aus dem Nahen Osten einmal zwei Menschen auf dem Parkplatz des CIA-Hauptquartiers umgebracht.«

Ted Nash guckte, als hätte er das lieber vergessen. Er entgegnete: »Die Opfer waren zwar beide CIA-Mitarbeiter, aber sie wurden willkürlich ausgewählt. Der Mörder kannte sie nicht. Er hatte es auf die Einrichtung an sich abgesehen.«

Jack Koenig entgegnete nichts. Er sagte zu Kate, Ted und mir: »Wenn sich Assad Khalil noch hier im Land aufhält, dann ist er ursprünglich zwar nicht Ihretwegen gekommen, aber jetzt könnten Sie auf seiner Abschussliste stehen. Ich sehe das eher als Chance.«

Ich beugte mich vor. »Wie bitte? Was für eine Chance?«

»Nun, ich verwende das Wort ›Köder‹ nur ungern, aber ...«

»Ganz schlechte Idee. Vergessen Sie's.«

Doch anscheinend wollte er es nicht vergessen. Er kehrte zu dem Vergleich mit dem Löwen zurück. »Wir haben da also diesen Löwen, einen Menschenfresser, der die Dorfbewohner verspeist. Und dann haben wir da die Jäger, die den Löwen beinahe erlegt hätten. Der Löwe ist zornig auf die Jäger und begeht den fatalen Fehler, sie anzugreifen. Nicht wahr?«

Nash wirkte belustigt. Kate schien darüber nachzudenken.

Koenig sagte: »Wir werden eine Pressemitteilung über John und Kate herausgeben und vielleicht sogar Fotos von Ihnen verwenden, obwohl wir das natürlich normalerweise nie tun würden. Khalil wird denken, in Amerika wäre es normal, Namen und Fotos von Agenten zu veröffentlichen, und er wird keine Falle wittern. Nicht wahr?«

Ich sagte: »Ich glaube nicht, dass davon etwas in meinem Vertrag steht.«

Koenig fuhr fort: »Teds Name und Foto können und dürfen wir nicht verwenden, weil die CIA das nie gestatten würde. George ist verheiratet und hat Kinder, und dieses Risiko würden wir nie eingehen. Aber Sie, John, und Sie, Kate, sind ledig und allein stehend – nicht wahr?«

Kate nickte.

Ich sagte: »Wieso legen wir diese Idee nicht lieber ad acta?«

»Aus einem einfachen Grund: Wenn Sie, Mr. Corey, Recht haben und sich Khalil noch im Lande und ganz in der Nähe aufhält, könnte er versucht sein, zu einem Ziel zu greifen, dass sich ihm zufällig bietet, ehe er sich zu seinem nächsten Ziel aufmacht, das eventuell viel bedeutender als sein heutiges ist. Deshalb. Ich will einen weiteren Massenmord verhindern. Manchmal muss sich ein Einzelner der Gefahr in den Weg stellen, um Schaden vom ganzen Land abzuwenden. Stimmen Sie dem nicht zu?«

Kate sagte: »Sie haben Recht. Einen Versuch ist es wert.«

Ich hatte mich in eine ausweglose Lage manövriert. Ich

sagte: »Tolle Idee. Wieso bin ich da nicht selbst drauf gekommen?«

Nash meinte: »Wenn John sich irrt und Khalil außer Landes ist, verliert John nur zehn Dollar. Wenn Khalil noch im Land ist, gewinnt John zehn Dollar, aber ... na ja, daran wollen wir lieber nicht denken.«

Ich konnte mich nicht erinnern, Ted Nash je in so guter Laune erlebt zu haben. Der gute, alte, stoische Ted grinste doch tatsächlich bei der Aussicht, dass irgendein geisteskranker Kameltreiber John Corey die Kehle aufschlitzen würde. Selbst Mr. Roberts musste sich Mühe geben, sein Grinsen zu unterdrücken. Schon komisch, was Leute so anmacht.

Das Meeting zog sich noch etwas hin. Wir handelten noch die PR-Probleme ab, und die waren heikel, angesichts der dreihundert Toten an Bord des Flugzeugs und der am Boden Ermordeten, und angesichts dessen, dass der Täter noch auf freiem Fuß war.

Jack Koenig schloss mit den Worten: »Die nächsten paar Tage werden sehr schwierig. Die Medien sind uns gegenüber normalerweise freundlich gesinnt, wie man beim World Trade Center und beim TWA-Fall gesehen hat. Aber wir müssen die Nachrichtenlage im Griff behalten. Und wir müssen morgen früh nach Washington und den Eindruck vermitteln, dass wir die Lage im Griff haben. Ich möchte, dass Sie alle jetzt nach Hause gehen und etwas schlafen. Wir treffen uns morgen früh um sieben in La Guardia, im Shuttleflug der US Airways. George bleibt im Conquistador Club und überwacht den Tatort.« Er stand auf, und wir erhoben uns alle. Er sagte: »Trotz des Misserfolgs des heutigen Einsatzes haben Sie alle gute Arbeit geleistet.« Erstaunlicherweise fügte er noch hinzu: »Beten Sie für die Toten.« Wir schüttelten alle einander die Hände, auch Mr. Roberts. Dann gingen Kate, Ted und ich.

Als wir durch die 28. Etage gingen, spürte ich viele Blicke auf uns ruhen.

Kapitel 22

Assad Khalil wusste, dass er den Delaware River auf einer nicht mautpflichtigen Brücke überqueren musste, und man hatte ihn instruiert, über den Highway 1 nach Trenton zu fahren, wo es zwei solcher Brücken gab. Während der Fahrt programmierte er den Satellite Navigator. Es wäre einfacher gewesen, wenn der Mann, der den Wagen gemietet hatte, den Satellite Naviagtor programmiert oder die Mietwagenfirma darum gebeten hätte, aber das wäre eine gefährliche Bequemlichkeit gewesen. Der einzige und letzte Mensch, von dem Khalil Hilfe benötigt hatte, war Gamal Jabbar gewesen, und der letzte Punkt, zu dem sich sein Weg zurückverfolgen ließ, war jener Parkplatz.

Khalil fuhr vom Highway 1 auf den Interstate Highway 95. Das war eine gute Straße, ganz ähnlich einer deutschen Autobahn, fand er, nur dass hier langsamer gefahren wurde. Der Interstate führte um Trenton herum. An einer Ausfahrt sah er ein braunes Schild mit der Aufschrift WASHINGTON CROSSING STATE PARK. Ihm fiel ein, was ihm Boris, sein russischer Ausbildungsoffizier, ein ehemaliger KGB-Mann, der in Amerika gelebt hatte, erzählt hatte: »Du wirst den Delaware River in der Nähe der Stelle überqueren, an der George Washington vor zweihundert Jahren mit dem Boot übergesetzt ist. Der wollte auch keinen Brückenzoll zahlen.«

Khalil verstand Boris' Humor manchmal nicht, aber Boris war der Einzige in Tripolis, auf den man sich verlassen konnte, wenn es um gute Ratschläge über Amerika und die Amerikaner ging.

Khalil fuhr über die gebührenfreie Brücke in den Bundesstaat Pennsylvania und folgte dem I-95 weiter in Richtung Süden, wie es ihm der Satellite Navigator anzeigte.

Die Sonne war mittlerweile untergegangen, und es war

dunkel. Bald bemerkte er, dass der I-95 durch die Stadt Philadelphia führte. Es war viel Verkehr, und er musste langsamer fahren. Er sah große, erleuchtete Gebäude, fuhr eine Zeit lang am Delaware River entlang und kam dann an einem Flughafen vorbei.

Dies war nicht die schnellste oder direkteste Route zu seinem Ziel, aber es war eine viel befahrene Straße ohne Mautstellen und daher für ihn der sicherste Weg.

Bald lag die Stadt hinter ihm, und die Fahrzeuge fuhren wieder schneller.

Seine Gedanken schweiften zu anderen Themen ab. Sein erster Gedanke war, dass dieser 15. April gut begonnen hatte und der Große Führer in Tripolis mittlerweile wusste, dass Assad Khalil in Amerika angelangt war und dass Hunderte zur Vergeltung für diesen Tag hingeschlachtet worden waren und in den nächsten Tagen noch weitere sterben würden.

Der Große Führer würde erfreut sein, und bald würde ganz Tripolis und Libyen wissen, dass ein Schlag geführt worden war, um die Ehre des Landes zu retten. Malik würde schon wach sein, auch zu dieser frühen Morgenstunde in Tripolis, und auch er würde es mittlerweile wissen und würde Assad Khalil segnen und für ihn beten.

Khalil fragte sich, ob die Amerikaner Vergeltung an seinem Land üben würden. Es war schwer vorherzusagen, was dieser amerikanische Präsident tun würde. Reagan, der Große Satan, war wenigstens berechenbar gewesen. Dieser Präsident jetzt war manchmal schwach, dann wieder stark.

Doch auch ein Gegenschlag wäre gut. Er würde ganz Libyen und den gesamten Islam wachrütteln.

Khalil schaltete das Radio an und hörte Leute über ihre sexuellen Probleme reden. Er stellte einen Nachrichtensender ein und hörte zehn Minuten lang zu, ehe die Meldung über das Flugzeug kam. Er hörte aufmerksam zu, was der Sprecher sagte und was die anderen Leute über das erzählten, was sie die Tragödie nannten. Offenbar wussten die Behörden nicht, was passiert war, oder sie wussten es und verheimlichten es. Auch wenn die ganze Polizei alarmiert war – die Bevölkerung war es nicht. Das erleichterte ihm alles.

Assad Khalil fuhr weiter auf dem I-95 nach Süden. Die Uhr im Armaturenbrett zeigte zehn Minuten nach acht an. Es war immer noch genug Verkehr, sodass er mit seinem Fahrzeug nicht auffiel. Er fuhr an etlichen Ausfahrten vorbei, die zu Raststätten führten, hell erleuchteten Orten, an denen er Autos, Menschen und Zapfsäulen sah. Aber seine Tankuhr zeigte noch mehr als halb voll an, und er war nicht hungrig. Er nahm die zweite Einliterflasche Wasser aus der Reisetasche, trank sie leer, urinierte dann in die Flasche, schraubte sie wieder zu und schob sie unter den Fahrersitz. Nun bemerkte er, dass er müde war, aber nicht müde genug, um einzuschlafen. Er hatte im Flugzeug gut geschlafen.

In Tripolis hatte man ihn angewiesen, die ganze Nacht durchzufahren – je weiter er sich von dem entfernte, was er hintergelassen hatte, desto besser standen seine Chancen, nicht gefasst zu werden. Bald würde er schon wieder in einem anderen Bundesstaat sein, in Delaware, und je mehr Bundesstaaten er von New York und New Jersey entfernt war, so hatte man ihm gesagt, desto unwahrscheinlicher sei es, dass die örtliche Polizei alarmiert war.

Die Polizei hatte schließlich gar keine Ahnung, wonach sie suchen sollte. Ganz bestimmt suchte sie keinen schwarzen Mercury Marquis, der auf einer Hauptverkehrsstraße nach Süden fuhr. Nur wenn ihn ein Streifenwagen stichprobenmäßig anhielt, konnte es Schwierigkeiten geben, aber in diesem Fall wusste Khalil, dass seine Papiere in Ordnung waren. Er war in Europa zweimal angehalten worden. Dort wollten sie immer einen Pass und manchmal ein Visum und die Mietwagenpapiere sehen. Beide Male hatten sie ihn weiterfahren lassen. Nach Auskunft seiner Leute in Tripolis wollten sie hier nur den Führerschein und die Zulassung sehen und wissen, ob man Alkohol getrunken hatte. Sein Glaube verbot es ihm, Alkohol zu trinken, aber das sollte er nicht sagen. Er sollte nur »Nein« sagen. Dennoch konnte er sich kein Zusammentreffen mit der Polizei vorstellen, das eine der beiden Seiten lange überleben würde.

Zudem waren, wie man ihm gesagt hatte, die Polizisten normalerweise allein unterwegs, was er ziemlich unglaublich fand. Boris, der fünf Jahre lang in Amerika gelebt hatte, hatte ihm Instruktionen für den Zeitraum gegeben, wenn er das Taxi verlassen hatte und alleine fuhr. Boris hatte gesagt: »Bleib im Wagen. Der Polizist wird zu dir kommen und sich zu deinem Fenster hinunterbeugen oder dir befehlen auszusteigen. Ein Schuss in den Kopf und schon bist du wieder unterwegs. Aber bevor er dich angehalten hat, hat er über Funk dein Kennzeichen an seine Zentrale weitergegeben und vielleicht hat er eine Videokamera auf dem Armaturenbrett, die das Geschehen filmt. Du musst dein Fahrzeug also so schnell wie möglich loswerden und ein anderes Transportmittel finden. Du wirst keinen Kontaktmann haben, Assad, der dir helfen könnte. Du bist ganz allein, bis du an der Westküste Amerikas ankommst.«

Khalil erinnerte sich, entgegnet zu haben: »Ich bin seit dem 15. April 1986 ganz allein.«

Um zwanzig nach neun kam Khalil im Bundesstaat Delaware an. Fünfzehn Minuten später ging der I-95 in den John F. Kennedy Memorial Highway über, der gebührenpflichtig war, und deshalb fuhr Khalil auf die Route 40 ab, die in südwestlicher Richtung parallel zum Interstate nach Baltimore führte. Eine halbe Stunde später war er in Maryland.

Und nicht einmal eine Stunde später war er auf einem Interstate Highway, der um die Stadt Baltimore herumführte, und dann wieder auf dem I-95, der auf diesem Abschnitt gebührenfrei war. Er fuhr weiter nach Süden.

Er hatte keine Ahnung, warum manche Straßen und Brücken gebührenpflichtig waren und andere nicht. In Tripolis hatte das auch niemand gewusst. Aber seine Anweisungen war unmissverständlich: Halte dich von Mautstellen fern.

Boris hatte gesagt: »Irgendwann haben sie an jeder Stelle, an der du bezahlen musst, ein Bild von dir.«

Khalil sah ein großes, grünweißes Schild, das die Entfernungen zu mehreren Städten angab, und dann sah er, wonach er suchte: WASHINGTON DC, 35 Meilen. Er lächelte. Er war seinem Ziel nahe.

Es war schon fast Mitternacht, aber auf dieser Straße, die die beiden Großstädte verband, war immer noch etwas Verkehr. Es war wirklich erstaunlich, fand Khalil, wie viele Fahrzeuge auch noch nach Einbruch der Dunkelheit unterwegs waren. Kein Wunder, dass die Amerikaner so viel Öl brauchten. Er hatte gelesen, dass die USA an einem Tag mehr Öl verbrauchten als Libyen im ganzen Jahr. Bald hatten sie alles Erdöl aus der Erde gesaugt, und dann mussten sie zu Fuß gehen oder Kamele reiten. Er lachte.

Um halb eins kam er an die Straße, die Capital Beltway hieß, und bog in südliche Richtung darauf ein. Er schaute auf den Kilometerzähler und sah, dass er in sechs Stunden fast dreihundert Meilen zurückgelegt hatte.

Er verließ den Beltway an der Ausfahrt Suitland Parkway, in der Nähe des Luftwaffenstützpunkts Andrews, und fuhr eine Straße entlang, die an Einkaufszentren und großen Geschäften vorbeiführte. Sein Satellite Navigator zeigte ihm die Namen einiger Unterkünfte an, aber er hatte nicht die Absicht, an einem bekannten Ort Halt zu machen. Langsam fuhr er weiter, nahm dann die Flasche mit dem Urin und warf sie aus dem Fenster.

Er fuhr an einigen Motels vorbei und entdeckte dann eines, das abschreckend genug aussah. Ein Leuchtschild verkündete: ZIMMER FREI.

Khalil bog auf den Parkplatz ein, der fast leer war. Er band sich die Krawatte ab, setzte die Brille auf, stieg aus dem

Mercury und schloss die Tür ab. Er streckte sich kurz und schlenderte dann zu dem kleinen Büro des Motels.

Ein junger Mann saß hinter dem Portierstresen und sah fern. Der junge Mann stand auf und sagte: »Ja?«

»Ich brauche ein Zimmer für zwei Nächte.«

»Achtzig Dollar, zuzüglich Steuern.«

Khalil legte zwei Fünfzig-Dollar-Scheine auf den Tresen.

Der Portier war es gewohnt, dass die Leute bar bezahlten, und sagte: »Ich brauche hundert Dollar Kaution. Die bekommen Sie bei Ihrer Abreise wieder.«

Khalil legte zwei weitere Fünfziger auf den Tresen.

Der junge Mann gab ihm eine Anmeldekarte, und Khalil füllte sie aus und trug sich unter dem Namen Ramon Vasquez ein. Er gab Automarke und -typ korrekt an, wie man ihn instruiert hatte, denn das wurde vielleicht später überprüft, wenn er auf seinem Zimmer war. Khalil trug auch das richtige Kennzeichen ein und schob dem Portier dann die Karte hin.

Der Portier gab ihm einen Schlüssel mit einem Plastikschildchen, sein Wechselgeld und eine Quittung über hundert Dollar. Er sagte: »Nummer 15. Gleich rechts, wenn Sie rauskommen. Ganz am Ende. Checkout ist um elf.«

»Danke.«

Khalil machte kehrt und verließ das kleine Büro. Er ging zu seinem Wagen und fuhr zu dem Zimmer mit der Nummer 15 an der Tür.

Er nahm seine Reisetasche, schloss den Wagen ab, betrat das Zimmer und drückte auf den Lichtschalter, der eine Lampe aufleuchten ließ.

Khalil verschloss und verriegelte die Tür. Das Zimmer war sehr schlicht möbliert, aber es gab einen Fernseher, und er stellte ihn an.

Er zog sich aus und ging mit der Reisetasche, der kugelsicheren Weste und den beiden Glocks Kaliber 40 ins Badezimmer.

Er erleichterte sich, öffnete dann die Reisetasche und nahm die Toilettenartikel heraus. Er zog sich den Schnurrbart ab, putzte sich die Zähne und rasierte sich. Er duschte kurz, die Pistolen in Reichweite auf dem Waschbecken.

Khalil trocknete sich ab, nahm die Reisetasche, die Pistolen, die kugelsichere Weste und ging wieder ins Schlafzimmer. Er zog sich frische Unterwäsche und Socken an und band sich schließlich eine neue Krawatte aus der Reisetasche um. Er legte auch die kugelsichere Weste an. Er nahm die Zahnpastatube mit Kleber für seinen Schnurrbart, stellte sich vor den Schlafzimmerspiegel und brachte den Schnurrbart wieder an.

Khalil fand die Fernbedienung für den Fernseher, setzte sich aufs Bett und schaltete sich durch die Kanäle, bis er auf einen Nachrichtensender stieß. Es war die Wiederholung einer früheren Nachrichtensendung, das bekam er mit, aber trotzdem konnte es nützlich sein.

Er sah eine Viertelstunde lang zu, dann sagte der Nachrichtensprecher: »Weiteres über die Tragödie auf dem Kennedy-Flughafen heute Nachmittag.«

Der Flughafen wurde gezeigt. In der Ferne erkannte Khalil den Sicherheitsbereich. Er sah das große Heck und das Oberdeck der 747 über die Stahlwand ragen.

Die Männerstimme sagte: »Die Zahl der Toten steigt weiter. Sprecher des Flughafens und der Fluggesellschaft haben bestätigt, dass mindestens zweihundert Menschen an Bord von Trans-Continental-Flug 175 durch giftige Dämpfe getötet wurden, die offenbar von einem unbekannten Frachtstück im Laderaum ausgeströmt sind.«

Der Nachrichtensprecher redete noch eine ganze Weile weiter, aber aus dem Bericht war nichts Neues zu erfahren.

Dann wurde das Ankunftsterminal gezeigt, wo Freunde und Verwandte der Opfer weinten. Khalil sah viele Reporter mit Mikrofonen herumlaufen und versuchen, die weinenden Menschen zu interviewen. Khalil fand das seltsam. Wenn sie es für einen Unfall hielten, was sollten die weinenden Menschen dann schon dazu sagen? Was wussten sie schon? Nichts. Wenn die Amerikaner einen Terroranschlag eingestanden, mussten diese hysterischen Menschen natürlich zu Propagandazwecken gefilmt werden. Aber soweit Khalil das mitbekam, wollten die Reporter nur etwas über Freunde und Verwandte im Flugzeug erfahren. Viele der Interviewten, das wurde Khalil klar, hofften immer noch, dass diejenigen, auf die sie warteten, überlebt hatten. Khalil hätte ihnen mit absoluter Sicherheit sagen können, dass dies nicht der Fall war.

Khalil sah weiter zu, wie gebannt von der Blödheit dieser Leute, zumal der Reporter.

Er wollte sehen, ob irgendjemand über den Feuerwehrmann sprach, den er an Bord ermordet hatte, aber der wurde nicht erwähnt. Auch über den Conquistador Club sagten sie nichts, aber das hatte Khalil auch nicht anders erwartet.

Er wartete darauf, dass sie ein Foto von ihm zeigten, aber das geschah nicht. Stattdessen wurde wieder ins Studio geschaltet, wo der Nachrichtensprecher sagte: »Es gibt immer noch Mutmaßungen, das Flugzeug sei von alleine gelandet. Wir haben jetzt Captain Fred Eames bei uns, einen ehemaligen Jumbopiloten der American Airlines. Guten Abend.«

Captain Eames nickte, und der Nachrichtensprecher fragte ihn: »Captain, ist es möglich, dass das Flugzeug von alleine gelandet ist – ohne eine Menschenhand am Steuer?«

Captain Eames antwortete: »Ja, das ist möglich. Das ist sogar tägliche Routine. Fast alle Flugzeuge können einem vorher einprogrammierten Kurs folgen, und die neueste Generation von Passagierflugzeugen kann auch automatisch das Fahrwerk, die Landeklappen und Bremsen steuern, wodurch eine vollautomatische Landung zu einer Routineangelegenheit wird. Das wird jeden Tag gemacht. Die Computer steuern nur die Schubumkehr nicht, sodass ein Flugzeug, das mit Autopilot landet, eine längere Landebahn benötigt – aber das ist ja auf dem JFK kein Problem.«

Der Mann redete noch eine Zeit lang weiter. Assad Khalil hörte zu, obwohl es ihn nicht sonderlich interessierte. Viel mehr beschäftigte ihn, dass keine Regierungsagenten im Fernsehen zu sehen waren, dass keine Rede von ihm war und auch kein Foto von ihm gezeigt wurde. Offenbar hatte die Regierung beschlossen, nicht zu erzählen, was sie wusste. Noch nicht. Und wenn sie es dann erzählten, wäre Khalil schon dabei, seinen Auftrag abzuschließen. Die ersten 24 Stunden waren entscheidend, das wusste er. Anschließend verringerte sich die Gefahr, gefasst zu werden, mit jedem Tag.

Der Bericht über die Todesfälle an Bord des Flugzeugs war zu Ende, und ein anderer Bericht folgte. Er schaute weiter zu und wollte sehen, ob über den Tod von Gamal Jabbar berichtet wurde, aber der wurde nicht erwähnt.

Assad Khalil schaltete den Fernseher ab. Als er zu Zimmer 15 gefahren war, hatte er auf dem Kompass des Mercury nachgesehen, in welche Richtung Osten lag.

Er erhob sich vom Bett, warf sich gen Mekka zu Boden und sprach seine Abendgebete.

Dann lag er auf dem Bett, vollständig bekleidet, und schlief ein.

Kapitel 23

Kate Mayfield, Ted Nash und ich verließen die Federal Plaza 26 und standen auf dem Broadway.

Es waren nur wenige Leute unterwegs, und der Abend war kühl.

Niemand sagte etwas, was nicht bedeutete, dass es nichts zu sagen gab. Es bedeutete wohl eher, dass wir zum ersten Mal ganz alleine waren, wir drei, die wir, trotz der freundlichen Abschiedsworte von Koenig, absoluten Bockmist gebaut hatten, und dass wir nicht darüber reden wollten.

Nie ist ein Taxi oder ein Bulle zur Stelle, wenn man eins oder einen braucht, und wir standen da, und uns wurde kalt. Schließlich fragte Kate: »Wollt ihr noch was trinken gehen?«

Nash antwortete: »Nein, danke. Ich muss die halbe Nacht lang mit Langley telefonieren.«

Sie sah mich an. »John?«

Ich brauchte dringend was zu trinken, wollte aber allein sein. »Nein, danke. Ich gehe schlafen.« Ich entdeckte kein Taxi, daher sagte ich: »Ich nehme die U-Bahn. Wissen Sie, wo's hier zur nächsten U-Bahn geht?«

Nash, der wahrscheinlich nicht mal wusste, dass es in New York City überhaupt eine U-Bahn gab, sagte: »Ich warte auf ein Taxi.«

Kate sagte zu mir: »Ich teile mir mit Ted ein Taxi.«

»Okay. Wir sehen uns in La Guardia.«

Ich ging zur nächsten Ecke, schaute kurz zu den Zwillingstürmen hoch und bog dann in östliche Richtung in die Duane Street ein.

Vor mir ragte das vierzehnstöckige Gebäude auf, das One Police Plaza hieß, und eine Woge der Nostalgie überschwemmte mich, gefolgt von einer Art Zusammenschnitt meines früheren Lebens: die Polizeischule, ich als Polizeischüler, Streifenpolizist, dann als Polizist in Zivil und schließlich mit dem goldfarbenen Dienstabzeichen eines Detective. Ehe ich abrupt den Dienst quittierte, hatte ich noch die Prüfung zum Sergeant bestanden und stand kurz davor, befördert zu werden. Doch das verhinderten Umstände, die ich nicht beeinflussen konnte. Der zweite Akt war die Dozentenstelle am John Jay gewesen. Und das hier, die ATTF, war der dritte und letzte Akt einer manchmal brillanten, manchmal weniger brillanten Laufbahn.

Ich bog nach Norden in die Centre Street ein und ging

immer geradeaus, an den Gerichtsgebäuden vorbei und quer durch Chinatown, vorbei an meinem U-Bahn-Eingang.

Vielleicht war einer der unausgesprochenen Gedanken, die Nash, Kate und ich dort auf dem Bürgersteig geteilt hatten, der, dass wir nun auf Assad Khalils Abschussliste standen. In Wirklichkeit hatte, mit einigen wenigen Ausnahmen, noch nie irgendjemand, weder vom organisierten Verbrechen noch von subversiven Gruppen noch auch einer der Drogenbarone je einen Agenten der Bundespolizei angegriffen. Aber mit den extremistischen islamischen Gruppen schien sich das zu ändern. Es hatte Zwischenfälle gegeben, wie die Morde auf dem CIA-Parkplatz, die für die Zukunft nichts Gutes verhießen. Und diese Zukunft hatte heute mit Flug 175 begonnen.

Ich war jetzt in Little Italy, und meine Füße fanden von allein zu Giulio's Restaurant in der Mott Street. Ich betrat das Restaurant und setzte mich an den Tresen.

Das Restaurant war an diesem Samstagabend ziemlich voll, größtenteils Gruppen von sechs und mehr Leuten. Es waren einige Manhattan-Schickimickis da, Typen aus den Vorstädten, einige echte Little-Italy-Familien und etliche Touristen aus Ländern, in denen die Leute blonde Haare haben. Mafiosi sah ich keine, aber die machten am Wochenende auch einen Bogen um Little Italy, wenn die Leute herkamen, um Mafiosi zu sehen.

Ich erinnerte mich bloß, dass hier etwa zehn Jahre zuvor an einem Freitagabend auf einen Mafia-Don geschossen worden war. Das hatte sich eigentlich draußen auf dem Bürgersteig abgespielt, aber er kam dann wieder ins Restaurant, und zwar durch das Tafelglasfenster, nachdem ihn ein Schuss aus der Flinte des von einem anderen Mafioso engagierten Killers von den Füßen gehoben hatte. Soweit ich mich erinnerte, kam der Don nicht dabei um, da er ein Little-Italy-T-Shirt trug – eine kugelsichere Weste –, wurde aber später von einer verheirateten Dame ermordet, mit der er was hatte.

Ich kannte an diesem Abend weder den Barkeeper noch jemanden am Tresen oder an den Tischen. Unter der Woche wäre ich hier vielleicht einem meiner alten Kumpels über den Weg gelaufen, aber nicht an diesem Abend, und das war mir nur recht so.

Ich bestellte einen doppelten Dewar's ohne Eis und ein Budweiser dazu. Wozu Zeit verschwenden.

Ich kippte den Whiskey und goss Bier nach.

Über dem Tresen lief ein stumm gestellter Fernseher. Am unteren Bildschirmrand, wo unter der Woche ununterbrochen Aktienkurse liefen, wurden nun Sportergebnisse angezeigt. Es lief die Mafia-Sitcom *Die Sopranos,* und alle am Tresen schauten zu. Die Mafiatypen, die ich kenne, finden diese Sendung toll.

Als es mir nach ein paar Gedecken besser ging, ging ich, nahm ein Taxi, die es in Little Italy reichlich gab, und fuhr zu meiner Eigentumswohnung in der 72. Straße Ost.

Ich wohne in einem reinlichen, modernen Hochhaus mit einem fantastischen Blick auf den East River, und meine Wohnung ist nicht im mindesten so ein Saustall, wie man das bei einem ledigen Detective der New Yorker Polizei immer erwartet. Mein Leben ist ein einziges Chaos, aber meine Bude ist clean. Das hat zum Teil mit meiner späten ersten Ehe zu tun, die gut zwei Jahre lang hielt. Sie hieß Robin, und sie war stellvertretende Bezirksstaatsanwältin hier in Manhattan, und so habe ich sie kennen gelernt. Die meisten stellvertretenden Bezirksstaatsanwältinnen heiraten Staatsanwälte. Robin heiratete einen Bullen. Wir wurden von einem Richter getraut, und ich hätte auf Geschworene bestehen sollen.

Und wie das bei klugen stellvertretenden Bezirksstaatsanwältinnen oft so ist, wurde Robin eine Stelle in einer Anwaltskanzlei angeboten, die sich darauf spezialisiert hatte, die Schweine zu verteidigen, die sie und ich immer versucht hatten, hinter Gitter zu bringen. Sie nahm den Job an. Plötzlich war richtig Geld im Haus, aber dafür hing der Haussegen schief. Philosophische Meinungsverschiedenheiten der unvereinbaren Art. Ich bekam die Eigentumswohnung. Die Ratenzahlungen sind happig.

Alfred, mein Nachtportier, begrüßte mich und hielt mir die Tür auf.

Ich sah in meinen Briefkasten, der mit Reklame verstopft war. Halbwegs erwartete ich eine Briefbombe von Ted Nash, aber bisher hielt er sich bewundernswert zurück.

Ich fuhr mit dem Fahrstuhl hinauf, betrat meine Wohnung und ließ dabei nur minimale Vorsicht walten. Während der ersten ein, zwei Monate meiner Ehe hatte selbst ich ziemliche Schwierigkeiten gehabt, an Alfred vorbeizukommen. Es gefiel ihm nicht, dass ich mit meiner Frau schlief, die er ins Herz geschlossen hatte. Robin und ich hatten Alfred und die anderen Portiers, instruiert, dass wir in der Verbrechensbekämpfung tätig waren und Feinde hatten. Das verstanden alle Portiers, und die Trinkgelder zu Weihnachten und Ostern drückten unseren Dank für ihre Loyalität, Diskretion und Wachsamkeit aus. Doch seit meiner Scheidung hätte Alfred vermutlich auch Jack the Ripper für zwanzig Dollar bar auf die Hand den Schlüssel zu meiner Wohnung ausgehändigt.

Ich betrat meine Bude durch das Wohnzimmer mit der großen Terrasse und schaltete den Fernseher auf CNN. Der Fernseher lief nicht so recht und brauchte rhythmische Wartungsarbeiten, die ich ausführte, indem ich dreimal mit der Hand drauf schlug. Auf der Mattscheibe erschien Schneegestöber, und auf CNN lief ein Wirtschaftsbericht.

Ich ging zum Telefon und drückte auf den Nachrichtenknopf meines Anrufbeantworters. Beth Penrose sagte um 19.16 Uhr: »Hallo, John. Ich habe so das Gefühl, dass du heute auf dem JFK warst. Irgendwas in der Richtung hast du doch erzählt. Das war schrecklich ... tragisch. Mein Gott ... Also, wenn du an der Sache dran bist, dann viel Glück. Schade, dass wir uns heute Abend nicht sehen konnten. Ruf mich an, sobald du kannst.«

Das ist der Vorteil, wenn man als Bulle mit einer Bullin liiert ist. Beide Seiten haben Verständnis. Andere Vorteile gibt es da, glaube ich, nicht.

Die zweite Nachricht kam von meinem ehemaligen Partner Dom Fanelli. Er sagte: »Du liebe Scheiße! Hab ich recht gehört, dass du diese Sache am JFK verbockt hast? Ich hab dir doch von diesem Job abgeraten. Ruf mich an.«

»Du hast mir doch den Job erst verschafft, du blöder Itaker.«

Dann waren da noch ein paar Nachrichten von Freunden und Verwandten, die sich über die Sache am JFK und meine Beteiligung daran erkundigten. Ganz plötzlich hatten mich alle wieder auf dem Radarschirm. Nicht schlecht für einen, von dem alle schon ein Jahr zuvor gedacht hatten, er wäre völlig am Ende.

Die letzte Nachricht, die gerade zehn Minuten vor meiner Heimkehr eingegangen war, stammte von Kate Mayfield. Sie sagte: »Hier ist Kate. Ich dachte, Sie wären längst zu Hause. Also gut ... Rufen Sie mich an, wenn Sie reden wollen ... Ich bin zu Hause ... Ich glaube nicht, dass ich schlafen kann. Sie können jederzeit anrufen ... Ich möchte mit Ihnen reden.«

Also, mir würde es nicht schwer fallen einzuschlafen. Doch vorher wollte ich noch die Nachrichten sehen, also zog ich mir Jackett und Schuhe aus, löste meine Krawatte und ließ mich auf meinem Lieblingssessel nieder. Der Wirtschaftstyp war immer noch dran. Mir fielen schon die Augen zu, und ich hörte noch mit einem Ohr, dass das Telefon klingelte, ging aber nicht ran.

Als Nächstes saß ich in einem großen Düsenflugzeug und versuchte, von meinem Platz aufzustehen, aber etwas hielt mich fest. Ich sah, dass um mich her alle schliefen – alle, bis auf einen Kerl, der im Gang stand. Der Kerl hatte ein großes, blutiges Messer in der Hand und kam direkt auf mich zu.

Ich wollte meine Pistole ziehen, aber sie steckte nicht im Holster. Der Kerl hob das Messer, und ich sprang von meinem Platz auf.

Der Videorecorder zeigte 5.17 Uhr. Ich hatte kaum genug Zeit zu duschen, frische Sachen anzuziehen und nach La Guardia zu fahren.

Als ich mich auszog, stellte ich im Schlafzimmer das Radio an, das auf 1010 WINS, einen Nachrichtensender, eingestellt war.

Der Typ im Radio sprach über die Trans-Continental-Tragödie. Ich drehte die Lautstärke auf und ging in die Dusche.

Während ich mich einseifte, hörte ich durch das Wassergeplätscher Bruchstücke des Berichts. Der Typ erzählte etwas über Gaddafi und den amerikanischen Luftangriff von 1986.

Allmählich begriffen die Leute offenbar die Zusammenhänge.

Ich erinnerte mich vage an den Luftangriff von 86 und wusste noch, dass die New Yorker Polizei und die Kollegen von der Port Authority in Alarm versetzt worden waren, für den Fall, dass es zu Vergeltungsakten kam. Doch von ein paar Überstunden abgesehen, konnte ich mich an keine besonderen Vorkommnisse erinnern.

Die waren dann wohl gestern nachgereicht worden. Diese Leute vergaßen nicht so schnell. Mein Partner Dom Fanelli hat mir mal einen Witz erzählt: Was ist italienischer Alzheimer? – Wenn du alles vergisst, nur nicht, wen du umbringen sollst.

Das ließ sich zweifellos auch auf die Araber anwenden. Aber ganz so witzig war es dann doch nicht.

VIERTES BUCH

Amerika,
Die Gegenwart

... Darum erregten Wir Feindschaft und Hass unter ihnen [den Christen] bis zum Tage der Auferstehung ... O ihr, die ihr glaubt! Nehmt nicht Juden und Christen zu Freunden.

Koran, Sure V, »Der Tisch«

Kapitel 24

Der 15. April war ein Scheißtag gewesen, und der 16. April begann auch nicht viel besser.

»Guten Morgen, Mr. Corey«, sagte Alfred, mein Portier, der schon ein Taxi für mich besorgt hatte.

»Guten Morgen, Alfred.«

»Der Wetterbericht sieht gut aus. La Guardia, nicht wahr?« Er hielt mir die Hintertür des Taxis auf und sagte zum Fahrer: »La Guardia.«

Ich stieg ein, das Taxi fuhr los, und ich fragte den Fahrer: »Haben Sie eine Zeitung?«

Er nahm eine vom Beifahrersitz und reichte sie mir nach hinten. Sie war auf Russisch oder Griechisch. Er lachte.

So früh schon ging es mit dem Tag bergab.

Ich sagte zu dem Typ: »Ich bin spät dran. Geben Sie Gas. Capisce? Bleifuß.«

Er machte keine Anstalten, Gesetze zu brechen, also hielt ich ihm meinen FBI-Dienstausweis vors Gesicht. »Los jetzt!«

Das Taxi beschleunigte. Hätte ich meine Knarre dabei gehabt, dann hätte ich ihm die Mündung ins Ohr gesteckt, aber anscheinend hatte er schon verstanden. Ich bin übrigens kein Morgenmensch.

So früh am Sonntagmorgen war nicht viel Verkehr, und wir kamen auf dem FDR Drive und der Triborough Bridge gut voran. Als wir uns La Guardia näherten, sagte ich: »US Airways-Terminal.«

Er hielt vor dem Terminal. Ich zahlte und gab ihm mit den Worten »Ihr Trinkgeld« die Zeitung zurück.

Ich stieg aus und sah auf meine Armbanduhr. Noch gut zehn Minuten bis zum Abflug. Das war knapp, aber ich hatte ja kein Gepäck dabei und keine Waffe zu deklarieren.

Vor dem Terminal sah ich zwei uniformierte Polizisten der Port Authority, die die ankommenden Fahrzeuge musterten, als seien sie alle Autobomben. Offenbar hatte es sich herumgesprochen, und hoffentlich hatten alle ein Foto von Assad Khalil.

Am Ticketschalter im Terminal fragte mich der Typ, ob ich ein Ticket besäße oder reserviert hätte. Ich stand dem ganzen Flug ziemlich reserviert gegenüber, aber flapsige Sprüche waren hier nicht angebracht. Ich sagte: »Corey, John.«

Er fand mich auf seinem Monitor und druckte mein Ticket aus. Er wollte einen Ausweis mit Foto sehen, und ich zeigte ihm meinen Führerschein und nicht den FBI-Dienstausweis, der immer die Frage nach einer Waffe aufwirft. Ich war an diesem Morgen unbewaffnet, weil ich spät dran war und keine Zeit hatte, Formulare auszufüllen. Und schließlich reiste ich ja mit bewaffneten Leuten, die mich beschützen würden. Hoffentlich. Aber immer dann, wenn man meint, keine Waffe zu brauchen, braucht man sie garantiert doch. Es gab da aber noch einen anderen, gewichtigeren Grund, warum ich unbewaffnet war. Mehr dazu später.

Der Tickettyp erkundigte sich nach meinem Gepäck, und ich sagte ihm, ich hätte keins dabei. Er gab mir mein Ticket und sagte: »Ich wünsche Ihnen einen angenehmen Flug.«

Hätte ich die Zeit gehabt, dann hätte ich erwidert: »Möge Allah uns einen kräftigen Rückenwind bescheren.«

Am Metalldetektor stand ebenfalls ein Polizist der Port Authority, und die Schlange kam langsam voran. Als ich durchging, löste mein Glockengehänge keinen Alarm aus.

Ich hastete zum Flugsteig und dachte über die verstärkten

Sicherheitsmaßnahmen nach. Einerseits würden eine Menge Bullen während des nächsten Monats oder so viele Überstunden schieben und der Bürgermeister würde deswegen ausrasten und versuchen, Staatsknete aus Washington zu kriegen, weil es ja schließlich deren Schuld war.

Doch andererseits ließen sich die Gesuchten selten am Abflugschalter eines Inlandsflughafens blicken. Aber es nutzte ja nichts – man musste es machen. Es machte Flüchtigen, die im Land herumreisen wollten, das Leben schwer. Doch wenn Assad Khalil nicht komplett bescheuert war, würde er tun, was die meisten Täter an seiner Stelle machten: untertauchen, bis etwas Gras über die Sache gewachsen war, oder sich einen sauberen Wagen besorgen und über die Highways verduften. Oder er war tatsächlich gestern schon mit Camel Air nach Sandland abgereist.

Ich gab der Gate Agent mein Ticket, ging die Fluggastbrücke entlang und an Bord des Shuttleflugs nach Dumpfbackenland.

Die Stewardess meinte: »Das war aber knapp.«
»Heute ist mein Glückstag.«
»Es ist noch viel frei. Suchen Sie sich einen Platz aus.«
»Wie wär's mit dem Platz, auf dem der Mann da sitzt?«
»Einen freien Platz, Sir. Bitte setzen Sie sich.«

Ich ging den Gang hinab und sah, dass das Flugzeug nur halb besetzt war. Ich setzte mich weder zu Kate Mayfield und Ted Nash, die zusammen saßen, noch zu Jack Koenig, der auf der anderen Seite des Gangs ihnen gegenüber saß. Ich grummelte ein »Morgen« und ging weiter nach hinten durch. Ich beneidete George Foster darum, dass er nicht mitfliegen musste.

Ich hatte nicht daran gedacht, mir am Gate eine Gratis-Zeitschrift zu nehmen, und die Zeitschriften aus der Sitztasche vor mir hatte jemand geklaut, deshalb saß ich nur da und las die Vorschriften für den Notfall, bis das Flugzeug abhob.

Auf halber Strecke, ich döste gerade vor mich hin, kam Koenig auf dem Weg zur Toilette bei mir vorbei und warf mir den Mantelbogen der *New York Times* vom Sonntag auf den Schoß.

Ich rappelte mich auf und las die Schlagzeile. *Dreihundert Tote auf dem JFK*. Na, das war doch ein Muntermacher am Sonntagmorgen.

Ich las den Bericht der *Times*, der bruchstückhaft und teilweise unzutreffend war, wofür zweifellos die Pressestelle des FBI verantwortlich war. Im Endeffekt lief es darauf hinaus, dass die Federal Aviation Agency und das National Transportation Safety Board nicht viele Einzelheiten veröffentlichten und nur angaben, ein nicht identifiziertes Giftgas habe Passagiere und Mannschaft bewusstlos gemacht. Es wurde nicht erwähnt, dass der Autopilot das Flugzeug gelandet hatte. Von Mord und Terrorismus war keine Rede und vom Conquistador Club schon gar nicht. Und Gott sei Dank wurde auch niemand namens John Corey erwähnt.

Morgen jedoch würden die Nachrichten ausführlicher sein. Man würde die Einzelheiten peu à peu, in verträglichen Portionen, veröffentlichen, jeden Tag ein wenig mehr, wie Lebertran mit einer Prise Honig, bis sich die Öffentlichkeit daran gewöhnte und von etwas anderem ablenken ließ.

Der einstündige Flug verlief ereignislos, von einer Tasse miesen Kaffees mal abgesehen. Als wir auf den Inlandsflughafen Ronald Reagan runtergingen, flogen wir über den Potomac, und ich hatte einen prächtigen Blick auf das Jefferson Memorial mit den voll erblühten Kirschbäumen, auf die Mall, das Kapitol und all die anderen weißen Steingebäude, die Macht, Macht und noch mal Macht darstellten. Zum ersten Mal wurde mir bewusst, dass ich für einige der Leute da unten arbeitete.

Wir landeten pünktlich und gingen von Bord. Mir fiel auf, dass Koenig einen Fed-mäßigen blauen Anzug und einen Aktenkoffer trug. Nash hatte einen weiteren seiner europäisch geschnittenen Anzüge an und trug ebenfalls einen Aktenkoffer, zweifellos Handarbeit aus Yak-Leder, gefertigt von tibetanischen Freiheitskämpfern im Himalaja. Kate trug ebenfalls einen blauen Anzug, aber ihr stand er besser als Koenig. Sie hatte auch einen Aktenkoffer dabei, und vermutlich hätte auch ich einen mitbringen sollen. Meine Garderobe bestand aus einem taubengrauen Anzug, den mir meine Ex bei Barney's gekauft hatte. Mit allem Drum und Dran hatte er gut zweitausend Dollar gekostet. So viel Schotter hatte die. Das kommt davon, wenn man Dealer, Auftragsmörder, Wirtschaftskriminelle und andere wohlhabende Verbrecher verteidigt. Weshalb trage ich diesen Anzug immer noch? Vermutlich als zynisches Statement. Außerdem sitzt er ausgezeichnet und sieht kostspielig aus.

Doch zurück zum Flughafen. Wir wurden von einem Chauffeur abgeholt und zum FBI-Hauptquartier gefahren, dem J. Edgar Hoover Building.

Im Wagen blieb es ziemlich still, aber schließlich drehte sich Jack Koenig, der vorn beim Fahrer saß, zu uns um und sagte: »Es tut mir Leid, wenn Sie wegen dieses Termins den Gottesdienst verpassen.«

Lippenbekenntnissen nach förderte das FBI den Kirchgang, und vielleicht waren das auch nicht nur Lippenbekenntnisse. Ich konnte mir nicht vorstellen, dass meine alten Bosse jemals so etwas gesagt hätten, und war um eine Antwort verlegen.

Kate erwiderte: »Das ist schon in Ordnung.« Was auch immer das bedeuten mochte.

Nash murmelte etwas, das sich anhörte, als würde er uns allen Dispens gewähren.

Ich bin kein regelmäßiger Kirchgänger und sagte: »J. Edgar dort oben wacht ja über uns.«

Koenig warf mir einen unfreundlichen Blick zu und drehte sich wieder um.

Ein langer Tag. Ein langer, langer Tag.

Kapitel 25

Um halb sechs Uhr morgens stand Assad Khalil auf, holte ein feuchtes Handtuch aus dem Badezimmer und wischte alle Oberflächen ab, auf denen er Fingerabdrücke hinterlassen haben konnte. Er ließ sich auf dem Boden nieder, sprach seine Morgengebete und verließ dann das Motelzimmer. Er stellte die Reisetasche in den Mercury und ging zum Motelbüro, das feuchte Handtuch in der Hand.

Der junge Portier schlief auf seinem Stuhl, und der Fernseher lief.

Khalil ging mit der ins Handtuch gewickelten Glock um den Tresen. Er setzte dem Mann die Pistole an den Kopf und drückte ab. Der Portier stürzte auf seinem Drehstuhl an den Tresen. Khalil schob die Leiche unter den Tresen, nahm ihr das Portemonnaie ab und nahm dann das Geld aus der Kassenschublade. Er fand den Stapel Anmeldekarten und Quittungskopien, steckte alles in seine Tasche, wischte dann den Schlüsselanhänger mit dem feuchten Handtuch ab und hängte den Schlüssel zurück ans Schlüsselbrett.

Er sah zu der Überwachungskamera hoch, die ihm schon bei der Ankunft aufgefallen war und die nicht nur seine Anreise, sondern auch den Mord und den Raub aufgezeichnet hatte. Er folgte dem Kabel in ein kleines Hinterzimmer, wo er den Videorecorder entdeckte. Er warf die Kassette aus, steckte sie sich in die Tasche und ging dann zurück an den Tresen, wo er einen Schalter mit der Aufschrift MOTEL-SCHILD entdeckte. Er legte den Schalter um, löschte dann die Lichter im Büro und ging zurück zu seinem Wagen.

Dichter Bodennebel schränkte die Sichtweite auf wenige Meter ein. Khalil verließ den Parkplatz, ohne die Scheinwerfer einzuschalten, und knipste sie erst an, als er fünfzig Meter entfernt war.

Er fuhr dorthin zurück, von wo er gekommen war, und

fuhr dann in Richtung Capital Beltway. Vor der Auffahrt bog er auf den großen Parkplatz eines Einkaufszentrums ein, fand am Bordstein einen Gulli und schob die Anmeldekarten, Quittungen und die Videokassette durch den Metallrost. Er nahm das Bargeld aus dem Portemonnaie des Portiers und warf auch die Geldbörse in den Gulli.

Er stieg wieder ein und fuhr auf den Capital Beltway.

Es war sechs Uhr morgens, und die Morgenröte im Osten drang durch den Nebel. An diesem Sonntagmorgen war wenig Verkehr, und Khalil sah keine Streifenwagen.

Er fuhr auf dem Beltway nach Süden. Dann machte die Straße einen Bogen nach Westen, führte über den Potomac River und in westliche Richtung weiter, bis sie schließlich einen Schlenker nach Norden machte und wieder über den Potomac führte. Er fuhr um Washington DC herum, wie ein Löwe, dachte er, der seine Beute umkreist.

Khalil gab auf dem Satellite Navigator die Adresse ein, zu der er in Washington wollte, und fuhr an der Pennsylvania Avenue vom Beltway ab.

Er fuhr die Pennsylvania Avenue hinunter, mitten ins Herz der Hauptstadt des Feindes.

Um sieben Uhr fuhr er den Capitol Hill hoch. Der Nebel hatte sich gelichtet, und das riesige Kapitolsgebäude mit der weißen Kuppel leuchtete in der Morgensonne. Khalil fuhr um das Kapitol herum und parkte an der Südostseite. Er nahm seine Kamera aus der Reisetasche und schoss ein paar Fotos des sonnenbeschienenen Gebäudes. Gut fünfzig Meter entfernt sah er ein junges Pärchen das Gleiche tun. Diese Fotos waren überflüssig, das war ihm klar, und er hätte die Zeit auch anderswo verbringen können, aber er dachte sich, diese Bilder würden seine Landsleute in Tripolis bestimmt amüsieren.

In dem abgeriegelten Bereich um das Kapitolsgebäude sah er Polizeiautos, aber nicht auf den umliegenden Straßen.

Um 7.25 Uhr setzte er sich wieder in den Wagen und fuhr

ein paar Ecken weiter in die Constitution Avenue. Er fuhr langsam die von Stadtvillen gesäumte Allee hinab und entdeckte die Hausnummer 415. Auf der schmalen Auffahrt war ein Wagen geparkt, und im zweiten Stock sah er Licht. Er fuhr weiter, einmal um den Block, und parkte den Wagen dann ein gutes Stück vom Haus entfernt.

Khalil steckte sich beide Glocks in die Jackentaschen, wartete und beobachtete das Haus.

Um Viertel vor acht kamen ein Mann und eine Frau mittleren Alters aus der Haustür. Die Frau war damenhaft schick gekleidet, und der Mann trug die blaue Uniform eines Luftwaffengenerals. Khalil lächelte.

Man hatte ihm in Tripolis gesagt, General Terrance Waycliff sei ein Gewohnheitsmensch, und zu seinen Gewohnheiten gehöre es, jeden Sonntagmorgen den Gottesdienst in der National Cathedral zu besuchen. Der General besuchte fast mit schöner Regelmäßigkeit den Gottesdienst um 8.15 Uhr, war aber auch schon bei dem um 9.30 Uhr gesehen worden. An diesem Morgen war es also der Gottesdienst um 8.15 Uhr, und Khalil freute sich, dass er nicht eine weitere Stunde irgendwo vergeuden musste.

Khalil sah zu, wie der General seine Frau zum Auto geleitete. Der General war groß und schlank, und obwohl er graue Haare hatte, ging er wie ein junger Mann. Khalil wusste, dass General Waycliff 1986 Captain Waycliff gewesen war und dass das Rufzeichen seiner F-111 Remit 22 gelautet hatte. Captain Waycliffs Kampfbomber hatte zu dem Schwarm aus vier Flugzeugen gehört, der Al Azziziyah bombardiert hatte. Captain Waycliffs Waffensystemoffizier war Colonel – damals Captain – William Hambrecht gewesen, den sein Schicksal im Januar in England ereilt hatte. Nun würde General Waycliff in Washington folgen.

Khalil sah zu, wie der General seiner Frau die Autotür aufhielt, dann um den Wagen ging, auf der Fahrerseite einstieg und aus der Einfahrt zurücksetzte.

Khalil hätte sie an diesem stillen Sonntagmorgen beide auf der Stelle umbringen können, aber er wollte es anders.

Khalil richtete seine Krawatte, stieg aus und schloss den Wagen ab.

Er ging zur Haustür des Generals und drückte auf die Klingel. Drinnen hörte er es läuten, dann näherten sich Schritte. Er trat ein wenig von der Tür zurück, damit man im Spion sein Gesicht sehen konnte. Khalil hörte ein metallisches Schaben, das sich anhörte, als würde eine Kette vorgelegt. Dann öffnete sich die Tür einen Spalt breit, und er sah die baumelnde Kette und das Gesicht einer jungen Frau. Sie wollte etwas sagen, aber Khalil rammte seine Schulter gegen die Tür. Die Kette riss ab, die Tür sprang auf und stieß die Frau zu Boden. Binnen einer Sekunde war Khalil im Haus, hatte die Tür hinter sich geschlossen und seine Pistole gezogen. »Still!«

Die junge Frau lag mit entsetztem Blick auf dem Marmorboden.

Er gab ihr mit einem Wink zu verstehen, sie solle aufstehen, und sie rappelte sich hoch. Er betrachtete sie kurz. Sie war klein, trug einen Morgenrock, war barfuß und hatte einen dunklen Teint. Seinen Informationen nach war sie die Haushälterin. Sonst wohnte niemand in diesem Haus. Um sicher zu gehen, fragte er: »Wer ist zu Hause?«

Sie antwortete mit starkem Akzent: »General zu Hause.«

Khalil lächelte. »Nein. General ist nicht zu Hause. Generals Kinder zu Hause?«

Sie schüttelte den Kopf, und er sah, dass sie zitterte.

Khalil roch Kaffeeduft und sagte zu ihr: »Küche.«

Sie drehte sich zögerlich um und ging durch die lange Vorhalle der Stadtvilla zur Küche hinten im Haus. Khalil folgte ihr.

Khalil schaute sich in der großen Küche um und sah auf einem runden Tisch vor einem großen Bogenfenster zwei Teller und zwei Kaffeetassen stehen.

Khalil sagte zu ihr: »Keller. Nach unten.«

Sie deutete auf eine Holztür. Er sagte: »Sie gehen runter.«

Sie ging zur Tür, öffnete sie, schaltete das Licht an und ging die Kellertreppe hinunter. Khalil folgte ihr.

Der Keller stand voller Kisten und Kartons. Khalil sah sich um. Er entdeckte eine Tür, öffnete sie und kam in einen kleinen Raum, der die Heizung enthielt. Er wies die junge Frau mit einer Handbewegung an, hineinzugehen, und als sie an ihm vorbeiging und den Heizungskeller betrat, schoss Khalil ihr in den Hinterkopf, genau an der Stelle, wo Kopf und Rückgrat zusammentreffen. Sie fiel mit dem Gesicht nach vorn und war tot, ehe sie auf dem Boden aufschlug.

Khalil machte die Tür zu und ging nach oben in die Küche. Im Kühlschrank fand er eine Tüte Milch, trank sie aus und warf sie in den Müll. Er fand auch Joghurt, holte sich zwei Becher aus dem Kühlschrank, nahm einen Teelöffel vom Tisch und schlang die beiden Joghurts hinunter. Erst als er Essen roch, merkte er, wie hungrig er war.

Khalil ging durch die Halle zurück zur Haustür. Er löste die Metallschiene von der herabhängenden Kette und drückte die Schiene samt Schrauben zurück in den Türrahmen, aus dem er sie gerissen hatte. Er ließ die Tür verschlossen, legte die Kette aber nicht vor, sodass der General und seine Frau die Tür aufschließen konnten.

Er sah sich im Erdgeschoss um, entdeckte aber nur ein großes Speisezimmer jenseits der Küche, ein Wohnzimmer auf der anderen Seite der Halle und eine Toilette.

Er ging die Treppe hinauf in die erste Etage, wo ein großes Wohnzimmer die gesamte Grundfläche der Stadtvilla einnahm, und er sah, dass hier niemand war. Dann ging er in die zweite Etage, wo sich die Schlafzimmer befanden. Er sah in allen nach. Zwei gehörten offenbar den Kindern des Generals, einem Mädchen und einem Jungen, und Khalil ertappte sich bei dem Wunsch, sie wären zu Hause gewesen und hätten geschlafen. Aber es war niemand da. Der dritte

Raum war offenbar ein Gästezimmer und der vierte das Elternschlafzimmer.

Khalil ging hoch in den dritten Stock, in dem sich ein großes privates Wohnzimmer und ein sehr kleines Schlafzimmer befanden, wo vermutlich die Haushälterin wohnte.

Khalil schaute sich in dem holzvertäfelten Wohnzimmer um und sah die vielen Militärandenken an den Wänden, auf dem Schreibtisch und auf einem Beistelltisch.

Das Plastikmodell einer F-111 hing an einem Nylonfaden von der Decke, die Nase gesenkt und die Schwenkflügel wie im Sturzflug eingefahren. Khalil sah vier silbrige Bomben unter den Tragflächen. Er zerrte das Modell von der Schnur und riss es in Stücke, die zu Boden fielen und die er zertrat. »Möge Gott euch alle zur Hölle verdammen.«

Er beruhigte sich wieder und sah sich weiter im Wohnzimmer um. An der Wand hing ein Schwarzweißfoto mit acht Männern, die vor einem F-111-Kampfbomber standen. Auf der gedruckten Bildlegende stand: LAKENHEATH, 13. APRIL 1987. Khalil las es noch mal. Das war nicht das Jahr des Bombenangriffs, doch dann fiel ihm ein, dass die Namen der Männer und ihr Auftrag unter Geheimhaltung standen und der General das Bild fehldatiert hatte, auch hier in seinem Privatbüro. Eindeutig, dachte Khalil, hatten diese Feiglinge keine Ehre dafür verdient, was sie getan hatten.

Khalil ging zu dem großen Mahagoni-Schreibtisch und betrachtete den Krimskrams darauf. Er entdeckte den Terminkalender des Generals und schlug den 16. April auf. Der General hatte notiert: »8.15 h, Kirche, National«.

Für diesen Sonntag gab es keine weiteren Eintragungen, und deshalb würde vielleicht niemand das Fehlen des Generals bemerken, bis er sich dann nicht zum Dienst meldete.

Khalil schaute unter Montag nach und sah, dass der General um zehn Uhr morgens einen Termin hatte. Bis dahin wäre auch schon ein weiterer der Schwarmkameraden des Generals tot.

Khalil blätterte die Seite für den 15. April auf, den Jahrestag des Angriffs, und las: »9 Uhr, Konferenzschaltung, Schwarm.«

Khalil nickte. Sie blieben also miteinander in Verbindung. Das stellte ein Problem dar, zumal, wenn sie einer nach dem anderen starben. Doch Khalil hatte damit gerechnet, dass wenigstens einige von ihnen noch untereinander in Kontakt standen. Wenn er schnell genug vorging, wären sie alle tot, ehe sie merkten, dass sie einer nach dem anderen starben.

Neben dem Telefon sah er das private Adressbuch des Generals und schlug es auf. Er blätterte es schnell durch und fand die Namen der anderen Männer auf dem Bild. Khalil sah mit Befriedigung, dass der Eintrag für Colonel Hambrecht mit einem Kreuz versehen war. Er sah auch, dass die Adresse eines gewissen Chip Wiggins durchgestrichen und am Rand mit einem roten Fragezeichen versehen war.

Khalil überlegte, ob er das Adressbuch mitnehmen sollte, doch das Fehlen des Buchs würde der Polizei auffallen und das Motiv des Mordes, der kurz bevorstand, zweifelhaft erscheinen lassen.

Er legte das Adressbuch zurück auf den Schreibtisch und wischte es, wie auch den in Leder gebundenen Kalender, mit einem Taschentuch ab.

Er zog die Schreibtischschubladen auf. In der mittleren Schublade entdeckte er eine versilberte automatische Pistole Kaliber 45. Er vergewisserte sich, dass das Magazin voll war, und lud die Pistole durch. Er entsicherte die Waffe und steckte sie sich in den Hosenbund.

Khalil ging zur Tür, blieb stehen, machte kehrt, sammelte sorgfältig die Bruchstücke des F-111-Modells ein und warf sie in einen Mülleimer.

Dann ging er hinunter in die zweite Etage, durchwühlte alle Schlafzimmer und nahm Geld, Schmuck, Uhren und sogar ein paar Orden des Generals an sich. Er stopfte alles in einen Kissenbezug und ging damit hinunter in die Küche im

Erdgeschoss. Im Kühlschrank fand er eine Tüte Orangensaft und setzte sich damit an den Küchentisch des Generals.

Die Wanduhr zeigte fünf Minuten vor neun. Der General und seine Frau würden um halb zehn zu Hause sein, wenn sie denn tatsächlich pünktliche Gewohnheitsmenschen waren. Und um Viertel vor zehn wären beide tot.

Kapitel 26

Wir fuhren auf irgendeiner Brücke über den Potomac River und kamen in die Stadt. Sonntagmorgens um halb neun war nicht viel Verkehr, und wir sahen bloß ein paar Jogger, Radfahrer und Touristenfamilien in den Frühjahrsferien, und die Kinder wirkten ganz benommen, weil man sie um diese Uhrzeit aus dem Bett gezerrt hatte.

Als wir weiterfuhren, ragte vor uns das Kapitol auf, und ich fragte mich, ob der gesamte Kongress schon eingeweiht war. Wenn die Kacke am Dampfen ist, stellt die Exekutive den Kongress gern vor vollendete Tatsachen und lässt sie sich dann absegnen. Bestimmt waren schon Kampfflugzeuge nach Libyen unterwegs. Aber das war nicht mein Problem.

Wir kamen auf die Pennsylvania Avenue, wo sich das J. Edgar Hoover Building befindet, nicht weit von der Mutterfirma, dem Justizministerium.

Wir hielten vor dem Hoover Building, einem einmalig hässlichen Betonplattengebilde, dessen Größe und Ausmaße jeder Beschreibung spotten.

Die Front des Gebäudes ist sieben Stockwerke hoch, um der Traufhöhe an der Pennsylvania Avenue zu entsprechen, und dahinter ragt es elf Etagen in die Höhe. Das Gebäude umfasst mindestens zweihunderttausend Quadratmeter Bürofläche, ist größer als die alte KGB-Zentrale in Moskau und wahrscheinlich überhaupt das größte Polizeigebäude der Welt. Gut achttausend Personen arbeiten hier, größtenteils Verwaltungs- und Laborleute. Und dann arbeiten hier noch tausend echte FBI-Agenten, und ich beneide sie ebenso wenig, wie ich die Polizisten beneide, die in der One Police Plaza arbeiten. Die Zufriedenheit am Arbeitsplatz ist umso größer, je weiter man von der Zentrale entfernt ist.

Wir hielten vor dem Gebäude und betraten ein kleines Foyer, das auf einen Innenhof hinausging.

Während wir darauf warteten, dass wir abgeholt wurden, schlenderte ich hinüber zum Hof, wo es einen Springbrunnen und einige Parkbänke gab, an die ich mich noch vom letzten Mal erinnerte. In der Mauer über den Bänken war in Bronze ein Zitat von J. Edgar Hoover eingemeißelt: »Die wirksamste Waffe gegen das Verbrechen ist die Kooperation ... die Anstrengungen aller Polizeidienststellen, gekoppelt mit der Unterstützung und dem Einvernehmen des amerikanischen Volkes.« Guter Spruch. Jedenfalls besser als das inoffizielle FBI-Motto: »Wir sind unfehlbar.«

Ich nun wieder. Reiß dich zusammen, Corey. Aber das ist nun mal eine Machosache. Zu viele Alpha-Männchen bei der Polizei.

An der Wand hingen die üblichen Fotos: Präsident, Generalbundesanwalt, FBI-Direktor und so weiter. Die Männer auf den Fotos schauten freundlich, und die Bilder waren in der Reihenfolge der Befehlskette aufgehängt, sodass sie hoffentlich niemand mit den zehn meistgesuchten Verbrechern Amerikas verwechselte.

Es gab noch einen anderen Eingang, den Besuchereingang, wo die Führungen begannen, und dort hingen die zehn Meistgesuchten aus. Unfasslicherweise waren bereits drei Flüchtige festgenommen worden, nachdem Besucher sie auf den Fotos erkannt hatten. Zweifellos hing Assad Khalils Foto mittlerweile auf dem ersten Platz. Vielleicht sagte ja jemand während einer Führung: »Hey, an den hab ich ein Zimmer vermietet.« Wohl kaum.

Fünf Jahre zuvor hatte ich hier an einem Seminar über Serienmörder teilgenommen. Aus dem ganzen Land hatten sie Mordermittler eingeladen, und die waren alle ein bisschen durchgeknallt, so wie ich. Wir übten für das FBI einen Sketch mit dem Titel *Cereal*-Killers ein und brachten alle möglichen Cornflakes-Schachteln mit, die erstochen, erschossen, erwürgt und ertränkt worden waren. Wir fanden das ziemlich lustig, aber die Psychologen vom FBI meinten, wir bräuchten professionelle Hilfe.

Zurück zur tristen Gegenwart im FBI-Hauptquartier. Es war natürlich kein normaler Arbeitstag, und das Gebäude wirkte recht verlassen, aber ich war mir absolut sicher, dass die Abteilung für Terrorismusabwehr heute Dienst schob. Hoffentlich würden sie uns nicht die Schuld daran geben, dass ihr Sonntag versaut war.

Jack, Kate und Ted deklarierten bei der Sicherheitskontrolle ihre Waffen, und ich musste zugeben, dass ich unbewaffnet war, und so was macht man einfach nicht. Ich teilte dem Sicherheitstyp mit: »Ich habe einen Waffenschein für meine Hände.« Der Typ schaute Jack an, und Jack tat, als würde er mich nicht kennen.

Noch vor neun Uhr wurden wir in einen hübschen Konferenzraum im zweiten Stock geleitet, wo man uns Kaffee anbot und uns sechs Männern und zwei Frauen vorstellte. Die Männer hießen alle Bob, Bill und Jim, aber vielleicht hörte sich das auch nur so an. Die beiden Frauen hießen Jane und Jean. Alle trugen blau.

Was ein langer, anstrengender Tag hätte werden können, wurde noch viel schlimmer. Nicht dass sich jemand feindselig oder vorwurfsvoll verhalten hätte – sie waren alle höflich und mitfühlend –, aber ich hatte das deutliche Gefühl, dass ich wieder in der Grundschule gelandet war und im Büro des Rektors saß. Johnny, wenn das nächste Mal ein Terrorist nach Amerika kommt, meinst du, dass du dich dann daran erinnerst, was wir dir beigebracht haben?

Ich war froh, dass ich meine Waffe nicht dabei hatte. Ich hätte die ganze Bande umgenietet.

Wir blieben nicht die ganze Zeit über in dem Konferenzraum, sondern wechselten, wie ein Wanderzirkus, von Büro zu Büro und führten die gleiche Vorstellung vor jeweils anderem Publikum auf.

Das Innere des Gebäudes war übrigens genauso kahl und eintönig wie das Äußere. Die Wände waren kalkweiß gestrichen, die Türen schwarzgrau. Mir hat mal jemand erzählt, J. Edgar Hoover hätte Bilder an den Wänden verboten, und dort hingen immer noch keine. Wer ein Bild aufhängte, kam auf rätselhafte Weise ums Leben.

Wie ich schon sagte, hat das Gebäude eine abstruse Form, und oft weiß man nicht, wo man sich eigentlich befindet. Ab und zu kamen wir an einer Glaswand vorbei, durch die man in ein Labor oder einen anderen Raum sehen konnte, wo Leute arbeiteten. Obwohl es Sonntag war, saßen dort einige Leute über Mikroskope gebeugt oder an Computerterminals oder machten sich mit Bechergläsern zu schaffen. Vieles, was hier wie ein Fenster wirkt, ist in Wirklichkeit einseitig verspiegeltes Glas, durch das einen die Leute, die man sieht, nicht sehen können. Und vieles, was wie ein Spiegel aussieht, ist ebenfalls nur einseitig verspiegelt, so dass sie einem dabei zusehen können, wie man sich Mohn aus den Zähnen pult.

Der ganze Morgen bestand aus einer Abfolge von Nachbesprechungen, bei denen größtenteils wir redeten, und die anderen nickten und schwiegen. Die Hälfte der Zeit über wusste ich nicht, mit wem wir es da zu tun hatten; und ein paar Mal dachte ich schon, man hätte uns ins falsche Büro geleitet, denn die Leute, mit denen wir sprachen, wirkten überrascht oder verwirrt, als wären sie einfach nur ins Büro gekommen, um sich auf den neuesten Stand zu bringen, und dann platzen da vier Leute aus New York rein und fangen an, über Giftgas zu schwadronieren und über einen Typ, der Löwe genannt wird. Tja, vielleicht übertreibe ich ja, aber nach drei Stunden, während der wir unterschiedlichen Leuten dieselbe Geschichte erzählt hatten, geriet mir so allmählich alles durcheinander.

Hin und wieder stellte uns jemand eine präzise Frage, und ab und zu wurden wir gebeten, Meinungen oder Theorien zu äußern. Doch kein einziges Mal erzählten sie uns, was *sie* wussten. Das würden wir nach dem Mittagessen erfahren, sagten sie, aber auch nur, wenn wir unser Gemüse aufäßen.

Kapitel 27

Assad Khalil hörte, wie die Haustür geöffnet wurde, und dann hörte er einen Mann und eine Frau miteinander sprechen. Die Frauenstimme rief: »Rosa, wir sind wieder da!«

Khalil trank seinen Kaffee aus und hörte, wie die Garderobentür geöffnet und geschlossen wurde. Dann wurden die Stimmen lauter, während sie auf dem Flur näher kamen.

Khalil stand auf und stellte sich neben die Tür. Er zog den automatischen 45er Colt des Generals und lauschte. Er hörte Schritte über den Marmorboden auf sich zukommen.

Der General und seine Frau betraten die große Küche. Der General ging direkt zum Kühlschrank, die Frau zur Kaffeemaschine auf dem Küchentresen. Beide hatten sie ihm den Rücken zugekehrt, und er wartete darauf, dass sie ihn dort an der Wand entdeckten. Er steckte sich die Pistole in die Jackentasche und hielt sie fest.

Die Frau nahm zwei Tassen aus dem Schrank und schenkte Kaffee ein. Der General schaute immer noch im Kühlschrank nach. Er fragte: »Wo ist die Milch?«

»Die steht da drin«, sagte Mrs. Waycliff.

Sie wollte zum Küchentisch gehen, sah Khalil, schrie auf und ließ die Tassen fallen.

Der General wirbelte herum, sah zu seiner Frau hinüber, folgte dann ihrem Blick und sah schließlich einen großen Mann, bekleidet mit einem Anzug. Er atmete tief durch und fragte: »Wer sind Sie?«

»Ich bin ein Bote.«

»Wer hat Sie reingelassen?«

»Ihre Dienerin.«

»Wo ist sie?«

»Sie ist Milch kaufen gegangen.«

General Waycliff schnauzte: »Raus hier, oder ich rufe die Polizei!«

»War es schön beim Gottesdienst?«

Gail Waycliff sagte: »Gehen Sie bitte. Wenn Sie jetzt gehen, rufen wir auch nicht die Polizei.«

Khalil ignorierte sie und sagte: »Ich bin auch ein religiöser Mensch. Ich habe das hebräische Testament ebenso studiert wie das christliche Testament und natürlich den Koran.«

Bei diesem letzten Wort dämmerte es General Waycliff allmählich, um wen es sich bei diesem Eindringling handeln mochte.

Khalil fuhr fort: »Sind Sie vertraut mit dem Koran? Nein? Aber Sie haben das hebräische Testament gelesen. Warum lest ihr Christen denn bloß nicht das Wort Gottes, das durch den Propheten Muhammad offenbart wurde? Gesegnet sei er.«

»Hören Sie ... Ich weiß nicht, wer Sie sind ...«

»Aber sicher doch wissen Sie das.«

»Also gut ... Ich weiß, wer Sie sind ...«

»Ja, ich bin Ihr schlimmster Albtraum. Und Sie waren einmal mein schlimmster Albtraum.«

»Worüber reden Sie?«

»Sie sind General Terrance Waycliff, und Sie arbeiten im Pentagon. Nicht wahr?«

»Das geht Sie nichts an. Ich habe Ihnen gesagt, dass Sie abhauen sollen. Sofort.«

Khalil erwiderte nichts. Er sah den General nur an, der in seiner blauen Uniform vor ihm stand. Schließlich sagte Khalil: »Wie ich sehe, sind Sie hoch dekoriert, General.«

General Waycliff sagte zu seiner Frau: »Gail, ruf die Polizei.«

Die Frau stand für einen Moment wie angewurzelt da und ging dann zum Küchentisch, neben dem an der Wand ein Telefon angebracht war.

Khalil sagte: »Hände weg vom Telefon!«

Sie sah sich zu ihrem Mann um und der sagte: »Ruf die Polizei.« General Waycliff ging einen Schritt auf den Eindringling zu.

Khalil zog die automatische Pistole aus der Jacke.

Gail Waycliff schnappte nach Luft.

General Waycliff gab ein verblüfftes Schnaufen von sich und blieb unvermittelt stehen.

Khalil sagte: »Das ist Ihre Waffe, General.« Er hielt sie hoch, als würde er sie betrachten, und sagte dann: »Sie ist sehr schön. Sie ist versilbert oder vernickelt, hat Griffschalen aus Elfenbein, und Ihr Name ist darauf eingraviert.«

General Waycliff erwiderte nichts.

Khalil sah wieder den General an und sagte: »Soweit ich weiß, wurden für den Luftangriff auf Libyen keine Orden verliehen. Trifft das zu?« Zum ersten Mal bemerkte er Angst in Waycliffs Blick.

Khalil fuhr fort: »Ich spreche von dem Luftangriff am 15. April 1986. Oder war es 1987?«

Der General schaute zu seiner Frau hinüber, die ihn anstarrte. Sie wussten nun beide, worauf das hier hinauslief. Gail Waycliff stellte sich neben ihren Mann.

Khalil wusste diesen Todesmut zu schätzen.

Eine geschlagene Minute lang sagte niemand ein Wort. Khalil genoss den Anblick der beiden Amerikaner, die dem Tod ins Auge sahen.

Aber Assad Khalil war noch nicht fertig. Er sagte zu dem General: »Berichtigen Sie mich, wenn ich mich irre. Sie waren in der Remit 22, nicht wahr?«

Der General antwortete nicht.

Khalil sagte: »Ihr Schwarm aus vier F-111 hat Al Azziziyah angegriffen, nicht wahr?«

Wiederum antwortete der General nicht.

»Und Sie fragen sich, wie ich dieses Geheimnis aufgedeckt habe.«

General Waycliff räusperte sich und sagte: »Ja, das frage ich mich allerdings.«

Khalil sagte mit einem Lächeln: »Wenn ich Ihnen das sage, muss ich Sie umbringen.« Er lachte.

Der General stieß hervor: »Das machen Sie doch sowieso.«

»Vielleicht. Vielleicht auch nicht.«

Gail Waycliff fragte Khalil: »Wo ist Rosa?«

»Was für eine gute Herrin Sie sind, dass Sie sich Sorgen um Ihre Dienerin machen.«

Mrs. Waycliff schrie hysterisch: »Wo ist sie?«

»Sie ist genau da, wo Sie sie vermuten.«

»Sie Bastard!«

Assad Khalil war es nicht gewöhnt, so angeschnauzt zu werden, und schon gar nicht von einer Frau. Er hätte sie gern auf der Stelle erschossen, aber er zügelte sich und sagte: »Ich bin kein Bastard. Meine Mutter und mein Vater waren miteinander verheiratet. Mein Vater wurde von Ihren Verbündeten, den Israelis, ermordet. Meine Mutter kam bei Ihrem Bombenangriff auf Al Azziziyah ums Leben. Wie auch meine beiden Brüder und meine beiden Schwestern.« Mit Blick auf Gail Waycliff sagte er: »Und es ist gut möglich, dass es eine der Bomben Ihres Mannes war, Mrs. Waycliff, die sie umgebracht hat. Was haben Sie jetzt dazu zu sagen?«

Gail Waycliff atmete tief durch und sagte: »Dann kann ich nur sagen, dass es mir Leid tut. Es tut uns beiden Leid.«

»Ja? Na, dann danke für Ihr Mitgefühl.«

General Waycliff sah Khalil in die Augen und sagte mit vor Zorn bebender Stimme: »Mir tut das überhaupt nicht Leid. Ihr Führer Gaddafi ist ein internationaler Terrorist. Er hat Dutzende unschuldiger Männer, Frauen und Kinder auf dem Gewissen. Der Stützpunkt Al Azziziyah war ein Kommandozentrum des internationalen Terrorismus, und es war Gaddafi, der Zivilisten in Gefahr gebracht hat, indem er sie in einem militärischen Ziel unterbrachte. Und wenn Sie das alles wissen, dann wissen Sie auch, dass in Libyen nur militärische Ziele bombardiert wurden und dass es sich beim Tod der wenigen Zivilisten um einen Unfall handelte. Das wissen Sie sehr gut, also tun Sie nicht so, als wäre es gerechtfertigt, jemanden kaltblütig zu ermorden.«

Khalil starrte General Waycliff an und schien tatsächlich über seine Worte nachzudenken. Schließlich sagte er: »Und die Bombe, die auf das Haus von Oberst Gaddafi in Al Azziziyah abgeworfen wurde? Sie wissen schon, General – die Bombe, die seine Tochter umgebracht und seine Frau und zwei seiner Söhne verwundet hat? War das ein Unfall? Sind Ihre computergesteuerten Bomben vom Kurs abgekommen? Antworten Sie!«

»Ich habe Ihnen nichts mehr zu sagen.«

Khalil schüttelte den Kopf und sagte: »Stimmt.« Er hob die Pistole und richtete sie auf General Waycliff. »Sie haben ja keine Ahnung, wie lange ich auf diesen Augenblick gewartet habe.«

Der General stellte sich vor seine Frau und sagte: »Lassen Sie sie gehen.«

»Lächerlich. Ich bedaure bloß, dass Ihre Kinder nicht zu Hause sind.«

»Sie Schwein!« Der General sprang auf Khalil zu und holte aus.

Khalil feuerte einen Schuss auf die Ehrenabzeichen auf der linken Brust des Generals ab.

Die Wucht des Low-Velocity-Kegelstumpfgeschosses Kaliber 45 stoppte die Vorwärtsbewegung des Generals und warf ihn zu Boden. Er stürzte rücklings hin und landete mit einem dumpfen Knall.

Gail Waycliff schrie und lief zu ihrem Mann.

Khalil ließ sie sich neben ihrem sterbenden Mann hinknien. Sie streichelte seine Stirn und seufzte. Blutschaum trat aus der Schusswunde, und Khalil sah, dass er das Herz verfehlt und die Lunge getroffen hatte, was gut war. Der General würde ganz langsam an seinem eigenen Blut ersticken.

Gail Waycliff presste eine Hand auf die Wunde, und Khalil hatte den Eindruck, sie sei ausgebildet, eine offene Brustverletzung zu behandeln. Aber vielleicht, dachte er, handelte sie auch nur instinktiv.

Er sah sich das eine halbe Minute lang an, interessiert, aber teilnahmslos.

Khalil trat näher und sah dem General ins Gesicht. Ihre Blicke begegneten sich.

Khalil sagte: »Ich hätte Sie auch mit einer Axt erschlagen können, wie Colonel Hambrecht. Aber Sie waren sehr tapfer, und ich achte Sie. Deshalb werden Sie nicht mehr lange leiden. Ihren Schwarmkameraden kann ich das allerdings nicht versprechen.«

General Waycliff versuchte zu sprechen, aber aus seinem Mund kam nur rosarotes, schaumiges Blut. Schließlich schaffte er es, zu seiner weinenden Frau zu sagen: »Gail ...«

Khalil setzte die Mündung der automatischen Pistole seitlich an Gail Waycliffs Kopf an, über dem Ohr, und schoss ihr durch Schädel und Hirn.

Sie brach über ihrem Mann zusammen.

General Waycliff streckte die Hand aus und wollte seine Frau berühren, und dann hob er den Kopf und sah sie an.

Khalil sah ein paar Sekunden lang zu und sagte dann zu

General Waycliff: »Sie ist unter erheblich geringeren Schmerzen gestorben als meine Mutter.«

General Waycliff drehte den Kopf und sah Assad Khalil an. Terrance Waycliffs Augen waren aufgerissen, und er hatte blutigen Schaum vor dem Mund. Er sagte: »Es reicht ...« Er hustete. »Genug Tote ... Gehn Sie heim.«

»Ich bin hier noch nicht fertig. Ich fahre erst nach Hause, wenn alle Ihre Freunde tot sind.«

Der General lag am Boden und sagte weiter nichts. Seine Hand fand die Hand seiner Frau, und er hielt sie fest.

Khalil wartete, aber der Mann ließ sich Zeit beim Sterben. Schließlich hockte sich Khalil neben das Ehepaar und nahm dem General die Armbanduhr und den Ring von der Air Force Academy ab. Das Portemonnaie des Generals entdeckte er in der Gesäßtasche. Dann nahm er Mrs. Waycliffs Armbanduhr und ihre Ringe an sich und riss ihr die Perlenkette vom Hals.

Er blieb neben ihnen hocken und legte dann seine Finger auf die Brustwunde des Generals, wo das Blut seine Ehrenabzeichen bedeckte. Khalil hob die Hand, hielt sich einen Finger an den Mund und leckte das Blut ab. Er genoss das Blut und den Augenblick.

General Waycliff bewegte die Augen und sah mit Entsetzen, wie sich der Mann das Blut vom Finger leckte. Er wollte etwas sagen, hustete aber nur und spuckte mehr Blut.

Khalil sah dem General wie gebannt in die Augen, und sie starrten einander an. Schließlich atmete der General in kurzen, zischenden Zuckungen. Dann hörte er auf zu atmen. Khalil tastete das Herz des Mannes ab, dann seinen Puls am Handgelenk, dann die Halsschlagader. Zufrieden, dass General Terrance Waycliff endlich tot war, stand Khalil auf und schaute auf die beiden Leichen hinab. Er sagte: »Möget ihr in der Hölle schmoren.«

Kapitel 28

Gegen Mittag sah man selbst bei Kate, Ted und Jack förmlich die Fussel am Mund. Hätten sie uns noch weiter ausgehorcht, dann wäre außer leeren Stirnhöhlen nicht mehr viel in unseren Birnen drin gewesen. Mal ehrlich, die verstanden es echt, einem auch das letzte Fitzelchen an Information zu entlocken, und das, ohne zu Elektroschocks zu greifen.

Es war nun Mittagszeit in Hooverland, und Gott sei Dank ließen sie uns zum Lunch allein und wiesen uns nur an, dazu in die Kantine zu gehen. Sie gaben uns keine Essensbons, so dass wir für dieses Privileg doch tatsächlich selbst bezahlen mussten, aber wenn ich mich recht erinnere, wurde das Futter von der Regierung subventioniert.

Die cafeteriaartige Kantine war ganz hübsch, aber es gab nur einen eingeschränkten Sonntagsspeiseplan. Was dort angeboten wurde, war gesund und vollwertig: eine Salatbar, Joghurt, Gemüse, Obstsäfte und Kräutertees. Ich aß einen Thunfischsalat und trank einen Kaffee, der wie Einbalsamierungsflüssigkeit schmeckte.

Die Leute um uns herum wirkten wie die Darsteller eines Ausbildungsfilms von J. Edgar Hoover mit dem Titel »Schicke Kleidung steigert die Aufklärungsquote«.

In der Kantine sah ich nur einige wenige Schwarze, und die wirkten wie Schokosplitter in einer Schale Haferflocken. Washington mag vielleicht die Hauptstadt der kulturellen Vielfalt sein, aber manche Organisationen ändern sich eben nur langsam. Ich fragte mich, was die Bosse hier denn nun wirklich von der New Yorker ATTF hielten, zumal von den Mitarbeitern vom NYPD, die zusammengenommen aussahen wie die Aliens in der Kneipenszene in *Krieg der Sterne*.

Vielleicht war ich da aber auch nur undankbar meinen Gastgebern gegenüber. Das FBI war wirklich eine ausgezeichnete Polizeieinheit, deren Hauptproblem in ihrem

Image bestand. Die politisch Korrekten mochten sie nicht, die Medien waren mal pro, mal kontra, aber die allgemeine Öffentlichkeit verehrte sie größtenteils immer noch. Andere Polizeieinheiten waren beeindruckt von ihren Leistungen, neidisch auf ihre Macht und ihren Etat und sauer wegen ihrer Arroganz. Man hat's nicht leicht, wenn man was drauf hat.

Jack Koenig, der einen Salat aß, sagte: »Ich weiß nicht, ob die ATTF an diesem Fall dran bleibt oder ob uns die hiesige Abteilung für Terrorismusabwehr den wegnimmt.«

Kate meinte: »Für genau solche Fälle ist unsere Task Force gebildet worden.«

Vermutlich schon. Aber Mutterorganisationen neigen nun mal dazu, ihre seltsamen Sprösslinge nicht zu mögen. Die US-Army konnte zum Beispiel ihre Green Berets nie ausstehen. Die New Yorker Polizei hatte immer was gegen ihre Anti-Crime Unit, deren Mitarbeiter rumliefen wie Obdachlose oder Straßenräuber. Das piekfeine Establishment traut seinen Spezialeinheiten nicht über den Weg, die die Drecksarbeit erledigen, und dabei ist es ihnen scheißegal, wie effektiv die irregulären Truppen arbeiten. Sonderlinge, zumal effektiv arbeitende, stellen eine Bedrohung des Status quo dar.

Kate fügte hinzu: »In New York haben wir eine gute Leistungsbilanz vorzuweisen.«

Koenig überlegte kurz und entgegnete dann: »Ich nehme an, es hängt davon ab, wo sich Khalil aufhält oder wo sie ihn vermuten. Sie werden uns wahrscheinlich im Großraum New York ermitteln lassen, ohne sich einzumischen. In Übersee ist die CIA zuständig, und der Rest des Landes und Kanada werden von Washington aus geregelt.«

Ted Nash sagte nichts. Ich auch nicht. Nash hielt so viele verdeckte Karten vor der Brust, dass er für seinen Joghurt wirklich kein Lätzchen brauchte. Ich hatte keine Asse auf der Hand und nicht die mindeste Ahnung, wie diese Leute ihre Claims absteckten. Ich wusste bloß, dass die Leute von der

ATTF, die im Großraum New York angesiedelt war, oft in andere Gegenden des Landes und gar der Welt geschickt wurden, wenn der Fall in New York begonnen hatte. Und tatsächlich hatte mir Dom Fanelli, als er mir diesen Job aufgeschwatzt hatte, erzählt, dass Leute von der ATTF oft nach Paris reisten, um bei einem guten Essen und einem noch besseren Wein Französinnen zu verführen und sie anschließend für die Spionage gegen verdächtige Araber zu rekrutieren. Ich hielt das für Gerede, wusste aber, dass durchaus die Möglichkeit bestand, mit einem fetten Spesenkonto nach Europa zu reisen. So viel zum Thema Patriotismus. Die Frage war: Wenn es in deinem Zuständigkeitsbereich passiert, verfolgst du es dann bis ans Ende der Welt? Oder machst du an der Grenze Halt?

Der frustrierendste Mordfall, an den ich mich erinnern konnte, lag drei Jahre zurück. Ein Vergewaltiger und Mörder wütete in der East Side, und wir kriegten den Burschen einfach nicht zu fassen. Dann fährt er für eine Woche runter nach Georgia, um einen Freund zu besuchen, und ein dortiger Dorfbulle hält ihn wegen Trunkenheit am Steuer an. Und dann haben die Dorfbullen dort doch tatsächlich einen nagelneuen Computer, der mit Bundesmitteln bezahlt wurde, und aus purer Langeweile leiten sie die Fingerabdrücke des Manns ans FBI weiter und siehe da, sie entsprechen denen, die wir an einem Tatort gefunden hatten. Wir kriegen also die Auslieferung durch, und ich muss höchstpersönlich runter in dieses Scheißkaff in Georgia, um den Täter abzuholen, und muss mich geschlagene vierundzwanzig Stunden lang von Police Chief Corn Pone mit allem möglichen Stuss vollsülzen lassen, muss mir seine Meinung über New York und Lektionen über Fahndungsmethoden anhören und woran man einen Mörder erkennt, und wenn ich mal wieder Hilfe bräuchte, sollte ich ihn einfach nur anrufen. Mann, war das scheiße.

Aber zurück in die Kantine des FBI-Hauptquartiers.

Koenigs Überlegungen war anzumerken, dass er nicht recht wusste, ob die ATTF wirklich in der Lage war, den Fall weiterzuverfolgen und zu lösen. Er sagte: »Wenn Khalil in Europa gefasst wird, werden sich zwei oder drei Länder um ihn reißen, ehe wir ihn in die Finger bekommen, es sei denn, unsere Regierung kann ein befreundetes Land überzeugen, dass er wegen des Massenmords ausgeliefert werden sollte.«

Diese juristischen Ausführungen waren wohl teilweise an meine Adresse gerichtet, aber das meiste davon war mir ohnehin klar. Ich war fast zwanzig Jahre lang Polizist gewesen, hatte fünf Jahre lang am John Jay College unterrichtet und zwei Jahre lang mit einer Anwältin zusammengelebt. Das war die einzige Zeit in meinem Leben, in der ich es einer Anwältin mal so richtig besorgen konnte, und nicht umgekehrt.

Koenigs Hauptsorge bestand jedenfalls darin, wir hätten den Football an der Torlinie liegen lassen, und jetzt würden sie uns zum Duschen schicken. Und das war auch meine Sorge.

Und als sei das noch nicht schlimm genug, würde einer von uns, Ted Nash nämlich, zurück zu seiner Heimmannschaft wechseln und dieses Team hatte viel bessere Chancen, ein solches Spiel zu gewinnen. Police Chief Corn Pone tauchte kurz vor meinem inneren Auge auf, doch nun hatte er das Gesicht von Ted Nash, zeigte auf Assad Khalil hinter Gittern und sagte: »Sehn Sie, Corey? Ich hab ihn. Lassen Sie mich erzählen, wie ich das geschafft habe. Es war in einem Café in der Rue St. Germain – das ist in Paris, Corey – und ich sprach gerade mit einem unserer Posten.« Und dann zog ich meine Knarre und knallte ihn ab.

Ted Nash laberte tatsächlich gerade, und ich hörte wieder zu. Ted sagte: »Ich fliege morgen nach Paris, um mit den Leuten in unserer Botschaft zu sprechen. Es ist eine gute Idee, am Anfang anzufangen und sich von dort aus vorzuarbeiten.« Und so weiter.

Ich fragte mich, ob ich seine Luftröhre mit meiner Salatgabel durchsäbeln konnte.

Kate und Jack plauderten noch ein wenig über Zuständigkeiten, Auslieferungsanträge, die Unterschiede der Anklageerhebung vor einem Bundes- und einem Bundesstaatsgericht und so weiter. Anwaltsgelaber. Kate sagte zu mir: »Bei der Polizei ist es doch bestimmt genauso. Der Officer, der einen Fall beginnt, ermittelt auch bis zum Schluss. So wird die Beweiskette nicht unterbrochen, und die Aussage des ermittelnden Polizisten ist weniger anfällig für Angriffe der Verteidigung.«

Und so weiter. Mal ehrlich, Scheiße noch eins, wir hatten dieses Arschloch noch nicht mal geschnappt und die schlossen schon den Fall ab. So was kommt dabei raus, wenn Anwälte Bullen werden. Diesen ganzen Schwachsinn hatte ich mir anhören müssen, als ich noch mit stellvertretenden Bezirksstaatsanwälten und staatsanwaltlichen Ermittlern zu tun hatte. Unser Land versinkt in Rechtsverordnungen, was wohl schon in Ordnung ist, wenn es um den amerikanischen Durchschnittsverbrecher geht. Man muss natürlich immer die Verfassung im Auge behalten und zusehen, dass niemand über den Tisch gezogen wird. Aber für jemanden wie Assad Khalil sollte man eine andere Art von Gerichtshof mit anderen Verordnungen einführen. Der Typ zahlt schließlich nicht mal Steuern. Höchstens Mehrwertsteuer.

Als unsere Mittagspause zu Ende war, sagte Mr. Koenig: »Sie alle haben heute Morgen gute Arbeit geleistet. Ich weiß, dass es nicht angenehm ist, aber wir sind hier, um zu helfen. Ich bin sehr stolz auf Sie drei.«

Mir drehte sich der Thunfisch im Magen um. Kate hingegen schien erfreut. Ted war es scheißegal, und insofern hatten wir endlich mal was gemein.

Kapitel 29

Assad Khalil fuhr zurück zum Beltway, und um Viertel nach zehn war er wieder auf dem Interstate 95 und fuhr von Washington aus nach Süden. Von hier bis zu seinem Ziel, das wusste er, gab es an den Straßen und Brücken keine weiteren Mautstellen.

Während der Fahrt durchwühlte er den Kissenbezug und nahm das Bargeld heraus, das er im Schlafzimmer des Generals gefunden hatte, dazu das Geld aus dem Portemonnaie des Generals und aus der Handtasche seiner Frau, das er aus der Eingangshalle mitgenommen hatte. Zusammen waren es knapp 200 Dollar. Das Geld aus dem Motelbüro hatte sich auf 440 Dollar belaufen, aber einiges davon hatte ihm ja ohnehin gehört. Gamal Jabbars Brieftasche hatte nicht einmal hundert Dollar enthalten. Er rechnete es schnell im Kopf zusammen und kam auf eine Summe von gut 1100 Dollar. Das würde sicherlich für die nächsten paar Tage reichen.

Er kam an eine Brücke über einen schmalen Fluss, hielt auf dem engen Standstreifen und schaltete die Warnblinkanlage an. Khalil stieg schnell aus und nahm den zugeknoteten Kissenbezug mit, der die Pistole des Generals und die Wertsachen aus seinem Haus enthielt. Khalil ging zum Brückengeländer, sah nach links und rechts, dann hinunter auf den Fluss, um sicher zu gehen, dass dort unten kein Boot war, und warf dann den Kissenbezug über das Geländer.

Er setzte sich wieder in den Wagen und fuhr weiter. Gern hätte er ein paar Andenken von seiner Reise behalten, vor allem den Ring des Generals und die Bilder seiner Kinder. Doch von früheren Erlebnissen in Europa wusste er, dass er in der Lage sein musste, eine Routinedurchsuchung zu überstehen. Er hatte nicht die Absicht, eine solche Durchsuchung zu gestatten, aber das konnte passieren, und er musste darauf vorbereitet sein.

Er nahm die erste Ausfahrt, die er sah, und fuhr dort ab, wo drei Tankstellen vor ihm auftauchten. Er bog bei der mit dem Schild EXXON ein und fuhr zu einer Reihe von Zapfsäulen, die mit SELBSTBEDIENUNG beschriftet waren. Das sei nicht anders als in Europa, hatte man ihm gesagt, und er könne die Kreditkarte verwenden, die er bei sich hatte, aber so bald wollte er noch keinen Rattenschwanz an Papieren hinter sich herziehen und deshalb zahlte er lieber bar.

Er tankte nach, ging zu der Glaskabine und schob zwei Zwanzig-Dollar-Scheine durch die schmale Öffnung. Der Mann schaute ihn an, und Khalil fand diesen kurzen Blick nicht eben freundlich. Der Mann legte das Wechselgeld in die Ablage, nannte den Betrag und wandte sich dann von ihm ab. Assad nahm das Geld, ging zurück zu seinem Wagen und stieg ein.

Er fuhr weiter auf dem Interstate nach Süden.

Dies war der Bundesstaat Virginia, das wusste er, und ihm fiel auf, dass die Bäume hier in vollerem Laub standen als in New York und New Jersey. Sein digitales Außenthermometer zeigte 76 Grad Fahrenheit an. Er drückte auf einen Knopf, und die Temperatur wurde mit 25 Grad Celsius angegeben. Das war eine angenehme Temperatur, fand er, nur die Luft war hier zu feucht.

Er fuhr weiter und hielt sich an das Tempo der anderen Fahrzeuge, die mit 75 Meilen pro Stunde fuhren, viel schneller als nördlich von Washington und zehn Meilen pro Stunde über dem angezeigten Tempolimit. Einer seiner Ausbilder in Tripolis, Boris, der russische KGB-Mann, der fünf Jahre lang in Amerika gelebt hatte, hatte ihm gesagt: »Die Polizei im Süden ist dafür bekannt, dass sie Autos mit Kennzeichen aus dem Norden anhält, besonders die aus New York.«

Khalil hatte sich nach dem Grund dafür erkundigt, und Boris hatte ihm gesagt: »Es gab einen großen Bürgerkrieg zwischen dem Norden und dem Süden, in dem der Süden besiegt wurde. Deshalb hegen sie immer noch eine große Feindseligkeit.«

Er hatte gefragt: »Wann war denn dieser Bürgerkrieg?«

»Vor über hundert Jahren.« Boris hatte ihm den Krieg kurz geschildert und dann hinzugefügt: »Ihren ausländischen Feinden vergeben die Amerikaner nach zehn Jahren, aber einander vergeben sie nicht so schnell.« Boris hatte noch hinzufügt: »Es ist besser, wenn du auf dem Interstate Highway bleibst. Auf dieser Strecke fahren viele Leute aus dem Norden nach Florida in den Urlaub. Dein Auto wird nicht übermäßig auffallen.«

Der Russe hatte ihn noch informiert: »Viele New Yorker sind Juden, und auch deshalb hält die Polizei im Süden Autos aus New York an.« Der Russe hatte gelacht und ihm gesagt: »Wenn sie dich anhalten, sag ihnen, dass du Juden auch nicht ausstehen kannst.«

Khalil dachte darüber nach. Sie hatten sich Mühe gegeben, seine Fahrt in den Süden auf die leichte Schulter zu nehmen, wussten aber eindeutig weniger über diese Gegend als über die Region zwischen New York und Washington. Hier konnte er zweifellos auf Schwierigkeiten stoßen. Er dachte an den Tankwart, an sein New Yorker Nummernschild und auch an sein Äußeres. Boris hatte ihm erzählt: »Im Süden gibt es nicht viele unterschiedliche Rassen – die meisten sind schwarzafrikanischer oder europäischer Abstammung. Du siehst für sie wie keins von beidem aus. Aber das wird besser, wenn du nach Florida kommst. In Florida gibt es viele unterschiedliche Rassen und Hautfarben. Da werden sie dich vielleicht für einen Südamerikaner halten. Nur dass im Gegensatz zu dir in Florida viele Leute Spanisch sprechen. Wenn du gefragt wirst, sag einfach, du wärst Brasilianer. In Brasilien spricht man Portugiesisch, und diese Sprache beherrschen nur sehr wenige Amerikaner. Wenn du aber mit der Polizei sprichst, dann bist du ein Ägypter, genau wie es in deinem Pass steht.«

Khalil dachte über Boris' Ratschlag nach. In Europa gab es viele Besucher, Geschäftsleute und Einwohner aus arabischen Ländern, aber hier in Amerika konnte sein Äußeres außerhalb von New York auffallen – trotz der gegenteiligen Versicherungen von Seiten Maliks.

Khalil hatte darüber mit Malik gesprochen, und der hatte ihm gesagt: »Lass dir von diesem blöden Russen nichts einreden. In Amerika musst du bloß immer lächeln, nicht argwöhnisch gucken, die Hände nicht in die Taschen stecken, immer eine amerikanische Zeitung oder Zeitschrift dabei haben, fünfzehn Prozent Trinkgeld geben, ihnen im Gespräch nicht zu nahe kommen, oft baden und allen Leuten einen guten Tag wünschen.«

Khalil lächelte bei der Erinnerung daran, wie Malik ihm von den Amerikanern erzählt hatte. Malik hatte seine Einschätzung der Amerikaner mit den Worten abgeschlossen: »Sie sind wie Europäer, bloß dass sie schlichter denken. Sei unverblümt, aber fall nicht mit der Tür ins Haus. Sei freundlich, aber nicht vertraulich. Ihre Kenntnisse der Geografie und fremder Kulturen sind beschränkt, beschränkter noch als die der Europäer. Wenn du ein Grieche sein willst, dann sei ein Grieche. Dein Italienisch ist ausgezeichnet, also sei meinetwegen aus Sardinien. Das kennen sie sowieso nicht.«

Khalil richtete seine Aufmerksamkeit wieder auf die Straße. Der Verkehr an diesem Sonntagnachmittag war abwechselnd flüssig und dann wieder stockend. Es waren wenige Lastwagen unterwegs, denn es war ja der christliche Sabbat. Beiderseits der Straße sah man größtenteils Felder und Wälder mit vielen Kiefern. Ab und an kam er an etwas vorbei, das wie eine Fabrik oder ein Lagerhaus aussah, aber wie auch die deutsche Autobahn führte diese Straße nicht direkt an Städten und dicht besiedelten Gebieten vorbei. Es war schwer zu glauben, dass hier in den USA über 250 Millionen Menschen lebten. In seinem Heimatland lebten nicht einmal fünf Millionen, und doch hatte Libyen den Amerikanern eine Menge Kopfzerbrechen bereitet, seit der Große Führer den dummen König Idris vor vielen Jahren abgesetzt hatte.

Khalil ließ seine Gedanken zurück zum Haus von General Waycliff schweifen. Er hatte sich diese Gedanken wie eine süße Nachspeise aufgespart, um sie ganz in Ruhe zu genießen.

Er ließ die ganze Szene vor seinem inneren Auge noch einmal ablaufen und versuchte sich vorzustellen, wie er noch mehr Vergnügen daraus hätte schöpfen können. Vielleicht, dachte er, hätte er den General um sein Leben flehen lassen sollen, oder er hätte seine Frau auf die Knie zwingen sollen, um ihm die Füße zu küssen. Er hatte jedoch den Eindruck, dass sie nicht gefleht hätten. Er hatte es schon vollkommen ausgekostet, und jeder weitere Versuch, sie um Gnade betteln zu lassen, wäre unbefriedigend verlaufen. Sobald er den Anlass seines Besuchs erwähnt hatte, hatten sie gewusst, dass sie sterben würden.

Er dachte jedoch, dass er ihnen einen schmerzhafteren Tod hätte bereiten können, nur dass ihn dabei die Notwendigkeit einschränkte, diese Morde wie Raubüberfälle wirken zu lassen. Er brauchte Zeit, um seine Mission zu erfüllen, ehe die amerikanischen Nachrichtendienste begriffen, was vor sich ging.

Assad Khalil war sich bewusst, dass ihn bei einem seiner Besuche bei den Männern des Al-Azziziyah-Schwarms die Polizei erwarten würde. Er nahm diese Möglichkeit hin und tröstete sich mit dem, was er bereits in Europa, auf dem New Yorker Flughafen und nun im Haus von General Waycliff erreicht hatte.

Es wäre schön, wenn er die komplette Liste würde abarbeiten können, doch wenn ihm das nicht gelang, würde es jemand anderes tun. Während seines Djihad hier im Land der Ungläubigen zu sterben, war ein Triumph und eine Ehre. Sein Platz im Paradies war ihm ohnehin gewiss.

Assad Khalil fühlte sich in diesem Augenblick so gut, wie

er sich seit jener schrecklichen Nacht nicht mehr gefühlt hatte.

Bahira. Auch für dich mache ich das.

Er näherte sich der Stadt Richmond, und der Verkehr nahm zu. Er musste den Schildern folgen, die ihn auf dem Highway I-295 um die Stadt herumleiteten, und kam schließlich wieder auf den I-95, der nach Süden führte.

Um 13.15 Uhr sah er ein Schild mit der Aufschrift WILLKOMMEN IN NORTH CAROLINA.

Er sah sich um, bemerkte aber kaum Unterschiede zum Bundesstaat Virginia. Der Russe hatte ihn gewarnt, die Polizei von North Carolina sei noch misstrauischer als die von Virginia. Die Polizei im nächsten Bundesstaat, in South Carolina, würde ihn sogar ohne jeden Anlass anhalten, und so sei es auch in Georgia.

Der Russe hatte auch gesagt, in North Carolina seien die Polizisten manchmal zu zweit unterwegs und zögen gelegentlich ihre Waffen, wenn sie ein Auto anhielten. Es würde daher schwieriger sein, sie zu erschießen.

Boris hatte ihm auch abgeraten, Polizisten Bestechungsgeld anzubieten, sollte er wegen eines Verkehrsvergehens angehalten werden. In diesem Fall würden sie ihn höchstwahrscheinlich festnehmen, hatte der Russe gemeint. Das, dachte Khalil, war genau wie in Europa. In Libyen gab sich jeder Polizist mit ein paar Dinar zufrieden.

Er fuhr weiter den breiten, fast schnurgeraden Interstate Highway entlang. Das Fahrzeug war leise und kräftig und hatte einen großen Tank. Die Computeranzeige verriet ihm, dass er bis zu seinem Ziel nur noch zweimal nachtanken musste.

Er dachte an den Mann, den er als Nächstes besuchen würde. Lieutenant Paul Grey, Pilot der F-111 mit dem Rufzeichen Elton 38.

Es hatte über ein Jahrzehnt gedauert und viele Millionen Dollar gekostet, bis der libysche Geheimdienst Zugang zu der Liste der acht Männer erlangt hatte. Und es hatte weitere Jahre gedauert, jeden einzelnen dieser Mörder ausfindig zu machen. Einer von ihnen, Lieutenant Steven Cox, der Waffensystemoffizier des Flugzeugs mit dem Rufzeichen Remit 61, war im Golfkrieg umgekommen. Khalil fühlte sich nicht um etwas betrogen, sondern freute sich, dass Lieutenant Cox von der Hand islamischer Soldaten gestorben war.

Assad Khalils erstes Opfer, Colonel Hambrecht, hatte man im Januar in Einzelteilen heim nach Amerika geschickt. Die Leiche seines zweiten Opfers, General Waycliff, war noch warm, und das Blut des Mannes war in Khalils Leib.

Blieben noch fünf übrig.

An diesem Abend würde sich Lieutenant Paul Grey zu seinen Schwarmkameraden in der Hölle gesellen.

Dann waren es nur noch vier.

Khalil wusste, dass der libysche Geheimdienst auch einige Namen der Piloten herausbekommen hatte, die Bengasi und Tripolis bombardiert hatten. Um diese Männer würde man sich ein andermal kümmern. Assad Khali hatte die Ehre, den ersten Streich zu führen, sich persönlich für den Tod seiner Familie zu rächen und für den Tod der Tochter des Großen Führers und für die Verletzungen, die seine Frau und seine Söhne erlitten hatten, Vergeltung zu üben.

Khalil zweifelte nicht daran, dass die Amerikaner den 15. April 1986 längst vergessen hatten. Sie hatten seither so viele andere Orte bombardiert, dass dem keine Bedeutung mehr beigemessen wurde. Im Golfkrieg hatten die Amerikaner und ihre Verbündeten zehntausende Irakis hingemetzelt, und der irakische Führer Saddam Hussein hatte wenig unternommen, um den Tod seiner Märtyrer zu rächen. Doch die Libyer waren anders als die Irakis. Der Große Führer Gaddafi vergaß Schmähungen, Verrat und den Tod eines Märtyrers nicht.

Khalil fragte sich, was Lieutenant Paul Grey wohl in diesem Moment machte. Er fragte sich auch, ob Grey zu den

Männern gezählt hatte, mit denen General Waycliff am Vortag telefoniert hatte. Khalil hatte keine Ahnung, ob die überlebenden Männer alle Kontakt zueinander hielten, aber dem Kalender von General Waycliff zufolge hatte es am 15. April eine Konferenzschaltung gegeben. Da sie erst am Vortag miteinander telefoniert hatten, war es unwahrscheinlich, dass sie bald wieder miteinander sprechen würden – es sei denn, jemand würde sie über den Tod General Waycliffs unterrichten. Mrs. Waycliff würde das ganz bestimmt nicht tun. Es konnte gut und gern 24 Stunden dauern, bis man die Leichen entdeckte.

Khalil fragte sich auch, ob man den Tod der Waycliffs und ihrer Dienerin als Raubmord einschätzen würde. Die Polizei, dachte er, würde, wie die Polizei sonst überall auch, zunächst von einem gewöhnlichen Verbrechen ausgehen. Nur wenn die Nachrichtendienste sich einschalteten, würden sie die Dinge vielleicht in einem anderen Licht sehen.

Doch auch wenn dem so war, hatten sie keinen Anlass, dabei sofort an Libyen zu denken. Der General hatte eine lange, vielfältige Laufbahn hinter sich, und seine Berufung ins Pentagon warf viele Möglichkeiten auf, falls jemand einen politischen Mord vermutete.

Der wichtigste Umstand, auf den Khalil bauen konnte, war die Tatsache, dass kaum jemand wusste, dass diese Flieger am Angriff vom 15. April teilgenommen hatten. Wie der libysche und sowjetische Geheimdienst festgestellt hatten, war dieser Angriff nicht einmal in ihren Personalakten vermerkt. Es gab tatsächlich nur eine einzige Liste, und die war als streng geheim eingestuft. Diese Geheimhaltung hatte die Männer über ein Jahrzehnt lang beschützt. Doch nun würde es eben diese Geheimhaltung den Behörden sehr erschweren, einen Zusammenhang zwischen dem herzustellen, was sich in Lakenheath in England, in Washington DC und bald in Daytona Beach in Florida ereignete.

Nur die Männer selbst wussten, was sie gemein hatten,

und das hatte immer ein Problem dargestellt. Khalil konnte nur beten, dass Gott seine Opfer in Unwissenheit beließ. Diese Unwissenheit und seine Behändigkeit, und seine Täuschungsmanöver würden dafür sorgen, dass er sie alle oder doch die meisten von ihnen umbringen konnte.

Malik hatte ihn gefragt: »Assad, man erzählt sich, du hättest den sechsten Sinn und könntest Gefahr wittern, ehe du sie siehst, riechst oder hörst. Stimmt das?«

Khalil hatte geantwortet: »Ich glaube, ich habe diese Gabe.« Dann hatte er Malik von der Nacht des Luftangriffs erzählt – ohne die Geschichte mit Bahira zu erwähnen. Er hatte zu Malik gesagt: »Ich habe auf einem Dach gebetet, und bevor das erste Flugzeug kam, spürte ich das Nahen der Gefahr. Ich hatte eine Vision von riesigen, schrecklichen Raubvögeln, die sich im Ghabli auf unser Land stürzen. Ich lief nach Hause, um meiner Familie davon zu erzählen ... aber da war es schon zu spät.«

Malik hatte genickt und gesagt: »Der Große Führer geht, wie du weißt, zum Gebet in die Wüste, und auch er hat dabei Visionen.«

Khalil wusste das. Er wusste, dass Muammar al Gaddafi in der Wüste als Sohn einer Nomadenfamilie geboren war. Wer in der Wüste als Nomadensohn geboren war, war zweifach gesegnet und hatte oft Kräfte, die jene nicht hatten, die in den Städten an der Küste geboren waren. Khalil war sich vage bewusst, dass der Mystizismus der Wüstenbewohner dem Islam vorangegangen war und manche diesen Glauben blasphemisch fanden. Aus diesem Grund sprach Assad Khalil, der in der Oase Kufra geboren war – also weder in der Wüste noch an der Küste –, nur selten über seinen sechsten Sinn.

Doch Malik wusste davon und sagte zu ihm: »Wenn du Gefahr witterst, ist es nicht feige zu fliehen. Auch der Löwe flieht bei Gefahr. Deshalb hat ihm Gott mehr Schnelligkeit verliehen, als er braucht, um seine Opfer zu erlegen. Du musst deinen Instinkten folgen, sonst wird dich dein sechster Sinn verlassen. Wenn du spürst, dass du diese Gabe verloren hast, musst du es mit besonderer Gerissenheit und Vorsicht wett machen.«

Khalil glaubte zu verstehen, wovon Malik sprach.

Doch dann hatte Malik ganz unverblümt gesagt: »Du stirbst vielleicht in Amerika, oder du kannst aus Amerika entfliehen. Aber du darfst dich nicht in Amerika ergreifen lassen.«

Darauf hatte Khalil nichts entgegnet.

Malik hatte weiter gesagt: »Ich weiß, dass du tapfer bist und niemals unser Land, unseren Gott und unseren Großen Führer verraten würdest, nicht einmal unter der Folter. Aber wenn sie dich lebend in die Hände bekommen, ist das für sie der Beweis, dass sie an unserem Land Vergeltung üben müssen. Der Große Führer persönlich hat mich gebeten, dir zu sagen, dass du dir das Leben nehmen musst, wenn die Ergreifung unmittelbar bevorsteht.«

Khalil wusste noch, dass ihn das verblüfft hatte. Er hatte nicht vor, sich ergreifen zu lassen, und würde sich bereitwillig umbringen, wenn er es für nötig hielt.

Er hatte sich aber auch eine Situation ausgemalt, in der er lebend gefasst wurde. Er fand das annehmbar, ja, der Sache sogar dienlich. Dann konnte er der ganzen Welt erzählen, wer er war, was er erlitten und getan hatte, um sich für diese Höllennacht zu rächen. Das würde den gesamten Islam wachrütteln, die Ehre seines Landes wiederherstellen und die Amerikaner erniedrigen.

Malik jedoch hatte diese Möglichkeit ausgeschlossen, und der Große Führer persönlich hatte ihm einen solchen Abschluss seines Djihad untersagt.

Khalil dachte darüber nach. Er sah ein, das der Große Führer keinen weiteren amerikanischen Luftangriff provozieren wollte. Aber so war nun einmal die Blutfehde. Es war ein Kreislauf – ein Kreislauf aus Blut und Tod, der kein Ende nahm. Je mehr Blut, umso besser. Je mehr Märtyrer, umso erfreuter wäre Gott und umso geeinter der Islam.

Khalil schob diese Gedanken beiseite. Er wusste, dass der Große Führer eine Strategie verfolgte, die nur die wenigen Auserwählten in seinem Umfeld verstanden. Eines Tages würden sie ihn vielleicht in diesen inneren Zirkel aufnehmen, und bis dahin würde er seinen Dienst als einer von vielen Mudjahedin versehen – als islamischer Freiheitskämpfer.

Khalil löste seine Gedanken aus der Vergangenheit und richtete sie auf die Zukunft. Er verfiel in einen tranceartigen Zustand, was auf diesem schnurgeraden, langweiligen Highway nicht schwer war. Er dachte Meilen und Stunden voraus, an einen Ort namens Daytona Beach. Er stellte sich das Haus vor, das er auf Fotos gesehen hatte, und das Gesicht von Paul Grey. Er versuchte, irgendwelche lauernden Gefahren zu wittern, spürte aber nichts, keine Falle, die nur darauf wartete zuzuspringen. Stattdessen sah er Paul Grey vor sich, wie er nackt durch die Wüste lief und der Ghabli ihn blendete, während ein großer, hungriger Wüstenlöwe ihm folgte und mit jedem Schritt näher kam.

Und Khalil lächelte und lobte Gott.

Kapitel 30

Nach dem Mittagessen gingen wir in ein kleines, fensterloses Besprechungszimmer im dritten Stock und hörten uns dort einen kurzen Vortrag über Terrorismus im Allgemeinen und Nahost-Terrorismus im Besonderen an. Es gab einen Diavortrag mit Landkarten, Fotos und Diagrammen von Terrororganisationen, und dann wurde noch eine Liste mit Lektüretipps ausgeteilt.

Ich hielt das alles zunächst für einen Scherz, aber es war

ernst gemeint. Trotzdem fragte ich unseren Dozenten, einen gewissen Bill, der einen blauen Anzug trug: »Schlagen wir hier die Zeit tot, bis was Wichtiges passiert?«

Bill erwiderte leicht genervt: »Diese Präsentation wurde zusammengestellt, um Ihr Engagement zu stärken und Ihnen einen Überblick über das weltweite terroristische Netzwerk zu verschaffen.« Bla, bla, bla.

Er erläuterte uns die Herausforderungen, denen wir uns nach dem Kalten Krieg ausgesetzt sahen, und informierte uns, dass der internationale Terrorismus eine dauerhafte Erscheinung sei. Das war mir nicht unbedingt neu, aber ich schrieb es in mein Notizbuch, falls es später noch eine Prüfung gab.

Das FBI besteht übrigens aus sieben Abteilungen: Bürgerrechte, Drogen, Fahndungsunterstützung, Organisiertes Verbrechen, Gewaltverbrechen, Wirtschaftskriminalität und Terrorismusabwehr – eine Wachstumsbranche, die es noch gar nicht gegeben hatte, als ich Polizeischüler gewesen war.

Bill erklärte uns das nicht alles – ich wusste es bereits. Ich wusste auch, dass das Weiße Haus an diesem Morgen kein glückliches Heim war, obwohl der Rest der Nation noch keine Ahnung hatte, dass die USA den schlimmsten Terroranschlag seit Oklahoma City erlitten hatten. Und was noch schwerer wog: Es steckte kein einheimisches Schwein dahinter, sondern eins aus den Wüsteneien Nordafrikas.

Bill redete sich den Mund fusselig über die Geschichte des Nahost-Terrorismus, und ich vermerkte in meinem Notizbuch: Beth Penrose anrufen, meine Eltern in Florida anrufen, Dom Fanelli anrufen, Club Soda kaufen, meine Anzüge aus der Reinigung holen, den Fernsehtechniker anrufen und so weiter.

Bill hörte nicht auf zu reden. Kate hörte zu. Ted war mit den Gedanken woanders.

Jack Koenig, der im Großraum New York King Jack war, war hier kein König, das sah ich. Er war nur ein weiteres loyales Prinzchen in der Hauptstadt des Weltreichs. Mir fiel auf, dass die Washingtoner von New York als einer Außenstelle sprachen, was diesem New Yorker überhaupt nicht behagte.

Bill ging jedenfalls irgendwann, und eine Frau und ein Mann kamen herein. Die Tussi hieß Jane und der Typ Jim. Sie trugen blau.

Jane sagte: »Danke für Ihr Kommen.«

Ich hatte es satt und meinte: »Hatten wir die Wahl?«

»Nein.« Sie lächelte. »Hatten Sie nicht.«

Jim sagte: »Sie müssen Detective Corey sein.«

Musste ich wohl.

Jane und Jim trällerten ein kleines Duett, und der Titel des Songs lautete Libyen. Es war ein wenig interessanter als die vorherige Vorstellung, und wir hörten zu. Sie sprachen über Muammar al Gaddafi, über sein Verhältnis zu den USA, über staatlich geförderten Terrorismus und den amerikanischen Bombenangriff auf Libyen vom 15. April 1986.

Jane sagte: »Der mutmaßliche Täter von gestern, Assad Khalil, ist vermutlich Libyer, reist aber gelegentlich mit Pässen anderer nahöstlicher Staaten.« Plötzlich erschien ein Bild von Assad Khalil auf der Leinwand. Jane fuhr fort: »Das ist das Bild, das man Ihnen aus Paris geschickt hat. Ich habe noch eines, auf dem er besser getroffen ist, und das werde ich Ihnen nachher aushändigen. Wir haben noch weitere Bilder in Paris aufgenommen.«

Mehrere mit versteckter Kamera geschossene Fotos erschienen auf der Leinwand, die Khalil in verschiedenen Posen, in einem Büro sitzend, zeigten. Offensichtlich merkte er nicht, dass er geknipst wurde.

Jane sagte: »Die haben die Leute vom Nachrichtendienst der Botschaft aufgenommen, als Khalil verhört wurde. Sie haben ihn wie einen legitimen Überläufer behandelt, denn so hat er sich in der Botschaft vorgestellt.«

»Wurde er durchsucht?«, fragte ich.

»Nur oberflächlich. Er wurde abgetastet und ging durch einen Metalldetektor.«

»Keine Leibesvisitation?«

»Nein«, antwortete Jane. »Wir wollen aus einem Informanten oder Überläufer ja keinen feindseligen Häftling machen.«

»Manche Leute stehn drauf, sich in den Arsch gucken zu lassen. Das weiß man erst, wenn man fragt.«

Darüber musste selbst der alte Ted lachen.

Jane entgegnete kühl: »Menschen aus dem arabischen Raum sind normalerweise sehr schamhaft, wenn es um Nacktheit und so weiter geht. Sie wären empört und erniedrigt, wenn man sie einer Leibesvisitation unterzöge.«

»Aber der Kerl hätte Zyanidpillen im Allerwertesten haben können und sich damit entweder umbringen oder einem Botschaftsangestellten eine tödliche Dosis verabreichen können.«

Jane fixierte mich mit frostigem Blick und sagte: »Die Nachrichtendienste sind nicht ganz so dumm, wie Sie glauben.«

Und dann erschien eine weitere Reihe Fotos auf der Leinwand. Die Bilder zeigten Khalil in einem Badezimmer. Er zog sich aus, duschte, ging aufs Klo und so weiter.

Jane sagte: »Das ist natürlich mit versteckter Kamera aufgenommen. Wir haben auch eine Videoaufnahme dieser Szene, Mr. Corey, falls es Sie interessiert.«

»Muss nicht sein.«

Ich schaute mir das Bild auf der Leinwand an. Es zeigte den nackten Assad Khalil von vorne, wie er aus der Dusche kam. Er war ein kräftig gebauter Mann, gut einsiebzig groß, sehr behaart, ohne sichtbare Narben oder Tätowierungen und mit einem Gemächt wie ein Esel. Ich meinte zu Kate: »Das lasse ich für Sie einrahmen.«

Der Spruch kam in dieser Runde gar nicht gut an. Die Atmosphäre im Raum wurde spürbar kühler, und ich dachte schon, sie würden mich auffordern, zur Strafe auf den Flur zu gehen. Doch Jane sagte: »Während Mr. Khalil im Tiefschlaf war, verursacht durch ein natürliches Sedativum in seiner Milch« – sie lächelte verschwörerisch –, »durchsuchten Botschaftsmitarbeiter seine Kleidung und saugten Fasern ab. Sie nahmen auch Finger- und Fußabdrücke, machten für die DNS-Analyse einen Abstrich von Epithelzellen aus seinem Mund, nahmen Haarproben und machten sogar einen Gebissabdruck.« Jane sah mich an und fragte: »Haben wir irgendetwas vergessen, Mr. Corey?«

»Sieht nicht so aus. Ich wusste gar nicht, dass Milch einen dermaßen umhauen kann.«

Jane fuhr fort: »Die Ergebnisse dieser forensischen Proben werden Ihnen zugänglich gemacht. Ein vorläufiger Bericht über die Kleidung, die aus einem grauen Anzug, einem Hemd, einer Krawatte, schwarzen Schuhen und Unterwäsche bestand, deutet darauf hin, das alles in Amerika hergestellt ist. Was aufschlussreich ist, da amerikanische Kleidung in Europa und dem Nahen Osten nicht sehr verbreitet ist. Wir nehmen daher an, dass Khalil sehr bald nach seiner Ankunft unter der amerikanischen Stadtbevölkerung nicht mehr auffallen wollte.«

Das dachte ich auch.

Jane fuhr fort: »Es gibt noch eine zweite Theorie, die einfach besagt, dass Khalil mit dem gefälschten Pass von Haddad zum internationalen Terminal ging, wo ein Ticket auf den Namen in dem gefälschten Pass für ihn bereit lag, ein Ticket von einer nahöstlichen oder anderen Fluggesellschaft. Oder Yusef Haddad hat Khalil an Bord von Flug 175 sein Ticket gegeben.«

Jane sah uns an und sagte: »Soweit ich weiß, haben Sie beide Theorien in Betracht gezogen: Khalil ist noch hier, Khalil ist fort. Beide sind plausibel. Wir wissen nur mit Sicherheit, dass Yusef Haddad hier geblieben ist. Wir bemühen uns, seine wahre Identität und seinen Hintergrund zu ermitteln.« Sie fügte hinzu: »Stellen Sie sich einen Menschen vor – ich meine Assad Khalil –, der so rücksichtslos ist, dass er seinen Komplizen ermordet, einen Mann, der sein Leben aufs Spiel gesetzt hat, um Khalil in dieses Land zu befördern. Stellen Sie sich vor, wie Assad Khalil Haddad das Genick bricht und dann ganz allein in einem Flugzeug voller Leichen sitzt und hofft, dass der Autopilot es auf dem Flughafen sicher landet. Und dann geht er, anstatt zu fliehen, in den Conquistador Club und ermordet drei unserer Mitarbeiter. Wenn man sagt, dass Khalil rücksichtslos und herzlos ist, definiert das nur einen Teil seiner Persönlichkeit. Khalil ist auch unglaublich furchtlos und dreist. Etwas sehr Starkes treibt ihn an.«

Zweifellos. Ich hielt mich selbst für furchtlos und dreist, aber es war an der Zeit, mir einzugestehen, dass ich das nicht gebracht hätte, was Assad Khalil da durchgezogen hatte. Nur einmal in meiner Laufbahn hatte ich es mit einem Gegenspieler zu tun gehabt, den ich für tapferer hielt als mich selbst. Als ich ihn endlich umgebracht hatte, glaubte ich, es nicht wert gewesen zu sein, ihn zu töten; ganz ähnlich wie ein Jäger, der mit einer großkalibrigen Flinte einen Löwen erlegt, weiß, dass eigentlich der Löwe der mutigere und würdevollere der beiden war.

Jane drückte auf den Knopf des Projektors. Ein vergrößertes Foto erschien auf der Leinwand, das einen Mann im Profil zeigte. Jane sagte: »Sie sehen hier, auf diesem vergrößerten Bild von Khalils linker Wange, drei schwache, parallel verlaufende Narben. Auf der rechten Wange hat er drei ähnliche. Unser Pathologe sagt, dass es sich dabei nicht um Brandwunden oder solche handelt, die von einem Schrapnell oder Messer stammen. Vielmehr sind es typische Wunden, wie sie von menschlichen Fingernägeln oder Tierklauen stammen – parallel verlaufende und leicht schartige Kratzer. Das sind seine einzigen besonderen Merkmale.«

Ich fragte: »Können wir davon ausgehen, dass diese Narben von den Fingernägeln einer Dame stammen?«

»Sie können ausgehen, wovon Sie wollen, Mr. Corey. Ich weise nur auf diese besonderen Merkmale hin, falls er sein Äußeres verändert haben sollte.«

»Vielen Dank.«

»Und was das angeht, haben die Mitarbeiter in Paris Khalil an drei Stellen mit einem winzigen Punkt tätowiert. Einer befindet sich auf der Rückseite des rechten Ohrläppchens ...« Sie gönnte uns eine Nahaufnahme. »Ein zweiter zwischen dem großen und dem benachbarten Zeh seines rechten Fußes ...« Wiederum ein krudes Bild. »Und der dritte befindet sich neben seinem Anus. Auf der rechten Seite.«

Sie fuhr fort: »Wenn Sie einen Verdächtigen haben oder eine Leiche finden, kann man ihn anhand dieser Punkte schnell identifizieren, ehe man die Fingerabdrücke und, falls nötig, den Gebissabdruck überprüft.«

Jetzt war Jim wieder dran. Er sagte: »Die Grundzüge dieses Einsatzes sind eigentlich ganz einfach, wenn man es näher betrachtet. Von einem relativ offenen Land in das andere zu reisen, ist nicht sonderlich schwierig. Yusef Haddad flog Business Class, und das macht es immer leichter, wenn man seinen Kleidersack und medizinischen Sauerstoff mit an Bord bringen möchte. Haddad war gut gekleidet und sprach wahrscheinlich gut genug Französisch, um zu verstehen, was man ihm am De Gaulle sagte, und er sprach vermutlich gut genug Englisch, um den Flugbegleitern der Trans-Continental nicht auf die Nerven zu fallen.«

Ich hob die Hand. »Darf ich eine Frage stellen?«

»Selbstverständlich.«

»Woher wusste Yusef Haddad, welchen Flug Assad Khalil nehmen würde?«

»Tja, Mr. Corey, das ist die Frage, nicht wahr?«

»Ist mir bloß gerade so eingefallen.«

»Nun, das lässt sich leider einfach beantworten. Wir fliegen fast immer mit der Trans-Continental, der führenden Fluggesellschaft unseres Landes, da wir bei ihr einen ermäßigten Business-Class-Tarif haben, aber was noch wichtiger ist: Wir haben einen Verbindungsmann, der bei Trans-Continental bei der Security arbeitet. Wir bekommen Personen schnell und mit minimalem Aufsehen in ein Flugzeug hinein und wieder hinaus. Offenbar wusste jemand von diesem Arrangement, das auch nicht streng geheim ist.«

»Aber woher wusste Haddad, dass Khalil in genau dieser Maschine sitzen würde?«

»Eine offensichtliche Sicherheitslücke bei Trans-Continental in Paris-De Gaulle. Mit anderen Worten: ein Pariser Mitarbeiter der Trans-Continental, vielleicht ein Araber, von denen es in Paris viele gibt, hat Yusef Haddad einen Tipp gegeben. Wenn man das weiterverfolgt, hat sich Khalil in Paris und keiner anderen Stadt gestellt, eben weil es diese Sicherheitslücke gab.« Er fügte hinzu: »Aus Sicherheitsgründen untersagen amerikanische Fluggesellschaften, dass man seinen eigenen medizinischen Sauerstoff mit an Bord bringt. Sauerstoff muss man sich reservieren lassen, und gegen eine geringe Gebühr wird er geliefert, ehe man an Bord geht. Offenbar hat sich schon vor Jahren jemand Gedanken über dieses mögliche Sicherheitsproblem gemacht. In diesem Fall jedoch hat ein Mitarbeiter der Fluggesellschaft eine Sauerstoffflasche gegen eine Flasche Giftgas ausgetauscht.«

Ich meinte: »Die beiden Flaschen sahen identisch aus. Vermutlich war eine der beiden markiert.«

»Auf dem Etikett der Sauerstoffflasche war ein kleines Zickzackmuster eingeritzt. Auf der Giftgasflasche nicht.«

Ich stellte mir vor, wie Yusef Haddad sich fragte: »Lass mal sehn ... Sauerstoff hat den Kratzer, Giftgas nicht ... oder war es andersrum?«

Jim fragte mich: »Etwas Lustiges, Mr. Corey?«

Ich erzählte von meinem blöden Einfall, und nur Nash lachte.

Jim überflog seine Notizen und sagte dann: »Was das Gas angeht, da haben wir einen vorläufigen Bericht. Ich bin da kein Experte, aber man hat mir gesagt, dass es vier Haupttypen von Giftgas gibt: Haut-, Lungen-, Blut- und Nervengifte. Das Gas, das an Bord von Flug 175 zum Einsatz kam, war zweifellos ein Blutgift, wahrscheinlich eine weiterentwickelte Zyanidchlorid-Verbindung. Blausäure. Dieser Gastyp ist sehr flüchtig und verteilt sich leicht in der Umgebungsluft. Nach Auskunft unserer Chemiker könnte den Passagieren ein Geruch wie von Bittermandeln oder Obstkernen aufgefallen sein, aber wenn sie mit Blausäure nicht vertraut waren, wird sie das nicht beunruhigt haben.«

Jim sah uns an und bemerkte, dass er zur Abwechslung mal die allgemeine Aufmerksamkeit genoss. Ich habe das in meinem Seminar am John Jay auch schon erlebt. Wenn meine Studenten anfangen, aus dem Fenster zu schauen, erwähne ich irgendwas, das mit Sex oder Mord zu tun hat, und schon sind sie alle wieder bei der Sache.

Jim war immer noch bei dem Gas und fuhr fort: »Wir haben das Geschehen folgendermaßen rekonstruiert: Assad Khalil bat darum, auf die Toilette gehen zu dürfen. Er wurde natürlich von Phil Hundry oder Peter Gorman begleitet. Wer ihn begleitete, überprüfte vorher die Toilette. Sie wollten sicherstellen, dass er nicht die Michael-Corleone-Nummer abzieht.« Er sah uns an und sagte überflüssigerweise: »Sie wissen schon, wenn jemand eine Waffe auf der Toilette deponiert hat. Phil oder Peter sehen also im Mülleimer nach ... und vielleicht schauen sie auch hinter der Blende unter dem Waschbecken nach. In dieser Nische könnte man etwas verstecken. Und dort hatte tatsächlich jemand etwas versteckt. Aber was dort versteckt war, sah harmlos aus und wäre Peter oder Phil nicht fehl am Platz vorgekommen. Dort befand sich eine kleine Sauerstoffflasche mit einem Mundstück, wie sie in jeder Galley jedes Flugzeugs auf der ganzen Welt aufbewahrt wird. Das ist therapeutischer Sauerstoff für medizinische Notfälle. Doch der wird nie unter dem Waschbecken der Toilette aufbewahrt. Wenn man aber nicht weiß, wie Fluggesellschaften das handhaben, fällt einem das nicht auf. Auch wenn Phil oder Peter die Sauerstoffflasche gesehen haben, haben sie sich wahrscheinlich nichts dabei gedacht.«

Jim legte wieder eine Kunstpause ein und fuhr dann mit seiner Geschichte fort: »Irgendjemand, wahrscheinlich vom Reinigungs- oder Wartungspersonal in De Gaulle, hat die Sauerstoffflasche vor dem Start unter dem Waschbecken in der Oberdecktoilette deponiert. Als Phil oder Peter Khalil zur Toilette begleiteten, ließen sie ihn in Handschellen und untersagten ihm, die Tür zu verriegeln. Das sind die Vorschriften. Als Khalil in der Toilette war, war das für Haddad das Signal, das Gas in der zweiten Flasche ausströmen zu lassen. Irgendwann sind die Passagiere dann unruhig geworden. Aber ehe jemand merkte, was vor sich ging, war es schon zu spät. Der Autopilot ist während des Fluges immer eingeschaltet und deshalb flog das Flugzeug weiter.«

Jim schloss: »Khalil, der den Sauerstoff aus der Flasche unter der Spüle atmete, verließ die Toilette, als er sicher sein konnte, dass alle bewusstlos oder tot waren. Da hatten Khalil und Haddad noch über zwei Stunden Zeit, alles aufzuräumen, Khalil die Handschellen abzunehmen, den Begleiter wieder auf seinen Platz zu setzen, Haddads medizinischen Sauerstoff in der Garderobe zu verstecken und so weiter. Khalil wusste, dass er nach der Landung einige entscheidende Minuten brauchen würde, um zu fliehen, indem er den Overall eines Gepäckmanns der Trans-Continental anzog und sich unter die Menschen mischte, die das Flugzeug im Sicherheitsbereich betreten würden. Deshalb sollte alles so normal wie möglich aussehen für die Rettungsdienstleute, die am Ende der Landebahn an Bord kommen würden. Khalil musste sicherstellen, dass es im Flugzeug nicht wie am Tatort eines Verbrechens aussah und dass das Flugzeug in den Sicherheitsbereich geschleppt wurde, wo andere Personen als die vom Rettungsdienst an Bord gehen durften.«

Jim war fertig, und Jane übernahm, dann wieder Jim, dann wieder Jane und so weiter. Es ging schon auf vier Uhr zu, und ich brauchte dringend eine Pause.

Wir waren bei der Fragestunde angelangt, und Kate fragte: »Woher wussten Khalil und Hadddad, dass die Maschine vorprogrammiert war, auf dem JFK zu landen?«

Jim antwortete: »Bei Trans-Continental ist es Vorschrift, dass der Pilot den Computer vor dem Start für den gesamten Flug programmiert, das schließt auch die Landedaten ein. Das ist kein Geheimnis. Darüber wurde in verschiedenen Luftfahrtzeitschriften ausführlich berichtet. Und dann gibt es da ja auch noch die Sicherheitslücke bei Trans-Continental am De Gaulle.«

Er fügte hinzu: »Sie lassen den Computer lediglich die Schubumkehr nicht aktivieren, denn wenn der Computer Mist macht und die Schubumkehr während des Flugs aktiviert, reißen entweder die Triebwerke oder andere wichtige Teile der Maschine ab. Die Schubumkehr muss nach der Landung von Hand aktiviert werden, mit so wenig Automatik dazwischen wie möglich. Das ist eine Sicherheitsvorkehrung und vielleicht das einzige, was ein menschlicher Pilot noch zu tun hat, abgesehen davon, ›Willkommen in New York‹ oder so zu sagen und zum Flugsteig zu rollen.« Scherzhaft fügte er hinzu: »Vermutlich könnte der Computer auch das. Als die 747 also ohne Schubumkehr auf dem JFK landete, war das ein Anzeichen dafür, dass es ein Problem gab.«

Koenig sagte: »Ich dachte, Landebahnen werden erst zugewiesen, wenn das Flugzeug schon in der Nähe des Flughafens ist.«

Jim erwiderte: »Das stimmt, aber meistens wissen die Piloten, welche Landebahnen verwendet werden. Die Vorprogrammierung ist nicht dazu bestimmt, einen Piloten zu ersetzen, der die Maschine von Hand und mit Funkinstruktionen landet. Das ist nur eine Sicherheitsvorkehrung für alle Fälle. Der Pilot, mit dem ich gesprochen habe, hat mir gesagt, dadurch würden die Kursberechnungen während des Flugs genauer.« Er fügte hinzu: »Und wie sich herausstellte, wurde die Landebahn Vier-Rechts – die programmierte Landebahn – gestern zur Ankunftszeit von Flug 175 noch genutzt.«

Fantastisch, dachte ich. Absolut fantastisch. So einen Computer brauche ich für mein Auto, dann kann ich am Lenkrad pennen.

Jim fuhr fort: »Ich werde Ihnen sagen, was die Täter sonst noch alles wussten. Sie kannten die Notfallverfahren auf dem JFK. Sie sind auf allen amerikanischen Flughäfen ähnlich. Die Verfahren auf dem JFK sind ausgeklügelter als auf den meisten anderen Flughäfen, aber streng geheim ist das alles nicht. Über Guns and Hoses sind Artikel geschrieben worden, und die Handbücher kann man sich besorgen. Das ist alles nicht schwer zu beschaffen. Nur der Sicherheitsbereich für Flugzeugentführungen ist nicht so bekannt, aber auch nicht top secret.«

Jim und Jane hatten offenbar eine Pause von mir nötig, und als Jim fertig war, sagte Jane: »Machen Sie eine Viertelstunde Pause. Toiletten und Kaffeetresen befinden sich am Ende des Ganges.«

Wir standen alle auf und verließen schnell den Raum, ehe sie es sich anders überlegten.

Ted, Kate, Jack und ich plauderten ein wenig, und mir fiel auf, dass Jim und Jane in Wirklichkeit Scott und Lisa hießen. Doch für mich würden sie immer Jim und Jane sein. Alle hier waren Jim und Jane, bis auf Bob, Bill und Jean. Und sie trugen alle blau, spielten im Keller Squash, joggten am Potomac, besaßen Häuser im ländlichen Virginia und gingen sonntags in die Kirche, es sei denn, die Kacke war am Dampfen, wie heute zum Beispiel. Die Verheirateten hatten Kinder, und die Kinder waren Prachtexemplare und verkauften Schokoriegel, um Geld für die Fußballausrüstung zu sammeln, und so weiter.

Einerseits musste man diese Menschen einfach mögen. Sie

stellten schließlich das Ideal dar, oder zumindest das amerikanische Ideal, wie sie es verstanden. Diese Agenten leisteten gute Arbeit und waren auf der ganzen Welt als ehrlich, solide, loyal und klug berühmt. Aber warum waren die meisten von ihnen dann Anwälte? Jack Koenig beispielsweise war ein guter Kerl, der nur leider das Pech hatte, Anwalt zu sein. Und Kate war für eine Anwältin auch gar nicht so schlecht. Mir gefiel heute ihr Lippenstift. Ein blasses, frostiges Rosarot.

Vielleicht war ich ja wirklich ein wenig neidisch auf diese familien- und kirchenorientierten Menschen. Irgendwo im Hinterkopf träumte ich von einem Haus mit einem weißen Lattenzaun, einer mich liebenden Ehefrau, zwei Kindern und einem Hund – und von einem Job mit geregelten Arbeitszeiten, bei dem mich niemand umbringen wollte.

Ich dachte wieder an Beth Penrose draußen auf Long Island. Ich dachte an das Wochenendhaus, das sie sich an der Küste gekauft hatte, ganz nah am Meer und umgeben von Weinbergen. Es ging mir heute nicht sonderlich gut, und die Gründe dafür waren zu gruselig, um länger darüber nachzudenken.

Kapitel 31

Assad Khalil sah auf die Tankuhr, und sie zeigte viertel voll. Die Uhr im Armaturenbrett zeigte 14.13 Uhr an. Er war fast dreihundert Meilen hinter Washington, und ihm fiel auf, dass dieses kräftige Auto mehr Treibstoff verbrauchte als jedes andere, das er in Europa oder Libyen gefahren hatte.

Er war weder hungrig noch durstig und wenn doch, wusste er, wie er diese Empfindungen unterdrücken konnte. In seiner Ausbildung hatte er sich daran gewöhnt, längere Zeit ohne Essen, Schlaf und Wasser auszukommen. Der Durst war am schwierigsten zu ignorieren, aber er hatte einmal sechs Tage ohne Wasser in der Wüste verbracht, ohne Halluzinationen zu bekommen, und daher wusste er, wozu sein Geist und sein Körper in der Lage waren.

Ein weißes Cabrio fuhr auf gleicher Höhe auf der linken Spur neben ihm her, und in dem Auto sah er vier junge Frauen. Sie lachten und unterhielten sich, und Khalil bemerkte, dass sie alle blond waren, obwohl ihre Haut von der Sonne gebräunt war. Drei von ihnen trugen T-Shirts und die vierte, die auf seiner Seite auf der Rückbank saß, trug nur ein rosarotes Bikinioberteil. Er hatte einmal einen Strand in Südfrankreich gesehen, wo die Frauen überhaupt keine Oberteile trugen und aller Welt ihre nackten Brüste darboten.

In Libyen hätte man sie dafür ausgepeitscht und vielleicht für mehrere Jahre ins Gefängnis gesteckt. Das genaue Strafmaß kannte er nicht, denn so etwas kam nie vor.

Das Mädchen mit dem rosaroten Oberteil sah zu ihm hinüber, lächelte und winkte. Die anderen Mädchen guckten auch, winkten und lachten.

Khalil gab Gas.

Sie beschleunigten ebenfalls und blieben auf gleicher Höhe. Er sah, dass er 76 Meilen pro Stunde fuhr. Er ging vom Gas, und das Tempo sank auf 65. Sie bremsten ebenfalls ab und winkten ihm weiter zu. Eine rief ihm etwas zu, aber er konnte es nicht verstehen.

Khalil wusste nicht, was er tun sollte. Zum ersten Mal seit seiner Landung war er nicht Herr der Lage. Er ging weiter vom Gas, und sie verlangsamten ebenfalls.

Er überlegte, an der nächsten Ausfahrt abzufahren, aber vielleicht würden sie ihm folgen. Er beschleunigte, und sie hielten mit und lachten und winkten ihm immer noch zu.

Er wusste, dass er bald Aufmerksamkeit auf sich ziehen würde oder es längst so weit war, und er spürte Schweißtropfen auf seiner Stirn.

Plötzlich tauchte ein Streifenwagen mit zwei Polizisten im Seitenspiegel auf, und Khalil bemerkte, dass er achtzig fuhr und der Wagen mit den Frauen immer noch auf gleicher Höhe war. »Drecksnutten!«

Der Streifenwagen bog hinter dem Cabrio auf die äußere Spur ein, und das Cabrio beschleunigte. Khalil ging vom Gas, und der Streifenwagen kam auf gleiche Höhe. Er schob die Hand in seine Jackentasche, umfasste den Griff der Glock und schaute dabei unverwandt auf die Straße vor ihm.

Der Streifenwagen überholte ihn, zog dann, ohne zu blinken, auf seine Spur hinüber und holte das Cabrio ein. Khalil nahm weiter Gas weg und sah zu. Der Fahrer des Streifenwagens sprach offenbar mit den jungen Frauen im Cabrio. Sie winkten alle, und der Streifenwagen brauste davon.

Das Cabrio fuhr nun hundert Meter vor ihm her, und die Insassen hatten offenbar das Interesse an ihm verloren. Er fuhr konstant 65, und der Abstand zwischen den beiden Fahrzeugen wurde größer. Der Streifenwagen war hinter einer Anhöhe verschwunden.

Khalil atmete tief durch. Er dachte über den Zwischenfall nach, verstand es aber nur ansatzweise.

Ihm fiel etwas ein, das Boris ihm erzählt hatte. »Mein Freund, viele amerikanische Frauen werden dich anziehend finden. Die Frauen in Amerika verhalten sich nicht so aufreizend wie europäische Frauen, aber sie könnten versuchen, dich kennen zu lernen. Sie glauben, sie könnten nett zu einem Mann sein, ohne aufreizend zu wirken und dabei auf die offensichtlichen Unterschiede zwischen den Geschlechtern zu achten. In Russland, wie auch in Europa, halten wir das für idiotisch. Weshalb sollte man sich mit einer Frau unterhalten, wenn es nicht um Sex ginge? Aber in Amerika werden dich besonders die jungen Frauen ansprechen, mit dir sogar über Sex reden, mit dir etwas trinken und mit dir tanzen und dich sogar zu ihnen nach Hause einladen und da werden sie dir dann sagen, dass sie nicht mit dir schlafen wollen.«

Khalil konnte das kaum glauben. Er hatte zu Boris gesagt: »Ich werde mich nicht mit Frauen abgeben, während ich meinen Auftrag ausführe.«

Boris hatte ihn ausgelacht und gesagt: »Mein lieber Moslemfreund, Sex ist ein Teil deines Auftrags. Du kannst dich schon etwas vergnügen, wenn du dein Leben aufs Spiel setzt. Du hast doch bestimmt James-Bond-Filme gesehen.«

Das hatte Khalil nicht, und er hatte dem Russen gesagt: »Wenn der KGB mehr auf seinen Auftrag und weniger auf Frauen geachtet hätte, dann gäbe es den KGB vielleicht noch.«

Diese Entgegnung hatte dem Russen gar nicht gefallen. Er hatte Khalil gesagt: »Frauen können dich auf jeden Fall ablenken. Und auch wenn du nicht nach ihnen suchst, finden sie dich vielleicht. Du musst lernen, mit solchen Situationen umzugehen.«

»Ich habe nicht vor, überhaupt in solche Situationen zu kommen. Meine Zeit in Amerika ist begrenzt, und ebenso begrenzt sind die Gelegenheiten, bei denen ich mit Amerikanern spreche.«

»Trotzdem kann alles Mögliche passieren.«

Khalil nickte. So eine Situation hatte sich eben ergeben, und er hatte sie nicht gerade gemeistert.

Er dachte an die vier spärlich bekleideten Frauen in dem Cabrio. Neben der Verwirrung darüber, was er tun sollte, empfand er auch ein eigenartiges Verlangen, die Sehnsucht, nackt mit einer Frau zu schlafen.

In Tripolis war das fast unmöglich, ohne sich in Gefahr zu begeben. In Deutschland gab es überall türkische Prostituierte, aber er brachte es nicht fertig, den Körper einer Moslime zu kaufen. In Frankreich hatte er mit afrikanischen Prostituierten zu tun gehabt, aber nur, wenn sie ihm versicherten, keine Moslimen zu sein. In Italien gab es die Flüchtlinge aus dem ehemaligen Jugoslawien und aus Albanien, aber viele dieser Frauen waren Moslime. Er erinnerte sich, wie er einmal mit einer Albanerin zusammen war und herausfand, dass sie Moslime war. Er hatte sie dermaßen zusammengeschlagen, dass er sich fragte, ob sie es überlebt hatte.

Malik hatte ihm gesagt: »Wenn du heimkehrst, wird es Zeit für dich zu heiraten. Du wirst unter den Töchtern der besten Familien Libyens wählen können.« Und Malik hatte auch einen Namen genannt: Alima Nadir, Bahiras jüngste Schwester, die nun neunzehn Jahre alt und noch ledig war.

Er dachte an Alima; trotz des Schleiers war er sicher, dass sie nicht so schön wie Bahira war, aber er witterte die gleiche nassforsche Art, die ihn an Bahira so angezogen und abgestoßen hatte. Ja, er konnte und würde sie heiraten. Hauptmann Nadir, der es nicht gern gesehen hätte, wenn er Bahira den Hof gemacht hätte, würde Assad Khalil nun mit offenen Armen als Helden des Islam begrüßen, als Zierde des Vaterlands und hoch geschätzten Schwiegersohn.

Im Armaturenbrett blinkte ein Lämpchen, und ein leises Piepen erklang. Er suchte die Instrumente ab und sah, dass sein Tank fast leer war.

An der nächsten Ausfahrt fuhr er vom Highway auf eine Landstraße ab und hielt bei einer Shell-Tankstelle.

Wiederum entschied er sich dagegen, mit seiner Kreditkarte zu zahlen, und fuhr zu einer Zapfsäule, an der SELBSTBEDIENUNG, BARZAHLUNG stand. Er setzte seine Brille auf und stieg aus dem Mercury. Er wählte Treibstoff mit hoher Oktanzahl und füllte den Tank, der 22 Gallonen fasste. Er versuchte das in Liter umzurechnen und kam auf etwa hundert. Er wunderte sich über die Arroganz oder eben auch Dummheit der Amerikaner, dass sie die Letzten auf Erden waren, die sich nicht an das metrische System hielten.

Khalil hängte den Zapfhahn ein und sah, dass es keine Glaskabine gab, an der er zahlen konnte. Er musste zum Bezahlen in den kleinen Verkaufsraum gehen und verfluchte sich, dass ihm das nicht vorher aufgefallen war.

Er betrat das Kassenhaus der Tankstelle.

Hinter einem kleinen Tresen saß ein Mann, bekleidet mit Bluejeans und T-Shirt, auf einem Hocker, schaute fern und rauchte eine Zigarette.

Der Mann sah ihn an und schaute dann auf eine digitale Anzeige. »Das macht dann 28,85«, sagte er.

Khalil legte zwei Zwanzig-Dollar-Scheine auf den Tresen.

Der Mann zählte das Wechselgeld ab und fragte: »Brauchen Sie sonst noch was?«

»Nein.«

»Hab kalte Getränke hier im Kühlschrank.«

Khalil verstand den Akzent des Mannes nur mit Mühe. Er erwiderte: »Nein, danke.«

Der Mann gab ihm heraus und sah ihn dabei an. »Wo sind 'se denn her, Mann?«

»Aus ... New York.«

»Echt? Lange Fahrt. Wo wolln'se denn hin?«

»Nach Atlanta.«

»Dann müssen'se vor Florence auf den I-20.«

Khalil nahm sein Wechselgeld. »Ja, danke.« Er sah, dass im Fernsehen ein Baseballspiel lief.

Der Mann sah, dass er zum Fernseher hinüberschaute, und sagte: »Die Braves führn gegen New York, zwo null, zweites Inning.« Er fügte hinzu: »Heute zeigen wir's den Yankees.«

Assad Khalil nickte, obwohl er keine Ahnung hatte, wovon der Mann sprach. Er spürte wieder Schweißperlen auf seiner Stirn und merkte, wie feucht die Luft hier war. Er sagte: »Einen schönen Tag noch.« Er machte kehrt, verließ das Kassenhaus und ging zurück zu seinem Wagen.

Er stieg ein und schaute zu dem Schaufenster des Kassenhauses hinüber, um zu prüfen, ob ihm der Mann nachsah, aber der Mann schaute wieder fern.

Khalil verließ die Tankstelle schnell, aber nicht zu schnell.

Assad Khalil fuhr wieder in südliche Richtung auf den I-95.

Ihm wurde bewusst, dass das Fernsehen die größte Gefahr

darstellte. Wenn sie anfingen, sein Bild im Fernsehen zu zeigen – und das konnten sie längst –, war er nirgends in Amerika mehr vollkommen sicher. Er war sich sicher, dass die Polizei im ganzen Land mittlerweile ein Foto von ihm hatte, aber er hatte nicht vor, irgendwie mit der Polizei in Kontakt zu kommen. Es ließ sich aber nicht vermeiden, zumindest mit einer kleinen Anzahl Amerikaner in Kontakt zu treten. Er klappte die Sonnenblende herunter und betrachtete sein Gesicht im Schminkspiegel, immer noch mit der Brille auf der Nase. Mit dem Seitenscheitel, dem grau melierten Haar, dem falschen Schnurrbart und der Brille sah er sicherlich anders aus als auf jedem Foto, das es von ihm gab. Aber man hatte ihm in Tripolis vorgeführt, was die Amerikaner mit einem Computer alles anstellen konnten: einen Schnurr- oder Vollbart hinzufügen, eine Brille, das Haar kürzen oder heller färben oder anders kämmen. Er glaubte nicht, dass der Durchschnittsmensch so aufmerksam war, auch nur die einfachste Tarnung zu durchschauen. Der Tankwart hatte ihn offensichtlich nicht erkannt, denn wenn er ihn erkannt hätte, hätte Khalil es sofort an seinem Blick abgelesen und dann wäre der Mann jetzt tot.

Aber was wäre gewesen, wenn es im Kassenhaus der Tankstelle nur so von Leuten gewimmelt hätte?

Khalil betrachtete noch einmal sein Spiegelbild, und plötzlich fiel ihm ein, dass es kein Foto von ihm gab, auf dem er lächelte. Er musste lächeln. Das hatte man ihm in Tripolis wiederholt gesagt. Lächle. Er lächelte den Spiegel an und war frappiert, wie verwandelt er aussah. Er erkannte sich selbst kaum wieder. Er lächelte noch mal und klappte die Blende dann wieder hoch.

Er fuhr weiter und dachte weiter über sein Bild im Fernsehen nach. Vielleicht würde das kein Problem darstellen.

Man hatte ihm in Tripolis auch gesagt, die Amerikaner würden die Fotos flüchtiger Verbrecher in allen Postämtern aushängen. Er wusste nicht, weshalb sie ausgerechnet in Postämtern Fahndungsfotos aushängten, aber er hatte ja in Postämtern ohnehin nichts verloren und deshalb war es ihm egal.

Er dachte auch daran, dass die Amerikaner, wenn seine und die Pläne der Geheimdienstoffiziere aufgegangen waren, nun davon ausgingen, dass Assad Khalil direkt vom New Yorker Flughafen aus das Land verlassen hatte. Darüber war viel debattiert worden. Boris, der Russe, hatte gesagt: »Es spielt keine Rolle, was sie glauben. Das FBI und die örtliche Polizei werden in Amerika nach dir fahnden, und die CIA und ihre ausländischen Kollegen werden im Rest der Welt nach dir fahnden. Wir müssen also die Illusion erzeugen, dass du wieder in Europa bist.«

Khalil nickte. Boris beherrschte solche Intrigen ausgezeichnet. Er hatte dieses Spielchen über zwanzig Jahre lang mit den Amerikanern getrieben. Doch früher hatten Boris dafür unbegrenzte Mittel zur Verfügung gestanden und dem war in Libyen nicht so. Trotzdem hatte man sich geeinigt und einen zweiten Assad Khalil erschaffen, der wahrscheinlich in den nächsten ein, zwei Tagen irgendwo in Europa einen Terroranschlag verüben würde. Entweder fielen die Amerikaner darauf herein oder nicht.

Malik hatte gesagt: »Die amerikanischen Geheimdienstler meiner Generation waren unglaublich naiv und ungebildet. Aber sie sind jetzt lange genug in der Welt unterwegs, um mit dem Zynismus eines Arabers, dem Feingefühl eines Europäers und dem Doppelspiel eines Orientalen mithalten zu können. Außerdem haben sie eine sehr fortschrittliche Technologie entwickelt. Wir sollten sie nicht unterschätzen, aber überschätzen sollten wir sie auch nicht. Sie lassen sich täuschen, aber sie können auch bloß so tun, als wären sie getäuscht worden. Und deshalb können wir für etwa eine Woche einen zweiten Assad Khalil in Europa erschaffen, und sie werden so tun, als würden sie dort nach ihm fahnden, während sie sehr wohl wissen, dass er sich noch in Amerika aufhält. Der richtige Assad Khalil sollte sich auf nichts verlassen – nur auf sich selbst. Wir werden alles unternehmen, um sie abzulenken, aber du, Assad, solltest dich in Amerika jederzeit so verhalten, als würden sie dir mit nur fünf Minuten Abstand folgen.«

Assad Khalil dachte an Boris und Malik, zwei völlig unterschiedliche Männer. Malik machte das alles aus Liebe zu Gott, zum Islam, zu seinem Vaterland, zum Großen Führer – seinen Hass auf den Westen gar nicht zu erwähnen. Boris arbeitete für Geld und hasste die Amerikaner und den Westen eigentlich nicht. Und Boris hatte keinen Gott, keinen Führer und im Grunde auch kein Vaterland mehr. Malik hatte Boris einmal als bemitleidenswert bezeichnet, aber Assad fand ihn eher erbärmlich. Doch Boris schien glücklich zu sein, weder verbittert noch niedergeschlagen. Einmal hatte er gemeint: »Russland wird wieder auferstehen. Zwangsläufig.«

Diese beiden völlig unterschiedlichen Männer arbeiteten also gut zusammen, und jeder hatte ihm etwas beigebracht, das der andere kaum begreifen konnte. Assad mochte Malik natürlich lieber, aber auf Boris konnte man sich verlassen, wenn es darum ging, die ganze Wahrheit zu erfahren. Boris hatte ihm sogar einmal anvertraut: »Euer Großer Führer will nicht, dass noch mal eine amerikanische Bombe auf sein Zelt abgeworfen wird, also verlass dich nicht auf unsere Hilfe, wenn sie dich schnappen. Wenn du es zurück schaffst, werden sie dich gut behandeln. Aber wenn du in Amerika feststeckst und nicht ausreisen kannst, dann wird der nächste Libyer, den du siehst, dein Henker sein.«

Khalil dachte darüber nach, tat es aber als sowjetisches Denken alter Schule ab. Islamische Kämpfer verrieten einander nicht und ließen einander nicht im Stich. Das wäre nicht gottgefällig.

Khalil richtete sein Augenmerk wieder auf die Straße. Es war ein großes Land, und weil es so groß und vielfältig war, war es einfach, sich zu verstecken oder im Gewimmel zu verschwinden, je nach dem, was gerade nötig war. Aber die schiere Größe des Landes stellte auch ein Problem dar, und im Gegensatz zu Europa gab es nicht viele Grenzen, über die man flüchten konnte. Libyen war weit weg. Und Khalil hatte sich auch nicht ganz klar gemacht, dass das Englisch, das er verstand, nicht das Englisch war, das hier im Süden gesprochen wurde. Er erinnerte sich nur, dass Boris das angesprochen und ihm gesagt hatte, das Englisch in Florida wäre dem ähnlicher, das er verstand.

Er dachte wieder an Lieutenant Paul Grey und erinnerte sich an das Foto von seinem Haus, einer sehr hübschen Villa mit Palmen davor. Er dachte auch an General Waycliffs Haus. Diese beiden Mörder waren heimgereist und hatten ein schönes Leben geführt, mit Frau und Kindern, nachdem sie ohne nachzudenken Assad Khalils Leben zerstört hatten. Wenn es tatsächlich eine Hölle gab, dann kannte Assad Khalil die Namen dreier Insassen: Lieutenant Steven Cox, im Golfkrieg gefallen, Colonel William Hambrecht und General Terrance Waycliff, umgebracht von Assad Khalil. Wenn sie nun dort miteinander sprachen, konnten die beiden Letzteren dem Ersten erzählen, wie sie umgekommen waren, und sie konnten sich alle fragen, welchen ihrer Schwarmkameraden Assad Khalil wohl als Nächsten dazu auserwählen würde, sich zu ihnen zu gesellen.

Khalil sagte laut: »Nur die Ruhe, meine Herren, das werden Sie noch früh genug erfahren. Und bald sind Sie alle wieder vereint.«

Kapitel 32

Die Pause war vorbei, und wir gingen zurück ins Besprechungszimmer. Jim und Jane waren fort, und an ihrer Stelle erwartete uns ein arabisch aussehender Gentleman. Erst dachte ich, der Kerl hätte sich auf dem Weg zur Moschee verlaufen oder so, oder er hätte vielleicht Jim und Jane entführt und würde sie nun als Geiseln festhalten. Ehe ich den Eindringling beim Schlafittchen packen konnte, lächelte er, stellte sich als Abbah Ibn Abdellah vor und war so nett, seinen Namen an die Tafel zu schreiben. Wenigstens hieß er nicht Bob, Bill oder Jim. Doch dann sagte er: »Nennen Sie mich Ben«, was zu der Kurznamenmanie hier passte.

Mr. Abdellah, Ben, trug einen zu dicken Tweed-Anzug – immerhin nicht in Blau – und einen dieser karierten Palästinenser-Feudel um dem Kopf. Ein erstes Indiz, dass er nicht hier aus der Gegend war.

Ben setzte sich zu uns und lächelte weiter. Er war etwa fünfzig, ein wenig rundlich und trug einen Vollbart und eine Brille. Sein Haar lichtete sich, er hatte gesunde Beißerchen und roch nicht unangenehm. Das macht dann drei Minuspunkte für Sie, Detective Corey.

Einerseits herrschte eine gewisse Beklommenheit im Raum, andererseits aber auch nicht. Jack, Kate, Ted und ich waren schließlich gebildet und weltgewandt und so. Wir hatten alle mit Leuten aus dem Nahen Osten zu tun gehabt und zusammengearbeitet, aber aus irgendeinem Grund war die Atmosphäre an diesem Nachmittag etwas angespannt.

Ben ergriff das Wort. »Was für eine schreckliche Tragödie«, sagte er.

Niemand entgegnete etwas, und er fuhr fort: »Ich arbeite als Special Contract Agent für das FBI.«

Er war also, wie ich selbst auch, irgendeiner Spezialität wegen engagiert und vermutlich ging es dabei nicht um modische Beratung. Wenigstens war er kein Anwalt.

Er sagte: »Der stellvertretende Direktor hielt es für eine gute Idee, dass ich mich Ihnen zur Verfügung stelle.«

Koenig fragte: »Wozu zur Verfügung?«

Mr. Abdellah sah Koenig an und erwiderte: »Ich unterrichte an der George-Washington-Universität Politologie,

Schwerpunkt Naher Osten. Mein Spezialgebiet sind verschiedene extremistische Gruppen.«

»Terrorbanden«, half ihm Koenig auf die Sprünge.

»Ja. Aus Mangel an einem treffenderen Begriff.«

Ich schlug vor: »Wie wäre es mit Psychopathen und Mörder? Das sind treffendere Begriffe.«

Professor Abdellah blieb ganz ruhig, als müsste er sich das nicht zum ersten Mal anhören. Er drückte sich gepflegt aus, wirkte intelligent und hatte eine ruhige Art. Natürlich war nichts von dem, was gestern passiert war, seine Schuld. Aber Ibn Abdellah hatte an diesem Nachmittag einen harten Job.

Er fuhr fort: »Ich bin Ägypter, kenne mich aber mit den Libyern gut aus. Sie sind ein interessantes Volk, stammen teilweise von den antiken Karthagern ab. Anschließend kamen die Römer und hinterließen ihre Nachfahren, und auch Ägypter hat es in Libyen immer gegeben. Nach den Römern kamen die Vandalen aus Spanien, die wiederum vom oströmischen Reich vertrieben wurden, das wiederum von den Arabern der Arabischen Halbinsel vertrieben wurde, die den Islam nach Libyen brachten. Die Libyer verstehen sich als Araber, aber das Land hatte immer eine so kleine Bevölkerung, dass jede einfallende Macht ihre Gene hinterlassen hat.«

Professor Abdellah teilte uns alles Mögliche über die Libyer mit, weihte uns in die libysche Kultur ein, in Sitten und Gebräuche und so weiter. Er hatte einen ganzen Berg von Unterlagen zum Austeilen dabei, darunter auch ein Glossar ausschließlich libyscher arabischer Wörter, falls uns das interessierte, und ein Glossar der libyschen Küche, das ich mir eher nicht an den Kühlschrank hängen würde. Er sagte: »Libyer lieben Pasta. Das ist eine Folge der italienischen Besatzungszeit.«

Ich aß auch sehr gerne Pasta, also würde ich Assad Khalil vielleicht im Giulio's begegnen. Na, wohl eher nicht.

Der Professor teilte eine kurz gefasste Biografie Muammar al Gaddafis und einige Seiten über Libyen aus der Online-

Ausgabe der Encyclopaedia Britannica aus. Er gab uns auch eine Menge Pamphlete über islamische Kultur und Religion.

Professor Abdellah sagte: »Moslems, Christen und Juden führen ihren Ursprung alle auf den Propheten und Patriarchen Abraham zurück. Der Prophet Muhammad ist ein Nachfahre von Abrahams ältestem Sohn Ismael, und Moses und Jesus stammen von Isaak ab.« Er fügte hinzu: »Friede sei mit Ihnen.«

Also, ich wusste jetzt echt nicht, ob ich mich bekreuzigen, gen Mekka richten oder meinen Freund Jack Weinstein anrufen sollte.

Ben sprach weiter über Jesus, Moses, Maria, den Erzengel Gabriel, Muhammad, Allah und so weiter. Die Typen kannten und mochten einander alle. Unfassbar. Das war alles hochinteressant, aber es brachte mich Assad Khalil keinen Deut näher.

Mr. Abdellah wandte sich an Kate und sagte: »Im Gegensatz zu weit verbreiteten Vorurteilen erhöht der Islam die Stellung der Frau sogar. Moslems beschuldigen die Frauen nicht, vom verbotenen Baum gegessen zu haben, wie Christen und Juden es tun. Und bei ihnen ist das Leiden im Kindbett auch keine Strafe dafür.«

Kate erwiderte kühl: »Eine durchaus aufgeklärte Auffassung.«

Ungerührt von der Eiskönigin fuhr Ben fort: »Frauen, die unter islamischem Recht heiraten, dürfen ihren Nachnamen beibehalten. Sie dürfen Eigentum besitzen und veräußern.«

Hörte sich ganz nach meiner Ex an. Vielleicht war sie Moslime.

Ben sagte: »Was das Verschleiern der Frauen angeht, so ist das in einigen Ländern kulturelle Praxis, entspricht aber nicht den Lehren des Islam.«

Kate erkundigte sich: »Und was ist mit den Frauen, die man zu Tode steinigt, wenn sie beim Ehebruch erwischt werden?«

»Auch das ist in einigen moslemischen Ländern kulturelle Praxis, in den meisten aber nicht.«

Ich sah in meinen Unterlagen nach, ob es da eine Liste dieser Länder gab. Wenn Kate und ich jetzt nach Jordanien oder so geschickt wurden und jemand würde uns in flagranti im Hotel erwischen? Würde ich dann alleine nach Hause reisen? Aber ich entdeckte keine solche Liste und mochte Professor Abdellah nicht danach fragen.

Ben plapperte noch ein bisschen weiter, und er war ein sehr netter Mann, sehr höflich, sehr gebildet und echt aufrichtig. Trotzdem hatte ich ein Gefühl, als würde ich mich hinter einem dieser einseitigen Spiegel befinden und als würden die Jungs in Blau das alles auf Video aufzeichnen. In dem Laden hier war man doch vor nichts gefeit.

Es gab sicherlich einen Grund für diesen Islam-Grundkurs, aber vielleicht konnten wir den Auftrag ja auch ausführen, ohne uns dem Gegner gegenüber so besonders feinfühlig zu verhalten. Ich malte mir eine Szene vor der Invasion am D-Day aus, in der irgendein Fallschirmjägergeneral zu seinen Truppen sagt: »Okay, Männer, morgen lesen wir Goethe und Schiller. Und denkt dran, morgen Abend findet in Hangar 12 ein Wagner-Konzert statt. Teilnahme ist Pflicht. Und in der Messe gibt es heute Abend Sauerbraten. *Guten Appetit.*«

Ja, genau.

Professor Abdellah sagte: »Wenn man diesen Mann, Assad Khalil, ergreifen will, ist es hilfreich, wenn man ihn versteht. Fangen wir mal mit seinem Namen an – Assad. Der Löwe. Im Islam folgt ein Vorname nicht einfach nur einer Konvention, er ist auch ein Definiens der Person – er definiert den Träger des Namens, wenn auch wohl nur teilweise. Viele Frauen und Männer aus islamischen Ländern versuchen, ihrem Namensparton nachzueifern.«

»Na dann«, schlug ich vor, »sollten wir uns mal in den Zoos umsehen.«

Ben fand das witzig und kicherte. Er trieb den Scherz weiter und meinte: »Suchen Sie einen Mann, der gern Zebras tötet.« Er sah mir in die Augen und sagte: »Einen Mann, der gerne tötet.«

Keiner sagte etwas, und Ben fuhr fort: »Die Libyer sind ein isoliert lebendes Volk, eine Nation, die sich auch von anderen islamischen Ländern abschottet. Ihr Führer, Muammar al Gaddafi, hat für viele Libyer beinahe mystische Fähigkeiten. Wenn Assad Khalil für den libyschen Geheimdienst arbeitet, dann arbeitet er direkt für Muammar al Gaddafi. Er hat einen heiligen Auftrag erhalten und wird ihn mit religiösem Eifer erfüllen.«

Ben ließ das etwas wirken und fuhr dann fort: »Die Palästinenser sind im Gegensatz dazu gebildeter und weltgewandter. Sie sind klug, haben politische Ziele, und ihr Hauptfeind ist Israel. Die Irakis haben sich, wie auch die Iraner, von ihren Führern teilweise abgewandt. Aber die Libyer verehren Gaddafi und tun, was er sagt, obwohl er oft die Richtung und seine Feinde gewechselt hat. Doch wenn dies ein libysches Unternehmen ist, dann gibt es dafür keinen offensichtlichen Anlass. Seit dem amerikanischen Bombenangriff auf Libyen und dem Vergeltungsschlag Libyens, dem Sprengstoffanschlag auf den PanAm-Flug 103 über Lockerbie in Schottland, 1988, hat sich Gaddafi, von antiamerikanischen Sprüchen mal abgesehen, aus dem Terrorismus ziemlich herausgehalten. Mit anderen Worten: Gaddafi betrachtet seine Blutfehde mit den USA als abgeschlossen. Seine Ehre ist wieder hergestellt, und der Bombenangriff auf Libyen, bei dem seine Adoptivtochter umkam, ist gerächt. Ich kann mir nicht vorstellen, weshalb er diese Fehde wieder aufnehmen sollte.«

Niemand schlug irgendwelche Motive vor und Ben sagte: »Aber es gibt in Libyen ein Sprichwort, so ähnlich wie das französische Sprichwort ›Rache schmeckt am besten, wenn sie kalt serviert wird.‹ Verstehen Sie?«

Das verstanden wir wohl alle, und Ben fuhr fort: »Vielleicht ist Gaddafi also der Ansicht, dass diese alte Fehde noch nicht gänzlich beigelegt ist. Suchen Sie Gaddafis Motiv, Khalil nach Amerika zu schicken, dann erfahren Sie vielleicht, warum Khalil das getan hat und ob die Fehde beendet ist oder nicht.«

Kate sagte: »Die Fehde hat eben erst begonnen.«

Professor Abdellah schüttelte den Kopf. »Sie hat vor langer Zeit begonnen. Eine Blutfehde ist erst beendet, wenn nur noch einer am Leben ist.«

Das sollte wohl heißen, dass mir mein Posten sicher war, bis ich dann umgeballert wurde. Ich meinte zu Ben: »Vielleicht ist es Khalils Fehde, nicht Gaddafis.«

Er zuckte die Achseln. »Wer weiß? Finden Sie den Mann, dann wird er es Ihnen gern erzählen. Auch wenn Sie ihn nicht finden, wird er es Ihnen irgendwann erzählen. Es ist Khalil wichtig, dass Sie es wissen.«

Professor Abdellah stand auf und gab jedem von uns seine Visitenkarte. Er sagte: »Wenn ich Ihnen irgendwie helfen kann, zögern Sie bitte nicht, mich anzurufen. Ich kann gern nach New York kommen, wenn Sie möchten.«

Jack Koenig erhob sich und sagte: »Wir haben Leute in New York – Leute wie Sie –, die uns mit kulturellen Hintergrundinformationen versorgen. Aber wir danken Ihnen, dass Sie sich die Zeit genommen und Ihre Kenntnisse mitgeteilt haben.«

Professor Abdellah sammelte seinen Kram ein und ging zur Tür. Er teilte uns mit: »Ich verfüge über eine Unbedenklichkeitserklärung, auch für Staatsgeheimnisse. Sie sollten nicht zögern, sich mit mir zu beraten.« Dann ging er.

Eine Minute lang oder so sagte niemand ein Wort. Einerseits lag es daran, dass der Raum verwanzt war, aber andererseits war unsere Sitzung mit Ibn-nennen-Sie-mich-Ben-Abdellah nun auch wirklich bizarr gewesen.

Die Welt veränderte sich tatsächlich, und auch dieses

Land veränderte sich. Amerika war nie ein Land gewesen, in dem es nur eine Rasse, eine Religion, eine Kultur gegeben hatte. Der Kleister, der uns zusammenhielt, war in gewisser Hinsicht unsere Sprache, aber auch der bröckelte zusehends. Außerdem glaubten wir alle an Recht und Gesetz, an politische Freiheit und religiöse Toleranz. Jemand wie Abbah Ibn Abdellah war entweder ein loyaler, patriotischer Amerikaner und nützlicher Spezialagent oder er stellte ein Sicherheitsrisiko dar. Fast zweifellos war er Ersteres. Aber dieser winzige Zweifel wird, wie in einer Ehe, in der Fantasie immer vordringlicher. *Sie sollten nicht zögern, sich mit mir zu beraten.*

Jim und Jane kamen wieder herein, und ich war froh zu sehen, dass Ben sie nicht entführt hatte. Zu ihnen gesellten sich nun ein Junge und ein Mädel, die Bob und Jean hießen oder so ähnlich.

Diese Sitzung stand unter dem Motto »Was jetzt?«

Es war eher ein Brainstorming, was ja immer noch besser ist als ein Anschiss, und man bat uns alle, uns zu äußern und etwas beizutragen. Wir diskutierten Khalils nächsten Schachzug, und ich war erfreut, dass meine Theorie in Betracht gezogen wurde.

Bob fasste es folgendermaßen zusammen: »Wir sind der Ansicht, dass die mutmaßlichen Terroranschläge von Assad Khalil in Europa ein Vorspiel seiner Reise nach Amerika waren. Beachten Sie, dass er es in Europa nur auf amerikanische und britische Ziele abgesehen hatte. Beachten Sie ferner, dass nie irgendwelche Forderungen gestellt oder Bekennerschreiben hinterlassen wurden, dass niemand vor den Anschlägen bei den Nachrichtenagenturen angerufen hat und dass weder Khalil noch eine Organisation die Verantwortung dafür übernommen haben. Wir haben lediglich eine Reihe von Anschlägen auf Menschen und Örtlichkeiten, die amerikanisch und, in einem Fall, britisch sind. Das entspricht dem Profil eines Menschen, der einen privaten, persönlichen Groll hegt und eben keine politischen oder religiösen Ziele verfolgt, die er öffentlich machen will.«

Bob schilderte ein ausführliches Profil Khalils und verglich ihn mit einigen verrückten amerikanischen Bombenlegern der Vergangenheit, die einen Groll gegen ihren ehemaligen Arbeitgeber, gegen die Technik an sich oder gegen Umweltsünder und so weiter hegten. Bob sagte: »Nach Ansicht des Täters ist er nicht der Böse, sondern ein Werkzeug der Gerechtigkeit. Was er macht, ist seiner Meinung nach moralisch gut und gerechtfertigt.«

Bob fuhr fort: »Was Assad Khalil angeht, so haben wir Ihnen nicht alle Fotos von ihm im Gästezimmer der Botschaft gezeigt. Er gibt auch welche, auf denen er auf dem Boden hockt und gen Mekka betet. Wir haben es hier also mit einem religiösen Menschen zu tun, der aber praktischerweise die Aspekte seiner Religion vergisst, die es ihm verbieten, unschuldige Menschen zu ermorden. Assad Khalil redet sich höchstwahrscheinlich ein, dass er einen Djihad, einen heiligen Krieg, führt und der Zweck die Mittel heiligt.«

Bob wies auf den Jahrestag des amerikanischen Luftangriffs auf Libyen hin und sagte: »Aus diesem einzigen Grund sind wir der Ansicht, dass Assad Khalil Libyer ist und entweder für die Libyer oder mit den Libyern arbeitet. Aber beachten Sie bitte, dass der Bombenanschlag auf das World Trade Center am zweiten Jahrestag der Vertreibung irakischer Truppen aus Kuwait City stattfand. Und unter den Tätern waren kaum Irakis. Die meisten von ihnen waren Palästinenser. Sie müssen hier also den Panarabismus in Betracht ziehen. Die arabischen Staaten sind untereinander zerstritten, aber die Extremisten der einzelnen Länder eint ihr Hass auf Amerika und Israel. Das Datum 15. April ist ein Schlüssel zu den Hintergründen des gestrigen Anschlags, beweist aber gar nichts.«

Das stimmte schon. Aber wenn etwas aussieht wie eine

Ente, watschelt wie eine Ente und quakt wie eine Ente, dann ist es wahrscheinlich auch eine Ente und keine Möwe. Aber man musste natürlich unvoreingenommen an die Sache herangehen.

Ich sagte: »Entschuldigen Sie, Sir. Haben Khalils Opfer irgendwas gemein?«

»Nein, wirklich nicht. Jedenfalls bisher nicht. Die Menschen im Flugzeug hatten nur ein gemeinsames Reiseziel. Wenn aber jemand sehr clever ist, könnte er eine falsche Spur legen, indem er Menschen angreift, die in keinem Zusammenhang mit seinen eigentlichen Zielen stehen. Wir haben das bei einheimischen Bombenlegern erlebt, die uns damit ablenken wollten, dass sie dort eine Bombe hochgehen ließen, wo wir überhaupt nicht damit gerechnet haben.«

Da war ich mir nicht so sicher.

Bob fuhr fort: »Wir haben bei sämtlichen Polizeidienststellen und Nachrichtendiensten in Übersee angefragt, was sie über Assad Khalil haben. Wir haben Fingerabdrücke und Fotos von ihm rausgeschickt. Aber bisher – und wir stehen ja erst am Anfang – hat offenbar niemand etwas über ihn, das über den Inhalt des Dossiers hinausginge. Dieser Mann steht offenbar mit keiner bekannten extremistischen Vereinigung hierzulande oder anderswo in Verbindung. Er ist ein Einzelgänger, aber wir wissen, dass er so eine Sache nicht alleine durchziehen könnte. Deshalb sind wir der Ansicht, dass er direkt vom libyschen Geheimdienst instruiert wird, der sehr vom alten KGB beeinflusst ist. Die Libyer haben ihn ausgebildet und finanziert, haben ihm dann ein paar Aufträge in Europa gegeben, um zu sehen, ob er was taugt, und haben dann den Plan ausgeheckt, dass sich Khalil in der Amerikanischen Botschaft in Paris stellen sollte. Wie Sie wissen, gab es im Februar einen ähnlichen Überläufer. Wir halten das für eine Generalprobe.«

Jack Koenig erinnerte Bob: »Die ATTF in New York hat diesen Überläufer vom Februar hier in Washington an FBI und CIA übergeben, und dann hat ihn jemand entwischen lassen.«

Bob erwiderte: »Das habe ich nicht persönlich miterlebt, aber es trifft zu.«

Jack beharrte: »Wenn der Mann vom Februar nicht entwischt wäre, dann wäre der Mann vom April – Khalil – nie auf diese Weise eingereist.«

»Das stimmt«, sagte Bob. »Aber ich versichere Ihnen: Er wäre so oder so gekommen.«

Koenig fragte: »Haben Sie eine Spur des Überläufers vom Februar? Wenn wir den finden könnten ...«

»Er ist tot«, teilte uns Bob mit. »Die Maryland State Police hat den Fund einer verbrannten und verwesten Leiche in einem Wald bei Silver Spring gemeldet. Keine Ausweispapiere, keine Kleidung, Fingerabdrücke verbrannt, Gesicht verbrannt. Sie haben sich an die Vermisstenabteilung des FBI gewandt, und die wussten, dass die Abteilung für Terrorismusabwehr einen Überläufer vermisst. Unsere Tätowierungen haben es nicht überstanden, aber wir konnten einen Gebissabdruck mit dem vergleichen, den wir genommen haben, als er in Paris unser Gast war. Das wäre also erledigt.«

Ein paar Sekunden lang herrschte Schweigen, dann sagte Jack: »Davon hat mir niemand etwas gesagt.«

Bob entgegnete: »Dann sollten Sie sich beim stellvertretenden Direktor beschweren, der für die Terrorismusabwehr zuständig ist.«

»Das werde ich.«

Bob schloss mit den Worten: »Wir haben hier und in Europa legitime Überläufer aus Libyen, und wir befragen sie über Assad Khalil. Libyen hat nur fünf Millionen Einwohner, und deshalb bekommen wir vielleicht etwas über Khalil heraus, wenn das denn sein wahrer Name ist. Bisher haben wir von Emigranten und Überläufern nichts über Assad Khalil erfahren. Wir wissen aber, dass ein gewisser Karim Khalil, ein libyscher Hauptmann, 1981 in Paris ermordet wurde. Die Sûreté hat uns informiert, dass Karim Khalil wahrscheinlich von seinen eigenen Leuten umgebracht wurde, und die libysche Regierung hat versucht, es dem Mossad in die Schuhe zu schieben. Die Franzosen glauben, dass Muammar al Gaddafi ein Verhältnis mit Faridah Khalil, der Frau des Hauptmanns, hatte und Gaddafi ihn deshalb loswerden wollte.« Bob lächelte und sagte: »Aber ich muss betonen, dass es sich dabei um die Erklärung der Franzosen handelt. Cherchez la femme.«

Wir kicherten alle. Die beknackten Franzosen. Bei denen ging es immer nur ums Bumsen.

Bob fuhr fort: »Wir ermitteln gerade, ob Assad Khalil mit Hauptmann Karim Khalil verwandt ist. Assad ist alt genug, um Karims Sohn oder vielleicht auch Neffe zu sein. Aber auch wenn wir eine Verwandtschaft nachweisen, muss das nichts mit diesem Fall zu tun haben.«

Ich schlug vor: »Wieso bitten wir nicht die Nachrichtenagenturen, die Geschichte mit Mr. Gaddafi und Mrs. Khalil zu veröffentlichen, und dass Gaddafi Karim beiseite geschafft hat, um sein Liebesleben zu vereinfachen. Wenn Assad Karims Sohn ist, liest er das oder hört es in den Nachrichten, fährt nach Hause und bringt Gaddafi um – den Mörder seines Vaters. So würde ein guter Araber das machen. Blutfehde, nicht wahr? Wäre das nicht toll?«

Bob überlegte kurz, räusperte sich und sagte: »Ich werde den Vorschlag weiterreichen.«

Ted Nash nahm, wie nicht anders zu erwarten, die Idee auf und meinte: »Das ist gar nicht mal so dumm.«

Bob geriet bei solchen Gedanken ersichtlich ins Schwimmen. Er sagte: »Erst müssen wir herausfinden, ob da überhaupt eine verwandtschaftliche Beziehung besteht. Solche ... psychologischen Operationen können schnell nach hinten losgehen. Aber wir setzen es beim nächsten Meeting der Terrorismusabwehr auf die Tagesordnung.«

Jean ergriff das Wort und stellte sich mit einem anderen Namen vor. Sie sagte: »Ich bin in dieser Angelegenheit damit betraut, alle Fälle in Europa zu überprüfen, mit denen Assad Khalil mutmaßlich in Verbindung stand. Wir wollen nicht wiederholen, was die CIA bereits erledigt hat«, sie nickte dem Top-Agenten Ted Nash zu, »aber da Assad Khalil jetzt hier ist oder hier war, muss sich das FBI mit seinen Aktivitäten in Übersee vertraut machen.«

Jean redete weiter über die Zusammenarbeit zwischen den Diensten, über internationale Zusammenarbeit und so weiter.

Eindeutig war Assad Khalil, der bisher nur ein mutmaßlicher Terrorist gewesen war, nun der weltweit meistgesuchte Terrorist seit Carlos, dem Schakal. Der Löwe war gekommen. Der Löwe, da war ich mir sicher, war absolut begeistert und geschmeichelt angesichts der ganzen Aufmerksamkeit. Was er in Europa getan hatte – so schlimm es auch war –, machte ihn noch nicht zu einem Big Player in der heutigen Welt der sich um Schlagzeilen balgenden Terroristen. Die amerikanische Öffentlichkeit war noch nicht groß auf ihn aufmerksam geworden. Seinen Namen hatte man in den Nachrichten nie genannt; nur über seine Taten hatte man berichtet; und die einzige, die, so weit ich mich erinnern konnte, für Aufsehen gesorgt hatte, war die Ermordung dreier amerikanischer Kinder in Belgien gewesen. Wenn bald die ganze Wahrheit darüber herauskam, was er gestern getan hatte, würde Assad Khalils Foto überall sein. Das würde ihm das Leben außerhalb Libyens sehr erschweren, und deshalb dachten ja auch viele Leute, er wäre schon nach Hause geflüchtet. Ich aber dachte, er würde uns liebend gern bei diesem Spiel eine Heimniederlage zufügen.

Jean schloss ihre Ansprache mit den Worten: »Wir werden in enger Verbindung mit der ATTF in New York stehen. Wir werden alle Informationen an Sie weitergeben und umgekehrt. Informationen sind in unserem Metier wie Gold –

jeder will sie haben, und keiner will sie teilen. Also sagen wir einfach, dass wir nicht teilen – wir leihen sie einander, und am Ende werden alle Konten ausgeglichen.«

Einen dummen Spruch konnte ich mir einfach nicht verkneifen. »Ma'am, ich versichere Ihnen, wenn Assad Khalil im Central Park tot aufgefunden wird, dann lassen wir es Sie wissen.«

Ted Nash lachte. Allmählich gefiel mir der Typ. In diesem Milieu hatten wir mehr miteinander gemein als mit den netten, ordentlichen Leuten in diesem Gebäude. Ein deprimierender Gedanke.

Bob sagte: »Irgendwelche Fragen?«

Ich fragte: »Wo kann man denn hier mal die *Akte-X*-Leute treffen?«

Koenig sagte: »Hören Sie auf, Corey.«

»Jawohl, Sir.«

Es war schon fast sechs Uhr abends, und ich dachte, wir wären fertig, da uns ja niemand gesagt hatte, wir sollten unsere Zahnbürsten mitbringen. Aber nein. Wir gingen alle in einen Konferenzsaal mit einem Tisch von der Größe eines Fußballfelds.

Gut dreißig Leute kamen hereingeschlendert. Den meisten waren wir schon an den diversen Stationen unseres Kreuzwegs begegnet.

Der stellvertretende Direktor der Abteilung für Terrorismusabwehr kam, hielt eine fünfminütige Predigt und fuhr dann wieder in den Himmel auf oder so.

Wir verbrachten fast zwei Stunden bei dieser Konferenz, bereiteten größtenteils unseren Zehn-Stunden-Tag noch einmal nach, tauschten Goldnuggets aus, überlegten uns einen Angriffsplan und so weiter.

Jeder von uns erhielt ein dickes Dossier mit Fotos und den Namen und Telefonnummern von Kontaktpersonen und sogar schon Zusammenfassungen dessen, was am heutigen Tag gesagt worden war. Das mussten sie im Laufe des Tages aufgezeichnet, abgetippt, redigiert und ausgedruckt haben. Wirklich eine Weltklasse-Organisation.

Kate war so nett, meine ganzen Papiere in ihren Aktenkoffer zu stecken, der nun prall gefüllt war. Sie riet mir: »Bringen Sie immer einen Aktenkoffer mit. Sie teilen immer Unterlagen aus.« Sie fügte hinzu: »Einen Aktenkoffer können Sie von der Steuer absetzen.«

Die große Konferenz war beendet, und alle gingen hinaus auf den Flur. Wir plauderten noch ein wenig, aber im Grunde war Feierabend. Ich roch förmlich schon die Luft draußen auf der Pennsylvania Avenue. Auto, Flughafen, Shuttle um 21 Uhr, um 22 Uhr in La Guardia, zu Hause vor den 23-Uhr-Nachrichten. Mir fiel das restliche chinesische Essen in meinem Kühlschrank ein, und ich überlegte, wie alt es sein mochte.

Genau in diesem Moment kam ein Typ namens Bob oder Bill in einem blauen Anzug und fragte uns, ob wir ihm nicht zum Büro des stellvertretenden Direktors folgen wollten.

Das war der sprichwörtliche Tropfen, der das berühmte Fass zum Überlaufen brachte, und ich antwortete: »Nein.«

Aber wir hatten keine Wahl.

Die gute Nachricht war, dass Ted Nash nicht in das innere Heiligtum eingeladen war. Er wirkte aber nicht enttäuscht. Er sagte: »Ich muss heute Abend noch nach Langley.«

Wir umarmten ihn alle, versprachen, einander zu schreiben und in Verbindung zu bleiben, und beim Abschied warfen wir ihm Kusshände zu. Mit etwas Glück würde ich Ted Nash nie wieder sehen.

Kate, Jack und ich gingen also mit unserer Eskorte zum Fahrstuhl, fuhren hinauf in die siebte Etage und wurden in ein dunkles, mit Holz getäfeltes Büro mit einem großen Schreibtisch geleitet, hinter dem der stellvertretende Direktor der Abteilung für Terrorismusabwehr saß.

Die Sonne war untergegangen, und der Raum wurde lediglich von einer grün beschirmten Lampe auf dem Schreibtisch des stellvertretenden Direktors notdürftig erhellt. Die schummrige Beleuchtung in Hüfthöhe führte dazu, dass man die Gesichter nicht deutlich erkennen konnte. Das war echt dramatisch, wie eine Szene aus einem Mafiafilm, in der der Mafiaboss entscheidet, wer als Nächster umgelegt wird.

Wir schüttelten einander alle die Hände – Hände fand man leicht in der Nähe der Lampe – und setzten uns.

Der stellvertretende Direktor faselte etwas über gestern und heute und schließlich morgen. Aber er fasste sich kurz. Er sagte: »Die ATTF ist im Großraum New York bestens dafür geeignet, in diesem Fall zu ermitteln. Wir werden uns nicht einmischen und Ihnen niemanden schicken, den Sie nicht angefordert haben. Zumindest vorläufig nicht. Unsere Abteilung wird natürlich die Zuständigkeit für alles übernehmen, was sich außerhalb Ihres Einsatzgebiets abspielt. Wir halten Sie auf dem Laufenden, wenn sich etwas ergibt. Wir werden uns Mühe geben, eng mit der CIA zusammenzuarbeiten, und auch darüber werden wir Sie briefen. Ich schlage vor, Sie machen so weiter, als wäre Khalil noch in New York. Stellen Sie den ganzen Laden auf den Kopf. Fragen Sie bei allen Informanten und V-Leuten nach und bieten Sie ihnen nötigenfalls Geld an. Ich werde ein Budget von hunderttausend Dollar für die Beschaffung von Informationen bereit stellen. Das Justizministerium wird auf die Ergreifung von Assad Khalil eine Belohnung von einer Million Dollar aussetzen. Das dürfte ihm seitens seiner Landsleute hier in den USA ziemlich die Hölle heiß machen. Noch Fragen?«

Jack sagte: »Nein, Sir.«

»Gut. Ach, noch etwas.« Er sah erst mich an, dann Kate. Er sagte: »Überlegen Sie, wie Sie Assad Khalil in eine Falle locken können.«

Ich entgegnete: »Sie meinen, ich soll überlegen, ob ich mich als Köder verwenden lasse.«

»Das habe ich nicht gesagt. Ich habe nur gesagt: Überlegen Sie sich die beste Methode, wie Sie Assad Khalil in eine

Falle locken können. Sie entscheiden, was dafür die beste Methode ist.«

Kate sagte: »John und ich werden darüber reden.«

»Gut.« Er stand auf. »Danke, dass Sie Ihren Sonntag geopfert haben.« Er fügte hinzu: »Jack, mit Ihnen möchte ich noch kurz reden.«

Wir gaben wieder Patschehändchen, und Kate und ich gingen. Der Typ im blauen Anzug brachte uns zum Fahrstuhl und wünschte uns viel Glück und Waidmannsheil.

In der Eingangshalle holte uns ein Sicherheitstyp ab und forderte uns auf, Platz zu nehmen. Kate und ich setzten uns, sagten aber nichts.

Ich wusste nicht, worüber Jack und der stellvertretende Direktor sprachen, und es war mir auch egal, solange es dabei nicht um mich ging – und sie hatten ja bestimmt über wichtigere Themen zu reden als über mich und mein Betragen. So schlimm war ich heute eigentlich gar nicht gewesen, und ich hatte noch was gut, nachdem ich am Vortag das Spiel fast doch noch zu unseren Gunsten entschieden hatte. Aber sehr lange hält so etwas nicht vor.

Ich sah Kate an, und sie sah mich an. Hier, im Ministerium der Liebe, fielen sogar mimische Verbrechen auf, und deshalb strahlten wir nur unerschütterliche Zuversicht aus. Ich schaute nicht mal auf ihre übereinander geschlagenen Beine.

Zehn Minuten später kam Jack und teilte uns mit: »Ich bleibe über Nacht. Sie reisen ab, und wir sehen uns morgen.« Er fügte hinzu: »Briefen Sie George morgen früh. Ich werde morgen alle Teams versammeln. Dann bringen wir alle auf den neuesten Stand, sehen, ob sie irgendwelche heißen Spuren haben, und entscheiden, wie wir vorgehen.«

Kate sagte: »John und ich fahren heute Abend an der Federal Plaza vorbei und sehen mal, was sich da tut.«

Wie bitte?

»Gut«, sagte Jack. »Aber verausgaben Sie sich nicht völlig. Das wird ein langes Rennen, und wie Mr. Corey schon sagte: ›Der Zweite ist der erste Verlierer.‹« Er sah uns an und verkündete: »Sie haben sich beide heute sehr gut geschlagen.« Zu mir sagte er: »Hoffentlich haben Sie jetzt eine bessere Meinung vom FBI.«

»Absolut. Tolle Jungs und Mädels. Äh, Frauen. Bloß bei Ben bin ich mir nicht sicher.«

»Ben ist in Ordnung«, sagte Jack. »Aber Ted sollten Sie im Auge behalten.«

Du meine Güte.

Wir schüttelten einander die Hände, und Kate und ich gingen mit dem Sicherheitstyp in die Tiefgarage, von wo wir mit einem Wagen zum Flughafen brausten.

Im Wagen fragte ich: »Wie war ich?«

»Grenzwertig.«

»Ich fand mich toll.«

»Das ist ja beängstigend.«

»Ich gebe mir Mühe.«

»Geben Sie lieber mal Ruhe.«

Kapitel 33

Assad Khalil sah ein Schild mit der Aufschrift WILLKOMMEN IN SOUTH CAROLINA – DEM PALMETTOSTAAT.

Den zweiten Absatz verstand er nicht, aber er verstand, was auf dem nächsten Schild stand: FAHREN SIE VORSICHTIG – VERKEHRSDELIKTE WERDEN STRENG GEAHNDET.

Er schaute aufs Armaturenbrett und sah, dass es 16.10 Uhr war und dass noch 25 Grad Celsius angezeigt wurden.

Vierzig Minuten später sah er die Ausfahrt nach Florence und zum I-20 nach Columbia und Atlanta. Er hatte sich Ausschnitte einer Straßenkarte der Südstaaten eingeprägt und konnte jedem, der ihn fragte, falsche, aber plausible Fahrtziele nennen. Nachdem er jetzt am Interstate Highway nach Columbia und Atlanta vorbeigefahren war, lauteten seine nächsten falschen Reiseziele Charleston und Savannah.

Für alle Fälle hatte er eine gute Straßenkarte im Handschuhfach, und falls er sein Gedächtnis auffrischen musste, hatte er ja auch noch den Satellite Navigator.

Khalil bemerkte, dass um die Stadt Florence herum der Verkehr zunahm. Nachdem er so lange allein auf der Straße gewesen war, freute er sich über die anderen Fahrzeuge.

Seltsamerweise hatte er keine Streifenwagen gesehen – bis auf den einen, der im schlimmsten Moment aufgetaucht war, als die vier Huren neben ihm her fuhren.

Er wusste aber, dass auch zivile Polizeiautos unterwegs waren, doch ihm war kein solches Fahrzeug mit Polizisten darin aufgefallen.

Er fuhr nun viel sicherer als in New Jersey und konnte die Fahrgewohnheiten der anderen Autofahrer nachahmen. Erstaunlich viele alte Leute fuhren hier Auto – etwas, das er weder in Europa noch in Libyen in diesem Maß gesehen hatte. Und die Alten fuhren sehr schlecht.

Es waren auch viele Jugendliche im Auto unterwegs – auch das hatte er in Europa und Libyen selten gesehen. Die Jugendlichen fuhren ebenfalls schlecht, aber auf andere Weise als die Alten.

Und in Amerika saßen viele Frauen am Steuer. In Europa gab es auch Autofahrerinnen, aber nicht so viele wie hier. Unfassbarerweise hatte er hier Frauen am Steuer gesehen, obwohl Männer mit im Auto saßen, was er in Europa selten und in Libyen nie gesehen hatte, wo kaum Frauen Auto fuhren. Die weiblichen Fahrer, fand er, fuhren gut, verhielten sich aber manchmal unberechenbar und oft aggressiv – wie die vier Huren in North Carolina.

Assad Khalil war der Ansicht, dass die amerikanischen Männer die Kontrolle über ihre Frauen verloren hatten. Ihm fielen die Worte des Koran ein: »Die Männer stehen für die Frauen in Verantwortung ein, mit Rücksicht darauf, wie Allah den einen von ihnen mit mehr Vorzügen als den anderen ausgestattet hat, und weil sie von ihrem Vermögen für die Frauen ausgeben. Die rechtschaffenen Frauen sind demütig ergeben und sorgsam in der von Allah gebotenen Wahrung ihrer Intimsphäre. Diejenigen aber, deren Widerspenstigkeit ihr fürchtet, warnt sie, meidet sie in den Schlafgemächern und schlagt sie. Und wenn sie euch gehorchen, unternehmt nichts weiter gegen sie.«

Khalil konnte nicht begreifen, wie es westlichen Frauen gelungen war, so viel Einfluss und Macht zu erlangen und die Ordnung Gottes und der Natur umzukehren. Er vermutete, dass es etwas mit der Demokratie zu tun hatte, in der jede Stimme gleich viel zählte.

Aus irgendeinem Grund kehrten seine Gedanken zu dem Flugzeug zurück, zu dem Zeitpunkt, als es in den Sicherheitsbereich gefahren wurde. Er dachte wieder an den Mann und die Frau, die er gesehen hatte, die beide Dienstabzeichen trugen und Befehle gaben, als wären sie gleichberechtigt. Sein Hirn konnte den Gedanken nicht fassen, dass zwei Menschen unterschiedlichen Geschlechts zusammenarbeiteten, miteinander sprachen, einander berührten, vielleicht sogar zusammen aßen. Und noch erstaunlicher war, dass die Frau Polizistin und zweifellos bewaffnet war. Er fragte sich, wie ihre Eltern es ihr gestatten konnten, sich so schamlos und maskulin zu geben.

Er erinnerte sich an seine erste Reise nach Europa, nach Paris, und daran, wie ihn das unmoralische Verhalten und die Dreistigkeit der Frauen schockiert und gekränkt hatten. Im Laufe der Jahre hatte er sich fast an die europäischen Frauen gewöhnt, aber jedes Mal, wenn er nach Europa oder jetzt nach Amerika kam, war er aufs Neue gekränkt und fassungslos.

Westliche Frauen gingen allein auf die Straße, sprachen

fremde Männer an, arbeiteten in Läden und Büros, zeigten nackte Haut und stritten sich sogar mit Männern. Khalil erinnerte sich aus der Schrift an die Geschichten von Sodom und Gomorra und Babylon, vor dem Kommen des Islam. Er wusste, dass diese Städte aufgrund der Missetaten und sexuellen Freizügigkeit der Frauen untergegangen waren. Ganz Europa und Amerika würden sicherlich eines Tages das nämliche Schicksal erleiden. Wie konnten diese Zivilisationen weiterbestehen, wenn die Frauen sich wie Nutten aufführten oder wie Sklaven, die ihre Herren gestürzt hatten?

Der Gott, an den diese Menschen glaubten oder nicht glaubten, hatte sie verlassen und würde sie eines Tages vernichten. Doch noch waren diese sittenlosen Nationen, aus einem Grund, den er nicht fassen konnte, mächtig. Deshalb war es an ihm, Assad Khalil, und an anderen wie ihm, sie von seinem Gott zu strafen, bis ihr eigener Gott, der Gott Abrahams und Isaaks, Errettung oder Tod brachte.

Khalil fuhr weiter und achtete nicht auf seinen zunehmenden Durst.

Er schaltete das Radio an und suchte die Frequenzen ab. Auf manchen Frequenzen erklang seltsame Musik, die der Mann im Radio Country-Western nannte. Andere Frequenzen brachten Musik, wie er sie auch nördlich von Washington im Radio gehört hatte. Viele Frequenzen übertrugen etwas, das Khalil als christlichen Gottesdienst oder religiöse Musik erkannte. Ein Mann las aus dem christlichen und dem hebräischen Testament vor. Der Akzent und die Intonation des Mannes waren so eigenartig, dass Khalil kein Wort verstanden hätte, hätte er nicht viele der Passagen erkannt. Er hörte eine Zeit lang zu, aber der Mann unterbrach den Vortrag aus der Schrift oft und fing dann an, darüber zu sprechen. Khalil verstand nur die Hälfte dessen, was er sagte. Das war interessant, aber verwirrend. Khalil suchte weiter, bis er zu einem Nachrichtensender kam.

Der Nachrichtensprecher sprach verständliches Englisch,

und Khalil hörte zwanzig Minuten lang zu, wie der Mann über Vergewaltigungen, Raubüberfälle und Morde berichtete, dann zur Politik und zu den Weltnachrichten kam.

Schließlich sagte der Mann: »Das National Transportation Safety Board und die FAA haben über den tragischen Zwischenfall auf dem New Yorker John F. Kennedy-Flughafen eine gemeinsame Presseerklärung herausgegeben. Laut dieser Erklärung gibt es keine Überlebenden der Tragödie. Die Bundesbehörden gaben an, die Piloten seien eventuell in der Lage gewesen, das Flugzeug zu landen, ehe sie den giftigen Dämpfen erlagen, oder sie hätten den Bordcomputer programmiert, das Flugzeug ohne menschliche Hilfe zu landen, als ihnen klar wurde, dass sie das Bewusstsein verlieren würden. Beamte der FAA äußerten sich nicht dazu, ob es aufgezeichnete Funksprüche der Piloten gebe, aber ein nicht genannter Beamter bezeichnete die Piloten als Helden, da sie das Flugzeug sicher zu Boden gebracht hätten, ohne jemanden auf und in der Umgebung des Flughafens zu gefährden. Die FAA und das Safety Board bezeichneten die Tragödie als Unfall, aber die Ermittlungen dauern an. Nun ist es offiziell: An Bord des Trans-Continental-Flugs 175 aus Paris hat es keine Überlebenden gegeben, und die Zahl der Toten wird jetzt auf 314 geschätzt, Mannschaft und Passagiere. Mehr dazu, sobald es etwas Neues gibt.«

Khalil schaltete das Radio ab. Mit all ihren technischen Möglichkeiten, dachte er, wussten die Amerikaner mittlerweile sicherlich alles darüber, was sich an Bord von Flug 175 abgespielt hatte. Er fragte sich, warum sie es hinauszögerten, die ganze Wahrheit preiszugeben, und vermutete, dass es an Nationalstolz und an der natürlichen Neigung von Geheimdiensten lag, ihre Fehler zu vertuschen.

Wenn aber die Radionachrichten keinen Terroranschlag meldeten, wurde sein Foto auch noch nicht im Fernsehen gezeigt.

Khalil hätte sich gewünscht, schneller nach Washington

und Florida zu gelangen, aber dies hier war der sicherste Weg.

In Tripolis hatte man über andere Verkehrsmittel diskutiert. Aber wenn er nach Washington hätte fliegen wollen, hätte er zu dem anderen New Yorker Flughafen, La Guardia, fahren müssen, und bei seiner Ankunft dort wäre die Polizei bereits alarmiert gewesen. Gleiches galt, hätte sich der libysche Geheimdienst für den Schnellzug entschieden. Er hätte zum Bahnhof Pennsylvania Station fahren müssen, der sich mitten in die Stadt befand, und auch dort wäre die Polizei bei seiner Ankunft bereits alarmiert gewesen. Außerdem kam ihm der Zugfahrplan nicht gelegen.

Was seine Reise von Washington nach Florida anging, so wäre ein Flug durchaus möglich gewesen, aber nur mit einem Privatflugzeug. Boris hatte das in Betracht gezogen, aber als zu riskant verworfen. Er hatte erläutert: »In Washington sind sie alle sehr sicherheitsbewusst, und die Leute dort gucken zu viel Nachrichten. Wenn dein Foto im Fernsehen gezeigt oder in den Zeitungen abgedruckt wird, könnte dich ein aufmerksamer Bürger oder auch der Privatpilot erkennen. Wir heben uns das Privatflugzeug für später auf, Assad. Also musst du mit dem Auto fahren. Das ist die sicherste Methode und die beste, um dich mit dem Land vertraut zu machen, und es gibt dir Zeit, die Lage einzuschätzen. Geschwindigkeit ist gut – aber du willst ja auch nicht in eine Falle fliegen. Vertrau meiner Einschätzung. Ich habe fünf Jahre lang bei diesen Menschen gelebt. Sie können sich nicht lange auf etwas konzentrieren. Sie verwechseln Fiktion und Realität. Wenn sie dich anhand eines Fotos im Fernsehen erkennen, werden sie dich für einen Fernsehstar halten oder für Omar Sharif und werden dich um ein Autogramm bitten.«

Darüber hatten alle gelacht. Boris verachtete das amerikanische Volk in gewisser Hinsicht eindeutig, hatte Assad Khalil andererseits aber auch zu verstehen gegeben, dass er die amerikanischen Nachrichtendienste und gelegentlich sogar die örtliche Polizei hoch schätzte.

Boris, Malik und die anderen hatten seine Reiseroute so geplant, dass er schnell und doch besonnen, verwegen und doch vorsichtig, raffiniert und doch schlicht vorgehen konnte. Doch Boris hatte ihn gewarnt: »Für unterwegs gibt es keine Alternativpläne, nur am Kennedy-Flughafen, wo mehrere Fahrer eingeteilt sind, falls einem von ihnen ein Missgeschick widerfährt. Und wer Pech hat, fährt dich dann zu deinem Mietwagen.« Boris fand das als einziger amüsant. Bei ihrem letzten Treffen hatte er nicht auf die ernsten Mienen um sich her geachtet und hatte gesagt: »Wenn ich bedenke, was mit deinen ersten beiden Reisebegleitern passieren wird, mit Haddad und dem Taxifahrer, dann bitte mich nicht, mit dir zu verreisen.«

Wiederum hatte niemand gelächelt. Aber Boris war das offenbar egal gewesen, und er hatte gelacht. Doch Boris würde nicht mehr viel zu lachen haben. Boris würde nicht mehr lange leben.

Khalil fuhr auf einer langen Brücke über einen großen See, der Lake Marion hieß. Er wusste, dass nur fünfzig Meilen weiter südlich William Satherwaite wohnte, der Mörder und ehemalige Lieutenant der US-Luftwaffe. Assad Khalil war mit diesem Mann für morgen verabredet, doch noch wusste William Satherwaite nicht, wie nah ihm der Tod war.

Khalil fuhr weiter, und um 19.05 Uhr sah er ein Schild mit der Aufschrift WILLKOMMEN IN GEORGIA – DEM PFIRSICH-STAAT.

Khalil war es ein Rätsel, warum sich ein Bundesstaat mit Obst identifizierte.

Er schaute auf die Tankuhr und sah, dass der Tank nicht einmal mehr viertel voll war. Er haderte mit sich, ob er jetzt halten oder warten sollte, bis es dunkler war.

Während er darüber nachdachte, wurde ihm klar, dass er kurz vor Savannah war und der Verkehr zunahm, weshalb an den Tankstellen viel los sein würde, und deshalb wartete er.

Während die Sonne im Westen versank, rezitierte Khalil einen Vers aus dem Koran: »O ihr, die ihr glaubt! Schließt keine Freundschaft außer mit euresgleichen. Sie, die anderen, werden nicht zaudern, euch zu schaden, und sie wünschen euren Untergang. Schon kam offener Hass aus ihrem Mund, aber was ihre Brust verbirgt, ist schlimmer.«

Das waren wirklich, dachte Khalil, göttliche Worte, wie sie der Prophet Muhammad offenbart hatte.

Um halb acht bemerkte er, dass ihm der Sprit ausging, aber auf diesem Highway-Abschnitt schien es nur wenige Ausfahrten zu geben.

Schließlich sah er ein Ausfahrtschild und fuhr vom Highway ab. Er war erstaunt zu sehen, dass es dort nur eine Tankstelle gab und die auch noch geschlossen war. Er fuhr in westlicher Richtung auf einer Landstraße weiter und kam in die Kleinstadt Cox, die so hieß wie der Pilot, der im Golfkrieg gefallen war. Khalil fasste das als Omen auf, wusste aber nicht, ob es ein gutes oder schlechtes Omen war.

Die Kleinstadt wirkte völlig verlassen, aber am Stadtrand sah er eine beleuchtete Tankstelle, und dorthin fuhr er.

Er setzte sich die Brille auf und stieg aus dem Mercury. Es war feuchtwarm, und viele Insekten schwirrten unter den Lampen über den Zapfsäulen.

Er wollte mit seiner Kreditkarte tanken, fand aber keinen Kartenschlitz an den Zapfsäulen. Offenbar war es hier gar nicht gestattet, selbst zu tanken. Die Zapfsäulen sahen älter und primitiver aus als die, die er kannte. Er zögerte kurz und sah dann einen großen, dünnen Mann in Bluejeans und einem beigefarbenen Hemd aus dem kleinen Kassenhaus auf ihn zukommen. Der Mann fragte: »Kann ich Ihnen helfen, Mann?«

»Ich muss mein Automobil nachtanken.« Assad Khalil erinnerte sich an den Tipp und lächelte.

Der große Mann sah erst ihn, dann den Mercury und das Nummernschild und schließlich wieder seinen Kunden an. Er fragte: »Was müssen Sie?«

»Ich brauche Benzin.«

»Ach, ja? Welche Sorte?«

»Super, bitte.«

Der Mann nahm einen Zapfhahn aus einer der Zapfsäulen, zog den Schlauch bis zum Mercury aus und ließ das Benzin laufen. Khalil wurde klar, dass sie lange so beieinander stehen würden.

Der Mann fragte: »Wo wolln Sie'n hin?«

»Ich fahre in den Urlaub nach Jekyll Island.«

»Was Sie nich' sagen.«

»Wie bitte?«

»Für Jekyll Island sind Sie ziemlich schick angezogen.«

»Ja, ich hatte einen Geschäftstermin in Atlanta.«

»In welcher Branche sind Sie denn?«

»Ich bin Banker.«

»Echt? Sie laufen auch rum wien Banker.«

»Ja.«

»Und wo kommen Sie her?«

»Aus New York.«

Der Mann lachte. »Ach, ja? Wie'n verdammter Yankee sehn Sie aber nich' aus.«

Khalil hatte Schwierigkeiten, dem zu folgen. Er sagte: »Ich bin ja auch kein Baseballspieler.«

Der Mann lachte wieder. »Guter Spruch. Wenn Sie 'n Nadelstreifenanzug anhätten, könnt' man meinen, Sie wärn ein Yankee-Baseball-Banker.«

Khalil lächelte.

Der Mann fragte: »Und wo kommen Sie eigentlich her?«

»Aus Sardinien.«

»Wo zum Kuckuck ist das denn?«

»Das ist eine Insel im Mittelmeer.«

»Na, wenn Sie meinen. Sind Sie auf dem I-95 gekommen?«

»Ja.«

»Ist die Tankstelle in Phillips schon dicht?«

»Ja.«

»Hab ich mir fast gedacht. Der Blödmann wird nie was verdienen, wenn er so früh dichtmacht. Ist auf dem 95 viel Verkehr?«

»Nicht sehr viel.«

Der Mann war fertig mit Tanken und sagte: »War ja fast leer.«

»Ja.«

»Öl nachsehen?«

»Nein, danke.«

»Bar oder Karte? Bar ist mir lieber.«

»Ja, bar.« Khalil zog seine Brieftasche hervor.

Der Mann warf in dem dämmrigen Licht einen Blick auf die Zapfsäule und sagte: »Macht dann 29,85.«

Khalil gab ihm zwei Zwanziger.

Der Mann sagte: »Muss Wechselgeld holen. Bin gleich wieder da. Gehn Sie nich weg.«

Er machte kehrt und ging davon. Khalil sah hinten an seinem Gürtel ein Holster mit einer Pistole darin. Khalil ging ihm nach.

Im Kassenhäuschen fragte Khalil: »Haben Sie hier etwas zu essen oder zu trinken?«

Der Mann öffnete die Registrierkasse und sagte: »Draußen steht ein Cola-Automat, und hier habe ich die anderen Automaten. Brauchen Sie Kleingeld?«

»Ja.«

Der Mann gab ihm sein Wechselgeld, dabei auch eine Menge Vierteldollarmünzen. Kahlil steckte sich das Geld in die Sakkotaschen. Der Mann fragte: »Wissen Sie, wie Sie nach Jekyll Island kommen?«

»Ich habe eine Wegbeschreibung und eine Landkarte.«

»Ja? Wo wohnen Sie denn da?«

»Im Holiday Inn.«

»Glaube nicht, dass es da ein Holiday Inn gibt.«

Keiner der beiden sprach noch ein Wort. Khalil machte kehrt und ging zu dem Automaten. Er nahm zwei Münzen aus der Tasche und steckte sie in den Schlitz. Er zog an einem Knopf, und eine kleine Tüte gesalzene Erdnüsse fiel in den Schacht. Khalil langte wieder in seine Tasche.

An dem Automaten war in Augenhöhe ein Spiegelstreifen angebracht, und Khalil sah, dass der Mann mit der rechten Hand hinter sich langte.

Assad Khalil zog die Glock aus der Tasche, wirbelte herum, schoss dem Mann zwischen die Augen und zerschoss dabei das Tafelglas hinter ihm.

Der große Mann sank in die Knie und stürzte mit dem Gesicht nach vorn zu Boden.

Khalil nahm dem Mann schnell das Portemonnaie ab und entdeckte darin ein festgestecktes Abzeichen, auf dem COX PD – DEPUTY stand. Er verfluchte sein Pech, nahm dann das Bargeld aus dem Portemonnaie des Mannes und aus der Registrierkasse, insgesamt nur knapp hundert Dollar.

Khalil sammelte die Patronenhülse Kaliber 40 ein. In Libyen hatte man ihm gesagt, dass dies ein ungewöhnliches Kaliber sei, das hauptsächlich von Bundespolizisten verwendet würde, und dass er darauf achten sollte, nie etwas so Aufschlussreiches zu hinterlassen.

Khalil sah eine halb geöffnete Tür, die in eine kleine Toilette führte. Er packte den Mann beim linken Handgelenk und zerrte ihn in die Toilette. Ehe er ging, urinierte er noch und spülte nicht. Dann schloss er die Tür hinter sich und sagte: »Schönen Tag noch.«

Auf dem Tresen lag eine Zeitung, und Khalil warf sie auf die kleine Blutlache am Boden.

Er entdeckte eine Reihe von Schaltern und knipste sie alle aus, was die ganze Tankstelle in Dunkelheit hüllte.

Er verließ das Kassenhäuschen, schloss die Tür hinter sich und ging zu dem Cola-Automaten. Er warf drei Vierteldollarmünzen ein, zog sich eine Fanta Orange und ging dann schnell zurück zum Mercury.

Khalil stieg ein, ließ den Motor an, wendete und fuhr zurück auf die Landstraße, die zum Interstate Highway führte.

Fünfzehn Minuten später fuhr er wieder auf dem I-95 nach Süden. Er beschleunigte auf 75 Meilen pro Stunde und passte sein Tempo dem fließenden Verkehr an. Er aß die Erdnüsse und trank die Fanta. Eine Stunde später sah er ein großes Schild mit der Aufschrift WILLKOMMEN IN FLORIDA – DEM SONNENSCHEIN-STAAT.

Er blieb auf dem I-95, und kurz vor Jacksonville nahm der Verkehr zu. Er folgte dem Schild zum internationalen Flughafen. Er sah auf den Satellite Navigator und vergewisserte sich, dass er richtig abgebogen war.

Er sah auf die Uhr im Armaturenbrett. Es war fast zehn.

Er gestattete es sich, kurz über den Zwischenfall in der Tankstelle in Cox nachzudenken. *Der Mann war Polizist, hat aber in einer Tankstelle gearbeitet.* Das konnte darauf hindeuten, dass er ein verdeckter Ermittler war. Doch dann fiel Khalil etwas ein, das er über amerikanische Kleinstadtpolizisten gehört oder gelesen hatte: Manche von ihnen waren Freiwillige und wurden Deputies genannt. Ja, jetzt fiel es ihm wieder ein. Diese Männer trugen gern Waffen, arbeiteten ohne Bezahlung und waren noch neugieriger als reguläre Polizisten. Der Mann war tatsächlich zu neugierig gewesen, und sein Leben hing schon an einem seidenen Faden, als er den Wagen betankte und zu viele Fragen stellte. Den Faden zum Zerreißen gespannt hatte dann die Pistole an seinem Gürtel, und endgültig gerissen war er dann, als er die letzte Frage nach dem Holiday Inn stellte. Ob der Mann nun nach seiner Waffe gegriffen hatte oder nicht – er hatte bereits eine Frage zu viel gestellt, und Assad Khalil waren die unverfänglichen Antworten ausgegangen.

Kapitel 34

Den US-Airways-Shuttle um neun hatten wir verpasst, also gingen wir zu Delta und erwischten den Halbzehn-Shuttle nach La Guardia.

Das Flugzeug war halb voll, wenn man es optimistisch sah, oder halb leer, wenn man Delta-Aktien besaß. Kate und ich setzten uns nach hinten.

Die 727 hob ab, und ich genoss den Blick auf Washington. Ich sah das beleuchtete Washington Monument, das Kapitol, das Weiße Haus, die Lincoln und Jefferson Memorials und so weiter. Das J. Edgar Hoover Building konnte ich nicht sehen, aber ich konnte mich noch gut daran erinnern und meinte: »Daran muss man sich erst mal gewöhnen.«

»Sie meinen, das FBI muss sich erst mal an Sie gewöhnen?«

Ich kicherte.

Die Stewardess alias Flugbegleiterin kam vorbei. Sie wusste aus der Passagierliste, dass wir FBI-Agenten waren, bot uns deshalb keine Cocktails an und fragte nur, ob wir ein alkoholfreies Getränk wünschten.

Kate sagte: »Mineralwasser bitte.«

»Und für Sie, Sir?«

»Einen doppelten Scotch. Auf einem Bein kann man nicht stehen.«

»Tut mir Leid, Mr. Corey, aber ich darf bewaffnetem Personal keinen Alkohol servieren.«

Das war der Augenblick, auf den ich den ganzen Tag lang gewartet hatte. Ich sagte: »Ich bin nicht bewaffnet. Schauen Sie in der Passagierliste nach. Sie dürfen mich auch gern auf der Toilette abtasten.«

Sie schien nicht geneigt, mich zur Toilette zu begleiten, sah aber in der Passagierliste nach und sagte: »Ah ja ... stimmt ...«

»Ich trinke lieber als eine Waffe zu tragen.«

Sie lächelte und stellte zwei winzige Fläschchen Scotch mit einem Plastikbecher Eis vor mir aufs Tablett. »Geht aufs Haus.«

»Aufs Flugzeug.«

»Wie auch immer.«

Als sie gegangen war, bot ich Kate einen Scotch an.

Sie erwiderte: »Ich darf nicht.«

»Ach, seien Sie doch nicht so ein Tugendlamm. Trinken Sie was.«

»Versuchen Sie nicht, mich zu korrumpieren, Mr. Corey.«

»Ich bin so ungern allein korrupt. Ich halte auch Ihre Waffe.«

»Hören Sie auf.« Sie trank ihr Wasser.

Ich goss den Inhalt der beiden Fläschchen über das Eis und nippte davon. Ich schmatzte. »Aaah. Sehr gut.«

»Sie können mich mal am Arsch lecken.«

Meine Güte.

Wir saßen eine Zeit lang schweigend da, und dann fragte sie: »Haben Sie das mit Ihrer Freundin in Long Island schon geklärt?«

Das war eine Fangfrage, und ich überlegte mir meine Antwort genau. John Corey ist Freunden und Geliebten treu, aber Treue beruht auf Gegenseitigkeit. Und Beth Penrose hatte, bei allem Interesse an *moi*, nicht eben viel Treue bewiesen. Vermutlich wollte sie etwas von mir, was in der Damenwelt feste Bindung genannt wird, und dann würde sie mir treu sein. Doch Männer fordern zuerst Treue und denken erst dann an eine feste Bindung. Das waren gegensätzliche Standpunkte, die sich schlecht vereinbaren ließen, solange sich keiner der beiden Partner einer Geschlechtsumwandlung unterzog. Ich wunderte mich also, dass Kate diese Frage stellte. Nein, eigentlich wunderte ich mich überhaupt nicht darüber. Schließlich erwiderte ich: »Ich habe eine Nachricht auf ihrem Anrufbeantworter hinterlassen.«

»Ist sie ein verständnisvoller Mensch?«

»Nein, aber sie ist Polizistin, und für so etwas hat sie Verständnis.«

»Gut. Es könnte eine ganze Weile dauern, bis Sie wieder Freizeit haben.«

»Das werde ich ihr per E-Mail mitteilen.«

»Wissen Sie, als die ATTF wegen der Explosion an Bord der TWA-Maschine ermittelt hat, da haben sie rund um die Uhr gearbeitet, sieben Tage die Woche.«

»Und das war noch nicht mal ein Terroranschlag«, meinte ich.

Sie erwiderte nichts. Keiner der Eingeweihten antwortete auf Fragen hinsichtlich der TWA, und die Sache gab immer noch Rätsel auf. In diesem Fall hier kannten wir zumindest das Wer, Was, Wo, Wann und Wie. Beim Warum und Was-Jetzt waren wir uns nicht sicher, aber das würden wir bald rausfinden.

Kate fragte mich: »Was war mit Ihrer Ehe?«

Mir fiel eine gewisse Tendenz bei diesen Fragen auf, aber wenn Sie denken, dass man sich als Detective auch automatisch gut mit Frauen auskennt, dann sind Sie schief gewickelt. Ich vermutete hinter Miss Mayfields Fragen jedoch ein Motiv, das über schlichte Neugier hinausging. Ich erwiderte: »Sie war Anwältin.«

Sie schwieg ein paar Sekunden lang und fragte dann: »Und deshalb hat es nicht geklappt?«

»Ja.«

»Wussten Sie denn nicht, dass sie Anwältin war, als Sie sie geheiratet haben?«

»Ich dachte, ich könnte einen besseren Menschen aus ihr machen.«

Kate lachte.

Jetzt war ich dran, und ich fragte sie: »Waren Sie je verheiratet?«

»Nein.«

»Und warum nicht?«

»Das ist eine persönliche Frage.«

Ich dachte, wir wären gerade bei den persönlichen Fragen angelangt. Jedenfalls waren wir es, als ich mit dem Antworten dran war. Ich weigerte mich, länger mitzuspielen, und entdeckte in der Sitztasche eine Delta-Broschüre.

Sie sagte: »Ich bin oft umgezogen.«

Ich studierte den weltweiten Flugplan der Delta. Vielleicht sollte ich nach Rom fliegen, wenn das alles hier vorbei war. Den Papst sehen. Delta flog nicht nach Libyen, das sah ich. Ich dachte an die Typen beim Luftangriff von 1986, die in diesen kleinen Düsenjägern von irgendwo in England um Frankreich und Spanien herum und dann über das Mittelmeer nach Libyen geflogen waren. Nicht schlecht. Nach meiner Karte war das eine ziemliche Strecke. Und es wurde kein Scotch serviert. Was machten die denn, wenn sie mal mussten?

»Haben Sie mich gehört?«

»Tschuldigung, nein.«

»Ich habe Sie gefragt, ob Sie Kinder haben.«

»Kinder? O nein. Die Ehe wurde nie vollzogen. Sie hielt nichts von ehelichem Sex.«

»Tatsächlich? Na, für jemanden in Ihrem Alter dürfte das ja keine Entbehrung gewesen sein.«

Meine Güte. Ich sagte: »Können wir das Thema wechseln?«

»Worüber möchten Sie denn sprechen?«

Eigentlich wollte ich mich gar nicht unterhalten. Höchstens vielleicht über Kate Mayfield, aber dieses Thema war heikel. Ich sagte: »Wir könnten darüber diskutieren, was wir heute erfahren haben.«

»Gut.« Also diskutierten wir darüber, was wir heute erfahren hatten, was gestern passiert war und was wir morgen unternehmen würden.

Wir näherten uns New York, und ich war froh zu sehen, dass es noch da war und dass die Lichter brannten.

Als wir in La Guardia runtergingen, fragte mich Kate: »Kommen Sie mit zur Federal Plaza?«

»Wenn Sie möchten.«

»Ja, ich möchte. Anschließend könnten wir was essen gehen.«

Ich sah auf meine Armbanduhr. Es war halb elf, und vor Mitternacht würden wir nicht aus der Federal Plaza raus sein. Ich sagte: »Das ist ein bisschen spät, um essen zu gehen.«

»Na, dann eben trinken.«

»Hört sich gut an.«

Die Maschine landete, und als sie auf der Landebahn abbremste, stellte ich mir die Frage, die sich alle Männer in solchen Situationen stellen: »Deute ich diese Signale richtig?«

Wenn nicht, konnte ich in berufliche Schwierigkeiten geraten, und wenn ja, konnte ich in private Schwierigkeiten geraten. Ich dachte mir: Abwarten und Tee trinken. Mit anderen Worten: Wenn es um Frauen ging, hielt ich den Ball lieber schön flach.

Wir gingen von Bord, verließen den Flughafen, nahmen ein Taxi und fuhren über den Brooklyn-Queens Expressway und die Brooklyn Bridge zur Federal Plaza.

Als wir über die Brooklyn Bridge fuhren, fragte ich Kate: »Mögen Sie New York?«

»Nein. Sie?«

»Natürlich.«

»Aber warum? Diese Stadt ist verrückt.«

»Washington ist verrückt. New York ist exzentrisch und interessant.«

»New York ist verrückt. Ich bedaure es, dass ich diesen Posten übernommen habe. Keinem vom FBI gefällt es hier. Es ist zu teuer, und unsere Zulagen reichen kaum für die zusätzlichen Ausgaben.«

»Weshalb haben Sie den Posten dann übernommen?«

»Aus den gleichen Gründen, aus denen Militärs schwierige Posten übernehmen und sich freiwillig für Kampfeinsätze melden. Es ist ein Karriereschub. Man muss New York und Washington DC wenigstens einmal absolviert haben, um voranzukommen.« Sie fügte hinzu: »Es ist auch eine Herausforderung. Und dann passiert hier auch bizarre, unglaubliche Sachen. Anschließend kann man zu einer der anderen 55 Außenstellen im Land wechseln und hat sein ganzes Leben lang New-York-Storys zu erzählen.«

»Tja«, sagte ich, »ich glaube, New York hat einfach nur ein schlechtes Image. Ich bin New Yorker, und bin ich etwa verrückt?«

Ihre Antwort bekam ich nicht mit, vielleicht, weil der Taxifahrer einen Fußgänger anschrie und der Fußgänger zurückbrüllte. Sie sprachen unterschiedliche Sprachen, deshalb dauerte das Gebrüll nicht so lange wie üblich.

Wir hielten an der Federal Plaza und Kate zahlte. Wir gingen zum Nachteingang an der Südseite, und Kate machte uns auf, indem sie auf einem Tastenfeld einen Sicherheitscode eingab. Kate hatte ihren Schlüssel für den Fahrstuhl dabei, und wir fuhren hoch in die 27. Etage, wo noch ein paar Anzüge herumhockten.

Ein Dutzend Leute saßen da, sahen müde, betrübt und besorgt aus. Telefone klingelten, Faxgeräte dengelten, und die debile Computerstimme meldete: »Sie haben neue Nachrichten erhalten!« Kate schwatzte mit allen, hörte ihre Voice-Mails ab, rief ihre E-Mails ab, sah dann die Meldungen des Tages durch und so weiter. George Foster meldete per E-Mail: »Meeting – laut Jack – 08.00 Uhr, Konferenzraum, 28. Etage.« Unfassbar. Koenig, der in Washington war, berief für acht Uhr morgens ein Meeting in New York ein. Diese Leute waren entweder unermüdlich oder standen Todesängste aus. Wahrscheinlich Letzteres, und dann konnte man ja ohnehin nicht groß schlafen.

Kate fragte mich: »Wollen Sie nicht auf Ihrem Schreibtisch nachsehen?«

Mein Schreibtisch befand sich in einem Großraumbüro mit Stellwänden in der Etage darunter, und ich glaubte wirklich nicht, dass ich dort unten etwas anderes hatte als sie hier oben, und deshalb sagte ich: »Ich schau morgen nach, wenn ich um fünf komme.«

Sie wühlte noch eine Zeit lang in ihren Sachen, und ich stand da und kam mir völlig nutzlos vor. Ich sagte: »Ich gehe nach Hause.«

Sie legte nieder, was sie gerade las, und sagte: »Nein, Sie laden mich noch auf einen Drink ein. Möchten Sie Ihre Papiere aus meinem Aktenkoffer haben?«

»Die hole ich mir morgen ab.«

»Wir können uns das nachher zusammen ansehen, wenn Sie möchten.«

Das klang wie die Einladung zu einer langen gemeinsamen Nacht, und ich zauderte und sagte dann: »Also gut.«

Sie stellte den Aktenkoffer unter ihren Schreibtisch.

Wir gingen und fanden uns auf der dunklen, stillen Straße wieder, ohne Taxi, und ich war unbewaffnet. Ich brauche nun wirklich keine Waffe, um mich sicher zu fühlen, und New York ist eine ziemlich sichere Stadt geworden, aber es wäre schon nett gewesen, etwas dabei zu haben, wenn man davon ausgeht, dass ein Terrorist einen ermorden will. Aber Kate war ja bewaffnet, also sagte ich: »Gehn wir doch zu Fuß.«

Und wir gingen. An einem Sonntagabend ist um diese Uhrzeit nicht mehr viel offen, auch nicht in Sinatras Stadt, die nie schläft, aber Chinatown ist sonntagnachts normalerweise wenigstens halb wach, also gingen wir in diese Richtung.

Wir gingen nicht gerade Arm in Arm, aber Kate ging nah an meiner Seite, und unsere Schultern berührten einander ab und zu, und hin und wieder legte sie beim Gespräch eine Hand auf meinen Arm oder meine Schulter. Die Frau mochte mich augenscheinlich, aber vielleicht war sie auch bloß geil. Ich lasse mich nicht gern von notgeilen Frauen ausnutzen, aber es kommt schon mal vor.

Wir gingen also in diesen Laden in Chinatown, den ich kannte: New Dragon – der neue Drachen. Jahre zuvor hatte ich, beim Abendessen mit Polizeikollegen, den Inhaber, Mr. Chung, gefragt, was denn mit dem alten Drachen geschehen sei, und er hatte uns anvertraut: »Den essen Sie gerade!« Daraufhin brach er in schallendes Gelächter aus und lief in die Küche.

Der Laden hatte eine kleine Cocktailbar, und hier war es immer noch voll und verqualmt. Wir fanden zwei freie Stühle an einem Cocktailtisch. Die anderen Gäste sahen aus wie Schurken aus einem Bruce-Lee-Film ohne Untertitel.

Kate sah sich um und fragte: »Kommen Sie öfter hierher?«

»Früher mal.«

»Die sprechen alle Chinesisch.«

»Ich nicht. Und Sie auch nicht.«

»Aber alle anderen.«

»Das sind ja auch Chinesen.«

»Sie sind echt ein Klugscheißer.«

»Danke.«

Eine Cocktailkellnerin, die ich nicht kannte, kam an unseren Tisch. Sie war freundlich und lächelte und teilte uns mit, dass die Küche noch geöffnet sei. Ich bestellte Dim Sum und Scotch für uns beide.

Kate fragte: »Was ist Dim Sum? Eine ehrliche Antwort bitte.«

»Eine Art ... Vorspeise. Knödel und so. Passt gut zu schottischem Whisky.«

Kate sah sich noch mal um und meinte: »Wirklich exotisch hier.«

»Finden die nicht.«

»Manchmal komme ich mir hier wie ein richtiges Landei vor.«

»Wie lange sind Sie denn schon hier?«

»Acht Monate.«

Die Getränke kamen, wir plauderten, dann kam noch eine Runde, ich gähnte. Das Dim Sum kam, und Kate schien es zu schmecken. Eine dritte Runde kam, und mir fielen fast die Augen zu. Kate wirkte aufmerksam und wach.

Ich bat die Kellnerin, uns ein Taxi zu rufen, und bezahlte die Rechnung. Wir gingen nach draußen auf die Pell Street, und die frische Luft tat mir gut. Während wir auf das Taxi warteten, fragte ich sie: »Wo wohnen Sie denn?«

»In der 86. Straße Ost. Das ist angeblich eine gute Gegend.«

»Das ist eine sehr gute Gegend.«

»Ich habe die Wohnung von dem Mann übernommen, den ich hier abgelöst habe. Er ist nach Dallas gezogen. Er hat sich bei mir gemeldet. Er sagt, New York würde ihm irgendwie fehlen, aber in Dallas würde er sich auch wohl fühlen.«

»Und New York ist froh, dass er in Dallas ist.«

Sie lachte. »Sie sind witzig. George hat mir erzählt, dass Sie eine New Yorker Schnauze haben.«

»Meine Schnauze habe ich eher von meiner Mutter.«

Das Taxi hielt, und wir stiegen ein. Ich sagte zu dem Fahrer: »Zwei Fuhren. Wir fahren zuerst in die ... 86. Straße Ost.«

Kate nannte dem Fahrer ihre Adresse, und wir fuhren durch die schmalen Straßen von Chinatown und dann die Bowery hoch.

Wir sprachen nicht viel, und zwanzig Minuten später hielten wir vor Kates Wohnblock, einem modernen Hochhaus mit Portier. Auch wenn sie nur eine Studiowohnung hatte, war das doch ein wenig kostspielig, Zulagen hin oder her. Aber meiner Erfahrung nach suchten sich die Mittelschichtstöchterchen aus dem Mittelwesten eben ein gutes Haus in einer guten Gegend und sparten eher bei Luxusartikeln wie Essen und Kleidung.

Wir standen also kurz auf dem Bürgersteig, und sie fragte: »Möchten Sie mit reinkommen?«

New Yorker sagen »raufkommen« und Hinterwäldler sagen »reinkommen«. Mein Herz verstand und schlug wie wild. Das hatte ich schon mal erlebt. Ich sah sie an und fragte: »Können wir das auf ein andermal verschieben?«

»Klar.« Sie lächelte. »Wir sehn uns dann um fünf.«

»Vielleicht kurz nach fünf. So gegen acht.«

Sie lächelte wieder. »Gute Nacht.« Sie machte kehrt, und der Portier hielt ihr die Tür auf und begrüßte sie.

Ich sah ihr nach, wie sie durch die Eingangshalle ging, drehte mich dann um und setzte mich wieder ins Taxi. »72. Straße Ost«, sagte ich und nannte dem Fahrer die Hausnummer.

Der Taxifahrer, ein Ausländer mit Turban, meinte in gutem Englisch: »Es geht mich ja vielleicht nichts an, aber ich glaube, die Dame wollte, dass Sie mitkommen.«

»Ach ja?«

»Ja.«

Wir fuhren die Second Avenue hinunter, und ich starrte aus dem Fenster. Ein seltsamer Tag. Und der nächste Tag würde absolut unangenehm und voll gepackt sein. Aber vielleicht würde es ja auch gar kein Morgen mehr geben. Ich überlegte, ob ich dem Fahrer sagen sollte, er solle umkehren. Angesichts seines Turbans fragte ich ihn: »Sind Sie ein dienstbarer Geist?«

Er lachte. »Ja, bin ich. Und das hier ist ein fliegender Teppich, und Sie haben drei Wünsche frei.«

»Okay.« Ich überlegte mir drei Wünsche, aber der Flaschengeist sagte: »Sie müssen sie mir erzählen, sonst kann ich sie nicht erfüllen.«

Also sagte ich: »Ich wünsche mir Weltfrieden, innere Ausgeglichenheit und dass ich die Frauen verstehe.«

»Die ersten beiden sind leicht zu erfüllen.« Er lachte wieder. »Und wenn sich der dritte Wunsch erfüllt, müssen Sie mir Bescheid sagen.«

Wir kamen bei mir zu Hause an, und ich gab dem Flaschengeist reichlich Trinkgeld. Er riet mir: »Führen Sie sie mal wieder aus.«

Er fuhr davon.

Alfred war aus irgendeinem Grund noch im Dienst. Ich kann mir die Arbeitszeiten der Portiers nie merken. Sie sind noch unberechenbarer als meine eigenen. Alfred begrüßte mich mit den Worten: »Guten Abend, Mr. Corey. Hatten Sie einen schönen Tag?«

»Einen interessanten Tag, Alfred.«

Ich fuhr mit dem Fahrstuhl in die 22. Etage, schloss meine Tür auf, betrat meine Wohnung, sah mich dabei kaum vor und hoffte wirklich, jemand würde mir, wie im Film, eins überbraten und ich würde erst einen Monat später wieder zu Bewusstsein kommen.

Ich hörte den Anrufbeantworter nicht ab, sondern zog mich aus und fiel aufs Bett. Ich dachte, ich wäre erschöpft, doch dann merkte ich, dass ich noch vollkommen aufgedreht war.

Ich starrte an die Decke, grübelte über Leben und Tod nach, über Liebe und Hass, Schicksal und Zufall, Angst und Tapferkeit und solche Sachen. Ich dachte an Kate und Ted, an Jack und George, an die Leute in den blauen Anzügen, an einen Geist aus der Flasche und schließlich an Nick Monti und Nancy Tate, die mir beide fehlen würden. Und ich dachte an Meg, den Duty Officer, die ich nicht kannte, aber deren Familie und Freunde sie vermissen würden. Ich dachte an Assad Khalil und fragte mich, ob ich die Gelegenheit bekommen würde, ihn direkt in die Hölle zu pusten.

Ich schlief ein, hatte aber einen Albtraum nach dem anderen. Die Tage und Nächte glichen einander zusehends.

Kapitel 35

Assad Khalil fand sich auf einer viel befahrenen Straße mit Motels, Autovermietungen und Schnellrestaurants wieder. Ein riesiges Flugzeug landete auf dem nahen Flughafen.

Man hatte ihn in Tripolis angewiesen, sich in der Nähe des internationalen Flughafens von Jacksonville ein Motel zu suchen, wo weder sein Äußeres noch seine Nummernschilder groß auffallen würden.

Er sah ein hübsches Sheraton-Motel, ein Name, den er aus Europa kannte. Er bog auf den Parkplatz ein und hielt bei dem Schild mit der Aufschrift MOTOR INN – ANMELDUNG.

Er richtete sich die Krawatte, strich sich mit den Fingern die Haare zurück, setzte seine Brille auf und betrat das Gebäude.

Die junge Frau hinter dem Anmeldepult lächelte und sagte: »Guten Abend.«

Er lächelte und erwiderte den Gruß. Er sah, dass von dem Foyer Durchgänge abzweigten. An einem stand BAR – LOUNGE – RESTAURANT. Hinter der Tür hörte er Musik und Gelächter.

Er sagte zu der Frau: »Ich hätte gern ein Zimmer für eine Nacht, bitte.«

»Gern, Sir. Standard oder Deluxe?«

»Deluxe.«

Sie reichte ihm eine Anmeldekarte und einen Füllfederhalter und fragte: »Wie möchten Sie bezahlen, Sir?«

»Mit American Express.« Er nahm seine Brieftasche hervor, reichte ihr die Kreditkarte und füllte das Anmeldeformular aus.

Boris hatte ihm gesagt, je besser das Etablissement, desto weniger Schwierigkeiten würden auftreten, zumal, wenn er mit Kreditkarte bezahlte. Er wollte keinen Rattenschwanz an Papieren hinter sich herziehen, aber Boris hatte ihm versichert, wenn er die Karte in Maßen nutzte, sei die Methode sicher.

Die Frau reichte ihm einen Schein mit dem Abdruck seiner Karte und gab ihm seine American-Express-Karte zurück. Er unterschrieb und steckte die Karte ein.

Khalil füllte das Anmeldeformular fertig aus und ließ die sein Fahrzeug betreffenden Felder leer, da man ihm in Tripolis gesagt hatte, in feineren Etablissements würde nicht darauf geachtet. Man hatte ihm auch gesagt, dass es hier, anders als in Europa, im Anmeldeformular kein Feld für die Passnummer gab und dass sich der Portier nicht einmal den Pass zeigen lassen würde. Es war offenbar eine Beleidigung, jemanden für einen Ausländer zu halten, wie ausländisch er auch aussah. Oder vielleicht war es so, wie Boris gesagt hatte: »Der einzige Pass, den du in Amerika brauchst, ist eine American-Express-Karte.«

Die Empfangsdame schaute kurz auf die Anmeldekarte und verlangte weiter nichts von ihm. Sie sagte: »Willkommen im Sheraton, Mr. ...«

»Bay-dear«, sagte er gedehnt.

»Mr. Bay-dear. Hier ist Ihre elektronische Schlüsselkarte für das Zimmer 119 im Erdgeschoss, gleich rechts, wenn Sie aus dem Foyer kommen.« Monoton fuhr sie fort: »Das ist Ihre Gästemappe, und hier auf der Mappe ist Ihre Zimmernummer. Bar und Restaurant befinden sich gleich hinter dieser Tür, wir haben ein Fitnesscenter und einen Swimmingpool, Checkout ist bis spätestens elf Uhr, Frühstück wird von sechs bis elf Uhr im Speisesaal serviert, Zimmerservice gibt es von sechs Uhr nachmittags bis um Mitternacht, das Restaurant schließt bald, Bar und Lounge sind noch bis ein Uhr geöffnet, und dort gibt es Kleinigkeiten zu essen. In Ihrem Zimmer haben Sie eine Minibar. Möchten Sie einen Weckruf?«

Khalil verstand ihre Aussprache, verstand aber kaum all

diese nutzlosen Informationen. Das Wort Weckruf verstand er und sagte: »Ja, ich fliege um neun Uhr ab, also wäre sechs Uhr wohl gut.«

Sie sah ihn freimütig an, nicht wie eine Libyerin, die Blickkontakt mit einem fremden Mann ausgewichen wäre. Er hielt ihrem Blick stand, wie man ihn in Tripolis angewiesen hatte, um nicht verdächtig zu wirken und auch um Hinweise darauf zu entdecken, ob sie wusste, wer er war. Doch sie schien sich seiner wahren Identität nicht im Mindesten bewusst.

Sie sagte: »Gern, Sir. Ein Weckruf um sechs Uhr morgens. Wünschen Sie einen Express-Checkout?«

Man hatte ihn angewiesen, mit ja zu antworten, sollte diese Frage gestellt werden, und hatte ihm gesagt, bei dieser Form des Checkouts müsste er nicht noch einmal an den Empfangstresen. Er antwortete: »Ja, bitte.«

»Eine Kopie der Rechnung wird morgen früh um sieben Uhr unter Ihrer Tür durchgeschoben. Kann ich sonst noch etwas für Sie tun?«

»Nein, danke.«

»Einen angenehmen Aufenthalt.«

»Danke.« Er lächelte, nahm seine Mappe, machte kehrt und verließ das Foyer.

Das war gut gegangen, besser als beim letzten Mal, als er sich in dem Motel außerhalb von Washington angemeldet hatte, dachte er, und den Portier hatte umbringen müssen. Er lächelte.

Assad Khalil setzte sich in seinen Wagen und fuhr zu der mit der Nr. 119 beschrifteten Tür, vor der sich ein freier Parkplatz befand. Er nahm seine Reisetasche, stieg aus dem Wagen, schloss ihn ab und ging zur Tür. Er schob die Schlüsselkarte in den Schlitz, und das Schloss summte und klickte, und ein grünes Lämpchen leuchtete auf, was ihn an den Conquistador Club erinnerte.

Er ging hinein und verschloss und verriegelte die Tür hinter sich.

Khalil inspizierte das Zimmer, die Schränke und das Bad, das sauber und modern war, aber für seinen Geschmack doch etwas zu komfortabel. Er bevorzugte eine karge Umgebung, besonders bei seinem Djihad. Wie ihm ein religiöser Mann einmal gesagt hatte: »Gott hört dich, ob du nun mit vollem Bauch in der Moschee oder mit leerem Bauch in der Wüste betest. Aber wenn du Gott hören möchtest, dann gehe hungrig in die Wüste.«

Ungeachtet dieses Ratschlags war Khalil hungrig. Er hatte sehr wenig gegessen seit dem Tag, bevor er sich in der Amerikanischen Botschaft in Paris gestellt hatte, und das war nun fast eine Woche her.

Er sah die Speisekarte des Zimmerservice durch, beschloss aber, sich nicht schon wieder ins Gesicht sehen zu lassen. Nur ganz wenige Menschen hatten ihn aus der Nähe gesehen, und die meisten davon waren nun tot.

Er machte die Minibar auf und fand eine Dose Orangensaft, eine Plastikflasche Vitell-Wasser, ein Gefäß mit einer Nussmischung und eine Tafel Toblerone-Schokolade, die er in Europa schon immer gern gegessen hatte.

Er saß auf dem Sessel mit Blick zur Tür, immer noch voll bekleidet und mit den beiden Glocks in den Taschen. Er aß und trank langsam.

Während er aß, dachte er an seinen kurzen Aufenthalt in der Amerikanischen Botschaft in Paris. Sie waren misstrauisch gewesen, aber nicht feindselig. Zunächst hatten ihn ein Militäroffizier und ein Mann in Zivil vernommen, und am nächsten Tag waren zwei andere Männer, die sich nur als Philip und Peter vorgestellt hatten, aus Amerika eingetroffen und hatten ihm gesagt, sie würden ihn sicher nach Washington begleiten. Khalil wusste, dass dies in beider Hinsicht nicht zutraf: Sie würden nach New York reisen, nicht nach Washington, und weder Philip noch Peter würden sicher dort ankommen.

Am Abend vor dem Abflug hatten sie ihn unter Drogen

gesetzt, wie Boutros es vorhergesagt hatte, und er hatte sie gewähren lassen, um sich nicht verdächtig zu machen. Er wusste nicht, was sie mit ihm gemacht hatten, während er unter Drogeneinfluss stand, aber es war ihm auch egal. Der libysche Geheimdienst hatte ihn in Tripolis unter Drogen gesetzt und verhört, um zu prüfen, ob er der Wirkung dieser so genannten Wahrheitsdrogen widerstehen konnte. Er hatte diesen Test ohne Schwierigkeiten bestanden.

Man hatte ihm gesagt, dass ihn die Amerikaner in der Botschaft wahrscheinlich keinem Lügendetektortest unterziehen würden – die Diplomaten würden ihn so schnell wie möglich aus der Botschaft heraus haben wollen. Wenn aber ein solcher Test von ihm gefordert wurde, sollte er sich weigern und verlangen, nach Amerika gebracht oder freigelassen zu werden. Die Amerikaner hatten sich verhalten, wie es vorherzusehen war, und hatten ihn so schnell wie möglich aus der Botschaft und aus Paris herausgebracht.

Wie Malik gesagt hatte: »Du wirst von den Franzosen, Deutschen, Italienern und Briten gesucht. Das wissen die Amerikaner, und sie wollen dich ganz für sich allein haben. Sie werden dich so bald als möglich aus Europa herausschaffen. Die heikelsten Fälle überführen sie fast immer nach New York, damit sie abstreiten können, dass sie einen Überläufer oder Spion in Washington festhalten. Es gibt, glaube ich, auch noch andere psychologische und vielleicht auch praktische Gründe, weshalb sie damit nach New York gehen. Letztendlich haben sie vor, dich nach Washington zu bringen. Aber ich glaube, dahin kommst du auch ohne ihre Hilfe.«

Alle im Raum hatten über Maliks Humor gelacht. Malik war sehr redegewandt und brachte seine Argumente gern humorvoll vor. Khalil gefiel Maliks und Boris' Humor nicht immer, aber da er auf Kosten der Amerikaner und Europäer ging, nahm er es hin.

Malik hatte auch gesagt: »Wenn aber unser Freund, der

für die Trans-Continental Airlines in Paris arbeitet, uns mitteilt, dass du tatsächlich nach Washington reist, dann wird Haddad, dein Reisebegleiter, der den Sauerstoff benötigt, in diesem Flugzeug sein. Die Prozeduren am Flughafen Dulles werden die gleichen sein: Das Flugzeug wird in den Sicherheitsbereich geschleppt, und du gehst weiter vor, als wärst du in New York.« Malik hatte ihm einen Treffpunkt am Dulles Airport genannt, wo sein Taxifahrer auf ihn gewartet hätte, der ihn zu seinem Mietwagen gebracht hätte, und dann wäre er – nachdem er den Fahrer zum Schweigen gebracht hätte – bis Sonntagmorgen in einem Motel geblieben, wäre dann in die Stadt gefahren und hätte General Waycliff vor oder nach dem Kirchgang besucht.

Assad Khalil war von der Sorgfalt und Gerissenheit seines Geheimdienstes beeindruckt gewesen. Sie hatten an alles gedacht und hatten Ausweichpläne, falls die Amerikaner ihr Vorgehen änderten. Doch wichtiger noch, das hatte sein libyscher Einsatzoffizier ihm gegenüber betont, sei es, dass sich auch der gewiefteste Plan nicht ohne einen wahren islamischen Freiheitskämpfer wie Assad Khalil und ohne die Hilfe Allahs verwirklichen ließ.

Boris hatte ihm natürlich gesagt, dass es größtenteils Boris' Plan gewesen sei und dass Allah nichts mit dem Plan und seinem Erfolg zu tun hätte. Doch auch Boris hatte zugegeben, dass Assad Khalil ein außergewöhnlicher Agent war. Boris hatte zu den libyschen Geheimdienstoffizieren gesagt: »Wenn ihr mehr Männer wie Assad Khalil hättet, würdet ihr nicht so oft versagen.«

Boris grub sich mit solchen Sprüchen sein eigenes Grab, dachte Khalil, aber offenbar war Boris das bewusst, und deshalb war er so oft betrunken.

Boris musste ständig mit Frauen und Wodka versorgt werden und mit Geld, das für Boris' Familie bei einer Schweizer Bank eingezahlt wurde. Der Russe war auch betrunken noch sehr klug und eine große Hilfe, und er war schlau genug, um zu wissen, dass er Tripolis nicht lebend verlassen würde. Einmal hatte er zu Malik gesagt: »Wenn ich hier verunglücken sollte, musst du mir versprechen, meinen Leichnam nach Hause zu überführen.«

Malik hatte erwidert: »Du wirst hier nicht verunglücken, mein Freund. Wir passen gut auf dich auf.«

Worauf Boris entgegnet hatte: »*Yob vas*«, was in etwa »Fickt euch ins Knie« bedeutete und was Boris zu oft sagte.

Khalil beendete sein bescheidenes Mahl, schaltete den Fernseher an und trank dazu Vitell aus der Flasche. Als er das Wasser ausgetrunken hatte, steckte er die leere Plastikflasche in seine Reisetasche.

Es war nun fast 23 Uhr, und während er auf die Elf-Uhr-Nachrichten wartete, schaltete er sich mit der Fernbedienung durch die Kanäle. Auf einem Kanal standen zwei barbusige Frauen in einem kleinen Pool mit dampfendem, sprudelndem Wasser und wurden intim miteinander. Khalil schaltete weiter und schaltete dann zurück, um sich die beiden Frauen anzusehen.

Er sah wie gebannt zu, wie die Frauen – die eine blond, die andere dunkelhaarig – in dem warmen Wasser standen und einander streichelten. Eine dritte Frau, eine Farbige, erschien am Rand des wirbelnden Pools. Sie war splitternackt und nur eine elektronische Bildverzerrung verbarg ihre Scham, als sie über eine Leiter in den Pool hinabstieg.

Die drei Frauen sprachen kaum miteinander, lachten aber zu viel und bespritzten sich gegenseitig mit Wasser. Khalil fand, sie führten sich wie Schwachsinnige auf, aber er sah weiter zu.

Eine vierte Frau mit rotem Haar stieg die Leiter hinab, und man sah ihre nackten Hinterbacken und ihren Rücken, während sie ins Wasser stieg. Bald streichelten und rieben sich alle vier Frauen, küssten und umarmten einander. Khalil saß ganz still, bemerkte aber, dass er erregt war, und rutschte unruhig auf seinem Sessel hin und her.

Er begriff, dass er das nicht hätte sehen sollen, dass es die schlimmste Form westlicher Dekadenz war, dass alle heiligen Schriften der Hebräer, Christen und Moslems diese Taten als widernatürlich und böse erachteten. Und doch erregten ihn diese Frauen, die einander auf unkeusche Weise berührten, und verführten ihn zu lustvollen und unreinen Gedanken.

Er stellte sich vor, wie er nackt bei ihnen in dem Pool stand.

Er erwachte aus seiner Träumerei und sah auf der Digitaluhr, dass es schon vier Minuten nach elf war. Er schaltete weiter und verfluchte sich, verfluchte seine Schwäche und die satanischen Mächte, die in diesem verfluchten Land herrschen.

Er stieß auf einen Nachrichtensender.

Eine Nachrichtensprecherin sagte: »Das ist der Mann, der nach Behördenangaben der Hauptverdächtige für einen nicht genannten Terroranschlag in den Vereinigten Staaten ist ...«

Ein Farbfoto mit der Unterschrift ASSAD KHALIL erschien auf der Mattscheibe, und Assad Khalil stand schnell auf, kniete sich vor den Fernseher und betrachtete das Bild. Dieses Foto von sich hatte er noch nie gesehen, und er vermutete, dass es heimlich in der Pariser Botschaft aufgenommen worden war, während er dort vernommen wurde. Er sah, dass er denselben Anzug trug wie heute und die Krawatte, die er in Paris getragen und jetzt gewechselt hatte.

Die Frau sagte: »Sehen Sie sich dieses Bild bitte aufmerksam an und benachrichtigen Sie die Behörden, wenn Sie diesen Mann sehen. Er gilt als bewaffnet und gefährlich und niemand sollte versuchen, ihn zu stellen oder festzuhalten. Rufen Sie die Polizei oder das FBI an. Hier sind zwei gebührenfreie Telefonnummern, die Sie anrufen können.« Unter dem Bild wurden zwei Telefonnummern eingeblendet. »Die erste Nummer ist für anonyme Hinweise, die Sie auf einem

Tonband hinterlassen können, und die zweite ist eine Hotline, unter der Sie mit Mitarbeitern des FBI sprechen können. Beide Nummern sind rund um die Uhr, sieben Tage pro Woche, geschaltet. Außerdem hat das Justizministerium eine Belohnung von *einer Million Dollar* für Hinweise ausgesetzt, die zur Ergreifung des Verdächtigen führen.«

Ein weiteres Bild von Assad Khalil erschien, mit einem etwas anderen Gesichtsausdruck, und Khalil erkannte es als in der Pariser Botschaft aufgenommen.

Die Nachrichtensprecherin sagte: »Betrachten Sie bitte dieses Foto. Die Bundesbehörden bitten Sie um Mithilfe bei der Suche nach diesem Mann, Assad Khalil. Er spricht Englisch, Arabisch und etwas Französisch, Deutsch und Italienisch. Er ist ein mutmaßlicher internationaler Terrorist und hält sich eventuell in den USA auf. Wir haben keine weiteren Informationen über diese Person, aber wir werden weiter darüber berichten, sobald wir nähere Einzelheiten erfahren.«

Die ganze Zeit über starrte Assad Khalils Gesicht aus dem Fernseher Assad Khalil an.

Eine andere Meldung kam, und Khalil stellte den Fernseher stumm, ging zum Wandspiegel, setzte seine Zweistärkenbrille auf und betrachtete sein Spiegelbild.

Assad Khalil, der Libyer im Fernsehen, hatte schwarzes, zurückgekämmtes Haar. Hefni Badr, der Ägypter in Jacksonville, Florida, hatte grau meliertes, gescheiteltes Haar.

Assad Khalil im Fernsehen hatte dunkle Augen. Hefni Badr in Jacksonville trug eine Bifokalbrille, und seine Augen waren nicht deutlich zu erkennen.

Assad Khalil im Fernsehen war glatt rasiert. Hefni Badr trug einen grau melierten Schnurrbart.

Assad Khalil im Fernsehen lächelte nicht. Hefni Badr im Spiegel lächelte hingegen sehr wohl, denn er sah nicht aus wie Assad Khalil.

Er sprach seine Gebete und ging zu Bett.

Kapitel 36

Ich kam pünktlich zum Meeting um acht Uhr im 28. Stock der Federal Plaza und kam mir sehr tugendhaft vor, weil ich die Nacht nicht mit Kate Mayfield verbracht hatte. So konnte ich ihr tatsächlich in die Augen schauen und »Guten Morgen« sagen.

Sie erwiderte den Gruß, und ich meinte auch das Wort »Idiot« zu hören, aber vielleicht kam ich mir auch nur wie einer vor.

Wir standen an einem langen Konferenztisch in einem fensterlosen Raum und schwatzten, bis die Anwesenden zur Ordnung gerufen wurden.

Die Wände des Raums waren mit vergrößerten Fotos von Assad Khalil geschmückt, die in Paris aufgenommen waren. Dann waren da noch zwei Fotos mit der Aufschrift YUSEF HADDAD. Das eine war mit LEICHENHALLE, das andere mit PASSBILD beschriftet. Das Bild aus der Leichenhalle sah tatsächlich besser aus als das aus dem Pass.

Meiner Theorie nach werden diese Typen so fies, weil sie so blöde Namen tragen – wie ein Junge, der Sue heißt.

Ich zählte zehn Kaffeetassen und zehn Notizblöcke auf dem Tisch und schloss daraus messerscharf, dass zehn Personen an dem Meeting teilnehmen würden. Jeder Notizblock war mit einem Namen beschriftet und daraus schloss ich ferner, dass ich mich vor den Notizblock mit meinem Namen setzen sollte. Also setzte ich mich. Es standen vier Kannen Kaffee auf dem Tisch, und ich schenkte mir eine Tasse ein und schob dann Kate die Kanne hin, die mir genau gegenüber saß.

Sie trug heute einen blauen Nadelstreifenanzug und sah darin etwas strenger aus als in dem blauen Blazer und dem knielangen Rock vom Samstag. Ihr Lippenstift war korallenrot. Sie lächelte mir zu.

Ich lächelte zurück. Doch nun wieder zum Meeting der Antiterror-Task Force.

Mittlerweile hatten alle ihren Platz eingenommen. An einem Tischende saß Jack Koenig, eben erst aus Washington eingetroffen. Er trug denselben Anzug wie am Vortag.

Am anderen Tischende saß Captain David Stein vom NYPD, der Mitbefehlshaber der New Yorker Antiterror-Task Force. So konnten sich Stein und Koenig beide einbilden, am Kopfende des Tischs zu sitzen.

Links neben mir saß Mike O'Leary von der Geheimdienstabteilung der New Yorker Polizei, und dass tatsächlich sein Name auf seinem Notizblock stand, ließ mich für die Geheimdienstabteilung hoffen.

Rechts neben mir saß Special Agent Alan Parker, FBI/ATTF. Alan ist unser PR-Mensch. Er ist Mitte zwanzig, sieht aber aus wie dreizehn. Er ist ein Weltklasse-Lügner, und genau so jemanden brauchten wir bei diesem Fall.

Rechts von Parker und neben Koenig saß Captain Henry Wydrzynski, der stellvertretende Leiter der Port Authority Police. Ich war ihm ein paar Mal begegnet, als ich noch bei der Polizei war, und er schien okay zu sein, bis auf seinen Namen, der einem wie die dritte Buchstabenzeile auf einer Sehtesttafel vorkam. Man sollte dem Mann wirklich mal einen Vokal kaufen.

Mir gegenüber saßen Kate und drei weitere Personen: Am anderen Ende, neben Captain Stein, saß Robert Moody, der Chef der New Yorker Kriminalpolizei. Moody war in New York der erste Schwarze auf diesem Posten und war vor meiner Stippvisite im Reich der Toten und meiner nachfolgenden Wiederauferstehung mein Boss gewesen. Ich muss wohl nicht erwähnen, dass es kein Zuckerschlecken ist, ein paar tausend Typen von meinem Kaliber zu befehligen. Ich war Chief Moody bei einigen Gelegenheiten begegnet, und er schien mir gegenüber keine Abneigung zu hegen, und mehr kann ich von einem Vorgesetzten nicht verlangen.

Links neben Kate saß Sergeant Gabriel Haytham, NYPD/ATTF, ein arabischer Gentleman.

Neben Gabriel und rechts von Koenig saß ein unbekannter Mann, doch nur sein Name war mir unbekannt. Ich hatte keinen Zweifel, dass dieser adrett gekleidete Herr von der CIA war. Schon lustig, wie ich die immer erkenne. Sie täuschen eine leicht gelangweilte Nonchalance vor, geben zu viel Geld für Kleidung aus und schauen immer drein, als würden sie an irgendeinem wichtigeren Ort erwartet als dem, an dem sie sich gerade befinden.

Ich hatte mich ein wenig unausgefüllt gefühlt, seit ich meinen Prügelknaben Ted Nash los war. Nun, da jemand seine Stelle eingenommen hatte, ging es mir besser.

Was Mr. Ted Nash anging, so stellte ich mir vor, wie er gerade seine seidenen Unterhöschen für die Reise nach Paris sortierte. Ich rechnete, wie gesagt, damit, dass er irgendwann wieder in meinem Leben auftauchen würde. Ich dachte an Koenigs Worte – *Ted sollten Sie im Auge behalten*. Jack Koenig traf solche Aussagen nicht leichtfertig.

Des weiteren fehlte George Foster, der die Aufgabe hatte, den Laden zu hüten. Er war im Conquistador Club und würde dort wahrscheinlich noch lange bleiben. Sein Auftrag bestand darin, als Koordinator am Tatort zu fungieren, da er ja Zeuge und Mitwirkender der Ereignisse war. Besser George als ich.

Neben Nash und Foster fehlte von unserem Team auch Nick Monti. Daher begann Koenig das Meeting mit einer Schweigeminute für Nick und Phil und Peter, für die beiden Federal Marshals an Bord des Flugs 175, für Andy McGill vom Rettungsdienst, für Nancy Tate, für den weiblichen Duty Officer Meg Collins und für alle Todesopfer des Fluges 175.

Wir schwiegen eine Minute lang, und dann rief Jack Koenig die Versammlung zur Ordnung. Es war Punkt acht Uhr morgens.

Jack stellte zunächst den Herrn zu seiner Linken mit den Worten vor: »Bei uns ist heute Morgen Edward Harris von der CIA.«

Ach, echt? Jack hätte auch bloß zu sagen brauchen: »Das ist Edward Harris von der ihr-wisst-schon.«

Jack fügte hinzu: »Mr. Harris arbeitet bei der Terrorismusbekämpfung der CIA.«

Harris reagierte auf die Vorstellung, indem er seinen Bleistift wie einen Scheibenwischer bewegte. *Très* cool. Und diese Typen trugen, im Gegensatz zum FBI, auch immer ihre vollständigen Namen. Bei Edward Harris gab es keinen Ed. Ted Nash schien die Ausnahme dieser Regel zu bilden. Mir kam plötzlich die ausgezeichnete Idee, ihn Teddy zu nennen, wenn ich ihn das nächste Mal sah.

Ich sollte wohl erwähnen, dass ich normalerweise nicht an einem Meeting auf dieser Ebene teilgenommen hätte, und Kate auch nicht. Aber da wir Zeugen und Mitwirkende der Ereignisse waren, die uns hier alle zusammengebracht hatten, durften Kate und ich teilnehmen. Das ist doch mal was, oder?

Jack Koenig verkündete: »Wie einige von Ihnen vielleicht schon wissen, wurde gestern Nachmittag in Washington der Beschluss gefasst, eine kurze Meldung und einige Fotos von Assad Khalil an die Nachrichtenagenturen zu geben. Die Meldung besagt lediglich, dass er ein Verdächtiger in einem Fall von internationalem Terrorismus ist und von den Bundesbehörden gesucht wird. Flug 175 wurde nicht erwähnt. Die Erklärung und die Fotos wurden in den meisten Elf-Uhr-Nachrichten gesendet. Einige von Ihnen haben das sicherlich gestern Abend gesehen. Die Zeitungen von heute bringen die Erklärung und die Fotos.«

Niemand sagte etwas dazu, aber allen Gesichtern sah man den Gedanken an: »Das wurde aber verdammt noch mal auch Zeit.«

Captain David Stein machte seine gleichberechtigte Befehlshaberschaft geltend und erhob sich, ohne dass König Jack ihn dazu aufgefordert hatte. Captain Stein verkündete: »Wir richten im 26. Stock eine Einsatzleitstelle ein. Alle an diesem Fall Beteiligten ziehen mit allen relevanten Akten dorthin um. Alles, was mit diesem Fall zu tun hat – Akten, Fotos, Landkarten, Diagramme, Spuren, Beweismittel, Verhörprotokolle, einfach alles –, geht von nun an durch die Leitstelle. Bis auf weiteres halten sich sämtliche ATTF-Mitarbeiter nur an drei Orten auf: in der Leitstelle, im Bett oder im Einsatz. Und verbringen Sie nicht zu viel Zeit im Bett.« Er sah sich im Raum um und fügte hinzu: »Wer zu den Beerdigungen gehen muss, kann das tun. Noch Fragen?«

Offenbar hatte niemand eine Frage, also fuhr er fort: »Aus der Nahost-Abteilung ermitteln fünfzig ATTF-Agenten direkt in diesem Fall, aus allen Dienststellen, aus denen die Task Force besteht. Etwa hundert weitere Mitarbeiter ermitteln im Großraum New York in dem Fall, und dann gibt es noch hunderte Agenten, die in den USA und im Ausland an diesem Fall mitarbeiten.«

Und so weiter.

Als Nächster war Lieutenant Mike O'Leary von der Geheimdienstabteilung des NYPD dran. Er sprach kurz über Nick Monti, der in seiner Abteilung gearbeitet hatte, und entsprechend der irischen Tradition erzählte er eine lustige Anekdote über Nick, die er sich wahrscheinlich ausgedacht hatte.

Es gibt nicht viele städtische Polizeieinheiten mit einer eigenen Geheimdienstabteilung, aber New York City, die Heimstatt sämtlicher abgedrehter politischer Bewegungen dieses Planeten, braucht eine solche Truppe.

Die Geheimdienstabteilung des NYPD wurde in der Zeit der Roten Gefahr gegründet, und früher verfolgten und schikanierten sie die hiesigen Kommunisten, die wirklich darauf standen, von der Polizei verfolgt zu werden. Außer dem FBI kümmerte sich sonst niemand um sie.

Das alte Red Squad ging dann irgendwann in die heutige Form über, und sie sind nicht schlecht bei dem, was sie tun, haben aber auch ihre Grenzen. Die ATTF können sie im Grunde nicht ausstehen, da sie darin Konkurrenz wittern, aber Mike O'Leary versicherte allen, seine Organisation sei an dem Fall dran und würde vollstens kooperieren. Instinktiv wusste ich, dass wir es nie erfahren würden, wenn diese Leute eine heiße Spur hatten. Doch fairerweise muss man erwähnen, dass O'Leary auch nichts davon erfahren würde, wenn das FBI eine heiße Spur hatte.

Lieutenant O'Leary segnete uns alle und setzte sich. Diese Iren sind fabelhafte Lügner. Man weiß, dass sie lügen, und sie wissen, dass man weiß, dass sie lügen, aber sie tun es mit so viel Charme, Überzeugung und Schwung, dass sich alle irgendwie wohl dabei fühlen.

Als Nächster war Robert Moody dran, der Chef der New Yorker Kriminalpolizei. Er sagte: »Meine Detectives halten in diesem Fall Augen und Ohren offen, während sie in anderen Fällen ermitteln, und ich versichere Ihnen, dass die viertausend Männer und Frauen, die unter meinem Befehl stehen, jederzeit ein Foto des mutmaßlichen Täters bei sich haben und alle Spuren an die Leitstelle der ATTF weitergeben werden.«

Gelogen.

Chief Moody schloss mit den Worten: »Wenn er sich irgendwo im Stadtgebiet aufhält, besteht eine gute Chance, dass wir davon erfahren und ihn schnappen.«

Damit wollte Moody sagen, dass er Khalil liebend gern gefasst hätte, ehe das FBI auch nur eine heiße Spur hatte, und dann hätten sie aus den Morgenzeitungen davon erfahren.

Captain Stein bedankte sich bei Inspector Moody und fügte hinzu: »Ich habe vom Polizeipräsidenten auch die Zusicherung erhalten, dass alle uniformierten Polizisten instruiert werden, bevor sie ihren Dienst antreten. Der Polizeipräsident trifft sich außerdem heute mit den Polizeipräsidenten der umliegenden Counties und Städte und bittet sie um ihre Kooperation und uneingeschränkte Unterstützung. Das bedeutet, dass im gesamten Großraum New York über siebzigtausend Polizisten den einen Mann suchen. Das ist damit die größte Personenfahndung in der Geschichte des Großraums New York.«

Mir fiel auf, dass sich Alan Parker fleißig Notizen machte, vielleicht für eine Presseerklärung, aber vielleicht schrieb er auch am Drehbuch einer Fernsehserie. Ich traue Schreiberlingen nicht über den Weg.

Stein sagte: »Zunächst konzentrieren wir uns auf die Bevölkerungsgruppe aus dem Nahen Osten.« Damit übergab er an Gabriel Haytham.

Haytham erhob sich und sah sich im Raum um. Als einziger anwesender Araber und Moslem hätte er ein wenig paranoid reagieren können, aber nach all den Jahren bei der Geheimdienstabteilung der New Yorker Polizei und jetzt bei der ATTF war Sergeant Gabriel Haytham cool. Er hatte mir einmal anvertraut: »Mein wahrer Name ist Jibril – das ist Gabriel auf Arabisch. Aber erzähl das nicht weiter. Ich will als weißer Mittelschichtler durchgehen.«

Ich mochte Gabe, wie wir ihn nannten, weil er Humor hatte, und er hatte wirklich ziemlich viel Humor und Selbstbewusstsein nötig, um zu tun, was er tat. Es ist nicht allzu schwierig, in New York ein Amerikaner arabischer Herkunft zu sein, aber als Moslem und arabischstämmiger Amerikaner bei der Nahost-Abteilung der Antiterror-Task Force zu arbeiten, das erforderte schon Traute. Ich frage mich, was Gabriel seinen Kumpels in der Moschee so erzählte. So in etwa: »Hey, Abdul, gestern Abend hab ich wieder zwei Muftis hoppgenommen.« Wohl kaum.

Sergeant Haytham war Befehlshaber der Überwachungseinheiten, der New Yorker Detectives, die von der ATTF damit betraut waren, die eigentlichen Laufereien zu erledigen und Leute zu observieren, die mutmaßlich mit terroristischen Vereinigungen in Verbindung standen. Diese Männer hockten stundenlang vor Wohnungen und Häusern, knipsten Fotos, arbeiteten mit Richtmikrofonen und Tonbändern und folgten anderen Leuten im Auto, in der U-Bahn, mit Taxis, im Zug, im Bus und zu Fuß – alles, was die FBI-Typen nicht tun wollten oder konnten. Der Job war zwar nervig, aber die ATTF zehrte davon. Es wurde viel Zeit und Geld darein investiert, und die islamische Gemeinde war nicht sonderlich froh darüber, ständig überwacht zu werden, aber wie man so sagt: »Wenn du nichts verbrochen hast, hast du auch nichts zu befürchten.«

Gabriel teilte uns also mit: »Seit Samstag, fünf Uhr nachmittags, haben die Überwachungsposten ihre Deckung verlassen und die ganze Stadt auf den Kopf gestellt. Wir haben Durchsuchungen auf freiwilliger Basis durchgeführt, und es ist uns gelungen, pauschale Durchsuchungsbefehle zu erhalten, die bis auf das Schlafzimmer des Bürgermeisters alles abdecken. Wir haben etwa achthundert Personen in ihren Wohnungen, auf dem Revier, auf der Straße, an ihrem Arbeitsplatz und auch hier vernommen – Funktionsträger, Verdächtige, normale Yusefs und sogar moslemische Religionsführer.«

Ich konnte es mir nicht verkneifen, zu Gabe zu sagen: »Wenn wir bis heute Mittag nicht von mindestens zwanzig Bürgerrechtsanwälten der Arab League gehört haben, dann hast du was falsch gemacht.«

Da mussten alle kichern. Sogar Kate lachte.

Gabe sagte zu mir: »Hey, die Anwälte der Arab League haben wir auch in die Mangel genommen. Die engagieren jetzt jüdische Anwälte, um uns zu verklagen.«

Wieder lachten alle, aber diesmal klang das Gelächter etwas gezwungen. Letztlich war die Sache doch ein wenig heikel. Aber Humor hilft sehr, wenn es um heikle Themen geht. Schließlich gab es hier im Raum eine große kulturelle Vielfalt, und von dem Polen, Captain Wydrzynski, hatten wir noch gar nichts gehört. Ich hatte einen prima Polenwitz auf Lager, aber vielleicht hob ich mir den lieber für ein andermal auf.

Gabriel sprach weiter, ohne sich allzu sehr aufzuspielen, und musste eingestehen: »Ich muss Ihnen allerdings sagen, dass wir keine einzige Spur von ihm haben. Nicht einen Fitzel. Nicht mal den üblichen Blödsinn, dass jemand seinem Schwiegervater was anhängen will. Mit dieser Sache will keiner was zu tun haben. Aber wir haben noch gut tausend Personen, die wir verhören müssen, und noch etwa hundert Wohnungen zu durchsuchen. Wir setzen die Bevölkerungsgruppe aus dem Nahen Osten massiv unter Druck, und, klar werden wir die Bürgerrechte dabei manchmal nicht beachten, aber darüber können wir uns anschließend Sorgen machen.« Er fügte hinzu: »Gefoltert wird niemand.«

Koenig meinte trocken: »Washington wird Ihre Zurückhaltung zu schätzen wissen.«

Gabriel sagte zu Jack: »Die meisten dieser Leute kommen aus Ländern, in denen die Polizei erst zuschlägt und dann fragt. Die Leute sind verwirrt, wenn wir ihnen nicht wenigstens ein bisschen Gewalt androhen.«

Koenig räusperte sich und sagte: »Ich glaube nicht, dass wir das hören müssen. Jedenfalls werden wir, Sergeant ...«

Sergeant Haytham unterbrach ihn: »Wir haben über dreihundert Leichen in den Leichenhallen der Stadt und der Krankenhäuser. Und wir wissen nicht, wie viele Leichen uns noch bevorstehen. Ich will keinen einzigen Todesfall mehr zu verantworten haben.«

Koenig dachte kurz darüber nach, sagte angesichts der versteckten Mikrofone aber nichts dazu.

Sergeant Gabriel Haytham setzte sich.

Im Raum herrschte Schweigen. Alle dachten wahrscheinlich das Gleiche, nämlich dass sich Sergeant Gabriel Haytham ein paar rüde Sprüche über seine Glaubensbrüder leisten konnte. Das war wahrscheinlich einer der Gründe, weshalb man ihn für diesen Job auserkoren hatte. Und dann war er auch noch gut. Die meisten Erfolge der ATTF resultierten aus der Arbeit der Überwachungstypen von der New Yorker Polizei. Die übrigen Quellen – freiwillige Informanten, ausländische Nachrichtendienste, telefonische Hinweise, Kronzeugen und so weiter – brachten längst nicht so viele Informationen wie die Jungs von der Straße.

Captain Wydrzynski erhob sich und teilte uns mit: »Die gesamte Port Authority Police, alle Mautstellen und andere PA-Mitarbeiter an Verkehrsknotenpunkten haben Fotos von Assad Khalil erhalten und ein Memo des Inhalts, dass dieser Verdächtige nun der meistgesuchte Mensch in Amerika ist. Den Zusammenhang mit Flug 175 haben wir – wie angewiesen – heruntergespielt, aber es hat sich herumgesprochen.«

Captain Wydrzynski redete noch ein bisschen weiter. Es war einer der Fälle, in denen die Port Authority Police eine wichtige Rolle spielte. Ein Flüchtiger würde irgendwann an einem Busbahnhof oder Flughafen einem Fahrscheinverkäufer, Mautwärter oder Polizisten der Port Authority begegnen. Deshalb war es wichtig, dass diese Leute auf dem Laufenden und gut motiviert waren.

Was Henry Wydrzynski anging: Ich kannte den Typ nicht, aber gut, okay, hier ist der Witz: Kommt ein Pole zum Sehtest, sagt der Augenarzt: »Können Sie die Buchstaben auf dieser Tafel lesen?« Sagt der Pole: »Klar, die Leute kenne ich alle.«

Ich kannte Captain Wydrzynski zwar nicht, wusste aber, dass er, wie die meisten Polizisten der Port Authority, ein wenig eigen war. Sie wollten anerkannt und respektiert werden, also anerkannte und respektierte ich sie, wie die meisten klugen New Yorker Polizisten es taten. Sie waren gut, sie waren eine Hilfe und sie waren nützlich. Wenn man es sich mit ihnen verdarb, heckten sie etwas aus, um einen so richtig reinzureiten, und belasteten einem etwa den Mautpass mit tausend Dollar oder so.

Wydrzynski war ein großer Mann in einem schlecht sitzenden Anzug, wie sieben Pfund polnische Wurst in einem für fünf Pfund bestimmten Darm. Außerdem gingen ihm offenbar jeglicher Charme und jegliches diplomatische Geschick ab, und das gefiel mir.

Jack Koenig fragte Captain Sehtesttafel: »Wann hatten Ihre Leute das Foto von Khalil in Händen?«

Captain Wydrzynski antwortete: »Wir haben die Fotos hundertfach vervielfältigen lassen, sobald wir konnten. Noch während sie kopiert wurden, haben wir Streifenwagen zu den Brücken, Tunneln, Flughäfen, Busbahnhöfen und so weiter geschickt. Dann haben wir die Fotos an alle gefaxt, die ein Faxgerät haben, und das Gleiche haben wir auch über das Internet gemacht.« Er sah sich im Raum um und sagte: »Ich würde sagen, dass um neun Uhr abends am Samstag alle unsere Mitarbeiter ein Foto von Khalil hatten. In einigen Fällen auch früher. Aber ich muss Ihnen sagen, die Qualität der Bilder war miserabel.«

Captain Stein sagte: »Es ist also denkbar, dass Assad Khalil vor neun Uhr unbemerkt an Bord eines Flugzeugs gegangen, einen Bus genommen, eine Brücke oder einen Tunnel passiert hat.«

»Stimmt«, erwiderte Wydrzynski. »Wir haben zuerst die Flughäfen alarmiert und ihnen die Fotos geschickt, aber wenn der Flüchtige schnell war, kann er an Bord eines Flugzeugs gegangen sein – zumal am JFK, wo er sich bereits aufhielt.«

Dazu hatte niemand etwas zu sagen.

Captain Wydrzynski fuhr fort: »Ich habe über hundert Detectives da draußen, die rauszufinden versuchen, ob er den Großraum New York und New Jersey über eine Einrichtung der Port Authority verlassen hat. Aber Sie wissen ja: Der Großraum New York hat sechzehn Millionen Einwohner, und wenn er getarnt war oder einen gefälschten Pass oder einen Komplizen oder sonst was hatte, könnte er uns entwischt sein. Das ist hier kein Polizeistaat.«

Wiederum herrschte für ein paar Sekunden Schweigen, dann erkundigte sich Koenig: »Was ist mit den Häfen?«

»Ja«, sagte Wydrzynski. »Auf den Verdacht hin, dass dieser Kerl per Schiff nach Arabien fährt, hat mein Büro den Zoll und die Einwanderungsbehörde an allen Piers informiert, an denen Kreuzfahrtschiffe anlegen, außerdem an allen Piers, an denen Frachtschiffe und private Schiffe anlegen. Ich habe auch Detectives mit Fotos dorthin geschickt. Doch bisher kein Khalil. Wir behalten die Häfen im Auge.«

Alle stellten Wydrzynski Fragen, und sein sonst eher stiefmütterlich behandelter Verein war offenbar plötzlich wichtig. Es gelang Wydrzynski, den Umstand zu erwähnen, dass einer der Toten, Andy McGill, ein Polizist der Port Authority gewesen war. Seine Männer hatten zwar außer Patriotismus und Berufsethos keine weitere Motivation nötig, doch McGills Tod hatte die PA-Bullen schwer getroffen.

Wydrzynski wurde es leid, in Verlegenheit gebracht zu werden, und er kehrte den Spieß um, indem er sagte: »Wissen Sie, meiner Meinung nach hätten sämtliche Fernsehsender Assad Khalils Foto eine halbe Stunde nach der Tat bringen sollen. Ich weiß, dass es da noch andere Gesichtspunkte gab, aber wenn wir diese Sache nicht komplett veröffentlichen, wird uns dieser Kerl durch die Lappen gehen.«

Jack Koenig sagte: »Höchstwahrscheinlich ist er bereits fort. Er hat wahrscheinlich am JFK die erste Maschine in den Nahen Osten genommen, noch ehe die Leichen kalt waren. Washington ist dieser Ansicht, und deshalb wurde der Entschluss gefasst, diese Sache intern zu behandeln, bis wir die Öffentlichkeit vollständig über die Hintergründe der Trans-Continental-Tragödie in Kenntnis setzen können.«

Kate meldete sich zu Wort: »Ich stimme Captain Wydrzynski zu. Es gab keinen Grund, diese Tatsachen zu verheimlichen, außer den, unsere eigenen Fehler unter den Tisch ... na ja.«

Captain Stein pflichtete dem ebenfalls bei und sagte: »Ich

glaube, Washington ist in Panik geraten und hat sich falsch entschieden. Wir haben mitgespielt, und jetzt versuchen wir jemanden zu finden, der zwei Tage Vorsprung hat.«

Koenig sah das anders und sagte: »Die Medien haben ja jetzt Khalils Foto. Und die Frage ist ohnehin nebensächlich, wenn Khalil das Land gleich verlassen hat.« Er überflog die Papiere, die vor ihm lagen, und sagte: »Es gab vier Flüge am JFK, die er hätte erwischen können, ehe die Port Authority alarmiert war.« Er ratterte die Namen vier nahöstlicher Fluglinien und ihre Abflugzeiten herunter. Er fügte hinzu: »Und natürlich gab es auch andere Auslandsflüge, ein paar Inlandsflüge und Flüge in die Karibik, bei denen man keinen Pass brauchte, um an Bord zu gehen, und bei denen jeder Lichtbildausweis gereicht hätte.«

Koenig schloss mit den Worten: »Wir hatten natürlich Leute an den Zielflughäfen – Los Angeles, in der Karibik und so weiter, die dort die Flugzeuge erwartet haben. Es ist aber niemand von Bord gegangen, auf den die Beschreibung zutraf.«

Wir grübelten alle darüber nach. Ich bemerkte, dass Kate mich ansah, was wohl bedeuten sollte, dass sie von mir erwartete, ich sollte mich zu Wort melden. Ich bin ja sowieso nur Contract Agent, und deshalb sagte ich: »Ich glaube, Khalil ist in New York. Wenn nicht in New York, dann irgendwo anders hier im Land.«

Captain Stein fragte mich: »Weshalb glauben Sie das?«

»Weil er noch nicht fertig ist.«

»Also gut«, sagte Stein. »Und was muss er fertig kriegen?«

»Ich habe keine Ahnung.«

»Tja«, sagte Stein. »Das war schon mal ein verdammt guter Anfang.«

»Aber mehr auch nicht«, erwiderte ich. »Da kommt noch mehr.«

Captain Stein verfällt, wie ich selbst auch, manchmal gern in den Polizeirevierton und meinte: »Scheiße noch mal, das will ich nicht hoffen.«

Ich wollte eben etwas erwidern, aber Mr. CIA ergriff zum ersten Mal das Wort und fragte mich: »Weshalb sind Sie so sicher, dass Assad Khalil noch im Lande ist?«

Ich sah Mr. Harris an, der mich unverwandt anstarrte. Ich ließ mir verschiedene Antworten durch den Kopf gehen, die alle mit »Leck mich« anfingen und aufhörten, doch dann beschloss ich, Mr. Harris unvoreingenommen und höflich zu behandeln. Ich sagte: »Nun, Sir, ich habe eben einfach so das Gefühl – ausgehend von Assad Khalils Persönlichkeitstyp –, dass er nicht jemand ist, der aufhört, solange er in Führung liegt. Er hört erst auf, wenn er fertig ist, und er ist noch nicht fertig. Sie fragen sich, woher ich das wissen will? Nun, ich habe mir gedacht, dass so ein Mann den amerikanischen Interessen im Ausland weiter hätte schaden können und damit jahrelang davongekommen wäre. Aber stattdessen beschließt er, hierher zu kommen, nach Amerika, und hier noch mehr Schaden anzurichten. Ist er also nur für eine Stunde oder so vorbeigekommen? War das ein Möweneinsatz?«

Ich sah mich unter den Uneingeweihten um und erläuterte: »Dass ist, wenn jemand angeflogen kommt, alles zuscheißt und dann wieder die Biege macht.«

Ein paar Leute kicherten, und ich fuhr fort: »Nein, das war kein Möweneinsatz. Es war ein ... tja, ein Dracula-Einsatz.«

Nun hörten mir offenbar alle zu, also fuhr ich fort: »Graf Dracula hätte in Transsylvanien dreihundert Jahre lang Blut saugen können und wäre damit durchgekommen. Aber nein, er will nach England fahren. Nicht wahr? Und warum? Um der Schiffscrew das Blut auszusaugen? Nein. In England war etwas, das der Graf haben wollte. Und was wollte er haben? Er wollte diese Tussi – die er auf Jonathan Harkers Foto gesehen hatte. Nicht wahr? Wie hieß sie doch gleich? Na, egal. Er ist scharf auf die Braut, und die Braut ist in England. Können Sie mir folgen? Dementsprechend ist Khalil nicht hergekommen, um alle im Flugzeug und im Conquistador Club umzubringen. Das war nur ein Vorgeschmack, ein wenig

Blutsaugen vor dem Hauptgericht. Wir müssen jetzt bloß noch diese Tussi – oder Khalils Entsprechung dazu – identifizieren und lokalisieren, und schon haben wir ihn. Können Sie mir folgen?«

Lange herrschte Schweigen im Raum, und einige Leute, die mich angestarrt hatten, wandten den Blick ab. Ich dachte schon, Koenig oder Stein würden mich vielleicht aus Krankheitsgründen beurlauben lassen oder was. Kate starrte auf ihren Notizblock.

Schließlich sagte Edward Harris, Gentleman, der er war: »Danke, Mr. Corey. Das war eine interessante Analyse oder Analogie oder was auch immer.«

Ein paar Leute kicherten.

Ich sagte: »Ich habe mit Ted Nash um zehn Dollar gewettet, dass ich Recht habe. Wollen Sie einsteigen?«

Harris sah aus, als wollte er eigentlich lieber gehen, aber als guter Sportsmann sagte er: »Klar. Ich erhöhe auf zwanzig.«

»Sie sind dabei. Geben Sie Mr. Koenig einen Zwanziger.«

Harris zögerte, zog dann einen Zwanziger aus seiner Brieftasche und schob ihn Koenig hin, der ihn einsteckte.

Ich ließ auch einen Zwanziger über den Tisch reichen.

Gemeinsame Dienstbesprechungen können richtig langweilig sein, aber nicht, wenn ich dabei bin. Ich hasse diese Bürokraten, die so farblos und behutsam sind, dass man sich eine Stunde nach dem Treffen nicht mal mehr an sie erinnert. Davon abgesehen, wollte ich alle Personen im Raum daran erinnern, dass wir immer noch von der Annahme ausgingen, dass Assad Khalil noch im Lande war. Sobald sie anfingen zu glauben, dass er fort sei, würden sie faul und nachlässig werden und den Leuten in Übersee die Arbeit überlassen. Manchmal muss man ihnen ein bisschen komisch kommen, um zu erreichen, was man will. Und darin bin ich gut.

Schließlich sagte Koenig, der ja nicht dumm war: »Danke, Mr. Corey, für diese überzeugenden Argumente. Ich glaube, die Chancen stehen eins zu eins, dass Sie Recht haben.«

Kate sah von ihrem Notizblock auf und sagte: »Ich glaube auch, Mr. Corey hat Recht.« Sie warf mir einen Blick zu, und für eine halbe Sekunde sahen wir einander in die Augen.

Hätten wir miteinander geschlafen, dann wäre ich jetzt rot geworden, doch niemand im Raum – und sie waren alle geübte Gesichtsleser – konnte auch nur ein Fünkchen postkoitaler Komplizenschaft bei uns entdecken. Mann, ich hatte gestern Abend wirklich die richtige Entscheidung getroffen. Ja? Wirklich?

Captain Stein durchbrach das Schweigen und fragte Edward Harris: »Gibt es etwas, dass Sie uns mitteilen möchten?«

Harris schüttelte den Kopf und meinte: »Ich bin erst ganz frisch auf diesen Fall angesetzt und wurde noch nicht gebrieft. Sie wissen alle mehr als ich.«

Da hatten alle gleichzeitig den gleichen Gedanken, nämlich: »Gelogen.« Aber niemand sagte etwas.

Harris meinte zu mir: »Die Dame hieß Mina.«

»Genau. Es lag mir auf der Zunge.«

So plauderten wir also noch zehn oder fünfzehn Minuten weiter, und dann sah Koenig auf seine Armbanduhr und sagte: »Zu guter Letzt hören wir jetzt Alan.«

Special Agent Alan Parker erhob sich. Er ist ziemlich klein für sein Alter, es sei denn, er ist wirklich erst dreizehn. Alan sagte: »Lassen Sie mich ganz offen sein...«

Allgemeines Aufstöhnen.

Alan schien verwirrt, dann verstand er und kicherte. Er setzte neu an: »Lassen Sie mich ... ja, erstens, die Leute in Washington, die den Informationsfluss regulieren wollten...«

Captain Stein unterbrach ihn: »Allgemein verständlich, bitte.«

»Was? Oh ... also gut ... die Leute, die das geheim halten wollten ...«

»Als da wären?«, fragte Stein.

»Tja ... einige Leute aus der Regierung.«

»Wer aus der Regierung?«

»Das weiß ich nicht. Wirklich nicht. Aber ich schätze mal, der Nationale Sicherheitsrat. Nicht das FBI.«

Captain Stein, der sich in diesen Dingen auskennt, meinte: »Der Direktor des FBI ist Mitglied des Nationalen Sicherheitsrats, Alan.«

»Wirklich? Jedenfalls hat irgendjemand beschlossen, dass es nun Zeit ist, mit einer vollständigen Offenlegung zu beginnen. Nicht alles auf einmal, aber innerhalb der nächsten 72 Stunden. Also ein Drittel unserer Erkenntnisse pro Tag, über die nächsten drei Tage verteilt.«

Captain Stein, der eine sarkastische Ader hat, erkundigte sich: »Also heute die Substantive, morgen die Verben und den Rest dann am Mittwoch?«

Alan rang sich ein Kichern ab und sagte: »Nein, ich habe eine dreiteilige Presseerklärung und werde heute den ersten Teil veröffentlichen.«

Stein sagte: »Wir wollen alle drei Teile in spätestens zehn Minuten haben. Fahren Sie fort.«

Alan sagte: »Verstehen Sie bitte, dass ich die Nachrichten nicht mache und auch nicht entscheide, welche Tatsachen publik gemacht werden. Ich befolge nur meine Anweisungen. Ich bin allerdings die Clearingstelle für Nachrichten, und deshalb wäre ich Ihnen dankbar, wenn niemand ein Interview gibt oder eine Pressekonferenz abhält, ohne sich zuvor mit meinem Büro abzusprechen.« Weiter riet er uns: »Es ist sehr wichtig, dass die Medien und die Öffentlichkeit informiert werden, aber noch wichtiger ist es, dass sie nur so viel erfahren, wie wir wollen.«

Alan sah in dieser Aussage anscheinend keinen Widerspruch, und das war unheimlich.

Alan laberte weiter über die Bedeutung von Nachrichten als weiterer Waffe in unserem Arsenal und so weiter, und ich dachte schon, er würde vorschlagen, Kate und mich als Köder einzusetzen, oder würde erwähnen, dass Gaddafi Assads Mama geknallt hatte und man das der Presse stecken sollte, aber diese Themen sprach er nicht an. Stattdessen gab er Anekdoten darüber zum Besten, wie durchgesickerte Informationen schon Leute umgebracht, Einsätze zunichte gemacht und zu allen möglichen Schwierigkeiten geführt hatten, darunter Fettleibigkeit, Impotenz und Mundgeruch.

Alan schloss mit den Worten: »Die Öffentlichkeit hat zwar ein Recht, das zu erfahren, aber wir haben nicht die Pflicht, ihr irgendwas zu erzählen.«

Er setzte sich.

Anscheinend wusste niemand so recht, ob er verstanden hatte, was Alan gesagt hatte, und um das klarzustellen, sagte Jack Koenig: »Niemand sollte mit der Presse sprechen.« Er fügte jedoch hinzu: »Heute Nachmittag findet eine gemeinsame Pressekonferenz der New Yorker Polizei und des FBI statt und anschließend eine weitere gemeinsame Pressekonferenz, an der der Gouverneur von New York, der Bürgermeister von New York City, der Polizeipräsident von New York City und weitere Persönlichkeiten teilnehmen. Irgendwann wird irgendwer irgendwie verkünden, was viele Leute bereits wissen oder ahnen, dass nämlich an Bord von Flug 175 ein internationaler Terroranschlag verübt wurde. Der Präsident und Mitglieder des Nationalen Sicherheitsrates werden das heute Abend auch im Fernsehen bekannt geben. Ein paar Tage lang werden wir die Medien damit füttern, und unsere jeweiligen Dienststellen werden viele Anrufe erhalten. Leiten Sie bitte alle an Alan weiter, der dafür bezahlt wird, mit der Presse zu sprechen.«

Koenig erinnerte uns dann noch daran, dass für Hinweise, die zur Ergreifung Assad Khalils führten, eine Belohnung von einer Million Dollar ausgesetzt war und dass Bundesmittel bereitstanden, um Informationen zu kaufen.

Wir klärten noch ein paar offene Fragen, und Jack Koenig

schloss mit den Worten: »Mir ist bewusst, dass die Amtshilfe in diesem Fall eine Herausforderung darstellt, aber wenn es je eine Gelegenheit gab, zusammenzuhalten, Informationen auszutauschen und guten Willen zu zeigen, dann ist sie jetzt gekommen. Wenn wir diesen Kerl fassen, versichere ich Ihnen, bleiben für uns alle genug Ehrungen übrig.«

Ich hörte Robert Moody, den Chef der New Yorker Kriminalpolizei, etwas murmeln wie »Aber einer ist immer der Erste« oder so.

Captain David Stein erhob sich und sagte: »Wir wollen nicht hinterher feststellen müssen, dass etwa ein Hinweis in der Bürokratie versickert ist, wie das beim Bombenanschlag auf das World Trade Center passiert ist. Denken Sie daran: Die ATTF ist die Clearingstelle für sämtliche Informationen. Und denken Sie außerdem daran, dass sämtliche Polizeidienststellen in diesem Land, in Mexiko und Kanada über diesen Kerl Bescheid wissen und jeder Hinweis hierher weitergeleitet wird. Und da Khalils Gesicht jetzt im Fernsehen zu sehen ist, können wir auf ein paar hundert Millionen Bürger zählen, die Ausschau halten. Wenn sich dieser Kerl also noch in Nordamerika aufhält, dann könnten wir Glück haben.«

Ich dachte an Police Chief Corn Pone in diesem Scheißkaff in Georgia und stellte mir vor, wie er mich anrief und sagte: »Morgen, John. Hab gehört, Ihr sucht alle diesen Araber, Khalil Soundso. Tja, John, wir ham den Burschen hier bei uns im Kittchen und halten ihn fest, bis Sie ihn holen kommen. Machen Sie schnell – der Junge isst kein Schweinefleisch und verhungert uns noch.«

Stein fragte mich: »Was ist denn so lustig, Detective?«

»Nichts, Sir. Ich war bloß gerade mit den Gedanken woanders.«

»Ach ja? Dann erzählen Sie uns doch, wo Sie mit Ihren Gedanken waren.«

»Tja ...«

»Erzählen Sie schon, Corey.«

Statt von meinem blöden Tagtraum über Police Chief Corn Pone zu erzählen, den wahrscheinlich nur ich witzig fand, tischte ich ihnen lieber einen Witz auf, der mit unserem Meeting in Zusammenhang stand. Ich sagte: »Also gut ... Die Generalbundesanwältin will herausfinden, welches die fähigste Dienststelle ist: das FBI, die CIA oder das NYPD. Klar? Sie fordert also eine Gruppe aus jeder Organisation auf, sich mit ihr außerhalb von Washington zu treffen, lässt im Wald ein Kaninchen frei und sagt zu den Jungs vom FBI: ›Finden Sie das Kaninchen.‹« Ich sah mich unter meinem Publikum um. Alle hatten sie einen neutralen Gesichtsausdruck aufgesetzt, bis auf Mike O'Leary, der gespannt lächelte.

Ich fuhr fort: »Die Jungs vom FBI gehen in den Wald, und zwei Stunden später kommen sie ohne das Kaninchen wieder, berufen aber natürlich eine große Pressekonferenz ein und sagen: ›Wir haben sämtliche Zweige und Blätter in diesem Wald von unserem Labor untersuchen lassen, haben zweihundert Zeugen befragt und daraus geschlossen, dass das Kaninchen nicht gegen Bundesgesetze verstoßen hat, und deshalb haben wir es laufen lassen.‹ Die Generalbundesanwältin sagt: ›Das ist gelogen. Sie haben das Kaninchen überhaupt nicht gefunden.‹ Dann gehen also die Jungs von der CIA in den Wald« – ich warf Mr. Harris einen Blick zu –, »und eine Stunde später kommen sie ebenfalls ohne Kaninchen wieder und sagen: ›Das FBI hat sich geirrt. Wir haben das Kaninchen gefunden, und es hat gestanden, an einer Verschwörung beteiligt zu sein. Wir haben das Kaninchen vernommen und umgedreht, und es arbeitet jetzt als Doppelagent für unsere Seite.‹ Die Generalstaatsanwältin sagt: ›Das ist gelogen. Sie haben das Kaninchen überhaupt nicht gefunden.‹ Also gehen die Jungs von der New Yorker Polizei in den Wald, und eine Viertelstunde später kommt ein Bär aus dem Wald getaumelt, und der Bär ist richtig übel verdroschen worden und reißt die Arme hoch und schreit: ›Schon gut! Ich bin ein Kaninchen! Ich bin ein Kaninchen!‹«

O'Leary, Haytham, Moody und Wydrzynski bogen sich vor Lachen. Captain Stein verkniff sich ein Lächeln. Jack Koenig lächelte nicht, und deshalb lächelte auch Alan Parker nicht. Mr. Harris wirkte ebenfalls nicht sonderlich amüsiert. Und Kate ... tja, Kate gewöhnte sich wohl allmählich an mich.

Captain Stein sagte: »Danke, Mr. Corey. Es tut mir Leid, dass ich gefragt habe.« Er beschloss das Meeting mit ein paar aufmunternden Worten: »Wenn dieser Schweinehund noch einmal im Großraum New York zuschlägt, sollten die meisten von uns sich überlegen, ob sie nicht mal bei ihrer Pensionskasse vorbeischauen. Die Sitzung ist geschlossen.«

Kapitel 37

Montagmorgen um sechs klingelte das Telefon. Assad Khalil nahm den Hörer ab, und eine Stimme sagte: »Guten Morgen.«

Khalil wollte antworten, aber die Stimme redete ununterbrochen weiter, und ihm wurde klar, dass es sich um eine aufgezeichnete Nachricht handelte. Die Stimme sagte: »Dies ist Ihr Weckruf für sechs Uhr morgens. Heute wird es etwa 25 Grad bei wolkenlosem Himmel. Im Laufe des Tages möglicherweise vorüberziehende Schauer. Wir wünschen einen angenehmen Tag und bedanken uns, dass Sie im Sheraton übernachtet haben.«

Khalil legte auf, und die Worte ›Yob vas‹ kamen ihm in den Sinn. Er verließ das Bett und nahm die beiden Glocks ins Badezimmer mit. Er rasierte sich, putzte sich die Zähne, benutzte die Toilette und duschte, frischte dann das Grau auf und scheitelte sein Haar, wobei er den an der Wand angebrachten Föhn benutzte.

Wie in Europa, dachte er, gab es hier in Amerika viele luxuriöse Annehmlichkeiten: Stimmen vom Band, weiche Matratzen, heißes Wasser direkt aus der Leitung und Zimmer ohne Insekten und Nagetiere. Eine solche Zivilisation brachte keine guten Infanteristen hervor, dachte er, und deshalb hatten die Amerikaner die Kriegsführung neu erfunden. Krieg auf Knopfdruck. Lasergesteuerte Bomben und Raketen. Eine feige Kriegsführung, mit der sie auch sein Heimatland heimgesucht hatten.

Der Mann, den er heute besuchen würde, Paul Grey, hatte dieses feige Bomben früher selbst ausgeübt und war mittlerweile Experte für ferngesteuertes Töten und ein reicher Händler des Todes. Bald würde er ein toter Händler des Todes sein.

Khalil ging ins Schlafzimmer, ließ sich gen Mekka auf dem Boden nieder und sprach seine Morgengebete. Als er die erforderlichen Gebete abgeschlossen hatte, betete er: »Möge Gott mir heute das Leben von Paul Grey und morgen das Leben von William Satherwaite schenken. Möge Gott meine Reise beschleunigen und möge er diesen Djihad mit Erfolg segnen.«

Er erhob sich, zog sich die kugelsichere Weste, frische Unterwäsche, ein frisches Hemd und seinen grauen Anzug an.

Khalil schlug das Telefonbuch von Jacksonville auf und suchte nach dem Abschnitt, den man ihm genannt hatte: FLUGZEUG-CHARTER, -VERMIETUNG UND -LEASING. Er schrieb mehrere Telefonnummern auf ein Blatt Notizpapier und steckte es ein.

Unter seiner Tür steckte ein Umschlag, in dem sich seine Rechnung und ein Zettel befanden, der ihm mitteilte, seine Zeitung liege vor der Tür. Er spähte durch den Spion, sah niemanden, entriegelte und öffnete die Tür. Auf dem Fußabtreter lag eine Zeitung. Er nahm sie, schloss die Tür wieder ab und verriegelte sie.

Khalil stand im Licht der Schreibtischlampe und starrte auf die Titelseite. Dort sprangen ihm zwei Farbfotos von ihm entgegen – en face und im Profil. Unter den Bildern stand: *Gesucht – Assad Khalil, Libyer, etwa dreißig Jahre alt, 1,80 Meter groß, spricht Englisch und Arabisch, ein wenig Französisch, Italienisch und Deutsch. Bewaffnet und gefährlich.*

Khalil nahm die Zeitung zum Badezimmerspiegel mit und hielt sie sich links neben das Gesicht. Er setzte seine Bifokalbrille auf und sah durch die obere Hälfte der Brillengläser. Er schaute zwischen den Fotos und seinem Spiegelbild hin und her. Er probierte verschiedene Gesichtsausdrücke aus, ging dann einen Schritt zurück und drehte das Gesicht, sodass er in dem schwenkbaren Wandspiegel sein Profil sehen konnte.

Er legte die Zeitung nieder, schloss die Augen und konzentrierte sich vor seinem inneren Auge auf sein Spiegelbild und die Zeitungsfotos. Der einzige Gesichtszug, der ihm auffällig vorkam, war seine dünne Hakennase mit den großen Nasenlöchern – er hatte das Boris gegenüber einmal erwähnt.

Boris hatte gesagt: »In Amerika gibt es viele unterschiedliche Rassen. In manchen Städten gibt es Amerikaner, die beispielsweise den Unterschied zwischen einem Vietnamesen und einem Kambodschaner erkennen können, oder zwischen einem Filipino und einem Mexikaner. Wenn es aber um Personen aus dem Mittelmeerraum geht, hat auch der scharfsinnigste Beobachter Schwierigkeiten. Du könntest Israeli sein, Ägypter, Sizilianer, Grieche, Sarde, Malteser, Spanier oder vielleicht sogar Libyer.« Boris, der an diesem Tag nach Wodka gestunken hatte, hatte über seinen Scherz gelacht und hinzugefügt: »Das Mittelmeer hat die antike Welt verbunden, es hat die Menschen nicht, wie heute, getrennt und vor Jesus und Muhammad gab es da viel Rumgebumse.« Boris hatte wieder gelacht und gemeint: »Friede sei mit ihnen.«

Khalil erinnerte sich ganz deutlich, dass er Boris gern auf der Stelle umgebracht hätte, wäre Malik nicht dabei gewesen. Malik hatte hinter Boris gestanden, den Kopf geschüttelt und gleichzeitig eine Schnittbewegung quer über die Gurgel angedeutet.

Boris hatte das nicht gesehen, musste es aber wohl geahnt haben, denn er hatte gesagt: »O ja, ich habe schon wieder Gott gelästert. Mögen Allah, Muhammad, Jesus und Abraham mir verzeihen. Mein einziger Gott ist der Wodka. Meine Heiligen und Propheten heißen Deutsche Mark, Schweizer Franken und US-Dollar. Mein einziger Tempel ist die Vagina einer Frau. Mein einziges Sakrament ist das Ficken. Möge Gott mir beistehen.«

Woraufhin Boris wie eine Frau in Tränen ausgebrochen war und den Raum verlassen hatte.

Bei einer anderen Gelegenheit hatte Boris zu Assad gesagt: »Gehe einen Monat lang nicht in die Sonne, bevor du nach Amerika reist. Wasch dir Gesicht und Hände mit der Bleichseife, die du bekommen wirst. Je hellhäutiger man in Amerika ist, desto besser. Und wenn du sonnengebräunt bist, sieht man die Narben in deinem Gesicht deutlicher.«

Boris hatte ihn gefragt: »Wo hast du denn die Narben her?«

Khalil hatte aufrichtig geantwortet: »Von einer Frau.«

Boris hatte gelacht und Khalil einen Klaps auf den Rücken gegeben. »Mein heiliger Freund, du bist also einer Frau nahe genug gekommen, dass sie dir das Gesicht zerkratzen konnte. Hast du sie gefickt?«

In einem seltenen Moment der Offenheit und da Malik nicht in der Nähe war, hatte Khalil erwidert: »Ja, das habe ich.«

»Hat sie dich vorher oder hinterher gekratzt?«

»Hinterher.«

Boris war vor Lachen zusammengebrochen und hatte

kaum mehr sprechen können. Schließlich hatte er gesagt: »Sie zerkratzen einem nicht jedes Mal das Gesicht, wenn man sie gefickt hat. Schau dir mein Gesicht an. Versuch's noch mal. Vielleicht läuft's beim nächsten Mal besser.«

Boris hatte immer noch gelacht, und Khalil war zu ihm gegangen und hatte ihm ins Ohr geflüstert: »Nachdem sie mich gekratzt hat, habe ich sie mit bloßen Händen erwürgt.«

Boris hatte aufgehört zu lachen und ihm in die Augen gesehen. »Bestimmt hast du das«, hatte Boris gesagt. »Bestimmt hast du das.«

Khalil schlug die Augen auf und betrachtete sich im Badezimmerspiegel des Sheraton Motor Inn. Die Narben, die Bahira hinterlassen hatte, waren nicht besonders deutlich zu sehen, und seine Hakennase war vielleicht doch kein so bestimmendes Merkmal, wenn er die Brille und den Schnurrbart trug.

Er hatte ja auch keine andere Wahl, als weiterzumachen, in dem Vertrauen darauf, dass Allah seine Feinde blenden würde und sich seine Feinde durch ihre eigene Dummheit blendeten und durch die Unfähigkeit der Amerikaner, sich länger als ein paar Sekunden auf etwas zu konzentrieren.

Khalil ging mit der Zeitung zurück zum Schreibtisch und las im Stehen die Titelgeschichte.

Mündlich war sein Englisch gut, aber lesen konnte er diese schwierige Sprache nur mit Mühe. Die lateinischen Buchstaben verwirrten ihn, die Aussprache wirkte völlig unlogisch, die Schreibung von Buchstabengruppen wie »ght« und »ough« deutete nicht darauf hin, wie sie ausgesprochen wurden, und die Sprache der Journalisten hatte mit der Alltagssprache anscheinend nichts zu tun.

Er kämpfte sich durch den Artikel und bekam so viel mit, dass die amerikanische Regierung eingestanden hatte, dass ein Terroranschlag verübt worden war. Einige Einzelheiten wurden mitgeteilt, aber nicht, dachte Khalil, die interessantesten Details und peinlichsten Tatsachen.

Auf einer ganzen Seite wurden die 307 toten Passagiere aufgelistet, und dann gab es eine separate Liste der Flugzeugcrew. In diesen Namenslisten fehlte der Passagier Yusef Haddad.

Die Namen der Menschen, die er persönlich umgebracht hatte, waren unter der Überschrift »Im Dienst getötet« aufgelistet.

Khalil sah, dass seine beiden Begleiter, die er nur als Philip und Peter kannte, die Nachnamen Hundry und Gorman trugen. Sie waren ebenfalls unter »Im Dienst getötet« aufgeführt, wie auch ein Mann und eine Frau, die als Federal Marshals bezeichnet wurden und von denen Khalil gar nicht gewusst hatte, dass sie an Bord waren.

Khalil dachte für einen Moment an seine beiden Begleiter. Sie hatten ihn höflich, ja sogar dienstbeflissen behandelt. Sie hatten dafür gesorgt, dass er sich wohl fühlte und alles bekam, was er brauchte. Sie hatten sich für die Handschellen entschuldigt und ihm angeboten, er solle sich während des Flugs die kugelsichere Weste ausziehen, was er abgelehnt hatte.

Doch bei all ihren guten Manieren hatte Khalil bei Hundry, der sich als FBI-Agent ausgewiesen hatte, eine gewisse herablassende Art bemerkt. Hundry hatte sich nicht nur herablassend, sondern hin und wieder auch verächtlich gezeigt und ein- oder zweimal Feindseligkeit durchblicken lassen.

Der andere Mann, Gorman, hatte ihm nur seinen Vornamen, Peter, genannt. Doch Khalil hatte keinen Zweifel gehabt, dass er ein Agent der CIA war. Gorman hatte sich nicht feindselig verhalten; er hatte Khalil wie einen gleichberechtigten Kollegen behandelt.

Hundry und Gorman hatten abwechselnd neben ihrem Gefangenen, bzw. ihrem Überläufer, wie sie ihn nannten, gesessen. Wenn Peter Gorman neben ihm saß, hatte Khalil die Gelegenheit genutzt, über seine Aktivitäten in Europa zu sprechen. Gorman war zunächst skeptisch, dann aber doch beeindruckt gewesen. Er hatte zu Assad Khalil gesagt: »Sie sind entweder ein fabelhafter Lügner oder ein ausgezeichneter Attentäter. Wir werden das feststellen.«

Worauf Khalil erwidert hatte: »Ich bin beides, und Sie werden nie herausfinden, was gelogen und was Tatsache ist.«

»Darauf würde ich nicht wetten«, hatte Gorman gesagt.

Dann hatten sich die beiden Agenten flüsternd ein paar Minuten lang beraten, und schließlich hatte sich Hundry neben ihn gesetzt. Hundry wollte, dass Khalil ihm das Gleiche erzählte, was er Gorman erzählt hatte, aber Assad Khalil hatte mit ihm nur über den Islam, seine Kultur und sein Land gesprochen.

Khalil musste jetzt noch lächeln über dieses Spielchen, mit dem er sich während des Fluges amüsiert hatte. Schließlich hatten es auch die beiden Agenten amüsant gefunden und hatten darüber gescherzt. Aber sie hatten eindeutig gemerkt, dass sie es mit einem Mann zu tun hatten, den man nicht herablassend behandelte.

Und als Yusef Haddad schließlich auf die Toilette gegangen war, was für Khalil das Zeichen gewesen war, darum zu bitten, ebenfalls diesen Ort aufsuchen zu dürfen, hatte Assad Khalil zu Gorman gesagt: »Der Mord an Colonel Hambrecht in England war der erste Teil meines Auftrags.«

»Was für ein Auftrag?«, hatte Gorman gefragt.

»Mein Auftrag besteht darin, die sieben überlebenden amerikanischen Piloten umzubringen, die am 15. April 1986 an dem Luftangriff auf Al Azziziyah teilgenommen haben. Meine ganze Familie ist bei diesem Angriff ums Leben gekommen.«

Gorman hatte lange geschwiegen und dann gesagt: »Das mit Ihrer Familie tut mir Leid.« Er hatte hinzugefügt: »Ich dachte, die Namen dieser Piloten wären streng geheim.«

»Natürlich sind sie das«, hatte Khalil erwidert. »Aber auch die größten Geheimnisse lassen sich lüften; es kostet nur mehr Geld.«

Da hatte Gorman etwas gesagt, das Khalil auch jetzt noch nicht los ließ. Gorman hatte gesagt: »Ich weiß auch ein Geheimnis über Sie, Mr. Khalil. Es hat mit Ihrer Mutter und Ihrem Vater zu tun. Und mit anderen privaten Themen.«

Khalil hatte sich wider besseres Wissen zu der Frage hinreißen lassen: »Und das wäre?«

»Das erfahren Sie in New York. Nachdem Sie uns erzählt haben, was wir von Ihnen wissen wollen.«

Yusef Haddad hatte die Toilette verlassen, und es war keine Zeit mehr geblieben, das weiter zu verfolgen. Khalil hatte um Erlaubnis gebeten, auf die Toilette gehen zu dürfen. Ein paar Minuten später hatte Peter Gorman sein und Khalils Geheimnis mit sich in den Tod genommen.

Khalil blätterte die Zeitung noch einmal durch, aber es stand wenig Interessantes darin, abgesehen von der Belohnung von einer Million Dollar, was er für eine geringe Summe hielt, in Anbetracht der großen Zahl von Menschen, die er bereits umgebracht hatte. Es kam fast einer Verhöhnung der Familien der Toten gleich und war für ihn auf jeden Fall eine persönliche Beleidigung.

Er warf die Zeitung in den Abfalleimer, packte seine Reisetasche, spähte noch einmal durch den Spion, machte dann die Tür auf und ging direkt zu seinem Wagen.

Er setzte sich hinein, ließ den Motor an und fuhr vom Parkplatz des Sheraton Motor Inn zurück auf den Highway.

Es war halb acht, der Himmel war wolkenlos, und es war nur wenig Verkehr.

Er fuhr zu einem Einkaufszentrum, das von einem riesigen Supermarkt mit dem Namen Winn-Dixie beherrscht wurde. Man hatte ihm in Tripolis gesagt, Münzfernsprecher befänden sich normalerweise an Tankstellen oder in der Nähe von Supermärkten und manchmal auch in Postämtern, wie es auch in Libyen und Europa der Fall war. Um Postämter musste er jedoch einen großen Bogen machen. Er sah einige Telefone an der Außenmauer des Supermarkts, in der Nähe des Eingangs, und stellte seinen Wagen auf dem beinahe leeren Parkplatz ab. Er fand Münzen in seiner Reisetasche, steckte sich eine Pistole ein, stieg aus und ging zu den Telefonen.

Er betrachtete die Telefonnummern, die er sich aufgeschrieben hatte, und wählte die erste.

Eine Frau meldete sich mit: »Alpha Aviation Services.«

Er sagte: »Ich würde gern ein Flugzeug mit Pilot mieten, um nach Daytona Beach zu fliegen.«

»Gern, Sir. Wann möchten Sie abfliegen?«

»Ich habe um halb zehn einen Termin in Daytona Beach.«

»Wo sind Sie jetzt?«

»Ich rufe vom Flughafen Jacksonville aus an.«

»Okay, dann sollten Sie so schnell wie möglich herkommen. Wir sind am Craig Municipal Airport. Wissen Sie, wo das ist?«

»Nein, aber ich nehme ein Taxi.«

»Gut. Wie viele Passagiere, Sir?«

»Nur ich.«

»Gut ... Hin und zurück?«

»Ja, mit kurzem Aufenthalt.«

»Gut ... Den genauen Preis kann ich Ihnen nicht nennen, aber hin und zurück kostet das ungefähr dreihundert Dollar, plus Wartezeit. Zuzüglich Lande- und Parkgebühren.«

»Ja, ist gut.«

»Ihr Name, Sir?«

»Demitrious Poulos.« Er buchstabierte es ihr.

»Okay, Mr. Poulos, wenn Sie zum Craig Municipal kommen, sagen Sie dem Taxifahrer, dass wir, äh, uns am Ende der Hangars an der Nordseite des Flugfelds befinden. Okay? Großes Schild. Alpha Aviation Services. Können Sie jeden fragen.«

»Danke. Einen schönen Tag noch.«

»Gleichfalls.«

Er legte auf.

Man hatte ihm in Tripolis versichert, in Amerika sei es einfacher, ein Flugzeug samt Pilot als ein Auto zu mieten. Für einen Mietwagen brauchte man eine Kreditkarte und einen Führerschein und musste ein bestimmtes Mindestalter haben. Mietete man aber ein Flugzeug mit Pilot, dann wurde man lediglich gefragt, ob man mit dem Taxi käme. Boris hatte gesagt: »Was die Amerikaner General Aviation nennen – der private Flugverkehr –, wird von der Regierung nicht so genau überwacht, wie es in Libyen und auch in meinem Land der Fall ist. Man muss sich nicht ausweisen. Ich habe das selbst oft gemacht. Bei dieser Gelegenheit ist Bargeld eher angebracht als eine Kreditkarte. Sie können die Steuern umgehen, wenn du bar bezahlst, und Barzahlungen werden nicht so peinlich genau verbucht.«

Khalil nickte. Seine Reise wurde zusehends einfacher. Er warf eine Münze ins Telefon und wählte eine Nummer, die er auswendig gelernt hatte.

Ein Mann meldete sich: »Grey Simulation Software, Paul Grey am Apparat.«

Khalil atmete tief durch und sagte: »Mr. Grey, hier ist Oberst Itzak Hurok von der israelischen Botschaft.«

»Ah, ja, ich habe schon auf Ihren Anruf gewartet.«

»Hat jemand aus Washington mit Ihnen gesprochen?«

»Ja, natürlich. Es hieß halb zehn. Wo sind Sie jetzt?«

»In Jacksonville. Ich bin eben gelandet.«

»Oh, tja, dann brauchen Sie noch zweieinhalb Stunden hierher.«

»Am Municipal Airport wartet ein Privatflugzeug auf mich, und soweit ich weiß, wohnen Sie ja an einem Flughafen.«

Paul Grey lachte und sagte: »Tja, könnte man so sagen. Es ist eine so genannte Flugplatzsiedlung. Spruce Creek, außerhalb von Daytona Beach. Hören Sie, Oberst, ich habe da eine Idee. Warum soll ich nicht nach Jacksonville fliegen und

Sie mit meinem Flugzeug abholen? Warten Sie in der Lounge auf mich. Das ist nicht mal eine Stunde Flug. Ich kann in zehn Minuten in der Luft sein. Und dann kann ich Sie rechtzeitig zurück nach Jacksonville International fliegen, damit Sie Ihren Rückflug nach Washington erwischen. Wie wäre das?«

Damit hatte Khalil nicht gerechnet, und er musste schnell überlegen. Er sagte: »Ich habe bereits einen Wagen, der mich zum Municipal Airport fährt, und meine Botschaft hat den Flug bereits bezahlt. Und ich darf sowieso keine Gefälligkeiten annehmen. Sie verstehen.«

»Klar. Das sehe ich ein. Aber wenn Sie hier sind, müssen Sie ein kühles Bier mit mir trinken.«

»Darauf freue ich mich schon.«

»Okay. Achten Sie darauf, dass der Pilot alle nötigen Informationen hat, um in Spruce Creek zu landen. Wenn es Fragen gibt, rufen Sie mich einfach vor dem Start noch mal an.«

»Mache ich.«

»Und nach der Landung rufen Sie mich vom Flugplatzgebäude aus an, dann komme ich rüber und hole Sie mit meinem Golfwagen ab. Okay?«

»Danke. Wie mein Kollege Ihnen schon gesagt hat, sollte mein Besuch diskret behandelt werden.«

»Hä? Ach, ja. Genau. Ich bin allein.«

»Gut.«

Paul Grey sagte: »Ich habe eine höllisch gute Show für Sie vorbereitet.«

Ich auch für Sie, Captain Grey. »Ich freue mich schon.«

Khalil legte auf und stieg in den Mercury. Er programmierte den Satellite Navigator für den Craig Municipal Airport und fuhr zurück auf den Highway.

Vom nördlichen Stadtrand Jacksonvilles fuhr er in östliche Richtung, hielt sich an die Anweisungen des Satellite Navigator und kam zwanzig Minuten später an der Einfahrt zum Flughafen an.

Wie man ihm in Tripolis gesagt hatte, war die Einfahrt nicht bewacht, und er fuhr einfach hindurch und folgte der Straße, die zu den Gebäuden rund um den Kontrollturm führte.

Das Sonnenlicht war grell, wie in Libyen, fand er, und das Land war flach und gesichtslos, bis auf wenige Kiefernhaine.

Die Gebäude waren größtenteils Hangars, aber es gab auch ein kleines Abfertigungsgebäude und eine Autovermietung. Er sah ein Schild mit der Aufschrift FLORIDA AIR NATIONAL GUARD, was sich militärisch anhörte und ihn leicht beunruhigte. Er hatte nicht gewusst, dass die einzelnen Bundesstaaten eigene Militärverbände unterhielten. Aber vielleicht missverstand er das Schild ja auch. Boris hatte ihm gesagt: »In Amerika ist die Bedeutung vieler Schilder schwer verständlich, auch für die Amerikaner. Wenn du ein Schild missverstehst und gegen irgendwas verstößt, dann gerate nicht in Panik, versuche nicht zu fliehen und bring niemanden um. Entschuldige dich einfach und sage, das Schild sei nicht eindeutig gewesen oder du hättest es übersehen. Sogar die Polizei wird diese Erklärung akzeptieren. Die einzigen Schilder, die die Amerikaner verstehen, wenn Sie sie sehen, sind *Sale* – Ausverkauf, *free* – gratis und *Sex*. – Ich habe mal in Arizona ein Straßenschild gesehen, auf dem stand: ›*Free Sex* – Höchstgeschwindigkeit vierzig Meilen pro Stunde.‹ Verstehst du?«

Khalil hatte es nicht verstanden, und Boris hatte es ihm erklärt.

Khalil umfuhr den Bereich, der mit AIR NATIONAL GUARD bezeichnet war, und bald sah er ein großes Schild mit der Aufschrift ALPHA AVIATION SERVICES.

Er bemerkte auch, dass auf dem Parkplatz vor der Autovermietung viele Fahrzeuge andersfarbige Nummernschilder hatten, so dass seine New Yorker Kennzeichen nicht weiter auffielen.

Er parkte den Mercury auf einer freien Fläche etwas abseits seines Ziels, nahm die Reisetasche mit der zweiten Glock und den Reservemagazinen darin, stieg aus dem Wagen, schloss ihn ab und ging zu Alpha Aviation.

Es war sehr schwül hier und der Sonnenschein sehr grell, und er sah, dass er, wie viele andere Leute hier, eine Sonnenbrille tragen konnte. Man hatte ihm in Tripolis aber auch gesagt, viele Amerikaner fänden es unhöflich, eine Sonnenbrille beim Gespräch aufzubehalten. Die Polizisten in den Südstaaten trügen hingegen oft eine Sonnenbrille, wenn sie mit einem sprachen, hatte Boris erzählt, und bei ihnen galt das angeblich nicht als Unhöflichkeit, sondern als Demonstration ihrer Macht und Männlichkeit. Khalil hatte Boris darüber ausgefragt, aber auch Boris hatte zugeben müssen, diese Feinheiten nicht zu verstehen.

Khalil sah sich auf dem Flugplatz um und schirmte dabei die Augen mit der Hand ab. Die meisten Flugzeuge, die er sah, waren kleine Propellermaschinen mit ein oder zwei Triebwerken, und dann gab es hier noch einige Düsenflugzeuge mittlerer Größe, von denen viele mit einem Firmennamen beschriftet waren.

Von einer Startbahn in der Ferne hob ein kleines Flugzeug ab, und einige Maschinen rollten langsam zu den Startbahnen. Um ihn her war viel Motorenlärm, und Kerosingeruch hing in der windstillen Luft.

Assad Khalil ging zur Glastür des Büros der Alpha Aviation Services, öffnete sie und schlenderte hinein. Ein eiskalter Luftschwall kam ihm entgegen und verschlug ihm fast den Atem.

Hinter einem langen Tresen stand eine rundliche Frau mittleren Alters an ihrem Schreibtisch und sagte: »Guten Morgen. Kann ich Ihnen helfen?«

»Ja, mein Name ist Demitrious Poulos. Ich habe angerufen.«

»Ja, Sir. Sie haben mit mir gesprochen. Wie möchten Sie gern für diesen Flug bezahlen, Sir?«

»Bar.«

»Okay, dann geben Sie mir bitte fünfhundert Dollar, und wir rechnen nach Ihrer Rückkehr ab.«

»Gern.« Khalil zählte fünfhundert Dollar ab, und die Frau gab ihm eine Quittung.

Sie sagte: »Nehmen Sie bitte Platz, Sir. Ich rufe den Piloten.«

Khalil nahm im Empfangsbereich des kleinen Büros Platz. Hier war es zwar nicht so laut wie draußen, aber viel zu kalt.

Die Frau telefonierte. Khalil sah zwei Zeitungen auf dem flachen Couchtisch vor sich. Eine war die *Florida Times-Union*, die er schon im Hotel gelesen hatte. Die andere hieß *USA Today*. Auf beiden Titelseiten waren Farbfotos von ihm abgedruckt. Er nahm die *USA Today*, las den Artikel und spähte dabei über die Zeitung hinweg zu der Frau, deren Kopf er hinter dem Tresen sehen konnte.

Er war jederzeit darauf gefasst, sie oder den Piloten oder sonst jemanden umzubringen, in dessen Blick oder Gesichtsausdruck er auch nur die leiseste Andeutung sah, dass man ihn erkannt hatte.

Der Artikel in der *USA Today* war weniger detailliert als in der anderen Zeitung und in einfacheren Worten geschrieben. Eine kleine, bunte Landkarte zeigte die Route des Trans-Continental-Flugs 175 von Paris nach New York. Khalil fragte sich, weshalb das wichtig oder nützlich sein sollte.

Ein paar Minuten später ging eine Seitentür auf, und eine schlanke Frau von Mitte zwanzig betrat das Büro. Sie trug eine beigefarbene Khakihose und ein legeres Hemd und hatte eine Sonnenbrille auf. Ihr blondes Haar war kurz, und Khalil hielt sie zunächst für einen jungen Mann, bis er seinen Fehler bemerkte. Khalil sah auch, dass sie nicht unattraktiv war.

Die Frau kam auf ihn zu und erkundigte sich: »Mr. Poulos?«

»Ja.« Khalil erhob sich, faltete die *USA Today* so zusammen, dass sein Foto nicht zu sehen war, und legte sie auf die andere Zeitung.

Die Frau nahm die Sonnenbrille ab und sah ihm in die Augen.

Sie lächelte und rettete damit ihr Leben und das der Frau hinterm Tresen. Sie sagte: »Hallo, ich bin Stacy Moll. Ich bin Ihre Pilotin.«

Khalil war für einen Moment sprachlos, nickte dann und sah, dass sie ihm die Hand entgegenstreckte. Er schüttelte ihr die Hand und hoffte, sie würde die Röte nicht bemerken, die er in seinem Gesicht aufsteigen spürte.

Sie ließ seine Hand los und fragte: »Haben Sie außer der Tasche noch Gepäck?«

»Nein. Das ist alles.«

»Okay. Müssen Sie noch aufs Klo oder so?«

»Äh ... nein ...«

»Gut. Rauchen Sie?«

»Nein.«

»Dann muss ich hier noch schnell eine durchziehen.« Sie nahm ein Päckchen Zigaretten aus ihrer Brusttasche und steckte sich mit einem Streichholzbriefchen eine an. Sie sagte: »Dauert nur eine Minute. Möchten Sie einen Schokoriegel oder so was?« Beim Reden paffte sie ihre Zigarette. »Eine Sonnenbrille? Wir haben hier welche. Ist sehr praktisch beim Fliegen.«

Khalil schaute zum Tresen und sah einen Ständer mit Sonnenbrillen. Er betrachtete sie und nahm eine, die mit 24,95 Dollar ausgepreist war. Khalil verstand die amerikanischen Preise nicht, die alle immer ein paar Cent unter dem nächsten vollen Dollar blieben. Er nahm seine Bifokalbrille ab, setzte die Sonnenbrille auf und betrachtete sich in dem kleinen Spiegel am Brillenständer. Er lächelte. »Ja, ich nehme diese hier.«

Die Frau hinterm Tresen sagte: »Geben Sie mir einfach fünfundzwanzig, und ich kümmere mich für Sie um Florida.«

Khalil hatte keine Ahnung, was sie damit meinte. Er nahm zwei Zwanzig-Dollar-Scheine aus der Brieftasche und reichte sie ihr.

Sie gab ihm das Wechselgeld und sagte: »Geben Sie mir die Sonnenbrille. Ich schneide das Preisschild ab.«

Er zögerte, sah aber keine Möglichkeit, das abzulehnen. Er nahm die Brille ab, aber sie sah ihn nicht an, als sie den Plastikfaden durchschnitt, an dem das Preisschild hing. Sie reichte ihm die Sonnenbrille zurück, und er setzte sie schnell auf und behielt dabei die ganze Zeit ihr Gesicht im Blick.

Die Pilotin sagte zu ihm: »Okay, jetzt kann's losgehen.«

Er drehte sich zu ihr um und sah, dass sie seine Reisetasche in der Hand hatte. Er sagte: »Die nehme ich.«

»Nichts da. Das ist mein Job. Der Kunde ist König. Sind Sie fertig?«

Man hatte Khalil gesagt, es müsste ein Flugplan eingereicht werden, aber die Pilotin war schon an der Tür.

Er folgte ihr zur Tür, und die Frau hinterm Tresen sagte: »Einen angenehmen Flug.«

»Danke. Einen schönen Tag noch.«

Die Pilotin hielt ihm die Tür auf, und sie gingen hinaus in die Hitze und den Sonnenschein. Mit der Sonnenbrille sah man viel besser.

Sie sagte: »Folgen Sie mir.«

Sie gingen nebeneinander zu einem kleinen Flugzeug, das in der Nähe des Büros stand.

Sie fragte: »Wo kommen Sie her? Aus Russland?«

»Aus Griechenland.«

»Ja? Ich dachte, Demitrious wäre ein russischer Name.«

»Dimitri ist russisch. Demitrious ist griechisch.«

»Sie sehen auch nicht russisch aus.«

»Nein. Poulos. Aus Athen.«

»Sind Sie nach Jacksonville geflogen?«

»Ja, zum Jacksonville International Airport.«

»Direkt aus Athen?«

»Nein. Von Athen nach Washington.«

»Klar. Hey, ist Ihnen in dem Anzug nicht zu warm? Legen Sie doch die Krawatte ab und ziehen Sie sich das Jackett aus.«

»Mir geht's gut. Wo ich herkomme, ist es viel wärmer.«

»Im Ernst?«

»Darf ich bitte meine Tasche tragen?«

»Ach, das geht schon.«

Sie kamen beim Flugzeug an, und die Frau fragte: »Brauchen Sie die Tasche, oder soll ich sie in die Passagierkabine stellen?«

»Ich brauche sie. In der Tasche sind zerbrechliche Terrakotten.«

»Bitte was?«

»Antike Vasen. Ich bin Antiquitätenhändler.«

»Echt? Na gut, dann passe ich auf, dass ich mich nicht auf die Tasche setze.« Sie lachte und stellte die Tasche vorsichtig auf dem Asphalt ab.

Khalil betrachtete das kleine blauweiße Flugzeug.

Stacy Moll sagte: »Okay, damit Sie Bescheid wissen, das ist eine Piper Cherokee. Ich nutze sie hauptsächlich für den Flugunterricht, aber ich mache damit auch Kurzstrecken-Charterflüge. Hey, stört es Sie, von einer Frau geflogen zu werden?«

»Nein. Sie sind bestimmt gut.«

»Ich bin mehr als gut. Ich bin großartig.«

Er nickte und spürte, wie er wieder rot wurde. Er fragte sich, ob es eine Möglichkeit gab, diese unverschämte Frau zu töten, ohne dabei seine künftigen Pläne zu gefährden. Malik hatte ihm gesagt: »Du wirst manchmal eher das Verlangen als die Notwendigkeit zu töten erleben. Bedenke: Der Löwe tötet nicht aus Verlangen, sondern nur aus Notwendigkeit. Bei jeder Tötung gibt es ein Risiko. Und mit jedem Risiko nimmt die Gefahr zu. Töte, wen du töten musst, aber töte nie zum Spaß oder aus Wut.«

Die Frau sagte zu ihm: »Hey, die Sonnenbrille steht Ihnen gut.«

Er nickte. »Danke.«

Sie sagte: »Die Maschine ist bereit. Ich habe sie komplett durchgecheckt. Sind Sie so weit?«

»Ja.«

»Haben Sie Angst vorm Fliegen?«

Khalil war drauf und dran, ihr zu sagen, dass er in einer Maschine mit toten Piloten nach Amerika gekommen war, doch stattdessen sagte er: »Ich fliege häufig.«

»Gut.« Sie sprang auf die rechte Tragfläche, öffnete die Tür der Piper und streckte ihm eine Hand entgegen. »Geben Sie mir die Tasche.«

Er reichte ihr die Tasche hoch, und sie stellte sie auf den Rücksitz. Dann streckte sie ihm eine Hand entgegen und sagte: »Steigen Sie mit dem linken Fuß auf die kleine Sprosse und ziehen Sie sich an dem Griff am Rumpf hoch.« Sie zeigte auf den Griff über dem hinteren Fenster. »Ich muss zuerst einsteigen. Das ist die einzige Tür. Sie kommen dann nach.« Sie stieg ins Flugzeug.

Er kletterte auf die Tragfläche, wie sie es ihm gesagt hatte, und ließ sich dann auf dem rechten Vordersitz nieder. Er drehte sich um und sah sie an. Ihre Gesichter waren nur Zentimeter voneinander entfernt, und sie lächelte ihn an. »Bequem?«

»Ja.«

Er langte hinter sich und stellte sich die schwarze Tasche auf den Schoß.

Sie legte ihren Sicherheitsgurt an und forderte ihn auf, sich anzuschnallen. Es gelang ihm, ohne die Tasche vom Schoß nehmen zu müssen.

Sie fragte: »Wollen Sie die Tasche auf dem Schoß behalten?«

»Nur bis wir in der Luft sind.«

»Möchte Sie eine Pille gegen Reisekrankheit oder so was?«

Ich muss meine Waffen griffbereit haben, bis wir sicher hier weg sind. »Die Vasen sind zerbrechlich. Darf ich Sie fragen – müssen wir nicht einen Flugplan einreichen? Oder wurde der schon eingereicht?«

Sie zeigte aus dem Fenster und sagte: »Strahlend blauer Himmel. Da brauche ich keinen Flugplan.«

Sie reichte ihm einen Kopfhörer mit einem Freisprech-Mikrofon, und er setzte ihn auf. Sie setzte ihren ebenfalls auf und sagte: »Ich rufe Demitrious. Können Sie mich hören, Demitrious?«

Er räusperte sich und sagte: »Ich höre Sie.«

»Ich Sie auch. Das ist besser, als bei dem Motorenlärm zu brüllen. Hey, darf ich Sie Demitrious nennen?«

»Ja.«

»Ich bin Stacy.«

»Ja.«

Sie setzte ihre Sonnenbrille auf und ließ den Motor an, und sie rollten zur Startbahn. Sie sagte: »Wir nehmen heute Startbahn 14. Wolkenloser Himmel ganz bis nach Daytona Beach, niemand hat von Turbulenzen berichtet, ein guter Südwind und die beste Pilotin von ganz Florida am Steuer.«

Er nickte.

Sie hielt am Anfang der Startbahn 14, beugte sich über ihn, verriegelte die Tür, führte einen Motoren-Check durch und funkte dann: »Piper 15 Whiskey, ready for take-off.«

Der Kontrollturm antwortete: »Cleared for take-off, 15 Whiskey.«

Stacey Moll beschleunigte und löste die Bremse, und sie brausten über die Startbahn. Zwanzig Sekunden später hob die Maschine ab und stieg in die Höhe.

Sie schwenkte die Piper dreißig Grad nach rechts auf einen Kurs von 170 Grad, fast direkt nach Süden, drückte dann auf ein paar Knöpfe und erläuterte Khalil: »Das ist das GPS, ein Satelliten-Navigationssystem. Wissen Sie, wie das funktioniert?«

»Ja. Ich habe so etwas in meinem Auto. In Griechenland.«

Sie lachte. »Gut. Sie sind für das GPS zuständig, Demitrious.«

»Ja?«

»War nur ein Scherz. Hey, soll ich den Mund halten, oder wollen Sie plaudern?«

Er ertappte sich dabei zu sagen: »Wir können uns gern unterhalten.«

»Gut. Aber sagen Sie mir, wenn ich zu viel rede, dann halte ich den Mund.«

Er nickte.

Sie sagte: »Flugdauer nach Daytona Beach Airport beträgt vierzig bis fünfzig Minuten. Vielleicht weniger.«

Er erwiderte: »Ich möchte nicht direkt zum Daytona Beach Airport.«

Sie warf ihm einen Blick zu und fragte: »Wo möchten Sie denn sonst hin?«

»Nach Spruce Creek. Kennen Sie das?«

»Klar. Stinkreiche Flugplatzsiedlung. Ich programmiere um.« Sie drückte ein paar Knöpfe auf ihrem Instrumentenbrett.

Er sagte: »Es tut mir Leid, wenn das durcheinander gekommen sein sollte.«

»Kein Problem. Das ist einfacher als der große Flughafen, besonders an einem so schönen Tag wie heute.«

»Gut.«

Sie lehnte sich auf ihrem Sitz zurück, überblickte die Instrumente und sagte: »84 Seemeilen, Flugdauer 41 Minuten, zu erwartender Treibstoffverbrauch neuneinhalb Gallonen. Ein Klacks.«

»Wie bitte?«

Sie sah ihn an und lachte dann. »Nein, ich meine ... das ist Umgangssprache. Ein Klacks. Das bedeutet: kein Problem.«

Er nickte.

»Ich werde so wenig Slang wie möglich reden. Wenn Sie mich nicht verstehen, sagen Sie: ›Noch mal zum Mitschreiben, Stacy.‹«

»Ja.«

»Okay, wir steigen auf 2500 Fuß und fliegen direkt östlich an der Jacksonville Naval Air Station vorbei. Die sehen Sie da unten. Schaun Sie hin. Der andere Flugplatz da westlich hieß früher Cecil Field, auch von der Marine, aber der ist stillgelegt. Sehen Sie da irgendwelche Düsenjäger? An manchen Tagen üben die da. Halten Sie mal Ausschau. So'n Düsenjäger am Arsch kann ich wirklich nicht gebrauchen. Entschuldigen Sie die Ausdrucksweise.«

Khalil schwieg.

Sie sagte: »Hey, es geht mich ja nichts an, aber was wollen Sie in Spruce Creek?«

»Ich habe da einen geschäftlichen Termin. Ein Sammler griechischer Antiquitäten.«

»Aha. Etwa eine Stunde Aufenthalt?«

»Vielleicht weniger. Aber nicht länger.«

»Lassen Sie sich so viel Zeit, wie Sie möchten. Ich habe den ganzen Tag Zeit.«

»Es dauert nicht lange.«

»Wissen Sie, wohin Sie müssen, wenn wir gelandet sind?«

»Ja, ich weiß Bescheid.«

»Waren Sie schon mal da? In Spruce Creek?«

»Nein.«

»Stinkreich. Leute mit zu viel Geld. Na ja, die haben nicht alle richtig dick Kohle, finden sich aber unheimlich toll. Verstehen Sie? Viele Ärzte, Anwälte und Geschäftsleute, die glauben, Sie könnten fliegen. Da wohnen auch viele professionelle Verkehrs- und Frachtpiloten – noch im Dienst oder im Ruhestand. Die können die großen Brummer fliegen, bringen sich aber manchmal mit den kleinen Sportmaschinen um. Entschuldigung, ich darf mit Kunden nicht über Abstürze reden.« Sie lachte wieder.

Khalil lächelte.

Sie fuhr fort: »In Spruce Creek wohnen auch ein paar Militärs im Ruhestand. Richtig üble Machotypen. Die halten sich echt für Gottes Geschenk an die Frauen. Verstehen Sie?«

»Ja.«

»Hey, der Typ, den Sie besuchen, heißt nicht zufällig Jim Marcus, oder?«

»Nein.«

»Puh! Gut. Mit dem Idioten hatte ich mal was. Früher bei der Marine, jetzt Pilot bei der US Airways. Mein Vater war Militärflieger. Hat mir gesagt, ich soll mich nie mit einem Piloten einlassen. Guter Tipp. Hey, was ist der Unterschied zwischen einer Sau und einem Piloten? Sie kommen nicht drauf? Eine Sau würde nicht die ganze Nacht aufbleiben, um's mit einem Piloten zu treiben.« Sie lachte. »Entschuldigung. Sie haben das sowieso nicht verstanden. Oder? Also, den Scheißkerl will ich nie wieder sehen. Aber jetzt genug von meinen Problemen. Da links unten – Sie können es jetzt nicht sehen, aber auf dem Rückflug können Sie es sehen – liegt St. Augustine. Die älteste stadtähnliche Siedlung Nordamerikas. Europäische Siedlung natürlich. Die Indianer waren ja zuerst da. Wir wollen doch politisch korrekt bleiben.«

Khalil fragte: »Haben ehemalige Militärpiloten in Amerika viel Geld?«

»Tja ... kommt drauf an. Die kriegen 'ne gute Pension, wenn sie lange genug gedient und einen anständigen Dienstgrad haben. Zum Beispiel so ein Colonel, das wäre ein Captain bei der Marine. Die stehen sich schon gut, wenn sie 'n bisschen was gespart haben und ihren ganzen Sold nicht immer verpulvert haben. Viele von denen arbeiten hinterher in verwandten Branchen. Verstehen Sie? Beispielsweise bei Firmen, die Teile oder Waffen für Militärflugzeuge herstellen. Die haben Beziehungen und kennen sich aus. Manche fliegen auch Firmenjets. Die hohen Tiere heuern gerne einen an, der früher beim Militär war. So 'ne Machoscheiße. Die Seilschaft der Ehemaligen. Der Generaldirektor will jemanden, der auf irgendwelche armen Schweine Bomben abgeworfen hat. Das erzählen sie dann ihren ganzen Freunden – mein Pilot ist Colonel Smith, der die Jugos in Schutt und Asche gebombt hat. Oder die Irakis. Verstehen Sie?«

»Oder die Libyer?«

»Die Libyer haben wir nicht bombardiert. Oder?«

»Doch. Vor vielen Jahren.«

»Echt? Kann ich mich nicht dran erinnern. Wir müssen damit aufhören. Das geht den Leuten auf den Sack.«

»Ja.«

Die Piper flog weiter nach Süden.

Stacy Moll sagte: »Wir sind gerade an Palatka vorbeigekommen. Wenn Sie rechts rausschauen, sehen Sie das Bombenabwurfsgelände der Marine. Sehen Sie die große Brache da unten? Wir können nicht näher ran, denn das ist Sperrgebiet. Aber Sie können die Zielgebiete sehen. Hey! Die bomben heute! Haben Sie den gesehen, wie er im Tiefflug angekommen ist und dann senkrecht hochgerissen hat? *Wow!* Das hab ich ja seit 'nem Jahr nicht mehr gesehen. Passen Sie auf diese Fliegerasse auf. Normalerweise fliegen sie hoch und werfen die Bomben von da oben ab, aber manchmal üben sie auch den Tiefflug – damit sie unter feindlichem Radar durchfliegen können. Verstehn Sie? Dann muss man aufpassen. Hey – schauen Sie! Sehen Sie das? Da kommt schon wieder einer im Tiefflug an. Wow. Sehen Sie irgendwelche anderen Maschinen?«

Assad Khalil schlug das Herz bis zum Hals. Er schloss die Augen, und in der Schwärze sah er den feuerroten Düsenstrahl des Kampfjets auf sich zukommen, die verschwommenen Umrisse des Flugzeugs, und im Hintergrund leuchtete Tripolis. Der Düsenjäger war eben mal eine Armlänge von seinem Gesicht entfernt – so kam es ihm nach all der Zeit in der Erinnerung jedenfalls vor. Der Jäger war plötzlich steil in den Himmel gestiegen, und Sekunden später hatte es vier ohrenbetäubende Explosionen gegeben und war die Welt um ihn her zerstört.

»Demitrious? Demitrious? Alles in Ordnung?«

Da merkte er, dass er die Hände vors Gesicht hielt und ihm der Schweiß ausbrach. Die Frau schüttelte ihn an der Schulter.

Er ließ die Hände sinken, atmete tief durch und sagte: »Ja, es geht mir gut.«

»Bestimmt? Wenn Sie kotzen müssen, habe ich eine Tüte.«

»Es geht mir gut. Danke.«

»Möchten Sie Wasser? Ich habe hinten Wasser.«

Er schüttelte den Kopf. »Es geht schon wieder.«

»Okay.«

Sie flogen weiter über das ländliche Florida nach Süden. Ein paar Minuten später sagte Assad Khalil: »Es geht mir schon viel besser.«

»Ja? Vielleicht sollten Sie nicht nach unten gucken. Verstehen Sie? Vertigo. Wie heißt das auf Griechisch? Vertigo.«

»Vertigo. Genau so.«

»Echt? Dann spreche ich ja Griechisch.«

Er sah sie an, und sie warf ihm einen Blick zu. Sie sagte: »War nur ein Scherz.«

»Natürlich.« *Würden Sie Griechisch sprechen, dann wüssten Sie längst, dass ich es nicht spreche.*

Sie sagte: »Links von uns – schauen Sie nicht hin – liegt Daytona Beach. Sie können die großen Hotels am Strand sehen. Nicht hinschauen. Wie geht's Ihrem Magen?«

»Mir geht es gut.«

»Gut. Wir beginnen den Sinkflug. Könnte ein bisschen holprig werden.«

Die Piper sank auf tausend Fuß, und je tiefer sie kamen, desto stärker wurden die Turbulenzen. Stacy Moll fragte: »Wie geht's uns?«

»Gut.«

»Prima. Viel holpriger wird's nicht mehr. Das sind nur ein paar bodennahe Turbulenzen.« Sie stellte an ihrem Funkgerät eine Frequenz ein und drückte dreimal auf den Sprechknopf. Eine weibliche Computerstimme sagte: »Spruce Creek Airport. Wind aus 190 Grad bei neun Knoten, Höhenmesser drei null zwei vier.«

Stacey Moll wechselte die Frequenz und funkte: »Flugleitung Spruce Creek, Piper 15 Whiskey ist jetzt zwei Meilen westlich, beginne Gegenanflug auf Landebahn 23.«

Khalil fragte: »Mit wem sprechen Sie da?«

»Ich gebe bloß den anderen Flugzeugen, die sich vielleicht in diesem Bereich aufhalten, unsere Position bekannt. Aber ich sehe niemanden, und auf dieser Frequenz meldet sich auch keiner. Also landen wir einfach.« Sie fügte hinzu: »Es gibt in Spruce Creek keinen Tower. Das liegt sechs Meilen südlich von Daytona Beach International. Ich fliege tief westlich an Daytona vorbei und weiche ihrem Radar aus, damit ich nicht mit ihnen sprechen muss. Verstehen Sie?«

Er nickte. »Es gibt also ... keine Aufzeichnungen ... über unsere Landung?«

»Nein. Warum fragen Sie?«

»In meinem Land werden alle Flugbewegungen aufgezeichnet.«

»Das ist ein privater Flugplatz.« Sie ging langsam in die Querlage und änderte den Kurs. Sie sagte: »Das ist eine abgeriegelte Siedlung. Verstehen Sie? Wenn man da hinfährt, verlangt der Nazi am Tor eine Leibesvisitation, es sei denn, einer der Anwohner bürgt für einen. Aber selbst dann wird man noch kontrolliert und ausgehorcht.«

Khalil nickte. Er wusste das, und deshalb kam er mit dem Flugzeug.

Stacy Moll fuhr fort: »Ich bin früher ab und zu mit dem Auto hergekommen und habe meinen Wunderknaben besucht, und manchmal hat der Idiot vergessen, dem Nazi zu sagen, dass ich komme. Verstehen Sie? Also, mal im Ernst:

Ich will mit ihm ins ... – er kriegt es ... jedenfalls sollte man doch meinen, dass er dran denkt, dass ich komme. Oder? Bin ich also einfach hingeflogen, wenn ich konnte. Man könnte ein Axtmörder sein und wenn man ein Flugzeug hat, kann man hier einfach so landen. Vielleicht sollten die hier 'ne Flak aufstellen. Und für die Automatenstimme braucht man dann ein Kennwort. Freund oder Feind? Und wenn man kein Kennwort hat, eröffnen sie das Feuer und pusten einen vom Himmel.« Sie lachte. »Eines Tages werde ich auf das Scheißhaus von diesem Schnösel eine Bombe abwerfen. Vielleicht genau in seinen Swimmingpool, wenn er da gerade nackt schwimmt. Mit seiner Neuesten. Männer. Gott, gehen die mir auf den Zeiger. Man kann nicht ohne sie leben, und man kann nicht mit ihnen leben. Sind Sie verheiratet?«

»Nein.«

Sie entgegnete nichts darauf, sondern sagte: »Sehen Sie den Countryclub da? Golfplatz, Tennisplätze, Privathangar gleich hinterm Haus, Swimmingpools – diese Ärsche lassen es sich gut gehen. Sehen Sie das große gelbe Haus da? Schauen Sie sich das an. Das gehört einem berühmten Filmstar, der seinen eigenen Jet fliegt. Ich wette, die alten Kameraden hier können den nicht ab, aber die Ladys bestimmt. Und sehen Sie das große weiße Haus mit dem Pool? Das gehört einem Grundstücksmagnaten aus New York, der einen eigenen zweimotorigen Citation-Jet besitzt. Hab ihn mal kennen gelernt. Netter Kerl. Er ist Jude. Die alten Kameraden können ihn vermutlich genauso wenig ab wie den Filmstar. Ich suche dieses andere Haus ... der Typ hieß ... fällt mir nicht mehr ein, aber er ist Pilot bei US Airways und hat ein paar Flieger-Romane geschrieben ... Das war ein Freund von meinem Wunderknaben. Wollte mich in einem seiner Bücher auftreten lassen. Und was hat er wohl dafür verlangt? Die Männer!«

Khalil schaute auf die vielen großen Häuser hinunter, auf die Palmen und Swimmingpools, die grünen Rasenflächen und die Flugzeuge, die neben einigen Häusern abgestellt waren. Der Mann, der seine Familie ermordet hatte, war dort unten, wartete lächelnd mit einem Bier auf ihn. Khalil konnte fast schon sein Blut schmecken.

Stacy sagte: »Okay, die nächsten paar Sekunden halten alle mal den Mund.« Die Piper senkte sich auf eine Landebahn nieder, die mit 23 beschriftet war, das Triebwerk wurde leiser, die Landebahn schien sich ihnen entgegenzuheben, und dann setzte das Flugzeug sacht auf. »Fabelhafte Landung.« Sie lachte und bremste das Flugzeug dann schnell mit den Fahrwerksbremsen ab. »Ich hatte letzte Woche eine ruppige Landung bei starkem Seitenwind und dieser Witzbold von Fluggast fragt mich: ›Sind wir gelandet oder wurden wir abgeschossen?‹« Sie lachte wieder.

Sie hielten an der mittleren Rollbahn und verließen die Landebahn.

Stacy fragte: »Wo sind Sie mit dem Typ verabredet?«

»Bei ihm zu Hause. Er wohnt an einer Rollbahn.«

»Ach ja? Der muss ja Knete haben. Wissen Sie, wo das ist?«

Khalil langte in seine schwarze Tasche und zog ein Blatt Papier mit dem Computerausdruck einer Karte hervor. Oben drüber stand ORTSPLAN FÜR BESUCHER – SPRUCE CREEK, FLORIDA.

Stacy nahm die Karte und betrachtete sie. »Okay ... Wie ist die Adresse?«

»Yankee Taxiway. Ganz am anderen Ende.«

»Das ist gleich um die Ecke bei meinem Wunderknaben. Also gut ... dann machen wir's wie ein Taxi.« Sie beugte sich über ihren Passagier, öffnete die Tür, um die Kabine zu lüften, in der es bereits heiß wurde, schaute dann auf den Ortsplan auf ihrem Schoß und fuhr mit der Piper weiter. Sie sagte: »Okay, hier sind die Wartungshangars und der Tankbereich von Spruce Creek Aviation ... hier ist der Beech Boulevard ...« Sie bog auf eine breite Betonstraße ein und sagte: »Manche dieser Pisten sind nur für Flugzeuge, manche sind nur für Autos und manche sind für Flugzeuge *und* Autos. Ich wollte mir ja schon immer mal die Piste mit dem Elektroauto von irgend so 'nem Idioten teilen – nicht wahr? Passen Sie auf die Golfwagen auf. Die Golfer sind noch dümmer als die Elektroauto-Besitzer ... Okay, das ist der Cessna Boulevard ... tolle Straßenamen haben die hier, was?« Sie bog links auf den Cessna Boulevard ab, dann gleich wieder rechts auf den Tango Taxiway, dann links auf den Tango East. Sie nahm ihre Sonnenbrille ab und sagte: »Schauen Sie sich diese Häuser an.«

Genau das tat Khalil. Zu beiden Seiten kamen sie an der Rückseite kostspieliger Häuser direkt an der Rollbahn vorbei, mit großen Privathangars, Swimmingpools und Palmen, die ihn an seine Heimat erinnerten. Er sagte: »Hier gibt es viele Palmen. In Jacksonville gibt es keine.«

»Oh, die wachsen hier nicht von Natur aus. Diese Idioten bringen die aus Südflorida mit. Verstehen Sie? Wir sind hier in Nordflorida, aber die wollen unbedingt ihre Palmen um sich haben. Wundert mich, dass sie im Garten nicht auch angekettete Flamingos halten.«

Khalil entgegnete nichts und dachte wieder an Paul Grey, dem er in wenigen Minuten begegnen würde. Dieser Mörder war tatsächlich vor seinem Tod ins Paradies eingezogen, während Assad Khalil in der Hölle gelebt hatte. Bald würde sich das umkehren.

Stacy Moll sagte: »Okay, hier ist der Mike Taxiway ...« Sie bog mit der Piper nach rechts auf eine schmale Asphaltpiste ein.

Die Tore einiger Hangars standen offen, und Khalil sah viele unterschiedliche Flugzeuge darin: kleine, einmotorige Maschinen, wie die, in der er saß, merkwürdige Flugzeuge, bei denen zwei Tragflächen übereinander angebracht waren, und mittelgroße Düsenmaschinen. Er fragte: »Werden diese Flugzeuge auch militärisch genutzt?«

Sie lachte. »Nein, das ist Jungs-Spielzeug. Verstehen Sie? Ich fliege, weil ich davon lebe. Und die meisten dieser Blödmänner fliegen, um überhaupt was zu tun zu haben oder um ihre Freundinnen zu beeindrucken. Hey, ich mache eine Ausbildung zur Düsenpilotin. Höllisch teuer, kriege ich aber bezahlt ... Der will, dass ich seinen Firmenjet fliege. Verstehen Sie? Manche von den hohen Tieren wollen Typen vom Militär, wie ich schon sagte, und andere wollen ... ein Spielzeug im Spielzeug. Verstehen Sie?«

»Wie bitte?«

»Wo kommen Sie doch gleich her?«

»Aus Griechenland.«

»Ja? Ich dachte, diese griechischen Millionäre ... na ja, jedenfalls, wir sind da – Yankee Taxiway.« Sie fuhr eine Rechtskurve, und die Rollbahn endete an einem Vorfeld aus Beton vor einem großen Hangar. Auf einem kleinen Schild an der Hangarmauer stand PAUL GREY.

Der Hangar stand offen, und darin sah man ein zweimotoriges Flugzeug, ein Mercedes Cabrio, eine Treppe, die zu einem Loft führte, und einen Golfwagen. Sie sagte: »Der hat ja schöne Spielsachen. Das ist eine Beech Baron, Modell 58, und die sieht noch ziemlich neu aus. Geld wie Heu. Verkaufen Sie dem was?«

»Ja. Die Vasen.«

»Sind die teuer?«

»Sehr teuer.«

»Gut. Der hat genug Knete. Äh, Geld. Hey, ist der Typ verheiratet?«

»Nein, ist er nicht.«

»Fragen Sie ihn, ob er 'ne Kopilotin braucht.« Sie lachte.

Sie schaltete den Motor der Piper ab. »Sie müssen zuerst aussteigen, es sei denn, Sie möchten, dass ich über ihren Schoß klettere.« Sie lachte. »Ganz ruhig. Ich halte Ihre Tasche.« Sie nahm ihm die Tasche vom Schoß.

Er stieg auf den rutschfesten Abschnitt der Tragfläche. Sie

reichte ihm seine Tasche, und er stellte sie auf der Tragfläche ab. Khalil sprang hinten von der Tragfläche auf die Piste. Er drehte sich um und nahm seine Tasche wieder an sich.

Stacy folgte ihm und hüpfte von der Tragfläche auf die Betonpiste, verlor dabei aber das Gleichgewicht und landete in den Armen ihres Passagiers. »Hoppla.« Sie prallte gegen Khalil und hielt sich an seiner Schulter fest. Ihm fiel die Sonnenbrille hinunter, und Assad Khalil stand Stacy Moll fast Nase an Nase gegenüber. Sie sah ihm in die Augen, und er hielt ihrem Blick stand.

Schließlich lächelte sie und sagte: »Entschuldigung.«

Khalil bückte sich, nahm seine Sonnenbrille und setzte sie wieder auf.

Sie holte die Zigaretten aus ihrer Tasche und steckte sich eine an. Sie sagte: »Ich warte da im Hangar. Da ist es schattig. Ich nehme mir aus dem Kühlschrank was zu trinken und gehe auf die Toilette. Die haben alle Toiletten und Kühlschränke in ihren Hangars. Manchmal sogar eine Küche und ein Büro. Wenn ihre Frau sie rausschmeißt, haben sie's nicht weit.« Sie lachte. »Sagen Sie Bescheid, dass ich mir eine Cola nehme. Ich lege einen Dollar hin.«

»Ja.«

Sie sagte: »Hey, mein Wunderknabe wohnt gleich um die Ecke. Vielleicht sollte ich kurz bei ihm vorbeischauen.«

»Vielleicht sollten Sie besser hier bleiben. Es wird nicht lange dauern.«

»Ja. War nur 'n Scherz. Wahrscheinlich würde ich ihm auch bloß die Bremsschläuche durchschneiden, wenn er nicht da ist.«

Khalil drehte sich zu dem Betonweg um, der zum Haus führte.

Sie rief ihm nach: »Viel Glück. Pressen Sie ihn richtig aus. Lassen Sie ihn bluten.«

Khalil sah sich zu ihr um. »Wie bitte?«

»Soll heißen: Lassen Sie ihn teuer bezahlen.«

»Ja. Ich lasse ihn bluten.«

Er ging zwischen Sträuchern hindurch und kam zu einer Glastür, die zu einem großen Swimmingpool führte, der von einer Mauer umgeben war. Er drückte die Türklinke hinunter, und die Tür war nicht abgeschlossen. Er betrat den Poolbereich, sah dort Liegestühle, eine kleine Bar und im Wasser eine Luftmatratze. Es gab eine zweite Tür, und er ging dorthin. Dahinter sah er drinnen eine große Küche. Er schaute auf seine Armbanduhr. Es war zehn nach neun.

Er drückte auf die Klingel und wartete. Vögel sangen in den Bäumen, irgendein Tier quakte, und am Himmel kreiste ein kleines Flugzeug.

Eine Minute später kam ein Mann in hellbrauner Hose und blauem Hemd an die Tür und sah ihn durch das Glas an.

Khalil lächelte.

Der Mann machte die Tür auf und fragte: »Oberst Hurok?«

»Ja. Captain Grey?«

»Ja, Sir. Einfach nur *Mister* Grey. Nennen Sie mich Paul. Kommen Sie herein.«

Assad Khalil betrat die große Küche von Mr. Paul Grey. Im Haus lief eine Klimaanlage, aber es war nicht unbehaglich kalt.

Paul Grey fragte: »Darf ich Ihnen die Tasche abnehmen?«

»Nein, danke.«

Paul Grey warf einen Blick auf die Wanduhr und sagte: »Sie sind ein bisschen zu früh, aber das macht nichts. Ich bin so weit.«

»Gut.«

»Wie sind Sie hergekommen?«

»Meine Pilotin hat die Rollbahnen genommen.«

»Oh ... Woher wussten Sie denn, welche Rollbahnen Sie nehmen müssen?«

»Mr. Grey, es gibt nur wenig, was meine Organisation

nicht über Sie weiß. Deshalb bin ich hier. Sie wurden auserwählt.«

»Okay. Hört sich gut an. Wie wär's mit einem Bier?«

»Für mich nur Mineralwasser, bitte.«

Khalil sah zu, wie Paul Grey eine Tüte Saft und eine Plastikflasche Mineralwasser aus dem Kühlschrank nahm und dann zwei Gläser aus dem Schrank holte. Paul Grey war nicht groß, aber offenbar in ausgezeichneter körperlicher Verfassung. Er hatte so braune Haut wie ein Berber, und wie bei General Waycliff war zwar sein Haar grau, aber sein Gesicht nicht alt.

Paul Grey fragte: »Wo ist denn Ihre Pilotin?«

»Sie stellt sich vor der Sonne in Ihrem Hangar unter. Sie hat gefragt, ob sie wohl auf die Toilette gehen und sich etwas zu trinken nehmen darf.«

»Klar. Kein Problem. Eine Pilotin haben sie?«

»Ja.«

»Vielleicht möchte sie reinkommen und sich diese Demonstration ansehen. Die ist wirklich beeindruckend.«

»Nein. Wie ich schon sagte, wir müssen diskret sein.«

»Natürlich. Entschuldigung.«

Khalil fügte hinzu: »Ich habe ihr erzählt, ich wäre ein Grieche, der Ihnen antike Vasen verkauft.« Er hob seine schwarze Tasche an und lächelte.

Paul Grey erwiderte das Lächeln und sagte: »Gute Tarnung. Sie könnten wohl auch als Grieche durchgehen.«

»Warum auch nicht?«

Grey reichte Khalil ein Glas Mineralwasser.

Khalil sagte: »Kein Glas.« Er erläuterte: »Ich lebe koscher. Nichts für ungut, aber ich kann nichts Unkoscheres benutzen. Entschuldigen Sie.«

»Kein Problem.« Grey holte eine zweite Flasche Mineralwasser und reichte sie seinem Gast.

Khalil nahm die Flasche und sagte: »Und ich habe eine Augenkrankheit und muss diese dunkle Brille tragen.«

Grey hielt sein Glas Orangensaft empor und sagte: »Herzlich willkommen, Oberst Hurok.«

Sie stießen an und tranken. Grey sagte: »Dann kommen Sie bitte mit in meine Befehlszentrale, Oberst, damit wir anfangen können.«

Khalil folgte Grey durch das weitläufige Haus. Khalil bemerkte: »Ein sehr schönes Haus.«

»Danke. Glücklicherweise habe ich es gekauft, als die Preise gerade etwas nachgaben – ich habe nur etwa doppelt so viel dafür bezahlt, wie es wert ist.« Grey lachte.

Sie kamen in einen großen Raum, und Paul Grey schloss hinter ihnen die Schiebetür. »Hier sind wir ungestört.«

»Ist sonst niemand im Haus?«

»Nur die Putzfrau. Und die stört uns hier nicht.«

Khalil sah sich in dem großen Raum um, der offenbar eine Kombination aus Wohnzimmer und Büro war. Alles hier wirkte teuer: der flauschige Teppichboden, die Holzmöbel, die elektronischen Geräte an der Wand gegenüber. Er sah vier Computermonitore und vor jedem Monitor eine Tastatur und weitere Steuergeräte.

Paul Grey sagte: »Ich nehme Ihnen die Tasche ab.«

Khalil sagte: »Ich stelle sie ab, wo ich mein Wasser hinstelle.«

Paul Grey zeigte auf einen Couchtisch, auf dem eine Zeitung lag. Grey und Khalil stellten ihre Getränke auf dem Tisch ab, und Khalil stellte seine Tasche auf den Boden und fragte dann: »Stört es Sie, wenn ich mich ein wenig umsehe?«

»Nein, überhaupt nicht.«

Khalil ging zu einer Wand, an der Fotografien und Gemälde vieler verschiedener Flugzeuge hingen, darunter auch ein realistisches Gemälde eines Kampfjets vom Typ F-111. Khalil betrachtete es aufmerksam.

Paul Grey sagte: »Das habe ich nach einem Foto gemalt. Ich habe viele Jahre lang eine F-111 geflogen.«

»Ja, ich weiß.«

Paul Grey erwiderte nichts.

Khalil betrachtete eine Wand, an der viele Belobigungen, Empfehlungsschreiben und in einem gläsernen Schaukasten neun Orden hingen.

Grey sagte: »Die meisten dieser Orden wurden mir für meine Teilnahme am Golfkrieg verliehen. Aber das wissen Sie ja vermutlich auch.«

»Ja. Und meine Regierung weiß Ihre Hilfe für unser Land sehr zu schätzen.«

Khalil ging zu einem Regal, auf dem Bücher und Plastikmodelle diverser Flugzeuge standen. Paul Grey kam zu ihm und nahm ein Buch aus dem Regal. »Hier – das wird Ihnen gefallen. Das hat General Gideon Shaudar geschrieben. Er hat es mir signiert.«

Khalil nahm das Buch, auf dessen Umschlag ein Kampfflugzeug abgebildet war, und sah, dass es Hebräisch war.

Paul Grey sagte: »Schauen Sie sich die Widmung an.«

Assad Khalil schlug das Buch von hinten auf, da er wusste, dass hebräische, wie auch arabische Bücher hinten anfangen, und sah, dass die Widmung auf Englisch war, aber auch hebräische Passagen enthielt, die er nicht lesen konnte.

Paul Grey sagte: »Endlich mal jemand, der mir das Hebräische übersetzen kann.«

Assad Khalil starrte die hebräischen Schriftzeichen an und sagte: »Das ist eigentlich ein arabisches Sprichwort, das wir Israelis auch gern verwenden: ›Der Feind meines Feindes ist mein Freund.‹« Khalil gab Grey das Buch zurück und bemerkte: »Sehr passend.«

Paul Grey stellte das Buch weg und sagte: »Setzen wir uns doch kurz, bevor wir anfangen.« Er wies auf zwei Polstersessel neben dem Couchtisch. Khalil setzte sich, und Paul Grey nahm ihm gegenüber Platz.

Paul Grey trank seinen Orangensaft. Khalil trank aus der Wasserflasche. Grey sagte: »Verstehen Sie bitte, Oberst, dass die Software-Demonstration, die ich Ihnen gleich zeige, als Geheimsache behandelt werden sollte. Soweit ich weiß, darf ich sie dem Abgesandten einer befreundeten Regierung zeigen. Aber wenn es darum geht, sie zu erwerben, brauchen wir eine Unbedenklichkeitserklärung.«

»Das ist mir bekannt. Meine Kollegen kümmern sich bereits darum.« Er fügte hinzu: »Ich weiß die Sicherheitsmaßnahmen zu schätzen. Wir wollen ja schließlich nicht, dass diese Software in die Hände ... nun, sagen wir mal: unserer gemeinsamen Feinde gerät.« Er lächelte.

Paul Grey erwiderte das Lächeln und sagte: »Wenn Sie damit gewisse nahöstliche Nationen meinen, dann bezweifle ich, dass die überhaupt in der Lage wären, sie zu verwenden. Ehrlich gesagt, Oberst: Diese Leute sind dumm wie Brot.«

Khalil lächelte und sagte: »Man sollte einen Feind nie unterschätzen.«

»Ich gebe mir alle Mühe, aber wenn Sie im Golfkrieg in meinem Cockpit gesessen hätten – das waren vielleicht Amateure auf der anderen Seite!« Er fügte hinzu: »Das bringt mir nicht gerade viel Ehre ein, aber ich spreche ja mit einem Profi und deshalb bin ich aufrichtig.«

Khalil entgegnete: »Wie meine Kollegen Ihnen schon gesagt haben, bin ich der Luftwaffenattaché der Botschaft, habe aber leider keine Kampferfahrung mit Kampfflugzeugen. Mein Spezialgebiet ist die Ausbildung und Einsatzplanung, und deshalb kann ich Sie nicht mit heroischen Kriegsgeschichten ergötzen.«

Grey nickte.

Khalil betrachtete seinen Gastgeber für einen Moment. Er hätte ihn in jedem beliebigen Moment umbringen können, seit er die Küchentür geöffnet hatte, aber dieser Mord hätte ihm nicht viel bedeutet, wenn er nicht vorher ein wenig mit Grey gespielt hätte. Malik hatte ihm gesagt: »Alle Katzen spielen mit ihrer Beute, bevor sie sie töten. Lass dir Zeit. Genieße den Augenblick. Er kommt nicht wieder.«

Khalil wies mit einer Kopfbewegung auf die Zeitung auf dem Couchtisch und fragte: »Haben Sie gelesen, was über den Flug 175 aufgedeckt wurde?«

Grey warf einen Blick auf die Zeitung. »Ja ... Da werden ein paar Köpfe rollen. Ich meine: Wie, zum Teufel, konnte diesen libyschen Idioten das gelingen? Eine Bombe an Bord geht ja noch hin ... aber Gas? Und dann entkommt der Kerl und bringt noch eine Menge Bundesagenten um. Für mich zeigt das die Handschrift von Gaddafi.«

»Ja? Kann schon sein. Wie schade, dass ihn die Bombe, die Sie auf seine Residenz in Al Azziziyah geworfen haben, nicht getötet hat.«

Paul Grey erwiderte ein paar Sekunden lang nichts und sagte dann: »An diesem Einsatz war ich nicht beteiligt, Oberst, und wenn Ihr Nachrichtendienst davon ausgeht, dann irrt er.«

Assad Khalil hob beschwichtigend die Hand. »Nein, nein, Captain. Ich meinte nicht Sie persönlich. Ich meinte die amerikanische Luftwaffe.«

»Oh ... Verzeihung ...«

»Wenn Sie aber«, fuhr Khalil fort, »an diesem Einsatz beteiligt gewesen wären, dann würde ich Sie beglückwünschen und Ihnen im Namen des israelischen Volkes danken.«

Paul Greys Gesicht blieb ausdruckslos. Er stand auf und sagte: »Gehen wir doch rüber und schaun uns die Sache an.«

Khalil erhob sich, nahm seine Tasche und folgte Grey zur anderen Seite des Raums, wo vor zwei Monitoren zwei lederne Drehstühle standen.

Paul Grey sagte: »Zunächst demonstriere ich Ihnen die Software und benutze dabei nur Joystick und Tastatur. Dann wechseln wir auf die beiden anderen Plätze und tauchen in die virtuelle Realität ein.« Er ging zu zwei ungewöhnlich aussehenden Stühlen ohne Monitor davor. Er sagte: »Hier nutzen wir Computer-Modellierung und -Simulation, um es

Menschen zu ermöglichen, in einer künstlichen, dreidimensionalen, visuellen und anderweitig sensorischen Umgebung zu interagieren. Sind Sie damit vertraut?«

Khalil antwortete nicht.

Paul Grey zögerte kurz und fuhr dann fort: »Virtual-Reality-Programme versetzen den Anwender in eine computergenerierte Umgebung, die mittels interaktiver Geräte, die Daten senden und empfangen, Realität simuliert. Zu diesen Geräten zählen normalerweise Brillen, Helme, Datenhandschuhe, ja sogar Anzüge. Hier haben wir zwei Helme mit einem Stereo-Display für beide Augen, auf dem man bewegte Bilder einer simulierten Umgebung sehen kann. Die Illusion, man würde in diese Welt eintauchen, die Telepräsenz, wird durch Bewegungssensoren erzeugt, die die Bewegungen des Anwenders aufgreifen und den Bildschirmausschnitt entsprechend anpassen, normalerweise in Echtzeit.« Paul Grey sah seinen potenziellen Kunden an, der sich hinter seiner Sonnenbrille weder Verständnis noch Unverständnis anmerken ließ.

Paul Grey fuhr fort: »Hier sehen Sie ein von mir eingerichtetes allgemeines Kampfbombercockpit, mit Seitenruder-Pedalen, Schubhebeln, Steuerknüppel, Auslöser für den Bombenabwurf und so weiter. Da Sie keine Erfahrungen mit Kampfflugzeugen haben, sind Sie nicht in der Lage, diese Maschine zu fliegen, aber Sie können einen Bombenabwurf miterleben, indem Sie einfach den Datenhelm aufsetzen und ich fliege.«

Assad Khalil sah sich das hochgezüchtete Brimborium an und sagte dann: »Ja, wir haben bei unserer Luftwaffe ähnliche Einrichtungen.«

»Ich weiß. Aber diese neu entwickelte Software ist der bestehenden Software um Jahre voraus. Setzen wir uns doch vor die Monitore, und dann gebe ich Ihnen einen kurzen Überblick, ehe wir uns der virtuellen Realität widmen.«

Sie gingen zurück zur anderen Seite des Raums, und Paul

Grey wies auf einen der beiden ledernen Drehstühle mit einer Konsole dazwischen und jeweils einer Tastatur davor. Khalil nahm Platz.

Paul Grey, der immer noch stand, sagte: »Das sind die Sitze aus einer alten F-111, unter die ich ein Drehgestell montiert habe. Bloß um uns in die richtige Stimmung zu versetzen.«

»Nicht sehr bequem.«

»Nein, das sind sie nicht. Ich bin mal stundenlang ... – ich habe Langstreckenflüge auf diesen Sitzen absolviert. Darf ich Ihr Jackett aufhängen?«

»Nein, danke. Ich bin nicht an diese Klimaanlagen gewöhnt.«

»Aber vielleicht möchten Sie die Sonnenbrille abnehmen, wenn ich den Raum abdunkle.«

»Ja.«

Paul Grey nahm auf dem Flugzeugsitz neben Khalil Platz, nahm eine Fernbedienung von der Konsole und drückte auf zwei Knöpfe: Das Licht erlosch, und schwere schwarze Vorhänge wurden vor die großen Fenster gezogen. Khalil nahm seine Sonnenbrille ab. Sie saßen für einen Moment schweigend in der Dunkelheit und betrachteten die Lichter der elektronischen Geräte um sie her.

Der Monitor sprang an und zeigte das Cockpit und die Windschutzscheibe eines modernen Kampfflugzeugs. Paul Grey sagte: »Das ist das Cockpit einer F-16, aber für diese Simulation lassen sich auch andere Flugzeuge verwenden. Einige dieser Flugzeuge haben Sie in Ihrem Arsenal. Zunächst zeige ich Ihnen die Simulation eines Bombenabwurfs im Tiefflug. Kampfpiloten, die zehn oder fünfzehn Stunden an dieser relativ preiswerten Software üben, sind um eben diese Stunden einem Piloten voraus, der unvorbereitet eine Flugausbildung beginnt. Damit kann man pro Pilot Millionen Dollar sparen.«

Der Ausblick durch die Windschutzscheibe des simulierten Cockpits zeigte plötzlich nicht mehr blauen Himmel, sondern einen grünen Horizont. Paul Grey sagte: »Jetzt verwende ich nur diesen Joystick mit einigen zusätzlichen Tasten, und die Tastatur, aber die Software lässt sich auch mit der Steuerung der meisten modernen amerikanischen Kampfflugzeuge koppeln, die man in einen Virtual-Reality-Flugsimulator einbauen kann. Das schauen wir uns anschließend an.«

»Das ist hochinteressant.«

Paul Grey sagte: »Die vorprogrammierten Ziele sind größtenteils fiktiv – die üblichen Dinge: Brücken, Flugplätze, Flak- und Raketenstellungen – die schießen zurück!« Er lachte und fuhr fort: »Aber ich habe auch einige reale Ziele programmiert, und weitere reale Ziele lassen sich einprogrammieren, wenn es davon Luft- oder Satellitenbilder gibt.«

»Ich verstehe.«

»Gut. Zerstören wir also eine Brücke.«

Der Ausblick aus der computerisierten Windschutzscheibe wechselte von einem gestaltlosen Horizont zu vom Computer erzeugten Hügeln und Tälern, durch die sich ein Fluss schlängelte. In der Ferne und schnell näher kommend, sah man eine Brücke, die ein simulierter Konvoi von Panzern und Lastern überquerte.

Paul Grey sagte: »Passen Sie auf.« Der Horizont verschwand und machte dem blauen Himmel Platz, als der simulierte Düsenjäger steil in die Höhe stieg. Der Radarschirm des Cockpits füllte nun den rechten Bildschirm aus, und Grey sagte hastig: »Das ist es, worauf der Pilot in diesem Moment ganz genau achten würde. Sehen Sie das Radarbild der Brücke? Der Computer hat es vollständig vom Hintergrund gelöst. Sehen Sie das Fadenkreuz? Abwurf – eins, zwei, drei, vier.«

Nun zeigte der Bildschirm vor Khalil eine vergrößerte Luftansicht der simulierten Brücke mit dem simulierten Militärkonvoi darauf. Vier mächtige Explosionen brachen mit ohrenbetäubendem Lärm aus den Lautsprechern, und die Brücke und die Fahrzeuge gingen in einen Feuerball auf. Die Brücke stürzte ein, und einige Fahrzeuge stürzten in die Tiefe, dann brach die Simulation ab. Paul Grey sagte: »Mehr Blut und Zerstörungen wollte ich nicht einprogrammieren. Es soll ja nicht heißen, dass ich auf so etwas stehe.«

»Aber Spaß muss es Ihnen schon machen.«

Paul Grey erwiderte nichts.

Der Bildschirm blieb schwarz, und im Raum war es dunkel.

Beide Männer saßen eine Zeit lang in der Dunkelheit, dann sagte Grey: »Die meisten Programme zeigen keine so feinen Einzelheiten. Die meisten zeigen dem Piloten nur das Bombenziel und den angerichteten Schaden. Oberst, der Krieg macht mir wirklich keine Freude.«

»Ich wollte Sie nicht kränken.«

Die Lampen beleuchteten den Raum nun schummerig, und Paul Grey schaute zu seinem Gast hinüber. Er fragte: »Können Sie sich irgendwie ausweisen?«

»Gern. Aber wechseln wir doch erst auf die Sitze der virtuellen Realität und zerstören wir ein reales Ziel mit Frauen und Kindern. Vielleicht ... nun, haben Sie beispielsweise ein libysches Ziel? Al Azzizyah?«

Paul Grey stand auf und atmete tief durch. »Wer, zum Teufel, sind Sie?«

Assad Khalil stand ebenfalls auf, die Plastikflasche Wasser in der einen Hand, die andere Hand in der Tasche seines Jacketts. »Ich bin – sprach Gott zu Moses –, der ich bin. Ich bin, der ich bin. Was für eine bemerkenswerte Antwort auf eine dumme Frage. Wer außer Gott hätte er denn sonst sein sollen? Aber Moses war wohl nur ängstlich, nicht dumm. Ein ängstlicher Mensch fragt: ›Wer bist du?‹, wenn er eigentlich zwei unterschiedliche Dinge sagen möchte: Hoffentlich bist du der, für den ich dich halte, oder: Hoffentlich bist du nicht der, für den ich dich halte. Was meinen Sie denn, wer ich bin, wenn ich nicht Oberst Itzak Hurok von der israelischen Botschaft bin?«

Paul Grey antwortete nicht.

»Ich gebe Ihnen einen Tipp. Schauen Sie mich ohne die Sonnenbrille an. Und jetzt denken Sie sich den Schnurrbart weg. Wer bin ich?«

Paul Grey schüttelte den Kopf.

»Stellen Sie sich nicht dumm, Captain. Sie wissen, wer ich bin.«

Wieder schüttelte Paul Grey den Kopf, wich nun aber einen Schritt von seinem Besucher zurück und schaute auf dessen Hand in der Tasche. Assad Khalil sagte: »Unsere Lebenspfade haben sich schon einmal gekreuzt, am 15. April 1986. Sie waren Lieutenant und flogen ein F-111-Kampfflugzeug mit dem Rufzeichen Elton 38 vom Luftwaffenstützpunkt Lakenheath. Ich war ein sechzehnjähriger Junge, der an einem Ort namens Al Azziziyah mit seiner Mutter, zwei Brüdern und zwei Schwestern ein schönes Leben führte. Sie alle sind in dieser Nacht umgekommen. Der bin ich also. Und was meinen Sie, weshalb ich wohl hier bin?«

Paul Grey räusperte sich und sagte: »Wenn Sie ein Militär sind, verstehen Sie den Krieg und wissen, dass Befehle befolgt werden müssen ...«

»Hören Sie doch auf. Ich bin kein Militär. Ich bin ein islamischer Freiheitskämpfer. Sie und Ihre Mordgenossen haben mich zu dem gemacht, der ich bin. Und nun bin ich aus meinem schönen Heimatland gekommen, um für die armen Märtyrer von Al Azziziyah und für ganz Libyen Vergeltung zu üben.« Khalil zog die Pistole aus der Tasche und richtete sie auf Paul Grey.

Paul Greys Blick schoss blitzschnell im Zimmer hin und her, als suchte er nach einer Fluchtmöglichkeit.

Khalil sagte: »Sehen Sie mich an, Captain Paul Grey. Sehen Sie mich an. Ich bin real. Nicht Ihre blöde, blutleere virtuelle Realität. Ich bin die Realität aus Fleisch und Blut. Ich schieße zurück.«

Paul Greys Blick kehrte zu Assad Khalil zurück.

Khalil sagte: »Ich heiße Assad Khalil, das dürfen Sie in die Hölle mitnehmen.«

»Schauen Sie, Mr. Khalil ...« Er starrte Khalil an, und seinem Blick war anzumerken, dass er ihn erkannt hatte.

Khalil sagte: »Ja, ich bin der Assad Khalil, der an Bord von Flug 175 war. Der Mann, den Ihre Regierung sucht. Sie hätten hier nach mir suchen sollen oder im Haus des verstorbenen General Waycliff und seiner verstorbenen Frau.«

»O Gott ...«

»Oder im Haus von Mr. Satherwaite, den ich als Nächsten besuchen werde, oder bei Mr. Wiggins, Mr. McCoy oder Colonel Callum. Aber es freut mich zu sehen, dass weder Sie noch die anderen zu diesem Schluss gekommen sind.«

»Woher wussten Sie ...?«

»Alle Geheimnisse sind käuflich. Ihre Landsleute in Washington haben Sie alle für Geld verraten.«

»Nein.«

»Nein? Dann war es vielleicht der verstorbene Colonel Hambrecht, Ihr Schwarmkamerad, der sie mir verkauft hat.«

»Nein ... Haben Sie ... Sie haben ...«

»Ja, ich habe ihn umgebracht. Mit einer Axt. Sie werden nicht solche körperlichen Schmerzen erleiden – nur seelische Qualen, während Sie dort stehen und über Ihre Sünden und Ihre Strafe nachdenken.«

Paul Grey entgegnete nichts.

Assad Khalil sagte: »Ihnen schlottern ja die Knie, Captain. Sie dürfen jetzt Ihre Blase entleeren, wenn Sie möchten. Das nehme ich Ihnen nicht übel.«

Paul Grey atmete tief durch und sagte: »Schauen Sie, Ihre Informationen sind falsch. Ich war nicht an diesem Einsatz beteiligt. Ich ...«

»Ach. Dann verzeihn Sie bitte. Dann gehe ich jetzt.« Er

lächelte, kippte seine Wasserflasche aus und ließ das Wasser auf den Teppichboden laufen.

Paul Grey sah das Wasser auf den Boden plätschern und schaute dann mit verwirrtem Gesichtsausdruck wieder zu Khalil hoch.

Khalil hielt die Glock dicht am Körper und hatte die Mündung durch den Flaschenhals geschoben.

Paul Grey sah den Flaschenboden auf sich gerichtet, sah dann, dass Khalil die Waffe dahinter hielt, und verstand, was das bedeutete. Er streckte in einer schützenden Geste die Hände vor. »Nein!«

Khalil schoss einmal durch die Flasche und traf Paul Grey in den Unterleib.

Grey krümmte sich, strauchelte rückwärts und sank auf die Knie. Er hielt sich mit beiden Händen den Unterleib und versuchte, den Blutfluss zu hemmen, schaute dann hinunter und sah, dass ihm das Blut zwischen den Fingern durchsickerte. Er sah zu Khalil hoch, der auf ihn zukam. »Halt ... Nicht ...«

Khalil richtete die Glock mit dem improvisierten Schalldämpfer aus und sagte: »Ich habe keine Zeit mehr für Sie. Sie sind dumm wie Brot.« Er schoss Paul Grey in die Stirn. Sein Hirn platzte aus dem Hinterkopf. Khalil wandte sich ab, ehe Paul Grey auf dem Boden aufschlug. Er sammelte die beiden Patronenhülsen ein, während er hörte, wie die Leiche auf den Teppichboden sank.

Dann ging Khalil zu einem offen stehenden Tresor, der sich zwischen den beiden Monitoren befand. Darin fand er einen Stapel Disketten, die er in seine schwarze Tasche steckte. Dann warf er die Diskette aus dem Computer aus, den Paul Grey benutzt hatte. Er sagte: »Herzlichen Dank für die Vorführung, Mr. Grey. Aber in meinem Land ist Krieg kein Videospiel.«

Er sah sich im Zimmer um und entdeckte auf dem Schreibtisch Paul Greys Terminkalender. Er war beim heutigen Tag aufgeschlagen und der Eintrag lautete: »Oberst H., 9.30 Uhr.« Er blätterte zum 15. April zurück und las: »Konferenzschaltung – Schwarm – morgens.« Er klappte den Terminkalender zu und ließ ihn auf dem Tisch liegen. *Soll sich die Polizei doch fragen, wer dieser Oberst H. war, und sollen sie doch glauben, dass dieser rätselhafte Oberst seinem Opfer militärische Geheimnisse geraubt hat.*

Assad Khalil schnippte den Rolodex durch und nahm die Karten der verbliebenen Schwarmmitglieder heraus: Callum, McCoy, Satherwaite und Wiggins. Auf jeder Karte standen Adresse und Telefonnummern sowie Notizen über Frau und Kinder.

Khalil nahm auch die Karte für General Terrance und Mrs. Gail Waycliff an sich, ehemals Washington DC, nun wohnhaft in der Hölle.

Er fand auch die Karte für Steven Cox und sah, dass sie in Rot mit I.D.G. beschriftet war, was, wie er wusste, im Dienst getötet bedeutete. Auf der Karte war der Frauenname »Linda« notiert, dann: »Verheiratet mit Charles Dwyer«, gefolgt von einer Adresse und einer Telefonnummer.

Auf der Karte für William Hambrecht stand eine Adresse in England, die durchgestrichen und durch eine Adresse in Ann Arbor, Michigan, ersetzt war, gefolgt von einem Kreuz und dem Datum, an dem Khalil ihn umgebracht hatte. Dort stand ebenfalls ein Frauenname, »Rose«, und zwei weitere weibliche und ein männlicher Name mit der Notiz »Kinder«.

Assad steckte alle diese Karten in seine Tasche, da er dachte, die Informationen eines Tages vielleicht gebrauchen zu können. Er war froh, dass Paul Grey so peinlich genau Buch führte.

Assad Khalil klemmte sich die Plastikflasche unter den Arm und hielt die Pistole in der anderen Hand. Er hängte sich die schwarze Tasche über die Schulter und öffnete die Schiebetür. Irgendwo hörte er einen Staubsauger. Er schloss die Tür hinter sich und folgte dem Geräusch.

Er entdeckte die Putzfrau im Wohnzimmer. Sie hatte ihm den Rücken zugekehrt und hörte ihn nicht, als er auf sie zuging. Der Staubsauger war sehr laut, und irgendwo spielte auch Musik, deshalb nahm er nicht die Plastikflasche und hielt ihr die Glock nah an den Hinterkopf, während sie mit dem Staubsauger über den Teppich fuhr. Jetzt hörte er, dass sie bei der Arbeit sang. Er drückte ab, und sie strauchelte nach vorn und fiel neben dem umgestürzten Staubsauger auf den Teppichboden.

Khalil steckte sich die Glock ins Jackett, packte die Flasche in seine Tasche, stellte den Staubsauger wieder hin, ohne ihn abzuschalten, und sammelte die Patronenhülse ein. Durch die Küche ging er zur Hintertür.

Er setzte seine Sonnenbrille auf und ging den Weg zurück, den er gekommen war, vorbei am Swimmingpool, hinaus aus der Umfriedung, den Pfad zwischen den Sträuchern hinab zu der Auffahrt vor dem Hangar. Er sah, dass das Flugzeug, in dem er gekommen war, nun mit der Nase zur Rollbahn stand.

Seine Pilotin sah er nicht. Er betrat schnell den Hangar. Er sah sich drinnen um, entdeckte sie dort aber auch nicht und hörte schließlich Stimmen oben aus dem Loft.

Er ging zur Treppe und bemerkte, dass die Stimmen aus einem Fernseher oder Radio kamen. Er hatte den Namen der Frau vergessen und rief hinauf: »Hallo! Hallo!«

Die Stimmen verstummten, und Stacy Moll beugte sich über die Brüstung und schaute hinunter. »Alles erledigt?«

»Alles erledigt.«

»Komme gleich.« Sie verschwand, tauchte dann auf der Treppe auf und kam hinunter in den Hangar. Sie fragte: »Bereit zum Abflug?«

»Ja. Bereit.«

Sie verließ den Hangar, und er folgte ihr. Sie sagte: »In diesem Hangar kann man vom Fußboden essen. Der Typ ist analfixiert. Oder er ist schwul. Glauben Sie, dass er schwul ist?«

»Wie bitte?«

»Na, egal.« Sie ging zur Türseite der Piper, und er folgte ihr. Sie fragte: »Hat er die Vasen gekauft?«

»Ja, das hat er.«

»Toll. Hey, ich wollte sie sehen. Hat er sie alle gekauft?«

»Ja.«

»Schade. Aber schön für Sie. Haben Sie Ihren Preis bekommen?«

»Das habe ich.«

»Prima.« Sie stieg auf die Tragfläche und nahm ihm die Tasche ab. Sie sagte: »Die ist aber nicht viel leichter.«

»Er hat mir für die Rückreise ein paar Flaschen Wasser gegeben.«

Sie machte die Tür auf, stellte die Tasche nach hinten und meinte: »Hoffentlich hat er Ihnen auch Cash gegeben.«

»Natürlich.«

Sie setzte sich auf den linken Sitz. Khalil folgte ihr, setzte sich in dem kleinen Cockpit auf den rechten Platz und schnallte sich an. Obwohl die Tür noch offen stand, war es sehr heiß im Cockpit, und Khalil spürte, wie ihm auf dem Gesicht Schweiß ausbrach.

Sie ließ den Motor an und fuhr vom Vorfeld nach rechts auf die Rollbahn. Sie setzte ihren Kopfhörer auf und wies Khalil mit einer Geste an, es ihr nachzutun.

Er wollte dieser Frau nicht mehr zuhören, tat aber, wie angewiesen. Sie sagte aus dem Kopfhörer zu ihm: »Ich habe mir eine Cola genommen und einen Dollar in den Kühlschrank gelegt. Haben Sie ihm das gesagt?«

»Ja.«

»Protokoll. Verstehen Sie? Beim Fliegen muss man sich immer ans Protokoll halten. Man kann sich ausleihen, was man braucht, ohne darum zu bitten, aber man muss einen Zettel hinterlassen. Man darf sich eine Cola oder ein Bier nehmen, aber man muss einen Dollar da lassen. Was macht dieser Grey denn so beruflich?«

»Nichts.«

»Und wo hat er das Geld her?«

»Das geht mich nichts an.«

»Ja. Mich auch nicht.«

Sie fuhren weiter bis zum Flugplatz, und als sie dort ankamen, sah Stacy Moll zum Windsack hoch und rollte dann zum Anfang der Startbahn 23. Dann beugte sie sich über Assad Khalil und schloss die Tür.

Sie gab einen Funkspruch an andere Flugzeuge durch, suchte den Himmel über sich ab und beschleunigte dann. Sie löste die Bremse, und sie rollten über die Startbahn.

Die Piper hob ab, und in fünfhundert Fuß Höhe schwenkte sie nach Norden, zurück zum Craig Municipal Airport in Jacksonville.

Die ersten paar Minuten flogen sie niedrig, dann stiegen sie. Die Piper stieg bis auf eine Reisehöhe von 3500 Fuß, bei 140 Knoten. Stacy Moll sagte: »Flugdauer nach Craig noch 38 Minuten.«

Khalil erwiderte nichts.

Sie flogen eine Zeit lang schweigend, dann fragte sie: »Wo müssen Sie anschließend hin?«

»Ich fliege am frühen Nachmittag nach Washington und dann zurück nach Athen.«

»Sind Sie nur dafür so weit gereist?«

»Ja.«

»Mannomann. Hoffentlich hat es sich gelohnt.«

»Das hat es.«

»Vielleicht sollte ich auch ins Geschäft mit griechischen Vasen einsteigen.«

»Es ist riskant.«

»Ach ja? Oh ... äh ... Dürfen die Vasen nicht ausgeführt werden?«

»Am besten sprechen Sie mit niemandem über diesen Flug. Ich habe Ihnen schon zu viel erzählt.«

»Kein Sterbenswort.«

»Wie bitte?«

»Meine Lippen sind versiegelt.«

»Ja. Gut. Ich komme in einer Woche wieder. Ich würde Ihre Dienste gern wieder in Anspruch nehmen.«

»Gern. Bleiben Sie beim nächsten Mal doch etwas länger, dann können wir noch was trinken gehen.«

»Das wäre schön.«

Sie flogen zehn Minuten lang schweigend weiter, dann sagte sie: »Beim nächsten Mal rufen Sie einfach vom Flughafen aus an. Dann holt Sie jemand ab. Dann müssen Sie kein Taxi nehmen.«

»Danke.«

»Wenn Sie wollen, kann ich Sie zurück zum Flughafen fahren.«

»Das ist sehr nett von Ihnen.«

»Mach ich doch gern.« Sie sagte: »Rufen Sie einfach ein oder zwei Tage vorher an, oder schicken Sie uns ein Fax, dann nehme ich mir Zeit für Sie. Sie können auch schon buchen, wenn wir wieder im Büro sind.«

»Das werde ich tun.«

»Gut. Hier ist meine Karte.« Sie nahm eine Visitenkarte aus ihrer Brusttasche und reichte sie ihm.

Während sie flog, plauderte Sie mit ihrem Passagier, und er gab die passenden Antworten.

Als sie in den Sinkflug übergingen, fragte er: »Haben Sie mit Ihrem Freund in Spruce Creek gesprochen?«

»Tja ... Ich habe überlegt, ob ich ihn anrufe und ihm sage, dass ich nur ein paar Ecken weiter bin. Aber dann hab ich mir gesagt: Scheiß auf den Typ. Er verdient es nicht, dass ich ihn anrufe. Eines Tages werde ich ihm im Tiefflug einen lebendigen Alligator in den Pool werfen.« Sie lachte. »Ich kenne einen Typ, der das mal bei seiner Ex-Freundin gemacht hat, aber der Alligator ist auf dem Dach gelandet und bei dem Aufprall gestorben. Alligatorenverschwendung.«

Khalil musste bei der Vorstellung lächeln.

Sie sah, dass er lächelte, und sie kicherte. »Nicht schlecht, was?«

Sie näherten sich Craig Municipal Airport, und sie bat den Tower per Funk um Landeanweisungen.

Der Tower erteilte ihr Landeerlaubnis, und fünf Minuten später waren sie über der Landebahn und ein paar Minuten darauf am Boden.

Sie fuhren über die Rollbahn zurück zu Alpha Aviation Services, und Stacy Moll stellte das Flugzeug gut fünfzehn Meter vor dem Büro ab.

Khalil nahm seine Tasche, und sie stiegen aus und gingen zu dem Gebäude. Sie fragte: »Hat Ihnen der Flug gefallen?«

»Ja, sehr.«

»Schön. Ich rede nicht immer so viel, aber ich bin gern mit Ihnen geflogen.«

»Danke. Ich bin auch gern mit Ihnen geflogen. Und Sie sind eine ausgezeichnete Pilotin.«

»Danke.«

Ehe sie im Büro anlangten, sagte er: »Wäre es gestattet, dass ich Sie bitte, Spruce Creek nicht zu erwähnen?«

Sie sah ihn an und sagte: »Klar. Kein Problem. Das ist der gleiche Preis wie nach Daytona Beach.«

»Danke.«

Sie betraten das Büro, und die Frau stand von ihrem Schreibtisch auf und kam an den Tresen. »Guter Flug?«

Khalil erwiderte: »Ja, sehr gut.«

Die Frau schaute die Papiere auf ihrem Klemmbrett durch, sah dann auf ihre Armbanduhr und notierte etwas. Sie sagte: »Okay. Das macht dann dreihundertfünfzig.« Sie zählte hundertfünfzig Dollar ab und gab sie ihm. Sie sagte: »Die Quittung über fünfhundert können Sie behalten – für die Spesen.« Sie zwinkerte ihm verschwörerisch zu.

Khalil steckte das Geld ein.

Stacy Moll sagte: »Ich fahre Mr. Poulos zurück zum Jacksonville Airport. Es sei denn, du hast noch was für mich.«

»Nein, tut mir Leid, Schätzchen.«

»Schon gut. Ich kümmere mich um die Piper, wenn ich wiederkomme.«

Die Frau sagte zu ihrem Kunden: »Danke, dass Sie mit Alpha geflogen sind. Rufen Sie uns wieder an.«

Stacy fragte Khalil: »Möchten Sie gleich für nächste Woche reservieren?«

»Ja. Der gleiche Zeitpunkt nächste Woche. Zum selben Ziel. Daytona Beach.«

Die Frau notierte sich das auf einem Zettel und sagte: »Ist gebucht.«

Khalil sagte: »Und bitte wieder mit dieser Pilotin.«

Die Frau lächelte und sagte: »Sie müssen ja der reinste Masochist sein.«

»Wie bitte?«

»Die quatscht einem doch 'n Ohr ab. Okay, bis nächste Woche dann.« Zu Stacy Moll sagte sie: »Danke, dass du Mr. Poulos noch hinbringst.«

»Mach ich gern.«

Assad Khalil und Stacy Moll gingen hinaus in den heißen Sonnenschein. Sie sagte: »Mein Wagen steht da drüben.«

Er folgte ihr zu einem kleinen Cabrio mit geschlossenem Verdeck. Sie entriegelte die Türen mit einer Fernbedienung und fragte ihn: »Geschlossen oder offen?«

»Lassen Sie es so.«

»Gut. Bleiben Sie draußen, bis ich durchgelüftet habe.« Sie stieg ein, ließ den Motor an, drehte die Klimaanlage auf, wartete eine Minute und sagte dann: »Jetzt geht's.«

Er stieg auf der Beifahrerseite ein, und sie sagte: »Schnallen Sie sich an. Das ist hier Vorschrift.«

Er legte den Sicherheitsgurt an.

Sie schloss die Tür und fuhr zum Ausgang. Sie fragte: »Wann geht denn Ihr Flug?«

»Um eins.«

»Dann haben Sie ja noch Zeit.« Sie verließ den Flugplatz

und gab Gas. Sie sagte: »Ich fahre nicht so gut wie ich fliege.«

»Etwas langsamer, bitte.«

»Gern.« Sie ging vom Gas. Sie fragte: »Stört es Sie, wenn ich rauche?«

»Überhaupt nicht.«

Sie drückte den Zigarettenanzünder rein, zog eine Zigarette aus der Tasche und fragte ihn: »Möchten Sie auch eine?«

»Nein, danke.«

»Diese Dinger bringen mich noch um.«

»Kann schon sein.«

Der Anzünder sprang heraus, und sie steckte sich die Zigarette an. Sie sagte: »In Jacksonville gibt's ein tolles griechisches Restaurant. Spiro's. Wenn Sie nächste Woche kommen, können wir da vielleicht mal hingehen.«

»Das wäre schön. Ich sorge dafür, dass ich über Nacht bleibe.«

»Ja. Was soll die Eile? Das Leben ist kurz.«

»Das ist es tatsächlich.«

»Wie heißt dieses Auberginenzeug noch? Irgendwas mit Mu. Mu-la-ka? Wie heißt das?«

»Ich weiß nicht.«

Sie sah ihn an. »Sie wissen schon. Das ist doch ein berühmtes griechisches Gericht. Mu. Irgendwas mit Mu. Auberginen, in Olivenöl gebraten und mit Ziegenkäse. Wissen Sie?«

Er erwiderte: »Es gibt viele regionale Spezialitäten, von denen ich noch nie gehört habe. Ich bin Athener.«

»Ja? Der Inhaber des Restaurants aber auch.«

»Dann erfindet er vielleicht Sachen für den amerikanischen Geschmack und denkt sich Namen dafür aus.«

Sie lachte. »Das würde mich nicht wundern. Das ist mir in Italien mal passiert. Die haben überhaupt nicht verstanden, was ich haben wollte.«

Sie fuhren auf dem halbwegs ländlichen Abschnitt eines Highways, und Khalil sagte: »Es ist mir peinlich, aber ich hätte bei Ihnen im Büro auf die Toilette gehen sollen.«

»Hä? Ach, Sie müssen pinkeln. Kein Ding. Da vorne kommt 'ne Tankstelle.«

»Vielleicht besser hier, wenn Sie nichts dagegen haben. Es ist dringend.«

»Geht klar.« Sie bog auf einen Feldweg ein und hielt. Sie sagte: »Dann machen Sie mal. Ich gucke auch nicht.«

»Danke.« Er stieg aus, ging ein paar Meter zu einem Gebüsch und urinierte. Er steckte die rechte Hand in die Tasche, ging zurück zum Wagen und blieb an der offenen Tür stehen.

Sie fragte: »Ist es jetzt besser?«

Er antwortete nicht.

»Springen Sie rein.«

Wieder sagte er nichts.

»Alles okay? Demitrious?«

Er atmete tief durch und merkte, dass er Herzklopfen hatte.

Sie stieg schnell aus dem Wagen, kam zu ihm und nahm ihn beim Arm. »Hey, geht's Ihnen nicht gut?«

Er sah sie an und sagte: »Doch ... Mir geht es gut.«

»Möchten Sie Wasser trinken? Haben Sie Wasser da in Ihrer Tasche?«

Er atmete tief ein und sagte: »Nein. Es ist schon gut.« Er rang sich ein Lächeln ab und sagte: »Bereit zum Abflug.«

Sie erwiderte das Lächeln und sagte: »Gut. Wir starten.«

Sie stiegen wieder ein und fuhren zurück auf den Highway.

Assad Khalil saß schweigend da und versuchte zu begreifen, warum er sie nicht umgebracht hatte. Er gab sich schließlich mit der Erklärung zufrieden, dass, wie Malik gesagt hatte, jede Tötung ein Risiko barg, und diese Tötung vielleicht nicht nötig war. Es gab noch einen weiteren Grund, weshalb er sie nicht umgebracht hatte, aber darüber wollte er nicht nachdenken.

Sie kamen zum Jacksonville International Airport, und sie hielt vor dem Bereich der Auslandsabflüge. »Da wären wir.«

»Danke.« Er fragte: »Ist es angemessen, dass ich Ihnen ein Trinkgeld gebe?«

»Nee. Laden Sie mich zum Essen ein.«

»Ja. Nächste Woche.« Er machte die Tür auf und stieg aus.

Sie sagte: »Einen schönen Heimflug. Wir sehen uns nächste Woche.«

»Ja.« Er nahm die schwarze Tasche aus dem Wagen und wollte schon die Tür zumachen, sagte dann aber: »Ich habe mich gern mit Ihnen unterhalten.«

»Meinen Monolog meinen Sie?« Sie lachte. »See you later, alligator.«

»Wie bitte?«

»Sie müssen sagen: ›After a while, crocodile.‹«

»Ich muss sagen ...?«

Sie lachte. »Nicht vergessen: Essen bei Spiro's. Und Sie müssen auf Griechisch bestellen.«

»Ja. Einen schönen Tag noch.« Er machte die Tür zu.

Sie ließ das Fenster herunter und sagte: »Mussaka.«

»Wie bitte?«

»Das griechische Gericht. Mussaka.«

»Ja, natürlich.«

Sie winkte und brauste davon. Er sah ihr nach, bis sie um die Ecke bog, ging dann zu einem Taxistand und nahm das erste Taxi.

Der Fahrer fragte: »Wohin?«

»Craig Municipal Airport.«

»Wird gemacht.«

Das Taxi fuhr ihn zurück zum Craig Municipal Airport, und Khalil dirigierte es zu einer Autovermietung in der Nähe seines geparkten Mercury. Er zahlte, wartete, bis das Taxi verschwunden war, und ging dann zu seinem Wagen.

Er stieg ein, ließ den Motor an und die Fenster herunter.

Assad Khalil verließ den Municipal Airport und programmierte seinen Satellite Navigator auf Moncks Corner in South Carolina. Er sagte zu sich selbst: »Jetzt werde ich Lieutenant William Satherwaite einen längst fälligen Besuch abstatten. Er erwartet mich, aber er rechnet nicht damit, dass er heute stirbt.«

Kapitel 38

Am frühen Montagnachmittag war ich, zusammen mit etwa vierzig anderen Männern und Frauen, mit meinem Kram in die Einsatzleitstelle umgezogen.

Die Leitstelle war in einer großen Kommunikationszentrale untergebracht, die mich an den Conquistador Club erinnerte. In dem Laden war richtig was los, als hätten alle Aufputschmittel eingeworfen. Telefone klingelten, Faxgeräte spuckten Papier, überall leuchteten Computermonitore und so. Ich bin mit dieser ganzen neuen Technologie nicht so richtig vertraut, und mein Verständnis von Hightech endet schon bei einer Taschenlampe, allenfalls beim Telefon. Aber mein Hirn funktioniert prima. Kate und ich hatten hinter einer kleinen, brusthohen Trennwand zwei Schreibtische gegenüber, was schon ganz nett, mir aber irgendwie auch unangenehm war.

Ich war also eingerichtet und las einen Riesenstapel Memos und Vernehmungsprotokolle und noch dazu den Müll, den ich am Tag zuvor in Washington bekommen hatte. Das entspricht nicht meiner Vorstellung von Fahndung, aber sonst konnte ich im Moment kaum etwas tun. Bei einem normalen Mordfall wäre ich jetzt draußen auf der Straße oder in der Leichenhalle gewesen, wäre dem Gerichtsmediziner oder der Spurensicherung auf die Nerven gegangen und hätte überhaupt vielen Menschen das Leben zu Qual gemacht, um in dem Fall voranzukommen.

Kate sah von der Arbeit auf und fragte mich: »Haben Sie schon das Memo über die Beerdigungen gesehen?«

»Nein.«

Sie betrachtete ein Schreiben, das sie in der Hand hielt, und las mir die Anordnungen vor. Nick Monti wurde in einer Leichenhalle in Queens aufgebahrt, und seine Bestattung mit allen Ehren sollte am Dienstag stattfinden. Phil Hundry und Peter Gorman wurden in ihre Heimatstädte außerhalb des Bundesstaates überführt. Duty Officer Meg Collins wurde in New Jersey aufgebahrt und sollte am Mittwoch beerdigt werden. Die Beerdigungen von Andy McGill und Nancy Tate waren noch nicht festgelegt – hier bremste wohl der Gerichtsmediziner.

Ich habe an fast sämtlichen Totenwachen, Beerdigungen und Gedenkgottesdiensten meiner Kollegen teilgenommen und nie die Bestattung von jemandem verpasst, der im Dienst umgebracht wurde. Doch jetzt hatte ich keine Zeit für die Toten, und ich sagte zu Kate: »Die Trauerfeiern und Beerdigungen werde ich schwänzen.«

Sie nickte und sagte nichts dazu.

Wir lasen weiter, gingen ans Telefon und nahmen ein paar Faxe entgegen. Es gelang mir, meine E-Mails abzurufen, aber außer den Comicstrips vom Montag war nichts Interessantes dabei. Wir tranken Kaffee, tauschten mit den Leuten um uns her Ideen und Theorien aus, beschäftigten uns irgendwie und warteten ab.

Wenn neue Leute in den Raum kamen, warfen sie Kate und mir Blicke zu. Als die einzigen anwesenden Augenzeugen des größten Massenmords der amerikanischen Geschichte waren wir richtige Promis. Als die einzigen lebenden Augenzeugen, sollte ich wohl sagen.

Jack Koenig betrat den Raum und kam zu uns. Er setzte

sich, sodass ihn jenseits der Trennwand niemand sehen konnte, und sagte: »Ich habe gerade ein streng geheimes Kommuniqué aus Langley erhalten: um 6.13 Uhr deutscher Zeit hat ein Mann, auf den die Beschreibung Assad Khalils zutrifft, in Frankfurt einen amerikanischen Banker erschossen. Der Attentäter ist entkommen. Vier Augenzeugen haben ihn als arabisch aussehend beschrieben, und die deutsche Polizei hat ihnen Khalils Foto gezeigt, und sie haben ihn alle identifiziert.«

Ich war, milde gesagt, fassungslos. Am Boden zerstört. Mein ganze Laufbahn war im Arsch. Ich hatte mich verrechnet und wenn so etwas passiert, muss man sich doch fragen, ob man überhaupt noch seinen Grips beisammen hat.

Ich schaute zu Kate hinüber und sah, dass sie ebenfalls schockiert war. Sie hatte wirklich daran geglaubt, dass Khalil sich noch in den USA aufhielt.

In Gedanken war ich schon dabei, den Dienst zu quittieren, und sah meine spärlich besuchte Abschiedsparty vor mir. Das war ein schlimmes Ende. Man erholt sich beruflich nicht davon, wenn man den zurzeit wichtigsten Fall der Welt in den Sand setzt. Ich stand auf und sagte zu Jack: »Tja ... das war's dann wohl ... schätze ich ...« Zum ersten Mal in meinem Leben kam ich mir wie ein Versager vor, wie ein völlig unfähiger Schwätzer, ein Idiot und Spinner.

Jack sagte leise: »Setzen Sie sich.«

»Nein. Ich hau ab. Tut mir Leid, Leute.«

Ich schnappte mein Jackett und ging hinaus in den langen Flur, mit taubem Kopf und einem Körper, der sich, wie bei einer außerkörperlichen Erfahrung, von allein fortbewegte, wie damals, als ich in dem Krankenwagen fast verblutet war.

Ich erinnere mich nicht mehr, wie ich zum Fahrstuhl gelangte, jedenfalls stand ich plötzlich da und wartete, dass die Tür aufging. Zu allem Unglück hatte ich auch noch insgesamt dreißig Dollar an die CIA verloren.

Mit einem Mal standen Kate und Jack neben mir. Jack

sagte: »Hören Sie, davon dürfen Sie niemandem ein Sterbenswörtchen erzählen!«

Ich verstand nicht, was er da sagte.

Jack Koenig fuhr fort: »Die Identifizierung ist nicht eindeutig – wie sollte sie auch? Nicht wahr? Und deshalb müssen alle weiterermitteln, als könnte Khalil noch hier sein. Verstehen Sie? Nur eine Handvoll Leute wissen von dieser Frankfurter Sache. Ich dachte, ich wäre es Ihnen schuldig, Ihnen das zu erzählen. Aber das weiß nicht mal Stein. John? Sie müssen das geheim halten.«

Ich nickte.

»Und Sie dürfen nichts tun, was einen Verdacht erregt. Mit anderen Worten: Sie können den Dienst nicht quittieren.«

»Das kann ich durchaus.«

Kate sagte: »John, das können Sie nicht machen. Das müssen Sie wenigstens noch für uns tun. Sie müssen weitermachen, als wäre nichts passiert.«

»Das kann ich nicht. Ich kann mich nicht gut verstellen. Und was soll denn das überhaupt?«

Jack sagte: »Wir wollen unsere Mitarbeiter nicht entmutigen. Schauen Sie, wir wissen nicht, ob der Mann in Frankfurt wirklich Khalil war.« Er gab sich Mühe, witzig zu sein, und meinte: »Was will Dracula denn in Deutschland?«

Ich wollte nicht an meinen blöden Dracula-Vergleich erinnert werden. Ich gab mir Mühe, einen klaren Kopf zu bekommen und vernünftig zu denken. Schließlich sagte ich: »Vielleicht war das ein Ablenkungsmanöver. Ein Doppelgänger.«

Koenig nickte. »Eben. Wir wissen es nicht.«

Der Fahrstuhl kam, die Tür ging auf, aber ich stieg nicht ein. Da erst fiel mir auf, dass Kate meinen Arm hielt.

Koenig sagte: »Ich biete Ihnen beiden die Möglichkeit, heute Abend nach Frankfurt zu fliegen und beim amerikanischen Team dort mitzuarbeiten: FBI, CIA, deutsche Polizei und deutscher Nachrichtendienst. Ich glaube, Sie sollten hinfliegen.« Er fügte hinzu: »Ich werde Sie für ein oder zwei Tage begleiten.«

Ich erwiderte nichts.

Schließlich sagte Kate: »Ich glaube, wir sollten nach Frankfurt fliegen. John?«

»Tja ... vermutlich schon ... Besser als hier zu bleiben ...«

Koenig sah auf seine Armbanduhr und sagte: »Um zehn nach acht startet am JFK eine Lufthansa-Maschine nach Frankfurt. Ankunft morgen früh. Ted holt uns am ...«

»Nash? Nash ist da? Ich dachte, der wäre in Paris.«

»War er wohl auch. Aber jetzt ist er unterwegs nach Frankfurt.«

Ich nickte. Irgendwas war da faul.

Koenig sagte: »Okay, packen wir hier zusammen und treffen uns spätestens um sieben am JFK, Lufthansa, Abflug 20.10 Uhr nach Frankfurt. Tickets werden hinterlegt. Packen Sie für einen längeren Aufenthalt.« Er machte kehrt und ging zurück in die Leitstelle.

Kate stand eine Weile da und sagte dann: »John, mir gefällt Ihr Optimismus. Sie lassen sich nicht unterkriegen. Sie fassen Probleme als Herausforderungen auf und nicht als ...«

»Sie brauchen mich nicht aufzumuntern.«

»Gut.«

Wir gingen zurück in die Leitstelle. Kate sagte: »Ist doch nett von Jack, uns nach Frankfurt zu schicken. Waren Sie schon mal in Frankfurt?«

»Nein.«

»Ich war schon ein paar Mal da.« Sie fügte hinzu: »Wenn wir Spuren verfolgen müssen, könnte uns diese Reise quer durch Europa führen. Können Sie ohne große Umstände kurzfristig verreisen?«

Diese Frage enthielt offenbar andere, verborgene Fragen, aber ich antwortete einfach: »Kein Problem.«

Wir kamen in die Leitstelle und gingen an unsere Schreibtische. Ich packte ein paar Papiere in meinen Aktenkoffer und warf den ganzen anderen Müll in die Schreibtischschubladen. Ich wollte Beth Penrose anrufen, hielt es aber für besser, das von zu Hause aus zu tun.

Kate war an ihrem Schreibtisch fertig und sagte: »Ich gehe jetzt nach Hause und packe. Gehen Sie auch?«

»Nein ... Ich brauche bloß fünf Minuten zum Packen. Wir treffen uns am JFK.«

»Bis später.« Sie ging, machte dann noch einmal kehrt und flüsterte mir ins Ohr: »Wenn Khalil hier ist, hatten Sie Recht. Und wenn er in Europa ist, sind Sie auch dort. Klar?«

Einige Leute sahen zu uns hinüber. Ich sagte: »Danke.«

Sie ging.

Ich saß an meinem Schreibtisch, dachte über diese neue Wendung der Ereignisse nach und versuchte zu wittern, was hier faul war. Auch wenn Khalil das Land verlassen hatte – warum war er dann in Europa und wie war er dorthin gelangt? So ein Typ würde doch eher nach Hause fliegen und sich belobigen lassen. Und einen langweiligen Banker umzunieten, war nicht eben ein toller zweiter Akt nach dem, was er schon getan hatte. Und doch ... Mir rauchte wirklich die Birne. Man trickst sich schon mal selber aus, wenn man schlauer ist als einem gut tut.

So ein Gehirn ist doch wirklich was Bemerkenswertes. Es ist das einzige kognitive Organ des menschlichen Körpers – beim Mann kommt nur noch der Penis hinzu. Da saß ich also und schaltete mein Gehirn auf Schnellgang. Mein zweites Kontrollorgan meinte: »Flieg mit Kate nach Europa und leg sie da flach. In New York gibt es nichts für dich zu tun, John.« Doch die höheren Gefilde meines Intellekts meinten: »Hier will dich jemand loswerden.« Ich war nicht unbedingt der Ansicht, dass mich jemand nach Übersee verfrachten wollte, um mich dort abknallen zu lassen. Aber vielleicht wollte mich jemand vom Mittelpunkt des Geschehens fern halten. Vielleicht war diese Khalil-Geschichte in Frankfurt ein Fake, inszeniert entweder von den Libyern oder von der

CIA. Es ist wirklich nervig, nicht zu wissen, was echt und was erfunden ist und wer die Freunde und wer die Feinde sind – wie bei Ted Nash zum Beispiel.

Manchmal beneide ich Leute, deren geistige Fähigkeiten nachlassen. Wie meinen Onkel Bertie, der senil ist. Der kann sich selbst die Ostereier verstecken.

Aber ich war noch nicht so weit wie Onkel Bertie. Ich hatte noch zu viele Synapsen, die Neurotransmitter austauschten, und die Drähte glühten nur so vor Informationen, Theorien, Möglichkeiten und Vermutungen.

Ich stand auf, um zu gehen, setzte mich dann wieder und stand wieder auf. Das sah seltsam aus und deshalb ging ich mit meinem Aktenkoffer zur Tür, fest entschlossen, mich zu entscheiden, ehe ich zum Flughafen fuhr. In diesem Moment tendierte ich eher in Richtung Frankfurt.

Als ich zum Aufzug ging, kam Gabriel Haythem auf mich zu. Er sah mich und winkte mich herbei. Ich ging zu ihm, und er sagte mit leiser Stimme: »Ich habe da, glaube ich, was Interessantes für dich.«

»Soll heißen?«

»Ich habe da jemanden im Verhörraum, einen Libyer, und er hat sich an eines unserer Überwachungsteams gewandt.«

»Also ein Informant?«

»Ja. So was in der Richtung. Er ist nicht vorbestraft und kein V-Mann oder so was. Ein ganz normaler Moslem. Heißt Fadi Aswad.«

»Wieso hören sich eure Namen eigentlich immer an wie die Mannschaftsaufstellung der Knicks?«

Gabriel lachte. »Hey, dann schau dir mal die Chinatown Task Force an. Bei denen hören sich die Namen an wie das Rattern in einem Flipper. Also: Dieser Aswad ist Taxifahrer und hat einen Schwager, ebenfalls Libyer, namens Gamal Jabbar. Jabbar fährt auch Taxi. Wir Araber fahren ja alle Taxi, nicht wahr?«

»Eben.«

»Samstagmorgen ruft Gamal Jabbar also seinen Schwager Fadi Aswad an und erzählt ihm, er würde den ganzen Tag unterwegs sein, hätte einen besonderen Fahrgast am JFK abzuholen und sei gar nicht froh über diese Fahrt.«

»Ich bin ganz Ohr.«

»Gamal sagt auch, wenn es spät würde, solle Fadi seine Frau, also Fadis Schwester, anrufen und ihr sagen, dass alles in Ordnung wäre.«

»Und?«

»Na, dazu muss man die Araber verstehen.«

»Ich gebe mir alle Mühe.«

»Was Gamal seinem Schwager damit eigentlich sagen wollte ...«

»Ja, jetzt hab ich's. Dass es vielleicht mehr als nur ein bisschen spät werden könnte.«

»Genau. Nämlich: Vielleicht komme ich dabei um.«

»Und wo ist Gamal?«

»Tot. Das weiß Fadi bloß noch nicht. Ich hatte gerade die Mordkommission am Rohr. Die Polizei von Perth Amboy hat heute Morgen einen Anruf von einem Pendler gekriegt, der um halb sieben, bei Sonnenaufgang, an einem Park-&-Ride-Parkplatz war und da ein gelbes Taxi mit New Yorker Kennzeichen gesehen hat. Er findet das merkwürdig, und auf dem Weg zur Bushaltestelle schaut er rein und sieht auf dem Boden vor dem Fahrersitz einen zusammengesunkenen Mann. Die Türen sind verschlossen. Er nimmt sein Handy und ruft die Polizei.«

Ich sagte: »Dann wollen wir uns mal mit Fadi unterhalten.«

»Gern. Aber ich hab ihn schon ausgequetscht. Auf Arabisch.«

»Dann versuche ich es mal auf Englisch.«

Wir gingen den Flur entlang, und ich fragte Gabe: »Wieso kommst du damit zu mir?«

»Wieso nicht? Du musst mal punkten.« Er fügte hinzu: »Scheiß aufs FBI.«

»Das kannst du laut sagen.«

Wir blieben vor der Tür des Verhörzimmers stehen. Gabe sagte: »Ich habe telefonisch einen vorläufigen Bericht der Spurensicherung bekommen. Dieser Gamal wurde mit einem einzigen Schuss getötet, der durch die Rückseite seines Sitzes abgefeuert wurde. Die Kugel hat das Rückgrat durchschlagen, seine rechte Herzkammer zerfetzt und ist dann ins Armaturenbrett eingeschlagen.«

»Kaliber vierzig?«

»Genau. Die Kugel ist verformt, aber auf jeden Fall eine Vierziger. Der Mann ist seit dem späten Samstagnachmittag oder frühen Abend tot.«

»Hat jemand in seinem Mautpass nachgesehen?«

»Ja, aber auf seinem Konto sind für den Samstag keine Mautgebühren eingetragen. Gamal hat in Brooklyn gewohnt, ist offenbar zum JFK gefahren und dann schließlich in New Jersey gelandet. Da kommt man nicht hin, ohne Maut zu zahlen, also hat er wahrscheinlich bar bezahlt, und sein Fahrgast hat sich vielleicht eine Zeitung vors Gesicht gehalten oder so. Die Fahrtroute können wir nicht rekonstruieren, aber der Kilometerstand auf dem Tacho reicht für eine Fahrt vom JFK bis da, wo wir ihn und sein Taxi gefunden haben. Wir haben den Typ noch nicht eindeutig identifiziert, aber das Foto auf seiner Taxizulassung sieht dem Verstorbenen ähnlich.«

»Sonst noch was?«

»Das sind alle wichtigen Informationen.«

Ich öffnete die Tür, und wir betraten ein kleines Verhörzimmer. An einem Tisch saß Fadi Aswad, bekleidet mit Jeans, Turnschuhen und einem grünen Sweatshirt. Er paffte eine Zigarette, der Aschenbecher quoll über, und die Luft im Zimmer war zum Schneiden dick. Nach den Richtlinien der Bundesbehörden ist das hier natürlich ein Nichtrauchergebäude, aber als Zeuge oder Verdächtiger eines Schwerverbrechens darf man rauchen.

Es war noch jemand von der ATTF/NYPD im Zimmer, der aufpasste, dass sich der Zeuge nicht schneller als durch Rauchen umbrachte, und dafür sorgte, dass er nicht entwischte und einfach aus dem Gebäude spazierte, wie das schon mal vorgekommen war.

Fadi erhob sich, sobald er Gabriel Haytham sah, und das gefiel mir. Ich muss meine Zeugen und Verdächtigen auch dazu bringen aufzustehen, wenn ich das Zimmer betrete.

Der ATTF-Typ ging, und Gabriel stellte mich unserem Starzeugen vor: »Fadi, das ist Colonel John.«

Colonel? Da musste ich mich bei der Sergeant-Prüfung aber wacker geschlagen haben.

Fadi deutete eine Verbeugung an, sagte aber nichts.

Ich bat alle, Platz zu nehmen, und wir setzten uns. Ich legte meinen Aktenkoffer auf den Tisch, so dass Fadi ihn sah. Drittweltler setzen Aktenkoffer aus irgendwelchen Gründen mit Macht gleich.

Fadi war ein freiwilliger Zeuge und musste daher gut behandelt werden. Seine Nase schien nicht gebrochen, und in seinem Gesicht waren keine Schrammen zu sehen. War nur 'n Scherz. Ich wusste bloß, dass Gabe gelegentlich hart zulangen konnte.

Gabe nahm Fadis Zigarettenpäckchen und bot mir eine an. Es waren Camels, was ich irgendwie witzig fand. Sie wissen schon: Kamele und Araber. Ich nahm also eine Zigarette, und Gabe nahm auch eine. Wir steckten sie uns mit Fadis Feuerzeug an, aber ich habe nicht inhaliert. Ehrlich. Ich habe nicht inhaliert.

Auf dem Tisch stand ein Kassettenrekorder, und Gabe startete ihn und sagte zu Fadi: »Erzähl dem Colonel, was du mir erzählt hast.«

Fadi wirkte beflissen, aber auch völlig verängstigt. Man hat so gut wie nie freiwillige Informanten aus arabischen Kreisen, es sei denn, sie wollen jemanden reinlegen, es ist eine Belohnung ausgesetzt, oder es handelt sich um einen

Agent provocateur, um mal einen französischen und CIA-Ausdruck zu gebrauchen. Der Typ, über den er uns was erzählen wollte, Gamal Jabbar, war aber tot und insofern war die Sache teilweise schon geklärt, ohne dass er es wusste.

Fadis Englisch war ganz in Ordnung, nur ein paar Mal verstand er mich nicht. Hin und wieder verfiel er ins Arabische, wandte sich dann an Gabe und der dolmetschte.

Schließlich war er mit seiner Geschichte fertig und steckte sich an der Glut der einen die nächste Zigarette an.

Wir saßen eine geschlagene Minute lang da und ließen ihn ein wenig schwitzen. Und er schwitzte tatsächlich.

Ich beugte mich vor und fragte ganz gemächlich: »Wieso erzählen Sie uns das?«

Er atmete tief ein und sog dabei den halben Rauch im Zimmer auf. Er antwortete: »Ich mache mir Sorgen um den Mann meiner Schwester.«

»Ist Gamal schon mal verschwunden?«

»Nein. Das ist nicht seine Art.«

Ich setzte das Verhör fort und stellte abwechselnd einfache und heikle Fragen.

Ich bin bei einem Verhör gern ganz offen. Das spart Zeit und lässt die Zeugen oder Verdächtigen nicht zur Ruhe kommen. Aber ich wusste aus meiner kurzen Fachausbildung und aus Erfahrung, dass Orientalen Meister darin sind, um den heißen Brei herumzureden, sich weitschweifig über etwas auszulassen, eine Frage mit einer Gegenfrage zu beantworten, sich in scheinbar endlosen theoretischen Diskussionen zu ergehen und so weiter. Vielleicht prügelt die Polizei in manchen dieser Länder deshalb alles aus ihnen heraus. Aber ich spielte mit, und wir redeten eine halbe Stunde lang netten, belanglosen Kram und fragten uns beide, was in aller Welt Gamal Jabbar widerfahren sein mochte.

Gabe schien mein kulturelles Feingefühl zu gefallen, aber allmählich wurde selbst er ein wenig ungeduldig.

Es lief hier darauf hinaus, dass wir tatsächlich eine richtige Spur hatten. Man weiß eigentlich immer, dass schon irgendwas rauskommen wird, ist dann aber jedes Mal überrascht, wenn es tatsächlich so kommt.

Ich hatte den starken Verdacht, dass Gamal Jabbar Assad Khalil am JFK abgeholt, zu dem Park-&-Ride in Perth Amboy, New Jersey, gefahren hatte und dann für seine Mühe mit einem Schuss in den Rücken belohnt worden war. Meine beiden Hauptfragen lauteten: *Wo* war Khalil anschließend hin, und *wie* war er dorthin gelangt?

Ich fragte Fadi Aswad: »Und Gamal hat Ihnen auch bestimmt nicht gesagt, dass er einen Libyer abholt?«

»Nein, Sir, das hat er nicht gesagt. Aber es ist möglich. Ich sage das, weil ich nicht glaube, dass mein Schwager so eine besondere Fahrt mit einem, sagen wir mal, Palästinenser oder Iraki unternehmen würde. Mein Schwager, Sir, ist ein libyscher Patriot, interessiert sich aber nicht groß für die Politik der anderen Länder, die unseren Glauben an Allah teilen. Wenn Sie, Sir, mich also fragen, ob dieser besondere Fahrgast nun kein Libyer oder doch ein Libyer war, dann kann ich das in beiden Fällen nicht mit Bestimmtheit sagen, muss mich aber selber fragen: ›Weshalb würde er es auf sich nehmen, einem Mann zu dienen, der kein Libyer ist?‹ Verstehen Sie, worauf ich hinaus will, Sir?«

Du liebe Scheiße. Mir drehte sich alles, und ich verdrehte die Augen. Ich konnte mich nicht mal mehr an die verdammte Frage erinnern.

Ich sah auf meine Armbanduhr. Den Flug konnte ich noch erwischen, aber warum sollte ich?

Ich fragte Fadi: »Und Gamal hat kein Fahrtziel genannt?«
»Nein, Sir.«

Die knappe Antwort brachte mich etwas durcheinander. Ich fragte: »Und er hat nicht vom Flughafen Newark gesprochen?«

»Nein, Sir, das hat er nicht.«

Ich beugte mich vor und sagte zu Fadi: »Schauen Sie, Sie kommen nicht zur ATTF, um zu melden, dass Ihr Schwager vermisst wird. Sie wissen doch offenbar, wer wir sind, was wir tun und dass das hier nicht das Familiengericht ist, mein Freund. *Capisce?*«

»Wie bitte?«

»Ich stelle Ihnen jetzt eine einfache Frage und möchte, dass Sie darauf mit ja oder nein antworten. Glauben Sie, dass das Verschwinden Ihres Schwagers irgendwas mit dem zu tun hat, was am Samstag in der Trans-Continental-Maschine am Kennedy-Flughafen passiert ist? Ja oder nein?«

»Nun, Sir, ich habe über diese Möglichkeit nachgedacht...«

»Ja oder nein?«

Er senkte den Blick und sagte: »Ja.«

»Ihnen ist klar, dass Ihrem Schwager, dem Mann Ihrer Schwester, etwas zugestoßen sein könnte?«

Er nickte.

»Sie wissen, dass er dachte, er würde vielleicht dabei umkommen?«

»Ja.«

»Ist es denn möglich, dass er irgendeinen Anhaltspunkt hinterlassen hat – irgendeinen anderen als ...« Ich sah zu Gabe hinüber und der formulierte die Frage auf Arabisch.

Fadi antwortete auf Arabisch und Gabe dolmetschte: »Gamal hat Fadi gebeten, sich um seine Familie zu kümmern, sollte ihm etwas zustoßen. Gamal hat zu Fadi gesagt, er hätte keine Wahl und müsste diesen Spezialauftrag annehmen und dass Allah in seiner Güte dafür sorgen würde, dass er sicher nach Hause käme.«

Eine Zeit lang sprach niemand ein Wort. Fadi war merklich besorgt.

Ich nutzte die Pause, um darüber nachzudenken. Einerseits hatten wir nichts direkt Verwertbares. Wir wussten bloß von Khalils Fahrt vom JFK nach Perth Amboy, wenn es denn tatsächlich Khalil dort in Gamals Taxi gewesen war. Und wenn er es gewesen war, dann wussten wir lediglich mit Sicherheit, dass Khalil Gamal wahrscheinlich umgebracht hatte, aus Gamals Taxi ausgestiegen und verschwunden war. Aber wohin? Zum Flughafen von Newark? Und wie kam er dorthin? Mit einem weiteren Taxi? Oder wartete an dem Park-&-Ride ein Komplize in einem Privatwagen auf ihn? Oder vielleicht ein Mietwagen? Und in welche Richtung war er gefahren? Auf jeden Fall war er durch das Netz geschlüpft und hatte den Großraum New York verlassen.

Ich sah Fadi Aswad an und fragte ihn: »Weiß jemand, dass Sie Kontakt zu uns aufgenommen haben?«

Er schüttelte den Kopf.

»Auch Ihre Frau nicht?«

Er sah mich an, als wäre ich verrückt. Er sagte: »Über solche Sachen spreche ich nicht mit meiner Frau. Warum sollte man Frauen oder Kindern so was erzählen?«

»Da haben Sie Recht.« Ich stand auf. »Okay, Fadi, Sie haben das richtig gemacht, dass Sie zu uns gekommen sind. Sie sind ein guter Amerikaner. Gehen Sie jetzt wieder an die Arbeit und tun Sie so, als wäre nichts passiert. Okay?«

Er nickte.

»Und ich habe schlechte Neuigkeiten für Sie: Ihr Schwager ist ermordet worden.«

Er stand auf, wollte etwas sagen und sah dann Gabe an, der auf Arabisch etwas zu ihm sagte. Fadi sackte auf seinem Stuhl zusammen und vergrub das Gesicht in den Händen.

Ich sagte zu Gabe: »Sag ihm, dass er nichts sagen soll, wenn die Jungs von der Mordkommission bei ihm vorbeikommen. Gib ihm deine Karte. Die soll er den Detectives zeigen, und dann sollen sie die ATTF anrufen.«

Gabe nickte, sagte zu Fadi etwas auf Arabisch und gab ihm seine Karte.

Mir fiel ein, dass ich früher selbst mal bei der Mordkommission gewesen war, und jetzt sagte ich hier einem Zeugen, er solle nicht mit der Mordkommission sprechen und stattdessen das FBI anrufen. Die Verwandlung war fast abgeschlossen. Schon unheimlich.

Ich nahm meinen Aktenkoffer, Gabe und ich verließen den Raum, und der ATTF-Typ ging hinein. Fadis Aussage würde abgetippt werden, und dann würde er sie unterschreiben.

Auf dem Flur sagte ich: »Lasst ihn, seine Familie, seine Schwester und so weiter rund um die Uhr überwachen.«

»Wird schon gemacht.

»Und sorg dafür, dass ihn keiner sieht, wie er das Gebäude verlässt.«

»Das machen wir doch immer so.«

»Stimmt. Und schick ein paar Jungs rüber zur Police Plaza und lass fragen, ob es noch mehr tote Taxifahrer gibt.«

»Habe ich schon gemacht. Die prüfen das.«

»Gut. Beleidige ich deine Intelligenz?«

»Nur ein bisschen.«

Ich lächelte zum ersten Mal an diesem Tag. Ich sagte zu Gabe: »Danke. Jetzt bin ich dir was schuldig.«

»Stimmt. Und? Was meinst du?«

»Ich meine, was ich immer gemeint habe. Khalil ist in Amerika und versteckt sich nicht. Er ist unterwegs. Er ist in einem Auftrag unterwegs.«

»Das glaube ich auch. Und was für ein Auftrag?«

»Keine Ahnung, Gabe. Denk drüber nach. Hey, bist du Libyer?«

»Nein, es gibt hier nicht viele Libyer. Das ist ein kleines Land, aus dem nur wenige in die USA ausgewandert sind.« Er fügte hinzu: »Ich bin eigentlich Palästinenser.«

Wider besseres Wissen fragte ich ihn: »Findest du das hier nicht ein wenig unangenehm? Anstrengend?«

Er zuckte mit den Achseln. »Normalerweise macht es mir nichts aus. Ich bin Amerikaner. Zweite Generation. Meine Tochter trägt kurze Hosen, schminkt sich, widerspricht mir und ist mit Juden befreundet.«

Ich lächelte und sah ihn an. Ich fragte: »Bist du mal bedroht worden?«

»Hin und wieder. Aber die wissen schon, dass es nicht so klug ist, einen Bullen umzunieten, der auch noch für die Bundespolizei arbeitet.«

Bis zum vergangenen Samstag hätte ich dem beigepflichtet. Ich sagte: »Okay, bitten wir also die Jungs vom NYPD und der umliegenden Counties, die Akten sämtlicher Autovermietungen auf arabisch klingende Namen hin durchzusehen. Das ist nur eine vage Möglichkeit, und es dauert eine Woche oder noch länger, aber sonst machen wir ja sowieso nicht viel. Und du solltest persönlich mit der Witwe sprechen und mal sehen, ob Mr. Jabbar ihr was anvertraut hat. Sprich auch mit Jabbars Freunden und Verwandten. Wir haben eine erste Spur, Gabe, und vielleicht führt sie uns irgendwohin, aber so richtig zuversichtlich bin ich da nicht.«

Gabe meinte: »Wenn Khalil Gamal Jabbar umgebracht hat, haben wir nur eine kalte Spur und einen toten Zeugen, und alles endet in einer Sackgasse in Perth Amboy. In New Jersey zu sterben, ist nicht gerade originell.«

Ich lachte. »Stimmt. Wo ist das Taxi?«

»Wird von der New Jersey State Police untersucht. Wir werden in dem Wagen zweifellos genug Spuren finden, um sie vor Gericht zu verwenden – wenn wir denn je so weit kommen.«

Ich nickte. Fasern, Fingerabdrücke, vielleicht eine ballistische Übereinstimmung mit einer der 40er Glocks, die Hundry und Gorman gehört hatten. Ganz normale Polizeiroutine. Ich hatte schon Mordfälle erlebt, bei denen es eine Woche gedauert hatte, den Geschworenen sämtliche forensischen Beweismittel zu präsentieren. Wie ich meinen Studenten am John Jay immer gesagt habe, braucht man fast immer forensische Beweismittel, um einen Täter zu überführen, aber man brauchte sie nicht immer, um ihn zu schnappen.

In diesem Fall hatten wir gleich zu Anfang den Namen des

Mörders, sein Foto, seine Fingerabdrücke, DNS-Proben, sogar Bilder von ihm beim Kacken – und außerdem hatten wir Unmengen Beweismittel, um ihn mit den Verbrechen auf dem JFK in Verbindung zu bringen. Das war alles kein Problem. Das Problem bestand hier darin, dass Assad Khalil ein einmalig flinker und gewiefter Schweinehund war. Der Typ hatte Mumm und Grips, er ging rücksichtslos vor und hatte den Vorteil, sich überlegen zu können, was er als Nächstes tat.

Gabe sagte: »Wir haben uns sowieso schon auf die libysche Gemeinde konzentriert, und da jetzt einer von ihnen ermordet wurde, werden sie vielleicht etwas gesprächiger.« Er fügte hinzu: »Aber vielleicht reagieren sie auch genau entgegengesetzt.«

»Kann schon sein. Aber ich glaube nicht, dass Khalil hierzulande viele Komplizen hat – jedenfalls nicht viele lebende.«

»Wahrscheinlich nicht. Okay, Corey, ich hab zu tun. Ich halte dich auf dem Laufenden. Und du gibst diese Informationen so schnell wie möglich an die richtigen Leute weiter und sagst ihnen, dass Fadis Verhörprotokoll schon unterwegs ist. Okay?«

»Ja. Und wir sollten dafür sorgen, dass Fadi Aswad ein bisschen was von der Bundesknete für Informationsbeschaffung kriegt – für Zigaretten und Beruhigungspillen.«

»Wird gemacht. Bis später.« Er machte kehrt und ging zurück ins Verhörzimmer.

Ich ging zurück in die Leitstelle, wo immer noch der Teufel los war, obwohl wir es schon nach 18 Uhr hatten. Ich stellte meinen Aktenkoffer ab und rief bei Kate zu Hause an. Ihr Voice-Mail-System teilte mir mit: »Ich bin nicht da. In dringenden Fällen hinterlassen Sie bitte eine kurze Nachricht.«

Es war dringend, und ich hinterließ eine kurze Nachricht, für den Fall, dass sie ihre Voice-Mail abrief, und rief sie dann über Handy an, aber sie ging nicht ran. Ich rief Jack Koenigs Privatnummer in Long Island an, und seine Frau sagte, er sei schon zum Flughafen gefahren. Auch bei ihm versuchte ich es über das Mobiltelefon, aber ohne Erfolg.

Als Nächstes rief ich bei Beth Penrose zu Hause an, hatte ihren Anrufbeantworter dran und sagte: »Ich ermittle rund um die Uhr in diesem Fall. Vielleicht muss ich verreisen. Ich liebe diesen Job. Ich liebe mein Leben. Ich liebe meine Vorgesetzten. Ich liebe mein neues Büro. Hier ist meine neue Telefonnummer.« Ich nannte ihr meine Durchwahl in der Leitstelle und sagte: »Du fehlst mir. Wir sprechen uns bald.« Ich legte auf, und mir fiel ein, dass ich eigentlich »Ich liebe dich« hatte sagen wollen, aber was soll's. Dann rief ich Captain Stein an und bat seine Sekretärin um einen kurzfristigen Termin. Sie teilte mir mit, Captain Stein nehme an diversen Meetings und Pressekonferenzen teil. Ich hinterließ eine vieldeutige, verwirrende Nachricht, die ich selbst nicht verstand.

Da ich nun meiner Verpflichtung nachgekommen war, alle zu informieren, saß ich da und drehte Däumchen. Um mich her wirkten alle sehr beschäftigt, aber ich habe nicht das Talent, so etwas vorzutäuschen.

Ich kämpfte mich durch weitere Papiere auf meinem Schreibtisch, hatte mir aber ohnehin schon zu viele nutzlose Informationen eingeprägt. Draußen gab es nichts für mich zu tun, also blieb ich in der Leitstelle, falls sich irgendwas ergeben sollte. Ich hatte vor, bis zwei oder drei Uhr nachts zu bleiben. Vielleicht wollte ja der Präsident mit mir sprechen, und da ich sowieso eine Nummer hinterlassen musste, unter der ich zu erreichen war, wollte ich mich dabei nicht zu Hause oder beim Bier bei Giulio's erwischen lassen.

Mir fiel ein, dass ich meinen Einsatzbericht über alles, was auf dem JFK passiert war, noch nicht getippt hatte. Mich nervte, dass irgendein Lakai aus Koenigs Büro ständig per E-Mail danach fragte und meinen Vorschlag ablehnte, dass ich einfach eine Abschrift des mitgeschnittenen Meetings in

Koenigs Büro oder der zwei Dutzend Meetings in Washington unterschreiben könnte. Aber nein, sie wollten *meinen* Bericht, mit *meinen* Worten. Scheiß-FBI. Ich startete meinen PC und tippte: »BETREFF: Scheiß-Einsatzbericht.«

Jemand kam vorbei und legte einen verschlossenen Umschlag mit der Aufschrift DRINGENDES FAX – PERSÖNLICH/VERTRAULICH auf meinen Schreibtisch. Ich öffnete den Umschlag und las. Es war ein vorläufiger Bericht über den Mord in Frankfurt. Das Opfer war ein gewisser Sol Leibowitz, der als Amerikaner jüdischen Glaubens und Investmentbanker der Bank of New York beschrieben wurde. Ich las die Zusammenfassung dessen, was diesem unglücklichen Menschen widerfahren war, und kam zu dem Schluss, dass sich Mr. Leibowitz wohl zur falschen Zeit am falschen Ort aufgehalten hatte. In Europa liefen tausende amerikanische Bankangestellte herum, Juden und Nicht-Juden, und ich war mir sicher, dass dieser Mann lediglich einem drittklassigen Attentäter vor die Flinte gekommen war, der Assad Khalil ähnlich sah. Doch dieser Zwischenfall hatte bei den Leuten, deren Lebenselixier Zweifel und Verwirrung war, Zweifel und Verwirrung ausgelöst.

Zwei weitere wichtige Papiere landeten auf meinem Schreibtisch: die Speisekarten eines italienischen und eines chinesischen Restaurants mit Lieferservice.

Mein Telefon klingelte, und Kate war dran. Sie fragte: »Was, zum Teufel, machen Sie da?«

»Ich lese Speisekarten. Wo sind Sie?«

»Was meinen Sie wohl, wo ich bin? Ich bin am Flughafen, John. Jack und ich sind in der Business-Class-Lounge und warten auf Sie. Wir haben Ihr Ticket. Haben Sie schon gepackt? Haben Sie Ihren Pass zur Hand?«

»Nein. Hören Sie ...«

»Warten Sie mal.«

Ich hörte sie mit Jack Koenig sprechen. Sie meldete sich wieder und sagte: »Jack sagt, Sie *müssen* mitkommen. Er kann Sie auch ohne Pass an Bord bringen. Kommen Sie her, und zwar bevor wir starten. Das ist ein Befehl.«

»Beruhigen Sie sich und hören Sie mir zu. Ich glaube, wir haben hier eine Spur.« Ich erzählte ihr von Gabe Haytham, Fadi Aswad und Gamal Jabbar.

Sie hörte zu, ohne mich zu unterbrechen, und sagte dann: »Warten Sie mal.«

Dann war sie wieder dran und sagte: »Das beweist immer noch nicht, dass Khalil nicht von Newark aus nach Europa geflogen ist.«

»Also bitte, Kate. Er war bereits auf einem Flughafen, ein paar hundert Meter vom internationalen Terminal entfernt. Zehn Minuten, nachdem die Flughafenpolizei am JFK alarmiert war, war es die in Newark auch. Man braucht mit dem Auto eine Stunde vom JFK nach Newark. Wir reden hier über Assad, den Löwen, nicht über Assad, den Lemming.«

»Warten Sie mal.«

Wieder hörte ich sie mit Koenig sprechen. Dann war sie wieder dran und sagte: »Jack sagt, das Vorgehen und die Beschreibung des Frankfurter Attentäters passen ...«

»Geben Sie ihn mir.«

Koenig war dran und fing an, mich anzuscheißen.

Ich schnitt ihm das Wort ab und sagte: »Jack, das Vorgehen und die Beschreibung passen, weil die versuchen, uns reinzulegen. Assad Khalil hat eben das Verbrechen des Jahrhunderts begangen, da fliegt er doch nicht nach Deutschland, um einen Bankangestellten umzunieten, Himmel Herrgott. Und wenn er denn zum Flughafen von Newark wollte, wieso hat er dann den Taxifahrer vorher umgelegt? Das passt nicht, Jack. Fliegen Sie nach Frankfurt, wenn Sie wollen, aber ich bleibe hier. Schicken Sie mir eine Ansichtskarte und bringen Sie mir ein Dutzend echte Frankfurter Würstchen mit, und dazu diesen scharfen deutschen Senf. Danke.« Ich legte auf, ehe er dazu kam, mir zu kündigen.

Ich ließ den Einsatzbericht bleiben, da ich ja wahrscheinlich ohnehin gekündigt war, und widmete mich wieder meinem Schreibtisch, kämpfte mich durch Stapel von Hintergrundberichten diverser Dienste, die alle nichts zu berichten hatten. Schließlich kam ich zu der halben Tonne Papierkram, die die Ereignisse vom Samstag betraf: Laborberichte, Berichte der Flughafenpolizei, eine Beschwerde der FAA, in der mein Name ausführlich vorkam, Fotos von Toten auf Flugzeugsitzen, das toxikologische Gutachten – es war tatsächlich eine Zyanidverbindung gewesen – und so weiter.

Irgendwo in diesen Papierstapeln konnte irgendein Indiz verborgen sein, aber bisher hatte ich nichts weiter gesehen als die Arbeitsergebnisse von Betriebsblinden, die über eine Textverarbeitung mit Rechtschreibkontrolle verfügten.

Was mich daran erinnerte, dass sie meinen Gehaltsscheck zurückhielten, bis ich meinen Einsatzbericht ablieferte, also wirbelte ich auf meinem Drehstuhl herum und setzte mich wieder vor die Tastatur und den Monitor. Ich begann den Bericht mit einem Witz über einen Soldaten der französischen Fremdenlegion und ein Kamel, löschte ihn wieder und fing von vorne an.

Gegen Viertel vor neun kam Kate herein und setzte sich an den Schreibtisch mir gegenüber. Sie sah mir schweigend beim Tippen zu. Nach ein paar Minuten des Beobachtetwerdens fing ich an, mich zu vertippen, also sah ich sie an und fragte: »Wie war's in Frankfurt?«

Sie antwortete nicht, und ich sah, dass sie ziemlich sauer war. Diesen Blick kenne ich.

Ich fragte: »Wo ist Jack?«

»Der ist nach Frankfurt.«

»Gut. Bin ich gekündigt?«

»Nein, aber das werden Sie sich noch wünschen.«

»Ich reagiere nicht auf Drohungen.«

»Worauf reagieren Sie denn überhaupt?«

»Auf wenig. Vielleicht auf eine entsicherte Pistole, die auf meinen Kopf gerichtet ist. Ja, dann werde ich normalerweise aufmerksam.«

»Erzählen Sie mir noch mal von der Vernehmung.«

Also wiederholte ich es, etwas detaillierter, und Kate stellte viele Fragen. Sie ist ausgesprochen klug; deshalb saß sie jetzt ja auch in der Leitstelle und nicht in der Lufthansa-Maschine nach Frankfurt.

Sie sagte: »Sie glauben also, dass Khalil den Park-&-Ride in einem Auto verlassen hat.«

»Ja, das glaube ich.«

»Warum nicht in einem Pendlerbus nach Manhattan?«

»Daran habe ich auch schon gedacht. Deshalb fährt man ja zu einem Park-&-Ride: um einen Pendlerbus nach Manhattan zu nehmen. Aber es wirkt doch ein bisschen übertrieben, den Taxifahrer umzubringen, während man auf den Bus wartet. Und ich wette, wenn Khalil Jabbar gebeten hätte, ihn nach Manhattan zu fahren, dann hätte der das auch gemacht.«

»Kommen Sie mir nicht sarkastisch, John. Sie bewegen sich auf dünnem Eis.«

»Ja, Ma'am.«

Sie grübelte eine Weile und sagte dann: »Okay, am Park-&-Ride stand also ein Fluchtwagen bereit. Der wäre nicht aufgefallen und wäre dort relativ sicher abgestellt. Jabbar bringt Khalil zum Parkplatz, Khalil bringt ihn mit einem Schuss – mit einer Kugel Kaliber 40 – durchs Rückgrat um und steigt dann in den anderen Wagen. Hat er da einen Fahrer? Einen Komplizen?«

»Glaube ich nicht. Wozu bräuchte er einen Fahrer? Er ist ein Einzelgänger. Wahrscheinlich ist er auch in Europa Auto gefahren. Er braucht bloß die Schlüssel und Wagenpapiere und die hat er wahrscheinlich von Jabbar bekommen. Jabbar hat jetzt natürlich zu viel gesehen und wird umgelegt. Im Fluchtwagen oder vielleicht auch in Jabbars Taxi befand sich eine Reisetasche mit dem Nötigsten: Geld, gefälschte Ausweise und vielleicht eine Verkleidung. Deshalb hat Khalil

Phil und Peter nichts abgenommen. Assad Khalil ist nun jemand anderes, und er ist auf dem fabelhaften amerikanischen Highway-Netz unterwegs.

»Wohin fährt er?«

»Keine Ahnung. Aber wenn er wenig geschlafen hat, könnte er mittlerweile schon in Mexiko sein. Er könnte sogar an der Westküste sein. Wenn man mit 65 Meilen pro Stunde fünfzig Stunden lang fährt, ergibt das einen Radius von über dreitausend Meilen. In Quadratmeilen macht das ... Warten Sie mal ... War das Pi mal r mal zwei?«

»Schon klar.«

»Gut. Angenommen, wir haben einen Mörder, der auf den Highways unterwegs ist, und angenommen, er will sich nicht bloß Disney World ansehen, dann müssen wir einfach abwarten, was er als Nächstes anstellt. Sonst können wir jetzt nicht viel tun. Wir können nur hoffen, dass ihn jemand erkennt.«

Sie nickte und stand auf. Sie sagte: »Vor dem Eingang wartet ein Taxi mit meinem Gepäck. Ich fahre nach Hause und packe meine Koffer aus.«

»Kann ich Ihnen helfen?«

»Ich warte im Taxi.« Sie ging.

Ich saß ein paar Minuten lang da, während mein Telefon klingelte und jemand weitere Papiere auf meinem Tisch ablud.

Ich versuchte zu verstehen, weshalb ich diese Frage gestellt hatte. Ich muss endlich mal lernen, die Schnauze zu halten.

Manchmal stellte ich mich lieber einem bewaffneten, geisteskranken Mörder, als eine Nacht in der Wohnung einer Dame zu verbringen. Bei dem geisteskranken Mörder weiß man wenigstens, woran man ist, und das Gespräch besteht aus kurzen, verständlichen Sätzen.

Mein Telefon klingelte schon wieder – im ganzen Raum klingelten Telefone, und allmählich ging mir das auf die Nerven.

Tja, so gut ich auch darin bin, mich in Mörder hineinzuversetzen und ihre nächsten Schachzüge vorherzusagen, so absolut unbedarft bin ich bei sexuellen Beziehungen: Ich habe keine Ahnung, wie ich eine anfange, was ich machen soll, wenn ich eine habe, warum ich überhaupt eine habe und wie ich da wieder rauskomme. Wenigstens weiß ich normalerweise, wer der andere Mensch ist. Ich habe ein gutes Namensgedächtnis, auch noch um 18 Uhr.

Ich bin auch gut darin, Probleme zu wittern, und hier roch es mächtig nach Problemen. Außerdem war ich Beth Penrose bisher treu gewesen und wollte diese Beziehung und überhaupt mein Leben nicht verkomplizieren.

Also fasste ich den Entschluss, hinunterzufahren und Kate zu sagen, ich würde lieber nach Hause gehen. Ich stand auf, nahm mein Jackett und meinen Aktenkoffer, fuhr hinunter und setzte mich zu ihr ins Taxi.

Kapitel 39

Assad Khalil fuhr weiter auf dem Interstate Highway 95 nach Norden, von Jacksonville über die Grenze nach Georgia und dann nach South Carolina. Während der Fahrt warf er die Computerdisketten aus Paul Greys Büro aus dem Fenster.

Er dachte über seine morgendlichen Aktivitäten nach. Sicherlich würde spätestens am Abend jemand nach der Putzfrau oder Paul Grey sehen. Irgendwann würde irgendwer die Leichen entdecken. Das mutmaßliche Motiv für den Mord an Grey wäre der Raub geheimer Software. Es war alles wie geplant verlaufen. Auf das Problem mit der Pilotin hingegen war er nicht so gut vorbereitet gewesen. Höchstwahrscheinlich erfuhr heute Abend oder morgen früh je-

mand bei Alpha Aviation von den Morden in Spruce Creek
– und natürlich auch seine Pilotin, die sich bestimmt an den
Namen Paul Grey erinnern würde. Khalil war nicht klar gewesen, dass der Name des Mannes an seinem Hangar stehen würde.

Die Pilotin würde die Polizei anrufen und sagen, sie wisse
vielleicht etwas über dieses Verbrechen. In Libyen würde niemand die Polizei anrufen, wenn er Informationen hatte, die
ihn in Kontakt mit den Behörden brachten. Doch Boris war
sich ziemlich sicher gewesen, dass es in Amerika so ablaufen
würde.

Khalil nickte. Boris hatte ihm geraten, sich, was den Piloten anging, auf sein eigenes Urteil zu verlassen, und hatte ihn
darauf hingewiesen: »Wenn du den Piloten umbringst, musst
du auch alle anderen umbringen, die von deinem Flug wissen und dein Gesicht gesehen haben. Tote können nicht
mehr zur Polizei gehen. Aber je mehr Leichen du hinterlässt,
desto dringender wird die Polizei den Mörder finden wollen.
Ein einzelner Raubmord an einem Mann in seinem Haus erregt nicht allzu viel Interesse. Wenn du Glück hast, wird niemand in Jacksonville davon erfahren.«

Wiederum nickte Khalil. Aber er hatte auch die Putzfrau
umbringen müssen, genau wie in Washington, um mehr Zeit
zu haben, sich vom Tatort zu entfernen. Man sollte Boris
mal erzählen, dass Amerikaner ihre Häuser ungern selbst
putzten.

Doch die Polizei fahndete nach einem Raubmörder, nicht
nach Assad Khalil. Sie fahndeten auch nicht nach seinem
Auto, und wenn die Pilotin die Polizei anrief, fahndeten sie
nach einem Griechen, der über Washington DC unterwegs
nach Athen war. Das hing alles davon ab, wie dumm die Polizei war.

Es gab da natürlich auch noch eine andere Möglichkeit:
Die Pilotin würde, wenn sie die Titelseiten der Zeitungen
sah, erkennen, wer ihr Fluggast tatsächlich gewesen war ...

Zweifellos hätte er sie umbringen sollen. Aber er hatte es nicht getan. Doch nicht aus Mitleid hatte er ihr Leben verschont, sagte er sich, sondern weil ihm Boris und sogar Malik abgeraten hatten, zu viel zu morden. Boris war nicht nur vorsichtig, er sorgte sich auch zu sehr um das Leben der Feinde des Islam. Er hatte beispielsweise die komplette Flugzeugladung Menschen nicht mit Gas töten wollen und hatte das als »hirnrissigen Massenmord« bezeichnet.

Malik hatte ihn erinnert: »Deine ehemalige Regierung hat seit der Revolution über zwanzig Millionen eurer eigenen Landsleute umgebracht. Der ganze Islam hat seit Muhammads Zeiten nicht so viele Menschen getötet. Halte uns bitte keine Predigten. Wir hätten noch viel zu tun, wenn wir mit euch gleichziehen wollten.«

Darauf hatte Boris nichts entgegnet.

Während er auf dem I-95 fuhr, schob Khalil diese Erinnerungen beiseite und dachte wieder an Paul Grey. Er war nicht so würdevoll gestorben wie der tapfere General Waycliff und seine tapfere Frau. Doch auch er hatte nicht um sein Leben gefleht. Khalil dachte sich, dass er bei William Satherwaite vielleicht eine andere Methode ausprobieren sollte. Man hatte ihm in Libyen gesagt, der ehemalige Lieutenant Satherwaite habe viel Pech im Leben gehabt, und Boris hatte gesagt: »Wenn du ihn umbringst, tust du ihm vielleicht damit einen Gefallen.« Worauf Khalil entgegnet hatte: »Niemand will sterben. Es wird mir bei allen eine Freude sein, sie zu töten. Auch bei ihm.«

Khalil schaute auf die Uhr im Armaturenbrett. Es war fünf nach drei. Er sah auf seinen Satellite Navigator. Bald würde er vom I-95 auf die Straße ALT 17 abbiegen, die ihn direkt nach Moncks Corner führen würde.

Wieder musste er an diesen Morgen denken. Der Umgang mit der Pilotin hatte ihn nervös gemacht. Es gab gute Gründe, sie umzubringen, und gute Gründe, sie zu verschonen. Ihm fiel wieder ein, dass sie zu der Frau hinterm Tresen gesagt hatte: »Ich kümmere mich um die Piper, wenn ich wiederkomme.«

Wäre sie also nicht zurückgekehrt, dann hätte man nach ihr und ihm gesucht. Es sei denn, die Frau hinterm Tresen hätte gedacht, ihr Kunde und die Pilotin wollten ... zusammen sein. Ja, er hatte es der Frau angesehen, dass sie das dachte. Aber schließlich hätte sie sich vielleicht doch Sorgen gemacht und die Polizei angerufen. Vielleicht war es also doch besser gewesen, dass er die Pilotin nicht umgebracht hatte.

Während er so fuhr, sah er die Pilotin vor seinem geistigen Auge, sah, wie sie lächelte, mit ihm sprach, ihm ins Flugzeug half – ihn berührte. Diese Gedanken gingen ihm nicht aus dem Kopf, auch wenn er versuchte, ihr Bild abzuschütteln. Er entdeckte ihre Visitenkarte in seiner Tasche und betrachtete sie. Sie hatte ihre Privatnummer mit Tinte über ihre Geschäftsnummer bei Alpha Aviation geschrieben. Er steckte sich die Karte wieder ein.

Er sah das Schild im letzten Moment, zog hastig auf die rechte Spur hinüber und erwischte gerade noch die Ausfahrt zur ALT 17.

Er fand sich auf einer zweispurigen Landstraße wieder, die ganz anders war als der Interstate Highway. Beiderseits der Straße sah er Häuser und Farmen, kleine Dörfer, Tankstellen und Kiefernwälder. Ein Landsmann war diese Strecke einige Monate zuvor für Khalil abgefahren und hatte berichtet: »Das ist die gefährlichste Straße, weil die Leute wie die Irren fahren und die Polizei Motorräder hat und jeden sieht, der vorbeikommt.«

Khalil beachtete diese Warnung und gab sich Mühe, so zu fahren, dass er nicht auffiel. Er kam durch einige Dörfer und sah in zweien einen Streifenwagen und ein Polizeimotorrad.

Doch es war nicht mehr weit bis zu seinem Ziel: sechzig Kilometer oder vierzig Meilen; und eine Stunde später kam er in die Stadt Moncks Corner.

Bill Satherwaite saß, die Füße hochgelegt, an seinem voll gemüllten Schreibtisch in einem kleinen Betongebäude am Berkeley County Airport in Moncks Corner, South Carolina. Er hatte sich den schmuddligen Hörer eines billigen Telefons zwischen Ohr und Schulter geklemmt und lauschte Jim McCoys Stimme am anderen Ende. Satherwaite schaute kurz zu der saft- und kraftlosen Klimaanlage hinüber, die in die Wand eingelassen war. Das Gebläse ratterte, und aus den Schlitzen drang kaum ein kühler Lufthauch. Es war gerade mal April, und draußen herrschten schon gut dreißig Grad. *Verdammtes Scheißloch.*

Jim McCoy fragte: »Hast du was von Paul gehört? Der wollte dich anrufen.«

Satherwaite antwortete: »Nee. Tut mir Leid, dass ich am Samstag an der Konferenzschaltung nicht hab teilnehmen können. Hatte viel zu tun.«

»Macht nichts«, sagte McCoy. »Ich dachte bloß, ich ruf dich mal an und schau, wie's dir geht.«

»Mir geht's gut.« Satherwaite sah kurz zu der Schreibtischschublade hinüber, über der er seine Füße auf dem Tisch liegen hatte. In der Schublade, das wusste er, lag eine fast volle Flasche Jack Daniel's. Er schaute zur Wanduhr hinüber. Zehn nach vier. Irgendwo auf der Welt war es schon nach fünf, Zeit für einen kleinen Drink – nur dass sein Charterkunde schon um vier hätte kommen sollen. Satherwaite fragte: »Hab ich dir schon erzählt, dass ich vor ein paar Monaten runtergeflogen bin und Paul besucht habe?«

»Ja, hast du.«

»Ja. Du müsstest mal sehen, wie der lebt. Großes Haus, Swimmingpool, eigener Hangar, eine zweimotorige Beech, heiße Weiber direkt aus der Leitung.« Er lachte und sagte: »Scheiße, als die meine alte Apache gesehen haben, wollten sie mich gar nicht landen lassen.« Er lachte.

McCoy nutzte die Gelegenheit, um zu sagen: »Paul hat sich Sorgen gemacht wegen der Apache.«

»Ach ja? Paul ist 'ne Memme, wenn du meine Meinung hören willst. Wie oft ist der uns auf den Sack gegangen, dass wir alles hundertmal durchchecken müssen? Wenn einer so beschissen vorsichtig ist, baut er doch nur Unfälle.« Er fügte hinzu: »Die Apache ist durch die FAA-Inspektion gekommen.«

»Aber nur gerade mal so, Bill.«

»Ja.« Er betrachtete weiter die Schublade, schwang dann die Beine vom Schreibtisch, setzte sich aufrecht auf seinen Drehstuhl, beugte sich vor und zog die Schublade auf. Er sagte zu Jim McCoy: »Ey, du musst da wirklich mal runter und dir anschauen, wie Paul lebt.«

Jim McCoy war schon einige Male in Spruce Creek gewesen, mochte das Bill Satherwaite aber nicht erzählen, der nur einmal eingeladen gewesen war, obwohl er nur gut anderthalb Flugstunden entfernt wohnte. »Ja, das würde ich gern.«

»Ein unglaubliches Haus und so. Aber du müsstest erst mal sehen, woran der arbeitet. Virtual Reality. Mann, wir haben die ganze Nacht lang dagehockt, gesoffen und alles in Schutt und Asche gebombt.« Er lachte. »Wir sind fünfmal den Al-Azziziyah-Einsatz geflogen. Beim fünften Mal waren wir so breit, dass wir nicht mal mehr den Boden getroffen haben.« Er brach in schallendes Gelächter aus.

Jim McCoy lachte mit, aber sein Lachen klang gezwungen. McCoy wollte die Geschichte wirklich nicht schon wieder hören, die er schon ein halbes Dutzend Mal gehört hatte, seitdem Satherwaite über ein verlängertes Wochenende nach Spruce Creek eingeladen gewesen war. Es war, wie Paul ihm anschließend erzählt hatte, eine ausgesprochen langes Wochenende geworden. Bis dahin war keinem der Jungs so ganz klar gewesen, wie sehr es mit Bill Satherwaite in den vergangenen sieben Jahren bergab gegangen war, seit sie zum letzten Mal zu einem zwanglosen Schwarmtreffen zusammengekommen waren. Jetzt wussten es alle.

Bill Satherwaite kam wieder zu Atem und sagte: »Hey,

Wizo, weißt du noch, als ich zu lange mit den Nachbrennern gewartet habe und Terry mir schon fast im Nacken saß?« Er lachte wieder und stellte die Flasche auf den Tisch.

Jim McCoy, der in seinem Büro im Museum »Wiege der Luftfahrt« in Long Island saß, erwiderte nichts. Er hatte Schwierigkeiten, den Bill Satherwaite, den er gekannt hatte, mit dem Bill Satherwaite am anderen Ende der Leitung in Verbindung zu bringen. Der alte Bill Satherwaite war ein so guter Pilot und Offizier gewesen, wie die amerikanische Luftwaffe nur je einen gehabt hatte. Doch seit seiner vorzeitigen Pensionierung war es mit Bill Satherwaite steil bergab gegangen. Dass er ein Gaddafi-Killer war, war ihm im Laufe der Jahre immer wichtiger geworden. Unablässig erzählte er seine Kriegsgeschichten allen, die zuhören mochten, und nun erzählte er sie sogar den Männern, die mit ihm den Einsatz geflogen hatten. Und mit jedem Jahr wurden diese Geschichten dramatischer, wurde seine Rolle in ihrem kleinen Zwölf-Minuten-Krieg tragender.

Jim McCoy war besorgt darüber, dass Bill Satherwaite mit ihrem Luftangriff angab. Niemand durfte erwähnen, dass sie an diesem Einsatz teilgenommen hatten, und die Namen der anderen Piloten durfte man schon gar nicht nennen. McCoy hatte Satherwaite oft gesagt, er solle aufpassen, was er erzählte, und Satherwaite hatte ihm versichert, er würde nur die Funk-Rufzeichen und ihre Vornamen nennen, wenn er über den Luftangriff sprach. McCoy hatte ihn gewarnt: »Erzähl nicht mal, dass *du* an dem Angriff teilgenommen hast, Bill. Hör auf, darüber zu reden.«

Worauf Bill Satherwaite stets erwidert hatte: »Hey, ich bin stolz auf das, was ich getan habe. Und mach dir keine Sorgen. Diese blöden Kameltreiber kommen nicht nach Moncks Corner, South Carolina, um's mir heimzuzahlen. Bleib cool.«

Jim McCoy überlegte, das noch mal anzusprechen, aber was sollte das bringen?

McCoy wünschte sich oft, sein Schwarmkamerad wäre wenigstens bis zum Golfkrieg bei der Luftwaffe geblieben. Vielleicht wäre Bills Leben besser verlaufen, wenn er am Golfkrieg teilgenommen hätte.

Während er telefonierte, behielt Bill Satherwaite die Wanduhr und die Tür im Blick. Schließlich schraubte er den Deckel von der Flasche Bourbon und trank einen Schluck, ohne sich bei seinen Kriegsgeschichten zu unterbrechen. Er sagte: »Und der blöde Chip – der hat den ganzen Hinflug verpennt, dann hab ich ihn geweckt, er hat vier Bomben abgeworfen, und dann ist er wieder eingeschlafen.« Er brüllte vor Lachen.

McCoy ging allmählich die Geduld aus, und er erinnerte Satherwaite: »Du hast doch gesagt, er hätte während des ganzen Flugs nach Libyen nicht den Mund gehalten.«

»Ja, hat nie die Schnauze gehalten.«

McCoy wurde klar, dass Satherwaite da keinen Widerspruch entdecken konnte, und er sagte: »Okay, Alter, wir hören voneinander.«

»Leg noch nicht auf. Ich warte auf einen Charterkunden. Der Typ muss nach Philadelphia, wir übernachten da und morgen dann zurück. Hey, wie läuft's denn bei der Arbeit?«

»Nicht schlecht. Es ist wirklich ein fabelhaftes Museum. Es ist noch nicht fertig, aber wir haben eine großartige Auswahl von Flugzeugen. Wir haben eine F-111, und wir haben sogar ein Modell der Spirit of St. Louis. Lindbergh ist von Roosevelt Field aus gestartet, das ist nur ein paar Meilen von hier entfernt. Du musst mal raufkommen und es dir ansehen. Ich setze dich in die F-111.«

»Echt? Und wieso Wiege?«

»Wiege der Luftfahrt. Long Island wird als Wiege der Luftfahrt bezeichnet.«

»Long Island? Was ist denn mit Kitty Hawk und den Gebrüdern Wright?«

»Keine Ahnung, ich hatte ja die Hand nicht an der Wiege – ha, ha«, lachte McCoy und sagte: Flieg die Tage mal rauf. Wenn du in MacArthur landest, hol' ich dich ab.«

»Ja. Die Tage mal. Hey, wie geht's Terry?«

Jim McCoy wollte endlich auflegen, aber alten Kriegskameraden gegenüber musste man nachsichtig sein, wenn auch nicht mehr lange. Er antwortete: »Der lässt dich grüßen.«

»Quatsch.«

»Doch, wirklich«, sagte McCoy und gab sich Mühe, aufrichtig zu klingen. Bill Satherwaite war bei niemandem mehr beliebt – war es wahrscheinlich nie gewesen –, aber sie hatten gemeinsam die Feuertaufe empfangen, und die Kriegerehre – oder was davon in Amerika noch übrig war – verlangte, dass diese Bande bestehen blieben bis zum letzten Atemzug des letzten Kameraden.

Bis auf Terry Waycliff versuchten alle Mann des Schwarms, mit Bill Satherwaite klarzukommen, und die übrigen Jungs hatten den General in stillem Einvernehmen von dieser Pflicht entbunden.

Satherwaite fragte: »Kriecht Terry immer noch dem Pentagon in den Arsch?«

McCoy erwiderte: »Terry ist immer noch beim Pentagon. Wir gehen davon aus, dass er sich bald pensionieren lässt.«

»Der kann mich mal.«

»Soll ich ihm das ausrichten?«

Satherwaite lachte. »Ja. Weißt du, was das Problem bei dem war? Der war schon General, als er noch Lieutenant war. Weißt du, was ich meine?«

McCoy sagte: »Weißt du, Bill, das haben viele Leute auch über dich gesagt. Ich meine das als Kompliment.«

»Wenn das ein Kompliment sein soll, dann brauch ich keine Beleidigungen mehr. Terry hatte es auf mich abgesehen – musste immer allen Konkurrenz machen. Hat mich zusammengeschissen, weil ich die beschissenen Nachbrenner zu spät angeworfen habe – hat das gepetzt, hat mir und nicht

Wiggins die Schuld daran gegeben, dass diese Scheiß-Bombe daneben gegangen ist ...«

»Hör auf, Bill. Das kannst du so nicht sagen.«

Bill Satherwaite trank noch einen Schluck Bourbon, hielt einen Rülpser zurück und sagte: »Ja ... okay ... 'tschuldige ...«

»Schon gut. Vergiss es.« McCoy dachte an Terry Waycliff und Bill Satherwaite. Bill war nicht mal mehr in der Reserve der Air Force und hätte normalerweise das Privileg eingebüßt, bei der Luftwaffe verbilligt einkaufen zu können. Das wäre der Todesstoß für Satherwaite gewesen: in der Charleston Air Base keinen Schnapsrabatt mehr zu bekommen. Doch Terry Waycliff hatte seine Beziehungen spielen lassen – wovon Bill Satherwaite nichts wusste – und hatte ihm einen Einkaufsausweis verschafft. McCoy sagte: »Bob hat auch an der Konferenzschaltung teilgenommen.«

Bill Satherwaite wand sich auf seinem Stuhl. Freiwillig dachte er nie an Bob Callum und seine Krebserkrankung. Im Grunde dachte er überhaupt nie daran. Callum hatte es bis zum Colonel gebracht, und soweit Satherwaite wusste, arbeitete er immer noch als Bodenausbilder an der Luftwaffenakademie in Colorado Springs. Er fragte McCoy: »Arbeitet er noch?«

»Ja. Immer noch bei der Akademie. Ruf ihn mal an.«

»Mach ich. Wirklich schade.« Er überlegte kurz und sagte dann: »Da überlebst du einen Krieg und stirbst dann an was Schlimmerem.«

»Vielleicht steht er's durch.«

»Ja. Und zu guter Letzt: Wie geht's denn meinem Schlappschwanz von Wizo – Chip?«

»Den konnten wir nicht erreichen«, antwortete McCoy. »Der letzte Brief, den ich ihm nach Kalifornien geschrieben habe, kam ohne Nachsendeadresse zurück. Sein Telefon ist abgestellt, und er steht nicht im Telefonbuch.«

»Das passt zu Wiggins, dass er vergisst, sich umzumelden.

Ich hatte echt zu tun, dass der alles auf die Reihe gekriegt hat. Musste ihn immer an alles erinnern.«

»Chip wird sich nie ändern.«

»Das kannst du laut sagen.«

McCoy dachte an Chip Wiggins. Zum letzten Mal hatte er am 15. April des Vorjahres mit ihm gesprochen. Wiggins hatte nach seinem Abschied von der Luftwaffe Flugunterricht genommen und war nun Pilot, flog Frachtflugzeuge für diverse kleine Gesellschaften. Alle mochten Chip Wiggins, aber er nahm es nie so genau, auch nicht mit Umzugskarten.

Jim McCoy, Terry Waycliff und Paul Grey waren gemeinsam der Ansicht, Wiggins würde sich nicht mehr melden, weil er jetzt, im Gegensatz zu damals, Pilot war. Außerdem war er in Satherwaites Crew gewesen, und das reichte wahrscheinlich, um sich mit zwiespältigen Gefühlen an diese Zeit zu erinnern. Jim McCoy sagte: »Ich werde versuchen, ihn aufzuspüren. Weißt du, ich glaube, Chip weiß das mit Willie noch gar nicht.«

Satherwaite trank noch einen Schluck Bourbon, schaute auf die Uhr und dann zur Tür. Mit Bezug auf den verstorbenen Colonel Hambrecht sagte er: »Chip hat Willie gemocht. Man sollte es ihm erzählen.«

»Genau. Ich kümmere mich drum.« McCoy wusste nichts mehr zu sagen. Ihm war klar, dass Satherwaite nicht mal einen Briefumschlag frankieren würde, um die Gruppe beisammenzuhalten. Hauptsächlich hatten er und Terry dafür gesorgt, dass alle über den Verbleib ihrer Kameraden auf dem Laufenden waren.

Seit er die Stelle als Direktor des Luftfahrt-Museums in Long Island angetreten hatte, war Jim McCoy so etwas wie der inoffizielle schriftführende Generalsekretär ihres kleinen inoffiziellen Vereins. Die Jungs fanden es bequem, ihn als Anlaufstelle zu nutzen. Schließlich hatte er die entsprechende Büroausstattung, um telefonisch, brieflich, per Fax oder E-Mail mit allen in Verbindung zu bleiben. Terry Waycliff war bei ihnen so eine Art Erster Vorsitzender, aber wegen seiner Stelle beim Pentagon war er meistens nicht zu erreichen, und Jim McCoy rief ihn nur in dringenden Angelegenheiten an. Bald wären sie alle alte Männer und hätten viel Zeit, um miteinander in Kontakt zu bleiben, wenn sie denn wollten.

McCoy fragte Satherwaite: »Hast du nicht gesagt, du hättest einen Charterkunden?«

»Ja. Der Typ ist spät dran.«

»Hast du was getrunken, Bill?«

»Spinnst du? Vor einem Flug? Ich bin ein Profi, verdammt noch mal.«

»Schon gut ...« McCoy hielt das für eine Lüge und hoffte, dass Bill Satherwaite auch hinsichtlich des Kunden log. Für einen Moment dachte er an den alten Schwarm: Steve Cox, im Golfkrieg gefallen; Willie Hambrecht, in England ermordet; Terry Waycliff, der eine glänzende Militärlaufbahn abschloss; Paul Grey, ein erfolgreicher Geschäftsmann; Bob Callum, krebskrank in Colorado; Chip Wiggins, nicht auffindbar, aber vermutlich ging es ihm gut; Bill Satherwaite, nur noch ein Schatten seiner selbst; und schließlich er selbst, Jim McCoy, Museumsdirektor: gute Stelle, gutes Gehalt. Von acht Männern waren zwei bereits tot, einer starb gerade an Krebs, einer richtete sich zugrunde, einer wurde vermisst und dreien ging es vorläufig gut. Mit leiser Stimme sagte er zu Bill Satherwaite: »Wir sollten Bob alle zusammen besuchen. Wir sollten nicht mehr damit warten. Ich werde das arrangieren. Du musst mitkommen, Bill. Okay?«

Bill Satherwaite schwieg für ein paar Sekunden und sagte dann: »Okay. Machen wir.«

»Mach's gut, alter Junge.«

»Ja ... du auch.« Satherwaite legte auf und rieb sich die feuchten Augen. Er trank noch einen Schluck und steckte die Flasche dann in seine Reisetasche.

Bill Satherwaite stand auf und sah sich in seinem schäbigen Büro um. An der Wand gegenüber hingen die Flaggen von South Carolina und der Konföderierten, was viele Leute anstößig fanden, aber genau deshalb ließ er sie hängen. Mit dem ganzen Land war es den Bach runtergegangen, fand er, politisch korrekte Schwuchteln hatten das Sagen und obwohl Bill Satherwaite aus Indiana stammte, mochte er – von der schwülen Hitze hier mal abgesehen – die Südstaaten, mochte die Einstellung der Leute und mochte seine Flagge der Konföderierten. »Scheiß drauf.«

An der Wand daneben hing eine große Navigationskarte und neben der Karte ein altes, verblasstes und von der hohen Luftfeuchtigkeit gewelltes Poster. Es war ein Foto von Muammar al Gaddafi, um dessen Kopf eine Schießscheibe aufgemalt war. Satherwaite suchte sich aus dem Durcheinander auf seinem Schreibtisch einen Wurfpfeil und schleuderte ihn auf das Plakat. Der Pfeil traf Gaddafis Stirn, und Satherwaite brüllte: »Yeah! Hab dich!«

Bill Satherwaite ging zum Fenster seines kleinen Büros und schaute hinaus in den grellen Sonnenschein. »Prima Flugwetter.« Draußen auf der Piste hob eine seiner beiden Maschinen, die Cherokee 140 Trainer, eben ab, und in der Nachmittagshitze und den Turbulenzen zitterten die Tragflächen des kleinen Flugzeugs, während der Flugschüler sich mühte, emporzusteigen.

Die Cherokee setzte ihren zittrigen Steigflug fort und verschwand aus Satherwaites Blickfeld. Er war froh, dass er nicht mit dem Kleinen im Cockpit sitzen musste, der keinen Mumm in den Knochen, kein Gefühl fürs Fliegen und zu viel Geld hatte. In seiner Zeit als Flugschüler bei der Luftwaffe hätten sie solche Nieten einfach rausgeschmissen. Jetzt musste er für solche Typen arbeiten. Und außerdem würde der Kleine nie einen Luftkampf erleben – der wollte bloß fliegen, um bei seiner Ische Eindruck zu schinden. Das ganze Land ging den Bach runter, und zwar rapide.

Zu allem Unglück war sein Kunde auch noch irgend so ein

blöder Ausländer, wahrscheinlich ein Illegaler, der den Junkies oben in Philadelphia Stoff lieferte, und dann war der Scheißkerl auch noch spät dran. Wenigstens würde der Typ nichts sagen, wenn er die Bourbonfahne roch. Der hielt Bourbon wahrscheinlich für amerikanische Limonade. Er lachte.

Er ging zurück an seinen Schreibtisch und überflog eine Notiz, die er sich gemacht hatte. *Alessandro Fanini.* Hörte sich nach einer Latinoschwuchtel oder einem Spaghettifresser an. »Ja, ein Itaker. Das geht ja noch. Immer noch besser als irgend so 'n Pedro von hinter der Grenze.«

»Guten Tag.«

Satherwaite wirbelte herum und sah einen großen Mann mit Sonnenbrille an der offenen Tür stehen. Der Mann sagte: »Alessandro Fanini. Bitte entschuldigen Sie die Verspätung.«

Satherwaite fragte sich, ob der Typ ihn gehört hatte. Er schaute kurz auf die Wanduhr und sagte: »Ist ja nur 'ne halbe Stunde. Das macht nichts.«

Die beiden Männer gingen aufeinander zu, und Satherwaite streckte die Hand aus. Sie schüttelten einander die Hand, und Khalil sagte: »Ich bin bei meinem letzten Termin in Charleston aufgehalten worden.«

»Kein Problem.« Bill Satherwaite sah, dass der Mann einen grauen Anzug trug und eine große, schwarze Segeltuchtasche in der Hand hielt. Er fragte: »Haben Sie sonst noch Gepäck?«

»Ich habe mein Gepäck im Hotel in Charleston gelassen.«

»Gut. Es stört Sie doch hoffentlich nicht, dass ich Jeans und T-Shirt trage.«

»Überhaupt nicht. Hauptsache, es ist bequem. Aber wie ich schon sagte, werde ich über Nacht bleiben.«

»Ja. Ich hab 'ne Reisetasche dabei.« Er wies auf die Luftwaffentasche, die auf dem schmutzigen Fußboden stand. Er sagte: »Meine Freundin kommt, passt auf den Laden auf und schließt dann ab.«

»Gut. Sie sind wahrscheinlich morgen Mittag zurück.«

»Ist mir recht.«

»Ich habe meinen Mietwagen vor dem Hauptgebäude geparkt. Ist er da sicher?«

»Klar.« Satherwaite ging zu dem durchhängenden Bücherregal, raffte einen Stapel aufgerollter Karten zusammen und nahm dann seine Reisetasche. »Fertig?« Er folgte dem Blick seines Kunden, der das Gaddafi-Plakat anstarrte. Satherwaite grinste und fragte: »Wissen Sie, wer das ist?«

Assad Khalil antwortete: »Natürlich. Mein Heimatland hat mit diesem Mann viele Auseinandersetzungen durchgemacht.«

»Ach ja? Sie hatten Schwierigkeiten mit Mr. Muammar Scheißkerl al Arschgesicht Gaddafi?«

»Ja. Er hat uns oft bedroht.«

»Ach ja? Tja, damit Sie's wissen: Ich hätte das Schwein fast mal umgenietet.«

»Tatsächlich?«

Satherwaite fragte: »Sie sind aus Italien?«

»Ich komme aus Sizilien.«

»Echt? Da wäre ich fast mal notgelandet, wenn mir der Sprit ausgegangen wäre.«

»Wie bitte?«

»Das ist eine lange Geschichte. Ich darf nicht darüber reden. Vergessen Sie's.«

»Wie Sie wünschen.«

»Okay, wenn Sie mir die Tür aufhalten, können wir starten.«

»Ach, noch etwas. Meine Pläne haben sich etwas geändert, und Sie werden sich etwas umstellen müssen.«

»Nämlich?«

»Meine Firma will, dass ich nach New York fliege.«

»Ach ja? Ich fliege aber nicht gern nach New York, Mr. ...«

»Fanini.«

»Genau. Zu viel Flugverkehr, zu viel Nerverei.«
»Ich bin bereit, das extra zu bezahlen.«
»Es geht nicht ums Geld. Es geht um die Nerverei. Welcher Flughafen denn?«
»Er heißt MacArthur. Kennen Sie den?«
»O ja. Bin nie da gewesen, aber das geht in Ordnung. Ein Vorstadtflugplatz draußen auf Long Island. Können wir machen, aber das kostet extra.«
»Selbstverständlich.«
Satherwaite stellte seine Sachen auf dem Schreibtisch ab und suchte in seinem Regal eine andere Karte. Er sagte: »Wie das Leben so spielt. Ich habe gerade mit jemandem in Long Island telefoniert. Er wollte, dass ich mal vorbeikomme. Vielleicht überrasche ich ihn. Vielleicht sollte ich ihn anrufen.«
»Vielleicht ist es netter, wenn Sie ihn überraschen. Oder Sie rufen ihn nach der Landung an.«
»Ja. Ich nehme bloß seine Telefonnummer mit.« Satherwaite blätterte ein ramponiertes Rolodex durch und nahm eine Karte heraus.
Khalil fragte: »Wohnt er in der Nähe des Flughafens?«
»Weiß ich nicht. Aber er holt mich ab.«
»Sie können meinen Mietwagen nehmen, wenn Sie möchten. Ich habe einen Wagen reserviert und auch zwei Hotelzimmer für uns.«
»Ja. Das wollte ich Sie sowieso noch fragen. Ich schlafe nicht mit Männern in einem Zimmer.«
Khalil lächelte gezwungen und sagte: »Ich auch nicht.«
»Gut. Dann hätten wir das ja geklärt. Hey, wollen Sie im Voraus bezahlen? Bei Vorkasse bar kriegen Sie Rabatt.«
»Wie viel macht es denn?«
»Tja ... Wenn wir jetzt nach MacArthur fliegen, dann die Übernachtung, und morgen fallen deshalb ein paar Flugstunden aus, zuzüglich Treibstoff ... Ich würde mal sagen, achthundert Dollar in bar sollten reichen.«

»Das klingt annehmbar.« Khalil holte seine Brieftasche hervor, zählte achthundert Dollar ab, legte dann noch hundert Dollar drauf und sagte: »Und das ist für Sie.«

»Danke.«

Das war ein Großteil des Bargelds, das Khalil bei sich hatte, aber er wusste ja, dass er es bald zurückbekommen würde.

Bill Satherwaite zählte das Geld nach und steckte es ein. »Okay. Abgemacht.«

»Gut. Ich bin soweit.«

»Ich muss noch pissen.« Satherwaite machte eine Tür auf und verschwand auf der Toilette.

Assad Khalil betrachtete das Bild des Großen Führers und bemerkte den Pfeil, der in der Stirn steckte. Er zog ihn heraus und sagte zu sich: »Ganz bestimmt hat niemand mehr den Tod verdient als dieses amerikanische Schwein.«

Bill Satherwaite kam von der Toilette zurück, nahm seine Karten und die Tasche und sagte: »Wenn sich sonst nichts geändert hat, können wir los.«

Khalil fragte: »Haben Sie irgendwelche Getränke dabei?«

»Ja. Ich habe schon eine Kühltasche in die Maschine gebracht. Ich habe Limo und Bier. Das Bier ist für Sie, wenn Sie möchten. Ich darf ja nichts trinken.«

Khalil roch deutlich die Schnapsfahne des Mannes, sagte aber: »Haben Sie Mineralwasser in Flaschen?«

»Nein. Wieso sollte man Geld für Wasser ausgeben? Wasser ist gratis.« *Nur Idioten und Tucken kaufen Mineralwasser.* »Wollen Sie Wasser?«

»Das ist nicht nötig.« Khalil öffnete die Tür, und sie gingen hinaus in die Hitze.

Als sie über die heiße Betonpiste zu der Apache gingen, die gut hundert Meter vom Büro entfernt stand, fragte Satherwaite: »In welcher Branche sind Sie denn, Mr. Panini?«

»Fanini. Wie mein Kollege, der von New York aus angerufen hat, Ihnen bereits gesagt hat, bin ich in der Textilbranche tätig. Ich bin hier, um amerikanische Baumwolle zu kaufen.«

»Ja? Na, da sind Sie hier ja richtig. Hier hat sich seit dem Bürgerkrieg nichts geändert, nur dass sie die Sklaven jetzt bezahlen müssen.« Er lachte und fügte hinzu: »Und einige der Sklaven sind heute Latinos oder Weiße. Haben Sie schon mal ein Baumwollfeld gesehen? Das ist vielleicht eine Scheißarbeit. Die finden nicht genug Arbeiter. Vielleicht sollten sie zur Baumwollernte ein paar von den blöden Arabern holen – die lieben ja die Sonne. Die kann man mit Kamelscheiße bezahlen, und dann erzählt man ihnen, dass sie die Scheiße auf der Bank in Geld umtauschen können.« Er lachte.

Khalil reagierte nicht darauf, sondern fragte: »Müssen Sie einen Flugplan einreichen?«

»Nein.« Satherwaite wies auf den wolkenlosen Himmel. »Wir haben an der ganzen Ostküste ein riesiges Hochdruckgebiet. Die ganze Strecke über tolles Wetter.« Weil er dachte, sein Passagier litte vielleicht unter Flugangst, fügte er hinzu: »Die Götter sind Ihnen gnädig, Mr. Fanini. Wir haben bis nach New York hoch fabelhaftes Flugwetter und wahrscheinlich auch, wenn wir morgen zurückfliegen.«

Khalil musste sich von diesem Mann nicht erzählen lassen, dass Allah seinem Djihad gnädig gesonnen war – das wusste er bereits aus tiefster Seele. Und er wusste auch, dass Mr. Satherwaite morgen nicht zurückfliegen würde.

Während sie zum Flugzeug gingen, sagte Satherwaite, als würde er laut nachdenken: »Wenn wir südlich vom Kennedy-Flughafen überm Ozean sind, auf direktem Kurs nach Islip, könnte ich mal bei der New Yorker Radarkontrolle anfragen. Die halten mir Verkehrsflugzeuge vom Hals, die zum JFK wollen.«

Khalil dachte kurz daran, dass er nur ein paar Tage zuvor auf genau dieser Strecke in einem Verkehrsflugzeug gesessen hatte, und es kam ihm fast so vor, als wäre das schon eine Ewigkeit her.

Satherwaite fügte hinzu: »Und dann bitte ich den Long Island Tower um Landeerlaubnis. Und das wär's.« Satherwaite wies mit einer ausladenden Handbewegung über den fast verwaisten Flugplatz von Moncks Corner. »Hier muss ich ganz bestimmt mit keinem reden, bevor ich starten darf«, sagte er und lachte. »Hier ist gar keiner, mit dem ich reden könnte, höchstens mein Flugschüler da oben in meiner klapprigen Cherokee. Und der Kleine wüsste sowieso nicht, was er sagen sollte, wenn ich ihn über Funk rufen würde.«

Khalil sah dorthin, wo der Pilot auf die kleine, einmotorige Maschine zeigte, die sich im Landeanflug befand und dabei leicht hin und her zitterte. Er sah, dass das Flugzeug recht genau dem Typ entsprach, den er in Jacksonville mit der Pilotin gemietet hatte. Die Erinnerung an sie schlich wieder in Khalils Gedanken, und schnell schob er ihr Bild vor seinem geistigen Auge beiseite.

Sie blieben vor einer alten, blauweißen, zweimotorigen Piper Apache stehen. Satherwaite hatte bereits die Leinen gelöst, die Schutzvorrichtungen entfernt und die Bremsklötze weggenommen. Dann hatte er noch den Treibstoffstand überprüft. Das war auch das einzige, was er je überprüfte, denn mit dem alten Flugzeug stimmte so vieles nicht, dass es Zeitverschwendung gewesen wäre, nach Schwachstellen zu suchen. Satherwaite sagte zu seinem Kunden: »Ich habe sie komplett durchgecheckt, bevor Sie gekommen sind. Ist alles tipptopp.«

Assad Khalil betrachtete das alte Flugzeug. Er war froh, dass es zwei Motoren hatte.

Satherwaite bemerkte eine gewisse Besorgnis bei seinem zahlenden Kunden und sagte: »Das ist eine sehr einfach gebaute Maschine, Mr. Fanini, und man kann sich immer darauf verlassen, dass sie einen hin- und zurückbringt.«

»Ja?«

Satherwaite versuchte zu sehen, was dieser zimperliche Ausländer sah. Die Plexiglas-Fenster der Maschine Baujahr

1954 waren ein wenig schmutzig und verkratzt, und die Rumpflackierung war ein wenig verblichen – na gut, das musste Satherwaite sich eingestehen: Von der Lackierung war nicht mehr viel zu erkennen. Er schaute zu dem stutzerhaft gekleideten, sonnenbebrillten Mr. Fanini hinüber und bemühte sich, die Bedenken seines Kunden zu zerstreuen: »Da ist nichts Kompliziertes, Modernes dran, und deshalb kann auch nichts Wichtiges kaputt gehen. Die Triebwerke arbeiten gut, und die Steuerung funktioniert einwandfrei. Ich bin früher Militärjets geflogen, und ich kann Ihnen sagen: Die Dinger sind so kompliziert, dass man eine ganze Armee von Wartungstechnikern braucht, um nur zu einem einstündigen Einsatz zu starten.« Satherwaite warf einen Blick unter das rechte Triebwerk, wo sich im Laufe der Woche, seit er die Apache zum letzten Mal geflogen war, eine schwarze Ölpfütze gebildet hatte. »Ich bin damit gestern erst nach Key West und zurück geflogen. Sie fliegt wie ein Engel, der Heimweh hat. Fertig?«

»Ja.«

»Gut.« Satherwaite warf seine Reisetasche auf die Tragfläche der Apache und kletterte dann mit den Karten unterm Arm hinterher. Er warf seine Tasche und die Karten hinten rein und fragte dann seinen Passagier: »Vorn oder hinten?«

»Ich sitze vorn.«

»Okay.« Bill Satherwaite half seinen Passagieren manchmal hinauf, aber der große Kerl sah aus, als würde er das schon alleine schaffen. Satherwaite stieg ins Cockpit und rutschte über den Kopilotensitz auf den Pilotensitz. Es war heiß in der Kabine, und er öffnete das kleine Lüftungsfenster an der Seite und wartete auf seinen Passagier. Er rief: »Kommen Sie?«

Assad Khalil stellte seine Tasche auf die Tragfläche, stieg auf die rutschfeste Oberfläche, die glatt gerieben war, nahm seine Tasche, glitt auf den Kopilotensitz und stellte seine Tasche auf den Sitz dahinter.

Satherwaite sagte: »Lassen Sie die Tür noch eine Minute lang offen. Schnallen Sie sich an.«

Khalil folgte den Anweisungen des Piloten.

Satherwaite setzte sich einen Kopfhörer auf, legte ein paar Schalter um und drückte dann auf den Anlasser des linken Triebwerks. Nach kurzem Zögern sprang der alte Kolbenmotor an, und der Propeller begann sich zu drehen. Als das Triebwerk regelmäßig lief, drückte Satherwaite auf den Anlasser des rechten Motors, der schneller ansprang als der linke. »Okay ... Wunderbarer Sound.«

Khalil brüllte durch den Motorenlärm: »Das ist sehr laut.«

Satherwaite schrie zurück: »Ja, schon, aber Ihre Tür und mein Fenster sind ja auch noch offen.« Er erzählte seinem Passagier nicht, dass die Türdichtung leck war und es nicht viel leiser werden würde, wenn die Tür geschlossen war. Er sagte: »Sobald wir auf Reisehöhe sind, können Sie Ihren Schnurrbart wachsen hören.« Er lachte und fuhr über die Rollbahn zur Startbahn. Mit dem ganzen Geld in seiner Tasche, fand er, musste er nicht übertrieben nett zu diesem Italiener sein. Er fragte: »Was haben Sie gesagt, wo Sie herkommen?«

»Sizilien.«

»Oh ... ja ...« Satherwaite fiel ein, dass die Mafia aus Sizilien stammte. Während er über die Rollbahn fuhr, schaute er kurz zu seinem Passagier hinüber, und plötzlich dämmerte es ihm, dass der Kerl vielleicht ein Mafioso sein mochte. Augenblicklich bereute er sein selbstherrliches Verhalten, und er beschloss, seinen Passagier vorsichtshalber etwas freundlicher zu behandeln. »Sitzen Sie bequem, Mr. Fanini? Haben Sie irgendwelche Fragen zu unserem Flug?«

»Die Flugdauer.«

»Tja, Sir, wenn wir so guten Rückenwind haben, wie die Vorhersage behauptet, dann sind wir in etwa dreieinhalb Stunden in MacArthur.« Er sah auf seine Armbanduhr. »Landezeit also etwa halb neun. Ist das gut?«

»Das wäre schön. Müssen wir unterwegs nachtanken?«

»Nein. Ich habe an den Flügelspitzen extra Treibstofftanks eingebaut. Damit kann ich sieben Stunden nonstop fliegen. Wir tanken in New York.«

Khalil fragte: »Und Sie haben keine Schwierigkeiten, in der Dunkelheit zu landen?«

»Nein, Sir. Das ist ein guter Flughafen. Da landen auch große Verkehrsflugzeuge. Und außerdem bin ich ein erfahrener Pilot.«

»Gut.«

Satherwaite war mit sich zufrieden, bei Mr. Fanini gut Wetter gemacht zu haben, und er lächelte. Er fuhr an den Anfang der Startbahn. Er schaute durch die Windschutzscheibe hoch und nach vorn. Sein Flugschüler übte auf der Piste 23 den Landeanflug und das Aufsetzen bei Seitenwind und startete dann wieder durch. Dabei hatte er offenbar keine Schwierigkeiten. Er sagte: »Der Kleine da oben, das ist ein Flugschüler, der null Mumm in den Knochen hat. Verstehen Sie? Diese amerikanischen Jungs sind völlig verweichlicht. Die brauchen mal einen Tritt in den Arsch. Das müssen Killer werden. Die müssen Blut schmecken.«

»Ist das so?«

Satherwaite schaute kurz zu seinem Passagier hinüber und sagte: »Ich meine, ich habe den Luftkrieg erlebt, und ich kann Ihnen sagen, wenn das Flakfeuer so dicht wird, dass man den Himmel nicht mehr sieht, und die Raketen am Cockpit vorbeirauschen, dann wird man schnell ein Mann.«

»Sie haben das erlebt?«

»Viele Male. Okay, da wären wir. Machen Sie die Tür zu.« Satherwaite gab Schub, überprüfte die Instrumente und sah sich dann auf dem Flugplatz um. Da war nur die Cherokee, und die kam ihnen nicht in die Quere. Satherwaite fuhr mit der Apache auf die Startbahn und gab mehr Schub. Sie brausten los. Das Flugzeug wurde immer schneller und hob in der Mitte der Startbahn ab.

Satherwaite bediente schweigend die Steuerung. Er brachte die Maschine in Querlage, und während das Flugzeug weiter stieg, ging er auf einen Kurs von vierzig Grad.

Khalil sah aus dem Fenster auf die grüne Landschaft hinab. Er spürte, dass das Flugzeug intakter war, als es aussah, und dass auch der Pilot fähiger war, als es den Anschein gehabt hatte. Er fragte den Piloten: »In welchem Krieg haben Sie denn gekämpft?«

Satherwaite schob sich ein Kaugummi in den Mund und sagte: »In vielen Kriegen. Der Golfkrieg war der größte.«

Khalil wusste, dass der Mann nicht im Golfkrieg gekämpft hatte. Assad Khalil wusste im Grunde mehr über Bill Satherwaite als der über sich selbst.

Satherwaite fragte: »Wollen Sie ein Kaugummi?«

»Nein, danke. Und was für Flugzeuge haben Sie geflogen?«

»Jäger.«

»Ja? Was ist das?«

»Jäger. Düsenjäger. Kampfbomber. Ich habe viele unterschiedliche Maschinen geflogen, aber schließlich bin ich bei einer gelandet, die F-111 hieß.«

»Dürfen Sie darüber reden, oder ist das ein militärisches Geheimnis?«

Satherwaite lachte. »Nein, Sir, das ist kein Geheimnis. Das ist ein altes Flugzeug, das längst außer Dienst gestellt wurde. So wie ich.«

»Fehlen Ihnen diese Erlebnisse?«

»Also, den ganzen Kleinscheiß vermisse ich nicht – dass alles immer blitzblank sein musste, das ewige Grüßen und Rumkommandiertwerden. Und jetzt lassen sie sogar *Frauen* Kampfflugzeuge fliegen, um Himmels willen! Daran darf ich gar nicht denken. Und diese blöden Ziegen sorgen für alle möglichen Probleme mit ihrem Schwachsinn vonwegen sexueller Belästigung – tut mir Leid, aber Sie haben das Thema aufgebracht. Hey, wie sind denn die Frauen da, wo Sie herkommen? Wissen die, wo sie hingehören?«

»Absolut.«

»Gut. Vielleicht zieh ich da hin. Sizilien, nicht wahr?«

»Ja.«

»Was spricht man da?«

»Einen italienischen Dialekt.«

»Dann lerne ich das und ziehe da hin. Braucht man da Piloten?«

»Natürlich.«

»Gut.« Sie waren jetzt auf fünftausend Fuß und hatten die Nachmittagssonne fast direkt im Rücken, was den Ausblick nach vorn besonders klar und beeindruckend machte, fand Satherwaite. Mit der Sonne im Rücken erblühte die üppige Frühlingslandschaft in noch prächtigeren Farben und hob sich klar vom fernen Blau der Küstengewässer ab. Ein Rückenwind von 25 Knoten trieb sie zusätzlich voran, sodass sie vielleicht früher in Long Island ankommen würden, als er geschätzt hatte. Irgendwo in Bill Satherwaites Hinterkopf saß der Gedanke fest, dass die Fliegerei doch mehr war als nur ein Beruf. Es war eine Berufung, eine Brüderschaft – ein überirdisches Erlebnis, wie diese Sektenjünger in ihrer Kirche in Moncks Corner wohl manchmal welche hatten. In der Luft fühlte er sich besser und war eher im Einklang mit sich selbst. Etwas Schöneres, das wurde ihm klar, gab es nicht. Er sagte zu seinem Passagier: »Ich vermisse den Luftkampf.«

»Wie kann man denn so etwas vermissen?«

»Ich weiß nicht ... Ich habe mich in meinem ganzen Leben nie so gut gefühlt wie in den Momenten, wenn ich die ganzen Raketen und das Flakfeuer um mich her gesehen habe.« Er fügte hinzu: »Tja, wenn sie mich abgeschossen hätten, hätte ich mich wahrscheinlich nicht so gut gefühlt. Aber diese dummen Scheißer können ja nicht mal gerade pissen.«

»Was für dumme ... Leute?«

»Oh, sagen wir einfach mal: die Araber. Ich darf nicht sagen, welche von denen.«

»Und weshalb nicht?«

»Militärisches Geheimnis.« Er lachte. »Nicht der Einsatz – nur, wer daran teilgenommen hat.«

»Und wieso?«

Bill Satherwaite schaute kurz zu seinem Passagier hinüber und erwiderte dann: »Es ist Vorschrift, die Namen der Piloten zu verheimlichen, die an einem Bombenangriff teilgenommen haben. Die Regierung glaubt, diese blöden Kameltreiber würden nach Amerika kommen und Rache nehmen. Schwachsinn. Aber, wissen Sie, der Kapitän der Vincennes – das war das Kriegsschiff, das im Golfkrieg versehentlich ein iranisches Passagierflugzeug abgeschossen hat: Jemand hat eine Bombe in seinem Auto versteckt, in seinem Van – und das auch noch in Kalifornien. Das hat mir echt 'n Schrecken eingejagt. Seine Frau wäre fast dabei umgekommen.«

Khalil nickte. Er wusste von dem Attentat. Die Iraner hatten mit dieser Autobombe gezeigt, dass sie die Erklärung und Entschuldigung nicht akzeptierten. Khalil sagte: »Im Krieg führt Blutvergießen zu weiterem Blutvergießen.«

»Echt? Jedenfalls denkt die Regierung, dass diese Kameltreiber ihren großen, tapferen Kriegern gefährlich werden könnten. Ist mir doch scheißegal, wer davon weiß, dass ich die Araber bombardiert habe. Sollen die doch kommen. Die werden es bereuen, dass sie mich gefunden haben.«

»Ja ... Sind Sie bewaffnet?«

Satherwaite schaute zu seinem Passagier hinüber und sagte: »Mrs. Satherwaite hat ja keinen Schwachkopf groß gezogen.«

»Wie bitte?«

»Ich bin bewaffnet und gefährlich.«

Sie stiegen auf siebentausend Fuß und Satherwaite fuhr fort: »Aber dann, im Golfkrieg, will die bescheuerte Regierung eine gute Presse und zeigt die Piloten im Fernsehen. Also, mal im Ernst: Wenn sie Angst vor den blöden Arabern haben, wieso stellen sie dann die Piloten vor Fernsehkameras zur Schau? Ich werd Ihnen sagen, warum: Sie wollten daheim Unterstützung haben, und deshalb haben sie die hübschen Fliegerjungs ins Fernsehen gesteckt, damit sie lächeln und sagen, wie toll der Krieg doch ist und wie sie alle so liebend gern für Gott und Vaterland ihre beschissene Pflicht erfüllen. Und für jeden Mann hatten sie da mindestens hundert Tussis. Ohne Scheiß. Haben die Muschis da im Fernsehen vorgeführt, damit alle sehen, wie scheiß politisch korrekt das Militär ist. Mann, wenn man sich den Krieg auf CNN angesehen hat, musste man ja denken, die Muschis hätten den ganzen Krieg alleine ausgefochten. Das ist bestimmt gut bei den Irakis angekommen. Verstehen Sie? Die mussten ja denken, sie werden von einer Bande Tussis in Schutt und Asche gebombt.« Er lachte. »Mann, bin ich froh, da weg zu sein.«

»Das merkt man.«

»Ja, ich habe mich aufgeregt. 'tschuldigung.«

»Ich teile Ihre Ansicht über Frauen in Männerberufen.«

»Gut. Wir müssen zusammenhalten.« Er lachte wieder und fand den Typ gar nicht so schlecht, obwohl er Ausländer und ein ziemlicher Waschlappen war.

Khalil fragte: »Weshalb haben Sie dieses Poster an der Wand?«

»Um mich an die Zeit zu erinnern, als ich den fast mal plattgemacht hätte«, antwortete Bill Satherwaite ohne jegliche Sicherheitsbedenken. »Zu meinem Auftrag gehörte eigentlich nicht sein Haus. Das war Jims und Pauls Auftrag. Die haben eine Bombe genau auf das Haus von dem Schwein abgeworfen, aber Gaddafi hat draußen in seinem Zelt gepennt, um Himmels willen. Die Scheiß-Araber lieben ihre Zelte. Oder? Aber seine Tochter hat was abgekriegt, das war schade, aber Krieg ist nun mal Krieg. Haben auch seine Frau und ein paar seiner Kinder erwischt, aber die haben es überlebt. Es will ja keiner Frauen und Kinder töten, aber manchmal sind sie eben da, wo sie nicht hingehören. Verstehen Sie? Also, wenn ich der Sohn von Gaddafi wäre, dann würde ich aber mächtig auf Abstand zu meinem Papa gehen.« Er lachte.

Khalil atmete tief durch und riss sich zusammen. Er fragte: »Und was war Ihr Auftrag?«

»Ich habe das Kommandozentrum bombardiert, ein Tanklager, eine Kaserne und ... noch was, das mir nicht mehr einfällt. Weshalb fragen Sie?«

»Nur so. Ich finde das faszinierend.«

»Ja? Na, dann vergessen Sie das mal, Mr. Fanini. Wie gesagt: Ich darf nicht darüber sprechen.«

»Natürlich.«

Sie waren auf ihrer Reisehöhe von 7500 Fuß angelangt. Satherwaite nahm Schub weg, und die Motoren wurden etwas leiser.

Khalil fragte: »Rufen Sie nachher Ihren Freund in Long Island an?«

»Ja. Wahrscheinlich schon.«

»Kennen Sie ihn vom Militär?«

»Ja. Jetzt ist er Direktor eines Luftfahrtmuseums. Wenn wir morgen früh Zeit haben, flitze ich vielleicht rüber und schau mir das mal an. Sie können gerne mitkommen. Ich zeige Ihnen meine alte F-111. Die haben eine da.«

»Das wäre interessant.«

»Ja. Ich hab seit Jahren keine mehr gesehen.«

»Sie werden an die alten Zeiten denken.«

»Ja.«

Khalil schaute hinab auf die Landschaft. Wie lustig, dachte er, dass er eben den Kameraden dieses Mannes umgebracht hatte und nun von diesem Mann dorthin gebracht wurde, wo er einen weiteren seiner Kameraden umbringen würde. Er fragte sich, ob der Mann neben ihm wohl Sinn für diese Ironie des Schicksals hätte.

Assad Khalil lehnte sich zurück und schaute in den Himmel. Als die Sonne allmählich unterging, sprach er im Geiste die erforderlichen Gebete und fügte hinzu: »Gott hat meinen Djihad gesegnet, Gott hat meine Feinde geblendet, Gott hat sie mir ausgeliefert – Gott ist groß.«

Bill Satherwaite fragte: »Haben Sie was gesagt?«

»Ich habe nur gerade Gott für einen guten Tag gedankt und ihn gebeten, meine Reise nach Amerika zu segnen.«

»Ja? Dann bitten Sie ihn doch, mir auch ein paar Gefallen zu tun.«

»Das habe ich. Er wird es tun.«

Kapitel 40

Als das Taxi an der Federal Plaza abfuhr, fragte mich Kate: »Kommen Sie diesmal mit rein? Oder brauchen Sie Ihren Schlaf?«

Da schwang eine Spur Hohn mit, und außerdem forderte sie damit vielleicht sogar meine Männlichkeit heraus. Die Frau lernte allmählich, wie sie mit mir umgehen musste. Ich sagte: »Ich komme mit rauf. Man sagt nicht ›rein‹, sondern ›rauf‹.«

»Wie auch immer.«

Wir fuhren schweigend weiter. Es herrschte mäßiger Verkehr, und ein Aprilschauer ließ die Straßen glänzen. Der Taxifahrer war aus Kroatien. Danach erkundige ich mich immer. Ich mache da eine Umfrage.

Wir kamen also zu Kates Apartmenthaus, und ich bezahlte das Taxi, die Fahrt vom JFK und die Wartezeit inbegriffen. Ich trug ihr auch den Koffer. So etwas wie Gratis-Sex gibt's nämlich nicht.

Der Portier machte uns die Tür auf und fragte sich bestimmt, warum Miss Mayfield mit einem Koffer abgereist war und ein paar Stunden später mit demselben Koffer und einem Mann wiederkam. Hoffentlich hat er sich die ganze Nacht lang den Kopf darüber zerbrochen.

Wir fuhren mit dem Aufzug in den vierzehnten Stock und betraten ihre Wohnung.

Es war eine kleine, schlichte Mietwohnung mit weißen Wänden, einem Eichenfußboden ohne Teppiche und sehr wenigen, modernen Möbeln. Es gab keine Pflanzen hier, keine Kunst an den Wänden, keine Skulpturen, keinen Krimskrams und Gott sei Dank keine Anzeichen einer Katze. Eine Schrankwand war mit Büchern, einem Fernseher und einem CD-Player voll gestopft, dessen Boxen auf dem Boden standen.

Es gab einen offenen Küchenbereich, und Miss Mayfield ging hinein und öffnete einen Schrank. »Scotch?«, fragte sie.

»Ja, bitte.« Ich stellte ihren Koffer und meinen Aktenkoffer ab.

Sie stellte die Flasche Scotch auf den Frühstückstresen zwischen der Küche und dem Essbereich ohne Esstisch. Ich setzte mich am Tresen auf einen Hocker, und sie stellte zwei Gläser und Eis hin und schenkte ein. »Soda?«

»Nein, danke.«

Wir stießen an und tranken. Sie schenkte nach und kippte wiederum einen Fingerbreit Scotch.

Sie fragte mich: »Haben Sie zu Abend gegessen?«

»Nein. Aber ich habe auch keinen Hunger.«

»Gut. Aber ich habe ein paar Snacks da.« Sie machte einen Schrank auf und holte ein paar scheußliche Sachen hervor: Dinger in großen Cellophantüten, die ›Crunch-Os‹ und so ähnlich hießen. Sie aß eine Handvoll orangefarbener Raupen oder so.

Sie schenkte sich noch einen Scotch ein, ging dann zum CD-Player und legte Musik auf. Es war eine alte Scheibe von Billie Holiday.

Sie kickte sich die Schuhe von den Füßen und zog dann

ihren Blazer aus, was eine hübsche, maßgeschneiderte, weiße Bluse, ein Holster mit einer Glock darin und auch sonst noch einiges zum Vorschein brachte. Bei der Polizei trug kaum jemand noch Schulterholster, und ich fragte mich, warum sie so etwas trug. Sie warf den Blazer über einen Sessel, schnallte sich dann das Holster ab und legte es auf den Blazer. Ich wartete darauf, dass sie es sich noch bequemer machte, aber das war's.

Da ich den Vorteil, bewaffnet zu sein, natürlich nicht nötig hatte, zog ich mein Jackett aus und löste mein Gürtelholster. Sie nahm mir Jackett und Holster ab, legte es auf ihre Sachen und setzte sich dann neben mich auf einen Hocker. Als der Profi, der ich nun mal bin, sprach ich über die Vorteile der neuen, von der Bundesregierung gestellten Glocks Kaliber 40 und wie sie doch das 9-mm-Modell in den Schatten stellten und so weiter. »Eine kugelsichere Weste durchschlägt sie nicht, aber sie haut einen definitiv um.«

Das Thema schien sie nicht zu interessieren, und sie sagte: »Ich muss das hier mal richtig einrichten.«

»Sieht doch gut aus.«

»Finden Sie? Dann wohnen Sie wohl in einem Loch?«

»Früher mal. Aber jetzt habe ich das eheliche Heim. Ist nicht schlecht.«

»Wie haben Sie Ihre Frau kennen gelernt?«

»Über einen Katalog.«

Sie lachte.

»Ich wollte eine Cappuccinomaschine bestellen, habe aber wohl die falsche Bestellnummer eingetragen, und dann wurde sie per UPS geliefert.«

»Sie spinnen.« Sie sah auf ihre Armbanduhr. »Ich will die Elf-Uhr-Nachrichten sehen. Es hat drei Pressekonferenzen gegeben.«

»Na gut.«

Sie stand auf und sagte: »Ich höre meinen Anrufbeantworter ab und sage in der Leitstelle Bescheid, dass ich zu Hause bin.« Sie sah mich an und fragte: »Soll ich sagen, dass Sie hier sind?«

»Das müssen Sie entscheiden.«

»Die müssen bei diesem Fall immer wissen, wo Sie sich aufhalten.«

»Ich weiß.«

»Und? Bleiben Sie?«

»Das ist auch Ihre Entscheidung. Überraschen Sie mich.«

»Also gut.« Sie machte kehrt und verschwand hinter einer Tür, die in ihr Schlafzimmer oder Büro führte.

Ich trank meinen Scotch und dachte über die Dauer und den Zweck meines Besuchs nach. Mir war klar: Wenn ich austrank und ging, würden Miss Mayfield und ich keine Kumpels mehr sein. Wenn ich blieb und wir es trieben, würden Miss Mayfield und ich ebenfalls keine Kumpels mehr sein. Ich hatte mich wirklich in eine Ecke manövriert.

Sie kam wieder und sagte: »Da war nur die Nachricht von Ihnen.« Sie setzte sich wieder neben mich und rührte mit einem Finger den Scotch und das Eis um. »Ich habe in der Leitstelle angerufen.«

Nach einer Weile fragte ich: »Haben Sie erwähnt, dass ich hier bin?«

»Habe ich. Der Officer vom Dienst hatte den Lautsprecher an, und alle haben gejubelt.«

Ich lächelte.

Sie machte sich noch einen Drink, wühlte dann in ihren Cellophantüten herum und meinte: »Ich sollte nicht so einen Mist im Haus haben. Ich kann nämlich kochen. Ich mach's bloß nicht. Was essen Sie zu Hause?«

»Ich bringe überfahrene Tiere mit nach Hause.«

»Leben Sie gern allein?«

»Manchmal schon.«

»Ich habe nie mit jemandem zusammen gewohnt.«

»Und warum nicht?«

»Das macht wohl der Beruf. Die viele Arbeit. Rund um

die Uhr Anrufe, hierhin und dahin reisen. Versetzungen. Außerdem hat man Waffen und geheime Dokumente zu Hause, aber das ist wohl nichts Besonderes. Die älteren Kollegen haben mir erzählt, dass Agentinnen früher oder später meist Schwierigkeiten bekamen, wenn sie mit einem Mann zusammen lebten.«

»Das stimmt wahrscheinlich.«

»Den Typen hat man aber bestimmt auch nicht viel durchgehen lassen. Aber das FBI hat sich geändert.« Sie sagte: »Sie sind ein älterer Mann. Wie war denn das Leben so in den vierziger Jahren?«

Ich lächelte, aber witzig fand ich das nicht.

Miss Mayfield hatte vier Cocktails gekippt, wirkte aber noch ziemlich klar.

Wir lauschten *I Only Have Eyes For You* und plauderten ein wenig. Sie überraschte mich, indem sie sagte: »Ich trinke, wenn ich nervös bin. Sex macht mich immer nervös. Ich meine: Sex beim ersten Mal. Nicht Sex an sich. Wie ist das bei Ihnen?«

»Tja ... ich werde leicht ein wenig verkrampft.«

»Sie sind nicht so knallhart, wie Sie immer tun.«

»Da verwechseln Sie mich mit meinem bösen Zwillingsbruder. James Corey.«

»Wer ist die Frau in Long Island?«

»Das habe ich Ihnen doch erzählt. Sie ist bei der Mordkommission.«

»Ist das was Ernstes? Ich möchte Sie nicht in Schwierigkeiten bringen.«

Ich antwortete nicht.

Sie sagte: »Viele Frauen im Büro finden Sie sexy.«

»Wirklich? Ich hab mich auch von meiner besten Seite gezeigt.«

»Es kommt nicht darauf an, was Sie sagen oder tun. Entscheidend ist, wie Sie gehen und aussehen.«

»Werde ich jetzt rot?«

»Ein bisschen. Bin ich zu direkt?«

Darauf hatte ich eine gute Standardantwort parat: »Nein, Sie sind aufrichtig und offen. Ich mag Frauen, die ihr Interesse an einem Mann bekunden können, ohne das ganze Getue, das die Gesellschaft Frauen auferlegt.«

»Quatsch!«

»Eben. Gib mal den Scotch.«

Sie nahm die Flasche und ging damit zur Couch. »Schauen wir uns die Nachrichten an.«

Ich nahm mein Glas und setzte mich auf die Couch. Sie schaltete den CD-Player ab, fand die Fernbedienung und stellte CBS ein.

Der Hauptbericht der Elf-Uhr-Nachrichten handelte vom Trans-Continental-Flug 175 und den Pressekonferenzen. Die Nachrichtensprecherin sagte: »Es gibt bestürzende Neuigkeiten über die Tragödie an Bord von Flug 175 auf dem Kennedy-Flughafen am Samstag. Heute verkündeten das FBI und die New Yorker Polizei bei einer gemeinsamen Pressekonferenz, was seit Tagen gemutmaßt wurde: Die Todesfälle an Bord der Trans-Continental-Maschine waren die Folge eines Terroranschlags und nicht eines Unfalls. Das FBI hat einen Hauptverdächtigen für den Anschlag, einen libyschen Staatsbürger namens Assad Khalil ...« Ein Foto von Khalil erschien auf dem Bildschirm und wurde weiter gezeigt, während die Sprecherin fortfuhr: »Das ist das Foto, das wir Ihnen gestern Abend gezeigt haben. Es handelt sich um die Person, von der wir berichtet haben, dass sie im ganzen Land und weltweit gesucht wird. Nun haben wir erfahren, dass es sich dabei um den Hauptverdächtigen für den Anschlag auf den Trans-Continental ...«

Kate schaltete zu NBC um, wo sie im Grunde das Gleiche erzählten, und dann zappte sie zu ABC und CNN. Sie schaltete hin und her, was schon in Ordnung ist, wenn ich es mache, was aber nervt, wenn jemand anderes es macht, zumal eine Frau.

Wir bekamen also das Wesentliche der diversen Berichte mit, und dann kam eine Aufzeichnung der ersten Pressekonferenz. Felix Mancuso, der Chef der New Yorker FBI-Außenstelle, teilte ein paar sorgsam ausgewählte Einzelheiten über das Ereignis mit. Nach ihm sprach der Polizeipräsident.

Dann sagte Jack Koenig ein paar Worte darüber, dass die New Yorker Polizei und das FBI ihre Kräfte bündeln würden und so weiter, erwähnte die Antiterror-Task Force aber nicht namentlich.

Koenig erwähnte weder Peter Gorman noch Phil Hundry, sprach aber über den Tod von Nick Monti, Nancy Tate und Meg Collins, die er als Bundespolizisten bezeichnete, und natürlich erwähnte er auch den Conquistador Club nicht. Seine kurze Beschreibung der Todesfälle hörte sich an, als wären sie bei einer Schießerei mit dem fliehenden Terroristen ums Leben gekommen.

Die Aufzeichnung der gemeinsamen Pressekonferenz von NYPD und FBI endete mit einem Sperrfeuer von Fragen seitens der Reporter, doch alle wichtigen Personen waren offenbar schon verschwunden und hatten Alan Parker am Podium allein gelassen, der nun wie ein Reh schaute, das ins Scheinwerferlicht eines Autos starrte.

Die Nachrichtensprecherin leitete zur zweiten Pressekonferenz im Rathaus über, und es gab ein paar kurze Statements des Bürgermeisters, des Gouverneurs und anderer Politiker, die alle gelobten, etwas zu tun, aber nur vage Andeutungen darüber machten, *was* sie denn tun wollten. Viel wichtiger war es ja auch, dass sie die Gelegenheit bekamen, sich im Fernsehen zu zeigen.

Anschließend wurde eine Aufzeichnung aus Washington eingespielt, die den Direktor des FBI und auch den stellvertretenden Direktor zeigte, der für die Abteilung für Terrorismusabwehr zuständig war und den wir im FBI-Hauptquartier kennen gelernt hatten. Beide gaben sie ernste, aber zuversichtliche Statements ab.

Der stellvertretende Direktor nutzte noch mal die Gelegenheit, um die Belohnung von einer Million Dollar für Hinweise, die zur Ergreifung von Assad Khalil führten, bekannt zu geben. Er sagte nicht »Verurteilung«, sondern nur »Ergreifung«. Für Eingeweihte war das eine ungewöhnliche Formulierung, die auf ein hohes Maß von Besorgnis und Verzweiflung hindeutete.

Dann folgte noch eine kurze Szene aus dem Weißen Haus. Der Präsident gab ein sorgsam formuliertes Statement ab, das zu beinahe jedem Anlass gepasst hätte, auch zur landesweiten Woche der Bibliotheken.

Ich sah, dass die gesamte Berichterstattung, inklusive der ausführlichen Pressekonferenzen, etwa sieben Minuten gedauert hatte, was für normale Nachrichtensendungen viel Sendezeit ist. Tja, ich muss immer an diesen Sketch denken, in dem der Nachrichtensprecher mit monotoner Stimme vom Teleprompter abliest: »Ein Meteor rast auf die Erde zu und wird den Planeten am Mittwoch vernichten.« Dann wendet er sich an den Sportmoderator und fragt: »Hey, Bill, wie haben sich denn die Mets heute geschlagen?«

Vielleicht übertreibe ich ja, aber hier hatten wir eine Geschichte von einiger Wichtigkeit, über die ich aus erster Hand etwas wusste, und nicht mal ich konnte dem wirren Sammelsurium aus Bildern und Tonschnipseln folgen.

Doch alle großen Sender kündigten für halb zwölf Sondersendungen an, und diese eingehenderen Berichte waren normalerweise besser. Die normalen Nachrichten sind eher so eine Art Vorschau.

Entscheidend aber war, dass sie die Katze aus dem Sack gelassen hatten und Assad Khalils Fahndungsfoto auf allen Kanälen gezeigt wurde. Das hätten sie schon viel früher tun sollen, aber besser spät als nie.

Kate schaltete mit derselben Fernbedienung den Fernseher aus und den CD-Player an. Fantastisch.

Ich sagte: »Ich würde gerne noch die Wiederholung von

Akte X sehen. Heute kommt die Folge, in der Mulder und Scully entdecken, dass seine Unterhose eine außerirdische Lebensform ist.«

Sie erwiderte nichts.

Der große Moment war gekommen.

Sie schenkte sich noch einen Scotch ein, und ich sah, dass ihre Hand tatsächlich zitterte. Sie rutschte über die Couch, und ich legte einen Arm um sie. Wir tranken Scotch aus einem Glas und lauschten der sexy Stimme von Billie Holiday, die *Solitude* sang.

Ich räusperte mich und fragte: »Können wir nicht einfach nur Freunde sein?«

»Nein. Ich mag dich ja nicht mal.«

»Ach so ...«

Tja, wir küssten einander, und binnen zwei Sekunden war aus dem kleinen Johnny der große, schlimme John geworden.

Im Handumdrehen waren unsere Kleider über den Boden und den Couchtisch verstreut, und wir lagen nackt nebeneinander auf der Couch.

Wenn das FBI Orden für tolle Körper verleihen würde, hätte Kate Mayfield einen goldenen Stern mit Diamantbesatz bekommen. Ich war ihr natürlich zu nah, um ihren Luxusbody so richtig sehen zu können, aber wie die meisten Männer verfüge ich in solchen Situationen über den Tastsinn eines Blinden.

Ich fuhr mit den Händen über ihre Schenkel und ihren Po, zwischen ihre Beine und über ihren Bauch hoch zu ihren Brüsten. Ihre Haut war weich und kühl, was ich mag, und sämtliche Muskeln waren offenbar im Fitnessstudio gestählt.

Mein eigener Körper, falls das jemanden interessiert, lässt sich als sehnig, aber auch geschmeidig beschreiben. Früher hatte ich einen Waschbrettbauch, aber nachdem ich eine Kugel in den Unterleib bekommen hatte, habe ich da etwas

Speck angesetzt – wie ein dünnes, feuchtes, aufgerolltes Handtuch über dem Waschbrett.

Kates Finger strichen über meine rechte Hinterbacke und hielten an der knotigen Narbe inne. »Was ist das?«

»Eine Austrittswunde.«

»Und wo ist der Einschuss?«

»Am Unterleib.«

Ihre Hand fuhr über meinen Unterleib und suchte dort, bis sie die Stelle gut sechs Zentimeter nordöstlich meines Willis entdeckte.

»Oh ... das war aber knapp.«

»Noch etwas näher und wir hätten Freunde bleiben müssen.«

Sie lachte und schloss mich so fest in die Arme, dass meiner angeschlagenen Lunge die Luft wegblieb. Jesses – was hatte diese Frau Kräfte.

Irgendwo im Hinterkopf war ich mir ziemlich sicher, dass Beth Penrose das hier nicht gutheißen würde. Ich habe durchaus ein Gewissen, aber mein Willi ist vollkommen gewissenlos. Um diesen Konflikt zu lösen, schaltete ich mein Gehirn ab und ließ Willi machen.

Wir befummelten, küssten, streichelten und drückten einander gut zehn Minuten lang. Es ist köstlich, einen unbekannten nackten Körper zu erkunden: die Beschaffenheit der Haut, die Kurven, Hügel und Täler, der Geschmack und der Duft einer Frau. Ich mag das Vorspiel, aber Willi wird leicht ungeduldig, und deshalb schlug ich vor, ins Schlafzimmer zu wechseln.

Sie erwiderte: »Nein, mach's mir hier.«

Kein Problem. Tja ... schon nicht ganz einfach auf der Couch, aber wo ein Willi ist, da ist auch ein Weg.

Sie setzte sich auf mich, und einen Herzschlag später hatte sich der Charakter unseres beruflichen Verhältnisses radikal verändert.

Ich lag auf der Couch, und Kate ging ins Schlafzimmer. Ich wusste nicht, was für ein Verhütungsmittel sie benutzte, da ich aber keine Kinderbettchen oder Laufställe in der Wohnung sah, hatte sie das offenbar im Griff.

Sie kam zurück ins Wohnzimmer und schaltete die Lampe neben der Couch an. Sie stand da und sah zu mir hinab, und ich setzte mich auf. Jetzt konnte ich ihren ganzen Körper sehen. Er war tatsächlich erlesen schön und fülliger, als ich ihn mir bei den diversen Malen vorgestellt hatte, die ich sie im Geiste ausgezogen hatte. Ich sah auch, dass sie eine echte Blondine war, oben wie unten, aber das hatte ich mir schon gedacht.

Sie kniete sich hin und spreizte meine Beine. Ich sah, dass sie einen feuchten Waschlappen in der Hand hielt, und damit polierte sie die Rakete ein wenig, was beinahe zu einer zweiten Zündung geführt hätte. Sie meinte: »Nicht schlecht für einen alten Knaben. Nimmst du Viagra?«

»Nein, ich nehme Salpeter, um ihn schlapp zu halten.«

Sie lachte, beugte sich dann vor und legte das Gesicht in meinen Schoß. Ich streichelte ihr Haar.

Sie hob den Kopf, und wir hielten Händchen. Sie betrachtete und berührte die Narbe auf meiner Brust, fuhr dann mit den Fingern auf meinen Rücken und fand die Austrittswunde. »Diese Kugel hat dir vorn und hinten die Rippen gebrochen.«

Damen vom FBI wissen so was anscheinend. Ausgesprochen klinisch. Aber besser als: »Ach, du Armer, das muss aber weh getan haben.«

Dann sagte sie: »Jetzt kann ich Jack erzählen, wo du verwundet wurdest.« Sie lachte und fragte dann: »Hast du Hunger?«

»Ja.«

»Gut. Ich mach uns Rührei.«

Sie ging in ihre kleine Küche, und ich stand auf und sammelte die verstreuten Kleidungsstücke ein.

Sie rief: »Nicht anziehen!«

»Ich wollte nur kurz deinen BH und deinen Slip anprobieren.«

Sie lachte.

Ich sah ihr im offenen Küchenbereich zu, wie sie nackt umherging und aussah wie eine Göttin, die in einem Tempel heilige Rituale vollzieht.

Ich sah den Stapel CDs durch und entdeckte eine Platte von Willie Nelson, meine bevorzugte Musik für danach.

Willie sang: *Don't Get Around Much Anymore.*

Sie sagte: »Die mag ich.«

Ich sah mir die Bücher im Regal an. Normalerweise besagt es einiges über einen Menschen, was er liest. Kate besaß größtenteils Ausbildungshandbücher, so die Sachen, die man wirklich lesen muss, wenn man in diesem Gewerbe auf dem Laufenden bleiben will. Dann waren da viele Bücher über echte Kriminalfälle, über das FBI, über Terrorismus, psychische Abnormitäten und solche Sachen. Sie hatte keine Romane, Klassiker, Gedichtbände, keine Bücher über Malerei oder Fotografie. Das bestärkte mich in meiner ursprünglichen Einschätzung, dass Miss Mayfield ein engagierter Profi, eine verlässliche Kollegin und eine Dame war, die im Grunde nie Feierabend machte.

Doch es war nicht schwer zu sehen, dass dieser gepflegte Cheerleader noch eine andere Seite hatte: Sie mochte Männer, und sie mochte Sex. Aber warum mochte sie ausgerechnet mich? Vielleicht wollte sie ein paar Kollegen beim FBI eins auswischen, indem sie sich mit einem Bullen einließ. Vielleicht war sie es leid, sich an die ungeschriebenen Gesetze und niedergeschriebenen Weisungen zu halten. Vielleicht brauchte sie es einfach gerade. Wer weiß? Als Mann kann man wahnsinnig werden, wenn man darüber spekuliert, warum man als Sexpartner auserkoren wurde.

Das Telefon klingelte. Agenten sind gehalten, einen zweiten Anschluss für dienstliche Gespräche zu haben, aber sie schaute nicht mal auf das an der Küchenwand angebrachte Telefon, um zu sehen, welche Leitung es war. Es klingelte, bis der Anrufbeantworter ansprang.

Ich fragte: »Kann ich was helfen?«

»Ja. Kämm dir die Haare und wasch dir den Lippenstift vom Gesicht.«

»Okay.« Ich ging ins Schlafzimmer und sah, dass das Bett gemacht war. Warum machen Frauen Betten?

Das Schlafzimmer war genauso dürftig eingerichtet wie das Wohnzimmer und hätte auch ein Motelzimmer sein können. Miss Mayfield hatte sich in Manhattan offensichtlich nicht besonders gemütlich eingerichtet.

Ich ging ins Badezimmer. So aufgeräumt die anderen Zimmer auch waren: Das Bad sah aus wie nach einer Hausdurchsuchung. Ich borgte mir von dem voll gestellten Frisiertisch einen Kamm und kämmte mir das Haar, wusch mir dann das Gesicht und gurgelte mit Mundwasser. Ich betrachtete mich im Spiegel. Ich hatte dunkle Ringe unter den blutunterlaufenen Augen, mein Gesicht war blass, und die Brustnarbe hob sich weiß und kahl von der übrigen Brust ab. Aber meine Kurbelwelle lief noch, wenn der Batterie auch allmählich der Saft ausging.

Ich wollte mich nicht zu lange in den Privatgemächern von Mademoiselle aufhalten und ging zurück ins Wohnzimmer.

Kate hatte zwei Teller Rührei mit Toast und zwei Gläser Orangensaft auf den Couchtisch gestellt. Ich setzte mich auf die Couch, sie hockte sich mir gegenüber auf den Boden und wir aßen. Ich war richtig hungrig.

Sie sagte: »Seit acht Monaten bin ich in New York, und du bist mein erster Mann hier.«

»Das merkt man.«

»Wie steht's bei dir?«

»Ich hab seit Jahren nichts mit einem Mann gehabt.«

»Jetzt mal im Ernst.«

»Tja ... was soll ich sagen? Ich habe eine Freundin. Das weißt du ja.«

»Können wir die loswerden?«

Ich lachte.

»Das ist mein Ernst, John. Ich hätte nichts dagegen, dich ein paar Wochen lang zu teilen, aber dann fühle ich mich ... du weißt schon.«

Wusste ich das? Da war ich mir nicht so sicher. Trotzdem sagte ich: »Das verstehe ich vollkommen.«

Wir sahen einander lange in die Augen. Schließlich wurde mir klar, dass ich etwas sagen musste, und also sagte ich: »Schau mal, Kate, ich glaube, du bist bloß einsam. Und sehr im Stress. Ich bin nicht der Richtige. Ich bin nur eben gerade zur Stelle, und ...«

»Quatsch. So einsam und gestresst bin ich nun auch wieder nicht. Mich baggern ständig Männer an. Dein Freund Ted Nash hat mich schon zehnmal um ein Rendezvous gebeten.«

»*Was?*« Ich ließ die Gabel fallen. »Der kleine Scheißer?«

»Er ist nicht klein.«

»Aber ein Scheißer.«

»Nein, ist er nicht.«

»Das kotzt mich jetzt an. Bist du mit ihm ausgegangen?«

»Nur ein paar Mal zum Abendessen. Zusammenarbeit zwischen den Diensten.«

»Mann, das kotzt mich an. Was lachst du denn?«

Sie verriet mir nicht, warum sie lachte, aber ich konnte es mir schon denken.

Ich sah ihr zu, wie sie sich die Hände vors Gesicht hielt und sich mühte, gleichzeitig zu lachen und ihr Rührei zu schlucken. Ich sagte: »Falls du dich verschluckst: Den Heimlich-Griff beherrsche ich nicht.«

Das brachte sie nur noch mehr zum Lachen.

Ich wechselte also das Thema und fragte sie, was sie von den Pressekonferenzen hielte.

Sie antwortete, aber ich hörte nicht zu. Ich dachte an Ted Nash und daran, wie er sich während des Plum-Island-Falls an Beth Penrose herangemacht hatte. Tja, vielleicht beruhte das ja auf Gegenseitigkeit und war auch nicht so wichtig, aber ich dulde keine Konkurrenz. Und Kate Mayfield hatte sich das wohl schon gedacht und brachte es jetzt gegen mich ins Spiel.

Dann dachte ich an Beth Penrose und, ehrlich gesagt, hatte ich Gewissensbisse. Während Kate Mayfield bei einem sexuellen Verhältnis nichts gegen eine mehrwöchige Überschneidung hatte, bin ich im Grunde monogam und gönne mir lieber immer nur ein Kopfzerbrechen zurzeit – mal abgesehen von dem Wochenende in Atlantic City mit den beiden Schwestern, aber das ist eine andere Geschichte.

Wir saßen also eine Weile da, unsere Körper berührten einander, und ich aß mein Rührei. Ich hatte sehr lange mit keiner Frau mehr nackt gegessen, wusste aber, dass es mir früher sehr gefallen hatte. Essen und Nacktheit, Essen und Sex, das passt einfach zusammen, wenn man es recht bedenkt. Es ist einerseits primitiv und andererseits sehr sinnlich.

Ich befand mich also auf dem rutschigen Abhang hinab in den Abgrund der Liebe, der Zweisamkeit und des Glücks – und man weiß ja, wohin das führt. Ins Elend.

Na und? Nur nicht kneifen. Ich sagte zu Kate: »Ich rufe Beth morgen früh an und mache Schluss mit ihr.«

»Das musst du nicht tun. Das kann ich auch für dich erledigen.« Sie lachte.

Offenbar war Kate Mayfield in besserer nachkoitaler Stimmung als ich. Ich rang wirklich mit mir, war verwirrt und ein wenig ängstlich. Aber morgen früh würde ich das alles klären.

Sie sagte: »Zurück zum Geschäft. Erzähl mir mehr über den Informanten.«

Also erzählte ich ihr von meinem Gespräch mit Fadi Aswad und entlastete so mein schlechtes Gewissen, dass ich für Essen und Sex früher Feierabend gemacht hatte.

Sie hörte aufmerksam zu und fragte dann: »Und du meinst nicht, dass das ein Ablenkungsmanöver ist?«

»Nein. Sein Schwager ist tot.«

»Das könnte trotzdem alles geplant sein. Diese Leute sind manchmal auf eine Art und Weise rücksichtslos, die wir nicht nachvollziehen können.«

Ich dachte darüber nach und fragte sie: »Was hätten sie denn damit bezwecken sollen, dass sie uns vortäuschen, Assad Khalil wäre mit einem Taxi nach Perth Amboy gefahren?«

»Wir sollen glauben, dass er unterwegs ist, und aufhören, in New York City nach ihm zu suchen.«

»Jetzt überstrapazierst du das. Wenn du Fadi Aswad gesehen hättest, wüsstest du, dass er die Wahrheit sagt. Gabe war auch der Meinung, und ich vertraue Gabes Instinkten.«

Sie sagte: »Fadi hat die Wahrheit über das gesagt, was er weiß. Das beweist nicht, dass es Khalil in dem Taxi war. Wenn er es aber war, dann war der Mord in Frankfurt ein Täuschungsmanöver und der Mord in Perth Amboy nicht.«

»Eben.« Ich treffe mich nur selten nackt zum Brainstorming mit Kolleginnen, und ganz so vergnüglich, wie es vielleicht wirkt, war es nicht. Aber wohl immer noch besser als ein Meeting an einem langen Konferenztisch.

Ich sagte: »Tja, da habe ich dir wohl ein paar Wochen Europa mit Ted Nash erspart.«

»Deshalb hast du dir das alles ausgedacht. Um mich hier zu behalten.«

Ich lächelte.

Sie schwieg ein paar Sekunden und fragte dann: »Glaubst du an Schicksal?«

Ich dachte darüber nach. Meine zufällige Begegnung mit zwei Latino-Gentlemen in der 102. Straße West ein Jahr zuvor hatte eine Folge von Ereignissen ausgelöst, die mir einen

Genesungsurlaub, den Job bei der Antiterror-Task Force und schließlich das hier eingebracht hatten. Ich glaube nicht an Vorbestimmung, Schicksal, Zufall oder Glück. Ich glaube, dass eine Kombination aus freiem Willen und allgemeinem Chaos unsere Geschicke lenkt und dass es im Leben ein wenig wie beim Schlussverkauf zugeht. Mann muss ständig aufpassen und bereit und in der Lage sein, seinen freien Willen in einer zunehmend chaotischen und gefährlichen Umwelt auszuüben.

»John?«

»Nein, ich glaube nicht an Schicksal. Ich glaube nicht, dass es vorherbestimmt war, dass wir einander kennen lernen, und ich glaube nicht, dass es vorherbestimmt war, dass wir es hier in deiner Wohnung treiben. Wir haben uns zufällig kennen gelernt, und der Sex war deine Idee. Übrigens eine ausgezeichnete Idee.«

»Danke. Jetzt bist du dran, mir nachzulaufen.«

»Ich kenne die Regeln. Ich schicke immer Blumen.«

»Die Blumen kannst du dir sparen. Sei einfach nur nett zu mir in der Öffentlichkeit.«

Ich bin mit einem Schriftsteller befreundet, der sich mit Frauen auskennt, und der hat mir mal gesagt: »Männer reden mit Frauen, um sie rumzukriegen. Und Frauen lassen sich von Männern rumkriegen, damit sie hinterher mit ihnen reden können.« So bekamen alle, was sie wollten, aber ich weiß nicht so recht, auf wie viel Gespräch ich mich nach dem Sex gern einlasse. Bei Kate Mayfield lautete die Antwort offenbar: auf jede Menge.

»John?«

»Oh ... tja, aber wenn ich in der Öffentlichkeit nett zu dir bin, gibt es Gerede.«

»Das ist gut so. Dann halten sich die anderen Idioten zurück.«

»Welche anderen Idioten? Von Nash mal abgesehen?«

»Ist doch egal.« Sie setzte sich auf, legte ihre nackten Füße auf den Couchtisch, streckte sich, gähnte und wackelte mit den Zehen. Sie sagte: »Mein Gott, hat das gut getan.«

»Ich habe mein Bestes gegeben.«

»Ich meinte das Essen.«

»Oh.« Ich sah auf die Digitaluhr des Videorecorders und sagte: »Ich sollte jetzt gehen.«

»Kommt nicht in Frage. Ich habe so lange keine Nacht mehr mit einem Mann verbracht, dass ich gar nicht mehr weiß, wer wen an die Kette legt.«

Da musste ich kichern. Besonders anziehend fand ich an Kate Mayfield, dass sie in der Öffentlichkeit so jungfräulich und unberührbar daherkam und hier dagegen ... Sie wissen schon, was ich meine. Manche Männer törnt das an. Mich zum Beispiel.

Ich sagte: »Ich habe keine Zahnbürste dabei.«

»Ich habe so ein Business-Class-Flugzeugset für Männer. Da müsste alles drin sein, was du brauchst. Ich habe es extra aufgehoben.«

»Welche Fluglinie? Mir gefällt das Set der British Airways.«

»Ich glaube, es ist von Air France. Da ist ein Kondom dabei.«

»Da du das gerade ansprichst ...«

»Vertrau mir. Ich arbeite für die Bundesregierung.«

Das war vermutlich das Lustigste, was ich seit Monaten gehört hatte.

Sie schaltete den Fernseher an und legte sich, mit dem Kopf auf meinem Schoß, auf die Couch. Ich streichelte ihre Brüste, wodurch sich mein hydraulischer Lift wieder in Bewegung setzte. Sie hob den Kopf und sagte: »Ein paar Zentimeter höher, bitte« und lachte. Bis gegen zwei Uhr sahen wir uns jede Menge Nachrichtenwiederholungen und ein paar Sondersendungen über das an, was nun als »Terroranschlag auf Flug 175« bezeichnet wurde. Die Nachrichten der großen Sender gaben sich offenbar Mühe, den Namen ihres großen Werbekunden Trans-Continental aus allen Unannehmlichkeiten herauszuhalten. Und so bizarr es erscheinen mag – einer der Sender zeigte doch tatsächlich einen Werbespot der Trans-Continental mit glücklichen Fluggästen in der Touristenklasse, was ein Widerspruch in sich ist. Vermutlich engagieren die für so was Liliputaner, damit die Sitze größer wirken. Und man muss auch mal darauf achten, dass in der Werbung nie arabische Passagiere vorkommen.

Was die Sondersendungen anging, so hatten sie aus den hintersten Winkeln des Planeten irgendwelche Experten hervorgelockt, und die laberten nun über den weltweiten Terrorismus, über die Geschichte des Nahost-Terrorismus, über Libyen, moslemische Extremisten, Zyanidgas, Autopiloten und so weiter.

Gegen drei Uhr zogen wir uns ins Schlafgemach zurück und nahmen nur unsere Holster und Pistolen mit. Ich sagte: »Ich schlafe nackt, aber ich trage dabei Holster und Pistole.«

Sie lächelte und gähnte und zog dann nackt ihr Schulterholster an. Wenn man auf so was steht, sieht es sexy aus. Sie betrachtete sich im Spiegel und sagte: »Das sieht komisch aus. Titten mit Knarre.«

»Kein Kommentar.«

Sie sagte: »Den Holsterriemen habe ich von meinem Vater. Ich wollte ihm nicht sagen, dass man keine Schulterholster mehr trägt. Ich habe ein neues Glock-Holster an den Riemen geschnallt und trage es etwa einmal pro Woche und immer, wenn ich nach Hause fahre.«

Ich nickte. Das war doch ein netter Zug.

Sie nahm das Holster ab, ging zum Anrufbeantworter auf dem Nachttisch und drückte auf einen Knopf. Die unverkennbare Stimme von Ted Nash meldete sich: »Kate, hier ist Ted. Ich rufe aus Frankfurt an. Ich habe gehört, dass Sie und Corey nicht zu uns kommen. Das sollten Sie sich noch mal überlegen. Ich glaube, Sie beide verpassen eine gute Gelegenheit. Der Mord an dem Taxifahrer war bestimmt nur ein Ablenkungsmanöver ... Also, rufen Sie mich an ... Es ist jetzt nach Mitternacht in New York ... Ich dachte, Sie wären zu Hause ... Im Büro hat man gesagt, Sie seien nach Hause gegangen ... Corey ist auch nicht zu Hause. Also gut, Sie können mich hier bis drei oder vier Uhr Ihrer Zeit anrufen. Ich bin im Frankfurter Hof.« Er nannte die Telefonnummer und sagte dann: »Oder ich versuche es später noch mal im Büro. Wir sollten miteinander reden.«

Keiner von uns beiden sagte etwas dazu. Die Stimme dieses Kerls ging mir in Kate Mayfields Schlafzimmer mächtig auf die Nerven, und sie spürte das wohl, denn sie sagte: »Ich spreche später mit ihm.«

Ich sagte: »Es ist erst drei. Bei denen ist es neun. Du kannst ihn erwischen, wie er auf seinem Zimmer hockt und sich im Spiegel begafft.«

Sie lächelte, sagte aber nichts.

Ted und ich hatten wohl, wie üblich, unterschiedliche Theorien. Ich hielt den Mord in Frankfurt für das Ablenkungsmanöver. Und ich war mir ziemlich sicher, dass der listige alte Ted das auch so sah, mich aber in Deutschland haben wollte. Interessant. Tja, wenn Ted sagt: Geh zu Punkt B, dann bleibe ich an Punkt A. Ganz einfach.

Kate lag schon im Bett und winkte mich zu sich.

Also haute ich mich zu ihr in die Falle, und wir kuschelten uns aneinander, Arme und Beine umeinander geschlungen. Die Bettwäsche war kühl und steif, das Kissen und die Matratze waren fest und Kate Mayfield auch. Das war doch besser, als auf meinem Sessel vor der Glotze einzunicken.

Das große Hirn schlief ein, aber das kleine Hirn war hellwach, wie das manchmal so ist. Sie setzte sich auf mich und bot Willi eine neue Heimat. Irgendwann war ich völlig weggetreten, aber ich hatte einen sehr realistischen Traum, in dem ich es mit Kate Mayfield trieb.

Kapitel 41

Assad Khalil sah die Landschaft unter dem Flugzeug vorbeiziehen. Die alte Piper Apache flog auf 7500 Fuß bei klarer Sicht in nordöstliche Richtung nach Long Island.

Bill Satherwaite informierte seinen Passagier: »Wir haben einen netten Rückenwind, also liegen wir gut in der Zeit.«

»Ausgezeichnet.« *Der Rückenwind raubt dir Lebenszeit.*

Bill Satherwaite sagte: »Das war also, wie ich schon sagte, der längste Kampfbomber-Langstreckenangriff der Kriegsgeschichte. Und in einer F-111 sitzt man nicht gerade bequem.«

Khalil saß schweigend da und hörte zu.

Satherwaite fuhr fort: »Die blöden Franzosen haben uns nicht erlaubt, ihr Land zu überfliegen. Aber die Italiener waren okay – die haben uns gestattet, im Notfall auf Sizilien zu landen. Was mich angeht, seid ihr also echt in Ordnung.«

»Danke.«

Norfolk, Virginia, zog unter ihnen vorbei, und Satherwaite nutzte die Gelegenheit, um auf den Hafen der US-Marine jenseits der rechten Tragfläche hinzuweisen. »Schauen Sie, da ist die Flotte. Sehen Sie die beiden Flugzeugträger an ihren Liegeplätzen? Sehen Sie die?«

»Ja.«

»Die Marine hat uns in dieser Nacht sehr geholfen. Sie haben nicht eingegriffen, aber es hat einem schon sehr viel Auftrieb gegeben, einfach nur zu wissen, dass sie da draußen sind und uns auf dem Rückflug nach dem Angriff Deckung geben.«

»Ja, das verstehe ich.«

»Aber wie sich dann herausstellte, sind uns diese Memmen von der libyschen Luftwaffe nach dem Angriff gar nicht gefolgt. Die Piloten haben sich wahrscheinlich unterm Bett verkrochen und in die Hose gemacht.« Er lachte.

Khalil erinnerte sich voller Scham und Wut an sein eigenes Inkontinenzerlebnis. Er räusperte sich und sagte: »Ich meine mich zu erinnern, dass die libysche Luftwaffe ein amerikanisches Flugzeug abgeschossen hat.«

»Unmöglich. Die sind ja nicht mal gestartet.«

»Aber Sie haben doch ein Flugzeug verloren, nicht wahr?«

Satherwaite schaute kurz zu seinem Fluggast hinüber und sagte: »Ja, wir haben ein Flugzeug verloren, aber die meisten von uns sind sich ziemlich sicher, dass der Typ einfach nur seinen Angriff verbockt hat. Er ist zu tief geflogen und hat beim Anflug auf den Strand auf dem Wasser aufgesetzt.«

»Vielleicht wurde er von einer Rakete oder von der Flak abgeschossen.«

Wiederum warf Satherwaite seinem Passagier einen Blick zu. Er sagte: »Ihre Luftverteidigung war scheiße. Die hatten zwar den ganzen Hightech-Kram von den Russen, aber weder den nötigen Grips noch den Mumm, es auch zu benutzen.« Satherwaite dachte noch mal über seine Bemerkung nach und fügte hinzu: »Aber uns sind wirklich 'ne Menge Flakgeschosse und Bodenluftraketen entgegengekommen. Wegen der Raketen musste ich Ausweichmanöver fliegen, aber bei der Flak, da kann man einfach weiter nichts machen als durchzufliegen.«

»Sie waren sehr tapfer.«

»Hey, ich mache nur meine Arbeit.«

»Und Ihr Flugzeug war das erste, das Al Azziziyah angegriffen hat?«

»Ja. Schwarmführer ... Hey, hab ich was von Al Azziziyah gesagt?«

»Ja, das haben Sie.«

»Ach ja?« Satherwaite erinnerte sich nicht, den Namen genannt zu haben, den er kaum aussprechen konnte. »Na ja, und mein Wizo – mein Waffensystemoffizier – Chip ... – ich darf keine Nachnamen nennen – hat vier abgeworfen, drei Volltreffer, und die letzte hat er verbockt, aber irgendwas hat er getroffen.«

»Was hat er getroffen?«

»Keine Ahnung. Auf den Satellitenbildern sah man hinterher ... vielleicht Kasernen oder Häuser – keine sekundären Explosionen, also war es nicht das, was er eigentlich treffen sollte, nämlich ein altes italienisches Munitionslager. Was soll's? Irgendwas hat er getroffen. Hey, wissen Sie, wie sie die Toten zählen? Die Satellitenaufklärung zählt die Arme und Beine und teilt das Ganze dann durch vier.« Er lachte.

Assad Khalil spürte sein Herz pochen und flehte Gott um Selbstbeherrschung an. Er atmete ein paar Mal tief durch und schloss die Augen. Dieser Mann, das wurde ihm klar, hatte seine Familie umgebracht. Er sah seine Brüder Esam und Qadir vor sich, seine Schwestern Adara und Lina und seine Mutter, wie sie ihm vom Paradies aus zulächelte und ihre vier Kinder im Arm hielt. Sie nickte und bewegte die Lippen – aber er konnte nicht hören, was sie sprach, wusste aber, dass sie stolz auf ihn war und ihn ermutigte, die Aufgabe abzuschließen, Vergeltung für ihren Tod zu üben.

Er schlug die Augen auf und sah den blauen Himmel vor sich. In Augenhöhe gab es nur eine einzige strahlend weiße Wolke, und irgendwie wusste er, dass seine Familie auf dieser Wolke saß.

Er dachte auch an seinen Vater, an den er sich kaum erinnern konnte, und sagte im Geiste: »Vater, du wirst stolz auf mich sein.«

Dann dachte er an Bahira, und plötzlich wurde ihm bewusst, dass dieses Monster, das dort neben ihm saß, tatsächlich schuld an ihrem Tod war.

Bill Satherwaite sagte: »Ich wünschte, ich hätte den Gaddafi-Auftrag gekriegt. Das war Pauls Ziel, der Glückspilz. Ich meine, wir waren uns nicht mal sicher, dass sich das arabische Arschloch in dieser Nacht in dem Militärlager aufhalten würde, aber die Jungs von der Aufklärung waren der Ansicht. Man darf Staatsoberhäupter nicht umbringen. Das ist irgend so 'n blödes Gesetz – ich glaube, dieser Waschlappen Carter hat das unterzeichnet. Man darf keine Staatsoberhäupter umlegen. So ein Schwachsinn. Zivilisten kannste in Schutt und Asche bomben, aber die Chefs darfste nicht anrühren. Aber Reagan hatte viel mehr Mumm in den Knochen als dieses Weichei Carter, und deshalb hat Ronnie gesagt: ›Nichts wie ran!‹ Und Paul hat das große Los gezogen. Verstehen Sie? Sein Wizo war der Jim, der auf Long Island wohnt. Paul findet problemlos Gaddafis Haus, und Jim schickt eine Dicke, Fette direkt ins Ziel. Das war's mit dem Haus. Aber der blöde Gaddafi schläft irgendwo draußen in einem beschissenen Zelt – habe ich Ihnen das schon erzählt? Der kommt also davon und hat sich wahrscheinlich nur eingemacht.«

Assad Khalil atmete wieder tief durch und sagte: »Aber seine Tochter ist dabei umgekommen, sagten Sie doch.«

»Ja ... dumm gelaufen. Aber so ist das nun mal in dieser beschissenen Welt. Oder? Ich meine: Als die versucht haben, Hitler mit einer Bombe umzubringen, sind ein paar Leute um ihn her als Matsch geendet, und der beschissene Hitler kam mit einem angesengten Bart davon. Was denkt sich Gott dabei? Verstehen Sie? Das kleine Mädchen kommt um, wir stehen scheiße da, und dieses Schwein kommt davon.«

Khalil erwiderte nichts.

»Hey, das andere große Los hat ein anderer Schwarm gezogen. Habe ich Ihnen das schon erzählt? Der andere Schwarm hatte ein paar Ziele mitten in Tripolis und eines der Ziele war die Französische Botschaft. Das hat natürlich keiner je zugegeben, und es soll ein Versehen gewesen sein, aber einer unserer Jungs hat eine Bombe auf den Hinterhof der Französischen Botschaft abgeworfen. Wollte niemanden umbringen und es war ja auch mitten in der Nacht, also wäre sowieso keiner da gewesen, und es war auch keiner da. Aber stellen Sie sich das vor: Wir haben Gaddafis Haus getroffen, und er schlief auf dem Hinterhof. Dann haben wir absichtlich den Hinterhof der Französischen Botschaft bombardiert, aber es war sowieso niemand in der Botschaft. Verstehen Sie, was ich meine? Was, wenn es umgekehrt gewesen wäre? Allah hat in dieser Nacht auf dieses Arschloch aufgepasst. Da fragt man sich doch ...«

Khalil spürte, wie seine Hände zitterten, und dann bebte er am ganzen Leib. Hätten sie festen Boden unter den Füßen gehabt, dann hätte er dieses gotteslästernde Schwein mit bloßen Händen umgebracht. Er schloss die Augen und betete.

Satherwaite fuhr fort: »Ich meine, die Franzosen sind doch unsere Kumpels, unsere Verbündeten, aber sie haben sich eingeschissen, und wir durften ihren Luftraum nicht überfliegen und deshalb haben wir ihnen gezeigt, dass es schon mal zu einem Unfall kommen kann, wenn die Crews Umwege fliegen müssen und ein bisschen müde werden.« Satherwaite brach in Gelächter aus. »Nur ein Versehen. *Excusez moi!*«

Er lachte wieder und fügte hinzu: »Hatte Ronnie jetzt Schneid, oder was? Wir brauchen wieder so einen Kerl im Weißen Haus. Bush war Kampfpilot. Wussten Sie das? Den haben die Japsen über dem Pazifik abgeschossen. Der war in Ordnung. Und dann kriegen wir diesen Jammerlappen aus Arkansas. Interessieren Sie sich für Politik?«

Khalil schlug wieder die Augen auf und antwortete: »Als Gast in Ihrem Land halte ich mich mit Bemerkungen über die amerikanische Politik zurück.«

»Ja? Ist wohl besser. Na ja, die blöden Libyer haben gekriegt, was sie verdient haben, nachdem sie diese Disko in die Luft gejagt haben.«

Khalil schwieg für einen Moment und meinte dann: »Das ist alles lange her, aber Sie erinnern sich offenbar noch ganz genau daran.«

»Ja ... na ja, Kampferfahrungen vergisst man nicht so schnell.«

»Die Menschen in Libyen haben das bestimmt auch nicht vergessen.«

Satherwaite lachte. »Bestimmt nicht. Wissen Sie, die Araber haben ein gutes Gedächtnis. Zwei Jahre, nachdem wir Libyen bombardiert haben, haben sie die Pan Am 103 vom Himmel geputzt.«

»Wie es im hebräischen Testament heißt: ›Auge um Auge, Zahn um Zahn.‹«

»Ja. Hat mich gewundert, dass wir ihnen das nicht heimgezahlt haben. Und dann hat dieser Waschlappen Gaddafi doch tatsächlich die beiden Kerle ausgeliefert, die die Bombe versteckt hatten. Ich frage mich, was der im Schilde führt.«

»Was meinen Sie damit?«

»Ich meine damit, dass dieser Scheißkerl bestimmt noch ein Ass im Ärmel hat. Verstehen Sie? Was nützt es ihm, die beiden Typen auszuliefern, denen er befohlen hat, die Bombe zu verstecken?«

Khalil erwiderte: »Vielleicht sah er sich großem Druck ausgesetzt, mit dem Weltgerichtshof zu kooperieren.«

»Ach ja? Na und? Aber er muss ja vor seinen terroristischen arabischen Kumpels das Gesicht wahren, und deshalb geht er los und zieht noch 'ne Nummer ab. Verstehen Sie? Vielleicht war das, was mit der Trans-Continental-Maschine passiert ist, wieder so 'ne Gaddafi-Nummer. Der Typ, den sie verdächtigen, ist doch Libyer. Oder?«

»Ich weiß nicht viel über dieses Ereignis.«

»Ich auch nicht, ehrlich gesagt. Gucke eh keine Nachrichten.«

Khalil fügte hinzu: »Aber Sie könnten Recht damit haben, dass dieser jüngste Terroranschlag eine Vergeltung dafür war, dass man Libyen gezwungen hat, diese Personen auszuliefern. Oder vielleicht haben sie sich noch nicht genug für den Luftangriff auf Libyen gerächt.«

»Wer weiß? Ist ja auch scheißegal. Wenn man versucht, diese Muftis zu durchschauen, wird man dabei genauso bescheuert wie die.«

Khalil erwiderte nichts.

Sie flogen weiter. Satherwaite hatte anscheinend das Interesse an dem Gespräch verloren und gähnte ein paar Mal. Sie flogen an der Küste von New Jersey entlang, und die Sonne ging allmählich unter. Khalil konnte unter ihnen vereinzelte Lichter ausmachen und sah dann vor ihnen am Ozean ein helles Leuchten. Er fragte: »Was ist das?«

»Wo? Ach ... das ist Atlantic City da vor uns. Bin mal da gewesen. Tolle Stadt, wenn man Wein, Weib und Gesang mag.«

Khalil erkannte darin einen Bezug auf einen Vers des großen persischen Dichters Omar Khayyam: *Ein Krug Wein, ein Laib Brot, und du singst an meiner Seite in der Wildnis – Ach, diese Wildnis ist mir Paradies genug!* Er fragte: »Das ist also das Paradies?«

Satherwaite lachte. »Ja. Oder die Hölle. Hängt davon ab, was für Karten Sie kriegen. Spielen Sie?«

»Nein, ich spiele nicht.«

»Ich dachte, die ... die Sizilianer wären ganz versessen aufs Glücksspiel.«

»Wir lassen die anderen spielen. Das Spiel gewinnt, wer selbst nicht spielt.«

»Da haben Sie Recht.«

Satherwaite schwenkte die Maschine nach rechts und änderte den Kurs. Er sagte: »Wir fliegen raus über den Atlantik und dann direkt nach Long Island. Ich gehe jetzt in den Sinkflug – es kracht vielleicht ein wenig in den Ohren.«

Khalil schaute auf seine Armbanduhr. Es war Viertel nach sieben, und die Sonne war am westlichen Horizont kaum noch zu sehen. Das Land unter ihnen war dunkel. Er nahm die Sonnenbrille ab, steckte sie in seine Brusttasche und setzte seine Bifokalbrille auf. Er sagte zu dem Piloten: »Ich habe an diesen Zufall gedacht, dass Sie einen Freund in Long Island haben.«

»Ja?«

»Ich habe einen Kunden in Long Island, der auch Jim heißt.«

»Aber doch nicht Jim McCoy?«

»Doch, so heißt er.«

»Er ist ein Kunde von Ihnen? Jim McCoy?«

»Ist er nicht Direktor des Luftfahrtmuseums?«

»Ja! Ich werd verrückt. Woher kennen Sie ihn denn?«

»Er kauft bei meiner Fabrik in Sizilien Baumwollleinwände. Das ist eine besondere Leinwand, die für Ölgemälde hergestellt wird, aber sie eignet sich auch sehr gut, um die alten Flugzeuge in seinem Museum damit zu beziehen.«

»Tja, brat mir einer einen Storch. Sie verkaufen Leinwände an Jim?«

»An sein Museum. Ich bin ihm persönlich nie begegnet, aber er war sehr zufrieden mit der Qualität meiner Baumwollleinwände. Sie sind nicht so schwer wie Segeltuch, und weil man sie über das Gerippe der alten Flugzeuge zieht, ist dieses geringe Gewicht von Vorteil.« Khalil bemühte sich, sich zu erinnern, was man ihm in Tripolis noch gesagt hatte, und fuhr fort: »Und da sie für Maler hergestellt werden, können sie die Farbe der Flugzeuge natürlich viel besser aufnehmen als Segeltuch, was heutzutage sowieso eine Seltenheit ist, weil Segel meist aus Kunstfasern hergestellt werden.«

»Echt?«

Khalil schwieg für einen Moment und fragte dann: »Vielleicht könnten wir Mr. McCoy heute Abend besuchen?«

Bill Satherwaite überlegte kurz und sagte dann: »Warum nicht? ... Ich kann ihn anrufen ...«

»Ich werde es nicht ausnutzen, dass Sie mit ihm befreundet sind, und werde nichts Geschäftliches ansprechen. Ich würde bloß gerne die Flugzeuge sehen, für die meine Leinwände verwendet werden.«

»Klar ...«

»Und für diesen Gefallen würde ich natürlich darauf bestehen, Ihnen ein kleines Geschenk zu machen ... vielleicht fünfhundert Dollar.«

»Ist gebongt. Ich rufe ihn in seinem Büro an und sehe mal, ob er noch da ist.«

»Und wenn nicht, können Sie ihn vielleicht zu Hause anrufen und ihn bitten, sich mit uns im Museum zu treffen.«

»Klar. Jim macht das für mich. Er wollte mich sowieso mal rumführen.«

»Gut. Morgen früh bleibt dafür wahrscheinlich keine Zeit.« Khalil fügte hinzu: »Ich möchte dem Museum jedenfalls gern zweitausend Quadratmeter Leinwand spenden, als kleine Werbemaßnahme, und das ist eine günstige Gelegenheit, um meine Spende bekannt zu geben.«

»Klar. Was für ein Zufall. Die Welt ist klein.«

»Und sie wird mit jedem Jahr kleiner.« Khalil lächelte versonnen. Es war nicht nötig, dass der Pilot sein Zusammentreffen mit dem ehemaligen Lieutenant McCoy erleichterte, aber es machte die Sache etwas einfacher. Khalil hatte McCoys Privatadresse, und es spielte keine Rolle, ob er den Mann zu Hause mit seiner Frau umbrachte oder in seinem Büro im Museum. Das Museum wäre schon besser, aber nur der symbolischen Bedeutung wegen. Einzig wichtig war, dass er, Assad Khalil, noch in dieser Nacht nach Westen fliegen musste, um den letzten Teil seiner Dienstreise zu erledigen.

Bisher, dachte er, war alles nach Plan verlaufen. In ein oder zwei Tagen würde jemand vom amerikanischen Nachrichtendienst den Zusammenhang zwischen diesen auf den ersten Blick unzusammenhängenden Todesfällen entdecken. Jetzt konnte das ruhig passieren, denn Assad Khalil war nun bereit zu sterben, wo er doch schon so viel erreicht hatte: Hambrecht, Waycliff und Grey. Wenn er McCoy noch hinzufügen konnte – umso besser. Und wenn sie ihm am Flugplatz oder im Museum auflauerten oder im Haus von McCoy oder an allen drei Orten, würde zumindest noch dieses Schwein sterben, das neben ihm saß. Er schaute kurz zu dem Piloten hinüber und lächelte. *Sie sind tot, Lieutenant Satherwaite, Sie wissen es bloß noch nicht.*

Sie befanden sich immer noch im Sinkflug auf Long Island, und Khalil sah vor sich die Küstenlinie. Entlang der Küste sah er viele Lichter und dann links auch die Hochhäuser von New York City. Er fragte: »Fliegen wir nah am Kennedy-Flughafen vorbei?«

»Nein, aber Sie können ihn da drüben in der Bucht sehen.« Satherwaite wies auf ein großes, erleuchtetes Gelände am Wasser. »Sehen Sie?«

»Ja.«

»Wir sind jetzt auf tausend Fuß, unterhalb der Einflugschneise des Kennedy-Flughafens, und deshalb müssen wir uns nicht um diesen Quatsch kümmern. Jesses, diese FAA-Towertypen sind vielleicht Arschlöcher.«

Khalil erwiderte nichts und wunderte sich darüber, wie oft dieser Mann gotteslästerlich sprach. Seine eigenen Landsleute schimpften und fluchten auch viel zu oft, aber nie würden sie wie dieses gottlose Schwein Gott lästern und den Namen des Propheten Jesus missbrauchen. In Libyen würde man ihn auspeitschen, wenn er den Namen eines Propheten missbrauchte – und man würde ihn töten, wenn er Allah lästerte.

Satherwaite schaute kurz zu seinem Passagier hinüber und sagte: »Sie sind also wirklich in der Textilbranche.«

»Ja. Was haben Sie denn gedacht, in welcher Branche ich bin?«

Satherwaite lächelte und erwiderte: »Tja, um die Wahrheit zu sagen, dachte ich, Sie gehörten vielleicht zur Familie.«

»Wie bitte?«

»Sie wissen schon ... zur Mafia.«

Assad Khalil lächelte. »Ich bin ein ehrlicher Mann, ein Textilhändler. Und würde ein Mafioso in so einem alten Flugzeug mitfliegen?«

Satherwaite rang sich ein Lachen ab. »Vermutlich nicht ... Aber bis hierher habe ich Sie doch sicher gebracht, oder?«

»Wir sind noch nicht gelandet.«

»Das werden wir aber. Ich habe noch niemanden umgebracht.«

»Doch, haben Sie.«

»Ja ... Aber da wurde ich dafür bezahlt, Menschen umzubringen. Jetzt werde ich dafür bezahlt, Menschen nicht umzubringen.« Er lachte wieder und sagte: »Bei einem Absturz kommt immer zuerst der Pilot ums Leben. Und sehe ich etwa aus, als wäre ich tot?«

Assad Khalil lächelte wieder, sagte aber nichts.

Satherwaite nahm sein Funkgerät und rief in MacArthur den Tower. »Long Island Tower, Apache 64 Poppa ist zehn Meilen südlich auf eintausend Fuß, Sichtflug, Landung in MacArthur.« Satherwaite hörte sich den Funkspruch des Towers an und bestätigte dann den Empfang der Landeanweisungen.

Ein paar Minuten später tauchte ein großer Flugplatz vor ihnen auf, und Satherwaite flog eine Kurve und dann die Landebahn 24 an.

Khalil sah links in der Ferne das Abfertigungsgebäude und rechts einige Hangars, vor denen kleine Flugzeuge standen. Den Flughafen säumten Wälder, vorstädtische Siedlungen und Highways.

Nach seinen Informationen befand sich dieser Flughafen 75 Kilometer östlich des Kennedy-Flughafens, und da es hier keine internationalen Flüge gab, waren die Sicherheitsmaßnahmen nicht sehr umfangreich. Und schließlich flog er ja in einem Privatflugzeug und würde später in einem Privatjet fliegen und wie in der gesamten amerikanischen Privatluftfahrt gab es auf der Privatflugseite des Flughafens im Grunde überhaupt keine Sicherheitsmaßnahmen.

Die Ironie der Geschichte bestand darin, dass – wie ihm der Geheimdienst erzählt hatte – die amerikanische Regierung auf kommerziellen Flughäfen fünfzehn Jahre zuvor die Sicherheitsstufe 1 eingeführt hatte und diese hohe Sicherheitsstufe nie wieder abgeschafft worden war. Deshalb durften Privatflugzeuge mit nicht überprüften Passagieren und Besatzungsmitgliedern an Bord nicht mehr über das Rollfeld zu einem kommerziellen Terminal fahren, wie es viele Jahre lang erlaubt gewesen war. Privatflugzeuge mussten über das Rollfeld zur so genannten General Aviation fahren, wo es keine Sicherheitsmaßnahmen gab.

Dementsprechend konnten eben die Personen, vor denen die Amerikaner Angst hatten – Saboteure, Drogenschmuggler, Freiheitskämpfer und Extremisten –, ungehindert im ganzen Land herumfliegen, solange sie dazu Privatflugzeuge und private Flugplätze nutzten. Niemand, auch nicht dieser Idiot von Pilot, würde einen Passagier, der einen Mietwagen oder ein Taxi brauchte oder einen kommerziellen Anschlussflug gebucht hatte, fragen, warum er fernab des Hauptterminals landen wollte – das war einfach so vorgeschrieben.

Assad Khalil dankte flüsternd den dummen Bürokraten, die seine Mission vereinfacht hatten.

Die Apache setzte sacht auf. Angesichts des augenscheinlichen geistigen Verfalls des Piloten staunte Khalil über die sanfte Landung.

Satherwaite sagte: »Sehen Sie? Sie leben noch.«

Khalil erwiderte nichts.

Satherwaite fuhr zum Ende der Landebahn und bog dann auf eine Rollbahn ein. Dann fuhren sie weiter zu den Privathangars, die Khalil aus der Luft gesehen hatte.

Die Sonne war untergegangen, und bis auf die Lichter an den Start- und Landebahnen und dem General-Aviation-Gebäude in der Ferne war es auf dem Flugplatz dunkel.

Die Apache hielt in der Nähe der Gebäude und Hangars, fernab des Hauptterminals.

Khalil spähte durch die schlierigen Plexiglasfenster und suchte nach irgendeinem Anzeichen von Gefahr oder einem Hinterhalt. Er war bereit, seine Pistole zu ziehen und dem Piloten zu befehlen, wieder zu starten, aber rund um die Hangars konnte er nur normalen Betrieb entdecken.

Satherwaite rollte bis zur Parkposition und schaltete die Motoren ab. »Okay, jetzt nichts wie raus aus diesem fliegenden Sarg.« Er lachte.

Beide Männer lösten ihre Sicherheitsgurte und nahmen ihre Reisetaschen. Khalil öffnete die Tür und stieg auf die Tragfläche, die rechte Hand in der Jacketttasche, in der er die Glock hatte. Beim ersten Anzeichen von Gefahr würde er Bill Satherwaite einen Kopfschuss verpassen und nur bedauern, nicht die Gelegenheit gehabt zu haben, mit Lieutenant a. D. Satherwaite die Gründe zu besprechen, derentwegen er sterben musste.

Khalil hielt nicht mehr nach Gefahr Ausschau, sondern versuchte nun, die Gefahr zu wittern. Er stand reglos da, wie ein Löwe, der Witterung aufnahm.

Satherwaite sagte: »Hey. Alles in Ordnung? Einfach springen. Ihre Füße sind dem Boden näher als Ihre Augen. Springen Sie.«

Khalil sah sich noch ein letztes Mal um und war überzeugt, dass alles in Ordnung war. Er sprang auf den Boden.

Satherwaite folgte ihm, streckte sich dann und gähnte. Er meinte: »Schön kühl hier.« Zu Khalil sagte er: »Ich hole jemanden, der uns rüber zum Terminal fährt. Sie können hier warten.«

»Ich komme mit.«

»Wie Sie wollen.«

Sie gingen zu einem nahe gelegenen Hangar und fingen einen Flughafen-Bediensteten ab. Satherwaite fragte: »Hey, können Sie uns zum Terminal fahren?«

Der Mann antwortete: »Der weiße Kleinbus da drüben fährt gleich zum Terminal.«

»Klasse. Hey, ich bleibe über Nacht und fliege morgen früh wieder ab, vielleicht auch später. Können Sie die Maschine auftanken und lackieren?« Er lachte.

Der Mann erwiderte: »Das Ding braucht mehr als nur 'ne neue Lackierung, Mann. Ist die Bremse gelöst?«

»Ja.«

»Ich schleppe sie zur Bodenverankerung und tanke sie da auf.«

»Alle sechs Tanks. Danke.«

Khalil und Satherwaite liefen hinüber zu dem Kleinbus. Satherwaite sprach kurz mit dem Fahrer, und dann stiegen sie hinten ein. Auf der mittleren Sitzbank saßen ein junger Mann und eine attraktive blonde Frau.

Assad Khalil war dieses Arrangement gar nicht recht, aber er wusste aus seiner Ausbildung, dass er nie so weit gekommen wäre, wäre dieser Bus eine Falle gewesen. Trotzdem behielt er die Glock in der Tasche fest im Griff.

Der Fahrer fuhr los. Khalil sah das hell erleuchtete Hauptgebäude gut einen Kilometer entfernt.

Sie verließen den Flughafen, und Khalil fragte den Fahrer: »Wo fahren Sie denn hin?«

Der Fahrer antwortete: »General Aviation und der Geschäftsflughafen sind getrennt. Da kann man nicht durchfahren.«

Khalil sagte nichts.

Eine Zeit lang sagte niemand etwas, dann fragte Satherwaite das Paar vor ihm: »Sind Sie gerade gelandet?«

Der Mann drehte den Kopf um und sah zuerst Khalil an. Ihre Blicke begegneten sich, aber Khalil wusste, dass seine Gesichtszüge in dem dunklen Bus nicht zu erkennen waren.

Der Mann sah Satherwaite an und antwortete: »Ja, wir kommen gerade aus Atlantic City.«

Satherwaite fragte: »Haben Sie Glück gehabt?« Er zwinkerte der Blondine zu und grinste.

Der Mann lächelte gezwungen und erwiderte: »Das hat mit Glück nichts zu tun.« Er wandte sich wieder nach vorn, und sie fuhren schweigend eine dunkle Straße entlang.

Der Bus fuhr wieder auf das Flughafengelände und hielt vor dem Hauptterminal. Das junge Paar stieg aus und ging zum Taxistand.

Khalil sagte zum Fahrer: »Entschuldigen Sie, aber ich habe bei Hertz einen Mietwagen gebucht, Gold-Card-Service. Ich glaube, ich kann direkt zum Hertz-Parkplatz fahren.«

»Ja. Okay.« Der Fahrer fuhr weiter, und eine Minute später kamen sie zu einem kleinen separaten Bereich, der Hertz-Gold-Card-Kunden vorbehalten war.

Unter einem langen, beleuchteten Vordach aus Metall befanden sich zwanzig nummerierte Parkplätze, und jeder Parkplatz zeigte einen beleuchteten Namen an. Auf einer der Leuchtanzeigen stand BADR. Khalil ging dorthin.

Satherwaite folgte ihm.

Sie kamen zu dem Auto, einem schwarzen Lincoln Town Car. Khalil öffnete eine der hinteren Türen und stellte seine Tasche auf der Rückbank ab.

Satherwaite fragte: »Ist das Ihr Mietwagen?«

»Ja. Badr ist der Name der Firma.«

»Ach ... Müssen Sie nicht irgendwas unterschreiben oder so?«

»Das ist ein spezieller Service. Damit vermeidet man langes Schlangestehen am Schalter. Steigen Sie bitte ein.«

Satherwaite zuckte die Achseln, öffnete die Beifahrertür, setzte sich und warf seine Reisetasche ebenfalls auf die Rückbank.

Der Schlüssel steckte, und Khalil ließ den Motor an und schaltete die Scheinwerfer ein. Er sagte zu Satherwaite: »Nehmen Sie bitte die Papiere aus dem Handschuhfach.«

Satherwaite öffnete das Fach und nahm die Papiere heraus, während Khalil zum Ausgang fuhr.

Die Frau in der Kabine am Ausgang schob ihr Fenster beiseite und sagte: »Darf ich bitte den Mietvertrag und Ihren Führerschein sehen, Sir?«

Khalil nahm die Papiere von Satherwaite entgegen und reichte sie der Frau, die sie kurz überflog. Sie riss eine Kopie ab, und dann reichte Khalil ihr seinen ägyptischen und seinen internationalen Führerschein. Sie betrachtete beide ein paar Sekunden lang, schaute Khalil kurz an und gab sie ihm dann zusammen mit der Kopie seines Mietvertrags zurück. »Gute Fahrt.«

Khalil bog auf die Hauptstraße ein und dann rechts ab, wie man es ihm gesagt hatte. Er steckte sich die Führerscheine und den Mietvertrag in die Innentasche seines Jacketts.

Satherwaite sagte: »Das war ja ein Klacks. So machen die großen Tiere das also.«

»Wie bitte?«

»Sind Sie reich?«

»Mein Unternehmen.«

»Das ist gut. Dann müssen Sie sich nicht mit den pampigen Schlampen am Schalter herumärgern.«

»Genau.«

»Wie weit ist es bis zum Motel?«

»Ich dachte, wir könnten vielleicht Mr. McCoy anrufen, bevor wir zum Motel fahren. Es ist schon fast acht Uhr.«

»Ja ...« Satherwaite betrachtete das Mobiltelefon auf der Mittelkonsole. »Ja, warum nicht?«

Khalil fand die PIN-Nummer für das Telefon auf dem Mietvertrag und diktierte sie Satherwaite. »Haben Sie die Telefonnummer Ihres Freunds dabei?«

»Ja.«

Satherwaite zog die Rolodexkarte für Jim McCoy aus der Tasche und knipste die Innenbeleuchtung des Wagens an.

Bevor Satherwaite wählte, sagte Khalil noch: »Vielleicht sollten Sie von mir nur als von einem Freund sprechen. Ich stelle mich dann selbst vor, wenn wir dort sind.« Er fügte hinzu: »Sagen Sie Mr. McCoy bitte, dass unsere Zeit hier knapp bemessen ist und Sie das Museum unbedingt noch heute Abend sehen möchten. Falls nötig, können wir zuerst zu ihm nach Hause fahren. Dieses Fahrzeug hat einen Satellite Navigator, wie Sie sehen, und wir brauchen keine Wegbeschreibung, um zu seinem Haus oder dem Museum zu finden. Schalten Sie bitte den Lautsprecher an.«

Satherwaite schaute kurz zu seinem Fahrer hinüber und betrachtete dann das ins Armaturenbrett eingebaute Global Positioning System. Er sagte: »Alles klar.« Er gab die PIN ein und wählte dann Jim McCoys Privatnummer.

Khalil hörte es aus dem Lautsprecher klingeln. Nach dem dritten Läuten meldete sich eine Frauenstimme. »Hallo.«

»Betty, hier ist Bill Satherwaite.«

»Oh ... hallo, Bill. Wie geht's?«

»Gut. Wie geht's den Kindern?«

»Gut.«

»Hey, ist Jim da?« Ehe sie antworten konnte, fügte Bill Satherwaite, der es gewohnt war, mit Leuten umzugehen, die ihn nicht ausstehen konnten, noch schnell hinzu: »Ich muss ihn kurz sprechen. Es ist ziemlich wichtig.«

»Oh ... ja gut. Ich schau mal, ob er selbst noch telefoniert.«

»Danke. Ich habe eine Überraschung für ihn. Sag ihm das.«

»Einen Moment.«

Der Hörer wurde hingelegt.

Khalil hatte durchaus verstanden, was bei dem Gespräch mitschwang, und er hätte Mr. Satherwaite gern dazu gratuliert, dass er die richtigen Worte gefunden hatte, aber er fuhr einfach weiter und lächelte.

Sie fuhren jetzt auf einem Expressway in westliche Richtung nach Nassau County, wo sich das Museum befand, wo Jim McCoy wohnte und wo er sterben würde.

Aus dem Lautsprecher erklang eine Stimme. »Hey, Bill. Was gibt's?«

Satherwaite strahlte und sagte: »Das glaubst du nicht. Rate mal, wo ich gerade bin.«

Für einen Moment herrschte Schweigen, dann fragte Jim McCoy: »Wo?«

»Bin eben in MacArthur gelandet. Weißt du noch, der Charter nach Philadelphia? Tja, der hat seine Pläne geändert, und jetzt bin ich hier.«

»Toll.«

»Jim, ich muss morgen früh gleich wieder weg, und deshalb habe ich mir gedacht, ich könnte bei dir zu Hause vorbeikommen, oder wir könnten uns im Museum treffen.«

»Tja ... Ich habe ...«

»Nur eine halbe Stunde oder so. Wir sind schon unterwegs. Ich rufe vom Wagen aus an. Ich möchte wirklich gern die F-111 sehen. Wir können dich abholen.«

»Wen hast du denn dabei?«

»Ach, das ist nur ein Freund. Der ist mit mir von South Carolina hier raufgeflogen. Der würde wirklich gern mal die alten Dinger sehen. Wir haben eine Überraschung für dich. Wir halten dich auch nicht lange auf, wenn du zu tun hast.« Er fügte hinzu: »Ich weiß, das kommt ziemlich plötzlich, aber du hast doch gesagt ...«

»Ja ... schon gut. Warum treffen wir uns nicht im Museum? Findest du da hin?«

»Ja. Wir haben GPS im Wagen.«

»Wo bist du?«

Satherwaite schaute zu Khalil hinüber, und der sagte in die Freisprecheinrichtung: »Wir sind auf dem Interstate 495, Sir. Wir sind eben an der Ausfahrt zum Veterans Memorial Highway vorbeigekommen.«

McCoy sagte: »Okay. Ihr seid auf dem Long Island Expressway und braucht bei normalem Verkehr noch ungefähr eine halbe Stunde. Wir treffen uns am Haupteingang des Museums. Das ist bei dem großen Springbrunnen. Gib mir deine Handynummer.«

Satherwaite las die Nummer vom Telefon ab.

McCoy sagte: »Wenn wir uns irgendwie verpassen, rufe ich dich an, oder du rufst mich an.« Er nannte seine Nummer und fragte: »Was fahrt ihr für einen Wagen?«

Satherwaite antwortete: »Einen großen schwarzen Lincoln.«

»Okay ... Vielleicht lasse ich dich von einem Wärter am Tor abholen.« Dann fügte er in beschwingterem Ton hinzu: »Treffen voraussichtlich um 21.00 Uhr, Treffpunkt wie angewiesen, alle Maschinen verständigt. Bis später, Karma 57. Over.«

»Roger, Elton 38. Out«, sagte Satherwaite mit breitem Grinsen. Er legte auf und sagte zu Khalil: »Kein Problem.« Er fügte hinzu: »Warten Sie mal, wenn Sie ihm erst die zweitausend Yard Leinwand schenken. Dann lädt er uns auf einen Drink ein.«

»Quadratmeter.«

»Genau.«

Sie schwiegen ein paar Minuten lang, dann sagte Bill Satherwaite: »Äh ... das hat keine Eile, aber vielleicht gehe ich nachher noch aus, und dann könnte ich noch etwas Bargeld gebrauchen.«

»O ja. Natürlich.« Khalil langte in seine Innentasche, zog sein Geldscheinbündel hervor und reichte es Satherwaite. »Nehmen Sie sich fünfhundert Dollar.«

»Vielleicht zählen Sie das besser ab.«

»Ich fahre. Ich vertraue Ihnen.«

Satherwaite zuckte die Achseln, schaltete die Innenbeleuchtung an und schlug das Bündel Geldscheine auf. Er zählte fünfhundert Dollar ab, oder auch 520, das konnte er in dem schummrigen Licht nicht erkennen. Er sagte: »Hey, jetzt sind Sie aber ziemlich pleite.«

»Ich fahre nachher bei einem Geldautomaten vorbei.«

Satherwaite reichte Khalil das verbliebene Geldbündel und fragte: »Ist das Ihr Ernst?«

»Ja.« Khalil steckte sich das Geldbündel in die Tasche, und Satherwaite verstaute das Geld in seinem Portemonnaie.

Sie fuhren auf dem Expressway nach Westen, und Khalil programmierte den Satellite Navigator auf das »Wiege der Luftfahrt«-Museum.

Zwanzig Minuten später bogen sie auf einen Parkway

nach Süden ein und fuhren dann an der Ausfahrt M4 ab, an der MUSEUM WIEGE DER LUFTFAHRT stand.

Sie folgten den Schildern bis zum Charles Lindbergh Boulevard und bogen dann rechts auf eine breite, baumgesäumte Auffahrt ein. Vor sich sahen sie einen blaurot beleuchteten Springbrunnen. Dahinter ragte ein riesiges Gebäude aus Glas und Stahl mit einer Kuppel empor.

Khalil fuhr um den Springbrunnen herum zum Haupteingang.

Draußen stand ein uniformierter Wärter. Khalil hielt und der Wärter sagte: »Sie können den Wagen hier lassen.«

Khalil schaltete den Motor ab und stieg aus. Er nahm seine schwarze Tasche von der Rückbank.

Satherwaite stieg ebenfalls aus, ließ seine Reisetasche aber auf dem Rücksitz liegen.

Khalil schloss den Wagen mit der Fernbedienung ab, und der Wärter sagte: »Willkommen im Museum Wiege der Luftfahrt.« Er sah Khalil und Satherwaite an. Er sagte: »Mr. McCoy erwartet Sie in seinem Büro. Ich bringe Sie hin.« Khalil fragte er: »Brauchen Sie die Tasche, Sir?«

»Ja, ich habe ein Geschenk für Mr. McCoy und eine Kamera dabei.«

»Also gut.«

Satherwaite sah sich auf dem riesigen Gelände um. Angeschlossen an das moderne Gebäude vor ihnen standen rechts zwei alte Hangars aus den dreißiger Jahren, restauriert und frisch gestrichen. »Hey, schauen Sie sich das an.«

Der Wärter sagte: »Das ist der ehemalige Luftwaffenstützpunkt Mitchel, der von den Dreißigern bis Mitte der Sechziger als Ausbildungs- und Luftabwehrstützpunkt diente. Man hat die Hangars stehen lassen und in ihrem ursprünglichen Zustand restauriert. Darin befinden sich die meisten unserer alten Flugzeuge. Das neue Gebäude vor uns beherbergt das Besucherzentrum und das Grumman-Imax-Kino. Links befinden sich das Museum für Wissenschaft und Technik und das TekSpace-Raumfahrtmuseum. Folgen Sie mir bitte.«

Khalil und Satherwaite folgten dem Wärter zum Eingang. Khalil fiel auf, dass der Wärter nicht bewaffnet war.

Sie betraten eine viergeschossige Atriumhalle und der Wärter sagte: »Das ist das Besucherzentrum. Wie Sie sehen, gibt es hier Ausstellungssäle, da drüben einen Museumsladen und geradeaus das Red Planet Café.«

Khalil und Satherwaite sahen sich in dem hoch aufragenden Atrium um, und der Wärter fuhr fort: »Hier haben wir einen Gyrodyne Rotorcycle, einen experimentellen Ein-Mann-Hubschrauber der Marine, Baujahr 1959, und das da ist ein Merlin-Drachen und ein Veligdons-Segelflugzeug, das 1981 hier auf Long Island gebaut wurde.«

Der Wärter setzte seine Führung fort, und sie gingen durch die große Halle. Ihre Schritte hallten auf dem Granitboden wider. Khalil sah, dass ein Großteil der Beleuchtung abgeschaltet war, und er fragte: »Sind wir heute Abend Ihre einzigen Besucher?«

»Ja, Sir. Das Museum ist noch nicht offiziell eröffnet, wir zeigen es nur kleinen Gruppen potenzieller Spender, und hin und wieder geben wir einen Empfang für die großen Tiere.« Er lachte und fügte hinzu: »Wir eröffnen erst in sechs bis acht Monaten.«

Satherwaite meinte: »Dann bekommen wir also eine Privatführung.«

»Ja, Sir.«

Satherwaite zwinkerte Khalil zu.

Sie gingen weiter und kamen zu einer Tür mit der Aufschrift PRIVAT – NUR FÜR PERSONAL.

Hinter der Tür befand sich ein Flur, von dem Bürotüren abgingen. Der Wärter blieb an einer Tür stehen, an der DIREKTOR stand, klopfte an und machte dann auf. Er sagte: »Ich wünsche Ihnen noch einen angenehmen Aufenthalt.«

Satherwaite und Khalil betraten das kleine Vorzimmer.

Jim McCoy saß am Empfangstresen und sah Papiere durch. Dann legte er sie beiseite. Er stand auf, kam hinter dem Pult hervor und streckte lächelnd die Hand aus. Er sagte: »Bill, Mann, wie geht's dir?«

»Fabelhaft, danke.«

Bill Satherwaite nahm die Hand seines Schwarmkameraden, und sie schauten einander strahlend an.

Khalil sah zu, wie die beiden Männer große Freude zu heucheln versuchten. Ihm fiel auf, dass McCoy nicht so fit wie General Waycliff und Lieutenant Grey, aber immer noch viel besser als Satherwaite aussah. McCoy trug einen Anzug, und das unterstrich noch den Kontrast zwischen ihm und Satherwaite.

Die beiden Männer unterhielten sich kurz, dann drehte sich Satherwaite um und sagte: »Jim, das ist ... mein Passagier ... Mr. ...«

»Fanini«, sagte Assad Khalil. »Alessandro Fanini.« Er streckte die Hand aus, und McCoy schlug ein. Khalil sagte: »Ich stelle Leinwände her.« Er sah Jim McCoy in die Augen, und der wirkte nicht beunruhigt. Doch Khalil merkte dem Blick des Mannes Klugheit an, und ihm wurde klar, dass dieser Mann längst nicht so dumm und vertrauensselig wie Satherwaite war.

Satherwaite sagte: »Mr. Faninis Firma hat ...«

Khalil unterbrach ihn: »Meine Firma liefert Leinwände für die Hüllen alter Flugzeuge. Zum Dank für diese private Führung möchte ich Ihnen gern zweitausend Meter feinste Baumwollleinwand schenken.« Er fügte hinzu: »Das verpflichtet Sie zu nichts.«

Jim McCoy schwieg kurz und sagte dann: »Das ist sehr großzügig von Ihnen ... Wir sind dankbar für jede Spende.«

Khalil lächelte und verneigte sich.

Satherwaite sagte zu Khalil: »Hatten Sie nicht gesagt ...«

Wiederum unterbrach ihn Khalil: »Vielleicht dürfte ich einige der alten Flugzeuge sehen und die Qualität der Leinwände prüfen, die Sie verwenden. Wenn sie besser als meine sind, möchte ich mich entschuldigen, Ihnen so minderwertiges Tuch angeboten zu haben.«

Satherwaite verstand, dass Mr. Fanini aus irgendeinem Grund wollte, dass er den Mund hielt. Jim McCoy witterte eine besonders ausgefeilte Verkaufsmasche und sagte zu Khalil: »Unsere alten Flugzeuge sind nicht dazu bestimmt, den Boden zu verlassen, und deshalb verwenden wir strapazierfähige, dicke Leinwände.«

»Ich verstehe. Ja, dann werde ich Ihnen unsere gröbste Ausführung liefern.«

Satherwaite dachte, diese Informationen stimmten nicht mit dem überein, was ihm Mr. Fanini zuvor erzählt hatte, sagte aber nichts.

Sie plauderten noch ein wenig. McCoy schien es etwas zu stören, dass Bill Satherwaite einen Fremden zu ihrem Treffen mitgebracht hatte. Aber, dachte McCoy, das war typisch Bill: absolut unbedarft, keinerlei Weitblick und Umgangsformen. Er lächelte tapfer und sagte: »Dann schauen wir uns doch ein paar Fluggeräte an.« Zu Khalil sagte er: »Ihre Tasche können Sie hier lassen.«

»Ich würde sie gern mitnehmen. Ich habe einen Fotoapparat und eine Videokamera dabei.«

»Na gut.« McCoy führte sie zurück auf den Flur und in das Atrium und dann durch ein großes Tor in die Hangars.

In den angeschlossenen Hangars standen über fünfzig Flugzeuge aus den unterschiedlichsten Epochen, aus beiden Weltkriegen, aus dem Korea-Krieg und auch moderne Düsenjäger. Jim MyCoy sagte: »Die meisten, wenn auch nicht alle dieser Maschinen wurden hier auf Long Island gebaut, darunter auch einige Mondlandemodule von Grumman im nächsten Hangar. Sämtliche Restaurierungsarbeiten, die Sie hier sehen, wurden von Freiwilligen geleistet – von Frauen und Männern, die früher auf Long Island in der Raumfahrtindustrie oder der zivilen oder militärischen Luftfahrt gearbeitet haben. Sie haben tausende Arbeitsstunden geleistet, und das nur für Kaffee, Donuts und eine Namensnennung im Atrium.«

McCoy fuhr in einem Ton fort, der nicht darauf hindeutete, dass es sich um eine kurze Führung handelte. Er sagte: »Dort oben hängt, wie Sie sehen, eine Ryan NYP, die baugleich mit der Spirit of St. Louis ist, weshalb wir uns gestattet haben, den Namen auf den Rumpf zu schreiben.«

Sie gingen weiter, während McCoy sprach, und ließen dabei viele Flugzeuge aus, was wiederum zeigte, dass dies nicht die Art von Führung war, wie große Spender sie bekamen. McCoy blieb vor einem alten, gelb lackierten Doppeldecker stehen und sagte: »Das ist eine Curtiss JN-4, Jenny genannt, Baujahr 1918. Das war Lindberghs erstes Flugzeug.«

Assad Khalil nahm seine Kamera heraus und machte der Form halber ein paar Aufnahmen. McCoy sah zu Khalil hinüber und sagte: »Wenn Sie möchten, dürfen Sie die Leinwand anfassen.«

Khalil berührte die steife, lackierte Leinwand und meinte: »Ja, ich verstehe, was Sie meinen. Das ist zu schwer zum Fliegen. Ich werde das bedenken, wenn ich Ihnen meine Spende schicke.«

»Gut. Und das da drüben ist eine Sperry Messenger, ein Aufklärungsflugzeug des Air Corps, Baujahr 1922, und da, in der Ecke dort hinten, stehen einige Grumman-Kampfflugzeuge aus dem Zweiten Weltkrieg – die F4F Wildcat, die F6F Hellcat, die TBM Avenger ...«

Khalil unterbrach ihn: »Entschuldigen Sie, Mr. McCoy. Ich glaube, wir haben alle nicht viel Zeit, und Mr. Satherwaite möchte doch gern das Kampfflugzeug sehen, das er früher geflogen hat.«

McCoy schaute zu seinem Besucher hinüber, nickte und sagte: »Gute Idee. Folgen Sie mir.«

Durch einen großen Durchgang betraten sie einen zweiten

Hangar, in dem größtenteils Düsenmaschinen und Raumschiffe standen.

Die Kriegsgeräte, die hier versammelt waren, versetzten Khalil in Erstaunen. Die Amerikaner, das wusste er, stellten sich der übrigen Welt gern als friedliebendes Volk dar. Aber in diesem Museum wurde offensichtlich, dass man die Kriegskunst als den reinsten Ausdruck ihrer Kultur betrachten konnte. Khalil sah darin nichts Verwerfliches; nein, im Grunde war er neidisch.

McCoy ging direkt zu der F-111, einem silbrig schimmernden, zweimotorigen Flugzeug mit den Insignien der amerikanischen Luftwaffe. Die Tragflächen der F-111 waren nach hinten geschwenkt, und auf der Pilotenseite des Rumpfs stand der Name der Maschine: *The Bouncing Betty*.

Jim McCoy sagte zu Bill Satherwaite: »Da ist sie. Na, weckt das Erinnerungen?«

Satherwaite starrte den schnittigen Kampfjet an, als wäre er ein Engel, der ihm zuwinkte, mit ihm davonzufliegen.

Niemand sprach ein Wort, und Bill Satherwaite starrte weiter wie gebannt von der Vision seiner Vergangenheit. Bill Satherwaites Augen verschleierten sich.

Jim McCoy lächelte. Er sagte leise: »Ich habe sie nach meiner Frau benannt.«

Assad Khalil starrte die Maschine ebenfalls an und dachte an seine eigenen Erinnerungen.

Schließlich ging Satherwaite zu dem Flugzeug und berührte den Rumpf. Er ging um den Jäger herum, strich mit den Fingern über die Aluminiumhaut und saugte mit den Augen jede Einzelheit des schnittigen, makellosen Flugzeugleibs auf.

Er beendete seinen Rundgang, schaute zu McCoy hinüber und sagte: »So eine haben wir geflogen, Jim. So eine haben wir wirklich geflogen.«

»Das haben wir. Vor einer Ewigkeit.«

Assad Khalil wandte sich ab und vermittelte den Eindruck, die beiden Kriegskameraden in diesem Moment nicht stören zu wollen. In Wirklichkeit wollte er jedoch in seiner eigenen schmerzlichen Erinnerung nicht gestört werden.

Er hörte die beiden Männer hinter seinem Rücken sprechen, hörte sie lachen und sich freuen. Er schloss die Augen, und vor seinem geistigen Auge nahmen die verschwommenen Umrisse, die auf ihn zurasten, Gestalt an – und er konnte die schreckliche Kriegsmaschine deutlich sehen, wie sie aus ihrem Schwanz rotes Feuer spuckte wie ein Dämon aus der Hölle. Er versuchte nicht daran zu denken, wie er sich in die Hose gemacht hatte, aber die Erinnerung war übermächtig, und er ließ sich davon überwältigen, in dem Wissen, dass diese Erniedrigung nun bald gerächt würde.

Er hörte Satherwaite nach ihm rufen und drehte sich um.

An der Pilotenseite des Rumpfes stand nun eine Alu-Gangway, und Satherwaite fragte Assad Khalil: »Hey, können Sie ein Foto von uns schießen, wie wir in der Kanzel sitzen?«

Ein gutes Stichwort, fand Khalil. Er sagte: »Mit Vergnügen.«

Jim McCoy stieg als erster die Treppe hoch. Die Kabinenhaube hob sich, und McCoy ließ sich rechts auf dem Sitz des Waffensystemoffiziers nieder. Satherwaite kraxelte die Treppe hoch, hüpfte auf den Pilotensitz und stieß lautes Freudengeschrei aus. »Juchee! Endlich wieder im Sattel! Los, machen wir ein paar Muftis platt! Yeah!«

McCoy warf ihm einen missbilligenden Blick zu, sagte aber nichts, um seinem Freund diesen Augenblick nicht zu verderben.

Assad Khalil stieg auf die Gangway.

Satherwaite sagte zu McCoy: »Okay, Wizo, dann mal auf nach Sandland. Hey, ich wünschte, du wärst an dem Tag dabei gewesen und nicht Chip. Der blöde Chip kann doch das Maul nicht halten.« Satherwaite spielte mit den Schaltern und Reglern und imitierte den Motorenlärm. »Triebwerke an.« Er strahlte über beide Wangen. »Mann, ich kann mich noch an die Startvorbereitungen erinnern, als hätten wir das erst gestern gemacht.« Er fuhr mit den Händen über die Steuerung und nickte kennerhaft. »Ich wette, ich könnte die ganze Checkliste auswendig hersagen.«

»Bestimmt«, sagte McCoy und gönnte seinem Freund den Spaß.

Satherwaite sagte: »Okay, Wizo. Ich will, dass du eine auf das Zelt abwirfst, in dem Muammar gerade ein Kamel fickt.« Er brach in schallendes Gelächter aus und ahmte dann wieder den Triebwerkslärm nach.

Jim McCoy sah zu Mr. Fanini hinüber, der auf dem oberen Treppenabsatz stand. Er lächelte seinem Besucher matt und gezwungen zu und wünschte sich wieder, Satherwaite wäre allein gekommen.

Assad Khalil hob seine Kamera. Er richtete sie auf die beiden Männer in der Kanzel und fragte: »Sind Sie bereit?«

Satherwaite grinste in die Kamera. Sie blitzte. Als sie zum zweiten Mal blitzte, bemühte sich McCoy um einen neutralen Gesichtsausdruck. Satherwaite hob die linke Hand und streckte den Mittelfinger vor, und es blitzte noch einmal. McCoy sagte: »Es ist gut ...« Es blitzte wieder. Satherwaite würgte McCoy zum Scherz, und es blitzte noch einmal. McCoy sagte: »Es ist gut ...« Es blitzte noch mal und noch mal. McCoy sagte: »Hey, das reicht.«

Assad Khalil legte die Kamera zurück in seine schwarze Tasche und holte die Plastikflasche hervor, die er im Sheraton mitgenommen hatte. Er sagte: »Nur noch zwei Schnappschüsse, meine Herren.«

McCoy blinzelte, um seine Augen vom Blitzlicht zu erholen, und schaute zu seinem Besucher hinüber. Er blinzelte noch mal und sah die Plastikflasche, was ihn nicht beunruhigte. Dann aber bemerkte er einen seltsamen Ausdruck auf Mr. Faninis Gesicht. Augenblicklich wurde ihm klar, dass hier etwas überhaupt nicht stimmte.

Assad Khalil fragte: »Sie haben also angenehme Erinnerungen an Ihren Luftangriff, meine Herren?«

McCoy antwortete nicht.

Satherwaite sagte: »Mann, ist das klasse. Hey, Mr. Fanini, steigen Sie auf die Nase und knipsen Sie uns von vorne.«

Khalil regte sich nicht.

Jim McCoy sagte: »Okay, jetzt aber raus hier. Komm, Bill.«

Khalil sagte: »Bleiben Sie, wo Sie sind.«

McCoy starrte Assad Khalil an und bekam schlagartig einen trockenen Mund. In den tiefsten Tiefen seines Hirns hatte er gewusst, dass dieser Tag einmal kommen würde. Und nun war er gekommen.

Satherwaite sagte zu Khalil: »Schieben Sie die Gangway nach drüben und schießen Sie noch ein paar Bilder von der anderen Seite. Dann machen wir noch ein paar am Boden, wie wir davor stehen, und dann ...«

»Halten Sie die Klappe.«

»Hä?«

»Halten Sie die Schnauze!«

»Hey, was, zum Teufel ...« Satherwaite starrte plötzlich in die Mündung einer Pistole, die sein Kunde nahe am Körper hielt.

McCoy sagte leise: »O Gott ... o nein ...«

Khalil lächelte und sagte: »Mr. McCoy, Sie haben also bereits erraten, dass ich kein Leinwandfabrikant bin. Vielleicht bin ich eher Leichentuchfabrikant.«

»O Mutter Gottes ...«

Bill Satherwaite schien verwirrt. Er sah zu Khalil hinüber, dann zu McCoy und versuchte zu verstehen, was sie wussten, das er nicht wusste. »Was läuft denn hier?«

»Halt die Schnauze, Bill.« McCoy sagte zu Khalil: »In diesem Gebäude gibt es überall bewaffnete Wärter und Überwachungskameras. Wenn Sie jetzt gehen, werde ich nicht ...«

»Still! Ich übernehme das Reden, und ich verspreche Ihnen, ich mache es kurz. Ich habe noch einen Termin, und es wird nicht lange dauern.«

McCoy sagte nichts.

Ausnahmsweise hielt Bill Satherwaite den Mund, und ganz allmählich schwante ihm etwas.

Assad Khalil sagte: »Am 15. April 1986 war ich ein Junge, der mit seiner Familie in einem Ort namens Al Azziziyah lebte, einem Ort, den Sie beide kennen.«

Satherwaite fragte: »Sie haben da gewohnt? In Libyen?«

»Still!« Khalil fuhr fort: »Sie beide kamen in mein Land geflogen, warfen Bomben auf mein Volk ab und brachten meine Familie um – meine beiden Brüder, meine beiden Schwestern und meine Mutter. Dann sind Sie zurück nach England geflogen, wo Sie vermutlich Ihre Mordtaten gefeiert haben. Und jetzt werden Sie beide für Ihre Verbrechen büßen.«

Endlich wurde Satherwaite bewusst, dass er sterben würde. Er schaute zu Jim McCoy hinüber, der neben ihm saß, und sagte: »Tut mir Leid, Kumpel.«

»Seien Sie still!« Khalil fuhr fort: »Zunächst möchte ich mich dafür bedanken, dass Sie mich zu diesem kleinen Treffen eingeladen haben. Dann möchte ich Ihnen mitteilen, dass ich bereits Colonel Hambrecht umgebracht habe, General Waycliff und seine Frau ...«

McCoy sagte leise: »Sie Schwein.«

»... Paul Grey und nun Sie beide. Als Nächstes ... muss ich mir überlegen, ob ich eine Kugel auf Colonel Callum verschwende und sein Leiden beende. Dann ist Mr. Wiggins dran, und dann ...«

Bill Satherwaite hielt Khalil den Mittelfinger hin und schrie: »Leck mich am Arsch, Kameltreiber! Ich scheiß auf dich! Ich scheiß auf diesen Kamelficker, deinen Boss, ich scheiße auf ...«

Khalil schob den Flaschenhals über die Mündung der

Glock und schoss Bill Satherwaite aus kürzester Distanz in die Stirn. Der gedämpfte Knall hallte in dem höhlenartigen Hangar wider. Blut spritzte, und Knochensplitter flogen umher, als Satherwaites Kopf erst nach hinten gestoßen wurde und dann nach vorn auf die Brust sackte.

Jim McCoy saß starr da, dann formten sich seine Lippen zu einem Gebet. Er senkte den Kopf, betete, bekreuzigte sich schweigend und betete mit bebenden Lippen weiter.

»Sehen Sie mich an.«

McCoy betete weiter, und Khalil verstand die Worte: »... wanderte im finsteren Tal, fürchte ich kein Unglück ...«

»Mein Lieblingspsalm aus der hebräischen Schrift. Denn du bist bei mir ...«

Gemeinsam sprachen sie das Gebet zu Ende: »Dein Stecken und Stab trösten mich. Du bereitest vor mir einen Tisch im Angesicht meiner Feinde. Du salbest mein Haupt mit Öl und schenkest mir voll ein. Gutes und Barmherzigkeit werden mir folgen mein Leben lang, und ich werde bleiben im Hause des Herrn immerdar.«

Als sie geendet hatten, sagte Assad Khalil »Amen« und schoss Jim McCoy eine Kugel durchs Herz. Er sah ihn sterben, und ihre Blicke begegneten sich, ehe McCoys Augen nichts mehr sahen.

Khalil steckte die Pistole ein, packte die Plastikflasche in seine Tasche und langte in die Kanzel. Satherwaites Portemonnaie fand er in der Gesäßtasche seiner Jeans und McCoys Brieftasche, blutbeschmiert, in der Innentasche seines Jacketts. Er steckte beide in seine Tasche und wischte sich an Satherwaites T-Shirt die Finger ab. Er tastete Satherwaite ab, konnte aber keine Waffe entdecken und schloss daraus, dass der Mann entschieden zu viel log.

Khalil langte nach oben und schloss die Kabinenhaube aus Plexiglas. »Gute Nacht, meine Herren. Hoffentlich sind Sie schon in der Hölle bei Ihren Freunden.«

Er ging die Gangway hinunter, sammelte die beiden Patronenhülsen auf und schob die Gangway dann an ein anderes Flugzeug.

Assad Khalil hielt die Glock in seiner Jacketttasche umklammert und ging schnell vom Hangar ins Atrium. In der großen Halle sah er den Wärter nicht und auch nicht draußen hinter den Glastüren.

Er betrat den Bürotrakt und hörte etwas hinter einer geschlossenen Tür. Er machte die Tür auf und sah den Wärter an einem Schreibtisch sitzen. Er hörte Radio und blätterte in einer Fachzeitschrift für Luftfahrt. Hinter dem Wärter zeigten fünfzehn nummerierte Monitore Ausblicke auf den riesigen Museumskomplex, innen und außen.

Der Wärter sah zu dem Besucher hoch und fragte: »Sind Sie fertig?«

Khalil schloss die Tür hinter sich, verpasste dem Wärter einen Kopfschuss und ging zu den Monitoren, während der Wärter von seinem Stuhl sank.

Khalil suchte die Monitore ab, bis er den entdeckte, der den Hangar mit den modernen Düsenflugzeugen zeigte. Der Blick auf den Ausstellungsraum wechselte, und er erkannte die Gangway und dann die F-111 mit der geschlossenen Kabinenhaube. Er sah auch Bilder aus dem Kinosaal, vom Ausgang, wo sein Wagen geparkt war, und mehrere Einstellungen, die das Atrium zeigten. Weiter schien sich niemand im Gebäude aufzuhalten.

Er entdeckte die Videorecorder, die auf einem Pult aufgestapelt standen, drückte bei allen auf den Stopp-Knopf, warf dann sämtliche fünfzehn Kassetten aus und packte sie in seine Tasche. Er kniete sich neben dem Wärter hin, nahm dem Toten die Brieftasche ab, fand seine Patronenhülse, verließ das Sicherheitsbüro und schloss die Tür hinter sich.

Khalil ging schnell zurück durchs Atrium und verließ das Gebäude durch den Vordereingang. Er zog die Tür hinter sich zu, rüttelte dann daran und freute sich, dass sie verschlossen war.

Khalil setzte sich in seinen Mietwagen und fuhr davon. Er sah auf die Uhr im Armaturenbrett. Es war drei Minuten vor elf.

Er programmierte auf dem Satellite Navigator den Flughafen MacArthur ein, und zehn Minuten später war er auf dem Parkway und fuhr nach Norden, zum Long Island Expressway.

Er verweilte kurz bei den letzten Minuten des Lebens von Mr. Satherwaite und Mr. McCoy. Ihm fiel auf, dass man nie voraussagen konnte, wie jemand starb. Er fand das interessant und fragte sich, wie er in einer ähnlichen Situation reagieren würde. Satherwaites Arroganz in letzter Minute hatte ihn überrascht, und Khalil kam es in den Sinn, dass der Mann in den letzten Sekunden seines Lebens doch noch etwas Mut aufgebracht hatte. Oder vielleicht barg dieser Mann so viel Bosheit, dass aus seinen letzten Worten überhaupt kein Mut sprach – sondern der reine Hass. Assad Khalil wurde klar, dass er in so einer Situation wahrscheinlich wie Satherwaite reagieren würde.

Khalil dachte an McCoy. Der Mann hatte vorhersehbar reagiert, wenn man davon ausging, dass er ein religiöser Mensch war. Oder er hatte in den letzten Minuten seines Lebens noch schnell zu Gott gefunden. Das wusste man nie. Jedenfalls hatte Khalil seine Psalmauswahl gefallen.

Khalil bog vom Parkway nach Osten auf den Long Island Expressway ein. Es war nicht viel Verkehr, und er hielt mit den anderen Fahrzeugen Schritt. Auf der zweiten Skala des Tachometers sah er, dass er neunzig Stundenkilometer fuhr.

Er wusste nur zu gut, dass ihm die Zeit davonlief – dass dieser Doppelmord viel Aufmerksamkeit erregen würde.

An einen Raubmord würde man nicht lange glauben, das war ihm klar, und irgendwann an diesem Abend würde Mrs. McCoy die Polizei anrufen und melden, dass ihr Mann nicht nach Hause gekommen war und im Museum niemand ans Telefon ging.

Ihre Geschichte – dass Mr. McCoy mit einem Kameraden von der Luftwaffe verabredet gewesen war – würde die Polizei weit weniger beunruhigen als Mrs. McCoy. Doch irgendwann würde man die Leichen entdecken. Es würde eine Weile dauern, bis die Polizei daran dachte, zum Flughafen zu fahren und das Flugzeug zu überprüfen, mit dem Mr. Satherwaite gekommen war. Und wenn Mr. McCoy seiner Frau gegenüber nicht erwähnt hatte, dass sein Freund mit dem Flugzeug kommen wollte, würde die Polizei überhaupt nicht auf die Idee kommen, auf dem Flughafen nachzusehen.

Was Mrs. McCoy und die Polizei auch unternahmen – Assad Khalil hatte noch genug Zeit für seinen nächsten Vergeltungsschlag.

Doch während er so fuhr, spürte er zum ersten Mal eine Gefahr und wusste, dass ihm irgendwo jemand nachstellte. Er war sich sicher, dass dieser Jemand nicht wusste, wo er sich aufhielt und sich auch über seine Absichten nicht vollkommen im Klaren war. Doch Assad Khalil spürte, dass er, der Löwe, nun gejagt wurde und dass der unbekannte Jäger zumindest sehr gut verstand, wen er da jagte.

Khalil bemühte sich, ein Bild dieser Person heraufzubeschwören – nicht ihres Aussehens, sondern ihrer Seele –, konnte aber das Wesen dieses Menschen nicht durchdringen und spürte nur die große Gefahr, die von diesem Menschen ausging.

Assad Khalil erwachte aus seinem tranceähnlichen Zustand. Jetzt dachte er an die Spur von Leichen, die er hinterlassen hatte. General Waycliff und seine Frau hatte man spätestens am Montagmorgen entdeckt. Irgendwann würde ein Verwandter des Generals versuchen, die ehemaligen Schwarmkameraden des verstorbenen Generals zu erreichen. Khalil war wirklich erstaunt, dass bisher, bis zum Montagabend, noch niemand bei McCoy angerufen hatte. Paul Grey war telefonisch nicht zu erreichen, und auch Mr. Satherwaite würde nicht ans Telefon gehen. Doch Khalil hatte so das

Gefühl, dass Mrs. McCoy, neben der Sorge um ihren Mann, heute Abend oder morgen früh weitere Sorgen bevorstanden, wenn jemand von der Familie Waycliff oder Gray anrief und ihr die tragische Nachricht des gewaltsamen Todes eines der beiden überbrachte.

Bald, morgen, schätzte er, würde es viele Anrufe geben, beantwortete und unbeantwortete. Und morgen Abend würde sich sein Spiel dem Ende nähern. Vielleicht früher und vielleicht auch später, wenn Gott ihm immer noch beistand.

Khalil sah ein Schild mit der Aufschrift RASTSTÄTTE und bog auf einen Parkplatz ein, der von der Straße aus durch Bäume verborgen war. Auf der großen Freifläche standen einige Laster und PKW, und er hielt fernab von ihnen.

Er nahm Bill Satherwaites Reisetasche von der Rückbank, durchsuchte sie, fand eine Flasche Schnaps, Unterwäsche, Präservative, Toilettenartikel und ein T-Shirt mit einem Kampfjet drauf und der Aufschrift BOMBEN, NAPALM UND RAKETEN – LIEFERUNG FREI HAUS.

Khalil nahm Satherwaites Tasche und seine eigene und ging damit in den Wald hinter den Toiletten. Er nahm sein Geld aus Satherwaites Portemonnaie und das Geld aus McCoys Brieftasche, was sich auf 85 Dollar belief, und aus der Brieftasche des Wärters, in der sich nicht einmal zwanzig Dollar fanden, und steckte die Geldscheine in seine Brieftasche.

Khalil verteilte den übrigen Inhalt der drei Geldbörsen über das Unterholz. Dann verstreute er den Inhalt von Satherwaites Reisetasche und warf die Tasche in ein Gebüsch. Schließlich nahm er die Videokassetten aus seiner Tasche und warf sie in verschiedene Richtungen in den Wald.

Khalil ging zurück zum Wagen, setzte sich hinein und fuhr wieder auf den Expressway.

Während der Fahrt ließ er die drei Patronenhülsen Kaliber 40 jeweils in einigem Abstand aus dem Fenster fallen.

Man hatte ihm in Tripolis gesagt: »Verschwende nicht viel

Zeit damit, Fingerabdrücke zu beseitigen oder dir um Spuren deines Aufenthalts Sorgen zu machen. Wenn die Polizei das alles verarbeitet hat, bist du längst fort. Aber lass dich nicht persönlich mit einem Beweismittel erwischen. Auch der dümmste Polizist wird misstrauisch, wenn er in deiner Tasche das Portemonnaie von jemand anderem findet.«

Da waren natürlich noch die beiden Glocks, aber Khalil hielt sie nicht für Beweismittel – die Pistolen waren seiner Meinung nach das Letzte, was ein Polizist sehen würde, ehe er gar nichts mehr sah. Doch es war gut, sich der übrigen Gegenstände zu entledigen und das Auto ohne offensichtliche Beweismittel zu hinterlassen.

Er fuhr weiter und dachte an daheim, an Malik und Boris. Er wusste so gut wie Malik und Boris, dass er dieses Spiel nicht sehr lange spielen konnte. Malik hatte ihm gesagt: »Es geht nicht um das Spiel an sich, mein Freund, es geht darum, wie du es spielst. Du hast es dir ausgesucht, dich in Paris in die Hände der Amerikaner zu begeben und mit einem großen Auftritt in Amerika einzureisen, damit sie wissen, wer du bist, wie du aussiehst, wo und wann du eingereist bist. Du selbst, Assad, hast die Regeln dieses Spiels erfunden und sie für dich schwieriger gemacht. Ich verstehe, warum du das machst, aber du musst auch einsehen, dass es unwahrscheinlich ist, dass du diese Mission abschließt, und dass du es dir ganz allein zuzuschreiben hast, wenn du keinen vollständigen Sieg erringst.«

Assad Khalil erinnerte sich, darauf erwidert zu haben: »Die Amerikaner ziehen nur in die Schlacht, wenn sie, bevor der erste Schuss gefallen ist, dafür gesorgt haben, dass sie den Sieg davontragen. Das ist, als würde man einen Löwen von einem Fahrzeug aus mit Gewehren mit Zielfernrohr erschießen. Das ist kein Sieg – das ist nur Gemetzel. Es gibt Stämme in Afrika, die Gewehre besitzen, Löwen aber immer noch mit dem Speer jagen. Was nützt ein körperlicher Sieg ohne einen spirituellen und moralischen Sieg? Ich habe es für mich nicht schwieriger gemacht – ich habe lediglich die Chancen ausgeglichen, damit ich der Sieger bin, wer auch immer dieses Spiel gewinnt.«

Boris, der anwesend war, hatte gemeint: »Erzähl mir das, wenn du in einem amerikanischen Knast vergammelst und deine ganzen Dämonen von der amerikanischen Luftwaffe ein glückliches Leben führen.«

Khalil hatte sich an Boris gewandt und gesagt: »Ich erwarte gar nicht, dass du das verstehst.«

Boris hatte gelacht und entgegnet: »Ich verstehe das durchaus, Mr. Löwe. Ich verstehe das sehr gut. Und damit du Bescheid weißt: Es ist mir egal, ob du diese Piloten umbringst oder nicht. Aber dir sollte es besser auch egal sein. Wenn dir die Jagd wichtiger ist als das Töten, dann schieß doch lieber Fotos von ihnen, wie das die feinfühligen Amerikaner machen, wenn sie auf Safari gehen. Wenn du aber ihr Blut schmecken willst, Mr. Löwe, dann solltest du dir eine andere Reisemöglichkeit nach Amerika überlegen.«

Letztendlich hatte Assad Khalil sein Herz und seine Seele befragt und war zu dem Schluss gelangt, dass er alles haben konnte – sein Spiel, nach seinen Regeln, und ihr Blut.

Assad Khalil sah den MacArthur Airport ausgeschildert und fuhr vom Expressway ab.

Zehn Minuten später stellte er den Lincoln auf dem Langzeitparkplatz des Flughafens ab.

Er stieg aus, nahm seine Tasche und schloss den Wagen ab.

Er hielt sich nicht damit auf, im Wagen seine Fingerabdrücke wegzuwischen – wenn das Spiel einmal lief, dann lief es eben. Er hatte nicht vor, mehr als das Allernötigste zu tun, um seine Spuren zu verwischen. Er brauchte nur noch vierundzwanzig Stunden, vielleicht auch weniger, und wenn ihm die Polizei zwei Schritte hinterher war, dann kam sie einen Schritt zu spät.

Er ging zu einer Bushaltestelle, und bald kam ein Kleinbus, in den er einstieg. Er sagte: »Zum Hauptterminal, bitte.«

Der Fahrer erwiderte: »Es gibt nur ein Terminal, Mann, und dahin fahr ich sowieso.«

Ein paar Minuten später setzte ihn der Kleinbus am Eingang des fast menschenleeren Terminals ab. Khalil ging zum Taxistand, wo noch ein einziges Taxi stand, und sagte zum Fahrer: »Ich muss nur zur General Aviation. Ich bin aber bereit, Ihnen zwanzig Dollar für Ihre Dienste zu zahlen.«

»Springen Sie rein.«

Khalil setzte sich hinten ins Taxi, und zehn Minuten später war er am anderen Ende des Flughafens. Der Fahrer fragte: »Wohin genau?«

»Zu dem Gebäude da.«

Der Fahrer hielt vor einem kleinen Gebäude, in dem sich die Büros diverser Fluggesellschaften befanden. Khalil gab dem Mann einen Zwanzig-Dollar-Schein und stieg aus.

Er war keine fünfzig Meter von seinem Ausgangspunkt entfernt und sah ganz in der Nähe das geparkte Flugzeug von Satherwaite stehen.

Er betrat das kleine Gebäude und fand das Büro von Stewart Aviation.

Der Angestellte hinterm Schalter erhob sich und fragte: »Kann ich Ihnen helfen?«

»Ja, mein Name ist Samuel Perleman, und ich habe bei Ihnen ein Flugzeug gebucht.«

»Ja. Abflug um Mitternacht.« Der Angestellte sah auf seine Armbanduhr. »Sie sind ein bisschen zu früh, aber ich glaube, die sind schon bereit.«

»Danke.« Khalil betrachtete das Gesicht des jungen Mannes und entdeckte kein Anzeichen, dass er erkannt wurde. Dann aber sagte der Mann: »Mr. Perleman, Sie haben da was im Gesicht und auf dem Hemd.«

Khalil wusste augenblicklich, worum es sich da handelte: um den Inhalt von Satherwaites Kopf. Er sagte: »Ich fürchte, meine Tischmanieren lassen zu wünschen übrig.«

Der Mann lächelte und sagte: »Gleich da drüben ist ein

Waschraum.« Er wies rechts auf eine Tür. »Ich rufe die Piloten.«

Khalil ging in den Waschraum und betrachtete sein Gesicht im Spiegel. Auf seinem Hemd sah er rötlich braune Blutspritzer, graue Hirnflecken und sogar einen Knochensplitter. Ein Brillenglas hatte ein paar Spritzer abbekommen, und im Gesicht und auf der Krawatte hatte er auch ein paar Flecken.

Er nahm die Brille ab und wusch sich Gesicht und Hände, wobei er darauf achtete, seinen Schnurrbart und sein Haar nicht mit Wasser in Berührung zu bringen.

Er trocknete sich Gesicht und Hände mit einem Papierhandtuch ab, wischte dann mit dem feuchten Papierhandtuch über Hemd und Krawatte und setzte die geputzte Brille wieder auf. Mit seiner schwarzen Tasche in der Hand ging er zurück an den Schalter.

Der Angestellte sagte: »Mr. Perleman, dieser Charterflug wurde bereits von Ihrer Firma bezahlt. Sie müssen nur noch diesen Vertrag durchlesen und an der angekreuzten Stelle unterschreiben.«

Khalil tat, als würde er das bedruckte Blatt lesen. Er sagte: »Scheint alles in Ordnung zu sein.« Er unterschrieb mit dem Kugelschreiber, der auf dem Schalter lag.

Der Angestellte fragte: »Sind Sie aus Israel?«

»Ja. Aber jetzt wohne ich hier.«

»Ich habe Verwandte in Israel. Sie wohnen in Gilgal, auf der West Bank. Kennen Sie das?«

»Ja, natürlich.« Khalil erinnerte sich, dass Boris ihm gesagt hatte: »Halb Israel hält sich ständig im Großraum New York auf. Du wirst da nicht groß auffallen, aber vielleicht wollen sich ein paar Juden mit dir über ihre Verwandten oder ihre Urlaubsreisen unterhalten. Präge dir die Reiseführer und Landkarten von Israel gut ein.«

Khalil sagte: »Das ist eine Kleinstadt, dreißig Kilometer nördlich von Jerusalem. Das Leben ist schwierig dort, umgeben von Palästinensern. Ich beglückwünsche Ihre Verwandten, dass sie so tapfer und hartnäckig sind, dort auszuharren.«

»Ja, es ist schlimm da. Sie sollten an die Küste ziehen.« Der Angestellte fügte hinzu: »Vielleicht lernen wir eines Tages, mit den Arabern zusammen zu leben.«

»Die Araber sind keine angenehmen Nachbarn.«

Der Angestellte lachte. »Vermutlich nicht. Sie müssen es ja wissen.«

»Und ob ich das weiß.«

Ein Mann mittleren Alters in einer unscheinbaren blauen Uniform kam ins Büro und grüßte den Angestellten. »'n Abend, Dan.«

Der Angestellte sagte zu dem Mann: »Bob, das ist Mr. Perleman, dein Passagier.«

Khalil sah den Mann an, der ihm die Hand entgegenstreckte. Khalil war das ewige Händeschütteln in Amerika immer noch ein Rätsel. Arabische Männer gaben einander auch die Hand, aber längst nicht so oft wie Amerikaner, und ganz bestimmt schüttelte niemand einer Frau die Hand. Boris hatte ihm geraten: »Mach dir darüber keine Sorgen. Du bist Ausländer.«

Khalil schüttelte dem Piloten die Hand, und der Pilot sagte: »Ich bin Captain Fiske. Nennen Sie mich Bob. Ich fliege Sie heute Nacht nach Denver und anschließend nach San Diego. Korrekt?«

»Ja.«

Khalil sah dem Pilot in die Augen, aber der Mann wich seinem Blick aus. Die Amerikaner, das war Khalil aufgefallen, sahen einen nicht immer an, wenn sie einen ansahen. Sie gestatteten Blickkontakt, aber nur kurz, im Gegensatz zu seinen Landsleuten, deren Blick einen nie los ließ, es sei denn, es waren Leute niederen Standes oder, natürlich, Frauen. Und die Amerikaner blieben immer auf Abstand. Mindestens einen Meter, wie Boris ihm mitgeteilt hatte. Kam man ihnen näher, dann wurde es ihnen unbehaglich oder sie wurden sogar feindselig.

Captain Fiske sagte: »Das Flugzeug steht bereit. Haben Sie Gepäck, Mr. Perleman?«

»Nur diese Tasche.«

»Ich nehme Sie Ihnen ab.«

Darauf hatte Boris eine höfliche amerikanische Antwort vorgeschlagen. Khalil sagte: »Danke, aber ein bisschen Sport tut mir gut.«

Der Pilot lächelte und ging zur Tür. »Nur Sie, korrekt, Sir?«

»Korrekt.«

Der Angestellte rief Khalil nach: »Schalom-alechem.«

Worauf Khalil fast auf Arabisch mit »Aleikum-salam« geantwortet hätte, aber dann riss er sich zusammen und sagte: »Schalom.«

Er folgte dem Piloten zu einem Hangar, vor dem ein kleines weißes Düsenflugzeug stand. Ein paar Wartungstechniker waren eben mit der Maschine fertig.

Khalil sah wieder Satherwaites Flugzeug und fragte sich, wie lange es nach der vereinbarten Abflugzeit morgen früh dauern würde, bis man sich Sorgen machte und Nachforschungen anstellte. Sicherlich bis übermorgen und Khalil wusste, dass er dann bereits weit weg sein würde.

Der Pilot sagte: »Wir fliegen heute Nacht mit diesem Lear 60. Mit uns dreien und leichtem Gepäck liegen wir deutlich unter dem Fluggewicht, und deshalb habe ich alle Tanks voll tanken lassen. Wir können also nonstop nach Denver fliegen. Wir haben nur leichten Gegenwind, und das Flugwetter von hier nach Denver ist ausgezeichnet. Ich rechne mit einer Flugdauer von drei Stunden achtzehn Minuten. Bei der Landung in Denver sollten es etwa vierzig Grad sein – das sind fünf Grad Celsius. Wir tanken in Denver nach. So weit ich weiß, werden Sie sich einige Stunden in Denver aufhalten. Korrekt?«

»Korrekt.«

»Okay, dann dürften wir kurz vor zwei Uhr Mountain Time in Denver landen. Verstehen Sie, Sir?«

»Ja. Ich rufe meinen Kollegen mit dem Funktelefon an, das ich gebucht habe.«

»Ja, Sir. Wir haben immer ein Funktelefon an Bord. Okay, und irgendwann fliegen wir dann weiter nach San Diego. Korrekt?«

»Das ist korrekt.«

»Zurzeit wird von leichten Turbulenzen über den Rockies und von Nieselregen in San Diego berichtet. Aber das kann sich natürlich noch ändern. Wir halten Sie auf dem Laufenden, wenn Sie möchten.«

Khalil erwiderte nichts. Ihm ging diese Manie der Amerikaner auf die Nerven, das Wetter vorherzusagen. In Libyen war es immer heiß und trocken, an manchen Tagen heißer als an anderen. Die Abende und Nächte waren kühl, und im Frühling wehte der Ghabli. Allah schuf das Wetter, und der Mensch musste damit leben. Weshalb sollte man versuchen es vorherzusagen oder überhaupt darüber reden? Es ließ sich ohnehin nicht ändern.

Der Pilot geleitete ihn zur linken Seite der zweimotorigen Maschine, wo zwei Treppenstufen zu einer offen stehenden Tür führten.

Der Pilot ließ ihm den Vortritt, und Khalil ging die Treppe hinauf und betrat mit gesenktem Kopf das Flugzeug.

Der Pilot folgte ihm und sagte: »Mr. Perleman, das ist Terry Sanford, unser Kopilot.«

Der Kopilot, der rechts im Cockpit saß, sah sich um und sagte: »Willkommen an Bord, Sir.«

»Guten Abend.«

Captain Fiske wies auf die Kabine und sagte: »Nehmen Sie Platz, wo Sie möchten. Dort ist eine Bar, an der Sie Kaffee, Donuts, Bagels, Limo und auch stärkere Sachen finden.« Er lachte. »In diesen Ständern finden Sie Zeitungen und

Zeitschriften. Die Bordtoilette befindet sich ganz hinten. Machen Sie es sich bequem.«

»Danke.« Khalil ging durch die sechssitzige Kabine zu dem letzten Platz auf der rechten Seite, setzte sich und stellte seine Tasche neben sich auf den Gang.

Er sah, dass Pilot und Kopilot mit den Cockpit-Instrumenten beschäftigt waren und miteinander sprachen.

Khalil sah auf seine Armbanduhr. Es war kurz nach Mitternacht. Es war ein guter Tag gewesen, dachte er. Drei Tote – oder fünf, wenn er Paul Greys Putzfrau und den Museumswärter mitzählte. Aber die zählten ebenso wenig wie die dreihundert Menschen an Bord der Trans-Continental-Maschine und die anderen, die ihm in den Weg gekommen waren oder zum Schweigen gebracht werden mussten. Es gab nur sechs Personen in Amerika, deren Tod ihm etwas bedeutete, und vier davon hatte er bereits eigenhändig umgebracht. Zwei blieben noch. Und das würden auch die Behörden kapieren, wenn sie denn zu den richtigen Schlussfolgerungen gelangten. Und dann gab es da noch einen Mann ...

»Mr. Perleman? Sir?«

Assad Khalil sah zu dem Piloten hoch, der neben ihm stand. »Ja?«

»Wir fahren jetzt aufs Rollfeld, also legen Sie bitte den Sicherheitsgurt an.«

Khalil schnallte sich an, und der Pilot fuhr fort: »Das Funktelefon befindet sich an der Bar. Das Kabel reicht bis zu Ihrem Sitz.«

»Gut.«

»Da an der Seitenwand ist die Gegensprechanlage. Sie können uns jederzeit rufen, indem Sie auf den Knopf drücken und hineinsprechen.«

»Danke.«

»Sie können auch einfach ins Cockpit kommen.«

»Ich verstehe.«

»Gut. Kann ich noch irgendwas für Sie tun, ehe ich meinen Platz einnehme?«

»Nein, danke.«

»Okay, der Notausstieg befindet sich da hinten, und die Fenster haben Blenden, die sie hinunterziehen können. Wenn wir in der Luft sind, sage ich Ihnen Bescheid, dass Sie den Sicherheitsgurt ablegen und sich frei im Flugzeug bewegen können.«

»Danke.«

»Bis später.« Der Pilot ging zurück ins Cockpit und schloss die Schiebetür zwischen Cockpit und Kabine.

Khalil sah aus dem kleinen Fenster, während das Flugzeug zur Startbahn fuhr. Vor gar nicht langer Zeit, dachte er, war er hier mit einem Mann gelandet, der nun tot auf dem Pilotensitz eines Kriegsflugzeugs saß, mit dem vielleicht viele Menschen getötet worden waren. Neben dem Toten saß ein weiterer Mörder, der nun für seine Verbrechen gebüßt hatte. Es war ein köstlicher Moment gewesen, ein passendes Ende ihrer blutrünstigen Leben. Aber es war auch ein Zeichen, eine richtige Signatur, wenn jemand es zu lesen verstand. Er bereute es, dass er sich zu diesem symbolischen Akt hatte hinreißen lassen, aber als er weiter darüber nachdachte, kam er zu dem Schluss, dass er im Nachhinein nichts anders gemacht hätte. »Mein Glück ist vollkommen.« Er lächelte.

Der Learjet blieb stehen, und Khalil hörte die Triebwerke aufheulen. Das Flugzeug begann zu vibrieren und raste dann auf die Startbahn.

Eine halbe Minute später hatten sie abgehoben, und hinter sich hörte er das Fahrwerk einrasten. Ein paar Minuten später ging das Flugzeug in eine leichte Kurvenlage über, während es weiter stieg.

Wenig später ertönte die Stimme des Kopiloten aus dem Lautsprecher: »Mr. Perleman, Sie dürfen jetzt aufstehen, wenn Sie möchten, aber schnallen Sie sich bitte an, wenn Sie sitzen. Ihr Sitz lässt sich vollständig zurückstellen, wenn Sie etwas schlafen möchten. Wir überfliegen gerade Manhattan, falls Sie das gerne sehen möchten.«

Khalil schaute aus dem Fenster. Sie flogen über die Südspitze der Insel Manhattan, und Khalil sah die Wolkenkratzer am Ufer, darunter auch die Zwillingstürme des World Trade Center.

Man hatte ihm in Tripolis gesagt, dass es in der Nähe des Welthandelszentrums ein Gebäude gab, Federal Plaza 26, wohin Boutros gebracht worden war, und dass auch er dorthin gebracht werden würde, wenn alles schief ging, was schief gehen konnte.

Malik hatte gesagt: »Aus diesem Haus gibt es kein Entkommen, mein Freund. Wenn du dort bist, gehörst du ihnen. Deine nächste Station wird ein Gefängnis ganz in der Nähe sein, dann ein Gericht, auch ganz in der Nähe, und dann ein Zuchthaus irgendwo im eiskalten Hinterland, wo du den Rest deines Lebens verbringen wirst. Dort kann dir niemand helfen. Wir werden nicht einmal zugeben, dass du einer von uns bist, und auch nicht anbieten, dich gegen einen gefangenen Ungläubigen auszutauschen. In den amerikanischen Gefängnissen gibt es viele Mudjahedin, aber die Behörden werden dich von ihnen fernhalten. Du wirst dein Leben ganz allein in einem fremden Land zu Ende fristen, unter Fremden, und wirst nie wieder dein Heimatland sehen, nie mehr deine Muttersprache hören und mit keiner Frau mehr zusammen sein. Du wirst ein Löwe in einem Käfig sein, Assad, und auf ewig in deiner Zelle auf und ab gehen.« Malik hatte noch gesagt: »Oder du kannst selbst dein Leben beenden, was für dich ein Sieg und für sie natürlich eine Niederlage wäre.« Er hatte gefragt: »Bist du zu einem solchen Sieg bereit?«

Worauf Assad Khalil erwidert hatte: »Wenn ich bereit bin, mein Leben in der Schlacht zu opfern, warum sollte ich mir dann nicht selbst das Leben nehmen, um der Gefangennahme und Demütigung zu entgehen?«

Malik hatte bedächtig genickt und bemerkt: »Manchen fällt das eine leichter als das andere.« Darauf hatte ihm Malik eine Rasierklinge gereicht und gesagt: »Das ist eine Möglichkeit. Aber du solltest dir nicht die Handgelenke aufschlitzen, denn dann können sie dein Leben vielleicht retten. Du musst mehrere Schlagadern aufschneiden.« Ein Arzt war gekommen und hatte Khalil gezeigt, wie er seine Hals- und Schenkelschlagader fand. Der Arzt hatte gesagt: »Und zur Sicherheit solltest du dir auch die Handgelenke aufschneiden.«

Dann war ein anderer Mann gekommen und hatte Khalil beigebracht, wie er aus unterschiedlichen Materialien, darunter einem Bettlaken, einem Elektrokabel und Kleidungsstücken, eine Schlinge herstellen konnte.

Nach den Selbstmordanweisungen hatte Malik zu Khalil gesagt: »Wir alle müssen sterben, und wir alle würden lieber in einem Djihad von der Hand des Feindes sterben. Aber es gibt auch Situationen, in denen wir von eigener Hand sterben müssen. Ich versichere dir: Am Ende deines Weges erwartet dich das Paradies.«

Khalil schaute wieder aus dem Fenster des Learjets und erhaschte einen letzten Blick auf New York. Er schwor sich, dass er diese Stadt nie wieder sehen würde. Sein letztes Ziel in Amerika war Kalifornien, und anschließend war sein Endziel Tripolis – oder das Paradies. Heimkehren würde er in jedem Fall.

Kapitel 42

Als ich aufwachte, wusste ich binnen Sekunden, wo ich war, wer ich war und mit wem ich geschlafen hatte.

Nach einem durchzechten Abend bereut man ja oft seine Ausschweifungen. Oft wünscht man sich, man wäre allein und anderswo aufgewacht. Weit weg. Doch an diesem Morgen hatte ich nicht dieses Gefühl. Nein, ich fühlte mich sogar ziemlich gut, widerstand aber der Versuchung, ans Fenster zu laufen und zu schreien: »Wach auf, New York! John Corey hat's getrieben!«

Der Wecker auf dem Nachttisch zeigte Viertel nach sieben.

Ich stieg leise aus dem Bett, ging ins Bad und auf die Toilette. Ich fand das Set von der Air France, rasierte mich, putzte mir die Zähne und ging dann unter die Dusche.

Durchs Riffelglas der Duschkabine sah ich Kate ins Bad kommen, dann hörte ich die Toilettenspülung und wie sie sich die Zähne putzte und abwechselnd gurgelte und gähnte.

Eine Frau flachzulegen, die man kaum kennt, ist eines – die Nacht mit ihr zu verbringen ist schon was anderes. Und was das Badezimmer angeht, da bin ich eigen.

Die Tür der Duschkabine ging also auf, und Miss Mayfield stieg herein. Ohne auch nur »Weg da« zu sagen, stupst sie mich beiseite und stellt sich unter die Brause. Sie sagt: »Wasch mir den Rücken.«

Ich seifte ihr mit meinem Waschlappen den Rücken ein.

»Aaaah, tut das gut.«

Sie drehte sich um, und wir umarmten und küssten einander, und das Wasser prasselte auf uns herab.

Tja, und nach seifigem Sex unter der Dusche trockneten wir uns ab und gingen ins Schlafzimmer, beide in Badetücher gewickelt. Ihr Schlafzimmer ging nach Osten, und die Sonne schien durchs Fenster. Es sah nach einem schönen Tag aus, aber der Schein trügt ja manchmal.

Sie sagte: »Das hat mir heute Nacht wirklich gefallen.«

»Mir auch.«

»Sehe ich dich wieder?«

»Wir arbeiten zusammen.«

»Stimmt. Du bist ja der Typ am Tisch gegenüber.«

Man weiß nie, womit man morgens rechnen muss und was man sagen soll, aber am besten nimmt man es auf die leichte Schulter, und genau das tat Kate Mayfield. Fünf Punkte.

Meine Kleider lagen ja woanders – im Wohnzimmer, wenn mich meine Erinnerung nicht trog –, und deshalb sagte ich: »Ich lass dich mal mit dem Schminken allein und such meine Sachen zusammen.«

»Es hängt alles aufgebügelt im Wandschrank im Flur. Ich habe deine Unterwäsche und deine Socken gewaschen.«

»Danke.« Zehn Punkte. Ich nahm meine Waffe und mein Holster und ging ins Wohnzimmer, wo meine Sachen immer noch über den Boden verstreut lagen. Das mit dem Waschen und Bügeln hatte sie offenbar nur geträumt. Zehn Minuspunkte.

Ich zog mich an, gar nicht froh über die getragene Unterwäsche. Für ein Alpha-Männchen bin ich geradezu zwanghaft reinlich, aber ich kann natürlich auch primitiver.

Ich ging in die kleine Küche, fand ein sauberes Glas und schenkte mir Orangensaft ein. Der Kühlschrank, das sah ich, war nur minimal gefüllt, aber sie hatte Joghurt da. Frauen haben immer Joghurt da. Was ist das bloß?

Ich ging zum Wandtelefon, rief bei mir zu Hause an und hörte meine Ansage: »Dies ist der Anschluss von John Corey. Die Dame des Hauses hat sich aus dem Staub gemacht, also hinterlassen Sie keine Nachrichten für sie.« Nach anderthalb Jahren sollte ich vielleicht mal eine andere Ansage aufsprechen. Ich tippte meinen Code ein und die Robostimme sagte: »Sie haben acht Nachrichten.« Die erste war am Abend zuvor eingegangen und stammte von meiner Ex. Sie sagte: »Änder mal diese beschissene Ansage. Und ruf mich an. Ich mache mir Sorgen.«

Ach, tatsächlich? Ich würde sie anrufen, wenn ich mal dazu kam.

Eine zweite besorgte Nachricht stammte von Mama und Papa, die in Florida wohnen und mittlerweile sonnengetrockneten Tomaten ähnlich sehen.

Dann war da eine Nachricht von meinem Bruder, der nur das Wall Street Journal liest und dem Mama und Papa wohl befohlen hatten, das schwarze Schaf anzurufen. Das ist mein Familienspitzname, und der ist nicht böse gemeint.

Zwei alte Polizei-Kumpels hatten angerufen und sich nach meiner eventuellen Verwicklung in den Fall Flug 175 erkundigt. Dann war da noch eine Nachricht von meinem Ex-Partner Dom Fanelli, der meinte: »Ey, Alter! Hatte ich jetzt Recht mit dem Job, oder was? Verdammte Scheiße! Und du hast dir Sorgen um die beiden Pedros gemacht, die dich umnieten wollten? Dieser Araber hat ein komplettes Flugzeug und dann noch ein paar Feds auf dem Gewissen! Und jetzt ist er wahrscheinlich hinter dir her. Muss doch ein tolles Gefühl sein, oder? Man hat dich letztens abends ganz allein im Gino's gesehen. Kauf dir 'ne blonde Perücke. Ruf mich an. Du schuldest mir noch 'n Drink. Arrivederci.«

Ich lächelte gezwungen und sagte: »Va fungole, Dom.«

Die nächste Nachricht stammte von Mr. Teddy Nash. Er sagte: »Nash hier. Ich dachte, Sie sollten in Frankfurt sein, Corey. Hoffentlich sind Sie schon unterwegs. Wenn nicht – wo sind Sie? Sie müssen in Kontakt bleiben. Rufen Sie mich an.«

»Va fungole gleich zweimal, du kleiner Scheißer, du ...« Mir wurde klar, dass dieser Mensch mich auf die Palme brachte, und Kate hatte ja schon am Flughafen vorgeschlagen, dass ich das nicht zulassen sollte.

Die letzte Nachricht kam von Jack Koenig und war um Mitternacht hiesiger Zeit eingegangen. Er sagte: »Nash hat versucht, Sie zu erreichen. Sie sind nicht im Büro, Sie haben keine Telefonnummer hinterlassen, Sie gehen nicht an Ihren Pieper und zu Hause sind Sie ja wohl auch nicht. Rufen Sie mich schnellstmöglich zurück.«

Ich glaube, Herr Koenig war schon zu lange im Vaterland. Die Robostimme sagte: »Keine weiteren Nachrichten.«

»Gott sei Dank.«

Ich war froh, Beths Stimme nicht gehört zu haben, denn das hätte meinen Gewissensbissquotienten nur noch gesteigert.

Ich ging ins Wohnzimmer und setzte mich auf die Couch, den Tatort der vergangenen Nacht. Na ja, einen der Tatorte.

Ich blätterte die einzige Zeitschrift durch, die ich fand – *Entertainment Weekly*. Bei den Buchkritiken sah ich, dass Danielle Steel in diesem Jahr bereits ihr viertes Buch veröffentlicht hatte, und dabei hatten wir gerade mal April. Vielleicht konnte ich sie ja überreden, meinen Einsatzbericht zu schreiben. Aber sie würde sich vielleicht doch zu lange damit aufhalten, wie die Leichen in der Ersten Klasse gekleidet waren.

Ich blätterte weiter und war schon drauf und dran, eine Reportage über Barbra Streisand zu lesen, die zugunsten marxistischer Maya auf der Halbinsel Yucatán ein Benefizkonzert gab, als – voilà! – Kate Mayfield hereinkam, gepudert, frisiert und fertig angezogen. Das hatte nicht sehr lange gedauert. Zehn Punkte.

Ich stand auf und sagte: »Du siehst wunderschön aus.«

»Danke. Aber werd jetzt nicht gefühlsduselig und schmachte mich nicht an. Du gefällst mir am besten so, wie du bist.«

»Und das wäre?«

»Unsensibel, flegelhaft, egozentrisch, ungehobelt und sarkastisch.«

»Ich werde mein Bestes geben.« Fünfundzwanzig Punkte.

Sie teilte mir mit: »Heute Abend bei dir. Ich bringe eine Reisetasche mit. Ist das in Ordnung?«

»Natürlich.« Solange sich die Reisetasche nicht als drei Koffer und vier Umzugskartons entpuppte. Ich musste wirklich mal über die ganze Sache nachdenken.

Ferner teilte sie mir mit: »Als du heute Nacht im Badezimmer warst, hat dein Pieper gepiept. Ich habe nachgesehen. Es war die Leitstelle.«

»Oh ... das hättest du mir sagen sollen.«

»Hab ich vergessen. Mach dir keine Sorgen deswegen.«

Ich hatte so das Gefühl, dass ich einen Teil der Einsatzleitung und vielleicht auch Lebensleitung an Kate Mayfield abtrat. Sehen Sie, was ich meine? Fünf Minuspunkte.

Sie ging zur Tür, und ich folgte ihr. Sie sagte: »In der Second Avenue gibt es ein schnuckliges französisches Café.«

»Schön. Dann sollen die bloß nicht umziehen.«

»Komm schon. Ich zahle.«

»An der Ecke gibt es einen schmierigen Coffee Shop.«

»Ich habe zuerst gefragt.«

Wir nahmen also unsere Aktenkoffer und zogen los, genau wie John und Jane Jones, die zu ihrem Arbeitstag im Büro aufbrachen, nur dass wir beide Glocks Kaliber 40 dabei hatten.

Kate trug übrigens eine schwarze Hose und einen ketchuproten Blazer über einer weißen Bluse. Ich trug, was ich schon am Vortag getragen hatte.

Wir fuhren mit dem Fahrstuhl hinunter in die Eingangshalle und verließen das Gebäude. Der Portier war immer noch derselbe wie am Vorabend. Vielleicht arbeiten die immer eine Stunde und machen dann zwei Stunden Pause, bis sie auf ihren Acht-Stunden-Tag kommen. Der Typ fragte: »Taxi, Miss Mayfield?«

»Nein, danke, Herbert. Wir gehen zu Fuß.«

Herbert warf mir einen Blick zu, der wohl besagen sollte, dass eigentlich er an meiner Stelle in Apartement 1415 hätte übernachten müssen.

Es war schönes Wetter, blauer Himmel, etwas kühl, aber nicht schwül. Wir gingen die 86. Straße Ost bis zur Second Avenue hinunter und bogen dann südlich in Richtung meiner Wohnung ab, aber dahin wollten wir ja nicht. Hier herrschte bereits heftiger Verkehr, und auch viele Fußgänger waren unterwegs. Weil mir einfach so danach war, sagte ich: »Ich liebe New York.«

Sie entgegnete: »Ich hasse New York.« Ihr fiel auf, dass diese Aussage mit künftigen Problemen schwanger ging, zumal, wenn *sie* schwanger war, und sie fügte hinzu: »Aber ich könnte lernen, es zu mögen.«

»Nein, das kannst du nicht. Das kann keiner. Du kannst dich höchstens daran gewöhnen. Manchmal wirst du es lieben und manchmal hassen. Aber mögen wirst du es nie.«

Sie warf mir einen Blick zu, erwiderte aber nichts auf diese Tiefsinnigkeiten.

Wir kamen zu diesem Laden, La-Sonstwas-de-Sonstwas. Wir gingen hinein und wurden wärmstens von einer Französin begrüßt, die offenbar Stimmungsaufheller geschluckt hatte. Kate und sie kannten einander wohl und wechselten ein paar Worte auf Französisch. Nichts wie raus hier. Fünf Minuspunkte.

Wir setzten uns an einen Tisch von der Größe eines Manschettenknopfs, auf Drahtstühle, die aus Kleiderbügeln hergestellt waren. Im ganzen Laden sah es aus wie bei einem Laura-Ashley-Ausverkauf, und es roch nach warmer Butter, wobei sich mir immer der Magen umdreht. Die gesamte Kundschaft bestand aus Transvestiten.

»Ist es nicht schnuckelig hier?«

»Nein.«

Die Inhaberin reichte uns winzige Speisekarten, die handschriftlich in Sanskrit abgefasst waren. Es gab zweiunddreißig Sorten Muffins und Croissants, ungeeignete Nahrung für Männer. Ich fragte Madame: »Kann ich ein Bagel bekommen?«

»Non, Monsieur.«

»Eier? Würstchen?«

»Non, Monsieur.« Sie machte auf ihren Stilettoabsätzen kehrt und schritt von dannen. Die Wirkung der Prozac-Pillen ließ offenbar nach.

Kate sagte: »Probier mal das Erdbeer-Croissant.«

»Warum?« Ich bestellte schließlich Kaffee, Orangensaft

und sechs Brioches. Mit Brioches kann ich leben. Die schmecken wie die Eierkuchen meiner englischen Oma. Kate bestellte sich Tee und ein Kirsch-Croissant.

Als wir dann frühstückten, fragte sie mich: »Hast du sonst noch Informationen, von denen du mir erzählen möchtest?«

»Nein. Nur den Mord in Perth Amboy.«

»Irgendwelche Theorien.«

»Nein. Kommst du oft hierher?«

»Fast jeden Morgen. Irgendwelche Pläne für heute?«

»Ich muss meine Sachen aus der Reinigung holen. Und du?«

»Ich muss diesen ganzen Stapel auf meinem Schreibtisch durcharbeiten.«

»Dann denk mal dran, was du nicht auf dem Schreibtisch hast.«

»Zum Beispiel?«

»Zum Beispiel ausführliche Informationen über Khalils mutmaßliche Opfer in Europa. Wenn ich das nicht übersehen habe, haben wir dazu nichts. Nichts von Scotland Yard. Nichts von der Air Force CID oder vom FBI.«

»Stimmt ... Und wonach suchen wir?«

»Nach einem Zusammenhang und einem Motiv.«

»Es scheint da keinen Zusammenhang zu geben, nur dass seine Opfer alle Amerikaner oder Briten waren. Und das ist auch das Motiv«, meinte sie.

»Der einzige Anschlag, der hervorsticht, ist dieser Axtmord an dem Colonel der amerikanischen Luftwaffe in England.«

»Colonel Hambrecht. Bei der Lakenheath Airbase.«

»Genau. Der Kaffee ist nicht schlecht.«

»Weshalb sticht das hervor?«

»Weil der Mord aus unmittelbarer Nähe verübt wurde und etwas Persönliches hat.«

»Das lässt sich von dem Mord an den Schulkindern auch behaupten.«

»Die wurden erschossen. Ich rede von der Axt. Das deutet auf etwas hin.«

Sie sah mich an und sagte: »Also gut, Detective Corey. Erzählen Sie mir davon.«

Ich spielte mit meinem letzten Brioche. »Ein solcher Mord deutet auf eine persönliche Beziehung hin.«

»Ja. Aber wir sind uns nicht mal sicher, dass Khalil diesen Mord überhaupt begangen hat.«

»Stimmt. Das sind größtenteils Mutmaßungen von Interpol. Die haben den Typ verfolgt. Ich habe zu dem Thema gestern eine halbe Tonne Papiere durchgearbeitet, während Jack und du teure Taxifahrten zum JFK unternommen habt. Von Scotland Yard, von der Air Force CID und unseren Freunden von der CIA habe ich dazu nur ganz wenig gefunden. Und nichts vom FBI, das doch ein Team rübergeschickt haben muss, um in den Morden an Hambrecht und den amerikanischen Kindern zu ermitteln. Weshalb fehlt dieser Kram?«

»Vielleicht hast du es übersehen.«

»Ich habe es in der Registratur angefordert, und bisher ist noch nichts gekommen.«

»Jetzt werd mal nicht paranoid.«

»Sei nicht so gutgläubig.«

Sie schwieg kurz und sagte dann: »Bin ich nicht.«

Wir waren wohl zu einem stillschweigenden Einvernehmen gekommen, dass hier irgendwas nicht stimmte, aber Agentin Mayfield wollte es nicht in Worte fassen.

Madame gab mir die Rechnung, die ich an Mademoiselle weiterreichte, die bar bezahlte. Fünf Punkte. Madame gab ihr aus einem umgeschnallten Portemonnaie heraus, genau wie in Europa. War das jetzt cool oder nicht?

Wir gingen, und ich winkte ein Taxi herbei. Wir stiegen ein, und ich sagte: »Federal Plaza 26.«

Der Fahrer hatte keine Ahnung, wo das war, und ich beschrieb ihm den Weg. »Woher kommen Sie denn?«

»Albanien.«

Als ich klein war, gab es noch Taxifahrer, die aus dem alten zaristischen Russland stammten, alles alter Adel, wenn man ihren Geschichten glaubte. Die konnten wenigstens noch eine Adresse finden.

Eine Minute lang saßen wir schweigend da, dann sagte Kate: »Vielleicht hättest du nach Hause fahren und dich umziehen sollen.«

»Kann ich ja noch machen. Ich wohne nur ein paar Ecken weiter.« Ich fügte hinzu: »Wir sind fast Nachbarn.«

Sie lächelte, dachte darüber nach und sagte dann: »Ach, was soll's. Merkt eh keiner.«

»In diesem Gebäude arbeiten fünfhundert Kriminalpolizisten und FBI-Agenten und du meinst, von denen merkt keiner was?«

Sie lachte. »Und wenn?«

»Wir gehen getrennt rein.«

Sie nahm meine Hand, legte den Mund an mein Ohr und sagte: »Ich scheiß auf die.«

Ich küsste sie auf die Wange. Sie duftete. Sie sah toll aus. Ich mochte ihre Stimme. Ich fragte sie: »Wo kommst du eigentlich her?«

»Von überall. Ich bin eine FBI-Göre. Dad ist pensioniert. Er ist in Cincinnati geboren und Mom in Tennessee. Wir sind oft umgezogen. Einmal haben sie ihn nach Venezuela versetzt. Das FBI hat viele Leute in Südamerika. J. Edgar wollte die CIA aus Südamerika raushalten. Wusstest du das?«

»Ich glaube schon. Der gute alte J. Edgar.«

»Er ist sehr verkannt worden – meint jedenfalls mein Vater.«

»Dann stimmen wir doch schon mal in einem Punkt überein.«

Sie lachte.

Ich fragte: »Sind deine Eltern stolz auf dich?«

»Ja, natürlich. Und sind deine stolz auf dich? Leben sie beide noch?«

»Die lassen es sich in Sarasota gut gehen.«

Sie lächelte. »Und ...? Lieben sie dich? Sind sie stolz auf dich?«

»Vollkommen. Sie haben einen Spitznamen für mich: das schwarze Schaf.«

Sie lachte. Zwei Punkte.

Kate schwieg eine Weile und sagte dann: »Ich hatte eine lange Fernbeziehung mit einem Kollegen vom FBI.« Sie fügte hinzu: »Ich bin froh, dass wir beide Nachbarn sind. Das macht es einfacher. Und schöner.«

Was meine eigene Fernbeziehung mit Beth Penrose und meine Ehe anging, so wusste ich nicht recht, was besser war. Trotzdem sagte ich: »Ja, natürlich.«

Dann gestand sie noch: »Ich mag ältere Männer.«

Das war offenbar auf mich gemünzt. Ich fragte: »Und wieso?«

»Ich stehe mehr auf die Vor-Softie-Generation. Wie mein Vater. Als Männer noch richtige Männer waren.«

»So wie Attila, der Hunnenkönig.«

»Du weißt schon, was ich meine.«

»Die Männer deiner Generation sind schon in Ordnung, Kate. Das hat eher was mit deinem Job und den Kollegen zu tun. Die Jungs sind wahrscheinlich ganz nett, aber sie arbeiten halt für die Bundesregierung und das merkt man.«

»Ja, vielleicht liegt es daran. Jack zum Beispiel ist in Ordnung. Er ist älter und führt sich oft ganz normal auf.«

»Stimmt.«

Sie sagte: »Normalerweise mache ich mich nicht an Männer ran.«

»Ich bin dran gewöhnt.«

Sie lachte. »Okay, genug Morgen-danach-Gespräch.«

»Gut.«

Also plauderten wir ein wenig – Plaudereien, wie sie dreißig Jahre zuvor noch am Abend davor und nicht am Morgen danach stattgefunden hätten. Unser Land hat sich gewandelt und das größtenteils zum Besseren, finde ich, aber das mit dem Sex ist eher noch verwirrender geworden. Aber vielleicht bin ich ja auch der Einzige, den das verwirrt. Ich hatte was mit Frauen gehabt, die auf das neue/alte Konzept von Keuschheit und Enthaltsamkeit schworen, und auch mit Frauen, die ihre Männer wie die Wäsche wechselten. Und dem Äußeren nach und selbst nach dem, was sie sagten, war es nicht immer leicht zu erkennen, zu welcher Fraktion sie gehörten. Frauen haben es da leichter: Männer sind Schweine. So einfach ist das.

Man darf ja in Anwesenheit von Zivilisten nicht über Geheimsachen sprechen, nicht mal in Anwesenheit albanischer Taxifahrer, die vorgeben, kein Englisch zu sprechen und nicht zu wissen, wo die Federal Plaza ist – und deshalb plauderten wir während der ganzen Fahrt nach Downtown Manhattan und lernten einander besser kennen.

Ich schlug vor, einen Block vor unserem Fahrtziel auszusteigen und getrennt zum Dienst zu gehen. Aber Kate sagte: »Nein, das ist doch lustig. Schauen wir mal, wer was merkt und große Augen kriegt.« Sie fügte hinzu: »Wir haben doch nichts Schlimmes getan.«

Das FBI ist natürlich anders als ein Privatunternehmen – oder, was das angeht, als die New Yorker Polizei – und achtet sehr genau auf mögliche sexuelle Konflikte und Probleme. Bedenken Sie, dass Mulder und Sculley es immer noch nicht getrieben haben. Ich frage mich, ob die es überhaupt mal treiben. Aber ich stand beim FBI ja auch bloß unter Vertrag, und von daher war das nicht mein Problem.

Das Taxi kam kurz vor neun an der Federal Plaza 26 an und ich zahlte.

Wir stiegen aus und betraten gemeinsam die Eingangshalle, aber dort waren nur wenige unserer Kollegen zu sehen, und die wir erkannten, schienen nicht bemerkt zu haben, dass wir im selben Taxi und zu spät gekommen waren und ich mich nicht umgezogen hatte. Wenn man was mit einer

Kollegin hat, denkt man immer, alle würden es merken, aber meistens haben die Leute wichtigere Dinge im Kopf. Wäre allerdings Koenig da gewesen, dann hätte er uns sofort durchschaut, und er wäre sauer gewesen. Den Typen kenne ich.

In der Eingangshalle gab es einen Zeitungsstand, und wir kauften die *New York Times*, die *New York Post*, die *Daily News* und die *USA Today* – obwohl wir alle diese Zeitungen und noch mehr an fünf Tagen die Woche gratis geliefert bekamen. Aber ich mag meine Zeitungen lieber druckfrisch, ungelesen und vollständig.

Während wir auf den Fahrstuhl warteten, überflog ich die Titelgeschichte der *Times*, die von dem eben eingestandenen Terroranschlag handelte. Ich sah einen vertraut klingenden Namen und ein Gesicht, das mir bekannt vorkam, und sagte: »Verdammte Scheiße!«

»Was ist denn?«

»Sorry, aber mir kommen gerade die Brioches wieder hoch.« Ich hielt ihr die Zeitung hin. Sie betrachtete sie und sagte: »Oh ...«

Um es kurz zu machen: Die *Times* hatte meinen Namen und ein Foto von mir abgedruckt, das angeblich am Samstag auf dem JFK aufgenommen war, nur dass ich mich nicht erinnern konnte, am Samstag diesen Anzug getragen zu haben. Das Bild war ganz offensichtlich eine Fälschung, ebenso wie die Zitate, die ich mich nicht erinnerte, gesagt zu haben, bis auf den einen Satz: »Ich glaube, Khalil hält sich noch im Großraum New York auf, und wenn dem so ist, dann werden wir ihn fassen.« Wortwörtlich hatte ich das nicht gesagt, und für die Öffentlichkeit war es schon gleich gar nicht bestimmt gewesen. Ich nahm mir vor, dem kleinen Alan Parker eins auf die Nase zu geben.

Kate überflog die *Daily News* und sagte: »Hier ist ein Zitat von mir. Hier heißt es, wir hätten Assad Khalil am JFK um ein Haar festgenommen, aber er hätte am Flughafen

Komplizen gehabt, und deshalb sei es ihm gelungen, uns zu entwischen.«

Sie sah mich an.

Ich sagte: »Siehst du? Deshalb sollten wir nicht mit der Presse reden. Das hat Jack oder Alan oder sonst wer für uns erledigt.«

Sie zuckte die Achseln und sagte dann: »Tja, wir haben eingewilligt ... wie lautet noch das Wort, das mir nicht einfällt?«

»Köder zu sein. Und wo ist ein Bild von dir?«

»Vielleicht bringen sie das morgen. Oder heute Nachmittag.« Sie fügte hinzu: »Ich bin nicht so fotogen.« Sie lachte.

Der Fahrstuhl kam, und wir fuhren mit anderen Leuten hinauf zu den Büros der ATTF. Alle plauderten oder lasen Zeitung. Ein Typ sah mich an und dann wieder auf seine Zeitung. Er sagte: »Hey, Sie sind auf Khalils Abschussliste.«

Alle lachten. Warum fand ich das nur nicht witzig?

Ein anderer meinte: »Haltet euch von Corey fern.«

Wieder Gelächter. Je höher wir kamen, desto blöder wurden die Scherze. Sogar Kate machte mit und sagte: »Ich habe noch eine Flasche Lady Clairol blond, die ich dir borgen kann.«

Ha, ha, ha. Wäre ich kein Gentleman, dann hätte ich an Ort und Stelle bekannt gegeben, dass Miss Mayfield auch untenrum blond ist.

Wir stiegen bei der Leitstelle im 26. Stock aus, und Kate sagte zu mir: »'tschuldigung. Aber das war lustig.«

»Dann habe ich den Scherz wohl nicht verstanden.«

Wir gingen zur Leitstelle. »Jetzt mach mal halb lang, John. Du schwebst nicht ernsthaft in Gefahr.«

»Dann können sie ja morgen mal dein Foto drucken.«

»Mir egal. Ich habe mich freiwillig gemeldet.«

Wir betraten die Leitstelle, gingen zu unseren Schreibtischen und sagten im Vorbeigehen Guten Morgen. Niemand ließ spaßige Bemerkungen über mein Foto in der Zeitung fallen. Hier ging es professionell zu, und die Scherze im Lift waren eine Verirrung gewesen, ein Augenblick unachtsamen, nicht-FBI-mäßigen Verhaltens. Die Scherzbolde aus dem Fahrstuhl zeigten sich vermutlich jetzt alle gegenseitig ihres Gelächters wegen an. Wäre das mein altes Büro bei der Kripo gewesen, dann hätten sie dort ein vergrößertes Foto von mir mit der Überschrift aufgehängt »Assad Khalil sucht diesen Mann – Können Sie ihm helfen?«

Ich setzte mich an meinen Schreibtisch. In Wirklichkeit bestand kaum eine Chance, dass mein Foto in der Zeitung oder sogar im Fernsehen Khalil aus seinem Versteck hervorlockte oder ihn dazu bringen könnte, es auf mich abzusehen. Es sei denn, ich kam ihm zu nah.

Kate setzte sich mir gegenüber und fing an, die Papiere auf ihrem Schreibtisch durchzublättern. »Mein Gott, das nimmt ja gar kein Ende.«

»Das meiste davon ist Schrott.«

Ich las die *Times* quer und suchte nach dem Bericht über den Mord an dem amerikanischen Bankangestellten in Frankfurt. Schließlich entdeckte ich eine kleine Meldung der AP, die nur minimale Einzelheiten enthielt und keinen Zusammenhang zu Assad Khalil erwähnte.

Vermutlich wollten die diversen beteiligten Behörden unter der amerikanischen Bevölkerung und der hiesigen Polizei, die alle hier nach Khalil suchten, keine Verwirrung stiften.

Ich reichte Kate die Zeitung, und sie las den Artikel. Sie sagte: »Sie müssen da irgendwelche Zweifel haben. Und sie wollen dem libyschen Geheimdienst nicht in die Hände spielen, wenn es bei diesem Mord darum gehen sollte.«

»Genau.« Die meiste Morde, mit denen ich zu tun gehabt hatte, waren von Idioten begangen worden. Und das internationale Geheimdienstspielchen wird von Leuten betrieben, die so gewitzt sind, dass sie sich wie Idioten verhalten. Leute wie Ted Nash und seine Gegenspieler. Ihre fabelhaften Intrigen werden irgendwann so verzwickt, dass sich die meisten von ihnen wohl jeden Morgen beim Aufwachen erst mal daran erinnern müssen, auf welcher Seite sie diese Woche stehen und welche Lüge die Wahrheit ist, die als Lüge und dann wieder als Wahrheit verpackt wurde. Kein Wunder, dass Nash nie sehr gesprächig war – er benötigte einen Großteil seiner geistigen Fähigkeiten, um die widersprüchlichen Realitäten auseinander zu halten. Mein Motto ist da eher: Je einfacher, desto besser.

Kate griff jedenfalls zum Telefon und sagte: »Wir müssen Jack anrufen.«

»In Frankfurt ist es sechs Stunden früher. Der schläft noch.«

»Es ist sechs Stunden später. Er ist längst im Büro.«

»Wie dem auch sei. Soll er doch uns anrufen.«

Sie zauderte und legte dann den Hörer auf.

Wir lasen die Titelgeschichten der Zeitungen und meinten beide, dass man die Medien gar nicht zu manipulieren brauchte – die bekamen die meisten vorformulierten Nachrichten ohnehin in den falschen Hals. Nur die *Times*, das musste man der alten Dame lassen, hatte das meiste korrekt wiedergegeben. Aber wie bei meinen Akten fehlten auch hier die wichtigen und interessanten Dinge.

Alle Zeitungen brachten erneut Fotos von Khalil, und auf einigen manipulierten Bildern trug er eine Brille, einen Vollbart, einen Schnurrbart und hatte grau meliertes Haar, das anders gekämmt war. Das sollte die Öffentlichkeit natürlich auf die Möglichkeit hinweisen, dass der Flüchtige sein Aussehen verändert hatte. Es führte aber vielmehr dazu, dass die Öffentlichkeit unschuldige Brillen- und Bartträger verdächtigte. Als Polizist wusste ich, dass die einfachste Tarnung normalerweise die wirksamste ist und dass nicht einmal ich den Mann in einer Menschenmenge erkannt hätte, hätte er gelächelt und einen Schnauzbart getragen.

Ich überprüfte die Artikel dahingehend, ob irgendjemand meinen Vorschlag aufgegriffen hatte, die Theorie publik zu machen, dass Mrs. Khalil und Mr. Gaddafi mehr als nur befreundet waren, konnte aber keinen Hinweis darauf entdecken.

Trotz meines Mottos, es lieber auf die einfache Tour zu versuchen, ist psychologische Kriegsführung gelegentlich eine feine Sache und wird vom Militär und der Polizei viel zu selten genutzt. Die Bullen setzen das höchstens mal ein, wenn sie einen Verdächtigen verhören und dabei das alte »Guter Bulle, Böser Bulle«-Spielchen treiben. Man muss über die Medien Keime des Zweifels und der Täuschung aussäen und hoffen, dass der Flüchtige es liest und glaubt und dass die Guten immer im Hinterkopf behalten, dass es Schwachsinn ist.

Was das anging, fragte ich mich, ob Mr. Khalil denn wohl die Artikel über sich las und die Berichterstattung über sich im Fernsehen verfolgte. Ich versuchte ihn mir vorzustellen, wie er in einem billigen Mietshaus in einer arabischen Wohngegend festsaß, Ziegenfleisch aus der Dose aß und den ganzen Tag lang Fernsehen guckte und Zeitung las. Aber das konnte ich mir nicht vorstellen. Vielmehr sah ich ihn vor mir, wie er, adrett im Anzug, öffentlich unterwegs und damit beschäftigt war, uns wieder mal vorzuführen.

Hätte dieser Fall einen Namen gehabt, dann hätte er »Der Fall mit den fehlenden Informationen« geheißen. Manches von dem, was in den Nachrichten unterschlagen wurde, fehlte, weil sie nichts davon wussten. Aber es fehlte auch einiges, das sie hätten wissen sollen oder sich hätten zusammenreimen können. Sofort stach einem der fehlende Bezug zum 15. April 1986 ins Auge. Jeder Reporter mit etwas Halbbildung oder einem auch nur halbwegs intakten Gedächtnis oder einem Internetzugang hätte diesen Zusammenhang herstellen können. So dumm waren ja nicht mal Zeitungsreporter, also wurden die Nachrichten offenbar ein wenig manipuliert. Die Presse kooperiert einen Tag oder auch eine Woche lang mit dem FBI, wenn man sie davon überzeugen kann, dass die nationale Sicherheit auf dem Spiel steht. Aber vielleicht las ich ja auch zu viel in das hinein, was ich nicht las. Ich fragte Kate: »Wieso wird in keinem dieser Artikel der Jahrestag des Luftangriffs auf Libyen erwähnt?«

Sie sah von ihrem Schreibtisch hoch und erwiderte: »Vermutlich hat man sie darum gebeten. Es ist nie gut, der Gegenseite zu der PR zu verhelfen, die sie haben möchte. Die nehmen ihre Jahrestage sehr wichtig und wenn wir das ignorieren, frustriert sie das.«

Klang vernünftig. Bei einem Ereignis dieser Tragweite musste man alles Mögliche bedenken. Die zogen eine Schmierentragödie ab, und wir würden keine Gratis-Reklame für sie machen.

Es stand jedenfalls nicht viel Neues in den Zeitungen, und deshalb fragte ich, wie auch Kate, meine Voice-Mail ab. Ich hätte dazu statt des Lautsprechers den Hörer nehmen sollen, denn die erste Nachricht, die um 7.12 Uhr eingegangen war, stammte von Beth. Sie sagte: »Hey, du. Ich habe gestern Abend und heute früh bei dir angerufen, aber keine Nachricht hinterlassen. Wo versteckst du dich? Ruf mich bis acht zu Hause oder dann im Büro an. Du fehlst mir. Einen dicken, feuchten Schmatz. Tschüs.«

Kate hörte ihre eigenen Nachrichten ab und tat, als hätte sie nichts gehört. Ich sagte, wie im Selbstgespräch: »Ich muss Mom zurückrufen«, glaubte aber nicht, damit durchzukommen.

Die nächste Nachricht war jedenfalls von Jack Koenig, der sagte: »Nachricht für Corey und Mayfield. Rufen Sie mich an.« Er gab eine lange Telefonnummer mit vielen Nullen und Einsen durch und saß also vermutlich nicht in seinem Büro am Ende des Korridors.

Ted Nash hatte eine gleich lautende Nachricht hinterlassen, die ich gleich löschte.

Weitere Nachrichten gab es nicht, und ich sah weiter die neuen Unterlagen auf meinem Schreibtisch durch.

Ein paar Minuten später sah Kate hoch und fragte: »Wer war das?«

»Jack und Ted.«

»Nein, die andere.«

»Äh ... meine Mutter?«

Sie grummelte etwas, das sich anhörte wie »Matsch«, aber vielleicht habe ich mich da auch verhört. Sie stand auf und verließ ihren Platz.

Da saß ich also, übermüdet, die Schusswunde in meinem Unterleib schmerzte, ich hatte sechs halb gare Brioches im Magen, der letzte, abschließende Akt meiner Laufbahn war gefährdet, und irgendwo trank ein durchgeknallter Terrorist Kamelmilch und starrte auf mein Bild in der Zeitung. Mit all dem konnte ich leben. Aber brauchte ich das jetzt auch noch? Ich war doch aufrichtig zu Kate gewesen.

Als ich eben über Miss Mayfield ins Grübeln geriet, kehrte sie mit zwei Bechern Kaffee zurück und stellte einen auf meinen Schreibtisch. »Schwarz, ohne Zucker, nicht wahr?«

»Genau. Und ohne Strychnin. Danke.«

»Ich geh gern los und hole dir einen Egg McMuffin, wenn du möchtest. Mit Käse und Würstchen.«

»Nein, danke.«

»Ein hart arbeitender Mann braucht was Anständiges zu essen.«

»Eigentlich sitze ich ja bloß hier. Kaffee reicht mir. Danke.«

»Du hast doch bestimmt heute Morgen deine Vitamine nicht genommen. Ich geh schnell los und kauf dir welche.«

Ich nahm eine winzige Spur Spott in Miss Mayfields Ton wahr, aber vielleicht war Ködern ja auch das Stichwort des Morgens. Ich war nicht nur ein Köder, nun wurde ich auch noch geködert. Ich sagte: »Danke, aber mehr als Kaffee brauche ich nicht.« Ich senkte den Kopf und studierte ein Memo, das vor mir lag.

Sie setzte sich mir gegenüber und trank ihren Kaffee. Ich

spürte ihren Blick auf mir ruhen. Ich sah zu ihr hoch und ihre Augen, die kurz zuvor noch so himmlisch blau gewesen waren, hatten sich in Eiswürfel verwandelt.

Wir starrten einander an, dann sagte sie schließlich »Tschuldige« und machte sich wieder an die Arbeit.

Ich sagte: »Ich kümmere mich darum.«

Ohne hochzusehen erwiderte sie: »Das wollte ich dir auch geraten haben.«

Nach ein, zwei Minuten machten wir uns wieder an die Arbeit und nahmen die Suche nach dem weltweit meistgesuchten Terroristen wieder auf. Sie sagte: »Hier ist ein gemeinsamer Bericht verschiedener Polizeidienststellen aus dem Großraum New York über Autovermietungen ... also, jeden Tag werden tausende Autos vermietet, und sie versuchen die Fahndung auf Mietwagen für Leute mit arabisch klingenden Namen einzugrenzen. Klingt nach einer vagen Chance.«

»Einer sehr vagen Chance. Soweit wir wissen, fährt Khalil einen Wagen, den er sich von einem Landsmann geliehen hat. Auch wenn es ein Mietwagen sein sollte, könnte sein Komplize bei der Autovermietung den Namen Smith angegeben haben, wenn er einen Führerschein auf diesen Namen hat.«

»Aber vielleicht sah derjenige, der den Wagen gemietet hat, nicht wie ein Mr. Smith aus.«

»Stimmt. Aber sie könnten auch einen Smith-mäßigen Typen dafür nehmen und ihn anschließend umballern. Vergiss die Autovermietungen.«

»Mit dem Ryder-Van hatten wir beim Bombenanschlag auf das World Trade Center Glück. Das hat den Fall gelöst.«

»Vergiss den beschissenen Bombenanschlag auf das World Trade Center.«

»Wieso?«

»Weil du wie ein General, der seine Siege in einer neuen Schlacht wiederholen will, feststellen wirst, dass die Bösen ihre Niederlagen nicht wiederholen wollen.«

»Erzählst du das auch deinen Studenten am John Jay?«

»Aber sicher. Das trifft eindeutig auch auf kriminalistische Arbeit zu. Ich habe zu viele Kollegen bei der Mordkommission erlebt, die versucht haben, Fall B so zu lösen, wie sie Fall A gelöst hatten. Jeder Fall ist einmalig. Und dieser besonders.«

»Danke, Professor.«

»Mach doch, was du willst.« Jetzt wurde ich langsam stinkig und widmete mich wieder meinen Memos und Berichten. Ich hasse Papier.

Ich stieß auf einen versiegelten Umschlag mit der Aufschrift »persönlich/vertraulich«, ohne Laufzettel. Ich machte ihn auf und sah, dass er von Gabe kam. Er schrieb: »Ich habe gestern dafür gesorgt, dass Fadi keinerlei Kontakt zur Außenwelt hatte, und bin dann zum Haus von Gamal Jabbar gefahren und habe seine Frau Cala vernommen. Sie behauptet, nichts von den Aktivitäten und Absichten ihres Manns zu wissen und sein Fahrtziel vom Samstag nicht zu kennen. Sie sagte aber, Jabbar habe am Freitagabend einen Gast empfangen und als der Gast gegangen war, habe Jabbar eine schwarze Leinentasche unter ihr Bett gestellt und ihr verboten, sie anzurühren. Sie habe den Gast nicht gekannt und nichts von dem gehört, was gesprochen wurde. Am nächsten Morgen sei ihr Mann daheim geblieben, was ungewöhnlich sei, denn normalerweise arbeite er samstags. Jabbar habe die Wohnung in Brooklyn mit der Tasche in der Hand gegen 14 Uhr verlassen und sei nie zurückgekehrt. Sie schilderte sein Verhalten als besorgt und nervös – so gut ich das aus dem Arabischen übersetzen kann. Mrs. Jabbar hat sich offenbar mit der Möglichkeit abgefunden, ihr Mann könnte tot sein. Ich rief die Mordkommission an und gab ihnen die Erlaubnis, ihr die Nachricht zu überbringen, und aus diesem Grund habe ich auch Fadi freigelassen. Wir sprechen uns später.«

Ich faltete das Memo zusammen und steckte es in die Innentasche meines Jacketts.

Kate fragte: »Was war das?«

»Zeige ich dir später.«

»Wieso nicht jetzt?«

»Du musst das glaubhaft abstreiten können, wenn wir mit Jack sprechen.«

»Jack ist unser Chef. Ich vertraue ihm.«

»Ich auch. Aber zur Zeit ist er Teddy zu nah.«

»Was soll das heißen?«

»Da laufen zwei Spiele auf demselben Spielfeld: Das Spiel des Löwen und das Spiel von jemand anderem.«

»Wessen Spiel?«

»Keine Ahnung. Ich habe bloß so das Gefühl, dass da was nicht stimmt.«

»Tja ... wenn du meinst, dass die CIA ihr eigenes Süppchen kocht, dann ist das nicht gerade was Neues.«

»Eben. Behalte Ted im Auge.«

»Okay. Ich verführe ihn, und dann vertraut er sich mir an.«

»Tolle Idee. Ich habe ihn mal nackt gesehen; er hat einen Winzschwanz.«

Sie schaute mich an und sah, dass ich nicht scherzte. »Wann hast du ihn nackt gesehen?«

»Auf einer Junggesellenparty. Er hat sich von der Musik und den Stripperinnen mitreißen lassen, und ehe jemand eingreifen konnte ...«

»Hör auf mit dem Quatsch. Wann hast du ihn nackt gesehen?«

»Auf Plum Island. Nachdem wir das Biotechnologie-Labor verlassen hatten, mussten wir alle rausduschen. So nennen die das: Rausduschen.«

»Echt?«

»Echt. Und er hat sich wohl nicht so gründlich abgeduscht, denn kurz darauf ist ihm der Schwanz abgefallen.«

Sie lachte, überlegte kurz und meinte dann: »Ich hatte ganz vergessen, dass ihr schon mal in einem Fall gemeinsam ermittelt habt. George auch, oder?«

»Ja. George hat einen Normalschwanz. Falls dich das interessiert.«

»Danke für die Mitteilung.« Sie grübelte kurz und sagte dann: »Und bei diesem Fall hattest du dann irgendwann den Eindruck, Ted nicht trauen zu können.«

»Das hat sich nicht entwickelt. Ich kannte ihn gerade drei Sekunden, da habe ich ihm schon misstraut.«

»Aha ... und jetzt bist du misstrauisch, weil ihr euch zufällig hier wiedergetroffen habt.«

»Kann schon sein. In dem Fall Plum Island hat er mich übrigens tatsächlich bedroht.«

»In welcher Hinsicht bedroht?«

»In der einzigen, die zählt.«

»Das glaube ich nicht.«

Ich zuckte die Achseln. Ferner enthüllte ich Miss Mayfield: »Damit du es weißt: Er war auch an Beth Penrose interessiert.«

»Ah! Cherchez la femme. Jetzt passt alles zusammen. Fall gelöst.«

Vielleicht war es unklug gewesen, ihr das mitzuteilen. Ich ging nicht auf ihre unlogische Schlussfolgerung ein.

Sie sagte: »Dann haben wir ja eine Lösung für unsere beiden Probleme. Ted und Beth. Wir verkuppeln die beiden.«

Irgendwie hatte ich mich von einem Terrorabwehragenten in eine Figur aus einer platten TV-Soap-Opera verwandelt. Um das Thema abzuschließen, sagte ich: »Klingt gut.«

»Prima. Und jetzt gib mir, was du dir in die Tasche gesteckt hast.«

»Da steht ›persönlich/vertraulich‹ drauf.«

»Na, dann lies es mir vor.«

Ich nahm das Memo von Gabe aus der Tasche und ließ es über den Tisch segeln. Sie las es und meinte: »Da steht nicht viel Neues drin, das ich nicht sehen dürfte, und nichts, was ich abstreiten müsste, gesehen zu haben.« Sie fügte hinzu: »Du versuchst Wissen zurückzuhalten, John. Wissen ist

Macht. So arbeiten wir hier nicht.« Dann meinte sie noch: »Du und Gabe und ein paar andere von der New Yorker Polizei, ihr treibt hier ein kleines Versteckspiel mit den Feds. Das ist ein riskantes Spiel.« Und so weiter. Ich bekam eine dreiminütige Lektion, die mit den Worten endete: »Wir können einen geheimen Klüngel innerhalb unserer Task Force nicht gebrauchen.«

Ich entgegnete: »Bitte entschuldige, dass ich dir das Memo vorenthalten habe. Ich werde dir alle künftigen bulleninternen Memos zeigen. Du kannst damit machen, was du willst.« Ich fügte hinzu: »Ich weiß, dass das FBI und die CIA mir und den anderen Kriminalpolizisten, die von der ATTF engagiert wurden, alles erzählen. Wie schon J. Edgar Hoover sagte ...«

»Okay. Das reicht. Ich habe verstanden. Aber verheimliche wenigstens mir bitte nichts.«

Wir sahen einander in die Augen und lächelten. Sehen Sie, was dabei herauskommt, wenn man sich mit einer Kollegin einlässt? Ich sagte: »Versprochen.«

Dann machten wir uns beide wieder an die Akten.

Kate sagte: »Hier ist ein vorläufiger Bericht der Spurensicherung über das Taxi, das in Perth Amboy gefunden wurde ... Wow ... Die Wollfasern, die auf dem Rücksitz entdeckt wurden, entsprechen den Proben, die man in Paris von Khalils Anzug genommen hat.«

Ich fand den Bericht ebenfalls und las mit, während Kate ihn vorlas.

Sie sagte: »Eindeutige Polyäthylenterephtalat-Rückstände im Fahrersitz und der Leiche. Was soll denn das bedeuten?«

»Dass der Täter eine Plastikflasche als Schalldämpfer verwendet hat.«

»Echt?«

»Echt. Das steht bestimmt in einem dieser Lehrbücher in deinem Regal.«

»Die habe ich nie gelesen ... Was noch ...? Okay, die Kugel war definitiv Kaliber 40 ... Vermutlich könnte das bedeuten, dass er ... mit der Waffe eines Agenten geschossen hat.«

»Wahrscheinlich.«

»Überall Fingerabdrücke im Wagen, aber keine von Assad Khalil ...«

Wir lasen beide den Bericht, und er enthielt keine schlüssigen Beweise, dass Khalil in dem Taxi gesessen hatte – bis auf die Wollfasern, aber die bewiesen seine Anwesenheit am Tatort nicht schlüssig. Die bewiesen lediglich, dass sein Anzug oder ein ähnlicher Anzug dort gewesen war – wie ein Verteidiger es mal vor Gericht formuliert hatte.

Sie dachte kurz nach und sagte dann: »Er ist in Amerika.«

»Das habe ich schon gesagt, bevor wir von dem Mord in Perth Amboy erfahren haben.«

»Und der Mord in Frankfurt war ein Täuschungsmanöver.«

»Genau. Und deshalb sind wir nicht auf der richtigen Fährte. Im Grunde sind wir auf gar keiner Fährte. Wir haben die Fährte in Perth Amboy verloren.«

»Aber immerhin wissen wir, wo er am Samstagabend war, John. Was können wir daraus ableiten?«

»Nichts.« Wie gute, solide Schlussfolgerungen und nachprüfbare Fakten ja oft zu nichts führten. Wenn gegen Assad Khalil schließlich Anklage vor einem Bundesgericht erhoben würde, konnten wir den Namen Gamal Jabbar zur Liste der über dreihundert Männer, Frauen und Kinder hinzufügen, die er mutmaßlich umgebracht hatte. Aber es brachte uns seiner Ergreifung nicht einen Deut näher.

Wir widmeten uns wieder den Papieren auf unseren Schreibtischen. Ich fing mit dem Anfang an, mit Europa, und las das wenige, das über Khalils mutmaßliche Morde und sonstige Aktivitäten bekannt war. Irgendwo in Europa lag ein Schlüssel, aber ich sah ihn nicht.

Irgendjemand – nicht ich – hatte die Luftwaffen-Personalakte über Colonel William Hambrecht angefordert, und eine Kopie davon lag in einem versiegelten Umschlag auf meinem Schreibtisch. Die Akte war, wie alle Personalakten des Militärs, mit dem Vermerk VERTRAULICH versehen.

Ich fand es interessant, dass die Akte zwei Tage zuvor angefordert worden war und nicht zu den ursprünglichen Akten gehört hatte. Mit anderen Worten: Khalil stellte sich am Donnerstag bei der Amerikanischen Botschaft in Paris, und als ihnen klar wurde, dass man ihn verdächtigte, den Mord an Hambrecht begangen zu haben, hätte die Luftwaffenakte von Hambrecht doch am Samstag hier sein müssen – spätestens am Montag. Jetzt war es Dienstag, und nun erst bekam ich die Akte zu sehen. Aber vielleicht überschätzte ich die Bundespolizei auch, wenn ich annahm, sie hätten diese Akte vorrangig behandelt. Doch vielleicht versuchte jemand, Informationen zurückzuhalten. Wie ich schon zu Kate gesagt hatte: »Denk mal dran, was du nicht auf deinem Schreibtisch hast.« Jemand hatte das bereits erledigt, und ich wusste bloß nicht wer, denn an Colonel Hambrechts Akte war kein Anforderung angeheftet.

Ich sagte zu Kate: »Schau mal, ob du die Personalakte von Colonel William Hambrecht hast.« Ich hielt ihr die erste Seite hin. »So sieht die aus.«

Ohne hochzusehen sagte sie: »Ich weiß, wie die aussieht. Ich habe sie am Freitag angefordert, als ich den Auftrag erhalten habe, Khalil am Flughafen abzuholen, und nachdem ich sein Dossier gelesen hatte. Ich habe die Akte schon vor einer halben Stunde gelesen.«

»Ich bin beeindruckt. Dein Daddy hat dir offenbar viel beigebracht.«

»Daddy hat mir beigebracht, wie man beruflich vorankommt. Und Mommy hat mir beigebracht, neugierig zu sein.«

Ich lächelte und schlug die Akte auf. Die erste Seite enthielt persönliche Daten, Verwandte, Heimatadresse, Geburtsort und -datum und so weiter. Ich sah, dass William

Hambrecht mit Rose verheiratet war, drei Kinder hatte, im März 55 Jahre alt geworden wäre, lutherischer Konfession war, die Blutgruppe A positiv hatte und so weiter.

Ich blätterte die Akte durch. Sie war größtenteils in einem schwer verständlichen Militärjargon abgefasst und enthielt im Grunde die Zusammenfassung einer langen und anscheinend glänzenden Laufbahn. Ich vermutete, dass Colonel Hambrecht vielleicht mit dem Geheimdienst der Luftwaffe zu tun gehabt hatte, was ihn in Kontakt mit extremistischen Gruppen gebracht haben mochte. Aber im Grunde war der Mann Pilot gewesen und dann zum Flight Commander, Squadron Commander und schließlich Wing Commander befördert worden. Er hatte sich im Golfkrieg ausgezeichnet, hatte viele Belobigungen, Auszeichnungen und Orden erhalten, hatte in aller Welt Posten bekleidet, war in Brüssel der NATO zugeteilt worden und war schließlich zur Royal Air Force Station in Lakenheath, Suffolk, in England versetzt worden, als Stabsoffizier, der für die Ausbildung zuständig war. Nichts Ungewöhnliches, nur dass er von Januar 1984 bis Mai 1986 schon einmal in Lakenheath stationiert gewesen war. Vielleicht hatte er sich damals dort Feinde gemacht. Vielleicht hatte er was mit der Frau eines Eingeborenen gehabt, wurde fortversetzt, und als er dann über ein Jahrzehnt später wiederkam, war der Ehemann immer noch sauer. Das hätte die Axt erklärt. Vielleicht hatte dieser Mord gar nichts mit Assad Khalil zu tun.

Ich las weiter. Militärakten sind nicht gerade Lesefutter, und sie verwenden jede Menge Akronyme, wie zum Beispiel »Rückkehr nach KONUSA«, was »kontinentale USA« bedeutete, und »GEDARÜ«, was für »Geschätztes Datum der Rückkehr aus Übersee« steht, und so weiter.

Ich bekam Kopfschmerzen von den ganzen Akronymen und Abkürzungen, hielt aber durch. Es stand weiter nichts drin, und ich wollte die Akte eben beiseite legen, als ich unten auf der letzten Seite den Vermerk entdeckte: »Gelöschte Daten – Betreff MdV-Befehl 369215-25, Reg.-Befehl 279651-351 – Wg. Nat. Si. STRENG GEHEIM.« Streng geheim und Staatsgeheimnis kürzten sie nie ab und schrieben es immer in Großbuchstaben, damit es auch ja alle mitkriegten.

Ich grübelte über diesen Vermerk nach. Informationen werden aus vielerlei Gründen gelöscht, aber nichts verschwindet in einem Orwell'schen Gedächtnisloch. Die gelöschten Informationen stehen irgendwo anders, in einer anderen Akte mit dem Vermerk STRENG GEHEIM.

Ich starrte den Aktenvermerk an, aber hier hätte auch Sherlock Holmes' Lupe nichts genützt. Es gab keinen Hinweis darauf, was gelöscht worden war, wann es gelöscht worden war und aus welchem Zeitraum es fehlte. Ich wusste aber, wer es gelöscht hatte und warum. Wer: das Verteidigungsministerium, auf Befehl des Präsidenten der Vereinigten Staaten. Warum: nationale Sicherheit.

Die Befehlsnummern konnten jemandem den Zugriff auf die gelöschten Informationen ermöglichen, nur dass ich nicht dieser Jemand war.

Ich überlegte, was gelöscht worden sein mochte, und mir wurde klar, dass es so ziemlich alles sein konnte. Normalerweise hatte es mit einem Geheimeinsatz zu tun, aber in diesem Fall konnte es auch mit dem Mord an Colonel Hambrecht zu tun haben. Vielleicht mit beidem. Vielleicht mit keinem von beidem. Vielleicht ging es darum, dass er die Frau eines Eingeborenen flachgelegt hatte.

Es gab auch keinen Hinweis darauf, ob die Löschung ehrenhafte oder unehrenhafte Aktivitäten betraf. Ich ging aber von ehrenhaften aus, denn seine Laufbahn war anscheinend glatt verlaufen, bis zu dem Tag, an dem ihn jemand mit einer Eiche verwechselt hatte.

Kate fragte mich: »Und? Was meinst du?«

Ich sah sie an. »Ich habe was gefunden, was nicht hier drin steht.«

»Stimmt. Ich habe das bereits bei Jack angefordert, der es wiederum beim Direktor anfordern wird, der die gelöschten Informationen dann anfordern wird. Das kann ein paar Tage dauern. Vielleicht auch länger, aber ich habe es mit dem Vermerk ›Dringend – Eilt‹ versehen.« Sie fügte hinzu: »Diese Akte ist nur als ›Vertraulich‹ eingestuft, und es hat vier Tage gedauert, bis sie hier war. Manchmal sind die nicht so schnell. ›Streng geheim‹ dauert länger.«

Ich nickte.

Sie sagte: »Und wenn jemand da oben meint, wir bräuchten das nicht zu wissen, oder wenn sie der Ansicht sind, dass die gelöschten Informationen für unsere Zwecke irrelevant wären, dann bekommen wir sie nie zu Gesicht.« Sie fügte hinzu: »Oder vielleicht ist es relevant, aber zu vertraulich, als dass wir es sehen dürften, und dann kümmert sich jemand anderes darum. Ich setze keine große Hoffnung darauf.«

Ich ließ mir das alles durch den Kopf gehen und wies darauf hin: »Die gelöschten Informationen sind wahrscheinlich irrelevant, es sei denn, sie haben etwas mit dem Mord zu tun. Aber warum würden sie es dann als streng geheim einstufen?«

Sie zuckte die Achseln. »Das erfahren wir möglicherweise nie.«

»Dafür werde ich aber nicht bezahlt.«

Sie fragte mich: »Was für eine Unbedenklichkeitserklärung hast du?«

»Freischwimmer. Tschuldige, alter Witz.« Sie lächelte nicht. Ich sagte: »Nur vertraulich. Aber geheim schaffe ich auch noch.«

»Ich habe geheim. Jack hat streng geheim, also kann er die gelöschten Daten einsehen, wenn er muss.«

»Woher soll er wissen, dass er das einsehen muss, wenn er keine Ahnung hat, was gelöscht wurde?«

»Jemand, der es wissen muss und streng geheim hat, wird ihm sagen, ob er das wissen muss.«

»Und wer bekommt es dann?«

»Nicht du.« Sie fuhr fort: »Die Bundesregierung ist nicht die New Yorker Polizei. Aber das hast du dir wohl schon gedacht.«

»Mord ist Mord, und Recht ist Recht. Lektion Nummer eins auf meinem Lehrplan am John Jay.« Ich griff zum Telefon und wählte die Nummer in Ann Arbor, Michigan, von der es in der Akte hieß, sie sei nicht im Telefonbuch verzeichnet.

Es klingelte, und ein Anrufbeantworter sprang an. Die Stimme einer Frau mittleren Alters, zweifellos Mrs. Hambrecht, sagte: »Hier bei Hambrecht. Wir sind zur Zeit nicht zu erreichen. Hinterlassen Sie bitte Ihren Namen und Ihre Telefonnummer, und dann rufen wir so bald als möglich zurück.«

Wenn sie mit »wir« Colonel Hambrecht meinte, dann würde nie jemand ans Telefon gehen. Es piepte und ich sagte: »Mrs. Hambrecht, hier ist John Corey. Ich rufe im Auftrag der Luftwaffe an. Rufen Sie mich bitte so schnell wie möglich zurück. Es geht um Colonel Hambrecht.« Ich nannte ihr meine Durchwahl und fügte hinzu: »Oder rufen Sie Miss Mayfield an.« Ich gab ihr Kates Nummer, die sie mir vorlas. Ich legte auf.

Falls wir nicht da waren, würde unsere Voice-Mail einfach nur sagen: »Corey, Task Force« oder »Mayfield, Task Force«, gefolgt von der höflichen Bitte, Name und Telefonnummer zu hinterlassen. Das war vage genug, und das störende Wort »Terror« kam nicht darin vor.

Ich hakte diese Fährte, die wahrscheinlich zu nichts führte, erst einmal ab und begann mit meinem Einsatzbericht, der langsam überfällig war. Wenn ich mal davon ausging, dass ihn ohnehin nie jemand lesen würde, konnte ich ja mit vier Seiten davonkommen, die von eins bis fünfzig nummeriert waren, mit Leerseiten dazwischen. Ich beschloss, mit dem Ende anzufangen und tippte: »Abschließend lässt sich also sagen ...«

Kates Telefon klingelte. Jack Koenig war dran. Nach ein paar Sekunden sagte sie: »Nimm ab.«

Ich drückte auf den Knopf von Kates Anschluss und sagte: »Corey.«

Mr. Koenig war blendend gelaunt und sagte: »Sie gehen mir vielleicht auf die Nerven.«

»Jawohl, Sir.«

Kate hielt sich den Hörer mit einer theatralischen Geste vom Ohr weg.

Koenig fuhr fort: »Sie haben den Befehl nicht befolgt, nach Frankfurt zu fliegen, Sie rufen nicht zurück, und heute Nacht waren Sie verschwunden.«

»Jawohl, Sir.«

»Wo waren Sie? Sie sollten doch in Kontakt bleiben.«

»Jawohl, Sir.«

»Und? Wo waren Sie?«

Wenn mich das früher meine Bosse gefragt haben, hatte ich darauf immer eine echt lustige Antwort parat: »Die Frau, mit der ich mich getroffen habe, ist wegen Prostitution festgenommen worden, und ich habe die ganze Nacht lang versucht, sie auf Kaution freizukriegen.« Aber wie gesagt, diesen Leuten ging jeder feinere Sinn für Humor ab, und deshalb antwortete ich Jack: »Ich habe keine Entschuldigung für mein Verhalten, Sir.«

Kate schaltete sich ein und sagte: »Ich habe in der Leitstelle angerufen und dem Officer vom Dienst Bescheid gesagt, dass Mr. Corey und ich bis auf weiteres bei mir zu Hause sind. Weitere Mitteilungen habe ich nicht gemacht, und wir waren um 8.45 Uhr hier.«

Schweigen. Dann sagte Jack: »Aha.« Er räusperte sich und teilte uns mit: »Ich fliege zurück nach New York und bin heute Abend gegen acht Uhr New Yorker Zeit im Büro. Wenn es Ihnen nicht ungelegen kommt, seien Sie bitte da.«

Wir versicherten ihm, es käme uns nicht ungelegen. Ich nutzte die Gelegenheit und fragte ihn: »Könnten Sie Kates

Anforderung der gelöschten Informationen aus der Personalakte von Colonel Hambrecht etwas beschleunigen?«

Wiederum Schweigen. Dann sagte er: »Das Verteidigungsministerium hat uns mitgeteilt, dass diese Informationen hinsichtlich seiner Ermordung nicht relevant sind und daher auch für diesen Fall nicht relevant sind.«

»Wofür sind Sie denn relevant?«, fragte ich.

Koenig erwiderte: »Hambrecht hatte Zugriff auf Kernwaffen. Darauf beziehen sich die gelöschten Informationen. Es ist Vorschrift, alles, was mit Kernwaffen zu tun hat, aus einer Personalakte zu löschen.« Er sagte: »Vergeuden Sie damit keine Zeit.«

»Okay.« Aus einem Fall um einen Luftwaffenoffizier, in dem ich Jahre zuvor ermittelt hatte, wusste ich, dass das stimmte.

Jack wechselte das Thema, sprach über den Mord in Perth Amboy und die Ergebnisse der Spurensicherung, erkundigte sich nach Gabes Spur, ein Thema, dem ich geschickt auswich, und fragte, wie die Ermittlungen liefen und so weiter. Er fragte auch, was die Morgenzeitungen gebracht hätten, und ich teilte ihm mit: »Ein Foto von mir.«

»Haben die Ihre Adresse korrekt wiedergegeben?« Er lachte. Kate lachte auch. Ich sagte zu Jack: »Dafür sind Sie mir was schuldig.«

»Soll heißen?«

»Soll heißen, dass es weit über meine Pflichten hinausgeht, mich zur Schießscheibe zu machen. Wenn ich also eine Gefälligkeit brauche, sind Sie mir eine schuldig.«

Er erwiderte: »Sie sind so viele Punkte im Minus, Corey, dass wir damit gerade mal quitt sind.«

Ich war eigentlich nicht davon ausgegangen, ein Ziel darzustellen, aber Jack Koenig sah das wohl anders, und das verriet mir etwas über die Mentalität der FBIler. Ich spielte also mit und sagte: »Wir sind nicht quitt. Nicht nach meiner Rechnung.«

»Ihr kennt euch mit euren Rechnungen aus, was?«

Mit ›ihr‹ meinte er natürlich Polizisten. Ich sagte: »Sie sind mir was schuldig.«

»Also gut. Was wollen Sie?«

»Wie wäre es mit der Wahrheit?«

»Ich arbeite dran.«

Das schien ein Eingeständnis zu sein, dass mehr an der Sache dran war, als wir wussten. Ich sagte: »Denken Sie immer an das Motto unserer Freunde von der CIA. ›Und ihr sollt die Wahrheit erfahren, und die Wahrheit soll euch frei machen.‹«

»Die Wahrheit kann einen auch umbringen. Sehr clever von Ihnen, Corey. Aber das ist keine abhörsichere Leitung.«

»Auf Wiedersehen«, sagte ich auf Deutsch und legte auf. Ich machte mich wieder an meinen Bericht. *Abschließend lässt sich also sagen ...*

Kate sprach noch eine Weile mit Jack und las ihm den kurzen Artikel über den Mord an Mr. Leibowitz in Frankfurt vor. Sie plauderten ein wenig, dann legte sie auf und sagte zu mir: »Das wird langsam unheimlich.«

Ich sah von meiner Tastatur hoch und sagte: »Erinnert mit an eine *Akte-X*-Folge, in der Scullys Goldfische versucht haben, sie zu entführen.«

Miss Mayfield dachte vermutlich, ich würde mich indirekt über das FBI lustig machen, und sie lächelte nicht.

Wir machten uns wieder an die Arbeit. *Abschließend lässt sich also sagen ...*

Überall klingelten Telefone, piepten Faxgeräte, leuchteten Computermonitore, telexten die Fernschreiber, kamen Büroboten gelaufen und luden den Leuten noch mehr Kram auf den Schreibtisch und so weiter. Es war dies wirklich die Schaltstelle, das elektronische Hirn einer weit verzweigten Organisation. Dummerweise konnten die Menschenhirne in diesem Raum das alles nicht schnell genug verarbeiten und nicht schnell genug das Nützliche vom Überflüssigen trennen.

Ich stand auf und sagte zu Kate: »Ich gehe zu Gabe. Macht es dir was aus hier zu bleiben, damit wir den Anruf von Mrs. Hambrecht nicht verpassen?«

»Nein. Was wolltest du sie denn fragen?«

»Ich weiß nicht. Sorg einfach mal für gute Laune bei ihr und lass mich dann rufen.«

»Wird gemacht.«

Ich verließ die Leitstelle und ging hinunter zu den Verhörräumen. Ich fand Gabe, wie er sich auf dem Flur mit ein paar NYPD/ATTF-Detectives unterhielt.

Als er mich sah, ließ er die Detectives stehen und kam auf mich zu. Aus den Aufzügen kam ein steter Strom von Kriminalpolizisten mit nahöstlich wirkenden Typen im Schlepptau. Er fragte: »Hast du mein Memo gekriegt?«

»Ja. Danke.«

»Hey, ich hab heute dein Bild in der Zeitung gesehen. Und alle, die ich heute verhört habe, hatten es auch gesehen.«

Ich ignorierte das und sagte zu Gabe: »Hier sind ja heute so viele Araber, dass wir Gebetsteppiche bestellen und ein Schild aufhängen sollten, das nach Mekka weist.«

»Schon erledigt.«

»Gibt's was Neues?«

»Ja, gibt es. Ich habe in Washington angerufen. Bei der Polizei, nicht beim FBI. Ich habe mir so gedacht, dass Mr. Khalil ja nicht wusste, ob man ihn nach Washington oder nach New York bringt. Also habe ich mich nach verstorbenen oder vermissten Taxifahrern nahöstlicher Herkunft erkundigt.«

»Und?«

»Die haben eine Vermisstenmeldung. Ein gewisser Dawud Faisal, Taxifahrer. Libyer. Wird seit Samstag vermisst.«

»Vielleicht ist er losgegangen und hat seinen Namen ändern lassen.«

Gabe hatte gelernt, meine Scherze zu ignorieren, und fuhr fort: »Ich habe mit seiner Frau gesprochen – natürlich auf

Arabisch – und seine Frau sagt, er sei zum Flughafen Dulles gefahren, um jemanden abzuholen, und dann nicht wiedergekommen. Hört sich das ein wenig vertraut an?«

Ich dachte darüber nach. Gabe unterstellte, dass dieser Taxifahrer engagiert worden war, um Khalil abzuholen, falls Khalil in Washington gelandet wäre. Irgendwann hatte Khalils Organisation – sei es nun der libysche Geheimdienst oder eine extremistische Gruppe – gewusst, dass ihr Mann nach New York fliegen würde. Aber Dawud Faisal wusste bereits zu viel, und irgendwann hatten sie ihn dann umgelegt oder hoffentlich nur für die Dauer der Mission entführt. Ich sagte zu Gabe: »Gut mitgedacht. Was fangen wir mit dieser Information an?«

»Nichts. Noch eine Sackgasse. Aber das deutet auf eine ausgeklügelte und gut vorbereitete Operation hin. Wir haben in den USA keine libysche Botschaft, aber die Syrer beschäftigen Libyer in ihrer Botschaft, die Kumpels von Gaddafi sind. Araber sehen doch alle gleich aus, nicht wahr? CIA und FBI wissen von diesem Arrangement, lassen sie aber gewähren. So haben sie ein paar Libyer, die sie beobachten können. Aber irgendjemand hat am Freitagabend nicht aufgepasst, als jemand mit einer schwarzen Tasche zu Faisul nach Hause kam. Das hat Mrs. Faisal erzählt. Genau wie bei Mrs. Jabbar: ein Besucher am späten Freitagabend, eine schwarze Tasche, und der Ehemann wirkte besorgt. Das passt alles zusammen, aber es ist kalter Kaffee.«

»Ja, schon. Aber es deutet, wie du schon sagtest, auf eine gut vorbereitete Operation hin. Er hat Komplizen hier im Land.«

»Das ist ebenfalls kalter Kaffee.«

»Stimmt. Ich muss dich mal was fragen – dich als Araber. Kannst du dich in diesen Kerl hineinversetzen? Was hat dieses Arschloch vor?«

Gabe dachte über diese politisch unkorrekte Frage nach und erwiderte: »Tja, überleg mal, was er *nicht* getan hat. Er ist nicht unerkannt ins Land geschlüpft. Er ist auf unsere Kosten eingereist – und das in mehr als nur einer Hinsicht.«

»Genau. Weiter.«

»Er bewirft uns mit Kamelscheiße. Und es macht ihm Spaß. Aber es macht ihm nicht nur Spaß, er – wie soll ich das sagen ...? Er macht daraus ein Spiel und hat sich selbst die schlechteren Karten gegeben, wenn man's recht bedenkt.«

»Das habe ich auch schon gedacht. Aber weshalb?«

»Tja, das ist typisch arabisch.« Er lächelte. »Das rührt zum Teil von einem Minderwertigkeitsgefühl gegenüber dem Westen her. Die Extremisten verstecken Bomben in Flugzeugen und so weiter, aber sie wissen schon, dass das nicht sonderlich tapfer ist, und deshalb kriegt man es hin und wieder mit jemandem zu tun, der den Ungläubigen zeigen will, wie ein tapferer Mudjahedin wirklich handelt.«

»Ein Mudja-was?«

»Ein islamischer Freiheitskämpfer. Es gibt eine lange Tradition des einsamen, arabischen Reiters. Wie im Wilden Westen – ein knallharter, fieser Schweinehund, um's mal arabisch auszudrücken, der es mit einer ganzen Armee aufnehmen würde. Es gibt da ein berühmtes Gedicht: ›Der Schreckliche, er ritt allein, das Krummschwert zu schwingen. Schmuck und Zierrat trug es kein', nur Scharten an der Klingen.‹ Verstehst du?«

»Ja. Was hat er also vor?«

»Keine Ahnung. Ich kann dir nur sagen, was er für einer ist.«

»Also gut, aber was hat so jemand denn normalerweise vor?«

»Er ist bei 320 und macht immer noch weiter.«

»Ja. Gute Arbeit, Gabe. Wie geht's Fadi?«

»Der heißt jetzt Maria und ist Putzfrau in St. Patrick's.« Er lächelte.

»Wir sehen uns.« Ich wandte mich zum Gehen, und Gabe sagte: »Khalil ist auf was ganz Großes aus.«

Ich machte kehrt.

Gabe sagte: »Es würde mich nicht wundern, wenn er bei einem Wohltätigkeitsbankett des Präsidenten als Kellner auftaucht. Er hat sehr viel Hass in sich gegen jemanden, von dem er denkt, er hätte ihn schlecht behandelt, ihn oder den Islam oder Libyen. Er sucht die persönliche Konfrontation.«

»Erzähl weiter.«

Er überlegte kurz und sagte dann: »Das Gedicht heißt ›Die Blutfehde‹.«

»Ich dachte, es wäre ein Liebesgedicht.«

»Es ist ein Hassgedicht, mein Freund. Im Grunde geht es darin um eine Blutfehde.«

»Klar.«

»Araber lassen sich zwar für Gott und manchmal auch für ihr Land zu großen Heldentaten verleiten, aber nur selten für etwas Abstraktes, wie etwa eine politische Philosophie, und kaum für einen politischen Führer. Sie trauen ihren Führern normalerweise nicht.«

»Dann muss ich wohl auch ein Araber sein.«

»Es gibt noch etwas, das einen Araber wirklich motiviert. Eine private Fehde. Verstehst du? Wie bei den Sizilianern.«

»Ich weiß.«

»Wenn du meinen Sohn oder Vater umbringst oder meine Tochter oder Mutter fickst, jage ich dich bis ans Ende der Welt und wenn es mein ganzes Leben lang dauert. Und ich bringe alle deine Freunde und Verwandten um, bis ich dich habe.«

»Als ich vermutet habe, dass sich meine Frau von ihrem Chef ficken lässt, habe ich ihm eine Kiste Champagner geschickt.«

»So denken Araber nicht. Hörst du mir überhaupt zu?«

»Ich habe schon verstanden. Es könnte eine Blutfehde sein. Ein Privatkrieg.«

»Genau. Könnte es sein. Und Khalil ist es auch egal, ob er diese Blutfehde überlebt oder nicht. Einzig entscheidend ist, dass er es versucht hat. Wenn er dabei umkommt, hat er immerhin Vergeltung geübt und geht ins Paradies ein.«

»Dabei will ich ihm gern behilflich sein.«

Gabe sagte: »Wenn ihr zwei euch begegnet, wird derjenige, der den anderen zuletzt erkennt, ins Paradies eingehen.« Er lachte.

Ich ging. Weshalb fanden es bloß alle lustig, dass ein Bild von mir in der Zeitung war?

Wieder in der Leitstelle, holte ich mir am gut ausgestatteten Kaffeetresen eine frische Tasse Kaffee. Es gab Croissants und Brioches, Muffins und Kekse, aber keine Donuts. Und das soll Kooperation zwischen den Dienststellen sein?

Ich grübelte also darüber nach, was Gabe gesagt hatte. Und während ich so grübelte, kam Kate an den Kaffeetresen und sagte: »Mrs. Rose Hambrecht ist am Telefon. Ich habe ihr erläutert, wer wir sind.«

Ich stellte den Kaffeebecher ab und flitzte zurück an meinen Schreibtisch. Ich nahm den Hörer ab und sagte: »Mrs. Hambrecht, hier ist John Corey von der FBI-Task Force.«

Eine kultivierte Stimme erwiderte: »Worum geht es, Mr. Corey?«

Kate setzte sich an ihren Tisch und nahm den Hörer ab. Ich antwortete: »Zunächst mein tief empfundenes Beileid zum Tode Ihres Gatten.«

»Danke.«

»Ich bin beauftragt, nachträgliche Ermittlungen über seinen Tod anzustellen.«

»Seine Ermordung.«

»Ja, Ma'am. Sie sind es bestimmt leid, Fragen zu beantworten.«

»Ich beantworte alle Fragen, bis sein Mörder gefasst ist.«

»Danke.« Sie würden sich wundern, wie vielen Ehefrauen es scheißegal ist, ob der Mörder ihres verblichenen Göttergatten gefasst wird, von dem geheimen Verlangen der Witwe ganz zu schweigen, dem Täter persönlich zu danken. Doch Mrs. Hambrecht war offenbar eine trauernde Witwe, also brachte es vielleicht was. Ich nutzte die Gunst der Stunde und sagte: »Nach meiner Aktenlage wurden Sie vom FBI vernommen, vom Air Force CID und von Scotland Yard. Richtig?«

»Richtig. Und vom Geheimdienst der Luftwaffe, von der britischen MI 5 und MI 6 und von unserer CIA.«

Ich sah zu Kate hinüber, und wir schauten einander in die Augen. Ich sagte: »Das würde also darauf hindeuten, dass manche Leute ein politisches Motiv für diesen Mord vermuten.«

»Das glaube ich auch. Aber mir sagt ja niemand, was sie vermuten.«

»Aber laut seiner Personalakte hatte Ihr Mann nichts mit Politik oder geheimdienstlichen Tätigkeiten zu tun.«

»Das stimmt. Er war immer Pilot, später dann Commander und Stabsoffizier.«

Ich versuchte auf die gelöschten Informationen zu sprechen zu kommen, ohne ihr einen Schrecken einzujagen, und um sie zu provozieren, sagte ich: »Wir glauben allmählich, dass es sich um eine Willkürtat gehandelt hat. Ihr Mann wurde zum Opfer einer extremistischen Gruppe, einfach deshalb, weil er eine amerikanische Militäruniform trug.«

»Quatsch.«

Das sah ich auch so, fragte sie aber: »Fällt Ihnen irgendetwas aus seinem Vorleben ein, das ihn zum Ziel einer extremistischen Gruppe hätte machen können?«

Schweigen. Dann: »Nun ... man hat gemutmaßt, dass ihn seine Teilnahme am Golfkrieg zu einem Ziel für moslemische Extremisten gemacht haben könnte. Der Kapitän der Vincennes – wissen Sie davon?«

»Nein, Ma'am.«

Also erläuterte sie es mir, und ich erinnerte mich an den versuchten Mordanschlag. Ich fragte: »Es ist also denkbar, dass es eine Vergeltung für seine Teilnahme am Golfkrieg sein sollte?«

»Ja, das ist denkbar ... Aber an diesem Krieg haben so viele Flieger teilgenommen. Tausende. Und Bill war damals bloß Major. Deshalb habe ich nie verstanden, warum man ausgerechnet ihn ausgesucht hat.«

»Aber einige Leute haben Ihnen nahe gelegt zu glauben, dass es sich so verhalten hat.«

»Ja. Einige Leute schon.«

»Aber Sie glauben eigentlich nicht daran.«

»Nein. Ich glaube das nicht.« Sie schwieg kurz, und ich ließ ihr Zeit zu überlegen, was sie denn nun glaubte. Schließlich sagte sie: »Aber als dann Terry und Gail Waycliff umgekommen sind – wie sollte man da noch glauben, dass mein Mann das Opfer einer Willkürtat geworden ist oder dass der Mord etwas mit dem Golfkrieg zu tun hatte? Terry war nicht mal im Golfkrieg.«

Ich sah zu Kate hinüber, und sie zuckte die Achseln. Ich gab mir Mühe, nicht so unwissend zu klingen, wie ich war, und sagte: »Sie glauben, dass der Tod der Waycliffs mit dem Tod Ihres Mannes in Zusammenhang steht?«

»Vielleicht ...«

Wenn sie das glaubte, glaubte ich es auch. Aber sie glaubte auch, ich wüsste Bescheid, und ich wusste nichts. Ich sagte: »Können Sie dem noch etwas hinzufügen, was wir über den Tod der Waycliffs wissen?«

»Nicht viel mehr, als in den Zeitungen stand.«

»Welchen Artikel haben Sie denn gelesen?«

»Welchen Artikel? In der *Air Force Times*. Es wurde natürlich auch in der *Washington Post* darüber berichtet. Weshalb fragen Sie?«

Ich sah zu Kate hinüber, die bereits an ihrem Computer saß und flink etwas eintippte. Ich antwortete Mrs. Hambrecht: »Weil die Berichterstattung in einigen Fällen unzutreffend war. Wie haben Sie denn von den Todesfällen erfahren?«

»Die Tochter der Waycliffs – Sue – hat mich gestern angerufen.« Sie fügte hinzu: »Sie wurden anscheinend irgendwann am Sonntag umgebracht.«

Ich setzte mich auf. Umgebracht? Ermordet? Kates Drucker spuckte etwas aus. Ich fragte Mrs. Hambrecht: »Hat in dieser Sache schon jemand vom FBI oder der Luftwaffe mit Ihnen gesprochen?«

»Nein, Sie sind der Erste.«

Kate las den Ausdruck und strich etwas an. Ich winkte ihr ungeduldig zu, sie solle ihn mir geben, aber sie las weiter. Ich fragte Mrs. Hambrecht: »Hat die Tochter angedeutet, dass ihr am Tod ihrer Eltern irgendwas verdächtig vorkam?«

»Nun, sie war natürlich sehr verzweifelt, wie Sie sich vorstellen können. Sie hat gesagt, es hätte nach einem Raubüberfall ausgesehen, aber sie klang, als ob sie das eigentlich nicht glaubte.« Sie fügte hinzu: »Die Haushälterin wurde ebenfalls ermordet.«

Mir gingen die Standardfragen aus, und endlich reichte mir Kate den Ausdruck. Ich sagte zu Mrs. Hambrecht: »Bleiben Sie bitte am Apparat.« Ich legte sie auf die Warteschleife.

Kate sagte: »Wir haben da vielleicht was.«

Ich überflog den Bericht aus der Online-Ausgabe der *Washington Post* und sah, dass Terrance Waycliff Luftwaffengeneral gewesen war, der beim Pentagon arbeitete. Im Grunde war es eine simple Mordmeldung. Der General, Mrs. Waycliff und eine Hausangestellte waren Montagmorgen im Stadthaus des Generals in Capitol Hill von seinem Adjutanten erschossen aufgefunden worden, der sich Sorgen gemacht hatte, als sein Vorgesetzter in seinem Büro im Pentagon nicht zum Dienst erschienen, nicht ans Telefon gegangen und nicht auf seinen Pieper geantwortet hatte.

Es gab Anzeichen für ein gewaltsames Eindringen – die Türkette war von der Zarge gerissen – und das Motiv war offenbar Raub –, es fehlten Wertsachen und Bargeld. Der General trug Uniform und war offenbar kurz zuvor vom

Kirchgang heimgekehrt, was als Zeitpunkt für den Raubmord auf den Sonntagmorgen hindeutete. Die Polizei ermittelte.

Ich sah zu Kate hinüber und fragte: »Welche Verbindung besteht zwischen General Waycliff und Colonel Hambrecht?«

»Keine Ahnung. Find es raus.«

»Mach ich.« Ich ging wieder ans Telefon und sagte zu Mrs. Hambrecht: »Entschuldigen Sie. Das war das Pentagon.« Okay, Corey, dann versuch mal dein Glück. Ich beschloss, unverblümt und aufrichtig mit ihr zu reden und zu sehen, was dabei herauskam. Ich sagte zu ihr: »Mrs. Hambrecht, lassen Sie mich ehrlich sein. Ich habe die Personalakte Ihres Mannes hier vor mir liegen. Darin sind einige Informationen gelöscht, und ich habe Schwierigkeiten, auf diese Informationen zuzugreifen. Ich muss wissen, was da gelöscht wurde. Ich will herausfinden, wer Ihren Mann umgebracht hat und warum. Können Sie mir helfen?«

Lange herrschte Schweigen, und mir wurde klar, dass sie darauf nicht antworten würde. Ich sagte: »Bitte.« Ich sah zu Kate hinüber, und sie nickte anerkennend.

Schließlich sagte Mrs. Rose Hambrecht: »Mein Mann hat gemeinsam mit General Waycliff an einem militärischen Einsatz teilgenommen. An einem Luftangriff ... Weshalb wissen Sie das denn nicht?«

Ganz plötzlich war mir alles klar. Ich dachte immer noch daran, was Gabe gesagt hatte, und als Rose Hambrecht »Luftangriff« sagte, passte plötzlich alles zusammen, sprangen die einzelnen Puzzleteile wie von selbst an die richtige Stelle. Ich sagte: »Am 15. April 1986.«

»Ja. Verstehen Sie jetzt?«

»Ja, ich verstehe.« Ich sah Kate an, die in die Ferne starrte und angestrengt nachdachte.

Mrs. Hambrecht teilte mir weiter mit: »Vielleicht gibt es sogar einen Zusammenhang zwischen der Tragödie am Kennedy-Flughafen am Jahrestag und dem, was den Waycliffs zugestoßen ist.«

Ich atmete tief durch und erwiderte: »Das glaube ich eigentlich nicht. Aber ... Sagen Sie, ist noch jemandem, der an diesem Einsatz beteiligt war, etwas zugestoßen?«

»An diesem Einsatz waren Dutzende Männer beteiligt, und über den Verbleib der meisten weiß ich nichts.«

Ich überlegte kurz und fragte dann: »Und aus der Einheit Ihres Mannes?«

»Wenn Sie seine Staffel meinen – in seiner Staffel waren, glaube ich, fünfzehn oder sechzehn Flugzeuge.«

»Und wissen Sie, ob einem dieser Männer etwas zugestoßen ist, das man als verdächtig ansehen könnte?«

»Ich glaube nicht. Ich weiß, dass Steven Cox im Golfkrieg gefallen ist, aber von den anderen weiß ich nichts. Die Männer aus dem Schwarm meines Mannes sind miteinander in Verbindung geblieben, aber über die restliche Staffel weiß ich nichts.«

Ich versuchte mich an den Sprachgebrauch der Luftwaffe zu erinnern: Geschwader, Divisionen, Staffeln, Schwärme und so weiter, aber ich hing da, sozusagen, ziemlich in der Luft. Ich sagte: »Verzeihen Sie meine Unwissenheit, aber wie viele Flugzeuge und Männer gehören zu einer Staffel und einem Schwarm?«

»Das variiert je nach Einsatz. Aber normalerweise bilden vier bis fünf Flugzeuge einen Schwarm und zwölf bis achtzehn eine Staffel.«

»Aha ... Und wie viele Flugzeuge waren am 15. April 1986 im Schwarm Ihres Mannes?«

»Vier.«

»Und diese Männer ... acht Männer, nicht wahr?«

»Richtig.«

»Diese Männer ...« Ich sah zu Kate hinüber, die in ihre Hörermuschel sagte: »Mrs. Hambrecht, hier ist noch mal Kate Mayfield. Ich frage mich auch, ob es da einen Zusammenhang gibt. Warum sagen Sie uns nicht einfach, was Sie dazu meinen, damit wir dann schnell zum Kern der Sache kommen können?«

Mrs. Hambrecht sagte: »Ich glaube, ich habe jetzt genug gesagt.«

Das sah ich nicht so und Kate auch nicht. Sie sagte: »Ma'am, wir versuchen, den Mord an Ihrem Mann aufzuklären. Ich weiß, dass Sie als Frau eines Militärs sicherheitsbewusst sind, und das sind wir auch. Ich versichere Ihnen, dass Sie ganz offen sprechen können. Möchten Sie, dass wir nach Ann Arbor kommen und persönlich mit Ihnen sprechen?«

Es herrschte wieder Schweigen, und dann sagte Rose Hambrecht: »Nein.«

Wir warteten ab, während sie wieder schwieg, und dann sagte Mrs. Hambrecht: »Also gut ... Die vier Flugzeuge vom Typ F-111 im Schwarm meines Mannes hatten den Auftrag, ein Militärlager in der Nähe von Tripolis zu bombardieren. Es hieß Al Azziziyah. Vielleicht erinnern Sie sich, dass damals in den Nachrichten berichtet wurde, dass ein Flugzeug eine Bombe auf das Haus von Muammar al Gaddafi abgeworfen hätte. Das war im Lager Al Azziziyah. Gaddafi entkam, aber seine Adoptivtochter kam dabei um, und seine Frau und zwei seiner Söhne wurden verletzt ... Ich erzähle Ihnen nur, was auch in den Nachrichten gemeldet wurde. Sie können daraus schließen, was Sie wollen.«

Ich sah zu Kate hinüber, die wieder auf ihre Tastatur einhackte und auf ihren Monitor starrte und hoffte, dass sie Al Azziziyah und Muammar al Gaddafi korrekt schreiben konnte – oder was auch sonst sie eingeben musste, um etwas darüber herauszufinden. Ich sagte zu Mrs. Hambrecht: »Aber Sie sind ja vielleicht selbst schon zu Schlussfolgerungen gelangt.«

Sie sagte: »Als mein Mann ermordet wurde, dachte ich, es könnte etwas mit diesem Libyen-Einsatz zu tun haben. Aber die Luftwaffe hat mir eindeutig versichert, dass die Namen der Männer, die an dem Bombenangriff auf Libyen beteiligt waren, für alle Zeit unter streng geheimem Verschluss gehalten würden. Ich habe das so akzeptiert, mir aber gedacht, dass irgendjemand, der mit dem Einsatz zu tun hatte, vielleicht zu freimütig darüber geredet oder dass vielleicht ... Ich weiß es nicht. Ich habe nicht mehr daran gedacht ... erst gestern wieder, als ich erfuhr, dass die Waycliffs ermordet worden sind. Es könnte auch ein Zufall sein ...«

Könnte es, musste es aber nicht. Ich sagte: »Also die acht Männer, die – wie hieß das gleich? – bombardiert haben ...«

»Al Azziziyah. Einer ist im Golfkrieg gefallen, und mein Mann und Terry Waycliff wurden ermordet.«

Ich sah kurz zu Kate hinüber, die etwas ausdruckte. Ich fragte Mrs. Hambrecht: »Wer waren die anderen fünf Männer, die an diesem Einsatz in Al Azziziyah beteiligt waren?«

»Das darf und werde ich Ihnen nicht sagen. Niemals.«

Das war ein ziemlich eindeutiges Nein, also war es sinnlos, es weiter zu versuchen. Trotzdem fragte ich: »Können Sie mir wenigstens sagen, ob diese fünf Männer noch am Leben sind?«

»Sie haben am 15. April miteinander telefoniert. Nicht alle, aber Terry hat mich hinterher angerufen und mir gesagt, dass es allen, mit denen er gesprochen hatte, gut ginge, und dass sie mich grüßen ließen ... bis auf ... einen von ihnen, der sehr krank ist.«

Kate und ich sahen einander in die Augen. Kate sagte ins Telefon: »Mrs. Hambrecht, können Sie mir bitte eine Telefonnummer geben, unter der ich jemanden von der Familie Waycliff erreiche?«

Sie erwiderte: »Ich schlage vor, dass Sie im Pentagon anrufen und Terrys Büro verlangen. Dort wird jemand Ihre Anfragen beantworten können.«

Kate sagte: »Ich würde aber lieber mit jemandem von der Familie sprechen.«

»Dann äußern Sie diesen Wunsch bitte gegenüber dem Pentagon.«

Mrs. Hambrecht kannte das Protokoll offenbar in- und auswendig und bereute dieses Telefongespräch wahrscheinlich bereits. Beim Militär herrscht, freundlich ausgedrückt, eine ziemliche Cliquenwirtschaft. Doch Mrs. Hambrecht hegte offenbar Zweifel an der Loyalität innerhalb dieser Clique, und ihr war eingefallen, dass Loyalität eigentlich auf Gegenseitigkeit beruhen sollte. Mir war klar, dass die Luftwaffe und andere staatliche Stellen ihr nicht mal die halbe Wahrheit erzählt hatten, und sie wusste oder vermutete das ebenfalls. Und mir war klar, dass ich so nicht mehr weiter kam, und ich sagte zu ihr: »Vielen Dank für Ihre Hilfe, Ma'am. Ich möchte Ihnen versichern, dass wir alles in unserer Macht stehende unternehmen, damit der Mörder Ihres Mannes vor Gericht gestellt wird.«

Sie entgegnete: »Das hat man mir bereits versichert. Es ist jetzt schon fast drei Monate her ...«

Manchmal bin ich ein Softie, und in solchen Situationen neige ich dazu, mich sehr weit aus dem Fenster zu lehnen. Ich sagte: »Ich glaube, wir sind der Lösung nahe.« Wiederum sah ich zu Kate hinüber, und sie schenkte mir ein freundliches Lächeln.

Mrs. Hambrecht atmete vernehmlich tief durch, und ich dachte schon, sie würde in Tränen ausbrechen. Sie sagte: »Ich bete zu Gott, dass Sie Recht haben. Ich ... Er fehlt mir ...«

Ich erwiderte nichts, musste mich aber einfach fragen, wer mich vermissen würde, wenn ich mal nicht mehr war.

Sie riss sich zusammen und sagte: »Man hat ihn mit einer Axt erschlagen.«

»Ja ... Ich melde mich bei Ihnen.«

»Danke.«

Ich legte auf.

Kate und ich schwiegen für einen Moment, dann sagte sie: »Die arme Frau.«

Den armen William Hambrecht nicht zu vergessen, der da zerhackt worden war. Aber Frauen sehen das eben anders. Ich atmete tief durch und war bald wieder der alte knallharte Kerl. Ich sagte: »Tja, jetzt wissen wir ja wohl, welche streng geheimen Informationen da auf Befehl der Regierung und des Verteidigungsministeriums gelöscht worden sind. Und mit Kernwaffen hat das nichts zu tun, wie man unserem verehrten Chef eingeredet hat.«

Ich ließ Kate allein zu dem Schluss kommen, dass uns Jack Koenig möglicherweise weniger erzählte, als er wusste.

Aber Kate wollte sich nicht darauf einlassen und sagte: »Das hast du gut gemacht.«

»Du auch.« Ich fragte sie: »Was hast du im Netz gefunden?«

Sie reichte mir ein paar Ausdrucke. Ich blätterte sie durch und sah, dass es hauptsächlich Artikel aus der *New York Times* und der *Washington Post* waren, die sich auf den Angriff vom 15. April 1986 bezogen.

Ich sah zu ihr hoch und meinte: »So allmählich ergibt das Ganze einen Sinn, nicht wahr?«

Sie nickte und sagte: »Das hat von Anfang an einen Sinn ergeben. Wir sind bloß nicht so klug, wie wir dachten.«

»Die anderen hier aber auch nicht. Aber die Lösung sieht immer einfach aus, wenn man sie mal hat. Und die Libyer sind hier auch nicht die Einzigen, die Täuschungsmanöver veranstalten.«

Sie ging nicht auf meine Paranoia ein. Sie sagte nur: »Irgendwo sind fünf Männer, deren Leben in Gefahr ist.«

Ich erwiderte: »Es ist Dienstag. Ich bezweifle, dass noch alle fünf am Leben sind.«

Kapitel 43

Assad Khalil erwachte aus kurzem Schlaf und schaute aus dem Fenster des Learjets. Das Land lag größtenteils schwarz unter ihm, aber er sah auch kleinere Ansammlungen von Lichtern. Er hatte das Gefühl, als befände sich das Flugzeug im Sinkflug.

Er sah auf seine Armbanduhr, die noch auf New Yorker Zeit gestellt war: 3.16 Uhr. Wenn sie pünktlich waren, sollten sie in zwanzig Minuten in Denver landen. Nur dass er nicht nach Denver flog. Er nahm das Funktelefon, aktivierte es mit seiner Kreditkarte und rief eine Nummer an, die er auswendig kannte.

Es klingelte dreimal, dann meldete sich eine Frau, die sich, der Uhrzeit entsprechend, schlaftrunken anhörte. »Hallo ...? Hallo? *Hallo?*«

Khalil legte auf. Wenn Mrs. Robert Callum, die Frau von Colonel Robert Callum, zu Hause in ihrem Bett in Colorado Springs schlief, konnte Assad Khalil davon ausgehen, dass ihm die Behörden nicht bei ihr daheim auflauerten. Boris und Malik hatten ihm versichert, die Amerikaner würden sein anvisiertes Opfer in Schutzhaft nehmen, wenn ihm die Behörden eine Falle stellten.

Khalil nahm den Hörer der Gegensprechanlage und drückte auf den Knopf. Der Kopilot meldete sich. »Ja, Sir?«

Khalil sagte: »Ich habe eben ein Telefongespräch geführt, dass eine Änderung unserer Pläne erforderlich macht. Ich muss in Colorado Springs landen.«

»Kein Problem, Mr. Perleman. Das liegt nur etwa 75 Meilen südlich von Denver. Das verlängert die Flugdauer um ungefähr zehn Minuten.«

Khalil wusste – und Boris hatte ihm das versichert –, dass Kursänderungen während des Flugs kein Problem darstellten. Boris hatte gesagt: »Für das Geld, das du die libysche

Staatskasse kostet, werden sie dich auch im Kreis fliegen, wenn du willst.«

Der Kopilot sagte: »Ich nehme an, dass Sie auf dem städtischen Flughafen landen möchten.«

»Ja.«

»Ich gebe die nötigen Flugplanänderungen über Funk durch, Sir. Kein Problem.«

»Danke.« Khalil hängte den Hörer wieder ein.

Er stand auf, nahm seine schwarze Tasche und ging auf die kleine Bordtoilette. Nachdem er das Klo benutzt hatte, nahm er den kleinen Kulturbeutel aus der Reisetasche, rasierte sich, putzte sich die Zähne und dachte dabei daran, was ihm Boris über die zwanghafte Hygiene der Amerikaner erzählt hatte.

Er betrachtete sich aufmerksam in dem beleuchteten Spiegel und fand noch einen Knochensplitter in seinem Haar. Er wusch sich Hände und Gesicht und versuchte noch einmal, die Flecken auf Hemd und Krawatte wegzurubbeln, aber Mr. Satherwaite – beziehungsweise ein Teil von ihm – schien ihn auf seiner Reise begleiten zu wollen. Khalil lachte. Er nahm eine andere Krawatte aus seiner schwarzen Tasche und band sie sich um.

Dann langte Assad Khalil noch einmal in die schwarze Reisetasche und nahm die beiden Glock-Pistolen heraus. Er warf die Magazine aus und ersetzte sie durch frische, die er Hundry und Gorman abgenommen hatte. Er lud die Glocks durch, entsicherte sie und steckte sie wieder in die schwarze Tasche.

Khalil verließ die Toilette und stellte die Tasche wieder auf den Gang neben seinen Sitz. Dann ging er zu der Konsole, die, wie er sah, über einen eingebauten Kassettenrekorder, einen CD-Player und eine Bar verfügte. Er bezweifelte, dass sie Musik nach seinem Geschmack enthielt und Alkohol war verboten. In der Minibar entdeckte er eine Dose Orangensaft und betrachtete dann das Essen in dem durchsichtigen

Plastikbehälter. Er nahm das runde Stück Brot, das wohl der Bagel sein musste, den der Kapitän erwähnt hatte. Boris war so weitsichtig gewesen, ihm etwas über Bagels zu erzählen. »Das ist ein jüdisches Lebensmittel, das aber alle Amerikaner essen. Wenn du während deiner Reise zum Juden geworden bist, musst du unbedingt wissen, was ein Bagel ist. Man kann sie aufschneiden und mit Käse oder Butter bestreichen. Sie sind koscher, also wird beim Backen kein Schweineschmalz verwendet und das kommt dir ja auch gelegen.« Beleidigend wie so oft, hatte Boris noch hinzugefügt: »Wenn auch Schweine sauberer sind als manche eurer Landsleute, die ich hier auf dem Souk gesehen habe.«

Was Boris' Schicksal anbelangte, so bedauerte Khalil lediglich, dass Malik es ihm nicht gestattet hatte, den Russen persönlich umzubringen, ehe er zu seinem Djihad aufgebrochen war. Malik hatte ihm erklärt: »Während du fort bist, brauchen wir den Russen für die Einsatzleitung. Und wir werden ihn nicht für dich aufheben. Er wird eliminiert, sobald wir erfahren, dass du Amerika sicher verlassen hast. Stelle in dieser Angelegenheit keine weiteren Fragen.«

Khalil hatte vermutet, sie würden Boris verschonen, weil er wichtig für sie war. Aber Malik hatte ihm versichert, dass der Russe zu viel wisse und zum Schweigen gebracht werden müsse. Trotzdem fragte sich Khalil, warum man ihm, Assad Khalil, der die Beleidigungen dieses Ungläubigen hatte erdulden müssen, nicht das Vergnügen gönnte, Boris die Kehle aufzuschlitzen. Khalil schob diesen Gedanken beiseite und kehrte auf seinen Platz zurück.

Er aß den Bagel, der entfernt nach ungesäuertem Pita schmeckte, und trank den Orangensaft, der nach dem Blech der Dose schmeckte. Seine begrenzten Erfahrungen mit amerikanischem Essen hatten ihn davon überzeugt, dass die Amerikaner über keinen sehr ausgeprägten Geschmackssinn beziehungsweise über eine große Toleranz gegenüber schlechtem Geschmack verfügten.

Khalil spürte, wie das Flugzeug nun schneller sank und eine Linkskurve flog. Er schaute aus dem Fenster und sah in der Ferne ein Lichtermeer, das wohl die Stadt Denver sein musste. Hinter der Stadt ragte, im Mondschein deutlich sichtbar, ein weißer Gebirgszug in den Himmel.

Das Flugzeug änderte erneut den Kurs und dann meldete sich die Gegensprechanlage. Die Stimme des Kopiloten erscholl in der Kabine: »Mr. Perleman, wir beginnen jetzt mit dem Landeanflug auf den Colorado Springs Municipal Airport. Legen Sie bitte Ihren Sicherheitsgurt an. Bestätigen Sie bitte.«

Khalil nahm den Hörer von der Wand, drückte auf den Knopf und sagte: »Ich habe verstanden.«

»Danke, Sir. Wir landen in fünf Minuten. Wolkenloser Himmel, Temperatur sechs Grad Celsius.«

Khalil schnallte sich an. Er hörte, wie das Fahrwerk ausgefahren wurde und einrastete.

Das kleine Flugzeug flog jetzt sehr tief, und binnen weniger Minuten überflogen sie den Anfang der Piste. Sekunden später setzte die Maschine auf einer langen und breiten Landebahn auf. Der Kopilot sagte über die Gegensprechanlage: »Willkommen in Colorado Springs.«

Khalil verspürte das unvernünftige Verlangen, dem Kopiloten zu sagen, er solle die Schnauze halten. Assad Khalil wollte nicht nach Colorado Springs, sondern nach Tripolis. Er wollte nirgends in diesem gottlosen Land begrüßt werden. Er wollte die umbringen, die er umzubringen hatte, und dann wollte er heim.

Das Flugzeug bog auf eine Rollbahn ein, und der Kopilot schob die Tür auf und schaute in die Kabine. »Guten Morgen.«

Khalil antwortete nicht.

Der Kopilot sagte: »Wir fahren jetzt zur Parkposition, lassen Sie dort aussteigen und tanken dann nach. Wissen Sie schon, wie lange Sie hier brauchen werden, Sir?«

»Leider nein. Vielleicht dauert es nur zwei Stunden. Vielleicht noch weniger. Aber wenn das Meeting gut verläuft, müssen vielleicht Verträge unterzeichnet werden, und dann gibt es wahrscheinlich noch ein Frühstück. Ich komme also vielleicht gegen neun Uhr wieder. Nicht später.«

»Gut. Wir sind pünktlich.« Der Kopilot fügte hinzu: »Wir sind hier am Terminal für Firmenjets, Sir. Werden Sie abgeholt?«

»Leider nein. Ich bin im Hauptterminal verabredet, und dann fahren wir woanders hin. Ich muss mich zum Terminal bringen lassen.«

»Ich schaue mal, was ich tun kann. Das sollte kein Problem darstellen.«

Der Learjet fuhr auf eine Reihe großer Hangars zu. Khalil löste den Sicherheitsgurt, langte in seine Tasche und behielt dabei die Piloten im Blick. Er zog die beiden Glocks hervor und steckte sie sich hinten in den Hosenbund, sodass das Jackett sie verbarg. Er stand auf, nahm seine Tasche und ging zu den Piloten. Er bückte sich, um aus der Windschutzscheibe und den Seitenfenstern des Cockpits sehen zu können.

Der Kapitän sagte: »Auf Ihrem Sitz haben Sie es sicherlich bequemer, Sir.«

»Ich bleibe lieber hier.«

»Jawohl, Sir.«

Khalil suchte das Rollfeld und die Hangars ab. Wie schon am Flughafen in Long Island, entdeckte er nichts Beunruhigendes. Auch die Piloten machten einen normalen Eindruck.

Der Learjet bremste und hielt auf der Parkposition. Ein Mann und eine Frau im Overall näherten sich, aber auch hier witterte Khalil keine Gefahr. Und selbst wenn sie ihm auflauerten, würde er noch einige von ihnen zur Hölle jagen, ehe er selbst ins Paradies einging.

Er erinnerte sich, dass Malik eines Tages mit einem Mursid – einem geistlichen Lehrer – ins Ausbildungslager gekommen war, der zu Khalil gesagt hatte: »Wenn auch nur der kleinste Teil deines Djihad erfolgreich verläuft, ist dir ein Platz im Paradies gewiss. Gott richtet nicht nach menschlichen Maßstäben, sondern er richtet nach dem, was er in deinem Herzen sieht, wohin menschliche Blicke nicht vordringen. Wie es in der Heiligen Schrift offenbart ist: ›Und wahrlich, wenn ihr auf dem Wege Allahs erschlagen werdet oder sterbt: Verzeihung von Allah und Barmherzigkeit ist besser, als was ihr zusammenscharrt.‹« Der Mursid hatte ihm ferner versichert: »Gott zählt die Feinde nicht, die du für ihn erschlägst – Gott zählt nur die Feinde, die du von ganzem Herzen schwörst zu erschlagen.«

Malik hatte dem Mursid gedankt, und als der Geistliche fort war, hatte er die Anleitung des Mannes mit den Worten verdeutlicht: »Gott freut sich, wenn aus guten Absichten große Erfolge werden. Versuche sie alle umzubringen, ohne selbst dabei umzukommen.«

Während Khalil aus dem Cockpitfenster schaute, fühlte er sich genau dazu in der Lage. Er fühlte sich einem vollkommenen Erfolg im weltlichen Sinne nah, und im geistigen Sinne empfand er bereits vollkommene Erfüllung.

Der Pilot schaltete die Triebwerke ab und sagte: »Wir können jetzt von Bord gehen, Sir.«

Khalil erhob sich und ging zurück in die Kabine. Der Kopilot stand von seinem Platz auf, ging zur Tür und öffnete sie, wobei eine kleine Treppe ausgefahren wurde. Er stieg aus und hielt Khalil eine Hand hin.

Assad Khalil ignorierte die ihm entgegen gestreckte Hand, blieb im Eingang des Flugzeugs stehen und suchte die Umgebung ab. Die ganze Anlage wurde von großen Laternen beleuchtet, und jetzt, um zwei Uhr Ortszeit, waren offenbar nur wenige Leute unterwegs.

Während er dort im Eingang stand, blieb der Pilot auf seinem Platz sitzen, und Khalil wusste, dass er nötigenfalls fliehen konnte.

Er dachte wieder an seine Ausbildung in Libyen. Man hatte ihm in Tripolis versichert, dass die Amerikaner streng nach Vorschrift vorgingen und ihn nicht von einem Scharfschützen erschießen lassen würden – es sei denn, er würde sich verschanzen und auf sie feuern, und auch dann nur, wenn er keine Geiseln genommen hätte. Außerdem würden sie warten, bis er allein auf freiem Feld stand, und ihn dann erst von bewaffneten Männern – und sogar Frauen – einkreisen lassen, die ihn schreiend auffordern würden, die Hände zu heben und sich zu ergeben. Diese Leute würden, wie er selbst auch, kugelsichere Westen tragen, und nur ein Kopfschuss konnte sie oder ihn töten.

Er hatte diese Situation in einem Lager außerhalb von Tripolis einstudiert, mit Männern – aber keinen Frauen –, die Polizeiuniformen, zivile Anzüge und auch paramilitärische Kluft trugen. Sie alle sprachen ein paar Brocken Englisch und hatten geschrien: »Halt! Stehen bleiben! Hände hoch! Auf den Boden! Hinlegen!«

Man hatte ihn angewiesen, große Furcht und Verwirrung vorzutäuschen. Er würde sich hinknien, statt sich hinzulegen, und sie würden, weiterhin brüllend, näher kommen, wie sie das immer machten. Wenn sie nahe genug waren, würde er beide Pistolen aus dem Hosenbund ziehen und das Feuer eröffnen. Die Geschosse der Glocks Kaliber 40 würden eine kugelsichere Weste nicht durchschlagen, aber im Gegensatz zu den herkömmlichen 9-Millimeter-Projektilen würden sie einen Mann niederstrecken und betäuben.

Um ihn davon zu überzeugen, hatten seine Ausbilder das an einem Strafgefangenen demonstriert. Aus zwanzig Meter Entfernung hatten sie zunächst mit einer Glock eine Kugel Kaliber 40 auf die Brust des Häftlings abgefeuert, und der Mann, der eine Kevlar-Weste trug, wurde dabei umgerissen und lag eine halbe Minute lang benommen da, ehe er aufstand und von einer weiteren Kugel zu Boden gestreckt wurde. Sie machten das noch zweimal, bis der Häftling nicht mehr aufstehen wollte oder konnte. Ein Kopfschuss hatte diese Vorführung beendet.

Boris hatte ihm gesagt: »Erwarte nicht, eine Schießerei zu gewinnen. Die Amerikaner halten sich viel auf ihre Schießkünste zugute. Waffen spielen in ihrer Kultur eine große Rolle, und das Recht auf Waffenbesitz ist sogar in ihrer Verfassung verankert.«

Khalil hatte das kaum glauben können. Aber Boris dachte sich eben oft Dinge über die Amerikaner aus, wahrscheinlich, um alle zu beeindrucken und zu schockieren.

Man hatte diese Schießerei oft geprobt und schließlich hatte Boris gesagt: »Es ist möglich, bei einer Schießerei zu entkommen. Manchen Leuten ist das schon gelungen. Wenn du nicht schwer verletzt bist, läufst du einfach weg, mein Freund, wie ein Löwe, schneller und weiter, als sie laufen können. Sie sind angewiesen, beim Laufen nicht zu schießen – sie könnten ja einen Unschuldigen oder einen Kollegen treffen. Entweder bleiben sie stehen und schießen, oder sie laufen los und schießen nicht. In beiden Fällen musst du sie abhängen, und dann kannst du ihnen durchaus entkommen.«

Khalil erinnerte sich, gefragt zu haben: »Und wenn sie Scharfschützen haben?«

»Dann«, hatte Boris erwidert, »musst du damit rechnen, dass sie dir die Beine wegschießen. Scharfschützen töten ungern und halten sich viel darauf zugute, einen Mann niederstrecken zu können, ohne ihn zu töten.« Er hatte hinzugefügt: »In diesem Fall solltest du darauf achten, noch eine Kugel für dich selbst übrig zu haben. Aus solcher Nähe solltest du deinen eigenen Kopf ja treffen können.« Boris hatte gelacht und dann leise gesagt: »Aber an deiner Stelle würde ich mich nicht umbringen. Hör nicht auf Malik.«

Assad Khalil bemerkte, dass der Kopilot immer noch unten an der Treppe stand, dienstbeflissen lächelte und geduldig auf seinen Fluggast wartete.

Der Pilot war von seinem Platz aufgestanden und wartete ebenfalls darauf, dass Khalil ausstieg.

Khalil packte mit der linken Hand seine Tasche und behielt die rechte frei, um damit die Pistole ziehen zu können. Er ging hinunter auf das Rollfeld und stellte sich neben den Kopiloten.

Der Pilot folgte ihm und ging auf einen Mann zu, der durch die Aufschrift auf seinem Anorak als Flughafen-Angestellter ausgewiesen war.

Khalil blieb nahe beim Kopiloten und hielt sich nicht an den Mindestabstand von einem Meter, doch der Kopilot machte keine Anstalten, von seinem Passagier abzurücken. Khalil beobachtete weiter das Rollfeld, die Fahrzeuge, die Hangars und die geparkten Maschinen.

Der Pilot kam zu Khalil zurück und sagte: »Dieser Gentleman bringt Sie in seinem Wagen zum Hauptterminal.« Etwas leiser fügte er hinzu: »Dafür sollten Sie ihm ein Trinkgeld geben, Sir.«

»Wie viel?«

»Zehn sollten reichen.«

Khalil war froh, gefragt zu haben. In Libyen konnte man für zehn Dollar jemanden zwei Tage lang für sich arbeiten lassen. Hier langte es nur für eine Gefälligkeit, die zehn Minuten in Anspruch nahm.

Khalil sagte zu den Piloten: »Danke, meine Herren. Wenn ich nicht in etwa zwei Stunden zurück bin, dann können Sie, wie gesagt, gegen neun Uhr mit mir rechnen. Nicht später.«

Captain Fiske erwiderte: »Verstanden. Suchen Sie bitte in diesem Gebäude nach uns. Da gibt es eine Lounge für Piloten.«

Khalil ging zu dem Flughafen-Bediensteten, und nachdem sie sich kurz vorgestellt hatten, gingen sie zu einem Parkplatz und setzten sich in das Auto des Mannes. Khalil stieg vorne ein. In Tripolis hätte er sich eher auf die Rückbank gesetzt. Die Amerikaner, das hatte Boris ihm immer eingeschärft, verhielten sich oberflächlich äußerst demokratisch. »In meinem früheren klassenlosen Arbeiterstaat«, hatte Boris gesagt, »wussten alle, wo sie hingehörten und hielten sich auch daran. In Amerika tun sie so, als würden sich die Klassen mischen. Damit ist niemand froh, aber bei gewissen Gelegenheiten verhalten sich Amerikaner absolut egalitär. Sie geben sich allerdings große Mühe, solchen Gelegenheiten aus dem Weg zu gehen.«

Der Mann vom Bodenpersonal ließ den Wagen an und fuhr vom Parkplatz. Er fragte Khalil: »Zum ersten Mal in Colorado Springs, Mr. ...?«

»Perleman. Ja.«

»Wo sind Sie her?«

»Israel.«

»Echt? Da war ich mal. Wohnen Sie da?«

»Ja.«

Sie fuhren auf einer abgezäunten Straße zum Hauptterminal.

»Schade, dass Sie nicht bleiben können. Es ist wunderbar hier. Man kann hier Ski fahren, wandern, Bootstouren unternehmen, reiten, jagen ... na ja, die Jagd ist heutzutage ein wenig unbeliebt.«

»Warum?«

»Die Leute haben was gegen Waffen und gegen das Töten.«

»Tatsächlich?«

»Manche Leute. Das ist ein heikles Thema. Jagen Sie?«

»Nein, leider nicht. Ich kann kein Blut sehen.«

»Tja, dann halt ich wohl mal besser den Mund.«

Sie fuhren weiter auf das Terminal zu. Der Mann vergaß seine Ankündigung und sagte: »Hier gibt's auch viel Militär. Der nördliche Teil dieses Flughafens ist der Luftwaffenstützpunkt Peterson, und gleich im Süden liegt Fort Carson. Von der Army. Und wie Sie wahrscheinlich wissen, ist das hier der Sitz der großen Luftwaffenakademie. Und da links in den

Bergen ist NORAD – das nordamerikanische Luftabwehr-Kommandozentrum –, tief unten im Cheyenne Mountain. Da unten in diesem teuren Loch arbeiten tausend Menschen. Tja, jede Menge Militär hier in der Gegend. Sehr konservativ. Und nördlich von Denver liegt Boulder. Sehr liberal. Die Volksrepublik Boulder.« Er lachte und fuhr dann fort: »Wie ich schon sagte, ich war mal in Israel. Meine Frau ist sehr religiös, und die hat mich mal nach Jerusalem geschleppt. Also nicht richtig geschleppt. Tolle Stadt. Wir haben die ganzen religiösen Sehenswürdigkeiten besichtigt. Sie sind doch Jude, oder?«

»Natürlich.«

»Klar. Wir haben also diese Tour unternommen, wissen Sie, zum Felsendom. Das ist eine arabische Moschee, und dann stellt sich raus, dass an dieser Stelle früher der große Tempel der Juden stand. Na, das wissen Sie ja vermutlich. Ich meine: Jesus ist da wahrscheinlich zur Kirche gegangen. Er war Jude. Und jetzt ist es eine Moschee.« Er sah zu seinem Fahrgast hinüber und sagte dann: »Ich finde, die Juden sollten sich das zurücknehmen. Das ist meine Meinung. Sie hatten es zuerst. Dann sind die Araber gekommen und haben es ihnen weggeschnappt und haben da eine Moschee gebaut. Warum sollte das den Arabern gehören?«

»Weil Muhammad von diesem Felsen aus in den Himmel aufgefahren ist. Friede sei mit ihm.«

»Hä?«

Khalil räusperte sich und sagte: »Das glauben die Moslems.«

»Oh ... ja. Das hat der Reiseleiter auch gesagt. Hey, ich sollte nicht über Religion reden.«

Khalil sagte nichts.

Sie hielten vor dem Terminal. Khalil machte die Tür auf und stieg aus, beugte sich dann noch einmal hinunter und gab dem Mann einen Zehn-Dollar-Schein. »Danke.«

»Ich danke Ihnen. Bis später.«

Der Wagen fuhr davon. Khalil sah, dass der Bereich rund um das Terminal um diese Uhrzeit beinahe menschenleer war. An einem Taxistand hielten zwei gelbe Taxis.

Er betrat das Terminal und war sich dabei bewusst, dass ein einzelner Mensch um diese Uhrzeit Aufmerksamkeit erregen würde, wenn denn jemand da war, dem das auffiel. Er sah jedoch nicht mal einen Polizisten. Ein Mann fegte mit einem breiten Besen den gekachelten Boden, sah aber nicht von seiner Arbeit auf. Man hatte in Tripolis betont, dass auf Inlandsflughäfen viel laxere Sicherheitsbestimmungen herrschten als auf internationalen Flughäfen und das Risiko auf diesen kleineren Flughäfen minimal wäre – selbst wenn die Behörden in Amerika nach ihm fahndeten.

Khalil schlenderte schnell und zielbewusst durch die Haupthalle und erinnerte sich von Fotos und Lageplänen her, wo sich das Geschäftszentrum und die Konferenzräume befanden.

In einem Bereich abseits der Haupthalle entdeckte er eine Tür mit der Aufschrift KONFERENZRAUM 2. Auf einem zweiten Schild stand RESERVIERT. Neben der Tür befand sich ein Tastenfeld, und er gab einen Code ein und öffnete die Tür.

Er betrat den Raum und machte die Tür hinter sich zu.

Der Raum war mit einem Konferenztisch mit acht Stühlen ausgestattet, mit Telefonen, einem Faxgerät und einem Computerterminal. In einer Nische stand eine Kaffeemaschine.

Der Computermonitor zeigte eine Nachricht an. »Herzlich willkommen, Mr. Perleman. Wir wünschen ein erfolgreiches Meeting. Ihre Freunde von Neeley Conference Center Associates.« Khalil erinnerte sich nicht an solche Freunde.

Er stellte seine Tasche auf dem Boden ab und setzte sich an die Tastatur des Computers. Er löschte die Nachricht, klickte dann mit der Maus weiter und öffnete das Hauptfenster eines E-Mail-Programms. Er tippte sein Kennwort ein und wartete darauf, dass das Modem auf seinen Account zugriff. Dann las er die einzige heruntergeladene Nachricht, die auf Englisch auf dem Monitor angezeigt wurde und an Perleman, Jerusalem, adressiert war: »Wir haben erfahren, dass Ihre Geschäfte gut verlaufen. Sols Reise nach Frankfurt ist abgeschlossen. Amerikanischer Mitbewerber kümmert sich in Frankfurt darum. Keine Anzeichen, dass amerikanischer Mitbewerber von Ihrer Reiseroute weiß. Geschäft in Colorado nicht erforderlich. Seien Sie vernünftig. Kalifornien wichtiger. Vorkehrungen für Rückreise nach Israel unverändert. Viel Erfolg. Bis bald. Um Antwort wird gebeten. Masseltoff!« Die Nachricht war mit »Mordecai« unterzeichnet.

Khalil öffnete ein anderes Fenster, um seine Antwort einzugeben. Umständlich tippte er: »Antworte auf Ihre Nachricht in Colorado. Geschäfte gut. Bald Geschäfte in Kalifornien.«

Khalil versuchte noch, weitere englische Sätze zu bilden, aber das war nicht wichtig. Man hatte ihm in Tripolis gesagt, jede Antwort wäre ausreichend, die das Wort »Geschäft« enthielt, was bedeutete, dass es ihm gut ging und er nicht unter Kontrolle der Amerikaner stand. Er unterschrieb mit »Perleman« und schickte die E-Mail ab. Er beendete das Mailprogramm und schaltete den Computer ab.

Er schaute auf seine Armbanduhr und sah, dass es 4.17 Uhr New Yorker Zeit war, zwei Stunden früher als hier.

Das Haus von Colonel Robert Callum befand sich am Fuße des Gebirgszugs, kaum eine halbe Stunde Fahrt von hier. Keine zehn Minuten Taxifahrt vom Flughafen entfernt gab es eine Autovermietung, die rund um die Uhr geöffnet hatte und bei der ein Wagen für Samuel Perleman reserviert war.

Khalil stand auf und ging im Raum auf und ab. *Geschäft in Colorado nicht erforderlich. Kalifornien wichtiger.* Aber warum sollte er nicht beides erledigen?

Er überlegte, zurück ins Terminal zu gehen, mit einem Taxi zur Autovermietung zu fahren, dort den Wagen zu nehmen und damit zum Haus von Colonel Callum zu fahren. Es war riskant. Es war immer riskant. Doch zum ersten Mal, seit er die Amerikanische Botschaft in Paris betreten hatte, spürte Assad Khalil ... nein, nicht Gefahr, aber dass eine gewisse Eile geboten war.

Er ging weiter auf und ab und wägte alle Argumente ab, die dafür und dagegen sprachen, Colonel Callum – und natürlich seine Frau und alle anderen, die sich in dem Haus aufhielten – umzubringen.

Der Plan war ganz einfach, genau wie beim Haus von General Waycliff. Er würde hier warten, wo er in Sicherheit war, dann zur Autovermietung fahren und dann in den frühen Morgenstunden zum ländlichen Heim des Colonels. Der Colonel oder seine Frau kamen allmorgendlich um spätestens halb acht aus dem Haus, holten die Zeitung aus dem Postkasten am Ende der Auffahrt und gingen dann wieder hinein. Wie die meisten Leute beim Militär waren die Callums pünktliche Gewohnheitsmenschen.

Sobald sie die Tür öffneten, hätten die Callums nur noch fünf bis zehn Minuten zu leben, und ihre verbleibende Lebensdauer hinge gänzlich von Assad Khalils Stimmung und Geduld ab.

Er ging weiter in dem engen Raum auf und ab, wie ein Löwe, dachte er, ein Löwe, wie ihn die Römer in der Arena von Leptis Magna hielten, deren Ruine er in der Nähe von Tripolis besichtigt hatte. Der Löwe weiß aus Erfahrung, dass ihn in der Arena ein Mensch erwartet, und der Löwe wird ungeduldig. Bestimmt ist er hungrig. Man muss die Löwen hungern lassen. Und der Löwe weiß auch aus Erfahrung, dass er den Menschen jedes Mal tötet. Welche anderen Erfahrungen sollte er auch gemacht haben, wenn er noch am Leben ist? Er weiß aber auch, dass er in der Arena zwei Sorten von Menschen begegnet ist – den bewaffneten und den unbewaffneten. Die Bewaffneten kämpften um ihr Leben, und die Unbewaffneten beteten. Sie schmeckten beide gut.

Khalil blieb stehen. Er hockte sich auf den Boden, Ober- auf Unterschenkel, wie ein Berber in der Wüste. Er hob den Kopf und schloss die Augen, betete aber nicht. Vielmehr versetzte er sich in die nächtliche Wüste und sah Myriaden funkelnder Sterne am schwarzen Himmel. Er sah den Vollmond hell über Kufra, der Oase, in der er geboren war, und sah die Palmwedel sich im kühlen Wüstenwind wiegen. In der Wüste war es so still wie immer.

Er blieb sehr lange dort in der Wüste, betrachtete dieses Bild und wartete darauf, dass sich etwas aus dem Wüstensand erhob.

Auf der Erde verging die Zeit, und nur in der Wüste stand sie still. Schließlich kam ein Bote aus der Oase, in ein schwarzweißes Gewand gekleidet, vom Mondlicht beschienen, und während die Gestalt auf ihn zukam, glitt ihr Schatten über den Sand. Der Bote stand vor ihm, sagte aber nichts – und Assad Khalil wagte nicht zu sprechen.

Khalil konnte das Gesicht des Boten nicht sehen, doch nun hörte er eine Stimme. Die Stimme sagte: »An dem Ort, an dem du nun weilst, wird Gott dein Werk verrichten. Ziehe weiter an jenen anderen Ort jenseits der Berge. Der Sand der Zeit verrinnt. Satan regt sich.«

Assad Khalil flüsterte ein Dankesgebet, schlug die Augen auf und erhob sich. An der Wanduhr sah er, dass über zwei Stunden vergangen waren. Ihm war es nur wie wenige Minuten vorgekommen.

Er nahm seine schwarze Tasche, verließ den Raum und ging schnell durch die menschenleere Haupthalle.

Draußen sah er nur ein einziges Taxi. Der Fahrer schlief. Er stieg hinten ein und knallte die Tür zu.

Der Taxifahrer schreckte aus dem Schlaf hoch und stammelte verwirrt.

Khalil sagte: »Zum Firmenjet-Terminal. Schnell.«

Der Fahrer ließ den Motor an und fragte: »Wohin?«

Khalil wiederholte sein Fahrtziel und warf einen Zwanzig-Dollar-Schein auf den Beifahrersitz. »Bitte schnell. Ich bin spät dran.«

Der Fahrer gab Gas und bog auf die eingezäunte Straße ein. Zehn Minuten später waren sie am Terminal für Firmenjets.

Khalil sagte: »Da drüben.«

Der Fahrer hielt vor einem kleinen Gebäude, und Khalil sprang aus dem Wagen und eilte in das Gebäude. Er fand die Piloten-Lounge, wo die beiden Piloten auf Sofas schliefen. Er schüttelte den Flugkapitän und sagte: »Ich bin soweit. Wir müssen los.«

Captain Fiske kam schnell auf die Beine. Der Kopilot war schon wach, stand auf, streckte sich und gähnte.

Khalil schaute ostentativ auf seine Armbanduhr und fragte: »Wann können wir hier weg?«

Captain Fiske räusperte sich und sagte: »Tja ... Ich habe den Flugplan schon eingereicht ... für den Fall, dass wir plötzlich abfliegen müssen.«

»Gut. Wir müssen plötzlich abfliegen. Wann können wir starten?«

»Um diese Zeit ist nicht viel Flugverkehr, also können wir das übliche Prozedere etwas abkürzen. Mit etwas Glück sollten wie in fünfzehn Minuten auf der Rollbahn sein.«

»So schnell es geht.«

»Jawohl, Sir.« Captain Fiske ging zu einem Telefon und tippte ein paar Ziffern ein.

»Wen rufen Sie an?«

»Den Tower, um den eingereichten Flugplan zu bestätigen.« Captain Fiske sprach mit jemandem am anderen Ende.

Khalil hörte aufmerksam zu, was der Pilot sagte, aber es schien sich nur um Fachkauderwelsch zu handeln. Er sah erst dem Piloten, dann dem Kopiloten ins Gesicht, und beide Männer wirkten gefasst.

Captain Fiske sagte ins Telefon: »Okay. Danke.« Er legte auf und sagte zu seinem Passagier: »Sie haben mir versprochen, binnen fünfzehn Minuten eine Starterlaubnis von der Flugleitung zu besorgen. Der hiesige Tower klärt das schon mit der Radarkontrolle in Denver.«

»Ich dachte, Privatflugzeuge könnten ganz nach Belieben starten und landen?«

Captain Fiske erwiderte: »Für private Jets trifft das nicht zu, Sir, wegen der Höhe, in der wir fliegen. Über 18 000 Fuß gelten immer die Richtlinien für den Instrumentenflug.«

»Aha. Können wir jetzt zum Flugzeug gehen?«

»Natürlich.«

Fiske verließ die Lounge, gefolgt vom Kopiloten und von Assad Khalil. Sie gingen schnell durch die kühle Nachtluft hinüber zu dem Learjet, der keine fünfzig Meter entfernt stand. Khalil hielt sich dicht an die Piloten, hatte aber nicht das Gefühl unmittelbar drohender Gefahr.

Der Kopilot öffnete die Tür des Jets und stieg hinein, gefolgt von Khalil und dem Kapitän.

Die Piloten nahmen ihre Plätze ein und begannen mit dem Check. Khalil setzte sich auf seinen Platz hinten in der Kabine.

Captain Fiske rief durch die offene Schiebetür: »Wir starten gleich. Legen Sie bitte den Sicherheitsgurt an.«

Khalil erwiderte nichts.

Ein paar Minuten später startete Fiske die beiden Triebwerke und der Kopilot funkte: »Colorado Springs Tower – Lear 52 Echo is ready to taxi.«

Der Tower antwortete: »Roger, Lear 52 Echo, taxi to Runway 35 Left. Wenn Sie soweit sind, habe ich Ihre Startgenehmigung.«

»Geben Sie die Genehmigung durch«, sagte der Kopilot ins Mikrofon und notierte dann das Übermittelte auf einem Block auf seinem Schoß.

Captain Fiske fuhr mit dem Lear 60 über die Rollbahn zum Anfang der Startbahn 35 L und manövrierte dort den

Jet auf die Mittellinienmarkierung der Piste. »Los geht's«, sagte er und drückte die beiden Schubhebel voll durch.

Eine halbe Minute später hob das Flugzeug ab und stieg schnell über die Lichter von Colorado Springs hinaus.

Khalil sah den Piloten zu, die die Tür zwischen Cockpit und Kabine noch nicht geschlossen hatten. Nach einer Weile schaute er links aus dem Fenster und sah die Berge in der Ferne, die im Mondschein immer noch sichtbar waren.

Der Kopilot meldete sich über die Gegensprechanlage: »Wir müssen noch etwas in nördliche Richtung fliegen, Sir, um an Höhe zu gewinnen, bevor wir auf unseren eigentlichen Kurs nach Westen gehen. Wir haben da links diese lieblichen Hügel, genannt Rocky Mountains.« Er lachte und fügte hinzu: »Einige Gipfel sind zwölftausend Fuß hoch – das sind etwa viertausend Meter.«

Khalil erwiderte nichts und schaute weiter zu den Gebirgsausläufern und Bergen hinüber, während sie eindeutig direkt nach Norden flogen. Irgendwo dort unten lag Colonel Robert Callum in seinem Bett und eine verheerende Krankheit fraß ihn langsam auf. Khalil fühlte sich nicht betrogen, wie er sich auch nicht betrogen gefühlt hatte, als er davon erfahren hatte, dass Stephen Cox im Krieg gegen den Irak gefallen war. Gott, so dachte er, beanspruchte seinen Anteil der Kriegsbeute.

Kapitel 44

Kate und ich verbrachten den restlichen Vormittag damit, sozusagen die Alarmglocke zu läuten.

Das Einsatzleitstelle verwandelte sich von einem Ameisenhaufen in einen Bienenstock, wenn Sie diese Insekten-Analogie verzeihen mögen.

Kate und ich mussten etwa ein Dutzend Vorgesetzte erdulden, die uns telefonisch gratulierten und so weiter. Und jetzt wollten auch sämtliche Chefs persönlich von uns gebrieft werden, aber es gelang uns, sie abzuwimmeln. Im Grunde wollten sie gar nichts hören – sie wollten bloß zeigen, dass sie Teil der Lösung waren, obwohl sie natürlich allmählich eher Teil des Problems wurden.

Schließlich musste ich einem gemeinsamen Task-Force-Meeting zustimmen, wie wir es am Morgen zuvor abgehalten hatten. Ich konnte es aber bis 17 Uhr hinauszögern, indem ich log, ich müsste am Telefon bleiben, falls jemand aus meinem weltumspannenden Netzwerk von Informanten anrief. Wenn ein Fall Schlagzeilen machte, verhielten sich die Bosse hier in mancher Hinsicht ähnlich wie die der New Yorker Polizei. Fototermine mit Kate und mir waren wohl nicht mehr fern. Und wenn Jack Koenig von seiner Vielfliegermeilen-Sammeltour zurückkam, wäre das Meeting bereits vorbei, und das würde Jack so richtig ankotzen. Der Arme. Aber ich hatte ihm ja geraten hier zu bleiben.

Eine halbe Stunde nach unserem Gespräch mit Mrs. Hambrecht forderten FBI-Agenten unter Strafandrohung die Einzelgesprächsnachweise des 15. Aprils von Mrs. Hambrecht und natürlich von General Waycliff an. Gleichzeitig setzten die Guten im J. Edgar Hoover Building alles daran, an die gelöschten Informationen aus der Akte von Colonel Hambrecht zu gelangen, die ich nun eigentlich nicht mehr brauchte. Aber sie versuchten auch, die Namen der überlebenden Männer aus dem Schwarm herauszufinden, der Al Azziziyah bombardiert hatte, und die brauchten wir tatsächlich.

Laut einer E-Mail, die ich bekommen hatte, hatte das FBI sofort die Luftwaffe und das Verteidigungsministerium gewarnt, dass die Männer des Al-Azziziyah-Einsatzes in großer und unmittelbarer Gefahr schwebten und dass auch für die übrigen Männer, die am Libyen-Einsatz teilgenommen hatten, eine gewisse Gefahr bestünde. Die Luftwaffe willigte natürlich ein, rückhaltlos und schnell zu kooperieren, aber wie bei jeder Bürokratie ist »schnell« auch hier natürlich ein relativer Begriff.

Ich hatte keine Ahnung, ob die CIA auf dem Laufenden gehalten wurde, hoffte es aber nicht. Ich hatte immer noch diese komische Idee, dass die CIA manches davon bereits gewusst hatte. Okay, man wird mit diesen Leuten ja leicht vollkommen paranoid, und oft sind sie, das rief ich mir immer wieder ins Gedächtnis, längst nicht so schlau und gerissen, wie alle immer meinen. Doch wie jede Geheimorganisation legten sie selbst den Keim des Zweifels und der Täuschung. Und da wundern sie sich, dass alle glauben, sie würden etwas verheimlichen. Normalerweise verheimlichen sie aber bloß, dass sie keinen großen Durchblick haben. Das mache ich manchmal auch, also wie sollte ich mich da beschweren?

Ich hatte nie vermutet, dass das FBI – das Herz der Antiterror-Task Force – mehr wusste, als man uns in New York erzählte. Ich war aber davon überzeugt, dass sie, wie Kate gesagt hatte, wussten, dass die CIA ihr eigenes Süppchen kochte. Und sie lassen das durchgehen, weil wir ja schließlich alle ein Team sind, alle auf der Seite der Engel stehen und alle für unser Land nur das Beste wollen. Blieb nur das Problem zu bestimmen, was das Beste ist.

Jetzt noch die gute Nachricht: Koenig und Nash waren außer Landes.

Während einer kurzen Pause hier im Bienenstock sah ich die Ausdrucke durch, die Kate immer noch aus dem Cyberspace holte.

Ich fing mit einem Artikel der *New York Times* vom 11. März 1989 an, der die Überschrift trug: »Bombenanschlag auf Auto des Kapitäns, der iranischen Jet abschoss«. Darin ging es um den Kapitän der Vincennes, und es schien nicht relevant, höchstens als Beispiel dafür, was mutmaßlich hier vor sich ging.

Kate reichte mir eine Meldung der AP vom 16. April 1996, mit der Schlagzeile: »Libyen verlangt Gerichtsverfahren wegen des Luftangriffs von 1986«. Ich las es vor: »Libyen hat am Montag von den USA verlangt, die Piloten und Verantwortlichen des Luftangriffs auf libysche Städte vor zehn Jahren auszuliefern, und der libysche Staatschef Muammar al Gaddafi hat darauf bestanden, dass sich die Vereinten Nationen des Falles annehmen.« Ich sah zu Kate hinüber und meinte: »Wir haben ja wohl niemanden ausgeliefert, und da ist Gaddafi die Geduld ausgegangen.«

»Lies weiter«, sagte sie.

Ich fuhr fort: »›Wir können nicht vergessen, was geschehen ist‹, sagte Gaddafi am Jahrestag des Luftschlags der USA, bei dem nach libyschen Angaben über hundert Menschen verletzt und 37 getötet wurden, darunter auch Gaddafis Adoptivtochter. ›Diese Kinder ... sind sie denn Tiere? Und die Amerikaner menschliche Wesen?‹ fragte Gaddafi in einem CNN-Interview vor der Ruine seines ausgebombten Hauses, die auch ein Jahrzehnt nach dem Luftangriff noch steht.« Ich sah zu Kate hoch.

Sie sagte: »Ich vermute, dass Assad Khalil gemeinsam mit der Familie Gaddafi in diesem Militärlager gewohnt hat. Denk dran, nach unseren Akten gibt es Beziehungen zwischen den Familien.«

»Stimmt.« Ich dachte darüber nach und sagte: »Khalil muss fünfzehn oder sechzehn gewesen sein, als der Luftangriff stattfand. Sein Vater war da schon tot, aber er muss Freunde und Verwandte in diesem Lager gehabt haben.«

Kate nickte. »Und die rächt er nun und auch die Familie Gaddafi.«

»Klingt schlüssig.« Ich dachte wieder daran, was mir Gabe gesagt hatte. Ich sagte zu Kate: »Jetzt kennen wir sein Motiv, und ich muss dir sagen ... na ja, ich habe kein Mitleid mit dem Scheißkerl, aber ich kann es nachvollziehen.«

Sie nickte. »Ja, klar.« Sie fügte hinzu: »Khalil ist noch gefährlicher, als wir dachten, wenn das denn möglich ist. Lies weiter.«

Ich las die AP-Meldung zu Ende. »Am Tag des Interviews wurde in Libyen des amerikanischen Luftangriffs auf die libysche Hauptstadt Tripolis und auf Bengasi gedacht. Der Luftschlag war eine Vergeltung für den Bombenschlag auf die Berliner Diskothek La Belle am 5. April 1986, bei dem ein amerikanischer Militärangehöriger ums Leben kam. Die libyschen Forderungen entsprechen den Forderungen der USA, Libyen solle zwei Männer einem amerikanischen oder britischen Gericht überstellen, die wegen des Bombenanschlags auf den Pan Am Flug 103 über Lockerbie in Schottland gesucht werden, bei dem 270 Menschen ums Leben kamen.« Ich legte die Meldung beiseite und sagte: »Und so geht das immer weiter, und keiner weiß, wie das mal enden soll.«

»In der Tat. Ein Krieg ohne Ende. Und dies ist nur eine weitere Schlacht, die von der vorherigen Schlacht ausgelöst wurde und nur zu einer weiteren Schlacht führt.«

Was für ein deprimierender Gedanke. Ich sah weitere Artikel durch und stieß auf einige spätere Berichte über den Anschlag auf den Kapitän der Vincennes. Wie gesagt, gab es da keine direkte Verbindung zu Khalil, aber mir fiel eine bezeichnende Tendenz bei den Schlagzeilen auf und eine davon, aus der *New York Times*, lautete: »Ermittler des Bombenanschlags gehen nicht mehr von Staatsterrorismus aus«. Der erste der folgenden Artikel deutete an, dass vielleicht weder die iranische Regierung noch eine extremistische Gruppe dahinter steckten. Vielleicht war es ein einzelner Politspinner gewesen, oder vielleicht hatte es sich nur um eine Willkürtat oder eine Privatrache gehandelt, sodass man sich fragte, wem der Kapitän oder seine Frau denn im Offizierskasino auf die Nerven gegangen sein mochte. So ein Schwachsinn. Es war unfassbar, wie Washington diese Storys aushelte, um die Leute zu beruhigen und damit sich nicht alle Sorgen wegen des Irans, Iraks, Libyens und sonstiger Länder machten, die uns nicht ausstehen konnten und die ihre Bevölkerung beim geringsten Anlass aufhetzten.

Dahinter musste irgendeine groß angelegte diplomatische Strategie stecken – nur dass ich da keine entdecken konnte. In einem Monat würde man Assad Khalil als einsamen Unzufriedenen hinstellen, der sauer auf die USA gewesen sei, weil man am Zoll sein Einreisevisum verschmiert hatte. Wenn man schon davon ausgeht, dass niemand im Weißen Haus, im J. Edgar Hoover Building, im Pentagon und bei der CIA in Langley eigentlich weiß, was er tut, dann sollte man sich erst mal das Außenministerium ansehen: Die paddeln auf ihrem Boot immer schön im Kreis. Aber Weltpolitik hin oder her – entweder war Assad Khalil schon fertig und fort, oder er war unterwegs zu seinem nächsten Opfer. Ich fragte Kate: »Gibt's schon was Neues über die Crews bei diesem Einsatz?«

»Nein. Aber das würden sie uns auch nicht unbedingt sagen. Mittlerweile könnte das FBI die Überlebenden schon in Sicherheit gebracht haben.«

»Ich finde aber, dass sie es uns sagen sollten. Bei der New Yorker Polizei erfährt der ermittelnde Detective alles und ist für alles zuständig.«

»Diesen Zahn ziehe ich dir wirklich ungern, John, aber wir sind hier nicht bei der New Yorker Polizei, und du hast noch Glück, wenn sie dich überhaupt anrufen, um dir zu sagen, dass Khalil festgenommen wurde.«

So eine Scheiße ... Ich zermarterte mir das Gehirn, wie ich ein bisschen was von der Action abkriegen konnte, aber mir fiel lediglich ein, dass mir Jack Koenig noch einen Gefallen schuldete, obwohl wir ja auch hinsichtlich dieser schlichten und offensichtlichen Tatsache geteilter Meinung waren. Aber Koenig war nicht da, und ich hatte hier weder das Sagen noch irgendeinen Einfluss, und sonst war mir niemand was schuldig. Ich fragte Kate: »Hast du vielleicht mit irgendeinem Vorgesetzten geschlafen, der uns einen Gefallen tun könnte?«

»Nicht in New York.«

»In Washington?«

Sie schien zu überlegen, zählte mit den Fingern ab und flüsterte Ziffern, bis sie bei sieben angekommen war, und sagte dann: »Ich glaube, diese Gefälligkeiten habe ich alle schon in Anspruch genommen.« Sie lachte, um mir zu zeigen, dass es nur ein Scherz war.

Ich blätterte also noch ein paar weitere Artikel durch, die aus einer anderen Dimension kamen. Ich weiß nicht so recht, wie das Internet funktioniert, aber offenbar sagt es einem, was man wissen will, und macht, was es soll, und das ist mehr, als ich von den meisten Leute behaupten kann, die ich so kenne.

Ich stieß auf einen Artikel aus dem *Boston Globe*, der sehr aufschlussreich war. Er stammte vom 20. April 1986. Es handelte sich um eine Chronik der Ereignisse, die zum amerikanischen Luftangriff geführt hatten. Das erste Datum der Krise war der 7. Januar gewesen. Dort stand: »Präsident Reagan beschuldigt Libyen der bewaffneten Aggression gegen die Vereinigten Staaten, erlässt Wirtschaftssanktionen gegen Libyen und zieht alle US-Bürger aus dem Land ab. Die westlichen Alliierten weigern sich, dem Boykott beizutreten. Die USA bringen Libyen mit Anschlägen palästinensischer Terroristen vom 27. Dezember 1985 auf die Flughäfen von Rom und Wien in Verbindung, bei denen zwanzig Menschen ums Leben kamen.«

Ich las weiter. »Am 11. Januar kündigt ein führender Berater von Oberst Muammar al Gaddafi an, Libyen werde einen Mordanschlag auf Reagan verüben, sollte das Land von den USA angegriffen werden. Gaddafi lud Reagan zu einem Besuch ein und sagte, eine persönliche Begegnung würde Reagans Einstellung ändern.«

Darauf hätte ich nicht gewettet. Ich überblickte die Chronik, und es sah eindeutig nach zwei starrköpfigen Machos aus, die sich in die Wolle gekriegt hatten: »Am 13. Januar nähern sich zwei libysche Kampfflugzeuge einem Überwachungsflugzeug der US-Marine; am 5. Februar beschuldigt Libyen die USA, den Isrealis dabei geholfen zu haben, ein libysches Flugzeug zu orten und abzuschießen – Libyen schwört Rache; am 24. März greifen amerikanische Kampfflugzeuge eine libysche Raketenstellung an; am 25. März beschießen amerikanische Streitkräfte vier libysche Patrouillenboote; am 28. März droht Gaddafi, Militärbasen in Italien, Spanien und anderen Ländern, die von der 6. US-Flotte angelaufen werden, zum Ziel von Vergeltungsschlägen zu machen; am 2. April explodiert an Bord einer TWA-Maschine, die von Rom nach Athen unterwegs ist, eine Bombe und tötet vier Menschen – eine palästinensische Gruppe behauptet, es sei ein Vergeltungsschlag für die amerikanischen Angriffe auf Libyen gewesen; am 5. April geht in einer Berliner Diskothek eine Bombe hoch und tötet einen US-Militärangehörigen; am 7. April gibt der amerikanische Botschafter in der Bundesrepublik Deutschland bekannt, die USA hätten eindeutige Beweise für eine libysche Beteiligung an dem Bombenanschlag auf die Diskothek ...« Ich schaute ans Ende der Seite zu den weiteren Ereignissen, die zum 15. April 1986 geführt hatten. Niemand konnte behaupten, von dem Bombenangriff überrascht worden zu sein, zog man einmal die daran beteiligten Personen in Betracht und, wie wir heute, in einem milder gestimmten Amerika, sagen würden, die Missverständnisse, die aus dummen kulturellen und politischen Vorurteilen resultierten. Die Lösung für dieses Problem mochte durchaus in einer forcierten Einwanderung bestehen. Wenn wir so weiter machten, würde binnen fünf Jahren ein Großteil der Bevölkerung des Nahen Ostens in Brooklyn wohnen.

Ich nahm den letzten Fetzen Cybernachrichten auf meinem Schreibtisch zur Hand und überflog ihn. Ich sagte zu Kate: »Hey, das ist interessant. Hast du dieses Interview der AP mit Mrs. Gaddafi vom 19. April 1986 gesehen?«

»Ich glaube nicht.«

Ich las vor: »Die Frau des libyschen Staatschefs Muammar al Gaddafi, die sagt, ihre anderthalbjährige Adoptivtochter Hana sei bei dem Luftangriff umgekommen, sprach zum ersten Mal seit dem Angriff mit der Presse. Mit einer Krücke in der Hand vor dem zerbombten Haus der Gaddafis in ihrem Hauptquartier in Tripolis sitzend, antwortete sie in einem schroffen, trotzigen Ton. Safia Gaddafi sagte, sie würde die USA für alle Zeiten als Feind ansehen, ›es sei denn, Reagan wird zum Tode verurteilt‹.«

Kate meinte: »Es kommt selten vor, dass eine Frau in einem fundamentalistisch-moslemischen Land in der Öffentlichkeit auftritt.«

»Tja, wenn sie dir dein Haus in die Luft jagen, musst du wohl oder übel an die Öffentlichkeit.«

»Das hatte ich nicht bedacht. Wie klug du doch bist.«

»Danke.« Ich schaute wieder auf den Artikel und las vor: »›Wenn ich den amerikanischen Piloten finde, der die Bomben auf mein Haus geworfen hat, bringe ich ihn persönlich um.‹« Ich sagte zu Kate: »Da hast du es. Diese Leute verschweigen nichts. Das Problem ist bloß, dass wir es für leeres Gerede halten, während sie es wortwörtlich meinen, wie Colonel Hambrecht und General Waycliff feststellen mussten.«

Sie nickte.

Ich fügte hinzu: »Ich kann einfach nicht glauben, dass diese Superspürnasen in Washington das nicht geahnt haben.«

Sie sagte nichts darauf.

Ich las weiter vor: »Was ihren Mann anginge, so sei er kein Terrorist, erklärte sie, denn wenn er einer wäre, ›dann hätte ich keine Kinder mit ihm‹.« Ich meinte: »Auch Terroristen können gute Väter abgeben. Das war jetzt eine sexistische Bemerkung.«

Kate entgegnete: »Kannst du nicht einfach nur den Artikel vorlesen, ohne bescheuerte Sprüche zu klopfen?«

»Jawohl, Ma'am.« Ich las vor: »Die libyschen Behörden behaupten, zwei Söhne Gaddafis seien bei dem Angriff verwundet worden, und einer befinde sich noch im Krankenhaus. Safia Gaddafi sagte: ›Einige meiner Kinder sind verletzt, und sie sind alle verängstigt. Vielleicht haben sie psychische Schäden davongetragen.‹«

Kate sagte: »Vielleicht haben noch andere Kinder psychische Schäden davongetragen.«

»Nicht vielleicht! Ich glaube, jetzt wissen wir, wo sich der kleine Assad Khalil seinen Dachschaden geholt hat.«

»Kann schon sein.«

Wir saßen da und verdauten die Nachrichten von gestern. Es ist immer gut zu wissen, warum – und jetzt wussten wir, warum. Wir wussten ferner wer, was, wo und wann: Assad Khalil, Mordanschläge, in Amerika, jetzt. Wir wussten bloß nicht genau, wo er war und wo er als Nächstes zuschlagen würde. Aber wir waren nah dran, und zum ersten Mal war ich zuversichtlich, dass wir dieses Arschgesicht in der Zange hatten. Ich sagte zu Kate: »Wenn er das Land nicht schon verlassen hat, dann haben wir ihn.«

Sie erwiderte nichts auf diese optimistische Bemerkung, und angesichts der Vorgeschichte von Assad Khalil kamen mir da selbst so einige Zweifel.

Ich dachte wieder an Mrs. Gaddafis Bemerkungen und an die angebliche Verbindung zwischen den Gaddafis und den Khalils, die enger sein mochte, als Mrs. Gaddafi wusste. Ich dachte auch an die Theorie, dass Muammar den Hauptmann Khalil vor langer Zeit in Paris hatte ermorden lassen und dass Assad offenbar nichts davon wusste oder ahnte. Ich fragte mich auch, ob der kleine Assad gewusst hatte, dass Onkel Muammar nachts sein Zelt verließ und auf Zehenspitzen über den Sand zum Zelt von Assads Mama schlich. Einer meiner Profs am College hat mal gesagt, viele bedeutende Ereignisse der Weltgeschichte seien durch Sex beeinflusst worden – durch außer- wie auch innerehelichen. Was meine eigene Geschichte angeht, kann ich das nur bestätigen – wieso also nicht auch in der Weltgeschichte?

Ich versuchte mir die libysche Oberschicht vorzustellen, und sie unterschied sich vermutlich nicht groß von anderen kleinen Autokratien, in denen Hofintrigen, Palastgerüchte und Machtspielchen die Tagesordnung bestimmten.

Ich fragte Kate: »Meinst du, dass bei dem Angriff jemand von Assad Khalils Familie umgekommen ist?«

Sie erwiderte: »Wenn unsere Informationen über die Beziehung der Familie Khalil zu den Gaddafis korrekt ist, dann können wir davon ausgehen, dass die Khalils in diesem Lager gewohnt haben, in Al Azziziyah, auf das, laut Mrs. Hambrecht, vier amerikanische Flugzeuge Bomben abgeworfen haben. Khalil hat anscheinend zwei der Männer ermordet, die Al Azziziyah bombardiert haben. Vielleicht hat er das getan, um die Gaddafis zu rächen, aber, ja, ich glaube, er hat mit seiner Familie dort gewohnt, und ich glaube, dass er persönlich jemanden verloren haben könnte.«

»Das sehe ich auch so.« Ich versuchte mir diesen Kerl, diesen Assad Khalil, vorzustellen, wie er in den frühen Morgenstunden aus dem Bett gerissen wird und Todesängste aussteht, während die Welt um ihn her in Trümmer fällt. Er musste viele Leichen und Leichenteile gesehen haben. Ich ging von der Annahme aus, dass er jemanden aus seiner Familie verloren hatte, und versuchte mir seine Geistesverfassung vorzustellen: Angst, Schock, vielleicht die Gewissensbisse des Überlebenden und dann schließlich Wut. Und irgendwann beschloss er dann, es uns heimzuzahlen. Und dazu war er, als Opfer und Mitglied des inneren Zirkels, in einer guten Ausgangsposition. Der libysche Geheimdienst musste auf diesen Jungen angesprungen sein, als wäre er ein neuer Prophet. Und Khalil selbst ... der hatte sein ganzes Leben lang einen Groll gehegt, und seit Samstag lebte er seinen Traum. Seinen Traum und unseren Albtraum.

»Woran denkst du?«

»An Khalil. Wie er hierher gekommen ist. Er hat sein ganzes Leben lang davon geträumt, nach Amerika zu kommen, und wir wussten nichts davon, hätten es aber wissen sollen. Und er ist nicht hier, um ein neues Leben anzufangen oder Taxi zu fahren oder um der Unterdrückung oder wirtschaflichem Elend zu entgehen. An einen wie ihn hat Emma Lazarus nicht gedacht.«

»Nein, wirklich nicht.«

»Und da draußen sind noch mehr wie er.«

»Da hast du Recht.«

Wir hielten also, wie angewiesen, die Stellung, aber ich bin nicht gut darin, herumzuhocken und zu lesen und bescheuerte Telefonate zu führen. Ich wollte Beth anrufen, aber am Schreibtisch gegenüber hatte sich die Lage geändert und deshalb mailte ich Miss Penrose: »Kann jetzt nicht reden – Große Wende im Fall – Muss vielleicht heute Nachmittag verreisen – Danke für den dicken, feuchten Schmatz.«

Ich saß zaudernd vor der Tastatur. »Abschließend lässt sich also sagen ...« Nein, das war nicht gut. Schließlich tippte ich: »Wir müssen reden – Ich rufe dich bald an.«

Ich zauderte wieder und schickte die Nachricht dann ab. »Wir müssen reden« sagt natürlich alles, wenn man sich ein wenig auskennt. Meine Frau würde sagen: Steno zwischen Liebenden – *John, wir müssen reden, d. h. verpiss dich.*

Kate fragte: »Wem mailst du denn da was?«

»Beth Penrose.«

Schweigen. Dann: »Du hast ihr doch hoffentlich nicht per E-Mail mitgeteilt, dass ...«

»Äh ... nein ...«

»Das wäre wirklich kaltherzig.«

»Wie wär's mit 'nem Fax?«

»Das musst du ihr persönlich sagen.«

»Persönlich? Ich hab ja nicht mal die Zeit, mit *mir* persönlich zu reden.«

»Tja ... dann tut's ein Telefongespräch. Ich gehe.«

»Nein. Ich kümmere mich später darum.«
»Es sei denn, du willst gar nicht. Ich verstehe schon.«
Ich spürte Kopfschmerzen aufsteigen.
»Wirklich. Ich würde es verstehen, wenn du Zweifel hättest.«
Und warum glaubte ich das nicht?
»Was heute Nacht passiert ist, verpflichtet dich zu gar nichts. Wir sind erwachsene Menschen. Wir gehen die Sache ganz nüchtern an und lassen uns Zeit. Ein Schritt nach dem anderen ...«
»Gehen dir nicht langsam die Klischees aus?«
»Du kannst mich mal.« Sie stand auf und ging davon.
Ich wäre ja aufgesprungen und ihr nachgelaufen, aber wir hatten wohl schon die Aufmerksamkeit unserer Kollegen erregt und deshalb lächelte ich bloß und pfiff *God Bless America*, während die Mitglieder der ATTF-Anti-Sex-Liga dem Großen Bruder per E-Mail mitteilten, dass möglicherweise gerade ein Sexverbrechen begangen wurde.

Was mich daran erinnerte, dass ich eine frische Unterhose brauchte. Ganz in der Nähe war ein Herrenausstatter, und ich nahm mir vor, da später kurz reinzuschauen. Kate durfte mir dann dabei helfen, ein Hemd und eine Krawatte auszusuchen.

Doch nun zurück zum meistgesuchten Terroristen Amerikas. Ich rief meine E-Mails ab. Eine kam von der Abteilung für Terrorismusabwehr aus Washington und trug den Vermerk DRINGEND. Als Verteiler war nur die Einsatzleitstelle angegeben. Ich las sie am Monitor: »Luftwaffe teilt uns mit, es könnte schwierig sein, die Piloten zu identifizieren, die den Einsatz Al Azziziyah geflogen haben. Aufzeichnungen existieren für ganze Staffeln und größere Einheiten. Kleinere Unter-Einheiten müssen erst recherchiert werden.«

Ich ließ mir das durch den Kopf gehen. Es klang wie die Wahrheit, aber ich war mittlerweile dermaßen paranoid, dass ich keinem Toilettenschild mehr getraut hätte.

Ich las das restliche Kommuniqué: »Wir haben den Inhalt des Telefongesprächs von Rose Hambrecht mit den New Yorker Agenten an die Luftwaffe weitergegeben: Vier Flugzeuge, F-111, Ziel Al Azziziyah, acht Flieger. Mord an General Waycliff usw., siehe diesbezügl. vorher. Benachr. Personalabteilung der Luftwaffe recherchiert nach diesen Angaben Namen. Mrs. Hambrecht wurde telefonisch kontaktiert, will am Telefon aber keine Namen nennen. Befehlshaber mit Eskorte wurde vom Stützpunkt Wright-Patterson in Dayton, Ohio, zum Haus der Hambrechts in Ann Arbor entsandt. Mrs. Hambrecht hat eingewilligt, ihnen persönlich, unter Vorlage der Dienstausweise usw. die Namen zu nennen. Wir informieren Sie.«

Ich druckte die E-Mail aus, malte einen roten Kringel um DRINGEND und warf sie auf Kates Schreibtisch.

Ich dachte über die Lage nach. Erstens: Mrs. H. war ein ziemlich zäher Brocken. Weder Drohungen noch Flehen noch gutes Zureden am Telefon würden sie dazu bringen, etwas zu tun, das man ihr untersagt hatte, als sie die Frau eines Luftwaffenoffiziers geworden war.

Zweitens waren die Sicherheitsmaßnahmen, die man getroffen hatte, um diese Flieger vor Vergeltungsmaßnahmen zu schützen, ironischerweise nun eben die Sicherheitsmaßnahmen, die uns nicht gestatteten zu verstehen, was vor sich ging, und die uns daran hinderten, sie zu beschützen.

Und dann war es auch offensichtlich, dass die Geheimhaltung irgendwann durchbrochen worden war. Deshalb verfügte Assad Khalil über eine Liste dieser Namen und wir nicht. Doch welche Namen hatte er? Nur die der acht Flieger, die an dem Al-Azziziyah-Einsatz teilgenommen hatten? Wahrscheinlich. Das waren die Männer, die er umlegen wollte. Und hatte er alle acht Namen? Wahrscheinlich auch das.

Ich ließ mir das durch den Kopf gehen: acht Männer, einer davon im Golfkrieg gefallen, einer in England erschlagen und einer mit seiner Frau in seinem Haus in – ausgerechnet –

Capitol Hill ermordet. Und laut Mrs. Hambrecht war einer schwer krank. Blieben also vier potenzielle Opfer. Oder fünf, falls der Kranke nicht starb, ehe Khalil ihn umbringen konnte. Aber ich hatte, wie gesagt, keinen Zweifel, dass einige von ihnen bereits tot waren. Vielleicht sie alle und sämtliche Personen in ihrer Umgebung, die sich zur falschen Zeit am falschen Ort aufgehalten hatten, wie Mrs. Waycliff und die Haushälterin.

Es ist schon ein wenig beunruhigend, wenn das eigene Land zur Front wird. Ich bete ja nicht oft und nie für mich selbst, aber ich betete für diese Männer und ihre Familien. Ich betete für die, von denen wir wussten, dass sie tot waren, für die, die wahrscheinlich tot waren, und für die, die bald tot sein würden.

Dann hatte ich eine glänzende Idee, sah in meinem Adressbüchlein nach und wählte eine Telefonnummer.

Kapitel 45

Der Learjet stieg weiter in den Himmel über Colorado Springs. Assad Khalil ging zur linken Seite des Flugzeugs und setzte sich auf den hintersten Platz. Er schaute hinaus zu den hoch aufragenden Bergen, während das Flugzeug weiter nach Norden flog. Ihm kam es so vor, als wären sie längst über die höchsten Berggipfel hinaus, doch das Flugzeug flog einfach geradeaus weiter. Und nun konnte er auch das Lichtermeer von Denver vor sich sehen.

Er bedachte die Möglichkeit, dass die Piloten eine Warnung gefunkt hatten, dann ein technisches Problem vortäuschen und auf irgendeinem abgelegenen Flugplatz landen würden, wo ihm dann die Polizei auflauerte. Es gab eine schnelle und einfache Methode, das herauszufinden.

Er stand auf und ging den Mittelgang entlang zum Cockpit. Die Tür stand noch offen, und Khalil stellte sich hinter die Piloten. Er fragte: »Gibt es irgendwelche Schwierigkeiten?«

Captain Fiske schaute sich kurz um und erwiderte: »Nein, Sir. Alles in Ordnung.«

Khalil betrachtete die beiden Piloten genau. Er merkte immer, wenn ihn jemand anlog oder sich jemand beklommen fühlte, ganz egal, für welch einen guten Schauspieler sich der jeweilige hielt. Den beiden Männern war nichts anzumerken, das auf ein Problem hingedeutet hätte, nur hätte er ihnen gern in die Augen sehen können.

Captain Fiske sagte: »Wir schwenken jetzt nach Westen, über das Gebirge. Wir werden in Gebirgsturbulenzen kommen, Mr. Perleman, also sollten Sie sich besser wieder auf Ihren Platz setzen.«

Khalil machte kehrt und ging zurück zu seinem Sitz. Das Schild BITTE ANSCHNALLEN, das der Captain zuvor nicht aktiviert hatte, leuchtete auf und ein Ton erklang.

Der Learjet flog eine Linkskurve. Ein paar Minuten später wurde das Flugzeug von Aufwinden durchgeschüttelt. Khalil spürte, wie der Jet immer weiter stieg und die Nase steil aufwärts wies.

Der Pilot meldete sich über die Sprechanlage: »Wir haben eben die Landeerlaubnis für San Diego bekommen. Die Flugdauer wird etwa eine Stunde fünfzig Minuten betragen, und wir werden etwa um 6.15 Uhr kalifornischer Zeit landen. Das ist eine Stunde früher als Mountain Time, Sir.«

»Danke. Ich glaube, ich finde mich jetzt mit den Zeitzonen zurecht.«

»Jawohl, Sir.«

Und tatsächlich, dachte Khalil, war er seit Paris mit der Sonne gereist, und die bisherigen Zeitumstellungen hatten ihm zu ein paar zusätzliche Stunden verholfen, obwohl er die eigentlich nicht besonders dringend brauchte. Seine nächste Zeitumstellung würde ihn über die internationale Datumsgrenze über dem Pazifischen Ozean führen und wie Malik gesagt hatte: »Wenn du diese Grenze überquerst, wird der Kapitän es verkünden, und Mekka liegt dann im Westen, nicht im Osten. Beginne deine Gebete nach Osten gewandt und beende sie gen Westen. Gott wird dich mit beiden Ohren hören und dir wird eine sichere Heimreise zuteil werden.«

Khalil lehnte sich in seinem Ledersitz zurück, und seine Gedanken schweiften von Malik zu Boris. In den letzten Tagen, fiel ihm auf, hatte er häufiger an Boris als an Malik gedacht. Boris war sein Ausbilder in Sachen Amerika und amerikanische Sitten und Gebräuche gewesen und deshalb dachte er natürlich häufiger an ihn als an die anderen, die seinen Geist, seinen Körper und seine Seele auf diese Mission vorbereitet hatten. Boris hatte ihm beigebracht, die dekadente Kultur zu verstehen, in der sich Assad Khalil nun bewegte, nur dass Boris die amerikanische Kultur nicht immer so dekadent fand.

Boris hatte gesagt: »In Wirklichkeit gibt es viele unterschiedliche Kulturen in Amerika, von der niedrigsten bis zur höchsten. Und es gibt dort viele Menschen wie dich, Assad, die von ganzem Herzen an Gott glauben, und dann gibt es die, die nur an Vergnügen, Geld und Sex glauben. Es gibt Patrioten und solche, die sich der Zentralregierung gegenüber illoyal verhalten. Es gibt ehrliche Menschen dort und Diebe. Der durchschnittliche Amerikaner ist im Grunde ehrlicher als die diebischen Libyer, mit denen ich zu tun hatte, trotz eurer Gottesliebe. Du solltest die Amerikaner nicht unterschätzen – den Fehler haben schon die Briten, die Franzosen, die japanischen Kriegsherrn, Adolf Hitler und auch meine frühere Regierung begangen. Das britische und das französische Weltreich sind futsch, ebenso wie Hitler, das japanische und das Sowjetreich. Nur die Amerikaner weilen noch sehr merklich unter uns.«

Khalil erinnerte sich, Boris entgegnet zu haben: »Das nächste Jahrhundert wird das Jahrhundert des Islam.«

Boris hatte gelacht und gesagt: »Das erzählt ihr seit tausend Jahren. Und ich sage dir, wer euch besiegen wird: eure Frauen. Die werden sich diesen ganzen Schwachsinn nicht mehr lange gefallen lassen. Die Sklaven werden sich gegen ihre Herren erheben. Ich habe das in meinem Land erlebt. Eines Tages werden eure Frauen es satt haben, Schleier zu tragen, sich schlagen zu lassen, umgebracht zu werden, weil sie mit einem Mann gebumst haben, und zu Hause zu versauern. Wenn dieser Tag gekommen ist, dann solltet ihr und eure beschissenen Mullahs euch lieber auf Verhandlungen einlassen.«

»Wenn du Moslem wärst, wäre das Gotteslästerung, und ich würde dich auf der Stelle umbringen.«

Worauf Boris erwidert hatte: »*Yob vas.*« Dann hatte er Khalil die Faust in die Magengrube gerammt, war fortgegangen und hatte Khalil, zusammengeknickt und nach Luft schnappend, zurückgelassen.

Khalil dachte daran, dass keiner der beiden Männer den Zwischenfall wieder angesprochen hatte. Beide wussten sie, dass Boris bereits ein toter Mann war und der Zwischenfall deshalb keine Konsequenzen haben musste; es war, als hätte ein zum Tode Verurteilter seinem Henker ins Gesicht gespuckt.

Das Flugzeug stieg immer noch und wurde immer noch von Gebirgswinden durchgerüttelt. Khalil schaute hinab und sah im Mondlicht die Gipfel der schneebedeckten Berge. Bis in die dunklen Täler drang der Mondschein nicht.

Er lehnte sich wieder auf seinem Sitz zurück und dachte wieder an Boris. Boris hatte sich trotz seiner Gotteslästerungen, seiner ewigen Trunkenheit und Arroganz als guter Lehrer erwiesen. Boris kannte Amerika und die Amerikaner. Seine Kenntnisse, das hatte Khalil herausgefunden, hatte er nicht ausschließlich während seiner Zeit in den Staaten angesammelt, nein, Boris hatte einmal in einem geheimen Trainingslager in Russland gearbeitet, einer Einrichtung des KGB, die, soweit sich Khalil erinnerte, »Mrs. Ivanova's Charm School« genannt wurde, wo russische Spione lernten, Amerikaner zu werden.

Boris hatte ihm dieses Geheimnis einmal verraten, als er betrunken war natürlich, und hatte ihm erzählt, dass dies eines der letzten großen Geheimnisse sei, die der ehemalige KGB nach dem Zusammenbruch der Sowjetunion nicht aufgedeckt habe. Laut Boris wollten auch die Amerikaner, dass dieses Geheimnis für alle Zeit begraben blieb. Khalil hatte keine Ahnung gehabt, worüber Boris da sprach, und Boris wollte nie wieder darüber reden, sooft ihn Khalil auch darauf angesprochen hatte.

Während seines Aufenthalt in jener Schule sei er, Boris, zu einem Verständnis der amerikanischen Seele und Psyche gelangt, das weit darüber hinausgereicht habe, was er während seines Aufenthalts in Amerika gelernt habe. Boris hatte sogar einmal gesagt: »Manchmal glaube ich wirklich, dass ich Amerikaner bin. Ich weiß noch, wie ich in Baltimore mal zu einem Baseballspiel gegangen bin und als sie die Nationalhymne spielten, bin ich aufgestanden und habe gespürt, wie mir die Tränen kamen.« Boris hatte hinzugefügt: »Mir geht's natürlich immer noch genauso, wenn ich die Internationale höre.« Er hatte gelächelt und gesagt: »Vielleicht leide ich unter einer Persönlichkeitsspaltung.«

Khalil erinnerte sich, zu Boris gesagt zu haben: »Hauptsache, du entwickelst keine Loyalitätsspaltung.«

Die Sprechanlage knackste und unterbrach Khalils Gedanken an Boris.

Captain Fiske sagte: »Mr. Perleman, entschuldigen Sie bitte die Turbulenzen, aber das ist bei einem Gebirgszug normal.«

Khalil fragte sich, warum sich der Pilot für etwas entschuldigte, was Gott und nicht er bestimmte.

Captain Fiske fuhr fort: »In etwa zwanzig Minuten dürfte

sich die Luft beruhigt haben. Unsere Flugroute führt uns heute Nacht in südwestlicher Richtung über Colorado und dann über das, was man Four Corners nennt: die Stelle, an der die Bundesstaaten Colorado, New Mexiko, Arizona und Utah aneinander grenzen. Dann fliegen wir in südwestlicher Richtung über das nördliche Arizona. Sie werden leider nicht viel sehen können, sobald der Mond untergegangen ist, aber Sie müssten eigentlich die Wüste und die Hochplateaus erkennen können.«

Khalil hatte in seinem Leben mehr Wüste gesehen als die beiden zusammen. Er nahm den Hörer der Sprechanlage und sagte: »Sagen Sie mir bitte Bescheid, wenn wir den Grand Canyon überfliegen.«

»Jawohl, Sir. Einen Moment, bitte ... Also, in vierzig Minuten fliegen wir etwa fünfzig Meilen südlich am Südrand vorbei. Sie müssten dann auf der rechten Seite die Umgebung des Canyons sehen können und ganz bestimmt das Hochplateau dahinter. Aber ich fürchte, aus dieser Höhe und Entfernung werden Sie keine sehr deutliche Sicht haben.«

Khalil hatte nicht das mindeste Interesse daran, den Grand Canyon zu sehen. Er sicherte sich so nur einen Weckruf, falls er einschlafen sollte. Er sagte: »Danke. Wecken Sie mich bitte unbedingt, wenn wir uns dem Canyon nähern.«

»Jawohl, Sir.«

Khalil lehnte sich auf seinem Sitz zurück und schloss die Augen. Er dachte wieder an Colonel Callum und war überzeugt, die richtige Entscheidung getroffen zu haben, als er dem Engel des Todes diesen Mord überlassen hatte. Und er dachte an seinen nächsten Besuch, bei Lieutenant Wiggins. Wiggins, hatte man ihm in Tripolis gesagt, sei ein sprunghafter Mensch, ganz anders als die Gewohnheitsmenschen mit ihrem vorhersagbaren Leben, die er bisher umgebracht hatte. Deshalb und weil Wiggins am Ende seiner Liste stand, würde ihm in Kalifornien jemand helfen. Khalil brauchte und wollte keine Hilfe, aber dieser Teil seiner Mission war der entscheidende, gefährlichste und, wie die ganze Welt bald erkennen würde, auch der wichtigste.

Khalil spürte, wie er einschlief, und er träumte wieder von einem Mann, der in verfolgte. Es war ein verwirrender Traum, in dem sowohl er selbst als auch dieser Mann über die Wüste flogen, Khalil voran und der Mann, außer Sichtweite, hinter ihm her. Und über ihnen beiden flog der Engel des Todes, den er in der Oase Kufra gesehen hatte. Der Engel, das spürte er, überlegte, welchen Mann er berühren und zur Erde stürzen lassen sollte.

Dieser Traum ging in einen Traum über, in dem er mit der Pilotin flog. Beide waren sie nackt, flogen Hand in Hand und suchten nach einem Flachdach, auf dem sie landen konnten, um sich den fleischlichen Genüssen hinzugeben. Doch alle Gebäude, die sie unter sich sahen, waren zerbombt.

In der Sprechanlage knackte es, und Khalil schreckte aus dem Schlaf hoch, mit schweißnassem Gesicht und steifem Glied.

Der Pilot sagte: »Der Grand Canyon liegt jetzt rechts von uns, Mr. Perleman.«

Khalil atmete tief durch, räusperte sich und sagte in die Sprechanlage: »Danke.«

Er stand auf und ging auf die Bordtoilette. Während er sich mit kaltem Wasser Gesicht und Hände wusch, gingen ihm die Träume nicht aus dem Kopf.

Er kehrte auf seinen Platz zurück und schaute aus dem Fenster. Der Vollmond stand schon knapp über dem Horizont, und die Erde darunter war schwarz.

Er nahm das Funktelefon und wählte aus dem Gedächtnis eine Nummer. Eine Männerstimme meldete sich. »Hallo.«

Khalil sagte: »Hier ist Perleman. Tut mir Leid, dass ich Sie geweckt habe.«

Der Mann erwiderte: »Hier ist Tannenbaum. Kein Problem. Ich schlafe alleine.«

»Gut. Ich rufe an, um zu fragen, ob wir im Geschäft sind.«

Der Mann sagte: »Das Geschäftsklima ist hier ausgezeichnet.«

»Und wo ist die Konkurrenz?«

»Die lässt sich nicht blicken.«

Der einstudierte Wortwechsel war beendet, und Khalil schloss mit den Worten: »Ich freue mich darauf, Sie zu treffen.«

»Alles wie geplant.«

Khalil legte auf, atmete tief durch und nahm dann den Hörer der Sprechanlage.

Der Kapitän sagte: »Ja, Mr. Perleman?«

Khalil sagte: »Ich habe eben telefonisch erfahren, dass wir unsere Pläne noch einmal ändern müssen.«

»Jawohl, Sir.«

Boris hatte zu Khalil gesagt: »Mr. Perleman sollte sich nicht übertrieben entschuldigen, wenn er seine Flugpläne ändert. Mr. Perleman ist Jude, zahlt gutes Geld und erwartet dafür guten Service. Geschäftliches hat Vorrang – und die Unannehmlichkeiten, die er anderen Leuten bereitet, bedeuten ihm nichts.«

Khalil sagte zu dem Piloten: »Ich muss jetzt nach Santa Monica. Ich gehe davon aus, dass das kein Problem darstellt.«

Der Pilot erwiderte: »Nein, Sir. Von unserer gegenwärtigen Position aus unterscheidet sich die Flugdauer nicht erheblich.«

Das wusste Khalil bereits. »Gut.«

Captain Fiske fuhr fort: »Um diese Uhrzeit hält uns auch die Flugleitung nicht auf.«

»Wie lange brauchen wir nach Santa Monica?«

»Ich gebe eben die Koordinaten ein, Sir ... okay, unsere Flugdauer wird etwa vierzig Minuten betragen, und wir werden gegen sechs Uhr auf dem städtischen Flughafen landen. Eventuell müssen wir etwas langsamer fliegen, da dort bis sechs Uhr Nachtflugverbot herrscht.«

»Ich verstehe.«

Zwanzig Minuten später ging der Learjet in den Sinkflug über, und im sanften Schimmer des Sonnenaufgangs hinter sich konnte Khalil eine niedrige Gebirgskette erkennen.

Captain Fiske meldete über die Sprechanlage: »Wir beginnen jetzt den Sinkflug, Sir, also schnallen Sie sich bitte an. Das dort vorn sind die San Bernardino Mountains. Und dort unten können Sie auch die Lichter des Ostrands von Los Angeles sehen. Der Santa Monica Airport liegt links voraus, in Küstennähe. Wir landen in zehn Minuten.«

Khalil erwiderte nichts. Er spürte, wie das Flugzeug nun schneller sank, und unter sich sah er ein riesiges Geflecht beleuchteter Straßen.

Er stellte seine Armbanduhr auf kalifornische Zeit. Es war jetzt 5.55 Uhr.

Er hörte den Piloten in sein Funkgerät sprechen, bekam die Antworten aber nicht mit, da die Piloten sie über Kopfhörer empfingen. Während des Fluges von New York hierher hatten sie die Kopfhörer nicht immer benutzt, und hin und wieder hatte Khalil deshalb einen Funkspruch mitbekommen. Die Kopfhörer machten ihn nicht misstrauisch, aber er achtete sehr genau darauf, falls es zu anderen kleinen Abweichungen kam.

Der Flug war in Tripolis so geplant worden, dass die Änderung des Ziels, die er über dem Grand Canyon bekannt gab, ihn in Santa Monica nicht später, eher noch ein paar Minuten früher als in San Diego würde landen lassen – auf jeden Fall kurz nach Ablauf des Nachtlandeverbots. Wenn sie ihm in San Diego auflauerten und mitbekamen, dass er nach Santa Monica flog, hatten sie nicht einmal vierzig Minuten Zeit, ihm dort eine Falle zu stellen. Sollte es länger dauern, diesen Hinterhalt zu errichten, dann würde ihn der Pilot über irgendeine Verzögerung informieren, und Assad Khalil würde ein weiteres Mal eine Änderung der Flugroute verlangen, diesmal mit einer Pistole, die er dem Piloten an den Kopf hielte. Ihr Ausweichflugplatz wäre eine kleine, still gelegte Piste in den San Bernardino Mountains, nur wenige Flugminuten von ihrer gegenwärtigen Position entfernt. Dort stand ein Auto für ihn bereit, und der Schlüssel klebte unter dem Lenkrad. Die Behörden würden bald mitbekommen, dass er im Vorteil war – Assad Khalil flog in einer Privatmaschine und hatte eine Pistole.

Sie flogen hinaus auf den Ozean, schwenkten dann zurück über die Küste und sanken weiter.

Er wartete auf irgendeine Verzögerung bei der Landung, doch dann hörte er, wie das Fahrwerk des Learjets ausgefahren wurde, und sah die Landeklappen hinten an den Tragflächen sich senken. Positionslichter flammten an den Tragflächenenden auf und leuchteten durch die Fenster in die Kabine.

Die Änderungen des Flugplans, das war ihm klar, gewährleisteten nicht, dass er am Boden in Sicherheit war. Doch da die Möglichkeit bestand, seine Absichten beinahe mutwillig zu ändern, hatte man beschlossen, es so zu halten, und sei es nur, um den Amerikanern, die ihn fassen wollten, das Leben schwer zu machen.

Malik hatte ihm zwei interessante Filme gezeigt. Der erste Film, der in Zeitlupe lief, zeigte einen Löwen, der einer Gazelle nachstellte. Die Gazelle wich nach links aus und Malik hatte gesagt: »Achte darauf, dass der Löwe nicht übertrieben nach links abbiegt, um seine Beute abzufangen. Der Löwe weiß, dass die Gazelle auch gleich wieder nach rechts ausweichen kann, und damit würde der Löwe seine Beute überholen und hätte sie verloren. Der Löwe ändert nur im gleichen Winkel wie seine Beute die Laufrichtung und bleibt direkt hinter ihr. Er lässt sich nicht täuschen und weiß, dass er mit seiner Behändigkeit auch eine Gazelle einholen kann, wenn er sich nur auf die Hinterläufe des Tiers konzentriert.« Der Film endete damit, dass sich der Löwe auf die Kruppe der Gazelle stürzte, die unter dem Gewicht ihres Verfolgers zusammenbrach und dann still den Tod erwartete.

Der nächste Film zeigte einen Löwen, der in der Savanne von einem Land Rover verfolgt wurde, in dem zwei Männer und eine Frau saßen. Wie der Erzähler berichtete, versuchten die Leute in dem Fahrzeug, nahe genug an den Löwen heranzukommen, um ihn mit einer Betäubungsspritze zu beschießen und dann für irgendwelche wissenschaftlichen Zwecke einzufangen.

Auch dieser Film lief in Zeitlupe, und Khalil sah, dass sich der Löwe zunächst auf seine Schnelligkeit verließ, um dem Auto zu entkommen. Doch als der Löwe dann müde wurde, wich er nach rechts aus, und der Jeep bog ebenfalls nach rechts ab, jedoch in einem steileren Winkel, um den Löwen abzufangen. Doch der Löwe, der sich jetzt in der gleichen Situation wie die Gazelle befand, wusste instinktiv und aus Erfahrung, was das Auto tun würde, und wich plötzlich nach links aus, und der Wagen war nun zu weit rechts von dem davonlaufenden Löwen entfernt. Damit endete der Film, und Khalil erfuhr nicht, ob der Löwe entkommen war.

Malik hatte gesagt: »Wenn der Löwe der Jäger ist, konzentriert er sich auf seine Beute. Und wenn der Löwe der Gejagte ist, nutzt er seine Kenntnisse und Jagdinstinkte, um seine Verfolger auszutricksen. Manchmal wirst du die Richtung ändern müssen, um deinen Verfolgern auszuweichen, und manchmal könnte eine unnötige Richtungsänderung dafür sorgen, dass deine Beute entkommt. Die dümmste Richtungsänderung ist die, die dich direkt in eine Falle führt. Du musst wissen, wann du die Richtung ändern musst, wann du schneller und wann du langsamer werden musst, wenn du vor dir Gefahr witterst. Und du musst auch wissen, wann du stehen bleiben und mit dem Hintergrund verschmelzen musst. Eine Gazelle, die dem Löwen entkommen ist, widmet sich bald wieder dem unbedarften Grasen. Die Gazelle schlägt sich wohlgemut den Bauch voll und strengt sich nicht an. Der Löwe will immer noch ihr Fleisch und wartet darauf, dass die Gazelle noch fetter und langsamer wird.«

Der Learjet überflog den Anfang der Landebahn, und Khalil schaute aus dem Fenster, als das Flugzeug auf der Betonpiste aufsetzte.

Der Learjet kam schnell zum Stehen und bog dann auf eine Rollbahn ab. Ein paar Minuten später rollte der Learjet zu einem fast verwaisten Privatflug-Terminal.

Khalil sah aus dem Kabinenfenster aufmerksam zu, stand dann auf, nahm seine Tasche, ging nach vorn und kniete sich hinter die Piloten. Durch die Cockpitfenster überblickte er die Szene und sah vor ihnen einen Mann, der das Flugzeug mit zwei Leuchtstäben auf eine Parkposition direkt vor dem Wartungsgebäude einwies.

Captain Fiske stellte die Triebwerke ab und sagte zu seinem Passagier: »Da wären wir, Mr. Perleman. Müssen Sie irgendwohin gebracht werden?«

»Nein. Ich werde abgeholt.« *Ich weiß bloß nicht, von wem.* Khalil schaute weiter aus den Cockpitfenstern.

Der Kopilot Sanford löste seinen Sicherheitsgurt, stand auf, entschuldigte sich und glitt an seinem Passagier vorbei.

Sanford öffnete die Kabinentür, und eine schwache Brise wehte ins Flugzeug. Dann stieg Sanford aus, und Assad Khalil folgte ihm, bereit, sich zu verabschieden oder dem Mann einen Kopfschuss zu verpassen, je nach dem, was sich in den nächsten Sekunden ereignen würde.

Captain Fiske verließ ebenfalls die Maschine, und die drei Männer standen in der kühlen Morgenluft beieinander. Khalil sagte: »Ich bin mit meinem Kollegen in der Cafeteria verabredet.«

»Ja, Sir«, sagte Captain Fiske. »Als ich zum letzten Mal hier war, gab es da in dem zweistöckigen Gebäude eine Cafeteria. Die müsste jetzt schon geöffnet haben.«

Khalils Blick schoss zwischen den Hangars und Wartungsgebäuden hin und her, die noch im frühmorgendlichen Schatten lagen.

Captain Fiske sagte: »Da drüben, Sir. Das Gebäude mit den vielen Fenstern.«

»Ja, ich sehe es.« Er schaute auf seine Armbanduhr und sagte dann zu Captain Fiske: »Ich werde nach Burbank gefahren. Wie lange fährt man da?«

Beide Piloten dachten über die Frage nach und dann antwortete Terry Sanford: »Tja, der Burbank Airport liegt nur etwa zwölf Meilen nördlich von hier, also dürfte es mit dem Auto um diese Uhrzeit nicht lange dauern. Vielleicht zwanzig oder dreißig Minuten.«

Für den Fall, dass sich die Piloten das selbst fragten, sagte Khalil: »Vielleicht hätte ich direkt zu diesem Flughafen fliegen sollen.«

»Tja, aber dort gilt das Nachtflugverbot bis um sieben Uhr.«

»Aha, deshalb hat sich mein Kollege hier mit mir verabredet.«

»Ja, Sir. Wahrscheinlich.«

Khalil wusste das alles, und er lächelte versonnen bei dem Gedanken daran, wie seine Piloten irgendwann entdecken würden, dass ihr Passagier hinsichtlich seiner Flugpläne nicht so ahnungslos gewesen war wie sie selbst. Er sagte: »Danke.« An beide Männer gewandt, sagte er: »Und ich danke Ihnen für Ihre Unterstützung und Ihre Gesellschaft.«

Beide Piloten erwiderten, es sei ein Vergnügen gewesen, ihn an Bord gehabt zu haben. Khalil bezweifelte, dass sie das ehrlich meinten, gab aber jedem hundert Dollar Trinkgeld und sagte: »Ich werde Sie beide anfordern, wenn ich das nächste Mal Ihre Dienste benötige.«

Sie bedankten sich bei Mr. Perleman, grüßten militärisch und gingen zu dem offen stehenden Hangar.

Assad Khalil stand ganz alleine auf dem offenen Flugfeld und wartete darauf, dass die Stille sich in Schreie und auf ihn zustürzende Männer verwandelte. Doch nichts geschah, und das überraschte ihn nicht. Er witterte keine Gefahr und spürte in der aufgehenden Sonne die Gegenwart Gottes.

Er schritt ohne Eile zu dem Glasgebäude neben dem Hangar und ging hinein.

Er fand die Cafeteria und sah einen Mann allein an einem Tisch sitzen. Der Mann trug Jeans und ein blaues T-Shirt und las die *Los Angeles Times*. Wie Khalil hatte er semitische Gesichtszüge, und er war ungefähr im gleichen Alter. Assad Khalil ging auf den Mann zu und sagte: »Mr. Tannenbaum?«

Der Mann erhob sich. »Ja. Mr. Perleman?«

Sie gaben einander die Hand und der Mann, der sich Tannenbaum nannte, fragte: »Möchten Sie einen Kaffee?«

»Ich glaube, wir sollten gehen.« Khalil verließ die Cafeteria.

Der Mann bezahlte seinen Kaffee an der Registrierkasse und traf Khalil dann vor der Cafeteria wieder. Sie verließen das Gebäude und gingen zum Parkplatz. Mr. Tannenbaum, der immer noch Englisch sprach, erkundigte sich: »Hatten Sie eine gute Reise?«

»Wäre ich sonst hier?«

Der Mann erwiderte nichts. Er spürte, dass sein Landsmann, der neben ihm ging, nicht auf Gesellschaft und auf Smalltalk aus war.

Khalil fragte: »Wissen Sie mit Sicherheit, dass Ihnen niemand gefolgt ist?«

»Ja, da bin ich mir sicher. Und ich mache nichts, weshalb die Behören auf mich aufmerksam werden könnten.«

Khalil entgegnete auf Arabisch: »Du bist auch jetzt an nichts dergleichen beteiligt. Bild dir da bloß nichts ein, mein Lieber.«

Der Mann erwiderte auf Arabisch: »Natürlich. Entschuldigung.«

Sie kamen zu einem blauen Lieferwagen, der auf dem Parkplatz stand. Seitlich trug er die Aufschrift EXPRESS-

LIEFERDIENST – NAH UND FERN – LIEFERUNG GARANTIERT AM GLEICHEN ODER FOLGENDEN TAG, gefolgt von einer Telefonnummer.

Der Mann schloss auf und ließ sich auf dem Fahrersitz nieder. Khalil setzte sich auf den Beifahrersitz und schaute nach hinten, wo auf dem Boden ein Dutzend Pakete lagen.

Der Mann ließ den Motor an und sagte: »Schnallen Sie sich bitte an, damit wir nicht von der Polizei angehalten werden.«

Khalil legte den Sicherheitsgurt an und behielt seine schwarze Tasche auf dem Schoß. Er sagte: »Route 405, nach Norden.«

Sie verließen den Parkplatz und dann den Flughafen. Ein paar Minuten später fuhren sie auf einem breiten Interstate Highway nach Norden. Khalil wie auch der Fahrer schauten in die Seitenspiegel.

Der Himmel hatte sich aufgeklärt, und Khalil sah sich um. Er sah Ausfahrtsschilder nach Century City, zu den Studios der Twentieth Century Fox, nach West Hollywood und Beverly Hills und zu etwas, das UCLA hieß. Khalil wusste, dass in Hollywood die amerikanischen Filme gedreht wurden, aber dieses Thema interessierte ihn nicht, und sein Fahrer gab von sich aus keine Informationen dazu.

Der Fahrer sagte: »Ich habe Pakete geladen, die an Mr. Perleman adressiert sind.«

Khalil erwiderte nichts.

Der Fahrer fügte hinzu: »Ich weiß natürlich nicht, was drin ist, aber ich gehe davon aus, dass Sie alles darin finden, was Sie brauchen.«

Wiederum erwiderte Khalil nichts.

Der Fahrer schwieg, und Khalil merkte, dass dem Mann mulmig wurde, und deshalb sprach er ihn mit seinem wahren Namen an und sagte: »Du bist also aus Bengasi, Azim?«

»Ja.«

»Fehlt dir dein Heimatland?«

»Natürlich.«

»Und du vermisst deine Familie. Dein Vater lebt ja, glaube ich, noch in Libyen, oder?«

Azim antwortete zögerlich: »Ja.«

»Bald wirst du dir einen Heimatbesuch leisten können, und dann kannst du deine Familie mit Geschenken überhäufen.«

»Ja.«

Sie fuhren schweigend weiter und schauten dabei immer wieder in die Seitenspiegel.

Sie kamen zu einem Kreuz, an dem sich der Interstate Highway mit dem Ventura Freeway kreuzt. Östlich lag Burbank, und im Westen ging es nach Ventura. Azim sagte: »Man hat mir gesagt, Sie hätten die Adresse Ihres Treffpunkts.«

Khalil entgegnete: »Und mir hat man gesagt, du hättest die Adresse.«

Azim wäre mit dem Lieferwagen fast von der Fahrbahn abgekommen und stotterte: »Nein ... nein ... Ich weiß bloß ... Die haben mir gesagt ...«

Khalil lachte und legte Azim eine Hand auf die Schulter. »Ach ja. Das habe ich vergessen. Ich habe die Adresse. Nimm die Ausfahrt nach Ventura.«

Azim rang sich ein Lächeln ab und lachte kurz auf, bremste dann ab, wechselte auf die rechte Spur und fuhr in Richtung Ventura.

Khalil betrachtete das weite Tal, das voller Wohnhäuser und Geschäftsgebäude stand, und sah dann zu den hohen Hügeln in der Ferne hinüber. Er entdeckte auch Palmen, was ihn an daheim erinnerte.

Khalil schob die Gedanken an seine Heimat beiseite und dachte an sein nächstes Mahl. Elwood Wiggins war eine schwer zu findende Beute gewesen, doch schließlich hatte man ihn in Burbank aufgespürt. Aber dann war er plötzlich nach Ventura gezogen, weiter im Norden, an der Küste. Dieser Umzug hatte sich als verhängnisvoll erwiesen, denn er hatte Wiggins dem Ort näher gebracht, an dem Assad Khalil seinen Amerika-Besuch abzuschließen gedachte. Khalil hatte keinen Zweifel, dass die Hand Allahs die letzten Spielfiguren an die entsprechende Stelle gerückt hatte.

Wenn Lieutenant Wiggins zu Hause war, konnte Assad Khalil seine Geschäfte heute abschließen und sich dann den noch unerledigten Dingen zuwenden.

Wenn Lieutenant Elwood Wiggins nicht zu Hause war, dann würde er bei seiner Heimkehr in seinem Haus einen hungrigen Löwen vorfinden, der nur darauf wartete, ihm die Kehle zu zerfetzen.

Khalil stieß ein knappes Gelächter aus, und Azim sah kurz zu ihm hinüber und lächelte, doch Azims Lächeln verschwand bald, als er sah, welcher Gesichtsausdruck sich mit diesem Lachen verband. Azim spürte, wie sich ihm die Nackenhaare sträubten, während er seinen Beifahrer anstarrte, der sich von einem Menschen in eine wilde Bestie verwandelt zu haben schien.

Kapitel 46

Ich rief bei einer Nummer in Washington DC an, und eine Stimme meldete sich: »Mordkommission. Detective Kellum.«

Ich erwiderte: »Hier ist John Corey, NYPD, Mordkommission. Ich würde gern mit Detective Calvin Childers sprechen.«

»Der hat für die Tatnacht ein Alibi.«

Sind wir wieder witzig – aber ich spielte mit und entgegnete: »Er ist schwarz, er ist bewaffnet, und er gehört mir.«

Kellum lachte und sagte: »Bleiben Sie dran.«

Eine Minute später meldete sich Calvin Childers. »Hey, John. Wie läuft's denn im Big Apple?«

»Apfeltittengeil, Cal. Immer der alte Trott.« Da nun die

Nettigkeiten abgehakt waren, sagte ich: »In Wirklichkeit ermittle ich in dieser Trans-Continental-Geschichte.«

»Na, hör einer an. Wie bist du denn *da* rangekommen?«

»Das ist eine lange Geschichte. Um ehrlich zu sein, arbeite ich jetzt beim FBI.«

»Wusste ich doch, dass aus dir nie was wird.«

Wir kicherten beide. Cal Chambers und ich hatten gemeinsam einige Jahre zuvor das bereits erwähnte Seminar im FBI-Hauptquartier besucht, und wir waren einander sofort sympathisch gewesen, hauptsächlich wohl, weil wir beide was gegen Autorität und das FBI hatten. Cal war es, von dem ich den blöden Witz mit der Generalbundesanwältin hatte. Ich fragte ihn: »Hast du mal rausgefunden, wer die Cornflakes umgebracht hat?«

Er lachte und meinte: »Ey, war'n die Typen steif oder was? Die haben nur dagesessen und keine Miene verzogen. Und jetzt arbeitest du für diese Dumpfbacken?«

»Nur ein kurzer Auftrag, an der kurzen Leine.«

»Yeah. Was kann ich für dich tun?«

»Tja ... Soll ich offen sein oder soll ich versuchen, dir was vorzulügen, so à la: Je weniger du weißt, desto besser?«

»Hören die mit?«

»Kann schon sein.«

»Hast du ein Handy?«

»Klar.«

»Ruf mich zurück.« Er nannte mir seine Durchwahl. Ich legte auf und fragte Kate, die eben von daher zurückgekehrt war, wohin Frauen immer gehen, wenn sie aus dem Zimmer stürmen: »Tschuldige. Borgst du mir mal dein Handy?«

Sie fingerte an ihrem Computer herum, und ohne mich eines Wortes oder Blickes zu würdigen, langte sie in ihren Blazer und gab mir ihr Mobiltelefon.

»Danke«, sagte ich. Ich wählte Calvins Durchwahl, er ging ran, und ich fragte: »Ermittelst du im Fall General Waycliff?«

»Nein. Aber ich kenne die Typen, die da ermitteln.«
»Gut. Habt ihr schon irgendwelche Spuren?«
»Nein. Hast du?«
»Ich kenne den Namen des Mörders.«
»Echt? Habt ihr ihn festgenommen?«
»Noch nicht. Deshalb brauche ich deine Hilfe.«
»Gern. Dann sag mir mal, wie der Mörder heißt.«
»Gern. Wenn du mir hilfst.«
Cal lachte. »Also gut. Was brauchst du?«
»Folgendes: Ich brauche die Namen einiger Männer, die gemeinsam mit dem verstorbenen General einen Luftangriff geflogen haben. Ich sag's dir gleich: Die Namen sind top secret, und Air Force und Pentagon rücken sie nicht raus oder verschleppen das oder kennen sie vielleicht gar nicht.«
»Und wie soll ich sie dann rauskriegen?«
»Na, du kannst doch mal ganz unauffällig die Familie fragen oder du könntest in das Haus der Verstorbenen gehen und dich mal umschauen. Schau in sein Adressbuch oder in seine Akten. Vielleicht gibt es da ein Foto oder sonst was. Ich dachte, du wärst Detective.«
»Ich bin auch Detective und kein beschissener Gedankenleser. Erzähl mir mehr.«
»Genau. Das Einsatzziel war ein Ort in Libyen namens...«
Ich schaute in die Meldung auf meinem Schreibtisch: »Al Azziziyah...«
»Ein Neffe von mir heißt auch Al Azziziyah.«
Hatte ich schon erwähnt, dass wir beide einen schrägen Humor haben? Ich sagte: »Das ist ein Ort, Cal. In Libyen. In der Nähe von Tripolis.«
»Ach, wieso hast du das nicht gleich gesagt? Jetzt ist mir alles klar.«
»Die Sache ist die: Ich bin mir ziemlich sicher, dass General Waycliff von diesem Typ ermordet wurde, von Assad Khalil...«
»Der das komplette Flugzeug kaltgemacht hat?«

»Genau der.«

»Was, zum Teufel, macht der hier in Washington?«

»Leute umbringen. Er ist unterwegs. Ich glaube, er will alle Piloten und Crewmitglieder umlegen, die an diesem Angriff auf Al Azziziyah beteiligt waren.«

»Im Ernst? Und wieso?«

»Weil er sich rächen will. Ich glaube, er hat da gewohnt, und vielleicht sind bei dem Bombenangriff ein paar Leute umgekommen, die er kannte. Verstehst du?«

»Ja ... Und jetzt zahlt er's ihnen heim.«

»Genau. Der Bombenangriff hat am 15. April 1986 stattgefunden. Es waren vier Flugzeuge vom Typ F-111 daran beteiligt, Crews zu je zwei Mann, also insgesamt acht Männer. Einer von ihnen, Colonel William Hambrecht, wurde im Januar in der Nähe der Lakenheath Airbase in England mit einer Axt erschlagen. Dann war noch General Waycliff an dem Angriff beteiligt. Und ein weiterer Typ, dessen Namen ich nicht kenne, ist im Golfkrieg gefallen. Wir haben jetzt also zwei Namen: Hambrecht und Waycliff. Vielleicht gibt es da irgendwo ein Gruppenbild oder so.«

»Verstanden.« Kurz darauf fragte er: »Wieso hat er so lange damit gewartet, sich zu rächen?«

»Er war damals noch ein kleiner Junge. Und jetzt ist er erwachsen.« Ich erzählte Cal eine Kurzfassung der Geschichte von Assad Khalil, auch dass er sich in Paris gestellt hatte und andere Einzelheiten, die die Medien nicht berichtet hatten.

Cal sagte: »Hey, wenn ihr den Täter schon in Paris festgenommen hattet, dann habt ihr doch bestimmt auch Fingerabdrücke und alles.«

»Gute Idee. Lass dir vom FBI-Labor alles schicken, was sie haben. Die haben sogar Fasern des Anzugs, den er in Washington wahrscheinlich getragen hat. Sie haben DNS-Proben und noch mehr.«

»Kein Scheiß?«

»Doch, den haben sie auch.«

Er lachte und sagte dann: »Wir haben am Tatort nicht viel gefunden, aber wenn dieser Khalil es war, weiß die Spurensicherung wenigstens, wonach sie suchen soll, wenn ihnen das FBI Fingerabdrücke und Fasern und alles schickt.«

»Eben. Wurden die Opfer mit einer Kugel Kaliber 40 getötet?«

»Nein, mit einer 45er. Der General hatte eine Automatik Kaliber 45, und den Angaben seiner Tochter nach fehlt die jetzt.«

»Ich dachte, du würdest nicht in dem Fall ermitteln.«

»Mach ich auch nicht direkt. Aber das ist ein großer Fall. Weiße – alles klar?«

»Alles klar. Na, wenigstens können sie dir den nicht anhängen.«

Er lachte wieder. »Ich sag dir was – lass mir ein paar Stunden Zeit.«

»Höchstens eine Stunde, Cal. Wir müssen die anderen Typen schützen. Bei ein paar von denen ist es wahrscheinlich schon zu spät.«

»Ja, okay. Ich muss erst mal die Kollegen finden, die in dem Fall ermitteln, und dann fahr ich rüber zum Haus des Opfers und ruf dich von da aus an. Okay?«

»Das wäre nett.« Ich nannte ihm Kates Handynummer und fügte hinzu: »Erzähl keinem was davon.«

Er sagte: »Dafür bist du mir was schuldig.«

»Ist schon beglichen. Assad Khalil. Das ist euer Mörder.«

»Na hoffentlich, Alter. Ich häng mich da ganz schön aus dem Fenster.«

»Ich geb dir Rückendeckung.«

»Yeah. Das FBI gibt uns Bullen ja auch immer Rückendeckung.«

»Ich bin immer noch selbst Bulle.«

»Das wollte ich dir auch geraten haben.« Er legte auf. Ich legte das Handy auf meinen Schreibtisch.

Kate sah von ihrem Monitor hoch und sagte: »Ich habe alles mitgehört.«

»Aber wenn dich einer fragt, hast du nichts gehört.«

»Ist schon gut. Ich glaube, du verstößt damit nicht gegen die Vorschriften.«

»Das wäre ja mal ganz was Neues.«

»Jetzt werd mal nicht paranoid. Es ist dir gestattet, alle rechtmäßigen Ermittlungsmethoden anzuwenden.«

»Auch, um an streng geheime Sachen zu kommen?«

»Nein. Aber offenbar verfügt der Täter ebenfalls über diese Informationen und deshalb sind sie eh nicht mehr schützenswert.«

»Bestimmt?«

»Vertrau mir. Ich bin Anwältin.«

Wir lächelten beide. Offenbar waren wir wieder Freunde. Wir führten ein irgendwie vorsichtiges Gespräch, wie es Liebende tun, nachdem es zu einer kleinen Meinungsverschiedenheit darüber gekommen ist, dass einer der beiden mit jemandem Schluss machen sollte, mit dem er oder sie was hat. Und dann gingen wir wieder zum Geschäftlichen über.

Kate sagte: »Wenn wir von deinem Freund tatsächlich die Namen und vielleicht sogar die Adressen bekommen, bevor Mrs. Hambrecht sie rausrückt oder die Air Force oder das Pentagon sie rausfinden, dann stehen unsere Chancen besser, an diesem Fall dranzubleiben.« Sie fügte hinzu: »Ganz schlecht steht es aber, wenn die Terrorismusabwehr in Washington die Namen bekommt.«

Ich sah sie an. Eindeutig bildete sich Miss Mayfield, die große Mannschaftsspielerin, gerade eine neue Meinung darüber, wie dieses Spiel zu spielen war.

Wir sahen einander in die Augen, und sie lächelte.

Ich sagte: »Ja. Ich kann es nicht ausstehen, wenn mir jemand etwas wegnimmt, was mir gehört.«

Sie nickte und sagte dann: »Du bist wirklich ziemlich clever. Ich wäre nie darauf gekommen, die Mordkommission in Washington DC anzurufen.«

»Ich bin Mordermittler. Das ist eine Sache unter Kollegen. Wir machen das immer so. Gabe hat es auch so gemacht.« Ich fügte hinzu: »Aber du hattest schließlich die Idee, die Akte von Colonel Hambrecht anzufordern. Siehst du? Wir ergänzen einander. FBI und Polizei – Synergie. Das funktioniert prima. Was für ein tolles Konzept. Wieso bin ich nicht zehn Jahre früher hier gelandet? Wenn ich an die ganze Zeit denke, die ich bei der Polizei vergeudet habe...«

»Es reicht, John.«

»Ja, Ma'am.«

»Ich bestelle uns was zum Mittagessen. Was möchtest du?«

»Trüffel auf Roggenbrot, mit Sauce Béarnaise und Mixed Pickles.«

»Wie würde dir stattdessen ein Fausthieb von mir schmecken?«

Meine Güte. Ich stand auf und streckte mich. »Gehen wir doch draußen was essen.«

»Tja... Ich weiß nicht...«

»Komm. Ich muss hier raus. Wir haben doch unsere Pieper.« Ich steckte mir Kates Handy ein.

»Na gut.« Sie stand auf, ging rüber und sagte dem Officer vom Dienst, wir wären ganz in der Nähe.

Wir verließen die Leitstelle, und ein paar Minuten später waren wir unten auf dem Broadway.

Es war immer noch ein schöner, sonniger Tag, und auf den Bürgersteigen drängten sich Menschen in der Mittagspause, größtenteils Staatsbedienstete, die an Ständen oder aus braunen Papiertüten aßen, um ein paar Mäuse zu sparen. Bullen sind nicht direkt überbezahlt, aber wir wissen, wie man sich was gönnt. Im Dienst weiß man nie, was die Zukunft bringt, und deshalb isst und trinkt man und ist lustig und vergnügt.

Ich wollte mich nicht zu weit vom Wahrheitsministerium

entfernen, und deshalb ging ich zwei Blocks weiter südlich in die Chambers Street, in der Nähe des Rathauses.

Während wir so gingen, sagte Kate: »Tut mir Leid, wenn ich vorhin ein bisschen ... aus dem Häuschen gewirkt habe. So bin ich eigentlich nicht.«

»Vergiss es. Die ersten paar Tage können ganz schön hart sein.«

»Stimmt.«

Danach wird es zwar auch nicht nennenswert besser, aber warum sollte man das erwähnen und damit den schönen Augenblick verderben?

Ich leitete Miss Mayfield zu einem Laden, der Ecco hieß, und wir gingen hinein. Es ist ein gemütliches Restaurant, das – von den Preisen mal abgesehen – die Atmosphäre des alten New York vermittelt. Meine Ex und ich waren oft hier gewesen, da wir beide in der Gegend arbeiteten, aber das erzählte ich Miss Mayfield nicht.

Der Oberkellner begrüßte mich namentlich, und das beeindruckt Essensgäste ja unweigerlich. Es war voll, aber trotzdem wurden wir an einen netten Tisch für zwei Personen vorn am Fenster geleitet. New Yorker Polizisten, die Anzug und Waffe tragen, werden in New Yorker Restaurants gut behandelt, und vermutlich ist das überall auf der Welt ähnlich. Trotzdem hätte ich nichts dabei gefunden, die ganzen Privilegien für einen netten Ruhestand irgendwo in Florida aufzugeben. Nicht wahr?

Der Laden war also voller Politiker aus dem Rathaus und aus anderen städtischen Behörden. Das ist hier ein Treffpunkt der städtischen Elite mit fettem Spesenkonto, ein Ort, an dem die städtische Verkaufssteuer kurzfristig in die Privatwirtschaft zurückgeleitet wird, um dann wieder an die Stadt zu fließen. Das funktioniert prima.

Kate und ich bestellten beim Inhaber, der Enrico hieß, je ein Glas Wein zu acht Dollar. Weiß für die Dame, Rot für den Herrn.

Als Enrico weg war, sagte Kate: »Du musst mich nicht teuer zum Mittagessen einladen.«

Musste ich natürlich schon. Aber ich sagte: »Nach diesem Frühstück bin ich dir wirklich ein anständiges Mittagessen schuldig.«

Sie lachte. Der Wein kam und ich sagte zu Enrico: »Eventuell muss ich hier ein Fax empfangen. Könnten Sie mir Ihre Faxnummer geben?«

»Selbstverständlich, Mr. Corey.« Er schrieb die Faxnummer auf einen Papieruntersetzer und ging.

Kate und ich stießen an, und ich sagte: »Slainté!«

»Was soll das bedeuten?«

»Auf dein Wohl. Das ist Gälisch. Ich bin zur Hälfte Ire.«

»Welche Hälfte?«

»Die linke.«

»Nein, ich meine: Mutter oder Vater?«

»Mütterlicherseits. Mein Paps ist größtenteils englisch. Was für eine Ehe! Die schicken sich gegenseitig Briefbomben.«

Sie lachte und meinte: »New Yorker beschäftigen sich immer so mit ihrer nationalen Herkunft. Das erlebt man im restlichen Land nicht.«

»Nein? Wie langweilig.«

»Wie zum Beispiel dieser Witz über Italiener und die Zeugen Jehovas, den du erzählt hast. Es hat ein paar Sekunden gedauert, bis ich den verstanden habe.«

»Dann muss ich dich mal mit meinem Ex-Partner Dom Fanelli bekannt machen. Der ist noch witziger als ich.«

Und so weiter. Das war alles nichts Neues, aber diesmal war es irgendwie anders.

Wir studierten also die Speisekarte, wie man so sagt. Ich studierte die rechte Seite und Kate die linke. Die rechte Seite war etwas kostspieliger, als ich sie in Erinnerung hatte, aber dann erlöste mich das klingelnde Handy. Ich nahm es aus der Tasche und meldete mich. »Corey.«

Calvin Childers' Stimme sagte: »Okay, ich bin im Büro

des Verstorbenen und habe ein Foto hier mit acht Typen drauf, die vor einem Düsenjäger stehen, bei dem es sich offenbar um eine F-111 handelt. Das Foto ist auf den dreizehnten April datiert, aber 1987, nicht 1986.«

»Tja ... Das war so eine Art Geheimauftrag, also hat er vielleicht ...«

»Ja, schon verstanden. Aber die Namen der Typen auf dem Foto sind nirgends genannt.«

»Mist.«

»Wart mal, Sportsfreund. Calvin ermittelt. Ich entdecke da also dieses große Schwarzweißfoto, das die Überschrift trägt: 48. Taktisches Kampfgeschwader, Royal Air Force Station Lakenheath. Und auf dem Foto sind etwa fünfzig, sechzig Typen drauf. Und darunter stehen die Namen, erste Reihe, zweite Reihe und stehend. Ich betrachte mir also diese Gesichter mit einer Lupe und entdecke die Gesichter der acht Typen auf dem anderen Foto mit der F-111. Dann nehme ich wieder das große Foto und finde die Namen der acht Typen in der Bildlegende. Sieben Typen – wie Waycliff aussieht, weiß ich ja schon. Okay, dann nehme ich das persönliche Adressbuch des Verstorbenen und finde sieben Adressen und sieben Telefonnummern.«

Ich atmete tief durch und sagte: »Ausgezeichnet. Willst du mir die Namen und Nummern zufaxen?«

»Was springt dabei für mich raus?«

»Ein Mittagessen im Weißen Haus. Ein Orden. Was du willst.«

»Soso. Wahrscheinlich eher eine Haftstrafe. Okay, im Büro des Verstorbenen steht ein Faxgerät. Gib mir deine Faxnummer.«

Ich nannte ihm die Faxnummer des Restaurants und sagte: »Danke, Kumpel. Gute Arbeit.«

»Was meinst du, wo dieser Khalil steckt?«

»Er besucht diese Piloten. Wohnt einer von denen in Washington?«

»Nein. In Florida, South Carolina, New York ...«

»Wo in New York?«

»Schauen wir mal ... ein gewisser Jim McCoy ... Privatadresse in Woodbury, Büro im Museum ›Wiege der Luftfahrt‹ in Long Island.«

»Okay. Was noch?«

»Soll ich dir das jetzt faxen oder vorlesen?«

»Fax es einfach. Und wo du schon mal dabei bist, fax mir auch das Foto mit den acht Typen drauf. Und schreib die Namen dazu. Und wo wir schon mal dabei sind, schick mir bitte ein gutes Foto mit dem nächsten Shuttle-Flug, sag mir nur die Flugnummer. Dann schicke ich einen Agenten hin, der gerade nichts zu tun hat, und der holt es dann am Flughafen ab.«

»Du bist echt 'ne Nervensäge, Corey. Okay, aber ich muss hier weg, bevor ich auffalle.« Er fügte hinzu: »Dieser Khalil ist echt ein fieses Schwein, Corey. Ich schick dir mal ein paar Tatortfotos.«

»Und ich schicke dir Fotos von einem ganzen Flugzeug voller Leichen.«

»Pass auf dich auf.«

»Mach ich doch immer. Bis demnächst im Weißen Haus.«
Ich legte auf.

Kate sah mich an, und ich sagte: »Wir haben sämtliche Namen und Adressen.«

»Hoffentlich ist es noch nicht zu spät.«

»Es ist bestimmt zu spät.«

Ich rief einen Kellner herbei und sagte: »Ich brauche die Rechnung, und Sie müssen mir ein Fax aus Ihrem Gerät holen. Adressiert an Corey.«

Er verschwand. Ich kippte meinen Wein runter, und Kate und ich standen auf. Ich sagte: »Jetzt bin ich dir ein Mittagessen schuldig.«

Wir gingen zur Vordertür, der Kellner kam, ich gab ihm einen Zwanziger, und er reichte mir ein zweiseitiges handschriftliches Fax und ein gefaxtes Foto, auf dem nicht sehr viel zu erkennen war.

Kate und ich gingen hinaus auf die Chambers Street, und während wir schnell zurück zur Federal Plaza gingen, las ich die alphabetisch aufgelisteten Namen vor: »Bob Callum, Luftwaffenakademie, Colorado Springs. Steve Cox, mit dem Vermerk: Gefallen, Golfkrieg, 19. Januar 1991. Paul Grey, Daytona Beach/Spruce Creek, Florida. Willie Hambrecht – über den wissen wir Bescheid. Jim McCoy in Woodbury – das ist in Long Island. Bill Satherwaite, Moncks Corner, South Carolina. Wo zum Henker ist das denn? Und zuletzt ein gewisser Chip Wiggins in Burbank, Kalifornien, aber Cal schreibt dazu, dass seine Adresse und Telefonnummer in Waycliffs Adressbuch durchgestrichen sind.«

Kate sagte: »Ich versuche mir Khalils Route vorzustellen. Er verlässt den Kennedy-Flughafen in einem Taxi, gegen 17.30 Uhr, wahrscheinlich in Gamal Jabbars Taxi. Lässt er sich dann direkt von Gamal Jabbar zu Jim McCoy nach Hause fahren?«

»Keine Ahnung. Das erfahren wir, wenn wir Jim McCoy anrufen.«

Ich tippte beim Gehen McCoys Privatnummer ins Handy ein, aber es schaltete sich nur ein Anrufbeantworter ein. Ich wollte keine allzu beunruhigende Nachricht hinterlassen, und deshalb sagte ich bloß: »Mr. McCoy, hier ist John Corey vom FBI. Wir haben Grund zu der Annahme, dass ...« Tja, was? Der fieseste Dreckskerl des Planeten Sie abknallen will? »... dass sie zum Angriffsziel eines Mannes werden könnten, der sich für Ihre Teilnahme an dem Angriff auf Libyen 1986 rächen will. Setzen Sie sich bitte mit Ihrer örtlichen Polizeidienststelle in Verbindung und rufen Sie bitte auch das FBI-Büro auf Long Island an. Hier ist meine Durchwahl in Manhattan.« Ich nannte die Nummer und fügte dann hinzu: »Seien Sie bitte äußerst vorsichtig. Ich rate Ihnen und Ihrer Familie, sich sofort an einen anderen Ort zu begeben.« Ich legte auf und sagte zu Kate: »Vielleicht hält er den Anruf auch für einen Scherz, aber vielleicht überzeugt ihn ja das Wort Libyen. Schreib den Zeitpunkt des Anrufs auf.«

Sie hatte bereits ihren Block gezückt und machte sich Notizen. Sie sagte: »Vielleicht bekommt er die Nachricht auch nie.«

»Lass uns nicht an so was denken. Denk positiv.«

Ich blieb an einem Stand stehen und bestellte zweimal Knish mit Senf und Sauerkraut.

Dann wählte ich Bill Satherwaites Privatnummer in South Carolina. Ich sagte zu Kate: »Ich rufe die potenziellen Opfer erst mal zu Hause an, ehe ich die örtliche Polizei anrufe. Die Bullen halten einen doch bloß auf.«

»Stimmt.«

»Anschließend rufe ich sie dann auf der Arbeit an.«

Das Telefon klingelte und eine Stimme vom Band sagte: »Bill Satherwaite. Hinterlassen Sie eine Nachricht.« Also hinterließ ich eine ähnliche Nachricht wie bei McCoy und riet ihm abschließend, die Stadt zu verlassen.

Der Straßenverkäufer hatte mitgehört und beäugte mich argwöhnisch, während er Kate und mir je ein in Wachspapier eingepacktes Knish reichte. Ich gab ihm einen Zehner.

Kate fragte: »Was ist denn das?«

»Das kann man essen. So eine Art jüdischer Kartoffelbrei. In der Pfanne gebraten. Sehr lecker.« Ich wählte Paul Greys Privatnummer in Florida und sah, dass seine Privat- und Geschäftsadresse übereinstimmten.

Ein weiterer Anrufbeantworter forderte mich auf, eine Nachricht zu hinterlassen. Ich wiederholte meine Nachricht, und der Verkäufer starrte mich an, als er mir mein Wechselgeld reichte.

Kate und ich gingen weiter. Ich probierte es unter Greys Büronummer und hörte: »Grey Simulation Software. Wir können nicht ans Telefon kommen«, und so weiter. Es gefiel mir gar nicht, dass offenbar niemand zu Hause war und sich

Grey nicht in seinem Büro aufhielt. Ich hinterließ die gleiche Nachricht, und Kate schrieb es auf.

Dann versuchte ich es bei Satherwaites Geschäftsnummer, die als Confederate Air Charter and Pilot Training verzeichnet war. Ich hatte einen Anrufbeantworter dran, der einen Reklamespruch aufsagte und mich aufforderte, eine Telefonnummer zu hinterlassen. Ich hinterließ meine geheime Nachricht, die, wie mir auffiel, zusehends weniger geheim war. Am liebsten hätte ich ins Telefon geschrien: »Lauf um dein Leben, Mann!« Ich legte auf und meinte zu Kate: »Wo stecken die denn heute alle?«

Sie antwortete nicht.

Wir gingen den Broadway hoch und waren nur noch eine Straßenkreuzung von der Federal Plaza entfernt. Ich würgte die Hälfte meines Knish in Rekordzeit runter und überflog dabei das Fax.

Kate aß einen Bissen von ihrem Knish, verzog das Gesicht und warf es in einen Müllbehälter, ohne es mir auch nur anzubieten. Meine Ex ließ auch immer ihren erst halb leer gegessenen Teller abräumen, ohne mich zu fragen. Kein gutes Vorzeichen.

Ich beschloss, es bei der Nummer des Luftfahrtmuseums zu versuchen, da ich wusste, dass sich dort eine menschliche Stimme melden würde. Eine Frau sagte: »Museum.«

Ich sagte: »Ma'am, hier ist John Corey vom FBI. Ich muss mit Mr. James McCoy sprechen, dem Direktor. Es ist dringend.«

Es herrschte lange Schweigen und ich wusste, was das zu bedeuten hatte. Sie sagte: »Mr. McCoy ...« Ich hörte sie leise schluchzen. »Mr. McCoy ist tot.«

Ich sah Kate an und schüttelte den Kopf. Ich warf mein Knish in den Rinnstein und telefonierte weiter, während wir schnell weitergingen. »Und wie ist er gestorben, Ma'am?«

»Er wurde ermordet.«

»Wann?«

»Montagabend. Wir haben überall Polizei im Haus ... Sie haben alles abgeriegelt.«

»Und wo sind Sie, Ma'am?«

»Ich bin im Kindermuseum nebenan. Ich bin Mr. McCoys Sekretärin, und sein Anschluss wurde hierher umgeleitet, deshalb ...«

»Schon klar. Wie wurde er ermordet?«

»Er ... er wurde erschossen ... in ... einem der Flugzeuge ... da war noch ein anderer Mann bei ihm ... wollen Sie mit der Polizei sprechen?«

»Später. Wissen Sie, wer der andere Mann war?«

»Nein. Oder doch. Mrs. McCoy hat gesagt, das sei ein alter Freund, aber ich kann mich nicht an den Namen erinnern ...«

Ich sagte: »Grey?«

»Nein.«

»Satherwaite?«

»Ja. Das ist es. Satherwaite. Ich verbinde Sie jetzt mit der Polizei.«

»Nur noch einen Moment. Sie sagten, er wurde in einem Flugzeug erschossen?«

»Ja. Er und sein Freund saßen in einem Kampfflugzeug ... der F-111 ... und sie wurden beide ... Mr. Bauer, der Wärter, wurde auch ermordet ...«

»Okay. Ich melde mich wieder.«

Ich legte auf und briefte Kate, während wir die Federal Plaza 26 betraten. Während wir auf den Fahrstuhl warteten, rief ich bei Bob Callum zu Hause in Colorado Springs an, und eine Frau meldete sich: »Callum.«

»Spreche ich mit Mrs. Callum?«

»Ja. Wer sind Sie?«

»Ist Mr. Callum zu Hause?«

»Colonel Callum. Mit wem spreche ich?«

»Hier ist John Corey, Ma'am, vom FBI. Ich muss mit Ihrem Gatten sprechen. Es ist dringend.«

»Es geht ihm heute nicht gut. Er ruht sich aus.«
»Aber er ist zu Hause.«
»Ja. Worum geht es?«
Der Fahrstuhl kam, aber in einem Lift kann die Verbindung unterbrochen werden, daher stiegen wir nicht ein. Ich sagte zu Mrs. Callum: »Ma'am, ich gebe Ihnen meine Kollegin Kate Mayfield. Sie wird es Ihnen erläutern.« Ich hielt mir das Telefon vor die Brust und sagte zu Kate: »Mit Frauen sollten Frauen sprechen.«

Ich reichte Kate das Handy und sagte: »Ich fahre rauf.« Während ich auf den nächsten Fahrstuhl wartete, hörte ich, wie sich Kate vorstellte und sagte: »Mrs. Callum, wir haben Grund zu der Annahme, dass Ihr Mann möglicherweise in Gefahr schwebt. Hören Sie mir bitte zu und sobald ich ausgeredet habe, möchte ich, dass Sie die Polizei und das FBI und den Sicherheitsdienst anrufen. Wohnen Sie auf einer Luftwaffenbasis?«

Der Fahrstuhl kam, und ich ging hinein und ließ die Arbeit in guten Händen zurück.

Oben im 26. Stock ging ich schnell in die Leitstelle und an meinen Schreibtisch. Ich wählte Chip Wiggins' Nummer in Burbank und hoffte, dass der Anruf weitergestellt würde, aber eine Ansage teilte mir mit, dass der Anschluss abgemeldet sei. Weiter kamen keine Informationen.

Ich überflog das zweiseitige Fax und sah, dass Waycliff, McCoy und Satherwaite bereits ermordet waren. Paul Grey ging nicht ans Telefon, und Wiggins war verschollen. Hambrecht war im Januar in England ermordet worden, und ich fragte mich, ob damals schon jemand geahnt hatte, warum. Steven Cox war als einziger eines natürlichen Todes gestorben, wenn man es für einen Kampfpiloten natürlich fand, im Krieg umzukommen. Mrs. Hambrecht hatte angedeutet, dass einer der Männer schwer krank sei, vermutlich Callum. Für ihr nächstes Treffen würden die Männer keinen großen Raum mehr benötigen.

Ich setzte mich an meinen Computer und erinnerte mich daran, mal erfahren zu haben, dass Mordfälle in einigen ländlichen Gegenden Floridas vom Sheriff des jeweiligen Countys behandelt wurden. Ich sah, dass Spruce Creek zum Velusia County gehörte. Ich suchte die Nummer des Sheriffs heraus, wählte und wartete, dass sich irgend so ein Landei meldete. Mir war natürlich klar, dass ich der Abteilung für Terrorismusabwehr im Hoover Building schnellstmöglich alles mitteilen musste, aber so ein Telefonat konnte Stunden dauern, gefolgt von einem obligatorischen schriftlichen Bericht, und meine Instinkte rieten mir, zunächst die potenziellen Opfer anzurufen. Ehrlich gesagt, rieten mir das nicht nur meine Instinkte; es war meine übliche Vorgehensweise. Wenn jemand darauf aus wäre, mich umzunieten, würde ich auch gern als Erster davon erfahren.

»Sheriff's Department, Deputy Foley am Apparat.«

Der Typ hörte sich an, als käme er aus der gleichen Ecke wie ich.

»Sheriff, hier ist John Corey von der FBI-Außenstelle in New York. Ich rufe an, um eine Morddrohung gegen einen Einwohner von Spruce Creek zu melden, einen gewissen Paul Grey ...«

»Zu spät.«

»Alles klar ... Wann und wo?«

»Können Sie sich irgendwie ausweisen?«

»Rufen Sie mich über die Vermittlung hier zurück.« Ich nannte ihm die Nummer und legte auf.

Etwa fünfzehn Sekunden später klingelte mein Telefon, und Deputy Foley war dran. Er sagte: »Mein Computer sagt mir, das ist die Nummer der Antiterror-Task Force.«

»Das stimmt.«

»Worum geht's?«

»Das kann ich nicht sagen, solange ich nicht gehört habe, was Sie mir zu sagen haben. Nationale Sicherheitsbelange.«

»Ach ja? Was soll das heißen?«

Der Typ war eindeutig New Yorker und ich spielte diesen Trumpf aus. »Sind Sie aus New York?«

»Ja. Woran merken Sie das?«

»Nur so 'ne Vermutung. Ich war früher beim NYPD. Mordkommission. Ich bessere hier meine Pension auf.«

»Ich war Streifenpolizist beim 106. in Queens. Wir haben viele vom NYPD hier unten, noch aktiv und im Ruhestand. Jetzt bin ich Deputy. Lustig, was?«

»Hey, vielleicht zieh ich auch zu euch runter.«

»New Yorker Polizisten sind hier sehr angesehen. Die glauben, wir wüssten, was wir tun.« Er lachte.

Da wir nun richtig dicke Freunde waren, sagte ich: »Erzählen Sie mir von dem Mord.«

»Also gut. Hat sich im Haus des Opfers ereignet. Er hatte zu Hause ein Büro. Am Montag. Der Coroner schätzt den Todeszeitpunkt auf die Mittagszeit, aber die Klimaanlage lief, daher könnte es auch früher gewesen sein. Wir haben die Leiche gegen 18.15 Uhr entdeckt. Wir sind dem Hinweis einer Frau namens Stacy Moll gefolgt. Sie ist Privatpilotin und hat einen Kunden vom Jacksonville Municipal Airport zum Haus des Opfers geflogen. Das Haus befindet sich an einer Start- und Landebahn in dieser Flugplatzsiedlung Spruce Creek, außerhalb von Daytona Beach. Der Kunde gab an, mit dem Verstorbenen geschäftlich zu tun zu haben.«

»Das hatte er tatsächlich.«

»Eben. Dieser Kunde erzählt also der Pilotin, er hieße Demetrious Poulos und wäre Antiquitätenhändler aus Griechenland, doch anschließend sieht die Frau sein Foto in der Zeitung, und sie glaubt, dass ihr Kunde dieser Assad Khalil war.«

»Da hat sie Recht.«

»Jesses. Also wir haben gedacht, die spinnt, aber dann finden wir den Typ tot auf ... Weshalb wollte Khalil den Mann umbringen?«

»Er hat was gegen Flugzeuge. Keine Ahnung. Sonst noch was?«

»Tja, zwei Schusswunden, eine im Unterleib und eine im Kopf. Und die Putzfrau hat es auch erwischt. Ein Schuss in den Hinterkopf.«

»Haben Sie Projektile oder Patronenhülsen sicher gestellt?«

»Nur die Kugeln. Dreimal Kaliber 40.«

»Okay. Ich gehe davon aus, Sie haben das dem FBI gemeldet.«

»Klar. Will sagen, wir haben eigentlich nicht an diese Assad-Khalil-Geschichte geglaubt, aber davon mal ab, das Opfer hat anscheinend irgendwie fürs Militär gearbeitet und laut der Freundin des Opfers, die wir ausfindig gemacht haben, fehlen eventuell ein paar Computerdisketten.«

»Aber haben Sie dem FBI den möglichen Zusammenhang mit Khalil gemeldet?«

»Haben wir. Der Außenstelle in Jacksonville. Die haben uns mitgeteilt, dass alle Viertelstunde jemand anruft, der behauptet, Assad Khalil gesehen zu haben.« Er fügte hinzu: »Die haben das nicht allzu ernst genommen, aber gesagt, sie würden einen Agenten runterschicken. Und auf den warte ich immer noch.«

»Aha. Und von Spruce Creek hat die Pilotin ihren Kunden wohin geflogen?«

»Zurück zum Jacksonville Municipal, und dann hat sie ihn zum Jacksonville International gefahren. Angeblich wollte er von da aus zurück nach Griechenland fliegen.«

Ich dachte darüber nach und fragte: »Haben Sie das der Polizei von Jacksonville gemeldet?«

»Natürlich. Meinen Sie, ich hätte alles vergessen, was ich mal gelernt habe? Die haben dem Flughafen überprüft, Passagierlisten, verkaufte Tickets und alles, aber da gab es keinen Demetrious Poulos.«

»Okay ... Wie lange hat sich der Täter im Haus des Opfers aufgehalten?«

»Die Pilotin meinte, etwa eine halbe Stunde.«

Ich nickte. Ich konnte mir das Gespräch zwischen Assad Khalil und Paul Grey lebhaft vorstellen.

Ich stellte Deputy Foley noch ein paar Fragen und bekam noch ein paar Antworten, aber im Grunde war's das. Nur dass ein paar FBI-Agenten in Jacksonville so richtig tief in der Scheiße saßen, ohne etwas davon zu ahnen. *Sichtungen von Assad Khalil alle Viertelstunde.* Aber diese war echt gewesen. Ich wusste nicht, wer Stacy Moll war, würde aber versuchen, ein wenig Bundesknete für ihre Hilfe locker zu machen.

Deputy Foley fragte mich: »Haben Sie den Kerl bald?«

»Ich glaube schon.«

»Mann, ist das ein Schwein.«

»Stimmt.«

»Hey, wie ist das Wetter in New York?«

»Ausgezeichnet.«

»Scheiß-heiß hier unten. Die Pilotin hat übrigens erzählt, der Kunde würde nächste Woche wiederkommen. Hat wieder einen Flug nach Spruce Creek gebucht.«

»Darauf würde ich mich nicht verlassen.«

»Eben. Sie hat sich auch mit ihm zum Abendessen verabredet.«

»Sagen Sie ihr, sie kann froh sein, dass sie noch am Leben ist.«

»Stimmt.«

»Danke.« Ich legte auf und notierte neben Paul Greys Name »ermordet«, dazu das Datum und die vermutliche Uhrzeit. Das Schwarmtreffen wurde immer kleiner. Vielleicht war tatsächlich nur noch Chip Wiggins übrig, es sei denn, Wiggins war an die Ostküste gezogen und hatte bereits Besuch von Assad Khalil bekommen. Bob Callum war in Colorado noch am Leben, und ich fragte mich, ob Khalil ihn am Leben gelassen hatte, weil er wusste, dass, wie Mrs. Callum gesagt hatte, der Mann schwer krank war, oder weil

Khalil schlicht und einfach noch nicht bis nach Colorado gekommen war. Und wo steckte Wiggins? Wenn ich Wiggins das Leben retten konnte, wäre es ein kleiner Sieg in einem Spiel, in dem der Löwe gegenwärtig gegen die Heimmannschaft mit fünf zu null führte.

Kate kam in unseren Bürobereich und setzte sich an ihren Schreibtisch. Sie sagte: »Ich habe mit Mrs. Callum gesprochen und bin dran geblieben, bis sie über einen zweiten Anschluss die Polizei und den Academy Provost Marshal angerufen hatte. Sie sagt, sie hätte eine Waffe und könne auch schießen.«

»Gut.«

»Sie sagte, ihr Mann sei sehr krank. Krebs.«

Ich nickte.

»Meinst du, Khalil weiß das?«

»Ich versuche eher rauszukriegen, was er nicht weiß. Ich habe die Polizei in Daytona Beach angerufen. Paul Grey ist am Montag gegen Mittag ermordet worden, vielleicht auch früher.«

»O Gott ...«

Ich erzählte ihr alles, was Deputy Foley mir erzählt hatte, und sagte dann: »Wie ich mir das denke, ist Khalil in Jabbars Taxi gestiegen und hat sich nicht zu McCoys Museum in Long Island fahren lassen, sondern hat den Großraum New York verlassen, was sehr klug war, ist direkt nach Perth Amboy gefahren, hat Jabbar umgelegt, ist in ein bereitstehendes Auto gestiegen und nach Washington DC gefahren, hat da irgendwo übernachtet, ist zum Haus der Waycliffs gefahren, hat den General, seine Frau und die Haushälterin umgelegt, ist dann irgendwie zum Jacksonville Municipal Airport gekommen, von dort mit einem Privatflugzeug nach Spruce Creek geflogen, hat Paul Grey und seine Putzfrau umgelegt, ist dann in dem Privatflugzeug zurück nach Jacksonville geflogen und von da aus ... vermutlich nach Moncks Corner gefahren ... Satherwaites Geschäftsadresse ist ein

Charterflugdienst, also chartert Khalil Satherwaites Flugzeug mit Satherwaite als Pilot, und sie fliegen nach Long Island, um sich dort mit jemandem zu treffen. Das muss ein interessanter Flug gewesen sein. Dann kommen sie in Long Island an, peng, peng, er legt sie beide im Museum um – und dann auch noch in einer F-111 – und knallt dann auch noch den Wärter ab. Absolut unfassbar.«

Kate fragte: »Und wohin ist er dann? Wie hat er Long Island verlassen?«

»Ich schätze mal, er hätte von MacArthur aus fliegen können. Das ist kein internationaler Flughafen und deshalb nehmen sie's mit der Sicherheit nicht so genau. Ich glaube, er benutzt bevorzugt Privatflugzeuge.«

»Ich glaube, das ist es. Dann ist er also in einem Privatflugzeug nach Colorado Springs oder Kalifornien geflogen.« Sie fügte hinzu: »Sehr wahrscheinlich in einem Jet.«

»Kann sein. Aber vielleicht will er auch aufhören, solange er noch führt und ehe er geschnappt wird, und ist längst unterwegs nach Sandland.«

»Wir haben ihm keinen Anlass zu der Annahme gegeben, dass er es nicht alles schaffen könnte.«

»Da hast du Recht.« Ich nahm einen Stift, zählte die bekannten Toten zusammen und ließ dabei die Opfer vom Flug 175 außen vor. Ich sagte: »Der Mann tut was gegen die Überbevölkerung an der Ostküste.« Ich legte den Stift beiseite und las vor: »Andy McGill, Nick, Nancy und Meg Collins, Jabbar, Waycliff, seine Frau und Haushälterin, Grey und seine Putzfrau, Satherwaite, McCoy und ein Wärter. Das macht dreizehn. Eine Unglückszahl«

»Vergiss Yusef Haddad nicht.«

»Stimmt. Der schweinische Komplize. Vierzehn. Und heute ist erst Dienstag.«

Kate erwiderte nichts.

Ich reichte ihr das Fax und sagte: »Von Callum mal abgesehen, der in Sicherheit ist, ist Wiggins der Letzte, der vielleicht – vielleicht auch nicht – noch am Leben und nicht in Sicherheit ist.«

Sie betrachtete das Fax und fragte: »Hast du's bei Wiggins versucht?«

»Ja. Anschluss abgemeldet. Versuchen wir, ihn über die Auskunft in Burbank aufzutreiben.«

Sie wirbelte auf ihrem Stuhl herum und fing an, auf ihre Tastatur einzuhämmern. »Wie ist denn sein richtiger Vorname?«

»Weiß ich nicht. Schau mal, was du tun kannst.«

»Ruf du währenddessen die Terrorismusabwehr in Washington an. Und dann die Außenstelle in LA. Und dann sag allen hier in der Leitstelle per E-Mail Bescheid, oder was sonst am schnellsten geht.«

Man kann nicht behaupten, dass ich sofort damit loslegte. Ich versuchte, schneller zu denken als Khalil Menschen umbrachte. Knish, Senf, Sauerkraut und Rotwein rumorten in meinem Magen.

Ich sah keinen unmittelbaren Grund, die Kollegen hier oder in Washington zu alarmieren. Ich hatte bereits festgestellt, dass vier Männer tot waren und keinen Schutz mehr brauchten. Callum war noch am Leben und in Sicherheit. Blieb nur das Problem, Wiggins zu finden, und Kate und ich waren durchaus in der Lage, das zu regeln. Ich sagte zu ihr: »Ich rufe die FBI-Außenstelle in Los Angeles an. Oder willst du lieber mit denen reden?«

»Würde ich schon, wenn du dich besser mit deinem Computer auskennen würdest. Ich suche nach Wiggins.« Sie fügte hinzu: »Lass dich mit Doug Sturgis verbinden. Das ist der Stellvertretende Leiter. Und nenn ihm meinen Namen.«

»Okay.« Ich rief also in der Außenstelle in Los Angeles an, wies mich als Mitarbeiter der New Yorker Antiterror-Task Force aus, was normalerweise dafür sorgt, dass alle ganz Ohr sind, bat darum, mit Doug Sturgis zu sprechen, und wurde zu ihm durchgestellt.

Er fragte: »Was kann ich für Sie tun?«

Ich wollte den Typ nicht mit Fakten verwirren, und er sollte auch nicht gleich alles nach Washington weiterpetzen, ich wollte nur seine Hilfe. Ich sagte: »Mr. Sturgis, wir suchen einen männlichen Weißen namens Chip Wiggins, Vornamen unbekannt, etwa fünfzig Jahre alt, letzte bekannte Adresse in Burbank.« Ich nannte ihm die letzte bekannte Adresse und fügte hinzu: »Er ist vermutlich Zeuge in einem wichtigen Fall, in dem es möglicherweise auch um internationalen Terrorismus geht.«

»Und welcher Fall ist das?«

Weshalb waren die denn alle so neugierig? Ich antwortete: »Das ist eine heikle Angelegenheit und gegenwärtig geheim, und es tut mir Leid, dass ich das jetzt nicht sagen darf. Wiggins weiß möglicherweise etwas, das wir wissen müssen. Sie müssen ihn lediglich finden und in Schutzhaft nehmen und mich dann sofort anrufen.« Ich erzählte ihm das Wenige, das ich über Mr. Wiggins wusste.

Erst herrschte Schweigen, dann fragte Mr. Sturgis: »Wer hat es denn auf ihn abgesehen? Welche Gruppe?«

»Sagen wir mal: aus dem Nahen Osten. Und es ist wichtig, dass wir ihn finden, bevor die ihn finden. Wenn ich weitere Einzelheiten weiß, melde ich mich wieder.«

Mr. Sturgis schien nicht geneigt, meinem Geheiß zu folgen, und deshalb sagte ich: »Ich ermittle in diesem Fall zusammen mit Kate Mayfield.«

»Ach.«

»Sie hat gesagt, Sie wären genau der richtige Mann, um uns zu helfen.«

»Na gut. Wir tun, was wir können.« Er wiederholte Wiggins' letzte bekannte Adresse und Telefonnummer und fügte hinzu: »Grüßen Sie Kate von mir.«

»Mach ich.« Ich nannte ihm Kates und meine Durchwahl und sagte: »Danke.« Ich legte auf und rief bei der Vermisstenstelle der Polizei von Los Angeles an. Ich wies mich aus, bat darum, einen der Leiter zu sprechen und wurde mit einem Lieutenant Miles verbunden. Ich sagte meinen etwas vage gehaltenen Spruch auf und fügte hinzu: »Sie sind doch viel fähiger als wir, wenn es darum geht, eine vermisste Person zu finden.«

Lieutenant Miles sagte: »Das kann doch wohl nicht das FBI sein, mit dem ich da spreche.«

Ich kicherte höflich und teilte ihm mit: »Ich war früher beim NYPD, bei der Mordkommission. Ich bin hier, um Grundlagen der Verbrechensbekämpfung zu unterrichten.«

Er lachte. »Okay, wenn wir ihn finden, werden wir ihn bitten, Sie anzurufen. Mehr kann ich nicht tun, wenn ihm nichts zur Last gelegt wird.«

»Ich wäre Ihnen sehr verbunden, wenn Sie ihn aufs Revier mitnehmen könnten. Er schwebt in Gefahr.«

»Ach ja? Was denn für eine Gefahr? Jetzt reden wir also schon über Gefahr.«

»Ich rede hier über die nationale Sicherheit. Mehr kann ich zu diesem Zeitpunkt nicht sagen.«

»Oh, jetzt sind Sie also wieder FBI-Agent.«

»Nein, ich bin ein Bulle, der in der Klemme steckt. Sie müssen das für mich tun, und ich kann Ihnen nicht sagen, weshalb.«

»Na gut. Wir werden ein Foto von ihm auf sämtliche Milchtüten drucken lassen. Haben Sie ein Foto von ihm?«

Ich atmete tief durch und sagte: »Es ist kein sehr gutes Bild, und es ist alt, und ich will auch nicht, dass in seiner ehemaligen Nachbarschaft Plakate aufgehängt werden. Wir bemühen uns, den Kerl zu finden, der hinter ihm her ist, und wollen ihn nicht verscheuchen. Klar? Ich habe übrigens beim FBI-Büro in LA angerufen und mit einem gewissen Doug Sturgis gesprochen und die sind auch an der Sache dran. Wer ihn als Erster findet, bekommt einen goldenen Orden.«

»Wow. Warum haben Sie das nicht gleich gesagt? Wir machen uns sofort an die Arbeit.«

Bullen können einem manchmal schon ziemlich auf die Nerven gehen. »Nein, im Ernst, Lieutenant.«

»Okay. Ich kümmere mich persönlich darum und rufe Sie zurück.«

»Danke.« Ich gab ihm meine und Kates Telefonnummer.

»Wie ist denn das Wetter in New York?«

»Schnee und Eis.«

»Hätte ich mir denken können.« Er legte auf.

Kate sah von ihrem Monitor hoch und sagte zu mir: »Du hättest unseren Leuten und der Polizei von LA gegenüber nicht so geheimnistuerisch sein müssen.«

»Ich war nicht geheimnistuerisch.«

»Warst du wohl.«

»Also, es ist doch nicht wichtig, dass sie wissen, warum sie jemanden suchen sollen. Es reicht doch, dass sie wissen, wen sie suchen sollen. Chip Wiggins ist verschwunden und muss gefunden werden. Mehr müssen sie nicht wissen.«

»Sie wären aber besser motiviert, wenn sie wüssten, weshalb sie ihn suchen sollen.«

Da hatte sie natürlich Recht, aber ich versuchte eben, wie ein Polizist zu denken und gleichzeitig wie ein FBI-Agent zu handeln, und dieser ganze Schwachsinn vonwegen nationale Sicherheit stieg mir allmählich zu Kopf.

Kate widmete sich wieder ihrem Computer und sagte: »Ich finde weder in Burbank noch im Großraum LA etwas über ihn.«

»Dann sag deinem Computer doch, warum du das erfahren musst.«

»Leck mich am Arsch, John.« Sie fügte hinzu: »Ich bin deine Vorgesetzte. Du hältst mich auf dem Laufenden und hörst auf mich.«

Wow! Ich erwiderte in meinem Ich-schmeiß-hin-Ton: »Wenn es dir nicht gefällt, wie ich diesen Fall behandle, und du mit meinen bisherigen Ergebnissen nicht zufrieden bist...«

»Schon gut. Entschuldige. Ich bin bloß ein bisschen im Stress und müde. Ich war die ganze Nacht auf.« Sie lächelte und zwinkerte mir zu.

Ich erwiderte das Lächeln, etwas gezwungen. Miss Mayfield hatte auch eine knallharte Seite, und ich war gut beraten, das nicht zu vergessen. Ich sagte: »Ich soll dich von Sturgis grüßen.«

Sie erwiderte nichts, sondern hämmerte weiter auf ihre Tastatur ein und sagte dann: »Der Typ könnte auch nach Nome in Alaska verzogen sein. Hätte ich doch bloß seine Sozialversicherungsnummer. Schau doch mal bei deiner E-Mail nach, ob du irgendwas vom Verteidigungsministerium oder der Luftwaffe hinsichtlich der Akten der acht Männer bekommen hast.«

»Ja, Ma'am.«

Ich rief mein Mailprogramm auf, aber außer einer Menge interner Memos war nichts gekommen. Ich sagte zu Kate: »Da wir jetzt die Namen haben, können wir bei der Air Force ja gezielt Wiggins' Akte anfordern.«

»Ja. Mach ich.« Sie ging ans Telefon, und ich hörte zu, wie sie sich quer durch irgendeine Bürokratie verbinden ließ.

Ich sagte, nur so: »Hoffentlich ist es für Assad Khalil genauso schwierig wie für uns, Wiggins zu finden.« Ich setzte mich an meinen Computer und versuchte es mal auf der Datenautobahn, darunter auch bei der Website der Air Force. Sie hatten Seiten mit Vermissten und Gefallenen, und unfassbarerweise fand ich Steven Cox, gefallen im Golfkrieg. Aber sie hatten keine Seite mit der Überschrift »Jungs, die an Geheimeinsätzen teilgenommen haben«.

Kate legte den Hörer auf und verkündete: »Es könnte etwas dauern, die Akte von Wiggins zu bekommen. Mit Chip können sie nichts anfangen. Sie wollen seine Dienstnummer oder Sozialversicherungsnummer haben. Und genau die brauchen wir.«

»Eben.« Ich suchte im ganzen Internet nach Chip, aber

außer einem guten Rezept für Schoko-Chip-Kekse entdeckte ich nicht viel. Mir ist das Telefon wirklich lieber.

Kate ging mir damit auf die Nerven, ich solle die Abteilung für Terrorismusabwehr in Washington anrufen, und ich verschob es, weil ich wusste, dass dieses Gespräch eine Stunde dauern würde und ich mich gleich anschließend in den Flieger nach Washington setzen müsste. Und ehrlich gesagt: Da nur noch ein potenzielles Opfer am Leben war, war es doch wichtiger, Wiggins zu finden, ehe Khalil ihn fand.

Es gibt viele Möglichkeiten, einen vermissten Staatsbürger in Amerika zu finden – dem Land der Akten, Kreditkarten, Führerscheine und so weiter. Ich hatte schon Leute in weniger als einer Stunde gefunden, aber mitunter dauerte es auch ein oder zwei Tage. Doch manchmal findet man jemanden nie, auch wenn dieser Jemand einmal Mr. Eigenheim mit Frau und Kindern war.

Ich kannte von dem Kerl lediglich seinen Spitznamen und den Nachnamen und wusste, dass er bei der Luftwaffe gedient hatte.

Ich rief bei der zentralen Zulassungsstelle für Kalifornien an, und eine außergewöhnlich hilfsbereite Staatsbeamtin nannte mir unter der letzten bekannten Adresse den Namen Elwood Wiggins und noch dazu das Geburtsdatum. *Voilà!* Jetzt hatte ich einen vollständigen Namen und ein Geburtsdatum. So allmählich bekam ich ein Bild von diesem Chip, und ich stellte mir einen Faulenzer vor, der sich völlig verantwortungslos verhielt und niemanden über seinen Verbleib in Kenntnis setzte. Andererseits mochte eben das ihm das Leben retten.

Ich sagte zu Kate: »Versuch's ab jetzt mal mit Elwood. Das steht auf seinem Führerschein. Das Geburtsdatum ist das gleiche für Elwood wie für Chip: 1960. Weder Vater noch Sohn.«

»Okay.« Sie hämmerte auf ihre Tastatur ein und überflog Telefonverzeichnisse.

Ich rief im Büro des für das Los Angeles County zuständigen Coroners an, um zu erfahren, ob mir Mr. Elwood »Chip« Wiggins den Gefallen erwiesen hatte, eines natürlichen Todes zu sterben. Ein Angestellter teilte mir mit, dass diverse Wiggins im vergangenen Jahr verblichen seien, ein Elwood jedoch nicht.

Ich sagte zu Kate: »Das Büro des Coroners hat ihn nicht in den Akten.«

Sie sagte: »Weißt du, er könnte sich auch außerhalb des LA Countys, außerhalb von Kalifornien oder außer Landes aufhalten. Versuch's mal bei der Sozialversicherungsverwaltung.«

»Lieber würde ich ihn zu Fuß suchen.« Ich fügte hinzu: »Die werden seine Sozialversicherungsnummer haben wollen.«

»Dann versuch's bei der Veteranenbehörde, John.«

»Versuch du das. Aber ich sage dir, dieser Typ hält wahrscheinlich niemanden auf dem Laufenden. Wenn wir nur seinen Geburtsort kennen würden! Sag der Personalabteilung der Air Force Bescheid, dass wir den Vornamen Elwood und das Geburtsdatum herausgefunden haben. Das müsste denen mit ihren Computern helfen.«

Wir hingen also eine weitere halbe Stunde am Telefon und vorm Computer. Ich rief noch mal die Vermisstenstelle der Polizei von Los Angeles an, nannte ihnen den Vornamen und das Geburtsdatum und tat das dann auch bei meinen Kollegen von der FBI-Außenstelle in LA. Aber mir gingen allmählich die ahnungslosen Leute aus, die ich noch anrufen konnte. Schließlich hatte ich eine Idee und rief Mrs. Rose Hambrecht an.

Sie ging ans Telefon, und ich stellte mich noch einmal vor.

Sie teilte mir mit: »Ich habe General Anderson aus Wright-Patterson bereits alle Informationen gegeben, die ich habe.«

»Ja, Ma'am. Ich habe diese Informationen noch nicht bekommen. Ich habe aber aus einer anderen Quelle Informationen über die acht Männer, die an dem Al-Azziziyah-Einsatz teilgenommen haben, und ich möchte, dass sie mir einiges davon bestätigen.«

»Aber arbeiten Sie denn nicht zusammen?«

Nein. »Doch, Ma'am, aber das dauert nun mal, und ich versuche meine Arbeit so schnell wie möglich zu machen ...«

»Was wollen Sie?«

»Tja, ich konzentriere mich auf eine Person, einen gewissen Chip Wiggins.«

»Ach ja, Chip. Das ist echt eine Type.«

»Ja, Ma'am. Ist Ihnen bekannt, ob er mit Vornamen Elwood heißt?«

»Seinen Vornamen habe ich nie gehört. Immer nur Chip.«

»Also gut. Ich habe von ihm eine Adresse in Burbank, Kalifornien.« Ich las ihr die Adresse vor und fragte: »Ist das dieselbe, die Sie haben?«

»Da muss ich mein Adressbuch holen.«

Ich wartete, während Mrs. Hambrecht ihr Adressbuch suchte. Ich fragte Kate: »Was gibt's bei dir?«

»Nichts, John. Es wird Zeit, dass wir die ganze Leitstelle einschalten. Das haben wir schon zu lange hinausgeschoben.«

»Ich brauche keine fünfzig Agenten, die dieselben Personen und Dienststellen anrufen, die wir schon angerufen haben. Wenn du Hilfe brauchst, dann schreib ruhig eine E-Mail, oder wie auch immer du die Truppen alarmierst. Aber ich weiß, wie ich einen beschissenen Vermissten finde.«

»Wie bitte?«, fragte Mrs. Hambrecht, die wieder am Telefon war. »Was haben Sie gesagt?«

»Äh ... ich habe mich bloß geräuspert.« Ich räusperte mich. Sie sagte: »Ich habe hier dieselbe Adresse wie Sie.«

»Also gut ... Kennen Sie vielleicht die Heimatstadt von Mr. Wiggins?«

»Nein. Ich weiß nicht viel über ihn. Ich erinnere mich bloß an ihn aus der Zeit in Lakenheath, während unseres ersten Aufenthalts dort, in den achtziger Jahren. Er war ein ausgesprochen verantwortungslos agierender Offizier.«

»Ja, Ma'am. Aber ist Colonel Hambrecht mit ihm in Verbindung geblieben?«

»Ja, aber nur sporadisch. Ich weiß, dass sie vergangenen April miteinander telefoniert haben, am Jahrestag von ...«

»Al Azziziyah.«

»Ja.«

Ich stellte ihr noch ein paar Fragen, aber sie wusste nichts, beziehungsweise dachte sie, wie die meisten Menschen, sie wüsste nichts. Aber man muss nur die richtigen Fragen stellen. Nur dass mir dummerweise die richtigen Fragen nicht einfielen.

Kate hörte jetzt an ihrem Apparat mit und als sie feststellte, dass mir allmählich sogar die dummen Fragen ausgingen, hielt sie ihre Muschel zu und sagte zu mir: »Frag sie, ob er verheiratet ist.«

Wen interessiert denn das? Aber ich fragte: »Wissen Sie, ob er verheiratet ist oder war?«

»Das glaube ich nicht. Aber es könnte sein. Ich habe Ihnen wirklich alles gesagt, was ich über ihn weiß.«

»Also gut ... tja ...«

Kate flüsterte: »Frag sie, welchen Beruf er ausgeübt hat oder ausübt.«

Ich fragte Mrs. Hambrecht: »Welchen Beruf hat er früher ausgeübt und übt er jetzt aus?«

»Das weiß ich nicht. Doch. Ich erinnere mich, dass mein Mann mir erzählt hat, Chip habe Flugunterricht genommen und sei Pilot geworden.«

»Er hat Flugunterricht genommen, nachdem er an einem Bombenangriff teilgenommen hatte? Ist das nicht ein wenig spät? Ich meine ...«

»Chip Wiggins war kein Pilot«, teilte mir Mrs. Hambrecht kühl mit. »Er war Waffensystemoffizier. Er hat Bomben abgeworfen. Und er hat navigiert.«

»Aha, also ...«

»Er hat Flugunterricht genommen, nachdem er aus der

Luftwaffe ausgeschieden ist, und ist Frachtpilot geworden, glaube ich. Ja, bei den großen Airlines haben sie ihn nicht genommen, deshalb hat er Frachtflugzeuge geflogen. Jetzt weiß ich es wieder.«

»Wissen Sie noch, für welches Unternehmen er geflogen ist?«

»Nein.«

»Zum Beispiel FedEx oder UPS oder eins der großen?«

»Das glaube ich nicht. Mehr weiß ich nicht.«

»Tja, herzlichen Dank, Mrs. Hambrecht, Sie waren uns eine große Hilfe. Wenn Ihnen zu Chip Wiggins noch etwas einfällt, dann rufen Sie mich bitte sofort an.« Ich gab ihr noch einmal meine Telefonnummer.

Sie fragte: »Was hat das alles zu bedeuten?«

»Was glauben *Sie* denn?«

»Ich glaube, jemand versucht die Männer umzubringen, die diesen Einsatz geflogen haben, und mit meinem Mann haben sie angefangen.«

»Ja, Ma'am.«

»Mein Gott ...«

»Es ... nun, noch einmal mein Beileid.«

Ich hörte sie leise sagen: »Das ist nicht recht ... das ist nicht fair ... ach, armer William ...«

»Passen Sie bitte auf sich auf. Nur für alle Fälle. Rufen Sie die Polizei und Ihre nächste FBI-Außenstelle an.«

Sie erwiderte nichts. Ich hörte sie leise weinen. Ich wusste nichts mehr zu sagen und legte auf.

Kate telefonierte bereits über einen anderen Anschluss und sagte zu mir: »Ich habe die FAA dran. Die haben eine Akte über seinen Pilotenschein.«

»Stimmt. Hoffentlich hat er sich wenigstens bei denen umgemeldet.«

»Das sollte man ihm raten, sonst bekommt er mit denen auch noch Ärger.«

Ich war froh, dass die Behörden überall in Amerika noch

Sprechzeiten hatten, sonst hätten wir hier gesessen und Computerspiele getrieben.

Kate sagte in die Muschel: »Ja, ich bin noch da. Gut ...« Sie nahm einen Stift, was schon mal vielversprechend wirkte, und schrieb etwas auf einen Block. Sie fragte: »Wann war das? Gut. Das ist uns eine große Hilfe. Danke sehr.«

Sie legte auf und sagte: »Ventura. Das ist etwas nördlich von Burbank. Er hat seine neue Adresse vor etwa vier Wochen gemeldet, aber keine Telefonnummer.« Sie wechselte ins Internet und teilte mir mit: »Im Telefonbuch von Ventura ist er nicht eingetragen. Ich versuch's mal über die Auskunft.«

Sie rief die Auskunft an und nannte den Namen Elwood Wiggins. Sie legte auf und sagte: »Die Nummer ist nicht verzeichnet.« Sie fügte hinzu: »Soll unser Büro dort doch die Nummer rausfinden.«

Ich sah auf meine Armbanduhr. Die ganze Aktion hatte bereits eineinviertel Stunden gedauert. Wenn ich in Washington angerufen hätte, hätte ich immer noch am Telefon gehangen. Ich fragte Kate: »Wo ist von Ventura aus das nächste FBI-Büro?«

»In Ventura selbst gibt es ein kleines Büro.« Sie griff zum Hörer und sagte zu mir: »Hoffentlich sind wir noch nicht zu spät, und hoffentlich können sie Khalil in einen Hinterhalt locken.«

»Ja.« Ich stand auf. »Ich bin in einer Viertelstunde wieder da.«

»Wo willst du hin?«

»Zu Stein.«

»Bullen-Intrigen?«

»Tja, wenn sich Koenig über dem Atlantik befindet, ist Stein unser Mann.«

Ich eilte aus der Leitstelle.

Ich nahm den Fahrstuhl nach oben. Das Büro von Captain Stein befand sich an der Südwestecke der 28. Etage, und ich hatte nicht den mindesten Zweifel, dass es bis auf den

Quadratzentimeter genauso groß war wie Koenigs Büro an der Südostecke.

Ich rempelte mich an zwei Sekretärinnen vorbei und stand plötzlich mitten im Raum Captain Stein gegenüber, der hinter einem großen Schreibtisch saß und telefonierte. Als er mich sah, legte er auf. Er sagte: »Das muss schon wirklich wichtig sein, Corey, sonst kriegen Sie gleich den Anschiss Ihres Lebens.« Er bedeutete mir mit einer Handbewegung, auf einem Sessel vor dem Schreibtisch Platz zu nehmen, und ich setzte mich.

Wir sahen einander an, und er merkte, dass es wichtig war. Er zog eine Schreibtischschublade auf, nahm eine Mineralwasserflasche heraus und schenkte in Plastiktassen zwei Wodka ein. Er reichte mir meinen, und ich trank ihn zur Hälfte. Irgendwo weinten die Bundesengel. Er trank selbst einen Schluck und fragte: »Was haben wir?«

»Wir haben alles, Captain, oder den Großteil, aber wir haben es etwa 72 Stunden zu spät.«

»Lassen Sie mal hören.«

Also erzählte ich es ihm, schnell, ohne Punkt und Komma, von Bulle zu Bulle, wenn man so will, und schaltete meine Schnauze auf New Yorker Schnellgang.

Er hörte zu, nickte, machte sich keine Notizen und saß dann, als ich fertig war, nur da und überlegte eine Weile. Schließlich fragte er: »Vier Tote?«

»Fünf, wenn wir Colonel Hambrecht mitzählen, die Menschen an Bord von Flug 175 noch gar nicht mitgerechnet.«

»Dieses Schwein.«

»Ja, Sir.«

»Wir finden dieses Schwein.«

»Ja, Sir.«

Er überlegte kurz und fragte dann: »Und Sie haben niemanden in Washington angerufen?«

»Nein, Sir. Dieser Anruf sollte besser von Ihnen kommen.«

»Ja.« Er überlegte kurz und sagte dann: »Tja, ich schätze

mal, wir haben noch ein oder zwei Chancen, diesen Kerl zu schnappen, vorausgesetzt, er hat diesen Wiggins noch nicht erwischt und ist immer noch auf Callum aus.«

»Genau.«

»Aber vielleicht ist er ja schon fertig, oder vielleicht ist es ihm hier zu heiß geworden und er hat das Land bereits verlassen.«

»Durchaus möglich.«

»Scheiße.« Stein überlegte kurz und fragte dann: »Das Büro in Ventura sichert also Wiggins' letzte bekannte Adresse?«

»Kate kümmert sich darum.«

»Und dieser Colonel Callum wird geschützt?«

»Ja, Sir.«

»Stellt das FBI Khalil dort eine Falle?«

»Ich glaube, die bringen bloß die Callums in Sicherheit. Aber wenn Khalil weiß, dass der Mann im Sterben liegt – würde er denn auf einen sterbenden Mann losgehen?«

Stein erwiderte: »Ich glaube schon, wenn dieser Mann eine Bombe auf ihn abgeworfen hat. Ich rufe das FBI in Denver an und werde sie dazu drängen, ihm dort eine Falle zu stellen.« Er trank seinen Wodka aus, und ich leerte meinen. Fast hätte ich noch eine Runde vorgeschlagen.

Captain Stein schaute eine Weile an die hohe Decke, sah dann wieder mich an und sagte: »Wissen Sie, Corey, die Israelis haben achtzehn Jahre gebraucht, um Vergeltung für das Massaker bei den Olympischen Spielen 1972 in München zu üben.«

»Ja, Sir.«

»Die Deutschen hatten die inhaftierten Terroristen im Austausch für eine entführte Lufthansamaschine freigelassen. Der israelische Geheimdienst hat sie systematisch aufgespürt und jeden der sieben Terroristen des Schwarzen September, die die israelischen Sportler massakriert hatten, ermordet. Den letzten haben sie erst 1991 erwischt.«

»Ja, Sir.«

»Im Nahen Osten spielen sie nach anderen Regeln. Und die Spieldauer ist nicht festgesetzt.«

»Ich verstehe.«

Stein schwieg etwa eine halbe Minute und fragte dann: »Haben wir alles getan, was wir konnten?«

»Also, wir wohl schon. Für die anderen kann ich nicht sprechen.«

Er ging nicht darauf ein. »Hey, gute Arbeit. Gefällt es Ihnen hier?«

»Nein.«

»Was wollen Sie denn?«

»Dahin zurück, wo ich hergekommen bin.«

»Sie können nicht zurück, mein Junge.«

»Natürlich kann ich das.«

»Ich schau mal, was ich tun kann. Und in der Zwischenzeit haben Sie ja genug Schreibarbeit, um sich bis nächste Woche damit zu beschäftigen. Wir sprechen uns später.« Er erhob sich, und ich stand ebenfalls auf. Er sagte: »Richten Sie Miss Mayfield aus, dass ich ihr gratuliere, falls ihr das irgendwas bedeutet, wenn es von einem Polizisten kommt.«

»Ganz bestimmt.«

»Okay, ich muss jetzt eine Menge Telefongespräche führen. Hauen Sie ab.«

Aber ich machte nicht die Biege. Ich sagte: »Lassen Sie mich nach Kalifornien fliegen.«

»Warum?«

»Ich will beim letzten Akt dabei sein.«

»Ja? Da ist doch längst eine ganze Armee von Polizisten und FBIlern. Die brauchen Sie nicht.«

»Aber ich muss da sein.«

»Wieso nicht Colorado Springs? Ich denke bloß mal geografisch. Als ich das letzte Mal nachgesehen habe, lag Colorado noch auf dem Weg nach Kalifornien.«

»Ich habe es satt, diesem Arschloch nachzujagen. Ich will ihm einen Schritt voraus sein.«

»Und was ist, wenn Sie nach Kalifornien fliegen und das FBI schnappt ihn in Colorado Springs?«

»Damit könnte ich leben.«

»Das bezweifle ich. Also gut, fliegen Sie, wohin Sie wollen. Sie sind da draußen sowieso besser aufgehoben. Ich genehmige das. Zahlen Sie mit Ihrer eigenen Kreditkarte, das spart Zeit. Und lassen Sie sich nicht umbringen. Sie müssen noch ein paar Berichte schreiben. Und jetzt verschwinden Sie, ehe ich es mir anders überlege.«

Ich sagte: »Ich nehme meine Partnerin mit.«

»Machen Sie, was Sie wollen. Sie sind der Held der Stunde. Hey, schauen Sie ab und zu *Akte X*?«

»Klar.«

»Wieso legt er sie nicht flach?«

»Ist mir ein Rätsel.«

»Mir auch.« Er streckte mir die Hand entgegen, und wir schüttelten einander die Hände.

Beim Hinausgehen rief er mir nach: »Ich bin stolz auf Sie, John. Sie sind ein guter Polizist.«

Captain Steins Büro war wie ein frischer Luftzug in der Federal Plaza 26.

Ich ging schnell wieder runter in die Leitstelle und war mir bewusst, dass mich hier ein Anruf oder ein FBI-Boss aufhalten konnten. Ich ging schnurstracks zu Kates Schreibtisch und sagte: »Gehen wir.« Ich nahm sie beim Arm.

»Wohin?«

»Nach Kalifornien.«

»Wirklich? Jetzt?«

»Sofort.«

Sie stand auf. »Brauche ich ...«

»Du brauchst nichts. Nur deine Waffe und deinen Dienstausweis.«

Sie folgte mir zu den Fahrstühlen. Sie fragte: »Wer hat das genehmigt?«

»Stein.«

»Ach so.«

Sie überlegte kurz und sagte dann: »Vielleicht sollten wir besser nach Colorado Springs fliegen.«

Sollten wir vielleicht. Aber ich wollte mich nicht mit meiner Vorgesetzten streiten, und deshalb sagte ich: »Stein hat nur Kalifornien genehmigt.«

»Wieso das?«

»Keine Ahnung. Wahrscheinlich will er mich so weit weg haben wie möglich.«

Der Fahrstuhl kam, wir stiegen ein, fuhren hinunter in die Eingangshalle und gingen dann hinaus auf den Broadway. Ich winkte ein Taxi herbei, und wir stiegen ein. Ich sagte zum Fahrer: »JFK.«

Wir fuhren durch den stockenden Innenstadtverkehr davon.

Ich fragte Kate: »Was gibt es Neues aus Ventura?«

»Also, unser Büro in Ventura hat die nicht eingetragene Telefonnummer von Wiggins, und sie haben ihn zu Hause angerufen, während ich noch am Telefon war. Es war nur sein Anrufbeantworter dran, und sie haben keine ausführliche Nachricht hinterlassen. Sie haben ihm bloß gesagt, dass er sie anrufen soll, sobald er die Nachricht abhört. Dann haben sie ein paar Agenten zu seinem Haus geschickt, das in Strandnähe liegt. Und dann haben sie in LA Verstärkung angefordert.« Sie fügte hinzu: »Das Büro in Ventura verfügt nur über ein paar Leute.«

»Hoffentlich finden sie ihn nicht tot zu Hause vor. Was haben die denn vor? Wollen sie das Haus mit Panzern umstellen?«

»Wir sind nicht so dumm, wie du meinst, John.«

»Das ist beruhigend.«

»Sie werden im Haus nachsehen und die Nachbarn befragen und dann werden sie Khalil natürlich eine Falle stellen.«

Ich versuchte mir einen Haufen Typen in blauen Anzügen vorzustellen, die in einem Wohngebiet in Strandnähe herumlaufen, an alle Türen klopfen und ihre FBI-Dienstausweise vorzeigen. Das dürfte eine panikartige Flucht illegaler Ausländer in den Süden auslösen. Und wenn Assad Khalil die Nachbarschaft ausspionierte, könnte er misstrauisch werden. Fairerweise musste man aber sagen, dass ich auch nicht so recht wusste, wie ich in dieser Situation vorgegangen wäre.

Ich sagte zu Kate: »Ruf noch mal in Ventura an.«

Sie nahm ihr Handy und wählte die Nummer. Das Taxi näherte sich der Brooklyn Bridge. Ich sah auf meine Armbanduhr. Es war erst drei Uhr nachmittags, zwölf Uhr mittags in Kalifornien. Oder war das andersrum? Ich weiß nur, dass sich das westlich der Eleventh Avenue ändert.

Kate sagte in ihr Telefon: »Hier ist Mayfield. Gibt es was Neues?«

Sie hörte eine Weile zu und sagte dann: »Okay, ich fliege nach LA. Ich melde mich später noch mal mit der Flugnummer und den Einzelheiten. Holen Sie mich mit einem Wagen ab und bringen Sie mich zum Hubschrauberlandeplatz der Polizei. Und holen Sie mich dann in Ventura wieder mit einem Wagen vom Hubschrauber ab. Ja. Ich genehmige das. Machen Sie sich darum keine Sorgen. Sie müssen sich erst Sorgen machen, wenn Sie das nicht tun.« Sie legte auf und sah mich an. »Siehst du? Ich kann auch so ein arrogantes Arschloch sein wie du.«

Ich lächelte und fragte: »Und? Was gibt es Neues in Ventura?«

»Tja, die drei verfügbaren Agenten aus Ventura sind zu Wiggins' Haus gefahren und sind dort eingebrochen, da ja die Möglichkeit bestand, ihn dort tot aufzufinden. Aber er war nicht zu Hause. Jetzt sind sie also in seinem Haus und rufen anhand seines Adressbuchs Leute an, bei denen er sein könnte oder die vielleicht wissen, wo er ist. Vielleicht ist er tot, aber zumindest ist er nicht zu Hause.«

»Okay. Vielleicht hat er einen langen Flug.«

»Könnte sein. Er fliegt hauptberuflich. Könnte auch sein freier Tag sein. Vielleicht ist er am Strand.«

»Wie ist denn das Wetter in Ventura?«

»Das ist immer gleich. Sonnig und 23 Grad Celsius.« Sie fügte hinzu: »Ich habe bis vor etwa drei Jahren zwei Jahre lang bei unserem Büro in LA gearbeitet.«

»Und? Wie war's?«

»Es war nett. Aber nicht so interessant wie New York.«

Wir lächelten beide. Ich fragte sie: »Wo liegt denn eigentlich dieses Ventura?«

Sie beschrieb es mir, aber ich verstand die ganze Geografie nicht so ganz und die ganzen spanischen Namen, mit denen sie um sich warf.

Wir hatten die Brooklyn Bridge hinter uns, und das Taxi fuhr auf dem BQE nach Süden, dem Brooklyn Queens Expressway, auf dem sich vielleicht früher mal die Autos tatsächlich im Expresstempo bewegt hatten, aber ich hatte das nie erlebt, höchstens mal nachts um drei. Ich zeigte meinen FBI-Dienstausweis vor und sagte zum Fahrer: »Geben Sie Gas.« Das mache ich immer so, auch wenn ich nicht spät dran bin und gar nicht weiß, wo ich hin will.

Ich fragte den Fahrer, wo er herkäme, und er sagte, er sei aus Jordanien. Das war mal was Neues. Pakistan führt, und Mazedonien holt allmählich auf. Ich sagte zu Kate: »Stein lässt ausrichten, dass er dir gratuliert.«

Sie erwiderte nichts.

Ich sagte: »Es besteht eine kleine Chance, dass ich meine alte Stelle bei der Polizei wiederbekomme.«

Wieder keine Antwort, also wechselte ich das Thema und fragte sie: »Was glaubst du, wo Khalil ist?«

»In Kalifornien, in Colorado Springs oder irgendwo dazwischen.«

»Vielleicht. Aber vielleicht hat er sich auch bloß um die Ostküste gekümmert, wo er Unterstützung hat, und hat sich dann abgesetzt, vielleicht über die Botschaft irgendeines nahöstlichen Staats. Kalifornien und Colorado sind weit weg.«

»John, dieser Mann ist nicht um die halbe Welt gereist, um ...« Sie schaute zu unserem Taxifahrer hinüber und fuhr dann fort: »... um den Teller nur halb leer zu essen. Das weißt du.«

»Ja. Aber ich frage mich, wie er nach LA kommen will. Flughäfen sind für ihn gefährlich.«

»Nur die großen. Ich hatte mal einen Flüchtigen, der über kleine Flugplätze von LA nach Miami gereist ist. Er wäre zu Fuß schneller gewesen, aber es gelang ihm, uns zu entwischen, bis wir ihn dann in Miami eingeholt haben.«

»Da hast du Recht.«

»Und vergiss die Privatcharter nicht. Ich hatte mal einen Drogenbaron, der sich einen Privatjet gechartert hat. So machen das viele von denen. Es gibt keine Sicherheitskontrollen, keine Aufzeichnungen über die Flüge und sie können überallhin fliegen, wo man landen kann.«

»Vielleicht sollten wir dann die kleinen Flugplätze in der Gegend rund um Ventura alarmieren.«

»Das habe ich dem Büro in Ventura schon vorgeschlagen. Sie haben mich daran erinnert, dass es in der Gegend Dutzende kleiner Flugplätze gibt und drumherum noch mal so viele. Und auf den meisten von denen können Privatflugzeuge rund um die Uhr landen. Man bräuchte eine ganze Armee, um jeden einzelnen Privatflugplatz zu überwachen, von den stillgelegten oder nicht bewachten Landepisten ganz zu schweigen.«

»Tja.« Kate kannte sich mit diesen Dingen offenbar besser aus als ich. Ich bin für Taxis und die U-Bahn zuständig. Die Hälfte meiner Flüchtigen tauchen schließlich im Haus ihrer Mutter, in der Wohnung ihrer Freundin oder in ihrer Stammkneipe auf. Die meisten Verbrecher, vor allem die Mörder, sind strunzdumm. Mir sind die Schlauen lieber. Die bieten eine kleine Herausforderung und machen mehr Spaß.

Ich sagte zu Kate: »Khalil ist bisher davongekommen, weil er schnell ist. Wie bei einem Handtaschendieb. Er ist kein Idiot, und er weiß, dass wir ihm nach spätestens drei, vier Tagen auf die Schliche kommen würden.«

»Das ist aber optimistisch geschätzt.«

»Na, wir haben ihn doch nach nicht mal vier Tagen durchschaut. Nicht wahr?«

»Ja. Und?«

»Und ... keine Ahnung. Wiggins ist entweder bereits tot oder er ist irgendwo anders. Vielleicht ist er mit einer Frachtmaschine an die Ostküste geflogen, und Khalil wusste das und hat ihn längst abgeknallt. Die Agenten in dem Haus können vielleicht sehr lange darauf warten, dass sich Wiggins oder Khalil blicken lassen.«

»Durchaus möglich. Hast du irgendeine andere Idee? Willst du hier in New York bleiben? Dann kannst du um fünf zum Meeting gehen und dir von allen erzählen lassen, wie klug du bist.«

»Das war jetzt eine unfaire Bemerkung.«

»Und du willst doch bestimmt nicht das Meeting um acht verpassen, wenn Jack aus Frankfurt zurück ist.«

Ich schwieg.

»Was willst du tun, John?«

«Ich weiß es nicht ... Dieser Kerl gibt mir Rätsel auf. Ich versuche, mich in ihn hineinzuversetzen.«

»Willst du meine Meinung hören?«

»Klar.«

»Ich sage: Wir fliegen nach Kalifornien.«

»Du hast auch gesagt: Wir fliegen nach Frankfurt.«

»Das habe ich nie gesagt. Was willst du tun?«

»Ruf noch mal in Ventura an.«

»Die haben meine Handynummer. Die rufen mich an, wenn sich was tut.«

»Dann ruf in Denver an.«

»Warum kaufst du dir nicht mal selbst ein Handy?« Sie

wählte die Nummer der FBI-Außenstelle in Denver und fragte, was es Neues gäbe. Sie hörte zu, bedankte sich und legte auf. Sie sagte: »Sie haben die Callums in der Luftwaffenakademie untergebracht. Wir haben Agenten, die ihr Haus außerhalb des Stützpunkts überwachen und Khalil darin auflauerten. Das gleiche wie in Ventura.«

»Okay.« Wir waren jetzt auf dem Belt Parkway und fuhren in Richtung Kennedy-Flughafen. Ich versuchte meine Zweifel zu verdrängen, wollte diese Glückssträhne nutzen und nicht alles am Schluss noch vergeigen.

Es ist gar nicht so leicht, der Mann der Stunde zu sein. Normalerweise hätte ich diese ganzen Zweifel niemandem eingestanden, aber Kate und ich waren jetzt mehr als nur Kollegen. Ich sagte: »Ruf das Büro in LA an und sag ihnen, sie sollen die Konsulate der Länder überwachen, die Khalil vielleicht bei der Flucht helfen würden. Und sorg auch dafür, dass sie Wiggins' ehemaliges Haus in Burbank überwachen, falls Khalil veraltete Informationen hat und sich da blicken lässt.«

»Das habe ich schon getan, während du mit Stein gesprochen hast. Sie haben mir mitgeteilt, dass sie schon wüssten, was sie tun. Hab mal ein bisschen Respekt vor dem FBI, John. Du bist nicht das einzige Genie der Verbrechensbekämpfung.«

Hatte ich immer schon befürchtet. Dann bin ich da wohl doch nicht allein. Doch irgendwie störte es mich, wie das Ganze ablief. Mir entging irgendwas, und ich wusste, dass ich wusste, was es war, und es mir einfach nicht einfiel. Ich ließ mir die ganze Geschichte von Samstag an noch mal durch den Kopf gehen, aber was immer es auch war, es entwischte in einen hinteren Hirnwinkel, so wie auch Assad Khalil immer wieder entkam.

Kate sprach per Handy mit der Frau in der Federal Plaza, die Reisen buchte, und sagte, wir müssten die nächsten Direktflüge nach LA und Denver erwischen. Sie hörte zu, schaute auf ihre Armbanduhr und sagte dann: »Einen Moment, bitte.« Sie fragte mich: »Wohin möchtest du?«

Wohin auch Khalil fährt.

»Wohin ist er unterwegs?«

»LA.«

Sie nahm wieder ihr Handy und sagte: »Also gut, Doris, können Sie den American-Flug für uns buchen? Nein, eine Genehmigungsnummer habe ich nicht.« Sie sah mich an, und ich zog meine Kreditkarte hervor. Kate nahm sie und sagte zu Doris: »Wir zahlen selbst und lassen es uns dann zurückerstatten.« Sie gab Doris meine Kreditkartendaten durch und fügte hinzu: »Buchen Sie Erste Klasse. Und rufen Sie bitte bei unserem Büro in LA an und geben Sie ihnen unsere Flugdaten. Danke.« Sie gab mir die Karte zurück. »Für dich, John, zahlen sie auch Erste Klasse.«

»Heute könnte das stimmen, aber morgen zahlen sie vielleicht nicht mal mehr das Taxi hier.«

»Die Regierung liebt dich.«

»Was hab ich denn falsch gemacht?«

Wir kamen also zum JFK, und der Fahrer fragte: »Welches Terminal?«

Am Samstag war ich mit der gleichen Frage hier gelandet. Doch diesmal fuhr ich nicht zum Conquistador Club.

Kate sagte zum Fahrer: »Terminal neun.«

Wir fuhren beim Terminal der American Airlines vor, stiegen aus, ich zahlte und dann gingen wir hinein und an den Ticketschalter, wo wir im Austausch für meinen verbliebenen Kreditrahmen zwei Tickets für die Erste Klasse erhielten. Wir wiesen uns aus und füllten das Formular SS-113 aus, das unser Handgepäck als zwei automatische Pistolen, Typ Glock Kaliber 40 spezifizierte.

Wir hatten noch eine Viertelstunde, und ich schlug vor, schnell noch etwas zu trinken, aber Kate schaute auf die Anzeigetafel und sagte: »Die gehen schon an Bord. Wir trinken im Flugzeug was.«

»Wir sind bewaffnet.«

»Vertrau mir. Ich mache das nicht zum ersten Mal.«

Molly Makellos besaß also tatsächlich noch eine andere Seite, von der sie sich bis dato nicht gezeigt hatte.

Wir zeigten also am Sicherheits-Check unsere Dienstausweise und die Bordkarten für Bewaffnete vor und kamen eben noch rechtzeitig an den Flugsteig.

Die Flugbegleiterin der Ersten Klasse war Ende siebzig. Sie setzte ihr Gebiss ein und begrüßte uns an Bord. Ich fragte sie: »Ist das ein Vorort- oder ein Schnellzug?«

Sie schien verwirrt, und ich erinnerte mich, dass das Alter ja gelegentlich auch mit Senilität einhergeht.

Mir waren jedenfalls die Airline-Scherze ausgegangen, und wir gaben ihr unsere Bordkarten. Sie sah mich an, als fragte sie sich, welcher Idiot wohl einem wie mir einen Waffenschein ausstellt. Kate schenkte ihr ein beruhigendes Lächeln. Aber vielleicht bildete ich mir das alles auch nur ein.

Die Flugbegleiterin sah in ihrer Passagierliste nach, um sich unserer Identität zu vergewissern, und ging dann, wie vorgeschrieben, mit den Bordkarten ins Cockpit, um dem Kapitän mitzuteilen, dass zwei bewaffnete Bundespolizisten an Bord waren, eine freundliche Dame und ein Spinner, die beide Erste Klasse flogen.

Wir fanden unsere Plätze hinten links. Die Erste Klasse war halb voll, und die meisten Leute sahen nach Angelenos aus, die nach Hause flogen, wo sie auch hingehörten.

Wir standen nicht allzu lange auf dem Rollfeld rum, denn schließlich waren wir ja auf dem JFK, und starteten mit nur etwa fünfzehn Minuten Verspätung. Der Kapitän sagte, wir würden das in der Luft aufholen, was vermutlich besser ist, als es in LA am Boden aufzuholen, indem man mit 900 km/h auf den Flugsteig zubraust und dabei die Notrutschen ausfährt.

So flogen wir also in die weite Ferne, bewaffnet, motiviert und hoffnungsfroh.

Ich gestand Kate: »Ich habe vergessen, mir eine neue Unterhose zu kaufen.«

»Das wollte ich gerade ansprechen.«

Miss Mayfield hatte irrsinnig gute Laune.

Eine weitere Erste-Klasse-Flugbegleiterin ging mit Zeitungen herum, und ich bat sie um den *Long Island Newsday*. Ich entdeckte darin einen Artikel über die Morde im Luftfahrtmuseum, den ich mit Interesse las. Mir fiel auf, dass bei dem ausführlichen Artikel kein Verfasser genannt wurde, was manchmal darauf hindeutete, dass die Behörden die ganze Geschichte ein wenig bearbeitet hatten. Und tatsächlich wurde Assad Khalil nicht erwähnt und als mögliches Motiv Raubmord genannt. Klar. Ganz normaler bewaffneter Raub in einem Museum. Ich fragte mich, ob irgendjemand diese Raubmordgeschichte im Museum glaubte. Und vor allem fragte ich mich, ob Assad Khalil ihnen das abkaufte, wenn er es las, und dann dachte, wir wären völlig ahnungslos.

Ich zeigte Kate den Artikel. Sie las ihn und meinte: »Khalil hat in dem Museum eine eindeutige Botschaft hinterlassen. Das bedeutet entweder, dass er fertig ist und nach Hause reist oder dass er unglaublich arrogant ist und die Behörden verachtet und ihnen sagt: ›Das werdet ihr erst verstehen, wenn es schon zu spät ist. Fangt mich doch.‹« Sie überlegte kurz und sagte dann: »Hoffentlich Letzteres und hoffentlich reist er auch dahin, wohin wir reisen.«

»Wenn dem so ist, dann ist er wahrscheinlich schon da. Ich kann nur hoffen, dass er mit seinem nächsten Schachzug bis zum Einbruch der Dunkelheit wartet.«

Sie nickte.

Ich brauchte einen kleinen Drink oder auch zwei, und deshalb bat ich Kate, der Oma von Flugbegleiterin alkoholische Getränke abzuschwatzen.

Kate teilte mir mit: »Die bedient uns nicht. Wir sind bewaffnet.«

»Aber du hast doch gesagt ...«

»Ich habe gelogen. Ich bin Anwältin. Ich habe gesagt: ›Vertrau mir‹. Das soll heißen, dass ich lüge. Wie dumm bist du eigentlich?« Sie lachte.

Ich war baff.

Sie sagte: »Trink doch ein alkoholfreies Bier.«

»Ich kriege gleich einen Tobsuchtsanfall.«

Sie hielt mir die Hand.

Ich beruhigte mich und bestellte eine Virgin Mary, also eine Bloody Mary ohne Blut – sozusagen.

Das Essen in der Ersten Klasse war gar nicht so schlecht, und der Film, in dem John Travolta einen Army-Ermittler spielte, war großartig, trotz der vernichtenden Kritik, die ich im *Long Island Newsday* gelesen hatte und die von John Anderson stammte, einem so genannten Filmkritiker, bei dem ich darauf vertrauen konnte, dass seine Meinung der meinen genau entgegengesetzt war.

Kate und ich hielten während des Films Händchen, wie die Teenager. Als der Film vorbei war, klappte ich meinen Sitz nach hinten und schlief ein.

Wie das häufig so ist, wurde mir im Traum plötzlich völlig klar, was mir im Wachen nicht eingefallen war. Ich hatte die ganze Sache deutlich vor Augen: was Khalil vorhatte, wohin er als Nächstes reisen würde und was wir anstellen mussten, um ihn zu fassen.

Dummerweise hatte ich das meiste davon wieder vergessen, als ich erwachte, auch die brillanten Schlüsse, zu denen ich gelangt war. Das ist so ähnlich, als würde man von wundervollem Sex träumen und beim Aufwachen merken, dass man immer noch einen Ständer hat.

Aber ich schweife ab. Wir landeten um 19.30 Uhr in LA und waren nun so oder so in Kalifornien. Entweder waren wir hier richtig oder nicht. Wir würden es bald herausfinden.

FÜNFTES BUCH

Kalifornien, Die Gegenwart

Gehe hin und erschlage einen Mann, den ich dir nennen werde. Kehrst du siegreich heim, so tragen dich meine Engel ins Himmelreich. Doch auch wenn du stirbst, lassen sie dich ins Paradies einziehen.

Der Alte vom Berge, ein Prophet aus dem 13. Jahrhundert und das Oberhaupt der Assassinen

Kapitel 47

Wir gingen als erste von Bord und wurden von einem Typ von der LA-Außenstelle des FBI abgeholt, der uns zum Hubschrauberlandeplatz der Polizei fuhr, von wo uns ein bereitstehender Hubschrauber des FBI nach Ventura flog, wo auch immer das ist.

Bis auf die Palmen und Berge sah es am Boden aus wie in Queens. Wir flogen ein paar Meilen über irgendeinen Ozean, dann an der Küste entlang, mit einigen massiven Hügeln gleich rechts von uns. Die Sonne stand genau über dem Horizont, doch statt aufzugehen, wie sie das bei meinem Ozean immer macht, ging sie unter. Läuft hier etwa alles verkehrtrum, oder was?

Fünfundzwanzig Minuten später landeten wir auf dem Hubschrauberlandeplatz des Gemeindekrankenhauses im Osten von Ventura.

Ein blauer Crown Victoria erwartete uns, am Steuer ein gewisser Chuck. Chuck trug eine beigefarbene Hose, ein Sportsakko und Laufschuhe. Chuck behauptete, FBI-Agent zu sein, sah aber eher wie ein Parkwächter aus – FBI, die kalifornische Variante. Aber *denken* tun sie alle gleich, denn sie haben alle die gleiche Ausbildung in Quantico genossen.

Chuck stellte uns viele Fragen, während er uns zur FBI-Außenstelle in Ventura fuhr. Vermutlich hatten sie in Ventura nicht oft mit internationalem Terrorismus und Massenmord zu tun. Kate hatte im Flieger auch erwähnt, dass die Außenstelle in Ventura lange geschlossen und erst kürzlich, aus irgendeinem Grund, wieder eröffnet worden war.

Die Außenstelle befand sich in einem einigermaßen modernen Bürogebäude, umgeben von Palmen und Parkplätzen. Wir gingen über den Parkplatz, und ich sah mich um. Es duftete nach Blumen, und Temperatur und Luftfeuchtigkeit waren genau richtig. Die Sonne war schon fast untergegangen, aber es war immer noch hell.

Ich fragte Kate: »Was macht denn das FBI hier? Avocados anbauen?«

»John, du musst umdenken.«

»Klar.« Ich stellte mir die Agenten hier in blauen Brooks-Brothers-Anzügen und barfuß in Sandalen vor.

Wir betraten also das Gebäude, nahmen den Fahrstuhl und kamen zu einer Tür mit der Aufschrift FEDERAL BUREAU OF INVESTIGATION. Ihr rundes Wappen hatten sie ebenfalls auf der Tür, auf dem einfach nur MINISTERIUM DER JUSTIZ stand und das die übliche Waage der Justitia – ausgeglichen, nicht geneigt – und das Motto TREUE, MUT, INTEGRITÄT zeigte. Dagegen spricht ja nichts, aber ich meinte zu Kate: »Die sollten noch dazuschreiben: ›Politisch korrekt‹.«

Sie hatte sich angewöhnt, mich zu ignorieren, und drückte auf die Klingel.

Die Tür ging auf, und wir wurden von einer netten Agentin namens Cindy Lopez begrüßt, die sagte: »Nichts Neues. Wir haben drei Agenten aus Ventura im Haus von Wiggins, dazu noch drei Agenten von der Außenstelle in LA. In der Nachbarschaft halten sich zwei Dutzend Agenten aus Ventura und LA auf, die örtliche Polizei ist alarmiert, und alle stehen über Funk und Handys miteinander in Verbindung. Wir versuchen immer noch, Elwood Wiggins zu finden. Anhand von Papieren in seinem Haus haben wir ermittelt, dass er für Pacific Cargo Services fliegt. Wir waren auch schon dort, aber man hat uns gesagt, er hätte erst wieder am Freitag Dienst. Sie haben auch erwähnt, dass er sich freitags hin und wieder krankmeldet. Wir haben zwei Agenten bei Pacific Cargo am Ventura County Airport, falls er sich dort blicken lässt. Und wir haben auch Agenten an Örtlichkeiten, die er frequentiert. Aber wir gewinnen allmählich den Eindruck, dass dieser Mann ein Freigeist ist, der sich unberechenbar verhält.«

»Klingt sympathisch.«

Agentin Lopez lächelte und fuhr fort: »Seine Freundin ist ebenfalls verschwunden. Von beiden weiß man, dass sie Camper sind, und vermutlich campen sie irgendwo.«

»Was ist das – campen?«

Miss Lopez sah Miss Mayfield an. Miss Mayfield sah mich an. Ich sagte: »Ach so, im Wald. Mit Zelt und so.«

»Ja.«

»Haben Sie von Wiggins oder seiner Freundin eine Handynummer?«

»Ja. Von beiden. Aber sie melden sich nicht.«

Ich überlegte kurz und fand dann, dass Zelten im Freien besser war als tot zu sein, aber nur knapp. Ich sagte zu Miss Lopez: »Das hört sich an, als hätten Sie gründliche Arbeit geleistet.«

»Natürlich haben wir das.« Sie reichte Kate eine Telefonnotiz und sagte: »Jack Koenig hat aus New York angerufen. Sie sollen ihn zurückrufen. Er ist bis um Mitternacht New Yorker Zeit im Büro und später dann zu Hause zu erreichen.«

Ich sagte zu Kate: »Wir rufen ihn von Wiggins' Haus aus an. Wenn wir etwas zu berichten haben.«

Sie sagte: »Wir rufen ihn sofort an.«

»Du würdest also gerne mit Jack sprechen, während Khalil bei Wiggins auftaucht?«

Sie nickte zögerlich und sagte dann zu Cindy Lopez: »Also gut, wir würden jetzt gerne zu Wiggins' Haus fahren.«

»Wir geben uns Mühe, alles dort ganz ruhig wirken zu lassen.«

Ich erwiderte: »Dann sitzen wir ganz ruhig auf dem Sofa.«

Sie zauderte und sagte dann: »Wenn Sie unbedingt dorthin gehen, wären wir Ihnen dankbar, wenn Sie dann mindestens bis zum frühen Morgen bleiben.« Leicht spitz fügte sie hinzu: »Wir wollen ihm eine Falle stellen und keinen Tag der offenen Tür veranstalten.«

Ich hätte sie gern daran erinnert, dass es ohne mich gar nicht so weit gekommen wäre. Aber ich verkniff mir diesen Allgemeinplatz. Sehen Sie, wie schnell einem ein Fall entgleiten kann?

Kate, stets Diplomatin, erwiderte Agentin Lopez: »Sie haben hier die Verantwortung, und wir sind nicht hier, um Ihnen in die Quere zu kommen.«

Miss Lopez musste sich doch fragen, weshalb sonst wir denn hier waren. Alles eine Frage des Egos, Lady. Ich sagte: »Miss Mayfield und ich haben diesen Fall seit der Tragödie am Kennedy-Flughafen mitbekommen und deshalb möchten wir auch beim Abschluss dabei sein. Wenn wir im Haus von Wiggins sind, halten wir uns raus.«

Das glaubte sie mir vermutlich nicht. Sie sagte: »Ich rate Ihnen, eine kugelsichere Weste zu tragen. Ich habe hier welche übrig, die ich Ihnen borgen kann.«

Ich hatte plötzlich Lust, mich auszuziehen und Miss Lopez zu zeigen, dass Kugeln ohne jegliche Wirkung durch mich hindurchflogen. Ich sagte: »Danke, aber ...«

Kate unterbrach mich: »Danke, wir nehmen die kugelsicheren Westen gern.« Und sie teilte Miss Lopez mit: »Fragen Sie einen Mann nie, ob er eine kugelsichere Weste oder Boxhandschuhe haben möchte. Ziehen Sie ihm einfach welche an.«

Miss Lopez lächelte wissend.

Tja, ich kam mir jetzt ganz besonders vor, umgeben von Frauen, die mich hegten und pflegten und wussten, was für den dummen kleinen Johnny das Beste war. Aber dann dachte ich an Assad Khalil und hoffte, dass sie eine Weste in meiner Größe hatten.

Also gingen wir in ihre Waffenkammer hinter einer Stahltür. Darin wurden die ganzen feinen Sachen aufbewahrt: Gewehre, Flinten, Blendgranaten, Handschellen und so weiter.

Miss Lopez sagte: »Sie können die Westen in den Umkleiden anprobieren, wenn Sie möchten.«

Kate bedankte sich bei Agentin Lopez, die uns allein ließ.

Ich band mir die Krawatte ab, zog Jackett und Hemd aus und meinte zu Kate: »Ich guck auch nicht.«

Sie zog ihren ketchuproten Blazer und ihre Bluse aus, und ich guckte doch.

Wir fanden beide passende Größen und zogen die kugelsicheren Westen an. Ich meinte: »Das ist wie eine Szene aus *Akte X*.«

»Jetzt hör doch mal mit dieser blöden *Akte X* auf.«

»Aber wundert es dich nicht, dass die beiden es nie treiben?«

»Sie liebt ihn nun mal nicht. Sie respektiert ihn, und er respektiert sie, und sie wollen dieses besondere Vertrauensverhältnis nicht zerstören.«

»Wie bitte?«

»Persönlich finde ich auch, dass sie längst mal hätten vögeln können.«

Wir verließen die Waffenkammer und bedankten uns bei Agentin Lopez. Chuck, der uns am Hubschrauberlandeplatz des Gemeindekrankenhauses abgeholt hatte, begleitete uns zurück auf den Parkplatz und fuhr uns zum Haus von Elwood »Chip« Wiggins.

Viele Dinge gingen mir durch den Kopf, während der Wagen nach Westen auf die »linke« Küste zufuhr. Ich war weit gereist, um hier dabei zu sein, aber Mr. Assad Khalil war noch weiter gereist. Seine Reise hatte an einem Ort namens Al Azziziyah irgendwo in Libyen begonnen, vor langer Zeit. Er und Chip Wiggins waren einander am 15. April 1986 für einige Sekunden in gewisser Hinsicht begegnet. Nun wollte Assad Khalil dem Amerikaner einen Gegenbesuch abstatten, und Mr. Wiggins wusste nicht, dass ihm Besuch ins Haus stand. Oder Chip Wiggins war Assad Khalil bereits begegnet, und das Geschäft war abgeschlossen. In diesem Fall würde sich nie jemand beim Haus von Wiggins blicken lassen. Wenn Wiggins und Khalil einander noch nicht begegnet waren, fragte ich mich, wer denn nun als erster die Auffahrt raufkommen würde.

Das Sonnenlicht war fast verschwunden, und die Straßenlaternen hatten sich eingeschaltet.

Als wir uns der Nachbarschaft von Wiggins näherten, gab Chuck über Funk den Überwachungsteams rund um Wiggins' Haus Bescheid, damit sie nicht nervös oder schießwütig reagierten. Dann rief Chuck aus dem nämlichen Grund mit seinem Handy die Agenten in Wiggins' Haus an und ich sagte: »Richten Sie denen aus, dass sie Kaffee aufsetzen sollen.«

Er richtete das nicht aus und nach dem, was ich von dem Telefonat mitbekam, waren die Agenten im Haus nicht gerade begeistert über den unerwarteten Besuch. Die können mich mal. Das ist immer noch mein Fall.

Wir fuhren also die langen, geraden Straßen einer Vorstadtsiedlung entlang, die laut Chuck ganz in der Nähe des Ozeans lag, nur dass ich keinen Ozean sehen oder riechen konnte. Sämtliche Häuser standen auf zu kleinen Grundstücken. Es waren alles eingeschossige Stuckbuden mit angebauten Garagen und roten Ziegeldächern, und vor jedem Haus stand mindestens eine Palme. Es schien keine sehr teure Gegend zu sein, aber in Kalifornien ließ sich das unmöglich sagen, und es war mir auch egal. Ich fragte Chuck: »Standen die Häuser schon immer hier oder sind die durch einen Erdrutsch hier gelandet?«

Chuck kicherte und sagte: »Die sind beim letzten Erdbeben hier runtergerutscht, kurz vor den Waldbränden.«

Chuck gefiel mir.

Glücklicherweise entdeckte ich keines der Überwachungsteams, und glücklicherweise sah ich keine Kinder in der Nähe.

Chuck sagte: »Das Haus da rechts – das zweite hinter der Kreuzung.«

»Sie meinen das weiße mit dem roten Ziegeldach und der Palme?«

»Ja ... so sehen die doch alle ... das zweite von hinten.«

Kate, die hinten saß, trat gegen meinen Sitz, was vermutlich ein Signal sein sollte.

Chuck sagte: »Ich halte an, Sie steigen aus und ich haue ab. Die Vordertür ist nicht abgeschlossen.«

Als ich in den Wagen eingestiegen war, war mir aufgefallen, dass die Innenbeleuchtung deaktiviert war, genau wie an der Ostküste, sehr beruhigend. Möglicherweise wussten diese Leute tatsächlich, was sie taten.

Der Wagen hielt, und Kate und ich stiegen aus und gingen schnell den Fußweg aus geborstenem Beton entlang. Rechts neben der Tür war ein großes Panoramafenster mit zugezogenen Jalousien. In meiner alten Nachbarschaft wären längst alle auf die merkwürdigen Vorgänge zu dieser Uhrzeit aufmerksam geworden, aber dieser Straßenzug sah eher aus wie der Drehort für ein billiges B-Picture aus den fünfziger Jahren, in dem alle an Atomverstrahlung gestorben sind. Aber vielleicht hatte das FBI die Nachbarschaft ja auch komplett evakuiert.

Ich öffnete also die Tür, und wir gingen hinein. Es gab keine Diele, und wir fanden uns in einer L-förmigen Kombination aus Wohn- und Esszimmer wieder, nur beleuchtet von einer schummrigen Tischlampe. Ein Mann und eine Frau standen mitten im Raum. Sie trugen blaue Hosen und Hemden und FBI-Nylonanoraks mit angeklemmtem Dienstausweis. Sie strahlten übers ganze Gesicht und streckten uns zur Begrüßung die Hände entgegen. Nein, das doch weniger.

Der Mann sagte: »Ich bin Roger Fleming, und das ist Kim Rhee.«

Miss Rhee war Orientalin, was man heutzutage Ostasiatin nennt, und ihrem Namen nach stammte sie vermutlich aus Korea. Roger war Weißbrot mit Majonäse. Ich sagte: »Unsere Namen kennen Sie ja vermutlich. Ich bin Kate.«

Agent Fleming lächelte nicht, und Agentin Rhee lächelte auch nicht. Manche Leute verstehen überhaupt keinen Spaß mehr, wenn sie auf eine tödliche Schießerei warten. Polizisten reißen in solchen Situationen eher Scherze, wahrscheinlich um ihre Nervosität zu überspielen, aber die Leute vom FBI nehmen ausnahmslos alles ernst, bestimmt auch einen Tag am Strand.

Agentin Rhee erkundigte sich: »Wie lange bleiben Sie?«

Ich erwiderte: »So lange es dauert.«

Kate sagte: »Wir haben nicht vor, uns bei der Festnahme des Verdächtigen einzumischen, wenn er hier auftauchen sollte, es sei denn, Sie bräuchten unsere Hilfe. Wir sind nur hier, um Sie dabei zu unterstützen, ihn zu identifizieren, und um seine Aussage aufzunehmen, wenn er festgenommen ist. Und dann eskortieren wir ihn zurück nach New York oder Washington, wo er vor einem Bundesgericht angeklagt wird.«

Das war nicht eben, was ich mir so vorstellte, aber für Fleming und Rhee war es gut zu hören, dass wenigstens einer von uns noch alle beisammen hatte.

Miss Mayfield führte ihre Firmenphilosophie weiter aus und sagte: »Wenn Mr. Wiggins zuerst kommt, werden wir ihn vernehmen und ihn bitten, uns das Gebäude zu überlassen, und dann kann ihn jemand hier an einen anderen Ort begleiten. Wir beabsichtigen jedenfalls, hier im Haus auf den Verdächtigen zu warten. Wir gehen davon aus, dass er hierher unterwegs ist.«

Miss Rhee erwiderte: »Wir haben beschlossen, dass sechs Agenten die optimale Anzahl darstellen, die wir aus Sicherheits- und logistischen Gründen hier im Haus haben möchten. Wenn der Verdächtige also hier auftaucht, werden wir Sie bitten, sich in einem der hinteren Zimmer aufzuhalten, das wir Ihnen zeigen.«

Ich sagte: »Schauen Sie, Miss Rhee und Mr. Fleming, wir

sind hier vielleicht alle lange zusammen und teilen das Bad und die Schlafzimmer. Weshalb hören wir also nicht mit diesem Schwachsinn auf und versuchen, miteinander klarzukommen? Okay?«

Keine Reaktion.

Kate, das musste man ihr lassen, änderte ihren Ton und sagte: »Wir ermitteln in diesem Fall, seit Assad Khalil in New York gelandet ist. Wir haben über dreihundert Tote in dem Flugzeug gesehen, in dem er gelandet ist, ein Mitglied unseres Teams wurde ermordet, unsere Sekretärin wurde ermordet, und der Duty Officer wurde ermordet.«

Und so weiter. Sie legte es ihnen dar, zu freundlich, wie ich fand, aber sie verstanden, worum es ging, und nickten doch tatsächlich, als Kate fertig war.

Währenddessen sah ich mich im Wohnzimmer um, das spärlich, aber geschmacklos möbliert war. Es war auch unaufgeräumt, wofür ich gern die Feds verantwortlich gemacht hätte, was aber wohl eher Mr. Wiggins' Lebenseinstellung entsprach.

Miss Rhee schlug vor, uns ihren Kollegen vorzustellen, und wir folgten ihr in die Küche, während Mr. Fleming seinen Posten am Panoramafenster einnahm und durch die Ritzen der Jalousie spähte. Hightech. Aber natürlich würde uns jemand von den Bewachern Bescheid geben, wenn sich eine verdächtige Person dem Haus näherte.

Die Küche wurde schummrig von einer matten Leuchtstoffbirne unter einem der Hängeschränke beleuchtet. Dennoch konnte ich sehen, dass sie ungefähr Baujahr 1955 war und dass sich darin eine weitere Frau und ein Mann aufhielten, die ebenfalls die urbane Einsatzkluft aus dunkler Hose, dunkelblauem Hemd und Nylonanorak trugen. Ihre blauen Baseballkappen lagen auf dem Küchentresen. Der Mann saß an dem kleinen Küchentisch und las mit einer Taschenlampe einen Stapel Fallberichte. Die Frau hatte sich an der Hintertür postiert und spähte durch das kleine Fenster darin.

Miss Rhee machte uns mit dem Herrn bekannt, dessen Vorname, ganz ähnlich wie John, nämlich Juan lautete, aber sein Nachname bestand aus einem Mundvoll Spanisch, das ich nicht mitbekam. Die Lady war schwarz und hieß Edie. Sie winkte uns zu und spähte weiter hinaus auf den Hinterhof.

Wir gingen zurück durch das L-förmige Zimmer und kamen hinter einer Tür in eine kleine Diele, von der drei Türen abgingen. Die kleinste führte in ein Badezimmer. In dem größeren Zimmer, einem Schlafzimmer, saß ein Mann im Anzug an einem Computer und hörte den Funk und seine beiden Handys ab, während er mit Mr. Wiggins' PC spielte. Das einzige Licht im Zimmer spendete der Monitor, und alle Jalousien waren zugezogen.

Miss Rhee stellte uns vor, und der Typ, der Tom Stockwell hieß und dessen Hautfarbe blass war, sagte zu uns: »Ich bin von der Außenstelle in LA, und ich bin hier der Einsatzleiter.«

Der Spruch war vermutlich auf mich gemünzt. Ich beschloss, nett zu sein, und sagte zu Tom: »Miss Mayfield und ich sind hier, um zu helfen, nicht um zu stören.« Gar nicht schlecht, was?

Er fragte: »Wie lange bleiben Sie?«

»So lange es dauert.«

Kate briefte Tom mit den Worten: »Der Verdächtige könnte, wie Sie wissen, eine kugelsichere Weste tragen und ist im Besitz mindestens zweier Schusswaffen, Glocks Kaliber 40, die er offenbar, wie auch die Weste, den beiden Agenten an Bord des Flugzeugs abgenommen hat.« Sie erstattete Tom Bericht, und er hörte aufmerksam zu. Sie schloss mit den Worten: »Dieser Mann ist äußerst gefährlich, und wir erwarten nicht, dass er sich kampflos ergibt. Aber wir müssen ihn natürlich lebendig ergreifen.«

Tom erwiderte: »Wir haben diverse nicht-tödliche Waffen und Geräte, wie etwa die Kleberkanone und das Wurfnetz, und natürlich Gas und ...«

»Wie bitte?«, meinte ich. »Was ist denn eine Kleberkanone?«

»Das ist ein tragbares Gerät, das eine Klebmasse versprüht, die sofort bindet und eine Person bewegungsunfähig macht.«

»Ist das eine kalifornische Spezialität?«

»Nein, Mr. Corey. Das gibt es im ganzen Land.« Tom fügte hinzu: »Und wir haben ein Netz, das wir abfeuern können, um damit einen Menschen zu fangen.«

»Echt? Haben Sie auch richtige Waffen?«

Tom ignorierte mich und fuhr mit seinem Briefing fort.

Ich unterbrach ihn und fragte: »Haben Sie die Nachbarschaft evakuiert?«

Er erwiderte: »Wir haben lange darüber diskutiert, aber Washington war der Ansicht, dass es ein Problem darstellen könnte, wenn wir die Nachbarschaft evakuieren.«

»Ein Problem für wen?«

Er erläuterte: »Zunächst haben wir da das offensichtliche Problem, dass Agenten dabei gesehen werden, wie sie den Leuten Bescheid sagen. Manche Leute sind nicht zu Hause und kommen erst später heim, also könnte das die ganze Nacht dauern. Und für die Anwohner würde es eine Unannehmlichkeit bedeuten, wenn sie ihre Häuser auf unbestimmte Zeit verlassen müssten.« Er fügte hinzu: »Wir haben aber die Häuser rechts, links und hinten evakuiert und in den Häusern Agenten postiert.«

Er wollte damit sagen, dass es wichtiger war, Assad Khalil zu fassen, als sich Sorgen darum zu machen, dass Steuerzahler in ein Kreuzfeuer gerieten. Und im Grunde meines Herzens sah ich das auch so.

Miss Rhee fügte hinzu: »Die Überwachungsteams sind angewiesen, nicht zu versuchen, den Verdächtigen auf der Straße festzunehmen, es sei denn, er wittert die Gefahr und versucht zu fliehen. Sehr wahrscheinlich wird die Festnahme hier im Haus oder in der unmittelbaren Umgebung erfolgen.

Der Verdächtige kommt höchstwahrscheinlich allein und ist höchstwahrscheinlich nur mit zwei Faustfeuerwaffen bewaffnet. Wir erwarten daher keinen größeren Schusswechsel und gar keinen Schusswechsel, wenn wir es richtig anstellen.« Sie sah Kate und mich an und sagte: »Der ganze Straßenzug wird abgeriegelt, wenn wir feststellen, dass sich der Verdächtige nähert.«

Ich persönlich glaubte ja, dass die Nachbarn eine wilde Schießerei auf dem Rasen vor dem Haus gar nicht mitbekommen würden, wenn sie ihre Fernsehgeräte und Stereoanlagen laut genug gestellt hatten. Ich sagte: »Ich bin einverstanden, falls Sie das interessiert.« Aber dabei hatte ich dieses Bild vor Augen, wie im schlimmstmöglichen Augenblick ein Kind auf einem Fahrrad vorbeifuhr. So was kommt durchaus vor.

Kate sagte: »Ich nehme an, die Überwachungsteams sind mit Nachtsichtgeräten ausgerüstet.«

»Selbstverständlich.«

So plauderten wir also noch eine Weile, und Kate vergaß nicht, Tom und Kim zu erzählen, dass sie früher auch mal ein California Girl gewesen war, und alle waren sich einig, dass wir die Sache wirklich im Griff hatten – mit Ausnahme meiner Person vielleicht, weil ich mich hier draußen doch ein wenig zum bloßen Stichwortgeber degradiert sah.

Tom erwähnte, dass Wiggins' ehemaliges Haus in Burbank ebenfalls vom FBI besetzt und bewacht sei, und er teilte uns mit, dass die örtliche Polizei hier und in Burbank alarmiert sei, man sie aber nicht um direkte Unterstützung gebeten habe.

Irgendwann hatte ich es satt zu hören, wie doch alles bis ins Letzte abgesichert sei, und ich fragte: »Wo ist denn Ihr sechster Mann?«

»In der Garage. Die Garage ist voll gemüllt, und Wiggins kann seinen Wagen nicht darin abstellen, aber das Garagentor verfügt über eine Fernbedienung und deshalb kommt

Wiggins wahrscheinlich zu Fuß herein und durch die Verbindungstür in die Küche. Das wird er wahrscheinlich tun, denn das ist der Stelle am nächsten, an der er seinen Wagen in der Auffahrt parkt.«

Ich gähnte. Ich war wohl vom Flug noch etwas mitgenommen und hatte in den vergangenen Tagen auch nicht eben viel Schlaf bekommen. Wie spät war es in New York? War es dort früher? Oder später?

Tom versicherte uns weiter, es werde alles unternommen, um Elwood Wiggins zu finden, ehe er zu sich nach Hause fuhr. Er sagte: »Soweit wir wissen, könnte Khalil versuchen, ihn auf der Heimfahrt anzugreifen. Wiggins fährt einen lilafarbenen Jeep Grand Cherokee, der nicht hier ist, und deshalb halten wir nach diesem Fahrzeug Ausschau.«

Ich fragte: »Und was für ein Auto fährt seine Freundin?«

Tom erwiderte: »Einen weißen Ford Windstar, der immer noch vor dem Haus der Freundin in Oxnard steht, das ebenfalls überwacht wird.«

Oxnard? Tja, was sollte ich schon sagen? Diese Leute hatten die Sache im Griff – beruflich gesehen. Persönlich hielt ich sie immer noch für Pfeifen.

Ich sagte: »Sie sind ja sicherlich über Khalils bisherige Besuche bei Wiggins' verstorbenen Schwarmkameraden informiert. Für mich deutet das darauf hin, dass Khalil mehr über Chip Wiggins weiß als wir. Er sucht Wiggins schon viel länger als wir.« Pro forma fügte ich hinzu: »Es ist durchaus möglich, dass sich Mr. Wiggins und Mr. Khalil bereits begegnet sind.«

Ein paar Sekunden lang erwiderte niemand etwas darauf, dann sagte Tom: »Das ändert nichts an unserer Aufgabe. Wir warten ab, wer kommt.« Er fügte hinzu: »Nach Khalil und Wiggins wird natürlich auch in der ganzen Gegend gefahndet, und vielleicht ruft ja die Polizei an und sagt, dass sie einen von ihnen oder beide gefunden haben. Wiggins lebendig und Khalil in Handschellen.«

Ich wollte kein Spielverderber sein, aber ich konnte mir Assad Khalil nicht in Handschellen vorstellen.

Tom setzte sich wieder an Wiggins' PC und sagte: »Ich versuche an seinem Computer herauszufinden, wo Wiggins sein könnte. Ich habe bei seiner E-Mail nachgesehen, ob er vielleicht an einen Staats- oder Nationalpark geschrieben hat oder vielleicht auf einem Campingplatz reserviert hat, irgendwas in der Richtung. Wir glauben, dass er zu Campen gefahren ist ...« Und er fügte, an mich gewandt, hinzu: »... da zieht man mit einem Zelt oder Wohnwagen in den Wald ...«

Ich schloss daraus, dass Miss Lopez mit Tom gesprochen hatte.

Ich fragte Tom: »Haben Sie Wiggins' Unterwäsche kontrolliert?«

Er sah vom Monitor zu mir hoch. »Wie bitte?«

»Wenn er Boxershorts Größe M trägt, würde ich mir gern eine borgen.«

Tom überlegte kurz und erwiderte dann: »Wir haben alle Kleidung zum Wechseln mitgebracht, Mr. Corey. Vielleicht kann Ihnen ja jemand – einer der Männer, meine ich – eine Unterhose leihen.« Er fügte hinzu: »Sie können doch nicht Mr. Wiggins' Unterwäsche anziehen.«

»Na, wenn er kommt, frag ich ihn selbst.«

»Gute Idee.«

Kate, das musste man ihr lassen, tat nicht so, als würde sie mich nicht kennen. Sie sagte zu Kim Rhee: »Wir würden jetzt gerne die Garage und das restliche Haus sehen.«

Miss Rhee geleitete uns in die Diele und öffnete die Tür zu einem Zimmer, das nach hinten hinaus ging. Der Raum, der früher wahrscheinlich mal als Schlafzimmer gedient hatte, war nun ein Heimkino, in dem ein riesiger Fernseher, Audiogeräte und genug Lautsprecherboxen standen, um damit ein Erdbeben auszulösen. Auf dem Boden sah ich sechs Reisetaschen. Miss Rhee sagte: »Sie können später diesen Raum nutzen. Das Sofa lässt sich zu einem Bett ausziehen.« Sie fügte hinzu: »Wir werden hier alle abwechselnd schlafen, wenn es die ganze Nacht dauert.«

Ich dachte immer, mein schlimmster Albtraum wäre das Thanksgiving-Essen bei meiner Familie, aber soeben hatte die Klausur mit FBI-Agenten in einem kleinen Haus den ersten Platz errungen.

Miss Rhee zeigte uns auch das kleine Badezimmer, und ich fragte mich, ob sie früher mal Maklerin gewesen war. Mir fiel auf, dass in diesem Haus jegliche Militärandenken fehlten, was wohl darauf hindeutete, dass Elwood Wiggins nicht an seine Dienstzeit erinnert werden wollte. Oder vielleicht hatte er das auch alles nur verbaselt – das hätte zu dem Persönlichkeitsprofil gepasst, das wir uns allmählich von ihm machten. Oder wir waren im falschen Haus. Es wäre nicht das erste Mal, dass sich das FBI mit einer Adresse vertut. Ich überlegte, Miss Rhee darauf anzusprechen, aber das war bei denen ein wunder Punkt.

Wir gingen also zurück in die Küche, und Miss Rhee öffnete eine Tür, die in eine vollgemüllte Garage führte. Auf einem Gartenstuhl, hinter einigen aufgestapelten Pappkartons, saß ein gebräunter, blonder, junger Mann, offenbar noch in der Ausbildung, und las im Licht einer Glühbirne Zeitung. Er stand auf, und Miss Rhee wies ihn mit einer Handbewegung an, sich wieder zu setzen, sodass er nicht zu sehen war, wenn das Garagentor plötzlich automatisch geöffnet wurde. Sie sagte zu mir und Kate: »Das ist Scott. Er hat sich freiwillig für den Garagendienst gemeldet.« Sie lächelte.

Scott, der aussah, als wäre er eben erst vom Surfbrett gestiegen, ließ seine Jacketkronen blitzen und winkte.

Ich sagte: »Mann, ey, immer cool bleiben, Alter. Alles paletti?« Das sagte ich natürlich nicht, hätte es aber wirklich gern gesagt. Scott hatte meine Größe, sah aber nicht wie ein Boxershorts-Typ aus.

Miss Rhee schloss die Tür, und wir standen mit Edie und Juan in der Küche. Miss Rhee sagte: »Wir haben ein paar

Tiefkühl- und Dosengerichte mitgebracht, damit niemand vors Haus muss, falls es länger dauert.« Etwas spitz fügte sie hinzu: »Wir haben Essen für sechs Tage für sechs Personen.«

Plötzlich stellte ich mir vor, wie sich die FBI-Agenten in Kannibalen verwandelten, wenn ihnen das Essen ausging, aber diesen Gedanken behielt ich lieber für mich. Ich befand mich hier ohnehin schon auf dünnem Eis – oder wie auch immer man das hier in Kalifornien ausdrückt.

Juan sagte: »Da wir jetzt zwei Münder mehr zu stopfen haben, sollten wir uns Pizza bestellen. Ich kann ohne Pizza nicht leben.«

Juan war in Ordnung, beschloss ich. Leider war er viel kräftiger gebaut als ich und ebenfalls kein Boxershorts-Typ.

Edie verkündete: »Ich kann in der Mikrowelle richtig fiese Käsemakkaroni machen.«

Wir kicherten alle. So eine Scheiße. Aber bisher lief es viel besser, als ich noch vierundzwanzig Stunden zuvor erwartet hatte. Assad Khalil war zum Greifen nah. Oder nicht? Was sollte denn noch schief gehen? Frag nicht.

Wenn Wiggins jetzt noch am Leben war, hatte er zumindest eine gute Chance, auch am Leben zu bleiben.

Kate wollte Jack Koenig anrufen und forderte mich auf, dazu mit ihr in das hintere Zimmer zu gehen. Ich lehnte ab, und sie ging allein. Ich blieb in der Küche und schwatzte mit Edie und Juan.

Gut eine Viertelstunde später kam Kate zurück und teilte mir mit: »Jack lässt grüßen und gratuliert zu der hervoragenden Ermittlungsarbeit. Er wünscht uns viel Glück.«

»Das ist nett. Hast du ihn gefragt, wie's in Frankfurt war?«

»Über Frankfurt haben wir nicht gesprochen.«

»Und wo steckt Ted Nash?«

»Wen kümmert's?«

»Mich.«

Kate schaute zu unseren Kollegen hinüber und sagte leise: »Verbeiß dich nicht in so unwichtige Dinge.«

»Ich will ihm bloß die Fresse polieren. Weiter nichts.«

Das ignorierte sie und sagte: »Jack möchte natürlich, dass wir ihn anrufen, wenn sich etwas tut. Wir sind autorisiert, Khalil zu eskortieren, tot oder lebendig, und zwar eher nach New York als nach Washington. Es ist ein großer Erfolg.«

»Da lobt Jack doch wohl den Tag vor dem Abend.«

Das ignorierte sie ebenfalls und sagte: »Er arbeitet mit diversen örtlichen Polizeidienststellen daran, ein detailliertes Bewegungsbild von Khalil zu erstellen – seine Morde und wer seine Komplizen sind oder waren.«

»Gut. Dann ist er beschäftigt und lässt mich in Ruhe.«

»Genau das habe ich ihm auch gesagt.«

Da veräppelte mich Miss Mayfield offenbar. Aber wir wollten ja unsere Kollegen nicht weiter belustigen und deshalb beendeten wir das Gespräch.

Edie bot uns Kaffee an und Kate, Kim und ich setzten uns zu Edie an den Küchentisch. Juan behielt die Hintertür im Blick. Sie waren alle sehr an dem interessiert, was seit Samstag passiert war, und stellten uns Fragen über Dinge, die nicht in den Nachrichten oder in ihren Berichten aufgetaucht waren. Sie wollten wissen, wie die Stimmung in der Federal Plaza 26 war, was die Bosse in Washington meinten und so weiter. Leute, die bei der Verbrechensbekämpfung arbeiten, das sah ich, waren überall gleich und trotz der anfänglichen, höflich bemäntelten Feindseligkeit bei unserer Ankunft kamen wir alle prima miteinander klar. Ich überlegte, ob ich alle im Chor *Ventura Highway* oder *California, Here I Come* singen lassen sollte. Aber ich wollte es ja auch nicht übertreiben mit der Westküsten-Glückseligkeit.

Offenbar wussten sie alle, dass ich früher bei der New Yorker Polizei gewesen war, also hatte man sie vermutlich gewarnt, wenn man das so sagen will, oder sie hatten es sich selbst gedacht.

Es war eine dieser Situationen, in denen alles ruhig und normal wirkt, alle aber wissen, dass ein einziges Telefonklingeln alles ändern würde und einem das Blut in den Adern gefrieren ließe. Ich hatte das schon erlebt, ebenso wie wohl alle anderen hier im Haus. Ich stehe offenbar auf so was, denn ich dachte nicht an meinen netten, sicheren Seminarraum am John Jay. Ich dachte an Assad Khalil und konnte dieses Mörderschwein förmlich wittern. Ich dachte daran, wie Colonel Hambrecht mit einer Axt erschlagen wurde, und ich dachte an die Schulkinder in Brüssel.

Eine Stunde verging, und die fünf Agenten wechselten sich auf ihren Posten ab. Kate und ich boten unsere Unterstützung an, aber sie wollten uns offenbar in der Küche halten.

Scott saß jetzt am Tisch und wollte etwas über New York City erfahren. Ich schwärmte ihm davon vor, wie toll man auf dem East River surfen konnte, und alle kicherten. Ich war versucht, meinen Witz mit der Generalbundesanwältin zu erzählen, aber den bekamen sie vielleicht in den falschen Hals.

Was meine Beteiligung an dem Fall anging, gab ich mich sehr bescheiden, erwähnte kaum, dass ich herausgefunden hatte, was Khalil plante, und verschwieg die blendende Brillanz, mit der ich die Piloten identifiziert hatte, die dem Tode geweiht waren.

Bei diesem Thema wirkten alle bedrückt, als ihnen klar wurde, dass viele gute Kerle, die ihrem Land gedient hatten, jetzt tot waren, ermordet von einem ausländischen Agenten. So etwas war nicht vorgesehen.

Es war kurz vor neun Uhr, als irgendwo ein Telefon klingelte und das Gespräch verstummte.

Sekunden später kam Tom in die Küche und sagte: »Ein blauer Lieferwagen fährt durch die Nachbarschaft, nur ein Insasse. Die Jungs mit den Nachtsichtgeräten sagen, die Beschreibung des Verdächtigen trifft auf den Fahrer zu. Alle auf ihre Posten.«

Alle waren schon aufgesprungen und liefen herum und Tom sagte zu Kate und mir: »Gehen Sie ins Fernsehzimmer.« Er eilte aus der Küche, und Kim Rhee ging in die Garage, wo Roger Fleming eben Dienst schob. Sie ließ die Tür offen, und ich konnte Roger mit gezogener Waffe hinter dem Kistenstapel hocken sehen. Kim zog ebenfalls ihre Waffe und stellte sich neben das Garagentor, neben den beleuchteten elektrischen Türöffner.

Juan stand mit gezogener Waffe neben der hinteren Küchentür.

Kate und ich gingen ins Wohnzimmer, wo Tom und Edie standen, auch mit gezogenen Waffen, seitlich der Vordertür. Scott stand vor der Tür und spähte durch den Spion. Ich kam nicht umhin zu bemerken, dass Scott sich ausgezogen hatte und nur noch eine ausgebeulte Badehose trug, aus deren hinterem Bund der Griff einer Glock ragte. Das war jetzt wohl kalifornisches Undercover. Aber das musste man dem Typ lassen: Er trug keine kugelsichere Weste.

Tom sah uns und legte uns noch einmal eindringlich nah, ins Fernsehzimmer zu gehen, aber dann wurde ihm schnell klar, dass wir nicht dreitausend Meilen gereist waren, um fernzusehen, während die Festnahme stattfand. Er sagte: »Gehen Sie da drüben in Deckung.«

Kate stellte sich neben Tom, der links neben der Tür stand, und zog ihre Waffe. Ich stellte mich neben Edie, die sich zwischen die Tür und die rechte Wohnzimmerwand zwängte. Die Tür würde in unsere Richtung geöffnet werden und wenn sie aufging, standen wir dahinter. Es waren schon genug Waffen gezogen, deshalb zog ich meine Glock nicht. Ich sah zu Kate hinüber, die meinen Blick erwiderte, mir zulächelte und winkte. Mein Herz pochte, aber leider nicht für Kate Mayfield.

Tom hielt sich das Handy ans Ohr und lauschte. Er sagte: »Der Lieferwagen bremst ein paar Häuser weiter ab ...«

Scott, der am Spion stand, sagte: »Ich sehe ihn. Er hält vorm Haus.«

Man konnte das Atmen im Zimmer hören, und trotz der Verstärkung, der ganzen Technik und der kugelsicheren Westen gibt es doch nichts, das dem Moment ähnelt, wenn man einem bewaffneten Mörder gleich von Angesicht zu Angesicht gegenüber steht.

Scott meinte ziemlich cool: »Ein Typ steigt aus ... auf der Straßenseite ... kann ihn nicht sehen ... Er geht zur Rückseite ... macht die Tür auf ... Er hat ein Paket ... kommt in unsere Richtung ... entspricht der Beschreibung ... groß, nahöstlicher Typ ... trägt Jeans und ein dunkles Hemd und hat ein kleines Paket in der Hand ... schaut sich links und rechts auf der Straße um ...«

Tom sprach etwas in sein Handy und steckte es sich dann in die Tasche. Er sagte leise zu uns: »Sie wissen alle, was Sie zu tun haben.«

Nur ich hatte die Generalprobe verpasst.

Tom sagte: »Denken Sie daran, er könnte auch ein unschuldiger Paketbote sein ... Setzen Sie nicht zu viel Gewalt ein, aber reißen Sie ihn zu Boden und legen Sie ihm Handschellen an.«

Ich fragte mich, was mit der Kleberkanone war. Ich spürte Schweiß auf meinem Gesicht.

Es klingelte an der Tür. Scott wartete etwa fünf Sekunden und öffnete dann die Tür. Ehe die Tür mir die Sicht nahm, sah ich Scott lächeln, und er fragte: »Für mich?«

»Mr. Wiggins?«, fragte eine Stimme mit Akzent.

»Nein«, erwiderte Scott. »Ich hüte nur das Haus. Soll ich was unterschreiben?«

»Wann kommt Mr. Wiggins nach Hause?«

»Am Donnerstag. Vielleicht auch erst am Freitag. Ich unterschreibe das. Das geht schon in Ordnung.«

»Na gut. Unterschreiben Sie bitte hier.«

Ich hörte Scott sagen: »Der Stift schreibt nicht. Kommen Sie doch herein.«

Scott ging von der Tür zurück, und ich konnte mir den

Gedanken nicht verkneifen, dass, hätte Scott wirklich eingehütet, er bald im Hinterzimmer verwest wäre, während Assad Khalil hier auf die Heimkehr von Mr. Wiggins gewartet hätte.

Der große, dunkelhäutige Gentleman kam ein paar Schritte ins Wohnzimmer und als er aus dem Türbereich war, trat Edie die Tür zu. Auch ohne die Einsatzbesprechung mitgemacht zu haben, wusste ich, was jetzt passieren würde. Ehe man Abrakadabra sagen konnte, hatte Scott den Mann beim Kragen gepackt und in Richtung Empfangskomitee geschleudert.

Binnen Sekunden lag unser Besucher bäuchlings auf dem Boden. Ich hielt seine Beine, Edie stieß ihm einen Fuß in den Nacken, und Tom und Scott legten ihm Handschellen an.

Kate machte die Tür auf und gab den Leuten, die mit Ferngläsern zusahen, mit erhobenem Daumen ein Zeichen und lief dann über den Fußweg zu dem Lieferwagen; ich folgte ihr.

Wir überprüften den Lieferwagen, es war niemand darin. Ein paar Päckchen lagen über den Boden verstreut, und Kate fand auf dem Sitz der Fahrerkabine ein Handy und nahm es mit.

Wie aus dem Nichts tauchten Autos auf, bremsten quietschend vor dem Haus, und Agenten sprangen heraus, genau wie im Kino, aber die quietschenden Bremsen finde ich immer überflüssig. Kate rief ihnen zu: »Wir haben ihm Handschellen angelegt.«

Das Garagentor stand nun offen, und Roger und Kim standen auf dem Rasen. Es waren immer noch keine Nachbarn zu sehen. Mir kam der gar nicht nette Gedanke, dass man – hätte man hier einen Film gedreht – die Menschenmenge kaum hätte zurückhalten können, und alle hätten sich mit Gebrüll als Statisten angedient.

Genau nach Vorschrift stiegen die Überwachungsteams wieder in ihre Fahrzeuge und fuhren ab, um weiter das Haus zu bewachen, einen etwaigen Komplizen nicht zu verscheuchen und schon gar nicht Mr. Wiggins Angst einzujagen, wenn er nach Hause kam – oder seinen Nachbarn, die schließlich doch etwas bemerken mochten.

Kate und ich liefen zurück ins Haus, wo der Gefangene nun auf dem Rücken lag und von Edie und Scott durchsucht wurde, während Tom über ihm stand.

Ich sah mir den Mann an und war nicht sonderlich erstaunt, dass es nicht Assad Khalil war.

Kapitel 48

Kate und ich sahen erst einander und dann die anderen an. Niemand wirkte sonderlich froh.

Edie sagte: »Er ist sauber.«

Der Mann heulte und flennte und Tränen liefen ihm übers Gesicht. Wenn noch irgendein Zweifel bestand, dass er nicht Assad Khalil war, dann hatte sich das mit dem Flennen erledigt.

Roger und Kim waren jetzt im Wohnzimmer, und Kim sagte, sie würde den Überwachungsteams per Funk Bescheid geben, dass der Paketbote nicht unser Mann war und sie weiter Ausschau halten sollten.

Scott wühlte sich durch die Brieftasche des Mannes. Er fragte ihn: »Wie heißen Sie?«

Der Mann bemühte sich, die Beherrschung wiederzuerlangen, und stieß schluchzend etwas aus, dass sich wie eine Mischung aus Schleim und Rotze anhörte.

Scott, der den Führerschein mit dem Foto des Mannes in der Hand hielt, sagte noch mal: »Sagen Sie mir Ihren Namen.«

»Azim Rahman.«

»Wo wohnen Sie?«

Er nannte eine Adresse in Los Angeles.

»Ihr Geburtsdatum?«

Und so weiter. Der Typ beantwortete sämtliche Führerscheinfragen korrekt und glaubte schon, wir würden ihn laufen lassen. Falsch.

Tom fing an, ihm Fragen zu stellen, die nichts mit seinem Führerschein zu tun hatten, zum Beispiel: »Was machen Sie hier?«

»Bitte, Sir, ich bin hier, um ein Paket abzugeben.«

Roger betrachtete das Päckchen, öffnete es aber natürlich nicht, falls es eine kleine Bombe enthielt. »Was ist da drin?«, fragte Roger.

»Ich habe keine Ahnung, Sir.«

Roger sagte zu allen: »Da steht kein Absender drauf.« Er fügte hinzu: »Ich stelle das hinters Haus und rufe das Sprengstoffkommando.« Und dann ging er, und alle atmeten auf.

Juan kam ins Wohnzimmer, und Azim Rahman fragte sich wahrscheinlich mittlerweile, was diese ganzen Typen in FBI-Anoraks in Mr. Wiggins' Haus trieben. Aber vielleicht kannte er ja auch den Grund.

Ich schaute Tom ins Gesicht und sah, dass er sich Sorgen machte. Einen Staatsbürger – ob hier geboren oder erst später zugewandert – so herumzustoßen, war gar nicht gut für die Laufbahn, vom Ansehen des FBI ganz zu schweigen. Heutzutage konnte es einen ja schon in die Bredouille bringen, wenn man einen illegalen Immigranten schikanierte. Schließlich sind wir ja alle Weltbürger. Oder etwa nicht?

Angesichts dieses Gedankens fragte Tom Mr. Rahman: »Sind Sie amerikanischer Staatsbürger?«

»Ja, Sir. Ich habe den Eid geschworen.«

»Schön für Sie«, sagte Tom.

Tom stellte Rahman eine Menge Fragen über seine Nachbarschaft in West Hollywood, die Rahman offenbar alle beantworten konnte, und dann stellte er ihm eine Menge anderer Fragen, so eine Art Examen in Staatsbürgerkunde, bei denen sich Rahman auch nicht schlecht schlug. Er wusste sogar, wer der Gouverneur von Kalifornien war, was mich auf den Verdacht brachte, er sei vielleicht ein Spion. Aber dann kannte er wiederum seinen Kongressabgeordneten nicht, also war er wohl doch ein normaler Staatsbürger.

Ich sah wieder zu Kate hinüber, und sie schüttelte den Kopf. Ich fühlte mich in diesem Augenblick ziemlich mies, und alle anderen ging es genauso. Wieso läuft es nie wie geplant? Und auf wessen Seite stand Gott überhaupt?

Edie hatte die Telefonnummer gewählt, die Rahman ihr genannt hatte, und sie bestätigte, dass sich ein Anrufbeantworter mit »Rahman« dort gemeldet habe und sich die Stimme wie die des Mannes auf dem Boden angehört habe, trotz des momentanen emotionalen Zustands des Festgenommenen.

Edie sagte aber auch, dass sie unter der Telefonnummer auf dem Lieferwagen keinen Anschluss bekommen habe. Und ich meinte, der Wagen sähe auch frisch lackiert aus. Alle starrten Azim Rahman an.

Er wusste, dass er jetzt wieder in Schwulitäten war, und erklärte: »Ich habe dieses Geschäft gerade gegründet. Das ist noch ganz neu für mich, seit vielleicht vier Wochen...«

Edie sagte: »Sie haben also eine Telefonnummer auf Ihren Lieferwagen geschrieben und dann gehofft, von der Telefongesellschaft genau diese Nummer zugeteilt zu bekommen? Sehen wir so dämlich aus?«

Ich hatte keine Ahnung, wie wir aus Mr. Rahmans Perspektive vom Boden aus aussahen. Die Position bestimmt die Perspektive und wenn man in Handschellen am Boden liegt, umstellt von bewaffneten Menschen, hat man eine andere Perspektive als die bewaffneten Leute um einen her. Wie auch immer, Mr. Rahman blieb bei seiner Geschichte, die größtenteils plausibel wirkte, bis auf den Schwachsinn mit der noch nicht angemeldeten Telefonnummer.

Dem äußeren Anschein nach hatten wir hier also einen ehrlichen Einwanderer, der dem amerikanischen Traum nacheiferte, und wir hatten das arme Schwein auf dem Boden, mit der roten Beule an der Stirn, und das alles nur, weil er aus dem Nahen Osten stammte. Peinlich, peinlich.

Mr. Rahman bekam sich allmählich in den Griff und sagte: »Ich möchte bitte mit meinem Anwalt sprechen.«

Ach du je. Die Zauberformel. Es ist grundsätzlich so: Wenn ein Verdächtiger nicht in den ersten fünf bis zehn Minuten gesteht, steht er sozusagen unter Schock und gesteht möglicherweise nie. Meine Kollegen hatten den richtigen Zeitpunkt verpasst.

Ich sagte: »Von mir abgesehen, sind die alle hier Rechtsanwälte. Reden Sie mit denen.«

»Ich möchte aber meinen eigenen Anwalt anrufen.«

Ich ignorierte das und fragte: »Woher sind Sie?«

»West Hollywood.«

Ich lächelte und riet ihm: »Leg dich nicht mit mir an, Azim. Woher kommst du?«

Er räusperte sich und sagte: »Aus Libyen.«

Keiner sagte ein Wort, aber wir sahen einander alle an, und Azim bemerkte unser neu erwachtes Interesse an ihm.

Ich fragte ihn: »Wo hast du das Päckchen abgeholt, das du hier abgeliefert hast?«

Er machte von seinem Recht zu schweigen Gebrauch.

Juan war hinaus zum Lieferwagen gegangen, kam nun zurück und verkündete: »Die Päckchen sehen alle getürkt aus. Alle in das gleiche braune Packpapier eingewickelt, mit dem gleichen Klebeband und sogar derselben blöden Handschrift.« Er schaute Azim Rahman an und meinte: »Was für eine Scheißnummer ziehen Sie hier ab?«

»Wie bitte?«

Alle fingen sie wieder an, den armen Mr. Rahman mit bösen Blicken zu strafen, ihm mit einem Leben hinter Gittern zu drohen, gefolgt von Deportation, und Juan bot ihm sogar einen Tritt in die Eier an, was er aber ablehnte.

An diesem Punkt, da Mr. Rahman widersprüchliche Antworten gab, hatten wir wahrscheinlich genug beisammen für einen Haftbefehl, und ich sah, dass Tom in diese Richtung tendierte. Verhaftung bedeutete Verlesen der Rechte, Anwälte und so weiter. Der Zeitpunkt war gekommen, die Sache juristisch anzugehen.

John Corey jedoch, nicht ganz so besorgt um die Richtlinien der Bundespolizei und seine Karriere, konnte sich ein paar Freiheiten herausnehmen. Im Grunde lief es darauf hinaus: Wenn dieser Typ mit Assad Khalil zu tun hatte, wäre es wirklich gut, wenn wir davon wüssten. Und zwar sofort.

Als ich mir also genug von Mr. Rahmans Schwachsinn angehört hatte, verhalf ich ihm von der sitzenden zurück in die liegende Haltung und setzte mich auf ihn, um mich seiner Aufmerksamkeit zu versichern. Er wandte das Gesicht von mir ab und ich sagte: »Schau mich an. Schau mich an.«

Er wandte mir das Gesicht zu und sah mir in die Augen.

Ich fragte ihn: »Wer schickt dich?«

Er antwortete nicht.

»Wenn du uns sagst, wer dich schickt und wo der jetzt ist, lassen wir dich frei. Wenn du es uns nicht bald sagst, übergieße ich dich mit Benzin und stecke dich an.« Das war natürlich keine Gewaltandrohung, sondern nur so eine Redewendung, die man nicht allzu wörtlich nehmen sollte. »Wer schickt dich?«

Mr. Rahman schwieg weiter.

Ich formulierte meine Frage noch einmal als Vorschlag an Mr. Rahman: »Ich glaube, du solltest mir sagen, wer dich schickt und wo der jetzt ist.« Ich sollte erwähnen, dass ich mittlerweile meine Glock gezogen hatte und Mr. Rahman sich die Mündung der Pistole aus irgendeinem Grund in den Mund gesteckt hatte.

Mr. Rahman war hinreichend eingeschüchtert.

Mittlerweile wichen die FBI-Agenten im Raum zurück, auch Kate, und schauten buchstäblich weg.

Ich teilte Mr. Rahman mit: »Ich puste dir dein beschissenes Hirn raus, wenn du meine Frage nicht beantwortest.«

Mr. Rahman bekam große Augen und sah allmählich ein, dass zwischen mir und den anderen ein Unterschied bestand. Er wusste nicht so recht, worin dieser Unterschied bestand, und um ihm da zu einem vollständigen Verständnis zu verhelfen, rammte ich ihm mein Knie in die Eier.

Er stöhnte auf.

Es ist ja bloß so: Wenn man mal mit so was anfängt, sollte man sich auch verdammt sicher sein, dass der Typ, dessen Grundrechte man verletzt, die Antworten auf die Fragen auch weiß, die man ihm stellt, und dass er einem diese Antworten auch gibt. Wenn dem nicht so war, steckte ich jetzt so richtig in der Scheiße – Contract Agent hin oder her. Aber nichts ist ja so erfolgreich wie der Erfolg und deshalb verpasste ich ihm noch einen mit dem Knie, damit er mich an seinem Wissen teilhaben ließ.

Einige meiner Kollegen verließen den Raum und ließen nur Edie, Tom und Kate als Zeugen zurück. Schließlich musste irgendjemand ja bestätigen, dass Mr. Rahman freiwillig aussagte und nicht zur Kooperation genötigt wurde und so weiter.

Ich sagte zu Mr. Rahman: »Versteh doch, du Arschloch, du kannst für den Rest deines jämmerlichen Lebens in den Knast wandern, und vielleicht kommst du in die Gaskammer, wegen Beihilfe zum Mord. Verstehst du das?«

Er lutschte nicht mehr an meiner Pistole, weigerte sich aber immer noch, etwas zu sagen.

Ich hasse es, Spuren zu hinterlassen, und deshalb stopfte ich Mr. Rahman mein Taschentuch in den Mund und hielt ihm die Nase zu. Offenbar war er nicht in der Lage, mit den Ohren zu atmen, und nun strampelte er und versuchte, meine neunzig Kilo abzuschütteln.

Ich hörte Tom sich räuspern.

Ich ließ Mr. Rahman ein wenig blau anlaufen und ließ dann seine Nase los. Er bekam noch rechtzeitig Luft für einen weiteren Tritt in die Eier.

Ich wünschte wirklich, Gabe wäre da gewesen und hätte mir gesagt, was in einem solchen Fall zog, aber er war nicht da, und ich hatte nicht mehr viel Zeit, um mit diesem Typ rumzumachen, und deshalb hielt ich ihm noch mal die Nase zu.

Ohne ins Detail zu gehen – Mr. Azim Rahman sah die Vorteile des Kooperierens ein und bekundete seinen Willen dazu. Ich zog ihm das Taschentuch aus dem Mund und riss ihn hoch, sodass er saß. Ich fragte ihn noch mal: »Wer schickt dich?«

Er schluchzte ein wenig, und man sah ihm an, dass er wirklich mit sich haderte. Ich schärfte ihm ein: »Wir können dir helfen. Wir können dein Leben retten. Sprich mit mir, oder ich setze dich wieder in deinen beschissenen Lieferwagen und dann kannst du deinen Freund treffen und ihm alles erklären. Willst du das? Willst du gehen? Ich lasse dich gehen.«

Offenbar wollte er nicht gehen, deshalb fragte ich ihn: »Wer schickt dich?« Ich fügte hinzu: »Ich bin es leid, dir immer wieder dieselbe beschissene Frage zu stellen. Antworte mir!«

Er schluchzte noch ein wenig, kam dann wieder zu Atem, räusperte sich und antwortete kaum vernehmlich: »Ich kenne seinen Namen nicht ... er ... Ich kenne ihn nur als Mr. Perleman, aber ...«

»Perleman? Ein Jude?«

»Ja ... aber er ist kein Jude ... Er spricht meine Sprache ...«

Kate hatte bereits ein Foto parat und hielt es ihm vors Gesicht.

Mr. Rahman starrte das Foto lange an und nickte dann. *Voilà!* Ich musste doch nicht in den Knast.

Ich fragte: »Sieht er immer noch so aus?«

Er schüttelte den Kopf. »Er trägt jetzt eine Brille ... einen Schnurrbart ... Sein Haar ist jetzt grau ...«

»Wo ist er?«

»Ich weiß es nicht. Ich habe keine Ahnung ...«

»Also gut, Azim, wann und wo hast du ihn zuletzt gesehen?«

»Ich ... ich habe ihn vom Flughafen abgeholt ...«

»Von welchem Flughafen?«

»Vom Flughafen in Santa Monica.«

»Ist er hergeflogen?«

»Das weiß ich nicht ...«

»Um welche Uhrzeit hast du ihn da getroffen?«

»Früh ... heute Morgen um sechs ...«

Da nun die harten Bandagen wieder eingepackt waren und der Zeuge kooperierte, waren alle sechs FBI-Leute wieder im Wohnzimmer und standen hinter Mr. Rahman, um ihn nicht nervös zu machen. Ich, der ich für die Kooperation und das Vertrauen des Zeugen gesorgt hatte, war jetzt derjenige, der die meisten Fragen stellte. Ich fragte Mr. Rahman: »Wohin hast du diesen Mann gebracht?«

»Ich ... habe ihn ... Er wollte fahren ... und so sind wir gefahren ...«

»Wohin?«

»Wir sind die Küstenstraße hochgefahren ...«

»Warum?«

»Ich weiß es nicht ...«

»Wie lange bist du gefahren? Und wohin?«

»Wir sind nirgendwohin gefahren ... wir sind nur gefahren ... vielleicht eine Stunde, vielleicht auch länger, und dann sind wir hierher zurück und haben ein Einkaufszentrum gefunden, das schon geöffnet hatte ...«

»Ein Einkaufszentrum? Welches Einkaufszentrum?«

Mr. Rahman sagte, er wüsste nicht, welches Einkaufszentrum, denn er sei ja nicht hier aus der Gegend. Doch Kim, die von der FBI-Außenstelle in Ventura war, erkannte es anhand von Mr. Rahmans Beschreibung und ging schnell hinaus, um es den Truppen zu melden. Allerdings ging ich nicht davon aus, dass sich Assad Khalil den ganzen Tag lang in dem Einkaufszentrum aufgehalten hatte.

Ich kam noch mal auf den Flughafen zu sprechen und fragte Rahman: »Du hast ihn mit deinem Lieferwagen abgeholt?«

»Ja.«

»Am Hauptterminal?«

»Nein ... am anderen Ende. In einem Café ...«

Die weitere Befragung ergab, dass Mr. Rahman Mr. Khalil auf dem Privatflugbereich des Santa Monica Airport getroffen hatte, was mich zu der Ansicht führte, dass Khalil in einem Privatflugzeug gekommen war. Klang schlüssig.

Da sie die Zeit bis zum Einbruch der Dunkelheit totschlagen mussten, waren die beiden libyschen Herren die landschaftlich schöne Strecke die Küste entlang gefahren und waren dann wieder nach Ventura gekommen, wo Mr. Khalil den Wunsch äußerte, ein wenig einzukaufen und vielleicht einen Happen zu essen und ein paar Andenken zu erwerben. Ich fragte Rahman: »Was hatte er an?«

»Anzug und Krawatte.«

»Farbe?«

»Ein grauer ... ein dunkelgrauer Anzug.«

»Und was hatte er dabei? Gepäck?«

»Nur eine Tasche, Sir. Und die hat er während der Fahrt weggeworfen. Ich habe ihn in einen Cañon gefahren.«

Ich sah mich um. »Was ist ein Cañon?«

Tom erklärte es mir. Klang bescheuert.

Doch zurück zu Azim Rahman. Ich fragte ihn: »Könntest du diesen Cañon wieder finden?«

»Ich ... ich weiß nicht ... Vielleicht tagsüber ... Ich werde es versuchen ...«

»Worauf du einen lassen kannst.« Dann fragte ich ihn: »Hast du ihm irgendwas gegeben? Hattest du ein Paket für ihn?«

»Ja, Sir. Zwei Pakete. Aber ich weiß nicht, was drin war.«

Tja, hier hatten vermutlich auch alle anderen außer mir einen Kurs in so genannter Behältniskunde absolviert und deshalb bat ich Mr. Rahman: »Beschreib die Pakete. Gewicht, Größe und so weiter.«

Mr. Rahman beschrieb einen normalen Karton, etwa so groß wie ein Mikrowellengerät, aber leichter, was uns zu der Annahme führte, dass er wahrscheinlich Kleidung zum Wechseln und vielleicht einige Dokumente enthalten hatte.

Das zweite Paket war da schon interessanter und furchteinflößender. Es war lang. Es war schmal. Es war schwer. Es enthielt keine Krawatte.

Wir sahen uns alle an. Selbst Azim Rahman wusste, was in dem Paket gewesen war.

Ich widmete mich wieder unserem Kronzeugen und fragte ihn: »Hat er die Pakete auch weggeworfen, oder hat er die noch?«

»Er hat die Pakete noch.«

Ich überlegte kurz und schloss daraus, dass Assad Khalil nun frische Klamotten, neue Ausweispapiere und ein Scharfschützengewehr besaß, dass zerlegt und in einer harmlos wirkenden Tasche verstaut war, zum Beispiel einem Stadtrucksack.

Ich erkundigte mich bei Mr. Rahman: »Und dieser Mann hat dich hergeschickt, um zu sehen, ob Mr. Wiggins zu Hause ist?«

»Ja.«

»Dir ist klar, dass dieser Mann Assad Khalil ist, der sämtliche Personen an Bord des Flugzeugs umgebracht hat, das in New York gelandet ist.«

Mr. Rahman beteuerte, diesen Zusammenhang nicht gesehen zu haben, also stellte ich ihn für ihn her und erläuterte: »Wenn du diesem Mann hilfst, wirst du erschossen, auf dem elektrischen Stuhl gegrillt, mit einer Giftspritze getötet oder in eine Gaskammer gesteckt. Vielleicht hacken wir dir auch den Kopf ab. Hast du das verstanden?«

Ich dachte schon, er würde ohnmächtig.

Ich fuhr fort: »Aber wenn du uns hilfst, Assad Khalil zu ergreifen, bekommst du eine Million Dollar Belohnung.« Nicht sehr wahrscheinlich. »Du hast das im Fernsehen gesehen, nicht wahr?«

Er nickte begeistert und verriet damit, dass er gewusst hatte, wer sein Fahrgast war.

»Dann lass dir nicht alles aus der Nase ziehen, Mr. Rahman. Ich erwarte uneingeschränkte Kooperation von dir.«

»Jawohl, Sir.«

»Gut. Wer hat dich beauftragt, diesen Mann vom Flughafen abzuholen?«

Er räusperte sich wieder und erwiderte: »Das weiß ich nicht ... Das weiß ich wirklich nicht ...« Dann erläuterte er weitschweifig, wie ihn eines Tages etwa zwei Wochen zuvor ein geheimnisvoller Mann angesprochen habe, an der Tankstelle in Hollywood, an der Mr. Rahman in Wirklichkeit arbeitete. Der Mann habe ihn darum gebeten, einem Landsmann zu helfen, und habe ihm dafür zehntausend Dollar geboten, zehn Prozent Anzahlung und neunzig später und so weiter. Die klassische Rekrutierung eines armen Volltrottels, der Geld brauchte und daheim noch Verwandte hatte, und das durch einen Geheimdienstagenten, der vielleicht um ein paar Ecken mit ihm verwandt war. Und eine klassische Sackgasse, denn Mr. Rahman hätte den Mann nie wieder gesehen und nie seine neun Riesen kassiert. Ich sagte zu Rahman: »Diese Leute würden dich eher umbringen als bezahlen. Du weißt zu viel. Verstehst du das?«

Er verstand.

»Sie haben dich aus der libyschen Gemeinde ausgesucht, weil du Assad Khalil ähnlich siehst, und dann wurdest du hierher geschickt, falls man ihm hier eine Falle gestellt hatte. Und nicht, um zu sehen, ob Mr. Wiggins zu Hause ist. Verstehst du das?«

Er nickte.

»Und jetzt schau dich mal an. Meinst du immer noch, dass diese Leute deine Freunde sind?«

Er schüttelte den Kopf. Der arme Kerl sah jämmerlich aus, und ich kam mir allmählich mies vor, weil ich ihm in die Eier getreten und ihn fast erstickt hatte. Aber daran war er selbst schuld gewesen.

Ich sagte: »Also gut, jetzt kommt die große Frage, und dein Leben hängt von der Antwort ab. Wann, wo und wie sollst du Assad Khalil kontaktieren?«

Er atmete tief durch und sagte: »Ich soll ihn anrufen.«

»Okay, dann rufen wir ihn an. Wie lautet die Nummer?«

Azim Rahman nannte eine Telefonnummer, und Tom sagte: »Das ist eine Mobilfunknummer.«

Mr. Rahman pflichtete dem bei und sagte: »Ja, ich habe diesem Mann ein Mobiltelefon gegeben. Man hat mich angewiesen, zwei Mobiltelefone zu kaufen ... Das zweite liegt in meinem Wagen.«

Kate hatte das Telefon, und es war auf Rufnummernanzeige gestellt. Ich vermutete, dass Assad Khalils Telefon ebenfalls so eingestellt war, dass er auf dem Display die Nummer des Anrufers ablesen konnte. Ich fragte Mr. Rahman: »Von welchem Fernmeldeunternehmen sind diese beiden Handys?«

Er überlegte kurz und erwiderte dann: »Nextel.«

Ich sah zu Tom hoch, und er schüttelte den Kopf. Ein Nextel-Telefonat konnten sie nicht zurückverfolgen. Es war schwierig, überhaupt Handy-Telefonate zurückzuverfolgen, aber daheim in der Federal Plaza 26 und der One Police Plaza hatten wir diese Geräte, die »Trigger Fish« und »Swamp

Box« genannt wurden, und mit denen man bei einem Telefonat über AT&T oder Bell Atlantic wenigstens grob die Gegend einschätzen konnte. Mr. Rahmans Freunde hatten den Verlockungen der großen Mobilfunkunternehmen offenbar widerstanden und eine nicht in der Reklame auftauchende Funktion bei einem kleineren Unternehmen genutzt, eine Funktion, die in unserer Branche als Bullenfrustrierfunktion bekannt war. Diese Leute waren nicht so dumm wie manche ihrer Landsleute. Pech für uns, aber wir hatten ja schon eine Menge Pech gehabt, und es war noch nicht zu Ende.

Es wurde Zeit, es Mr. Rahman etwas bequemer zu machen, und Tom nahm ihm die Handschellen ab. Rahman rieb sich die Handgelenke, und wir halfen ihm hoch.

Er schien Schwierigkeiten zu haben, gerade zu stehen, und klagte über Schmerzen in einer nicht näher genannten Körperregion.

Wir setzten Mr. Rahman auf einen hübschen Sessel, und Kim ging in die Küche und holte ihm eine Tasse Kaffee.

Jetzt waren alle etwas zuversichtlicher gestimmt, obwohl die Chancen schlecht standen, dass Assad Khalil Rahman den Schwachsinn abkaufte, dass im Haus von Wiggins alles in Ordnung sei. Aber man weiß ja nie. Auch ein Schlaukopf wie Khalil ließ sich reinlegen, wenn er von einem Ziel besessen war, zum Beispiel davon, jemanden zu ermorden.

Kim kam mit schwarzem Kaffee wieder, und Mr. Rahman trank ihn. Also gut, Ende der Kaffeepause. Ich sagte zu unserem Regierungszeugen: »Schau mich an, Azim. Gibt es ein Codewort, das du verwenden sollst, falls Gefahr droht?«

Er sah mich an, als hätte ich das Geheimnis des Universums enträtselt. Er sagte: »Ja. Das ist so: Wenn ich ... wie jetzt bin ... dann soll ich in meinem Gespräch mit ihm das Wort ›Ventura‹ verwenden.« Er nannte uns ein nettes Beispiel dafür, indem er mit dem Wort einen Satz bildete, wie ich das früher in der Schule immer gemusst hatte: »Mr. Perleman, ich habe das Paket in Ventura abgeliefert.«

»Okay, dann sprich das Wort ›Ventura‹ auf keinen Fall aus, sonst muss ich dich umbringen.«

Er nickte energisch.

Also ging Edie in die Küche, um vom Telefon dort den Hörer zu nehmen, alle schalteten ihre Handys ab, und hätte es im Haus einen Hund gegeben, dann wäre man mit ihm Gassi gegangen.

Ich schaute auf meine Armbanduhr und sah, dass Mr. Rahman seit knapp zwanzig Minuten hier war, was vermutlich noch nicht lange genug war, um Khalil nervös zu machen. Ich fragte Azim: »Solltest du ihn zu einer bestimmten Uhrzeit anrufen?«

»Ja, Sir. Ich sollte das Paket um neun Uhr abgeben, dann zehn Minuten fahren und ihn von meinem Wagen aus anrufen.«

»Okay, dann sag ihm, dass du dich ein wenig verfahren hast. Atme tief durch, entspann dich und denk an was Schönes.«

Mr. Rahman meditierte laut schnaufend.

Ich fragte ihn: »Guckst du *Akte X*?«

Ich meinte, Kate stöhnen zu hören.

Mr. Rahman lächelte und sagte: »Ja, das habe ich schon mal gesehen.«

»Gut. Scully und Mulder arbeiten beim FBI. Genau wie wir. Magst du Scully und Mulder?«

»Ja.«

»Die sind die Guten, nicht wahr? Wir sind die Guten.« Er war so höflich, nicht darauf zu sprechen zu kommen, dass ich ihm in die Eier getreten hatte. Dass er das nur nicht vergaß. Ich sagte: »Und dann sorgen wir dafür, dass du sicher an einen Ort deiner Wahl umziehen kannst. Ich kann dich aus Kalifornien rausholen«, versicherte ich ihm. Ich fragte: »Bist du verheiratet?«

»Ja.«

«Kinder?«

»Fünf.«

Nur gut, dass er die gezeugt hatte, ehe er mir begegnet war. Ich fragte ihn: »Du hast doch bestimmt schon mal vom Zeugenschutzprogramm gehört, oder?«

»Ja.«

»Dann bekommst du auch Geld. Richtig?«

»Ja.«

»Gut. Sollst du dich nach dem Telefongespräch mit diesem Mann treffen?«

»Ja.«

»Ausgezeichnet. Und wo?«

»Das sagt er mir dann.«

»Okay. Sorg dafür, dass das Telefongespräch zu einem Treffen führt. Ja?«

Davon schien er nicht begeistert. Ich fragte Mr. Rahman: »Wenn er dich nur dazu bräuchte, herzukommen und nachzusehen, ob Wiggins zu Hause ist oder ob die Polizei hier ist, weshalb sollte er sich dann noch mal mit dir treffen?«

Mr. Rahman hatte keine Ahnung, also verhalf ich ihm zu einer. »Weil er dich umbringen will, Azim. Du weißt zu viel. Verstehst du?« Mr. Rahman schluckte trocken und nickte.

Ich hatte aber auch gute Neuigkeiten für ihn. Ich sagte: »Wir werden diesen Mann festnehmen, und er wird dir keinen Ärger mehr machen. Wenn du das für uns tust, nehmen wir dich zum Mittagessen ins Weiße Haus mit, und dann lernst du den Präsidenten kennen. Und dann geben wir dir das Geld. Okay?«

»Okay.«

Ich nahm Tom beiseite und fragte ihn flüsternd: »Spricht hier jemand Arabisch?«

Er schüttelte den Kopf und sagte: »Das haben wir in Ventura noch nie gebraucht.« Er fügte hinzu: »Juan spricht Spanisch.«

»Das ist ja so ähnlich.« Ich ging zurück zu Mr. Rahman und sagte: »Okay, wähl jetzt die Nummer. Sprich Englisch mit ihm. Und falls das nicht geht – mein Freund Juan hier versteht ein wenig Arabisch, also leg uns nicht rein. Wähl jetzt.«

Mr. Azim Rahman atmete tief durch, räusperte sich noch einmal und sagte: »Ich brauche eine Zigarette.«

Ach du Scheiße! Ich hörte ein paar Leute aufstöhnen. »Raucht hier jemand?«

Mr. Rahman sagte: »Sie haben mir meine Zigaretten weggenommen.«

Ich teilte ihm mit: »Deine eigenen kannst du nicht rauchen, Mann.«

»Warum soll ich meine ...«

»Falls die vergiftet sind. Ich dachte, du schaust *Akte X*.«

»Vergiftet? Die sind nicht vergiftet.«

»Natürlich sind sie das. Vergiss die Zigaretten.«

»Ich muss eine Zigarette haben. Bitte.«

Ich kannte das Gefühl. Ich sagte zu Tom: »Ich stecke mir eine von seinen an.«

Tom holte Azims Zigaretten hervor – es waren keine Camel – und steckte sich in einem Akt ungewöhnlicher Tapferkeit eine in den Mund und schnippte Azims Feuerzeug an. Tom sagte zu Azim: »Wenn das Gift ist und mir schadet, dann, dann ...«

Ich sprang ihm bei und sagte: »Dann schneiden wir dich in Stücke und verfüttern dich an einen Hund.«

Azim sah mich an. Er sagte: »Bitte. Ich will doch nur eine Zigarette.«

Tom steckte sie sich an, nahm einen Zug, hustete, starb nicht und reichte Azim die Zigarette, der daran sog, ohne tot umzufallen.

Ich sagte: »Also gut, mein Freund, jetzt wird es Zeit für deinen Anruf. Sprich Englisch.«

»Ich weiß nicht, ob ich das hinbekomme.« Er nuckelte an der Zigarette, tippte die Nummer ein und schnippte die Asche in die Kaffeetasse. »Ich werd's versuchen.«

»Gib dir Mühe. Und pass auf, dass du mitbekommst, wo ihr euch trefft.«

Rahman hörte es klingeln, was wir auch hören konnten, und dann sagte Azim Rahman ins Telefon: »Ja, hier ist Tannenbaum.«

Tannenbaum?

Er hörte zu und sagte dann: »Es tut mir Leid. Ich habe mich verfahren.«

Er lauschte wieder, und dann wandelte sich sein Gesichtsausdruck, er sah uns an und sagte dann etwas ins Telefon. Ich habe keine Ahnung, was er sagte, denn er sprach Arabisch.

Er setzte das Gespräch auf Arabisch fort und zuckte uns gegenüber hilflos die Achseln. Aber Juan war cool, tat so, als würde er zuhören, nickte und flüsterte mir sogar etwas ins Ohr. Er flüsterte mir zu: »Was, zum Teufel, redet der da?«

Ich stellte Blickkontakt mit Mr. Rahman her, bildete lautlos mit den Lippen das Wort »Ventura« und fuhr mir mit der Handkante über die Kehle, eine Geste, die über alle Sprachgrenzen hinweg verständlich ist.

Er setzte das Gespräch fort und obwohl niemand von uns Arabisch verstand, war es offensichtlich, dass Mr. Khalil Mr. Rahman in Verlegenheit brachte. Und tatsächlich fing Mr. Rahman an zu schwitzen. Schließlich hielt er sich das Telefon vor die Brust und sagte einfach: »Er möchte mit meinen neuen Freunden sprechen.«

Niemand sagte etwas.

Mr. Rahman sah völlig verzweifelt aus und sagte zu uns: »Es tut mir Leid. Ich hab's versucht. Der Mann ist einfach zu schlau. Er hat mich aufgefordert, auf die Hupe in meinem Laster zu drücken. Er weiß Bescheid. Ich habe ihm nichts verraten. Bitte. Ich will nicht mehr mit ihm sprechen.«

Also nahm ich das Handy und sprach plötzlich mit Assad Khalil. Ich sagte freundlich: »Hallo? Mr. Khalil?«

Eine tiefe Stimme antwortete: »Ja. Und wer sind Sie?«

Es ist keine gute Idee, einem Terroristen den eigenen Namen zu verraten, und deshalb sagte ich: »Ich bin ein Freund von Mr. Wiggins.«

»Sind Sie das? Und wo ist Mr. Wiggins?«

»Er ist unterwegs. Und wo sind Sie, Sir?«

Er lachte. Ha, ha, ha. Er sagte: »Ich bin auch unterwegs.«

Ich hatte die Lautstärke aufgedreht und hielt mir das Handy weg vom Gesicht. Ich hatte sieben Köpfe um mich her. Wir waren alle interessiert, was Assad Khalil zu sagen hatte, lauschten aber auch auf irgendwelche Hintergrundgeräusche, die uns verraten konnten, wo er sich aufhielt. Ich sagte: »Wieso kommen Sie nicht zum Haus von Mr. Wiggins und warten hier auf ihn?«

»Ich warte lieber anderswo auf ihn.«

Der Typ war aalglatt. Ich wollte ihn nicht verlieren und widerstand also der Versuchung, ihn einen kamelfickenden Schweinekerl von einem Mörder zu nennen. Ich spürte mein Herz wild pochen und holte tief Luft.

»Hallo? Sind Sie noch da?«

Ich erwiderte: »Ja, Sir. Gibt es da etwas, das Sie mir sagen möchten?«

»Vielleicht schon. Aber ich weiß ja nicht, wer Sie sind.«

»Ich bin vom FBI.«

Es herrschte Schweigen, dann: »Und haben Sie auch einen Namen?«

»John. Was möchten Sie mir denn sagen?«

»Was möchten Sie denn wissen, John?«

»Tja, ich glaube, ich weiß so ziemlich alles, was es zu wissen gibt. Deshalb bin ich ja hier, nicht wahr?«

Er lachte. Ich kann es nicht ausstehen, wenn Drecksäue lachen. Er sagte: »Dann will ich Ihnen mal etwas erzählen, was Sie vielleicht noch nicht wissen.«

»Nur zu.«

»Mein Name ist, wie Sie wissen, Assad, aus der Familie Khalil. Ich hatte einmal einen Vater, eine Mutter, zwei Brüder und zwei Schwestern.« Dann nannte er mir ihre Namen und ein paar andere Einzelheiten über seine Familie und schloss mit den Worten: »Sie sind alle tot.«

Er sprach weiter, erzählte von der Nacht des 15. April 1986, als hätte er sie noch ganz frisch im Gedächtnis, was vermutlich auch stimmte. Er beendete seine Geschichte mit den Worten: »Die Amerikaner haben meine gesamte Familie umgebracht.«

Ich sah zu Kate hinüber, und wir nickten einander zu. Das hatten wir richtig verstanden, aber das spielte nun auch keine große Rolle mehr. Ich sagte zu Assad Khalil: »Ich kann das wirklich mitfühlen, und ich ...«

»Ich brauche Ihr Mitgefühl nicht.« Dann sagte er: »Ich habe mich mein ganzes Leben lang darauf vorbereitet, meine Familie und mein Land zu rächen.«

Das würde ein schwieriges Gespräch werden, denn wir hatten wenig Gemeinsamkeiten, aber da ich ihn dranbehalten wollte, nutzte ich Techniken, die ich im Seminar für Geiselbefreiungen gelernt hatte, und sagte: »Also dafür habe ich absolut Verständnis. Nun wäre es doch an der Zeit, der ganzen Welt Ihre Geschichte zu erzählen.«

»Noch nicht. Meine Geschichte ist noch nicht zu Ende.«

»Aha. Aber wenn sie das ist, möchten Sie uns das doch bestimmt gern in allen Einzelheiten erzählen, und ich würde Ihnen gern die Gelegenheit dazu geben.«

»Sie müssen mir keine Gelegenheiten geben. Ich schaffe mir selbst Gelegenheiten.«

Ich atmete tief durch. Der übliche Kram zog hier offenbar nicht. Aber ich versuchte es noch mal. »Schauen Sie, Mr. Khalil, ich würde Sie gerne treffen und mich persönlich mit Ihnen unterhalten, allein ...«

»Ich würde die Möglichkeit begrüßen, Sie allein zu treffen. Vielleicht holen wir das mal nach.«

»Wie wär's mit heute?«

»Ein andermal. Vielleicht komme ich Sie eines Tages zu

Hause besuchen, wie ich das auch bei General Waycliff und bei Mr. Grey gemacht habe.«

»Rufen Sie vorher an.«

Er lachte. Tja, das Arschloch spielte mit mir, aber das ist schon in Ordnung. Das gehört dazu. Das führte wohl alles zu nichts, aber wenn er reden wollte, war mir das recht. Ich fragte ihn: »Wie möchten Sie denn eigentlich das Land verlassen, Mr. Khalil?«

»Ich weiß nicht. Was schlagen Sie vor?«

Arschloch. »Tja, wie wäre es, wenn wir Sie nach Libyen ausfliegen und gegen ein paar Leute austauschen, die wir gerne hätten?«

»Wen hätten Sie denn lieber hier im Gefängnis als mich?«

Da hast du Recht, Arschloch. »Aber wenn wir Sie schnappen, bevor Sie das Land verlassen, werden wir Ihnen kein so gutes Angebot machen.«

»Sie beleidigen meine Intelligenz. Gute Nacht.«

»Bleiben Sie dran. Wissen Sie, Mr. Khalil, ich bin seit über zwanzig Jahren in diesem Gewerbe, und Sie sind der ...« *Fieseste Drecksack* »... der klügste Mann, mit dem ich es je zu tun hatte.«

»Vielleicht kommen Ihnen aus Ihrer Warte alle anderen klug vor.«

Mir wäre fast der Kragen geplatzt, und ich atmete tief durch und sagte: »Wie zum Beispiel diesen Mann in Frankfurt umlegen lassen, damit wir denken, Sie hätten das getan.«

»Das war ebenfalls klug, ja. Aber nicht richtig clever.« Er fügte hinzu: »Und ich gratuliere Ihnen dazu, wie Sie die Nachrichtenleute in Unwissenheit belassen haben. Aber vielleicht waren Sie ja selbst unwissend.«

»Tja, ein wenig von beidem. Übrigens, Mr. Khalil, da ich Sie gerade mal dran habe: Haben Sie sonst noch jemanden ... Sie würden vermutlich sagen: beseitigt, wovon wir nichts wissen?«

»Ja, das habe ich. In der Nähe von Washington einen Hotelportier und in South Carolina einen Tankwart.«

»Weshalb haben Sie das getan?«

»Sie hatten mein Gesicht gesehen.«

»Aha. Tja, das ist gut ... Aber die Pilotin in Jacksonville hat Ihr Gesicht doch auch gesehen.«

Es entstand eine lange Pause, und dann erwiderte Khalil: »Ein paar Einzelheiten kennen Sie also doch.«

»Aber sicher. Gamal Jabbar. Yusef Haddad an Bord des Flugzeugs. Wieso erzählen Sie mir nicht von Ihren Reisen und von den Leuten, denen Sie unterwegs begegnet sind?«

Dagegen hatte er nichts einzuwenden, und er erzählte mir ausführlich von seinen Reisen mit Auto und Flugzeug, von den Leuten, denen er begegnet war und die er umgebracht hatte, wo er übernachtet hatte, was er gesehen und unternommen hatte und so weiter. Ich dachte, wir könnten ihn vielleicht zu fassen kriegen, wenn wir herausfanden, welche falsche Identität er benutzt hatte, aber er ließ diese Seifenblase platzen, indem er sagte: »Ich habe eine vollständig neue Identität angenommen, und ich versichere Ihnen, dass ich keine Schwierigkeiten haben werde, das Land zu verlassen.«

»Wann reisen Sie ab?«

»Wann ich möchte.« Dann sagte er: »Ich bedaure natürlich bloß, dass ich nicht mehr die Gelegenheit hatte, Mr. Wiggins zu treffen. Was Colonel Callum angeht, so soll er ruhig unter Qualen sterben.«

Meine Güte. Was für ein Scheißkerl. Leicht gereizt erwiderte ich: »Sie können mir danken, dass ich Wiggins das Leben gerettet habe.«

»Ach ja? Und wer sind Sie?«

»Das sagte ich bereits. John.«

Er schwieg kurz und sagte dann: »Gute Nacht.«

»Bleiben Sie dran. Ich unterhalte mich so gerne mit Ihnen. Hey, habe ich Ihnen schon erzählt, dass ich als einer der ersten Bundesagenten an Bord des Flugzeugs war?«

»Tatsächlich?«

»Wissen Sie, was ich mich frage? Ich frage mich, ob wir einander begegnet sind. Halten Sie das für möglich?«

»Das ist möglich.«

»Sie hatten doch einen blauen Overall von einem Gepäckmann der Trans-Continental an. Nicht wahr?«

»Das stimmt.«

»Tja, und ich war der Kerl in dem hellbraunen Anzug. Ich hatte diese gut aussehende Blondine dabei.« Ich zwinkerte Kate zu. »Erinnern Sie sich an uns?«

Er antwortete nicht sofort und sagte dann: »Ja. Ich stand auf der Wendeltreppe.« Er lachte. »Sie haben mir befohlen, das Flugzeug zu verlassen. Danke.«

»Donnerwetter! Das waren Sie? Die Welt ist klein.«

Mr. Khalil sponn den Faden weiter und sagte: »Ich habe ihr Foto in den Zeitungen gesehen. Sie und diese Frau. Ja. Und Ihr Name stand auch in Mr. Webers Memo, das ich im Conquistador Club gefunden habe. Mr. John Corey und Miss Kate Mayfield. Natürlich.«

»Na, schau mal einer an.« *Du Schwein.*

»Und, Mr. Corey, ich glaube, ich habe von Ihnen geträumt. Ja, es war ein Traum und ein Gefühl, als ... als wären Sie ganz nah.«

»Im Ernst? Und? Haben wir uns amüsiert?«

»Sie versuchten, mich zu fangen, aber ich war klüger und schneller als Sie.«

»Ich hatte einen genau entgegengesetzten Traum. Hey, ich würde Sie wirklich gerne treffen und auf einen Drink einladen. Sie hören sich wie ein lustiger Kerl an.«

»Ich trinke nicht.«

»Sie trinken keinen Alkohol. Sie trinken Blut.«

Er lachte. »Ja, tatsächlich, General Waycliffs Blut habe ich abgeleckt.«

»Sie sind ein geistesgestörter Kamelficker, wissen Sie das?«

Er dachte darüber nach und sagte dann: »Vielleicht werden wir uns vor meiner Abreise doch noch begegnen. Das wäre sehr nett. Wie kann ich Sie erreichen?«

Ich nannte ihm meine Nummer bei der ATTF und sagte: »Sie können jederzeit anrufen. Wenn ich mal nicht da bin, hinterlassen Sie eine Nachricht, dann rufe ich zurück.«

»Und Ihre Privatnummer?«

»Die brauchen Sie nicht. Ich arbeite sowieso rund um die Uhr.«

»Und sagen Sie Mr. Rahman bitte, dass ihn jemand besuchen wird, wie auch Mr. Wiggins.«

»Das können Sie vergessen, Sportsfreund. Ach, übrigens, wenn ich Sie kriege, dann trete ich Ihnen die Eier in die Fresse und dann reiße ich Ihnen den Kopf ab und scheiße Ihnen in den Hals.«

»Wir werden sehen, wer wen kriegt, Mr. Corey. Und grüßen Sie Miss Mayfield von mir. Einen schönen Tag noch.«

»Ihre Mutter hat es mit Gaddafi getrieben. Deshalb hat Muammar Ihren Vater damals in Paris umlegen lassen, Sie blöder ...« Er hatte aufgelegt, und ich stand eine Weile da und versuchte mich zusammenzureißen. Im Raum war es mucksmäuschenstill.

Schließlich sagte Tom: »Das haben Sie gut gemacht.«

»Ja.« Ich ging ins Fernsehzimmer, wo ich eine Bar entdeckt hatte, und schenkte mir ein paar Zentimeter Scotch ein. Ich atmete tief durch und trank ihn auf ex.

Kate kam ins Zimmer und fragte leise: »Alles in Ordnung?«

»Es geht gleich wieder. Möchtest du auch was trinken?«

»Ja, aber nein, danke.«

Ich schenkte mir nach und starrte ins Nirgendwo.

Kate sagte: »Ich glaube, wir können jetzt gehen.«

»Wohin?«

»Wir nehmen ein Motelzimmer und übernachten in Ventura, und morgen melden wir uns dann bei der Außenstelle in LA. Ich kenne da noch ein paar Leute, und die möchte ich dir vorstellen.«

Ich sagte nichts.

Sie sagte: »Und dann zeige ich dir LA ein wenig, wenn du möchtest, und dann fliegen wir zurück nach New York.«

Ich sagte: »Er ist hier. Er ist ganz in der Nähe.«

»Ich weiß. Wir bleiben noch ein paar Tage und sehen, was sich tut.«

»Ich will, dass sämtliche Autovermietungen überprüft werden, ich will, dass die ganze libysche Gemeinde auf den Kopf gestellt wird, Häfen und Flughäfen überwacht, die mexikanische Grenze unter strenger ...«

»John, das wissen wir alles. Das wird bereits gemacht. Und in New York auch.«

Ich setzte mich hin und nippte von meinem Scotch. »Verdammte Scheiße.«

»Schau mal, wir haben Wiggins das Leben gerettet.«

Ich stand auf. »Ich knöpfe mir Rahman nochmal vor.«

»Der weiß sonst nichts, und das weißt du auch.«

Ich setzte mich wieder und trank meinen Scotch aus. »Ja ... tja, ich schätze mal, mir gehen gerade die Ideen aus.« Ich sah sie an. »Was meinst du?«

»Ich meine, dass es Zeit ist, diese Leute ihre Arbeit machen zu lassen. Gehen wir.«

Ich stand auf. »Meinst du, die lassen uns ein bisschen mit der Kleberkanone spielen?«

Sie lachte, so ein Lachen, das eher einem Seufzer der Erleichterung gleicht, wenn sich jemand, den man mag, komisch aufgeführt hat und sich dann wieder einkriegt.

Ich sagte: »Okay. Hauen wir ab.«

Wir gingen zurück ins Wohnzimmer, um uns zu verabschieden. Rahman war irgendwohin verschwunden, und alle wirkten ein wenig niedergeschlagen. Tom sagte zu Kate und mir: »Ich habe Chuck angerufen. Er fährt Sie zu einem Motel.«

Genau in diesem Moment klingelte Toms Handy, und alle waren sofort mucksmäuschenstill. Er hielt sich das Telefon ans Ohr, lauschte und sagte dann: »Okay ... okay ... nein, halten Sie ihn nicht an ... Wir kümmern uns darum.« Er legte auf und sagte: »Elwood Wiggins kommt nach Hause.« Er fügte hinzu: »Er hat eine Frau bei sich im Wagen.«

Tom instruierte die Anwesenden: »Wir bleiben hier im Wohnzimmer und lassen Mr. Wiggins und seine Freundin ins Haus kommen – durch die Garage oder die Haustür. Und wenn er uns sieht ...«

»Kreischen wir alle: ›Überraschung!‹«, schlug ich vor.

Tom lächelte tatsächlich und sagte: »Schlechte Idee. Ich werde ihn beruhigen und ihm die Lage erläutern.«

Ich kann es nicht ausstehen, wenn die Leute ohnmächtig werden oder davonlaufen. Meistens halten sie einen ja für einen Geldeintreiber.

Ich musste nicht unbedingt hier bleiben, um den großen Moment mitzuerleben, aber dann dachte ich doch, dass ich Chip Wiggins gern kennen lernen würde, nur um meine Neugierde zu stillen und zu sehen, wie er aussah und sich anhörte. Gott, da bin ich mir sicher, wacht über seine unbedarftesten und unbekümmertsten Geschöpfe.

Ein paar Minuten später hörten wir ein Auto auf die Auffahrt einbiegen, dann ging das Garagentor auf und schloss sich wieder, dann wurde die Küchentür geöffnet und in der Küche Licht angeschaltet.

Wir hörten, wie Mr. Wiggins herumstöberte und den Kühlschrank aufmachte. Schließlich sagte er zu seiner Freundin: »Hey, wo kommt denn das ganze Essen her?« Dann: »Und wem gehören die Baseballkappen? Hey, Sue, auf den Kappen steht FBI drauf.«

Sue sagte: »Ich glaube, hier war jemand, Chip.«

Wie hast du das bloß erraten, Baby?

»Ja«, stimmte Chip zu und fragte sich vielleicht, ob er im richtigen Haus war.

Wir warteten geduldig ab, bis Mr. Wiggins ins Wohnzimmer kommen würde.

Er sagte: »Bleib hier. Ich schau mich mal um.«

Chip Wiggins betrat sein Wohnzimmer und blieb wie angewurzelt stehen.

Tom sagte: »Erschrecken Sie bitte nicht.« Er zeigte seinen Dienstausweis vor. »FBI.«

Chip Wiggins starrte die vier Männer und vier Frauen an, die in seinem Wohnzimmer standen. Er sagte: »Was ...?«

Chip trug Jeans, T-Shirt und Wanderstiefel und sah ziemlich braun gebrannt und fit aus und jünger, als er war. In Kalifornien sehen alle braun gebrannt und fit und jung aus, abgesehen von Leuten wie mir, die nur auf der Durchreise sind.

Tom sagte: »Mr. Wiggins, wir würden uns gerne kurz mit Ihnen unterhalten.«

»Hey, was soll denn das alles?«

Seine Freundin spähte hinter dem Türpfosten hervor und fragte: »Was ist denn hier los, Chip?«

Chip erklärte ihr, wo die FBI-Kappen herkamen.

Ein paar Minuten später oder so ließ man Chip sich setzen, und die Dame wurde von Edie ins Fernsehzimmer geleitet. Chip war entspannt, aber neugierig. Die Dame war übrigens ein Prachtweib, aber das fiel mir in diesem Moment nicht auf.

Tom begann mit den Worten: »Mr. Wiggins, es geht um den Bombenangriff, an dem Sie am 15. April 1986 teilgenommen haben.«

»Ach du Scheiße.«

»Wir haben uns erlaubt, Ihr Haus zu betreten, weil wir Informationen hatten, dass ein libyscher Terrorist ...«

»Ach du Scheiße.«

»Wir haben die Lage im Griff, aber wir müssen Sie leider bitten, eine Zeit lang nicht mehr zur Arbeit zu gehen und Urlaub zu nehmen.«

»Hä?«

»Dieser Mann ist noch auf freiem Fuß.«

»Scheiße.«

Tom erläuterte Chip ein wenig die Hintergründe und sagte dann: »Wir haben leider schlechte Nachrichten für Sie. Einige Ihrer Schwarmkameraden sind ermordet worden.«

»Was?«

»Dieser Mann, Assad Khalil, hat sie umgebracht.« Tom reichte Chip ein Foto von Khalil und bat ihn, es sich genau anzusehen.

Chip starrte das Foto an, legte es dann beiseite und fragte: »Wer ist umgebracht worden?«

Tom erwiderte: »General Waycliff und seine Frau ...«

»O Gott ... Terry ist tot? Und Gail ...?«

»Ja, Sir. Es tut mir Leid. Und auch Paul Grey, William Satherwaite und James McCoy.«

»O Gott ... Ach du Scheiße ...«

»Und wie Sie vielleicht wissen, wurde Colonel Hambrecht im Januar in England ermordet.«

Chip bekam sich wieder in den Griff, und allmählich dämmerte ihm, dass er dem Tod gerade noch mal von der Schippe gesprungen war. »Verdammte Scheiße ...« Er stand auf und sah sich um, als suchte er nach einem Terroristen. Er fragte: »Wo ist der Kerl?«

»Wir bemühen uns, ihn zu verhaften.« Tom versicherte Chip: »Wir können heute Nacht bei Ihnen bleiben, obwohl ich nicht glaube, dass er hier auftauchen wird, oder wir warten, bis Sie gepackt haben, und begleiten Sie dann ...«

»Ich muss hier weg.«

»Gut.«

Chip Wiggins stand für einen Moment tief in Gedanken versunken da, wahrscheinlich so tief wie lange nicht mehr, und sagte dann: »Wissen Sie, ich habe das immer gewusst ... Ich meine, ich habe das damals zu Bill gesagt, nachdem wir die Bomben abgeworfen hatten und zurückflogen ... Ich habe zu ihm gesagt, dass sich diese Schweine das nicht gefallen lassen würden ... Ach du Scheiße ... Bill ist tot?«

»Ja, Sir.«

»Und Bob? Bob Callum?«

»Der wird streng bewacht.«

Ich meldete mich zu Wort und sagte zu Chip: »Warum besuchen Sie ihn nicht?«

»Ja ... gute Idee. Ist er in der Luftwaffenakademie?«

»Ja, Sir«, sagte ich. »Da können wir auf Sie beide aufpassen.« Und außerdem würde das Kosten sparen.

Tja, es nützte ja nichts, noch zu bleiben, und deshalb verabschiedeten Kate und ich uns, während Chip packen ging. Er wirkte zwar wie jemand, der einem eine Unterhose borgen würde, aber er hatte schon genug Sorgen.

Kate und ich gingen nach draußen und standen in der linden Abendluft und warteten auf Chuck. Kate meinte: »Chip Wiggins ist wirklich ein Glückspilz.«

»Stimmt. Hast du das Mädel gesehen?«

»Weshalb rede ich eigentlich überhaupt mit dir?«

»Tschuldige.« Ich überlegte kurz und sagte dann: »Wozu braucht er denn ein Gewehr?«

»Wer? Ach, du meinst Khalil.«

»Ja. Khalil. Wozu braucht er das Gewehr?«

»Wir wissen nicht, ob es sich um ein Gewehr gehandelt hat.«

»Gehen wir mal davon aus. Wozu braucht er ein Gewehr? Nicht, um Chip in seinem Haus umzubringen.«

»Stimmt. Aber vielleicht wollte er ihn woanders umbringen. Im Wald.«

»Nein, dieser Kerl macht das aus der Nähe und von Mann zu Mann. Ich weiß, dass er mit seinen Opfern spricht, bevor er sie umbringt. Wozu braucht er da ein Gewehr? Um jemanden zu töten, dem er nicht nahe kommen kann. Jemanden, mit dem er nicht sprechen muss.«

»Ich glaube, da hast du Recht.«

Der Wagen kam, und wir stiegen ein – ich vorn und Kate hinten. Chuck saß am Steuer. Er sagte: »Dumm gelaufen. Wollen Sie ein gutes Motel?«

»Klar. Mit Spiegeln an der Decke.«

Jemand schlug mir von hinten auf den Kopf.

Und so fuhren wir davon, in Richtung Ozean, wo es, wie Chuck meinte, ein paar nette Motels mit Blick auf den Pazifik gab.

Ich fragte Chuck: »Gibt es hier in der Gegend einen Drive-In-Unterwäscheladen, der rund um die Uhr geöffnet hat?«

»Einen was?«

»Sie wissen schon. In Kalifornien gibt es doch diese ganzen 24-Stunden-Läden zum Durchfahren. Ich habe mich gefragt, ob ...«

Kate sagte: »Halt den Mund, John. Achten Sie nicht auf ihn, Chuck.«

Während der Fahrt unterhielten sich Kate und Chuck über Logistik und Pläne für den nächsten Tag.

Ich dachte an Mr. Assad Khalil und an unser Gespräch. Ich versuchte mich in seinen Wirrkopf hineinzuversetzen und überlegte, was ich an seiner Stelle als Nächstes tun würde.

Nur eines wusste ich mit Sicherheit: Assad Khalil reiste nicht heim. Wir würden wieder von ihm hören. Und zwar bald.

Kapitel 49

Chuck reservierte uns mit seinem Handy zwei Zimmer in einem Motel namens Ventura Inn, direkt am Strand. Er gab meine Kreditkartennummer durch, bekam den verbilligten Zimmerpreis für Staatsdiener und versicherte mir, dass ich diese Spesen erstattet bekäme.

Chuck reichte Kate eine kleine Papiertüte und sagte: »Ich habe Ihnen unterwegs eine Zahnbürste und Zahnpasta besorgt. Wenn Sie sonst noch was brauchen, können wir gern irgendwo anhalten.«

»Das reicht schon.«

»Und was haben Sie für mich besorgt?«, fragte ich.

Er zog eine zweite Papiertüte unter seinem Sitz hervor und reichte sie mir mit den Worten: »Nägel, an denen Sie kauen können.«

Ha, ha, ha.

Ich öffnete die Tüte und fand darin Zahnpasta, eine Zahnbürste, einen Rasierer und eine kleine Tube Rasiercreme. »Danke.«

»Zahlt die Regierung.«

»Ich bin überwältigt.«

»Zu Recht.«

Ich verstaute den Kram in meinen Jackett-Taschen. Zehn Minuten später kamen wir zu einem Hochhaus, auf dessen Vordach VENTURA INN BEACH RESORT stand. Chuck hielt vor dem Eingang und sagte: »Unser Büro ist die ganze Nacht besetzt. Rufen Sie uns an, wenn Sie irgendwas brauchen.«

Ich sagte zu Chuck: »Und wenn sich irgendwas tut, dann rufen Sie uns an, sonst werde ich sehr, sehr böse.«

»Sie sind der Boss, John! Tom war ganz beeindruckt davon, wie Sie heute den Paketboten dazu gebracht haben, freiwillig zu kooperieren.«

Ich sagte: »Ein bisschen Psychologie ist oft sehr hilfreich.«

»Ehrlich gesagt, gibt es hier viele Softies und Gutmenschen. Ab und zu ist es schön, auch mal einen Fleisch fressenden Dinosaurier zu sehen.«

»Soll das ein Kompliment sein?«

»So in der Art. Also, wann möchten Sie morgen früh abgeholt werden?«

Kate antwortete: »Um halb acht.«

Chuck winkte und fuhr davon.

Ich meinte: »Bist du verrückt? Das ist halb fünf nach New Yorker Zeit.«

»Das ist halb elf nach New Yorker Zeit.«

»Bestimmt?«

Sie ignorierte mich und betrat das Hotelfoyer. Ich folgte ihr.

Es war ein angenehmer Laden, und aus der Lounge hörte ich Klaviermusik.

Der Portier begrüßte uns herzlich und teilte uns mit, dass er für uns im zwölften Stock Zimmer mit fabelhaftem Ozeanblick hätte. Für die Hüter der westlichen Zivilisation ist nichts zu schade.

Ich fragte ihn: »Welcher Ozean?«

»Der Pazifik, Sir.«

»Haben Sie auch welche mit Blick auf den Atlantik?«

Er lächelte.

Wir füllten die Anmeldeformulare aus, und der Portier nahm einen Abdruck meiner American-Express-Karte, die aufstöhnte, als er sie in das Gerät einlegte. Kate nahm ein Foto und ihren Dienstausweis aus der Tasche und fragte den Portier: »Haben Sie diesen Mann schon mal gesehen?«

Der Portier schien nun weniger froh als zuvor, als er noch gedacht hatte, wir wären nur auf der Durchreise. Er betrachtete das Foto von Assad Khalil und sagte: »Nein, Ma'am.«

Kate sagte: »Behalten Sie das. Und rufen Sie uns an, wenn Sie ihn sehen.« Sie fügte hinzu: »Er wird wegen Mordes gesucht.«

Der Portier nickte und stellte das Foto hinter den Tresen.

Kate sagte zu ihm: »Geben Sie das auch an Ihre Ablösung weiter.«

Wir bekamen unsere Schlüsselkarten, und ich schlug vor, in der Lounge etwas zu trinken.

Kate sagte: »Ich bin völlig fertig. Ich gehe schlafen.«

»Es ist erst zehn.«

»Es ist ein Uhr nachts in New York. Ich bin müde.«

Mir kam plötzlich der unerfreuliche Gedanke, dass ich alleine trinken und alleine schlafen würde.

Wir gingen zum Fahrstuhl und fuhren schweigend hoch.

Etwa im zehnten Stock fragte mich Kate: »Bist du jetzt eingeschnappt?«

»Ja.«

Der Fahrstuhl kam in der obersten Etage an, und wir stiegen aus. Kate sagte: »Ich möchte aber nicht, dass du eingeschnappt bist. Komm auf einen Drink mit in mein Zimmer.«

Also gingen wir in ihr Zimmer, das groß war, und da wir keinen Koffer auszupacken hatten, machten wir uns aus der Minibar schnell zwei Scotch mit Soda und gingen damit auf den Balkon. Sie sagte: »Vergessen wir den Fall für heute Abend mal.«

»Okay.« Wir setzten uns auf zwei Stühle mit einem runden Tisch dazwischen und betrachteten den Ozean im Mondschein.

Das erinnerte mich irgendwie an meinen Kuraufenthalt im Haus meines Onkels, am Meer, auf Long Island. Es erinnerte mich an die Nacht, in der Emma und ich dort saßen und Cognac tranken, nachdem wir nackt in der Bucht geschwommen waren.

Ich bekam schlechte Laune und sträubte mich dagegen.

Kate fragte: »Woran denkst du?«

»An das Leben.«

»Keine gute Idee.« Sie sagte: »Ist dir schon mal in den Sinn gekommen, dass du diesen Beruf ausübst und so viel und hart arbeitest, weil du keine Zeit haben willst, über dein Leben nachzudenken?«

»Bitte.«

»Hör mir zu. Du bedeutest mir wirklich viel, und ich spüre, dass du auf der Suche nach etwas bist.«

»Ja, nach sauberer Unterwäsche.«

»Du kannst deine blöde Unterwäsche doch wohl mal *waschen*.«

»Auf die Idee bin ich noch gar nicht gekommen.«

»Schau mal, John, ich bin einunddreißig, und ich war nie drauf und dran zu heiraten.«

»Das wundert mich jetzt aber.«

»Damit du Bescheid weißt: An mangelnden Anträgen hat es nicht gelegen.«

»Schon klar.«

»Meinst du, dass du wieder heiraten wirst?«

»Wie tief fällt man wohl, wenn man von diesem Balkon springt?«

Ich dachte, meine Schnoddrigkeit würde sie wütend machen, aber stattdessen lachte sie. Manchmal kann man als Mann nichts richtig machen, und manchmal kann man als Mann nichts falsch machen; das liegt nicht daran, um welchen Mann es sich handelt, sondern allein an der Frau.

Kate sagte: »Das hast du heute übrigens fabelhaft gemacht. Ich bin beeindruckt. Und ich habe sogar noch etwas gelernt.«

»Gut. Wenn du einem Kerl in dieser Stellung ein Knie in die Eier rammst, kannst du sie ihm leicht auch in den Unterleib stoßen. Da musst du also aufpassen.«

Kluge Frau, die sie war, sagte sie: »Ich glaube nicht, dass du ein gewalttätiger oder sadistisch veranlagter Mensch bist. Ich glaube, du tust einfach in einem bestimmten Moment, was du tun musst. Und ich glaube nicht, dass es dir Spaß macht. Das ist wichtig.«

Sehen Sie, was ich meine? In Kates Augen konnte ich nichts falsch machen.

Sie hatte in der Blazertasche noch zwei kleine Fläschchen Scotch mitgebracht und die öffnete sie nun und goss sie uns ein. Eine Minute später oder so sagte sie: »Ich weiß von dieser Geschichte auf Plum Island.«

»Von welcher Geschichte?«

»Dass du diesem Kerl die Eingeweide herausgerissen hast.«

Ich atmete tief durch, sagte aber nichts.

Sie ließ ein paar Sekunden verstreichen und sagte dann: »Wir haben alle eine dunkle Seite. Das ist schon in Ordnung.«

»Also, eigentlich hat es mir Spaß gemacht.«

»Nein, hat es nicht.«

»Nein, hat es nicht. Aber ... es gab da mildernde Umstände.«

»Ich weiß. Er hatte jemanden umgebracht, an dem dir sehr viel lag.«

»Wechseln wir das Thema.«

»Gern. Ich wollte bloß, dass du weißt, dass ich verstehen kann, was da passiert ist.«

»Gut. Ich gebe mir Mühe, so was nicht wieder zu machen.« Sehen Sie, was ich meine? Ich hatte diesem Kerl die Eingeweide rausgeschnitten, und es war in Ordnung. Und es *war* auch in Ordnung, denn er hatte es verdient.

Wir ließen das Thema mal ein bisschen ruhen. Wir tranken und schauten wie gebannt hinaus auf den Ozean. Man konnte hören, wie die Wellen leise an den Strand brandeten. Was für ein Ausblick. Eine leichte Brise kam auf, und ich konnte die See riechen. Ich fragte sie: »Hat es dir hier gefallen?«

»Kalifornien ist nett. Die Leute hier sind sehr freundlich.«

Zugedröhnt wird ja gern mit freundlich verwechselt – aber weshalb hätte ich ihre Erinnerungen vergällen sollen? »Hattest du hier einen Freund?«

»So was Ähnliches.« Sie fragte mich: »Willst du meine sexuelle Biografie hören?«

»Wie lange würde das dauern?«

»Nicht mal ein Stunde.«

Ich lächelte.

Sie fragte mich: »War deine Scheidung schlimm?«

»Überhaupt nicht. Die Ehe war schlimm.«
»Weshalb hast du sie geheiratet?«
»Sie hat mir einen Antrag gemacht.«
»Kannst du denn nicht nein sagen?«
»Tja ... Ich dachte, ich würde sie lieben. Außerdem war sie stellvertretende Bezirksstaatsanwältin, und wir waren beide auf der Seite der Engel. Dann hat sie eine hoch dotierte Stelle als Strafverteidigerin angenommen. Sie hat sich verändert.«
»Nein, hat sie nicht. Sie hatte nur einen anderen Job. Könntest du als Strafverteidiger arbeiten? Könntest du ein Verbrecher sein?«
»Da hast du schon Recht. Aber ...«
»Und sie hat viel mehr Geld damit verdient, Verbrecher zu verteidigen, als du damit verdient hast, sie festzunehmen.«
»Mit Geld hatte das nichts zu tun ...«
»Ich will nicht behaupten, dass es falsch ist, womit sie ihr Geld verdient. Ich sage nur, dass ... Wie hieß sie gleich?«
»Robin.«
»Dass Robin für dich auch schon nicht die Richtige war, als sie noch als Staatsanwältin gearbeitet hat.«
»Da ist was dran. Kann ich jetzt springen? Oder hast du mir noch mehr zu sagen?«
»Habe ich. Warte. Und dann lernst du also Beth Penrose kennen, die auf der gleichen Seite des Gesetzes steht wie du, und du reagierst einfach gegen deine Ex-Frau. Bei einer Polizistin fühlst du dich wohl. Und hast wahrscheinlich nicht so ein schlechtes Gewissen. Das war ja bestimmt kein Vergnügen im Revier, als du noch mit einer Strafverteidigerin verheiratet warst.«
»Ich finde, jetzt reicht's.«
»Nein, es reicht noch nicht. Dann komme ich daher. Die perfekte Trophäe. Nicht wahr? FBI. Anwältin. Deine Vorgesetzte.«

»Hör sofort auf. Ich darf dich daran erinnern, dass du angefangen hast. Vergiss es.«

»Bist du sauer?«

»Und ob ich sauer bin.« Ich stand auf. »Ich gehe.«

Sie erhob sich ebenfalls. »Na gut. Dann geh doch. Aber du musst dich mal den Realitäten stellen, John. Du kannst dich nicht ewig hinter dieser Fassade des knallharten Kerls und Sprücheklopfers verstecken. Eines Tages, vielleicht schon bald, gehst du in den Ruhestand und dann musst du mit dem wahren John Corey leben. Keine Knarre, kein Dienstausweis, keine Leute mehr verhaften. Du musst niemanden mehr schützen, auch nicht die Gesellschaft. Dann bist du ganz auf dich gestellt, und du kennst dich ja nicht mal.«

»Du dich auch nicht. Das ist der übliche kalifornische Psycho-Schwachsinn, und dabei bist du gerade mal seit halb acht hier. Gute Nacht.«

Ich ging vom Balkon durchs Zimmer hinaus auf den Flur. Ich fand mein Zimmer nebenan und ging hinein.

Ich kickte mir die Schuhe von den Füßen, warf mein Jackett aufs Bett, schnallte mein Holster ab und zog mir Hemd, Krawatte und kugelsichere Weste aus. Dann holte ich mir aus der Minibar etwas zu trinken.

Ich war ziemlich aufgebracht und fühlte mich so richtig scheiße. Schließlich wusste ich, worauf Kate da hinauswollte, und ich wusste auch, dass es nicht böse gemeint war, aber man musste mich nun wirklich nicht dazu zwingen, mich dem Monster im Spiegel zu stellen.

Miss Mayfield hätte, wenn ich ihr noch ein paar Minuten gelassen hätte, ein wunderhübsches Bild gemalt, wie das Leben aussehen könnte, wenn wir es gemeinsam angingen.

Frauen denken, ein perfekter Ehemann wäre alles, was ihnen zu einem perfekten Leben noch fehlt. Irrtum. Erstens gibt es keine perfekten Ehemänner. Nicht mal viele gute. Und zweitens hatte sie mit mir Recht, und ich würde mich nicht bessern, wenn ich mit Kate Mayfield zusammen lebte.

Ich beschloss, meine Unterhose zu waschen, dann ins Bett zu gehen und Kate Mayfield nicht wieder zu sehen, wenn dieser Fall abgeschlossen war.

Es klopfte an der Tür. Ich sah durch den Spion und machte auf.

Sie kam herein, und wir standen da und sahen einander an.

Ich kann in solchen Situationen echt hart sein und hatte nicht die Absicht, auch nur einen Millimeter nachzugeben oder mit einem Küsschen alles zu verzeihen. Mir war nicht mal mehr nach Sex zumute.

Doch sie trug einen weißen Hotelbademantel aus Frottee, und den öffnete sie und ließ ihn zu Boden gleiten und entblößte so ihren makellos schönen nackten Leib.

Ich spürte meine Entschlossenheit im selben Maße schrumpfen, in dem Mr. Willi hart wurde.

Sie sagte: »Tschuldige, dass ich dich störe, aber meine Dusche funktioniert nicht. Kann ich bei dir duschen?«

»Nur zu.«

Sie ging ins Badezimmer, drehte die Brause auf und ging unter die Dusche.

Tja, was sollte ich da machen? Ich zog mir Hose, Shorts und Socken aus und ging unter die Dusche.

Um dem Anstand Genüge zu tun, falls das FBI mitten in der Nacht anrief, verließ sie um ein Uhr mein Zimmer.

Ich schlief nicht sonderlich gut und erwachte um Viertel nach fünf, was vermutlich Viertel nach acht auf meiner inneren Uhr entsprach.

Ich ging ins Badezimmer und sah, dass meine Unterhose auf der ausziehbaren Wäschespinne über der Badewanne hing. Sie war sauber und noch feucht, und jemand hatte an einer entscheidenden Stelle einen Lippenstiftkuss platziert.

Ich rasierte mich, duschte noch mal, putzte mir die Zähne und so weiter, ging dann hinaus auf den Balkon und stand nackt im lauen Wind und schaute hinaus auf den dunklen Ozean. Der Mond war untergegangen, und der Himmel war voller Sterne. Viel Schöneres gibt es nicht, fand ich.

Ich stand lange da, denn es fühlte sich gut an.

Ich hörte, wie die Schiebetür jenseits der Betontrennwand geöffnet wurde. Ich rief hinüber: »Guten Morgen.«

»Guten Morgen.«

Die Trennwand ragte über die Balkone hinaus, deshalb konnte ich nicht hinüberspähen. Ich fragte sie: »Bist du nackt?«

»Ja. Und du?«

»Klar. Das ist ein tolles Gefühl.«

»Treffen wir uns doch in einer halben Stunde zum Frühstück.«

»Okay. Hey, danke, dass du meine Shorts gewaschen hast.«

»Gewöhn dich nicht dran.«

Wir sprachen ziemlich laut, und ich hatte so das Gefühl, dass andere Hotelgäste zuhörten. Vermutlich nahm sie das auch an, denn sie sagte: »Wie war noch gleich dein Name?«

»John.«

»Ja, genau. Du bist gut im Bett, John.«

»Danke. Du auch.«

Da standen wir also, zwei erwachsene Bundespolizisten, nackt auf zwei Hotelbalkonen, mit einer Trennwand dazwischen und führten uns auf wie frisch Verliebte.

Sie rief herüber: »Bist du verheiratet?«

»Nein. Und du?«

»Auch nicht.«

Was kam jetzt im Text? Zwei Gedanken gingen mir gleichzeitig durch den Kopf. Erstens: Ich wurde professionell manipuliert. Und zweitens: Ich genoss es sehr. Mir wurde bewusst, dass dieser Moment und dieser Ausblick unvergesslich waren, und ich atmete tief durch und fragte: »Willst du mich heiraten?«

Es herrschte lange Schweigen.

Dann rief eine andere Frauenstimme von unten: »Antworten Sie ihm!«

Kate rief: »Also gut. Ich heirate dich!«

Irgendwo applaudierten zwei Leute. Es war so richtig bescheuert. Ich glaube, es war mir wirklich peinlich und dann erst bekam ich panische Angst. Was hatte ich getan?

Ich hörte, wie die Schiebetür geschlossen wurde, und also konnte ich meinen Antrag nicht mehr zurücknehmen.

Ich ging in mein Zimmer, zog mich an, ohne kugelsichere Weste, und ging dann runter in den Frühstückssaal, wo ich mir einen Kaffee und eine druckfrische *New York Times* nahm.

Es wurde weiterhin über die Tragödie an Bord von Flug 175 berichtet, aber es wirkte eher wie ein zweiter Aufguss, mit ein paar neuen Statements der einzelnen Polizeidienststellen.

Dann kam ein kleiner Absatz über den Mord an Mr. Leibowitz in Frankfurt und ein Nachruf. Er hatte in Manhattan gelebt und hinterließ eine Frau und zwei Kinder. Wie willkürlich es im Leben doch manchmal zugeht. Der Typ fliegt geschäftlich nach Frankfurt und wird dort umgenietet, weil irgendwelche Leute die falsche Spur legen wollen, dass ein Typ, der in einem Geheimauftrag in Amerika unterwegs ist, sich wieder in Europa aufhält. *Wumms*. Einfach so, ohne Rücksicht auf Frau und Kinder des Opfers und auch auf sonst nichts. Mann, waren diese Typen scheiße.

Es gab auch eine kleine Zusammenfassung des Doppelmords an James McCoy und William Satherwaite im Museum »Wiege der Luftfahrt«. Ein Mordermittler aus Nassau County wurde mit den Worten zitiert: »Wir schließen die Möglichkeit nicht aus, dass es sich doch nicht um einen Raubmord gehandelt haben könnte.« Abgesehen von der gequälten Syntax sah ich, dass der kleine Alan Parker heute ein Drittel rausließ, morgen dann ein weiteres Drittel, und den Rest am Wochenende.

Apropos gequälte Syntax: Ich blätterte zu Janet Maslins Filmkritik-Kolumne weiter. An manchen Tagen löse ich das Kreuzworträtsel in der *Times,* und an anderen Tagen versuche ich zu verstehen, was uns Miss Maslin sagen möchte. Beides schaffe ich an einem Tag nicht, ohne Kopfschmerzen zu bekommen.

Miss Maslin besprach, ausgerechnet, einen Kassenschlager, einen Actionfilm über Terroristen aus dem Nahen Osten, der ihr offenbar nicht gefallen hatte – aber wie gesagt, es ist ebenso schwer, ihrer Prosa wie ihren Argumenten zu folgen. Der Film war natürlich intellektuell anspruchslos, und Miss Maslin hält sich wahrscheinlich für enorm intellektuell, aber irgendjemand von der *Times* musste ihn sich ja schließlich ansehen und allen anderen, denen er gefallen hatte, erklären, warum er scheiße war. Ich nahm mir vor, mir den Film anzusehen.

Kate kam, und ich stand auf und gab ihr ein Küsschen. Wir setzten uns und lasen die Speisekarte, und ich dachte, sie hätte den blöden Zwischenfall auf dem Balkon vielleicht vergessen. Doch dann legte sie ihre Speisekarte nieder und fragte: »Wann?«

»Juni?«

»Okay.«

Die Kellnerin kam, und wir bestellten beide Pfannkuchen.

Ich hätte wirklich gerne die *Times* gelesen, wusste aber instinktiv, dass Zeitungslektüre beim Frühstück nun der Vergangenheit angehörte.

Wir plauderten kurz über die Pläne für den Tag, über den Fall, über die Leute, die wir in Chip Wiggins' Haus kennen gelernt hatten, und über die Leute, die Kate mir später in LA vorstellen wollte.

Die Pfannkuchen kamen, und wir aßen. Kate sagte: »Meinen Vater wirst du mögen.«

»Ganz bestimmt.«

»Er ist ungefähr in deinem Alter, vielleicht etwas älter.«

»Na, das ist doch gut.« Mir fiel ein Spruch aus einem alten Film ein und ich sagte: »Er hat eine tolle Tochter großgezogen.«

»Ja, das hat er. Meine Schwester.«

Ich kicherte.

Sie sagte: »Und meine Mutter wirst du auch mögen.«

»Seid ihr euch ähnlich?«

»Nein. Sie ist nett.«

Ich kicherte wieder.

Sie fragte: »Ist es dir recht, wenn wir in Minnesota heiraten? Ich habe eine große Familie.«

»Prima. Minnesota. Ist das eine Stadt oder ein Bundesstaat?«

»Ich bin Methodistin. Und du?«

»Mir ist jede von Form von Geburtenkontrolle recht.«

»Das ist meine Religion. Methodistisch.«

»Ach ... Meine Mutter ist Katholikin. Mein Vater ist ... irgend so ein Protestant. Er hat nie ...«

»Dann können wir die Kinder protestantisch aufziehen.«

»Du hast Kinder?«

»Das ist wichtig, John. Sei doch mal ernst.«

»Schon gut. Ich versuche nur ... na ja, mich umzustellen.«

Sie hörte auf zu essen und sah mich an. »Hast du so panische Angst?«

»Nein, natürlich nicht.«

»Du siehst aber aus, als hättest du panische Angst.«

»Mein Magen ist bloß übersäuert. Das kommt mit dem Alter.«

»Es wird alles gut. Wir werden glücklich sein bis an unser Lebensende.«

»Gut. Aber weißt du, sehr lange kennen wir uns noch nicht ...«

»Das wird sich ja bis Juni noch ändern.«

»Stimmt. Da hast du Recht.«

»Liebst du mich?«

»Ja, das tue ich, aber die Liebe ...«

»Und wenn ich jetzt aufstehen und weggehen würde? Wie würdest du dich dann fühlen? Erleichtert?«

»Nein. Ich würde mich schrecklich fühlen.«

»Und? Wieso sträubst du dich dann gegen deine Gefühle?«

»Fangen wir jetzt wieder mit der Analyse an?«

»Nein. Ich sage dir nur, wie es ist. Ich bin bis über beide Ohren in dich verliebt. Ich will dich heiraten. Ich will Kinder mit dir haben. Was soll ich sonst noch sagen?«

»Sag: Ich liebe den Juni in New York.«

»Ich hasse New York. Aber um deinetwillen würde ich überall leben.«

»New Jersey?«

»Treib's nicht zu weit.«

Es war Zeit für rückhaltlose Offenheit, also sagte ich: »Schau mal, Kate, du solltest wissen, dass ich ein Chauvischwein bin, ein Frauenfeind, und dass ich gern sexistische Witze erzähle.«

»Ich verstehe nicht so ganz, worauf du damit hinauswillst.«

Ich sah, dass ich mit dieser Argumentation nicht weit kam, und deshalb sagte ich: »Ich lege mich ständig mit Autoritäten an, und ich stehe immer kurz vorm Karriereknick. Ich bin pleite, und ich kann nicht mit Geld umgehen.«

»Deshalb brauchst du ja eine gute Anwältin und eine gute Steuerberaterin. Und das bin ich.«

»Kann ich dich nicht einfach engagieren?«

»Nein. Du musst mich schon heiraten. Ich bin ein Profi und arbeite rund um die Uhr. Und außerdem kann ich Impotenz verhindern.«

Sinnlos, sich mit einem Profi zu streiten.

Das Geplänkel war vorüber, und wir sahen einander über den Tisch hinweg an. Schließlich fragte ich: »Woher weißt du denn, dass ich der Richtige für dich bin?«

»Wie soll ich das erklären? Mein Herz schlägt schneller, wenn du im selben Raum bist. Ich liebe es, dich zu sehen, zu hören, zu riechen, zu schmecken und zu berühren. Du bist gut im Bett.«

»Danke. Du auch. Also gut, ich werde nicht mehr auf unsere Karriere zu sprechen kommen, dass du dich versetzen lässt, dass wir in New York wohnen, dass ich eine schäbige Erwerbsunfähigkeitspension beziehe, auf unseren Altersunterschied von zehn Jahren ...«

»Vierzehn Jahren.«

»Stimmt. Ich werde mich nicht sträuben. Ich bin verliebt. Bis über beide Ohren verliebt. Wenn ich das versaue, werde ich den Rest meines Lebens darunter leiden.«

»Das wirst du. Dir kann gar nichts Besseres passieren, als mich zu heiraten. Vertrau mir. Im Ernst. Lach nicht. Schau mich an. Schau mir in die Augen.«

Das tat ich, und die Panik war plötzlich verschwunden, und ein eigenartiges Gefühl des Friedens durchströmte mich, genau wie damals, als ich in der 102. Straße West fast verblutet wäre. Sobald man aufhört, sich dagegen zu sträuben – gegen den Tod oder gegen die Ehe –, sobald man aufgibt und sich ergibt, sieht man dieses strahlende Licht, und ein singender Engelschor trägt einen empor und eine Stimme sagt: »Wenn du nicht freiwillig mitkommst, muss ich dir Handschellen anlegen.«

Nein, in Wirklichkeit sagt die Stimme: »Der Kampf ist vorbei, das Leiden hat ein Ende und ein neues Leben beginnt, und hoffentlich ist es nicht ganz so verkorkst wie das davor.«

Ich nahm Kates Hand, und wir sahen einander in die Augen. Ich sagte: »Ich liebe dich.« Und das stimmte.

Kapitel 50

Um halb acht holte uns Chuck vor dem Ventura Inn ab und teilte uns mit: »Nichts Neues.«

Was nicht so ganz stimmte. Ich war mittlerweile verlobt.

Während der Fahrt zur Außenstelle in Ventura fragte Chuck: »War das Hotel in Ordnung?«

Kate antwortete: »Es war wundervoll.«

Chuck erkundigte sich: »Haben Sie ausgecheckt?«

Kate erwiderte: »Haben wir. Wir werden die nächsten Tage in LA verbringen. Es sei denn, Sie haben da etwas anderes gehört.«

»Tja ... was man so hört, wollen die Bosse Sie beide morgen Nachmittag bei einer großen Pressekonferenz in Washington haben. Sie sollen spätestens morgen früh in Washington sein.«

Ich fragte: »Was denn für eine Pressekonferenz?«

»Die große. Sie wissen schon: Auf der sie alles zugeben. Alles über Flug 175, über Khalil, über den Angriff auf Libyen 1986, dass Khalil die Piloten umgebracht hat, die an diesem Angriff teilgenommen haben, und dann, was gestern bei Wiggins passiert ist. Völlige Offenlegung der Tatsachen. Sie bitten die Öffentlichkeit um Mithilfe und so weiter.«

»Und wozu?«, fragte ich mich laut, »brauchen die uns bei dieser Pressekonferenz?«

»Ich glaube, die brauchen zwei Helden. Held und Heldin. Die Besten und Klügsten.« Er fügte hinzu: »Und eine von Ihnen beiden ist sehr fotogen.« Er lachte. Ha, ha, ha.

Dieser Tag fing gar nicht gut an, obwohl es schon sonnige 22 Grad waren.

Chuck erkundigte sich: »Müssen wir irgendwo halten? Unterwäsche?«

»Nein. Fahren Sie.«

Ein paar Minuten später setzte uns Chuck auf dem Parkplatz der FBI-Außenstelle von Ventura ab und verkündete: »Heute ist eine tolle Brandung. Ich muss los.«

Ich ging davon aus, dass er scherzte. Wir stiegen also aus und gingen, die kugelsicheren Westen in der Hand, zum Gebäude hinüber.

Beim Gehen meinte ich zu Kate: »Das nervt echt. Ich muss mich nicht bei irgend so 'ner PR-Scheiße vorführen lassen.«

»Pressekonferenz.«

»Genau. Ich habe zu tun.«

»Vielleicht können wir die Pressekonferenz dazu nutzen, unsere Verlobung bekannt zu geben.«

Sind wir wieder alle witzig. Das ist wahrscheinlich mein Einfluss, aber mir war an diesem Morgen nicht nach Scherzen zumute.

Wir betraten also das Gebäude, fuhren im Fahrstuhl hinauf und klingelten an der Tür. Cindy Lopez machte uns wieder auf und teilte uns mit: »Sie müssen Jack Koenig anrufen.«

Selbst wenn ich diese Worte nie mehr hören würde, wäre das für mein Empfinden immer noch früh genug. Ich sagte zu Kate: »Ruf du ihn an.«

Cindy erhob Einspruch: »Er will mit Ihnen sprechen. Da drüben ist ein unbesetztes Büro.«

Kate und ich gaben unsere Westen ab und gingen in das Büro. Ich rief Jack Koenig an. Es war acht Uhr morgens in LA, und ich war mir hinreichend sicher, dass es in New York elf Uhr morgens war.

Jacks Sekretärin stellte mich durch, und Jack sagte: »Guten Morgen.«

Ich nahm eine Spur Freundlichkeit wahr, und das jagte mir Angst ein. »Guten Morgen.« Ich schaltete auf Freisprechen, sodass Kate mithören und -reden konnte. Ich sagte zu Jack: »Kate ist hier.«

»Hallo, Kate.«

»Hallo, Jack.«

»Zunächst«, sagte Jack, »möchte ich Ihnen beiden zu Ihrer hervorragenden Arbeit gratulieren, zu Ihren fabelhaften Ermittlungsleistungen und, was ich so höre, John, zu einer sehr wirksamen Verhörmethode bei Mr. Azim Rahman.«

»Ich habe ihm in die Eier getreten und ihn dann fast erstickt. Uraltes Hausmittel.«

Kurzes Schweigen, dann: »Tja, ich habe persönlich mit dem Herrn gesprochen und er schien sehr froh über die Möglichkeit, ein Zeuge der Staatsanwaltschaft zu sein.«

Ich gähnte.

Jack fuhr fort: »Ich habe auch mit Chip Wiggins gesprochen und habe da aus erster Hand ein paar Hintergrundinformationen über den Angriff auf Al Azziziyah bekommen. Was das für ein Einsatz war. Wiggins hat angedeutet, dass eine seiner Bomben ihr Ziel eventuell etwas verfehlt hat, und es würde mich nicht wundern, wenn es diese Bombe war, die das Haus der Familie Khalil getroffen hat. Schon paradox, oder?«

»Tja.«

»Wussten Sie, dass das Lager Al Azziziyah auch Djihad-Universität genannt wurde? Im Ernst – es war und ist ein Ausbildungszentrum für Terroristen.«

»Werde ich gerade auf diese idiotische Pressekonferenz vorbereitet?«

»Nicht vorbereitet. Gebrieft.«

»Jack, es ist mir scheißegal, was da 1986 passiert ist. Und es ist mir ebenfalls scheißegal, ob Khalils Familie absichtlich oder versehentlich umgebracht wurde. Ich habe einen Täter zu fassen, und der Täter ist hier und nicht in Washington.«

»Wir wissen nicht, wo sich der Verdächtige aufhält. Unserem Kenntnisstand nach könnte er in Libyen sein oder wieder an der Ostküste. Er könnte durchaus auch in Washington sein. Wer weiß? Ich weiß bloß, dass der Direktor des FBI und der Leiter der Abteilung für Terrorismusabwehr, von unserem Staatschef ganz zu schweigen, Sie morgen in Washington erwarten. Also denken Sie nicht mal daran, plötzlich die Biege zu machen.«

»Ja, Sir.«

»Gut. Ich kriege einen Heidenärger, wenn Sie nicht kommen.«

»Verstanden.«

Jack wechselte im richtigen Moment das Thema und fragte: »Kate, wie geht es Ihnen?«

Kate antwortete: »Mir geht's gut. Wie geht's George?«

»George geht es gut. Er ist immer noch im Conquistador Club, aber morgen kommt er zurück in die Federal Plaza.« Jack fügte hinzu: »John, Captain Stein lässt Grüße ausrichten und beglückwünscht Sie zu der guten Arbeit.«

»Der Täter ist immer noch auf freiem Fuß, Jack.«

»Aber Sie haben Leben gerettet. Captain Stein ist stolz auf Sie. Wir sind alle stolz auf Sie.«

Und so weiter. Rhabarber, Rhabarber. Aber bei der Polizeiarbeit ist es nun mal wichtig, quasi-persönliche Beziehungen aufzubauen. Alle sorgen sich persönlich um einander. Das ist eine gute Regelung, schätze ich mal, und passt prima zu dem neuen, wachsweichen Amerika. Ich fragte mich, ob es bei der CIA auch so lief. Was mich auf eine Idee brachte. Ich fragte: »Wo ist Ted Nash?«

Jack erwiderte: »Das weiß ich nicht genau. Ich habe ihn in Frankfurt zum letzten Mal gesehen. Da wollte er nach Paris.«

Es kam mir nicht zum ersten Mal in den Sinn, dass die CIA, von der früher so viel abgehangen hatte, nun vom FBI, das offiziell für Unruhestifter im eigenen Land zuständig war, in den Schatten gestellt wurde. Schließlich konnten Nash und seine Kollegen jetzt sogar in Moskau Urlaub machen und setzten sich dabei keiner größeren Gefahr aus als dem schlechten Essen. So eine Organisation braucht ein Ziel und da ihnen heutzutage eine eindeutige Daseinsberechtigung abging, stellten sie gezwungenermaßen Unfug an. Müßiggang ist aller Laster Anfang, wie meine protestantische Oma immer gesagt hat.

Jack und Kate tratschten also, und Jack fragte Kate, wie sie denn mit mir klar käme und so weiter.

Kate sah mich mit diesem »Ich platze förmlich vor guten Neuigkeiten«-Blick an – also was sollte ich schon tun? Ich nickte.

Kate sagte zu Jack: »John und ich haben gute Neuigkeiten. Wir sind verlobt.«

Ich meinte, am anderen Ende den Hörer auf den Boden fallen zu hören. Es herrschte Schweigen, und zwar zwei Sekunden länger als angemessen. Eine gute Neuigkeit für Jack wäre es gewesen, wenn mich Kate Mayfield wegen sexueller Belästigung angezeigt hätte. Aber Jack ist aalglatt, und er erholte sich schnell. Er sagte: »Nun ... hey, das sind ja gute Neuigkeiten. Herzlichen Glückwunsch, John, herzlichen Glückwunsch. Das kommt ja ... sehr plötzlich ...«

Mir war klar, dass ich etwas sagen musste, also sagte ich in meinem besten Machoton: »Es ist Zeit, sich niederzulassen und den Bund fürs Leben zu schließen. Mein Junggesellenleben ist vorbei. Ja, Sir. Endlich habe ich das richtige Mädchen gefunden. Die richtige Frau. Ich könnte nicht glücklicher sein.« Und so weiter.

Als das erledigt war, informierte uns Jack darüber, was gerade anstand. Er sagte: »Wir lassen bei der FAA die Flugpläne von Privatflugzeugen überprüfen. Wir konzentrieren uns dabei auf Privatjets. Wir haben doch tatsächlich den Flugplan gefunden und die Piloten, die Khalil quer durchs Land geflogen haben. Wir haben die Piloten vernommen. Sie sind in Islip auf Long Island gestartet. Das muss gleich nach dem Mord an McCoy und Satherwaite im Museum gewesen sein. Sie haben einen Zwischenstopp in Colorado Springs eingelegt, und Khalil ist von Bord gegangen, aber wir wissen ja, dass er Colonel Callum nicht ermordet hat.«

Jack erzählte weiter von Khalils Flug nach Santa Monica. Die Piloten standen, laut Jack, unter Schock, da sie nun wussten, wer ihr Fluggast gewesen war. Das war interessant, so wichtig aber nun auch wieder nicht. Es zeigte jedoch, dass Khalil sehr einfallsreich und gut finanziert war und sich gut tarnen konnte. Ich fragte Jack: »Und Sie versuchen jetzt herauszufinden, ob Khalil einen weiteren Privatflug gebucht hat?«

»Ja. Aber jeden Tag reichen hunderte Privatjets Flugpläne ein. Wir konzentrieren uns auf Charter, die nicht firmeneigen sind und auf ausländische Firmenjets, auf Flüge, die auf verdächtige Weise bezahlt werden, auf einmalige Kunden, Kunden, die ausländisch wirken und so weiter. Das ist sehr, sehr vage. Aber wir müssen es probieren.«

»Genau. Wie, meinen Sie denn, will dieses Arschloch das Land verlassen?«

»Gute Frage. In Kanada sind die Sicherheitsmaßnahmen streng und die Behörden kooperativ, aber von unseren mexikanischen Nachbarn kann ich das nicht behaupten.«

»Vermutlich nicht, wenn jeden Monat fünfzigtausend Illegale über die Grenze kommen, die Tonnen von mexikanischem Nasenpuder gar nicht zu erwähnen, das über die Grenze weht. Haben Sie die Drogenfahndung, den Zoll und die Grenzpolizei alarmiert?«

»Natürlich. Und sie haben, wie wir auch, zusätzliches Personal darauf angesetzt. Für Dealer und Illegale wird es ein harter Monat. Wir haben auch die Küstenwache alarmiert. Es ist ja nur eine kurze Bootsfahrt von Südkalifornien an die mexikanischen Strände. Wir haben alles unternommen, was wir können; wir kooperieren mit diversen örtlichen und Bundes-Dienststellen – auch mit unseren mexikanischen Kollegen –, um den Verdächtigen abzufangen, wenn er versuchen sollte, über die Grenze nach Mexiko zu fliehen.«

»Sind Sie gerade im Fernsehen auf Sendung?«

»Nein. Wieso?«

»Weil Sie sich anhören, als würden Sie im Fernsehen sprechen.«

»So rede ich eben. Und so sollten Sie morgen Nachmittag auch reden. Und verwenden Sie bitte nicht in jedem zweiten Satz das Wort Scheiße.«

Da musste ich lächeln.

Wir diskutierten noch eine Weile über die Fahndung und schließlich sagte Jack: »John, das wird gemacht. Und Sie haben das nicht mehr in der Hand.«

»Nicht so ganz. Schauen Sie, ich will hierher zurück, sobald die Pressekonferenz morgen vorbei ist.«

»Das ist ein vernünftiger Wunsch. Warten wir mal ab, wie Sie sich bei der Pressekonferenz schlagen.«

»Das eine hat mit dem anderen nichts zu tun.«

»Ab jetzt schon.«

»Okay. Schon verstanden.«

»Gut. Erzählen Sie mir von Ihrem Telefongespräch mit Assad Khalil.«

»Tja, wir hatten nicht viel gemein. Hat Sie niemand darüber informiert?«

»Doch, aber ich möchte wissen, wie Sie Khalils Stimmung einschätzen, seine Geistesverfassung, die Möglichkeit, dass er nach Hause reist oder hier bleibt. Solche Sachen.«

»Okay ... ich hatte das Gefühl, mit einem Mann zu sprechen, der sich und seine Gefühle sehr gut im Griff hat. Und schlimmer noch: Er wirkte wie jemand, der die Lage immer noch im Griff hat, obwohl wir seine beschissenen Pläne, äh, seine Pläne durchkreuzt hatten.«

Jack schwieg kurz und sagte dann: »Sprechen Sie weiter.«

»Tja, also, wenn ich wetten müsste, dann würde ich wetten, dass er vorhat zu bleiben.«

»Und weshalb?«

»Keine Ahnung. Ich habe nur so das Gefühl. Wo wir übrigens vom Wetten sprechen: Ich will die zehn Dollar von Nash und die zwanzig Dollar von seinem Kumpel Edward.«

»Aber Sie haben gesagt, Khalil würde sich im Großraum New York aufhalten.«

»Dort war er auch. Dann hat er ihn verlassen und ist dann nach Long Island zurückgekommen. Der springende Punkt ist: Er ist nicht nach Sandland geflogen.« Ich sah Kate um Unterstützung heischend an. Das war wichtig.

Kate sagte: »John hat Recht. Er hat die Wette gewonnen.«

Jack erwiderte: »Okay. Ich werde mich nach Kates unparteiischer Meinung richten.« Ha, ha, ha. Dann sagte Jack, wieder ernst: »John, Sie haben also das Gefühl, dass sich Assad Khalil noch bei Ihnen in der Gegend aufhält?«

»Ja.«

»Aber es ist nur so ein Gefühl?«

»Wenn Sie meinen, dass ich Ihnen irgendwas verschweige, dann irren Sie sich. Auch ich weiß, wann ich auszupacken habe. Aber ... Wie soll ich das sagen? ... Tja ... Khalil hat mir gesagt, dass er meine Anwesenheit schon vorher gespürt hätte ... das ist bescheuert. Mystischer Sandland-Blödsinn. Aber ich spüre irgendwie die Anwesenheit dieses Kerls. Verstehen Sie?«

Es entstand eine längere Pause, während Jack Koenig vermutlich die Telefonnummer des psychiatrischen Büros der Task Force heraussuchte. Schließlich sagte er freundlich: »Tja, ich habe gelernt, kein Geld gegen Sie zu wetten.«

Ich dachte schon, er würde mir raten, mal auszuschlafen, aber stattdessen wandte er sich an Kate und fragte: »Fahren Sie zur Außenstelle in LA?«

Sie erwiderte: »Ja. Ich glaube, es ist eine gute Idee, sich dort mal blicken zu lassen, die Kollegen zu treffen und zu sehen, ob wir irgendwie helfen können, wenn wir zurückkommen.«

»Sie haben ja noch Freunde da, soweit ich weiß.«

»Ja, das stimmt.«

Möglicherweise war das hier irgendeine Anspielung auf Kates einstündige sexuelle Biografie, aber ich war nicht eifersüchtig und würde mich nicht mehr ködern lassen. Der Haken saß längst fest, der große Fisch war eingeholt und lag zappelnd auf Deck und schnappte nach Luft, um mal eine passende Metapher zu verwenden. Kate musste also keine alten Freunde oder Verehrer, wie zum Beispiel Teddy, nutzen, damit John aus der Hüfte kam und ihr endlich einen Antrag machte.

Jack und Kate plauderten eine Minute lang über gemeinsame Bekannte in LA, dann sagte Jack: »Okay, suchen Sie sich einen Flug nach Dulles raus, aber spätestens die Nachtmaschine heute Abend.«

Kate versicherte ihm, wir würden spätestens mit dem Nachtflug kommen.

Jack wollte schon auflegen, aber meine Columbo-Nummer war noch dran und ich sagte: »Ach, eins noch.«

»Ja?«

»Das Gewehr.«

»Welches Gewehr?«

»Das Gewehr, das in dem länglichen Paket war.«

»Ach ... ja, ich habe Mr. Rahman über das Paket befragt. Und alle anderen in New York und Washington haben das auch.«

»Und?«

»Rahman und seine Familie befinden sich in Schutzhaft.«

»Gut. Da gehören sie auch hin. Und?«

»Tja, die Agenten haben sich das Paket von Rahman zeichnen und beschreiben lassen. Und dann haben Sie ein Paket in der Größe gebaut, von dem Rahman behauptet, er hätte es Khalil gegeben, plus minus ein paar Zentimeter.«

»Und?«

»Und dann haben sie Metallgewichte in das Paket getan, bis Rahman das ungefähre Gewicht erkannt hat. Muskelgedächtnis. Sind Sie vertraut mit ...«

»Ja. Und?«

»Tja, das war ein interessantes Experiment, aber es beweist nichts. Gewehre mit einem Schaft aus Kunststoff sind leicht, ältere Gewehre sind schwerer. Jagdgewehre sind lang, Maschinenpistolen sind kürzer. Es gibt keine Möglichkeit herauszufinden, ob das Paket ein Gewehr enthielt.«

»Das ist mir klar. War das Gewehr lang und schwer?«

»Wenn es ein Gewehr war, dann war es ein langes und schweres Gewehr.«

»Wie etwa ein Jagdgewehr mit Zielfernrohr.«

»Ja, richtig«, sagte Jack.

»Okay, gehen wir mal vom schlimmsten Fall aus. Es ist ein langes, zielgenaues Jagdgewehr mit einem Zielfernrohr. Was macht Khalil damit?«

»Man ist allgemein der Ansicht, dass er es als Reserve haben wollte, falls Wiggins nicht zu Hause gewesen wäre. Mit anderen Worten: Khalil war darauf vorbereitet, Wiggins zu jagen, während der im Wald campte.«

»Wirklich?«

»Das ist eine Theorie. Haben Sie eine andere Theorie?«

»Im Augenblick nicht. Aber ich stelle mir Chip und seine Süße vor, wie sie da draußen im Wald zelten, und dann frage ich mich, warum Khalil, in neuen Wanderklamotten, nicht einfach zu ihnen hingeht, mit ihnen am Lagerfeuer eine Tasse Kaffee trinkt, dann beiläufig erwähnt, dass er gekommen ist, um Chip umzubringen, und ihm noch erläutert, warum, ehe er ihm eine Kugel Kaliber vierzig in den Kopf jagt. Capisce?«

Jack ließ ein paar Sekunden verstreichen und sagte dann: »Wie sich herausgestellt hat, hat Wiggins mit einem guten Dutzend Freunden gecampt, sodass Khalil ...«

»Das zieht nicht, Jack. Khalil hätte alles Mögliche angestellt, um Chip Wiggins in die Augen zu sehen, ehe er ihn umgebracht hätte.«

»Vielleicht schon. Okay, die andere Theorie, die vielleicht plausibler ist, besagt, dass dieses Gewehr – wenn das Paket denn ein Gewehr enthielt – dazu dienen sollte, Khalil bei der Flucht zu helfen. Wenn er beispielsweise jemanden vom

Grenzschutz umlegen müsste oder wenn er auf See von einem Boot der Küstenwache verfolgt würde. Irgendwas in der Richtung. Er will eine Waffe mit hoher Reichweite dabei haben, für Situationen, die sich während seiner Flucht aus den USA ergeben könnten.« Jack fügte hinzu: »Er brauchte sowieso einen Komplizen – Rahman – und warum sollte er sich dann von Rahman zusammen mit den anderen Sachen nicht auch ein Gewehr liefern lassen? Gewehre sind einfach zu erwerben.«

»Aber nicht leicht zu verbergen.«

»Man kann sie zerlegen. Wir lassen die Möglichkeit natürlich nicht außer Acht, dass Assad Khalil ein Scharfschützengewehr besitzt und damit jemanden umbringen will, an den er nur schwierig auf Pistolen-Reichweite herankäme. Aber das passt wirklich nicht zu seinen Aussagen und seinem Modus operandi. Das haben Sie selbst gesagt. Von Mann zu Mann und aus der Nähe.«

»Stimmt. Eigentlich glaube ich auch eher, dass das Paket Terrassenmöbel enthielt. Haben Sie schon mal gesehen, wie sie diese billige Scheiße in diesen Ramschläden verpacken? Eine zehnteilige Gartengarnitur in einer Kiste, die nicht größer ist als eine Hemdenverpackung. Sechs Stühle, ein Tisch, ein Sonnenschirm und zwei Liegestühle, hergestellt in Taiwan. Stecken Sie Zapfen A in Schlitz B. Okay, wir sehen uns in Washington.«

»Ja. Wir buchen die Reise von hier aus. Ich faxe Ihnen die Flugdaten in die Außenstelle in LA. Die Pressekonferenz findet um 17 Uhr im Hoover-Gebäude statt. Ich weiß, dass John seinen letzten Aufenthalt dort sehr genossen hat. Und noch mal herzlichen Glückwunsch Ihnen beiden zu Ihrer guten Arbeit und zu Ihrer Verlobung. Haben Sie schon einen Hochzeitstermin?«

Kate erwiderte: »Juni.«

»Gut. Kurze Verlobungen sind die besten. Ich hoffe doch, dass ich eingeladen bin.«

»Natürlich sind Sie das«, versicherte ihm Kate.
Ich legte auf.
Wir saßen eine Minute lang schweigend da und dann sagte Kate zu mir: »Ich mache mir Sorgen wegen dieses Gewehrs.«
»Das ist auch angebracht.«
»Ich meine ... ich bin ja kein ängstlicher Mensch, aber er könnte uns auf dem Kieker haben.«
»Durchaus möglich. Willst du dir wieder ein Little-Italy-T-Shirt borgen?«
»Ein was?«
»Eine kugelsichere Weste.«
Sie lachte. »Du immer mit deinen Sprüchen.«
Wir gingen zurück in den Gemeinschaftsbereich und hielten mit den sechs Leuten dort im Stehen ein formloses Meeting ab, darunter auch Juan, Edie und Kim. Wir tranken Kaffee und Edie sagte: »Wir bekommen Mr. Rahman in etwa einer halben Stunde aus LA zurück. Wir werden mit ihm den Cañon suchen, in den er Khalil gefahren hat, um dort die Tasche wegzuwerfen.«
Ich nickte. Aber irgendwas gefiel mir daran auch nicht. Mir war klar, dass Khalil zu dieser frühen Morgenstunde Zeit totschlagen musste, bis die Geschäfte aufmachten oder was, aber er hätte sich von Rahman auch einfach nur zu einem billigen Motel fahren lassen können. Weshalb war er eine Stunde lang die Küstenstraße hochgefahren, um die Tasche dort loszuwerden?
Jedenfalls bat ich Cindy nicht um eine kugelsichere Weste, und Kate ließ es auch bleiben. Schließlich würden wir ja heute nur in LA herumfahren. Andererseits war das schon Grund genug, eine kugelsichere Weste zu tragen. Alter New Yorker Witz.
Aber Cindy gab uns zwei hübsche Reisetaschen aus Leinen mit einem großen FBI-Emblem drauf, als Andenken an unseren Besuch und vielleicht auch, um damit zu sagen:

»Wir wollen euch nicht wieder sehen.« Aber vielleicht bildete ich mir das auch nur ein.

Kate und ich verstauten also unsere wenigen Toilettenartikel in den Taschen und waren bereit, zur Außenstelle in Los Angeles zu fahren. Wir stellten fest, dass kein Helikopter bereitstand, was manchmal darauf hindeutet, dass man nicht mehr so beliebt ist. Es gab aber einen Wagen, ohne Fahrer, und Cindy gab uns die Schlüssel. Kate versicherte ihr, sie würde den Weg finden. Die Leute in Kalifornien sind wirklich nett.

Wir schüttelten also alle einander die Hände und versprachen, in Verbindung zu bleiben, und man lud uns ein, jederzeit wiederzukommen, worauf ich entgegnete: »Wir sind übermorgen wieder da.« Das hatte die gleiche Wirkung, als hätte ich einen fahren lassen.

Wir gingen also, entdeckten den Dienstwagen, einen blauen Ford Crown Victoria, auf dem Parkplatz, und Kate setzte sich ans Steuer.

Sie schien begeistert davon, wieder mal in Kalifornien Auto fahren zu können, und verkündete, wir würden die malerische Strecke nach Santa Monica fahren, über Santa Santa, dann durch Las Santa Santos und dann durch noch ein paar Santas. Das war mir eigentlich scheißegal, aber wenn sie glücklich war, war ich es auch. Nicht wahr?

Kapitel 51

Wir fuhren den Küsten-Highway hinab, durch Santa Oxnard, nach Süden in die Stadt der Engel. Das Wasser war rechts von uns und die Berge links. Blauer Himmel, blaues Wasser, blaues Auto. Kates blaue Augen. Perfekt.

Kate sagte, es sei etwa eine Stunde Fahrt zur Außenstelle

des FBI am Wilshire Boulevard, in der Nähe der University of California in West Hollywood, und Beverly Hills sei auch nicht weit.

Ich fragte sie: »Wieso ist die Außenstelle nicht in der Innenstadt? Gibt es hier überhaupt eine Innenstadt?«

»Gibt es schon, aber das FBI mag offenbar gewisse Gegenden lieber als andere.«

»Zum Beispiel teure, nur von Weißen bewohnte Gegenden außerhalb der Innenstadt.«

»Manchmal schon. Deshalb mag ich Downtown Manhattan nicht. Es ist so fürchterlich überbevölkert.«

»Es ist unglaublich lebendig und interessant. Ich nehm dich mal in die Fraunces Tavern mit. Du weißt doch, wo sich Washington von seinen Offizieren verabschiedet hat. Er hat sich zu 75 Prozent invalide schreiben lassen.«

»Und wohnte anschließend in Virginia. Er konnte das Gedränge nicht ausstehen.«

Auf die Tour zankten wir uns noch eine Weile. Dann fragte sie mich: »Bist du glücklich?«

»Überglücklich.«

»Gut. Du siehst auch schon etwas weniger verängstigt aus.«

»Ich habe mich dem Licht ergeben.« Ich sagte: »Erzähl mal von der Außenstelle in LA. Was hast du da getan?«

»Das war eine interessante Zeit. Das ist die drittgrößte Außenstelle im Land. Knapp sechshundert Agenten. Los Angeles ist die Bankraubkapitale Amerikas. Wir hatten fast dreitausend Banküberfälle pro Jahr und ...«

»Dreitausend?«

»Ja. Meistens Drogenabhängige und kleine Beträge. Es gibt hunderte kleine Bankfilialen in LA, und dann gibt es diese ganzen Freeways, und so können die Bankräuber leicht entkommen. In New York würde der Bankräuber eine halbe Stunde lang in einem Taxi an einer Ampel hängen bleiben. Das war also nerviger als alles andere. Es sind aber nur wenige Leute dabei verletzt worden. Ich war tatsächlich einmal in meiner Bankfiliale, als die überfallen wurde.«

»Wie viel hast du gekriegt?«

Sie lachte. »Ich habe nichts gekriegt, aber der Täter hat zehn bis zwanzig Jahre bekommen.«

»Hast du ihn festgenommen?«

»Hab ich.«

»Erzähl mir davon.«

»Keine große Sache. Der Typ stand vor mir in der Schlange, er schob der Kassiererin einen Zettel hin, sie wurde völlig nervös, und da wusste ich, was los war. Sie füllt ihm eine Tüte mit Geld, der Typ dreht sich um und will gehen und sieht sich dabei meiner Knarre gegenüber. Das ist wirklich nur was für Dummköpfe: wenig Beute, ein großes Verfahren vor einem Bundesgericht, und mit der Polizei zusammen haben wir über 75 Prozent der Banküberfälle aufgeklärt.«

Wir plauderten über die zwei Jahre, die Kate in LA verbracht hatte, und sie sagte: »Außerdem ist es die einzige Außenstelle im Land mit zwei vollzeitbeschäftigten Pressereferenten. Wir hatten viele wichtige Fälle, die man für die Medien aufbereiten musste. Viel Personenschutz bei Prominenten. Ich habe einige Filmstars kennen gelernt, und einmal musste ich in der Villa eines Stars wohnen und ein paar Wochen lang mit ihm reisen, weil jemand gedroht hatte, ihn umzubringen, und das Ganze wie eine ernst zu nehmende Drohung aussah. Und dann gab es da die asiatischen Mafiabanden. Die einzige Schießerei, die ich je erlebt habe, das war mit einer Bande koreanischer Schmuggler. Diese Jungs sind hart im Nehmen. Aber wir haben einige Amerikaner koreanischer Abstammung in der Außenstelle, die in die Syndikate eingedrungen sind. Langweile ich dich?«

»Nein. Das ist interessanter als *Akte X*. Wer war denn der Filmstar?«

»Bist du eifersüchtig?«

»Überhaupt nicht.« Vielleicht ein wenig.

»Das war 'n alter Kerl. Ging auf die Fünfzig zu.« Sie lachte.

Wieso bloß amüsierte ich mich nicht? Tja, Kate Mayfield war wohl doch nicht das naive Landei, für das ich sie gehalten hatte. Sie hatte sich auf der dunklen Seite des Lebens in Amerika umgetan, und obwohl sie nicht gesehen hatte, was ich in zwanzig Jahren Dienst in New York gesehen hatte, hatte sie doch mehr erlebt als die durchschnittliche Mittelschichtstussi aus dem Mittelwesten. Ich hatte jedenfalls so das Gefühl, dass wir einander viel zu erzählen hatten. Ich war froh, dass sie sich nicht nach meiner sexuellen Biografie erkundigt hatte, denn dann wir wären längst in Rio de Janeiro, ehe ich damit fertig wäre. War nur 'n Scherz.

Alles in allem war es eine angenehme Fahrt, sie kannte sich aus, und bald fanden wir uns auf dem Wilshire Boulevard wieder. Kate bog auf den großen Parkplatz vor einem weißen zwanzigstöckigen Bürogebäude ein, komplett mit Blumen und Palmen. Beim Anblick von Palmen denke ich immer, dass sich in der Umgebung eigentlich nichts Schlimmes abspielen kann. Ich fragte sie: »Hattest du früher mal mit Terroristen aus Nahost zu tun?«

»Nein, persönlich nicht. Das gibt es hier nicht oft. Ich glaube, sie haben nur einen einzigen Nahost-Spezialisten.« Sie fügte hinzu: »Und jetzt haben sie noch zwei.«

»Ja. Stimmt. Du vielleicht. Ich habe keinen blassen Schimmer von Nahost-Terrorismus.«

Sie stellte den Wagen auf dem Parkplatz ab. »Das glauben die aber. Du bist in der Antiterror-Task Force, in der Nahost-Abteilung.«

»Stimmt. Hab ich ganz vergessen.«

Wir stiegen aus, betraten das Gebäude und fuhren mit dem Lift hinauf in die sechzehnte Etage.

Das FBI hatte die komplette Etage inne und teilte sich mit anderen Organisationen des Justizministeriums noch einige andere Etagen.

Um's kurz zu machen: Die verlorene Tochter war heimgekehrt, und es hob ein nicht enden wollendes Bussi-Bussi an. Mir fiel auf, dass die Frauen sich offenbar genauso wie die Männer freuten, Kate zu sehen. Das ist ein gutes Zeichen, meinte jedenfalls meine Ex, die mir das alles mal erklärt hat. Hätte ich doch zugehört.

Wir machten also die Runde durch die Büros, ich schüttelte viele Hände und lächelte so viel, dass mir das Gesicht weh tat. Ich hatte den Eindruck, vorgeführt zu werden von ... von meiner ... Verlobten. Da, jetzt war es raus. Auch wenn Kate nichts Derartiges verkündete.

Irgendwo in diesem Labyrinth aus Fluren, Bürokabinen und Büros lauerten ein, zwei oder drei Ex-Lover, und ich versuchte, den oder die kleinen Scheißer zu entdecken. Ich habe ein ziemlich gutes Gespür für Leute, die *mich* aufs Kreuz legen wollen, aber ich bin leider nicht gut darin, andere Leute zu erkennen, die es miteinander getrieben haben. So weiß ich zum Beispiel heute noch nicht mit Sicherheit, ob meine Frau was mit ihrem Chef hatte. Sie reisten geschäftlich oft miteinander, aber ... das war ja nun auch egal, und es war damals auch schon egal gewesen.

Und wie der Zufall wollte, hatte Mr. Sturgis, der stellvertretende Leiter, also der Mann, mit dem ich hier kürzlich telefoniert hatte, das Bedürfnis, mich kennen zu lernen, und wir wurden in sein Büro geleitet.

Mr. Sturgis kam hinter seinem Schreibtisch hervor und streckte die Hand aus. Ich nahm sie, und wir begrüßten einander. Sein Vorname war Doug, und so wollte er von mir genannt werden. Wie sollte ich ihn denn sonst nennen? Claude etwa?

Doug war jedenfalls ein attraktiver Kerl, etwa in meinem Alter, braun gebrannt und fit und gut gekleidet. Er sah Kate an, und sie schüttelten einander die Hände. Er sagte: »Schön dich zu sehen, Kate.«

Sie erwiderte: »Es ist schön, wieder hier zu sein.«

Volltreffer! Das war der Typ. Das merkte ich daran, wie sie einander kurz ansahen. Glaube ich.

Es gibt ja nun viele Formen der Hölle auf Erden, aber die höllischste Variante ist die, irgendwo hinzugehen, wo die Gattin oder Geliebte alle kennt und man selbst niemanden. Büropartys, Klassentreffen, solche Sachen. Und dann versucht man natürlich herauszufinden, wer mit ihr denn nun geschlechtlich verkehrt hat, und sei es nur, um zu sehen, ob sie wenigstens Geschmack hat und sich nicht vom Klassenclown oder vom Arsch vom Dienst hat flachlegen lassen. Sturgis bat uns, Platz zu nehmen, und wir setzten uns, obwohl ich nur noch weg wollte. Er sagte zu mir: »Sie sind genau, wie ich Sie mir am Telefon vorgestellt habe.«

»Sie auch.«

Wir ließen das Thema beiseite und widmeten uns dem Geschäftlichen. Sturgis faselte weiter, und mir fiel auf, dass er Schuppen und kleine Hände hatte. Männer mit kleinen Händen haben oft auch einen kurzen Schwanz. Das ist eine Tatsache.

Er gab sich Mühe, nett zu sein, aber ich war nicht nett. Schließlich bekam er meine Laune mit und stand auf. Kate und ich erhoben uns ebenfalls. Er sagte: »Wir möchten Ihnen noch mal für Ihre gute Arbeit und Beratung in diesem Fall danken. Ich kann nicht behaupten, davon überzeugt zu sein, dass wir diese Person verhaften werden, aber zumindest haben wir ihn in die Flucht geschlagen, und er wird keine weiteren Probleme hervorrufen.«

»Darauf würde ich nicht wetten«, sagte ich.

»Nun, Mr. Corey, ein Mensch, der auf der Flucht ist, lässt sich vielleicht zu Verzweiflungstaten hinreißen, aber Assad Khalil ist kein gewöhnlicher Verbrecher. Er ist ein Profi. Er will jetzt nur noch entkommen und keine weitere Aufmerksamkeit erregen.«

»Er ist ein Verbrecher, ob nun gewöhnlich oder nicht, und Verbrecher begehen Verbrechen.«

»Da mögen Sie Recht haben«, sagte er wegwerfend. »Wir werden das bedenken.«

Ich hatte Lust, diesem Idioten zu sagen, er könne mich mal am Arsch lecken, aber er wusste längst, was ich dachte.

Er sagte zu Kate: »Wenn du jemals wiederkommen möchtest, bewirb dich einfach, und dann tue ich alles, was ich kann, um das zu genehmigen.«

»Das ist sehr nett von dir, Doug.«

Kotz!

Kate gab ihm ihre Visitenkarte und sagte: »Da steht meine Handynummer drauf. Lass mich bitte anrufen, wenn sich etwas tut. Wir nehmen nur ein wenig frei, um uns die Stadt anzuschauen. John war noch nie in LA. Wir fliegen heute Abend mit der letzten Maschine.«

»Ich rufe dich an, sobald sich was tut. Wenn du möchtest, rufe ich dich nachher an, um dich auf dem Laufenden zu halten.«

»Das wäre nett.«

Kotz!

Sie schüttelten einander die Hände und sagten adieu.

Ich vergaß beim Hinausgehen das Händeschütteln, und Kate holte mich auf dem Flur ein.

»Du warst unhöflich zu ihm.«

»War ich nicht.«

»Warst du doch. Zu allen anderen warst du charmant, und dann gehst du hin und kommst einem Vorgesetzten dumm.«

»Ich bin ihm nicht dumm gekommen. Und Vorgesetzte kann ich nicht ausstehen.« Ich fügte hinzu: »Er ist mir am Telefon schon auf die Nerven gegangen.«

Sie ließ das Thema fallen, wahrscheinlich, weil sie wusste, worauf das hinauslief. Ich mochte mich natürlich hinsichtlich der amourösen Bande zwischen Mr. Douglas Winzschwanz und Kate Mayfield komplett geirrt haben, aber was, wenn nicht? Was wäre gewesen, wenn ich nett und freundlich zu Sturgis gewesen wäre, während er an das letzte

Mal dachte, dass er Kate Mayfield durchgebumst hatte? Man, da hätte ich mich aber zum Affen gemacht. Also besser auf Nummer Sicher gehen und ihm dumm kommen.

Während wir so den Flur entlanggingen, fiel mir auf, dass es viele Nachteile hatte, verliebt zu sein.

Kate machte in der Kommunikationszentrale Halt und besorgte sich unsere Flugdaten. Sie teilte mir mit: »United, Flug 204, startet in LA um 23.59 Uhr, landet morgen früh um 7.48 Uhr in Washington-Dulles. Zwei Reservierungen für die Business Class bestätigt. In Dulles werden wir abgeholt.«

»Und was dann?«

»Steht da nicht.«

»Vielleicht habe ich ja noch Zeit, mich bei meinem Kongressabgeordneten zu beschweren.«

»Worüber?«

»Dass man mich wegen einer blöden Pressekonferenz von dem Fall abzieht.«

»Ich glaube kaum, dass ein Kongressabgeordneter da etwas für dich tun kann. Und was die Pressekonferenz angeht, haben sie uns ein paar Gesprächsthemen gefaxt.«

Ich überflog das zweiseitige Fax. Es war natürlich nicht unterzeichnet. Das sind diese »Vorschläge« nie. Wer in den Medien Fragen beantwortet, soll sich spontan anhören.

Kate schienen jedenfalls die alten Freunde ausgegangen zu sein, also betraten wir den Fahrstuhl und fuhren schweigend hinunter.

Draußen auf dem Parkplatz, unterwegs zu unserem Wagen, sagte sie: »Das war doch gar nicht so schlimm, oder?«

»Nein, war es nicht. Lass uns wieder hochfahren und es noch mal machen.«

»Hast du heute irgendwelche Probleme?«

»Ich nicht.«

Wir setzten uns in den Wagen und fuhren auf den Wilshire Boulevard. Sie fragte: »Möchtest du gern irgendwas besonders sehen?«

»New York.«

»Wie wäre es mit einem der Filmstudios?«

»Wie wäre es mit deiner alten Wohnung? Ich würde gerne sehen, wo du gewohnt hast.«

»Das ist eine gute Idee. Ich hatte ein Haus gemietet. Das ist nicht weit.«

So fuhren wir also durch West Hollywood, das gar nicht schlecht aussah, nur dass alle Häuser aus Beton gebaut und in Pastelltönen gestrichen waren, wie rechteckige Ostereier.

Kate fuhr in eine hübsche vorstädtische Gegend und an ihrem alten Haus vorbei, einer kleinen Stuckschachtel spanischen Stils. Ich sagte: »Sehr hübsch.«

Wir fuhren weiter nach Beverly Hills, wo die Häuser immer größer wurden, und dann den Rodeo Drive hinab, und ich erhaschte einen Hauch Giorgio-Parfum, der aus dem gleichnamigen Laden drang. Mit diesem Zeug würde selbst eine Leiche nicht stinken.

Wir parkten direkt am Rodeo Drive, und Kate führte mich in einem hübschen Freiluftrestaurant zum Mittagessen aus.

Wir hielten uns lange beim Lunch auf, wie man so sagt, denn wir hatten keine Termine, keinen Dienstplan und mussten uns um nichts in der Welt Sorgen machen. Na ja, um ein paar Dinge vielleicht schon.

Ich hatte nichts dagegen, die Zeit totzuschlagen, denn ich schlug sie dort tot, wo man zum letzten Mal von Assad Khalil gehört hatte. Ich lauerte darauf, dass Kates Handy klingelte und hoffentlich Nachrichten brachte, die mich davon abhalten würden, nach Washington zu fliegen. Natürlich hasste ich Washington und das aus gutem Grund. Meine Abneigung gegen Kalifornien war größtenteils blödsinnig, und ich schämte mich, Vorurteile gegen einen Ort zu hegen, an dem ich nie gewesen war. Ich sagte zu Kate: »Jetzt verstehe ich, warum es dir hier gefallen hat.«

»Es ist sehr reizvoll.«

»Stimmt. Schneit es hier denn auch mal?«

»In den Bergen. Du kannst in wenigen Stunden vom Strand in die Berge und in die Wüste fahren.«

»Wie würde man sich für so einen Tag denn anziehen?«

Kicher, kicher.

Der kalifornische Chardonnay war gut, und wir tranken eine ganze Flasche davon und machten uns damit für eine Weile fahruntauglich. Ich bezahlte die Rechnung, die nicht allzu hoch war, und wir spazierten durch die Innenstadt von Beverly Hills, die wirklich ganz hübsch ist. Mir fiel bloß auf, dass die einzigen Fußgänger Horden japanischer Touristen waren, die Bilder knipsten und Videofilme drehten.

Wir gingen spazieren und machten einen Schaufensterbummel. Ich wies Kate darauf hin, dass ihr tomatenketchupfarbener Blazer und ihre schwarze Hose etwas knittrig waren, und bot an, ihr ein neues Outfit zu kaufen. Sie sagte: »Gute Idee. Aber hier am Rodeo Drive kostet dich das mindestens zweitausend Dollar.«

Ich räusperte mich und erwiderte: »Na gut, dann kauf ich dir ein Bügeleisen.«

Sie lachte.

Ich schaute mir in einem Schaufenster ein paar Frackhemden an, und die Preise sahen aus wie Postleitzahlen. Ich wollte kein Spielverderber sein und kaufte eine Tüte Pralinen aus eigener Herstellung, die wir im Gehen verputzten. Wie gesagt, es waren nicht viele Fußgänger unterwegs und deshalb war ich nicht erstaunt, als ich merkte, dass die japanischen Touristen Kate und mich filmten. Ich sagte zu ihr: »Die halten dich für einen Filmstar.«

»Wie lieb von dir. Du bist der Star. Du bist mein Star.«

Normalerweise hätte ich jetzt die Pralinen in den Rinnstein gekotzt, aber ich war ja verliebt, schwebte im siebten Himmel, Liebeslieder gingen mir durch den Sinn und so weiter.

Ich sagte: »Ich habe genug von LA gesehen. Nehmen wir uns doch irgendwo ein Zimmer.«

»Das ist nicht LA. Das ist Beverly Hills. Und es gibt noch so viel, was ich dir zeigen möchte.«

»Und es gibt noch so viel, was ich sehen möchte, aber leider verdecken es deine Kleider.« War das nicht romantisch?

Sie war offenbar zu allen Schandtaten bereit, obwohl wir ja bereits verlobt waren, und wir setzten uns wieder in den Wagen, unternahmen eine kleine Stadtrundfahrt und fuhren dann nach Marina del Rey, in der Nähe des Flughafens.

Sie fand ein nettes Motel am Meer, und wir checkten ein und trugen unsere FBI-Leinentaschen aufs Zimmer.

Von unserem Fenster aus sah man auf den Yachthafen, wo viele Boote vor Anker lagen, und das erinnerte mich wieder an meinen Aufenthalt an der Ostküste von Long Island. Wenn ich dort etwas gelernt hatte, dann, mich nicht an einen Menschen, einen Ort oder sonst etwas zu binden. Aber wir halten uns ja selten an das, was wir gelernt haben.

Ich sah, dass Kate mich fragend anschaute, also lächelte ich und sagte: »Danke für den schönen Tag.«

Sie erwiderte mein Lächeln, überlegte dann kurz und sagte: »Von mir aus hätte ich dich nicht mit Doug bekannt gemacht. Er hat darauf bestanden, dich kennen zu lernen.«

Ich nickte. »Ich verstehe schon. Ist in Ordnung.«

Mit etwas Fingerspitzengefühl war das nun also ausgeräumt. Trotzdem nahm ich mir vor, Doug bei nächster Gelegenheit in die Eier zu treten. Kate gab mir einen dicken Kuss.

Bald darauf waren wir im Bett, und natürlich klingelte prompt ihr Handy. Wir mussten rangehen, und das bedeutete, dass ich leider aufhören musste mit dem, was ich gerade tat. Ich rollte von ihr herunter und verfluchte den Erfinder des Mobiltelefons.

Kate setzte sich auf, holte Luft und meldete sich: »Mayfield.« Sie lauschte, mit der Hand die Muschel zuhaltend und weiter um Luft ringend. Sie sagte: »Okay ... ja ... ja, haben wir ... nein, wir ... sitzen bloß in Marina del Rey am Wasser. Stimmt ... okay ... Ich lasse den Wagen auf dem LAPD-Parkplatz stehen ... genau ... danke für den Anruf. Ja. Dich auch. Tschüs.« Sie beendete das Gespräch, räusperte sich und sagte: »So was kann ich nicht ausstehen.«

Ich erwiderte nichts.

Sie sagte: »Tja, das war Doug. Nichts Neues. Aber er hat gesagt, er lässt uns eine halbe Stunde, bevor wir an Bord gehen, noch mal anrufen, falls sich etwas tut, das unsere Pläne umwirft. Und er hat auch von Washington gehört und solange der Zugriff auf Khalil hier nicht unmittelbar bevorsteht, fliegen wir heute Abend. Wenn er jedoch hier verhaftet wird, dann bleiben wir und geben hier eine Pressekonferenz.«

Sie warf mir einen Blick zu und fuhr dann fort: »Wir sind die Helden des Tages, und wir müssen da sein, wo die meisten Kameras sind. Washington funktioniert genau wie Hollywood.«

Wiederum sah sie mich an und fuhr dann fort: »Das ist ein bisschen affig, und es gefällt mir auch nicht, aber bei einem solchen Fall muss man auf die Medien achten. Und offen gesagt, könnte das FBI mal etwas gute Publicity gebrauchen.«

Sie lächelte mir zu und fragte: »Wo waren wir stehen geblieben?« Sie stieg auf mich drauf und sah mir in die Augen. Leise sagte sie: »Fick mich einfach. Okay? Heute Abend gibt es nur dich und mich. Es gibt keine Welt da draußen. Es gibt keine Vergangenheit und keine Zukunft. Es gibt nur jetzt und uns.«

Das Telefon klingelte und schreckte uns aus dem Schlaf hoch. Kate ging an ihr Handy, aber es klingelte weiter und da merkten wir, dass es das Zimmertelefon war. Ich nahm ab und eine Stimme sagte: »Dies ist Ihr Weckruf für Viertel nach zehn. Wir wünschen einen schönen Abend.« Ich legte auf. »Weckruf.«

Wir stiegen aus dem Bett, wuschen uns, zogen uns an,

checkten aus und setzten uns ins Auto. Es war schon fast elf Uhr, also zwei Uhr nachts in New York, und meine innere Uhr war komplett im Eimer.

Kate ließ den Motor an, und wir fuhren zum internationalen Flughafen, der nur ein paar Meilen entfernt war. Ich sah Verkehrsflugzeuge abheben und nach Westen über den Ozean hinausfliegen.

Kate fragte: »Soll ich die Außenstelle in LA anrufen?«

»Nicht nötig.«

»Okay. Weißt du, was ich befürchte? Dass sie Khalil verhaften, während wir in der Luft sind. Daran wollte ich wirklich teilnehmen und du auch. Hallo? Aufgewacht!«

»Ich denke nach.«

»Schluss mit Nachdenken. Sprich mit mir.«

Also unterhielten wir uns. Dann waren wir am Flughafen, und sie fuhr zur dortigen Polizeiwache, wo uns doch tatsächlich ein freundlicher Desk Sergeant bereits erwartete und dafür sorgte, dass wir von dort zum Inlandsterminal gefahren wurden. Ich glaube nicht, dass ich mich an diese ganze Scheiß-Freundlichkeit gewöhnen könnte.

Der junge Fahrer vom LAPD behandelte uns wie Stars und wollte mit uns über Assad Khalil reden. Kate tat ihm den Gefallen, und ich spielte den knallharten New Yorker Bullen und gab mich einsilbig.

Wir stiegen aus, und man wünschte uns einen schönen Abend und einen guten Flug.

Wir betraten das Terminal und checkten am Schalter der United Airlines ein, wo zwei Business-Class-Tickets für uns bereitlagen. Unsere Bordkarten für Bewaffnete waren bereits ausgefüllt, und wir mussten die Formulare nur noch unterschreiben. Die Frau am Schalter teilte uns mit: »Sie können in zwanzig Minuten an Bord gehen, aber wenn Sie möchten, können Sie noch in den Red Carpet Club.« Sie gab uns zwei Eintrittskarten für den Club.

Ich rechnete jetzt damit, dass etwas ganz Schreckliches

passierte, wie New Yorker nun mal so sind, aber was sollte denn noch schrecklicher sein, als dass einen alle anlächelten und einem alles erdenklich Gute wünschten?

Wir gingen also zum Red Carpet Club und wurden eingelassen. Am Empfang lächelte uns eine Göttin mit rabenschwarzem Haar an, nahm unsere Eintrittskarten entgegen und geleitete uns dann in die Lounge, wo alle Getränke aufs Haus gingen. Mittlerweile glaubte ich natürlich, ich wäre gestorben und in den kalifornischen Himmel gekommen.

Mir war nicht nach Alkohol, trotz des bevorstehenden Flugs quer durchs Land, also ging ich an den Tresen und trank eine Cola, und Kate ließ sich vom Barkeeper ein Mineralwasser geben.

Auf dem Tresen standen Snacks bereit, und ich setzte mich. Kate fragte: »Möchtest du nicht in der Lounge sitzen?«

»Nein. Ich sitze lieber am Tresen.«

Sie setzte sich auf den Hocker neben mir. Ich trank meine Cola, aß Käse und Erdnüsse und blätterte eine Zeitung durch.

Sie betrachtete mich im Tresenspiegel, und ich erhaschte ihren Blick. In einem Tresenspiegel sehen alle Frauen gut aus, aber Kate sah *wirklich* gut aus. Ich lächelte.

Sie lächelte zurück. Sie sagte: »Ich will keinen Verlobungsring. Das wäre Geldverschwendung.«

»Kannst du mir das bitte mal übersetzen?«

»Nein, das ist mein Ernst. Hör doch mal mit den Sprüchen auf.«

»Du hast mir gesagt, ich soll so bleiben, wie ich bin.«

»Nicht genau, wie du bist.«

»Aha.« Ach du je.

Ihr Handy klingelte, und sie holte es aus der Handtasche und meldete sich: »Mayfield.« Sie lauschte und sagte dann: »Okay. Danke. Bis in ein paar Tagen dann.« Sie steckte sich das Telefon in die Tasche und sagte: »Officer vom Dienst. Nichts Neues. Ich dachte schon, wir wären gerade noch mal davongekommen.«

»Wir sollten selbst versuchen, uns diesen Flug zu ersparen.«

»Wenn wir nicht in dieses Flugzeug einsteigen, sind wir unten durch. Helden hin oder her.«

»Ich weiß.« Ich saß da und schaltete mein Hirn auf Schnellgang. Ich sagte zu Kate: »Ich glaube, das Gewehr ist der Schlüssel.«

»Der Schlüssel wozu?«

»Warte mal ... mir fällt da was ein ...«

»Was?«

Ich sah die Zeitung vor mir auf dem Tresen an, und ganz langsam sickerte mir etwas ins Hirn. Es hatte nichts damit zu tun, was in der Zeitung stand – das war die Sportseite. Zeitung. *Was?* Es fiel mir ein und entglitt mir gleich wieder. *Mach schon, Corey. Schnapp's dir.* Das war, als würde man versuchen, eine Hirnerektion zu bekommen, und das Hirn würde dabei schlapp bleiben.

»Alles in Ordnung?«

»Ich denke nach.«

»Die gehen schon an Bord.«

»Ich denke nach. Hilf mir.«

»Wie soll ich dir denn helfen? Ich weiß ja nicht mal, worüber du nachdenkst.«

»Was hat dieses Schwein vor?«

Der Barkeeper fragte: »Darf ich Ihnen noch etwas zu trinken servieren?«

»Zisch ab!«

»John!«

»Tschuldigung«, sagte ich zum Barkeeper, der vor mir zurückwich.

»John, wir müssen an Bord gehen.«

»Geh du. Ich bleibe hier.«

»Bist du verrückt?«

»Nein. Assad Khalil ist verrückt. Ich bin ganz klar im Kopf. Du musst deinen Flug erwischen.«

»Ich gehe nicht ohne dich.«

»Doch, du gehst. Du bist Beamtin mit Pensionsanspruch. Ich stehe nur unter Vertrag und habe meine Pension von der New Yorker Polizei. Mir macht das nichts. Aber dir. Brich deinem Vater nicht das Herz. Geh jetzt.«

»Nein. Nicht ohne dich. Das ist mein letztes Wort.«

»Jetzt stehe ich aber mächtig unter Druck.«

»Wieso?«

»Hilf mir, Kate. Wozu braucht Khalil ein Gewehr?«

»Um jemanden aus großer Entfernung zu töten.«

»Genau. Und wen?«

»Dich.«

»Nein. Denk nach: Zeitung.«

»Okay. Zeitung. Jemand Wichtiges, der gut bewacht wird.«

»Genau. Ich muss immer daran denken, was Gabe gesagt hat.«

»Was hat Gabe gesagt?«

»Vieles. Er hat gesagt, Khalil sei auf was ganz Großes aus. Er hat gesagt: ›Der Schreckliche, er ritt allein ... Scharten an der Klinge ...‹«

»Was?«

»Er sagte, es wäre eine Blutfehde ...«

»Das wissen wir. Khalil hat den Tod seiner Familie gerächt.«

»Hat er das?«

»Ja. Bis auf Wiggins und Callum und der ist todkrank. Wiggins befindet sich außerhalb seiner Reichweite – aber er wird dich als Ersatz nehmen.«

»Vielleicht will er mich, aber ich bin kein Ersatz für denjenigen, den er eigentlich will, und das waren die Menschen an Bord von Flug 175 und die Leute im Conquistador Club auch nicht. Da steht noch jemand auf seiner ursprünglichen Abschussliste ... Wir übersehen da etwas.«

»Versuch's mal mit Brainstorming.«

»Okay ... Zeitung, Gabe, Gewehr, Khalil, Bombenangriff, Khalil, Vergeltung ...«

»Überleg mal, wann du diesen Gedanken zum ersten Mal hattest. So mache ich das immer. Ich versetze mich an den Ort zurück, an dem mir etwas eingefallen ...«

»Das ist es! Ich habe diese Zeitungsausschnitte über den Angriff gelesen, und da hatte ich diese Idee ... und dann ... hatte ich während des Herflugs diesen komischen Traum ... es ging darin um einen Film ... einen alten Western ...«

Eine Stimme verkündete über Lautsprecher: »Letzter Aufruf für die Passagiere des United-Airlines-Fluges 204 nach Washington Dulles Airport. Letzter Aufruf.«

»Okay ... Jetzt hab ich's. Mrs. Gaddafi. Was hat sie in diesem Artikel gesagt?«

Kate überlegte kurz und antwortete dann: »Sie hat gesagt ... Sie würde die Vereinigten Staaten für alle Zeit als ihren Feind ansehen, es sei denn ...« Kate sah mich an. »O Gott ... nein, das kann nicht sein ... Ist das möglich?«

Wir sahen einander an, und es war alles klar. Es war glasklar, und wir hatten es seit Tagen vor Augen gehabt. Ich fragte sie: »Wo wohnt der? Der wohnt doch hier, oder?«

»In Bel Air.«

Ich sprang vom Hocker und machte mir nicht die Mühe, meine Leinentasche mitzunehmen, als ich zum Ausgang des Clubs lief. Kate war an meiner Seite. Ich fragte sie: »Wo ist Bel Air?«

»Gut fünfzehn, zwanzig Meilen nördlich von hier. Hinter Beverly Hills.«

Wir waren jetzt wieder im Terminal und liefen draußen zum Taxistand. Ich sagte: »Nimm dein Handy und ruf im Büro an.«

Sie zögerte, und das konnte ich ihr nicht verdenken. Ich sagte: »Vorsicht ist besser als Nachsicht. Nicht wahr? Du musst die richtige Mischung aus Besorgtheit und Dringlichkeit hinkriegen.«

Wir waren außerhalb des Terminals, und sie wählte eine Nummer, aber es war nicht die der FBI-Außenstelle. Sie sagte: »Doug? Entschuldige bitte, dass ich dich um diese Uhrzeit störe, aber ... Ja, es ist alles in Ordnung ...«

Ich wollte nicht ins Taxi steigen und dieses Gespräch in Hörweite des Taxifahrers weiterführen, deshalb blieben wir vor dem Taxistand stehen.

Kate sagte: »Ja, wir haben den Flug verpasst ... Hör mir bitte zu ...«

»Gib mir das beschissene Telefon.«

Sie reichte es mir und ich sagte: »Hier ist Corey. Hören Sie zu. Hier kommt das Stichwort: *Fatwah*. Wenn ein Mullah einen Preis auf den Kopf eines Menschen aussetzt. Okay? Hören Sie zu. Ich bin der Ansicht – und das beruht auf etwas, das mir gerade eingefallen ist, und auf meiner fünftägigen Beschäftigung mit dieser Scheiße –, dass Assad Khalil einen Mordanschlag auf Ronald Reagan plant.«

Kapitel 52

Wir fuhren mit dem Taxi zum Flughafenrevier des LAPD, von wo unser Wagen noch nicht zurück nach Ventura gebracht worden war. Soweit, so gut.

Wir setzten uns in den Wagen und fuhren in nördliche Richtung zum Haus des Großen Satans.

Also, eigentlich halte ich ihn nicht für den großen Satan und wenn ich denn überhaupt politische Neigungen hege, so bin ich Anarchist und finde jede Regierung und sämtliche Politiker scheiße.

Und dann war Ronald Reagan natürlich auch ein sehr alter und sehr kranker Mann und wer würde ihn umbringen wollen? Tja, Assad Khalil zum Beispiel, der seine Familie verloren hatte, weil Reagan befohlen hatte, Libyen zu bombardieren. Und auch Mr. und Mrs. Gaddafi, die eine Tochter verloren hatten, ganz zu schweigen von Monaten Nachtschlaf, ehe das Klingen in ihren Ohren wieder aufhörte.

Kate saß am Steuer und fuhr schnell den San Sonst was Freeway entlang. Sie fragte: »Würde Khalil wirklich ...? Schließlich ist Reagan ...«

»Ronald Reagan erinnert sich vielleicht nicht mehr an dieses Ereignis, aber ich kann dir versichern, dass sich Assad Khalil sehr wohl daran erinnert.«

»Stimmt ... Ich verstehe ... Aber was ist, wenn wir uns irren?«

»Und was, wenn wir uns nicht irren?«

Sie antwortete nicht.

Ich sagte: »Schau mal, das passt doch, und auch wenn wir uns irren, sind wir doch zu einer wirklich cleveren Schlussfolgerung gelangt.«

»Wenn sie falsch ist, nützt uns dein clever überhaupt nichts.«

»Fahr einfach. Und wenn wir uns irren, ist damit auch nichts verloren.«

»Höchstens unsere beschissenen Jobs.«

»Wir können ja 'ne Pension aufmachen.«

»Wieso hab ich mich bloß auf dich eingelassen?«

»Fahr!«

Wir fuhren zügig, aber Douglas Blödmann hatte natürlich längst Alarm geschlagen, und mittlerweile gingen am Haus der Reagans Leute in Stellung. Insofern waren wir nicht unbedingt die Siebte Kavallerie, die Rettung bringend angeritten kam. Ich fragte: »Wie viele Leute vom Secret Service hat er wohl da?«

»Nicht viele.«

»Wieso das?«

»Tja, ich hatte nicht viel mit dem LA-Büro des Secret Service zu tun, aber soweit ich mich erinnere, geht man davon

aus, dass für die Regans das Risiko jedes Jahr abnimmt, und außerdem spielen dabei Etat- und Personalfragen eine Rolle.« Sie fügte hinzu: »Aber vor ein paar Jahren ist es einem Geistesgestörten tatsächlich gelungen, auf ihr Grundstück und in ihr Haus zu gelangen, während sie zu Hause waren.«
»Unglaublich.«
»Aber schlecht geschützt sind sie nicht. Sie haben für diese Zwecke einen Fonds, aus dem sie schöpfen können, und zur Ergänzung ihres Sondertrupps vom Secret Service haben sie private Leibwächter engagiert. Außerdem behält die örtliche Polizei das Haus genau im Auge. Und die FBI-Außenstelle in LA war auch immer zur Stelle, wenn sie gebraucht wurde. Wie jetzt zum Beispiel.«
»Und außerdem sind wir jetzt unterwegs.«
»Stimmt. Was kann sich jemand sonst noch an Schutz wünschen?«
»Kommt darauf an, wer es auf einen abgesehen hat.«
»Wir hätten nach Washington fliegen sollen«, meinte Kate. »Ein Anruf hätte auch genügt.«
»Ich werd dich in Schutz nehmen.«
»Tu mir bitte keine Gefallen mehr.« Sie fügte hinzu: »Hier geht's doch nur um dein Ego.«
»Ich versuche bloß, das Richtige zu tun. Und das hier ist das Richtige.«
»Nein, ist es nicht. Das Richtige wäre es, Befehle zu befolgen.«
»Stell dir doch mal vor, wie viel mehr wir auf einer Pressekonferenz zu erzählen hätten, wenn wir Assad Khalil heute Nacht schnappen.«
»Du bist unverbesserlich. Schau mal, John, dir ist doch klar, dass Khalil oder ein Komplize das Haus der Reagans beobachten. Wenn er sieht, dass sich dort Ungewöhnliches tut, dann ist Khalil endgültig futsch, und wir werden nie erfahren, ob du Recht damit hattest. Im Grunde ist das für uns eine aussichtslose Situation.«

»Ich weiß. Aber es besteht die Möglichkeit, dass Khalil eine andere Nacht abwartet und dass er oder sein Komplize das Haus der Reagans heute Nacht nicht bewacht. Ich gehe mal davon aus, dass der Secret Service dann ähnlich vorgehen wird wie das FBI bei Wiggins und Callum.«

»Der Secret Service ist zum Schutz da, John. Die stellen keine Fallen und ködern keine Verbrecher, schon gar nicht, wenn der Köder ein Ex-Präsident wäre.«

»Aber die müssen die Reagans doch an einen sicheren Ort bringen, und das FBI dann eine Falle stellen lassen. Oder?«

»Wie ist die Bundesregierung bloß all die Jahre ohne dich ausgekommen?«

Ich hörte da ein Fünkchen Sarkasmus heraus, womit ich nicht mehr gerechnet hatte, da wir doch nun verlobt waren. Oder? Ich fragte sie: »Weißt du, wo das Haus ist?«

»Nein, aber ich werde mich erkundigen, wenn ich vom Freeway runter bin.«

»Wieso heißt das eigentlich Freeway?«

»Gebührenfrei. Keine Ahnung. Warum heißen die Freeways in New York Parkways?«

»Weil das Parkplätze sind. Keine Ahnung. Weißt du, in was für einer Gegend sich das Haus befindet? Ist das vorstädtisch oder eher auf dem Land?«

»Bel Air ist größtenteils nur locker besiedelt. Grundstücke von einem halben oder einem Hektar, dicht bewaldet. Freunde von mir sind mal am Haus der Reagans vorbeigefahren, und diese blöden Rundfahrten zu den Häusern der Stars führen da auch vorbei. Soweit ich weiß, steht das Haus auf einem großen Grundstück, hinter Mauern, und lässt sich von der Straße aus nicht einsehen.«

»Hat er einen guten Pförtner?«

»Das werden wir gleich erfahren.«

Wir fuhren vom Freeway ab, und Kate rief bei der FBI-Außenstelle an. Sie hörte sich eine komplizierte Wegbeschreibung an und wiederholte sie, und ich schrieb sie auf meiner Hotelrechnung aus Marina del Rey mit. Kate beschrieb dem Officer vom Dienst unser Auto und nannte ihm unser Kennzeichen.

In Bel Air wurde es hügelig, und die Straße schlängelte sich ziemlich durchs Gelände. Die Vegetation war dicht genug, um eine ganze Armee von Scharfschützen darin zu verstecken. Eine Viertelstunde später waren wir auf dieser Allee namens St. Cloud Road, an der große Villen standen, von denen die meisten hinter Zäunen, Mauern und Hecken verborgen waren.

Ich rechnete damit, vor dem Grundstück der Reagans Fahrzeuge und Menschen zu sehen, aber dort war es still und dunkel. Vielleicht wussten die wirklich, was sie taten.

Ganz plötzlich kamen zwei Typen aus dem Gebüsch und hielten uns an.

Ehe wir uns versahen, hatten wir hinten zwei Beifahrer und wurden angewiesen, zu einem Tor zu fahren, das in eine Steinmauer eingelassen war.

Das Eisentor öffnete sich automatisch, Kate fuhr durch und wurde links, neben einem großen Pförtnerhaus, auf einen kleinen Parkplatz geleitet. Das war wirklich aufregend, wenn man auf Geschichte und so stand. Es hätte auch Spaß gemacht, hätten nicht alle so ernst dreingeschaut.

Wir stiegen aus und sahen uns um. Man konnte nur das Haus der Reagans sehen, ein ranchartiges Gebäude in der Ferne, und dort brannten ein paar Lichter. Dem Augenschein nach war hier nicht viel los, aber ich war mir sicher, dass das ganze Grundstück von Leuten vom Secret Service nur so wimmelte, die sich als Bäume, Felsen oder was auch immer verkleidet hatten.

Es war eine mondhelle Nacht, was man früher Jagdnacht genannt hatte, ehe Infrarot und Nachtsichtgeräte jede Nacht zu einer Jagdnacht gemacht hatten. Doch der ehemalige Präsident spazierte ja wahrscheinlich um diese Uhrzeit nicht hier herum, und deshalb nahm ich an, dass Khalil ein normales

Zielfernrohr hatte und darauf warten wollte, dass die Reagans ihren Morgenspaziergang unternahmen.

Eine sanfte Brise wehte den Duft von Blütensträuchern über den Rasen, und in den Bäumen zwitscherten Nachtvögel. Aber vielleicht waren die Bäume auch Leute vom Secret Service, die Parfum aufgelegt hatten und einander zuzwitscherten.

Man bat uns höflich, neben dem Wagen stehen zu bleiben, und das taten wir, als, siehe da, Douglas Winzschwanz aus dem Pförtnerhaus trat und zu uns kam.

Douglas kam gleich zum Punkt: »Sagen Sie mir noch mal, warum wir hier sind.«

Sein Ton gefiel mir nicht und deshalb sagte ich: »Sagen Sie mir lieber, warum Sie gestern nicht hier waren. Muss ich denn immer das Denken für Sie übernehmen?«

»Sie reißen das Maul ein bisschen zu weit auf, Mister.«

»Ob mir das wohl egal ist?«

»Jetzt reicht's mir aber mit Ihrer Aufsässigkeit.«

»Dabei komme ich gerade erst so richtig in Schwung ...«

Schließlich sagte Kate: »Okay, das reicht. Beruhige dich.« Zu Winzschwanz sagte sie: »Komm Doug, lass es dir erklären.« Und sie zog ihren Freund außer Hörweite. Ich stand da und war so richtig auf hundertachtzig wegen nichts und wieder nichts. Es ging dabei nur ums männliche Ego und darum, sich vor dem Weibchen aufzuplustern. Sehr primitiv. Da stehe ich eigentlich ja drüber – na ja, wenn ich mich überwinden kann, zumindest.

Jedenfalls kam dann diese Lady vom Secret Service. Sie war in Zivil, stellte sich mir als Lisa vor und erzählte, sie sei dort irgendwie in leitender Funktion tätig. Sie war um die Vierzig, attraktiv und freundlich.

Wir plauderten, und sie wollte unbedingt wissen, wie ich zu dem Schluss gelangt war, dass dem ehemaligen Präsidenten ein Mordanschlag drohte.

Ich erzählte Lisa, dass ich in einer Bar etwas getrunken

hätte und es mir dabei einfach so eingefallen sei. Diese Erklärung gefiel ihr nicht, also schmückte ich sie etwas aus, erwähnte, dass ich Cola getrunken hatte und mich mit dem Fall Assad Khalil bestens auskannte und so weiter.

Ich wurde natürlich nicht nur ausgefragt, nein, man passte auch auf mich auf, damit ich nicht herumlief. Ich fragte sie: »Wie viele dieser Bäume sind in Wirklichkeit Secret-Service-Mitarbeiter?«

Sie fand das witzig und antwortete: »Alle.«

Ich fragte sie nach den Nachbarn der Reagans und so weiter, und sie teilte mit, dass es in der Gegend vor Filmstars und Promis nur so wimmelte, dass es angenehm sei, für die Reagans zu arbeiten, und dass wir uns tatsächlich noch im Stadtgebiet von Los Angeles befänden, obwohl es hier eher wie in der Filmkulisse für eine Plantagenszene mitten im Dschungel aussah.

Lisa und ich schwatzten also, während Kate mit ihrem Ex-Freund sprach und die Wogen glättete. Bestimmt erzählte sie ihm, dass ich gar nicht so ein großes Arschloch war, wie es ihm vorkam. Ich war todmüde, körperlich wie geistig, und der ganzen Szene haftete etwas Irreales an.

Lisa erzählte mir: »Früher war die Hausnummer hier 666, aber als die Reagans das Haus kauften, ließen sie die Nummer in 668 umändern.«

Ich fragte: »Aus Sicherheitsgründen, meinen Sie?«

»Nein. 666 ist nach der Offenbarung des Johannes das Zeichen des Teufels. Wussten Sie das nicht?«

»Äh ...«

»Und deshalb hat Nancy das ändern lassen.«

»Aha ... Da muss ich mal auf meiner Amex-Karte nachsehen. Ich glaube, da habe ich auch drei Sechsen.«

Sie lachte.

Ich hatte so das Gefühl, dass Lisa mir behilflich sein konnte, und deshalb knipste ich meinen Charme an, und wir kamen prima miteinander klar. Und während ich so überaus charmant war, kam Kate allein zurück, und ich machte sie mit meiner neuen Freundin Lisa bekannt.

Kate war nicht sonderlich an Lisa interessiert, nahm mich beim Arm und führte mich beiseite. Sie sagte: »Wir müssen die erste Maschine morgen früh nehmen. Wir können es noch zur Pressekonferenz schaffen.«

»Ich weiß. In New York ist es drei Stunden früher.«

»Halt den Mund, John, und hör mir zu. Der Direktor will mit dir reden. Könnte sein, dass du in Schwierigkeiten steckst.«

»Aber ich war doch der große Held, oder?«

Sie ignorierte die Frage und sagte: »Sie haben Zimmer in einem Flughafenhotel für uns reserviert und morgen früh zwei Tickets für einen Flug nach Washington. Gehen wir.«

»Habe ich noch Zeit, Doug kurz in die Eier zu treten?«

»Das wäre nicht eben karriereförderlich, John. Komm, wir gehen.«

»Na gut.« Ich ging zu Lisa zurück und sagte ihr, wir müssten gehen, und sie sagte, sie würde das Tor für uns öffnen lassen. Wir gingen zu unserem Wagen, und Lisa kam mit. Ich wollte wirklich nicht dort weg, also sagte ich zu Lisa: »Hey, ich hab ein bisschen ein schlechtes Gewissen, weil ich euch alle aus dem Bett geholt hab. Ich glaube, ich sollte bis zum Morgengrauen hier bleiben. Kein Problem. Mach ich gern.«

Sie erwiderte: »Vergessen Sie's.«

Kate wurde ungeduldig und befahl: »Steig ein!«

Lisa, die meine Freundin war, fand, dass sie mir für ihre flüchtig hingeworfene Entgegnung eine Erklärung schuldig war. Sie sagte: »Mr. Corey, wir haben einen sorgfältig ausgearbeiteten Dienstplan, an den wir uns seit 1988 halten. Ich glaube nicht, dass Sie in diesem Plan vorkommen.«

»Wir haben nicht mehr 1988. Und das ist auch nicht mehr nur ein Schutzeinsatz. Wir versuchen, einen ausgebildeten Killer zu fassen.«

»Das ist uns allen bewusst. Deshalb sind wir hier. Machen Sie sich keine Sorgen.«

Kate sagte: »John, gehen wir.«

Ich ignorierte Kate und sagte zu Lisa: »Wir können ja vielleicht ins Haus gehen. Da stören wir niemanden.«

»Vergessen Sie's.«

»Nur auf einen schnellen Drink mit Ron und Nancy.«

Lisa lachte.

Kate sagte wieder: »Gehen wir, John.«

Die Lady vom Secret Service sagte: »Die sind sowieso nicht zu Hause.«

»Wie bitte?«

»Die sind nicht zu Hause«, sagte Lisa noch mal.

»Und wo sind sie?«

»Das darf ich Ihnen nicht sagen.«

»Okay, Sie wollen damit also sagen, dass Sie sie hier schon herausgeholt haben und sie sich an einem geheimen Ort wie Fort Knox oder so unter strenger Bewachung befinden?«

Lisa sah sich um und sagte dann: »Na ja, eigentlich ist das kein Geheimnis. Es stand sogar in der Zeitung, aber ihr Freund da hinten, den Sie angebrüllt haben, will nicht, dass Sie davon erfahren.«

»Wovon erfahren?«

»Nun, dass die Reagans gestern abgereist sind und ein paar Tage auf der Rancho del Cielo verbringen.«

»Wie bitte?«

»Rancho del Cielo. Die Himmels-Ranch.«

»Sie meinen, die sind tot?«

Sie lachte. »Nein. Das ist seine alte Ranch, nördlich von hier, in den Santa Inez Mountains. Das ehemalige Western White House.«

»Sie sagen also, dass sie auf seiner Ranch sind. Ja?«

»Ja. Diese Reise zu der alten Ranch ist so eine Art ... sie nennen es letzter Ausritt. Er ist sehr krank, müssen Sie wissen.«

»Ich weiß.«

»Sie dachte, es würde ihm gut tun. Er hat diese Ranch geliebt.«

»Stimmt. Jetzt erinnere ich mich daran. Und das stand in der Zeitung?«

»Es gab eine Presseerklärung. Nicht alle Nachrichtenagenturen haben sie gebracht. Aber die Presse ist am Freitag eingeladen, dem letzten Tag der Reagans dort. Fototermin und so. Sie wissen schon – wie der alte Mann dem Sonnenuntergang entgegenreitet. Ziemlich traurig.« Sie fügte hinzu: »Ich weiß aber nicht, ob man diese Pressekonferenz jetzt noch abhalten wird.«

»Schon klar. Und Sie haben dort jetzt Leute?«

»Natürlich«, und wie zu sich selbst: »Der Mann hat Alzheimer. Wer würde ihn umbringen wollen?«

»Na ja, *er* mag ja Alzheimer haben, aber die Leute, die ihn umbringen wollen, haben ein gutes Gedächtnis.«

»Schon verstanden. Das ist unter Kontrolle.«

»Wie groß ist die Ranch?«

»Ziemlich groß. Fast dreihundert Hektar.«

»Und wie viele Mitarbeiter des Secret Service haben ihn da bewacht, als er noch Präsident war?«

»Ungefähr hundert.«

»Und jetzt?«

»Das weiß ich nicht. Heute waren sechs da. Wir bemühen uns, noch ein Dutzend Leute hinzuschicken. Das Büro des Secret Service hier in LA hat nicht sehr viele Mitarbeiter. Wir bekommen Unterstützung von der örtlichen Polizei und aus Washington, wenn wir sie brauchen.«

Kate schien nicht mehr so versessen darauf, hier abzuhauen, und fragte Lisa: »Wieso nutzen Sie dazu nicht das FBI?«

Lisa erwiderte: »Aus Ventura sind FBI-Agenten unterwegs. Aber die werden in der Nähe von Santa Barbara postiert. Das ist die nächste Stadt. Wir lassen niemanden auf die Ranch, der nicht vom Secret Service ist und keine Ahnung von unserem Modus operandi hat. Dabei könnte jemand verletzt werden.«

Kate meinte: »Aber wenn Sie nicht genug Leute haben, könnte die Person verletzt werden, die Sie schützen.«

Lisa erwiderte nichts.

Ich fragte: »Wieso bringen Sie ihn nicht an einen sicheren Ort?«

Lisa sah sich um und sagte dann: »Schauen Sie, wir halten das nicht für eine sehr plausible Drohung. Aber um Ihre Frage zu beantworten: Es gibt nur eine schmale, gewundene Straße in dieses Gebirge, und die ist ein wunderbarer Hinterhalt. Den beleuchteten Hubschrauberlandeplatz des Präsidenten gibt es nicht mehr, aber auch wenn es ihn noch gäbe, sind die Berge doch heute Nacht, wie meistens zu dieser Jahreszeit, völlig in Nebel gehüllt.«

»Ach du Scheiße. Wessen Idee war das denn?«

»Sie meinen, zur Rancho del Cielo zu reisen? Keine Ahnung. Schien wahrscheinlich damals eine gute Idee zu sein.« Sie fügte hinzu: »Verstehen Sie bitte, dass dieser Mann, ungeachtet seiner ehemaligen Stellung, krank und alt und seit zehn Jahren nicht mehr in der Öffentlichkeit aufgetreten ist. Er hat nichts getan oder gesagt, das ihn zum Ziel eines Mordanschlags machen würde. Wir verzeichnen mehr Morddrohungen gegen die Haustiere des Weißen Hauses als gegen diesen Ex-Präsidenten. Ich sehe ein, dass sich die Lage möglicherweise geändert hat, und wir werden darauf reagieren. Aber wir haben drei Staatsoberhäupter zu Besuch in LA, von denen zwei in der ganzen Welt verhasst sind, und wir haben kaum genug Personal dafür. Wir wollen das Staatsoberhaupt eines befreundeten Landes nicht verlieren, auch wenn das keine netten Leute sein mögen. Ich will ja nicht kalt oder herzlos klingen, aber machen wir uns doch nichts vor: So wichtig ist Ronald Reagan nicht.«

»Für Nancy bestimmt schon. Und für seine Kinder. Schauen Sie, Lisa, es ist aus psychologischen Gründen nicht gut, wenn ein ehemaliger Präsident umgelegt wird. Das ist schlecht für die Moral. Verstehen Sie? Ganz zu schweigen davon, dass es schlecht für Ihre Karriere wäre. Also sorgen Sie bitte dafür, dass Ihre Vorgesetzten die Sache ernst nehmen.«

»Wir nehmen sie sehr ernst. Wir tun alles, was wir zur Zeit tun können.«

»Außerdem bietet es die Gelegenheit, den meistgesuchten Terroristen Amerikas zu ergreifen.«

»Das ist uns klar. Aber sehen Sie bitte auch ein, dass diese Theorie von Ihnen hier nicht viele Anhänger hat.«

»Schon gut. Aber sagen Sie hinterher nicht, ich hätte Sie nicht alle gewarnt.«

»Wir danken Ihnen für die Warnung.«

Ich öffnete die Autotür und Lisa fragte uns: »Fahren Sie jetzt dorthin?«

Ich erwiderte: »Nein. Nicht nachts ins Gebirge. Und wir müssen ja morgen früh in Washington sein. Aber danke.«

»Ich stehe auf Ihrer Seite, falls Sie das interessiert.«

»Wir sehen uns dann bei der Senatsanhörung.«

Ich stieg ein, Kate saß bereits am Steuer. Sie fuhr vom Parkplatz auf die Auffahrt. Das Tor ging automatisch auf, und wir bogen auf die St. Cloud Road ein. Kate fragte: »Wohin?«

»Zur Himmels-Ranch.«

»Wieso habe ich überhaupt gefragt?«

Kapitel 53

Und so fuhren wir zur Rancho del Cielo. Doch zunächst mussten wir aus Santa Bel Air raus, und es dauerte eine Weile, bis wir zu einer Freeway-Auffahrt kamen.

Kate sagte: »Ich kenne die Antwort zwar schon, aber sag mir doch noch mal, warum wir zu Reagans Ranch fahren.«

»Weil neunzig Prozent des Lebens darin bestehen, sich irgendwo blicken zu lassen.«

»Versuch's noch mal.«

»Wir haben noch sechs Stunden bis zum ersten Flieger. Und wenn wir schon die Zeit totschlagen müssen, können wir ja auch gleich noch Assad Khalil totschlagen.«

Sie atmete tief durch und roch vermutlich den Blumenduft. Sie fragte: »Und du glaubst, Khalil weiß, dass Reagan dort ist, und dass Khalil vorhat, ihn dort umzubringen. Richtig?«

»Ich glaube, dass Khalil geplant hat, Reagan in Bel Air zu ermorden, und als er nach Kalifornien kam, erhielt er neue Informationen von jemandem und ließ sich dann von Aziz Rahman von Santa Monica aus nach Norden fahren, um das Gelände rund um die Reagan-Ranch zu erkunden und die Reisetasche, die wahrscheinlich die beiden Glocks und seine gefälschten Papiere enthielt, in einem Cañon loszuwerden. Das passt, das ergibt Sinn, und falls ich mich irren sollte, bin ich wirklich in der falschen Branche.«

Sie überlegte kurz und sagte dann: »Also gut, ich bin so oder so dabei. Darum geht es ja schließlich bei einer festen Beziehung.«

»Eben.«

»Und eine feste Beziehung beruht auf Gegenseitigkeit.«

»Hey, ich würde mich für dich abknallen lassen.«

Sie schaute zu mir herüber, und in dem dunklen Wagen sahen wir einander in die Augen. Sie sah, dass ich es ernst meinte, und keiner von uns sprach das Naheliegendste aus, dass wir das nämlich vielleicht bald ausprobieren könnten. Sie sagte: »Ich mich auch für dich.«

Schließlich fand sie die Auffahrt zum Freeway, und wir bogen ab und fuhren in nördlicher Richtung auf den San Diego Freeway. Ich fragte: »Weißt du, wo die Ranch ist?«

»Irgendwo in den Santa Inez Mountains, in der Nähe von Santa Barbara.«

»Und wo ist Santa Barbara?«

»Nördlich von Ventura und südlich von Goleta.«
»Schon klar. Wie lange wird das dauern?«
»Vielleicht zwei Stunden nach Santa Barbara, je nachdem, wie neblig es ist. Von da aus kenne ich den Weg zur Ranch nicht, aber das finden wir schon raus.«
»Soll ich fahren?«
»Nein.«
»Ich kann Auto fahren.«
»Ich kann auch Auto fahren, und ich kenne die Straßen hier. Schlaf ein bisschen.«
»Dazu macht mir das hier zu viel Spaß. Hey, wenn du möchtest, können wir beim Büro in Ventura vorbeifahren und uns kugelsichere Westen borgen.«
»Ich rechne nicht mit einer Schießerei. Wenn wir zur Ranch kommen, wird man uns höflich auffordern, wieder zu gehen, genau wie in Bel Air. Der Secret Service lässt sich auf seinem Terrain nicht reinreden.« Sie fügte hinzu: »Und schon gar nicht vom FBI.«
»Das kann ich verstehen.«
Sie sagte: »Wir werden nicht eingreifen können, aber wenn du dabei sein willst, wenn sich etwas tut, dann fahren wir vermutlich in die richtige Richtung.«
»Mehr will ich gar nicht. Ruf bei der Außenstelle in Ventura an und frag nach, wo die Agenten in Santa Barbara stationiert sind.«
»Okay.«
»Hey, das ist eine hübsche Straße. Echt nette Gegend hier. Erinnert mich an diese alten Cowboyfilme. Gene Autrey, Roy Rogers, Tom Mix.«
»Nie gehört.«
Wir fuhren weiter, und ich sah, dass es Viertel nach eins war. Ein langer Tag.
Wir kamen an ein Autobahnkreuz. Östlich ging es nach Burbank, und in westlicher Richtung zweigte die Route 101 ab, der Ventura Freeway, den Kate nahm. Sie sagte: »Dies-

mal fahren wir nicht über die Küstenstraße, weil es dort jetzt bestimmt neblig ist. So geht es schneller.«

»Na gut, du kennst dich hier aus.«

So fuhren wir also nach Westen durch das, was Kate das San Fernando Valley nannte. Wie hielten die Leute hier bloß diese ganzen Sans und Santas auseinander? Ich war echt müde und gähnte schon wieder.

»Nun schlaf schon.«

»Nein. Ich will dir Gesellschaft leisten, deine Stimme hören.«

»Okay, dann hör dir das an: Wieso warst du so fies zu Doug?«

»Wer ist Doug? Ach, dieser Typ. Meinst du jetzt in LA oder in Bel Air?«

»Sowohl als auch.«

»Also, in Bel Air war ich sauer auf ihn, weil er wusste, dass die Reagans nicht zu Hause waren, und uns nichts davon gesagt hat.«

»John, das haben wir erst erfahren, nachdem du ihm dumm gekommen bist.«

»Jetzt wollen wir mal keine Haarspalterei betreiben hinsichtlich der Reihenfolge der Ereignisse.«

Sie schwieg eine Weile und sagte dann: »Ich habe nicht mit ihm geschlafen. Ich bin bloß mit ihm ausgegangen.« Sie fügte hinzu: »Er ist verheiratet. Glücklich verheiratet und hat zwei Kinder auf dem College.«

Ich fand es nicht nötig, darauf einzugehen.

Sie blieb hartnäckig und sagte: »Ein bisschen Eifersucht ist ja in Ordnung, aber du übertreibst.«

»Hör auf. Und wie würdest du das bezeichnen, als du in New York aus dem Raum gestürmt bist?«

»Das ist etwas völlig anderes.«

»Dann erklär mir das bitte, damit ich es auch verstehe.«

»Du bist immer noch mit Beth zusammen. LA ist Vergangenheit.«

»Schon klar. Themenwechsel.«

»Na gut.« Sie nahm meine Hand und drückte sie.

Da war ich gerade mal vierundzwanzig Stunden verlobt und wusste schon nicht mehr, wie ich das bis zum Juni durchstehen sollte.

Dann plauderten wir etwa eine halbe Stunde lang, und ich sah, dass wir in den Mountains oder Hills oder was waren, und es sah echt gefährlich aus, aber Kate fuhr offenbar sehr sicher.

Sie fragte mich: »Hast du irgendeinen Plan, wenn wir nach Santa Barbara kommen?«

»Eigentlich nicht. Wir lassen uns inspirieren.«

»Wovon?«

»Keine Ahnung. Irgendwas fällt mir schon ein. Im Grunde müssen wir nur zu der Ranch.«

»Vergessen Sie's, wie deine Freundin Lisa sagen würde.«

»Welche Lisa? Ach, die Frau vom Secret Service.«

»In Kalifornien gibt es viele schöne Frauen.«

»Es gibt nur eine schöne Frau in Kalifornien. Dich.«

Und so weiter.

Kates Handy klingelte, und das konnte nur Doug Winzschwanz sein, der uns kontrollieren wollte, nachdem er festgestellt hatte, dass wir nicht in dem vorgesehenen Flughafenhotel eingecheckt hatten. Ich sagte: »Geh nicht ran.«

»Ich muss rangehen.« Und das tat sie. Es war tatsächlich Señor Sin Cojones. Kate lauschte ein paar Sekunden und sagte dann: »Tja ... wir sind auf dem 101 und fahren nach Norden.« Sie hörte zu und erwiderte dann: »Das stimmt ... Wir haben rausgefunden, dass die Reagans ...« Er unterbrach sie offenbar, und sie hörte zu.

Ich sagte: »Gib mir das Telefon.«

Sie schüttelte den Kopf und hörte weiter zu.

Ich war echt sauer, denn ich wusste, dass er sie zur Schnecke machte, und das macht man nicht mit John Coreys Verlobter, wenn einem noch was am Leben liegt. Ich wollte ihr das Telefon nicht entreißen, also saß ich da und kochte. Ich fragte mich auch, warum er nicht bat, mit mir zu sprechen. *No cojones.* Schlappschwanz.

Kate setzte ein paar Mal dazu an, etwas zu sagen, aber Doggy Arschgeige fiel ihr immer wieder ins Wort. Schließlich schnitt sie ihm das Wort ab und sagte: »Hör mal zu, Doug, ich habe kein Verständnis dafür, dass du uns Informationen vorenthalten und den Secret Service angewiesen hast, uns Informationen vorzuenthalten. Und damit du Bescheid weißt: Wir wurden von beiden Chefs der ATTF in New York hierher entsandt, und sie erwarten, dass uns die Außenstelle in LA jede erdenkliche Hilfe und Unterstützung gewährt. Die ATTF in New York ist die in diesem Fall ermittelnde Einheit, und wir sind die Vertreter der ATTF in LA. Ich war immer per Pieper und Handy erreichbar und das wird auch so bleiben. Du musst lediglich wissen, dass Mr. Corey und ich morgen früh in dieser Maschine sitzen werden, es sei denn, wir erfahren Gegenteiliges von unseren Vorgesetzten in New York oder Washington. Und außerdem geht es dich nichts an, wo ich schlafe und mit wem ich schlafe.« Sie legte auf.

Ich hätte gern »Bravo« gesagt, hielt aber lieber den Mund.

Wir fuhren schweigend weiter. Ein paar Minuten später klingelte ihr Handy erneut, und Kate ging ran. Ich wusste, dass es nicht Douglas Doofmann sein konnte, denn der hätte nicht die Traute gehabt, schon wieder anzurufen. Vermutlich hatte er in Washington angerufen und gepetzt, und jetzt rief Washington uns an, um uns zu befehlen, die Fahrt zur Reagan-Ranch abzubrechen. Ich rechnete mit nichts anderem. Deshalb war ich angenehm überrascht und erleichtert, als mir Kate das Telefon reichte und sagte: »Paula Donnelly aus der Leitstelle ist dran. Sie hat da einen Herrn auf deiner Durchwahl, der mit dir sprechen will, und zwar persönlich.« Unnötigerweise fügte sie hinzu: »Assad Khalil.«

Ich hielt mir das Handy ans Ohr und sagte zu Paula: »Hier ist Corey. Klingt der Typ glaubhaft?«

Paula erwiderte: »Ich weiß nicht so genau, wie sich ein Massenmörder anhört, aber der Typ hat gesagt, er hätte in Ventura mit Ihnen gesprochen und Sie hätten ihm Ihre Durchwahl gegeben.«

»Das ist er. Können Sie ihn durchstellen?«

»Kann ich schon, aber das will er nicht. Er will Ihre Nummer, also werde ich ihm Kates Handynummer geben, wenn Sie nichts dagegen haben. Ich glaube kaum, dass er mir seine Nummer gibt.«

»Okay. Geben Sie ihm diese Nummer. Danke, Paula.« Ich legte auf.

Weder Kate noch ich sagten ein Wort, und wir warteten – es dauerte eine Ewigkeit. Schließlich klingelte ihr Handy, und ich meldete mich: »Corey.«

Assad Khalil sagte: »Guten Abend, Mr. Corey. Oder sollte ich besser guten Morgen sagen?«

»Sagen Sie, was Sie wollen.«

»Habe ich Sie geweckt?«

»Das ist schon in Ordnung. Ich musste sowieso aufstehen, um ans Telefon zu gehen.«

Es entstand eine Pause, während er versuchte, meinen Humor zu verstehen. Ich wusste nicht so recht, warum er anrief, aber wenn jemand anruft, der einem nichts zu bieten hat, dann will er was von einem. Ich fragte ihn: »Na, was haben Sie denn so gemacht, seit wir zum letzten Mal telefoniert haben?«

»Ich bin verreist. Und Sie?«

»Ich auch.« Ich fügte hinzu: »So ein Zufall. Ich habe gerade von Ihnen gesprochen.«

»Sie haben sicherlich zur Zeit kaum ein anderes Gesprächsthema.«

Arschloch. »Hey, der Job ist nur das halbe Leben. Und wie ist das bei Ihnen?«

Er verstand die Redewendung offenbar nicht und erwiderte: »Ich bin noch ganz lebendig. Äußerst lebendig.«

»Stimmt. Was kann ich also für Sie tun?«

»Wo sind Sie, Mr. Corey?«

»Ich bin in New York.«

»Ach ja? Ich dachte, ich rufe ein Mobiltelefon an.«

»Das tun Sie durchaus. Das Mobiltelefon befindet sich bei mir in New York. Und wo sind Sie?«

»In Libyen.«

»Kein Scheiß? Sie hören sich an, als wären Sie gleich um die Ecke.«

»Vielleicht bin ich das ja auch. Vielleicht bin ich in New York.«

»Vielleicht sind Sie das. Schauen Sie doch mal aus dem Fenster, dann können Sie sehen, wo Sie sind. Sehen Sie Kamele oder gelbe Taxis?«

»Mr. Corey, mir gefällt Ihr Humor nicht, und es macht ja auch keinen Unterschied, wo wir beide uns befinden, da wir ja beide lügen.«

»Genau. Und was soll dann dieses Telefongespräch? Was wollen Sie?«

»Meinen Sie, ich rufe nur an, damit Sie mir einen Gefallen tun? Ich wollte nur Ihre Stimme hören.«

»Na, das ist aber wirklich süß von Ihnen. Haben Sie wieder von mir geträumt?« Ich sah zu Kate hinüber, die starr auf die dunkle Straße vor uns sah. Jetzt gab es Bodennebel, und es war richtig unheimlich hier. Sie sah mich kurz an und zwinkerte mir zu.

Schließlich erwiderte Khalil: »Ja, ich habe tatsächlich von Ihnen geträumt.«

»Ein schöner Traum?«

»Ich habe geträumt, dass wir uns an einem dunklen Ort begegnet sind und dass ich allein hinterher ans Licht trat, bedeckt mit Ihrem Blut.«

»Echt? Und was glauben Sie, was das bedeutet?«

»Sie wissen selbst, was das bedeutet.«

»Träumen Sie eigentlich auch mal von *Frauen*? Ich meine, wenn Sie mit einem richtigen Ständer aufwachen und so?«

Kate stieß mich in die Seite.

Khalil beantwortete die Frage nicht, sondern wechselte das Thema und sagte: »Es gibt da wirklich ein paar Dinge, die Sie für mich tun könnten.«

»Wusste ich's doch.«

»Zunächst richten Sie Mr. Wiggins bitte aus, dass ich ihn umbringen werde, auch wenn es noch einmal fünfzehn Jahre dauern sollte.«

»Hören Sie mal, Assad. Ist es nicht langsam Zeit zu verzeihen und ...«

»Schnauze.«

Meine Güte.

»Zweitens, Mr. Corey, dasselbe gilt für Sie und für Miss Mayfield.«

Ich sah zu Kate hinüber, aber sie konnte Khalil offenbar nicht hören. Ich sagte zu meinem geistesgestörten Anrufer: »Wissen Sie, Assad, Sie können nicht alle Ihre Probleme mit Gewalt lösen.«

»Natürlich kann ich das.«

»Denn wer das Schwert nimmt, der soll durchs Schwert umkommen.«

»Denn wer das Schwert am schnellsten führt, der soll überleben. Es gibt da in meiner Sprache ein Gedicht, das ich Ihnen gern übersetzen würde. Es handelt von einem einsamen, furchtlosen Krieger, der zu Pferde ...«

»Hey, das kenne ich! Mein Arabisch ist ein bisschen eingerostet, aber auf Englisch geht es so ...« Ich räusperte mich und rezitierte: »›Der Schreckliche, er ritt allein, das Krummschwert zu schwingen. Schmuck und Zierrat trug es kein', nur die Scharten an der Klingen.‹ Meinen Sie das?«

Khalil schwieg lange und fragte mich dann: »Woher kennen Sie das?«

»Aus dem Religionsunterricht? Nein, da muss ich mal

überlegen. Von einem arabischen Freund.« Und um ihm so richtig auf die Eier zu gehen, fügte ich hinzu: »Ich habe viele arabische Freunde, die mit mir zusammenarbeiten. Sie arbeiten hart daran, Sie zu finden.«

Mr. Khalil ließ sich das durch den Kopf gehen und teilte mir dann mit: »Die kommen alle in die Hölle.«

»Und wohin kommen Sie, mein Lieber?«

»Ins Paradies.«

»Sie sind doch schon in Kalifornien.«

»Ich bin in Libyen. Ich habe meinen Djihad abgeschlossen.«

»Also, wenn Sie in Libyen sind, dann interessiert mich dieses Gespräch nicht und dann treiben wir bloß die Telefonrechnung in die Höhe, also ...«

»*Ich* sage *Ihnen*, wann unser Gespräch beendet ist.«

»Dann kommen Sie aber mal zum Punkt.« Aber ich glaubte schon zu wissen, was er wollte. Und interessanterweise hörte ich während seines Schweigens irgendwo am anderen Ende einen Vogel zwitschern, was mich zu der Ansicht verleitete, dass sich Assad Khalil nicht in einem Haus aufhielt, es sei denn, er besaß einen Kanarienvogel. Ich kenne mich wirklich nicht mit Vogelstimmen aus, aber ich weiß, wie sich ein Vogel anhört, und dieser Vogel klang wie einer der Nachtvögel, die ich in Bel Air gehört hatte. Ich war mir ziemlich sicher, dass sich der Typ noch in der Gegend aufhielt – Vögel hin oder her.

Assad kam also auf den eigentlichen Zweck seines Anrufs zu sprechen und fragte mich: »Was haben Sie gesagt, als wir zum letzten Mal telefoniert haben?«

»Ich glaube, ich habe Sie einen Kamelficker genannt. Aber das möchte ich gerne zurücknehmen, denn das ist eine rassistische Beleidigung und als Bundesbediensteter und Amerikaner ...«

»Über meine Mutter und meinen Vater.«

»Ach so. Ja, nun, das FBI – also eigentlich die CIA und

ihre Freunde in Übersee – haben verlässliche Informationen darüber, dass Ihre Mama ... wie soll ich das sagen? Sehr gut mit Mr. Gaddafi befreundet war. Verstehen Sie? Hey, wir reden doch unter Männern, nicht wahr? Wir haben doch für so was Verständnis. Okay, es geht also um Ihre Mutter und vielleicht ist das jetzt schwierig für Sie, aber sie hat auch ihre Bedürfnisse. Nicht wahr? Und wissen Sie ... sie ist ziemlich einsam, wenn Ihr Papa ständig verreist ist ... Hey, sind Sie noch dran?«

»Weiter.«

»Gut.« Ich sah zu Kate hinüber, und sie zeigte mir einen erhobenen Daumen. Ich fuhr fort: »Schauen Sie, Assad, ich bewerte gar nichts. Vielleicht hat sich Ihre Mama ja erst mit Muammar eingelassen, nachdem Ihr Vater – ach, darum geht es ja auch noch – Ihr Vater. Sind Sie wirklich sicher, dass Sie das hören wollen?«

»Weiter.«

»Na gut. Also die CIA – das sind schon echt gewiefte Jungs und die wissen Sachen, das würden Sie nicht fassen. Ich habe diesen wirklich guten Freund bei der CIA, Ted, und Ted hat mir erzählt, dass Ihr Vater – Karim hieß er, nicht wahr? Na, Sie wissen doch, was in Paris passiert ist. Aber vermutlich wissen Sie nicht, dass es nicht die Israelis waren, die ihn umgelegt – äh, ermordet haben. In Wirklichkeit, Assad, waren es ... ach, warum lassen wir die Vergangenheit nicht ruhen? So eine Scheiße passiert halt schon mal. Verstehen Sie? Und ich weiß doch, wie nachtragend Sie sind, also warum wollen Sie sich denn schon wieder aufregen? Vergessen Sie's.«

Lange herrschte Schweigen, dann sagte er: »Erzählen Sie weiter.«

»Bestimmt? Also, Sie wissen doch, wie die Menschen sind. Sie sagen: ›Mach schon, erzähl's mir. Ich bin auch nicht sauer auf dich.‹ Und wenn man Ihnen dann die schlechten Neuigkeiten erzählt, hassen sie einen dafür. Ich möchte nicht, dass Sie mich hassen.«

»Ich hasse Sie nicht.«

»Aber Sie wollen mich doch umbringen?«

»Ja, aber ich hasse Sie nicht. Sie haben mir nichts getan.«

»Natürlich habe ich das. Ich habe Ihren Plan vereitelt, Wiggins abzuknallen. Bekomme ich dafür denn überhaupt keine Anerkennung? Et tu Brute?«

»Wie bitte?«

»Latein. Also, es ist schon in Ordnung, wenn Sie mich hassen, aber wieso sollte ich auch noch Salz in die Wunde streuen? Ich meine, was springt denn für mich dabei heraus, wenn ich Ihnen das mit Ihrem Paps erzähle?«

Er grübelte darüber nach und antwortete dann: »Wenn Sie mir erzählen, was Sie wissen, gebe ich Ihnen mein Wort, dass ich Miss Mayfield und Ihnen nichts tun werde.«

»Und Wiggins.«

»Dieses Versprechen werde ich nicht abgeben. Der ist ein wandelnder Leichnam.«

»Na gut. Lieber ein halbes Pita als gar keins. Wo war ich stehen geblieben …? Ach ja, diese Sache in Paris. Tja, ich will ja nicht spekulieren oder Zweifel und Misstrauen säen, aber Sie müssen sich schon die Frage stellen, die sich alle Mordermittler nach einem Mord stellen. Die Frage lautet: Cui bono? Wer profitiert davon? Das ist wieder Latein. Kein Italienisch. Sie sprechen doch Italienisch, oder? Also: Cui bono? Wer hat was davon? Wer hätte vom Tod Ihres Vaters profitiert?«

»Die Israelis, das ist doch klar.«

»Ach was, Assad. Stellen Sie sich doch nicht dumm. Wie viele Hauptmänner der libyschen Armee bringen die Israelis denn schon auf den Straßen von Paris um? Die Israelis brauchen einen Grund, um jemanden zu erledigen. Was hat Ihr Vater ihnen getan? Sagen Sie's mir, wenn Sie's wissen.«

Ich hörte, wie er sich räusperte, und dann sagte er: »Er war Anti-Zionist.«

»Welcher Libyer wäre das nicht? Ganz, kalt, mein Lieber. Und jetzt kommt die traurige Wahrheit. Meine Freunde von der CIA wissen mit Sicherheit, dass Ihr Vater nicht von den Israelis ermordet wurde. Libysche Überläufer haben ausgesagt, dass dieser Mord von Mr. Muammar al Gaddafi persönlich angeordnet wurde. Tut mir Leid.«

Er schwieg.

Ich fuhr fort: »So war das. Gab es politische Differenzen zwischen Ihrem Papa und Muammar? Hatte jemand in Tripolis Ihren Vater auf dem Kieker? Oder war es wegen Ihrer Mutter? Wer weiß das schon. Das müssen Sie mir sagen.«

Schweigen.

»Sind Sie noch dran? Assad?«

Assad Khalil sagte zu mir: »Sie sind ein dreckiger Lügner, und es wird mir großes Vergnügen bereiten, Ihnen die Zunge herauszuschneiden, ehe ich Ihnen die Kehle aufschlitze.«

»Sehen Sie? Ich wusste doch, dass Sie sauer sein würden. Tun Sie mir bitte den Gefallen und – Hallo? Assad? Hallo?«

Ich beendete das Gespräch und legte das Telefon zwischen Kate und mir auf den Sitz. Ich atmete tief durch.

Wir fuhren schweigend eine Zeit lang weiter, dann berichtete ich Kate im Wesentlichen, was Khalil gesagt hatte, auch dass er gedroht hatte, sie umzubringen. Ich schloss mit den Worten: »Ich glaube, der mag uns nicht.«

»Uns? Dich mag er nicht. Er will dir die Zunge herausschneiden und die Kehle aufschlitzen.«

»Hey, das wollen sogar manche meiner Freunde.«

Wir lachten und versuchten, uns etwas aufzuheitern. Sie sagte: »Aber ich finde, du bist gut mit ihm umgegangen. Warum hättest du auch ernst und professionell mit ihm sprechen sollen?«

»Die Regel lautet: Wenn dir der Verdächtige etwas zu bieten hat, behandelst du ihn respektvoll und nimmst ihn wichtig. Wenn er aber anruft, weil er etwas von dir will, dann pöbel ihn an, so viel du willst.«

»Das steht so aber nicht im Handbuch für Verhöre.«

»Ich schreibe das Handbuch gerade neu.«

»Das habe ich bemerkt.« Sie überlegte kurz und sagte dann: »Wenn er je wieder nach Libyen kommt, wird er Fragen stellen.«

Ich erwiderte: »Wenn er in Libyen solche Fragen stellt, ist er tot.« Ich fügte hinzu: »Entweder wird er sich der Realität verschließen, oder er fährt nach Libyen und macht dort, was er hier gemacht hat. Er ist ein gefährlicher, getriebener Mann, eine Killermaschine, und sein ganzes Leben ist der Vergeltung gewidmet.«

»Und dazu hast du ihm eben ein paar weitere Anlässe geboten.«

»Na hoffentlich.«

Wir fuhren weiter, und mir fiel auf, dass überhaupt kein Verkehr war. Nur ein Idiot würde sich in einer solchen Nacht und zu dieser Uhrzeit hinauswagen.

Kate fragte: »Und du glaubst immer noch, dass Khalil in Kalifornien ist?«

»Ich weiß es. Er ist in den Santa Sonst was Mountains, entweder auf der Reagan-Ranch oder in der Nähe.«

Sie sah zu den schwarzen nebelverhangenen Hügeln hoch. »Hoffentlich nicht.«

»Hoffentlich doch.«

Kapitel 54

Die Route 101 führte uns nach Ventura, wo aus dem Highway durch die Hügel eine Küstenstraße wurde. Der Nebel war hier sehr dicht, und wir konnten kaum fünf Meter weit sehen.

Ich sah links die Lichter des Ventura Inn Beach Resort und sagte zu Kate: »Da habe ich mich verlobt.«

»Wir kommen in den Flitterwochen wieder.«

»Ich dachte eher an Atlantic City.«

»Dann musst du wohl umdenken.« Ein paar Minuten später dachte sie um und sagte: »Was auch immer dich glücklich macht.«

»Ich bin glücklich, wenn du glücklich bist.«

Wir fuhren nur mit vierzig Meilen pro Stunde, und selbst das kam einem bei den Straßenverhältnissen zu schnell vor. Ich sah ein Schild mit der Aufschrift SANTA BARBARA – 30 MEILEN.

Kate stellte das Radio an, und wir hörten die Wiederholung einer Nachrichtensendung. Der Nachrichtensprecher berichtete das Neueste über die große Story und sagte dann: »Das FBI hat jetzt bestätigt, dass sich der Terrorist, der schuld am Tod aller Menschen an Bord von Flug 175 auf dem Kennedy-Flughafen in New York ist und auf dem Flughafen weitere vier Personen ermordet hat, immer noch auf freiem Fuß befindet und auf der Flucht vor der Polizei möglicherweise bis zu acht weitere Personen ermordet hat.«

Der Nachrichtentyp sprach weiter und las unglaublich lange und verschlungene Sätze vor. Er schloss mit den Worten: »Ein FBI-Sprecher hat bestätigt, dass zwischen mehreren der Personen, die Assad Khalil zum Opfer gefallen sind, offenbar eine Verbindung besteht. Für morgen Nachmittag ist in Washington eine große Pressekonferenz anberaumt, die Neues über diesen wichtigen und tragischen Fall bringen wird. Wir halten Sie auf dem Laufenden.«

Ich wechselte zu einem Easy-Listening-Sender.

Kate fragte: »Habe ich da was überhört oder hat der Wiggins tatsächlich nicht erwähnt?«

»Hat er nicht. Das hebt sich die Regierung wohl für morgen auf.«

»Das ist heute. Und den Morgenflug aus LA schaffen wir nicht mehr.«

Ich sah auf die Uhr im Armaturenbrett, und es war zehn vor drei. Ich gähnte.

Kate nahm ihr Handy aus der Tasche und wählte. Sie sagte: »Ich rufe bei der Außenstelle in Ventura an.«

Kate hatte Cindy Lopez dran und fragte: »Hat die Ranch sich gemeldet?« Sie lauschte und sagte dann: »Das ist gut.« Gar nicht gut war, dass Douglas Drecksack offenbar schon angerufen hatte, denn Kate hörte weiter zu und sagte dann: »Es ist mir egal, was Doug gesagt hat. Wir bitten nur darum, dass die Agenten der Außenstelle in Ventura, die in Santa Barbara sind, sich mit uns dort treffen, bei der Ranch anrufen und dem Secret Service Bescheid sagen, dass wir zur Ranch fahren und uns dort mit ihrem Sondertrupp treffen.« Sie hörte wieder zu und sagte dann: »John hat eben mit Assad Khalil gesprochen – ja, genau das habe ich gesagt. Die beiden haben so eine Art Kontakt aufgebaut, und das wäre von unschätzbarem Wert, falls sich die Lage zuspitzt. Das stimmt. Bleiben Sie dran.« Sie hielt das Mikro zu und sagte zu mir: »Cindy ruft beim Secret Service auf der Ranch an.«

»Kluger Schachzug, Mayfield.«

»Danke.«

Ich schlug vor: »Lass dich auf keine Konferenzschaltung ein. Wir nehmen keine Anrufe des Secret Service entgegen. Wir akzeptieren nur ein Treffen in Santa Barbara, mit FBI oder Secret Service, gefolgt von einer Einladung auf die Ranch.«

Sie sagte: »Du willst dabei sein, auch wenn es dich umbringt – nicht wahr?«

Ich erwiderte: »Das habe ich mir verdient.« Ich fügte hinzu: »Khalil hat nicht nur viele Leute ermordet, die ihrem Land gedient haben, er hat auch gedroht, dich und mich umzubringen. Nicht Jack und nicht Sturgis. Dich und mich. Und wenn ich dich daran erinnern darf: Es war nicht meine Idee, mein Foto und meinen Namen in die Zeitung zu setzen. Da ist mir jemand was schuldig, und jetzt ist es Zeit, das einzulösen.«

Sie nickte, sagte aber nichts. Cindy Lopez war wieder

dran. Kate hörte zu und sagte dann: »Vergessen Sie's. Wir reden darüber nicht an einem Handy, das nicht abhörsicher ist. Sagen Sie mir einfach nur, wo in Santa Barbara wir uns treffen können.« Sie hörte zu und sagte dann: »Okay. Danke, Ja, werden wir.« Sie legte auf und sagte zu mir: »Cindy lässt grüßen und fragt, wann wir wieder in New York sind.«

Sehr witzig. »Was hat sie sonst noch gesagt?«

Kate antwortete: »Tja, der FBI-Sondertrupp ist im Motel Sea Scape, nördlich von Santa Barbara, ganz in der Nähe der Bergstraße, die zu der Ranch führt. Es sind drei Mitarbeiter der Außenstelle in Ventura dort: Kim, Scott und Edie. Bei ihnen ist ein Typ vom Secret Service, der als Verbindungsmann fungiert. Wir sollen zum Motel fahren und ihnen von deinem Telefongespräch mit Khalil berichten, und nein, wir können nicht zur Ranch fahren, aber wir können in dem Motel bis zum Morgengrauen abwarten, falls sich etwas tut oder du mit Khalil plaudern musst, entweder telefonisch, wenn er anrufen sollte, oder persönlich, wenn er verhaftet wird, und in Handschellen. Khalil in Handschellen, nicht du.«

»Verstanden.« Ich fügte hinzu: »Dir ist doch klar, dass wir zur Ranch fahren.«

»Das musst du mit dem Typ vom Secret Service im Motel klären.«

Wir fuhren weiter nach Norden, nicht sonderlich schnell, aber nach einer Weile kamen Anzeichen von Zivilisation in Sicht und dann ein Schild mit der Aufschrift WILLKOMMEN IN SANTA BARBARA.

Die Küstenstraße führte durch den südlichen Stadtrand und schwenkte dann nördlich ins Binnenland. Wir fuhren noch etwa zwanzig Meilen in nördlicher Richtung auf der Route 101 weiter, dann machte die Straße wieder einen Schlenker zum Meer hin. Ich fragte: »Sind wir vielleicht schon an dem Motel vorbei?«

»Ich glaube nicht. Ruf im Motel an.«

Ich überlegte kurz und sagte dann: »Ich finde, wir sollten Zeit sparen und gleich zur Ranch weiterfahren.«

»Da hast du, glaube ich, unsere Anweisungen missverstanden, John.«

»Wie können wir die Straße finden, die zur Ranch führt?«

»Ich habe keine Ahnung.«

Wir fuhren langsam durch den Nebel, und ich konnte den Ozean links von uns zwar spüren, aber nicht sehen. Rechts von uns konnte ich sehen, dass es bergauf ging, aber die Berge konnte ich nicht sehen, von denen Kate behauptete, sie würden an einigen Stellen bis ans Meer reichen. Jedenfalls zweigten hier nur wenige Straßen von der Route 101 ab. Ich hatte schon eine ganze Weile keine mehr gesehen.

Schließlich erstreckte sich links ein flacher Landstrich zwischen der Straße und dem Ozean, und durch den Nebel sah man eine Leuchtreklame mit der Aufschrift SEA SCAPE MOTEL.

Kate bog auf den Parkplatz ein und sagte: »Zimmer 116 und 117.«

»Fahr erst zur Rezeption.«

»Wieso?«

»Ich besorg uns zwei Zimmer, Kaffee und was zu essen.«

Sie hielt unter einer Markise vor der Rezeption, und ich stieg aus.

Der Portier sah mich durch die Glastür und ließ mich herein. Vermutlich sah ich in meinem Anzug seriös aus, obwohl er verknittert war und roch.

Ich ging zum Portier und zeigte ihm meinen Dienstausweis. Ich sagte: »Ich glaube, bei Ihnen sind Kollegen von uns abgestiegen. Zimmer 116 und 117.«

»Ja, Sir. Soll ich sie anrufen?«

»Nein, ich möchte Ihnen nur eine Nachricht hinterlassen.«

Er gab mir einen Block und einen Stift, und ich krakelte: »Kim, Scott, Edie – Entschuldigen Sie, dass ich nicht vorbeikommen konnte – Wir sehen uns morgen früh – J.C.« Ich reichte dem Portier die Nachricht und sagte: »Rufen Sie sie gegen acht Uhr an. Okay?« Ich steckte ihm einen Zehner zu und fragte beiläufig: »Wie finde ich denn die Straße zur Reagan-Ranch?«

»Oh, die ist nicht schwer zu finden. Fahren Sie noch eine Sechstelmeile nach Norden, dann sehen Sie links den Refugio State Park, und rechts geht diese Bergstraße ab. Die Refugio Road. Aber ein Schild werden Sie nicht sehen.« Er fügte hinzu: »Das würde ich heute Nacht nicht versuchen.«

»Und wieso nicht?«

»Man kann nichts sehen. Oben ist die Straße die reinste Achterbahn. Eine falsche Bewegung und Sie landen in der Schlucht.«

»Kein Problem. Das ist nur ein Dienstwagen.«

Er lachte, sah mich dann an und fragte: »Ist der alte Mann also zu Hause?«

»Nur für ein paar Tage.« Ich fragte ihn: »Ist die Ranch schwer zu finden?«

»Nein. Die befindet sich am Ende der Straße. Halten Sie sich an der Weggabelung links. Rechts ist eine andere Ranch. Wenn Sie sich links halten, kommen Sie an ein Eisentor.« Wiederum riet er mir: »Das ist schon bei Tageslicht eine heikle Sache. Die meisten Leute hier haben Autos mit Allradantrieb.« Er schaute mich an, um zu sehen, ob ich verstand, und wollte sich bestimmt nach Kräften bemühen, damit er anschließend zur State Police sagen konnte: »Ich habe ihn gewarnt.« Er sagte: »In drei Stunden wird es hell, und etwa eine Stunde nach Sonnenaufgang dürfte sich der Nebel lichten.«

»Danke, aber ich muss da noch vorm Frühstück fünf Pfund Jelly Beans abliefern. Bis später dann.«

Ich verließ die Rezeption und ging zurück zum Wagen. Ich machte Kates Tür auf und sagte: »Streck dich ein wenig. Lass den Motor laufen.«

Sie stieg aus und streckte sich. »Das tut gut. Hast du Zimmer für uns besorgt?«

»Die sind ausgebucht.« Ich glitt hinters Lenkrad, zog die Tür zu und ließ das Fenster runter. Ich sagte: »Ich fahre jetzt zur Ranch. Bleibst du hier oder kommst du mit?«

Sie wollte etwas sagen, stieß dann einen Verzweiflungsseufzer aus, ging zur Beifahrerseite und stieg ein. »Kannst du überhaupt fahren?«

»Klar.« Ich fuhr zurück zur Küstenstraße und bog nach Norden ab. Ich sagte: »Sechstelmeile, Refugio State Park links, Refugio Road rechts. Halt die Augen offen.«

Sie sagte nichts. Ich glaube, sie war wütend.

Wir sahen den State Park ausgeschildert, und dann entdeckte ich in letzter Sekunde eine Abzweigung und bog nach rechts ab. Ein paar Minuten später fuhren wir auf einer schmalen Straße bergauf. Wiederum ein paar Minuten später wurde der Nebel so dicht, dass wir nicht mal unsere Kühlerfigur gesehen hätten, hätten wir denn eine gehabt.

Wir sprachen nicht viel, krochen nur die Straße entlang, die hier wenigstens geradeaus verlief, durch eine Art Schlucht mit hoch aufragender Vegetation beiderseits.

Schließlich sagte Kate: »Die werden uns einfach zurückschicken.«

»Kann schon sein. Aber ich muss das einfach tun.«

»Ich weiß.«

»Für Ronnie.«

Sie lachte. »Du bist ein Vollidiot. Nein, du bist Don Quichotte und kämpfst mit Windmühlen. Ich hoffe doch nicht, dass du hier nur für mich den Macker spielst.«

»Ich wollte dich nicht mal dabeihaben.«

»Natürlich wolltest du das.«

Wir fuhren immer höher hinauf, und die Straße wurde steiler und schmaler und holpriger. »Wie sind Ron und Nancy denn hier raufgekommen? Mit einem Hubschrauber?«

»Bestimmt. Die Straße ist gefährlich.«

»Die Straße ist prima. Die Abgründe an den Seiten sind gefährlich.«

Ich war todmüde und hielt mich nur mit Mühe wach, obwohl mir die Straße allmählich Sorgen bereitete. Ich sagte zu Kate: »Zu Hause hab ich einen Jeep Grand Cherokee. Hätte ich den doch bloß jetzt dabei.«

»Das wäre auch egal, wenn wir einen Panzer hätten. Siehst du die Abgründe rechts und links?«

»Nein, der Nebel ist zu dicht.« Ich fragte sie: »Meinst du, wir sollten umkehren?«

»Du kannst hier gar nicht wenden. Die Straße ist gerade breit genug für das Auto.«

»Stimmt. Aber bestimmt wird sie oben breiter.«

»Bestimmt«, sagte sie. »Schalt die Scheinwerfer aus. Mit dem Standlicht geht es besser.«

Ich schaltete auf Standlicht, das der Nebel nicht so grell reflektierte. Wir fuhren weiter. Ich verlor im Nebel zusehends die Orientierung, aber wenigstens ging die Straße geradeaus.

Kate schrie: »John! Halt!«

Ich stieg in die Eisen, und der Wagen blieb stehen. »Was?« Sie atmete tief durch und sagte: »Wir stürzen eine Klippe hinunter.«

»Echt? Ich seh nichts.«

Sie öffnete die Tür, stieg aus, ging vor den Wagen und wollte wohl die Straße finden. Ich konnte sie nur vage erkennen, und in dem Nebel und dem fahlen Licht der Scheinwerfer sah sie ausgesprochen gespenstisch aus. Sie ging in den Nebel hinein und verschwand, kam dann wieder und stieg ein. Sie sagte: »Halt dich links. Da vorne macht die Straße dann eine Haarnadelkurve nach rechts.

»Danke.« Ich fuhr weiter und erhaschte einen Blick auf die Stelle, wo der Asphalt aufhörte und es steil bergab ging. Ich sagte zu Kate: »Deine Nachtsicht ist ausgezeichnet.«

Der Nebel lichtete sich tatsächlich ein wenig, als wir höher kamen, und das war auch gut so, denn hier wurde die Straße viel schlimmer. Ich schaltete wieder auf Abblendlicht. Eine Haarnadelkurve folgte der nächsten, aber jetzt konnte ich etwa vier Meter weit sehen und wenn ich langsam fuhr, konnte ich rechtzeitig reagieren. Zickzack, Zickzack. Es war echt scheiße. Einem Jungen aus der Stadt sollte man so was nicht zumuten. Ich fragte: »Gibt's hier wilde Tiere?«

»Außer dir, meinst du?«

»Ja, außer mir.«

»Bären vielleicht. Keine Ahnung. So weit nördlich war ich noch nie.« Sie fügte hinzu: »Ich glaube, hier gibt's auch Berglöwen.«

»Wow. Wir sind hier echt am Arsch der Welt. Was will denn der Führer der freien Welt hier?« Das beantwortete ich selbst: »Im Grunde ist es hier besser als in Washington.«

»Konzentrier dich bitte auf die Straße.«

»Welche Straße?«

»Es gibt eine Straße. Und bitte komm nicht davon ab.«

»Ich geb mir Mühe.«

Eine Viertelstunde später sagte Kate: »Weißt du, ich glaube nicht, dass die uns zurückschicken. Die können uns nicht zurückschicken. Das würden wir nie schaffen.«

»Genau.«

Ihr Handy klingelte, und sie meldete sich. »Mayfield.« Sie hörte zu und sagte dann: »Er kann nicht ans Telefon kommen, Tom. Er hat beide Hände am Steuer und die Nase an der Windschutzscheibe.« Sie lauschte wieder und sagte dann: »Das stimmt. Wir fahren zur Ranch. Okay. Ja, wir passen auf. Bis nachher dann. Danke.«

Sie legte auf und sagte: »Tom hat gesagt, du seist ein Irrer.«

»Das haben wir ja schon unter Beweis gestellt. Was gibt's?«

»Tja, unser Spezialkontakt zu Mr. Khalil hat uns Tür und Tor geöffnet. Tom hat gesagt, der Secret Service lässt uns auf die Ranch.« Sie fügte hinzu: »Sie waren davon ausgegangen, dass du im Morgengrauen hochfährst, und Tom ruft sie an und sagt ihnen Bescheid, dass wir unterwegs sind.«

»Siehst du? Man muss sie bloß vor vollendete Tatsachen stellen, dann fällt ihnen schon was ein, wie sie einem etwas gestatten können, was man längst getan hat. Wenn man aber um Erlaubnis bittet, lehnen sie garantiert ab.«

»Steht das auch in deinem neuen Handbuch?«

»Aber sicher.«

Gut zehn Minuten später fragte sie mich: »Was hättest du denn getan, wenn sie uns zurückgeschickt hätten? Wie sieht denn Plan B aus?«

»Plan B wäre gewesen, auszusteigen und zu Fuß zur Ranch zu gehen.«

»Das habe ich mir schon gedacht. Dann hätten sie uns ohne Vorwarnung erschossen.«

»Man sieht doch niemanden. Bei diesem Nebel nicht mal mit einem Nachtsichtgerät. Und ich habe einen guten Orientierungssinn. Man geht einfach nur bergauf. Moos wächst an der Nordseite der Baumstämme. Wasser fließt bergab. Wir wären in null Komma nichts auf der Ranch gewesen. Über den Zaun und dann in irgendeinen Schuppen oder so. Kein Ding.«

»Na und? Was willst du damit erreichen?«

»Ich muss einfach da sein. Er ist hier, und deshalb muss ich auch hier sein. So schwierig ist das doch nicht.«

»Stimmt. Wie auf dem Kennedy-Flughafen.«

»Genau.«

»Eines Tages wirst du mal zur falschen Zeit am falschen Ort sein.«

»Eines Tages bestimmt. Aber nicht heute.«

Sie erwiderte nichts und schaute aus dem Seitenfenster zu einer Erhebung hinüber, die neben uns aufragte. Sie sagte: »Jetzt verstehe ich, was Lisa mit tollem Hinterhalt gemeint hat. Auf dieser Straße hätte man nicht den Hauch einer Chance.«

»Hey, auf dieser Straße hat auch ohne Hinterhalt niemand den Hauch einer Chance.«

Sie rieb sich das Gesicht, gähnte und fragte: »Ist das Leben mit dir immer so?«

»Nein. Es kommen auch schwere Zeiten.«

Sie lachte oder weinte oder so was. Ich überlegte, ob ich ihr die Waffe abnehmen sollte.

Die Straße führte wieder geradeaus und wurde weniger steil. Ich hatte so das Gefühl, dass wir uns dem Ziel unserer Reise näherten.

Ein paar Minuten später bemerkte ich, dass das Land vor uns flacher wurde und die Vegetation spärlicher. Dann sah ich rechts eine Straße abzweigen, und mir fiel ein, dass der Portier gesagt hatte, ich sollte mich links halten. Ehe ich an die Weggabelung kam, trat ein Mann aus dem Nebel und hob eine Hand. Ich hielt und griff, wie auch Kate, nach der Glock.

Der Typ kam auf uns zu, und ich sah, dass er den üblichen dunklen Anorak mit angeheftetem Abzeichen trug, dazu eine Baseballkappe, auf der SECRET SERVICE stand. Ich ließ mein Fenster runter und er kam zur Fahrerseite und sagte: »Steigen Sie bitte aus und halten Sie Ihre Hände so, dass ich sie sehen kann.«

Das war normalerweise mein Spruch, und ich wusste, was jetzt kam.

Kate und ich stiegen aus und der Typ sagte: »Ich glaube, ich weiß, wer Sie sind, aber ich muss Ihre Ausweise sehen. Ganz langsam, bitte.« Er fügte hinzu: »Es sind Waffen auf Sie gerichtet.«

Ich zeigte ihm meinen Dienstausweis, den er mit Hilfe einer Taschenlampe betrachtete. Dann sah er sich auch den von Kate an und richtete dann die Taschenlampe auf unser Nummernschild.

Zufrieden damit, dass wir der Beschreibung eines Mannes und einer Frau in einem blauen Ford entsprachen, deren

Namen mit denen zweier Bundesagenten übereinstimmten, die auf der beschissensten Straße diesseits des Himalajas hierher unterwegs waren, sagte er schließlich: »Guten Abend, ich bin Fred Potter vom Secret Service.«

Kate antwortete, eine Sekunde bevor mir etwas Sarkastisches einfallen konnte: »Guten Abend. Ich nehme an, Sie erwarten uns.«

»Tja«, sagte Fred, »ich hatte eher erwartet, dass Sie mittlerweile irgendwo da unten in einer Schlucht liegen. Aber Sie haben es geschafft.«

Kate kam mir wiederum zuvor und sagte: »So schlimm war es nicht. Aber bergab möchte ich das heute Nacht nicht mehr versuchen.«

»Nein, natürlich nicht. Aber das müssen Sie auch nicht. Ich habe Anweisung, Sie zur Ranch zu begleiten.«

Ich fragte: »Soll das heißen, die Straße geht noch weiter?«

»Nicht mehr sehr weit. Soll ich fahren?«

»Nein«, erwiderte ich. »Der Wagen ist nur für FBI.«

»Ich steige vorne ein.«

Wir stiegen ein, Kate hinten und Fred vorne. Fred sagte: »Halten Sie sich links.«

Also hielt ich mich links und sah zwei Typen mit Gewehren am Straßenrand stehen. Sie hatten tatsächlich auf uns angelegt.

Fred sagte: »Fahren Sie langsam. Die Straße geht geradeaus, und wir müssen noch ein paar hundert Meter die Pennsylvania Avenue rauffahren, bis wir zum Tor kommen.«

»Pennsylvania Avenue? Dann habe ich mich aber wirklich verfahren.«

Fred lachte nicht. Er sagte: »Dieser Teil der Refugio Road heißt Pennsylvania Avenue. Wurde 81 umbenannt.«

»Wie hübsch. Wie geht's denn Ron und Nancy?«

»Das ist kein Thema«, teilte mir Fred mit.

Mit Fred, das merkte ich allmählich, war nicht gut Kirschen essen.

Eine Minute später oder so kamen wir zu zwei Steinsäulen, zwischen denen sich ein geschlossenes Eisentor befand, das höchstens brusthoch war. Seitlich der Säulen verlief ein niedriger Maschendrahtzaun. Zwei Männer, die wie Fred gekleidet waren und Gewehre trugen, standen hinter den Säulen. Fred sagte: »Halten Sie hier.«

Ich hielt und Fred stieg aus und schloss die Tür hinter sich. Er ging zu den Säulen, sprach mit den Männern, und einer von ihnen öffnete das Tor. Fred winkte, und ich fuhr zu den Säulen und hielt dort, hauptsächlich, weil mir die drei Typen im Weg standen. Einer von ihnen kam zur Beifahrerseite, stieg ein und schloss die Tür. Er sagte: »Weiterfahren.«

Also fuhr ich weiter die Pennsylvania Avenue hinauf. Der Typ sagte nichts, und mir war das recht. Ich dachte immer, das FBI wäre verschwiegen, aber neben dieser Bande wirkte das FBI wie ein Kasperltheater.

Andererseits musste das einer der übelsten und stressigsten Jobs auf Erden sein. Ich wollte das nicht machen.

Beiderseits der Straße standen Bäume, und dort türmte sich der Nebel wie Schneewehen. Mein Beifahrer sagte: »Langsamer. Wir biegen gleich links ab.«

Ich bremste und sah einen Holzzaun und dann zwei hohe Holzpfosten, und auf einem Schild dazwischen stand RANCHO DEL CIELO. Mein Beifahrer sagte: »Biegen Sie hier ab.«

Ich bog ab und fuhr durch die Einfahrt. Vor mir befand sich ein großes, nebelverhangenes Feld, wie eine Bergwiese, mit einem Hang drumherum, so dass die Weide wie der Boden einer Schüssel aussah. Der Nebel hing flächig über dem Boden, und ich konnte darunter und darüber sehen. Gruselig. War das jetzt wie in *Akte X* oder was?

Vor mir sah ich ein weißes Haus aus Adobeziegeln, in dem nur ein Licht brannte. Ich war mir ziemlich sicher, dass es das Haus der Reagans war, und ich war gespannt darauf, sie zu treffen, und dachte natürlich, sie würden darauf warten, mir für meine Bemühungen und meine Sorge um ihr Wohlergehen zu danken. Doch mein Beifahrer wies mich an, links abzubiegen. »Langsam«, sagte er.

Ich fuhr langsam und konnte hier und da, zwischen den Bäumen auf der Wiese, einige Gebäude erkennen.

Eine Minute später sagte der Typ neben mir: »Halt.«

Ich hielt.

Er sagte: »Stellen Sie bitte den Wagen ab und folgen Sie mir.«

Ich stellte den Motor ab und schaltete die Scheinwerfer aus, und wir stiegen aus. Kate und ich folgten dem Typ einen ansteigenden Pfad zwischen den Bäumen entlang.

Es war sehr kühl hier, von der Feuchtigkeit ganz zu schweigen. Meine drei Schusswunden taten weh. Ich konnte kaum noch klar denken, ich war müde, hungrig und durstig, mir war kalt, und ich musste dringend mal austreten. Davon abgesehen ging es mir gut.

Als ich zum letzten Mal auf die Uhr im Armaturenbrett gesehen hatte, war es Viertel nach fünf gewesen, also Viertel nach acht in New York und Washington, wo ich eigentlich hätte sein sollen.

Wir kamen zu einem großen, heruntergekommenen, mit Sperrholz verschalten Haus, auf dem förmlich Regierungsgebäude geschrieben stand. Also nicht buchstäblich, aber ich habe genug von denen gesehen, um zu wissen, wie das aussieht, wenn die billigste Baufirma den Zuschlag erhält.

Wir gingen hinein, und drinnen sah es richtig fertig aus und roch muffig. Mein *Akte-X*-Guide führte uns in einen großen Gemeinschaftsraum mit alten Möbeln, einem Kühlschrank, einem Küchentresen, einem Fernseher und so weiter. Er sagte: »Setzen Sie sich« und verließ den Raum.

Ich blieb stehen und sah mich nach der Herrentoilette um.

Kate sagte: »Tja, da wären wir.«

»Ja, da wären wir«, pflichtete ich bei. »Aber wo sind wir?«

»Das muss das alte Secret-Service-Gebäude sein.«
»Die Typen sind aber grimmig.«
»Die fackeln nicht lange. Nerv die nicht.«
»Würde mir nie einfallen. Hey, erinnerst du dich an diese Folge ...«
»Wenn du jetzt *Akte X* sagst, dann ziehe ich meine Waffe, das schwöre ich bei Gott.«
»Ich glaube, jetzt wirst du ein wenig griesgrämig.«
»*Griesgrämig?* Ich schlafe im Stehen ein, habe eben eine Autofahrt durch die Hölle hinter mir und bin es satt, mir deine ...«

Ein Mann kam ins Zimmer. Er trug Jeans, ein graues Sweatshirt, einen blauen Anorak und schwarze Joggingschuhe. Er war etwa Mitte fünfzig, hatte ein rotes Gesicht und weiße Haare. Und er lächelte doch tatsächlich. Er sagte: »Willkommen auf der Rancho del Cielo. Ich bin Gene Barlet, der Leiter des Sondertrupps hier.«

Wir schüttelten einander die Hände und er fragte: »Was treibt Sie denn in einer solchen Nacht hier heraus?«

Der Typ wirkte menschlich, also sagte ich: »Wir jagen Assad Khalil – seit Samstag, und jetzt glauben wir, dass er hier ist.«

Mit meinen Bluthundinstinkten konnte er was anfangen. Er nickte. »Tja, man hat mich über diese Person informiert und dass er möglicherweise ein Gewehr hat, und eventuell stimme ich mit Ihnen überein.« Er sagte: »Nehmen Sie sich doch einen Kaffee.«

Wir teilten ihm mit, dass wir uns gern frisch machen würden, und das taten wir dann auch. Auf der Herrentoilette spritzte ich mir kaltes Wasser ins Gesicht, gurgelte, verpasste mir ein paar Ohrfeigen und richtete meine Krawatte.

Wieder im großen Gemeinschaftsraum, schenkte ich mir einen Kaffee ein. Kate kam zu mir an den Küchentresen. Ich sah, dass sie etwas Lipgloss aufgetragen und versucht hatte, die dunklen Augenringe wegzuschminken.

Wir setzten uns an einem runden Tisch und Gene sagte zu mir: »So weit ich weiß, haben Sie zu diesem Khalil eine Verbindung aufgebaut.«

Ich erwiderte: »Also, wir sind nicht unbedingt die dicksten Freunde, aber ich stehe mit ihm im Dialog.« Um mir hier Kost und Logis zu verdienen, briefte ich ihn ordentlich, und er hörte aufmerksam zu. Als ich fertig war, fragte ich Gene: »Hey, wo stecken die denn alle?«

Er antwortete nicht sofort und sagte dann: »Die halten sich an strategisch wichtigen Punkten auf.«

»Sie sind hier also unterbesetzt.«

Er erwiderte: »Das Ranchhaus ist sicher und die Straße auch.«

Kate sagte: »Aber man könnte zu Fuß auf das Grundstück gelangen.«

»Das ist möglich.«

Kate fragte: »Haben Sie hier Bewegungsmelder? Abhörgeräte?«

Er ging nicht darauf ein und sah sich im Zimmer um. Er teilte uns mit: »Der Präsident kam sonntags oft her und hat mit den Leuten, die frei hatten, Football geguckt.«

Ich erwiderte nichts darauf.

Gene schwelgte ein wenig in Erinnerungen und sagte dann: »Er wurde schon einmal angeschossen. Das war einmal zu viel.«

»Das Gefühl kenne ich.«

»Sind Sie schon mal angeschossen worden?«

»Dreimal. Aber an einem Tag, deshalb war es nicht so schlimm.«

Gene lächelte.

Kate beharrte auf ihrer Frage: »Haben Sie hier elektronische Vorrichtungen?«

Gene erhob sich und sagte: »Folgen Sie mir.«

Wir standen auf und folgten ihm in einen Raum am Ende des Gebäudes. Der Raum war so breit wie das Haus, und die drei Außenmauern füllten größtenteils Panoramafenster aus, durch die man den Hang hinab zum Ranchhaus sehen konnte. Hinter dem Haus befand sich ein hübscher Teich, den ich beim Herkommen nicht gesehen hatte, dazu eine große Scheune und eine Art Gästehaus.

Gene sagte: »Das hier war früher die Schaltstelle. Hier haben wir die elektronischen Geräte überwacht, mit Rawhide – das ist der Codename des Präsidenten – Kontakt gehalten, wenn er ausritt, und von hier aus standen wir mit der ganzen Welt in Verbindung. Hier wurde auch der Atomkoffer aufbewahrt.«

Ich schaute mich in dem verlassenen Raum um und sah viele baumelnde Kabel. An der Wand hingen noch eine Karte des Geländes, Listen mit Decknamen und Funk-Rufzeichen und andere verblichene Notizen. Das erinnerte mich an die Cabinet War Rooms, die ich in London besichtigt hatte, von wo aus Churchill Krieg geführt hatte, ein Ort, an dem die Zeit stehen geblieben war, wo es ein wenig muffig roch und der von einer Armee von Geistern bewohnt war, deren Stimmen man vernahm, wenn man aufmerksam genug hinhörte.

Gene sagte: »Wir haben keine elektronischen Sicherheitsvorkehrungen mehr. Die Ranch gehört heute der Young America's Foundation. Sie haben sie den Reagans abgekauft und wandeln sie in ein Museum und Konferenzzentrum um.«

Weder Kate noch ich sagten etwas darauf.

Gene Barlet fuhr fort: »Auch als das hier noch das Western White House war, war es schon ein Sicherheits-Albtraum. Aber der alte Mann war einfach gerne hier und wenn er herkommen wollte, sind wir mitgekommen und haben hier gehaust.«

Ich sagte: »Damals hatten sie um die hundert Mitarbeiter.«

»Stimmt. Und die ganze Elektronik und Hubschrauber

und alles auf dem neuesten Stand der Technik. Aber ich kann Ihnen sagen: Die beschissenen Bewegungsmelder und Horchsensoren haben bei jedem Hasen und Backenhörnchen, die aufs Gelände kamen, Alarm geschlagen.« Er lachte und sagte dann: »Wir hatten jede Nacht mindestens einen Fehlalarm. Aber wir mussten darauf reagieren.« Er erinnerte sich und sagte dann: »Ich weiß noch, eines Nachts – es war so neblig wie heute und als am nächsten Morgen die Sonne den Nebel vertrieb, sahen wir auf der Wiese ein kleines Zelt, keine hundert Meter vom Ranchhaus entfernt. Wir gingen hin und untersuchten das, und in dem Zelt schlief ein junger Mann. Ein Wanderer. Wir haben ihn aufgeweckt, ihn darauf hingewiesen, dass er sich auf einem Privatgrundstück befand, und haben ihn zum nächsten Wanderweg geschickt. Wir haben ihm nicht gesagt, wo er war.« Gene lächelte.

Ich lächelte auch, aber die Geschichte hatte einen ernsten Hintergrund.

Gene sagte: »Können wir also hundertprozentige Sicherheit garantieren? Offensichtlich nicht. Konnten wir damals nicht und können wir heute nicht. Aber heute können wir wenigstens den Bewegungsradius von Rawhide und Rainbow einschränken – das ist Mrs. Reagan.«

Rainbow? »Rohleder« war ja ganz passend für Ronnie, aber »Regenbogen« für Nancy?

Kate sagte: »Mit anderen Worten, sie bleiben im Ranchhaus, bis Sie sie rausbringen können.«

»Ja. Brimstone – das ist das Ranchhaus – hat dicke Mauern aus Adobeziegeln, die Gardinen sind zugezogen und die Rollläden heruntergelassen. Drinnen sind drei Agenten und vor dem Haus noch zwei postiert. Morgen werden wir uns überlegen, wie wir die Reagans hier rausbekommen. Wahrscheinlich brauchen wir dazu einen Stagecoach – eine gepanzerte Limousine. Außerdem einen Tracker und einen Tracer. Das sind die Begleitfahrzeuge. Einen Holly… – einen Hubschrauber – können wir dazu nicht verwenden.« Er wies auf die Hänge ringsherum und sagte: »Ein guter Heckenschütze mit einem Zielfernrohr könnte einen Hubschrauber problemlos abschießen.«

Ich sagte zu Gene: »Hört sich an, als sollten wir alle mal ein Ave Maria sprechen.«

Er lachte und erwiderte dann: »Ein kleines Nachtgebet reicht völlig. Bei Sonnenaufgang bekommen wir Verstärkung, auch ein paar Hubschrauber mit Heckenschützen-Spezialisten, die mit Körperwärmesensoren und anderen Aufspürgeräten ausgerüstet sind. Wenn sich Khalil hier in der Gegend aufhält, stehen die Chancen gut, dass wir ihn finden.«

Kate sagte: »Hoffentlich. Er hat schon genug Leute umgebracht.«

»Aber sehen Sie bitte ein, dass unser Hauptauftrag und unsere Hauptsorge darin besteht, Mr. und Mrs. Reagan zu beschützen und an einen sicheren Ort zu bringen.«

»Das sehe ich ein. Und es wird fast überall sicher sein, wenn Sie Assad Khalil töten oder festnehmen.«

»Eins nach dem anderen. Bis zum Sonnenaufgang und bis sich der Nebel lichtet, unternehmen wir gar nichts. Wollen Sie sich ein wenig hinhauen?«

»Nein«, erwiderte ich. »Ich würde gern Jeans anziehen, einen Cowboyhut aufsetzen, dann ausreiten und mal sehen, ob ich das Schwein nicht aus seinem Versteck hervorlocken kann.«

»Ist das Ihr Ernst?«

»Nein. Aber ich würde mich gerne mal umsehen. Müssen Sie denn nicht die Wachtposten überprüfen oder so?«

»Das kann ich per Funk.«

Ich sagte: »Ach, das ist doch nicht das Wahre. Die Truppe freut sich, wenn sich der Vorgesetzte mal blicken lässt.«

»Stimmt. Wieso eigentlich nicht? Sollen wir eine Runde drehen?«

»Ich dachte schon, Sie würden nicht mehr fragen.«

Kate sagte natürlich: »Ich komme mit.«

Ich hatte nicht vor, den Beschützer zu spielen, also sagte ich: »Wenn Gene nichts dagegen hat, habe ich auch nichts dagegen.«

Gene sagte: »Klar. Tragen Sie kugelsichere Westen?«

Ich sagte: »Meine ist in der Reinigung. Haben Sie welche übrig?«

»Nein. Und meine borge ich Ihnen nicht.«

Na, wer braucht denn überhaupt eine kugelsichere Weste?

Wir verließen das Secret-Service-Gebäude und gingen draußen zu einem offenen Jeep Wrangler. Mir fiel auf, dass der Jeep die neuen kalifornischen Nummernschilder mit der Aufschrift RONALD REAGAN LIBRARY und einem Bild von Ronnie hatte. Solche hätte ich gern als Andenken gehabt.

Gene setzte sich ans Steuer, und Kate setzte sich neben ihn. Ich stieg hinten ein. Gene ließ den Motor an, schaltete die gelben Nebelscheinwerfer ein, und dann fuhren wir los.

Gene sagte: »Ich kenne die Ranch wie meine Westentasche. Es gibt so etwa hundert Meilen Reitwege hier, und der Präsident hat sie früher alle abgeritten. An strategisch wichtigen Stellen haben wir immer noch Wegsteine, und die Ziffern sind eingemeißelt, damit sich niemand daran zu schaffen machen kann. Ein Sondertrupp des Secret Service ritt mit dem Präsidenten aus und meldete sich bei jedem Stein über Funk in der Zentrale, damit wir die Position feststellen konnten.« Er fügte hinzu: »Rawhide wollte keine kugelsichere Weste tragen, und es war ein Albtraum. Ich habe jeden Nachmittag Todesängste ausgestanden, bis er wiederkam.« Gene hörte sich an, als würde er Rawhide sehr mögen, und um ein guter Gast zu sein, sagte ich: »Ich habe im April 82 mal bei der New Yorker Polizei den Präsidenten beschützt, als er in Manhattan vor dem 69. Regiment Armory eine Rede hielt.«

»Ja, daran erinnere ich mich. Da war ich auch dabei.«

»Na so was. Die Welt ist klein.«

Wir fuhren los in die Wildnis, auf Reitwegen, die der Nebel verbarg und in die Sträucher ragten. Mit den gelben Nebelscheinwerfern konnte man einigermaßen sehen. Ich hörte die Nachtvögel in den Bäumen zwitschern.

Gene sagte zu mir: »In dem Futteral ist ein M-14-Gewehr. Nehmen Sie das doch mal raus.«

»Gute Idee.«

Jetzt sah ich das Gewehrfutteral, das am Fahrersitz lehnte. Ich machte es auf und zog ein schweres M-14 mit Zielfernrohr heraus.

Gene fragte mich: »Können Sie mit einem Nachtsichtgerät umgehen?«

»Hey, Nachtsichtgerät ist mein zweiter Vorname.« Dann fand ich aber den Schalter nicht, und Gene zeigte es mir.

Eine Minute später oder so schaute ich durch dieses richtig gute Nachtsichtgerät, durch das alles grün aussah. Der Bodennebel war lückenhaft, und ich war begeistert, wie deutlich und groß man mit diesem Hightech-Spielzeug alles sah. Ich stellte scharf und schwenkte es einmal in die Runde, während ich dort auf dem Rücksitz kniete. Es sah alles unheimlich aus, besonders der grün gefärbte Nebel und diese komischen, marsmäßigen Felsformationen. Mir fiel ein: Wenn ich hier die Umgebung sehen konnte, dann konnte Assad Khalil sicherlich auch einen fahrenden Jeep mit Nebelscheinwerfern sehen.

Wir fuhren weiter, und irgendwann sagte ich zu Mr. Barlet: »Ich habe hier draußen aber noch niemanden von Ihren Leuten gesehen, Gene.«

Er erwiderte nichts.

Kate sagte: »Es muss schön hier sein, wenn die Sonne scheint.«

Gene sagte: »Es ist Gottes Land. Wir sind hier gut sechshundert Meter über dem Meeresspiegel, und von einigen Stellen der Ranch aus kann man auf der einen Seite den Pazifik und auf der anderen das Santa Inez Valley sehen.«

So fuhren wir also dahin, und ehrlich gesagt, hatte ich keinen blassen Schimmer, was ich hier verloren hatte. Wenn Assad Khalil hier draußen war und auch so ein Nachtsichtgerät hatte, dann konnte er mir aus zweihundert Meter Entfernung zielgenau zwischen die Augen schießen. Und wenn er an seinem Gewehr auch noch einen Schalldämpfer hatte – was ich nicht bezweifelte –, dann würde ich ganz leise vom Jeep fallen, während Gene und Kate weiter plauderten. Mir ging auf, dass diese Fahrt keine Vorteile brachte und dass es zurück zum Ranchhaus ein weiter Weg war.

Plötzlich endete das Gebüsch, und der Reitweg führte auf eine freie, felsige Fläche. Ich sah, dass wir auf einen Abgrund zufuhren, und wollte das eben ansprechen, als Gene, der das Gelände wie seine Westentasche kannte, anhielt. Er sagte: »Hier geht es nach Westen, und an klaren Tagen kann man von hier aus den Ozean sehen.«

Ich schaute angestrengt, sah aber nur Nebel, Nebel und noch mal Nebel. Ich konnte es nicht fassen, dass ich tatsächlich die ganze Strecke von der Küste hierher zurückgelegt hatte.

Gene bog nach links ab und fuhr bedrohlich nah am Abgrund entlang. Pferde wissen ja wenigstens, wie sie Abgründen ausweichen, aber Jeeps wissen das nicht.

Ein paar lange Minuten später hielt der Jeep, und ein Mann trat aus dem Nebel hervor. Der Typ trug schwarz, hatte sich das Gesicht geschwärzt und hielt ein Gewehr mit Zielfernrohr in der Hand. Gene sagte: »Das ist Hercules One – jemand von der Heckenschützenabwehr.«

Hercules One und Gene begrüßten einander, und der Typ, dessen richtiger Name Burt lautete, wurde uns vorgestellt. Gene sagte zu Burt: »Mr. Corey will Heckenschützen herausfordern.«

Hercules sagte: »Gut. Darauf habe ich schon gewartet.«

Ich dachte, ich sollte das klarstellen, und sagte: »Nein, das will ich eigentlich nicht. Ich versuche mich bloß mit dem Gelände vertraut zu machen.«

Burt, der ganz in Schwarz wie Darth Vader aus *Krieg der Sterne* aussah, warf mir einen prüfenden Blick zu, erwiderte aber nichts.

Ich kam mir in Anzug und Krawatte hier draußen in Gottes Land unter richtigen Männern etwas fehl am Platz vor. Unter Männern mit Codenamen.

Gene und Burt plauderten noch kurz, dann fuhren wir weiter.

Ich meinte: »Die Posten befinden sich aber ein bisschen weit auseinander, Gene.«

Wiederum erwiderte Gene nichts. Sein Funkgerät knackste, und er hielt es sich ans Ohr. Er lauschte, und ich konnte nicht hören, was gesprochen wurde. Schließlich sagte Gene: »Okay, ich bringe sie hin.«

Wen wohin?

Gene sagte zu uns: »Da möchte sich jemand mit Ihnen treffen.«

»Wer?«

»Keine Ahnung.«

»Haben Sie nicht mal einen Codenamen für ihn?«

»Nein. Aber er hat einen für Sie: Spinner.«

Kate lachte.

Ich sagte: »Ich will aber niemanden treffen, der keinen Codenamen hat.«

»Ich glaube, da haben Sie keine große Wahl, John. Das war ein Befehl von ganz oben.«

»Von wem?«

»Keine Ahnung.«

Kate schaute sich zu mir um, und wir zuckten beide die Achseln.

So fuhren wir also hinein in den Nebel, um uns am Ende der Welt mit jemandem zu treffen.

Wir fuhren noch zehn Minuten oder so über diese windige Hochebene mit den Felsen und Wildblumen. Es gab hier keinen Reitweg, aber wir brauchten auch keinen, denn das

Terrain war eben und übersichtlich. Offenbar befanden wir uns am höchsten Punkt der Gegend.

Durch den wirbelnden Nebel konnte ich vor uns etwas Weißes erkennen, und ich nahm das Gewehr und richtete das Zielfernrohr darauf. Diese komische Optik färbte das Weiße zwar nun grün, aber ich sah, dass es sich um ein Betongebäude von der Größe eines geräumigen Wohnhauses handelte. Das Gebäude stand am Fuße eines großen künstlichen Hügels aus Erde und Stein. Und oben auf dem Hügel stand eine große, seltsam aussehende Konstruktion, wie ein umgekehrter Trichter.

Als wir uns auf hundert Meter diesem nebelverhangenen, außerirdisch wirkenden Gebilde auf dem Dach der Welt genähert hatten, drehte sich Kate zu mir um und sagte: »Also gut. Das ist jetzt wirklich wie eine Szene aus *Akte X*.«

Gene lachte. Er sagte: »Das ist eine VORTAC-Anlage.«

»Aha«, sagte ich. »Dann ist ja alles klar.«

Gene erläuterte: »Eine Funkfeuereinrichtung für die Flugnavigation. Verstehen Sie?«

»Und für Raumschiffe von welchem Planeten ist das bestimmt?«

»Für sämtliche Planeten. Sie sendet ein Drehfunksignal aus, an dem sich zivile und Militärflugzeuge bei der Navigation orientieren können. Eines Tages wird das mal durch ein satellitengestütztes GPS ersetzt, aber bisher ist es noch in Betrieb.« Er fügte hinzu: »Die russischen Atom-U-Boote vor unserer Küste nutzen es auch. Gratis.«

Wir fuhren weiter auf die VORTAC-Anlage zu, also war das wohl unser Fahrtziel. Ich sagte: »Das ist aber kein Spaß, da zu arbeiten.«

Gene erwiderte: »Diese Anlagen sind unbemannt. Das läuft vollautomatisch und wird von der Flugsicherung in LA gesteuert. Hier kommen nur ab und zu Wartungstechniker her. Es hat eine eigene Stromversorgung.«

»Klar. Bis zur Ranch bräuchte man ja auch ein ziemlich langes Verlängerungskabel.«

Gene kicherte kurz. Er sagte: »Wir befinden uns jetzt auf bundeseigenem Land.«

»Ich fühle mich schon viel besser. Treffen wir hier jemanden?«

»Ja.«

»Und wen?«

»Keine Ahnung.« Er setzte seine Führung noch etwas fort und sagte: »Genau hier war früher der Hubschrauberlandeplatz des Präsidenten. Aus Beton und komplett beleuchtet. So ein Blödsinn, dass sie den abgerissen haben.«

Er hielt etwa zwanzig Meter vor der VORTAC-Anlage und sagte: »Na dann bis später.«

»Wie bitte? Wir sollen hier aussteigen?«

»Wenn Sie nichts dagegen haben.«

»Aber hier ist doch niemand, Gene.«

»Sie sind hier. Und hier erwartet Sie jemand.«

Ich kam mit diesem Typ nicht weiter und deshalb sagte ich zu Kate: »Also gut, spielen wir mit.« Ich sprang vom Jeep, und Kate stieg ebenfalls aus.

Sie fragte Gene: »Fahren Sie weiter?«

»Ja.«

Gene wirkte nicht mehr sonderlich gesprächig und ich fragte ihn: »Darf ich mir das Gewehr borgen?«

»Nein.«

Ich sagte: »Na gut. Danke für die Rundfahrt, Gene. Wenn Sie mal nach New York kommen, nehme ich Sie nachts in den Central Park mit.«

»Bis später.«

»Ja.«

Gene fuhr durch den Nebel davon.

Kate und ich standen auf der offenen Hochebene, der Nebel wirbelte um uns herum, und nirgends war ein Licht zu sehen, bis auf eines, das von der außerirdischen Konstruktion kam, die dort ganz alleine in den Nachthimmel ragte. Ich rechnete schon halbwegs damit, dass aus diesem seltsamen Turm ein Todesstrahl kommen und mich in Protoplasma oder so was verwandeln würde.

Aber meine Neugierde war angestachelt und deshalb ging ich zu der VORTAC-Anlage, und Kate folgte mir.

Kate betrachtete die Konstruktion und sagte: »Ich kann Antennen erkennen, aber keine Fahrzeuge. Vielleicht sind wir hier am falschen VORTAC.« Sie lachte.

In Anbetracht der Lage, fand ich, war sie ziemlich ruhig. Schließlich lauerte uns irgendwo ein durchgeknallter Attentäter auf, und wir waren nur mit Pistolen bewaffnet, hatten keine kugelsicheren Westen, keine Fahrtmöglichkeit und trafen gleich jemanden, der möglicherweise nicht mal von unserem Planeten war.

Als wir zu dem Betongebäude kamen, spähte ich durch ein kleines Fenster hinein. Drinnen sah ich einen großen Kontrollraum mit blinkenden Lichtern und eigenartigen Hightech-Geräten. Ich klopfte ans Fenster. »Hallo! Wir kommen mit friedlichen Absichten! Bringen Sie uns zu Ihrem Anführer!«

»John, hör auf, dich wie ein Idiot aufzuführen. Das ist nicht lustig.«

Dabei hatte sie doch gerade eine Minute zuvor einen Scherz gerissen. Aber sie hatte Recht – das hier war nicht lustig.

Wir gingen am Fuß des fünfzehn Meter hohen künstlichen Hügels entlang, auf dem der umgekehrte Trichter stand, der noch weitere 25 Meter in den Himmel ragte.

Als wir auf der anderen Seite um eine Ecke bogen, sah ich am Fuß des Hügels einen schwarz gekleideten Mann auf einem flachen Felsen sitzen. Er war etwa zehn Meter entfernt, und auch in der Dunkelheit und trotz des Nebels konnte ich sehen, dass er durch etwas spähte, das wie ein Nachtsichtgerät aussah.

Kate sah ihn auch, und beide legten wir die Hand an die Waffe.

Der Mann hörte oder spürte unsere Anwesenheit, denn er setzte das Fernglas ab und wandte sich uns zu. Jetzt sah ich, dass auf seinen Knien ein länglicher Gegenstand lag und das war keine Angelrute.

So starrten wir einander also ein paar lange Sekunden an und dann sagte der Mann: »Ihre Reise ist zu Ende.«

Kate sagte, kaum vernehmlich: »Ted.«

Kapitel 55

Da brat mir doch einer einen Storch! Es war Ted Nash! Und wieso überraschte mich das eigentlich nicht?

Er machte sich nicht die Mühe aufzustehen und uns zu begrüßen, also gingen wir zu ihm und blieben vor dem marsroten flachen Felsen stehen, auf dem er mit baumelnden Beinen saß.

Er winkte uns beiläufig zu, wie bei einer Begegnung im Büro. Er sagte: »Freut mich, dass Sie es einrichten konnten.«

Ach, leck mich doch am Arsch, Ted. Wie cool willst du uns denn noch kommen? Ich weigerte mich, sein blödes Spielchen mitzumachen, und schwieg.

Kate hingegen sagte: »Sie hätten uns sagen sollen, dass wir Sie hier treffen. Das ist uncool, Ted.«

Das nahm ihm ein wenig den Wind aus den Segeln, und er guckte gereizt.

Kate fuhr fort: »Wir hätten Sie auch erschießen können. Aus Versehen.«

Er hatte die Sache augenscheinlich einstudiert, aber Kate hielt sich nicht an den ihr zugedachten Text.

Der gute, alte Ted hatte Ruß im Gesicht und ein schwarzes Tuch um den Kopf, trug eine schwarze Hose, ein schwarzes Hemd, schwarze Laufschuhe und eine dicke kugelsichere

Weste. Ich meinte zu ihm: »Ein bisschen zu früh für diese Halloween-Verkleidung, oder?«

Er erwiderte nichts und schob nur das Gewehr auf seinen Knien hin und her. Es war ein M-14 mit Nachtsichtspektiv, genau wie das, das mir Gene nicht hatte borgen wollen.

Ich sagte: »Also gut. Sprechen Sie mit mir, Teddy. Was ist los?«

Er ging nicht darauf ein; wahrscheinlich ärgerte es ihn, dass ich ihn Teddy genannt hatte. Er langte hinter sich und holte eine Thermoskanne hervor. »Kaffee?«

Ich hatte null Geduld mit Mr. Mysteriös. Ich sagte: »Ted, ich weiß, wie wichtig es Ihnen ist, aalglatt und cool rüberzukommen, aber ich bin nur ein einfacher Bulle aus New York und wirklich nicht in der Stimmung für diesen Schwachsinn. Sagen Sie Ihren Spruch auf und dann besorgen Sie uns ein Fahrzeug, damit wir hier wegkommen.«

Er sagte: »Also gut. Zunächst möchte ich Ihnen beiden gratulieren, dass Sie es rausbekommen haben.«

Ich entgegnete: »Sie wussten das doch alles längst, nicht wahr?«

Er nickte. »Manches schon, aber nicht alles.«

»Klar. Sie haben übrigens zehn Dollar an mich verloren.«

»Die setze ich von der Steuer ab.« Er sah uns an und sagte: »Sie haben uns mächtig in Schwierigkeiten gebracht.«

»Wer ist ›uns‹?«

Er antwortete nicht, sondern hob sein Nachtsicht-Fernglas und spähte zu einem fernen Waldrand hinüber. Er sagte: »Ich bin mir ziemlich sicher, dass Khalil da draußen irgendwo ist. Denken Sie nicht auch?«

Ich sagte: »Ja. Sie sollten aufstehen und winken.«

»Und Sie haben mit ihm gesprochen.«

»Das habe ich. Ich habe ihm Ihre Privatadresse gegeben.«

Er lachte. Er verblüffte mich, indem er sagte: »Das glauben Sie mir vielleicht nicht, aber ich mag Sie.«

»Ich mag Sie auch, Ted. Doch, wirklich. Ich kann es bloß nicht ausstehen, wenn Sie uns was verheimlichen.«

Kate meldete sich zu Wort: »Wenn Sie wussten, was vor sich geht, wieso haben Sie dann nichts gesagt? Es sind Menschen umgekommen, Ted.«

Er setzte das Fernglas ab und sah Kate an. Er sagte: »Also gut. Das war so: Es gibt da einen gewissen Boris, einen ehemaligen KGB-Agenten, der jetzt für den libyschen Geheimdienst arbeitet. Glücklicherweise ist er Geld nicht abgeneigt und arbeitet auch für uns.« Ted überlegte kurz und sagte dann: »Eigentlich steht er eher auf unserer Seite. Und nicht auf der anderen. Vor einigen Jahren hat uns Boris also kontaktiert und von diesem jungen Mann namens Assad Khalil erzählt, dessen Familie bei dem Luftangriff 1986 umgekommen ist ...«

»*Was?*«, unterbrach ich ihn. »Sie wissen seit Jahren von Assad Khalil?«

»Ja. Und wir haben seinen Werdegang aufmerksam verfolgt. Es war offensichtlich, dass Assad Khalil ein außergewöhnlich fähiger Agent war – tapfer, klug, ehrgeizig und hoch motiviert. Und Sie wissen ja, was ihn motiviert hat.«

Weder Kate noch ich erwiderten etwas.

Ted fragte: »Soll ich weitererzählen? Vielleicht wollen Sie das ja gar nicht alles hören.«

Ich versicherte ihm: »Doch, ganz bestimmt. Und was erwarten Sie dafür?«

»Nichts. Nur Ihr Ehrenwort, dass Sie es für sich behalten.«

»Da können Sie lange warten.«

»Na gut. Wenn Assad Khalil festgenommen wird, kümmert sich das FBI um ihn. Das können wir nicht zulassen. Wir müssen ihn übernehmen. Sie müssen mir dabei in jeder Hinsicht behilflich sein. Bei offiziellen Aussagen müssen Sie beide unter Gedächtnisschwund leiden, damit Assad Khalil an uns überstellt wird.«

Ich entgegnete: »Das wird Sie jetzt vielleicht überraschen, aber mein Einfluss auf das FBI und die Regierung ist recht beschränkt.«

»Sie würden sich wundern. Das FBI hält sich streng an den Wortlaut des Gesetzes. Das hat man bei den Angeklagten im Fall des World Trade Centers erlebt. Sie wurden wegen Mordes, Verabredung zum Mord und unbefugtem Waffenbesitz angeklagt. Nicht wegen Terrorismus. Es gibt in den USA kein Gesetz gegen Terrorismus. Und deshalb braucht die Staatsanwaltschaft, wie bei jedem Gerichtsverfahren, glaubwürdige Zeugen.«

»Ted, die Staatsanwaltschaft kann Dutzende Zeugen und einen Riesenberg Beweismittel gegen Assad Khalil aufbieten.«

»Stimmt. Aber ich glaube, im Interesse der nationalen Sicherheit können wir zu einem Übereinkommen gelangen, in dessen Folge Assad Khalil freigelassen und auf diplomatischem Wege zurück nach Libyen geschickt wird. Und ich möchte nicht, dass Sie beide sich da einmischen, indem Sie auf Ihrem hohen Moralross daherkommen.«

Ich versicherte ihm: »Mein hohes Moralross ist ein ziemlicher Klepper, Ted, aber mal im Ernst: Assad Khalil hat viele unschuldige Menschen ermordet.«

»Na und? Was wollen wir dagegen unternehmen? Ihn lebenslänglich hinter Gitter stecken? Was würde das den Toten nützen? Wäre es nicht besser, wenn wir Assad Khalil für etwas Wichtigeres einsetzten? Für etwas, das dem internationalen Terrorismus einen wirklichen Schlag versetzen würde?«

Ich wusste, worauf er hinaus wollte, aber ich machte nicht mit.

Ted wollte jedoch von Kate und mir verstanden werden und deshalb fragte er: »Wollen Sie denn gar nicht wissen, weshalb wir Assad Khalil freilassen und zurück nach Libyen schicken wollen?«

Ich rieb mir das Kinn und sagte: »Mmh. Lassen Sie mich

mal überlegen ... Damit er Muammar al Gaddafi ermordet, weil Muammar es mit seiner Mutter getrieben und seinen Vater umgebracht hat.«

»Genau. Hört sich das nicht wie ein fabelhafter Plan an?«

»Hey, ich bin nur ein einfacher Polizist. Vielleicht habe ich da was übersehen. Assad Khalil zum Beispiel. Ich glaube, den müssen Sie erst verhaften, damit das funktionieren kann.«

»Stimmt. Boris hat uns erzählt, wie Khalil das Land verlassen will, und wir sind uns sicher, dass wir ihn ergreifen können. Ich meine damit nicht die CIA – wir sind nicht berechtigt, jemanden zu verhaften. Vielmehr werden FBI oder die örtliche Polizei ihn verhaften, auf Informationen von der CIA hin, und dann treten wir auf den Plan und handeln einen Deal aus.«

Kate starrte Ted an. Ich wusste, was sie sagen wollte, und dann sagte sie es: »Sind Sie verrückt? Haben Sie nicht mehr alle Tassen im Schrank? Dieser Mann hat über dreihundert Menschen ermordet. Wenn Sie ihn laufen lassen, wird er weitere Menschen ermorden und nicht unbedingt die, auf die Sie ihn ansetzen.« Sie fügte hinzu: »Dieser Mann ist sehr gefährlich. Er ist böse. Wie können Sie auch nur daran denken, ihn laufen zu lassen? Ich kann das nicht fassen.«

Ted erwiderte lange nichts darauf und sah aus, als würde er mit seinem Gewissen ringen. Aber ein CIA-Typ, der mit seinem Gewissen ringt, ähnelt einem Wrestling-Kämpfer; größtenteils ist es Show.

Im Osten zeigte sich ein mattes Morgenrot, und die Vögel sangen sich ihre kleinen Kehlen aus dem Leib und waren froh, dass die Nacht zu Ende war. Ich war drauf und dran, einzustimmen.

Schließlich sagte Ted: »Sie müssen mir glauben, wenn ich Ihnen sage, dass ich von der Sache mit dem Flug 175 nichts gewusst habe. Entweder wusste Boris nichts davon, oder es ist ihm nicht gelungen, es uns mitzuteilen.«

»Dann sollten Sie Boris rausschmeißen«, meinte ich.

»Vielleicht ist er schon tot. Wir hatten es so eingerichtet, dass wir ihn aus Libyen herausholen, aber vielleicht ist da etwas schief gelaufen.«

Ich sagte zu Ted: »Ich muss mir merken, dass ich mir von Ihnen nie den Fallschirm packen lasse.«

Ted ging nicht darauf ein und hob wieder sein Fernglas. Er sagte: »Hoffentlich bringen sie ihn nicht um. Khalil, meine ich. Wenn es ihm gelingt, diese Gegend zu verlassen, wird er zu einem Treffpunkt reisen, an dem angeblich Landsleute von ihm warten, die ihn aus dem Land schleusen sollen. Aber so weit wird es nicht kommen.«

Obwohl ich darauf keine Antwort erwartete, fragte ich: »Und wo ist dieser Treffpunkt?«

»Das weiß ich nicht. Ich bin nicht in alles eingeweiht.«

Ich fragte ihn: »Wenn Sie Khalil also nicht jagen, wozu brauchen Sie dann das Gewehr und das Fernglas?«

Er setzte das Fernglas ab und erwiderte: »Man muss auf alles vorbereitet sein.« Er fragte uns: »Tragen Sie kugelsichere Westen?«

Hätte ein Kollege die Frage gestellt, dann wäre sie vollkommen angebracht gewesen, aber bei Ted hatte ich im Moment da so meine Zweifel.

Ich antwortete nicht darauf, und interessanterweise antwortete Kate ebenfalls nicht. Also, ich glaubte nicht, dass der gute, alte Ted uns umnieten wollte, aber der Mann stand eindeutig unter Stress, auch wenn er es sich nicht anmerken ließ. Und wenn man bedachte, was er und sein Unternehmen hier abziehen wollten, dann wurde einem klar, dass von den nächsten paar Stunden viel abhing. Für sie war das ein äußerst riskanter, langfristiger Plan, Muammar al Gaddafi zu eliminieren, ohne dabei allzu viele CIA-Fingerabdrücke zu hinterlassen, und dieser Plan war schon einige Stunden, bevor Flug 175 gelandet war, allmählich in die Binsen gegangen. Zudem würde dieser Plan der gegenwärtigen US-Gesetzgebung nach vermutlich als illegal angesehen. Also stand der gute, alte Ted unter Stress. Doch würde er auch sein Gewehr auf Kate und mich richten und uns wegpusten, wenn wir ihm zusätzliche Schwierigkeiten bereiteten? Man kann nie wissen, was Leute tun, die über Waffen verfügen und in Schwierigkeiten stecken, zumal, wenn sie ihre Ziele für wichtiger erachten als das Leben anderer Menschen.

Es wurde nun minütlich heller, aber der Nebel lichtete sich noch nicht, und das war gut so, denn er machte Nachtsichtgeräte teilweise unbrauchbar. Ich fragte Ted: »Wie war's denn in Paris und Frankfurt?«

»Nett. Habe geschäftlich ein bisschen was erledigt.« Er fügte hinzu: »Wenn Sie, wie befohlen, nach Frankfurt geflogen wären, dann wären Sie jetzt nicht in dieser Lage.«

Ich wusste nicht so recht, in was für einer Lage ich war, aber ich erkenne eine bemäntelte Drohung, wenn ich eine höre. Dessen eingedenk, wollte ich keine unangenehmen Themen aufbringen, aber ich musste ihn einfach fragen: »Wieso haben Sie zugelassen, dass Assad Khalil die Kampfpiloten und all die anderen Menschen umbringt?«

Er sah mich an, und ich merkte, dass er auf diese Frage vorbereitet war, sich aber nicht darüber freute, dass ich sie gestellt hatte. Er sagte: »Der Plan bestand einfach darin, ihn am JFK zu verhaften, dann zur Federal Plaza zu bringen, ihm dort unwiderlegbare Beweise, darunter auch Mitschnitte der Zeugenaussagen von Überläufern, dafür zu präsentieren, dass seine Mutter Ehebruch begangen und wer seinen Vater umgebracht hat, und ihn dann umzudrehen und zurückzuschicken.«

Kate sagte: »So weit verstehen wir das, Ted. Wir verstehen bloß nicht, warum Sie, nachdem er entkommen war, zugelassen haben, dass er seinen Auftrag ausführt.«

Ted erwiderte: »Wir wussten wirklich nicht, worin genau sein Auftrag bestand.«

»Entschuldigen Sie mal«, sagte ich. »Das ist doch gelogen.

Sie wussten, dass er hier zur Ranch der Reagans kommen würde, und Sie wussten, was er bis dahin tun würde.«

»Tja, glauben Sie doch, was Sie wollen. Wir hatten den Eindruck, er wäre hierher entsandt, um Ronald Reagan zu ermorden. Wir wussten nicht, dass er die Namen der Piloten dieses Schwarms kannte. Die sind schließlich geheim. Und es spielte ja auch keine Rolle, worin sein Auftrag bestand, denn wir wollten ihn ja am Kennedy-Flughafen verhaften. Wenn das geschehen wäre, dann wäre nichts von dem passiert.«

»Ted, Ihre Mutter hat Ihnen doch sicherlich erzählt, dass man sich schon mal die Finger verbrennt, wenn man mit dem Feuer spielt.«

Ted wollte sich nicht auf die klaffenden Lücken in seiner Story aufmerksam machen lassen und wenn ich ihn in Ruhe ließ, würde er schon allein weitere klaffende Lücken entdecken.

Ted sagte: »Nun, es ist anders gekommen, aber vereitelt ist der Plan noch nicht. Entscheidend ist, dass wir Assad Khalil ergreifen, ihm erzählen, was wir über seine Mutter und seinen Vater wissen, und ihn dann nach Libyen bringen. Es war übrigens ein Freund der Familie, der Karim Khalil in Paris umgebracht hat. Ein gewisser Habib Nadir, ebenfalls Armeehauptmann und ein Freund von Hauptmann Khalil. Nadir hat seinen Freund auf direkten Befehl von Muammar al Gaddafi hin ermordet.«

Das waren ja schöne Verhältnisse.

Ted, der ja nicht auf den Kopf gefallen war, sagte: »Es ist natürlich möglich, dass Assad Khalil das Land verlässt und zurück nach Libyen reist, ehe wir die Gelegenheit hatten, mit ihm zu sprechen. Deshalb frage ich mich, ob jemand von Ihnen daran gedacht hat, ihm zu erzählen, was wir über den Verrat Gaddafis an der Familie Khalil wissen.«

Ich sagte: »Lassen Sie mich mal überlegen ... Wir haben uns über den Groll unterhalten, den er gegen die USA hegt, und darüber, dass er mich umbringen will ... und sonst ...?«

»Von Ihren Kollegen im Haus von Wiggins habe ich erfahren, dass Sie diese Themen am Ende Ihres Telefonats mit Khalil kurz angesprochen haben.«

»Stimmt. Nachdem ich ihn einen Kamelficker genannt hatte.«

»Kein Wunder, dass er Sie umbringen will.« Ted lachte und fragte mich dann: »Sind Sie in Ihrem nächsten Gespräch mit Khalil noch einmal darauf zu sprechen gekommen?«

»Sie scheinen aber viel darüber zu wissen, was beim FBI vor sich geht.«

»Wir sind im selben Team, John.«

»Hoffentlich nicht.«

»Ach, jetzt tun Sie doch nicht so scheinheilig. Ein Heiligenschein steht Ihnen nicht.«

Ich ließ ihm das durchgehen und fragte Kate: »Wärst du dann so weit?« Zu Ted sagte ich: »Wir müssen los, Ted. Wir sehen uns dann bei der Senatsanhörung.«

»Nur noch einen Moment. Beantworten Sie bitte meine Frage. Haben Sie mit Assad Khalil über Gaddafis Verrat gesprochen?«

»Was glauben Sie denn?«

»Ich glaube, Sie haben mit ihm darüber gesprochen. Bei unseren Meetings in New York und Washington sind Sie doch richtiggehend auf diesen Aspekt angesprungen. Und außerdem sind Sie sehr klug und verstehen es, Leuten auf den Zeiger zu gehen.« Er lächelte.

Ich lächelte ebenfalls. Ted war doch wirklich in Ordnung. Nur ein wenig verschlagen. Ich sagte: »Ja, ich habe ihm die Geschichte so richtig unter die Nase gerieben. Das hätten Sie mal hören sollen, als ich ihm erzählt hatte, dass seine Mutter eine Hure und sein Vater ein Hahnrei waren. Ganz zu schweigen davon, dass Gaddafi seinen Vater hat umlegen lassen. Mann, das hat ihn vielleicht angekotzt. Er hat gesagt, er würde mir die Zunge abschneiden und die Kehle aufschlitzen. Und dabei hatte ich nichts mit seiner Mutter und habe auch seinen Vater nicht umgebracht. Weshalb war er denn so stinksauer auf mich?«

Ted gefiel es offenbar, dass ich die Sache auf die leichte Schulter nahm, und er war sehr froh zu erfahren, dass ich ihm die Arbeit abgenommen hatte.

Ted fragte: »Und hatten Sie den Eindruck, dass er Ihnen geglaubt hat?«

»Woher soll ich das wissen? Mich wollte er umbringen. Über Onkel Muammar hat er nichts gesagt.«

Ted ließ sich das kurz durch den Kopf gehen und sagte dann: »Für Araber ist das eine Frage der persönlichen Ehre. Der Familienehre, die sie *Ird* nennen. Die Schande einer Familie muss normalerweise mit Blut getilgt werden.«

»Das ist wahrscheinlich wirksamer als ein Familiengerichtsurteil.«

Ted sah mich an und sagte: »Ich glaube, Khalil wird Gaddafi umbringen und wenn er die Wahrheit über Habib Nadir erfährt, bringt er den auch um und vielleicht noch andere Leute in Libyen. Und dann war unser Plan, den Sie so geschmacklos finden, doch noch gerechtfertigt.«

Kate, die über einen feineren moralischen Kompass als ich verfügt, sagte: »Es gibt keine Rechtfertigung dafür, Menschen dazu anzustacheln, irgendjemanden umzubringen. Wir müssen uns nicht wie Monster verhalten, wenn wir Monster bekämpfen.« Sie fügte hinzu: »Das ist *falsch*.«

Ted ließ sich klugerweise nicht darauf ein, seinen Lieblingsplan, Oberst Muammar al Gaddafi umnieten zu lassen, groß zu rechtfertigen. Er sagte zu Kate: »Glauben Sie mir, wir haben uns ausführlich mit dieser Frage auseinandergesetzt und sie auch im Ethik-Komitee beraten.«

Fast hätte ich gelacht. »Sitzen Sie auch in diesem Komitee? Und, übrigens, was ist daran denn ethisch gerechtfertigt, sich mit der ATTF zusammenzutun, um damit Ihr eigenes Spielchen voranzutreiben? Und wie, zum Teufel, kommt es, dass ich mit Ihnen zusammenarbeite?«

»Ich habe darum gebeten. Ich bewundere Ihre Gaben und Ihre Hartnäckigkeit. Und Sie hätten Khalils Flucht am Flughafen ja auch fast vereitelt. Wie ich schon sagte – wenn Sie für uns arbeiten möchten, dann nehmen wir Sie gern. Sie auch, Kate.«

Ich erwiderte: »Das besprechen wir mal mit unseren Seelsorgern. Okay, wir müssen los, Ted. War ein tolles Meeting.«

»Nur noch ein, zwei Dinge.«

»Na gut. Schießen Sie los.« Ganz schlechtes Stichwort.

»Ich wollte Ihnen noch sagen, dass mir der Witz mit der Generalbundesanwältin gefallen hat, den Sie erzählt haben. Edward hat ihn mir weitererzählt. An Witzen ist doch viel Wahres dran. Das FBI würde tatsächlich eine große Pressekonferenz einberaumen, wie sie es heute Nachmittag in Washington tun. Und mein Unternehmen hält nicht viel von Pressekonferenzen.«

»Hey, da bin ich ganz auf Ihrer Seite.«

»Und die CIA würde tatsächlich einen Doppelagenten aus dem Kaninchen machen.« Er lächelte. »Das war lustig. Und sehr hellsichtig, was diesen Fall anbelangt.«

»Schon klar. Und vergessen Sie nicht, was die Polizei machen würde, Ted. Sie würden den Bären so übel verdreschen, dass er gesteht, ein Kaninchen zu sein. Nicht wahr?«

»Ganz bestimmt. Aber das macht aus dem Bären trotzdem kein Kaninchen.«

»Es kommt nur darauf an, dass der Bär aussagt, er wäre ein Kaninchen. Und da wir gerade dabei sind: Doppelagenten arbeiten ausschließlich für sich selbst. Sind wir jetzt fertig?«

»Fast. Ich wollte Sie beide nur noch daran erinnern, dass dieses Gespräch hier nie stattgefunden hat.« Er sah Kate an und sagte: »Es ist sehr wichtig, dass Assad Khalil nach Libyen heimkehrt.«

Kate entgegnete: »Nein, das ist es nicht. Es ist wichtig,

dass er hier in den USA wegen Mordes vor Gericht gestellt wird.«

Ted sagte zu mir: »Aber Sie verstehen das doch.«

»Was soll ich mit jemandem streiten, der ein Gewehr in der Hand hält?«

Ted entgegnete: »Ich bedrohe Sie nicht. Kommen Sie mir nicht so melodramatisch.«

»'tschuldigung. Das ist bloß dieser *Akte-X*-Einfluss. Das Fernsehen hat mich verblödet. Früher war es *Mission Impossible*. Also gut, jetzt aber. Wir sehen uns.«

»Ich würde jetzt wirklich nicht zurück zum Ranchhaus gehen. Khalil ist immer noch hier, und Sie beide sind leichte Beute.«

»Ted, wenn ich die Wahl habe, entweder hier bei Ihnen zu bleiben oder den Kugeln eines Heckenschützen auszuweichen – was meinen Sie denn, wofür ich mich entscheide?«

»Sagen Sie nicht, ich hätte Sie nicht gewarnt.«

Ich erwiderte nichts, sondern machte kehrt und ging davon. Kate folgte mir.

Ted rief uns nach: »Ach ja, meinen Glückwunsch zur Verlobung. Laden Sie mich zur Hochzeit ein.«

Ich hatte ihm den Rücken zugewandt und winkte. Schon komisch, aber ich hätte nichts dagegen gehabt, ihn zur Hochzeit einzuladen. Der Mann war zwar ein unglaubliches Arschloch, aber letztendlich stand er auf unserer Seite und versuchte wirklich das Beste für unser Land zu tun. Schon unheimlich. Ich verstand ihn, und das war noch unheimlicher.

Wir gingen den Hang vor der VORTAC-Anlage hinunter. Ich wusste nicht, ob ich jetzt von Ted eine Kugel in den Rücken oder von Khalil, aus dem Waldrand am Fuße des Abhangs, eine Kugel von vorn bekommen würde.

Wir gingen weiter, und ich merkte, dass Kate nervös war. Ich sagte: »Es ist schon gut. Pfeif ein Liedchen.«

»Mein Mund ist ausgetrocknet.«

»Dann summ etwas.«

»Mir ist übel.«

Ach du je. »Morgenübelkeit?«

»John, hör mit den Scherzen auf. Das ist einfach ... widerlich. Verstehst du, was er da getan hat?«

»Die spielen ein knallhartes, gefährliches Spiel, Kate. Verurteilt nicht, damit ihr nicht verurteilt werdet.«

»Menschen sind ermordet worden.«

»Ich will jetzt nicht darüber reden. Okay?«

Sie schüttelte den Kopf.

Wir kamen zu einem Reitweg, der durch rote Felsen und dichtes Gestrüpp führte. Ich hoffte, einer motorisierten Patrouille oder einem Posten zu begegnen, aber der Secret Service ist ja nie zur Stelle, wenn man ihn mal braucht.

Es war jetzt schon viel heller, und eine sachte Seebrise vertrieb allmählich den Bodennebel. Gar nicht gut.

Wir gingen in die Richtung, in der wir das Ranchhaus und das Gebäude des Secret Service vermuteten, aber der Reitweg schlängelte sich hin und her, und ich hatte keinen blassen Schimmer, wo wir hier eigentlich waren.

Kate sagte: »Ich glaube, wir haben uns verlaufen. Mir tun die Füße weh. Ich bin müde und durstig.«

»Setzen wir uns mal ein wenig hin.«

Wir setzten uns auf einen flachen Felsen und rasteten. Hier wuchsen merkwürdige Pflanzen, wahrscheinlich Beifuß, Steppenhexen und so Cowboykram. Das Gestrüpp war dicht, aber nicht sehr hoch und schon gar nicht hoch genug, um sich beim Gehen darin zu verbergen. Ich dachte mir, es wäre vielleicht schlauer, hier sitzen zu bleiben. Ich sagte: »Wenn Khalil irgendwo hier draußen ist, dann hält er sich wahrscheinlich im Umkreis von zweihundert Meter um das Ranchhaus auf. Vielleicht sollten wir dem Haus und dem Secret-Service-Gebäude also nicht zu nahe kommen.«

»Tolle Idee. Wir bleiben hier, damit Khalil uns umbringen kann, ohne dass es jemand merkt.«

»Ich will den Typ doch bloß überlisten.«

»Na, dann überleg doch mal. Vielleicht will er uns gar nicht erschießen. Vielleicht schießt er uns ein paar Kugeln in die Beine und kommt dann her, schneidet dir die Zunge ab und schlitzt dir die Kehle auf.«

»Ich sehe schon, dass du darüber nachgedacht hast. Danke für deine Einschätzung.«

»Tschuldige.« Sie gähnte. »Aber wir haben ja unsere Pistolen, und lebendig lass ich ihn nicht an dich ran.« Sie lachte, aber dieses Lachen klang ausgelaugt.

»Ruh dich aus.«

Etwa zehn Minuten später hörte ich ein entfernt vertrautes Geräusch und erkannte es als den Lärm von Hubschrauberrotoren.

Ich stellte mich auf den Felsen, auf dem ich gesessen hatte, sprang von dort auf einen fast quadratischen, gut einen Meter hohen Felsblock und lauschte dem Geräusch. Ich sagte: »Da kommt die Kavallerie. Die Luftkavallerie. Wow. Schau dir das an.«

»Was?« Sie stand auf, aber ich legte ihr eine Hand auf die Schulter und drückte sie wieder hinunter. »Setz dich. Ich erzähle dir, was passiert.«

»Das will ich selber sehen.« Sie stellte sich auf den Felsen, auf dem sie gesessen hatte, nahm meinen Arm und zog sich zu mir auf den anderen Felsen. Beide schauten wir zu den Hubschraubern hinüber. Sechs Hueys kreisten in ein paar hundert Meter Entfernung, und vermutlich kreisten sie über dem Ranchhaus, also waren wir ganz nah und wussten jetzt, in welche Richtung wir gehen mussten.

Am Horizont sah ich einen großen, zweimotorigen Chinook-Helikopter auftauchen, und unter dem Chinook hing ein Auto, ein großer schwarzer Lincoln.

Kate sagte: »Das ist bestimmt eine gepanzerte Limousine.«

»Stagecoach«, erinnerte ich sie. »Sechs Hollys mit Hercules an Bord kreisen über Brimstone, während Rawhide und

Rainbow in den Stagecoach einsteigen. Tracker und Tracer stehen am Boden bereit.«

Sie seufzte vor Erleichterung und vielleicht auch vor Erschöpfung.

Wir sahen ein paar Minuten lang dem Einsatz zu und obwohl wir nicht erkennen konnten, was sich am Boden abspielte, war es offensichtlich, dass Rawhide und Rainbow in einer gepanzerten Limousine, mit Eskorte und Hubschraubern, nun die Pennsylvania Avenue entlangfuhren. Auftrag erledigt.

Assad Khalil, wenn er denn irgendwo in der Nähe war, konnte das ebenfalls sehen und wenn er immer noch den falschen Schnurrbart trug, dann zwirbelte er jetzt sicherlich daran herum und sagte: »Verflucht! Wieder nichts!«

Also Ende gut, alles gut. Oder?

Nicht so ganz. Mir kam der Gedanke, dass sich Assad Khalil, da er nun das große Ziel verfehlt hatte, auf das kleine konzentrieren würde.

Doch ehe ich diesem Gedanken Taten folgen ließ, wie etwa von diesem Felsen hinunter ins Gebüsch zu steigen und dort auf Hilfe zu warten, hatte Assad Khalil bereits das Ziel gewechselt.

Kapitel 56

Was dann geschah, geschah wie in Zeitlupe, zwischen zwei Herzschlägen.

Ich forderte Kate auf, vom Felsblock zu hüpfen. Ich sprang zuerst, und sie folgte mir eine halbe Sekunde später.

Den schallgedämpften Schuss selbst hörte ich nicht, wusste aber, dass er vom nahen Waldrand kam, denn ich hörte die Kugel wie eine Biene über meinen Kopf hinwegsummen – wo ich nur eine halbe Sekunde zuvor noch auf dem Felsblock gestanden hatte.

Kate schien zu stolpern und stieß einen leisen Schmerzensschrei aus, als hätte sie sich den Fuß vertreten. Augenblicklich wurde mir klar, dass ich die Reihenfolge verwechselt hatte: Sie hatte erst vor Schmerz geschrien und war dann gestrauchelt. Und wiederum wie in Zeitlupe sah ich sie vom Felsblock fallen.

Ich warf mich auf sie, schloss sie in die Arme und rollte mit ihr fort vom Reitweg, einen flachen Hang hinab in dürres Gebüsch, während eine weitere Kugel in einem Felsen neben unseren Köpfen einschlug und uns Stein- und Stahlsplitter in den Nacken jagte.

Ich rollte weiter, Kate immer noch in den Armen haltend, und dann hielt uns das Dickicht auf. Ich umarmte sie fest und sagte: »Nicht bewegen.«

Wir lagen nun Seite an Seite, ich hatte der Richtung des Feuers den Rücken zugewandt und streckte den Kopf, um zu sehen, was Khalil vom Waldrand aus sehen konnte, der keine hundert Meter entfernt war.

Zwischen uns und Khalils Schusslinie befanden sich einige Sträucher und flache Felsen, aber je nachdem, wo er sich in den Bäumen aufhielt, konnte er uns vielleicht immer noch sehen.

Mir war bewusst, dass sich mein Anzug, so dunkel er auch war, von der Umgebung abhob, ebenso wie Kates roter Blazer, da aber keine weiteren Schüsse fielen, war ich mir ziemlich sicher, dass Khalil uns vorläufig aus den Augen verloren hatte. Entweder das, oder er kostete den Moment aus, bis er wieder schoss.

Ich drehte mich um und sah Kate in die Augen. Sie blinzelte vor Schmerz und krümmte sich in meinen Armen. Ich sagte: »Nicht bewegen. Kate, sprich mit mir.«

Sie atmete schwer, und ich wusste nicht, wie schlimm sie getroffen war, doch dann spürte ich warmes Blut durch mein

Hemd auf meine kalte Haut sickern. *Verdammt.* »Kate. Sprich mit mir. Sag etwas!«

»Oh ... ich bin ... Ich bin getroffen.«

»Schon gut ... Ganz ruhig. Halt still. Ich schau mir das mal an ...« Ich schob meinen rechten Arm zwischen uns, tastete sie unter ihrer Bluse ab und suchte den Einschuss, den ich aber nicht finden konnte, obwohl alles voller Blut war. *O Gott ...*

Ich legte den Kopf zurück und sah ihr ins Gesicht. Sie blutete nicht aus Mund oder Nase, was ermutigend war, und ihr Blick wirkte klar.

»Oh ... John ... Verdammt ... Tut das weh.«

Endlich fand ich den Einschuss, ein Loch gleich unterhalb ihres linken Brustkastens. Schnell fuhr ich mit der Hand über ihren Rücken und entdeckte die Austrittswunde gleich über ihrem Po. Es schien nur eine tiefe Fleischwunde zu sein, und das Blut spritzte nicht hervor, aber ich machte mir Sorgen um innere Blutungen. Ich redete ihr gut zu, wie man das bei Verletzten machen soll: »Kate, das wird wieder. Du wirst wieder gesund.«

»Bist du sicher?«

»Ja.«

Sie atmete tief durch und tastete dann selbst die Wunden ab.

Ich zog ein Taschentuch hervor und schob es ihr in die Hand. »Drück das drauf.«

Wir lagen reglos, Seite an Seite da und warteten ab.

Die Kugel war natürlich für mich bestimmt gewesen, aber Schicksal, Ballistik, Flugbahn und Timing sorgen für den Unterschied zwischen einer Schusswunde, mit der man angeben kann, und einer Schusswunde, die der Bestatter zuspachteln muss. Ich sagte noch einmal: »Das wird wieder ... Das ist nur ein kleiner Kratzer ...«

Kate hielt mir den Mund ans Ohr, und ich spürte ihren Atem auf der Haut. Sie sagte: »John ...«

»Ja?«

»Du bist ein Vollidiot.«

»Äh ...«

»Aber ich liebe dich trotzdem. Jetzt aber nichts wie weg hier.«

»Nein. Beweg dich nicht. Er kann uns nicht sehen, und was er nicht sehen kann, kann er nicht treffen.«

Da freute ich mich zu früh, denn plötzlich prasselten Erdreich und Steine auf uns hernieder und über unseren Köpfen brachen Zweige. Mir war klar, dass Khalil in etwa wusste, wo wir waren, und dass er nun den Rest seines Vierzehn-Schuss-Magazins auf unseren mutmaßlichen Aufenthaltsort abfeuerte. *Himmel Herrgott.* Ich dachte schon, er würde das Feuer überhaupt nicht mehr einstellen. Mit einem Schalldämpfer ist es noch schlimmer, weil man nur die Kugeln einschlagen hört, ohne die eigentlichen Schüsse mitzubekommen.

Als er seine letzte Kugel abfeuerte, spürte ich einen stechenden Schmerz in der Hüfte und fuhr sofort mit der Hand dorthin, wo ich getroffen war. Ich hatte einen Streifschuss quer übers Becken abbekommen, und ich spürte, dass er tief genug war, um den Beckenknochen getroffen zu haben.

»Mist!«

»John? Alles in Ordnung?«

»Ja.«

»Wir müssen hier weg.«

»Ja. Ich zähle bis drei, und dann laufen wir gebückt durch das Gestrüpp, aber höchstens drei Sekunden lang, und dann gehen wir wieder in Deckung und rollen weiter. Einverstanden?«

»Ja.«

»Eins, zwei ...«

»Warte mal! Wieso gehen wir nicht zurück zu dem Felsen, auf dem wir eben waren?«

Ich sah mich um. Der Felsblock war knapp einen Meter hoch und nicht ganz so breit. Die Felsen um ihn her, auf denen wir gesessen hatten, waren nicht mehr als bessere Steine. Wenn wir uns aber hinter den Felsblock kauerten, waren wir vor Schüssen vom Waldrand her sicher. Ich sagte: »Also gut, aber es ist schon etwas eng dahinter.«

»Los, gehen wir, bevor er wieder schießt. Eins, zwei, drei...«

Wir sprangen auf und liefen geduckt zu dem Felsblock hinüber – also Khalil entgegen.

Etwa auf halber Strecke hörte ich das vertraute Surren über meinem Kopf, doch Khalil musste über den Felsen hinweg schießen, auf den wir zuliefen, und er saß nicht hoch genug in den Bäumen, um uns aus einem hinreichend steilen Winkel zu erwischen.

Kate und ich erreichten den Felsen, wirbelten herum und saßen Seite an Seite eng beieinander, die Knie an die Brust gezogen. Sie drückte sich das blutige Taschentuch auf die linke Flanke.

So saßen wir kurz und schnappten nach Luft. Ich hörte kein Surren mehr und fragte mich, ob das Schwein es wagte, die Deckung der Bäume zu verlassen und sich uns zu nähern. Ich zog meine Glock, holte tief Luft, spähte kurz um die Felskante und zog den Kopf schnell wieder ein, eben noch rechtzeitig, damit er nicht von einem wohl platzierten Schuss getroffen wurde, der seitlich in den Felsblock einschlug. »Der kann echt schießen.«

»Verdammte Scheiße! Was machst du denn da auch? Sitz still!«

»Wo hast du denn gelernt, so zu fluchen?«

»Bis ich dich kennen gelernt habe, habe ich in meinem ganzen Leben nicht so viel geflucht.«

»Echt wahr?«

»Sitz still und halt den Rand.«

»Okay.«

So saßen wir also da und bluteten, aber nicht genug, um Haie anzulocken, oder was es sonst in der Gegend so gab.

Assad Khalil verhielt sich merkwürdig still, und allmählich bangte mir vor der Frage, was er jetzt vorhatte. Schließlich konnte das Arschloch auch zehn Meter entfernt durch den Busch schleichen.

Ich sagte: »Ich schieße ein paar Mal in die Luft, damit sie uns hören und Khalil uns vom Hals bleibt.«

»Nein. Wenn du die Leute vom Secret Service anlockst, wird Khalil sie erschießen. Das kann ich mit meinem Gewissen nicht vereinbaren. Wir schweben nicht in Gefahr. Bleib einfach da sitzen.«

Ich war mir nicht so sicher, dass wir nicht in Gefahr waren, aber sonst hatte sie wohl Recht. Also saß John Corey, der Mann der Tat, einfach nur da. Eine Minute später sagte ich: »Vielleicht kann ich Ted anlocken, und dann kann er mit Khalil ein Wettschießen veranstalten.«

»Sitz ruhig und sei still. Hör hin, ob sich im Busch irgendwas regt.«

»Gute Idee.«

Kate löste sich aus ihrem roten Blazer, der fast die gleiche Farbe hatte wie das Blut, das hindurchsickerte. Sie band sich die Ärmel um die Taille und improvisierte so einen Druckverband.

Sie langte in ihre Blazertasche und sagte: »Ich rufe im Sea Scape Motel an und informiere die Kollegen dort über unsere Lage, damit sie dem Secret Service hier ...«

Sie suchte alle Taschen ab und sagte dann: »Ich finde mein Handy nicht.«

Ach du je.

Beide tasteten wir den Boden ab. Kate langte zu weit nach links, und nur Zentimeter neben ihrer Hand explodierte das Erdreich. Sie riss die Hand zurück, als hätte sie eine heiße Herdplatte berührt, und starrte auf ihren Handrücken. Sie sagte: »Mein Gott, ich habe die Kugel an meinem Fingerknöchel gespürt ... aber ... er hat mich nicht getroffen ... Ich habe die Hitze gespürt oder so ...«

»Der Mann kann schießen. Und wo ist jetzt dein Handy?«

Sie durchwühlte wieder ihre Blazer- und Hosentaschen und verkündete: »Es muss mir aus der Tasche gefallen sein, als wir gerollt sind. So ein Mist.«

Wir schauten hinüber zu dem überwucherten Abhang vor uns. Es war unmöglich festzustellen, wo das Telefon war, und ganz bestimmt würden wir dort nicht danach suchen.

So saßen wir also da und lauschten, ob sich jemand näherte. In gewisser Weise hoffte ich, das Schwein würde zu uns kommen, denn dann musste er um den Felsbrocken herumkommen oder darüberklettern, und dann würden wir ihn hören. Doch wenn er weit genug im Kreis ging, würden wir ihn weder hören noch sehen, und er hatte ein Gewehr mit Zielfernrohr. Plötzlich kam ich mir auf dieser Seite des Felsens gar nicht mehr so sicher vor, da ich wusste, dass Khalil in die Büsche schleichen konnte, aus denen wir eben kamen.

Sie sagte: »Tut mir Leid mit dem Telefon.«

»Ist ja nicht deine Schuld. Ich sollte mir wohl auch mal ein Handy zulegen.«

»Keine schlechte Idee. Ich schenk dir eins.«

Gut eine Viertelmeile entfernt flog ein Hubschrauber vorbei, aber der sah uns nicht und spürte weder uns noch Khalil mit irgendwelchen Instrumenten auf. Und Khalil schoss auch nicht auf ihn, obwohl er ein einfaches Ziel abgab. Das führte mich zu der Ansicht, dass Assad Khalil entweder fort war oder Munition sparte, weil er so dringend mich erledigen wollte. Ein beunruhigender Gedanke.

Doch dann hatte ich die Schnauze voll von diesem Quatsch. Ich zog mir das Jackett aus, und ehe Kate mich aufhalten konnte, stand ich auf und fuchtelte mit dem Jackett herum, wie ein Matador vor den Hörnern eines Stiers. Doch anders als ein Matador ließ ich das Jackett sofort wieder los und ging hinter dem Felsblock in Deckung, gerade rechtzeitig für das Surren, das ein Loch durchs Jackett schlug und auf unserer Seite einige Zweige zerfetzte.

Ehe Kate mich anschreien konnte, sagte ich: »Ich glaube, er ist immer noch am Waldrand.«

»Und woher willst du das wissen?«

»Der Schuss kam aus dieser Richtung. Das habe ich gehört und am Einschlag gemerkt, und dann war er eine halbe Sekunde verzögert, als wäre er noch hundert Meter entfernt.«

»Denkst du dir das aus?«

»Na ja ...«

Doch wieder zurück zu unserer Nervenprobe. Als ich eben dachte, Khalil würde gewinnen, zeigte sich unser knallharter Attentäter frustriert und fing wieder an zu ballern. Der Arsch vergnügte sich damit, die Felsoberkante zu beschießen und Steinsplitter auf uns niederhageln zu lassen.

Er feuerte ein ganzes Magazin ab, lud dann nach und schoss seitlich am Felsen vorbei, so dass die Kugeln nur Zentimeter neben unseren eingezogenen Beinen einschlugen. Ich sah fasziniert zu, wie der steinige Erdboden in kleinen Kratern explodierte.

Ich sagte: »So ein Arschloch.«

Kate erwiderte nichts, wie benommen von dem Erdreich, das uns um die Ohren flog.

Dann zielte Khalil auf die Seiten des Felsblocks, und der Typ war gut und verfehlte unsere Schultern nur um Zentimeter. Der Felsblock wurde zusehends kleiner. Ich sagte zu Kate: »Wo hat der denn so schießen gelernt?«

Sie erwiderte: »Wenn ich ein Gewehr hätte, würde ich ihm zeigen, wie man schießt.« Sie fügte hinzu: »Und wenn ich eine kugelsichere Weste anhätte, würde ich jetzt nicht bluten.«

»Beim nächsten Mal dran denken.« Ich nahm ihre Hand und drückte sie. »Wie geht es dir?«

»Gut ... Es tut bloß höllisch weh.«

»Halte durch. Bald hat er die Ballerspielchen satt.«

Sie fragte: »Und wie geht's dir?«

»Ich hab eine neue Wunde, die ich den Mädels zeigen kann.«

»Wie wär's mit noch einer?«

Ich hielt ihre Hand und alberte: »Meine Wunden, deine Wunden ...«

»Hör auf. Die Wunde pocht.«

Ich knotete den Blazer auf, fuhr mit der Hand auf ihren Rücken und tastete vorsichtig die Austrittswunde ab.

Sie schrie vor Schmerz.

Ich sagte: »Das Blut gerinnt. Versuch dich nicht zu bewegen, um das Gerinnsel nicht zu stören. Drück das Taschentuch auf den Einschuss.«

»Ich weiß, ich weiß, ich weiß. O Gott, tut das weh.«

»Ich weiß.« Das hatten wir schon. Ich knotete ihr den Blazer wieder um die Taille.

Khalil fiel etwas Neues ein. Er feuerte auf die kleineren Felsen ringsherum und löste Querschläger aus, wie ein Poolbillard-Spieler, der um die schwarze Acht herumspielen will. Die Felsen waren aus Sandstein, und die meisten splitterten, aber hin und wieder gelang ihm ein Querschläger, und eine dieser Kugeln schlug über meinem Kopf in unseren Felsblock ein. Ich sagte zu Kate: »Zieh den Kopf ein.« Ich fügte hinzu: »Ein hartnäckiger kleiner Schweinehund, was?«

Sie zog den Kopf zwischen die Knie und sagte: »Der kann dich wirklich nicht ausstehen, John. Du bringst ihn auf ganz neue Ideen.«

»So wirke ich nun mal auf Menschen.«

Ganz plötzlich spürte ich einen stechenden Schmerz im rechten Oberschenkel. Er hatte mich mit einem Querschläger erwischt. »Mist!«

»Was ist los?«

Ich tastete die Stelle ab, an der mich die heiße Kugel getroffen hatte, und entdeckte, dass meine Hose aufgerissen war und ich einen Streifschuss abbekommen hatte. Neben meinem Bein fand ich die noch warme, verformte Kugel und hielt sie hoch. »Sieben Komma sechs zwei Millimeter, Stahlmantel, Militärmunition, wahrscheinlich aus einem M-14, das zum Scharfschützengewehr umgebaut wurde, mit austauschbaren Zielfernrohren für Tag- und Nachtsicht, dazu Schalldämpfer und Mündungsfeuerdämpfer. Genau wie das von Gene.«

»Das ist doch nun scheißegal.«

»Ich wollte bloß ein wenig Konversation machen.« Ich fügte hinzu: »Ted hat auch so eins.«

Ich ließ das mal so stehen, und wir schlugen uns diesen Blödsinn gleich wieder aus dem Kopf. Ich fügte hinzu: »Das M-14 ist natürlich ein ganz normales Armee-Gewehr, und ich will nichts damit unterstellen, wenn ich erwähne, dass Ted zufällig auch so eins hat.«

Schließlich sagte Kate: »Er hätte uns an der VORTAC-Station umbringen können.«

Um noch ein wenig paranoider zu reagieren, sagte ich: »Er würde uns nicht so nah an der Stelle abknallen, an der Gene uns abgesetzt hat, damit wir uns mit ihm treffen.«

Sie erwiderte nichts.

Ich glaubte natürlich eigentlich nicht, dass Ted uns umbringen wollte. So was würde Ted nicht tun. Ted wollte doch zu unserer Hochzeit kommen. Nicht wahr? Aber man weiß ja nie. Ich steckte die Kugel ein.

Wir saßen dort fünf stille Minuten lang, und dann dachte ich mir: Wer es auch war, er war weg. Ich hatte aber keine Lust, mich da zu vergewissern.

Ich hörte Hubschrauber in der Ferne kreisen und hoffte, dass uns irgendwann einer entdecken würde.

Trotz der Beckenschmerzen dämmerte ich langsam weg. Ich war völlig erschöpft und noch dazu ausgetrocknet und deshalb dachte ich, ich hätte Halluzinationen, als ich ein Telefon klingeln hörte. Ich schlug die Augen auf. »Was zum Henker ...?«

Kate und ich starrten den Hang hinab, wo das Telefon

klingelte. Ich konnte es immer noch nicht sehen, wusste aber ungefähr, wo es lag. Jetzt merkte ich, dass es keine zehn Meter entfernt war. Es lag tatsächlich direkt vor uns und wenn ich losflief, um es zu holen, würde der Felsen Khalil die Sicht auf mich versperren. Na ja, vielleicht.

Ehe ich noch überlegen konnte, ob ich es riskieren wollte, hörte das Telefon auf zu klingeln. Ich sagte: »Wenn wir an das Handy rankommen, können wir Hilfe rufen.«

Kate erwiderte: »Wenn du zum Handy gehst, brauchen wir keine Hilfe mehr. Dann sind wir tot.«

»Stimmt.«

Wir starrten beide auf die Stelle, an der das Telefon geklingelt hatte. Es klingelte wieder.

Es ist erwiesen, dass Scharfschützen nicht kontinuierlich durch ein Spektiv spähen können, ohne dass ihnen irgendwann die Augen und Arme weh tun. Also müssen sie kurze Pausen einlegen. Vielleicht machte Khalil gerade Pause. Ja, vielleicht war es sogar Khalil, der uns da anrief. Er konnte ja schlecht gleichzeitig telefonieren und schießen, oder?

Ehe ich zu lange darüber nachdachte, sprang ich geduckt vor, legte die sieben Meter in zwei Sekunden zurück, fand das klingelnde Telefon, schnappte es mir, wirbelte herum und lief zurück zum Felsblock, wobei ich den Felsen zwischen mir und Khalils Schusslinie hielt. Ehe ich dort ankam, warf ich Kate das läutende Telefon zu, und sie fing es auf.

Ich kam am Felsen an, wirbelte herum, sackte in mich zusammen und wunderte mich, dass ich noch am Leben war. Ich atmete ein paar Mal tief durch.

Kate hielt sich das Telefon ans Ohr und hörte zu. Sie sagte ins Mikro: »Arschloch!« Sie lauschte wieder und sagte dann: »Erzählen Sie mir nicht, wie eine Frau zu reden hat. Arschloch!«

Ich hatte so das Gefühl, dass sie nicht mit Jack Koenig telefonierte.

Sie hielt sich das Telefon vor die Brust und sagte: »Bist du jetzt sehr mutig oder strunzdumm? Wie konntest du das tun, ohne mich vorher zu fragen? Willst du lieber tot als verheiratet sein? Ist es das?«

»Entschuldige bitte, aber wer ist dran?«

Kate reichte mir das Telefon. »Khalil will sich verabschieden.«

Wir sahen einander an, und es war uns wohl beiden peinlich, dass wir kurz vermutet hatten, Ted Nash, unser Landsmann, hätte versucht, uns umzubringen. Ich musste dringend mal die Branche wechseln.

Ich sagte zu Kate: »Du solltest deine Nummer ändern lassen.« Ich hielt mir das Telefon ans Ohr und sagte: »Corey.«

Assad Khalil sagte: »Sie haben sehr viel Glück.«

»Gott passt auf mich auf.«

»Das muss er wohl. Ich schieße nicht oft daneben.«

»Wir alle haben mal einen schlechten Tag, Assad. Fahren Sie nach Haus und üben Sie.«

»Ich bewundere Ihren Mut und Ihre gute Laune angesichts des Todes.«

»Herzlichen Dank. Hey, wieso kommen Sie nicht von dem Baum runter, legen das Gewehr weg und kommen mit erhobenen Händen über die Wiese? Ich sorge dafür, dass die Behörden Sie fair behandeln.«

Er lachte und sagte: »Ich sitze nicht auf einem Baum. Ich bin auf der Heimreise. Ich wollte mich nur verabschieden und Sie daran erinnern, dass ich wiederkomme.«

»Ich freue mich schon aufs Rückspiel.«

»Sie können mich mal ...«

»So sollte ein gläubiger Mann nicht reden.«

»... am Arsch lecken«

»Nein, *Sie* können *mich* mal am Arsch lecken, Assad.«

»Ich werde Sie und die Nutte, mit der Sie zusammen sind, umbringen und wenn ich dazu mein ganzes Leben brauche.«

Ich hatte ihn offenbar wieder auf die Palme gebracht – ha, ha, ha –, also leitete ich seinen Zorn auf konstruktivere Ziele um und sagte: »Vergessen Sie nicht, erst mal die Sache mit Onkel Muammar zu klären. Und es war ein gewisser Habib Nadir, der auf Befehl von Muammar Ihren Vater in Paris umgebracht hat. Kennen Sie den?«

Es kam keine Antwort, und ich hatte auch keine erwartet. Das Telefon blieb stumm, und ich gab es Kate zurück. »Der und Ted wären einander sympathisch.«

So saßen wir also da und vertrauten noch nicht so ganz darauf, dass Khalil die Biege aus dem Gebirge machte, zumal nach unserem letzten Gespräch. Vielleicht sollte ich doch mal einen Dale-Carnegie-Kurs absolvieren.

Kate rief im Sea Scape Motel an und bekam Kim Rhee an den Apparat. Sie schilderte unsere Lage und unsere gegenwärtige Position hinter dem Felsblock, und Kim sagte, sie würde Leute vom Secret Service schicken. Kate fügte hinzu: »Die sollen aufpassen. Ich weiß nicht, ob Khalil wirklich weg ist.«

Sie legte auf und fragte mich: »Meinst du, er ist weg?«

»Ich glaube schon. Ein Löwe weiß, wann er flüchten und wann er angreifen muss.«

»Stimmt.«

Um die Stimmung etwas aufzuheitern, fragte ich sie: »Was ist der Unterschied zwischen einem arabischen Terroristen und einer Frau mit prämenstrualem Syndrom?«

»Sag schon.«

»Der Terrorist lässt mit sich reden.«

»Das ist nicht witzig.«

»Na gut, dann der: Wie definiert man einen gemäßigten Araber?«

»Na?«

»Ein Typ, dem die Munition ausgegangen ist.«

»*Das* ist witzig.«

Der Sonnenschein wurde immer wärmer und vertrieb den restlichen Nebel. Wir hielten Händchen und warteten, dass ein Hubschrauber, ein Auto oder eine Patrouille zu Fuß auftauchte.

Kate sagte, wie im Selbstgespräch: »Das war nur ein Vorgeschmack.«

Allerdings. Und Assad Khalil oder der nächste Typ von seinem Kaliber würde mit neuem Groll wiederkommen, und wir würden zur Vergeltung jemandem eine Cruise Missile ins Haus jagen, und so ginge das immer so weiter. Ich fragte Kate: »Willst du aus dieser Branche aussteigen?«

»Nein. Du?«

»Nur gemeinsam mit dir.«

»Mir gefällt es«, sagte sie.

»Und mir gefällt, was dir gefällt.«

»Mir gefällt Kalifornien.«

»Mir gefällt New York.«

»Wie wäre es mit Minnesota?«

»Ist das eine Stadt oder ein Bundesstaat?«

Schließlich entdeckte uns ein Hubschrauber, und nachdem sie ermittelt hatten, dass wir keine durchgeknallten Terroristen waren, landeten sie und trugen uns an Bord.

Kapitel 57

Sie flogen uns zum Hubschrauberlandeplatz des Gemeindekrankenhauses von Santa Barbara, und dort bekamen wir benachbarte Zimmer ohne dollen Ausblick.

Viele unserer neuen Freunde aus der FBI-Außenstelle in Ventura besuchten uns: Cindy, Chuck, Kim, Tom, Scott, Edie, Roger und Juan. Alle sagten, wie gut wir aussähen. Ich dachte mir, wenn ich mich einmal jährlich anschießen ließe, sähe ich mit fünfzig bestimmt fabelhaft aus.

Mein Telefon klingelte ununterbrochen, wie man sich vorstellen kann – Jack Koenig, Captain Stein, mein Ex-Partner Dom Fanelli, meine Ex-Frau Robin, Verwandte und Freunde, ehemalige und gegenwärtige Kollegen und so weiter. Alle machten sich natürlich große Sorgen um mein Wohlergehen, fragten zunächst, wie es mir ginge, und warteten geduldig, bis ich gesagt hatte, gut, ehe sie sich nach dem Wichtigeren erkundigten, nämlich, was denn passiert sei.

Krankenhauspatienten lässt man eine Menge Blödsinn durchgehen, das wusste ich noch vom letzten Mal. Deshalb legte ich mir fünf Standardsprüche zurecht, je nachdem, wer anrief: Ich stehe unter Schmerzmitteln und kann mich nicht konzentrieren; ich werde gleich gewaschen; diese Leitung ist nicht abhörsicher; ich habe ein Thermometer im Arsch; mein Psychiater hat mir untersagt, mich mit diesem Ereignis zu beschäftigen.

Man musste die Sprüche natürlich passend wählen. Jack Koenig beispielsweise zu erzählen, ich hätte ein Thermometer im Arsch ... na ja, schon klar.

Am zweiten Tag rief Beth Penrose an. Für dieses Gespräch hielt ich keinen der Standardsprüche für angemessen und deshalb sprachen wir uns aus, wie man so schön sagt. Schluss. Sie wünschte mir alles Gute und meinte es ehrlich. Ich wünschte ihr alles Gute und meinte es ehrlich.

Dann kamen noch ein paar Leute aus Los Angeles vorbei und besuchten Kate, und ein paar von ihnen schauten sogar bei mir rein, darunter auch Douglas Winzschwanz, der meine Infusion zudrehte. War nur 'n Scherz.

Ein weiterer Besucher war Gene Barlet vom Secret Service. Er lud Kate und mich zu einer Führung über die Reagan-Ranch ein, wenn wir wieder auf dem Damm wären. Er sagte: »Ich zeige Ihnen die Stelle, an der Sie angeschossen wurden. Sie können Felsbrocken mitnehmen und Erinnerungsfotos machen.«

Ich versicherte ihm, ich hätte kein Interesse daran, der Sache zu gedenken, aber Kate nahm die Einladung an.

Ich erfuhr von diversen Leuten, dass Assad Khalil offenbar verschwunden war, was mich nicht überraschte. Hinsichtlich des Verschwindens von Mr. Khalil gab es zwei Möglichkeiten. Erstens: er hatte es zurück nach Tripolis geschafft. Zweitens: die CIA hatte ihn geschnappt, drehte ihn gerade um und versuchte den Löwen davon zu überzeugen, dass gewisse Libyer besser schmeckten als Amerikaner.

Was das anging, so wusste ich immer noch nicht, ob Ted und sein Unternehmen Assad Khalil tatsächlich freie Hand dabei gelassen hatten, seinen Auftrag auszuführen, also die Piloten zu ermorden, damit sich Khalil erfüllter gefühlt und daher empfänglicher für die Idee gezeigt hätte, Onkel Muammar und Konsorten um die Ecke zu bringen. Und ich fragte mich wirklich, woher die Libyer die Namen der Piloten hatten. Also, das war nun wirklich eine Verschwörungstheorie à la *Akte X,* und sie war so weit hergeholt, dass ich nicht viel Zeit damit verschwendete und mir davon nicht den Schlaf rauben ließ. Aber es beschäftigte mich schon.

Was Ted anging, so wunderte ich mich, dass er uns noch nicht besucht hatte, dachte mir aber, er hätte wahrscheinlich alle Hände voll damit zu tun, seine Lügen miteinander in Einklang zu bringen und sich in Langley irgendwie aus der Affäre zu ziehen.

Am dritten Tag unseres Krankenhausaufenthalts kamen vier Herren aus Washington, angeblich Abgesandte des FBI, aber einer von ihnen roch nach CIA. Kate und mir ging es gut genug, dass wir sie in einem separaten Besuchszimmer empfangen konnten. Sie nahmen natürlich unsere Aussagen zu Protokoll, so machen die es ja immer. Sie nehmen liebend gern Aussagen entgegen, lassen sich aber nur selten selbst zu welchen hinreißen.

Immerhin sagten sie, dass Assad Khalil immer noch nicht vom FBI verhaftet worden sei, und streng genommen traf das wohl auch zu. Ich erwähnte diesen Herren gegenüber, dass Mr. Khalil geschworen hatte, Kate und mich umzubringen, und koste es ihn sein Leben.

Sie rieten Kate und mir, uns keine allzu großen Sorgen zu

machen, nicht mit fremden Onkels zu sprechen und immer nach Hause zu kommen, bevor es dunkel wurde, oder so was in der Richtung. Wir einigten uns auf einen unverbindlichen Termin in Washington, wenn es uns wieder besser ginge. Glücklicherweise war von einer Pressekonferenz keine Rede.

Was dieses Thema anging, so erinnerte man uns daran, dass wir diverse Eide, Gelöbnisse und so weiter unterzeichnet hatten, die unser Recht einschränkten, in der Öffentlichkeit zu sprechen, und dass wir geschworen hatten, sämtliche Informationen zu schützen, die die nationale Sicherheit betrafen. Mit anderen Worten: Sprechen Sie nicht mit der Presse, oder wir reißen Ihnen den Arsch so weit auf, dass Ihnen diese Schusswunden wie kleine Mitesser vorkommen werden.

Das war eigentlich keine Drohung, denn die Regierung bedroht keine Bürger, sondern nur eine faire Warnung.

Ich erinnerte meine Kollegen daran, dass Kate und ich Helden waren, aber davon schien niemand gehört zu haben. Dann verkündete ich den vier Herren, es sei jetzt Zeit für meinen Einlauf. Sie gingen.

Was nun die Presse anging, so berichteten zwar sämtliche Nachrichten über den versuchten Mordanschlag auf Ronald Reagan, aber es wurde heruntergespielt, und das offizielle Statement aus Washington lautete: »Der ehemalige Präsident schwebte nie in Lebensgefahr.« Assad Khalil wurde nicht erwähnt – ein unbekannter Einzelgänger sei der Täter – und offenbar sah niemand den Zusammenhang zwischen den toten Piloten und dem versuchten Mordanschlag. Das würde sich natürlich ändern, aber wie Alan Parker sagen würde: »Ein Drittel heute, ein Drittel morgen, und der Rest erst, wenn uns die Presse bei den Eiern hat.«

Am vierten Tag unseres Aufenthalts im Gemeindekrankenhaus von Santa Barbara kam Mr. Edward Harris, der CIA-Kollege von Ted Nash. Er kam ganz allein, und wir empfingen ihn im Besuchszimmer. Auch er ermahnte uns, nicht mit der Presse zu sprechen, und schlug vor, wir hätten einen schweren Schock erlitten, und durch den großen Blutverlust und so sei unserem Gedächtnis nicht zu trauen.

Kate und ich hatten bereits darüber gesprochen, und wir versicherten Mr. Harris, wir könnten uns nicht einmal mehr daran erinnern, was wir zu Mittag gegessen hatten. Ich sagte: »Ich weiß nicht mal, warum ich im Krankenhaus bin. Das letzte, woran ich mich erinnere, ist, dass ich zum Kennedy-Flughafen gefahren bin, um einen Überläufer abzuholen.«

Edward guckte ein wenig skeptisch und sagte: »Übertreiben Sie's nicht.«

Ich teilte Mr. Harris mit: »Ich habe zwanzig Dollar gegen Sie gewonnen. Und zehn gegen Ted.«

Er sah mich irgendwie komisch an, was ich unpassend fand. Es hatte wohl damit zu tun, dass ich Ted erwähnt hatte.

Ich sollte wohl erwähnen, dass mittlerweile fast jeder Besucher so tat, als wüsste er oder sie etwas, wonach wir nur zu fragen bräuchten. Also fragte ich Edward: »Wo ist Ted?«

Edward ließ ein paar Sekunden verstreichen und teilte uns dann mit: »Ted Nash ist tot.«

Das traf mich zwar nicht völlig unvorbereitet, aber schockiert war ich doch.

Kate war ebenfalls fassungslos. Sie fragte: »Wie ist das passiert?«

Edward erwiderte: »Man hat ihn auf der Reagan-Ranch entdeckt, nachdem man Sie gefunden hatte. Er hatte eine Schusswunde in der Stirn und muss auf der Stelle tot gewesen sein.« Edward fügte hinzu: »Wir haben die Kugel, und die Ballistik hat schlüssig bewiesen, dass sie aus demselben Gewehr stammt, mit dem Assad Khalil auf Sie gefeuert hat.«

Kate und ich saßen da und wussten nicht, was wir sagen sollten.

Ich fühlte mich mies, aber wäre Ted da gewesen, dann

hätte ich ihm das Naheliegende gesagt: Wer mit dem Feuer spielt, verbrennt sich die Finger. Wer mit einem Löwen spielt, wird gefressen.

Kate und ich sprachen unser Beileid aus, und ich fragte mich, warum über Teds Tod noch nicht in den Nachrichten berichtet wurde.

Edward meinte, wie auch schon Ted, wir wären bei der CIA glücklicher.

Ich glaubte nicht an diese Form des Glücks, und man musste diese coolen Burschen mit ihrer eigenen Coolness in die Schranken verweisen. Ich sagte zu Edward: »Wir können darüber reden. Ted hätte das gefallen.«

Wiederum entdeckte ich bei Edward eine gewisse Skepsis. Trotzdem sagte er: »Sie bekommen ein besseres Gehalt. Sie können sich einen Auslandsposten aussuchen und werden garantiert für fünf Jahre dorthin entsandt. Gemeinsam. Paris, London, Rom – Sie haben die Wahl.«

Das klang ein wenig nach Bestechung – was ja immer noch viel besser ist als eine Drohung. Der Punkt war nur: Wir wussten zu viel, und sie wussten, dass wir zu viel wussten. Ich sagte zu Edward: »Ich wollte immer schon in Litauen leben. Kate und ich werden darüber sprechen.«

Edward war es nicht gewöhnt, verarscht zu werden, und jetzt wurde er erst so richtig cool und ging.

Kate mahnte mich: »Du solltest diese Leute nicht vor den Kopf stoßen.«

»Ich bekommen aber nicht oft die Gelegenheit dazu.«

Sie saß für einen Moment schweigend da und sagte dann: »Der arme Ted.«

Ich fragte mich, ob er tatsächlich tot war, und konnte mich deshalb nicht mit Begeisterung an die Trauerarbeit machen. Ich sagte zu Kate: »Lad ihn trotzdem zur Hochzeit ein. Man weiß ja nie.«

Am fünften Tag im Krankenhaus wurde mir klar, dass ich mich körperlich und seelisch nie erholen würde, wenn ich noch länger bliebe, und deshalb checkte ich aus, was den Vertreter meiner Krankenversicherung sehr freute. Angesichts meiner geringen Hüft- und Oberschenkelverletzungen hätte ich eigentlich auch schon am zweiten Tag gehen können, aber die Feds hatten gewollt, dass ich bleibe, und Kate auch, deren Verwundung mehr Zeit zum Heilen benötigte.

Ich sagte zu Kate: »Ventura Beach Inn Resort. Da treffen wir uns.« Und schon war ich weg, mit einer Flasche Antibiotika und ein paar prima Schmerzmitteln.

Jemand hatte tatsächlich meine Kleider in die Reinigung geschickt, und der Anzug kam gereinigt und gebügelt wieder. Die beiden Einschusslöcher waren irgendwie geflickt oder zugehäkelt oder so. Die Blutflecken waren auf dem Anzug und auf meinem blauen Hemd und der Krawatte noch blass sichtbar, aber meine Shorts und Socken waren frisch und sauber. Ein Krankenwagen fuhr mich nach Ventura.

Ich kam mir wie ein Landstreicher vor, als ich ohne Gepäck im Ventura Inn eincheckte, von meinen fleckigen Kleidern und davon, dass ich ziemlich weggetreten von den Schmerzmitteln war, ganz zu schweigen. Doch Mr. American Express rückte bald alles ins rechte Licht, und ich besorgte mir kalifornische Klamotten, schwamm im Ozean, schaute *Akte X*-Wiederholungen und telefonierte zweimal täglich mit Kate.

Kate gesellte sich ein paar Tage später zu mir, und wir verbrachten einen kleinen Kuraufenthalt im Ventura Inn. Ich bräunte mich und lernte, Avocados zu essen.

Kate trug ein Nichts von einem Bikini und bemerkte bald, dass Narben nicht braun werden. Männer halten Narben für Ehrabzeichen, Frauen nicht. Aber ich küsste diesen Makel allnächtlich, und bald hatte sie deshalb nicht mehr solche Komplexe. Ja, sie gab sogar am Swimmingpool vor ein paar Jungs mit ihren Schusswunden an, und die Jungs fanden Schusswunden so richtig cool.

Nebenbei versuchte Kate, mir das Wellenreiten beizubringen, aber um das richtig zu können, braucht man wohl doch Jacketkronen und gebleichtes Haar.

Und so lernten wir einander in diesen zwei Flitterwochen auf Probe, die wir in Ventura verbrachten, besser kennen und waren uns stillschweigend einig, dass wir wie füreinander geschaffen waren. Kate versicherte mir beispielsweise, sie schaue sich liebend gern Football im Fernsehen an, schlafe winters gern bei offenem Fenster, zöge irische Pubs schicken Restaurants vor, würde teure Kleider und Schmuck nicht ausstehen können und nie ihre Frisur ändern. Ich glaubte ihr natürlich jedes Wort. Ich versprach, mich nicht zu ändern. Das war einfach.

Alle schönen Dinge sind irgendwann vorbei, und Mitte Mai kehrten wir nach New York und an unseren Arbeitsplatz in der Federal Plaza 26 zurück.

Es gab eine kleine Büroparty für uns, wie das so üblich ist, und blöde Reden wurden gehalten und Trinksprüche ausgebracht – auf unseren Arbeitseinsatz, unsere vollständige Genesung und natürlich auf unsere Verlobung und ein langes, glückliches Leben zu zweit. Liebesgeschichten kommen immer an. Es war die längste Nacht meines Lebens.

Und was den Abend noch schöner machte: Jack nahm mich beiseite und sagte zu mir: »Ich habe Ihre dreißig Dollar und die Einsätze von Ted und Edward für Getränke ausgegeben. Ich wusste doch, dass Ihnen das so recht ist.«

Stimmt. Und Ted hätte es auch so gewollt.

Alles in allem wäre ich lieber wieder bei der Mordkommission, aber das war wohl nicht drin. Captain Stein und Jack Koenig versicherten mir, bei der Antiterror-Task Force stünde mir eine glänzende Laufbahn bevor, trotz des Stapels formeller Beschwerden, die von verschiedenen Personen und Organisationen gegen mich eingereicht worden waren.

Bei unserem erneuten Dienstantritt verkündete Kate, sie habe es sich anders überlegt – nicht mit der Hochzeit, aber mit dem Verlobungsring. Sie setzte mich auf etwas an, was die Einladungsliste heißt. Und dann fand ich Minnesota doch tatsächlich auf der Landkarte. Es ist ein richtiger Bundesstaat. Ich faxte Kopien der Karte an meine Kumpels von der New Yorker Polizei, um es ihnen zu zeigen.

Einige Tage nach unserer Rückkehr unternahmen wir die obligatorische Reise zum J. Edgar Hoover Building und verbrachten drei Tage bei den netten Leuten von der Terrorismusabwehr, die sich unsere ganze Geschichte anhörten und sie uns dann, in leicht veränderter Form, wiedererzählten. Wir einigten uns hinsichtlich der Fakten, und Kate und ich unterschrieben eidesstattliche Erklärungen, Aussagen, Protokolle und so weiter, bis alle zufrieden waren.

Ich glaube, wir gaben etwas nach, aber wir bekamen dafür auch ein großes Versprechen, das sich langfristig auszahlen dürfte.

Am vierten Tag unserer Washington-Reise wurden wir zum CIA-Hauptquartier in Langley, Virginia, gebracht, wo wir unter anderem Edward Harris trafen. Es war kein langer Besuch, und wir waren in Begleitung der vier Herren vom FBI, die meistens für uns sprachen. Ich wünschte, diese Leute könnten einfach mal lernen, miteinander klarzukommen.

Das einzig Interessante an unserem Besuch in Langley war unsere Begegnung mit einem außergewöhnlichen Mann. Er war früher beim KGB gewesen und hieß Boris, eben der Boris, von dem uns Ted bei der VORTAC-Anlage erzählt hatte.

Dieses Treffen schien keinem Zweck zu dienen, außer dem, dass Boris uns kennen lernen wollte. Doch nach einer Stunde Gespräch mit ihm hatte ich so das Gefühl, dass dieser Typ in seinem Leben mehr erlebt und getan hatte als alle anderen im Raum zusammen.

Boris war ein großer Kerl, rauchte eine Marlboro nach der anderen und war übertrieben nett zu meiner Verlobten.

Er sprach ein wenig über seine Zeit beim KGB und erzählte uns dann einige Einzelheiten über seine zweite Laufbahn beim libyschen Geheimdienst. Er erwähnte auch, dass er

Khalil ein paar Tipps für seine Reise nach Amerika gegeben habe. Boris war neugierig, wie wir Assad Khalil auf die Schliche gekommen waren und so weiter.

Es ist nicht meine Gewohnheit, ausländischen Geheimdienstoffizieren alle möglichen Informationen anzuvertrauen, aber der Typ spielte »Wie du mir, so ich dir« mit uns und wenn Kate oder ich seine Fragen beantworteten, beantwortete er unsere. Ich hätte mich tagelang mit ihm unterhalten können, aber es waren ja noch andere Leute dabei, die uns hin und wieder anwiesen, nicht zu antworten oder das Thema zu wechseln. Was ist bloß aus der Redefreiheit geworden?

Wir tranken also etwas Wodka miteinander und rauchten passiv.

Einer der CIA-Jungs verkündete, es sei jetzt Zeit zu gehen, und alle erhoben sich. Ich sagte zu Boris: »Wir sollten uns wieder sehen.«

Er zuckte die Achseln und wies mit einer Geste auf seine Freunde von der CIA.

Wir schüttelten einander die Hände und Boris sagte zu Kate und mir: »Dieser Mann ist eine perfekte Killermaschine, und wen er heute nicht umbringt, den bringt er morgen um.«

»Er ist auch bloß ein Mensch«, erwiderte ich.

»Manchmal habe ich da so meine Zweifel.« Er fügte hinzu: »Auf jeden Fall gratuliere ich Ihnen beiden, dass Sie es überlebt haben. Vergeuden Sie ab jetzt keinen Tag mehr.«

Das war ja sicherlich nur eine russische Redewendung und hatte mit dem Thema Assad Khalil nichts zu tun. Nicht wahr?

Kate und ich kehrten nach New York zurück, und keiner von uns kam wieder auf Boris zu sprechen. Aber eines Tages würde ich mit ihm wirklich gern eine ganze Flasche Wodka leeren. Vielleicht lasse ich ihn mal als Zeugen vorladen. Aber vielleicht ist das auch keine gute Idee.

Die Wochen vergingen, und immer noch hatten wir nichts von Assad Khalil gehört, und aus Libyen kam nicht die freudige Nachricht von Mr. Gaddafis plötzlichem Ableben.

Kate ließ ihre Handynummer nicht ändern, und ich habe in der Federal Plaza 26 immer noch dieselbe Durchwahl, und wir warten auf einen Anruf von Mr. Khalil.

Und was noch besser ist, haben uns Stein und Koenig – als Teil unseres Deals mit den Leuten in Washington – angewiesen, ein spezielles Team zu bilden, das aus mir, Kate, Gabe, George Foster und einigen anderen Leuten besteht und den alleinigen Auftrag hat, Assad Khalil zu finden und festzunehmen. Ich habe bei der New Yorker Polizei auch beantragt, dass sie meinen alten Partner Dom Fanelli zur ATTF versetzen. Noch sträubt er sich, aber ich bin jetzt wichtig und werde Dom bald in meinen Klauen haben. Schließlich ist er dafür verantwortlich, dass ich überhaupt bei der ATTF bin, und das zahle ich ihm heim. Das wird wie früher.

Unserem Team werden keine Leute von der CIA angehören, und das steigert unsere Erfolgsaussichten beträchtlich.

Dieses spezielle Team ist wahrscheinlich das einzige, was mich in dieser beschissenen Branche gehalten hat. Ich nehme die Drohung dieses Kerls ernst, und die Frage ist einfach die, zu töten oder getötet zu werden. Niemand in meinem Team hat vor, Assad Khalil lebend zu ergreifen, und auch Assad Khalil hat nicht vor, sich lebend ergreifen zu lassen, und von daher sind wir uns da einig.

Ich habe Robin, meine Ex, angerufen und von meiner bevorstehenden Hochzeit erzählt.

Sie hat mir alles Gute gewünscht und mir geraten: »Jetzt kannst du endlich mal die blöde Ansage auf deinem Anrufbeantworter ändern.«

»Gute Idee.«

Sie hat auch gesagt: »Wenn du diesen Khalil mal eines Tages fängst, sorg dafür, dass ich seine Verteidigung übernehmen kann.«

Dieses kleine Spielchen hatten wir schon hinsichtlich der Typen vereinbart, die mich in der 102. Straße West angeschossen hatten, und ich sagte: »Na gut, aber ich verlange zehn Prozent des Honorars.«

»Gern. Und ich vergeige den Fall und er kriegt lebenslänglich.«

»Abgemacht.«

Da das nun erledigt war, dachte ich mir, ich sollte meine Ex-Freundinnen anrufen und ihnen erzählen, dass ich jetzt mit einer Frau zusammen wohnte und sie bald heiraten würde. Aber ich wollte diese Telefongespräche nicht führen und deshalb verschickte ich E-Mails, Postkarten und Faxe. Ich bekam auch ein paar Antworten, größtenteils Beileidsbekundungen für meine Zukünftige. Ich zeigte sie Kate nicht.

Der große Tag rückte näher, und ich hatte keine Angst. Ich war schon mal verheiratet gewesen und hatte dem Tod oft ins Auge gesehen. Ich will damit nicht sagen, dass es nun wirklich Ähnlichkeiten zwischen dem Heiraten und dem Angeschossenwerden gibt, aber ... Vielleicht ja doch.

Kate ging die ganze Sache ziemlich cool an, obwohl sie nie zuvor vor den Altar getreten war. Sie schien die Lage wirklich im Griff zu haben und wusste offenbar, was zu tun war, wann es zu tun war, wer es zu tun hatte und so weiter. Ich glaube, dieses Wissen kann man sich nicht aneignen. Das hängt irgendwie mit dem zweiten X-Chromosom zusammen.

Aber Scherz beiseite: Ich war glücklich und zufrieden und verliebter als je zuvor in meinem Leben. Kate Mayfield war eine bemerkenswerte Frau, und ich wusste, dass wir bis an unser Lebensende glücklich miteinander sein würden. Ich mochte an ihr wohl, dass sie mich so nahm, wie ich nun mal bin, was aber auch nicht schwer ist, wenn man bedenkt, wie fast perfekt ich bin.

Und dann hatten wir gemeinsame Erlebnisse und Erfahrungen, die so tiefgreifend und bestimmend waren wie bei wenigen Menschen, und wir hatten es gut überstanden. Kate Mayfield war tapfer, treu und findig und, im Gegensatz zu mir, noch nicht zynisch oder lebensüberdrüssig. Sie war tatsächlich Patriotin, und das kann ich von mir nicht behaupten. Vielleicht war ich es mal gewesen, aber in meiner Lebensspanne ist mit mir und diesem Land zu viel passiert. Trotzdem mache ich diesen Job.

Am meisten bedaure ich an diesem ganzen Mist – von den Todesfällen natürlich einmal abgesehen –, dass wir wahrscheinlich nichts daraus gelernt haben.

Wie auch ich, hat dieses Land immer Glück gehabt und konnte der tödlichen Kugel immer ausweichen. Doch auf sein Glück – das habe ich auf den Straßen, an Spieltischen und in der Liebe gelernt – kann man sich nicht verlassen. Und wenn es noch nicht zu spät ist, dann stellt man sich den Tatsachen und der Wirklichkeit und entwickelt eine Überlebensstrategie, in der Glück keine Rolle spielt.

Apropos: Es regnete bei unserer Hochzeit, und angeblich soll das Glück bringen. Ich glaube eher, es bringt durchnässte Klamotten.

Fast alle meine Verwandten und Freunde hatten die lange Reise in die Kleinstadt in Minnesota auf sich genommen, und die meisten von ihnen benahmen sich besser als auf meiner ersten Hochzeit. Es kam natürlich zu einigen Zwischenfällen, als sich meine ledigen Kumpels von der New Yorker Polizei den blonden, blauäugigen Dorfschönheiten aus dem Mittelwesten gegenüber unerhört aufführten – darunter auch Dom Fanelli der Brautjungfer gegenüber –, aber mit so was muss man nun mal rechnen.

Kates Familie war Mittelschicht pur, und der Pfarrer war Methodist und ein Alleinunterhalter. Ich musste versprechen, Kate zu lieben und zu ehren und nie wieder auf *Akte X* zu sprechen zu kommen.

Bei der Trauung bekam wir dann die Ringe: Kate einen an

den Finger und ich einen durch die Nase. Na, jetzt reicht's ja wohl mit den Hochzeitsscherzen. Ja, es reicht.

Mittelschichtler aus dem Mittelwesten gibt es in zwei Varianten – trocken und feucht-fröhlich. Diese Leute konnten anständig was vertragen, also kamen wir prima miteinander klar. Schwiegerpapa war in Ordnung, Schwiegermama sah klasse aus und die Schwägerin auch. Meine Mutter und mein Vater erzählten ihnen viele Geschichten über mich, die sie für lustig und eben nicht abnormal hielten. Das ging schon in Ordnung.

Kate und ich verbrachten jedenfalls eine Woche in Atlantic City und eine Woche an der kalifornischen Küste. Wir verabredeten uns mit Gene Barlet auf der Rancho del Cielo, und die Fahrt hinauf in die Berge war diesmal viel netter. Die Ranch übrigens auch – im Sonnenschein und ohne Heckenschützen.

Wir gingen zu dem Felsbrocken, der viel kleiner aussah, als ich ihn in Erinnerung hatte. Gene machte Fotos, auch ein nicht jugendfreies von Kates Verletzung und weil Gene darauf bestand, nahmen wir ein paar Felssplitter mit.

Gene wies auf den Waldrand und sagte: »Wir haben zweiundfünfzig Patronenhülsen dort auf dem Boden gefunden. Ich habe noch nie gehört, dass ein Heckenschütze so viele Schüsse auf nur zwei Menschen abgegeben hat. Der Kerl wollte wirklich, was er nicht haben konnte.«

Damit wollte er uns vermutlich sagen, dass das Spiel noch nicht vorbei war.

Der nahe Waldrand machte mich etwas nervös und deshalb gingen wir weiter. Gene zeigte uns die Stelle, wo man Ted Nash auf einem Reitweg gefunden hatte, keine hundert Meter von der VORTAC-Station entfernt, mit einer Kugel im Kopf. Ich hatte keine Ahnung, wohin Ted gehen wollte und was er dort überhaupt vorhatte, und wir werden es nie erfahren.

Da wir ja in den Flitterwochen waren, fand ich, wir hätten genug gesehen, und wir gingen zurück zum Ranchhaus, tranken Cola, aßen Jelly Beans und fuhren dann weiter nach Norden.

Wir hatten Kates Mobiltelefon in New York gelassen und wollten während unserer Flitterwochen weder von Freunden noch von Attentätern angerufen werden. Doch vorsichtshalber hatten wir unsere Waffen dabei.

Man weiß ja nie.

verbessern, der weder Rechtschreibung noch Zeichensetzung noch Syntax beherrscht. Wie immer ein herzliches Dankeschön. Ich liebe dich.

Wie schon bei *Plum Island* tausend Dank an Lieutenant John Kennedy vom Nassau County Police Department. Als Polizist und Rechtsanwalt sorgt John für die Glaubwürdigkeit meiner fiktiven Polizisten und die Glaubwürdigkeit ihres Autors. Wenn JK ermittelt, obsiegt die Wahrheit.

Das Cradle of Aviation Museum in Long Island (Museum »Wiege der Luftfahrt«) ist eine neue Einrichtung von Weltformat, die jene Frauen und Männer ehrt, die dafür gesorgt haben und weiter dafür sorgen, dass die USA in der Luft- und Raumfahrt weltweit führend sind. Ich möchte mich bei Edward J. Smits (Planungskoordinator), Gary Monti (stellvertretender Planungskoordinator), Joshua Stoff (Kurator) und Gerald S. Kessler (Vorsitzender der Friends for Long Island's Heritage) bedanken, dass sie sich die Zeit genommen haben, mich durch das Museum zu führen und mit ihren Vorstellungen vertraut zu machen.

Tatsachen, Vorgehensweisen, Ratschläge und Einzelheiten, die man mir genannt hat, mögen hin und wieder missverstanden, vergessen oder ignoriert worden sein und deshalb fallen sämtliche faktischen Fehler allein auf mich zurück.

Ich möchte die Gelegenheit auch nutzen und den Mitarbeitern von Warner Books und Time Warner AudioBooks für ihre harte Arbeit, ihre Unterstützung, ihr Engagement und ihre Freundschaft danken: Dan Ambrosio, Chris Barba, Emi Battaglia, Carolyn Clarke, Ana Crespo, Maureen Mahon Egen, Letty Ferrando, Sarah Ford, Jimmy Franco, David Goldstein, Jan Kardys, Sharon Krassney, Diane Luger, Tom Maciag, Peter Mauceri, Judy McGuinn, Jackie Merri Meyer, Martha Otis, Jennifer Romanello, Judy Rosenblatt, Carol Ross, Bill Sarnoff, Ann Schwartz, Maja Thomas, Karen Torres, Nancy Wiese und nicht zuletzt Harvey-Jane Kowal, der beste Lektor der Welt.

Mein Dank gilt auch Fred Chase, der letzten Instanz hinsichtlich Rechtschreibung, Kommasetzung, Ortsnamen, Tatsachen und so weiter.

Gesegnet ist ein Autor, der einen guten Herausgeber hat, und ich bin mit Larry Kirshbaum und Jamie Raab gleich doppelt gesegnet, deren Fähigkeiten ihrer Aufgabe mehr als entsprechen.

Meine fünfzehn Jahre und sieben Romane bei Warner Books waren oft glücklich und interessant, dann wieder konfliktreich und anstrengend, sehr erfolgreich, immer amüsant und nie langweilig. Ihr seid die Besten.

Und schließlich ein Dank an meinen Agenten und Freund seit zwanzig Jahren oder so – Nick Ellison. Wollte ich unser Verhältnis schildern, dann bräuchte ich noch einmal tausend Seiten. Deshalb in vier Worten: Ich liebe dich, Dicker.

Debra Del Vecchio und Stacy Moll haben Wohlfahrtseinrichtungen auf Long Island großzügige Spenden zukommen lassen, damit ich Figuren dieses Romans nach ihnen benannte. Hoffentlich gefallen ihnen ihre fiktiven Alter egos und hoffentlich engagieren sie sich weiter für so ehrenwerte Ziele.

St. Patrick's Day in New York City. Ein gigantisches Fest. Bis der haßerfüllte IRA-Kämpfer Brian Flynn einen »brillanten« Terroranschlag verübt: Er bringt die St.-Patrick-Kathedrale in seine Gewalt ...

»Ein Bulldozer von Buch! Kenntnisreich und erbarmungslos erschreckend! Cosmopolitan

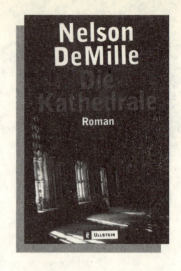

Nelson DeMille

Die Kathedrale
Roman

Econ | **Ullstein** | List